KB035669

삼
대

# 삼
# 대

염상섭 장편소설

애플북스

# 낯선 아버지의 일기를 읽다[1]
### (이인화 아들 중기의 넋두리)

## 임 정 진

"중기야. 네 아버지가 돌아가셨다는구나."

아버지가 내 방문 앞에서 머뭇거리다 말했다. 멀쩡히 살아 있는 아버지가 내 앞에서 아버지가 돌아가셨다고 말씀하다니? 그럼 대체 어느 아버지? 아, 나의 생부. 그렇구나. 병이 깊다고 기별이 온 적이 있었다. 잊고 있었다.

솔직히 말하자면 나의 느낌은 간단히 말하자면 '귀찮은 일이 생겼군'이었다. 생부를 본 날이 내 생에 몇 번이나 되는지 손꼽을 수 있을 지경이었고 그 날들도 시간을 따지자면 차마 말하기도 부끄럽게 한 식경이 채 안 된 그런 스침이었지, 만남이라 하기도 민망스러웠다. 그렇다고 애틋한 편지를 받아본 적도 없거니

---

1  이 글은 작가 임정진이 염상섭 작가의 작품 〈만세전〉을 추억하며 쓴 소설이다.

와 귀한 선물을 사 보내거나 한 적도 없었다. 다만 호적에 내 이름이 이인화의 아들 이중기로 그리 올라 있으니 그런 줄 알고 지냈다. 나는 큰아버지를 아버지로, 숙모를 어머니로 알고 자랐다. 물론 그분들은 어릴 적부터 나의 생모와 생부가 따로 있음을 알려주셨지만 나는 개의치 않았다. 나를 입히고 먹이고 걱정해주고 아껴주는 이분들이 나의 어머니 아버지가 아니면 누구란 말인가. 핏줄이 중하다 하지만 그 핏줄이 몸 밖에 줄줄이 연결되어 있는 것도 아닌데 내 핏줄이 어디 닿아 있는지 어찌 안단 말인가. 나를 애지중지 해주는 관심이 나에겐 더욱 중요했다.

"아이고. 이를 어쩌니?"

뒤따라온 어머니는 가냘픈 허리를 꺾으며 내 방 앞에서 쓰러지듯 주저앉아 울기 시작하였다. 물론 나의 생모는 아니다. 생모는 내가 핏덩이일 적 돌아가셨으니 이 어머니가 나의 유일한 어머니다. 나를 키우고 사랑해주셨다. 돌아가신 어머니를 불쌍히 여기기는 하지만 그리워해 본 적은 없었다. 외롭고 또 외로운 어머니는 나만을 위해 긴 세월을 별별 서러운 꼴을 다 참고 사셨다. 안방에서 울음소리를 듣고 큰 어머니가 나오셨다.

"유난스럽기는. 자네가 언제 도련님을 보기나 했다고 그리 서러워하나."

나는 나의 이런 복잡한 가계도가 늘 싫었다. 이런 개화된 시절에 첩을 들여 한 집에 두 여인이 살게 한 야만적인 아버지를 도저히 존경할 수는 없었다. 두 어머니는 늘 나에게 경쟁적으로 너그러움을 베푸셨다. 그러나 자식을 생산하지 못한 건넌방 어머니에게 나는 더 정이 갔다. 그리고 안방 어머니가 어느 순간 그런

나의 태도를 알아차리시고는 나에게 들어가는 학비를 아까워하기 시작하셨다. 하지만 내 학비는 서울 할머니가 대부분 보내주시니 큰 어머니가 어찌 조절할 수 있는 부분은 아니었다.

"갈 차비를 해라. 여러 날 걸릴 터이니. 아니, 이참에 너도 서울에 머무르는 것도 생각해보는 게 좋겠다. 이미 날이 저물었으니 내일 일찌감치 떠나도록 하자."

갑자기 집안은 부산스러워졌다. 두 어머니도 장례를 보러 같이 가니 짐을 꾸려야 했다. 여인들의 짐 꾸리기는 내 보기엔 늘 허황스러웠다. 무얼 그리 많이 싸는지 알 수 없었다.

나는 자리끼를 들고 들어온 어머니에게 지나가는 말투로 말했다.

"어머니, 이참에 저하고 서울로 가서 삽시다. 내일 올라갈 적에 귀중한 것은 챙겨 가셔요."

어머니는 놀라서 눈이 휘둥그레졌다.

"너야 그 집 자손이니 그게 당연한 일이나 어찌 나까지."

"어머니는 내 어머니시니 당연한 일이지요."

어머니는 내 손을 잡고 소리 내지 못하고 우셨다. 그것은 무엇이겠는가. 찬동의 의미인 것이다.


장례절차는 간소했다. 처의 죽음을 허망하게 목격했던 지아비로서의 경험이 있었던 분이라 그랬는지 미리 자신의 죽음을 예지하고 자신의 시신을 화장한 후, 남김없이 산골散骨해달라는 유언장을 미리 써두셨다. 처 없이 오래 지낸 분이라 살림이랄 것도 없었고 오랜 이국 생활로 가까운 친구도 별로 없었다. 일본에서 병이 깊어진 후에 서울로 온 터라 식구들도 어느 정도 죽음을 예비하고 있었다.

　마지막 부탁이니 핏줄 얻어 쓴 아들 된 도리로 그 정도 부탁도 아니 들어드릴 수는 없는지라 꽤 높은 산까지 올라가 뼛가루를 허공에 뿌렸다. 내가 딸이 아니어서 다행이었다. 딸이었다면 눈물도 아니 흘리고 생부의 장례를 치른다면 다들 수군거렸을 것이다. 나는 다만 장엄한 표정만 지었다. 물론 즐겁지는 않았다. 내가 맡은 일이니 잘하고 싶기는 하였다. 가계도가 이제 좀 단순해진 듯하여 저으기 안심되는 면도 있었다. 이제 아버지는 세상에 한 분뿐이니 복잡한 일이 한 가지 줄어들었다. 산골을 하고 할머니 집으로 돌아와 할머니께 무사히 장례를 마쳤음을 고했다.

　"일본 유학까지 하고 온 분이라 냉정하게 단도리를 하였구나. 서운타 말거라."

　칭송인지 한탄인지 모를 어투로 말하며 할머니는 날 물끄러미 올려다보셨다. 할머니는 너무 쇠약해서서 아들의 죽음을 슬픔으로 새길 기운도 없으셨다. 나에게 손짓을 하셔서 나는 할 수 없이 가까이 다가가 앉았다. 할머니는 내 손을 잡고는 "아까운 사람, 아까운 사람"만 몇 번 뇌까리셨다. 난 곧 일어서서 할머니 방에서 나왔다. 할머니가 덮은 희번뜩한 양단이불이 어찌 그리 호사스럽게 보이던지 오래 보기 민망하였다. 아들이 죽었는데 어찌 저리 호사스런 이불을 덮을까 하는 생각이 났던 모양이었다. 그런 생각을 잠시나마 했던 내가 나는 또 몹시 우스웠다. 생부가 사망하여 그 뼈를 허공에 뿌리고도 마음이 이리 냉랭한 자식이 더욱 우스운 게 아닌가. 늙은 할머니가 아들이 죽었다고 갑자기 거친 삼베이불을 장만해서 덮을 수야 없지 않은가 말이다. 늘 덮던 이불을 덮고 있는 것이 당연한데도 그걸 언짢아하는 내 심사가 더욱 고약하였다. 그러고 보니 나는 어찌 이리도 냉정한가. 대전서 모시고 온 두 어머니는 본인들의 인생살이를 되짚으며 슬퍼하는 것인지는 몰라도 계속 '불쌍해서 어떡허나'를 뇌까리셨다. 두 분의 마음이 그리 일치하는 것도 오랜만에 보았다.

나는 생부의 죽음은 병으로 인한 것이고 인간은 아직 병을 이길 과학을 다 쟁취하지 못하였으니 그야말로 운명이 다 한 것으로 생각하고 싶었다. 인간은 누구나 늙어 죽거나 병들어 죽기 마련 아닌가. 단지 조금 남들보다 생부의 수명이 짧다고 하나 생모에 비하면 장수한 셈이다. 무엇과 비교하느냐에 따라 장수인지 단명인지 알 수 없겠다.

사랑채로 나오니 집안일을 도맡아 해주고 병간호도 두 달가량 맡으셨던 큰 고모님이 내게 작은 보따리를 내밀었다.

"다른 건 다 본인이 일본서 미리 태웠다 하더라. 이것만 남겼단다. 아마 너에게 남겨주고 싶었던 모양이다."

"유언장이 또 있던가요?"

"문학가였으니 아마도 작품인가 싶다. 두툼한 걸 보니. 나도 자세히는 모른다. 유고작이 되는 건가."

"문학가요? 생부가?"

"그럼. 몰랐느냐?"

난 웃음이 나오려는 걸 간신히 참았다. 나는 짐짓 엄숙한 얼굴로 보따리를 받아들고 사랑방 문을 닫았다. 문학을 공부하면 다 문학가인가. 눈이 있어 그림을 본다고 다 화가는 아닐 터인데 말이다. 생부가 문학도이었는지는 모르겠으나 그 또한 허명虛名

일 것이다. 내가 짐작키로 생부는 일본에서 생활하는 것이 좋았을 뿐이지 문학 공부하는 것이 좋아서 일본에 갔던 사람은 아니었다. 아니 일본이 좋아서라기보다 단지 가족들의 구속이 싫었던 것이리라. 더 먼 나라로 갈 수 있는 기회만 있었더라면 생부는 분명히 그리하였을 터이다. 그 마음은 분명히 알겠다. 왜냐면 나도 그러하니까. 그 부분만큼은 내가 생부의 자식임을 스스로 인정하고 싶었다.

걱정과 달리 그 원고 뭉치는 일기장이었다. 젊은 시절의 생부의 글씨들은 가지런하고 영민해 보였다. 그러나 읽어갈수록 나는 그 정갈한 글씨들이 가증스럽게 보였다. 왜 다른 것은 다 태우고 이 일기장을 남겼을까. 나는 이해할 수 없었다. 하나 있는 아들에게 주고 싶은 그런 일기장이 아니었다. 나는 일기장을 다 읽고 화가 나 턱이 덜덜 떨렸다. 피곤한데도 잠을 안 자고 읽은 게 분할 지경이었다. 일기장 내용은 이러했다.

나의 생모, 그러니까 생부의 처가 다 죽게 되었다는 전보를 받고 일본 유학생이었던 생부는 집으로 돌아왔다. 동경, 고베, 시모노세키, 부산, 김천, 대전, 서울까지 여정이 어찌나 지루한지 하품이 나올 지경이었다. 교수에게는 아내가 다 죽게 되었다는 말 대신 노모가 변고가 생겼다 이야기하고 곧바로 와도 시원찮을 판에 가는 곳곳마다 별별 여자들을 다 만났다. 서울역에 내려서까지 어떤 기생을 따라갈까 말까, 인사말을 할까 말까 망설였다.

다만 안심스러운 부분은 생부가 화장이라는 장례절차에 대해서 십팔 년 전부터 호감을 갖고 있었다는 사실을 확인한 것이었다. 일시적인 치기로 한 유언은 아니었으니 화장을 해드린 것이 마지막 효도가 된 셈이었다. 어쨌든 이 사람이 나의 생부였다니 실망스러웠다. 생부는 나에게만 냉정했던 사람이 아니었다. 자기 처에게도 더없이 냉정했던 사람이었다. 이런 냉정스런 인격으로 무슨 문학을 하였겠는가. 대체 이 수치스런 일기장을 왜 안 태우고 남겼단 말인가. 이토록 뻔뻔해도 된단 말인가.

나는 일기장 뭉치를 되는 대로 부여잡고 부엌으로 나갔다. 그리고 웅크리고 앉아 아궁이에 종이뭉치를 쑤셔 박았다.

후르륵. 순식간에 종이 뭉치는 다 타버렸다. 눈앞이 아득해지다 환해졌다.

"중기야. 뭐 하니?"

이른 새벽인데 어느새 어머니가 부엌으로 나와 내 등을 보고 있었다.

"화장했습니다."

"무얼 화장을 또 해?"

"생부의 어둔 과거를 화장했습니다. 생물학적 자식 된 도리로."

"용서해드려라."

"네?"

어머니는 내게 한 번도 이래라저래라 해본 적이 없는 위인이었다. 그런데 나에게 생부를 용서하라 이르셨다. 난 놀라 아궁이 앞에서 몸을 일으켜 어머니와 마주 섰다.

"그분도 어찌할 수 없었을 것이다. 인생이 그리 자기 뜻대로만 흘러가지 않더라."

"미워하지 않겠습니다."

나의 목소리가 먹먹해졌다.

"산 것들은 다 불쌍하지. 암만."

어머니, 내 어머니. 최금순 여사가 그리 말씀하셨다. 난 왈칵
눈물이 쏟아졌다.

임
정
진

《바우덕이》로 22회 한국아동문학상 수상. 《행복은 성적순이 아니잖아요》
《있잖아요 비밀이에요》《지붕 낮은 집》《발끝으로 서다》등의 청소년소설
과 《나보다 작은 형》《땅끝 마을 구름이 버스》《겁쟁이 늑대 칸》등의 동
화책을 썼다.

# 차례

## 일러두기

1. 이 책에 수록된 작품은 염상섭이 1931년 〈조선일보〉에 연재한 장편소설이다.
2. 맞춤법, 띄어쓰기는 현대어 표기로 고쳤으나 작가가 의도적으로 표현한 것은 잘못되었더라도 그대로 두었다. 띄어쓰기와 맞춤법은 국립국어원의 《표준국어대사전》을 기준으로 삼았다. 한글로 표기된 외래어는 외래어맞춤법에 맞게 고쳤으나 시대적 상황을 드러내주는 용어는 원문을 그대로 살렸다.
3. 한자는 한글로 표기하고 의미상 필요한 경우에만 한글 옆에 병기하였다.
4. 생소한 어휘는 독자들의 이해를 돕기 위하여 각주로 설명을 달아두었다.
5. 대화에서의 속어, 방언 등은 최대한 살렸으나 지문은 현대어로 고쳤다.
6. 대화 표시는 " "로 바꾸었고, 대화가 아닌 혼잣말이나 강조의 경우에는 ' '로 바꾸었다. 또한 말줄임표는 모두 '……'로 통일하였다.

# 삼대


## 두 친구


덕기는 안마루에서 내일 가지고 갈 새 금침을 아범을 시켜서
꾸리게 하고 축대 위에 섰으려니까 사랑에서 조부가 뒷짐을 지고
들어오며 덕기를 보고,

"얘, 누가 찾어왔나 보다. 그 누구냐? 대가리 꼴하고…… 친구
를 잘 사괴야 하는 거야. 친구라고 찾어온다는 것이 왜 모두 그따
위뿐이냐?"

하고 눈살을 찌푸리는 못마땅하다는 잔소리를 하다가, 아범이 꾸
리는 이불로 시선을 돌리며 놀란 듯이,

"얘, 얘, 그게 뭐냐? 그게 무슨 이불이냐?"

하며 가서 만져보다가,

"당치 않은! 삼동주[1] 이불이 다 뭐냐? 주속[2]이란 내 나쎄나 되어야 몸에 걸치는 거야. 가외 저런 것을 공부하는 애가 외국으로 끌고 나가서 더럽혀버릴 테란 말이냐? 사람이 지각머리가……."

하며 부엌 속에 쪽치고[3] 섰는 손주며느리를 쏘아본다.

덕기는 조부의 꾸지람이 다른 데로 옮아간 틈을 타서 사랑으로 빠져나왔다. 머리가 텁수룩하고 꼴이 말 아니라는 조부의 말눈치로 보아서 김병화가 온 것이 짐작되었다.

"야아, 그러지 않아도 저녁 먹고 내가 가려 하였었네."

덕기는 이틀 만에 만나는 이 친구를 더욱이 내일이면 작별하고 말 터이니만치 반갑게 맞았다.

"자네 같은 부르주아가 내게까지! 자네가 작별하러 다닐 데는 적어도 조선은행 총재나……."

병화는 부옇게 먼지가 앉은 외투 주머니에 두 손을 찌른 채 딱버티고 서서 이렇게 비꼬는 수작을 하고서는 껄껄 웃어버린다.

"만나는 족족 그렇게도 짓궂이 한마디씩 비꼬아보아야만 직성이 풀리겠나? 그 성미를 좀 버리게."

덕기는 병화에게 부르주아, 부르주아 하는 소리가 듣기 싫었다. 먹을 게 있는 것은 다행하다고 속으로 생각지 않는 게 아니나 시대가 시대이니만치 그런 소리가―더구나 비꼬는 소리는 듣고 싶지 않았다.

"들어가세."

---

1 속에 솜을 두고 비단으로 둘러싼 이불.
2 명주붙이. 명주실로 짠 여러 피륙.
3 '죽치다'의 뜻. 활동하지 않고 한 장소에 오랫동안 붙박혀 있다. 이 책의 '쑥치다'도 같은 뜻이다.

"들어가선 무얼 하나. 출출한데 나가세그려. 수 좋아야 하루에 한 끼 걸리는 눈칫밥 먹으러 하숙에 기어들어 가고도 싶지 않은 데…… 군자금만 대게. 내 좋은 데 안내를 해줄게!"

"시원한 소리 한다. 내 안내할게 자네 좀 내보게."

하며 덕기는 임시 제 방으로 쓰는 아랫방으로 들어갔다.

"여보게 담배부터 하나 내게. 내 턱은 그저 무어나 들어오라는 턱일세."

하며 병화는 방 안을 들여다보고 손을 내밀었다.

"나 없을 땐 소통 담배를 굶데그려."

덕기는 책상 위에 놓인 피죤 갑을 들어 내던지며 웃다가,

"그저 담배 한 개라도 착취를 해야 시원하겠나. 자네와 나와는 착취와 피착취의 계급적 의식을 전도시키세."

하며 조선옷을 홀홀 벗는다.

"담배 하나에 치를 떠는—천생 그 할아버지의 그 손자다!"

병화는 담배를 천천히 피워서 맛이 나는 듯이 흠뻑 빨아 후우 뿜어내면서,

"여보게, 난 먼저 나가서 기다림세. 영감님이 나와서 흰 동자로 위아랠 훑어보면 될 일도 안 될 테니까!"

하고 뚜벅뚜벅 사랑문 밖으로 나간다.

아닌 게 아니라 덕기도 조부가 나오기 전에 얼른 빠져나가려던 차이다. 덕기는 병화의 말에 혼자 픽 웃으며 벽에 걸린 학생복을 부리나케 떼어 입고 외투를 들쓰며 나왔다. 조부는 병화가 누구인지도 모르면서 다만 양복 꼴이나 머리를 덥수룩하게 하고 다니는 것으로 보아 무어나 뜯으려 다니는 위인일 것이요, 그런

축과 얼려서 술을 배우고 돈을 쓰러 다닐까 보아서 걱정을 하는
것이었다.

"내일 몇 시에 떠나나?"

"글쎄, 대개 저녁이 되겠지."

덕기도 유한계급인의 가정에서 자라나니만치 몇 시 차에 갈지
분명히 작정도 안 하였거니와 내일 못 가면 모레 가고 모레 못
가면 글피 가지 하는 흐리멍덩한 예정이었다.

"언제 떠나든 상관 있나마는 상당히 탔겠네그려?"

"영감님 솜씨에 주판질 안 하시고 내노시겠나?"

"우는소리 말게. 누가 기대일까 봐 그러나?"

"기대면 줄 것은 있구……."

"앗! 그래두 한 달 치는 해주어야 떠내보낼 텔세. 있는 놈의
집 같으면 그대로 먹어주겠지만, 주인 딸이 공장에를 다녀서 요
새 그 흔한 쌀값에 되되이 팔아먹네그려. 차마 볼 수가 있어야
지……."

"흥……."

하고 덕기는 동정하는 눈치더니,

"자네 따위를 두기가 불찰이지."

하고 웃어버린다.

"그러기에 세상은 살라는 마련 아닌가?"

"딴은 그래!"

"하지만 '자네 따위는 사괴기가 불찰'이란 말은 차마 아니 나
오나 보이그려?"

병화는 여전히 비꼬아본다.

"그런 줄은 자네가 먼저 아네그려."

덕기도 지지 않고 대거리를 한다.

"내니까 자네 따위를 줄줄 쫓아다니며 토주⁴라도 해서 먹어주는 줄은 모르구⋯⋯."

"왜 안 그렇겠나. 일세의 혁명가가 인제 중학교나 면한 어린애를 친구라기는 창피도 할 걸세. 대단 영광일세."

일 년에 한두 번 방학 때만 오래간만에 만나는 터이나 이 두 청년은 입심 자랑이나 하듯이 주고받는 말끝마다 서로 비꼬는 수작밖에 없건마는 그래도 한 번도 정말 노해본 일은 없는 사이다.

중학에서 졸업할 때까지 첫째 둘째를 겯고틀던 수재이고 비슷비슷한 가정 사정에서 자라났기 때문에 어린 우정일망정 어느덧 깊은 이해와 동정은 버리려야 버릴 수가 없는 것이었다.

이지적이요 이론적이기는 둘이 더하고 덜할 것이 없지마는, 다만 덕기는 있는 집 자식이요 해사하게 생긴 그 얼굴 모습과 같이 명쾌한 가운데도 안존하고 순편한 편이요, 병화는 거무테테하고 유들유들한 맛이 있느니만큼 남에게 좀처럼 머리를 숙이지 않는 고집이 있어 보인다.

그 수작 붙이는 것을 보아도 덕기 역시 넉넉한 집안에 파묻혀서 곱게 자라난 분수 보아서는 명랑하지 못한 성미이나, 병화는 이 이삼 년 동안에 더욱이 성격이 뒤틀어진 것을 덕기도 냉연히 바라보고 지내는 터이었다.

"헌데, 좋은 데 있다더니 어딘가? 자네 말눈치 같아서는 기껏

---

4 술을 억지로 달라고 하여 마심.

해야 청요릿집에나 오뎅집에나 가는 것이 불평인 모양이니 오늘은 어디 ××관에 가서 기생이라두 불러볼까?"

덕기는 사실 이때껏 가보지 못한 요릿집에 가보고 싶은 생각도 있었다.

"흥, 이건 누구를 병정으루 아는 게로군. 있는 놈의 꽁무니나 따라다니며 등쳐먹는 병정두 아니지만, 그런 데는 내 주제에는 어울리지 않으니까."

"흥, 토주를 하는 것만 고마운 줄 알라고 생색을 내더니 기껏 선술집인가?"

"응, 선술집 밑천이라두 내놓고 자넬랑은 기생집으로 가게그려."
또 비꼬기 시작이다.

두 청년은 아무래도 발길이 진고개로 향하였다.

"그러지 말구 여기 들어가서 저녁이나 먹세. 하루에 한 끼니라는 곯은 배를 채워야지."

술을 좋아 아니하는 덕기는 몇 번 가본 양요릿집 문 앞에 멈칫하며 끌었다.

"아냐. 저기 좀 더 가면 좋은 데 있어. 정체는 모르겠지마는 놀라 자빠질 미인이, 조촐한 미인이 둘이나 있구……."

병화는 먹는 것보다는 술 생각이 간절하였다.

"인제 알았더니 숨은 난봉꾼일세그려. 어디, 자네 가는 데가 오죽할라구. 허허허."

덕기는 비로소 웃으며 따라섰다.

"어제 끌려가 보았지만 바커스(주신酒神)라구―그 이름이 좋지 않은가―조촐한 데가 있어. 웬일인지 이런 룸펜을 대환영이거던.

원체 잘생겨 그런지, 서울 장안에서 내가 그만치 대접받기는 처음이야."

병화는 아까와는 딴판으로 신기가 좋아서 기고만장이다.

"흠……."

하고 덕기는 잠자코 바커스로 따라선다.

있는 사람을 따라다니며 얻어먹기도 싫다, 화려한 좌석에서 어울리지 않게 놀기도 싫다고 하는 병화의 말이 옳지 않은 것은 아니요, 그 기분을 아주 이해하지 못하는 것은 아니나 덕기는 자기를 빗대놓고서나 하는 말 같아서 듣기 싫었다. 그뿐 아니라 언제든지 뺏어 먹고 쓰고 할 것은 다 하면서 게걸대고 입바른 소리를 툭툭 하는 것이 밉살맞기도 하였다. 있는 사람의 통성[5]으로 자기에게 좀 고분고분하게 굴어주었으면 좋았다.

그러나 없는 사람이 있는 친구와 어울리면 병정 노릇이나 하는 것 같은 일종의 굴욕을 느끼는 것도 사실이겠고 또 그렇게 구칙칙하거나[6] 더럽게 굴지 않고 자기의 자존심을 더럽히지 않으려는 것이 취할 모라고 아직 경력 없는 덕기건만 돌려 생각도 하는 것이었다.

주부가 술상을 차려 왔다. 술상이래야 유리 고쁘[7]에 담은 노란 술과 김이 무럭무럭 나는 '오뎅' 접시뿐이다.

술을 좋아하지 않는 덕기는 더구나 그 유착한[8] 고쁘쩜을 보고 눈이 저절로 찌푸러졌다. 모든 것이 그의 그 소위 고상한 취미에

5 공통으로 가지고 있는 성질.
6 당당하지도 분명하지도 못하다, 하는 짓이 더럽고 너절하다.
7 일본어로 '컵'을 뜻함.
8 몹시 투박하고 크다.

맞지 않았다.

마담은 꼭 째인 얼굴판이 좀 검은 편이었으나 어디인지 교육 있는 여자 같고, 맑은 눈 속이라든지 인사성이 있는 미소를 띤 입술을 빼뚜름히 꼭 다문 표정이 몹시 이지적인 것을 알 수 있다.

"놀라 자빠질 지경이라던 여자가 지금 그 여자인가?"

덕기는 병화가 주부가 들어가기도 전에 그 큰 고쁘를 들고 벌떡벌떡 다 켜기를 기다려 물어보았다. 병화는 '오뎅'을 반이나 덤뻑 떼 물어서 우물우물 씹느라고 미처 대답을 못하다가 반씩 반씩 씹는 말로,

"아니— 참 물어볼걸."

하고 입으로는 여전히 씹으면서 손뼉을 친다. 병화는 먹기에 정신이 팔린 것은 아니나, 덕기에게 말은 그렇게 하였어도 실상 이집에 미인이 있고 없는 데에 그리 마음이 쓰이는 것이 아닌지라 이때껏 무심하였던 것이다.

주부가 오니까 병화는 씹던 것을 이제야 삼키고,

"그 사람 어데 갔소?"

하고 묻는다.

"예, 지금 막 목욕 갔어요. 곧 오겠지요."

하며 중턱에 서서 상긋 웃고는 시선을 덕기에게 준다.

주부의 눈에 비친 덕기는 해끄무레하고 예쁘장스러운 똑똑한 청년이었다. 이 여자에게는 조선인이라는 경멸하는 마음은 그리 없으나 그 해끄무레하고 예쁘장스러운데다가 학생복이나마 값진 것을 조출하게 입은 양으로 보아서 어느 부잣집 아기거니 하는 생각이 들어서 약간 얕잡아 보는 마음이 들었다. 그러나 한편

손님(병화)이 그동안 두어 번 보았어도 허술한 위인은 아닌 모양인데 그런 사람하고 추축이 되면 저 청년(덕기)도 그런 부잣집 귀동아기로만 자라난 모던보이 같지 않다는 생각도 들었다. 이 여자는 올가을에 처음으로 이 장사를 벌인 터이라, 드나드는 손님이 하도 많지만, 이런 장사에 찌들어서 여간 것은 눈에 띄지 않을 만큼 신경이 굳어지지 못한 탓이라 할까 여하간 여염집 여편네의 호기심으로 처음 보는 남자마다 유난히 호기심을 가지고 인금[9] 나름을 하는 것이다.

그러면서도 어쩐 일인지 별안간 머릿속에 정자 생각이 떠올라왔다. 정자란 조선에 와 있는 ×× 지방 재판소 오 판사의 맏딸이다. 성은 오嗚가라도 일본말로 '구레'라고 하는 일본 사람이다. 이 주인 여편네가 ××시에서 도道 자혜병원에서 간호부장 노릇을 할 때에 오정자가 무슨 병으로든가 입원한 후로 자연히 가까워졌던 것이다.

그러나 왜 지금 그 정자의 생각이 났는가? 어쩐지 덕기에게서 받은 인상이 그 정자와 남매 같다고 생각하는 것이었다. 남매— 가당치도 않은 생각이다. 민족이 다른 사람이다.

그러나 그보다도 정자가 퍽 새로운 생각을 가지고 사회 비평이나 정치 비평을 도도히 할 때마다 이 집 주인은 늘 웃으면서 다만 귀엽게 들어주기도 하고 장단을 맞추어주기도 한 일이 있었더니만큼, 자기 역시 비교적 신지식에 어둡지는 않다고 생각하던 터이라, 머리 덥수룩한 청년(병화)이 친구들과 와서 일본말로

---

9 사람의 가치나 인격적인 됨됨이.

저희끼리 떠드는 소리를 귓결에 들을 때도 소위 '마르크스 보이'로구나 하고 반은 비웃음 섞인 친근한 감정을 느꼈었기 때문에 지금 보는 덕기도 한종류려니 하는 생각도 부지중에 나서 '마르크스 걸'인 정자가 불시에 연상된 듯도 싶다.


## 홍경애


주인 여편네는 손님이 심심해하는 양을 보고 가까이 교의를 끌어다 놓고 두 사람을 타서 앉으며,

"오늘도 주정허시랍니까, 주정허시면 내쫓습니다."

하고 웃으려니까 병화는,

"내가 주정을?……"

하고 깜짝 놀란다. 사실 그날도 점심 저녁 다아 굶고 술을 과히 먹었기 때문에 그런 생각이 지금 어렴풋도 하지만, 혹시는 평시에 계집에게 담백하니만치 일시 희롱했는지도 모르겠다고 혼자 생각을 하여보았다.

"시치미 딱 떼고 딴전을 붙이시는군요. 약주 취한 체하고!"

주부는 이야깃거리를 만들려고 여전히 병화의 주정 부리던 이야기를 계속한다. 그러나 병화는 재미없었다.

"사실 그런 게 아닌데…… 당신 같으면 붙들고 시달렸을지 모르지만— 하하……."

"호…… 그랬드면 정말 큰일 났게!"

주부가 이런 소리를 하려니까,

"다다이마(지금 옵니다)."

하고 역시 일복한 여자가 목욕 대야를 들고 들어오다가 손님이
있는 것을 보고 오뚝 서버린다.

무심코 건너다보던 덕기는 얼음장을 목덜미에 넣는 듯이 모가
지를 옴츠러뜨리며 눈을 술잔으로 보냈다. 들어오던 여자도 주춤
하고 서는 기척이더니 소리 없이 살며시 돌쳐나간다.

'경애!'

덕기는 속으로 이렇게 불러보고는 두 눈이 확 달면서 더운 것
이 흐르는 것 같았다. 그러나 눈물이 날 지경은 아니었다.

다만 칠분쯤 남은 술 고쁘가 위아래로 춤을 추는 것 같고, 술
을 아무리 못 먹어도 그만 술에 취할 리가 없겠는데 머리가 어찔
하고 앉은 자리가 휘휘 둘리는 것 같았다.

"어떤가? 놀라 자빠지지는 않겠나? 허허허…… 내 눈도 자네
눈만큼은 높지?"

하며 남의 속은 모르고 취기가 돈 병화는 껄껄 웃는다.

"그야 미인보고 예쁘다 하지. 그렇지만 놀라 자빠질 지경이
야……."

주부는 여자의 본능으로 엷은 시기를 느끼는 눈치인지 병화에
게 이런 핀잔을 준다.

"오바상! 술을 또……. 그리고 아이꼬상더러 어서 나오라고
해주슈."

'아이꼬상'이라는 것은 이 집에서 경애敬愛라는 애愛 자를 일본
말로 부르는 이름이다. 주부는 발딱 일어나서 들어갔다.

"여보게! 그것 누군 줄 아나?"

주부가 안으로 들어간 뒤에 병화가 웃으며 묻는다.

"누구라니?"

덕기는 위아래 어금니가 맞닿는 소리로 대꾸를 하며, 무엇에 놀란 표정으로 친구의 얼굴을 말뚱히 쳐다보았다. 이 친구가 그 여자의 내력을 뻔히 아는가 싶어 무서웠던 것이다.

"아아니, 지금 그 애가 일녀日女인 줄 아나?"

병화는 또다시 싱글싱글 웃는다.

"그럼 조선 여자란 말인가?"

덕기는 역시 자기의 눈이 틀리지 않았다는 생각을 하면서 가슴이 한층 더 무거워졌다.

"허허허…… 나도 처음 왔을 때는 못 알아보았네마는 알고 보니 수원 나그네―가 아니라, 수원 여자라네! 이름은 홍경애…….”

친구의 입에서 홍경애라는 이름까지 듣고 나니 덕기는 새삼스레 가슴이 두근거리기까지 하였다. 아무 말도 못 하였다.

병화는 덕기가 깜짝 놀라리라고 생각하였던 것과 달라서 아무 대답도 없이 한 모금 술에 발개졌던 얼굴이 해쓱하여지는 것을 보고 무슨 의미인지 해석할 수 없다는 듯이 머쓱한 낯빛으로 친구를 한참 바라보다가,

"자네 그 여자를 아나?"

하고 물어보았다.

"몰라!"

덕기는 약간 떨리는 듯하면서 침통한 소리로 간단히 대답을 하면서도 자기의 낯빛이 친구에게 이상히 보일까 보아 술 고쁘

를 선뜻 들어서 입에 댄다.

껄덕껄덕…… 반 이상이나 한숨에 켰다.

병화는 덕기가 술을 이렇게 단김에 켜는 것을 처음 보았다.

'웬일일까?'

병화는 혼자 의아하였다.

손뼉을 쳤다. 그러나 '아이꼬'가 술을 가지고 나오는 게 아니라 주부가,

"미안합니다."

고 소리를 치며 나온다.

"아이상은 왜 안 나오우?"

병화가 물었다.

"머리 빗어요. 인제 나오겠지요."

주부는 술을 덕기에게도 따랐다. 한 고쁘 다 마셨으니, 다른 때 같으면 덕기는 싫다고 할 터인데 잠자코 있다. 덕기는 어떻게 할지 속으로 망설이었다. 어서 병화를 일어나게 해서 그대로 가 버리고도 싶고 이왕이면 좀 더 앉았다가 그 미인을 다시 한 번 만나보고 가고 싶은 충동도 없지는 않다.

"여보게, 그만하고 저녁을 먹으러 가세."

덕기는 암만 생각하여도 자리를 뜨는 것이 옳겠다고 생각하며 발론하여보았다. 그러나 뒤숭숭한 마음은 조금 안정된 것 같기도 하였다.

"왜 그러나? 모처럼 왔다가 미인도 안 보고 가려나?"

병화는 둘째 잔을 반이나 한숨에 마시고 움직일 생각도 없이 매우 유쾌한 모양이다.

"자네두 어서 좀 먹게. 오늘은 좀 취하세그려. 오래 또 못 만날 텐데……."

"왜, 이 양반 어디 가시나요?"

주부는 병화의 말에 덕기를 아까보다도 친숙한 눈치로 쳐다본다.

"아직 공부하는 어린 자식놈이 보구 싶기에 동기방학冬期放學에 불러왔다가 내일 떠내보내는데 지금 송별연을 차린 거라우."

하며 병화는 껄껄 웃었다.

"호호호……. 부자분이 아주 의취가 좋으십니다그려."

하며 주부가 웃으려니까,

"미친 사람!"

하고 그제서야 덕기가 픽 웃는다.

"학교는 어디시게요?"

"경도[10]삼고京都三高!"

덕기가 딴생각에 팔려서 잠자코 앉았으니까 역시 병화가 대꾸를 하였다.

"예에 경도! 경도에 오래 계서요?"

하고 주부는 경도라는 데 반색을 하면서 덕기의 얼굴을 들여다본다.

"예에, 한 이태쯤!"

덕기는 얼빠진 사람처럼 앉았다가 대꾸를 해주고,

"어서 일어스게!"

하고 또 재촉을 한다.

---

10 '교토'를 말함.

"왜 그러세요? 오시자마자."

주부는 장사치의 인사로만 아니라 어쩐지 이 젊은 사람들을 더 붙들고 이야기하고 싶은 눈치다.

"떠날 준비도 있고 어디 가서 밥을 먹어야지."

덕기는 경애를 단연코 만나지 않고 가리라고 생각하였다. 그 여자에게 자기로서는 아무 감정이 있는 것은 아니나 어쩐지 만나기가 가슴 아팠다. 더구나 이런 자리에서 술집 작부로 떨어진 경애와 만난다는 것은 의외라도 이런 의외가 있을 리 없고 자기인들 아무리 타락하였기로 만나려고 할 리가 없을 것이니 얼른 피해주는 것이 옳다고도 생각하였다.

"이 사람아, 밥은 밤낮 먹는 거 아닌가? 좀 가만 앉았게그려."

"술이라면 떨어질 줄을 모르니 어쩌잔 말야, 자네 그 유위한[11] 청년의 머리를 술에 절여버리려나?"

덕기는 좌석이 거북하니만큼 거진 노기를 품은 소리로 이렇게 비꼬아본다.

"사실은 나는 밤낮 먹는 그 밥도 없네마는 술도 못 얻어먹으면 냉수나 마시고 살라는 말인가? 대관절 나 같은 놈에게서 술마저 뺏으면 무에 남겠나? 그래도 술을 먹지 말라는 말인가?"

"암 그렇고말고요! 퍽 유쾌하신 모양입니다그려?"

별안간 이런 소리를 치면서 '아이꼬상'이란 여자가 내달아서 주부 옆에 와 서며 덕기에게는 눈도 거들떠보지 않고,

"긴상, 저런 도련님과 무얼 그렇게 설교를 하고 앉으셨소? 자

---

11 능력이 있어 쓸모가 있다.

아, 술이나 잡수세요."

하고 주부 앞에 놓인 술통을 들고 달려든다.

"사실 아이상 말이 옳지? 자아, 당신부터 한 잔……."

하고 병화는 의기양양하여 빈 고쁘를 내어민다.

"나두 먹죠."

하고 경애는 선뜻 잔과 술통을 바꾸어 받는다.

병화는 선 채 내미는 경애의 잔에 술을 따랐다.

경애가 고쁘 술을 받아서 마시는 것을 보고 덕기는 외면을 하였다. 처음에 소리를 치며 해룽해룽하며 내닫는 그 꼴에도 가슴이 내려앉듯이 놀랐지만 그 술 마시는 데에 한층 더 놀라고 밉고 더럽고 가엾고 한 복잡한 감정을 참을 수가 없었다.

부친에게 이 꼴을 뵈었으면 좋겠다고 생각하였다. 부친에게 대하여 이때껏 느껴보지 못한 반항심이 부쩍 머리를 들어오는 것을 깨달았다.

그러나 경애가 술을 이렇게 마구 먹는 것을 보고 놀란 사람은 덕기뿐이 아니었다.

"어쩌자구 이래? 오늘은 무슨 일 났나?"

주부는 경애가 장난으로 대객 삼아 그러는 줄만 알고 웃으며 바라보다가 정말 반 고쁘 턱이나 흘러 들어가는 것을 보자 질겁을 하면서 경애의 입에서 술잔을 빼앗아 내렸다.

"에구 이게 얼마야! 이러구두 사람이 배기나!"

하며 주부는 내려놓은 고쁘의 술 대중을 본다.

그 말이 지나는 인사거나 주인으로서 부리는 사람을 꾸짖는 어투가 아니라 주책없는 어린 동생이나 나무라는 것같이 다정스러이 들리었다. 두 청년은 그것이 자기에게나 당한 일같이 고마운 생각이 들었다.

"나두 이만한 술은 먹어요."

경애는 언제 들으나 도리어 얄미울 만치 혀끝이 도는 일본말로 이런 소리를 하고 무슨 대담한 장난이나 한 뒤의 어린아이처럼 얼레발 치는 웃음을 생글 웃어 보이다가 거기 놓인 피죤 한 개를 꺼내 붙인다.

덕기는 담뱃불을 붙이는 동안에 경애의 얼굴을 잠깐 엿보았다. 그렇게 보아서 그런지 새빨간 두 눈에 성냥불이 어리어서 눈물이 글썽글썽한 것 같다.

'그래도 우는구나!'

고 덕기는 도리어 가엾은 생각이 났다.

예전에 같이 보통학교에 다니고 교당에 다니던 생각을 하면 이렇게도 변하였으랴―이렇게도 타락하였으랴 싶건마는 지금 이렇게 술을 먹는 것도 화풀이 술이요 하등 카페의 여급 모양으로 무람없이 손님의 담배를 제 마음대로 피워 무는 것도 화풀이로 그러려니 하는 생각이 들었지만 그보다도 눈물을 머금는 것을 보니 그래도 아직 타락하지 않은 곳이 남아 있는 것같이 보이고 그렇게 생각할수록 측은하여 보이었다.

"그 술잔을 내게 돌려보내 주어야지! 괜히들 술을 못 먹게 하는군! 아이상! 어서 그 잔을 마시고 내줘."

병화는 가만히 앉아서 이 사람 저 사람 눈치만 보다가 남은 술을 또 경애에게 권한다.

"난 그만해요. 우리 합환주 하십시다. 부자 댁 도련님 술은 얼어먹어두 나 먹던 술은 더러워 못 자시겠에요?”

어느 틈에 병화와 덕기의 새에 들어와 앉은 경애는, 이런 소리를 거침없이 하며 자기가 먹던 술잔을 들어다가 병화의 앞으로 밀어놓는다.

덕기는 경애의 시치미 뚝 떼고 비꼬는 말을 듣고 또 한 번 가슴이 선뜻하면서[12] 무심코 놀란 눈을 경애에게로 보냈다.

대관절 이 여자의 정체를 알 수 없다고 도리어 무서운 생각이 들었다.

“자아 마시세요!”

하고 경애는 제가 먹던 잔 위에 더 부어 가뜩 채운다.

병화는 기다렸다는 듯이 선뜻 들어서 벌떡벌떡 켠다.

“인젠 가세.”

덕기는 병화가 안주도 들 새 없이 재촉을 하였다. 도깨비에게 홀린 것 같아서 인제는 더 앉았을 수가 없었다.

“가만있게! 아이꼬상 말마따나 부자 댁 도련님 술을 얻어먹자니 힘도 무척 드네. 먹을 것 먹어야 가지 않나?”

하고 병화는 주기가 차차 돌으니만큼 불쾌스럽게 대꾸를 하고 ‘오뎅’을 어귀어귀 먹는다.

주부가 깔깔 웃으려니까, 덕기는 좀 머쓱해졌다. 실상 주부가 웃는 것은 병화가 게검스럽게[13] 먹는 것을 보고 웃는 것이나 덕기 생각에는 병화나 경애가 비꼬는 듯이 주부 역시 자기를 우스꽝스럽게 보고서 비웃는 것인가 하여 열적었던 것이다. 덕기는 잠

---

12 몸이나 마음에 갑자기 찬 느낌을 받는다는 ‘선득하다’의 뜻으로 쓰임.
13 음식을 욕심껏 먹어대는 꼴이 보기 흉하다.

자코 앉아서 세 사람의 눈치만 보는 수밖에 없으나 아무리 보아도 그 세 사람들이 자기와는 딴세상 사람 같았다. 세 사람이 입을 모으고 자기만 따돌려 세운 것같이 섭섭한 생각도 들었다.

"참, 이 양반도 약주를 좀 잡수셔요. 색시처럼……."

주부가 인사성스럽게 다시 덕기에게 알은체하고 술을 권하려니까 경애가,

"아직 도련님을 술을 먹여 되나요. 내나 먹지!"

하고 덕기의 앞에 놓인 술잔을 얼른 들어 오면서 조선말로 덕기만 알아들을 만치,

"빨아먹을 수만 있으면 부자의 피를 다아 빨아먹겠는데."

하고는 바로 앉는다. '부자'라는 말은 '아비 아들'이란 말인지 돈 있는 부자란 말인지 알 수 없다.

경애는 그 술잔을 들어서 입에 대려고는 아니하였다. 다만 부자의 피라도 빨아먹겠다!는 한마디가 하고 싶어서 일부러 덕기의 술잔을 빼앗아 온 것이었다. 그리고 이 말을 일부러 한 것은 내가 너를 몰라본 것이 아니라는 예기지름[14]을 하고 싶었던 까닭이었다.

─이 술잔은 조상훈趙相勳이의 아들 조덕기趙德基의 술잔이거니 하는 생각을 잊어버리지는 않았기 때문이다.

상훈이는 누구요 덕기는 누구냐?…… 어쨌든 한때는 내 남편이요 따라서 아무리 언상약한[15] 어릴 때의 학교 동무라 하여도 아들이라는 이름이 지어 있던 사람이다!

14 장차 될 일에 대해 미리 짐작하여 못을 박음.
15 나이가 서로 비슷하다.

이런 생각이 앞을 서기 때문에 경애는 덕기의 술잔을 끌어다가는 놓았어도 입에 대려고는 아니하였던 것이다.

덕기는 모든 것이 어이가 없어서 가만히 쭉치고 앉았을 뿐이었다. 도리어 경애가 술이 취해서 괴둥괴둥[16] 제 내력을 이야기할까 보아 속으로 애가 씌었다.

"아이꼬상! 왜 이래? 또 애인 생각이 나는 게로군?"

주부가 경애를 웃으며 바라보다가 놀리는 듯하면서도 이렇게 타일렀다.

'애인 생각!'

하며 덕기는 가슴이 찌르르하는 것을 깨달았다.

"실없는 소리 마슈! 오늘은 유쾌해서 죽을 지경이니까 좀 먹을 테야."

하고 경애는 앞에 놓인 술잔(덕기의 술잔)을 들어서 가운데 놓인 담배 재떨이에 조르르 쏟더니 다시 술잔을 병화에게 내밀며 따르라고 한다.

이번에는 병화가 반 잔만 따랐다.

"저게 무슨 짓이야! 손님 잔을……."

하고 주부가 또 나무라니까 경애는 거기에는 대꾸도 아니하고 덕기에게로 향하여,

"각세이상(학생 양반)! 당신은 안 자시니까 그래두 상관없지?"

하고 보통 손님에게 대하듯이 상냥스럽게 묻는다.

덕기는 얼떨결에 얼굴이 새빨개지며 '응'이라고 하였는지 '예

---

16  말이나 행동 등을 되는 대로 아무렇게나 하는 모양.

에'라고 하였는지 자기도 알 수 없는 대답을 얼버무려뜨렸다.

"내가 이렇게 술을 먹는다고 누구든지 타락하였다고 하겠지? 허지만 타락하였으니까 술을 먹는다는 말도 술을 먹으니까 타락하였다는 말도 안 될 말이지. 또 여자가 술을 먹는다고 타락하였다면 술 먹는 남자는 모두 타락하고 술 안 먹는 목사님 같은 사람은 모두 천당 가신다는 말이지? 네? 긴상(김 씨) 정말 그런가요?" 하고 병화의 무릎을 탁 친다.

경애는 술이 돌으니까 점점 웅변이 되고 하느적거리는 교태가 여자의 눈에도 한층 더 아름다워 보였다.

그러나 경애가 목사를 끌어내는 말에 병화는 하려던 말을 멈칫하고 고개를 끄덕거리며 덕기를 쳐다보았다.

병화의 아버지가 현재 장로요, 덕기의 아버지도 목사 장로는 아니나 교회 사업을 하고 있는 터이다. 물론 경애가 병화나 덕기의 부친을 알 리 없으니 빗대놓고 한 말은 아니라고 생각하였지마는 병화는 현재 자기가 장로인 부친과 사상 충돌로 집을 뛰어나와서 떠돌아다니는 신세이니만큼 평범한 그 말이 몹시 가슴에 찔리었다. 그러나 덕기는 경애의 말을 결코 무의미한 말로 듣지는 않았다. 무의미는 고사하고 자기더러 들어보라고 한 말임을 짐작하자 뒤달아 또 무슨 소리가 나올지 몰라 인제는 정말 일어서 버려야 하겠다고 속이 달았다.

"난 결단코 타락하지 않았어요! 설사 내가 타락하였드라도 그것이 남의 탓이라고 칭원을 하지는 않지만 내가 타락하였다면 이 세상 년놈은 어떻게 하게요! 난 천당에 자리를 비워놓았대도 가지 않겠지만……."

경애는 점점 더 취기가 돌아서 가다가다 혀 꼬부라진 소리를 내지만 목사니 천당이니 하는 소리를 연발하는 것을 보면 이 여자가 어떤 교회 학교 출신인가 하는 생각을 병화는 하였다.

"그렇구말구요. 그런 소리는 마시우. 우리는 우리의 할 일이 있으니까…… 당신은 언제든지 그런 생각으로 굳세게 살어가시기를 바랍니다!"

병화도 얼굴이 시뻘게져서 맞장구를 치고 공연히 흥분이 되었다.

"헌데 당신은 대관절 무얼 하는 양반요?"

경애가 별안간 병화에게 이렇게 묻고 이야기판을 차리려는 듯이 달려든다.

"나? 나요? 흐흥…… 당신 눈에는 무얼 하는 사람같이 뵈우?" 하고 병화는 여전히 웃는다.

그러자 문이 획 열리면서 다른 손님 한 축이 서넛 몰려 들어오는 바람에 말허리가 잘렸다.


이튿날

"어서 일어나요. 어머니 오셨어요."

아내가 건넌방 창으로 달아와서 깨우는 바람에 덕기는 그제서야 우뚝 일어나 앉았다.

"어제 늦은 게로구나? 그래, 오늘 떠나니?"

모친은 들어오면서 말을 건다. 아들이 떠난다니까 보러 온 것이었다.

"봐서 내일 떠나지요……."

덕기는 일어서며 하품 섞인 소리로 대답을 한다.

아내도 뒤따라 들어와서 부리나케 자리를 개 얹는다.

안방 식구는 내다보지도 않는다. 안방 식구란 덕기의 서조모庶
祖母 식구다. 말하자면 서시어머니가 안방에 있을 터이나 덕기의
모친은 건너가 보려고도 아니하고 또 나 어린 서시어머니는 조
를 차려서[17] 들어와 보려니 하고 버티고 앉았는지 내다보지도 않
는다.

서시어머니가 안방 차지를 한 지가 오 년, 따라서 덕기의 부모
가 따로 나간 지도 오 년이다. 자기보다도 다섯 살이나 아래인 서
시어머니하고 한솥의 밥은 먹기 싫었다. 싫기는 피차일반이다.
부자간에도 역시 그러하였다. 노영감은 손주는 귀애하여도 아들
은 못마땅하였다. 게다가 귀한 젊은 첩을 들어앉히자니 아들 식
구는 밀어내었던 것이다. 또 피차에 난편[18]도 하였던 것이다.

칠십 당년에 첩의 몸에서 고명딸 겸 막내딸을 낳았다. 지금 네
살, 이름은 귀순이다.

덕기의 부모가 따로 날 때 중학교에 다니던 덕기도 물론 부모
를 따라 나갔었다. 그러나 중학교 사 년 때에 장가를 들자 반년쯤
부모 앞에서 지내다가 이 할아버지 집으로 옮아왔다. 어머니는
내놓으려고 아니하였다. 색시의 친정에서도 젊은 시서조모 밑에
두기를 싫어했다. 그러나 조부의 엄명을 거역하는 수는 없었다.
조부의 엄명은 서조모의 엄명이다. 서조모가 만만한 어린 내외를

17  짐짓 품격을 높게 가지려고 한다.
18  몹시 불편함.

데려다 두고 휘두르며 부려먹기에도 알맞고 또 한 가지는 나 먹은 며느리─눈 안 맞는 며느리를 고독하게 만들자는 것이었다.

그래도 노영감으로서는 손주 내외가 귀여워서 데려온 것일지 모른다. 또 덕기도 저 아버지보다는 조부에게 따랐던 것이다. 게다가 재산이 아직도 조부의 수중에 있고 단돈 한 푼이라도 조부가 차하를 하는 터이라 조부의 뜻을 맞추어야 하겠다는 따짐도 있었다.

혼인한 이듬해에는 건넌방에서도 아이 우는 소리가 나게 되었다. 첫아들이었다. 집안이 경사 났다고 떠들었다. 그러나 입으로만이었다. 서조모는 소견이 좁고 보고 배운 것이 없었다. 공연히 건넌방 아이, 증손자를 시기하는 것이었다. 네 살짜리의 할머니와 세 살 먹은 손주가 자랄수록 손이 맞아서 일을 일리고[19] 어른 싸움이 벌어지게 하는 것이다.

증조부가 간혹 건넌방 아이를 좀 안아주면 안방 마마의 눈귀가 가로 째지는 것이었다.

노영감도 불공평하자는 것은 아니나 몸이 괴로웠다. 결국에는 자기 딸이 귀엽고 젊은 첩에게로 쏠리건마는.

"아버니[20] 지금 계서요?"

덕기는 마루로 나와서 또 한 번 커다랗게 하품을 하고 건넌방에다 대고 물었다. 부친에게 길 떠나는 문안을 갈 생각이다.

"몰라! 사랑에 계신지 나가셨는지."

모친의 대답은 냉담하였다. 원체 이 중늙은이 내외는 이름만

19 '일으키다'의 방언.
20 아버지.

걸린 내외였다.

식사도 사랑, 잠도 사랑, 세수까지도 사랑에서 내다가 하는 것이었다. 남편의 코빼기도 못 보는 날이 많다. 그래도 남 보기에는 그리 의가 좋지 않은 것 같지도 않다. 검다 희다 말이 도대체 없기 때문이다. 그가 특별히 하느님의 아들 노릇을 하기 때문에 세속 일에 대범하고 초연해서 그런지? 도를 닦아서 여인에게는 근접을 아니하느라고 그런지는 몰라도 어쨌든 사십에 한둘 넘은 이 중년 부인은 얼굴을 잊어버리게 된 남편을 미워하고 원망하는 것이었다.

"이 애는 어디 갔니?"

모친은 손주 새끼의 얼굴이 보고 싶었다.

"업고 나갔어요. 사랑 마당에서 노는지요."

하고 어린 며느리는 안방 애 보는 년을 불러내어서 나가보라고 이른다.

"애, 애, 사랑에 나가건 영감님께 화개동 마님께서 오셨다고 여쭈어라."

며느리는 안방 아이를 업고 마루로 내려가는 계집애년에게 소곤소곤 일렀다. 자기 시어머니가 시할아버지께 문안드릴 기회를 만들자는 분별이다.

아이년이 나가자 노영감이 곧 들어왔다. 며느리가 그리 급히 보고 싶은 것이 아니라 온종일 할 일이 없어서 하루에도 몇십 번씩 들락날락하는 것이 유일한 소일인데 성미가 급하여서 듣기가 무섭게 들어온 것이다.

사랑문에서부터 기침을 칵 하는 소리에 건넌방에서 며느리가 나왔다.

"음……."

며느리를 쳐다보고는 이렇게 한마디 하고 마루 끝에서 자리옷을 입고 세수를 하다가 일어서는 손자를 보고,

"무슨 옷을 저렇게 헤갈[21]을 해 입었니?"

하고 우선 한 번 쏜 뒤에,

"어제는 어디를 갔다가 몇 시에 들어왔단 말이냐?"

하고 역정을 낸다. 몇 시에 들어온 것은 오늘 아침에 벌써 안방 마마의 보고로 알고 있으면서 묻는 것이다.

덕기는 물 묻은 얼굴로 가만히 비켜섰을 수밖에 없었다. 영감이 안방으로 들어가니까 며느리도 따라 들어가서 절을 하였다. 비로소 시서모와 대면을 하였다.

"응, 별고 없지?"

영감이 출입이 별로 없고 며느리도 이 집에를 여간한 일이 아니면 오기를 싫어하니까 시아버지 문안이 한 달에 한 번도 될까 말까 하다.

"내일모레 제사까지 묵어갈 테냐?"

며느리는 천만의외의 소리를 시아버니에게 들었다. 잠자코 섰을 뿐이다.

생각해보니 모레가 바로 시할아버지 제사―이 영감에게는 친기[22]인 것을 깜빡 잊어버렸던 것이다.

"급한 일 없거든 왔다 갔다 하느니 아주 묵으려므나. 어린것들

---

21  물건 등이 흩어져 어지러운 상태.
22  부모의 제사.

만 맡겨두어두 안 될 것이고 하니……."

며느리 입에서는 '네' 소리가 좀처럼 아니 나왔다. 시아버지는 못마땅하였다.

"그럼! 좀 있어서 차려주어야지. 나 혼자서는 어린것을 데리고 이 짧은 해에……."

한옆에 모로 앉았던 젊은 시서모가 비로소 말참견을 했다. 어린것들에게만 내맡겨둘 수 없다는 영감의 말이 며느리 앞에서 자기에게 모욕이나 준 것같이 못마땅하여서 슬쩍 이렇게 둘러댄 것이다. 며느리는 꿀 먹은 벙어리처럼 여전히 입을 봉하고 섰다.

첫째 그 반말이 듣기 싫었다. 마주 반말을 해도 좋으나 그래도 밑지는 수밖에 없는 것이 분하다.

'첩노릇은 할지언정 원바닥이 있고 얌전하다면서 소대상을 차리니 말인가 무슨 장한 제사를 차린다고 엄두를 못 내는 것이람! 어린애 핑계를 하니 아이 기르는 사람은 제사도 못 지내던감.'

이런 생각도 하여보았다.

"너희는 예수교인지 난장인지 한다고 조상 봉제사도 무언지도 모르나 보더라마는 내가 살아 있는 동안에는 막무가내하다!"

며느리가 끝끝내 잠자코 섰는 것이 못마땅하니까 연년이 제사 지낼 때마다 부자간에 충돌이 생기던 것을 생각하고 주름살 많은 얼굴이 발끈 상기가 되며 치미는 화를 참는다. 며느리는 좀 선뜻하였으나 무어라고 입을 벌릴 수는 없었다.

"그래 너두 이제는 천주학쟁이가 되었니? 내가 죽은 뒤에는 물 한 방울 떠놓겠니?"

시아버지의 언성은 점점 더 높아갔다.

수원집(시서모는 수원 태생이다)은 영감이 며느리 꾸짖는 것을 보고 까닭 없이 시원하였다. 며느리가 무어라고 말대답이나 한마디 하였으면 더 좋겠다고 생각하였다.

"아내요. 재 떠나는 것도 보고 아주 제사까지 치르고 가겠에요. 그러지 않어두 그럴 생각으로 왔에요."

며느리의 말이 의외로 온순하여지니까 영감은 도리어 김이 빠지는 것을 깨달으면서도 마음이 저윽히 풀리었다. 그러나 수원집은 마치 불구경 나갔다가 연기만 모락모락 나고 그만두는 것을 보고 돌아올 때와 같은 싱거운 생각이 들었다.

"예수교 아니라 예수교보다 더한 것을 믿기로 그래 조상 제사—부모 제사 지내는 게 무에 틀린단 말이냐? 예수는 아버지를 모른다더라마는 어쨌든 예수도 부모가 있었기에 태어나지 않았겠니?…… 덕기도 잘 들어두어라……."

하고 영감은 마루편으로 소리를 치고 나서 또 밤낮 듣는 잔소리를 꺼낸다.

예수교 논래[23]—뒤따라서 아들의 논래를 한참 늘어놓고 나서는,

"덕기야!"

하고 제 방으로 들어가서 수건질을 하고 섰는 손주를 불렀다.

"네—."

하고 건너왔다.

"그 일복 좀 벗어버려라. 사람이 의관을 분명히 하고 있어야지!"

하고 우선 꾸지람을 한 뒤에,

---

23 '주위를 불편하게 만드는 이야기'의 뜻으로 쓰인 듯함.

"너도 제사 지내고서 떠나거라!"

하고 엄명을 하였다.

"녜―."

덕기는 고단도 하고 어제 의외에 만난 경애를 그대로 내버려

두고 가기가 좀 마음에 걸리던 차에 도리어 잘되었다고 생각하

였다. 경애 일에 몸 달 일이야 없고 그것으로 출발을 연기까지 할

묘리는 없으나 이래저래 잘된 셈이다.

그러나 덕기는 조부가 부친에게 대하여 육장 줄로 친 듯이 꾸

지람을 하는 것이 듣기 싫었다. 누구 편은 더 들고 누구 편은 덜

드는 것이 아니지만, 조부의 결은 잔소리―그거나마 어려서부터

귀에 못이 박히도록 들은 예수교 논래에는 시비는 하여간에 이

제는 머리가 땅하였다. 일 년에 몇 차례씩 되는 제사 때면 한층

심한 것이다.

더구나 자기 마님 제사―즉 덕기에게는 조모 제사요 부친에게

는 친기가 되지만 그때가 되면 연년이 난가[24]가 되는 것이다.

"에미도 모르는 자식!"

이 소리가 사랑으로 안으로 들락거리는 노영감의 입에서 몇십

번 몇백 번이나 나오는지 파제삿날 저녁때나 되어서 눈에 띄는

사람이 없어져야 간정이 되는[25] 것이었다.

"대체는 영감마님이 의는 퍽 좋으셨던 게야."

젊은 여편네들이 수원집더러 들어보라고 짓궂이 이런 소리를

하면 덕기 모친은,

---

24 싸움이나 말썽으로 소란스러운 집안.
25 소란하던 것이 가라앉다.

"내외분의 의가 좋으셨기나 하였기에 혼쭐나게 얌전하고 유우명짜한 그런 아드님을 나셨지!"

하고 자기 남편을 비웃는 것이었다.

그러나 부친은 끝끝내 자기 어머님 제사 참례도 아니하고 영감님 분별로 덕기 모자와 일가에서 모여드는 동항렬끼리만 지내는 것이었다.

게다가 할머니 제사에 또 한 가지 겹치는 것은 수원집이 까닭도 없이 방구석에만 쪽치고 들어앉아서 꾀리[26] 주둥이가 되어 아이들만 들볶는 것이었다. 여편네들은 그 꼴이 미워서 잔칫집처럼 깔깔대고 법석을 하면서, 영감님이 친기보다도 마님 제사는 더 위하신다는 둥, 나도 죽어서 영감의 손으로 이런 제사를 받아보았으면 원이 없겠다는 둥, 마님 혼령이 오늘은 안방에 드셔서 편히 쉬고 가시겠다는 둥—하는 소리를 수원집 턱밑에서 주거니 받거니 하고 밤새도록 떠드는 것이었다.

덕기는 조부의 제사에 정성이 부족하다는 훈계를 들으면서도 지끈지끈하는 무거운 머리로,

'오늘 저녁때 바커스에 다시 한 번 가볼까?'

하는 생각이 떠오를 뿐이요 조부의 쓴 안경알이 꺼멓게 어른거리는 것조차 멀리 어렴풋이 바라다보였다.

어제 왔던 그런 좋지 못한 친구하고 어울려서 밤늦도록 나다니지 말라는 훈계가 끝나자 덕기 모자는 겨우 안방에서 풀려서 건넌방으로 건너왔다.

---

26 '꽈리'의 방언.

덕기는 밥상을 받고, 화롯가에 담배를 피워 물고 가만히 앉았 는 모친을 바라보고는 또다시 어제 만난 경애 생각이 났다.

'어머니는 대관절 그 일을 아시나? 아신다면 그 당시에 어쨌 을꾸?…… 그러나 어떻게 돼서 언제 헤지고 말았는구?…… 분명 히 소생―내게는 누이동생이나 코빼기도 보지 못한 고마울 것도 없는 누이동생이 하나 있다는 말을 들었는데…….'

덕기는 혓바닥이 알알이 해어지고 머릿속에서 그저 지진이 나 는 것 같은 것을 참고 물말이를 정신없이 퍼 넣으며 혼자 생각을 하였다.

'어머니께 여쭈어볼까?'

이런 생각도 하여보았다. 그러나 모친에게 묻기가 너무 잔인 한 것 같기도 하고 알든 모르든 가엾은 생각이 나서 그만두리라 고 돌려 생각하였다.

그러나 이 수수께끼 같은 일을 뉘게 물어보나? 하고 공연히 갑갑증이 났다. 부친에게 직통 대고 묻는 수도 없고 집안에서도 물어볼 사람이 없다. 시급히 알아보아야 할 일은 아니건마는 그 래도 궁금하였다.

부친의 친구를 찾아가서 물으면 알리라 하는 생각이 들자 물 어봄 직한 사람을 속으로 골라보았다. 몇 사람 머리에 떠오르기 도 하나 부친은 혼자만 속에 넣어두는 일생의 비밀일 터인데 선 부른 짓을 하다가 덧드러내게 되면 큰일이라고 이것도 돌려 생 각을 하였다. 교회 속 일이니만큼 그리고 아직도 부친이 교회의 시위도 받고 그 사회 속에서는 그래도 웬만큼 알리어 있느니만 큼 부친의 전비前非[27]는 어쨌든지 명예를 위하여 함부로는 발설

못 할 일이었다.

그러나 부친을 위하는 마음이 생길수록 이상하게도 한옆에서 부친을 미워하는 마음이 머리를 들었다. 부자의 정리보다도 부친에게 대한 인격적으로 존경할 수 없는 불쾌한 감정이 불현듯이 떠올라왔다. 그와 동시에 혹은 그와 같은 정도로 옆에 앉았는 모친과 경애가 가엾이 생각되었다. 죽었는지 살았는지도 알 수 없는 경애가 낳은 딸—보지 못한 누이동생 그리고 자기 남매까지 불행하고 측은히 생각되었다.

부친이 그리 잘난 인물은 못 되더라도 인격으로 아들에게만이라도 숭배를 받았던들 얼마나 자기는 행복하였을까? 덕기는 자기 부친에게 인격적으로 경의를 표할 수 없는 것을 몹시 괴로워하였다. 그렇지 않았다면 설혹 부친이 자기에게 냉담하더라도 자기가 진심으로 섬겨보고 싶었다.

'할아버지께서 이해가 없으신 것도 사실이지만 아버지만 그러시지 않아도 어머니도 행복이시고 우리도 행복이었을 것이다. 경애도 제대로 올곧게 제 운명 제 갈 길을 찾아나갔을 것이 아닌가……'

이번 양력설을 쇠고는 스물세 살이 된 그다. 세상의 못된 물이 들지 않고 지각도 들 만큼 들어갈 때다.

"어머니! 요새두 아버니께서 약주 잡수세요?"

덕기는 숭늉을 천천히 마시다 말고 옆으로 앉은 모친을 쳐다보았다.

---

27 이전에 저지른 잘못.

"누가 아니! 약주를 잡숫든 기생방엘를 가든!"

하고 모친은 핀잔을 주다가 자기 말이 너무 몰풍스러운[28] 것을 뉘우친 듯이,

"술상 보아 내오라는 말씀이 없으니 안 잡숫는 게지."

하고 다시 웃는 낯을 지어 보였다.

그러나 모친의 나중 말도 덕기에게는 부친을 비웃는 말로밖에 아니 들렸다.

"아버님께서 잡숫는 걱정은 말고 당신이나 주의를 해요!"

시어머니와 화로를 격해서 윗목에 쪼크리고 앉았던 아내가 오금을 박는다.

"잔소리 말어!"

하고 핀잔을 주고 덕기는 담배를 들고 가만히 화롯불에 꼭꼭 눌러 붙인다.

"너두 술 먹니?"

하고 모친은 얼마쯤 놀란 듯이 아들을 쳐다본다.

"어제두 곤드레만드레가 되어서 오밤중에나 들어왔답니다."

며느리는 남편이 무어랄까 보아 얼른 이렇게 고자질을 하고는 밥상을 번쩍 들고 나가버렸다.

"내력 술이니까 하는 수 없지만 벌써부터 술을 배워 되겠니?……"

모친은 가볍게 나무라두었다.

"친구에게 끌려서 부득이…… 몇 잔 먹구 취하나요. 하지

---

28 정이나 격이 없어 보이다.

만……."

하고 덕기가 말을 끊으니까 모친은 덕기의 뒷말을 기다리고 앉
았다가,

"너 아버지 말이냐? 너 아버지야 그저 그런 이로 돌리려니
와……."

하고 말을 미리 받는다.

"글쎄 금주 선전 신문인가 무엇엔가 글이나 쓰지 말으셨으면
좋지 않아요! 도무지 교회도 나와버리시구 그런 데 간섭을 마셨
으면 좋을 게 아니에요. 밤 열시까지는 설교를 하시고 그리고 열
시가 지나면 술집으로 여기저기 갈 데 안 갈 데 돌아다니시니 그
러면 세상이 모르나요, 언제든지 알리고 말 것이요…… 그것도
거기다가 목숨을 매달고 서양 사람의 돈푼이나 얻어먹어야 살
형편이면 모르겠지만……."

덕기는 일전에 병화가 새문 밖 냉동 근처의 좋지 못한 술집에
서 자기 부친을 분명히 만나보았다고 신야넉시야 하며[29] 듣기 싫은
소리를 주절대던 것을 생각하며 분해 못 견디겠다는 듯이 이런
소리를 조용조용히 하였다.

"그런 소리를 왜 날더러 하니? 너 아버지한테 가서 무슨 소리
든 시원스럽게 하렴!"

하고 모친은 핀잔을 주었다.

'그러는 어머니도, 당신 그러면 그러지, 뉘 아나! 하고 남남끼
리처럼 하시지 말고 지성껏 아버지를 받들고 그렇게 못하시게

---

29 마음속에 벌렸던 말을 거침없이 하다.

하시면 자연히 아버지 신상이나 집안 꼴이나 나아가지 않아요!'

덕기는 이런 말을 하려다가 참아버렸다.

말은 그쳤다. 모자는 담배만 피우며 싸운 사람들같이 가만히 앉았다.

중문간에서 아이 우는 소리가 엉엉 난다. 모친은 앞창을 열고 내다보며,

"추운데 어디를 이렇게 싸지르는 거냐?"

하며 애년을 나무라고 나서,

"어 우지 마라! 어어 우지 마라!"

하고 건너다보고 어른다.

며느리가 얼른 가서 우는 아이를 받아 안고 들어왔다.

할머니가 손을 내밀어 보았으나 아이는 어머니 겨드랑이만 파고 울음을 그치지 않는다.

"이게 무슨 짓이야? 할머니께 안녕 안녕— 하는 게 아니라."

하고 어미는 나무라면서 그래도 시어머니 앞에서 젖퉁이를 내놓기가 부끄러운지 머뭇머뭇하니까,

"어서 젖을 물리렴!"

하고 시어머니는 그래도 귀한 손주 새끼를 넘겨다본다.

어린애는 젖을 물자 눈을 감아버린다.

"잠이 와서 그러는구나."

"새벽같이 깨어서 바스락거리니까요……."

고식도 더 말할 게 없는 사람처럼 다시는 입을 아니 벌렸다. 이 방(건너방)의 아이 보는 계집애년은 세 식구가 잠잠히 앉았는 것을 보고 심심해서 스르르 마루로 나가버렸다. 그 바람에 시어

머니는 말을 꺼낸다.

"이 추이에 얼마나 고생이냐? 손등에 얼음이 들었구나!"

하며 시어머니는 아이를 안고 앉은 며느리의 새빨간 두 손을 바라보고 눈을 찌푸렸다.

"무어 그저 그렇지요."

며느리는 예사롭게 대답을 하며 상끗 웃었다.

"안방에서는 여전히 쓸어맡기고 모른 척하니?"

"그러믄요!"

하고 어린 며느리는 시어머니의 다정한 말에 눈물이 글썽해진다.

"밤낮 그 아이 하나로 온종일 헤나지를 못하고 방문 밖이나 나오시나요."

하고 하소연을 한다.

"계집애년두!"

"그럼요. 버릇을 애초에 잘못 앉치셨으니까요."

"행랑것은 새로 들어왔다더니 어떠냐?"

"밥이나 짓지요마는 온 지 메칠 안 된 것이 능글능글하게 얼레발만 치고 안방에만 들락날락거리고 가관이죠."

"지시는 누가 했는데?"

"모르겠어요. 할아버지께서 사랑에서 데리고 들어오셔서 오늘부터 두게 된 것이라고 하셨으니까 아마 사랑 손님이 지시한 것인지요."

"어쨌든 그래서 안됐구나."

"무어요?"

"아니, 글쎄 말이다, 안방에만 긴한 듯이 달라붙어 버리면 어지중간에 너만 괴롭지 않겠니?"

"……."

며느리는 시어머니의 동정에 감격해서인지 고개를 숙이고 콧물을 훌쩍 들이마신다.

"어리다고 하속배[30]라도 넘볼 것이요 윗사람이라고 그 모양이니…… 네 고생도 다 안다. 내가 너희들만 데리고 있다면야 낸들 무슨 걱정이 되고 무슨 불평이 있겠니! 그것두 모두 내 팔자소관이니까."

시어머니는 이런 소리도 하였다. 이 부인은 야소교인[31]이 아닌지라 '그것두 모두 하느님의 뜻'이라 하지 않고 내 팔자소관이라고 한다.

덕기는 더 듣고 앉았기가 싫어서 벌떡 일어났다. 쓸데없는 소리 말라고 핀잔을 주려다가 모친 앞이라 참아버렸다.

덕기는 사랑으로 나오면서 혼자 한숨을 쉬었다. 집안이 어찌 되려고 이러는고 싶었다.

사랑 댓돌 위에는 고무신 경제화가 네댓 켤레 놓여 있다. 할아버지의 그 쌀쌀한 규모로 사랑에도 육십 먹은 지 주사 한 사람 외에는 군식구를 두지 않건마는 그래도 놀 데 없고 먹을 것 없는 노인들은 모여드는 것이었다.

덕기는 제 방으로 들어가 누우면서 지금 안에서 듣던 말을 생각하여보았다.

지체 보아서 한다고 할아버지가 야단야단 치고 얻어 맡긴 아

---

30 하인배, 하인의 무리.
31 '예수교인'의 음역어.

내는 또 그것도 처음에는 좋다가 일본 갈 때쯤은 싫은 증도 났던 아내이건마는 시서조모 앞에서 남편도 없는 동안에 고생하는 생각을 하면 가엾기도 하였다.

사실 소학교밖에 졸업 못 하고 구식 가정에서 자라났기에 이 속에서 배겨 있지 요새의 신여성 같으면야 풍파가 나도 몇 번 났을지 모를 거라는 생각을 하면 신지식 없다고 싫어하던 것이 인제는 도리어 잘되었다고 생각되는 것이다.

어느덧 한잠 푹 들어버렸다.

"……덕기도 제사까지 지내고 가라고 하였다……."

덕기는 분명히 조부의 이런 목소리를 들은 법하다. 꿈이 아니었던가 하며 소스라쳐 깨어 눈을 떠보니 머리맡 창에 볕이 쨍쨍히 비친 것이 어느덧 저녁때가 된 것 같다. 벌써 새로 세시가 넘었다. 아침 먹고 나오는 길로 따뜻한 데 누웠으려니까 잠이 폭폭 왔던 것이다. 어쨌든 머리를 쳐드니, 작취가 인제야 깨인 듯이 거뜬하고 몸도 풀린 것 같다.

"네 처두 묵으라고 하였다만 모레는 너두 들릴 테냐? 들리면 무얼 하느냐마는……."

조부의 못마땅해하는—어떻게 들으면 말을 만들어보려고 짓궂이 비꼬는 강강한 어투가 또 들린다.

덕기는 부친이 왔나 보다 하고 가만히 유리 구멍으로 내다보았다. 수달피 깃을 댄 검정 외투를 입은 홀쭉한 뒷모양이 뜰을 격하여 큰 마루 앞에 보이고 조부는 창을 열고 내다보고 앉았다. 덕기는 일어서려다가 조부가 문을 닫은 뒤에 나가리라 하고 주저 앉았다.

"저야 오지요마는 덕기는 붙드실 게 무엇 있습니까, 공부하는 애는 그보다 더한 일이 있더라도 하로바삐 보내야지요……."

이것은 부친의 소리다. 부친은 가냘프고 신경질인 체격 보아서는 목소리라든지 느리게 하는 어조가 퍽 딴판인 인상을 주는 것이었다. 그 부드러운 목소리와 느린 말투는 젊었을 때에도 그랬는지는 모르겠으나 아마 예수교 속에서 얻은 수양인가 보다고 덕기는 늘 생각하는 것이다. 거기다가 비하면 조부의 목소리와 어투는 자기 생긴 거와 같이 몹시 신경질이요 강강하였다.

"그보다 더한 일이라니?"

시비를 차리는 사람이 저편의 말끝을 잡은 것만 다행하는 듯이 조부의 목소리는 긴장하여졌다.

부친은 잠자코 섰는 모양이다.

"계집자식이 붙드는 게 그보다 더한 일이냐? 에미 애비가 숨을 몬다면 그보다 더한 일이냐?"

"왜 불관한 일에 그렇게 말씀을 하세요?"

똑같이 부드럽고 똑같이 일 분간에 오십 마디밖에 아니 되는 듯한 말소리다. 그러나 노영감은 아들의 그 말소리가 추근추근히[32] 골을 올리려는 것같이 들려서 더 못마땅하였다.

"그래 무어 어쨌단 말이냐? 에미 애비 제사도 모르는 놈이 당장 내가 숨을 몬다기로 눈 하나 깜짝이나 할 터이냐? 그런 놈을 공부는 시키면 무얼 하니?"

영감은 입에 물었던 담뱃대로 재떨이를 땅땅 친다. 방 안에 좌

---

32  달라붙어서 졸라대다.

우로 늘어앉은 노인 축들은 두 손을 쓱쓱 비비며 꾸벅꾸벅 조는 사람처럼 고개들을 파묻고 앉았을 뿐이다. 이 사람들은 주인 영감의 말이 꼭 옳은지 안 옳은지 뚜렷이 판단할 수는 없으나 어쨌든 일리 있다고는 생각하는 것이다.

"종교가 달라서 제사 안 지낸다고 반드시 부모의 임종까지 안 하리고야 할 수가 있겠습니까?"

'아들의 말을 들으면 그도 그래!' 하는 생각을 노인들은 하였으나 그래도 제사 안 지낸다고 야단치는 점만은 주인 영감이 옳다고 속으로들 시비를 가리는 것이었다.

"무슨 잔소리를 그래도 뻔뻔히 서서 하는 것이냐? 어서 가거라! 네 자식도 너 따위를 만들 작정이냐? 덕기는 내가 길르고 내가 공부를 시키는 터이다. 너는 났달 뿐이지 네 손으로 밥 한 술이나 먹이고 학비 한 푼이나 대어주었니? 내가 아무러면 너만큼 못 가르쳐놓겠니? 잔소리 말고 어서 가거라! 도덕이니 박애니 구원이니 하면서 제 자식 하나 못 가르치는 놈이 입으로만 허울 좋은 소리를 떠들면 세상이 잘될 듯싶으냐!"

이것도 이 영감에게서 한두 번 들은 말이 아니다. 옳은 말이라고 노인들은 생각하였다.

"영감, 고정하시지요. 영감 말씀이 저저히[33] 옳으신 말씀이지만 저 사람도 사회에 나가서 일을 하려니까 제사 참례만 안 한다는 것이지 어디 누가 반대를 하는 건가요."

저녁때가 되어서 사람이 삐어[34] 식구가 줄면 술상이나 나올까 하고 배를 축이고 앉았는 제일 연장 되는 노인 한 분이 중재를 하는 것이었다.

덕기는 더 참을 수가 없어서 아랫방에서 나왔다.

"오늘 가 뵈랴고 하였어요. 글피쯤 떠날까 봅니다."

덕기는 부친 앞에 가서 이런 소리를 하고,

"안으로 들어가시지요."

하고 재촉을 하였다.

부친은 잠자코 아들을 바라보다가 모자를 벗고 방 안에다 대고 인사를 한 뒤에 안에는 아니 들르고 대문 편으로 나가버렸다.

조부가 창문을 후닥닥 닫았다.

올 적마다 조부에게 꾸중만 맞고 안에도 들르거나 말거나 하고 훌쩍 가버리는 부친의 뒷모양을 바라보고 덕기는 민망한 생각이 들었다.

자기 부친에게 잘못이 없다는 것은 아니나 그렇다고 남에 없는 위선자거나 악인은 아니다. 이 세상 사람을 저울에 달아본다면 한 돈[一錢]도 못 되는 한 푼[一分] 내외의 차이밖에 없건만 부친이 어떤 동기로이었든지—어떤 동기라느니보다도 이삼십 년 전 시대의 신청년이 봉건사회를 뒷발길로 차버리고 나서려고 허비적거릴 때에 누구나 그리하였던 것과 같이 그도 젊은 지사志士로 나섰던 것이요 또 그러노라면 정치적으로는 길이 막힌 그들이 모여드는 교단 아래 밀려가서 무릎을 꿇었던 것이 오늘날의 종교 생활에 첫 발길이었던 것이다. 그것도 만일 그가 요샛말로 자기청산自己淸算을 하고 어떤 시기에 거기에서 발을 빼냈더라면 그가 사상적으로도 더 새로운 시대에 나오게 되었을 것이요 실생활에 있어서도 자기의 성격대로 순조로운 길을 나아가는 동시에 그러한 위선적 이중생활 속에서 헤매지는 않았을 것이다.

"나도 너희들의 생각하는 것이나 기분을 이해하지 못하는 것은 아니다. 사회의 현실상現實相 앞에 눈이 어두운 것은 아니다. 그러나 나는 내가 살아온 시대상과 너희의 시대상의 귀일점을 찾으려는 것이다. 쉽게 말하자면 네 사상과 내 사상이 합치되는 소위 '제삼제국'을 바라는 것이다. 너희들은 한 걸음 나아갔고 나는 그만치 뒤떨어진 것은 사실이다. 그러나 너의 시대에서 또 한 걸음 다시 나아가면 그때에는 도리어 내 시대의 사상, 즉 지금 내가 가지고 있는 사상의 어떠한 일부분이라도 필요하게 될지 누가 아니? 나는 그것을 믿고 그것을 찾는다⋯⋯."

이번에 덕기가 돌아와서 부친과 병화의 이야기를 하다가 사회사상 문제와 실제 운동 문제에까지 화제가 돌아갔을 때 덕기가 부친에게 종교를 내던지라고 하니까 부친은 이와 같은 대답을 하였던 것이다.

덕기는 부친의 이러한 의견에 반대하고 싶지 않은 것은 아니었으나, 역시 구습상 부친에게 반대할 수도 없고 또 제 주제에 길게 논란할 수도 없는 터이어서 그만두었었다. 그뿐 아니라 부친이, 생각하였던 것보다는 현대 사상 경향이나 사회 현상에 대하여 아주 어둡고 무관심한 것이 아닌 것을 발견한 것이 반갑기도 하고 부자간의 이런 토론은 처음이었으나 그로 말미암아 부친과 자기 사이가 좀 가까워진 것 같은 기쁜 생각이 들어서 그대로 웃고만 말았지만, 어쨌든 부친은 봉건시대에서 지금 시대로 건너오는 외나무다리의 중턱에 선 것 같다고 생각하였다. 마침 집안에서도 조부와 덕기 자신의 중간에 끼어서 조부 편이 될 수도 없고 아들인 덕기 자신의 편도 못 되는 것과 같은 어지중간에 선 처지라고 새삼스러이 생각하였다. 따라서 그만치 사회적으로나 가정적으로나 또는 자기의 사상 내용으로나 가장 불안정한 번민기에 있는 것이 사실이라고 보고 있다. 그러므로 덕기는 부친에게 대하여 가다가다 반감이 불끈 치밀다가도 한편으로는 가엾은 생각, 동정하는 마음이 나는 것이었다.

안으로 들어온 덕기는 제 방에서 어젯밤에 들어와 벗어 걸은 양복을 주섬주섬 갈아입었다. 웬 셈인지 오늘은 더욱이 사랑에 나가서 혼자 오뚝이 앉았기도 맥없고 안에 들어와서 고식이 마주 앉아 안방 논래나, 부친 논래를 하고들 있는 것을 듣기도 싫었다.

"저녁두 안 먹고 지금 어디를 가니?"

모친은 나무라듯이 물었다.

"잠깐 바람 쏘이고 들어와요."

"아버지 뵈러 가지 않니?"

"아버닌 지금 다녀가셨는데요."

"응?……"

모친은 놀라는 소리를 하다가 입을 꼭 다물고 말았다. 자기가 와 있어서 안에는 안 들러 갔구나―고 생각한 것이었다.

"그럼, 안에 어쩌면 좀 안 들어오시고 그대로 가셨어요?"

아내도 섭섭한 듯이 시어머니 대신에 묻는다.

"바쁘시니까 그런 게지!"

하고 덕기는 핀잔을 주었다.

덕기는 잔소리를 길게 늘어놓기가 싫어서 그런 것이지만 모친은 속으로 아들도 못마땅하였다.

'너두 네 애비 편만 드는구나!' 하는 야속한 생각으로.

"어머니―그런데 오늘 묵어가세요?"

덕기는 다시 온유한 낯빛으로 물었다.

"그럼 어쩌니! 나는 사십을 먹어도 호된 시집살이다!"

모친은 이렇게 자탄을 하다가 나가는 길에 화개동 집에 가서 자기가 묵는다는 말을 이르고 누이동생을 데리고 오라고 한다.

"글쎄― 갈 새가 있을라구요. 아무쪼록 가겠습니다마는 누구 든지 보내십쇼그려."

덕기는 정처가 있어서 나가는 것은 아니지만 여기서 화개동 막바지까지 가기가 싫어서 이렇게 일러놓고 나오면서 지갑 속에 든 돈 요량을 하여보았다. 아직 노비와 학비를 분명히 타지 않았 기 때문에 병화의 밥값 한 달 치를 주기는 어려웠다.


## 하숙집

진고개로 올라가서 무어나 사볼까?―꼭 무엇이 살 게 있는 것 이 아니나 돈푼 있는 사람의 버릇으로 막연히 이런 생각을 하다가,

'오늘 떠날 줄 아는데 병화가 기다리고 있지나 않을까?' 하는 생각을 하니 어제 취중에 병화더러 밥값을 해가지고 하숙으로 가마고 약속을 한 듯도 싶으나 기억이 몽롱하다.

덕기는 지나가는 전차에 뛰어올랐다. 서대문에서 내려서 몇 번이나 물어 홍파동에까지 와가지고 수첩을 꺼내 보고, 이 골목

저 골목을 꼬불꼬불 뺑뺑 돌아야 양의 창자다. 서울서 이십여 년을 자랐건만 이런 동네에는 처음 와보았다. 반 시간 턱이나 휘더듬어서 짧은 해가 뉘엿뉘엿 넘어갈 때나 되어서 바위 위에 대롱 매달린 일각대문 앞에 와서 딱 서게 되었다. 이 동네를 휘더듬는 동안에는 이런 집도 많이 보았지만 그래도 하숙이라 하니 외연만 한[35] 집인 줄 알았다. 덕기는 참 정말 이런 집은 처음 본 것 같았다. 쓰러져가는 일각대문이라도 명색이 문이 있으니 물론 움은 아니다. 그러나 마치 김칫독을 거적으로 싸듯이 꺼멓게 썩은 거적으로 뺑 둘러싼 집이다.

'이놈이 여기 들어엎대서 게다가 외상밥을 먹어!'

이런 생각을 하니 병화가 불쌍하다느니보다도 너무 무능한 것 같고 밉살맞은 생각이 났다.

세 번, 네 번 불러도 대답이 없다. 기웃이 들여다보니 고양이 이마만한 마당인데 안이 무엇이 멀다고 안 들릴 리는 없다.

얼마 만에 발자취도 없이,

"어디서 오셨에요?"

하는 소리가 들린다. 문틈으로 보니 머리는 부엌방석[36] 같고 해끄무레한 얼굴만 없었다면 굴뚝에서 빼놓은 족제비다. 아니, 그보다도 깜장 토시짝 같다. 이 아낙네는 그렇게 가냘프고 키가 작았다. 목소리도 그렇지만 얼른 보기에도 삼십은 넘어 보인다.

"김 선생요? 편찮어 누셨에요."

대번에 뛰어나오지 않는 것을 보고 혹시 자기 집에나 갔는 것

---

35  웬만하다.
36  재래식 부엌에서 아궁이에 불을 땔 때 갈고 앉는 방석.

을 길이 어긋나서 못 만나보는 게다 하였더니 그래도 집에 있다
는 데에 덕기는 반색을 하였다.

"못 나오면 좀 들어가 보아도 좋을까요?"

덕기는 조금 문을 밀치며 이렇게 물었다.

주부는 사나운 꼴을 보이는 것이 부끄러워서 찔끔하면서도 손
님의 얼굴을 보려는 듯이 말끔히 내다보다가,

"잠깐 가만히 계서요."

하고 들어가려니까, 안에서 창문 열리는 소리가 나며,

"조 군인가? 들어오게!"

하는 병화의 목쉰 소리가 난다.

덕기는 헛기침을 한 번 하고 들어섰다.

주부는 안방 문을 열면서도 손님을 또 한 번 돌아다보았다. 덕
기도 무심하고 마주 쳐다보며 얌전한 아낙네라고 생각하면서 가
엾은 생각이 들었다.

'딸은 지금 없나? 어머니가 저럴 제야 딸도 예쁘장하고 얌전
하겠다!' 하는 생각을 하면서 병화를 쳐다보고,

"웬일인가? 이태백도 술병 날 때가 있나?"

하고 웃고만 섰다. 마루 꼴하고 움 속 같은 방 안에 들어갈 생각
은 아니 났다.

"어서 들어오게. 에 추어!"

하며 병화는 입고 자던 양복 주머니에 손을 찌르고 어깨통을 흔
든다. 입고 자던 양복이 아니라 출입벌이고 무어고 단벌이다. 덕
기는 먼지가 뿌옇게 앉은 그 양복바지를 비참하다는 눈으로 한
참 바라보고 섰다.

"왜 이렇게 얼이 빠져 섰나? 모든 것이 너무 비참한가?"

병화는 막걸리에 결은 사람 같은 거센 목소리로 이런 수작을 하였다.

"나가세……."

"나가드라도 좀 들어오게. 난 게다가 감기가 들고 허기가 져서 꼼짝할 수 없네."

병화는 떼를 쓰듯이 이런 소리를 한다.

덕기는 망단하였다.[37] 더구나 안방 영창에 붙은 유리 구멍으로 누가 내다보는 것이 공장에 다닌다는 딸인가 싶어서 호기심도 없지 않았으나 열적은 생각이 들어서 어느 때까지 그대로 섰을 수가 없었다.

"그럼 약이라도 어서 먹어야지!"

덕기는 이런 인사를 하며 껑충 뛰어 툇마루로 올라섰다.

"허기가 져서 죽겠다는데 약은 무슨 팔자에……."

병화는 일종의 분기를 품은 목소리로 책망하듯이 중얼댄다.

"그러기에 어서 나가자는 밖에! 어서 선술집이구 설렁탕집이구 가세그려."

하며 방에 들어서 보니 발밑에 닿는 방바닥이 얼음장이다.

이때까지 들쓰고 누웠던 이부자리는 어디가 안이요 어디가 거죽인지 알 수가 없다. 발바닥에서부터 찬 기운이 스며 올라오건마는 퀴퀴한 기름때 냄새 같은 사내 냄새가 코를 찔러서 비위를 뒤흔들어 놓는다.

---

37  바라던 일이 실패하여 어찌할 바를 모르다.

덕기는 담배를 하나 꺼내 물고 책상 위의 성냥통을 집었다. 책상에는 잡지 권이 되는 대로 허뜨러져 있고 잉크병밖에는 눈에 띄는 것이 없다. 머리맡에는 신문이 헤갈을 하여 있다.

'이런 생활도 있다'고 덕기는 속으로 놀라면서 병화가 가엾은 생각이 들었다. 이런 궁극에 달한 생활을 하면서도 남에게 굽히지 않고 자기 주의를 위하여 싸우는 것이 말하자면 수난자受難者의 굳건한 정신이 있기 때문이려니 하는 동정이 한층 더 깊어졌다.

'나 같으면 하루도 못 배기겠다. 벌써 다시 집으로 기어들어가서 부모의 밥을 먹었을 것이다'고 덕기는 생각하였다.

"안 나가려나?"

또 한 번 재촉을 하여보았다.

"자네 같은 귀골은 일분이 민망할 걸세마는 어쨌든 이리 좀 앉게."

하고 방 주인은 이불을 밀쳐놓고 앉는다. 그러나 덕기는 구중중해서 앉기가 싫었다.

"이는 없네. 이 올릴까 봐서 못 앉겠나?"

그런 중에도 병화는 연해 비꼬는 소리만 한다.

"미친 사람! 그러지 말고 어서 옷을 입게."

"머리가 내둘려서 못 나가겠어. 그런데 오늘 떠나나?"

"사흘 동안 물렀네."

"왜?"

병화는 실망한 낯빛으로 물었다. 이 사람이 오늘 안 떠나면 어제 약조한 돈이 오늘 틀리기 때문이다.

"증조할아버지 제사 지내고 가라고 하셔서."

"자네, 증조부 뵈었나? 코빼기도 못 본 증조부 제사에 자네가 꼭 참례를 해야 제사를 받으시겠다고 천당인지 극락세계에선지 라디오가 왔던가?"

하며 병화가 웃으려니까 덕기도 마주 웃으면서,

"에이 미친 사람!"

하고 눈을 찌푸려 보인다.

"하여간 자네 증조부 덕에 내 일이 낭팰세."

"왜?"

"자네가 어서 떠나야 내 형편이 피지 않나!"

"그렇게 급한가?"

"급하고말고―오늘은 안집에서 그대로 있네. 사람들이 무던해서 내게는 아무 말도 없지만, 그런 눈치기에 이래저래 싸고 드러누워서 실상은 자네 오기만 은근히 기다리고 있었네."

덕기는 무엇보다도 주인집이 가엾었다.

"딸은 공장에도 아니 갔나?"

"간 모양이지만 가면 뭘 하나. 당장 몇 푼이라도 들고 돌아오는 게 아니니까."

"주인 사내는 무얼 하게?"

"놀지! 집안 보탬이라고는 유치장 밥이나 콩밥을 나가 먹어서 한 식구 덜어주는 것 외에는 별수 있나!"

하며 병화도 코웃음을 치고 덕기가 내놓은 담뱃갑에서 담배를 꺼내 붙인다.

"왜? 부랑잔가? 주의잔가?"

덕기는 놀라는 눈치로 묻는다.

"그저 그렇지!"

하고 병화는 말을 돌려서,

"아무것두 가진 것은 없나?"

하고 급한 문제부터 꺼낸다.

"글쎄 아직 노비를 못 타서 많이는 없어두 우선 한 오 원 내놓고 가려던 차일세."

"그럼 됐네. 이리 주게."

병화는 급한 듯이 손을 내민다. 병화는 오 원을 받아 들고 마루로 나가면서 아주머니를 부른다. 안방에서도 마주 나오며 수군 수군하다가,

"에구, 손님께 미안해서 어떡허나!"

하는 주부의 얕은 목소리가 두세 번 난다.

덕기는 좋은 일 하였다는 기쁜 생각과 주인에게 대한 자랑도 느꼈지만 처음 목도하는 이 광경이 너무나 참담하여 도리어 송구스러웠다.

"자아, 인젠 나가세."

병화는 이제는 한시름 잊었다는 듯이 화기가 돌면서 부덩부덩[38] 옷을 입고 앞장을 선다. 덕기는 무엇 하나 놓치고 가는 듯이 서운하였다. 생각해보니 이 집에는 또다시 올 일이 없을 텐데 주인이란 사람과 주인 딸이 보고 싶다. 주인보다도 이 집 살림을 혼자 벌어 대고 주의자 사이에서 똑똑하다고 칭찬이 놀랍다는 주인 딸이 까닭 없이 호기심을 끌었다. 실상 생각하면 오늘 여기 나온 동기가 딸도

---

38  팔다리를 내저으며 자꾸 움직임.

좀 보겠다는 몽롱한 호기심이 반은 되었던지도 모른다.

"자네 자당께서는 자네가 여기 있는 걸 아시겠지? 설마 그 꼴을 보시면야 어느 때까지 그대로 내버려두시겠나?"

덕기는 잠자코 걷다가 지금 속생각과는 딴전의 소리를 하였다.

"가만 내버려두지 않으면 어떻게 하겠나마는 우리 어머님도 하느님의 딸이 아닌가!"

하고 병화는 냉소를 한다.


너만 괴로우냐


병화가 자기 모친까지를 비웃는 듯한 빙퉁그러진 소리를 하는 것이 덕기에게는 못마땅한 생각이 들었다.

계모 같으면 그도 모르겠지마는 병화의 모친이 계모가 아닌 것은 번연히 아는 터이다. 중학교 시대에는 병화의 부친이 황해도 지방에 목사로 내려가 있었기 때문에 그 부모를 별로 만나본 적이 없었으나 그래도 졸업 임시에는 한두 번 학교로 찾아온 것을 보았었다. 삼 년 전 일이니 기억에 몽롱하나 그래도 얌전한 시골 아낙네이었던 인상이 남아 있다. 지금은 서울 와서 살기 때문에 덕기의 부친도 병화 부친과 안면은 있는 모양이지마는 중학교를 졸업한 후 덕기는 삼 년이나 경도에 가 있었고 병화는 일년 뒤떨어져서 동경에 건너갔다가 올가을에—해가 바뀌었으니 작년 가을이다—서울로 돌아왔기 때문에 두 청년은 그리 자주 만날 기회가 없었더니만큼 피차에 더욱이 덕기는 병화의 부모를 만나볼 새가 없었다. 따라서 그들의 인품은 짐작할 수 없으나 아무려면 같은 서울 안에서 자식이 이렇게 곤궁한 것을 모친까지 모른 척하고 내버려두랴 싶었다. 그건 하여간에 이 두 청년이 졸업 후에 만난 것은 병화가 동경에 갈 적 올 적에 경도에 들른 것과 이번에 와서 만난 것 알라[39] 세 번째요 그럭저럭 상종이 드물었었다.

학교에 있을 때도 그리 자별한 동무는 아니었다. 그러나 피차의 부모가 교회의 교역자라는 것과 또 자기 자신들이 교회에 다니는 점으로써 얼마쯤 서로 친하였던 것이다. 그것도 ××고등보통학교 삼 학년부터는 병화가 덕기를 따라서 △교 예배당으로 올라온 뒤부터이었다. 그러나 이 천진스러워야 할 두 아이들의 교제도 어른들의 버릇으로 친하긴 하면서도 제각기 제 생활을 들추어 보일까 보아 경이원지敬而遠之하는 그러한 친절로써 사귀었던 것이다. 그러던 것이 중학교를 떠난 뒤에 피차에 교회와 멀어지게 되니까 또다시 새로운 친분이 서로 생기게 된 것이었다.

경성제국대학의 법문과에 지원을 하였다가 실패한 병화가 일 년을 부모가 있는 해주로 내려가서 다음 해의 입학 준비를 하여 가지고 일 년을 뒤떨어져서 동경 가는 길에 경도에 들렀을 때 병화는 덕기더러 이런 소리를 하였다.

"아버니께서는 동지사(경도에 있는 대학이다) 신학부에 들어가거나 거기서도 안 되거든 동경으로 가서라도 신학을 공부하라고 하시기에 네에 네에 하고 떠나오긴 했지만 난 죽어도 목사

---

39 '얼러'를 말하는 것으로 '~을 포함하여'의 뜻이다.

노릇은 아니할 텔세. 목사는커녕 실상 내 짐 속에는 바이블(성경책)도 없네."

이 말을 들을 때 덕기는 친구의 말에 놀라기보다는 내심으로 반색을 하였었다. 종교 생활에 대하여 병화처럼 노골적으로 대담히 반기를 들 수 없이 머뭇머뭇하고 있던 차에 옛 동무—더구나 같은 처지에 놓인 교회 동무가 이러한 말을 할 제 동감되지 않을 수가 없었다.

"허지만 그렇다면 당장 학비가 오지 않을 게 아닌가? 더구나 자네 아버지께서는 어떻게 그렇게 해서 입학만 되면 교회 속에서 학비라도 끌어내실 작정이실지도 모르지?……"

병화의 집이 그리 넉넉지 않은 것을 아는 덕기는 그때부터 이러한 염려까지 하였던 것이다.

"그야 내가 자네보다 더 생각했지! 허지만 몇 해 동안 학비 얻어 쓰자고 자기를 팔 수 있나?—자기의 신념을 팔 수야 있나? 만일 신앙을 잃고서 그 잃은 신앙의 내용을 공부한다면 그건 대관절 무엇인가? 예수를 팔아먹는 것이 아닌가? 나더러 유태가 되란 말이 아닌가? 유태보다도 송장 빼놓고 장사 지내는 걸세그려! 죽은 자식의 수의는 지을지언정 파묻은 자식의 설빔을 짓는 사람은 없겠네그려? 여보게, 사리가 그렇지 않은가?"

그때에 병화는 이렇게 떠벌려놓으며 기고만장이었다.

"여보게, 세상은 움직이네. 가령 종로 바닥에 자선냄비를 걸어놓고 기도를 올리는데 사대문 바람에 이리 휩쓸리고 저리 휩쓸리는 거지 깍정이가 돈 지키는 사람이 조으는 줄 알고 그 자선냄비에서 동전 한 푼을 훔치다가 들킬 때 자네는 그 거지를 붙들어

때리고 절도범으로 옭아 넣겠나? 혹은 회개하고 부활하라고 기도를 또 한 번 하겠나? 우선 그것만 말하게!…… 여보게, 세상은 움직이고 앞에서는 거지가 훔치네! 그리고 자네나 내나—아니 자네 부친이나 우리 아버지나 그 자선냄비를 털외투를 입고 나서서 지키고 섰어야 옳을 건가?"

그때 병화는 입에 거품을 품고 팔짓을 해가며 이러한 열변도 토하였던 것이다. 그는 때를 기다리고 있었던 것처럼 중학교를 졸업하자 사상이 돌변하였고 또 첫 서슬이니만치 유치는 하였어도 순진하고 열렬하였었다. 그 병화를 지금 앞을 세우고 석다리(서대문 밖)를 지나 내려오며 덕기는 그 뒤의 병화의 생활과 지금 생활을 곰곰이 생각하여본다.

—그렇게 하고 동경으로 간 병화는 와세다 전문부의 정경과에 이름을 걸어놓고 한 학기쯤 다녔으나 부친이 학비를 보낼 리가 없었다. 애초에 경성제대의 법문과에 입학하려는 것을 허락하였던 부친이니 제대로 내버려두고 아무리 어려운 중에라도 뒤를 대어주었다면 모든 일이 순편하였을지 몰랐으나 두 고집이 맞장구를 쳐서 학비는 끊어지고 말았었다.

거기에는 물론 병화의 노골적으로 반항하는 편지를 한 탓도 있었다. 제 사상이 변했더라도 어름어름 부친의 비위를 맞춰나갔다면 좋았겠지마는 변통성 없는 어린 마음에 곧이곧솔로[40] 나갔던 것이다.

그러나 굶으며 먹으며 동경 바닥에서 일 년간 뒹구는 동안에

40  곧이곧대로.

는 생활이 그러니만치 사상이나 기분이 더욱 과격하여졌었다. 부친과의 거리가 천리만리 떨어진 것은 말할 것도 없고, 할 수 없이 경도까지 노자를 만들어가지고 덕기에게 귀국을 시켜달라고 왔을 때 덕기도 자기와도 사상으로 거리가 여간 멀어지지 않은 것을 보고 놀랐었다.

집에 돌아와서는 두 달도 못 되어서 부친과 충돌이 생겼다. 밥상 받고 기도 아니하는 데서부터 충돌이 생겼던 것이다. 아비 말안 듣고 신앙도 빠뜨리고 다니는 자식은 어서 뒈져버리든지 나가버리든지 하라고 야단을 친 것이었다.

"죽기는 싫으니까 나는 나갑니다."
하고 덮어놓고 나왔던 것이다.

"여보게, 그러지 말고 그때 얌전히 신학교에나 들어갔었더면 좋지 않았겠나!"

덕기는 혼자 생각에 팔려서 걷다가 밑도 끝도 없는 말을 불쑥 내놓으며 웃었다.

"무어? 뭐?"

병화는 마주치는 찬 바람에 눈물이 글썽하여진 눈을 안경 속에서 번득거리며 불쾌한 듯이 묻는다. 자기의 처지가 이 사람에게 가엾이 보여서 이런 소리를 듣는구나─하는 생각을 하니 조금 아까 오 원 받던 것까지 손에 쥐었으면 내던지고 싶을 만치 불쾌한 것을 참았다.

"아니, 자네 뒷머리를 늘인 것을 보니 경도에서 만났을 제 생각이 별안간 나네그려……."
하며 덕기는 일부러 웃었다. 무어라나 들어보고 싶고 골을 내고 덤비는 것이 우스워서 짓궂이, 깐깐히 말을 만드는 것이었다.

"그래 어쨌단 말인가?"

병화는 점점 시비조다.

"그렇게 골을 낼 게 아니라 그랬더면 지금쯤은 편안히 자선냄비를 지키고 섰을 것이란 말일세. 하하하."

하고 덕기는 또 웃었다. 덕기는 물론 그때에 병화의 말을 되풀이하여 목사가 되었다면 좋지 않았느냐는 말이었으나 병화 귀에는 몹시 거슬렸다.

"자네의 그 오 원은 자선냄비에서 훔친 것은 아닐세. 언제든지 갚음세!"

병화는 이런 소리를 내던지고 휙 돌아서서 인사도 없이 가버린다. 덕기는 웃으면서 바라보다가 잠자코 따라섰다.

"어린애처럼 왜 그러나?"

"머리가 아파서 난 들어가 누워야 하겠네."

병화는 여전히 걷는다.

"내가 공연한 소리를 해서 잘못되었네. 허지만 그까진 돈 말은 끄내지 말게. 내가 아무러면 그따위 소견으로 그렇겠나. 다만 자네가 좀 돌려 생각을 하고 머리를 숙이고 집으로 들어가게 했으면 좋겠다는 생각으로 그러는 걸세."

덕기가 손을 붙들고 달래니까, 병화도 하는 수 없이 멈칫 선다.

"어쨌든 자네와 언제까지 이대로 교제해나가기는 어려울 것 같으이. 자네가 내게로 한 걸음 다가오거나 내가 자네게로 한 걸음 양보를 하지 않으면…… 그러나 피차에 어려운 일이요 이대로 나간다면 무의미할 뿐 아니라 공연히 자네게 신세만 지는 셈쯤 될 거니까."

병화는 종래의 교분으로 현상유지를 해오기는 하나 돈 있는
친구와 사귀기가 어려운 것을 생각하고 친구의 교의도 아주 청
산을 해버리겠다는 불끈한 생각이 들었던 것이다.

"나도 그런 생각이 없는 것은 아닐세마는 하여간 가세. 어디든
지 들어가서 천천히 이야기나 하고 헤지세그려."
하며 덕기는 붙들고 발길을 돌렸다. 병화도 잠자코 돌아섰다. 다
시 감영 앞까지 와서 저녁 먹을 데를 찾다가 남대문 편으로 그대
로 내려서서 일본 국숫집 앞까지 왔다. 쌀쌀한 저녁 바람이 어두
워가는 길거리를 휩쓸었다. 전등불이 환한 문 안으로 덕기가 앞
장을 서 들어가려니까 두어 걸음 뒤떨어졌던 병화가 들어오려다
말고 또 돌쳐나간다. 덕기는 이 사람이 또 그래도 객기를 부리나
하고 따라 나가보니 병화는 문밖에서 남대문 편을 바라보고 섰
다. 한 칸통[41] 앞에서는 흰 저고리에 검정 치마를 입은 색시 하나
가 목도리를 오그려 두 볼을 가리고 총총걸음을 걸어온다. 병화
는 이 여자를 기다리고 섰는 모양이다.

머리는 틀어 올렸으나 열예닐곱쯤 되어 뵈는 어린 아가씨다.
덕기는 병화의 하숙집 딸이군 하고 직각하였다.

"선생님, 여기 웬일이세요?"
하며, 덕기를 바라보는 필순이도 그 학생이 누구인 것을 대번에
짐작하자 부끄러운 듯이 외면을 하고 잠깐 멈칫하다가 그대로
지나치려 한다.

---

41  집의 몇 칸쯤 되는 넓이의 단위.

"춥지?……"

병화는 인사로 한마디 하고 무슨 말을 걸려니까 덕기가 다가서며 귀에다 대고,

"추운데 잠깐 녹여 가랬으면 어때?"

하고 수군거린다. 실상은 병화도 그러고 싶은 생각은 있으나 모르는 남자와 음식집에 끌고 들어가기가 안되었을 뿐 아니라, 당자도 들을 것 같지도 않고, 지금 막 말다툼을 한 끝이라 그렇게 하고 싶지도 않았다. 그러나 덕기의 말이 퍽 간절하고 또 아침도 변변히 먹지 못하고 갔을 텐데 이 쌀쌀한 날 용산서 걸어 들어오는 것을 생각하면 무어나 먹여 보냈으면 하는 생각이 역시 간절하였다. 그뿐 아니라 자기 친구의 사진들을 구경시키다가 덕기 사진을 보고 칭찬을 할 때 언제든지 놀러 오면 인사시켜 주마고 실없는 소리도 한 일이 있던 것을 생각하면 당자도 좋아할지 몰랐다.

병화는 그래도 주저주저하며 뒤만 바라보다가 몇 발자국 쫓아가며,

"필순이, 이리 좀 와."

하고 불렀다.

"왜요?"

하고 싹 돌아선다.

"글쎄 이리 좀 와."

필순이는 느럭느럭 다가온다.

"춥지? 그 먼 데를 걸어오게 다리도 아플 테니 나하고 잠깐만 쉬어서 같이 가."

"싫여요."

하고 한 칸통이나 떨어져 섰는 덕기를 바라본다.

"상관없어. 그때 왜 내가 말하던 친구인데 잠깐 이야기하고 갈 게니 같이 들어가서 불이나 쪼이고 가요."

하고 병화는 덮어놓고 끈다.

필순이는 좀 망단하였다. 병화의 친구들이 오면 같이 앉아 놀기도 하고 또 병화의 친구는 대개 자기 부친의 친구이어서 모두 통내외하고 무관히 지내니까 다른 때 같으면 조금도 꺼릴 것 없으나 저 사람이 부잣집 아들 조덕기거니 하는 생각이 앞을 서서 어쩐지 제 꼴사나운 게 부끄럽고 더구나 음식집에 끌려 들어가는 것이 구척척한 듯하여 창피스러웠다. 배 속이 비었을수록에 더 그런 생각이 들어서 용기가 아니 났다.

"상관없어! 요릿집도 아니요 일본 소바(국수)집인데 불만 쬐고라도 가요."

하고 병화는 잡담 제하고 앞장을 세우고 들어갔다. 필순이도 하는 수 없이 끌려 들어갔다.

먼저 들어와서 난로 앞에 섰던 덕기는 반색을 하면서 자리를 비켜섰다. 세 사람은 난로를 옹위해 섰다.

"자아, 이 친구는 조덕기라는 모던보이, 이 아가씨는 고무공장에 다니시는 이필순 양―조 군이 불량소년 같으면 이렇게 소개를 할 리가 없지만 그래도 불량은 아니니까 이런 영광을 베푸는 걸세."

병화는 아까 불뚝 심사를 부리던 것은 잊어버린 듯이 너털웃음을 내놓았다.

두 남녀는 웃으면서 고개를 숙여 보였으나 필순이는 얼굴이 발개지며 난로 연통 뒤로 얼굴을 감추어버렸다.

덕기의 눈에는 필순이가 미인으로 보였다. 아직 자세히 뜯어볼 수는 없으나 밝은 데서 보니 나이는 들어 보이면서도 상글상글한 앳된 티가 귀여운 인상을 주었다.

옷 입은 것도 얄팍한 옥양목 저고리 하나만 입은 것이 추워 보이기는 하나 깨끗하고 깜장 세루치마 밑에 내다보이는 버선 등도 더럽지는 않다. 공장에 다니는 계집애들이 구두 모양을 내고 인조견으로 울긋불긋하게 차린 것에 비하면 얼마나 조용하고도 수수한지 몰랐다.

테이블로 와서들 앉으니까 필순이는 손에 들었던 조그만 보따리를 무릎 위에 가만히 숨기듯이 내려놓았다. 벤또⁴²갑이 뎅그렁 소리를 낼까 보아서 조심하는 것이다. 병화는 그 벤또 그릇을 보고 아침은 못 먹었는데 어제 저녁밥을 싸두었다가 가지고 갔는가 하는 생각을 하니 가엾은 증이 났다.

덕기가 음식을 시키려니까 병화가 필순이 몫은 닭고기 없은 밥을 시키라고 하였다. 그러나 필순이는 자기만 밥을 먹이려는 것은 굶은 줄 알고 그러는 것 같아서 얼굴이 빨개지며 싫다고 굳이 사양하였다.

우선 국수가 나오고 술이 벌어졌다. 구수한 국수 냄새에 비위가 당기기도 하나 지금쯤 집에서는 밥이나 지었나? 그대로들 앉으셨나? 하는 조바심에 필순이는 젓가락을 들기가 어려웠다. 그

---

42 일본어로 '도시락'을 뜻함.

뿐 아니라 걸신들린 사람처럼 허겁지겁을 해 먹는 것같이나 보일까 보아서 머뭇거리기만 하고 앉았다.

"집엔 걱정 없어! 내가 어떻게 해놓았으니까 염려 말고 어서 먹어요."

병화가 툭 터놓고 이런 소리를 한다. 필순이는 이 말에 안심은 되었으나 병화가 떠드는 게 또 창피스럽기도 하였다.

부친과 병화 들의 감화를 받아서 구차[43]라는 것을 창피한 것, 부끄러운 일이라고는 생각지 않으나 집안 이야길랑은 여기 들어오기 전에라도 하여주든지 스스러운[44] 사람 앞이니 잠자코 있어주었으면 좋을 것을 기탄없이 탕탕 말하는 것이 듣기 싫었다.

'잔칫집에 데리고 다녔으면 똑 좋을 사람이다!'

필순이는 이런 생각을 하면서 점점 더 자리가 불편하여 그대로 가버리는 것을 공연히 들어왔다고 후회를 하였다.

그러나 그건 고사하고 돈이 변통되었으면 쌀, 나무를 사들여오고 할 사람이 없는데 어쩌나? 아버지는 단벌 두루마기를 빨아 입느라고 어제부터 갇혀 들어앉았는 터이요…… 어머니가 두루마기를 오늘 다아 지셨을까?…… 이러한 자질구러한 걱정을 하노라니 날은 추운데 모친이 혼자 쩔쩔매는 양이 눈에 선히 보이는 것 같아서 좀이 쑤시고 곧 일어나고만 싶었다.

그러다가 문득 그 돈이 어디서 생겼을까 하는 생각이 돌 제 눈이 번쩍 띄는 것 같고 얼굴이 확확 달아올라왔다. 사실 찬 바람을 쐬다가 더운 데 들어오기는 하였지마는.

43 살림이 몹시 가난함.
44 조심스럽다.

"어서 자시지요. 우리 집에 한번 놀라 오세요. 내 누이하고 사귀노세요. 올에 열일곱, 아니 양력설을 쉬었으니까 열여덟이 되었습니다."

덕기가 비로소 이런 말을 붙였다.

필순이는 덕기의 말이 귀에 들어오는 둥 마는 둥 하였으나 고개만 꼬박해 보였다. 속으로는 여전히 딴생각—필시 돈이 덕기에게서 나온 것이리라, 덕기가 오늘 찾아왔다가 밥 못 지은 것을 보고 돈을 내놓고 종일 굶어 누운 김 선생을 끌고 나온 것이리라—하는 생각에 팔려서 앉았었다.

"참 어서 식기 전에 먹어요."

병화도 뜨거운 국수를 걸쌈스럽게[45] 쭈룩쭈룩 먹다가 이렇게 권하고 나서,

"참, 자네 누이가 벌써 그렇게 컸나? 꼭 동갑세로군! R학교 고등과에 다니지?"

"응, 인제 사 년급 되는군."

"허지만 자네 누이와 교제는 안 될걸! 나는 자네를 감화를 시킬 자신이 있어도 여자란 암만해두 마음이 약해서 그런 부르주아의 온실 속에서 자란 귀한 따님하고 놀면 허영심만 늘어가고 못쓰지!"

필순이가 부잣집 딸과 사귀면 마음이 변해갈 것을 염려해 하는 말이나 덕기는 듣기 싫었다.

"부르주아란 우리가 무슨 부르주아란 말인가? 일본 정도로만

---

45 먹음새가 탐스러운 데가 있다.

본대도 중산 계급도 못 되는 셈일세. 그는 하여간 내 누이가 그런 요새 계집애는 아닐세."

덕기는 심사 틀리는 것을 참고 조용히 이런 변명을 하였다. 필순이는 병화가 너무 사리는 것 없이 남 듣기 싫은 소리를 텅텅 하는 것이라든지 자기가 아무러면 그런 허영심 많은 사람이랴 하는 마음이 들어서 못마땅하였다.

"자, 어서 좀 같이 드십시다요. 시간이 늦으면 댁에서 궁금해 하실 텐데 외려 미안합니다."

덕기가 또 이렇게 권하는 바람에 필순이는 겨우 저를 들었다.

그러지 않아도 늦어져서 애가 씌는데 그런 사정까지 보아주는 남자의 다심한 인사가 필순이에게는 고마웠다.

병화는 필순이의 몹시 수줍어하는 것이 못마땅하였다. 다른 남자에게는 아무리 초대면이라도 할 말은 또랑또랑하게 하고 과똑똑이란 별명을 들을 만큼 매섭게 굴던 사람이 오늘에 한하여 덕기의 앞이라고 별안간 꼭 들어앉았던 구식 처녀처럼 몸 둘 곳을 몰라하는 양이 보기 싫었다.

'돈 있는 남자라니까?—조촐한 미남자이니까?……'

병화는 공연히 소개를 하지나 않았나? 하는 엷은 후회도 났다. 결코 질투심은 아니다. 어린애 마음을 뒤숭숭하게 만들어놓거나 모처럼 공들여서 길러가는 사상의 토대가 흔들려서는 안 되니까 걱정이 된다고 병화는 자기의 심중을 홀로 살펴보며 스스로 변명을 하였다.

필순이는 그래도 '덴뿌라 우동' 한 그릇을 그럭저럭 다 먹었다. 저를 짓고 가만히 입가를 씻은 뒤에 병화를 보고 먼저 가겠다고 소곤소곤한다.

덕기는 무엇을 더 먹여 보내려 하였으나 병화가 늦기 전에 보내야 한다 하여 두 청년은 문간까지 필순이를 배웅하여 내보냈다.

"공부라도 좀 시켰더면 좋을 것을 똑똑한데!"

하며 덕기는 진심으로 가엾이 생각하고 진심으로 칭찬하였다.

"정 그렇거든 자네가 공부나 시켜주게그려."

"당자가 그럴 생각만 있으면 그리 어려울 것도 없지. 화개동 집에 가서 있으면 누이도 혼자 적적해하는데 마침 좋고 아무러면 학교 뒷배야 하나 못 보아주겠나."

병화는 실없이 한 말인데 덕기는 진담이다.

"날 좀 그렇게 시켜주게그려. 나는 사내니까 안 되겠나?"

하고 병화는 비꼬아보다가,

"돈 있는 놈이 여학교 공부시키는 것은 알조 아닌가? 자네두 자네 부인 하나에만은 만족을 못 하겠나 보이마는 그 애가 첫눈에 그렇게 드나? 허허허⋯⋯."

하고 또 듣기 싫은 소리를 한다.

"어디까지든지 나를 그렇게 모욕을 주어야 시원하겠나?"

덕기는 불쾌히 대거리를 하다가,

"허지만 자네두 우리 아버지와 타협을 하겠거든 방 하나 치우라 하고 가서 있게그려."

하며 웃어버린다.

"고만두게. 자네 부친하고 타협하려면야 우리 부친하고 벌써 타협했게!"

하고 병화는 머리가 그저 내둘린다고 고쁘를 가져다가 또 고쁘쩜을 한다.

"이렇게 먹고 내일 또 머리가 내둘린다고 또 먹어야 할 테니 언제 맑은 정신이 들어보나?"

덕기는 딱한 듯이 친구의 술잔을 바라보다가,

"그러지 말고 그야말로 타협을 하고 댁으로 들어가게. 언제까지 이런 방랑 생활을 하고서 무슨 일이 되겠나?"
하며 진담으로 권고를 하여보았다.

"타협? 요컨대 아버지와 타협이 아니라 밥하고 타협하고 밥을 옹호하는—부르주아지의 파수 병정하고 타협을 하라는 말이지?"

"부자간에 그런 이론을 세워서 담을 쌓는다는 게 말이 되는 수작인가? 타협이 아니라 인륜으로 생각하면 어떤가?"

"하여간에 자기의 직업적 신앙에 따라오지 않고 입내를 내지[46] 않는다고 내쫓는 부모면야 자식이 부모의 소유물이나 노예가 아닌 이상 자식도 제 생활이 있는 이상 어찌하는 수 없지 않은가?"

병화는 취기와 함께 점점 열변이 되어간다.

"그는 하여간에 부자간 윤기[47]라는 것이야 어찌하는 수 없지 않은가? 거기에는 타협이니 자기 생활이니 하는 문제가 애초에 붙을 리가 있나!"

덕기는 자기가 꺼내놓은 타협이란 말을 병화가 부자간 관계를 두고 한 말인 줄 오해할까 보아 또 한 번 따졌다.

"그따위 소리 인젠 집어치우세. 자네는 자네 길로 가고 난 내 길로 가면 그만 아닌가."

46 소리와 말로 흉내를 내다.
47 윤리와 기강紀綱을 아울러 이르는 말.

병화는 내던지는 소리를 한다.

"자네는 아까도 곧 절교라도 할 듯이 날뛰데마는 나 같은 놈도 실상은 있어 필요할 걸세."

덕기도 냉연한 어조다.

"무엇에? 응! 가끔 돈푼 구걸해 쓰니까?……"

"흥, 그것두 말이라구 하나?"

하고 덕기는 쏘아본다.

"하여간 정말 우정에는 이용이란 것은 없네. 더구나 동지애면야!"

병화는 무슨 생각에 팔려 앉았다가 한마디 내놓는다.

"소위 동지애―동지의 우정이란 점으로는 자네게 불만일지 모르네마는 어쨌든 자네만이 괴로운 것은 아닐세……."

덕기도 침울한 표정이었다.

"그런 건 부르주아의 호사스러운 고통―호강스러운 센티멘털이겠지."

병화는 또 비꼰다.

"자네 같은 사람의 눈에는 그렇게 보일지 모르지만 우선 우리 집안―삼대가 사는 우리 집안 속을 모르니까 그런 소리를 하는 걸세……."

"그러니까 자네가 할아버지나 아버지께 타협할 수 있듯이 나더러도 타협 타협 하네그려? 그야 상속 받을 것도 있으니까!"

하고 병화는 또 시달려준다.

덕기는 잠자코 일어나서 셈을 한다.

# 새 누이동생

덕기는 낮에 조부 몰래 빠져나와 총독부 도서관에 들어가 앉아서 반나절을 보냈다. 급히 참고하여야 할 것이 있는 것은 아니나 어디서 시간 보낼 데가 없기 때문이다. 제삿날 집에 들어앉았으면 영감님이 안방으로 드나들며 잔소리하는 것도 듣기 싫고 안에서는 여편네들이 법석들을 하는 통에 부쩝[48]을 할 수 없는데다가 생전 붙잡아보지 못하던 모필로 조부 앞에 꿇어앉아서 축문을 쓰기도 싫고 제물을 고여 올리는 데 시중을 들기도 싫었다. 하여간에 오늘은 조부의 분부가 내리기 전에 일찌감치 빠져나왔다가 어둡거든 들어가자는 것이었다. 덕기는 전깃불이 들어오기 전에 도서관에서 나와서 어디 가 차나 먹을까 하고 진고개로 향하였다. 병화 생각도 나기는 하였지만 병화를 끌면 또 술을 먹게 되고 게다가 사람을 꼬집는 그 찡얼대는 소리가 머릿살도 아파서 혼자 조용히 돌아다니는 편이 좋았다. 우선 책사에 들어가서 책을 뒤지다가 잡지 두어 권을 사 들고 나와서 복작대는 거리를 예서 제서 흘러나오는 축음기 소리를 들어가며 올라갔다.

일전에 병화와 갔던 바커스 생각이 났다. 경애가 여전히 잘 있나? 하는 생각도 떠오른다. 그동안 며칠이 퍽 오래된 것 같기도 하고 그날 저녁 일이 먼 날 꾸었던 꿈같이 기억에 흐릿하기도 하다. 떠나가기 전에 한 번 더 가서 경애를 만나보고 자세한 사정이나 물어보고 가려는 생각이 없지 않았고, 또 그저께 저녁에 병화

---

48 '부접附接'을 강조하는 말, 가까이 접근함.

와 새문 밖 소바집에서 나와서 끌고 그리 가볼까 하는 생각도 하였으나 병화를 데리고 가면 조용히 이야기가 되지 못할 것이요 공연히 부친의 감추어진 허물까지 병화에게 알리게 될 것이 싫어서 언제든지 가면 혼자 가보리라 하는 생각이었었다. 그러나 좀처럼 갈 용기가 아니 났다. 진고개로 향할 때부터 몽롱히 그런 생각이 아니 나는 것은 아니었으나,

'하지만 거기에는 술뿐이요, 밥이 없어…….'

바커스가 가까워오니까 덕기는 이런 생각을 하고 그만두어 버리겠다고 생각을 하였다. 그러나 그것은 안 가려는 핑계에 지나지 않았다.

'지금 못 가면 못 가보고 떠나는 게다. 그동안에―봄방학에 다시 귀국할 동안에, 또 어디로 불려 갈지 모르니까 결국 다시는 영영 못 만날지 모른다…….'

이렇게 생각하면 그래도 그대로 가버리는 것이 섭섭하고 인사가 아닐 것 같기도 하다.

'하지만 내가 안 찾아가 본다고 인사가 아닐 것이야 무어 있나! 자기네들이 해결할 문제면 자기네들이 해결할 것이요 또 벌써 해결되었으면 고만 아닌가…….'

이렇게 내던지는 생각으로 단념해버리려고도 하였다.

그러나 딸―누이가 살았다면 문제가 그렇게 간단할 것도 같지 않다.

'간단치 않으면 또 어떻게 하나? 간단치 않을수록에 내 힘으로는 해결하기 어려운 일이요 자기네들도 그만 생각들이야 있겠지!…… 그러나 한 핏줄이다!…… 부모가 다아 세상을 떠난다면

그 애는 누가 거두나?'

덕기는 머릿속이 띵하였다. 부모들의 일이니만치 또 게다가 경애란 사람이 단순히 서모이었던 사람이 아니라 자기와는 어렸을 때 동무이니만치 모든 일이 거북하다. 덕기의 성질이 무뚝뚝하게 무어나 딱 끊어버리는 사람 같으면 아무 일 없지만 그렇지도 않은 성미다. 너무 다심하고 다감하니만치 무엇을 보거나 듣고는 혼자 께름해하는 것이다.

'어쨌든 차나 먹어가며 좀 더 생각을 해보고 가든 마든 하자'는 생각을 하며 찻집을 고르며 천천히 걷는다.

"어디 가요?"

진고개 복작대는 길바닥이라 뒤에서 이런 여자의 목소리가 들린 법하나 덕기는 그대로 걷는다.

"나 좀 봐요!"

바로 뒤에서 같은 목소리가 난다. 덕기는 귀가 번쩍하며 휙 돌아다보았다.

경애가 딱 섰다!

웃지도 않는 얼굴로 누구를 나무라는 사람처럼 눈을 똥그랗게 뜨고 마주 바라본다.

덕기는 마침 이렇게 만난 것이 신기도 하고 놀랍기도 하다.

"어디 가슈?"

경애는 그제서야 조금 상글해 보인다.

"좋은 찻집은 없나 하구 찾는 중인데……."

하고 덕기도 의미 없이 웃어 보인다.

"그런데 왜 그저 안 떠났소?"

"내일 떠날 텐데…….".

덕기는 말끝을 어떻게 아물려야 좋을지 몰라서 어름어름한다. 깍듯이 공대도 하기 싫고 반말도 하기 어려운 터이다.

"내가 바쁘지만 않으면 어디든지 같이 가서 이야기라도 좀 하겠지만…….".

하며 경애는 눈을 말뚱히 뜨고 무슨 생각을 한다.

"그리 늦지도 않았는데 잠깐 근처에서 저녁이나 먹읍시다그려. 그러지 않아도 좀 다시 한 번 들러볼까 하였던 터인데…….".

"이야기할 것도 별로 없지만, 아이가 감기로 대단해서 지금 가는 길인데…….".

"어디루든지 잠깐 갑시다."

'아이'라는 말에 덕기는 더욱이 붙들어 물어보고 싶었다.

"그럼 잠깐만…….".

하고 경애는 따라섰다.

덕기는 나란히 서서 걸으면서 이전 경애와 지금 경애를 비교해보았다. 벌써 오 년 만에 비로소 만났건마는 얼굴은 조금도 상한 데가 없어 보이고 키도 그때보다 더 컸을 것 같지도 않다. 다만 얼굴 표정과 몸 가지는 것, 수작 붙이는 것이 달라졌을 뿐이다.

'이 여자가 바커스 같은 그런 조그만 술집의 고용살이꾼이라고 누가 곧이들을꾸?'

덕기는 경애의 양장한 모양을 보고 혼자 생각을 하였다. 속에다가는 무엇을 입었는지 어스름한 속에서 보이지 않으나 위에 들쓴 짙은 등황색 외투와 감숭한[49] 모자와 서슬 있는 에나멜 뾰족구두로 보아서 어디 무도장이나 무대에 내놓아도 빠지지 않을 만한 차림차리다.

"아이는 지금 어디 있는데 대단치는 않으우?"

한참 만에 덕기가 입을 벌렸다.

"창골 어머니한테. 그런데 돌림감기인지 벌써 사흘째나 되는데 점점 더해가나 봐—뒈질 거면 어서 뒈져버려두 좋겠지만."

경애는 이런 소리를 하고 입을 뾰족 내민다.

다른 데는 번화할 것 같아서 역시 일본 국숫집으로 데리고 들어갔다.

할 말이 많을 것 같으나 막상 마주 앉고 보니, 할 말이 없었다.

"다들 안녕하슈?"

경애가 먼저 입을 벌렸다.

"예에."

"아버지께서는 여전히 '아아멘' 하시구?"

경애는 모멸하는 냉소를 띤다.

"그렇지요."

덕기도 열적은 웃음을 띠었다. 부친의 말이 나오는 것은 괴로웠다.

경애는 저녁을 먹고 나왔다고 아무것도 먹지 않았다. 덕기도 한편이 가만히 앉았으니 먹고 싶지 않아서 국수 한 그릇만 시켰다.

"지금 있는 데는 어떻게 간 거요?"

덕기는 우선 궁금한 것을 묻기 시작하였다.

"왜요?"

49 드물게 난 잔털이 거무스름하다.

하고 경애는 웃기만 하다가,

"그 주인 여편네가 내 동무지요. 그래서 첫 솜씨고 하니 같이 해보자고 끌어서 심심하기에 그대로 가본 것인데 재미있어요."

하고 살짝 웃는다.

덕기는 더 캐어묻기도 어려웠다.

"그 애 몇 살 되었소? 계집애던가…….."

"인제 다섯 살이라우. 허지만 아들이었다면 더 성이 가셨을 게야."

부끄러워하는 기색도 없이 이렇게 대답을 하다가,

"그 애야말로 예수—계집애 예수지."

하고 또 냉소를 한다.

"왜요?"

"애비 없는 아이니까 말요."

"왜?"

"호적이나 했다구? 예수교인—목사님은 그런 딸은 소용없고 조씨 댁의 가문을 더럽히니까 으레 그럴 것 아니요."

뱉듯이 이런 소리를 할 때 경애의 얼굴에는 살기가 잠깐 떴다 꺼진다.

덕기는 잠자코 국수만 쫓겨 가는 듯이 먹고 일어섰다.

"길은 좀 외지지만 한번 안 가보시려우? 지금 와서야 어린 게 불쌍하니 어쩌니 하고 싶지도 않지만 어쨌든…….."

경애는 소바집에서 나와서 진고개 길을 같이 내려오며 이런 소리를 꺼냈다.

경애가 '어쨌든……' 하고 말끝을 흐려버리는 것은 '어쨌든 한 핏줄이 아니냐'고 하고 싶었으나 차마 입에서 나오지를 않았던 것이다.

덕기도 말눈치를 못 알아들은 것은 아니나 가자고 선뜻 대답은 아니하였다.

처음부터 모른 척해버리거나 자란 뒤에는 몰라도 앓는 아이를 일부러 찾아가 볼 필요는 없을 것같이도 생각이 들었다. 찾아가 볼 성의—성의라느니보다도 애정이나 의리가 있다면 그것은 부친의 일이다. 쥐뿔 나게 자기가 튀어 나설 막幕이 아닐 상도 싶었다.

'대관절 아버지는 어떤 생각이시고 얼만한 정도의 책임감을 느끼시는 건가? 그는 그렇다 하고 민적을 안 해주면 그 애는 자라서 어떻게 되라는 셈인고!……'

이런 생각을 하니 경애가 가엾고 보지 못한 이복동생이 불쌍하지 않은 것도 아니다. 그리고 이 두 모녀가 가엾으면 가엾을수록 부친이 또 못마땅하였다.

"내가 어째서 그렇게 되었든지 또는 어째서 지금 이렇게 되고 말았는지 그건 혹시 덕기 씨도 알지 모르지만 알면 알고 모르면 모르는 대로 내버려 두고 내게 물을 것도 못 될 거요, 또 내가 말을 내놓고 시비를 따지고 싶지 않지만 어쨌든 그 애나 한번 가서 만나보아 주시구려. 가만히 생각하면 그 역시 쓸데없는 일이요, 덕기 씨로서는 성이 가신 군일이겠지만 그래도 그 애 쪽으로는 일 년 열두 달 한번 들여다보는 사람도 없으니까 아모리 어린 것일지라도 너무 가엾어서……."

경애의 말은 의외로 감상적이었다.

'이 여자도 역시 보통 여성, 가정적 어머니로구나!'

덕기는 이런 생각을 하면서 가자고 응낙을 하였다.

"내 처지는 실상 생각하면 매우 우스꽝스럽게 난처는 허지만 그 애를 생각하면 가보는 것도 옳은지 모르고…… 또 더구나 아버지께서 그대로 내버려두신다면—그리고 역시 조가로 태어난 다음에는 십 년 후, 이십 년 후에 아무도 돌볼 사람이 아주 없어진다면 나마자 시치미를 뗄 수도 없지 않소. 이왕이면 잘 길러놓아야지 어리삥삥하게 내버려두었다가 사람을 버려놓는다든지 한 뒤에 거둔댔자 꼴만 안될 것이요……."

덕기는 말하기가 퍽 거북한 듯이 떠듬떠듬 이런 소리를 해 들려주었다. 조가의 집 가문 더럽히지 않게 주의하라는 다짐이다.

경애는 찬찬히 걸으면서 귀만 기울이고 아무 대꾸도 아니하였다. 어쨌든 그만치라도 생각해주는 것이 나이 보아서는 숙성하고 고맙기도 하였다. 그뿐 아니라 사실 말하자면 너 아버지 대신에 너라도 맡아 가거라 하는 생각이 있어서 데리고 가서 보이려던 것인데 이편이 꺼내기 전에 저편에서 그만큼 생각하고 있는 것은 반가웠다.

'어쨌든 한번 만나뵈어 놓고 자주 찾아다니게 하면 그러는 동안에는 버리지는 못하게 되는 게다!'

이런 생각도 경애는 하는 것이다.

경애의 집은 북미창정 쑥 들어가서였다. 덕기는 처음 오는 길이라 다시 찾아 나가기도 어려울 만큼 구석지다.

"약이나 좀 지어가지고 왔니?"

모친은 기다렸다는 듯이 내달으며 소리를 치다가 덕기가 뒤에 섰는 것을 보고 물끄러미 내려다본다.

집은 비교적 오뚝한 얌전한 기와집이라 전등을 환히 켠 마루

안을 들여다보아도 살림이 군색치는 않은 것을 알 수 있다.

'누구하고 사나? 아버지가 차려준 것일까?'

이런 생각을 하면서 덕기는 마루 위로 뒤따라 올라섰다.

누웠던 어린아이는 엄마를 보고 금시로 켕켕거린다. 하루에 한 번씩 보지만 이 엄마에게 안겨보는 일은 드물다. 그렇기 때문에 누워서 짜증을 낼 뿐이지 엄마더러 안으라고는 아니한다.

"우지 마라, 손님! 손님!"

하고 덕기를 가리키니까 낯 서투른 손님을 말끔히 쳐다보다가는 이번에는 아주 울어버린다.

"우리 예수 씨─우리 그리스도!"

젊은 어머니는 외투를 벗어서 벽에 걸고 와서 앉으며 누운 아이를 무릎 위에 안아 올린다.

덕기도 아랫목 발치에 앉았다.

"오빠! 오빠야. 너 오빠 보고 싶다고 하였지?"

하며 경애는 아이를 추슬러서 덕기 편으로 얼굴을 내민다. 열기로 해서 얼굴이 발갛게 피어오른 아이는 오빠라는 소리에 눈물 어린 두 눈을 놀란 듯이 크게 뜨고 바라보다가 어머니 겨드랑 밑으로 고개를 파묻는다.

"왜? 오빠 아닌 것 같으냐?"

하고 경애는 덕기에게로 향하여 웃는다. 자기 입에서 오빠라는 말이 거침없이 나오는 것이 속으로 우습고 열적기도 하지만 덕기의 귀에도 서툴렀다.

영리한 예쁜 애라고 덕기는 생각하며 벙벙히 앉았기가 안되어서,

"아직두 열이 있겠군! 한약을 좀 써보지요."

하고 경애의 모친을 치어다보았다. 모친이란 사람은 좀 수다스럽고 거벽스러워는[50] 보이나 함부로 된 위인 같지는 않다.

이때까지 눈치만 슬슬 보고 앉았던 모친은 입을 벌릴 틈을 탄 듯이,

"이 양반이 맏아드님?"

하고 딸에게 눈짓을 슬슬 한다.

딸도 눈으로 대답을 하며,

"우리 어머니세요."

하고 덕기에게 인사를 시킨다.

"응, 이 양반이 맏아드님이야!"

하고 누구를 놀리듯이 넌다.

아까부터 오빠라는 말에 알아차렸던 것이나 좀 못마땅한 얼굴빛으로 흐들갑스럽게 대꾸를 하고 나서 수다를 늘어놓으려 한다.

"어쩌면 그렇게 발을 뚝 끊으신단 말이요? 이태 삼 년이 되어야 같은 서울 안에서 자식이 궁금해서라도 좀 들여다보아 줄 게 아니오. 내 딸하고 원수를 졌기로 그럴 수는 없는데……"

딸이 눈짓을 하다 못해,

"그런 소리는 왜 이 양반을 보고 해요!"

하고 핀잔을 주려니까 말을 멈칫하다가 그래도 분이 치미는 듯이,

"어쨌든 이걸 이만치라도 켜놓을 제야 이 늙은 년의 뼛골이 얼마나 빠졌겠는가를 좀 생각해보라고 가서 말씀이나 하우."

하고 얼굴이 시뻘게진다.

---

50 억척스럽고 묵직하다.

덕기는 의외의 큰소리에 뜨끔하지 않을 수 없었으나 꿀 먹은 벙어리처럼 고개를 수그리고 앉았을 따름이다. 애초에는 어떻게 된 일이요 또 무슨 까닭에 헤어졌는지 궁금은 하나 물어볼 수도 없었다.

"이 장한 집 한 채 내맡기었다고 어린애도 아니 돌아보니 그럴 자식을 왜 낳아놓았더란 말이요."

모친이 또 말을 꺼내려니까, 경애는 암상을 내며 모친더러 건넌방으로 가라고 소리를 친다.

덕기는 애매한 야단을 만나나 어찌하는 수 없었다. 그러면 '응, 이 집은 아버지가 사주신 집이로군' 하며 무슨 새 소문이나 들은 듯싶어 노파의 입에서 또 무슨 말이 나왔으면 좋겠다고도 생각하였다.

"왜 말 못할 게 무어냐? 무슨 죄졌니? 부자간이면야 부친에게 당한 듣기 싫은 소리라도 듣는 것이지…… 당신이나 이 애(어미 무릎에 안긴 애를 가리키며)나 아버지 잘못 만난 탓이지. 어쨌든 인제는 이 애를 데려가슈. 당신두 이제는 공부 다 하고 나온 모양이니 아버니가 안 데려다 기른다면 당신이라도 데려다가 기르슈. 어엿한 누이동생인데 데려다 기르기로 억울할 건 조금도 없을 게니!"

"가만히 계셔요. 어떻게 하든 좋도록 조처를 하지요. 그보다도 어서 약을 써서 병부터 나아야 하지 않아요."

덕기는 겨우 이렇게 한마디 하였다.

"어머니는 괜히 까닭도 모르는 이를 붙들고 왜 이러슈. 참 정말 어서 건너가셔요."

하고 딸은 민주를 대듯이[51] 모친을 또 우박지른다.[52]

# 추억

"아버지께는 만났단 말씀도 말우."

경애는 모친이 나간 뒤에 이런 소리를 꺼냈다. 모친을 제지할 때와는 딴판으로 암상이 난 소리다. 모친이 충동여놓은 바람에 잠자던 노염이 다시 머리를 든 것이었다.

"이거 하나만 없어도 덕기 씨를 이 집에 오시라고도 하기커녕 길에서 만나도 알은체도 아니하였을지 모르지! 교회 안의 소문이 무섭고 사회의 시비가 무서워서—말하자면 남은 몸을 버렸든지 자식이 있든지 없든지 남의 사정은 손톱만큼도 모르고 나 하나만 사회적 생명을 이어나가면 고만이라고 걷어찰 제, 누가 비릿비릿 하게 쫓아다니자던 것도 아니요, 다시는 잇살도 어우르자[53]는 게 아니니까……."

경애는 조용조용히 이야기를 하면서도 뼈에 맺힌 무엇이 있는 듯한 말소리다.

"그야 내 잘못도 모르는 것은 아니야요. 그렇게 말씀하는 어머님두……."

경애는 또 한참 만에 이런 소리를 하다가 뚝 끊어버리고 무슨 생각을 하는 양이더니 머리맡에 놓인 약봉지를 꺼내서 환약을 세면서 건넌방에다 대고 아이년더러 물이 더웠느냐고 소리를 친다.

경애가 제 잘못도 안다는 것은 자기의 허영심이 이렇게 일을

---

51  몹시 귀찮고 싫증나게 하다.
52  허물이나 결함을 나무라거나 핀잔하다.
53  더불어 이야기를 나누다.

벌여놓은 것이라는 뜻이요 모친도 지금은 큰소리를 하지만 잘하였을 것은 없다는 말이다. 이태 동안이나 미국 다녀온 사람 그리고 도도한 웅변으로 설교하는 깨끗한 신사─그때는 덕기의 부친도 사십이 아직 차지 못한 한창때의 장년이요 호남자이었다. 게다가 뒤에는 재산이 있으니 교회 안의 인기는 이 한 사람의 독차지였다. 이십 전후의 젊은 여자의 추앙이 일신에 모인 것도 사실이었을 것이다.

건넌방에서 조그만 계집애년이 어린애 놋대접에 물을 가지고 건너왔다.

조금 간정하고 코가 막혀서 쌔근쌔근하던 아이는 약과 물그릇을 보더니 불이 붙은 듯이 울어젖힌다.

그래도 어쩐둥해 세 알갱이 약이 어린아이의 입에 들어갔다. 무릎에서 미끄러져 내려와서 발버둥질 치는 것을 덕기도 거들어서 먹이고 나서는 어린애를 붙들었던 것을 생각하고 덕기는 속으로 웃었다.

덕기는 지난날의 일이 머리에 어제 일같이 떠올라왔다.

덕기와 경애는 남대문 ×소학교에서 한 해에 같이 졸업을 한 것이 벌써 팔구 년 되나 보다. 물론 남녀부男女部가 다르고 경애는 덕기보다 두 살이 위이지마는 학년은 같았다. 경애는 삼 년급에 중간에 들어와서 같은 해에 졸업한 것이다.

이 학교는 덕기의 부친이 돈을 조금 내놓은 관계로 설립자의 명의를 한몫 가지고 있는 교회 학교였다. 덕기의 부친이 원시 이교회에 관계가 깊었기 때문에 학교에도 돈을 기부한 것이요 또 아들도 교인인 관계도 있어서 다른 공립보통학교에 보내지 않고 화개동에서 남대문까지 먼 데를 다니게 한 것이었다.

어쨌든 이 두 아이는 같은 삼 학년 때의 크리스마스 축하 연극을 할 때부터 서로 알게 되었다. 열 살 먹은 덕기와 열두 살 먹은 경애는 학교의 재동이로 장을 쳤었다.[54] 둘이 똑같이 예쁘고 둘이 똑같이 창가와 연설과 연극이 능란하고 재롱거리였던 것이다. 그때 덕기는 아직 어렸으니까 어리둥절하게 지낸 일도 많지만 계집애요 또 열두 살이나 된 경애는 덕기를 어린애다운 우정으로 퍽 귀애하였던 것을 지금도 분명히 기억하고 있다.

학교에서 파해서 혹시 어린애들끼리 몰려나오게 되면 두 아이는 그중에서도 함께 걸어 남대문 밑까지 와서는 경애는,

"잘 가거라!"

소리를 치며 봉래교 편으로 떨어져 가는 것이었다. 그러나 경애가 수원서 올라온 아이인지 저 아버지가 감옥에 들어가 있는지 미근동 근처의 외삼촌 집에 붙어 있는지 그런 것은 조금도 모르고 지냈던 것이다.

지금도 제일 기억에 똑똑한 것은 사 년급 때던가 오 년급 때 크리스마스 연습으로 학교에 모였던 날 점심시간에 경애가 문밖에 끌고 나가서 모찌떡을 사서 저도 먹고 덕기에게도 한턱내던 것이었다. 이것을 같은 동무애가 고자질을 해서 덕기는 상관없었으나 경애는 열세 살이나 되는 커단 계집애가 군것질이 무슨 군것질이냐고 여선생님에게 몹시 꾸지람을 듣고 창가도 아니 시키고 반나절이나 교실 밖에서 울고 섰던 모양, 지금도 덕기의 머리

54 어떠한 판을 휩쓸다.

에 분명히 떠오른다.

그러던 경애가 지금 덕기 앞에 덕기의 누이동생을 안고 앉아서 자기 부친의 원망을 하고 있다. 덕기는 웃어야 좋을지 울어야 좋을지 그때가 꿈인지 지금이 꿈인지 도무지 알 수가 없다.

"그것도 없는 탓이지만 아버니께서 살아만 계셨어도 이렇게는 아니 되었을 것을…… 우리 아버니 못 보셨지?"

덕기와 경애는 소학교를 마친 뒤에 교제가 없었고 소학교에 다닐 때에는 감옥에 들어앉았던 경애의 부친을 보았을 리가 없다.

"우리 아버니는 너무 호활하시고[55] 살림에 등한하셔서 삼사백 하던 재산을 모두 학교에 내놓으시고 소작인에게 탕감해 주어버리시고 감옥에 들어가시기 전에는 무슨 장사를 해서 다시 번다고 하시다가 3·1운동이 덜컥 나서 감옥에 들어가시게 되니까 옥바라지하고 변호사 대고 어쩌고 한다고 자꾸 끌려 들어가기만 해서 나중에는 집까지 팔아가지고 올라왔었지요. 지금 생각하면 서울로 올라온 것이 내 신상에도 좋을 건 조금도 없건마는……."

경애는 자기가 그렇게 된 변명을 하느라고 그러는지 조금 아까 살기가 돌 때와는 딴판으로 재미있는 옛이야기나 하듯이 자기 집 내력, 자기 내력을 풀어낸다.

덕기는 그런 변명이나 하소연을 들을 묘리도 없고 더구나 자기 부친에게 대한 푸념을 듣고 앉았는 것은 불쾌도 스러웠으나 남의 내력을 듣는 호기심으로 귀를 기울이고 앉았다.

"집 팔고 어쩌고 해서 어머니께서 돈 천 원이나 가지고 올러

---

55  막힌 데 없이 시원하다.

오신 모양이나 당장 집을 사려야 마땅한 게 나서지도 않고 해서 외삼촌 집에 가서 붙어 있으면서 그 돈을 외삼촌에게 맡겼더니 아저씨가 몽땅 가지고 들고뺐겠지요⋯⋯."

"흥! 난봉이던가요?"

덕기는 놀라는 소리로 장단을 맞춘다.

"아니애요. 자기 딴은 무슨 일을 해본다고 상해로 뛴 것이지만 우리 집에는 큰 못할 일을 해놓았군요."

두 남녀는 서모뻘이라는 격이 스러지고 옛날 동무라는 생각이 앞을 서서 서로 공대를 한다.

"어쨌든 그래서 아버니께서 옥중에서 병환으로 집행정지가 되어 나오시니까 약은 고사하고 여전히 외갓집 구석에서 세 때가 분명치 못한 형편인데 거진 일 년이나 앓아누셨으니 기막힌 사정 아내요."

경애는 급작시리 말을 뚝 끊는다. 별안간 무슨 생각이 나서 말하기가 거북해진 눈치다.

"헤에⋯⋯?"

하고 덕기는 말 뒤를 기다리다가 가만히 쳐다보았다. 경애는 어린아이에게로 눈을 떨어뜨리고 앉았다. 어린애는 째근째근 겉잠이 어리어리 든 모양이더니 가위에 눌린 것처럼 몸을 뒤흔들며 찌르는 듯이 또 울어젖힌다.

"난 가겠소."

하고 덕기는 마침 잘되었다고 일어서 버렸다.

"그럼 내일은 떠나슈?"

하고 경애는 앉은 채 쳐다본다. 좀 더 이야기를 하고 싶었으나,

더 붙들고도 싶지 않았다.

"봄방학에 혹시 오게 되면 그때나 또 만납시다."

"그럼 난 못 나가요."

경애는 우는 아이를 달래며 일어선다.

"에에, 바람을 쏘이면 안 될 테니까."

덕기는 마루로 나와서 구두를 신으려니까 모친이 건넌방에서
나와서,

"어둔데 살펴 가슈."

하고 인사를 한다. 또 무슨 수다가 나오려니 하였더니 의외로 인
사가 간단하다.

안방에서도,

"먼 길에 조심해 가셔요."

하는 경애의 목소리가 난다.

대문 밖을 나서니 선뜻한 밤바람이 시원하였다. 훗훗한 방 속
에 있어서도 그렇겠지만 무엇에 갇히었다가 빠져나온 것같이 기
분이 거뜬해진다.

'응―그때부터이었다! 그때가 시초이었던 것이다…… 그래서
지금 말을 하다가 뚝 끊어버린 것이다!'

덕기는 꿈틀거리는 밤길을 더듬어 나오면서 혼자 이렇게 생각
하였다.

벌써 오 년이 되었는지 육 년이 되었는지 그 겨울에 덕기는 화
개동 집으로 경애가 부친을 찾아왔던 것을 잠깐 본 기억이 지금
새삼스러이 난다. 그때 덕기는 아직 화개동 집에 있을 때이다.

소학교에서 헤어진 지 삼사 년이 되었고 그 후 덕기는 화개동

에서 가까운 안국동 예배당에 다니기 때문에 오래 못 보았지만 그동안 경애는 놀랄 만치 커져서 어른 꼴이 박히고 자기 따위는 어린애로 내려다보는 것 같아서 반가우면서도 말도 변변히 붙여보지 못하고 경애보다도 자기 편이 더 열적어하던 생각이 난다.

그때 부친에게,

"그 애가 왜 왔었에요?"

하고 물어보니까, 저 어머니 심부름으로 왔단다 하면서 경애 모친이 남대문 교회에 다닌다는 것과 또 부친은 감옥에서 나와서 근 일 년이나 앓아누웠는데 인제는 죽기나 기다리는 터이라는 말을 간단히 들려주었었다. 그때는 다만 가엾다고만 생각하고 신지무의[56]하였지만 지금 생각하니 그때 아마 모친의 심부름으로 돈을 취하러 왔던 것 같았다.

경애의 부친은 애국지사였다. 수원의 누구라면 알 만한 교역자일 뿐 아니라, 감옥 소식을 전할 때나 집행정지로 나오게 될 때에 신문에 여남은 줄이라도 기사가 날 만한 인물이었다. 경애의 모친이 그 부인이라 하니 교인들도 알아보았었다. 목사의 기도 속에 경애 부친의 이름이 나오고 '이 병든 아드님을 아버지의 뜻이옵거든 좀 더 이 세상에 머무르게 하사 저희의 일을 더 돕게 하여주시옵소서' 하고 경애의 부친의 중병이 낫게 하여지이다고 기도를 드린 뒤부터 경애의 모친의 존재는 교회 안에 뚜렷해지고 경애의 미모는 한층 더 빛났던 것이다. 예배가 끝나면 경애 모친은 보지도 못하던 뭇 형님 아우님과 이름도 모르는 오라버니의 흐들갑스

---

56  조금도 의심하지 아니하고 믿음.

러운 인사—남편의 병 위문 받기에 얼굴이 취하도록 한바탕 분주하였던 것이다.

이렇게 되고 보니 인제는 병이 근심이요 병구원이 걱정이기는 일반이나 호강스럽기도 하였다. 그 오라버니 중에는 물론 조상훈이가 빠질 수 없었다. 자선심 많고 돈 많고 목사보다도 신임과 경애를 받고 세력을 가진 조상훈—덕기 부친—이에게 친절한 인사를 받는 것은 다른 교인의 열 몫 백 몫이나 되는 것이었다. 더구나 조상훈이는 이 부인에게 한창 더 친절하고 은근하였다. 그렇다고 결단코 자기 학교에서 길러내고 또 교회 안에서도 재색이 겸비하다고 손꼽는 경애의 모친이라 하여서 그런 것이라 하여서는 조상훈이의 명예와 인격을 위하여 큰 모욕이다. 적어도 모든 사람이 그렇게 보지도 않았고, 또 조상훈이 자신도 그렇게 생각해본 일은 없었다.

"아버니 병환이 요새는 좀 어떠신가?"

조상훈 선생은 경애를 만나면 자상하고 온유한 말소리로 이렇게 물었던 것이다. 그리고 모친을 만나면,

"차도가 계신가요. 한번 가 뵌다 하며 바빠서 못 갑니다. 선생님은 이때껏 뵈온 일은 없지만 병환이 안 계시드라도 선배로서 찾아가 뵈어야 할 텐데!……"
하고 가볼 시간을 묻는 것이었다.

그러기를 한 서너 번 한 뒤에 그해 겨울 어느 일요일에 예배를 마치고 경애 모녀를 앞세우고 조상훈은 목사와 함께 미근동 경애 외삼촌 집으로 선배에게 대한 경의를 표할 겸 병위문을 갔던 것이다.

병인은 반가워하였다. 신장염에 기관지병이 겹쳐서 중태이었으나 강기로 버티고 누웠던 사람이 일어나서 손을 맞았다. 그는 고사하고 상훈이를 첫대바기[57]에 놀라게 한 것은 그 마님이 사십쯤밖에 안 되었는데 영감은 육십을 훨씬 넘은 듯한 백발이 성성한 것이었다. 사실 경애의 모친은 이 영감의 첩장가나 다름없는 삼취이었고 경애는 전무후무한 이 삼취 소생이었다. 이 몸에서 남매가 겨우 나서 경애 하나가 자란 것이다.

동지 전 추위에 방은 미지근하고 머리맡에 양약병에는 먼지가 앉고 중문 안에 놓인 삼태기에 쏟아버린 약 찌꺼기는 얼고 마르고 한 것이 상훈이의 눈에 띄었다. 약이나 변변히 쓰랴 하는 생각을 하니 늙은 지사志士의 말로가 가엾었다.

병인과 감옥 이야기, 교육계 이야기, 사회 이야기를 하다가 돌아갈 제 상훈이는 부인을 조용히 불러서 이따가 세시 후에 따님 아이든지 누구든지 자기 집으로 보내달라 하고 주소를 두 번 세 번 일러주었다.

"왜요? 왜 그러세요?"
하고 부인은 물었으나 속으로 그 뜻을 대강 짐작치 못한 것은 아니었다.

"아니, 선생님 병환에 맞을 약이 집에 있을 법한데 좀 보내드릴까 해서 그래요."
상훈이는 다만 이렇게 귀띔만 하여두었다.

이리하여 경애가 화개동으로 찾아간 것이요 그때에 덕기가 만

---

57 맞닥뜨린 맨 처음.

나본 것을 지금 기억에서 찾아낸 것이다.

그때 상훈이는 집에 있는 인삼 몇 뿌리에 자기 부친이 지금도 경영하는 남대문 안 대성정미소에서 찾을 쌀 한 가마니 표와 돈 십 원을 넣은 봉투를 경애에게 주어 보냈던 것이다. 그 속에는 물론 아까 만나고 온 노선배에게 얌전한 붓끝과 맵시 있는 편지투로 보내는 것을 받는 사람이 부끄러이 여기지 않게 정중한 편지를 써 넣을 것을 상훈이는 잊지 않았다.

그러나 이 모든 호의가 늙은 지사의 비참한 말로를 동정하는 데서 나온 것이요 결코 오늘날 경애의 무릎에서 신열이 사십 도 내외를 오르락내리락하는 가운데 신음하는 딸 하나를 얻고 싶어서 계획적으로―그 값으로 보낸 것은 아니었다.

며칠 후에 상훈이는 병인을 또 위문 갔었다. 결코 전일의 후의에 대한 인사를 받자고 간 것은 아니다. 그러나 세 식구는 상훈이를 에워싸고 엎드러질 듯이 치사하였다. 또 이 사람도 어쩐지 이 세 식구가 마음으로 가엾었다.

하여간 치사를 받을수록에 호의는 더 높아갔다. 그리하여 그날은 자기 집 단골의사를 소개하여 진찰을 시켜주었다.

아주 절망 상태이기에 가출옥이 된 것이요 워낙 노인이라 병도 하도 여러 가지이니까 이루 이름을 주워섬길 수 없지만 그래도 감옥에서 나와서는 좀 돌리는 눈치더니 심한 추위와 구차로 해서 또다시 기울어져갈 뿐이었다. 상훈이가 댄 의사도 별도리는 없었다.

해가 바뀌어서는 한층 더하였다. 약을 쓰는 것은 마치 죽기를 재촉하느니나 다름없이 말라가는 등잔불이 깜박거리다가 홀깍 꺼지고 말았다. 살려 하고 살리려 하여 애는 썼지마는 설사 살아났어도 얼마 안 남은 그 목숨을 또 시기하고 노리고 있는 편이 있는 바에야 남은 징역살이를 하다가 옥사를 하게 하느니보다는 처남의 집에설망정 편안히 눈을 감은 것이 차라리 다행하다고들 생각하였다.

임종에는 목사도 있었고 상훈이도 있었다. 유언이란 것은 별로 없었으나 남기고 가는 처자가 마음에 놓이지 않아서 안타까워하였다. 그러나 조상훈이를 얼마쯤은 믿었다. 사귄 지는 얼마 안 되어도 그처럼 친절히 해주는 것을 보고 아무리 보통 사람과 다른, 종교사업가라 하여도 지금 세상에는 어려운 일이라고 가상히도 생각하고 고마운 생각이 그지없었다.

"여러분이나 가족에게 그렇게 폐를 끼치지 않고 어서 하느님의 안온한 품으로 들어가고 싶었더니 이제야 때가 온 것 같소이다. 가는 사람은 편안하고 행복되나 남은 사람은 여전히 괴로운 것이오. 우리 동포 우리 동지─이 사회를 그대로 두고 먼저 가는 것이 무엇보다도 끄리키오. 여기 앉았는 이 자식을 혈혈단신으로 내던져두고 가는 것도 마음에 아니 놓이지마는 육십 평생에 그래도 무슨 일이나 하나 남겨놓고 가자 하였더니 남은 것이라곤 이 자식─벌거벗겨 길거리에 내놓으나 다름없는 이 자식 하나와 이 세상에 오랫동안 끼친 신세뿐이오. 하여간 사회의 일은 여러분이 잘 맡아 하시려니와 저 어린것도 여러분이 잘 돌보아주시오. 조선생께는 무어라고 치사를 다 할지 결초보은하여도 오히려 족하지 않겠지마는 나 죽은 뒤라도 이 두 모녀를 걷으뜨려주시기를 염의없는 말이나마 부탁하오……."

운명할 때까지 의식이 말짱한 병인은 이러한 장황한 감회와 부탁을 남겨놓고 여러 사람의 기도와 축복 속에 운명을 하였던 것이었다.

상훈이는 힘자라는 데까지는 죽은 이의 뜻을 받겠다고 맹서하였다. 그 맹서를 지키고 안 지키는 것은 물론 죽어간 사람의 알 바 아니나, 그러나 그 자리에 앉은 사람은 한가지로 증인이 되었다. 아니, 그보다도 존엄한 하느님이 천만 인간에 못지않은 증인이었을 것이다.

초상은 치렀다. 교회와 수원 학교 측과 유지인사의 기부와 열성으로 호상이었다. 상훈이는 경성 측의 장의위원장 격이었었고 장비로도 오십 원을 내놓았다.

장례는 ××문 예배당에서 치르고 수원까지 운구를 하여 거기서 영결식을 하고 선영에 안장을 하였던 것이다.

초상을 치르고 나니 살아서는 쌀 한 되 값, 나무 한 단 값에 그렇게 쩔쩔맸어도 오륙백 원 돈이 남았다. 그것도 전 재산을 사회와 교육계를 위하여 내던진 보람이었다.

하여간 그 오백여 원 돈은 우선 생활에 큰 도움이라느니보다도 한밑천이 되었다. 상훈이와 의논한 결과 그것으로 조그만 전셋집을 얻기로 하였다. 흐지부지 녹여 써버려도 안 되겠거니와 오라범댁과 그대로 살림을 한다면 안방 식구와 여전히 한데 먹어야 할 것이니 그것도 할 수 없는 일이라 역시 아무 턱 없는 오라범집 식구를 그대로 두고 나오기도 박정한 노릇이나 펀둥펀둥 노는 맏조카 자식더러 벌어먹으라 하고 나오기로 한 것이다.

그리고 경애가 그해 봄에 여학교만 졸업하면 어떻게든지 벌어

먹을 수 있는 큰 희망도 있었다.

상훈이는 이것저것 많이 애도 쓰고 앞일에 무엇에나 의논에 대거리가 되어주었지만 집을 정하고 들어앉으면 경애가 두 달 후에 졸업하고 취직이 될 때까지 식량만은 몇 달 대어주마고 자청하였다.

그리하여 두 모녀의 앞길은 도리어 환하였다.

당주동에다가 조그마한 전세 한 채를 얻고 떠나니, 이 역시 돌아간 영감이 남겨놓고 간 유산이나 다름없고 영감의 덕이라 하겠지마는 일편 생각하면 상훈이의 주선 아니더면 엄두도 못 내었을 것이니 상훈이의 덕이기도 한 것이었다.

"조 선생의 신세를 무얼루 이루 다 갚는단 말이냐?"

모녀가 마주 앉으면 말끝마다 나오는 입버릇이었다.

상훈이로 말하면 그때나 이때나 부친이 매삭[58] 대어주는 것으로 사는 터이라, 넉넉지는 않으나 기위 손을 댄 터에 야멸치게 물러서기도 어려워서 그랬겠지마는, 쌀이야 부친의 정미소에서 떨어질 새 없이,—떨어질 새 없이라느니보다도 쌀 주고 떡 사 먹게까지야 주책없지 않았을망정, 젓갈 장수 기름 장수의 외상값을 쌀로 에낄 수 있을 만큼은 흥청망청 대어주었고, 경애가 졸업하고 자기 학교로 오게 될 때까지 두서너 달 동안 뒤치다꺼리도 지성껏 해주었던 것이다.

상훈이란 사람은 물론 시정의 장사치도 아니요 매사를 계획적으로 앞길을 보려는 속다짐이 있어서 소금 먹은 놈이 물켜겠지

_____

58 다달이.

하는 따위의 딴생각을 먹고 이런 일을 할 사람은 아니었다. 도리어 나이 사십을 바라보도록 세상 고초를 모르느니만치 느슨하고 호인인 편이요, 또 그러니만치 어려운 사정을 돕는다는 데에 일종의 감격을 가지고 더욱이 저편이 엎으러질 듯이 감사하여주는 그 정리에 끌려서 이편도 엎으러졌다 할 것이다. 그러나 다만 한 가지 경애가 귀엽게 보이지 않은 것도 아니었다. 혹은 만일 경애 같은 예쁜 딸이 없었던들? 하고 반문할지 모르나 그것은 너무나 잔인한 말이다.

하여간 교회 안에서도 상훈이의 애국지사의 유가족을 끝끝내 돌보아주는 그 독지篤志에 대하여는 칭송이 자자하였다. 그러나 그 칭송이 어느덧 시기와 의심으로 변하였다.

"그러기루 아침저녁으로 문안까지야 다닐 게 무언구?"

"그만 정성이면야 효자로도 몇째 안 가겠수."

이런 소리가 마님네들 모인 자리에서 이야깃거리가 되기 시작하였다. 아닌 게 아니라 큰댁 문안은 일주일에 한 번, 고작해야 두 번이나, 학교에서 화개동 집에 올라가는 역로이기도 하지마는, 당주동에는 하루가 멀다고 들렀던 것이었다.

"아니, 늙은 과부댁만 죽치고 엎댔으면야 나부터두 갈 재미 있겠나마는, 딸이 있거던……."

편이 있으면 적도 있는 것이다. 학교 안의 젊은 교원 축끼리도 이런 실없는 소리가 나왔다.

그러던 경애가 여학교를 졸업하고 나니까 설립자 대표인 상훈이의 천으로 학교에 들어오게 되었다. 교원들은 이 미인 신임 선생을 배척하도록 싫은 것은 아니면서도, 돌아서서는 입을 딱 벌리며 서로 눈짓콧짓을 하는 것이었다.

그러나 세상에 갓 나온 경애는 그런 영문을 눈치챌 수가 있을 리 없었던 것이다.

경애로서 조상훈을 대할 때 그는 다만 존경과 흠모의 대상일 뿐 아니라 은인이다. 부친의 생전 사후를 통하여 은인일 뿐 아니라 자기의 현재와 앞길이 그의 지도에 달렸다고 생각하는 것이다. 이 사람이 살라면 살고, 죽으라면 죽어도 아까울 것 없을 만치 마음을 턱 실리려는 믿음과 애정을 느꼈고 또 그 모친도 친오라비 이상으로 믿은 것이다. 그러나 경애의 그 믿음과 그 애정은 부친이나 오라비나 혹은 친한 동무에게 느끼는 소녀다운 그런 애정이었다.

그러던 것이 동무들의 뒷공론이 점점 노골적으로 맞대해놓고 입을 비쭉거리며 비웃게까지 되었을 제 놀랍고 분한 한편에 차차 조 선생을 슬슬 피하지 않을 수 없게 되었다. 그러나 조 선생에게 대한 공포심은 일어날지언정 결코 조 선생이 미운 것은 아니었다. 미워졌으면 좋겠는데 밉지가 않은 자기 마음이 도리어 밉고 안타까웠다. 사실 생각하면 조 선생을 미워할 아무 건더기가 없었다. 조 선생은 예나 이제나 다름없는 조 선생이었다.

그러나 동무들의 면대해서 쏘지도 않고 빗대놓은 조롱은 점점 더 늘어갔다. 빗대놓고 들컹거리는[59] 말이니 탄할 수도 없고 변명할 길도 없다. 울분과 번민이 어린 가슴을 터지게 하였다. 그러나 그러면 그럴수록 거죽으로는 조 선생을 슬슬 피하면서 속으로는

---

59 불쾌한 말로 자꾸 남의 비위를 건드리다.

무서워하던 마음까지 스러지고 한층 더 경애하는 마음이 스며 솟았다. 모친에게도—이 세상에서 단 하나 의지할 모친에게도 터놓고 하소연할 수 없는 그 분한 말을 조 선생에게는 다 쏟아놓을 수 있을 것 같았다. 경애는 삼 학기도 거진 가까워졌을 때 조 선생과 한번 만나서 의논을 하고 싶었다. 설마 당신 때문에 학교에를 다닐 수 없다고는 할 수 없으니까 될 수 있으면 다른 학교로 옮겨 가게 해달라고 청도 하고 의논도 하고 싶었다. 모든 사람의 눈총을 맞아가며 학교에 다니기가 싫도록 경애의 신경도 쇠약하여졌던 것이다.

그러나 조용히 만날 틈이 없었다. 이때쯤은 조 선생도 경애에게서 멀어져가는 듯이 설면하게 굴고 경애 집에도 들러주지를 않았다. 그러므로 아무래도 자기 집으로 찾아가는 수밖에 없었다. 집으로 가면 작년 겨울과 같이 덕기와 마주칠 것이 싫기도 하였지만 그래도 학교 안에서나 예배 파한 뒤에 만나자면 남의 눈에 뜨일 것이니 그보다는 낫다고 생각하였다. 집으로 청해다가 이야기하고도 싶었지마는 그것도 모친 때문에 어려웠다.

그래도 얼마를 망설이다가 조 선생이 감기로 이틀이나 학교에 나오지 않는다는 말을 듣고 모친에게도 조 선생을 위문을 잠깐 갔다 오마고 하고 학교에 다녀오는 길로 책보만 내놓고 큰마음 먹고 나섰다. 모친도 앓는다는 말에 놀라면서 같이 가도 좋을 듯이 말을 하다가 저녁도 지어야 하겠고 우선 딸을 보내서 전갈만 시켜놓고 병이 더하다면 자기도 나중에 가리라는 생각으로 어서 가보라고 하여 내보냈다.

경애는 사실 병위문도 겹쳤을 뿐 아니라 모친에게까지 알리고 가는 것이니까 조금도 떳떳치 못할 게 없겠으나 화개동이 차차 가까워오니까 혹시 학교에서나 교회에서 누가 위문을 오지 않았을까 하는 애도 쓰이기 시작하였다. 그러나 이왕 왔다가 발길을 돌이킬 수도 없었다.

문 앞에 다 와서도 차마 들어가지를 못하고 또 망설이었다. 누구나 나왔으면—하고 문전에서 기웃거리려니까 마침 행랑어멈이 벌써 저녁이 되었는지 밥그릇을 들고 나온다.

어멈은 안으로 들어갈 줄 알았더니 사랑으로 들어갔다가 나와서 들어오라 한다. 주인이 저녁밥을 먹는다면 안에 있을 터인데 사랑에 있다면 필시 손님이 있는 것인데 누구일까? 학교에서 누가 온 것은 아닐까?…… 상관은 없는 일이지만 이런 걱정을 하며 들어가 보니 아무도 없이 주인 혼자 마루 끝에 나와서 반가이 맞아준다. 말소리를 들어서는 그리 심한 감기도 아닌 모양이었다.

"잠깐 추운데 미안하지만 기다려주. 급히 어디를 갈 데가 있어서 나가려던 터이니……."

하고 상훈이는 방으로 다시 들어가서 입고 있던 두루마기 위에 외투를 입고 모자를 손에 들고 급히 나온다.

유리알 안으로 보니 밥상을 막 내다놓은 모양이다.

"진지 잡수세요. 저는 가겠습니다. 편찮으시다니까 어머니께서 다녀오라구 하셔서 왔었에요."

경애는 이렇게 인사를 하면서도 이왕이면 같이 나가는 것이 덕기에게나 다른 손님에게 안 들키겠느니만치 도리어 안심이 된다고 생각하였다. 상훈이도 역시 그래서 앞질러 급히 나온 것이요, 또 마누라의 공연한 잔소리가 듣기 싫은 것도 한 가지 이유이었다.

경애를 앞세우고 상훈이가 나오려니까 어멈이 숭늉을 떠가지고 나오다가 이쪽을 바라보느라고 정신이 팔려서 축대에 낙수가 얼어붙은 데에 미끈하면서 놋쟁반에 얹힌 숭늉 대접도 미끄러져서 하마터면 언 마당에 떵그렁 떨어뜨릴 것을 질겁을 해서 붙들기는 하였으나 물은 반 넘어 출렁하고 엎질러졌다.

문 밑까지 나가던 사람들은 어멈이,

"에그머니!"

소리를 치는 통에 멈칫하고 돌려다 보았다.

"조심을 하고 다녀!"

하고 주인 나리는 불쾌히 소리를 쳤다. 어멈은 무색해서 진지를 잡수셨나? 상을 들여갈까 물어보지도 못하고 얼이 빠져 섰었다.

상훈이는 이때까지 돌아오지 않은 덕기와 길에서 마주칠까 보아 삼청동으로 빠져서 영추문 앞 넓은 길로 길을 잡아들었다.

두 사람은 언제까지 말이 없었다.

'엎지른 물이다!'

상훈이는 금방 집에서 나올 때 본 광경이 머리에 떠올라와서 무심코 이런 생각을 하다가 그것이 자기의 지금 심리를 설명하는 말인 것 같아서 선뜻한 생각이 들면서,

'언제 엎질러졌나?'

하고 변명을 하였다. 귓속에는,

'조심해 다녀!'

하고 나무라던 자기 말이 그저 남았다.

"집으로 바로 갈 텐가?"

영추문 앞까지 나와서 상훈이는 비로소 입을 벌렸다.

"예…… 한데 선생님께 조금 말씀할 게 있는데요."

경애는 망설이다가 결단을 하고 이렇게 대답을 하였다.

"무슨 말?……"

하고 상훈이는 발을 멈칫하고 계집애의 얼굴을 들여다보다가 길 한가운데 섰을 수가 없어서 장담 밑으로 와서 나란히 섰다. 그러면서도 상훈이는 가슴속이 설렁설렁하는 것을 어찌할 수 없었다.

그동안 상훈이도 경애만큼 혼자 번민을 하던 것이었다. 자기 귀에 여러 가지 소리가 떠들어오는 것을 처음에는 귀를 막고 지내려 하였다. 또 그다음에는 어서 경애의 혼처만 골라서 그 부친의 초상을 치르듯이 얼른 결혼식까지 치러주면 모든 오해가 일소될 뿐 아니라 자기의 낯이 한층 더 나타나리라고 생각하였다. 그러나 멀리하자 하면 마음으로는 이상히도 한 걸음씩 더 다가서는 것 같았다. 혼처를 구하자면 마땅한 데가 금시로 나설 수도 없겠으나 그럴 기력까지 없었다. 자기의 마음을 채찍질해도 보았으나 그러면 그럴수록 번민은 늘어갈 뿐이었다. 감기가 들었다 하고 이틀 동안 가만히 누워보았다. 그러나 별도리도 없고 마음은 간정이 되지를 않았다. 거기에 무엇이 지시를 하여 끌어다 댄 듯이 경애가 달려든 것이다. 사실은 감기로 앓는다는 말을 듣고 경애나 경애 모친이 오지나 않을까? 하는 생각이 어렴풋이 있었던지도 모를 것이다…….

"왜? 무슨 일이 있어?—"

경애의 입에서 무슨 소리가 나올지 공연히 애가 쓰이면서 또다시 물었다.

"글쎄, 학교를 어떻게 할지요…… 다른 데로 주선해주실 수 없을지요?"

삼각산에서 내리지르는 저녁 바람이 영추문 문루의 처마 끝에서 꺾이어서 경애의 말을 휩쓸고 날아간다.

두 사람이 다시 걷기 시작하였다.

"왜 별안간 그런 생각이 든 거람?……"

물론 그 심중을 못 살피는 것이 아니나 이런 소리를 하였다.

"……."

말은 또 끊었다. 총독부 앞으로 나오려니, 전등불이 환한 전차가 효자동서 내려와 닿다가 떠난다. 상훈이는 어찌할까 망설이었다. 이야기를 좀 하자면 어디로든지 들어가 앉아야 하겠는데, 갈 만한 데도 마땅치 않고 전차를 태워가지고 진고개 방면으로 가자 해도 우선 차 속에서부터 누구를 만난다든지 하는 것이 싫었다.

황토현 앞까지 내려오면서도 두 사람은 또 아무 말도 없었다. 말을 꺼내기에는 똑같이 가슴이 벅찼던 것이다.

경애는 따라가면서도 일종의 불안과 공포를 느끼지 않을 수 없었다. 잠깐 만나서 몇 마디 이야기만 하고 헤어지면 고만이었을 텐데 일이 이렇게 되니 남의 눈을 기우면서 무슨 나쁜 짓이나 하는 것 같은 이상한 불안과 공포를 느끼는 것이다. 그러면서도 유혹의 감미甘味라 할까 어쨌든 뿌리치고 가고 싶지는 않았다.

당주동 자기 집 들어가는 골목 앞을 지나치면서도 경애는 잠자코 말았다.

두 남녀는 황토현 네거리에 있는 파출소 옆 식당으로 들어갔다. 누구나 저녁 먹을 때이다. 식당 안은 북만 환하고 난로 앞에 일본 계집애들이 옹기종기 앉았다가 우중우중 일어난다.

미인을 앞세우고 들어가는 훌륭한 신사인지라 대우가 융숭하다. 난로와는 떨어졌으나 구석빼기에 가서 경애는 돌아앉아서 자리를 잡았다.

"다니기가 고단해서 그러는 거야?"

상훈이가 아까 말의 계속을 꺼냈다.

"고단두 하고 성이 가서서 수원 ××학교로나 가볼까도 하는데요?……"

××학교란 경애 부친이 설립한 학교요, 경애도 어려서 삼 년급까지 다니던 학교다.

"거기서 오라고 하던가?"

"아녜요, 하지만……."

"하지만 어째?"

하고 상훈이는 웃으며 한참 기색을 바라보다가,

"설사 자리가 있다기로 서울서 살림을 벌였다가 또 내려간다는 것도 말이 안 되고, 여기 학교에서 누가 무어라기에…… 혹 젊은 애들이 성이 가시게 굴어?"

"아뇨!"

하고 경애는 얼굴이 발개진다.

"그럼 알 수가 없지 않은가……?"

하고 상훈이는 아무 눈치 못 채는 듯이 시치미 뗀다. 자기의 가슴 속도 입덧 난 사람처럼 근질거리는지 느글거리는지 알 수가 없지마는, 내색을 보일 형편도 아니 되고 모든 것을 모른 척하는 수밖에 없다.

"모두들 듣기 싫은 소리만 하고 놀려요."

한참 만에 경애는 속의 말을 쏟아놓아 버리자고 결심한 듯이 하소연을 하고 나서는 입이 배쭉배쭉해지며,

　"분해서……."

하고 고개를 폭 수그린다.

　"누가 무어라고 놀린단 말이요? 놀리건 받아주기만 하면 그만 아니겠나?"

하며 상훈이는 대범하게 타이르듯이 위로를 해주었다.

　"나만 놀렸으면 좋겠지만 공연한 선생님까지……."

　경애는 차마 입에 올릴 수 없는 말을 꺼내고 나서는 눈물이 걷잡을 새 없이 쭈르륵 흘러서 고개를 둘 데가 없었다. 자기도 무슨 까닭에 이렇게 눈물이 나오는지 알 수가 없었다. 실상인즉 교원 자리를 다른 데로 구해주든지 그렇지 않으면 수원 학교로 운동해 가겠다는 간단한 의논을 하자는 것인데 딱 마주 대하고 보니 정작 의논보다도 억울하고 분하던 생각부터 앞을 섰다.

　"울 거야 뭐 있소. 남은 무어라든지 나만 정당하면 그만이지!"

　상훈이는 나무라듯이 이런 큰소리를 하였으나 그 눈물이 측은도 하고 자기 마음이 자기 말과 같지 않은 것을 무어라고 형용할 수 없이 괴로워하였다. 두 남녀가 맥맥히 마주 앉았으려니까 음식을 날라 온다.

　상훈이는 좀 멈칫하다가 맥주를 청하였다. 경애는 놀라는 기색으로 치어다보았다. 그러나,

　"약주를 잡수세요?"

하고 묻기도 싫고 그거 왜 먹느냐고 말리기두 싫었다. 그보다두 감기는 들었다면서 이 추운 날에 찬 맥주를 마시면 어쩌나 하고

애가 씌었다.

"술은 먹지 않지만 가슴이 답답하고 홧홧할 때 맥주 한 잔쯤은 좋아요."

하고 상훈이는 변명을 하였다.

그러나 다른 사람은 몰라도 조 선생이 술을 마신다는 것은 의외이었고 절대로 믿으니만큼 인격을 의심하는 생각이 어렴풋이 든다. 그러면서도 과히 책잡고 싶은 미운 생각까지는 아니 났다. 맥주를 따라놓는 것을 들고 벌떡벌떡 반이나 마시는 것을 경애는 곁눈으로 슬슬 보았다.

"신열이 나서서 홧홧하시다면서 그 찬 것을……."

하고 눈을 찌푸려 보였다.

상훈이는 거기에는 들은 척 만 척하고 성난 사람처럼 잠자코 접시의 안주만 먹는다. 가슴이 홧홧하다는 말을 신열이 난다는 뜻으로 알아들은 것이 다행하기도 하나 얼마쯤 섭섭하기도 하였던 것이다. 경애는 공연히 머리가 뒤숭숭하고 앉은 자리가 불편하여, 먹어보지 못하던 양요리건마는 접시마다 건드려만 보고 들여보냈다.

"실상은 나 역시 학교에 그리 간섭하기도 싫고, 다른 사람한테 맡겨버리고 싶지마는……."

그는 한 잔만 먹는다던 맥주를 어느덧 한 병 다 마시고, 두 병째도 가져오는 대로 내버려둔다.

"그까짓 것 언제까지 붙들고 있자는 것도 아니요, 차차 무어나 큼직한 일을 해야 하겠지만 요새 같에서는 사는 것조차 짐이 되고 귀치않은 증이 나서……."

상훈이는 이래저래 홧김에 술을 먹는 모양이었다.

그러나 두 병이나 먹고도 그리 취기가 없는 것을 보고 인제 알았더니 술을 픽 먹는고나고 경애는 어이가 없었다.

신성神聖에 대한 환멸을 느꼈다. 예수교인이라면 으레 술 담배 안 먹는 사람이요, 계집은 자기 아내밖에 모르는 사람—자기 아내기로 성경을 읽고 기도를 드리고 찬미가를 부르는 사람이 어찌 한자리에 누울꼬? 하는 어렴풋한 생각을 혹시 하여도 그런 더러운 일은 상상할 수조차 없는 경애가 그 신성하여야 할 조 선생님이 술을 마시고 얼굴이 벌게진 것을 보고는 딴사람 같아서 마주 보기가 도리어 겸연쩍었다.

조 선생님이나 그런 부류의 사람들을 신성한 사람으로 보아온 것이 잘못이었던가? 자기가 아직 철이 덜 나고 경력이 부족해서 이만쯤 한 일에 놀라는 것인가? 혹시는 그들이 신성한 체 얌전한 체를 눈 가리고 아웅 하는 셈으로 꾸미었던 것인가? 또는 세상이란 으레 그러한 것이요 세상 사람이란 그저 그렇게 살아가는 것을 모르고 유달리 생각하던 자기가 어리석었던가? 우리 아버지도 그런 양반이었던가?……

숭배하던 조 선생이 맥주를 조금 먹었다는 일이 이 소녀의 머리를 한층 더 뒤숭숭하게 하였다.

두 사람은 식당에서 나와서 오던 길로 다시 향하였다. 경애는 자기 집으로 가는 지름길로 들어가려 하였으나 조기까지만 걸어 보자고 하여서 따라선 것이었다.

"왜 내가 술을 먹었다고 못마땅해서 입을 봉하고 있소?"

육조 앞 컴컴한 넓은 길로 들어서니까 상훈이가 입을 벌렸다.

"아뇨!"

하면서도 경애는 자기 마음을 속인다고 생각하였다. 그러나 조 선생이 자기의 눈치를 짐작해준 것도 좋고 사과하듯이 부드러운 목소리로 다정히 말을 붙이는 것도 얼마쯤 마음을 녹여주는 것이었다.

"추운데 목도리를 꼭 해요."

하며 상훈이는 목도리 뒤를 치켜주었다. 경애는 전신이 오싹하면서 배 속에서 무엇이 찌르르 스며 내려가는 것 같은 느낌을 깨달았다. 머리 쪽지에는 어느 때까지 상훈이의 손이 닿은 감촉이 남아 있었다.

"이 야기夜氣에 감기 안 들게 조심해요."

어린 사람을 가꾸는 자애스러운 목소리다. 경애는 얼굴이 홧홧이 달아오르는 것을 깨달았다. 그러나 그래도 상훈이가 밉거나 무서운 생각은 아니 들었다. 술을 먹은 데 대한 책망도 잊어버렸다.

'그러나 내가 왜 이런가? 누가 어쩌기에⋯⋯? 추우니까 감기 들까 보아 목도리쯤 치켜주었기로⋯⋯.'

경애는 이렇게 자기를 되레 꾸짖고 울렁거리는 가슴을 간정시키려 하였다. 보병대 앞까지 왔을 제 경애는 헤어져 가려 하였다.

"그럼 늦기 전에 어서 가우. 그리고 공연한 생각 말고 잘 다니면 차차⋯⋯."

하고 상훈이는 말을 얼버무려뜨리며 헤어지려는 눈치더니 다시 발을 아래로 떼어놓으며 어두서 호젓할 테니 데려다 주마고 한다. 경애는 싫다고 하였으나 역시 따라온다. 싫을 것도 없다.

"성이 가시고 괴롭기는 피차일반이오!"

상훈이는 애수에 잠긴 목소리를 가라앉혀서 이런 소리를 하다가 자기의 감정을 좀 더 분명히 표시하고 싶어서 다시 말을 잇는다.

"남이 들으면 웃을지 모르지만, 사십이나 된 놈이 나이 아깝다고 욕을 할지 모르지만, 아직 이십 때의 생각―내 자식 보기가 부끄럽고 경애 양에게 눈치를 보일까 봐 부끄러운 그러한 십 년 전, 이십 년 전의 정열과 얼마나 싸웠는지 아무도 모를 게요."

기어코 이런 말을 하고야 말았다. 상훈이는 자기가 지금 무슨 말을 하였는지 귀가 먹먹하였고 숨이 목 밑까지 차올라왔다.

경애도 주기를 품은 남자의 더운 입김이 반만 내놓은 옆 뺨에 스치는 것을 깨달았으나 지금 무슨 소리를 들었는지 머릿속이 띵하였다. 한 말도 한 마디도 입을 벌릴 기운이 아니 났다. 다만 가슴이 울렁거릴 뿐이었다.

당주동으로 돌아들어 가는 동구에 왔을 때 경애는 상훈이더러 인제는 가라고 하고 싶었으나 말이 목 밑에 붙어서 아무래도 나오지를 않았다. 하는 수 없이 또다시 캄캄한 길로 들어섰다. 아무쪼록 한 걸음 뒤서려고 애를 쓰면서…….

"그러나 그까진 소리는 다아 그만두고……."

상훈이는 다시 말을 꺼내면서 한 걸음 멈칫하여 나란히 서며,

"……쓸데없는 소리 말고 어쨌든 곧 결혼을 하우! 결혼만 하면……."

하고 말을 딱 끊는다. 경애는 다소 안심이 되며 말 뒤를 기다리려니까 별안간 손에 무엇이 와서 닿는다.―상훈이의 화끈하는 손이다. 경애는 감전된 듯이 전신이 찌르르하며 하마터면 발부리가 채어 엎드러질 뻔하였다.

경애는 붙잡힌 손을 뿌리칠 수도 없이 놀란 비둘기는 소리는 치련마는 숨을 죽이고 몇 발자국 따라가려니까 상훈이는 별안간 손이 으스러질 듯이 꽉 쥐었다가 탁 놓으며 노한 사람처럼,

"가우! 가—."

하고 돌쳐서 가버린다. 컴컴한 속에서 검은 그림자가 어른어른 움직이는 것을 경애는 잠깐 바라보다가 고개를 떨어뜨리고 그대로 한참 섰었다. 지나던 사람이 들여다보고 간다.

경애의 머리에는 아무 생각도 떠오르는 것이 없었다. 까닭 없이 울고만 싶었으나 눈은 보송보송하다.

이 두어 시간 동안에 경애의 눈에 비친 세상은 금시로 변하였다. 조상훈이의 세상이 아니어든 조상훈이에게 대한 관찰이 변하였다고 세상까지 돌변해 보이랴마는 세상이 우스꽝스럽다 할지, 무섭다 할지, 더럽다 할지, 재미있고 희망에 가득하다 할지, 형용할 수 없는 것이 이 세상인 듯하였다.

이튿날 경애는 학교에 아니 갔다. 갈 용기가 아니 났다. 온 밤을 모친 몰래 꼬빡 새우고 나서 머리가 내둘리기도 하지만 학교에 가면 오늘쯤은 조 선생이 나왔을지도 모르는데 얼굴을 맞대할 것이 걱정이었다. 부끄럽기도 하고 이상하기도 하였다. 겁도 났다. 아니, 그보다도 무슨 중대한 일을 해결하여야 할 것 같았다. 그러나 그 중대한 일이 무엇인지는 자기도 알 수가 없었다.

모친은 간밤에 야기를 쐬어서 감기가 들었느냐고 애를 쓰며 약을 지어다 주마고 서둘렀다. 그러나 모두 싫다 하고 하루를 버둥버둥 누워서 지냈다. 아무쪼록은 모친과 떨어져서 혼자 있고 싶었다.

'조 선생이 미쳤단 말인가? 술이 취해 그랬나? 미쳤거나 술이 취하지 않았으면 어제 헤질 때 그게 무슨 짓이더람……'

그러나 암만 생각해도 실진한 사람은 아니다. 그리 취하지도 않았던 것이다.

자식 보기에 부끄럽고 어쩌고 하던 말을 생각하여보았으나 머리에 다시 떠오르지 않는다. 그러나 다만 한 가지 뜻은 어렴풋이 알 수 있는 것 같았다. 천만의외이었다. 그러나 그러면 또 나중에서 결혼을 하라는 말은 무슨 뜻인가?

"쓸데없는 소리 말고 결혼만 하면……."

하고 조 선생이 말을 뚝 끊던 것을 생각하여보았다.

―쓸데없는 소리는 누가 하였던가? 결혼만 하면…… 어떻게 되리라는 말인가? 경애는 알 수가 없었다.

실상은 자기가 자기 자신에게 한 말이었다. 그따위 쓸데없는 소리 말고 경애를 혼인만 시키면 상훈이 자신도 마음이 가라앉고 아무 일 없어지리라는 뜻이었을 것이다. 상훈이는 자기 마음이 위험해가는 것을 피할 도리가 다만 경애를 얼른 결혼시키는 데 있다고 생각하는 것이었다.

하루 놀고 다음 날은 학교에 가보았다. 둘째 시간에 들어갈 때 조 선생은 사무실에 들어왔다. 여러 사람이 병위문을 아니하는 것을 보니 조 선생은 어저께도 왔던 모양이다. 조 선생은 그제 저녁에 보던 조 선생이 아니다. 그전대로의 조 선생이다. 경애에게 인사를 하고 수작을 붙이는 것도 조금도 그전과 다를 것이 없다. 경애는 또 한 번 얼떨떨한 생각에 끌려들어 갔다. 그저께 일이 꿈결 같고 사람이란 옷 한 겹만 입은 것이 아니라 마음과 몸 위에 몇백 겹, 몇천 겹 눈에 보이지 않는 그 무엇으로 싸고 살아가는 것 같았다. 조 선생뿐 아니라 모든 사람이 조 선생 같아 보였다. 대하는 사람마다 새삼스러이 얼굴이 치어다보였다. 그중에 오직 자기만이 아무것으로도 싸지 않고 난 대로 벌거벗고 있는 것 같고 또 그것이 자랑이라느니보다도 이상스러웠다.―허위의 갑옷을 입을 것을 배웠다.

하학 후에 누구보다도 먼저 책보를 싸 들고 나가려니까 문간에서 마주 들어오는 조 선생과 마주쳤다. 조 선생은 눈으로 좌우를 경계하는 표정이더니 외투 주머니에서 봉투를 꺼내서 약삭빠르게 준다. 경애는 얼굴이 화끈하며 급히 받았다. 결코 그 편지가 반가운 것이 아니라 누구에게 들킬까 보아 아무 소리도 못 하고 받아서 책보 밑에 감춘 것이다.

편지에는 아무 말 없이 어저께 왜 아니 들어왔더냐는 인사와 그저께 저녁 일은 아무 일 없었던 듯이 피차에 기억에서 없애자 하고 용서하여달라고 여러 번 진심으로 뇌었을 뿐이다. 가슴을 두근거리며 몰래 펴던 경애는 도리어 김이 빠지었다. 좀 더 무슨 뼈진 말[60]이 있을 것같이 생각되었고 또 그런 말이 없는 것이 이상히도 섭섭하였던 것이다. 그렇다고 결코 상훈이를 그립게 생각하거나 뼈 있는 말이 듣고 싶었던 것은 아니다. 다만 편지가 너무 싱거웠기 때문이었다.……

그러나 오 년 전의 이러한 갈피를 누가 알랴? 덕기는 물론이요, 경애의 모친도 결과만을 알 뿐이지 자초를 알 리가 없었다.

60 야무지고 단단한 말.

지금 어미의 무릎 위에서 잠든 이 아이인들 그 결과를 설명할지언정 그 갈피야 알 것이냐! 당자까지들도 인제는 가끔 머리에 떠오르는 추억에 그치고 말 것이다.

경애가 상훈이의 첫 편지를 받은 지 다섯 달도 못 되어서 경애는 학교를 나오고야 말았다. 경애는 그때 학교를 나오면서 서울을 떠났다. 동경 유학―이름 좋은 동경 유학을 내세우고 학교를 떠났던 것이요, 또 사실 동경에 안 간 것도 아니었다. 그러나 호화로운 유학이 아니라 할 수 없이 피접 나간 것이었다.

학교에서들은 동경 유학이란 말을 들을 제,

"그러면 학비는 누가?"

하고 서로 웃는 입들을 치어다보았다. 다른 사회에서면야 그런 것이 그다지 문제도 되지 않았겠지만 교회 속이니까 문제는 수군거리며 커가는 것이었다.

어쨌든 경애가 동경 가서 아무도 만나지 않고 시외 '오오모리' 한구석에 박혀 있던 석 달 동안은 징역살이였다. 몸 고된 일이 있고 돈에 군색해서가 아니라 적막하기가 귀양살이 같았기 때문이었다. 더구나 만날 사람을 못 만나는 고민은 피차가 일반이었다. 그러나 상훈이는 서울을 떠날 수가 없었다. 서울에서 단 일주일이라도 소문 없이 자취를 감춘다면 비평이 스러져가려던 판에 또다시 동경으로 경애의 뒤를 따라갔다는 소문이 짝자그르 날 것이기 때문이다. 그러나 경애는 동경 간 지 삼 개월 만에 다시 도망구니[61]처럼 서울로 기어들었다. 용산역에서 내려서 사람의 눈을 피하여 밤

---

61 몰래 도망질하는 사람.

중에 자동차로 모친에게 끌려 들어온 경애는 지금 들어 있는 북미 창정 이 집에 처음 집알이[62]를 하게 된 것이었다.

이 집은 물론 상훈이가 경애를 위하여 마련해놓았던 집이다. 하필 교회와 학교에서 가까운 이 근처에 정할 묘리는 없었으나 경애의 모친이 당주동으로 떠난 뒤에는 그 근처의 종교 예배당에를 다닌 관계로 우대에서는 살기 싫고 삼청동 근처도 아니 되었고 또 집도 알맞은 것이 나서지를 아니하니까 부친이 경영하는 이 근처인 대성정미소의 주무에게 부친이 빌려주었던 이 집을 내놓게 하고 들여앉힌 것이었다. 그렇게 해놓고 보니 등하불명이란 말이 예 두고 맞힌 듯시피 도리어 상관없을 성싶었다.

하여간 예닐곱 달 된 남의 눈에 뜨일 만한 배를 안고 새집에 들어와 앉으니 경애는 그래도 마음이 후련하고 다시 살아난 것 같았다.

모친은 처음부터 아무 말 없었지만 석 달 만에 만나서도 별말 없었다. 이왕지사 떠들면 무얼 하랴는 단념으로인지? 자기 남편 때 일을 생각하고 은인이라 하여 그것을 딸의 몸으로 갚겠다는 생각인지 혹은 명예 있고, 아니 그까짓 명예라는 것은 무엇 말라 뒈진 것이냐—돈 있는 사람이니 이 사람의 첩장모 노릇이라도 하여두면 죽을 때 육방망이[63]는 못 써도 마주잡이를 해서 나가지는 않으리라는 속다짐으로인지…… 그러나저러나 이 속다짐이 무엇보다도 앞을 섰던 것일 것이다.

이 늙은 부인은 손에 성경책 넣은 검은 헝겊 주머니를 들고 다

---

62 새로 집을 지었거나 이사한 집에 집 구경 겸 인사로 찾아보는 일.
63 방망이 여섯 개를 가로 꿰어 열두 사람이 메게 된 상여.

니는 전도 부인이다. 그러나 살아 나아가야 할 수단을 잊어버린 어리보기는 아니었다. 게다가 첩에서 조금 면한 삼취댁이다. 만일 예수 믿고 사회 일 하는 남편을 만나지 않았다면 장거리에서 술구기[64]를 들었을지 딸자식을 기생에 박았을지 누가 알랴. 이것은 이 노부인을 모욕하여 하는 말이 아니라 이 부인의 성격이 그만치나 걸걸하고 수단성 있다는 말이요, 또 누구나 그 놓인 처지에 따라서 이렇게도 되고 저렇게도 된다는 말이니 만일에 자기 남편이 단 사오십 석의 유산만 남겨주었었던들 이 부인은 조상훈이의 은혜를 받을 기회커녕 서울로 올라오지도 않았을 것이 아니냐?……

그러나저러나 이 부인은 새집 든 지 석 달 만에 손주딸을 보았다. 쉬쉬하고 세상을 숨기고 낳은 목숨이다. 그러나 이 손주 새끼는 외할머니로 하여금 교회에서 멀어지게 하였던 것이다.


## 제1 충돌

"글쎄, 아버니께서는 망령이 나셔서 그리시든 옛날 시절만 생각하고 그리시든 형님으로서는 되레 그러지 못하시게 말려야 할 것이 아닌가요?"

"자네가 못하는 일을 내가 어떻게 말리나? 자네가 못하시게 하지 못하기나 내가 여쭈어 안 들으시기나 매한가지가 아닌가?"

---

64 독이나 항아리 등에서 술을 풀 때에 쓰는 도구.

"못하시게 하기는 고사하고 그렇게 하시도록 충동이고 다니는 사람은 누구게요."

"글쎄 이 사람아, 딱한 소리도 하네그려. 그래 아저씨께서 누구 말은 들으시던가? 내가 다니면서 일을 꾸며놓은 것같이 생각을 하지만 자네 어쩌자고 그런 소리를 하나?"

"어쨌든 이 전황한 판에 무슨 정성이 뻗혔다고 별안간 십 대조니 십 몇 대조니 하는 조상의 산소치레를 하고 있단 말씀이요?"

상훈이는 문제의 산소가 몇 대조의 산소인지도 모른다.

"아버니께 여쭈어보게그려!"

상훈이의 재종형 창훈이는 핏대를 올리고 소리를 높인다.

제삿날이라 열시가 넘으니까 당내[65]가 꾸역꾸역 모여들어서 사랑 건넌방 안은 뿌듯하고 담배 연기가 자욱하다. 상훈이는 제사 참례는 아니하여도 으레 제삿날이면 사랑에 와서 앉았다가 음복까지 끝나야 가는 것이었다.

영감님은 모든 분별을 하느라고 안방에 들어가 앉았고 사랑 큰방에는 윗항렬 노인들과 제삿밥 기다리는 노인 축이 점령하고 떠든다. 덕기도 아까 여덟시가 넘어서 들어와서 제삿날 나다닌다고 조부에게 한바탕 꾸중을 듣고 안에서 제물 올리는 시중을 들고 있다. 일할 사람이 없어서 그러는 것이 아니라 어동육서魚東肉西니 조율이시棗栗梨柿니 하는 절차부터 가르치기 위하여 꼭 손자를 시키는 것이다. 영감으로서 생각하면 죽은 뒤에 아들의 손으로 제사 받기는 틀렸으니까 장손에도 외손자인 덕기 하나를 믿

65 같은 성을 가진 팔촌 안의 일가.

126

는 것이었다.

내가 죽은 뒤에 기도를 어떤 놈이 하면 내가 황천으로 가다 말고 돌아와서 그놈의 혓바닥을 빼놓겠다고 노영감은 미리미리 유언을 해둔 터이다. 아들이 예수교식으로 장사를 지내줄까 보아 그것이 큰 걱정인 것이다. 그러기 때문에 자기가 죽으면 호상[66]은 사랑에 있는 지 주사로 정하고 모든 초종범절은 지금 사랑 건넌방에서 상훈이와 말다툼을 하고 있는 당질 창훈이더러 서로 의논해 하라는 것이 벌써부터의 유언이다. 아들더러는 후록코트[67]나 입고 마차나 자동차를 타고 따르든지 기생집에서 콧노래를 부르고 누워 있든지 너 알아 하라고 일러두었다.

도대체 영감의 소원은 앞으로 십오 년만 더 살아서(십오 년이면 여든두셋이나 된다) 안방 차지인 수원집의 몸에서 아들 하나만 더 낳겠다는 것이다. 인제라도 태기가 있다면 죽을 때는 열다섯 먹은 상제 하나는 삿갓가마[68]를 타고 따르리라는 공상이다.— 영감의 걱정이란 대개 이런 따위이다. 창피해서 입 밖에 내지는 않으나 작년 올에 있을 태기가 없어서 아들 낳는다는 보험만 붙은 계집이면 또 하나 얻어도 좋겠다는 속셈이다.…… 날마다 지 주사는 아랫방 마루 안에 놓인 약장 앞에서 십오 년 더 살 약과 아들 날 약을 짓기에 겨울에는 발이 빠질 지경이다.

그러나 이 영감이 십오 년을 더 사는 동안에는 호상 차지할 맞늙는 지 주사와 오십 넘은 창훈이가 먼저 죽을지 모를 것이다.

66 초상 치르는 일을 책임진 사람
67 서양식 예복의 하나인 '프록코트'.
68 예전에 초상初喪 중에 상제가 타던 가마.

"대관절 대동보소[69]를 이리 옮겨 온 것도 형님이 아니요?"

상훈이는 종형을 또 들이댄다.

"옮겨 오고 말고가 있나. 그런 일이란 집안 어른이 하셔야 할 것이요 나는 영감님 분부대로 심부름만 한 게 아닌가? 자네는 나만 보면 들컹거리네마는 대관절 내가 무얼 잘못했단 말인가?"

창훈이는 다시 순탄한 목소리로 녹진녹진 대거리를 하고 앉았다.

"그야 큰댁 형님 말씀이 옳지요. 또 사실 사무소를 둘 만한 곳이 어디 있습니까?"

옆에 앉았던 젊은 재종이 창훈이 편을 든다.

"대동보소로 모두 얼마나 쓰셨소?"

상훈이는 자기 부친이 족보 인쇄하는 데 적어도 삼사천 원은 그럭저럭 부스러뜨렸으리라고 생각하는 것이었다.

"그 역 나도 모르지. 장부에 뻔한 것이요 회계 본 애가 있으니까."

창훈이는 냉연히 이렇게 대답하다가,

"자네 생각에는 내가 거기서 담배 한 갑이라도 사 먹고 밥 한 그릇이라도 먹었을 상싶지만 없네 없어! 나도 조가로 태어났으니까 싫어도 하고 좋아도 하는 노릇이 아닌가?"

하고 코웃음을 친다.

서울 올라올 제의 고무신짝이 구두로 변하고 땟덩이 두루마기가 세루 두루마기로 되더니 올겨울에는 외투가 그 위에 또 늘은 것은 어디서 생긴 것이요? 하고 들이대고 싶은 것을 상훈이는 참았다.

---

69 동성동본에 딸린 모든 파派의 족보를 합쳐서 엮는 일을 맡아보는 곳.

"그래 대동보소 문패는 언제 떼게 될 셈인가요?"

한참 만에 상훈이는 또 비꼬아서 말을 꺼냈다.

"인쇄가 다 되었으니까 떼지 말래도 떼게 되겠지."

"응, 그러니까 일거리가 인제는 없어져서 여관 밥값들이 밀리게 되니까 또 새 일거리를 꾸며냈단 말이지⋯⋯."

좌중은 아무도 대꾸를 안 하고 조용하다.

수하동 조 의관 댁 문지방 없는 솟을대문에는 언제부터인가 ××조씨 대동보소라는 넓고 기다란 나무패가 붙기 시작하였었다. 근 이태 동안 무릇 ××조씨라고 하는 '종씨' 쳐놓고 안 드나드는 사람이 없게 되었다. 종씨, 종씨—보도 듣도 못 하던 종씨의 사태가 났던 것이다. 그 종씨가 상훈이에게는 구살머리적고[70] 못마땅하였다. 그러나 조 의관은 그 무서운 규모로도 이 종씨를, 할아버지 아저씨 하고 덤벼드는 시골 꼬라지 젊은 애들을 며칠씩 묵혀서는 노잣냥 주어 내려보내는 것이었다.

조 의관에게는 평생의 오입이 몇 가지 있다. 하나는 을사조약 한창 통에 그때 돈 이만 냥, 지금 돈으로 사백 원을 내놓고 사십여 세에 옥관자를 붙인 것이다. 차함[71]은 차함이로되 오늘날의 조 의관이란 택호宅號가 아주 터무니없는 것이 아니요, 또 하나는 육년 전에 상배하고[72] 수원집을 들여앉힌 것이니 돈은 여간 이만 냥으로 언론이 아니나 그 대신 귀순이를 낳고 또 여든다섯에 죽을 때는 열다섯 먹은 아들을 두게 될지 모르는 터인즉 그다지 비싼

70 '구살머리적다' 마음에 마땅치 않고 귀찮다
71 이름만 걸어둔 벼슬.
72 상처하다.

오입이 아니나 맨 나중으로 하는 오입이 이번 이 대동보소를 맡은 것인데 이번에는 좀 단단 걸려서 이만 냥의 열 곱 이십만 냥이나 쓴 것이다. 그것도 어엿이 자기 집 자기 종파의 족보를 꾸민다면야 설혹 지금 시대에 역행하는 일이라 하더라도 덮어놓고 오입이라고 하여서는 말이 아니요 인사가 아니겠지만 상훈이로 보아서는 대동보소라는 것부터 굳이 반대는 안 한다 하여도 그리 긴할 것이 없는데 게다가 ××씨의 족보에 한몫 비집고 끼려고—덤붙이가 되려고 사천 원 템이나 생돈을 내놓는다는 것은 적어도 오입 비슷한 일이라고 생각하는 것이었다.

'돈 주고 양반을 사!'

이것이 상훈이에게는 일종의 굴욕이었다.

그러나 조 의관으로서 생각하면 이때껏 자기가 쓴 돈은 자기 부친이 물려준 천 냥에서 범용한 것이 아니라 자수로 더 늘린 속에서 쓴 것이니까 그리 아깝지도 않고 선고先考의 혼령에 대하여도 떳떳하다고 자긍하는 것이다. 저 잘나면 부조父祖의 추증[73]도 하게 되는 것인데 있는 돈 좀 들어서 양반 되기로 남이 웃기는새로에[74] 그야말로 이현부모[75]가 아닌가 하는 용량이다. 어쨌든 사천 원 돈을 바치고 조상 신주 모시듯이 ×× 조씨 대동보소의 문패를 모셔다가 크나큰 문전에 달고 ×× 조씨 문중 장손파가 자기라는 듯이 버티고 족보까지 박게 되고 나니 이번에는 ×× 조씨 중시조인 ○○당堂 할아버니의 산소가 수백 년래에 말이 아니 되었

---

73  종이품 이상 벼슬아치의 죽은 증조부, 조부, 부에게 벼슬을 주던 일.
74  '새로에'는 '고사하고, 그만두고, 커녕'의 뜻을 나타내는 보조사.
75  以顯父母, 자식의 공적으로써 부모를 명예롭게 하는 일.

으니 다시 치산治山을 하고 그 옆에 묘막보다는 큼직한 옛날로 말하면 서원 같은 것을 짓자는 의논이 일어났다.

지금 상훈이가 창훈이더러 일거리가 없어져가니까 또 새판으로 일을 꾸민다고 비꼬는 말이 이를 두고 하는 말이다.

제절[76] 앞의 석물도 남볼썽 사납지 않게 일신하게 하여야 하겠고 묘막이니 제위답祭位畓[77]이니 무엇무엇…… 모두 합하면 한 만원 예산은 있어야 할 터인데 반은 저희들이 부담하겠지만 절반 오천 원은 아무래도 조 의관이 내놓아야 하겠다는 것이다.

양자를 들어가면 재산상속을 받을 권리도 있지만 없는 양부모면야 벌어서 봉양할 의무도 지는 것이다. 조씨 문중에 돈 낼 만한 사람이 없고 또 벌이지 않았으면 모르거니와 벌인 일인 바에야 시종이 여일하게 깡그러뜨려야 할 일이다. 그러나 오천 원을 저희가 분담한대야 그것은 이 영감에게서 울궈내려는 미끼로 하는 헛말임은 물론이요, 이 영감이 내놓는 오천 원에서 뜯어먹으려고나 안 했으면 다행이나 원체가 뜯어먹자는 노릇인 다음에야 더 말할 것도 없는 일, 어쨌든 뭇놈이 드나들며 굽실거리고 노영감을 쑤셔대기도 하지만 아무래도 못하겠다는 말이 입에서 아니 나와서 울며 겨자 먹기로 추수나 하면 내년 봄쯤 어떻게 해보자고 아직 밀어 나오는 판이다. 내년 봄이라야 음력설만 쇠면 석 달이 못 가서 한식이다.

이 영감에게 제일 신임 있는 창훈이를 앞장세우고 요새로 부쩍 조르고 다니는 것은 어서 급급히 착수할 준비를 하여 한식 차

76 산소 앞의 널찍한 부분.
77 제사 비용을 대기 위한 논.

례를 잡숫게 하고 이눌러 일을 시작하자는 것이다.

그러나 영감으로서는 이렇게 쌀값이 폭락하여서는 도저히 힘에 겨우니 좀 더 연기를 하였다가 추석에나 가서 착수를 하든지 또다시 내년 한식 때에 의논을 해보자는 것이다.

영감도 결단코 어수룩한 사람은 아니다. 어수룩이라니 거의 후반생을 산가지와 주판으로 늙은 사람이다.

속에서는 쪼르륵 소리가 나면서 천 냥 만 냥 판으로 돌아다니거나 있는 집 사랑 구석에서 바둑으로 세월을 보내는 조가의 떨거지들이 다른 수단으로는 이 영감의 주머니 끈을 풀게 할 도리가 없으니까 족보를 앞장세우고 삶고 굽고 하는 바람에 조츰조츰[78] 쓰기 시작한 것이 삼천여 원, 근 사천 원을 쓰게 되고 보니 속으로 꽁꽁 앓는 판인데 또 ○○당 할아버니가 앞장을 서서 오천 원 놀래[79]가 나온 것이다. 그러나 오천 원을 부른 사람도 그만큼 불러야 삼천 원은 울궈내려니 하는 것이요, 조 의관도 오천 원의 반절은 아무래도 또 털리는 것이라고 생각하고 있는 것이다. 그것도 죽을 날이 얄팍하여가니까 ××조씨 문중에서 자기가 둘째 중시조나 되는 셈 치고 이 세상에 남겨놓고 가는 기념사업이라는 생각도 없지 않아서 해보려는 노릇이다.

그래서 요새로 부쩍 달고 치는 바람에 그러면 우선 천 원 하나를 내놓을 터이니 오백 원은 산역에 쓰고 오백 원은 묘막을 짓되 부족되는 것은 묘하[80]에 있는 조씨들이 금력으로 보태든지 돈

---

78  망설이며 조금씩 자꾸 움직이는 모양.
79  논래.
80  조상의 산소가 있는 땅.

없는 사람은 부역으로 흙 한 줌, 떼 한 장씩이라도 떠다가 힘으로 보태라고 한 것이다.

그러고 나서 제위답으로는 다소간 나중에 마련해노마고 하였다. 조 의관 생각에는 그렇게 하면 천 원 내놓고 이천 원 들인 생색은 나려니 하는 속다짐이다.

"그래야 결국 아저씨께서는 돈 천 원, 하나밖에 안 내노신다니까 나중 뒷갈망은 우리가 발바투 돌아다니며 긁어모아야 할 셈이라네. 말 내놓고 안 할 수 있나! 이래저래 뼛골만 빠지고 잘못되면 시비는 우리만 만나고……."

창훈이는 한참 앉았다가 혼잣말처럼 이런 소리를 한다.

"장한 사업 하슈. ○○당 할아버니가 묘막 지어달라고, 제절 앞에 석물이 없어서 호젓하다고 하십디까?"

상훈이는 '합디까?'라고 입에서 나오는 것을 겨우 '하십디까'라고 존대를 하였다. ○○당 할아버니라고 부르는 것도 좀 어설프다. 예수교인이라 하여 자기 조상을 존경할 줄 모르는 것이 아니라 부친이 새로 모셔 온 십 몇 대조 할아버지라 하니 좀 낯 서투른 때문이다.

"그런 소린 아예 말게. 자네는 천주학을 하니까 이런 일에는 반대인지 모르지만 조상 없이 우리 손이 어떻게 퍼졌으며 조상 모르는 사람이 이 세상에 어디 있단 말인가? 어떻게 우리 조씨도 그렇게 해서 남에 빠지지 않고 자자손손이 번창해나가야 하지 않겠나."

창훈이는 못마땅한 것을 참느라고 더욱 이죽이죽 대거리를 한다,

"조가의 집이 번창하려고?…… 하지만 꾸어온 조상은 자기네

자손부터 돕는답디다……."

상훈이는 불끈하여 소리를 높이며 또 무슨 말을 이으려다가 마루 끝에서 영감님의 기침 소리가 나는 바람에 좌우 방 안은 괴괴하여졌다.

"왜들 떠드니?……"

화를 참는 못마땅한 강강한 목소리와 함께 건넌방 문이 활짝 열린다. 방 안의 젊은 애들은 우중우중 일어서며 아랫목에 앉았던 상훈이는 윗목으로 내려섰다.

방 안에서는 더운 김이 서린 담배 연기가 뭉긋뭉긋 흘러나온다.

"이게 굴뚝 속이지, 젊은것들이 무슨 담배를 이렇게 피우며 주책없는 소리들만 씨부렁대는 거냐?"

영감은 방 안을 들어서며 우선 나무라놓고 아랫목으로 가서 앉으며 자기의 발끈한 성미를 속으로 간정시키려는 듯이 목소리를 가라앉혀서,

"어서들 앉어라."

하고 무슨 잔소리를 꺼내려는지 판을 차린다. 영감은 제청[81]을 다아 배설[82]해놓고 시간을 기다리느라고 사랑으로 나오다가 종형제 간의 말다툼을 가만히 듣고 섰다가 참을 수 없어 뛰어든 것이다.

"너 어째 왔니? 오늘은 예배당에 안 가는 날이냐?"

영감은 얼굴이 발끈 취해 올라오며 윗목에 숙이고 섰는 아들을 쏘아본다.

"어서 가거라! 여기는 너 올 데가 아니야! 이 자식아! 나이 오

---

81  제사를 지내기 위하여 마련한 대청.
82  연회나 의식에 쓰는 물건을 차려놓음.

십 줄에 든 놈이 젊은것들을 앞에 놓고 철딱서니 없이 무어 어쩌고 어째? 조상을 꾸어왔어? 꾸어온 조상은 자기네 자손만 도와? 배지 못한 자식!……"

영감은 금시로 숨이 넘어가려는 사람처럼 헐떡거리며 벌건 목에 푸른 힘줄이 벌렁거린다. 상훈이는 여전히 고개를 숙이고 한 구석에 섰다.

"너두 내가 낳아놓은 자식이면야 사람이겠구나? 부모의 혈육을 타고났으면 조상은 알겠구나? 가사 젊은 애들이 주책없는 소리를 하더라도 꾸짖고 가르쳐야 할 것이 되레 철부지만도 못한 소리를 텅텅 하니 이게 집안이 되려고 이러는 거란 말이냐? 안되려고 이러는 거란 말이냐?—"

여기서 영감은 숨을 돌리고 나서 다시 목청을 돋운다.

"이 집안에서 나만 눈을 감아보아라! 집안 꼴이 무에 되나? 가거라! 썩썩 나가거라! 조상을 꾸어왔다니 너는 네 아비도 꾸어왔겠구나? 꾸어온 아비면야 조금도 네게는 도울 게 없을 게다!—다시는 내 눈앞에 띠일 생각도 말아!"

오른손에 든 장죽을 격검대[83] 모양으로 들었다 놓았다 내밀었다 들이켰다 하며 펄펄 뛴다.

사천 원 돈이나 드는 줄 모르게 들인 것을 속으로 앓고 또 앞으로 돈 쓸 걱정을 하는 판에 앨 써 해놓은 일에 대하여 자식부터라도 그따위 소리를 하는 것이 귀에 들어오니 이래저래 화는 더 나는 것이다. 게다가 원래 못마땅한 자식이요, 또 오늘은 친기

---

83 검도 연습을 할 때 칼 대신 쓰는 참대로 만든 긴 막대기.

라 제사 반대꾼을 보니 가만있어도 무슨 야단이든지 날 줄은 누구나 짐작했지만 마침 거리가 좋아서 야단이 호되게 된 것이다.

"아니애요, 그런 말씀이 아니애요. 아저씨께서 잘못 들으셨나 보외다."

창훈이는 속으로는 시원하다고 생각하면서도 인사치레로 한마디 하였다.

"잘못 듣다니? 내가 이롱증[84]이 있단 말인가?"

"그만해두세요. 상훈 군도 달래 그렇겠습니까? 이 전황한 통에 꿈쩍하면 돈이니까 그것을 걱정해서 그러는 것이지요."

창훈이는 이렇게도 변명해주었다. 그러나 상훈이로서는 때리는 사람보다 말리는 놈이 미웠다.

"누가 돈 쓰는 것을 아랑곳하랬나? 누가 저더러 돈을 쓰라니 걱정인가? 내 돈 가지고 내가 어떻게 쓰든지……."

"아버니께서 하시는 일에……."

조금 뜸하여지며 부친이 쌈지를 풀어서 담배를 담는 동안에 상훈이는 나직이 말을 꺼냈다.

"……돈 쓰신다고만 하는 것도 아닙니다마는 어쨌든 공연한 일을 만들어내는 사람들이 첫째 잘못이란 말씀입니다."

"무에 어째 공연한 일이란 말이냐?"

부친의 어기는 좀 낮추어졌다.

"대동보소만 하더라도 족보 한 길에 오십 원씩으로 매었다 하니 그 오십 원씩을 꼭꼭 수봉하면 무엇하자고 삼사천 원이 가외

---

84 소리를 듣지 못하는 병.

로 들겠습니까?"

"삼사천 원은 누가 삼사천 원 썼다던?"

영감은 아들의 말이 옳다고는 생각하였으나 실상 그 삼사천 원이란 돈이 족보 박는 데에 직접으로 들어간 것이 아니라 ×× 조씨로 무후無後한 집의 계통을 이어서 일문일족에 끼려 한즉 군식구가 늘면 양반에 진국이 묽어질까 보아 반대를 하는 축들이 많으니까 그 입들을 씻기기 위하여 쓴 것이다. 하기 때문에 마치 난봉자식이 난봉 핀 돈 액수를 줄이듯이 이 영감도 실상은 한 천원 썼다고 하는 것이다. 중간의 협잡배는 이런 약점을 노리고 울궈 쓰는 것이지만 이 영감으로서 성한 돈 가지고 이런 병신구실 해보기는 처음이다.

"그야 얼마를 쓰셨든지요. 그런 돈은 좀 유리하게 쓰셨으면 좋겠다는 말씀입니다."

'재하자 유구무언'[85]의 시대는 지났다 하더라도 노친 앞이라 말은 공손하였으나 속은 달았다.

"어떻게 유리하게 쓰란 말이냐? 너같이 오륙천 원씩 학교에 디밀고 제 손으로 가르친 남의 딸자식 유인하는 것이 유리하게 쓰는 방법이냐?"

아까부터 상훈이의 말이 화롯가에 앉아서 폭발탄을 만지작거리는 것 같아서 위태위태하더라니 겨우 간정되려던 영감의 감정에 또 불을 붙여놓고 말았다.

상훈이는 어이가 없어서 얼굴이 벌게진다.

---

85 在下者 有口無言, '아랫사람은 할 말도 못하고 지낸다'는 뜻.

부친의 소실 수원집과 경애 모녀와는 공교히도 한고향이다. 처음에는 감쪽같이 속여왔으나 수원집만은 연줄연줄이 닿아서 경애 모녀의 코빼기도 못 보았건마는 소문을 뻔히 알고 따라서 아이를 낳은 뒤에는 집안에서 다 알게 되었던 것이다. 덕기 자신부터 수원집의 입에서 대강 들어 안 것이다. 그러나 상훈이 내외끼리 몇 번 싸움질이 있은 외에는 노영감님도 이때껏 눈감아버린 것이요, 경애가 들어 있는 북미창정 그 집에 대하여도 부친이 채근한 일은 없는 것이라서 지금 조인광좌[86] 중에서 아들에게 대하여 학교에 돈 쓰고 제 손으로 가르친 남의 딸 유인하였다는 말을 터놓고 하는 것을 들으니 아무리 부친이 홧김에 한 말이라 하여도 듣기에 괴란쩍고 부자간이라도 너무 야속하였다.

"아버니께서는 너무 심한 말씀을 하십니다마는 어쨌든 세상에 좀 할 일이 많습니까. 교육 사업, 도서관 사업, 그 외 지금 조선어 자전 편찬하는 데……."

상훈이는 조심도 하려니와 기를 눅이어서 차근차근히 이왕지사 말이 나왔으니 할 말은 다 하겠다는 듯이 말을 이어나가려니까 또 벼락이 내린다.

"듣기 싫다! 누가 네게 그따위 설교를 듣자든? 어서 가거라."

"하여간에 말씀입니다. 지난 일은 어쨌든 지금 이 판에 별안간 치산이란 당한 일입니까. 치산만 한대도 모르겠습니다마는 서원을 짓고 유생들을 몰아다 놓으시렵니까? 돈도 돈이거니와 지금 시대에 당한 일입니까?"

---

86 여러 사람이 빽빽하게 많이 모인 자리.

상훈이는 아까보다 좀 어기를 높여서 반대를 하였다.

"잔소리 마라! 그놈 나가라니까 점점 더하고 섰고나. 내가 무얼 하든 네가 무슨 총찰이란 말이냐. 내가 죽으면 동전 한 닢이라도 너를 남겨줄 테니 걱정이란 말이냐. 너는 이후로는 아무리 굶어 죽는다 하여도 한 푼 막무가내다. 너는 없는 셈만 칠 것이니까…… 너희들도 다아 들어두어라."

하고 좌중을 돌려다 보며 말을 잇는다.

"내 재산이라야 얼마 있는 게 아니다마는 반은 덕기에게 물려줄 것이요, 그 나머지로는 내가 쓰고 싶은 데 쓰다 남으면 공평히 나누어주고 갈 테다. 공중인을 세우든 변호사를 불러 대든 하여 뒤를 깡그러뜨려 놀 것이니까 너는 인제는 남 된 셈만 쳐라. 내가 죽으면 네가 머리를 풀 테냐? 거성[87]을 입을 테냐?"

영감은 사실 땅문서도 차츰차츰 덕기의 명의로 바꾸어놓아 가는 판이요 반은 자기가 쓰다가 남겨서 수원집과 막내딸의 명의로 물려줄 생각이다. 만일에 십오 년 더 사는 동안에 아들 하나를 더 본다면 물론 그 아들을 위하여 반은 물려줄 요량도 하고 있는 터이다.

이때까지 술이 취하면 주정으로 이런 말을 하는 것을 듣기도 하였지만 오늘은 친기라 하여 술 한 잔 안 자신 이 영감이 맑은 정신으로 여러 젊은 애들 앞에서 이런 말을 떠들어놓는 것은 처음이다. 그래야 이 방중은 고사하고 이 집안 속에서 자기편을 들어줄 사람이라고는 하나 없고나 하는 생각을 하니 상훈이는 새

---

87 거성. '상복喪服'을 속되게 이르는 말.

삼스러이 고독을 느끼고 모든 사람이 야속하였다.

"애비 에미도 모르고 계집자식도 모르는 너 같은 놈은 고생을 좀 해봐야 한다. 내가 돈이 있으니까 네가 한 달에 한 번이라도 들여다보는 것이지 내가 아무것도 없어보아라. 돌아다보기커녕 고려장이라도 족히 지낼 놈이 아니냐. 어서 나가거라. 이 자식, 조상을 꾸어왔다는 자식은 조가가 아니다."

하고 노인은 별안간 벌떡 일어나서 아들을 떼밀며 내쫓으려는 듯이 덤벼든다. 젊은 사람들은 와아 달려들어서 가로막는다.

"상훈이, 어서 나가게. 흥분이 되셔서 그러시니까……."

창훈이는 상훈이를 끌고 마루로 나왔다.

부친이 망령이 나느라고 그러는지는 모르겠으나 젊은 사람들이나 자식 보는 데 창피도 스러웠다. 상훈이는 안방으로 들어가는 수도 없고 아랫방에도 덕기 또래의 아이들이 모여 있으니 그리 들어갈 수도 없다. 하는 수 없이 모자를 집어 쓰고 축대로 내려오려니까 덕기가 아랫방에서 나와서 뜰로 내려온다.

"아랫방으로 들어가시지요."

덕기는 민망한 듯이 이렇게 부친에게 말을 걸었으나, 부친은 잠자코 나가버렸다.


제2 충돌


파제삿날 아침에도 간밤 두시에나 취침한 영감이 첫새벽에 일어나서(이날은 사랑에서 자는 사람이 많아서 영감은 안방에서 잤

다) 아침 술 석 잔을 마시고 사랑으로 나갔다. 밤을 새우다시피 한 젊은 사람들을 들쑤셔서 깨우려는 생각이었다. 그러나 영감이 사랑으로 막 나가자 사랑 편에서 방문을 우당퉁탕 여닫는 소리가 나고 지껄지껄하는 소리가 안방에 앉았는 수원집의 귀에까지 들렸다. 부엌에서 어제 휩쓸어두었던 그릇을 설거지를 하던 손주며느리가 깜짝 놀라서 귀를 기울이다가 옆에서 쌀을 일고 섰는 어멈더러 나가보고 들어오라고 재촉을 하려니까 안방에서도,

"어멈, 사랑에 좀 나가보고 들어오게."

하고 소리를 친다. 사랑으로 내닫던 어멈은 단걸음에 되짚어 뛰어 들어오면서,

"에구 안방마님! 어서 나가보세요. 큰일 났어요. 영감마님께서 댓돌에 미끄러져서 넘어지셨어요."

하고 소리를 친다.

"무어?……"

안방에서는 수원집이 경풍을 해서 뛰어나와서 고무신짝을 거꾸로 꿸 듯이 하고 사랑으로 내달았다. 손주며느리도 뒤따르고 어멈도 다시 줄달음질을 쳐서 나갔다. 안방 계집애년도 뛰어나왔다. 그 바람에 안방에서는 어린애가 잠을 깨어 킹킹대며 울기 시작한다.

건넌방에서 아침잠이 뭉긋이 들었던 덕기는 그제서야 눈이 띄어서,

"왜들 그러니?"

하고 미닫이를 여니까 아랫방에서 모친이,

"어서 사랑에 나가봐라. 할아버지께서 넘어지셨단다."

하고 소리를 친다. 모친은 어제 와서 같이 잔 딸이 학교에 가느라고 머리를 빗는데 일어나는 길로 뒷머리를 따주고 앉았었기 때문에 얼른 일어서지 못하였다. 한방에 자던 여편네들도 인제야들 일어나 앉아 씩둑거리고 있다가 매무시도 채 못 해서 곧 나오지들을 못하였던 것이다.

덕기가 바지저고리만 꿰고 뛰어나간 뒤에야 비로소 모친과 덕기 누이 덕희가 사랑으로 나갔다.

덕기 모친은 먼저 나갔던 사람들과 사랑 문간에서 마주쳤다. 수원집은 암상이 나서 못 본 척하고 지나쳐버린다. 늦게 나온다고 못마땅해서 그러는구나 하는 생각을 하니 덕기 모친도 심사가 났다.

"좀 어떠시냐? 다치시지는 않으셨니?"

그래도 노인이 빙판에 넘어졌다니 애가 씌어서 시서모의 뒤를 따라 들어오는 며느리더러 물어보았다.

"다치신 데는 없에요. 들어가 누웠에요."

사랑방에 누운 영감도 며느리가 늦게 나와보는 것이 못마땅하였다. 그래도 며느리는 아들보다 낫게 생각하는 터이라 내색은 보이지 않고 며느리가 문안 겸 인사를 하니까,

"응, 허리가 좀 아프지만 별일 있겠니?"하고 나서 손주딸을 치어다보고 온유한 낯빛으로,

"학교 가기 곤하겠구나? 그저 잤던?"

하고 말을 붙인다. 그저 자리 속에 있어서 인제야 나왔나 하고 묻는 것이었다.

"안예요. 머리 빗느라고 어머니가 막 땋는데 넘어지셨다죠."

하고 덕희는 어리광 삼아 생글 웃고 옆에 섰는 오라비를 돌려다
보고,

"오빠 같은 게름뱅이나 이때까지 자지요."

하고 놀린다.

"예끼 년! 이때까지 머리를 제 손으로 못 딴단 말이냐?"

할아버지는 이런 소리를 하고 웃었다.

"저두 딴답니다. 하지만 숱이 많아서…… 그리고 제 손으로 따
면 하이칼라가 못 돼서요."

하고 덕희는 또 색색 웃는다.

"조년 벌써 하이칼라만 하려들고…… 그럼 학교 안 보낸다."

조부도 재롱을 보느라고 연해 웃으며 대거리를 하여준다. 방
안에는 웃음소리와 화기가 가득하였다. 사실 이런 때의 이 노인
은 천진한 어린아이같이 백발동안[88]이 온화하였다.

조부가 몸을 추스르다가 허리가 아픈 듯이 에구구 하며 눈살
을 찌푸리니까,

"너 좀 주물러드려라."

하고 모친이 시키는 대로 덕희가 가까이 가려니까,

"그만두어라. 학교 갈 시간 늦는다. 의사를 부르러 갔으니까
인제 올 게다."

고 하며 안으로 쫓아 들여보내고 어서 수원집을 나오라고 불러
내었다.

바지와 마고자에 흙이 묻어서 수원집은 가릴 것을 가지고 사

---

88 머리털은 허옇게 세었으나 얼굴은 소년처럼 붉다는 뜻. 나이는 많은데 젊어 보이는 사람을
이르는 말.

랑으로 나갔다.

"어쩌면 집안이 그렇게 떠드는데 모른 척하고 들어앉았드람……."

수원집은 영감 들어보라고 혼잣말처럼 며느리 모녀를 두고 하는 말이다.

"계집애년 머리를 따주느라고 그랬다지만 아무려면 상관있나."

영감이 이런 소리를 하는 것이 수원집은 싫었다. 맞장단을 쳐주어야 좋을 것인데 며느리 역성을 들어주는 것 같은 말눈치가 싫은 것이다.

"내일모레면 시집갈 년의 머리를 일일이 빗겨주다니 공연한 소리지. 아까부터 약주상을 들여가고 해야 모른 척하고 들어앉아서……."

수원집은 아까부터 못마땅하였던 것이다.

"그야 어제 늦게 자고 또 새애기가 없으면 모르거니와 그 애가 나와서 일을 하니까 그렇겠지."

영감의 말은 옳았다. 그러나 수원집은 점점 더 뽀루퉁하여졌다.

영감은 허리가 아파서 옷은 이따가 갈아입는다 하여 수원집은 마지못해 잠자코 영감의 허리만 주무르고 앉았다.

며느리가 늦게 나왔다고 시비는 하면서도 허리를 주무르기는 귀찮았다. 더구나 한통이 돼서 며느리 흉하적을 하지[89] 않는 것이 못마땅하니까 더욱이 싫증이 났다. 그건 고사하고 영감이 넘어졌다 할 제 그렇게 허겁을 해서 뛰어나오면서 얼마나 애가 키었

---

89 '흉아적하다'로 남의 허물을 들추어 비난하다.

던가? 지금 이 당장에는 제 생각이 어떠한가? 이보다 좀 더 몹시 다쳤드면 생각이 어떠하였을꼬?…… 모를 일이다.

의사가 오니까 수원집은 안으로 들어가 버렸다. 의사나 누구나 내외를 하는 것이 아니니 진찰하는 것을 보고 들어가도 좋으련만―하는 생각이 영감에게도 없지 않았다.

의사는 그리 대단치는 않으나 혹시 삐었는지 모르니까 반듯이 누워 있는 것이 좋겠다 하며 약을 바르고 찜질을 해놓고 갔다.

안방에서 아침밥을 먹을 제 여편네들은 영감님 넘어지신 것으로 떠들어대었다.

"그래두 그만하시니 다행하지 노래[90]에 빙판에 넘어지셨으니 속으로 골탕을 잡숫거나 하였더면 어쩔 뻔했어."

한 여편네는 이런 소리를 하니까,

"저기서 누구도, 최사천 영감 말야, 그 영감은 빙판도 아니요 댓돌에서 내려서다가 허리를 삐서 석 달을 꼼짝을 못 하고 누었었대……."

하고 침모가 대꾸를 한다.

"음 참, 최사천 영감?…… 어디 댓돌에서 넘어졌나. 젊은 댁을 너무 받치다가 어느 날은 자리 속에서 그렇게 되어서 이내 못 일어났는데."

하며 돌아간 마님의 친구 마누라가 웃었다.

"마님두―무에 그렇게 되었단 말씀예요."

하고 침모도 따라 웃는다. 방 안에서는 수원집과 주인 고식만 빼

90 '늘그막'을 점잖게 이르는 말.

놓고 모두 웃었다. 수원집은 얼굴이 발개졌다.

"그래도 퍽 정정하신 셈야. 십 년은 넉넉히 더 사실걸."

당숙모 마님이 이런 소리를 한다.

"하지만 마님이 주의를 해드려야지."

침모가 또 짓궂이 이런 소리를 하였다. 수원집은 점점 더 듣기 싫었다.

"강기로 버티시기는 하시지만 인제는 아주 그전만 못하세요. 연치도 연치시지만……."

덕기 모친은 별뜻 없이 이런 소리를 하였지만 수원집은 귀에 예사로이 들리지 않았다.

"그래두 더 사셔야지. 쳴량[91] 많겠다 저런 귀한 마님과 따님이 있겠다……."

또 누구인지 이런 소리를 한다. 그러나 '저런 귀한 마님'이라는 말이 또 수원집의 귀를 거슬렸다. 아까부터 모두들 자기만을 놀리는 것 같아서 점점 더 심사가 좋지 못한 것이다.

"더 사시기로 무얼 시원한 꼴을 보시겠어요. 아무튼 노인네는 언제나 돌아가실 때 되건 편안히 주무시듯이 돌아가시는 게 상팔자겠어요."

덕기 모친은 또 이런 소리를 하였다. 물론 무슨 생각이 있어 한 말은 아닐 것이요 자기가 세상이 신산하니까 무심코 한 말일 것이나 수원집은 매섭게 눈을 뜨고 쳐다본다.

"말을 해두 왜 그렇게 해!"

---

91  천량. 살림살이에 드는 돈과 양식.

수원집은 손위 며느리의 밥술이 들어가는 입을 노려보다가 한 마디 톡 쏘았다.

"무엇을 말인가?"

덕기 모친에게는 당숙모요 수원집에게는 사촌 동서뻘인 노마님이 영문을 모르는 듯이 탄한다.

"아니, 글쎄 말예요. 어서 돌아가셨으면 좋을 것같이 말을 하니 말씀이죠."

"그게 무슨 소리야? 내가 언제 어서 돌아가시라고 했단 말야?" 하고 덕기 모친도 눈을 똥그랗게 뜨고 쳐다보다가,

"사람 잡겠네!"

하며 코웃음을 치고 먹던 것을 먹는다. 두 암상이 마주쳤으니까 그대로 우물쭈물하고 싱겁게 떨어지지는 않을 것이다. 하여간 좋은 구경거리가 생겼다고 다른 여편네들은 말리려고도 아니하고 물계만 보고[92] 있으나 손주며느리는 애가 부덩부덩 탔다.

"그래, 내 말이 틀린단 말이야? 그야말로 참 사람 잡을 소리 하네. 나만 들었으면 모르겠지마는 다른 사람은 고만두고 재(손주며느리를 가리키며)더러 물어봐요. 죽을 때가 되건 어서 죽어야 한다고 당장 한 소리를 잊어버리지는 않았겠지?"

수원집은 밥술도 짓고 아주 시비판을 차리는 모양이다.

"그래, 내가 아버니께 돌아가시라고 그랬어? 아버니께서 더 사신대야 시원한 꼴을 못 보실 테니까 그게 가엾으시다는 말이지."

덕기 모친은 말끝을 잡힌 것이 분하기도 하거니와 해혹하기가

---

92 어떤 현상의 처지나 속사정을 알아보다.

좀처럼 어렵게 된 것이 더 분하였다.

"왜 시원한 꼴을 못 보신단 말이야? 누구 때문이기에?"

"누구 때문이기에라니? 나 때문이란 말이야?"

덕기 모친도 발끈하였다.

"자기 입으로도 그리데. 아드님을 잘 두었다구."

"아드님을 잘 두었든 못 두었든 자기가 나놓았으니 걱정인가! 누구나 내 똥 구린 줄은 모르구!"

"무어 어째? 내가 구린 게 뭐야? 구린 게 있건 대! 대요! 무에 구립단 말야?"

수원집은 얼굴이 파래지며 달려든다. 아닌 게 아니라 덕기의 모친은 급한 성미에 감잡힐[93] 소리를 또 무심코 하여놓고 보니 말문이 꼭 막히고 말았다.

"왜 이 집 안방 차지가 하고 싶어서 사람을 잡는 거야? 안방이 들고 싶거든 순순히 내놓으라지, 왜 사람을 잡아 흔들어서 내쫓지를 못해서 야단이야?"

"누가 안방 내놓랬어?"

"그럼 무어야? 무에 구립다는 거야?"

수원집은 점점 악을 쓰고 덤비나 덕기 모친은 잠자코 앉았을 뿐이다.

"어디, 무슨 뜻이 있어서 그런 말인가. 처음에 한 말도 무심코 한 말이요, 말다툼이 되니까 자연 그런 말이 나온 것이지 말을 잡자면 모두 시비가 되는 것이지."

---

93 시비를 다툴 때 약점을 잡히다.

당숙모가 이렇게 변명을 해주었다.

"그러기로 무슨 까닭이 있어서 그러는 게지? 응! 내가 소년 과부가 되어서 팔자를 고쳤다고 깔보고 그러는 것이지?……"

수원집은 바르르 떨다가 그만 울음이 확 쏟아지고 말았다.

"팔자가 사나워서 이렇게 와 있기로 나중에는 들을 소리 못 들을 소리 다 듣고……."

울음 섞인 푸념을 하려니까 밖에서 인기척이 난다. 새며느리가 내다보니 시아버지다. 여편네들은 우우 나와서 인사를 하였으나 싸우던 두 사람만은 앉은 채 있었다.

상훈이는 딸이 학교에 가는 길에 기별을 해서 급히 병문안을 왔으나 부친이 잠깐 눈을 떠보고는 그대로 눈을 감고 자는 척하기 때문에 곧 나와서 안에 들른 것이었다.

"추운데 어서 들어오게."

하며 당숙모가 권하는 데는 대꾸도 아니하고,

"왜들 그러니?"

하며 축대에 내려섰는 며느리를 바라본다.

"안예요……."

안방에서는 한층 더 섧게 운다.

상훈이는 벌써 알아차렸다.

"왜 지각없이 그 모양이야? 이 집 저 집으로 다니면서!"

안방에다 대고 자기 마누라를 꾸짖고 다시 며느리더러,

"어서 너 어머니 집으로 가시라고 해라."

하고 상훈이는 훌쩍 나가버렸다.

덕기 모친은 영감이 가는 기척을 듣고 건넌방으로 건너가 버린다.

수원집은 손님들이 가도 변변히 인사 한마디 없이 입을 봉하고 있다가 다아 가기를 기다려서 사랑으로 나갔다.

영감은 운 눈이 벌겋고 눈등이 통통히 부은 것을 보고 놀랐다.

말이 없이 옆에 쪽치고 앉은 것을 한참 보다가,

"왜 그래?"

하고 물으니까,

"저는 여기 있을 수 없어요. 여관 구석으로든지 어디로든지 나갈 테야요."

하고 눈물이 글썽글썽하여진다.

영감은 놀라면서도 화가 났다.

"무슨 주책없는 소리야! 왜 그러는 거야? 말을 시원히 해야지?"

하고 소리를 벼락같이 질렀다.

"나중에 차차 아세요. 전 어쨌든지 나가요."

하고 수원집은 참 정말 당장 나갈 듯시피 막 잘라 말을 하고 일어선다.

영감은 일어나려야 일어날 수 없는 몸이다. 성한 몸 같으면 급한 성미에 벌떡 일어나서 머리채라도 휘어잡았을지 모르나 꿈쩍할 수 없다.

"거기 앉어! 사람이 왜 그 모양이야?"

하고 몸을 놀리지 못하느니만치 소리만 고래고래 높아간다.

수원집은 잠자코 반칸통이나 떨어져 앉았다.

"누구하고 싸운 거야? 싸웠기로, 아무리 화가 나기로 내가 이리고 누웠는데 빈말인들 나간다는 소리가 어떻게 나오느냐 말야?"

며느리와 평시부터 맞지 않는 것은 알지만 며느리와 싸웠느냐고 묻기는 싫었다.

"제가 아무리 이렇게 이 댁에 들어와 있기로 어쨌든 아랫사람인데 아랫사람에게 입에 담지 못할 욕을 먹고서야 어떻게 한신들 붙어 있을 수 있겠습니까?……"

"누가 무어라기에?"

"덕기 어멈이 영감님은 어서 돌아가셔야 하고 저는 제 똥이 구린 줄을 모른다고 제멋대로 야단이니 이 댁은 며느리만 사람입니까?……"

"그게 무슨 소리란 말인가? 그럴 법이 있나? 그 애가 그런 애는 아닐 텐데……."

영감은 노기를 감추고 도리어 나무라는 어조이다. 영감으로는 그렇게밖에는 할 말이 없었다.

"그래도 영감께서는 그런 소리를 하시죠. 내 말씀은 못 믿으셔도 며느님 말은 믿으시겠다는 말씀이죠?"

또 발끈하며 대들었다.

"잔소리 말어. 이 집안에는 그래 어른이 없고 예절도 없다는 말이야. 그래 그런 소리를 좀 들었다기로 나간다는 것은 무슨 당치 않은 소린가. 이 집안에는 덕기 모만 있고 덕기 모를 바라고 이 집에 와서 사는 거란 말인가? 생각을 좀 해보아! 그만 요량은 들었을 게 아닌가?"

영감은 천천히 나무랐다. 수원집은 당신 말씀이 옳소이다 하는 듯이 고개를 숙이고 앉았다. 새삼스럽게 이 영감의 말에 감동이 되어서 마음을 돌렸으랴. 처음부터 나간다는 것이 한번 트집

을 잡고 말썽을 만들어보자는 것인 것야 영감도 짐작 못 하는 것
이 아니다.

"그리고 아무러면 나더러 어서 죽으라고야 할까. 설사 그런 악
독한 생각이 있기로서니 제 속에 넣어둘 게지 입 밖에 낼 리야
있나. 그래 당장에 내 귀에 들어올 것을 알면서 자네 듣는 데 그
런 소리를 할 사람이 있단 말인가?……"

역시 며느리 두둔만 하는 것같이 들렸다.

"그런 생각이 노상 마음속에 있으니까 무심중간에 나오는 것
이지요. 암상 많은 사람이 발끈하면 무슨 말은 아니할까요."

그렇게 듣고 보니 그도 그럴듯하다. 영감은 잠자코 눈만 껌벅
거리고 누웠다.

"그래 무엇 때문에 그 애가 나 죽기를 바란다든가?"
하고 말을 시켜보려 한다.

"무엇 때문은 무에 무엇 때문예요. 영감만 돌아가시면 나는 자
연히 밀려 나갈 테니까 그러면 제가 안방 차지를 하고 아들 내외
와 재밋다랗게 살자는 것이죠."

듣고 보니 그 역시 그럴듯도 하다. 영감은 잠자코 화를 참는다.

"그래 자네한테는 무에 구립다든가?"

영감의 입에서, 또다시 그런 말은 말라고 달래는 듯 나무라는
듯하는 소리가 나오지 않는 것을 보니 영감의 마음이 차차 돌아
서는 기미이다. 수원집은 좋아라고 얼굴을 쳐든다.

"누가 압니까. 제가 못된 짓을 하는 것을 본 게지요!"
하고 아랫입술을 악물다가,

"그런 소리를 내놓아서 내쫓자는 게지요!"

하고 치를 떤다.

이 말도 또한 듣고 보니 그럴듯한 말이다.

"그것두 아무도 없는 데면 모르겠지만 손님들이 열좌를 하고 어린 며느리가 있는 앞에서……."

수원집은 말을 맺지 못하고 울어버린다. 영감은 첩이 볶이는 것이 가엾은 생각이 들었다.


## 제3 충돌

덕기는 떠나는 것을 또 하루이틀 물리는 수밖에 없었다. 부친이 시탕[94]을 한다든지 하면 걱정이 없겠지만 형편이 제가 앞에 있어서 조부가 기동이나 하는 것을 보고 갈 수밖에 없었다.

조부도 떠날 테거든 떠나라고는 하지마는 그래도 앞에 있어주기를 바라는 눈치였다.

그러나 집에 들어앉았기도 싫었다. 모친과 서조모와 충돌이 생긴 이후로는 제 처와 안방 식구와도 싸우고 난 닭 모양으로 지내는 것이 보기 싫었다.

이튿날 덕기는 부친에게 가보았다. 이것저것 이야기할 것이 많았다. 경애 이야기도 물론이려니와 그저께 저녁에 조부와 충돌된 데에 대해서 제 의견을 이야기하고 싶었다.

부친은 아직 일어나지 않아서 안으로 들어갔다. 모친이 조부

---

94 어버이의 병환에 약시중을 드는 일.

의 증세를 물은 뒤에 서조모가 무어라 하더냐고 물었으나 모른
다고만 하였다. 어제 사랑에 나와서 울며불며 무슨 말을 한 것은
몰라도 제 처를 가지고 나는 나갈 테니 잘들 살아보라느니 너의
세 식구가 입을 모고 나를 쫓아내려 한다느니 하고 까닭 없이 들
볶는 것을 못 들은 것도 아니요 또 아내에게 자질구레한 사연을
듣고는 분하기도 하고 의아한 점도 있었으나 그까짓 말은 모두
귓가로 넘기자는 것이었다.

"또 네 처를 볶겠구나? 할아버니께 또 있는 말 없는 말 쏘삭이
는 것은 어쨌든지 간에 그 어린것을⋯⋯."

모친은 새삼스럽게 분해한다.

"그런 줄을 뻔히 아시면서 더뜨려[95]놓으시는 어머니께서 딱하
시지 않아요. 무어라든 어쩌든 가만 내버려두시면 그만 아네요."

"사람을 까닭 없이 들컹거리는 것을 어떻게 가만있니? 어제
아침만 해도 사랑에 좀 늦게 나갔다고 시비요, 네 처를 보고 시아
버니가 숨을 몰아도 눈 하나 깜짝 안 할 사람이니 어서 돌아가셔
서 모두 제 차지가 되었으면 너희들은 춤을 추겠구나―하고 생
트집을 잡드라니 그게 말이냐? 제가 그따위 앙심을 먹고 어서 돌
아가셔서 볏백[96]이고 꾸려가지고 한 살이라도 더 늙기 전에 조씨
집에서 빠져나가려는 생각이니까 그러는 게 아니냐?"

모친은 이에서 신물이 나는 듯이 펄펄 뛴다.

"글쎄 어머니께서부터 그 사람을 그렇게 생각하시니 그 사람
도 우리를 또 그렇게 들씌우는 소리를 하는 게 아닙니까? 첩이라

95 덧내다.
96 볏백, 벼 백 섬.

하고 게다가 나이 젊으니까 하는 수는 없지만 더구나 네 똥 구린 줄을 모르느니 하는 말씀을 하시면 누구는 가만있을까요."

팔이 안으로 곱는 것이라 덕기는 자기 모친 편을 들고 싶지 않은 것은 아니지만 그래도 자기 모친이 매사에 좀 더 점잖게 해서 수원집을 꽉 누르고 채를 잡지 못하는 것이 마음에 부족하였다.

"아무러면 내가 공연한 소리를 했겠니? 제삿날만 하더라도 그 부산통에 어멈과 틈틈이 수군거리다가 남들은 바빠서 쩔쩔매는데 친정에서 누군가 올라와서 무슨 여관에선가 앓아누웠는데 곧 가보아야 할 일이 있다고 영감님이 안 계신 틈을 타서 휘 나가버리니 제 어멈이 숨을 몬대도 그럴 수 없는데 그게 말이냐? 그건 고사하고 간난이년이 보니까 최 참봉하고 문간에서 또 수군거리다가 최 참봉은 사랑으로 들어가 버리고 수원집은 허둥지둥 나가드라니 저희끼리 무슨 꿍꿍이속이 있는지 암만해도 수상하지 않느냐? 아무리 정성이 없고 할 줄 모르는 일이라 하기로 대낮까지 경대를 버티고 앉았던 사람이 겨우 나물거리를 뒤적거리는 체하다가 쓸어 맽겨놓고 휘 나가는 그런 버릇은 어디 있고, 원체 그 어멈이 최 참봉의 천으로 들어온 거라는데 들어온 지 며칠이 못 되어서 부동이 되어 숙덕거리고 또 게다가 나갈 제 대문 안에서 최 참봉과 수군거린다는 것은 무엇이냐. 어쨌든 저희들끼리 무슨 내통들이 있는 것이 뻔한 게 아니냐마는 할아버지께서야 그런 걸 아시기나 한다든!"

덕기는 수원집이 제삿날 조부가 출입한 틈을 타서 한 시간 동안이나 나갔다 들어왔다는 말은 아내에게 들었으나 그다지 의심스럽게 생각지 않았다. 그러나 모친의 말대로 그렇다 하면 좀 더 의아하기는 하다.

건넌방 아이 보는 간난이년이 보고 들어와 한 말이니 최 참봉하고 수원집이 문간에서 만나본 것은 사실일 것이나 애초에 수원집을 조 의관에게 대어준 사람이 최 참봉이니 들어오고 나가고 하다가 우연히 문간에서 만난 것인지도 모르겠고 어멈을 최 참봉이 지시하여 들인 것도 우연히 그렇게 된 것이지 반드시 그 지간에 맥락이 있는 일이라고만 생각할 수도 없으며 또 수원집이 제샛날 나갔다는 것만 하여도 사실 친정에서 누가 와서 있다가 독감이고 걸려서 누워 있게 되어 사람을 보내서 만나자고 기별하니까 어멈이 말을 받아넘기느라고 수군수군하고 뒤미처 나갔던 것인지 모를 일이다.

"친정에선 누가 왔대요?"

덕기가 물으니까,

"오라비라나 보드라마는 오라비면야 왜 사랑에 와서 판을 차리고 누웠지 않고 여관에 가서 자빠졌겠니? 어쨌든 오라비기로 그렇게 불이시각[97]하고 뛰어갈 건 무어냐?"

하는 모친의 말눈치는 어디까지든지 의심을 내는 것이었다.

"그 역시 사람의 일을 누가 안다고 그렇게만 밀어붙여 둘 수 있나요? 할아버지께서는 벌써 말씀해두고 나갔던 것인지도 모를 것이요……."

덕기는 그래도 모친의 그런 생각을 말리려 하였다. 수원집을 두둔하려는 게 아니라 어쨌든 구순하게 지내게 하자는 생각으로

---

97  시각을 잠시도 지체하는 법이 없음.

이었으나 모친은 아들이 자꾸 수원집 편을 드는 것 같아서 못마 땅하였다.

모자는 잠깐 말이 끊기자 덕기는 일어서면서,

"할아버니께서 이따고 내일이고 좀 오시라고 하시드군요."

하고 조부의 명을 전하였다.

"어차피에 어떠신가 가 뵈려 했지만 무슨 말씀이 계신 게로구나?"

모친은 잠깐 뜨끔한 생각이 들었다.

"몰라요. 수원집이 무어라고 했는지요."

"그야 묻지 않아도 뻔한 노릇이지만······."

모친은 아무래도 뒤가 꿀리는 말을 해놓아서 애가 씌었다.

부친은 사랑에서 밥상을 받고 앉았었다.

"오늘 못 떠나겠구나?"

"네—."

덕기는 할아버니와 아버지께서만 그러시지 않으셨으면 저야 가 도 좋겠지요만······ 이라고 하고 싶었으나 말이 나오지를 않았다.

"이번 봄이 졸업 아니냐? 그래 어디를 들어갈 테냐?"

부친이 아들의 공부에 대하여 묻는 것은 처음이다. 절대 방임 주의, 절대 자유주의라 할지 덕기가 꼼꼼 혼자 생각하고 결정을 하여 조부에게 말하면 이 양반은 신지식에 어두워 그런지 학비 만 내어 줄 뿐이요, 부친에게 허락을 구하면 그저 고개만 끄떡일 뿐이었다. 그것으로 보면 덕기가 이만치나 되어가는 것은 제가 못생기지 않고 재주도 있거니와 철도 일찍 들어 그렇다고 할 것 이다.

"경도제대로 들어갈까 하는데요."

"그럴 게 무어 있니? 경성제대로 오면 입학에 경쟁이 심할 것도 아니요 또 집안 형편으로도 좋지 않으냐?"

"글쎄올시다. 그래도 좋겠지요."

덕기는 아무쪼록 서울을 떨어져 있고 싶었으나 경성으로 오게 되면 와도 그리 싫을 것은 없었다.

"그렇게 해라. 그렇게 하는 게 무엇보다도 집안 형편에 좋고……."

부친은 말끝을 아물리지 않았다. 실상은 "내게도 좋겠다"는 말을 하려다가 만 것이었다.

상훈이의 생각으로 하면 부친이 이대로 나아가다가는 어떠한 법률상 수단으로든지 자기는 쑥 빼어놓고 한 대 걸러서 이 아들에게로 상속을 시킬지 모르겠고 또 게다가 수원집의 농락이 있으니까 아무래도 뒷일이 안심이 안 된다. 그렇다고 요사이의 누구누구의 집 모양으로 부자가 법정에서 날뛰는 그따위 추태는 자기의 체면상으로도 못할 일이요, 더구나 종교가라는 처지로서 재산 문제로 마구 나설 형편은 못 되는 것이다. 그러니까 어쨌든 덕기를 꼭 붙들어 앉혀서 수원집이나 기타 일문일족의 간섭이나 농간을 막게 하고 한편으로는 덕기를 자기 손에 쥐고 조종해나가는 것이 제일 상책이라고 생각한 것이요, 또 그러자면 아무리 부자간이라 하여도 지금까지와는 태도를 고치어서 비위를 맞추어주고 살살 달래서 버스러져나가지 않게 해야 하겠다고 생각하는 것이다.

이렇게 되고 보니 부자간도 서로 이용하고 서로 이해타산으로 살아 나아가는 것쯤 된다. 돈―그 돈도 아직 손에 들어온 돈은 아니나 돈 앞에는 아들에게도 머리를 숙이게 되는 것이다.

"무슨 과가 지망이냐?"

"법과를 할까 보아요."

덕기는 법과 중에도 형법에 주력을 써서 장래에는 변호사가 되겠다는 생각을 가지고 있다. 형사 전문의 변호사는 아니 되더라도 어쨌든 조선 형편으로는 그것이 자기 사업으로 알맞을 것 같았다.

병화에게 언제인가 그런 말을 하니까,

"흥, 자네는 전선戰線의 후부에 있어서 적십자기旗 뒤에 숨어 있겠다는 말일세그려?"

하고 비웃은 일이 있었다.

"말하자면 군의총감軍醫總監이 되겠다는 말이지?"

"누가 아나. 그야말로 자네 따위라도 그 소위 전선에서 포로가 되면 나 같은 간호졸看護卒도 필요할지."

"포로엔 간수가 필요한 걸세. 간수가 되겠다는 걸세그려? 자네다운 소리일세."

하고 짓궂이 놀리었던 것이다.

어쨌든 덕기는 무산운동에 대하여 무관심으로 냉담히 방관만 할 수 없고 그렇다고 제일선에 나서서 싸울 성격도 아니요, 처지도 아니니까 차라리 일 간호졸 격으로 변호사나 되어서 뒷일이나 보면 좋겠다는 생각이었다. 덮어놓고 크게 되겠다는 공상도 가지고 있지 않으나 책상물림의 뒷방 서방님으로 일생을 마치기도 싫었다. 제 분수대로는 무어나 하고 싶었다.

"법과보다는 경제과나 상과를 하면 어떻겠니?"

부친은 아들을 실업 방면으로 내보내고 싶어 하는 말눈치였다. 그렇게 되면 자기는 그것을 이용하여 자기대로의 무슨 사업을 해보겠다는 셈속이다.

"경제과는 해도 좋지만 상과는 싫어요."

여기에도 덕기는 몽롱하나마 제 속다짐이 있는 것이었다.

"너 알아 하렴."

부친은 아무쪼록 아들의 말을 거스르지 않으려는 듯이 가벼이 대답을 해 집어치우고 나서 목소리를 낮추어서,

"그건 그렇다 하고 너 일전에 어느 카페에 갔었니?"

하고 조용히 묻는다.

덕기는 깜짝 놀랐다. 카페에를 갔기로 부친이 별안간 물을 리가 없다.

'이 양반이 벌써 어디서 듣고 묻는 것일까?'

하는 생각을 하며,

"네에, 김병화에게 끌려서 가본 일이 있어요."

하고 부친의 눈치를 쳐다보았다. 그러면서도 도리어 덕기의 얼굴이 벌게졌다.

"거기서 누구 만났니?⋯⋯"

덕기는 부친에게 앞질려서 한 수 넘어간 듯도 하여 무어라 대답할지 맥맥하였다.

"대강은 짐작하는 터요, 상관없는 일이지만⋯⋯."

부친은 또 말을 시키려고 애를 쓴다.

"홍경애―를 만났지요."

홍경애라는 이름을 부르기가 서먹서먹하고 거북하였다.

"어느 카페든?"

"카페가 아니얘요. 바커스라는 술집…… 오뎅야드군요."

덕기는 이렇게 대답을 하면서도 조금도 겸연쩍은 낯빛은 없이 남의 일처럼 묻는 부친의 얼굴이 빤히 보이었다.

"무얼 하고 있든?"

한참 만에 또 묻는다.

"술을 팔드군요."

"제 손으로 경영을 해?"

"아뇨, 고용살이인가 봐요."

덕기는 그 주인과 동무로서 같이하자고 하여 소일 삼아 하느니 어쩌느니 하는 말을 하고 싶지 않았다. 도리어 가엾은 사정이요 타락한 모양이더라고 하고 싶었다. 그것은 경애에게 동정이 가게 하려는 것이 아니라 그 여자가 당신 때문에 그렇게 되었습넨다…… 고 오금을 박고 싶은 충동으로이었다.

"꼴은 어떻든?"

"그저 그렇지요. 일본 옷 조각을 입고……."

부자의 수작은 잠깐 끊기었다.

"그건 어디서 들으셨에요?"

한참 만에 덕기가 물었다.

"글쎄 어디서 잠깐 들었기에 말이다."

하고 부친은 웃어버린다.

덕기는 더 캐어볼 수도 없고 궁금증이 났다.

"김병화가 그런 말씀 해요?"

"아니, 김병화를 내가 만나기나 하였니?"

하고 또 웃으면서,

"하여간 그런 데로 술을 먹고 다니지 마라. 벌써부터 술을 그렇게 먹고 다녀서 쓰겠니?"

하고 부친은 타일렀다.

그 말이 옳기는 하면서 덕기에게는 도리어 반항심을 자극하고 말았다. 하여간 술을 그렇게 먹지 말라는 말을 들으니 그날 몹시 취한 김에 뉘게 그런 말을 해서 부친의 귀에까지 들어가지 않았나 싶었다. 그러나 뉘게 이야기를 하였을꼬? 생각이 막연하다.

그날 취중에 아내에게 경애를 만났다는 이야기를 하였던가? 그래서 아내가 어머니께 말씀하고 또 그 말이 아버지께로 들어가고 만 것인가?—덕기는 이렇게 생각하여보았다.

사실 그 추측이 옳았다.

모친은 가뜩이나 한 판에 며느리에게 '어제 애아범이 홍경애인가를 일본 술집에서 만났대요' 하는 소리를 들을 제 한동안 잊었던 일이 다시 머리를 쥐어뜯었고 영감이 그저 끼고돌면서 밑천을 대어주어서 그런 하이칼라 술집까지 경영시키는 것이라고만 믿어버렸다.

모친은 아들을 보고 너까지 그년과 한편이 되어서 술을 얻어먹으러 다니느냐고 듣기 싫은 소리를 하고 싶었으나 그동안 큰집에서는 이런 말을 꺼낼 틈이 없었고 아까 안방에서는 수원집 놀래를 하기에 깜빡 잊어버렸던 것이다.

하여간에 영감이 어젯밤에 모처럼 안방에 들어와서 왜 수원집과 싸우고 다니느냐고 야단을 칠 때 마누라의 입에서 홍경애 놀래가 나오고 말았다.

마누라의 말은 네 살이나 다섯 살 먹은 자식까지 달렸는데 좀처럼 헤어질 리가 있겠느냐고 상성이요, 영감의 말은 헤어지든 말든 아랑곳이 무어냐? 지금이라도 이혼해달라면 이혼해주마고 맞장구를 친 것이었다.

"어떻게 된 일인지는 모르겠습니다마는 저대루 내버려두시면 어떻게 합니까?"

덕기는 말을 꺼내기가 거북한 것을 억지로 부리를 땄다.

"내버려두지 않으면 어떻게 하니? 내 처지도 내 처지요, 제가 발광을 하고 떨어져 나간 것을……."

"말눈치가 그렇지 않은가 보던데요. 어쨌든 아버니 체면만 생각하시고 거기 달린 두 사람 세 사람을 희생을 해버리시고 마는 것은 아무리 아버니께서 하신 일이라도 저는 큰 잘못이라고 생각합니다."

덕기는 당돌히 하고 싶은 말을 꺼냈다.

"네가 참견할 것 아니야!"

하고 부친은 소리를 친다.

"제가 참견할 것도 아닙니다마는 처음 일이고 나중 일이고 모두 아버니 책임이 아닙니까? 그 책임을 어떻게 하시렵니까?"

아들은 대드는 수작이다.

"책임이 내가 무슨 책임이란 말이냐? 어쨌든 네가 쥐뿔 나게 나설 일이 아니야!"

부친은 또 불쾌히 핀잔을 주었다. 학교 이야기를 할 때까지는 덕기의 비위를 거스르지 않고 잘 어루만져주어야 하겠다는 생각을 하였으나 지금은 그것도 잊어버리고 전대로의 까닭 모를 못마땅한 생각이 머리를 든 것이다.

"어쨌든 저편에서 일을 벌이집어[98] 낸 것도 아닐 것이요, 저편에서 물러선 것은 아니겠지요. 세상에서 떠드니까……."

"잔소리 마라! 어린 게 무얼 안다고 주책없이 할 소리 못할 소리 무람없이……."

부친은 듣기도 싫지만 아비 된 성검[99]을 세우려는 것이다.

덕기는 잠자코 앉았을 수밖에 없었다. 그러나 말이 난 김이니 하고 싶던 말은 다 하고야 말겠다고 단단히 결심하였다.

"어쨌든 그 애가 불쌍하지 않습니까? 그 애까지야 무슨 죄로 희생이 됩니까? 제가 감히 아버니의 잘잘못을 말씀하려는 게 아닙니다마는 뒷갈망을 하셔야 하지 않습니까?"

"나더러 무슨 뒷갈망을 하라는 말이냐? 그 자식은 내 자식이 아니야!"

하고 부친은 소리를 한층 더 버럭 지른다.

"그건 무슨 말씀입니까? 저도 그저께 저녁에 가보고 왔습니다만 어째서 그런 말씀을 하십니까? 안 할 말씀으로 아버지께서 책임을 모피하시려고—허물을 저편에 들씌우고 발을 빼시려고 그렇게 모함을 잡으신 것은 설마 아니시겠지요?"

덕기는 상성이 났다.

"무어 어째? 그게 자식으로서 아비에게 하는 말버릇이냐?"

하고 부친은 화를 참느라고 소리를 낮추어서,

"어서 가거라! 어서 가!"

---

98 작은 일을 크게 부풀려 떠벌리다.
99 성스러운 칼, 여기서는 '위엄, 권위'로 쓰임.

하고 돌아앉는다. 마치 제삿날 조부가 자기에게 한 말을 대를 물리듯이 나가라고 한다.

부친은 덕기가 아이까지 가 보았다는 말에는 역정을 내면서도 궁금증이 났다. 그러나 그것을 다시 따져서 물어볼 형편도 아니다.

지금 덕기에게 그 자식은 내 자식이 아니라고 막가는 말을 하기는 하였지만, 이때까지 교회 사람이나 일반 사회에 대하여 경애와 아무 관계가 없는 듯이 변명하기 위하여 해 내려온 말을 자식에게도 되풀이한 것에 지나지 않는 것이요 자기 마음을 혼자 몰래 쪼개놓고 본다면 내 자식이 아니라고는 생각해본 적이 없다. 더욱이 자식보다도 경애 자신에게 대하여까지라도 삼 년이 넘는 오늘날까지 아주 잊어버린 것은 아니다. 다만 지금 와서는 새삼스럽게 가까이할 기회도 멀어졌고 만나볼 면목도 없고 보니 애를 써 묵은 부스럼을 건드릴 필요가 있으랴는 생각으로 내버려둘 뿐이다.

지금은 상훈이만 하여도 그때에 경애를 그렇게 매정스럽게 떼버리지 않고도 다른 도리가 있었을 것이지만 그 당시의 상훈이는 대담치가 못하였다. 세상―세상이라느니보다도 교회 속에 소문이 퍼지는 것만 무서워서 겁을 벌벌 내다가 그야말로 어떻게 뒷갈망을 할 수 없으니까 흐지부지 멀어지게 되고 만 것이다. 그때 돈 천가량만 들여서 멀리 딴 시골로만 보내버려도 좋았겠지만 부친의 손에서 명목 없는 돈을 천 원씩 끌어내기 어렵고 화개동 집의 집문서조차 부친의 수중에 있으니 불시에 빚을 내는 수도 없는 터에 동경 간 경애는 미칠 듯이 돌아오겠다 하고 또 사실 몸이 무거워가는 것을 내버려둘 수도 없고 하여 데려 내오기로는 하였으나 나와서 당주동 집에 있으면 드나드는 교회의 전도 부인들의 눈이 무섭고 하니까 급한 대로 북미창정 집으로 숨겨버린 것이었다.

남 듣기에는 딸은 여전히 동경서 공부하고 자기는 서울서 혼자살이 하기 어려우니까 수원으로 다시 내려간다 하고 교회 사람의 전별[100]까지 무서워서 어름어름하고 수원까지 잠깐 갔다가 올라와서 집 정돈을 하고 딸을 맞아들인 것이다. 모녀의 종적이 감쪽같아진 것을 보고 누구나 천당에 먼저 올라가서 있으리라고 생각지는 않았던 것이다. 감추고 숨기는 것도 하루 이틀이지 요 좁은 서울 바닥에서 전차 속에서나 길거리에서 전일의 교회 형님 아우님을 만날 때 시골서 잠깐 다니러 왔다는 핑계도 한두 번이다. 소문은 얼토당토않은 데서부터 시작되어 점점 정통을 쏘아 들어가게 되니 어지중간에서 볶이는 사람은 경애 모친이요, 상훈이는 얼굴이 노래서 돌아다닐 뿐이었다. 아주 교회와 담을 쌓고 패를 치고 나선다면 첩 하나 얻었다고 세상에 없는 죄를 지은 것이 아니요 도리어 떳떳할지 모르겠지만 그래도 세간적 명예를 희생할 용기는 아니 났다. 그러면서도 아직은 멀리 보내거나 떨어지기도 싫었다. 그동안에 아이는 낳았다.

"자아, 인제는 멀리 떨어져 가 살 테니 한밑천 해주우. 죄인같이 서울 속에서 숨어 살 수도 없고 수원으로도 갈 수가 없지 않소. 자식은 물론 길러 바칠 것이요 인연을 끊자는 것도 아니요."

경애 모친은 또다시 돈 놀래를 꺼냈다. 생각해보니 상훈이가

100 잔치를 베풀어 작별한다는 뜻.

교인이라 아내가 죽기 전에는 이혼을 할 수 없고 이혼 못 하면 떳떳이 내놓고 살 수 없다. 그것도 자기네들이 교회 방면에 연이 없었다면 모르겠으나 그렇지 못한 사람의 유족으로서 가위 조상 훈이의 첩 노릇을 한대서야 상훈이의 체면도 체면이려니와 죽은 이의 낯도 더럽히는 것이다. 어쨌든 서울은 떠나고만 싶었다.

그러나 상훈이는 몇 달 전에 경애를 동경서 불러내려 할 때보다도 돈 순환이 더 어려웠다. 그것은 수원집이 그동안에 수원 떨거지 편으로 소문을 듣고 영감님에게 고자질을 하기 때문이다.

영감은 아들에게는 이런 말 저런 말 안 하였으나 한층 더 돈한 푼 자유로 쓰지 못하게 단속을 한 것이었다. 이와 같이 돈을 시원히 해줄 수 없는 한편에 소문은 점점 퍼져가고 게다가 수원집이 덕기 모친을 속을 태워주느라고 이런 사연을 짓궂이 들려주고 충동이니 덕기 모친도 가만히 있지는 않았다.

덕기 모친은 부부끼리 옥신각신하기 전에 수원집이 가르쳐주는 대로 단통[101] 북미창정으로 뛰어가서 경애 모녀를 붙들고—머리채만 내두르지 않았을 뿐이지 갖은 욕설 갖은 위협을 다 하였던 것이다. 위협이라는 것은 너희가 떨어지지 않으면 교회 속에 소문을 퍼뜨리고 우리 서시어머니를 시켜서 너의 고향인 수원에까지도 발을 들여놓지 못하게 만들겠다는 것이었다.

이때부터 상훈이의 부부는 아주 등을 맞대고 살게 된 것이었으나 아내가 방망이를 들고 났댔자 그것이 무서운 것은 아니었다.

또 덮어놓고 세상을 꺼린다 하여도 상훈이로서는 세상 사람이

101 단번에.

경애의 부친이나 그 가족에게 친절히 한 것이 처음부터 그 딸 하나를 보고 야심이 있어서 한 것이라고 오해할 그 점이 싫었던 것이다. 처음에는 다만 지사요 선배요 또한 그들의 가긍한[102] 처지에 동정하여서 도운 것이요 나중에 경애와 그렇게 된 것은 전연히 딴 문제이건만 그것을 혼동해 생각할 것이 자기의 인격상 큰 차이가 있게 된다고 생각하는 것이었다.

어쨌든 시퍼렇게 살아 있는 자기 아내를 교인인 처지로서나 장성한 자식들의 낯을 보아서나 도저히 이혼할 수는 없는 처지이니 어차피에 오래가지 못할 바에야 아이는 얼른 떼어서 누구에게나 내맡기고 제대로 시집이나 가게 하자는 생각도 없지 않았다. 그러재도 역시 얼마간 주어서 시골로—아무쪼록 학교에 취직할 자리가 있을 만한 시골로 쫓아 보내는 것이 상책이었으나 그렇게 입에 맞는 떡이 여기 있소 하고 나설 리도 없으니 차일피일하고 지냈던 것이다.

그러나 경애 모로 생각하면 이런 억울한 일이 없다. 딸 버리고 넓은 세상을 좁게 살고 욕 더미에 앉아서 소득이라고는 성이 가신 외손주 새끼 하나뿐이다. 들어 있는 집도 문서가 남의 손에 있으니 내 것이 아니다. 만일 이 사람이 은인이라는 한 가지 굽죄는 일만 없으면 먹살이라도 들고날 것이요, 둘러치나 메치나 매한가지니 벗고 나서서 세상에 떠들어 욕이라도 보이고 싶으나 그럴 수도 없는 의리가 있다.

우선 돈 천 원 해달라고 하여 어디로든지 서울을 뜨자는 것이

102 가엾다.

나 그 역시 정말 힘에 겨워 그런지 마음에 없어 내대는 수작으로 그런지 어름어름하고 그날그날을 보낼 따름이었다.

　그러다가 하루 와서 큰 결심이나 한 듯이 척 하는 소리가,

　"아이는 뉘게 맡기고 우선 이것을 가지고 어디로든지 가시오. 자식은 꼭 내 자식이란 법도 없고 내 자식이기로 없었던 셈만 치면 그만 아니요?"

하고 돈 삼백 원을 내놓았던 것이다.

　그리고 또 한다는 소리가 당주동 집을 떠날 때 오백 원 전셋돈 찾은 것이 있으니 그럭저럭 천 원 돈은 되는 셈이 아니냐는 것이다. 그 오백 원이라는 것은 이사하고 세간 장만하고 해산하고 하는 데 상훈이가 대어주었대도 넉넉지 못하니까 찔러 들어가고 그동안 몇 달 사는데도 식량 이외에는 날돈으로 대준 게 없으니 자연 흐지부지 다 쓰기도 하였지마는 어쨌든 하는 말이 괘씸하였다. 또 그것은 고사하고 딸자식은 꼭 내 자식이란 법도 없고 내 자식이라 하여도 없었던 셈만 치자는 말을 들을 제 트집을 잡을 말이 없어서 한 말이라 하기로 이것이 사람의 탈을 쓴 놈의 말인가 하고 어이가 없어 말이 아니 나왔다. 대자바기[103]만큼 싸워야 소용이 없었다. 남은 것은 단돈 삼백 원이요, 그 이튿날부터는 상훈이가 발그림자도 아니하게 되었다.

　상훈이는 그렇게 해서 피차에 정을 떼자는 것이요, 세상에 대하여도 변명거리가 된다고 생각한 것이다. 결국에 경애 모녀가 종적을 감춘 것은 누구인지는 모르겠으나 그 아이 아비 되는 남

---

103 대짜배기, 엄청나게 큰 것.

자와의 연애 문제 때문이라고 소문을 내놓기에 편리하기 때문이었다. 그뿐 아니라 그렇게 해놓고 보면 싫어도 하는 수 없이 조만간 자기 말대로 아이는 뉘게 내맡기고 시골로 취직자리를 얻어서 숨어버릴 것이요, 그러노라면 다른 사람과 결혼을 해버리리라고 생각한 것이다. 자기 손으로 뒷갈망을 못 할 것이니까 자연히 해결되게 할 도리는 그밖에는 상책이 없다고 믿었던 것이다. 그러나 경애 모녀는 그대로 오늘날까지 삼사 년간을 그 집 속에서 들어엎디어 사는 것이다.

경애 모친도 사내같이 걸걸한 성미에 그까짓 사람답지 못한 놈과 다시 잇살은 어울러서 무엇하겠느냐는 뻗대는 생각과 또 하나는 그래도 전일의 은인이라는 의리를 저버릴 수 없어서 모든 분을 참고 제대로 내버려둔 것이었다.

한 달 두 달이 일 년이 되고, 일 년이 이태 되니 분도 식어간 것이다. 이런 사정은 상훈이도 대강 짐작은 하고 있으나 더 캐어 알려고도 아니하였다. 아무쪼록 잊어버리기에 노력해왔고, 또 그 집에 대하여는 노영감도 세전 안 받고 빌린 셈 치고 내버려두었다. 그것은 노영감이 아직도 헤어진 줄 모르기 때문인지도 모르겠으나 이랬거나 저랬거나 아들의 명예를 위하여 휩싸주려는 것이다.


재회


덕기는 사흘 후에 경도로 떠났다. 조부는 점점 더 허리를 꼼짝 못하게 되어 척 늘어져 누워서 똥오줌을 받아내는 터이나 원체가 생병이라 먹을 것은 다 먹고 의사의 말도 한 일주일 있으면 기동하리라고 하니까 조부도 떠나라 하고 학교도 졸업 미처에 너무 빠질 수 없어서 떠나는 것이었다.

모친은 오늘도 오지 않았다. 그끄저께 덕기가 기별을 하여 문안 겸 왔을 때 시아버지께 어찌나 혼이 났던지 좁은 생각에 암상도 났고 분하고 무서워서 그전 같으면 날마다 앓는 시아버니 문안을 왔을 텐데 그제 어제 이틀은 덕희만 보내고 자기는 오지를 않았었다. 그렇기 때문에 오늘은 와보고 싶건마는 그러면 시아버니가 너는 앓는 애비는 보러 오지 않고 자식이 길 떠난다니까 온 거로구나 하고 또 야단을 만날까 보아 안 오고 만 것이다.

저번에 왔을 제 시아버니는 수원집보다 한길 더 뛰며 야단을 쳤었다.

시아비더러 얼른 죽으란 년은 쫓아버릴 것이로되 자식들의 낯을 보아서 십분 용서하지만 다시는 오지도 말라고 아들에게 예증[104]같이 하는 소리를 며느리에게도 하였었다. 그것은 외레두커녕 수원집이 구린 게 무어냐고 본 일이 있거든 본 대로 들은 것이 있으면 들은 대로 아뢰 바치라는 데는 진땀을 뺐었다.

그렇지 않다는 변명을 요만치라도 하려면 꼼짝 못하고 반듯이 누운 영감이 손짓 발짓—발짓이라느니보다도 어린애처럼 발버둥질을 쳐가며 소리를 고래같이 지르는 통에 한마디 핵변[105]도 못하고 돌아왔던 것이다.

104 평소에 늘 보이는 좋지 아니한 버릇.
105 사실에 근거하여 밝힘.

"너희 연놈들이 짜고서 나를 어서 죽으라고 기도를 하는고나? 그놈은 하느님한테 기도를 한다드니 너는 산천 기도를 드리니? 너 같은 년이 내 앞에 있다가는 약에 무엇을 타서 먹일지 모르겠다." 고 어린애처럼 뛰었다. 덕기 모친은 무엇보다도 이 말에 가슴이 선뜻하고 정이 떨어졌다. 아무리 젊은 첩에게 빠져서 그 말을 곧이듣고 그렇다 하더라도 그 이튿날만 되면 역시 웃어른이니 병문안을 갈 것이로되 참 정말 무슨 탓이나 무슨 모해나 만날까 보아 가기가 무섭기도 하였다. 안 할 말로 잠깐 다녀온 뒤에 누가 무슨 짓을 해놓고 자기에게 들씌울지 수원집을 못 믿느니만큼 무서웠다.

덕기는 이래저래 성이 가시고 또 펀둥펀둥 있어야 소용이 없어서 떠나는 것이다. 저녁때 화개동 집에를 가보니 모친은 할아버니께 억울한 꾸중만 듣고 한마디 변명도 못 한 것이 분하다고 울고 앉았고 사랑에서는 부친이 친구들과 앉았다가,

"응, 떠나니? 하여간 봄방학에는 나오렴."
하고 냉랭히 대꾸를 하다가 아들이 절을 하려는 것도,

"얘 그만둬라. 어서 가거라."
하고 절도 안 받으려 하였다.

너무 신식이 되어서 그런지 하여튼 덕기는 여기를 가나 저기를 가나 쓸쓸하고 순편치 않았다.

그러나 나오려니까 부친이 마루까지 쫓아 나와서,

"너 일전에 말하던 술집이라든가 카페라든가가 어디든?"
하고 방 안에 들리지 않게 묻는다.

"본정통 삼정목애요."

덕기가 다시 안으로 들어오려니까, 안식구들과 함께 배웅하러 뜰에 나와 기다리던 모친이 사랑문 밑에 섰다가,

"본정통 삼정목이란 무엇 말이냐?"

하고 곱게 묻는다. 덕기는 눈을 무심코 찌푸리며,

"안애요. 무슨 책사 말애요."

하고 얼른 둘러대었다.

"경애가 그 근처의 어느 술집에 있다지 않니?"

모친은 중문 밖까지 쫓아 나오며 인제야 생각난 일을 채쳐 물었으나 덕기는 창황 중에 무어라 대답할 수 없어서,

"모르겠에요."

하고 딱 잡아떼어 버렸다.

모친의 얼굴빛은 변하였다. 떠나는 아들이 섭섭한 것보다도 너까지 한통이 되어서 나만 돌려세우는구나 하는 야속한 생각이 앞을 섰던 것이다.

덕기가 간 뒤부터 눈발이 날리기 시작하였다. 화개동 사랑에서는 손들이 그저들 가지 않고 앉았다가 마장[106] 판을 벌이었다. 오늘은 금요일이라 여기 모인 사람들은 교회에 볼일들이 없는 판에 눈이 오기 시작하니까 한판 놀자는 생각들이다. 누구의 머리에나 끝장에는 청요리 접시라도 나오거나 늘 가는 '그 집'—숨은 술집에를 가게 되리라는 희망이 있는 것이다.

밖은 함박눈이 퍼부어서 삽시간에 하얗게 쌓이니 우중충하던 방 안이 도리어 환하여졌다.

___

106 마작.

교인들의 놀이라 그러한지 사랑문을 닫아걸어 버리고 조용히 들 앉아서 노름 모양으로 수군수군할 뿐이요 마장 짝 부딪는 소리만 자그럭댄다.

"내년에도 또 풍년 들겠군. 올해는 대체 눈도 퍽 온다."

"풍년이라도 들어야지. 조 선생 같으신 분은 머리를 내두르겠지만."

"요따위로 풍년만 들어서 무얼 한담."

마장과는 딴판으로 이런 수작들을 한다.

전등불이 들어오자 안에서 주인 밥상이 나왔다. 그러나 아무도 밥상을 거들떠보는 사람은 없었다.

어멈은 눈살을 찌푸렸다. 무엇인지는 모르겠으나 골패 짝 같은 것이 벌어지면 밥상은 오밤중까지 놓여 있고 청요리를 시키든지 하여 이 추운 날 얼른 들어앉을 수가 없기 때문이다. 그것도 풍성풍성히 사들여서 하다못해 청요리 찌끼라도 남는 것이 있으면 모르겠지만 여기 모이는 손님들은 삼대 주린 걸신들인지 접시를 핥아 내놓으니 조금도 반가울 것이 없다.

"진짓상을 다시 들여갔다가 잡술 때 내올까요?"

식을까 보아 이렇게 물으니까 주인나리는 그대로 두라 하고 자기끼리 수군수군하더니 아니나 다를까 청요리를 시켜 오라고 쪽지를 적어준다.

"사랑문을 꼭 닫아두고 누가 오든지 없다고 해라."

이 댁 나리는 하느님 앞에서는 누구나 형제자매지만 집에 들어오면 양반이라 해라를 하는 것이다. 그건 어쨌든 오늘은 문만 닫는 게 아니라 누가 오든지 따버리라 하는 것이 어멈에게도 처음 듣는 일이요 이상하였다.

빚쟁이가 오나? 아주 판을 차리고 밤들을 샐 생각인가?―어멈은 이렇게 생각하였으나 기실은 그 청요리 이름을 적은 쪽지에 배갈 한 근이 적히었기 때문이었다. 설경을 보아가며 한잔 먹자는 판인데 자기네 축 이외의 교회 사람이 찾아오거나 하면 여간 파흥으로 언론이 아니기 때문이다.

마장이 두 판째 끝날 때쯤 해서 청요리는 왔다. 어멈이 안에 있었기 때문에 사랑지기가 나가서 문을 열어주었다. 바깥은 깜깜히 어둡고 눈은 아까보다는 뜸하나 그래도 세차게 온다.

사랑사람이 안에다 대고 소리를 쳐서 어멈이 손반[107]을 들고 나와서 마루 끝에 놓고 청요리 접시를 꺼내놓는다. 방에서는 상 들어올 동안 얼른 끝을 내려고 급히 서두른다.

그러자 사랑문이 삐걱하며 눈을 밟는 소리가 서벅서벅 난다. 어멈이 돌려다 보니 검은 양복쟁이가 뒤에 우뚝 섰다. 깜짝 놀랐다.

"누구세요?"

"큰댁 서방님 오시지 않았소?"

"다녀가셨에요."

방 안에서 순사나 만난 노름꾼 모양으로 금시로 괴괴하여지더니 문이 열리며 눈살을 찌푸린 주인의 얼굴이 앉은 채 나타난다.

"저올시다!"

하며 양복쟁이는 모자를 벗고 굽실해 보였다.

"어어, 난 누구라고. 어서 올러오게."

---

107 '소반'의 오식으로 보임.

병화인 것을 알자 주인은 안심한 듯이, 안심뿐만 아니라 반가운 듯이 웃음을 띠며 일어섰다.

"아니올시다. 자제가 오늘 떠난다죠? 이리 왔다기에 쫓아왔는데요."

"응, 벌써 다녀갔는데…… 왜 저 집에 없던가?"

"지금 들렀더니 이리 왔다고 해요."

"하여간 추운데 어서 올러오게."

"안올시다. 가겠습니다."

하면서도 병화는 교인들 축이 숨어 노는 꼴이 보고 싶은 호기심도 났다.

"관계치 않아. 추운데 녹여 가야지."

하며 주인은 강권하였다. 속으로는 왜 문 간직을 잘못해서 이 사람이 들어오게 하였단 말이냐고 불쾌도 하였으나 음식도 벌어지고 술병도 놓이고 했는데 이 험구가를 그대로 쫓아버려서는 아니 되겠다고 한층 더 친절히 하는 것이었으나 또 하나 생각하는 점도 있는 것이다.

사실인즉 청인놈이 와서 섰는 틈이기에 들어온 것이지 그렇지 않으면 이 눈을 맞고 문전에서 그대로 뒤통수를 쳤을 것이다. 병화도 권하는 대로 성큼 올라섰다.

방 안 사람들은 새로운 침입자를 거들떠보지도 않고 하던 노름에 팔려 있으나 병화가 보기에는 그중의 한두 사람은 병화도 교회에 출입할 시절에 안면이 있던 사람이다.

음식상이 들어온 뒤에도 얼마 만에야 끝이 났다. 몇천 끗이니 몇백 끗이니 하고 떠들며 상을 둘러앉을 때 병화는 일어나려 하였으나 주인은 놓아 보내지 않았다.

정거장으로 나간대도 아직 시간이 멀었고 저녁 전일 것이니 같이 먹자고 하여 주인은 자기 몫을 병화에게 권하였다. 병화도 저녁을 굶고 다니는 것보다는 낫다 하고 넙적넙적 먹기 시작하였다. 술도 순배가 도는 대로 받아먹었다. 안주는 넉넉하지만 술이 적다고 한 병을 더 시켰다. 그들은 혀가 문드러지는 술을 갈급이 들린 듯이 쪽쪽 들이마시었다. 무엇에 쫓겨 가는 사람처럼 급급히 마시는 것이었다. 술의 풍미를 본다거나 눈 오는 밤에 운치로 먹는다느니보다는 어서 취하여버리겠다는 사람들 같았다. 그 점에는 병화도 일반이나 그 뜻이 달랐다.

"요새 새문 밖 어디 있다지?"

한참 동안 쭈루룩쭈루룩 쩌덕쩌덕 하고 부산히 먹기에 입을 벌리는 사람이 없다가 비로소 주인이 병화에게 말을 걸었다. 이 사람이 아들의 친구건마는 상훈이는 무관히 할뿐더러 얼마쯤 친숙하게도 생각하는 한편에 무서워도 하는 것이었다. 오늘만 하더라도 자기네의 이러한 비밀한 놀이를 하는 것을 여기저기 다니며 떠들어놓을까 보아 한층 더 관대를 하는 것이었다.

"그래 무어 버는 것도 없이, 지내는 게 용하이그려. 언젠가 일전에 어르신네는 잠깐 만나 뵈었지만…… 그러지 말고 댁으로 그만 들어가는 게 어떤가?"

상훈이도 술이 몇 잔 들어가더니 말수가 많아지며 타이른다. 병화는 좌중을 쓱 한 번 둘러보고 나서,

"여기서처럼 술도 먹고 밥 먹을 때 기도도 않고 하면 들어가도 좋죠만 집의 아버니는 아편 중독에도 삼 기가 넘으셨으니까요."

하고 픽 웃는다. 그네들은 종교를 아편이라고 부르는 버릇이었다.

병화의 말에 여러 사람은 무색하면서도 반항심이 부쩍 얼굴빛에 나타났다. 상훈이도 말이 꼭 막히고 말았다. 사실 그들은 집에서 처자와 밥상 받을 때에는 기도를 하나 지금 여기서는 기도할 것을 잊어버렸다. 청국 요리와 술에 대하여는 하느님이 기도를 면제하여준 것같이! 그러니만치 좌중은 병화를 요놈! 하고 흘겨보는 것이었다.

"실례입니다만 여러분께서도 언제나 이렇게 노시면 자유스럽고 유쾌하고 평화스럽고 사람 된 제대로 사는 맛을 보시겠지요? 시집가는 색시처럼 성적[108]을 하고 눈을 감고 활옷을 버티어 입고 앉았으면 괴로우시겠지요?"

한잔 김에 병화는 이렇게 또 역습을 하여보았다.

"사람이 파탈을 하는 것도 어떤 경우에는 좋을지 모르지만 무상시로 술이나 먹고 취생몽사로 흘게가 느즈러져서야 쓰겠나. 가다가는 긴장한 정신과 생활에 안식을 주려고 이렇게 노는 것도 무방은 하지만……."

상훈이가 반대도 아니요 변명도 아닌 어름어름하는 수작을 하였다.

"하필 술을 먹고 논다 해서 말씀이 아니라 기분으로나 양심으로 말씀입니다. 술이나 먹고 마장이나 하고 농세상으로 지내니까 자유스럽고 유쾌하고 평화스러우리라는 그런 타락한 인생관이 어디 있겠습니까마는 지금 말씀하신 그 긴장한 정신, 긴장한

108 혼인날 신부가 얼굴에 분을 바르고 연지를 찍는 일.

생활이란 것이 무엇을 위한 것이었던 것인가를 생각하실 필요가 있겠지요. 종교 생활보다도 더 긴장한 생활, 더 분투의 생활이 있는 것을 생각하셔야지요…….”

병화가 문학청년같이 도도한 열변을 꺼내놓으려니까 여러 사람은 나중 시킨 술이 왜 안 오나? 하는 생각들을 하며 눈살을 찌푸리고 앉았다. 그러자,

“술이 왔어, 술이 왔어.”

하고 청요릿집 배달이 닫은 문을 흔드는 바람에 방문들을 여닫고 또 한참 부산하였다. 병화는 좀 더 자기의 포부도 늘어놓고 좌중 사람에게 듣기 싫은 소리를 내놓고 싶었으나 이야기할 틈을 탈 수가 없었다.

음식이 끝나니까 상훈이는 병화를 재촉하듯이 하여 데리고 나와버렸다. 병화는 취하지 않았으나 상훈이 생각에는 취한 것 같아서 공연히 여러 사람들에게 쌩이질을 할까 보아서 얼른 배송을 내자는 것이었다.

“마장인가 하는 그따위 고등유민—유한계급의 소일거리 판을 차려놓고 어중이떠중이 모아들이시지 말고 그런 돈을 좀 유리하게 쓰시는 게 어때요?”

병화는 문간에 나오면서 또 이런 듣기 싫은 소리를 하였다.

그런 돈을 유리하게 쓰라는 말에 상훈이는 일전에 자기 부친더러 유리하게 돈을 쓰라고 하던 말을 생각하면서,

“누가 마장 판을 늘 차려놓고 모나코 왕국을 꾸미겠냐마는 올봄에 안동현 갔던 길에 싸니 한 벌 사라고 권하기에 사다가 두었던 것이지…….”

하며 변명을 하고 나서는,

"김 군도 주량이 상당하군! 어디 가서 좀 더 자실까?"

하고 묻는다.

"손님들을 두고 나오셔서…… 어서 들어가십쇼. 저는 정거장
에 좀 나가봐야 하겠습니다."

"벌써 떠났을걸."

"지금 곧 나가면 되겠습니다."

"지금이 몇 신 줄 알구 무턱대고 나간다는 것인가. 여덟시가
넘었네."

상훈이는 시계를 꺼내 보았다.

"그러지 말고 어디 좋은 데 있거든 가보세."

실상은 병화를 보내고 한잔 김에 경애가 있다는 바커스라던가
하는 데를 가보고 싶어서 손님들도 내버려두고 나선 것이었다.

"한 군데 가보실까요?"

병화도 정거장에는 틀렸으니 술이나 먹고 싶었다.

"어디?"

안국동 네거리에서 전차를 기다리며 상훈이는 물었다.

"저만 쫓아오셔요."

하고 전차에 상훈이부터 타게 하였다. 병화는 역시 바커스로 끌
고 가고 싶었다. 어쩐지 아이짱(경애)이라는 모던걸이 늘 마음
에 키었던 것이요, 더구나 일전에 덕기를 데리고 갔을 때도 이야
기를 하다가 다른 손님들이 들어오는 바람에 덕기에게 끌려오고
말아서 그 후 궁금도 하고 다시 만나서 이야기가 해보고 싶었다.
어쨌든 그 여자가 심상한 여자 같지 않아 보이는 것이 병화에게

는 호기심을 더 끌게 하는 것이었다.

　상훈이는 바커스로 끌고 가나 보다 하는 생각을 하며 한편으로는 마침 잘된 것 같기도 하고 또 한편으로는 이 사람 앞에서 경애가 함부로 굴까 보아 겁도 났다. 그보다도 병화가 덕기를 끌고 간 지 며칠 안 되어서 자기가 끌려가는 것이 실답지[109] 못하게 보일 것 같아서 경애에게 창피할 듯하나 또 어떻게 생각하면 아무러면 상관있겠니 하는 풀어진 생각도 드는 것이었다. 어쨌든 한번 가본다면 맹숭맹숭한 얼굴로 가기도 어렵고 또 이런 사람에게 끌려가면 경애가 보기에도 덕기에게 무슨 말을 듣고 일부러 찾아온 것이 아니라 젊은 애에게 술을 사달라고 졸려서 지나는 길에 끌려온 것같이 보일 것이니 도리어 이런 기회에 들여다보고 오는 것이 좋을 것 같기도 하였다. 또 생각하면 실상은 이 사람이 앞장을 서주기를 은근히 기다리고 같이 나왔던 것인지 자기도 자기 마음을 분명히 모른다. 어쨌든 상훈이가 오늘은 종일 들어앉아서 경애 생각을 하다가 밤이 되거든 한번 가보리라는 작정은 하였던 것이요, 또 지금 그 생각을 술김을 빌어서 실행하게 된 것이다.

　"어디로 갈 텐가?"

　상훈이는 전차에서 내려서 끌려가며 시치미 떼고 물었다. 병화가 무어라나 말을 들어보려는 것이다.

　병화도 일전에 이 사람의 아들이 줄줄 쫓아오면서 대관절 어디를 가느냐고 조바심하던 것을 생각하고는 혼자 웃으며,

---

109　미덥다.

"아무튼지 와보시기만 하십시오그려. 훌륭한 데지요. 경국지색傾國之色을 보여드릴 테니 그 대신에 하느님의 은총을 감사하실 게 아니라 제게 한턱이나 단단히 내십쇼."

하고 웃는다.

"이 늙은 사람에게 미인이 무슨 소용 있나. 허허……."

"아직 노인도 아니시지만 노인에게는 미인이 따르지 않아 걱정이지 신로심불로[110]란 말이 있지 않습니까? 하하하…… 하여간 중년 연애란 더 무서운 것이지요."

하고 병화는 비웃듯이 또 껄껄 웃는다. 상훈이는 중년 연애란 더 무서운 것이라는 말을 듣자 속으로 깜짝 놀랐다. 병화가 모든 것을 다 알고 자기를 무슨 욕이나 보이려 끌고 가는 것이 아닌가 하는 겁이 펄쩍 드는 것이었다. 그러나 지금 와서 안 간달 수도 없다.

덕기가 경애의 내력을 이야기하였을지 모른다. 그렇게 생각하면 자식이 미웠다. 또 비록 아비의 명예를 위하여 제 친구에게 발설을 아니하였더라도 이 사람이 다른 데서 듣지 말라는 법도 없다. 어쩌면 경애 자신과 한통이 되어가지고 덕기를 만나보게 하여주고 또 이번에는 자기를 끌고 가서 욕을 보이려거나 욕은 안 보이더라도 무슨 귀정[111]을 내려는 것일지도 모른다. 상훈이는 이런 생각을 하니 술이 금시로 깨고 관(푸주)에 들어가는 소같이 바커스에 들어가기가 싫었다. 그러나 저희들이 아무러면 나를 어쩌랴 하는 반감을 가지고 상훈이는 병화의 뒤를 따라 들어섰다.

---

110  身老心不老, '몸은 늙었으나 마음은 그렇지 않다'는 뜻.
111  그릇된 일이 바른 길로 돌아옴.

함박눈이 오고 푸근한 밤이라, 네 패쯤 앉을 테이블이 꽉 차고 방 안은 운기와 담배 연기로 자욱하였다.

상훈이의 노중에서 꺼내 쓴 노랑 알 안경에 김이 서려서 잠깐 동안은 아무것도 아니 보였다. 안경을 벗어서 집어넣으며 난로 앞으로 가려니까,

"실례의 짓 말아요."

하고 일본말로 소리를 치는 여자의 목소리가 들린다. 귀에 익은 목소리다. 건너다보니 오른편 쪽 들어간 구석에 경애가 틀어박혀서 있다. 술 취한 손님들이 좌우를 막고 앉아서 안 내보내려느니 경애는 나오겠다느니 하며 실랑이를 하는 거동이다.

경애는 병화를 건너다보고,

"어서 옵쇼……."

하고 눈웃음을 쳐 보이다가 상훈이의 늙직하고도 혈색 좋은 얼굴이 뒤미처 나타나자 놀란 눈이 말뚱하여지며 맥없이 섰다. 너무 의외인지라 저 사람이 여기 올 리가 왜 있나? 하며 자기 눈을 의심하였다. 그러나 두 사람의 표정 없는 눈이 마주치자 피차에 눈을 내리깔고 말았다.

나오려던 경애는 그대로 앉아버리고 말았다. 경애를 시달리던 손님들은 이편을 돌려다 보다가 경애가 앉는 것을 보고 "으아" 소리를 치며 환호들을 한다. 그러나 병화는 좀 불쾌하였다. 앉을 자리도 없지만 새로 온 사람을 어디 가 비집고 앉게 한다든지 자리가 없으니 가란다든지 어쨌든 나와서 알선을 해주는 것이 아니라 나오려다가 말고 그대로 앉아버린다는 것은 괘씸하였다.

"쥔 없소?"

하고 병화는 불끈하며 손뼉을 쳤다. 주부가 등 뒤에 섰던 것처럼,

"녜에……."

하고 쏙 나왔다. 손에는 종이로 만든 접시에 거스른 돈을 담아 들었다. 바로 옆에 앉았는 손들은 돈을 집어 들고 일어섰다.

병화와 상훈이는 그 뒤를 물려서 앉았다. 공교롭게도 병화가 경애와 등을 지고 상좌로 앉고 상훈이가 마주 앉게 되었다. 병화는 앉다가 다시 생각하고 바꾸어 앉자고 하였으나 상훈이는 그대로 앉아버렸다.

경애는 여전히 눈도 거들떠보지 않고 일본 손님들과 마구 터놓고 기롱[112]을 하고 있다. 일부러 이편에서 보라는 듯이 유쾌히 깔깔대며 웃는다. '긴샤'인지 홀가분한 일복을 입고 금테 안경을 쓴 양이 생각하였더니보다는 조촐해 보이었다. 그러나 아까 들어올 제 "이랏샤이 마시(어서 옵시요)" 하고 인사를 하는 어조라든지 지금 손님하고 노는 양을 보니 조선집으로 말하면 갈보요 일본집으로 하면 작부나 하등 카페의 여급이라는 것이 틀에 박힌 것 같았다. 상훈이는 저절로 눈살이 찌프러지고 어금니에 무에 끼인 것같이 뻐근하였다.

"그것만 한숨에 켜면 내 상급을 주지."

경애의 옆에 앉았는 손은 고쁘 술을 먹이지 못해서 애를 쓴다.

"응? 얼마 낼 테야?"

손은 지갑을 꺼내서 십 원짜리를 빼내어 테이블 위에 놓는다.

"그럼 먹지!"

112 기롱, 실없는 말로 시시덕거리는 짓.

껄껄껄 웃는 소리가 한소끔 왁자히 나다가 잠잠하여진다.

상훈이가 힐끔 돌려다 보니 경애는 유리 고쁘를 입에다 대고 턱을 차차차차 쳐들어 간다. 고쁘의 노랑 물은 반이나 기울어져 들어간다. 병화도 돌려다 보다가 눈살을 찌푸리며 상훈이에게 눈을 준다. 상훈이는 얼굴이 검어지며 고개를 떨어뜨리고 앉았다.

한 고쁘가 그뜩한 것은 아니나 한숨에 쭉 마시고 나니까 옹위를 하고 앉았던 일본 손들은,

"용하다 용하다!"

하고 또 한 번 환성이 일어났다. 경애는 얼굴이 발개지며 생글생글 웃기만 하고 맥이 빠진 듯이 앉았다가 안주로 담배를 붙인다.

"아이상 그런 화풀이 술을 먹으면 안 되어요."

이편에서 병화가 일본말로 소리를 쳤으나 경애는 못 들은 척하고 한눈을 팔고 있다. 병화는 머쓱해서 바로 앉으며 술잔을 들다가,

"어서 잡숫지요."

하고 상훈이에게 말을 걸었으나 상훈이는 손에 든 담뱃불만 들여다보고 무슨 생각에 팔려 있다.

화풀이 술을 먹지 말라는 병화의 말이 상훈이에게는 또 무심코 들리지 않았다. 암만해도 자기네들의 내용을 알고 비꼬는 것 같았다. 그는 고사하고 대관절 경애가 왜 저렇게 술을 먹는 것인가? 나 때문에 그야말로 화풀이 술을 먹는 것이리라…….

'그렇지 않으면 돈 십 원에……?'

하는 생각을 하니 상훈이는 앞이 캄캄한 것 같았다.

그러나 정말 화풀이 술이라면 고마웠다. 너는 너요 나는 나라

는 길에 지나가는 사람같이 생각하면야 저럴 리가 없을 것이라고 상훈이는 도리어 고마운 생각이 드는 것이다. 그러나 다만 한 가지 미심쩍은 것은 병화와 둘의 사이가 퍽 가까운 모양인 것이다. 말을 걸어도 못 들은 척하는 것은 자기 때문일 것이다—고 생각하였다.

"사람을 이렇게 깔보기야? 아무러면 돈 십 원에 팔려서 먹기 싫은 술을 먹었을라구!"

별안간 경애의 째진 목소리가 방 안에 퍼진다. 모든 사람의 시선이 그리로 쏠리었다. 만지면 베어질 것 같은 십 원짜리 지폐가 경애의 손에서 후르르 날아가 땅바닥에 떨어진다.

"그럼 백 원?"

하고 옆의 청년이 웃는다.

"흐응! 백 원이면 십 원의 열 곱인가! 하하하……."

경애는 옆의 남자를 멸시하는 눈으로 바라보며 웃고 나서,

"이건 누구를 큰길가에서 재주 피는 청인으로 알았는가 뵈, 하하하…… 백 원이면 끔찍한 돈이겠지만 어서 집어넣어 두었다가 마누라 '고시마끼(속곳)'라도 사다 주시죠! 뽀오나쓰(상여금) 푼이나 타서 돈 십 원 남았다고 이렇게 쓰다가는 자볼기[113] 맞으시리다!"

하고 또 커다랗게 웃으며 발딱 일어선다.

"하하…… 걸작傑作, 걸작!"

하고 좌중은 손뼉을 치며 떠든다. 돈 내놓은 청년은 도리어 무색해서 설익은 웃음을 띠고 앉았다가 취중에 무슨 모욕이나 당하

---

113 자막대기로 때리는 볼기.

였다는 생각이 들었든지 별안간 얼굴을 붉히며,

"사람을 업신여겨두 분수가 있지! 약속을 한 것이니까 약속대로 돈을 주는 게 아니냐? 나두 신사다! 돈 십 원쯤에 네 따위에게 그런 말 듣겠니?"

하고 소리를 버럭버럭 지르나 원체가 이 여자의 환심을 사느라고 한 노릇이라 딴 손님들 보는 데 창피할 것 같아서 허풍을 치는 눈치다.

"굉장한 호기로군! 준다는 돈 싫다는데 호령야? 이 양반은 도둑놈에게 절하고 다닐 양반이로군! 지금 세상에 좀 보기 드문 여덟 달 반 치로군!"

하며 빠져나오다 말고 선 채 깔깔 웃는다. 여러 사람들은 또 손뼉을 치며,

"히여 히여!"

하고 웃는다.

"어디 얼마나 가지고 그러는지 있는 대로 밑천을 다 털어놓아 보슈. 그 돈 가지고 한턱 잘 먹읍시다그려! 여러분 내 한턱 쏠게요!"

경애는 또 찔고 까부는 수작으로 농쳐버린다.

"옳지 됐다! 됐어! 그래도 우리 아이상이 달라! 아이상 만세!—아이코상 예찬禮讚!"

하고들 떠들었다. 숭배하는 미인의 솜씨 있이 돌려대는 말솜씨에 외국 청년들은 아주 녹았다. 그 바람에 기껏 노해 보이던 친구도 껄껄 웃고 마는 수밖에 없었다.

"자아 이렇게 된 바짜에야 우리 대장—우리 여왕 모시구 자리를 안 뜰 수 없네. 자네 그 백 원 이리 내게. 아이상 갑시다요."

한 청년이 서둘러댄다. 경애는 생글생글 웃고만 섰다.

"그렇구말구 아이상의 그 지개志槪에 대하여 경의를 표하는 의미로도 가야 하네! 자아, 돈은 자네들이 쓰구 생색은 내가 냅세."

또 한 청년은 이런 소리를 하고 경애의 겨드랑이를 낀다.

"자아, 그럼 가자구!"

하고 경애는 청년의 팔을 뿌리치고 안으로 쪼르르 들어간다. 병화의 상 앞을 지나다가,

"미안합니다. 많이 잡숫고 가세요."

하고 지나는 인사 한마디만 내던져주었다.

상훈이는 점점 더 모욕을 당한 것 같아서 술을 입에 댈 맛도 없었다.

경애는 후딱 양장을 차리고 나왔다. 푸근한 털외투에 검정 모자를 삐딱이 쓴 모양이라든지 주기가 오른 불그레한 얼굴이 아까와는 또 다른 교태가 남자들의 눈을 현황하게 하였다.

"자아, 어서 나오슈."

하고 경애는 재촉을 한다.

"그럼, 일찍이 들어와요. 술 먹지 말고…… 요새는 왜 이렇게 난봉이 났누."

주부는 이런 소리를 하였으나 못 나가게 말리지는 않았다. 주인으로서 말리지 못하는 것을 보니 경애가 이 집에 꽉 매인 고용꾼이 아닌 것은 상훈이도 짐작할 수 있었다.

사오 인의 주정꾼이를 몰고 나가는 경애의 뒷모양을 상훈이와 병화는 멀거니 바라보고만 앉았을 수밖에 별수가 없었다. 닭 쫓던 개의 상판이었다.

그 한 패가 나가니까 한구석이 텅 빈 듯이 별안간 쓸쓸하여졌다.

"그 누구들이요?"

병화가 주인을 보고 물었다.

"여기 다니시는 은행 축들예요. 재미있는 젊은이들이죠."

"퍽 친한가 보군요?"

"아뇨. 공연히 오늘은 해망[114]이 나서 그러지요. 인제 곧 오겠지요."

"곧 오거나 말거나……."

병화는 이런 소리를 하면서도 모처럼 왔다가 무시를 당하는 것이 분하기도 하고 섭섭하기도 하였다.

"일 보는 사람을 손님들이 마구 끌고 나다녀도 가만 내버려두우? 카페 같은 데서는 그렇게 못하지?"

상훈이의 말은 경관의 시비 비슷하게 들렸다.

주부는 말똥히 이 처음 보는 남자를 쳐다보다가,

"아무러면 어떻습니까? 그 사람은 내가 부리는 사람도 아니요, 내 친구예요."

하고 좀 아니꼽다는 기색이면서도 휘갑[115]을 친다.

아무려나 더 앉았기는 싫었다. 욕보러 애를 써 온 것 같아서 다만 분하였다. 두 사람은 선듯 일어섰다.

"왜 그러세요? 미인이 없어서 그러십니까?"

하고 주부가 놀리듯이 웃는 것도 못마땅하였다.

두 사람은 그 옆 카페로 가서 술을 또 먹었다. 상훈이는 이번 이야말로 화풀이 술을 기껏 먹으려고 판을 차린다. 자식의 친구

114  행동이 해괴하고 요망스러움.
115  더 이상 말하지 못하도록 함.

인 병화가 있거나 말거나 체면 없이 계집애들을 주물러 터뜨릴 듯이 떠듬거리는 일본말을 반씩 반씩 해가며 갖은 추태를 부리는 양을 보고 병화도 어이가 없었다.

이 사람이 이러다가도 내일이면 교당에 가서 '아아멘'을 부르려니 하는 생각을 하면 미운증이 지나쳐서 흠씬 놀려주고 싶었으나 그래도 친구의 부친이라 웃고만 앉았을 수밖에 없었다.

열한시나 넘어서 카페에서 겨우 떨어져 나왔다. 그러나 이때까지는 이것저것 다 잊어버렸다던 것 같던 사람이 거리로 나오니까 또 바커스로 가자고 발론을 한다.

"여보게, 우리 다시 한 번 가세. 고 계집애에게 그런 푸대접을 받고 자네 낯이 깎이지 않나."

상훈이는 다소 혀 꼬부라진 소리를 하나 그래도 꿋꿋하였다.

"가시죠. 내 체면이 깎인다는 것보다도 그 계집애 손이라도 한 번 못 만져보시고는 댁에 가서 잠이 아니 오시겠지요?"
하고 병화는 놀리면서 바커스로 끌고 들어갔다.

"그까짓 년, 세상에 계집이 그밖에 없겠나마는 그 애가 조선년이라지?"

"그래요. 하지만 자제하고 매우 친한 모양인데 선생께선 마구 못 하십니다."

병화는 무어라나 들어보려고 장난으로 이런 소리를 해보았다.

"무어? 어째?"

상훈이는 코웃음을 치며 시치미를 떼었다.

"왜 실망을 하셨습니까?"

병화는 또 냉소를 한다.

"실망은 내가 왜 실망을 해? 나는 지금 자네와 결혼이라도 시켜주려는 판인데……."

상훈이는 이런 분수에 닿지 않는 실없는 소리를 하면서도 경애가 없어 흥이 빠져 한다.

주부는 술을 내오고 나서, 어느덧 자정이 가까워오니까 문을 걸어버린다.

"그런 여자가 저 같은 빈털터리에게 눈이나 거들떠보겠습니까?"

병화는 상훈이의 농담이 결코 듣기 싫은 것도 아니었다.

"아까 못 보았나? 돈 십 원이고 백 원이고 그까짓 돈 보고 하기 싫은 일 하겠느냐고 뽐내던 말을 들으면 퍽 돈에는 더럽지 않은 위인인 모양이니 안심하게."

"글쎄 그럴까요? 그럼 부디 잘 주선만 해주십쇼, 하하하……."
하고 마주 웃어버렸다.

"사막에 해가 떨어지고 밤이 될 때…… 임이시여……."

자정이 넘으니까 이 좁은 거리의 발자취도 드물어지고 점점 가까워지는 유행 창가 소리가 유난히 요란스럽게 들려온다. 그중에서도 째진 여자의 목소리가 도드라지게 들리자 병화와 상훈이의 둘이만 앉았는 옆에서 주정받이를 하고 있던 주부는 눈살을 찌푸리며,

"주정뱅이들이 또 몰려오는군! 하지만 길거리에서 저게 무슨 짓들이야."
하고 주부는 닫은 문을 열려고 마주 나간다. 벌써 가게는 들이고 이 두 손님도 보내려고 애를 쓰고 있는 판이라, 주정꾼들이 문 밑에 와서 소리를 딱 그치며 문을 통통통 두드리며 하도 법석을 하

니까, 주부는 문을 열었으나,

"가게는 들였어요. 내일들 또 오세요."

하고 문을 가로막으며 대지르고 들어오겠다는 손들을 내미는 모양이다.

경애는 거기에는 아랑곳도 안 하고 여전히 '아라비아 노래'인가 하는 것을 콧노래 삼아 하면서 주부가 길을 터주는 데로 들어오다가 환한 불 밑에 두 남자가 고주가 되어서 청승맞게 마주 앉았는 것을 보자 경애는 웬일인지 눈물이 핑 돌았으나 취중에도 그것을 감추려고 소리를 한층 더 높여서 하던 노래를 계속하며 테이블 사이로 댄스를 하고 한 바퀴 돌더니 병화에게로 와락 달려들어서 무심히 앉았는 사람의 팔을 홱 낚아 잡아 일으키니 부엌방석 같은 남자의 머리가 어느덧 여자의 가슴에 싸였다. 경애는 유착한 남자의 몸을 질질 끌면서 여전히 춤을 추며 테이블 새로 돈다.

"정신 좀 차려요. 두부로 비져 만든 사내도 다아 보겠다! '곤냐꾸(족편 같은 일본 음식)'처럼 왜 이 모양이야?"

하고 경애는 눈물을 감추고 병화의 대강이를 장갑 낀 조그만 주먹으로 쥐어박고 나서 깔깔 웃다가 또 다른 소리를 같은 곡조로 꺼내며 맴을 돈다.─

"……이운 달이 또 여즈러졌으니[116] 해 뜨면 못 볼까 봐 동틀 머리까지 지키고 앉았나? 해 뜨면 못 볼 게니 눈이 시도록 보아라…… 턱을 괴고 앉았는 꼴 기구망측지상[117]이로구나…… 하하

─────────────

116 '이지러지다'의 방언.
117 岐嶇罔測之上, 운수가 사납기 짝이 없는 상황.

하…… 하하하…….”

무당 넋두리하듯 입에서 나오는 대로 노래를 만들어보다가 경애는 커다랗게 웃으며 남자를 탁 떠밀고 오뚝 서다가 취한 사람이 나가자빠지려는 것을 보자 얼른 가서 다시 얼싸안으며,

“에구 가엾어라. 우리 큰둥이를 누가 그랬단 말이냐?”
하고 어미가 자식 어루만지듯이 등을 두드리다가 입을 쭉쭉 맞춘다.

상훈이는 일거일동을 바라만 보고 있다가 무심코 실소를 하며 외면을 하였다.

그러자 밖에서 이때껏 실랑이를 하고 있던 주정뱅이가 주부가 안으로 잠그고 두 손으로 버티고 섰는 것을 떼어밀고 쏟아져 들어왔대야 두 사람밖에 아니 되었다. 그중 한 사람은 아까 십 원짜리를 내놓던 청년이다. 두 일본 청년은 한가운데 들어와서 딱 버티고 두 남녀가 끼고 섰는 것을 보자 눈에 쌍심지가 뻗히면서,

“흥…… 잘들 노는구나! 그래서 우리를 따돌려 세려는 거로구나! 인제 알았더니 또 한 가지 영업하는 게 있구나!(밀매음을 시킨다는 말이다) 훌륭한 음식점 취체 위반이다! 어디 해보자…….”
하고 두 청년은 겨끔내기[118]로 떠들어댄다. 경애는 그래도 못 들은 척하고 공중 매달려 다니는 병화를 끼고 좁은 속에서 밀고 나갔다, 끌고 뒷걸음질을 쳤다 하며 춤추는 형용을 하다가 고개를 홱 돌리더니,

118 번갈아.

"시끄럽게 왜들 이래? 찰거머리처럼 무얼 먹겠다고 쫓아다니는 거야? 어서 그만 가 자요?"

하고 몰풍스럽게 소리를 친다.

"무어 어째? 그래두 못 떨어지겠어?"

"무슨 상관 아랑곳야? 남이 어쩌든지 이건 제 계집이나 가지고 윽살리듯 하네! 어서 집에 가봐요…… 마누라가 어떤 놈하고 이렇게 끼고 맴을 돌지 모를 게니! 그때 할 소리를 미리 여기서 연습을 해보는 게로군! 좀 또 보여줄까?"

하고 경애는 또다시 병화에게 입을 맞추는 형용을 한다. 형용만을 하는 것이 아니라 참 정말 맞춘다. 병화는 싫다고도 할 수 없고 좋아서 헤에 할 수도 없으나 좋지 않을 것도 없다.

"누구를 놀리는 거냐? 더러운 것들! 파출소에 고발할 테다."

술이 취한 젊은 애들이 몇 달을 두고 다니다가 결국에 이런 꼴을 보는 것도 분한데 골을 올려주니 눈에 불이 나는 것이다. 더구나 이때까지 세네 시간을 같이 놀면서 수십 원 돈을 쓰고도 손 한번 만져보지 못하던 '여왕'이 다른 조선 남자에게 키스를 하다니 해괴한 일이다.


봉욕

주부는 청년들의 말에 노하면서도 취한 사람으로 돌리고 뜯어말려 돌려보내려고만 하였다. 그러나 병화는 그렇지 못하였다. 눈찌가 곤두서며 쇠한다.

"더러운 것들이라? 고발을 한다? 더러운 걸 무얼 봤니? 마뜩치 않은 놈들! 너희들은 뭐냐? 경찰의 개냐?"

경애를 떼어놓고 몹시 노려보던 병화는 단번에 달려들려 하였다. 저편도 물론 그대로 있지는 않았다. 그러나 경애는 병화를 마주 얼싸안아 버리고 주부는 두 청년을 두 활개를 벌리고 가로막았다. 상훈이는 그대로 앉아서 물계만 본다. 술이 금방 번쩍 깨는 것 같았다.

그러나 두 계집의 힘으로 술 취한 세 장정을 막아낼 장비가 없었다. 담배 재떨이가 병화의 뺨 옆으로 날으며 맞은 벽에 우지끈 딱 하고 악살[119]이 되는 것을 군호로 하고 세 사람은 맞달라붙었다. 어느덧 한 놈은 벌써 나둥그러졌다. 상훈이도 일어서려니까 나둥그러진 자가 일어나서 상훈이에게 달려든다. 이번에는 병화와 맞붙은 자와 상훈이가 나둥그러졌다. 이것을 보자 병화는 둘째 번 넘어진 자를 서너 번 발길로 쥐어박고서 상훈이에게 응원을 갔다. 멱살을 낚아가지고 일깃거리는[120] 테이블과 교의에 허리를 걸치어서 메다치니 우지끈하고 부서지는 위에 널치[121]가 되어 쓰러진다.

"잘한다! 잘한다!"

하고 경애는 마치 씨름판이나 투우장에 와서 구경하듯이 바라만 보고, 주부는 아직도 불기가 있는 난로에 와서 쓰러질까 보아 가로막고만 섰는 것이다.

---

119 박살.
120 일긋거리다. 물건의 사개(네 귀퉁이)가 잘 맞지 않고 느슨해 자꾸 일그러지다.
121 '넙치'의 방언.

상훈이는 단박에 고꾸라져서 외투는 흙투성이가 되고 오른손 엄지손가락을 깨물렸는지 짓찧었는지 피가 줄줄 흐르는 것을 추켜들고 씨끈거리며 앉았으나 경애는 못 본 척할 뿐이다.

밖에서는 길 가던 사람이 우중우중 모여 서서 두런두런하는 모양이나 아무도 문을 열고 들어오지는 못하였다.

두 청년은 일어서서 인제는 덤비지는 못하고 욕지거리만 하였으나 또 달려들 거동이라 주부가 발발 떨며 두 청년을 흙을 털어주고 어서 가라고 달래이나 장본인인 경애는 샐샐 웃고만 서서,

"왜들 그래? 젊은 사람들이 술들을 먹거든 곱게 새겨야지! 그러나 애들 썼네! 우선 한숨들 돌리게."

하고 외투 주머니에서 해태표를 꺼내서 일일이 권하러 돌아다녔으나 두 청년은 손으로 탁 쳐버리고 상훈이는 권하지도 않으니까 차례에 못 가고 병화만 하나를 받아서 붙여주는 불에 붙이었다. 경애도 피워 물었다.

"눈이 쌓이고 이 좋은 날 이 속에서 싸우다니…… 훈련원 벌판, 아니, 경성운동장으로 가서 최후의 결승을 하거나 장충단 솔밭에 가서 결투를 해버리는 게 옳을 일이지."

하고 경애는 또 골을 올린다.

"가자, 너 같은 놈은 버릇을 가르쳐야지."

한 청년이 숨을 돌려가지고 병화에게 달려들었다.

"어디든지 가자! 하지만 어디냐?"

"비릿비릿하게 경찰서에 갈 거 무어 있니. 대문 밖에라도 나가서 요정을 내자."

"그거 좋은 말이다."

하고 병화가 이번에는 찢어진 외투를 벗어부치려니까 문간에서 동동 두들기는 소리가 난다. 호기스럽게 호령하듯 문 열라는 소리가 순사다. 주부는 구세주나 만난 듯이 얼핏 가서 열었다. 순사는 왜들 떠드느냐고 호령을 하며 들어와서 휘이 둘러보다가 병화를 유심히 노려본다. 순행 순사의 출현을 두 청년도 반가워하였다. 일본 순사이기 때문이다. 잔뜩 긴장하였던 마음이 풀리니까 다시 취해들 올라왔다. 순사 보기에는 모두 주정뱅이 같아서 대강 이야기를 듣고 모두 파출소로 가자고 한다. 주부와 경애도 가자고 하였으나, 경애만 나섰다. 주부는 집이 빈다고 사정을 하며 의자이며 기명[122] 깨어진 것은 값을 안 받아도 좋으니 어서들 끌고 가서 무사 보내달라고만 부탁하였다.

상훈이도 하는 수 없이 따라나서면서도 누구나 만나지 않을까 그것이 염려이었다.

구경꾼은 쫙 헤어졌다가 하나둘씩 모여서 줄줄 쫓아온다. 순사도 인제는 제지도 아니하고 가만 내버려둔다. 좌우 양쪽의 상점 문은 다 들이고 낮같이 밝은 전등불이 눈 위에 반사되어 끌려가는 사람들의 얼굴들이 한층 더 분명히 보인다. 상훈이는 이 밤중에 설마 아는 사람, 그중에도 교회 사람을 만나랴 싶었으나 그래도 애가 씌어서 멀리서 사람 그림자만 나타나도 겁을 벌벌 내었다. 외투깃을 올리고 노랑 안경을 다시 꺼내 썼다.

파출소에 들어가서는 데리고 간 순사가 한층 더 뽐내며 두 일본 청년의 말부터 들은 뒤에 병화와 상훈이의 말은 들으려고도

122 그릇.

않고 으르딱딱거렸다. 옆의 순사는 경애를 보자,

"애는 바커스 계집애가 아닌가?"

하고 반색을 하는 듯이 웃다가,

"우와끼(난봉)를 작작 하지!"

하고 놀린다.

이런 데 와서 대접받으랴마는 생전 처음 당하는 일이라 경애는 분해 못 견디었다. 자기가 조선 사람이고 가외 술집에 있기 때문에 이런 하대를 받고 놀림감이 되는구나 하는 생각이 가슴을 찔렀다. 하나 무어라고 대거리 한마디 할 수 없었다.

데리고 온 순사가 동료에게 설명을 한다. 그중에도,

"고이쓰또 키쓰오! 고이쓰또 키쓰오!"

라는 말이 여러 번 나왔다. 이놈과 입을 맞추었다는 말이다.

"홍, 이왕이면 돈 무게가 나가는 남자하고 키스를 하든 무얼 하든 할 일이지?"

하고 젊은 순사가 병화의 구지레한 꼴을 바라보다가 경애를 놀린다.

"오지랖 넓은 일이외다. 순사 나리란 도적놈에게만 필요한 줄 알았더니 꽤 바쁘신 모양이로군! 키스 도적놈을 잡은 것도 아닐 텐데!"

경애도 취중이요 분한 김이라 대거리로 한 번 씹었다.

"잔소리 마라! 건방진 년! 예가 어딘 줄 알고 주둥아리를 함부로 놀리는 거냐!"

데리고 온 순사가 불호령을 한다.

"아직 술이 덜 깨었군! 본서로 데리구 가서 재워야 하겠는

걸……."

섣부른 소리를 했다가 핀잔맞은 순사도 발끈하였다. 그래도 미인의 취담이라 재롱으로 보았던지 손을 대지는 않았다.

싸움한 경위를 대강 취조를 하고 나서도 일본 청년은 주소 성명만 적고 돌려보냈다. 그러나 세 사람은 모른 척하고 한참 세워 두더니 본서로 전화를 건다. 말눈치가 저편에서는 그대로 놓아보내라 하는 모양인데 이편에서,

"암만해도 너무 반항을 해서……."
하고 어쩌고 한다.

전화를 끊더니 아까 실없는 소리를 하던 순사더러 본서로 데리고 가라고 분부를 한다.

"누가 무슨 반항을 했단 말이요? 아까 그놈들하고 함께 가기 전에는 안 갈 테요."

병화는 눈에 쌍심지가 솟았다. 경관에게 육장 부대끼는 병화는 이런 데쯤에 비쓸비쓸할 사람은 아니었다.

"나두 우리 집으로 갈 테얘요."
하고 경애가 파출소에서 돌쳐서 나오려니까 순사는 허겁을 해서 목덜미를 휘어잡았다.

경애는 삐끗하고 하마터면 넘어질 뻔한 것을 겨우 가누고 다시 붙들려 섰다. 줄기차게 지키고 섰던 구경꾼들 속에서는 킥킥 웃는 소리가 났다.

데리고 갈 순사는 부리나케 칼을 저그럭거리며 차고 모자를 떼어 쓰며 나선다. 경애는 그래도 발악을 하고 병화도 발을 구르며 떠들어대었으나 무슨 소리인지 순사들의 호령 소리와 맞장구

를 쳐서 잘 들리지 않는다. 그러는 동안에도 상훈이는 반씩 반씩 어우르는 일본말로 애걸을 하고 섰다. 그러나 경애에게 감정이 잔뜩 난 순사들은 마음을 돌리려고는 아니한다. 그렇다고 세 사람을 포승으로 묶어가지고 갈 수도 없고 지랄들을 치는 것을 눈길에 끌고 나서기도 싫은 모양이다.

병화는 뺨을 두어 번 얻어맞았으나 얻어맞으면 더 날뛴다. 애초부터 엄포로 가자고 한 것이었던지 본서로 가는 것은 흐지부지하고 병화의 정강이를 구둣발길로 걷어차서 마루에 주저앉게 하니 그제서야 좀 조용해졌다.

상훈이가 그 틈을 타서 또 애걸을 하니까 그제서야 주소 성명 직업을 적으라 하고 상훈이만은 나가라 한다. 직업에 학교 교원이라고 쓰니까 어느 학교냐고 묻더니 장황한 설유가 나왔다.

"밋숀 스쿨이 아닌가! 교원이요 게다가 크리스찬으로서 그만한 지각이 들었을 사람이 젊은 사람을 데리고 다니면서 술을 먹고 우리들을 성이 가시게 하고 다니다니 창피한 줄 알겠지?"

개 꾸짖듯 꾸짖는 것도 고개를 굽실거리며 듣는 수밖에 없었다.

상훈이는 혼자 갈 수 없었다. 그러나 상훈이 말로 내놓을 리도 없다. 순사는 병화를 구류간 속인지 뒷간 속인지 저 구석으로 끌어다 넣어버렸다. 경애에게는,

"넌 여기 있거라. 한데 두면 또 키스를 할라!"

하고, 숙직실인 다다미방에다가 데려다 두었다. 경애는 그래도 미인이라 우대를 하는 것이다. 저희들 자는 방에다가 넣어두는 것도 우스운 일이나 어쨌든 어한도 되고 구경꾼 보는 데 섰는 것보다 좋았다.

상훈이가 하는 수 없이 혼자 바커스로 향하여 가려니까 구경꾼도 흩어졌다.

"선생님……."

몇 칸통쯤 떨어져 가려니까 뒤에서 누가 부른다. 돌려다 보니 중산모 쓰고 양복 입은 청년이다. 목도리를 칭칭 감아서 그런지 누구인지 알 수 없으나 상훈이는 등에 식은땀이 쭉 배었다.

"지금 어딜 가십니까?"

하고 모자도 벗지 않고 인사를 하며 목도리 속에서 턱을 빼낸다. 그러나 역시 상훈이는 알아볼 수 없다. 청년은 짓궂은 웃음을 띠며,

"저 몰라보십니까? 덕기하고 한 회에 졸업한 ×××올시다."

하고 제 이름을 댄다.

"어—."

하고 대꾸를 하여주었으나 결코 반갑지 않은 손이었다. 입에서는 술 냄새가 후르르 끼친다.

"파출소의 그 여자도 같은 옛날 동창생인데요. 왜 그랬에요?"

"응, 젊은 애들이 술이 취해서 싸움을 하는 것을 말리려고 하다가……."

상훈이는 어름어름하고 어서 빠져 달아나려 하였다. 그러나 짓궂이 쫓아오며 잔소리를 꺼내놓다가 추우니 어디 가서 술을 먹자고 조른다.

"선생님은 저를 잘 모르셔도 저는 길러내 주신 은혜를 잊지 않습니다. 제 정성을 그렇게 막으시면 안 됩니다."

실없이 주정처럼 하는 소리가 비웃는 것같이 들렸다. 상훈이는 화를 참으며 달래어 보내고 나니 마침 바커스의 주부와 마주

첬다. 주부는 기다리다 못해서 문을 잠그고 파출소로 가는 길이었다. 잘되었다 하고 둘이 또다시 파출소로 갔다.

파출소에 가서도 거진 한 시간이나 애걸복걸을 하여 두 사람을 데려 내왔다.

그들이 그렇게까지 승강이를 한 것은 그 영업을 벌이고도 어느 기회에 한잔 안 낸 것과 언제인가 조사를 갔을 때 경애가 나와서 보통 카페 계집애처럼 친절히 아양을 부리지 않은 것들이 감정을 사게 된 때문이었다.

이튿날 상훈이는 자리 속에 누워서 일어날 기운이 없었다. 마장꾼들이 새벽 세시에 들어오는 주인을 기다리고 그대로들 있어서 함께 자버렸지만 그야말로 노름꾼들처럼 늦은 아침에 일어나서 어제 어디 갔더냐고 묻는 데에 변변히 대답도 못 하였다. 생각할수록 자기 낯이 뜨거웠다. 봉욕 봉욕 하여야 그렇게도 가지가지로 욕을 톡톡히 보기는 좀처럼 어려울 것 같았다. 경애에게 기구망측지상이라고 놀림을 받았다든지 파출소에 불려 가서 설유를 당한 것은 위레두커녕 경애가 병화와 입을 맞추고 그 법석을 한 것과 나중 판에 예전 소학교 졸업생이라는 아이를 만난 것이 생각할수록 분하고 께름하였다. 병화의 춤에 논 것이지만 어쨌든 그대로 내버려둘 수는 없었다. 오늘이 토요일이라 저녁에 예배당에 갔다가 오는 길에 또다시 경애를 한번 찾아서 보리라는 궁리를 하였다. 그러나 그는 고사하고 어젯밤에 만난 그놈이 술을 먹고 다니는 것을 보면 교회에는 아니 다니는 것 같으나 그래도 저희들 축에서 소문이 돌아서 교회 속에까지 말이 들어갈까 보아 그것이 또 염려가 되기는 하였다.

새 번민

부친은 간밤부터 감기가 더쳤다. 큰집에서 하인이 다녀간 뒤
에 상훈이가 갔을 때에는 의사도 와서 앉았었다.

암만해도 폐렴이 되기가 쉽겠으니 요새 며칠 특별히 주의하라
하고 가버렸다.

상훈이는 그래도 한약을 쓰는 것이 좋겠다고 생각하였으나 자
기가 발론을 하면 부친이 안 들을 것 같아서 나와서 지 주사를
시켜서 말씀을 해보았더니 영감은 싫다고 한다. 별안간 개화를
해서 그런지 감기는 내치라도 양약이 한약만 하고 더구나 폐에
관한 것은 양약이 좋다고 고집을 부렸다.

그러나 상훈이의 생각에는 그날에 부친이 안에서 취침하고 나
오던 판에 넘어졌었고 감기 기운도 그때부터 있었던 터이요 하
니 한약 몇 첩으로 다스려버렸으면 그만일 것 같았다.

어쨌든 하는 수 없이 지 주사는 종일 영감 옆에 앉아서 허리와
가슴에 찜질을 갈아 대고 있었다. 가슴에는 폐렴이 될 염려가 있
다고 하여 오늘부터 시작한 것이다.

영감은 사지와 머리만 빼놓고는 오줌 싼 자리에 누운 듯이 뜨
뜻하고 축축한 솜 속에 파묻혀 있는 셈이었다. 그것이 영감에게
는 처음 해보는 일이요, 뼈만 남은 몸뚱아리에 퍽 좋았다. 조금
몸을 추스를 수만 있으면 안방으로 옮겨 들어가서 수원집의 간
병을 받고 편안히 누워 있겠으나 허리 때문에 절대로 움직이지
말랄 뿐만 아니라 또 사실 움직일 수도 없었다. 영감은 안방에만
들어가 누우면 한약을 써도 좋겠다고 생각하는 것이다. 한약에

반대를 하는 것은 정말 양약을 믿기 때문이 아니라 양약은 병마개를 종이로 풀칠까지 해서 꼭 봉해 오는 것을 머리맡에 두고 자기 손으로나 혹은 자기가 보는 앞에서 따라 먹는 것이요 또 만일에 약에 무슨 변통이 생기더라도 즉시 의사를 불러 대서 남은 약을 검사만 해보면 당장 해혹도 되고 의사도 그만큼 책임을 지고 약을 쓰겠지만 한약이면 달여서 사랑에 내올 때까지 일일이 감독도 할 수 없거니와 그 중간에 몇 사람의 손을 거치느니만큼 안심이 아니 되는 것이다. 사랑에서 자기 눈앞에서 달이게 한다면 누구나 변괴로 여길 것이요 자기의 심중을 들추어 내보이는 셈쯤 될 뿐 아니라 도대체 양약처럼 몇 번에 잘라 먹는 것이 아니다. 한약이란 한 번에 쭉 마셔버리는 것이니까 오장에 들어가만 놓고 나면 그만이다. 다시 무를 수가 없다. 또 약그릇을 씻어버리고 약 찌끼를 없애버리면 무슨 일이 있은 뒤라도 감웃같이[123] 흔적도 찾을 수 없는 것이다…… 영감의 신경과민은 이러한 공상과 강박관념을 나날이 심하게 한 것이었다. 더구나 수원집이 며느리를 헐어서 속삭인 뒤로 더하여진 것이다. 죽을까 보아 생겁을 벌벌 내는 사람에게 자식들이 어서 죽기를 죄인다고 하여놓았으니 겁도 내는 것이 무리치도 않을 것이나 게다가 몸을 꼼짝 못하는 생병이다. 워낙 잠이 없는 늙은이가 긴긴 밤을 새우노라니 느는 것은 그런 까닭 없고 주책없는 공상뿐이다. 더구나 자식부터 노리고 있는 재산이 있다 생각하면 믿을 사람이라고는 그래도 한 자리에서 자는 귀여운 수원집뿐이요, 그 외 놈년들은 남이요 한

123 감쪽같이.

푼이라도 뜯어먹지 못해서 눈이 벌게 돌아다니는 놈들뿐이라고 생각하는 것이다.

상훈이는 저녁밥 후에 교회에 가는 길에 큰집에 또 한 번 들렀다. 환자는 저녁때가 되면 오한이 심하다가 이맘때쯤에는 번열이 다시 나는 것이었다. 그러나 상훈이로서는 여전히 약 쓰는 데 개구를 못 하고 병인은 안방으로 옮겨만 달라고 어린애 보채듯 보챌 뿐이다. 야기를 쏘여서는 아니 될 테니 내일 들어가시라고 하여 간신히 간정이 되는 것을 보고 상훈이는 예배당으로 갔다. 친환이 어서 낫게 하여달라고 기도하려고.

사실 예배당에 가서는 부친의 병위문을 받기에 상훈이는 분주하였고 기도들을 할 때에도 상훈이 부친의 병이 어서 쾌차하게 해달라는 한마디를 끼울 것을 잊지들 않았다.

오늘 토요 예배는 아홉시 전에 끝이 났다. 예배가 끝난 후 마장 축들이 슬슬 상훈이의 기색만 보면서 따르는 수작이 어디로 놀러 가자고 발론이 났으면 좋을 듯한 눈치였으나 상훈이는 모른 척하고 혼자 전차를 타버렸다. 진고개로 올라가는 길이니 전차를 탈 필요도 없지만 그 사람들을 피하려니까 길을 돌아가려는 것이었다.

상훈이는 바커스 앞을 지나면서 들어갈 생각은 아니 났다. 속에는 손님이 없는지 조용한 모양이나 그대로 지나쳤다. 어제 봉욕하던 교번소[124] 앞을 지날 때 저절로 외면이 되면서 경애가 빠져나가다가 순사에게 고작[125]을 들려서 끌려 들어가던 꼴을 생각해보고는

124 파출소.
125 상투.

그래도 경애가 가엾었다. 그러나 병화와 미친 사람처럼 키스를 하고 자기에게 빗대놓고 창가를 하고 하던 양이 눈앞에 떠오르니까 또 얄미운 생각이 났다.

'만 이태! 그동안에 변하니 변하니 해도 그렇게 변하였을까?……'

상훈이는 이런 생각을 하다가 일전에 아들이 '책임'이란 말을 꺼내던 것이 생각났다.

'전부가 내 책임일까?'

상훈이는 저 혼자라도 변명할 거리를 생각해보다가,

'책임을 회피하려는 것은 아니지만 그러면 그 책임에 대하여 나는 어떠한 수단을 취하면 좋다는 말인가?'

하고 스스로 물었다. 그러나 아무 방침도 머리에 떠오르는 것은 없었다. 하여간에 어제고 오늘이고 경애를 만나러 가는 것이 그 '책임'을 어떻게 조처하려는 것인가? 하면 그런 것도 아니다. 어제는 다만 묵은 추억이 유혹한 것이요 오늘은 어제에 꼬리가 달려서다. 그보다도 병화에게 대한 질투와 자식의 친구 앞에서 보여준 모욕을 참을 수 없어서다…….

K 호텔에 들어간 상훈이는 사무소로 바로 들어가서 급히 인력거를 불러달래다가 경애에게 편지를 써 보냈다.

K 호텔은 한 삼 년이나 발을 끊었었건마는 하녀들만은 갈렸으나 그전과 조금도 변함이 없었다.

"그동안 왜 그렇게 한 번도 안 들러주세요. 옥상(아씨)께서도 다 안녕하시죠?"

일인 사무원은 이런 인사를 하고 세월없는 타령을 꺼내놓았다. 상훈이는 하회[126]를 기다리는 동안에 이야기 대거리를 하다가 뒤에 단 하나 있는 온돌방을 치운 데로 건너갔다.

이 방은 언제 보나 산뜻하고도 아늑하고 반가웠다. 방이 반가운 것이 아니라 이 방이 주는 인상이나 과거의 추억과 연상이 얼마나 반갑고 유쾌한지 모르는 것이다. 오 년 전—그때도 이런 겨울날이었지만 그때와 변한 것은 순 조선식으로 꾸며놓았던 보료며 장침 안석[127]들이 더러워진 것과 방에 인제 불을 때느라고 그런지 알코올 불을 켠 스토브를 놓은 것이다.

상훈이는 석유 냄새가 훅 끼치는 데에 눈을 찌푸리면서 화로만 놓아두고 알코올 스토브는 내가라고 명하였다.

찬 기운이 훌쩍 끼치는 보료 위에 앉으니 금시로 쓸쓸한 증이 나면서도 마음속은 봄을 만난 듯이 서성거리었다. 방 안을 휘 돌려다 보니 처음 경애와 이 방에 들어앉을 때의 생각이 아름다운 꿈처럼 머리에 떠올라오는 것이었다.

그러나 결국에 아니 오고 보면 어쩌나 하는 애가 씌기 시작하였다. 지금과 같이 이 방에서 초조한 마음으로 혼자 기다리고 앉았던 것도 여러 번이었다. 어제도 그랬고 그제도 그랬던 것처럼 먼 날의 일이 이상히도 가깝게 생각히는 것이었다. 그러나 오늘은 경애가 아니 올까 보아 애가 타고 몸이 다는 것이 아니라 이렇게 앉았다가 결국에 오지도 않고 혼자 뒤통수를 치고 나가게 되면 주인이나 하인들 보기에 창피할 것이 먼저 걱정되는 것이다.

126 회답을 기다림.
127 몸을 기대는 방석.

하녀가 차를 날라 왔다. 그래도 그때까지 보낸 인력거꾼은 아직 아니 왔다. 상훈이는 그대로 입고 앉았는 외투 주머니에서 담뱃갑을 찾다가 담뱃갑은 아니 나오고 조그만 책이 만치는[128] 것을 무심코 꺼내보았다. 성경책이다. 혼자 픽 웃고서 누가 볼까 봐 무서운 듯이 얼른 다시 넣었다.

지금 생각하고 보니 오늘은 교당에 가는 날이라 담뱃갑을 아니 넣고 나왔다. 담배를 가져오라 하려고 초인종을 누르려니까 멀리서 발자국 소리가 가까워온다. 상훈이는 새삼스러이 가슴이 설렁하며 외투를 급히 벗어 걸고 얌전히 앉았다.

그러나 방문 밑에서 나는 발자취는 한 사람의 자취다. 하녀가 문을 열고,

"조금 있다가 오신답니다."

는 전갈이다.

전화가 왔느냐니까 그런 게 아니라 인력거는 도루 보내왔다 한다.

열시나 되었는데 좀 있다가 온다면 오늘은 여기서 자게 될 거니 잘되었다고 생각하였다. 보료 밑은 차차 더워오나 그래도 춥기도 하고 심심하여 술이나 한잔 먹고 싶으나 주기가 있어 만나면 위신이 깎이고 또 어제 모양으로 흐지부지 실없는 농담이나 하고 헤어질 것 같아서 참기로 하였다.

그러나 입에도 아니 대는 차를 두 번째 갈아 온 것이 또 식어버릴 때까지 소식이 감감하다.

128 만져지는.

상훈이는 웅숭그리고 드러누웠다가 제일 선선해 견딜 수가 없어서 기에 술을 명하고 말았다. 열한시나 되어 술을 시작하고 앉았으니 이런 외딴 방에 하녀부터도 붙어 앉았으려고 아니한다. 그러나 혼자 술을 먹는 수도 없다. 호텔 사무원을 불러들이니 이 자도 추운 판에 암칫국하고[129] 들어와 앉아서 대작을 한다.

"옥상이 안 오시는 것은 아니겠지요만 매우 늦습니다그려."

반또(사무원)는 술 한 잔에 고개를 세 번씩 꼬박거린다.

옥상이라는 것은 경애 말이다. 이 사람은 그 후에 경애와 북미 창정에서 살림하는 것을 상훈이 자신의 입으로 들어서 아는 터이다.

"아니 누구를 잠깐 만날 사람이 있어서……."

하고 상훈이는 웃었다. 경애가 조금 있으면 오겠지만 잔소리가 나올 게 귀찮으니까 이렇게 대꾸를 해둔 것이다.

"허허허…… 너무 외도가 심하시면 옥상이 가만 계시겠습니까? 그런 좋은 옥상을 가지시고도 온 영감도 너무 과하십니다. 욕심이 과하십니다."

반또는 이런 소리를 하고 또 껄껄 웃는다.

으레 어떤 종류의 계집이 올 것을 알아차리는지라 내일 아침이면 이 세월없는 판에 행하가 상당하리라고 반또부터 속으로 이런 손님을 반기는 것이다. 더구나 상훈이에게는 씀씀이가 호활한 데 맛을 들여서 대접이 전부터 융숭하다.

"내가 무슨 외도를 한다고 별명을 짓나. 허허…… 난 원체 계

---

129 위신이나 체모를 생각지 않고 거리끼지 않다.

집 복이 없어서…… 허허…….”

"게서 더 있으면 어쩝니까? 그때 그 색시는 어떻게 되었나요? 그 후에 또 좀 들리실 줄 알았더니…….”

반또는 벌써 이태 삼 년이나 지난 옛이야기를 꺼내는 것이다. 경애와 그렇게 된 후 재작년 봄에 한참 달떠 돌아다니는 판에 숨어 다니는 술집 주모가 대어준 모던걸 하나를 데리고 주체를 할 수가 없어서 이 집에 데려다가 한 사날 묵혀 보낸 일이 있었다. 그 후에도 두어 번 더 와서 하루씩 묵은 일은 있으나 상훈이는 벌써벌써 잊어버린 생게망게한[130] 묵은 치부장이다.

"어쨌든 그 후에는 벌써 이태나 되어갑니다만 아주 발을 똑 끊으셨으니 그동안은 퍽 얌전해지셨습니까? 혹시는 단골을 다른 데를 정해놓고 다니십니까? 저희가 거행 잘못한 것은 없을 듯한데요."

상훈이가 웃고만 앉았으니까 반또는 또 이런 소리를 하고 웃는다.

"실없이 날 난봉꾼으로 만드네그려. 허허…… 그건 하여간에 사람을 또 좀 보내볼까?"

"그럽지요. 어딥니까?"

"응, 바로 요기야…….”

하고 상훈이는 그런 조그만 술집에 이 집 사람을 보내서 경애를 데려오는 것은 반또 보기에도 창피하여 망설이다가 경애가 그 술집을 경영한다는 이야기를 간단히 체면 좋게 꾸며대고서 사람

---

130  하는 행동이나 말이 갑작스럽고 터무니없는.

을 보내라고 부탁하였다.

"예— 예— 그러면야 저라도 가서 모셔 옵죠."

하고, 반또는 굽실거리며 나갔다.

나간 지 십분도 못 되더니 여러 사람 발자취가 이리로 향하여 온다. 벌써 데려왔을 리는 없고 마침 제풀에 왔나 하고 가만히 앉았으려니 문이 활짝 열리며 경애가 딱 섰다.

"흐흥—."

하고, 코웃음을 치는 표정이나 선뜻 들어오려고도 아니한다. 술이 취했나? 하고 쳐다보니 그렇지도 않다.

경애도 이 방을 들여다볼 제 반갑기도 하면서 선뜻 발을 들여놓을 수가 없을 만큼 정이 떨어지는 듯한 이상한 느낌이 없지 않았다.

이대로 휙 가버릴까 하는 생각이 났다. 만나고 싶은 생각은 꿈에도 없었으나 어제 의외로 찾아와서 그렇게 하고 갔으니까 으레 한 번쯤은 또 오려니 하는 짐작도 없지 않았던 차에 기별이 왔기에 무슨 소리를 하나 들어나 보고 실컷 듣기 싫은 소리도 하여준 뒤에 어린애 문제를 귀정지어보려고 오기는 왔으나 지지벌개[131] 앉았는 이 중늙은이를 더구나 이 방 속에서 바라보니 속이 볶여서 치받치는 것이다.

'누구 탓을 하랴. 내가 어려서 그 수에 넘어간 것이 어림없지!'

속에서 불뚝 심지가 나고 나도 남과 같이 시집을 가서 재밌다랗게 살아보았다면 하는 생각이 날 제마다 이렇게 생각하여왔지

---

131 단정하지 못하게 아무 데서나 떡 벌리고 앉다.

만 오래간만에 딱 만나니 그래도 심사가 편할 수 없다.

경애는 들어와서 멀찌감치 모로 앉았다.

"추운데 이리 가까이 앉어요."

상훈이는 감개무량한 낯빛과 어제 바커스에서 뒹굴고 교번소에서 아들 같은 순사에게 굽실거리던 상훈이가 아니라 옛날 숭배하던 시절의 상훈이가 죽었다 살아온 듯이 점잖고 엄숙한 자태를 꾸며 보인다. 경애는 속으로 흐흥 하고 코웃음을 치며 남자를 말끄러미 쳐다보다가,

"왜 오라고 하셨에요?"

하고 시비조로 묻는다. 상훈이는 대답이 탁 막혔다. 무슨 말이든지 하고 싶은 말이 있어서 오라기는 한 것이지만 그 무슨 말을 해야 할지 자기도 분명히 알 수 없다.

"시비하려는 사람처럼 그럴 것 무엇 있소. 지난 일은 도틈어[132] 내가 잘못이니까……."

하고, 말을 이으려는데 경애를 데려다 두고 물러갔던 하녀가 되집어 와서,

"오늘 묵으시는지요? 묵으시면 묵으실 차비를 차리구요?……"

하고 묻는다.

상훈이는 으레 묵을 작정이면서도 시계를 공연히 들여다보고,

"늦었으니 묵기로 하지."

하고, 경애를 쳐다본다.

---

132 '도틈어'가 잘못 인쇄된 것, 여러 말 할 것 없이 죄다 몰아서.

"난 곧 갈 테니 문은 걸지 말우."

경애가 옆에서 주의시켰으나,

"어쨌든 그렇게 준비를 해주게."

하고 상훈이는 눈짓을 했다.

하녀는 다 알아차렸다는 듯이 가버렸다.

"내가 잘 데가 없을까 보아 부르셨군요? 오늘도 파출소에 가서 잘까 봐 애가 씌어 오셨군!"

하고 경애는 냉소를 한다.

"아무려나! 누가 붙들자는 것은 아니지만 오래간만에 이야기나 좀 하자고 청한 것이니 바쁘건 지금이라도 가고 또 다른 기회를 만듭시다그려."

상훈이도 그리 탐탁지 않은 눈치로 탁 내맡기는 소리를 한다. 그러나 경애는 남자가 냉연한 태도를 보이니까 도리어 김이 빠지는 것을 느꼈다.

상훈이는 언제나 이러한 수단으로 여자의 마음을 낚아왔고 또 경애는 이 사람의 그 수단에 넘어간 것이었다. 처음에 밤거리를 거닐다가 손목을 잡혔을 때 상훈이는 실성한 사람처럼 혹은 자기의 불의의 실수를 금시로 뉘우치는 것처럼 홱 뿌리치고 달아났었다. 그러나 그로 말미암아 한자리에 제대로 섰던 경애의 마음은 상훈이에게 향하여 한 걸음 물러섰다가 다시 두 걸음 다가서게 되었었고 그 다음다음 날 학교에서 간단한 사과편지를 주어서 호기심과 막연한 기대를 들쑤셔놓고는 모른 척하니까 경애는 도리어 서운한 생각이 들어서 이편에서 답장을 하게 되었던 것이 시초가 되어서 오늘날 이렇게까지 된 것이다. 오 년 전 그때는 심지가 미정하고 이성을 꿈결같이 찾던 때이니까 한층 더 그랬지만 지금도 누구나 저편이 덤벼들면 툭 차다가도 만일에 저편에서 냉담한 눈치면 이편에서 짓궂이 덤벼드는 그런 성질이었다. 누구나 다소 그렇지만 이 여자는 한층 더하였다.

"어제오늘 별안간 웬일이에요. 인제는 하느님이 나 같은 년도 만나도 좋다고 하시든가요? 매당집에 계집년들이 떼도망을 갔나요?"

매당집이라는 것은 상훈이의 축이 수년래로 비밀히 술을 먹으러 다니는 고등 내외술집[133]이요 동시에 뚜쟁이들과 소위 은근자[134]의 소굴이다. 그러나 경애가 매당집을 안다는 것은 천만의외이다.

"매당집이 어디란 말인가?"

하며, 상훈이는 웃다가 이 계집애도 그런 데 연줄이 닿은 것은 아닌가? 하는 생각을 하니 그렇게까지 타락한 것에 새삼스러이 놀랐다. 무엇에 속았던 것처럼 엷은 실망까지 느꼈다.

"그래 아이는 잘 자라지?"

한참 만에 다시 말을 꺼냈다.

"아닌 적엔 그건 왜 물으시나요?"

경애는 아이 말을 꺼내니까 지금과는 아주 딴사람처럼 얼굴이 발끈해지며 싸우려는 사람처럼 무섭게 쳐다보다가,

"조상훈 씨의 명예를 위하여 이 세상을 이따라도 하직할 테니 안심하셔요!"

하고 아랫입술을 악문다. 눈물까지 핑 돌았다. 자식에게 대한 애정으로인가? 이 남자에게 대한 애정으로인가? 이 남자에게 못

---

133 접대부가 술자리에 나오지 않고 술을 순배로 파는 술집.
134 은근짜, 은근히 몰래 몸을 파는 여자.

들을 소리를 듣고도 참아 내려온 원한으로인가? 어쨌든 뼈에서
우러나오고 치가 떨리는 그 무엇이 있는 것이었다.

"왜 그년이 앓나?"

상훈이는 무표정한 얼굴로 남의 말 하듯이 묻는다.

"앓든 숨을 몰든 당신이 아랑곳이 무어애요? 조가의 씨가 아
니라는 다음에야 더 말할 게 무어 있기에!"

하고 경애는 더 앉았을 수가 없는 듯이 발딱 일어선다.

"왜 이래?…… 앉어요."

"앉긴 왜 앉어요? 당신 앞에 무엇하자고 앉었에요? 뉘 놈의
자식이든 내 배 속으로 난 자식이니까 내 무릎에 뉘고 죽일 거니
까 곧 가봐야 해요."

입으로는 이런 소리를 하면서도 이 남자가 정말 끝끝내 냉담
히 할까 보아 염려가 아니 되는 것도 아니었다. 지금 또 이대로
헤어진 뒤에 남자가 영영 시치미 떼어버리면 걱정 아닌 것도 아
니다. 이태 삼 년을 모른 척하다가 별안간 찾게 된 것은 덕기가
무어라고 하여서인지는 모르겠으나 어쨌든 이렇게 전황한[135] 판에
도저히 살아가는 수가 없고 바커스에서 밤낮 뒹굴댔자 어엿하게
돈 한 푼 생기는 형편도 아니다. 어쨌든 이 사람을 다시 붙들고
집 귀정도 내어야 하겠다는 생각을 한 것이었다.

"나도 생각이 아주 없는 것도 아니요, 어떡하든지 의논해서 잘
조처할 게니 염려 말아요."

하며, 상훈이는 옷자락을 붙들어 앉히려 한다.

135  돈이 귀하다.

경애는 상훈이가 너무나 선선한 데에 도리어 의심이 들었다. 이 느물느물한 사나이가 무슨 생각으로 별안간 이러는 것인가? 심심파적으로 또 얼마 동안 농락이나 하다가 툭 차버리려는 게교 속인가? 툭 차버리거나 말거나 그까짓 것은 조금도 무서울 것이 없지만 이번에야말로 어설피 떨어지지는 않겠다.—골탕을 먹여도 단단히 먹이고 말리라—고 혼자 생각하였다.

"그럼 어떡하시겠단 말얘요?"

경애는 다시 앉으며 물었다. 그러나 상훈이는 또 말이 막혔다. 경애를 다시 찾은 것도 일시적 충동으로이었지만 더구나 아이에게 대한 구체적 방침을 생각한 것은 아무것도 없다.

"글쎄 어떡했으면 좋을까? 소원대로 말을 해보지?"

"난 그 애를 내놓고는 살 수 없어요. 지금 독감에 걸려서 내일 어떨지 이따 죽을지는 모르겠지만……."

상훈이는 이왕이면 죽어주었으면 좋겠다고 혼자 생각하였다. 그러나 그 애가 죽으면 경애와의 인연이 아주 끊어지고 말 것이니 그것도 아니 되었다.

"글쎄 누가 그 애를 떼놓으라는 것은 물론 아니지만 그러자면 모든 오해고 불평이고 다 잊어버리고 다시 살아볼 도리를 차려야 그 애 신상에도 좋을 것이 아닌가? 나는 아무래도 좋으나 경애만 마음을 돌리면 당장이라도 원만히 해결될 것이지?……"

"별안간 그게 무슨 소리세요. 그따위 입에 붙은 말에 넘어갈 이전 홍경애도 아니지만 내 사정이 그렇게는 못 되어요."

경애는 지금 와서는 어름어름해두고 실사고[136]만 하였으면 그만이라고 생각하면서도 한번 튀겨보았다.

"왜?……"

하고, 상훈이는 의외라는 듯이 묻는다. 다른 남자가 있어서 그러느냐는 뜻이다.

이삼 년을 젊은것이 그대로 지냈을 리가 없고 그동안 먹고사는 것은 어디서 났을까? 그런 것을 지금 캐어보는 사람이 어림없다. 그러나 그 남자가 누구일까? 설마 병화는 아니겠지. 하지만 어제 눈치로 보아서는 병화일지도 모른다. 병화는 돈은 없으나 새파랗게 젊고 인물이 깨끗하다. 돈 십 원을 내주어야 눈도 거들 떠보지도 않는 여자이니 목통이 커서도 그럴지 모르지만 예전에 지내보아도 그 모녀가 돈에는 그리 더럽지 않은 것도 사실이니 병화에게 돈 없다고 뜻이 안 맞을 리도 없다.

이렇게 생각하면 경애가 매당집 같은 데 드나드는 축과 어울리나 보다 하는 추측은 가당치도 않은 생각이요 주의자들 속에서 '여왕' 노릇을 하는 마르크스 걸이 되었는지도 모를 것 같다. 그렇다면 더욱이 가만 내버려둘 수 없는 일이다.

"김병화는 언제부터 알았어?"

상훈이가 불쑥 이렇게 물으니까 경애는 벌써 그 배짱을 알아차리고,

"왜요?"

하며, 배쭉 웃는다. 경애는 주책없는 소리 말라는 경멸하는 마음으로 웃었으나 상훈이에게는 그 웃음이 더욱 의심스러웠다.

"어제 아무리 주기가 있다기로 그 애가 내 자식 친구인 줄은

<hr />

136 겉에 드러나지 아니한 실제의 이익.

번연히 알 터인데 내 앞에서 그게 무슨 짓이야?"

이렇게 나무라보았다.

"누가 누구의 친구인지 어떻게 일일이 안답디까? 아들의 친구를 데리고 다니며 술을 자시는 이가 잘못이지요."

"그야 길가에서 취한 아이에게 붙들려서 하는 수 없이 끌려들어갔지만……."

어제 부득이 또 우연히 끌려갔던 변명을 하고 나서,

"하여간 아무리 취했기로 그런 추태가 있을 리가 있나! 파출소에 끌려다닌 것도 키스 때문 아닌가."

하고 또 나무란다.

"추태는 무슨 추태! 그런 추태를 부리게 한 사람은 누구기에?"

경애의 이 말은 남자를 콕 찔렀다. 아들이 말하던 '책임'을 묻는 것이다. 파출소에 끌려간 것도 당신 때문이라는 말이다.

"그러지 말고 분명히 말을 해요. 공연히 남 창피한 꼴 당하지 않게!"

상훈이는 몸이 달아간다.

"무얼 분명히 말을 하라는 것이구 무에 창피하단 말얘요? 밤낮 창피 창피 하지만 창피한 노릇을 왜 벌어 하시랍디까?"

경애는 또 코웃음을 친다. 상훈이는 점점 더 의혹이 들어간다. 의혹이 들게 만드는 것이다.

"노골적으로 말하면 말이야……."

"어째요?"

남자의 얼굴을 빤히 쳐다보다가 배쭉 코웃음을 치는 양이 이거 왜 곁몸이 달아서 이래! 하는 표정이다.

"탁 터놓고 말하면 누구하고 살림을 할 텐데 그 아이가 성이 가서서 조처를 해달라는 말이냐 말이야?"

"왜 그렇게 '말이야'가 많으슈?"

하고, 경애는 여전히 남자를 놀리며 우박을 주다가,

"그렇단 말애요!"

하고 한마디 내던지고서는 담배를 붙인다.

두 사람의 이야기는 버스러져버렸다.

"이태 삼 년씩 모른 척할 때는 언제요, 별안간 몸이 달아서 내 생활의 비밀을 알려고 애를 쓰실 제는 언제요? 내야 어떻게 살든지 누구하고 결혼을 하든지 그거야 아랑곳하실 게 뭐애요. 하여간 그 아이 민적부터 넣어주시고 그 아이 평생 기르고 살아갈 몫을 떼어 내노세요. 데려다가 기르라는 것은 아니니."

"민적이 그렇게 급한가."

"급하지 않으면 이따 죽어도 당장 파묻을 수가 없고 요행이 살아서 유치원에라도 보내고 남과 같이 학교에를 보내자면 어떡하란 말애요."

경애는 남자 편에서 허덕허덕 덤벼드는 눈치니까 막 버티어보는 것이다.

"글쎄 그건 어려운 일이 아니지만 정말 결혼을 할 테란 말이야?"

"결혼할 테애요. 할 테니 어쩌란 말애요?"

"누구하고?"

"그건 알아 무얼 하세요?"

"아니, 글쎄 젝히나 좋으랴 싶어서……."

하고 상훈이는 머쓱해 웃어버린다.

아무리 이야기를 하여야 속 각각 말 각각임을 피차에 깨닫자 오늘은 이대로 헤어지는 수밖에 없다고 생각하였다. 그러나 상훈이로서는 경애가 확실히 결혼하는지 또는 누구와 당장 사는지 그것만은 알아두고 싶었다. 다시는 마음을 돌리게 할 여지가 없다면야 애를 써 쫓아다니며 만날 필요가 없기 때문이다. 그러나 안 만날 때는 그렇지도 않더니 이렇게 만나니 욕심이 다시 머리를 드는 것이다. 이때껏 계집을 많이는 못 보았으나 이것저것 보는 중에 경애만 한 계집도 사실 얻기 어려운 것을 깨달았다. 마누라와는 인제는 다시는 제대로 들어설 수 없고 그렇다고 마누라가 죽을 때만 바라고 언제까지 홀아비 생활을 할 수도 없는 것이다. 무어나 하나 얻고야 말 테니 동가홍상[137]이면 이 계집을 다시 붙드는 것이 상책이요, 그렇게 되면 아이 문제도 원만히 해결되는 것이다. 그러나 뒤에 정말 누가 있다면 섣불리 건드려만 놓아서 자기 마음만 뒤숭숭하게 되고 또 혹을 떼려다가 붙이는 셈으로 어린애만 안고 자빠지게 될 것이다.

하지만 또 한편으로 생각하면 그런 술집에서 일을 보고 있는 것으로 보아 아직까지는 달린 남자가 없으나 요즈음에 작자가 나섰거나 나설 형편인지도 모르겠다. 그것이 혹시는 병화일까? 그렇다면 일이 우습게 되고 창피하여갈 것이나 아무리 돈에 담박하다 하여도 설마 아주 빈털터리인 병화를 어를 리는 없을 것 같기도 하다.

"그러면 아이는 내가 데려가기로 하지."

137 같은 값이면 다홍치마라는 뜻.

상훈이는 아이만 안고 자빠지는 한이 있더라도 무슨 굳은 결심이나 있는 듯이 힘 있게 한마디 하였다.

"데려다 어떻게 하시게요?"

"어떻게 하든지 내 자식이니까 내가 데려가는 것이 당연하지 않은가? 그렇게 되고 보면 그 애 신상에도 좋지 못할 것이요, 신혼부부에게도 성이 가실 게 아닌가?"

"남의 사정 몹시 보시는군요."

경애는 비꼬아보았다. 별안간 자식 귀한 생각이 났다는 것도 말이 아니요, 도대체 믿을 말 같지도 않으나 짓궂이 권리를 주장하고 뻗대면 성이 가신 일이다.

"하여간 그렇게만 하면 일이 순편히 낙찰될 게 아닌가?"

말을 시키느라고 짓궂게 들쑤신다.

"안 되어요. 자식은 아비에게 딸린 것이요, 에미게는 권리가 없으란 법이 어데 있어요."

"암, 자식은 아비에게 딸린 것이지! 법률이 그렇게 인정하는 것이고 도덕 관습이 그런 것을 어쩌나?"

상훈이는 분연히 주장한다.

"법률이고 도덕이고 난 몰라요. 나는 그 자식은 못 내놓아요. 데려다가 말려 죽이랴구?"

"결국에 그 자식을 내세우면—자식 떠세[138]를 하면 돈이 나올 줄 알지만 안 될 말이지."

상훈이는 물론 미운 생각이 있는 것은 아니나 분을 돋아주려

138 재물이나 힘 따위를 내세워 억지를 쏨.

고 밉둥을 부리는 것이다.

"이것두 말이라구 해! 내가 당신의 돈을 얼마나 썼다고 그런 소리가 뻔뻔스럽게 어느 입에서 나오는 거요? 난 자식 팔고 당신 밥 얻어먹어 본 일 없소. 아니꼬운 돈! 이때까지 내 자식 아니랄 때는 언제요, 자식 찾을 생각은 무엇 때문에 들었다는 거요?"

"이때까지 먹지를 못했으니까 좀 먹어보려고 자식을 붙들고 늘어지는 것이란 말이야? 그렇지 않으면야 결혼한다면서—서방 얻어 가는 사람이 남의 자식을 붙들고 늘어질 필요가 없지 않은가?"

"그만둬요! 이것도 사람의 탈을 쓴 사람의 말이람! 내가 돈을 먹자면 아무렇게 하면 못 먹어서? 정조 유린죄로도 몰 수가 있고, 위자료를 청구하려도 어엿이 청구할 테요. 부양료도 받겠고…… 자식 내놓고 맡으라면 누가 성이 가시겠기에! 해봐요! 마음대로 해보슈. 나도 인제는 참을 대로 참았으니까. 수단껏 할 테니!"

실없이 말다툼이 되니까 경애는 바르르 떨면서 모자를 만적거리고 일어서려 한다.

"그러면 누가 눈 하나나 깜짝할 줄 아는 게로군. 어떤 놈이 뒤에서 쑥석거리는지는 모르겠지만 공연히 주착없는 소리 말고 좋도록 의논을 하잔 말야."

상훈이는 다시 휘갑을 치려 한다. 그러나 저편이 수그러지는 것을 보자 경애는 한층 더 뾰롱뾰롱하며 일어서 버렸다.

"난 몰라요. 그래도 조금은 자기 잘못을 회개하고 본정신이 든 줄 알았더니……. 개 꼬리 삼 년 묻어야 황모 못 된다더니……."

마지막 한마디를 내던지고 경애는 휙 나가버렸다. 상훈이는 좀 지나쳤다고 후회를 하면서도 붙들려고는 아니하였다. 붙들면 점점 더 약점을 잡히는 것 같고 더구나 개 꼬리 삼 년 묻어도 어쩌고 한 소리를 듣고서야 체면을 차려서라도 노하여 보이지 않을 수 없었다.


순진? 야심?


병화는 파출소에 붙들려 갔던 이튿날 아침에 책상 위에 놓인 덕기의 편지를 발견하였다. 어제 저녁때 덕기가 와서 자기 방에까지 들어와 편지를 써놓고 갔다 한다. 그러니까 길이 어긋났던 모양이다. 뜯어보니 우선 반가운 것이 돈 십 원이다. 길 떠나는 사람이 이렇게까지 먼 데를 찾아와서 돈까지 두고 갈 줄 알았다면 화개동서 청요리 접시에 팔려서 눌어붙지를 말고 정거장에 나가주는 것을 잘못하였다고 병화는 후회하였다. 그러나 눈이 퍼붓는데 정거장까지 기를 쓰고 쫓아 나가면 부탁한 돈 때문에나 그런 줄 알 듯도 싶고 하여 되어가는 대로 그만 내버려두었던 것이다.


자네에게 충실한 친구임을 알려두려 신용을 단단히 보여두려 왔었네마는 필순 양을 만나고 가는 것만은 왔던 보람이 있는 것 같으이. 그러나 실없는 말을 할 줄 모르는 나이니 웃으며 이 글을 쓰지는 못하는 것일세. 내가 없어지면 자네가 담배를 굶을 듯하기에 내 '벤또' 값을 두고 가네…… 일전에 실없는 말로만 하였지만 참 정말 필순 양이 공부할 의향이면 기별만 하게. 어떻게든지 도리는 있을 것이니…….

병화는 실없는 말을 못 하는 성미이니 웃으면서 편지를 쓰는 것이 아니라는 말이 무슨 의미인지 처음에는 선뜻 못 알아보았다. 그러나 필순이를 만나서 반갑다는 말과 공부를 시켰으면 좋겠다고 실없이 한 말을 또 낸 것을 대조해보고는 알 수 있었다.

병화야말로 편지를 물끄러미 들여다보며 웃어야 좋을지 울어야 좋을지 몰랐다. 이런 생활을 보지 못하고 자란 귀동자라 몹시 동정이 가는 것인지도 모르겠지만 필순이란 여자가 없었던들 그렇게 열심이었을 수가 있을까? 필순이를 한 번 보고 이렇게까지 열심인 것도 결코 순진한 것으로만 볼 수도 없는 것이다. 다만 그 위인이 아깝다거나 그 가정 사정이 가엾어서 마음이 움직였다고 할 수는 없다. 이 세상에 그런 천진스런 사람이 있을 수가 있을까? 자기의 감정을 대담히 솔직히 표백하는 것은 정직하고 또 동정심 많은 위인이기로 호기심이나 한 걸음 더 나가서는 야심이 없다고는 말 못 할 것이다.

그러나 덕기는 처자가 있는 사람이다.

그는 고사하고 대관절 공부를 시키면 어쩐다는 말인가? 별로 야심이 있는 것은 아니나 귀동자다운 센티멘털한 감정이 파뜩하는 대로 당장 보기에 가엾어서 그럴 수도 없지 않으나 어쨌든 병화는 그대로 내버려두어서는 안 되겠다고 생각하였다. 이 두 남녀 간에 장래에 무슨 비극이 생길지도 모를 것 같은 겁이 났다.

두 사람 사이에 열렬한 연애가 성립되어 필순이는 호의호식하게 되고 부모들도 그 덕에 밥은 안 굶게 된다고 하자. 그러나 그 결과는 어떻게 되나? 딸을 팔고 주의主義를 팔고 동지를 팔고 그리고 덕기의 현재의 처자는 생목숨을 끊을 것밖에 아무것도 아니

남을 것이다―병화는 그렇게 되는 듯시피 혼자 공상을 하다가 혼자 눈을 부릅뜨며 화를 내어보았다.

그러나 그 돈 십 원은 당장 생광[139]스러웠다. 누구보다도 필순이 모친이 기뻐하고 칭찬이 늘어졌다. 신수도 얌전해 보이지만, 아무리 친한 사이기로 길 떠나는 사람이 그 눈 속에 애를 써 찾아와서 돈을 두고 간다는 사람은 이 세상에 둘도 없으리라고 자기 일같이 기뻐하였다.

병화는 자기 친구가 칭찬 듣는 것이 좋지 않은 것도 아니요, 덕기가 자기에게 그렇게 고맙게 구는 것이 특별히 필순이란 계집애가 여기 있기 때문에 한층 더 꾸며서 하는 일이라고는 생각지 않으나 그래도 그 뒤에는 필순이에게 자랑하는 마음이나 필순이에게 보라는 조그만 허영심이 움직인 자취가 아주 없지 않으리라는 것이 얼마쯤 불쾌도 하였고 그런 생각이 있을수록에 아무 멋도 모르고 입에 침이 없이 칭찬하는 주인댁의 말이 듣기 실쭉하기도 하였다.

병화의 고분고분치 않은 성질로는 덕기에게 고맙다는 엽서 한 장이라도 부치기가 귀찮았다. 감사한 생각이 없는 것은 아니나 감격한 듯이 허겁지겁을 해서 인사치레하는 것이 그 사람에게 굴하는 것 같기도 하고 또 으레 길 떠난 사람이 잘 도착했다는 기별을 먼저 할 것이니까 그때나 자기 부친과 하룻밤 지낸 이야기를 할 겸 답장을 해주려고 생각하였다.

삼사 일을 지내니까 생각하였던 거와 같이 덕기에게서 간단한

139  아쉬운 때에 쓰게 되어 보람을 느낌.

엽서가 왔다. 다만 안부와 졸업 시험 준비로 바빠서 긴 편지는 못 쓴다는 말뿐이었으나 끝에 필순이와 주인 내외에게 안부 물어달 라고 말을 껴 얹었다. 필순이에게만 인사를 한 것이 아니라 아직 안면이 없는 주인 부부에게까지 안부를 전하라는 것에 병화는 혼 자 웃었다. 물론 필순이에게 호의를 가지니까 자연히 그 부모에 게도 마음이 가는 것이겠지만 병화는 이것까지를 무슨 야심으로 뒷길을 두느라고 그 부모의 환심을 사려는 인사치레로 생각지는 않았다. 도리어 이 집안 전체에 대하여 그 극도의 빈궁을 동정하 기 때문에 저절로 우러나오는 호의인 것을 짐작할 수 있고, 또 그 렇게 생각하니 병화는 얼마쯤 마음이 가벼워지는 것을 깨달았다.

사람의 마음이란 간특한 것이다. 지나는 전차 속에서 잠깐 마 주 보고도 공연히 달라는 것 없이 얄미운 사람도 있고 오고 가는 길가에서 눈결에 스쳐 가는 사람도 많이 본 사람같이 눈에 익고 호의가 쏠리는 경우가 있다. 덕기의 이 집안 사람에게 대한 감정 이 그러한 것일지 모른다. 필순이가 세상에 없는 미인이라 하여 그런 것도 아니요, 필순이나 이 집안 사정이 남에 없이 동정할 만 한 처지라 하여 그런 것이 아니라 덕기에게는 어쩐지 가엾고 어 쩐지 남의 일 같지 않게 생각되는 것인지 모를 일이다. 그러한 까 닭 없는 동정을 받고 안 받는 것은 그 사람의 임의이겠지만 어쨌 든 받는 사람으로서는 소위 인복이 있는 사람이다. 사실 필순이 의 집안사람은 누가 보든지 싫다 안 할 것이요, 인복이 있는 사람 같다. 인복이 있는 게 아니라 인복을 받을 만큼 마음씨가 좋고 깨 끗한 사람들이다.

병화는 이런 생각을 혼자 하며 버둥버둥 누웠다가 일어나서 제 머리처럼 먼지가 뿌옇게 앉은 책상 앞으로 다가앉았다. 덕기에게 답장을 쓰려는 것이나 편지 쓰는 그 일이 흥미가 나는 게 아니라 일전에 덕기 부친과 하룻밤을 지낸 일을 써 보내고 싶은 충동이 더 많은 것이었다.─

　여보게 바커스 퀸(여왕)의 우박 같은 키스─아니 실상은 진눈깨비 같은 키스이었던지 모르지만─어쨌든 불의에 맛보는 그 키스의 불같고도 촉촉한 쾌감이 자네의 전송을 방해하여서 그날은 정거장에 못 나간 것일세. 이것은 자랑이 아니요 핑계도 아니라 나에게도 난생처음 당하는 행복의 절정(?)이었었다는 것을 정직하게 고백─보고하는 것일 뿐일세. 하여간 그날부터 내 마음이 좀 싱숭생숭해진 것은 사실일세. 그렇다고 내 인생관이나 신념에 지진地震이야 왔겠냐마는 그러나 그 후부터는 그 집에는 가고 싶지 않은 내 심경을 혼자 생각해보아도 얼굴이 붉어지네그려. 머리도 좀 깎을 생각이 나고 옷에 먼지도 털고 싶고 될 수 있으면 '크림'도 발라보고 싶다면 이 사람! 자네 웃으려나? 웃지 말게! 정말일세. 자네 일전에 그 굉장한 편지와 함께 내 담뱃값을 두고 갔네마는 이번에는 어쩌면 자네가 크림값까지 대어야 할지 모르겠네. 그러나 다행한 일은 내가 그 헌털뱅이 외투를 면하게 된 것일세. 여기에 대한 설명은 차차 추후로 하기로 하고 어쨌든 인간 도처 유청산이라더니 죽으면 파묻힐 곳만 있는 게 아니라 사람이란 살라는 마련인가 보데.─다른 말이 아니라 내 그 외투가 어느 때 어느 경우에 운수가 좋느라고 갈가리 찢어졌네그려. 그래서 자네 어르신네가 특별히─특별히라느니보다도 그 자선심에 호소

하셔서 여벌 외투를 한 벌 내리셨네. 이 어의御衣의 대추[140]를 입고 나니 거리의 '룸펜'이 내가 보아도 놀랄 만큼 깎은 듯한 신사가 되었네. 이것을 입고 바커스의 퀸을 찾아가서 배알하고 싶은 생각이야 간절하나 여보게 내 주제에 얻어 입은 것이 빤히 보일 것 같아서 낯이 간지럽기도 하고 또 군량(술값)이 있어야 가지 않나. 그래서 이 외투를 잡혀가지고 가볼까 하는 생각도 없지는 않으나 날이 좀 뜨뜻해져야 하지 않나. 꽁지 빠진 새 모양으로 북데기[141] 양복 위아랫막이만 입고 갈 수도 없으니까 말일세. 지금도 벽에 걸린 외투를 바라보고 침을 삼키네……

그러나 내가 정말 그 여자를 사랑하는가? 만일 사랑한다면 아무리 자네에게이기로 이렇게도 경솔히 더구나 실없이 토설을 하겠나. 모르면 몰라도 자네도 아마 소위 첫사랑의 경험이 없는 모양이지만 나도 동정童貞은 지키지 못하였으나 연애란 경험은 없네. 세상 사람은 청춘을 그대로 시들리고 늙히는 것을 불행이다 하지만 나는 그런 생각조차 없네. 이지적이요 타산적인 내 성격도 성격이지마는 중학교 졸업 후의 생활환경이 그렇게 만들었는가 보이.

내가 오늘까지 욕정을 돈으로 식히는 수단 이외의 여자로서 아는 사람은 필순이밖에 없네마는 필순이는 내게 대하여는 이성이 아니라 동기同氣일세. 웬일인지 내게는 누이동생으로밖에는 보이지 않네. 그 애의 존재가 내 생활의 중축[142]이요, 그 애가 있기 때

---

140 남이 쓰다가 물려준 물건.
141 짚이나 풀 등이 난잡하게 얼크러진 모양.
142 물건의 한가운데를 가로지르는 축.

문에 굵고 벗는 고통의 절반 이상이 덜리고, 그 애가 있음으로 말미암아 내 마음이 언제나 깨끗할 수가 있는 것일세. 그러나 그 애를 나의 사랑하는 이성으로 생각해본 적은 없네. 공상으로라도 그 애를 장래의 내 배우자로 생각해본 일은 없네. 그러기에는 그 애가 너무나 맑고 그러기에는 그 애가 너무나 천진하고 귀여운 여러 가지 미점을 가졌기 때문일세. 나의 이러한 감정이 모순일까? 그러나 결코 나는 모순을 느끼지 않네. 그 애 자신은 세상의 모든 소녀들과 같이 제 본능과 이 사회가 가르쳐주고 보여주는 갖은 욕망을 공상하고 있을지 모르나 그 욕망을 채울 기회가 절대로 없기를 나는 축수하는 것일세. 후일 그 애의 배우자를 선택한다면 나 같은 무능자도 못쓰겠지만 자네 같은 유위의 청년도 거절하여야 할 것일세. 고무공장에 보내는 것도 안되었으나 그래도 자네 댁 같은 유산계급이나 중산계급의 가정에 며느리로 들여보내는 것보다는 낫다고 생각하네. 공장 안에서는 그래도 제 생활이 있으나 중산계급 가정에 들어가서는 '마네킹 걸'이 되니까 말일세. 자네가 만일에 빈궁한 서생이었다면 혹시 삼십 퍼센트까지는 필순이를 사랑할 자격이 있었을지?

어떻게 말이 딴 길로 나갔네마는 자네가 필순이를 공부를 시키지 못해하는 본의는 어디 있나? 시비조같이 들릴지 모르나 그 열성이 어디서 나온 것인가? 공부를 시킬 수만 있으면 시켜도 좋은 일이지만 공부를 시키면 무얼 하겠다는 말인가? 거기에도 프티 부르주아의 유희적 기분이 섞이지 않았나 하는 의심도 없지 않으나 그건 고사하고 지금 이 집에서는 그 애의 매삭 십오륙 원 수입이 아니면 당장 사오 식구의 입에 거미줄을 칠 지경일세. 이런 속에 끼아치고[143] 있는 나 같은 잡아먹지도 못할 위인은 애초에 거론도 할 것 없거니와 하여간 그 애를 공부시키자면 그 부모의 생활비부터 부담할 각오가 있어야 할 것이나 자네의 자력資力과 성의가 거기까지 미치겠나? 결국에 자네 같은 사람의 하염직한 동정인지 취미인지는 모르겠지만 그는 고사하고 지금의 그 알뜰한 교육은 시키면 무얼 하나. 너무 막 잘라 말하였다고 노하지나 말게.

써놓고 보니 역시 공연한 잔소리였네. 그보다는 우리의 퀸 이야기를 좀 더 하여야 하겠네. 대관절 자네 생각에는 내가 홍경애라는가 하는 여자를 사랑할 자격이 있겠나. 자격 심사부터 해보아주게. 아마 자네가 필순이에게 무자격한 것 이상으로 무자격할 것은 나도 모르는 것이 아닐세. 그러나 여보게, 나 보기에는 그 여자가 암만해도 보통 여자 같지는 않으이. 아니, 그보다도 먼저 할 말은 자네가 그 여자를 예전부터 아는가? 하는 의문일세. 더구나 자네 부친이 그 여자를 아시는 모양이데그려. 암만해도 내 눈에는 이상히 보이기에 말일세. 가령 이런 경우를 상상해보세. 그 여자가 나의 작반해[144] 간 사람을 놀린다든지 혹은 그 사람의 속을 태워주려고 아무 상관 없는 나에게 친절한 작태를 해 보인다면 내 꼴은 무에 되나. 가만히 생각하면 내게 특별호의를 보인 그 우박 같은 키스―아니 진눈깨비 같은 키스가 무슨 이용거리가 아니었던가 싶어서 이상도 하고 께름칙도 하이. 그야말로 멍텅구리 노릇을 하고 혼자 좋아서 날뛰는 내 꼴을 멀리 상상해보고 혼자 웃지나 말게……

143 '끼치다'로 남에게 은혜나 괴로움을 받게 하다.
144 동무로 삼다.

병화는 덕기 부친과 파출소에 붙들려 갔다는 말을 덕기에게 쓸 수가 없었다. 아무래도 부자간인 다음에는 듣기 싫어할 것이요 대접이 아닐 것 같아서 무척 찧고 까불어줄 말이 많건마는 참아버렸다.

그러나 어제 덕기 부친에게 일자이후[145]의 인사를 하러 들렀을 때에 외투를 준 것은 고마우나 경애와 무슨 깊은 관계나 있는 듯이 미투리꼬투리 캐는 데는 성이 가시었다.

"그래도 몇 번 만난 사람이면야 그럴 리가 있겠나?"
하며 나이 아깝게 체통 없이 자꾸 뇌까릴 제, 병화는 진정으로 변명을 하다가 놀려주고 싶은 생각이 나서,

"예전부터 친한 관계가 있습니다만 선생님께서 정 마음에 드신다면 양보하지요."
하고 웃어버렸다. 그러나 관계라는 말에 상훈이는 또 놀라는 눈치였다.

"그거 무슨 실없는 소리를 그렇게 하나. 그러나 바른대로 말을 하게. 그 애를 나도 대강 짐작하는 게 있으니 말일세."
하고 점점 더 몸이 달았다.

"바른대로 말씀입니다마는 저도 대강 짐작하지요."
병화는 짐작은 무슨 짐작이 있으랴만 서로 수수께끼 같은 소리를 하였다. 병화도 속을 뽑아보려는 것이었다.

"그 애 어르신네를 안단 말이야?"
"어르신네는 인사는 없었죠만 대강 짐작은 하지요."

145 그 뒤부터 지금까지.

병화는 입에서 나오는 대로 헛소리만 탕탕 하였다.

"아, 홍××씨를 안단 말이야?"

홍××란 이름에 병화는 좀 놀랐다.

'경애가 그 사람의 딸이야?'

하고 속으로는 입을 딱 벌렸으나 병화는 능청스럽게,

"글쎄, 그러니 딱하지요."

하고 대꾸만 하여주었다.

홍××라는 이름은 병화가 기미사건 이후에 들어 잘 알던 터이다.

"나 역시 그 애를 어려서만 보았고 그 후에는 어떻게 되었는지 몰랐다가 거기서 만나보고 놀랐네마는 자네라도 또 만나거든 권고를 하게."

"무어라구요?"

"그런 데서 나와서 무어든지 정당한 직업을 붙들든지 시집을 가라고 말일세."

"글쎄요. 부자에게 첩으로나 들어가면 갈까요―지금 판에 취직도 용이치 않겠지만 웬만한 거야 눈에 찰 리도 없고…… 선생님이 어떻게 거들어주십쇼그려."

병화는 슬쩍 이렇게 말을 걸어보았다.

"글쎄, 나 역 그 부친과 다소 교분이 있던 것을 생각해두 그대로 내버려둘 수는 없으나 그러자면 공연한 세상의 오해가 무서워서……."

상훈이는 이런 소리를 하고 웃어버렸다. 상훈이는 병화의 속을 뽑으려다가 도리어 뽑힌 것쯤 되었으나 상훈이로서는 이렇게 말을 비쳐두어야 병화에게 오해를 받지 않겠기 때문이었다. 실상은 아주 탁 터놓고 홍경애와 나와는 그렇지 않은 관계라는 말을 들려주어서 다른 마음을 먹지 못하게 만들어두고도 싶었으나 그 말을 꺼내면 자초지종을 기다랗게 설명하여야 할 것이니 그것이 창피도 스럽고 또 제 말은 그야말로 무슨 관계나 있는 듯이 풍을 치나 머리 하나 못 깎고 담뱃값 한 푼 없이 돌아다니는 위인이 감히 그런 하이칼라의 모던걸하고 어울리지도 못할 것이요 경애도 결단코 병화쯤이야 문제도 삼지 않을 것이니 공연히 숙호충비[146]로 먼저 말을 꺼낼 필요도 없다고 생각한 것이었다.

그러나 덕기 역시 별안간 그 아이 문제를 해결하라고 한 것을 생각해보면 수상하지 않은 것도 아니다. 가령 제 친구인 병화가 전일의 서모요 더구나 그 자식이 있는 경애와 심상치 않은 관계인 것을 알고는 잠자코 방관만 하고 있을 수 없어 이 기회에 당연히 귀정을 내고 자식을 찾아오라는 뜻으로 그런 말을 꺼냈던 것인지도 모르겠다는 의혹이 부쩍 들었다.

만일 그렇다면 일이 여간 꼴사납게 되지 않을 것이다.

그러나 설사 그렇더라도 자기의 내력을 지금 병화에게 설파하기에는 아직 이르다. 증이파의[147]면야 더구나 결과를 기다려보아야 할 것이다.

"하여간 그 애는 여간내기가 아니니 어련할 게 아니냐 자네야 말로 섣부른 짓 하지 말게."

---

146  宿虎衝鼻, '자는 호랑이의 코를 찌른다'로 가만히 있는 사람을 공연히 건드려 화를 입는 것을 이르는 말.
147  甑已破矣, 시루는 이미 깨어졌다는 뜻, 그릇된 일을 뉘우쳐도 소용 없음을 이르는 말.

상훈이는 그래도 미심쩍어서 헤어질 때 병화에게 이런 충고 비슷한 말로 뒤를 다져두었다.

　"온 별말씀을 다 하십니다. 저야 문제도 아닙니다마는 선생께서야말로⋯⋯."

하고 병화도 슬쩍 한마디 대거리를 해두고 헤어져 나오며 코웃음을 쳤다. 그러나 어쨌든 경애에게 한번 가서 캐어보리라고 생각하였다.

　병화가 이런 생각을 할 제 상훈이도 속히 경애를 다시 만나서 따져도 보고 병화에게 절대로 자기네 내평[148]을 발설 못 하게 일러놓아야 하겠다고 궁리를 하였다.

　그러나 병화는 어제 상훈이에게 찾아갔을 제 설왕설래하던 것도 편지에는 한마디도 비치지 않았다. 이렇게 부리만 따놓으면 덕기 편에서 무어라고든지 답장이 올 것이니 그것을 보리라고 생각하였다.

　편지를 써놓고 났으나 우표가 없다. 이 집 문 안에 돈 십 원이 들어온 것도 벌써 삼사일이 지났으니 더구나 병화의 주머니 속에 오리동록[149]이 남았을 리 없다. 혹시 안에는 동전푼 남았을지 모르나 한 푼을 둘에 쪼개 쓰려는 터에 우표값 내노라고 하기도 염의가 없어서 여차직하면 그대로 넣어버려도 좋고 이따 나가면 친구의 주머니를 털리라 하는 생각으로 그대로 내던져 두고 이불을 뒤집어쓰고 몸을 녹였다.

　요새는 낮잠 자는 게 일이다. 추우면 추워서 그렇고 배가 고프

---

148　속내.
149　'반 전짜리 녹슨 동전'으로 몹시 적은 액수의 돈을 비유적으로 이르는 말.

면 배가 고파서도 그러나 두 끼니를 먹는 날도 할 일이 없다. 동지가 모이는 데는 난롯불도 못 피우는 먼지 구덩이에 들어가서 뿌연 책상만 바라보고 앉았을 수 없으니 가기 싫고 겨울 들어서며부터 모이던 두셋 친구의 여관도 한 동지가 붙들려 들어간 뒤로는 요새는 위험해서 모이지들을 않는다. 얼마간은 누구나 잠잠히 들어앉아서 물계만 보는 판이다. 그야말로 동면상태이다. 무료하고 무능하게 쭉치고 누웠는 생각을 하면 저번 통에 나도 휩쓸려 들어갔다면 차라리 편하였겠다는 생각도 없지는 않으나 그렇게 한 모퉁이 해보지도 못하고 어설피 붙들려 들어가고는 싶지 않다.

요새 며칠은 불도 뜨뜻이 때고 마음 놓고 밥도 먹으니까 심신이 편해 그런지 잠이 많아졌다. 어쩐둥 잠이 든 것이 전등불 들어올 때까지 잤다. 눈을 떠보니 필순이가 들어와서 깼는지 앞에 오도카니 섰다.

"무슨 잠을 이렇게 주무세요? 인젠 동이 텄으니 어서 일어나 진지 잡수세요."

하고 나무라듯 하며 웃는다. 팔을 걷고 손에는 거멍 검디양칠[150]을 하고 한 모양이 벌써 공장에서 와서 부엌일을 하다가 들어온 모양이다.

"에쿠쿠…… 이거 미안하군! 아가씨의 꾸중을 듣게 되긴 되었군마는 바깥이 춥지? 남은 추운데 갔다 왔는데 나는 이렇게 코를 골고 자빠져서 죄송 무쌍합니다."

150 검댕칠.

하고 병화는 이불을 걷어차고 일어나 앉으며 넙죽이 절을 한다.

"그래두 잠이 덜 깨신 게군? 정신 차리세요?"

"정신은 바짝 차렸지만……."

하고 병화는 무슨 실없는 소리를 하려는 듯이 웃다가 말을 돌려서,

"방이 왜 이렇게 더운가? 응? 불까지 땠어? 이거 정말 미안해서 살 수가 있나. 오늘은 내 밥을랑 필순이가 겸쳐 먹게. 입두 염의[151]가 있겠지 함부로 먹자고 보챌 리야 있나."

하며 기지개를 커닿게 켜고 하품을 한다. 병화는 제 방 군불을 제 손으로 때는 것이나 추운데 돌아온 필순이가 땐 것이 더욱 미안하였다.

필순이는 어린애처럼 병화의 하품하는 그 큰 입에 주먹을 넣으려는 흉내를 내며,

"아이구 저 입 봐! 먹자고 보지 않는 저 입 봐!"

하고 깔깔 웃다가,

"게름쟁이 선생님의 죄지, 그 입야 무슨 죄가 있다고 굶기세요. 어서 안방으로 건너가 진지 잡수세요."

하고 소리를 쳤다.

병화가 나가는 뒤를 따라 나오던 필순이는 책상 위에 놓인 편지가 눈결에 띄자 멈칫하며 본다.

"선생님, 편지 부치십니다그려?"

"응, 거기 놔두어!"

"고맙단 말씀이나 단단히 하시지요."

---

151  무엇을 하고자 하는 생각.

"응, 모두 고맙다고 하는데 필순이만은……."

하다가 병화는 말을 뚝 끊어버렸다. 필순이만은 고맙다 안 한다고 썼다고 하려다가 그런 실없는 소리를 하는 것이 안되었다는 생각이 들어서 말을 끊어버린 것이었다.

"필순이만은 어째요? 네?"

필순이는 여전히 편지를 들고 서서 마루 끝에 나와 앉았는 병화에게 소리를 친다. 뒷말이 듣고도 싶고 어쩐지 '조덕기 형'이란 넉 자가 반가이 보이는 것이었다.

"아냐, 실없는 소리야. 필순이만은 욕을 하더라고 썼단 말야."

병화는 하는 수 없이 대꾸를 하였다.

"왜 내가 그이를 욕을 해요? 아무 상관 없는 이한테 왜 내가 욕을 할라구?"

하고 짜증을 낸다. 필순이는 실없는 말같이 하나 목소리는 실없지 않았다.

병화는 도시 공연한 소리를 냈다고 후회하며,

"거기 놔두어! 장난의 말야."

하고 방문 안을 들여다보다가 다시 방으로 들어갔다.

"그런데 왜 안 부치셨에요?"

"우표가 있어야지. 그대로 두어."

하고 병화는 빼앗아서 벽에 걸린 외투 주머니에 넣어버렸다.

"돈 드릴까? 내게 삼 전 있는데."

"삼 전 있건 고구마나 사 먹어요."

"누구를 어린애로 아시네."

"어린애가 아니면 고구마는 소통[152] 싫어하는데!"

하고 병화는 껄껄 웃어버렸다.

병화는 주인과 겸상을 해 밥을 먹는 것이었다. 마누라는 안방을 아니 치웠다고 사내들의 밥상은 건넌방으로 들여가게 하였다.

밥을 먹으며 필순이 부친도 덕기의 말을 꺼냈다. 별 의미가 있는 것이 아니라 아까 딸과 이야기하는 것을 안방에서 들었기 때문이다.

"이 밥이 말하자면 그 사람의 밥이라 해서 말이 아니라 위인 딴은 퍽 얌전하고 상냥한 모양이야. 사상은 어떤지 모르지만 장래 잘 이용해두 상관없지. 별수 있나. 무슨 일을 하든지 한 푼이라도 있는 놈의 것을 끌어내는 수밖에."

필순이 부친은 이런 소리를 하였으나 병화는 잠자코 먹기만 한다.

필순이 부친은 다북한 윗수염에 벌써 흰 털이 두서넛 생기니만치 겉늙어서 한 오십이나 되어 보이고 캥캥하니 암상궂게 생겼으나 상냥한 대신에 별로 주변성이 없어 보이는 중늙은이다.

"요전에 일본서는 무산자 병원에 어느 재산가가 기부를 한다니까 이러니저러니 문제가 많다가 한편에서는 안 받기로 결의를 하고 한편에서는 받는다고 하였는데 결국에는 기부자가 취소를 하였다더군마는 내 생각 같아서는 얼마든지 받아도 좋을 것 같드군. 내는 놈이야 회유懷柔 수단이거나 말거나 거기에 이용되고 넘어가지만 않으면 그만 아닌가. 결국에 그 회유 수단이란 것도 생각하기에 따라서는 섶을 지고 불로 들어가는 것이 아닌가. 적

---

152 쇠통, '전혀, 온통'의 방언.

이 주는 군량을 먹고는 못 싸우란 법이 있나. 그따위 조그만 결벽도 역시 소시민성이지."

병화가 잠자코 있는 것은 불찬성의 뜻인 줄 알고 주인은 이런 주장을 한 것이다.

"그렇지만 문제가 표면에 나타나면 일반 민중의 유치한 의식이 흐려질 것이요, 또 돈 내놓는 사람은 그 점을 노리고 하는 일이니까 정책상 받지 않는 것도 옳은 일이지요."

병화는 비로소 한마디 대꾸를 하였다.

"그야 물론이지만 조선같이 조직적 기반이 없고 부득이 비합법적으로 나가는 경우에는 그런 결벽성은 불필요하단 말이야."

"하지만 덕기 따위 아직 어린애야 이용하고 무어고 있나요. 그집 영감이 미구 불원간 죽으면 덕기 부친이 상속을 하니까 얼러본다면 덕기보다 한 대 올라가서 얼러봐야죠."

병화는 무슨 속셈이 있는 듯이 이런 소리를 하다가,

"참 그런데 한 가지 이용해보시려우?"

하고 웃는다.

"무어?"

"실없는 말이지만 조 군이 필순이를 보더니 공장에 보내서 썩히는 게 아까우니 공부를 시켰으면 좋겠다고 하던데?……"

"공부?"

하고 필순이 부친이 고개를 들다가 잠자코 만다.

"왜 어쩌세요?"

"글쎄, 조금만 셈이 피면 공부를 시켜서 제 손으로 벌어라도 먹게 만들어주고 싶지만 그런 젊은 애를 믿을 수가 있나?"

"아까 이용한다는 말씀과는 다릅니다그려?"

하고 병화는 웃었으나 믿을 수 없다는 의미가 아까 말과는 딴 의사인 것을 짐작 못 하는 것도 아니었다.

주인은 무슨 말을 좀 더 하려다가 안방에서 필순이가 숭늉을 뜨러 나오는지 인기척이 나니까 말을 뚝 그쳐버렸다.

주인이란 사람은 지금은 표면에 나선 운동자는 아니나 병화들의 선배 격이요 한때는 칠팔 년 전에 제일기생 격으로 감옥에도 다녀 나온 사람이다. 나이 사십이 훨씬 넘었으니 인제는 한풀 빠졌다고도 보겠으나 그렇다고 아주 무기력한 사람도 아니다. 다만 어린 처자와 생활에 너무 쪼들리고 또 지금 형편에 직업을 붙든다는 수도 없으니 이렇게 들어앉아서 썩으면서 딸이 벌어 오는 것을 얻어먹는 판이다. 그러니만치 딸자식만은 자기의 밟은 길을 밟히지 않고 그대로 평범히 길러서 시집가기 전까지는 아들 겸 앞에 두고 벌어먹다가 몇 해 후에 시집이나 잘 보내자는 작정이다. 그러나 그것도 제 소원대로 남과 같이 공부나 시켜서 하다못해 소학교 교원 노릇이나 유치원 보모 노릇이라도 시켰으면 좋겠건만 가운이 이렇게 기울어지고 보니 고등과 이년에서 그만두게 하고 만 것이다. 그래도 당자는 지금이라도 공부라면 상성이다.


외투


병화는 밥을 뚝 따세고는[153] 허둥허둥 나왔다. 아까부터 드러누워 생각하였지만 암만해도 오늘은 경애를 가보고 싶은 것이다. 오

240

늘은 덕기에게 보내는 편지에 경애 말을 쓰기 때문에도 그렇지만 아까 주인과 이야기한 것과 같이 덕기 부친을 이용하기 위하여서도 경애를 잔뜩 껴야만 되겠다는 생각이 불현듯이 난 것이다. 병화는 결단코 경애를 사랑한다고 생각지는 않는다. 그 여자가 자기를 사랑할 리도 없지만 자기도 그 여자의 정체를 캐어보자는 호기심이 있을 따름이요, 또 형편 보아서 상훈이와의 관계를 이용이나 해보겠다는 생각을 하는 것이다. 사랑하고 싶은 정열이 없는 게 아니나 자기 처지가 허락지를 않으니까 단념을 하는 것이다.

병화는 쌀쌀한 바람을 안고 육조 앞으로 삼청동으로 기어 올라갔다. 상훈이에게로 가는 것이다. 어제 새 외투를 주는 바람에 입었던 찢어진 헌 외투는 거기다가 벗어두고 왔는데 그때도 그렇게 생각했지만 역시 가지고 왔다면 좋을 것을 공연히 두고 왔다고 생각하였다.

상훈이는 없었다. 저녁때 나갔다고 한다. 주인이 없다는 말을 들으니 경애를 만나러 가지 않았나 하는 의심이 든다. 볼일이 그 밖에 없을 리가 없겠건마는 공연히 그렇게 생각이 드니 더욱이 시기가 나면서 점점 더 계획대로 할 생각이 든다. 사랑지기를 앞세우고 방으로 들어가 보았으나 외투가 아니 걸렸고 가택 수색하듯이 양복장 문을 열게 하자니 잠기었다. 적지 아니 낙심이 되어 멀거니 섰으려니까 사랑사람이 그제서야,

"무슨 외투 말씀요?"
하고 꿈속같이 묻는다.

153 (음식 등을) 먹다.

"아니, 어제 내 외투를 여기 벗어놓고 갔는데……."

"그 찢어진 거요?"

"예에, 그것 말씀요."

하며 병화는 반색을 한다.

"그럼 그건 아까 주인 영감이 아범을 주시나 보던데."

하고 픽 웃는다.

"아범을? 행랑아범을?"

하고 병화는 더욱 낙심이 되면서도 실소하지 않을 수 없었으나 웃고만 있을 때가 아니다.

"그건 남의 단벌 외투인데…… 그건 고사하고 아무리 찢어졌어도 삼대째 물려 내려온 우리 집 가보나 다름없는 것인데 말이 되나. 하여간 바꿔 입으러 왔는데……."

하고 병화는 서둘러대었다.

"그대로 입어두시구려. 설마 영감이 그 외투를 다시 벗어 내라고야 하시겠소."

사랑사람은 여전히 싱글싱글 웃으며 가장 사폐[154]나 보아주듯이 이런 소리를 한다.

"안 돼요. 좀 창피는 하지만……."

체면이고 무어고 다 집어치웠다. 사랑사람은 참았던 웃음을 커닿게 한 번 웃고서 마루 끝에 나와서,

"아범! 아버엄."

하고 소리를 친다. 아범 대신에 어멈이 한참 만에 대답을 하고 행

---

154 일의 사정. 이 책에서는 '사폐'로도 쓰인다.

랑방 문을 덜컥 열고 나와 사랑문을 삐걱 밀치고 들어온다.

"왜 그러세요. 아범은 병문에 나갔는데요."

이거 틀렸구나 하고 병화는 또 염려가 되었다. 어디로 번져 없으면 낭패다.

"어서 가서 불러오게."

어멈은 나갔다. 그러나 혹시 외투를 아끼어서 방에 걸어두고 나가지나 않았는지? 만일 그렇다면 창피하게 당자가 보는 데 가져가는 것보다도 그대로 뚝 떼어가지고 가버렸으면 설왕설래 말 없이 좋을 것 같았다.

"아, 그럴 게 아니라 제 방에 두고 나갔으면 내가 떼가지고 가지." 하며 병화는 말리는 것도 듣지 않고 구두를 끌고 쭈르르 나가버렸다.

병화가 빈손으로 들어오려니까 뒤미처 아범이 큰기침을 하고 터덜터덜 들어온다.

걷어 올린 외투 깃 속에 방한모 쓴 대가리를 푹 파묻고 좌우 주머니에 두 손을 찌른 양이 푸근한 눈치다.

"여보게, 그 외투 벗어서 이 양반 드리게."

"왜요?"

하고 아범은 놀란다.

"왜든 어서 벗어드려! 이 어른 거야."

하고 사랑사람은 두 사람을 다 놀리듯이 웃는다.

"아니, 영감께서 저더러 입으라고 내주셨는뎁쇼?"

그래도 아범은 벗기가 아까운 모양이다.

"압따, 잔소리 퍽두 하네. 자네 팔자에 외투가 당한가! 하루쯤 입어봤으면 고만이지."

하고 껄껄 웃는다.

아범은 그래도 내놓기가 서운해서 외투 입은 제 모양을 두서
너 번 위아래로 훑어보다가 기가 막힌 듯이,

"흠!"

하고는 입맛을 다시고 또,

"흠!"

하고는 입맛을 쩍쩍 다시다가,

"옜습니다!"

하고 홀떡 벗어서 병화에게 내던지듯이 준다.

"이거 대단 미안하우. 추운데…… 내 며칠 후에 형편 피면 다
시 갖다 주리다."

병화는 참 미안하였으나 이왕지사 지금 와서는 그대로 안 받
을 수도 없다.

"싫습니다!"

아범은 코대답을 하고,

"흠! 이건 섣불리 감기만 들겠는걸!"

하고 웅숭그리고 나간다.

병화는 아범이 입었던 외투를 속에 껴입고 뚜벅뚜벅 버티고
나오려니까 외투를 바꿔 입고 갈 줄 알았던 사랑사람은 문을 걸
러 쫓아 나오다가 이력차게,[155]

"전당국에를 가시는 모양이구려?"

---

155 이력이 나다. 어떤 일에 경험을 많이 쌓아 숙달되다.

하고 또 껄껄 웃는다.

한 시간쯤 후에는 병화가 바커스에 들어설 수가 있었다. 주부는 일전 일이 있는지라 반가워하지 않으나 경애는 난로 앞에 앉은 채 은근히 반기는 눈웃음을 치며,

"그동안 웬일얘요?"

하고 묻는 양이 오래 안 온 것을 나무라는 듯싶다.

"무에 웬일이란 말이요?"

병화는 반갑지 않은 게 아니요 더욱이 전일보다 더 친숙히 말을 거는 어조나 태도가 기쁘기는 하나 일부러 핀잔주듯이 맛대가리 없이 대꾸를 하였다.

"아니, 글쎄 말야……."

하고 경애는 눈을 떨어뜨려 버린다. 처음 들어올 때부터 수심이 긴 낯빛으로 풀이 없이 앉았는 모양이나 그것이 병화의 감정에는 발자하게[156] 새새거리며 날뛰는 경애보다 은근하고 깊이가 있어 보여서 좋았다.

"거기 앉으셔요."

시름없이 무슨 생각을 하는 눈치다가 옆에 불을 쬐이고 있는 병화를 다시 쳐다본다.

"왜 무슨 걱정이 있소?"

병화는 담배를 꺼내며 앉으라는 교의에 털썩 주저앉았다.

경애는 거기에는 대꾸도 안 하고 병화의 기닿게 얽어맨 외투 소매를 만져보면서,

156 꺼리거나 주저함 없이.

"그날 이렇게 찢어졌어? 어디 입겠소."

그 말투가 구차한 부부끼리 옷 걱정을 해주듯이 붙임성이 있어서 병화는 또 기뻤다. 만약 상훈이가 준 그 외투를 입고 왔던들 어땠을까? 하는 생각도 났다. 상훈이의 대추인 줄은 모른다 하여도 한창 모양이나 내느라고 뻗쳐 입은 것을 보고 이 여자가 속으로 웃었을 것이다. 웃기까지는 않더라도 적어도 이러한 다정한 말은 아니 붙였을 것이다.

"아무러면 어떤가? 그러지 않아도 그 덕에 외투가 하나 생겼는데……."

병화가 웃으며 여기까지 말을 꺼내려니까 저편에서 조용히 술을 먹던 한 패가 부르는 바람에 경애는 일어섰다. 오늘은 날이 몹시 추워서 그런지 아홉시나 되었건만 조선 손님이 단 한 패뿐이다. 이 사람들은 이 집이 익숙하지가 못해 그런지 양복값을 하느라고 체면 차려서 그런지 이편을 가끔가끔 유심히 바라볼 뿐이나 그리 떠들지도 않고 경애를 불러 가려고 애도 안 쓴다.

경애는 술을 가져다가 따라주고 곧 이리로 다시 왔다.

"그래 어쨌어요? 왜 안 입었에요."

허리가 부러진 재미있는 이야기나 되는 듯이 경애는 소곤소곤 뒷말을 채친다.

"그래 하루를 입어보니까 암만해도 내 주제에는 구격이 들어맞지 않기에 오늘 여기 오는 군자금으로 끌어버렸지."
하며 병화는 웃는다.

"뉘 건데?"

"뉘 걸까? 생각을 해보구려."

병화는 웃으면서도 '여기다!' 하는 듯이 경애의 얼굴을 유심히 바라보았다. 무어라고 말이 나오나 들어보자는 것이다.

"응, 같이 왔던 그이?"

"그이가 누군지 알아? 서로 아는 모양이던데 왜 그날 내 앞에 서는 시치미를 뚝 떼어요?"

"글쎄 안다면 알고 모른다면 모르지만 왜 그이가 무어라고 해요?"

"별말은 없지만……."

경애는 아직까지도 상훈이와의 내력을 이야기하기 싫었다. 그러나 이 남자가 그러한 창피스런 말까지 흉허물 없이 하는 것이 사내답게 시원스러워 좋다고 생각하였다. 지금 맑은 정신으로 생각하면 일전 밤에 키스를 하고 댄스를 한 것이 어렴풋하고 취중에 상훈이 보라고 일부러 한 일이지만 그렇다고 후회를 하거나 께름한 생각이 들지는 않는다. 어느 모를 보아서 그런지 병화가 첫눈에 흉하지 않고 일전 만났을 제 덕기에게 들은 말이지만 자기 부친과 신앙 문제로 충돌이 되어서 그 모양으로 떠돌아다닌 다는 것이 동정을 끄는 것이다.

병화로 생각하면 무엇보다도 큰 동기는 역시 일전에 그 키스를 해준 데 있지만 그것이 일시적 희롱이거나 무슨 이용거리로 한 일이리라는 의심이 없지 않으면서도 어느덧 이런 통사정까지 하게 되었는가 하는 생각을 하면 이상도 하다.

"아무것두 안 잡수세요? 애를 써 전당까지 잡혀가지고 오셨는데."

어설피 말문이 막힌 것을 깨뜨리려고 경애가 물었다.

"왜 안 먹긴. 오늘은 내 한턱 쓰리다."

"난 그렇게 못 먹어요."

"왜?"

"어디 좀 갈 데가 있어서."

"어디요? 좋은 데면 나두 대서볼까?"

하고 병화가 웃으려니까 경애는 곤댓짓을 하며 마주 웃고 일어
섰다.

병화는 문득 상훈이와 만날 약속을 한 것이나 아닐까 하는 의
혹이 들자 자기도 놀랄 만치 시기심이 부쩍 나는 것을 깨달으면
서 오늘은 아무래도 놓아 보내지 않으려고 생각하였다. 상훈이가
아니고 다른 남자일지라도……

경애는 싫다던 술을 심심풀이로 홀짝홀짝 마시고 앉았다. 술
을 먹여서 못 가게 하겠다고 생각한 병화는 애를 써 권할 필요도
없었다.

병화는 아까 아범의 외투를 벗겨 입던 이야기를 하여 들려주
며 서로 웃었다.

"이 헌털뱅이라도 그 사람에게는 가문에 없는 것일 텐데 남
못할 일을 했어. 병문[157]에 나가서 친구들에게 자랑도 하였겠고 좋
아라 하고 어깨춤이 났을 텐데 생각하면 가엾지."

병화는 이런 소리도 하였다.

"그러지 말고 잡힌 것을 다시 찾아 입고 그 외투는 갖다가 주
슈. 술은 얼마든지 내가 낼 테니."

"나두 그럴 생각이지만 실상이야 누가 술에 몸이 달아 왔
나?……"

---

157 골목 어귀.

"그럼 무엇에 몸이 달아서? 흐홍……."

하고 경애는 코웃음을 친다. 그것이 병화에게는 자기를 모멸하는 듯이 들려서 불쾌하였으나 말을 돌리어 어째 덕기 부자를 만나서 모르는 체하였느냐고 여러 번 조짐을 해보아도 경애는 생글생글 웃기만 하다가,

"차차 알지요. 이야기할 계제가 되면 이야기하죠. 하지만 좀 더 지내보고요."

하고 좀처럼 말을 아니하였다. 그러나 좀 더 지내보고 이야기한다는 말에 병화는 반색을 하였다.

"좀 더 지내보다니 내가 당신의 비밀을 지킬 만한 사람인가 아닌가를 다져보겠다는 말이지?"

"그도 그렇지만……."

하고 경애는 여전히 웃을 뿐이다.

병화는 수수께끼 같은 이 여자의 속을 점점 더 알 수가 없었다. 자기와 동지가 될 만한 교양이나 의식이 있는 것인가? 단순히 성욕적으로 자기가 총각이라니까 호기심이 있어서 그러는 것인가? 혹은 자기를 상훈이나 덕기의 병정으로 알고 상훈이와의 사이에 자기를 다리를 놓으려는 수단인가?…… 자기에게 취할 점이라고는 없는데 이 계집이 무슨 소득이 있으리라고 이러는지를 알 수가 없다. 행랑아범이 입었던 외투를 벗겨 입고 다니는 처지인 줄 알면서 웬만한 계집이면 아랫입술을 빼물 텐데 아무리 핏줄은 다르다 하겠지만 역시 홑벌[158]로만 보기 어려운 계집 같다.

---

158 속이 깊지 못하여 얇은 사람.

"간다는 데는 안 가우?"

병화는 도리어 똥겨주었다.

"차차 가죠. 하지만 당신도 쫓아와 보지 않으려우?"

주기가 조금 도니까 경애는 도리어 추긴다.

"어딘데? 좋은 데면 가다 뿐일까."

"좋은 데 아니면 내가 가나?"

"은근한 데?"

실없이 이런 소리도 해보았다.

"은근도 하지!"

하고 경애도 웃는다.

"나하구 둘이만?"

"그럼 둘이만이지!"

"만난다는 사람은 누구게?"

"만날 사람야 어쨌든지……."

"무슨 소리인지 알 수가 없군."

"잔소리 말구 오구 싶건 나만 쫓아와요. 훌륭한 데 데리고 갈 테니."

"알고 보니 여간 불량이 아니로군!"

"에에 에에, 불량에도 불량! 대불량 소녀지."

하고 경애는 깔깔 웃으며 일어나서 안으로 들어간다.

아까 있던 손들도 벌써 가버리고 텅 빈 방에서 혼자 유쾌한 듯이 술잔을 기울이고 앉았으려니 한참이나 치장 차리느라고 거레[159]

---

159 까닭 없이 매우 느리게 움직임.

를 하고서 경애가 나온다.

"자식새끼는 숨을 모으는데 술만 먹고 돌아다니는 이러한 철저한 불량도 없을걸."

경애는 병화 앞에 와서 서며 자탄하듯이 이런 소리를 한다.

"자식이라니? 아이가 있소?"

병화는 놀랐다.

"왜 동정녀 마리아도 아이를 낳는데 나는 혼자몸이라고 아이 못 났을까? 둘이 만드는 것보다 혼자 만드는 게 더 용하고 현대적이라우."

경애는 말끝만 붙들면 예수교를 비꼬는 버릇이다.

"흥, 딴은 용하군마는 현대적을 찾자면 애아버지는 기저귀 빨고 애어머니는 술 먹고 돌아다니는 게 원래 제격이지…… 한데 아이가 앓는다구?"

"앓아요. 약은 지어서 이렇게 들고만 다니구……."

경애는 농담을 집어치우고 금시로 애연한 낯빛을 띠며 외투 주머니에서 양약 봉지를 꺼내 보인다.

"아이는 어디 있기에 아무러면 약 갖다 줄 틈이 없을라구? 약부텀 갖다 줍시다. 애아버지도 구경할 겸."

애아버지를 구경하겠다는 말에 경애는 속으로 웃으면서 그러지 않아도 애아버지를 구경 가는 길이라고 혀끝까지 말이 나오는 것을 참아버렸다.

길에 나와서도 병화는 약부터 갖다 주자고 여러 번 권하였으나 경애는 잠자코 나만 따라오라고 하면서 앞장을 서서 걷는다.

병화는 쫓아가면서도 처음에는 물론 상훈이를 만나러 가나 보다 하고 생각하였다. 그러나 상훈이를 만나는데 자기를 끌고 갈리가 없다. 취흥인지도 모르겠으나 상훈이라면 언제 약속을 했는지 알 수 없다. 어쨌든 경애와 같이 가서 만나서는 재미없는 일이 많다.

경애는 K호텔까지 와서 잠깐 섰으라 하고 먼저 뛰어 들어간다.

정말 장난으로 둘이만 끌고 왔는가도 싶다. 그렇다면 이 거지 꼴을 하고 따라 들어가기가 창피하여 애가 씌었다. 어쨌든 이러한 데에 드나드는구나 하는 생각을 하니, 쳐다보던 경애가 뚝 떨어진 것 같은 경멸하는 생각도 든다. 모던걸이란 으레 그런 줄 알았지만 경애도 보통 소위 밀가루에 지나지 않는다 하는 환멸을 느꼈다. 그러나 상훈이고 누구고 없다면 자기를 무얼 보고 이렇게도 쉽사리 제풀에 서두를까? 의심쩍기도 하다. 그러나 결코 재미없을 것도 없다. 물계만 보고 있으려니까 사무실로 들어가는 눈치던 경애가 하녀와 같이 마루 끝에 나와서 밖에 컴컴한 속에 섰는 병화를 손짓으로 부른다.

병화는 볼이 미어진 구두를 벗으면서 나올 제 닦아나 신을 걸―하는 생각을 했다.

촌계관청[160]으로 병화는 두 계집애 뒤만 따라서 으슥한 복도를 돌아들어 가면서 어쩐지 마음이 싱숭생숭하는 것을 깨달았다.

하녀는 어느 구석진 양실 방문 앞에 와서 선다. 밑에는 슬리퍼―한 켤레가 코를 밖으로 돌려서 얌전히 놓였다. 병화는 새삼스럽게 무엇에 속았던 것처럼 놀라면서 무슨 말을 붙이려는데 경

---

160 촌닭을 관청에 잡아다 놓은 것 같다는 뜻.

애가 벌써 손잡이를 돌려서 문을 활짝 열었다. 병화의 눈을 또 놀
랜 것은 맞은 벽에 둘러친 조선 병풍이다. 무엇에 홀린 것 같다.

경애의 뒤에서 들여다보니 거기에는 상훈이의 지지벌건 상이
내려다보인다. 상훈이의 얼굴에서는 웃음이 스러지며 병화를 험
상스런 눈으로 칩떠보다가 얼른 감추고 다시 웃는 낯으로,

"어서 들어오."

하고 알은체를 한다.

'망신이로구나! 공연히 왔구나!' 하는 후회가 잠깐 났으나,

'망신은 내가 망신이냐? 저편이 망신이지' 하는 생각이 들어
서 딱 버티고 들어서며 병화는 껄껄 웃음부터 내놓았다.

"이거 댁 사랑을 떠다 놓신 것 같습니다그려? 아늑한 품이 미
인 앉히고 술 먹기 똑 알맞은걸요."

"그래서 이렇게 미인을 청해 오지 않았소. 허허허."

상훈이는 무색하고 화증이 나는 것을 참느라고 호걸풍의 속
빈 웃음을 내놓았다.

"자아, 술친구를 모셔 왔으니까 나는 갑니다."

앉지도 않고 섰던 경애는 다시 나가려 한다.

상훈이는 얼떨떨하였다. 그보다 병화의 처지가 몹시 군색하였다.

"명색 없이 영문도 모르는 사람을 데려다 놓고 가면 어쩌잔
말이요? 두 분이 재미있게 노실 텐데 멋모르고 따라와서 우습게
는 되었지만 잠깐 앉으시구려. 나는 곧 갈 게니."

병화는 경애를 붙들었다.

"누가 당신 때문에 간다나요. 난 약을 갖다 주어야 해요. 어린
것이 숨이 깔딱깔딱하는데 술주정받이 하고 앉았겠에요."

경애는 상훈이 들어보라고 이런 포달[161]을 부렸다.

"그럼 무엇하자고 나를 끌어다 놨단 말요? 그러지 말고 앉으슈. 약은 맥이 어딘지 가르쳐만 주면 내가 가는 길에 갖다가 두리다."

"고맙습니다. 하지만 무얼 무엇하자고 오셔요.—애아버지 구경하겠다고 하셨지? 이렇게 애아버지 구경두 하시구 내 대신 술 대작도 하시구려."

하고 경애는 두 사람을 다 놀리듯이 샐샐 웃는다.

병화는 애아버지 구경하라는 말에 눈이 번쩍 띄었으나 시치미 딱 떼고,

"나더러 당신 서리署理[162]를 보라지만 선생님이 들으실 리 있나. 이 손으로 술을 따라서야 맛이 있나요? 허허허……."

하며 슬쩍 농쳐버리다가,

"선생님, 이거 실례 많습니다. 선생님께서 저두 데리구 오라셨다고 끄는 대로 온 것이라서 누가 이런 줄야 알았겠습니까? 저는 물러갑니다. 용서하십쇼."

하고 엉덩이를 들먹거린다.

상훈이는 실없이 자기가 놀림감이 된 것 같아서 창피스럽고 화가 났으나 꾹 참고 병화는 붙들면서 경애더러는 가라고 역정을 내었다.

"왜 내게 화를 내슈? 당신께는 자식이 아무것두 아니겠지만 나는 그렇지 않아요. 자식이 발을 뻗게 되어도 당신 술타령이나 하는 데 쫓아다녔으면 좋을 듯싶지요? 왜 오너라 가너라 하고 날

161  악을 쓰고 함부로 욕을 하며 대드는 일.
162  직무를 대신하는 사람.

마다 성이 가시게 하는 거애요?"

경애는 시비판을 차리려는 듯이 주저앉아 버린다.

상훈이는 어제오늘 이틀이나 이 집에 와 앉아서 경애를 부르는 것을 어제는 가만 내버려두고 오늘은 올까 말까 망설이던 차에 병화가 달려들어서 이렇게 늦게야 오게 된 것이다.

경애도 말이 그렇지 그렇게 뿌리치고 가려는 것은 아니었지만 남자들은 경애가 앉는 것을 보고 마음이 놓였다.

상훈이는 말대꾸를 하면 점점 창피할 것이니까 시치미 뚝 떼고 병화에게 술만 권한다. 얼른 고쁘찜으로 몇 잔 먹여서 배송을 내려는 것이다.

"이건 내가 댁의 산소를 봅니까?"

병화는 고쁘 술을 먹이려는 의사를 알아차렸다.

"김 군은 우리 집 산소를 보고 나는 김 군 댁 산소를 봅세그려."

하고 상훈이는 웃다가 병화의 외투를 인제야 보았는지 깜짝 놀라며,

"그건 웬 외투요?"

하고 묻는다.

"왜요? 내 외투지요."

"옹? 아까 바깥애를 내주었는데?⋯⋯"

"네! 바깥애에게서 찾았습니다."

병화는 시치미를 뗀다.

"온, 말이 되나. 내 건 어떻게 했단 말인가?"

"배에 들어가 있습니다."

"벗어버리게. 행랑것 입힌 것을⋯⋯ 이가 꾀었을 거야."

하고 상훈이는 눈살을 찡그린다.

"벗어버리면 또 주시겠습니까? 물각유주物各有主[163]인데 내 말 없이 주신 게 잘못이시지요."

"주는 대로 잡혀먹게! 김 군 줄 게 또 있으면 바깥애를 대신 주겠네. 없는 사람이란 으레 그런 거지만 여간 천량[164] 가지고는 밑 빠진 가마에 물 붓기지 대는 수가 있나."

상훈이가 웃으면서도 삐쭉하고 핀잔을 준다. 이때까지의 화풀이를 여기다 하려는 것 같다. 병화는 아니꼬운 품이 곧 대들어보고 싶었으나 그래도 덕기의 낯을 보아서 참으려니까 경애가,

"이 양반한테 무얼 얼마나 대어주셨다고 그런 소리를 하슈?" 하고 말을 가로맡는다.

"아니야, 옳은 말씀은 옳은 말씀인 것이 원래 술이란 밑 빠진 가마에 물 붓기니까…… 술만 안 얻어먹으면 그런 소리 들을 리도 없겠지만 외투는 내일 댁으로 갖다가 드리죠. 난 갑니다. 더 앉았으면 인제는 가달라고 하실 거니까……."
하고 병화는 홱 일어섰다.

"나도 가요. 같이 가세요."

경애도 일어섰다.

상훈이는[165] 다시 붙들고도 싶지 않았으나 일이 이렇게까지 되어가는 것이 무슨 때문인지 얼떨떨하였다.

"이거 봐. 잠깐 내 말 듣고 가."

<hr>

163 모든 물건은 제각기 임자가 있다는 뜻.
164 재산.
165 원문에는 '병화'임.

경애를 붙들려 하였으나 그대로 나가면서,

"약이 급해서 그래요. 이야기는 같이 가면서 못 하세요?"

하며 그래도 차마 훌쩍 가지는 못한다.

상훈이는 하는 수 없이 따라 일어섰다.

병화는 두어 칸통 앞을 서서 뒤도 아니 돌아다보고 휘죽휘죽 간다.

"김 군, 김 군!"

하고 상훈이는 불러보았다. 그래도 나 어린 사람을 그 모양으로 노해 보내서는 체면이 아니라고 생각한 것이다.

"내가 가서 붙들지요."

하고 경애는 쪼르르 쫓아간다.

"너무 그리지 말아요. 어쨌든 그러지 말 일이 있으니 슬슬 비위를 맞추어요. 그리고 내일 저녁때 세시에 저리 오슈."

경애는 병화에게 이렇게 일러 보내고는 뒤떨어져서 상훈이와 만났다.

"술이 취해서 그대루 간대요. 실례가 있더라도 용서하시라구요."

경애는 아까보다도 마음을 푼 것 같았다.

"실례야 무슨 실례될 거 있나. 내가 실없이 말이 잘못 나갔지만 그것도 저편이 없는 사람이니까 곡자아의[166]로 그러는 거지."

하고 상훈이는 신지무의하였다.

두 사람은 잠자코 조선은행 앞을 지나 남대문 편으로 향한다.

"어디를 가세요? 댁으로 아니 가세요?"

---

166 마음이 비뚤어진 사람이 매사를 자기 마음대로 함.

경애는 줄줄 쫓아오는 상훈이를 가만 내버려두었다가 재동 빌
딩 앞에 와서 발을 멈춘다.

"어서 가요. 데려다 줄게."

상훈이는 앓는 자식의 얼굴도 보고 경애 모친과 묵은 감정도
풀어볼까 하는 생각이 있어서 경애를 집까지 데려다 주려는 것
이다. 그러노라면 모녀의 감정도 풀려서 모친도 딸을 권할 것이
요, 또 경애 자신의 의향도 자세히 들을 수 있으리라는 생각이었
다. 그러나 문전까지 와서는,

"늦었으니 그만 가시죠. 서로 불편한 일도 있고 하니 며칠 후
에 아이나 성해지고 하건 다시 들러주세요."

하고 아이년이 열어주는 문 안으로 들어서서 들어올까 보아 가
로막고 서버린다. 상훈이는 어쩌는 수 없이 돌쳐서 버렸다. 그러
면서도 어떤 놈이 있어서 그러는 거나 아닌가 하는 의혹이 들어
서 불쾌하지 않을 수 없었다. 그렇다고 몇 해 만에 집에를 부덕부
덕 들어가자 할 체면도 아니었다.

상훈이는 이튿날 늦은 아침에 일어나서 세수를 하다가 아범이
도로 땟덩이 회색 두루마기를 입고 터덜터덜 들어오는 것을 보
고 우스운 생각이 나서,

"그 외투는 도루 뺏겼다지?"

하고 말을 걸었다.

"녜에. 십상 좋은 걸 그랬어와요. 부덕부덕 벗으라시는 걸 어
쩔 수가 있나요? 그런데 그 서방님 댁이 어디애요."

"왜? 다시 가서 달라려구?"

"아니애요……."

"참 그런데 어제 그 편지 갖다두었니? 만나 뵈었니?"

어제 저녁때 나갈 제 아범에게 편지를 써 맡기고 나간 생각이 인제야 난 것이다.

"녜! 갖다드렸에요.…… 그런뎁쇼……."

아범은 눈이 멀게서 망단한 듯이 어름거린다.

"왜 무엇 말이냐?"

"저어, 무얼 적어주시던뎁쇼……."

말을 할까 말까 망설이다가 꺼내고야 말았다.

"무어? 그래 어쨌단 말이냐?"

상훈이는 급히 묻는다.

"어따가 떨어뜨렸는지 온 식전 찾아봐두 그 답장이 없어와요. 분명히…… 아마 그 외투 주머니 속에 넣은 걸……."

"분명히…… 아마란 무슨 소리야? 지금 곧 가서 찾아가지고 오너라."

하고 야단을 친다.

여자에게서 오는 답장이라 으레 불호령이 내릴 것을 생각하고 아주 속여버릴까 하는 생각도 없지 않았으나 그랬다가 나중에 그 외투 임자가 편지를 가지고 와서 주머니 속에 이런 것이 있습디다 하고 주인에게 내놓으면 그때 가서는 속였다는 죄목이 하나 또 늘 것이니 그것이 무서워서 망설이다가 이실직고를 하고 만 것이다.

"녜! 그 외투 속에 제가 넣었기만 하였으면 잃어버리기야 하겠습니까?"

"잔소리 말고 어서 갔다 와, 이놈아."

"네! 네!"

하고 아범은 후닥닥 한걸음에 뛰어나갔다.

잃어버리고 안 잃어버린 게 걱정이 아니라 그동안 병화가 그 편지를 뜯어보았을 것이 염려다. 그러나 어떻게 생각하면 어제 취했고 아직 이르니까 그대로 넣은 채 벗어두었으면 감쪽같이 주머니 속에 있을 것 같기도 하다.

이런 조바심을 하며 맛없는 아침상을 받고 앉았으려니까 아범이 다시 허둥허둥 뛰어 들어온다.

"왜 입때 안 가고 또 들어왔니?"

상훈이는 미닫이를 밀치고 또 호령이다.

"저어, 그 댁이 어디던가요?"

"미친놈! 옛이야기 같구나! 난 그렇게 뛰어나가기에 어딘 줄 아나 보다 하였구나……."

이렇게 나무라면서도 속으로는 웃지 않을 수 없었다. 가는 사람이나 보내는 사람이나 등신이긴 매한가지다. 그러나 병화가 어디 있는지 자기 역시 알 수가 없다.

생각다 못해 경애 집을 가르쳐주고 거기 가서 알아가지고 찾아가라고 일러 보냈다.

아범은 오정 칠 때나 헛발을 치고 돌아와서,

"그 댁에서두 모른답세요."

하고 머리를 긁적거린다.

# 밀담

"조 씨에게서 댁에 하인 갔지요?"

경애는 병화를 만나는 맡에 물었다.

"에? 하인요? 아니⋯⋯."

"집을 가르쳐달라고 내게로 왔던데?"

"안 왔어! 이 곤룡포가 탐이 나서 상전 하인이 똑같이 몸이 달은 게로군!"

"하하하⋯⋯ 아무러면 그럴라구, 참 어쨌든 그 외투를 찾아 입으슈. 너무 흉해요. 얼마?"

"얼만 줄 알면 찾아주려우?"

"많이는 못해두 조금은 보탤 수 있지만⋯⋯."

"그만두슈."

병화는 너무 고마워서 실없는 말도 아니 나왔다. 언제 친한 사람이라고 그렇게까지 빈말이라도 해주는지 고마운 게 지나서 의혹이 들었다. 덕기가 그렇게 해주는 것은 어렸을 때부터의 소위 죽마고우니까 그럴지 모르지만 설사 덕기 부자의 친한 사람이라 하기로 그렇게까지 할 리는 없는 것이다.

'그야말로 내가 인복이 좋아서 그런가?' 하고 생각도 하여보았다.

"이것만 하면 되겠지요. 부족하면 남았을 테니 채시구려."

경애는 허리춤에서 지갑을 꺼내더니 오 원 한 장을 꺼낸다. 오 원 한 장쯤 아무것도 아닌 듯이 쑥쑥 빼내는 것도 의외이지만 병화는 아무려니 까닭 없는 돈을 이 여자에게 받으랴 하고 다시 넣으로고 단연히 거절하였다. 그는 고사하고 칠 원에 잡힌 것을 어제 조금 쓰고 오늘 아침에 일 원 얼마쯤 남긴 뒤에는 주인에게다 털어놓고 나왔으니 어차피에 그것 가지고는 찾지도 못할 것이다.

"그러지 말고 전당표를 이리 내슈."

하며 경애가 달려들 듯이 일어나서 다가온다.

이 계집애가 왜 이렇게 열심인가? 인제는 도리어 겁까지 날 지경이다.

"여기서는 이야기할 수 없고 어디를 같이 가야 할 텐데 내가 창피해요. 그 꼴을 하고는."

경애는 아주 노골적으로 말을 털어놓았다.

"어디를 가자는 건지 잔칫집이면 이 옷 입고 못 갈라구."

하며 병화는 버티었으나 경애는 인제는 달려들어서 외투 주머니에 손을 넣어서 뒤지었다.

"이건 뭐요?"

몸을 빼낼 새 없이 경애는 봉투 한 장을 쑥 빼 들고 겉봉을 보려 하는 것을 도로 뺏으려 하니 뒤로 감추고 서서,

"그럼 표를 내노슈. 바꿉시다."

병화는 하는 수 없이 전당표를 한 손에 꺼내 들고 마주 붙들고 바꾸었다.

이 편지를 경애에게 안 보이려느니보다도 좀 실컷 애를 태워 주고 시달려보다가 보여주려고 온 터이라 그렇게 쉽사리 빼앗기기는 싫었다. 그러나 경애는 피봉 위에 이름이 아니 씌어서 그것이 뉘 편지인지는 몰랐다.

"그건 무슨 편지기에 그렇게 질겁을 하슈? 러브레터?"

"에! 러브레터!"

"그럼 좀 봅시다."

경애는 눈이 샐쭉해진다.

"러브레터기에 아니 보인다는데, 그러면 보자니 말이 되나?"

"자아, 외투 찾아드릴게 하이칼라하고 애인한테나 가슈. 이런 곱장사는 다시없을걸."

경애는 자기를 조소하듯이 실소하면서 전당표를 들고 안으로 들어간다.

삼십분도 못 되어서 요릿간 사내 하인이 외투를 찾아가지고 왔다.

"이건 너무 미안한데. 그 대신에 좋은 것 하나 보여드릴까?"

병화는 외투를 갈아입으면서 실없는 소리를 하였다.

"고만두어요. 남의 '러브레터' 조각이나 얻어 보려고 애쓰는 사람은 아니니…… 당신한테 반한 여자를 좀 보았으면! 오죽할라구."

하고 비꼬아주면서,

"이건 자네나 입게."

하고 경애는 병화가 벗어놓은 헌 외투를 옆에서 불을 쬐고 섰던 사내 하인에게 선심을 쓴다.

"절 주세요!"

하고 젊은 애는 말이 떨어지기가 무섭게 외투를 냉큼 집어서 팔을 꿴다.

"엣? 그건 임자가 있는데."

하고 병화는 놀라다가,

"그래버려라! 날 좀 뜨뜻해지면 이 외투를 벗어서 '바깥애'를 주지!"

하고 또 커다랗게 웃는다.

"자아, 인제는 내가 차비를 차릴 테니 잠깐 기다려주어요."

하고 경애가 쪼르르 들어가더니 부리나케 양장으로 갈아입고 나온다.

"어디를 가자는 거요?"

"서백리아!"[167]

하고 경애는 앞장을 선다.

주부는 그제야 나와서 일찍 들어오라고 신신당부를 한다.

"좀 걸어보지 않으랴우?"

"아무려나."

오후 네시나 되어 쌀쌀하여지기는 하나 그래도 오늘부터는 날이 풀려서 손발이 시릴 지경은 아니다. 길을 남산으로 들어선다. 병화도 잠자코 따라설 뿐이다.

"지금 무얼 하세요?"

경애는 별안간 불쑥 묻는다.

"낮잠 자고 술집 가서 쌈이나 하고!"

병화는 혼자 웃었다.

"하지만 이때껏 내가 무얼 하는지도 모르고 사귀었습디까?"

벼락닫이[168]로 사귄 터이라 그렇기도 하겠지만 자기의 정체를

---

167 '시베리아'의 음역어.
168 '벼락치기'의 뜻으로 쓰인 듯함.

알면 이 여자가 놀랄 것이요 '다이너마이트'를 만지던 아이가 내던지고 물러서듯이 질겁을 하리라는 생각도 든다. 그러나 평범한 여자가 아니니만큼 코웃음을 칠지도 모를 것 같기도 하다.

"어디 취직이라도 하면 어떠슈? 총독부 속은 얼를 수도 없겠지만 허다못해 군 서기고 군속이고……."

경애는 시치미 떼고 이런 소리를 한다.

"그 애기 하랴고 끌고 나왔소?"

"그래요. 총독부 관리를 소개해드릴까 하고 이렇게 외투까지 찾아 입혀가지고 나왔지."

"고마운 말씀요. 시켜준답디까?"

"웅!"

"그래 내가 취직을 하면 어떻게 하겠다는 거요? 우리 집 동리에서 움집에서 사는 사람들에게 구세군 쌀—섣달 대목에 구세군에서 주는 쌀을 얻어주고 구문을 얻어먹는 전도 부인도 보았지만 당신도 내가 취직하면 구문이나 생길 줄 알고 이러는 거요?"

"무어요? 우리 집 동리에서 토굴 속에서 구세군에서 쌀을 주어서…… 하하…… 왜 그리 '서'가 많소. 어쨌든 취직하고 결혼하고 뜨뜻이 먹고 때고 들어앉았으면 좀 좋겠소."

"만사구비萬事具備에 지결동남풍只缺東南風[169]이라더니 다른 것은 다 돼두 색시 없어 고만둘래요."

하고 병화가 웃어버리려니까,

"그거 무어 어렵소. 정 없으면 나라두 색시노릇 해드리리다그려."

---

169 모든 일이 다 준비되었으나 다만 결정적인 한 가지가 갖추어서 있지 않다. 긱벽테긴 중 게 갈량의 말에서 유래함.

하고, 경애도 놓치다가,

"여보……."

하고 경애는 또 말을 추겨내려고 사내 말투처럼 병화에게 다시 말을 건다.

"조상훈 씨한테 어제처럼 공연히 그리지 말아요. 있는 사람이 뻗대는 거야 당연한 일인데 그걸 일일이 탄하다가는 아무것두 안 되어요. 귀에 거슬리는 소리가 있더라도 슬슬 흘려들어만 두면 그만 아니요."

경애는 타이르듯이 낮은 소리를 한다.

"언제 볼 사람이라구! 심사 틀리면 집어치는 거지 별수 있나!…… 그래두 덕기의 낯을 보아서 참았지."

병화는 속으로는 경애의 말을 옳게 생각하였으나 이런 소리를 해보았다.

"그렇지 않아요. 사람이 살자면 서서 똥 누기로 되나. 어쨌든 내 말대로만 해요."

경애의 이 말에 병화는 귀가 번쩍 띄었다.

"그럼 어떻게 하겠다는 말이요?"

"별로 당장 어떻게 하겠다는 게 아니라…… 나도 돈바람에 휘둘려 오늘날 이 지경이 되었으니까 돈을 먹어도 먹고 무슨 끝장이든지 내야지……. 하지만 어제는 그렇게 했더라도 인제는 조씨 보는 데 우리가 친한 듯이 보일 것도 아니요. 좀 주의를 해요."

"언젠 누가 어쨌나?"

병화는 핀잔을 주다가,

"이거 왜 이렇게 끌고 가는 거요? 어 추워 추워. 그까진 이야기하자고 남산 골짜기까지 찬 바람 맞고 올라올 거 무어 있소."

"또 이야기가 있지만 어데든지 들어가시랴우?"

"불기 있는 데면 아무 데나 좋지."

인기척이라고는 없는 쓸쓸한 조선 신궁 앞마당을 휘이 돌아서 삼백여든 몇 층이라는 돌충계를 나란히 서서 간신히 내려서니 해는 벌써 뉘엿뉘엿하여졌다.

전차 선로까지 와서 경애는 자기 집이 바로 저기니 같이 가서 저녁이나 먹자고 한다.

병화는 좀 의외이었으나 아무려나 좋다 하면서 따라섰다.

어떤 생활을 하는지, 문제의 아이는 어떠한지 구경하고 싶은 호기심이 여간치 않으나 그보다도 자기 집에까지를 끌고 가려 할 만치 무관히 구는 것이 어쩐 까닭인지 알 수 없다. 꼬물꼬물하는 성질이 아니요, 발자하고 경쾌한 신경질적 영리한 계집애이기는 하지만 오다가다 만난 사람이나 다름없는 자기를 제 집에까지 끌고 가는 것은 여간 친절히 생각한 것이 아니면 안 될 것이다.

"우리 집에 와본 남자 손님이라고는 당신 알라 세 사람밖에 없어요. 내가 이러고 다니니까 이놈저놈 함부로 끌어들이는 듯시피 생각할지 모르지만 우리 집이 아무리 더러워도 여간 사람은 못 오는 데요."

마치 요샛말로 하면 치수 나가는[170] 명기名妓의 말티[171] 같다.

"매우 치수가 나가는 거로구려! 그 단 셋에 하나 끼었으니 채표[172] 타기보다도 어려운 행운이요 알성급제[173]만한 명예는 되겠

---

170 값이 높은 의 의미로 쓰임.
171 말투.

지만, 나 빼놓고 두 사람의 행운아는?……"

이죽이죽하는 병화의 말을 경애는 가로막으며,

"비꼬지 말아요. 내가 기생인 줄 아슈?"

하고 나무란다.

"황송한 말씀입니다……. 하여간 나 말고 다른 두 사람이 누군 가요?"

"한 사람은 보셨고 또 한 사람은 인제 기회 있으면 뵈어드리 지요."

"만나본 사람이 누구인가?"

병화가 어리뻥뻥한 표정으로 눈을 끔벅거리니까,

"애아버지. 구경 안 했어요!"

하고, 핀잔을 준다.

"그럼 둘째 애아버지만 구경하면 다 본 셈이로군! 그리고 내 가 셋째 애아버지! 허허……."

"이거 왜 이렇게 사람이 컴컴해!"

하고 경애는 큰길 사람이 보는 것도 창피한 줄 모른다느니보다 도 계관치 않고 병화의 넓적팔을 쥐어박는다.

"내가 컴컴하우? 당신이 말을 잘못했소?"

병화는 여전히 느물느물 웃기만 한다.

"몰라요 몰라요. 마음대로 생각해두구려."

"그런데 그 첫 애아버지하고는 어떻게 된 셈속인지 좀 들어봅

---

172 중국에서 하던 복권의 하나로 일정한 표를 발행하고 몇 사람을 제비로 뽑아 많은 돈을 층 이 지게 주는 것.
173 조선시대 임금이 성균관 문묘에 참배한 뒤 보이는 과거 시험에 합격하던 일.

시다그려? 처음에 어떻게 애아버지가 되고 지금은 왜 애아버지 노릇을 쉬고 있고, 또 무슨 까닭에 요새로 별안간 애아버지 복직 운동을 하려는지? 우렁이 속 같애서 도무지 알 수가 있소."

"아이가 나면 애아버지 노릇하고 애어머니가 구박하면 애아버지 구실이 떨어지고, 또 마음을 돌리면 애아버지를 다시 시키고 마음 못 돌리면 귀양 보내고…… 뻔한 노릇이지."

"한참 당년의 ×비 같구려? 세도 좋은 품이! 하지만 어떤 애아버지든지 먹국은 먹는[174] 거로군? 나는 어떻게 종신관終身官으로 될 수 없을까?"

"객쩍은 소리 그만두어요. 그따위 실없는 소리를 할 때가 아니애요. 우리 집에 들어가서 그런 실없는 소리 하다가는 뺨 맞고 쫓겨날 테니 정신 바짝 차려요!"

경애는 실없는 듯이 이런 소리를 하였으나 별안간 그 말소리라든지 얼굴빛에 추상같은 호령과 남을 압두하는 표독한 기운이 차 보인다.

병화는 무심중에 선뜻하며 여자의 얼굴이 다시 쳐다보였다. 그러나 병화는 태연한 낯빛으로 여전히 싱글싱글하면서,

"그 호령이 어디서 나오는 것이요? 어따가 준비해두었다가 쑥 내놓는 것 같으니?"

하고, 역시 농담을 붙여보았으나 경애는 다시는 입을 벌리지 않았다. 생각할수록 경애란 이상한 계집애다. 지금 말눈치로 보아서는 노는계집과 다름없고, 자기에게 성욕적으로 덤비는 것같이

---

174 '미역국을 먹다'로 일정한 지위에서 떨어져 나가다의 뜻.

밖에는 보이지 않았다. 그뿐 아니라 어제 상훈이에게 끌고 간 것이라든지 또 전일에 상훈이 앞에서 키스를 한 것이라든지 혹은 자기와 상관한 남자들을 모두 서로 대면시키려는 말눈치로 보면 일종의 변태 성욕을 가진 색마나 요부妖婦 같기도 하다. 그러나 또 이렇게 호령을 하고 윽박지르는 것을 보면 그것이 혹시는 '히스테리'증의 발작인지는 모르겠으나 어떻게 생각하면 불량소녀의 괴수로서 무슨 불한당의 수두목 같아도 보인다. 옛 책이나 탐정소설에서 볼 수 있는 강도단의 여자 두목이라면 알맞을 것 같다. 사실 청인의 상점이 쭉 들어섰고 아편쟁이와 매음녀가 꼬이는 음침하고 우중충한 이 창골 속을 휘돌아 들어갈수록 병화는 강도들의 소굴로 붙들려 들어가는 듯한 음험한 불안과 호기심을 느끼는 것이었다.

그러나 경애 집 문전에 왔을 때, 병화는 이때까지의 자기의 종작없는 공상을 속으로 웃었다. 조촐한 기와집이 문간부터 깨끗하고 얌전한 것이 도리어 의외이었다. 중문간에 고르게 팬 장작을 가득 쌓고 비스듬히 들여다보이는 장독대가 겨울철이건만 앙그러져[175] 보이는 것을 보니, 불한당이나 불량소녀의 소굴은커녕 사실 이놈저놈 함부로 드나드는 뜨내기의 난봉살림은 결코 아니다.

'나두 퍽 신경쇠약이 되었나 보다.'

고, 병화는 공연한 겁을 집어먹었던 자기를 또 한 번 웃었다.

경애는 안방으로 병화를 데리고 들어가서 외투와 모자를 벗어던지고 아랫목에서 자는 아이 옆에 가만히 앉는다. 그러나 아이

175 모양이 보기 좋다.

는 눈을 반짝 뜨고 캥캥댄다.

"웅 웅, 엄마 몸 녹여가지고! 엄마 몸이 차요."

하며, 달래는 경애를 병화는 이상스러이 쳐다보고 앉았다.

바커스의 경애, 상훈이 앞에서 보는 경애―아니, 그는 고사하고 지금 대문 밖에서의 경애와 이 방 안에서의 경애가 이렇게도 다를까 싶었다. 여자란 그런 것인지 모르지만 이 여자같이 다각형으로 자유자재하게 변화하는 성격을 가진 여자는 없으리라고 생각하였다.

"인제는 다 살아난 셈이애요. 삼사일 전만 해도 죽는 줄 알았어요."

경애는 어린애의 머리를 짚어보며 얼러주다가 병화를 돌려다보고 상냥스러이 말을 건다. 집 안에 들어오더니 자기가 주인이라 해서 그렇겠지만 아까 새룽거렸다 호령을 했다 하던 것은 잊어버린 듯이 다정스럽게 대접을 하고 말씨도 고와졌다.

"어머니 어머니, 나 좀 보세요."

부엌에서 애년을 데리고 밥을 짓는 모친을 불러올리더니 돈 일 원을 내주고 반찬을 좀 해달라고 이른다.

"술도 조그만치만 사 오라고 하세요."

경애는 그제서야 짱알거리는 아이를 안아 올려놓고 달래면서 먹먹히 앉았는 병화에게 아까 그 편지를 보이라고 조른다. 편지가 보고 싶은 것이 아니라 벙벙히 앉았는 병화를 이야기를 시키려는 것이다.

"진정한 사랑은 자랑이 아니라 비밀이요 행복이 아니라 고통인 것쯤은 알 터인데 남의 비밀을 자꾸 보자니 딱한 양반이요."

하며 병화는 웃었다.

"당신 같은 분도 그런 연애의 경험이 있을지?"

"남만 업신여기시는구려. 당신은 '애아버지'하고 어댔을꾸?"

"어쨌든 첫사랑이었으니까……."

"첫사랑—첫정이면야 나중에는 또다시 그리 쏠리고 말지."

"하지만 원체 나이가 틀리고 불시에 우격으로 그렇게 되어서 그랬던지 지금 생각하면 그저 어리둥절하고 정 반 미움 반인 것 같애요."

"그래두 아이가 있으니까. 평생 연을 끊지는 못하지요."

"끊으랴면 끊고 말면 말고……."

경애는 신푸넝스럽게[176] 대꾸를 하다가,

"그런데 참 아까 좋은 것 하나 보여주신댔지? 편지 대신에 그 좋은 거 좀 보여주시구려?"

하고 말을 돌린다.

"글쎄, 그것도 함부로는 좀 어려운데! 보이기는 보이지만 보여드리는 대신에 무슨 턱을 낼 테요?"

"무슨 딴소리야? 외투 찾아준 대신에 보여주기로 한 것인데."

하고 어린 계집애처럼 조르다가,

"그래 무슨 턱이든지 소원대로 낼게 보이세요."

하고 덤빈다.

"빈말로만이야 소용 있나마는 속는 셈 치고 그래버리지."

하고 병화는 아까 그 봉투를 꺼내서 경애에게 툭 던진다.

---

176 '신청부 같다'로 근심걱정이 너무 많아 사소한 일을 돌볼 여유가 없다.

"무어길래 야단스럽게 그러는 건구."

하며, 경애는 찬찬히 꺼내 펴본다.

마침 급한 판에 잊지 않고 보내주신 것은 여간 생광스럽게 쓰지 않겠습니다. 그러나 왜 십여 일이나 그렇게도 뵈일 수가 없습니까? 하여간 이따라도 들러주세요. 이렇게 어름어름하시고 마신다면 저는 죽는 사람입니다. 집안에서는 날마다 야단입니다. 어쨌든 급한 것이 민적을 가르시는 것입니다. 아버니께서는 경성부에 가셔서 민적 조사를 하신다고까지 날마다 야단이십니다. 뵈입고 자서한 말씀하겠지만 시원스런 말씀을 곧 해주셔야 일가나 친구들에게도 망신을 안 하겠에요. 몸이 달아서 안절부절을 하고 그날그날을 보냅니다. 그나 그뿐입니까, 남에게 말 못할 이런 사정을 좀 생각해주셔요. 사람을 세워놓고 너무 급해서 무슨 소리를 썼는지 모르겠습니다. 어쨌든 이따 여섯시에 거기 가서 기다리겠에요. 그저께도 밤 열한시까지 기다리다가 허발[177]을 치고 돌아와서 꾸중만 들었에요…….

"놀랐지요?"

편지를 다 보기 전에 병화는 놀리듯 충동이듯 웃는다.

"놀라긴, 그런 사람인 줄 언제는 몰랐던가? 허지만 이게 어디서 나왔에요? 외투 속에서?"

병화는 그렇다는 대답 대신에 흥— 하고, 웃어버렸다.

177  목적을 이루지 못하는 공연한 걸음을 함.

"응, 그래서 몸이 달아 찾으러 다녔군! 하지만 누굴까?"

"왜 알면 쫓아가서 들부어놓으랴우?"

하며, 병화는 껄껄 웃다가,

"정신 바짝 차려요. 애아버지 빼앗긴 뒤에 후회 말고."

하며, 또 충동인다.

경애는 아무렇지도 않은 듯이 웃으면서도 그 편지 임자가 누구인지 몹시 몸이 다는 모양이다.

"허니까 아범이 심부름 가서 맡아가지고 온 것을 외투에 넣은 채 잊어버린 것이군요? 그러니 아범을 갖다 주고 좀 물어봐다 주시구려? 다시 잘 봉해드릴게."

경애는 장 밑에서 붙임풀 그릇을 찾아내 가지고 얌전히 봉해서 다시 준다.

"그래도 마음에 안 놓이는 게구려? 그러지 말고 당신도 이혼하고 어떤 계집애인지 이 계집애도 떼버려야 애아버지 노릇을 다시 시켜주마고 해보구려?"

"그랜 무엇하게. 몇 년이든지 데리고 놀라지. 하지만 남의 집 딸년을 모조리 버려놓는 게 안됐으니까 좀 버릇을 가르쳐놓아야 하기는 할 거야. 더구나 이혼을 한다든지 하면 정말 혼을 내주고 말걸! 그전에는 나도 그런 생각이 없지 않았지만 덕기를 생각하면 그 어머니가 가여운 생각이 들어요."

병화는 경애가 그만큼 요량이 드는 것이 무던하다고 생각하였다.

밖에서 밥상을 보느라고 데그럭거리면서 모친이,

"먼점들 먹으랸? 기다릴 테냐?"

하고 물으니까 경애가 좀 천천히 먹겠다고 대답을 하는 양이 누구를 기다리는 눈치 같다.

"누가 또 올 사람이 있소? 그건 애아버지 아니요?"

병화가 또다시 실없는 소리를 꺼내려니까 경애는 눈으로 나무라고 자는 아이를 가만히 눕힌다.

수세미가 된 양복치마 앞을 털고 화로 옆에 동그랗게 꿇어앉으며 무슨 생각에 팔린 기색이더니,

"지금 회의 일은 어떻게 되어가는 셈요?"

하고 묻는다.

"회라니?"

병화는 생게망게한 소리를 묻는다고 놀란 눈을 멀뚱히 떠 보았다.

"××동맹 중앙본부 집행위원 아니세요?"

"그래, 어쨌단 말이요?"

그런 것쯤은 덕기에게 들어서도 넉넉히 알 일이지만 그 이야기를 왜 지금 별안간 꺼내는 것인지 알 수가 없다. 그뿐만 아니라 경애의 말 붙이는 태도가 너무나 긴장해 보이는 것이 이상하다.

"왜 그렇게 놀라세요? 회 형편이 지금 어떻게 되었는지 좀 알아보자는 거예요."

병화는 점점 더 의혹이 부쩍 들어간다. 아까 취직을 하라는 둥 총독부 속으로 소개를 해주마는 둥 할 때는 실없는 농담으로만 들어두었지만 지금 이런 소리를 꺼내는 것을 들으니 이런 사람의 습관으로 경계하는 공포심이 버쩍 나는 것이었다.

'이 계집애가 스파이가 아닌가?'

하는 생각이다.

"그건 알아 무얼 하려는 거요?"

"글쎄, 무얼 하든지…… 그런데, 저번 통에 당신은 어째서 빠졌었소?"

경애의 말은 점점 더 의심스러워간다.

"저번 통이 무슨 통이란 말이요?"

병화는 어름어름하며 딴전을 붙인다.

"제이차 ××당 사건 말얘요. 물론 당신네 회가 중심은 아니었지만……."

제이차 ××당 사건이 병화의 회에서 중심이 아니었던 것까지를 아는 것을 보면 경애가 이편이든 저편이든 하여간 좌익단체의 소식에 맹문이가 아닌 것은 사실이다. 병화는 너무나 의외인 데에 호기심과 놀라운 생각이 뒤섞여서 경애의 얼굴을 물끄러미 바라만 보고 앉았을 따름이다.

"왜? 무시무시하슈? 옭혀들까 보아 가슴이 덜컥 내려앉으시는 게로구려?"

하고 경애는 남자를 놀리다가 정색을 하며,

"당신이야말로 정신 차려요. 문간에 나가기 전에 본정서에서 형사대가 달겨들 테니. 독 안에 든 쥐지. 인제는 하는 수 있나! 공연히 창피한 꼴 보이지 말고 인제는 딱 마음을 먹고 종용히 당하는 대로 당하실 생각을 하슈. 그 대신에 잡숫고 싶은 것은 마음대로 해드릴 테니 내게서 마즈막 술 한 잔 잡숫고……."

하며 얼러대듯이 타이른다.

병화는 사실 저번 통 획책에 끼지 않았고 그 당시에는 그래도 미심쩍어서 며칠 떠돌아다니다가 간정되니까 필순이 집으로 들어간 터이다. 말하자면 병화와 몇몇 동지는 회의 뒷일을 보기 위하여 빠졌던 것이나 그 후에는 도망을 했던 것도 아니니 아무러면 못 잡아서 경애를 시켜 이런 군색한 짓을 할 리가 만무한 노릇이다. 그러나 참 정말 경애가 스파이라면 꼬염꼬염하여 내막을 떠보려고 할지는 모를 일이다.

"그래 그렇게 하나 낚아들이면 얼마씩이나 먹소?"

병화는 웃으면서 대꾸를 한다.

"먹긴 무얼 먹어요. 중국식으로 모가지 하나에 몇만 원씩 현상을 하고 잡는 줄 아슈."

"생기는 것 없이 돈 들여가며 술까지 받아 먹이고 붙들어줄 게 무어 있나?"

"그것두 내 재미지! 그런데 어쨌든 잡혀가두 억울하지는 않을 거 아니요?"

"잡혀가기로 무슨 상관 있나. 죄 없으면 내놓겠지."

하고 병화는 코웃음을 친다.

"죄가 없어? 들어간 사람의 뒤를 받아서 제삼 ××당을 조직해놓은 것을 뻔히 아는데?"

경애는 눈을 날카롭게 떠 보인다.

"그리구 책임비서는 김병화라고 보고가 들어갔습니까?"

"책임비서 노릇이나 할 자격이 웬걸 있기에! 그런 기미만 채면 겁이 벌벌 나서 꽁무니를 슬슬 빼고 베돌면서……."

"그런 걸 번연히 알면서 나 같은 놈은 잡아다가 무얼 한답디까?"

"그런 사람일수록 잡아다가 족치면 중정이 허하니까 물 쏟아놓듯 토하고 말라는 소리까지 분단 말이죠! 불기만 하면 당장 놓

여나올 거니까. 몇십 명이 옭혀 들어가도 자기만 어서 모면하고 빠져나오랴고…….'

"어떻게 그렇게 잘 아우?"

하며, 병화는 이죽이죽 웃기만 한다.

"그만 것두 모를까? 나는 관상쟁이는 아니라두 사람을 쓱 보기만 하면 알아요. 애초에 당신 같은 사람이 사회 운동이니 무어니 하고 나돌아 다니는 것이 잘못이지."

경애는 야죽야죽 골만 올리려고 애를 쓴다.

"그러니까 군속이나 면 사무원 노릇이나 하라는 거구려?"

"아니면 덜!"

"그건 그렇다 하고 제삼 ×××당을 조직한다는 말은 뉘게 들었소?"

"그게 다 어림없는 소리애요. 뉘게 들었다고 내 입으로 말을 할 듯싶소? 그건 고사하고 벌써 일주일 전부터 시내 각 경찰서에서 뒤집어엎고 법석인데 그걸 이때까지 꿈속같이 모르고 조상훈이의 꽁무니나 줄줄 쫓아다니며 바커스에나 들어엎데 있고 싶어 하는 이런 운동자두 있나? 키스 한 번에 이렇게 녹초가 되었으니 내 침이 초보다두 더한가 보군!"

경애의 입에서 이런 심한 소리까지 나오는 것을 듣고는 병화는 그대로 앉았을 수가 없었다. 기연가미연가[178]하는 의혹도 의혹이려니와 아무리 실없는 소리라도 거기까지 막 트고 덤비는 데는 모욕을 느끼지 않을 수 없었다. 분한 생각과 부끄러운 생각에

---

178 '긴가민가'의 본말.

얼굴이 벌게지며 모자를 들고 벌떡 일어섰다.

"누구를 어린애로 아는 셈이란 말이요? 가만히 듣고 앉았으려니까 나중엔 별 옴둑가지[179] 소리를 다 듣겠군! 스파이질을 해먹든지 잡아를 가든지 마음대로 해봐요!"
하고 병화는 문을 화닥닥 밀치고 마루로 나섰다.

그러나 방 안에서는 흐흥— 하면서 냉소를 등덜미에다 끼얹을 뿐이요 쫓아 나와 붙들려고는 아니한다.

"어디 얼마나 마음대로 가나 봅시다! 대문 밖까지도 못 나가고 다시 들어오지는 말아요."
하고 경애는 또 부아를 돋우는 소리를 한다.

"사람이 아모리 타락을 했드라도 제 밑천은 찾아야지! 여기까지 쫓아온 내가 잘못이지만."

병화는 좀 실컷 들이대고 싶었지만, 속아 넘어간 것이 자기 불찰이라는 열적은 생각도 들고 또 한편으로는 이것 역시 이 계집의 무슨 꾀에 한 수 넘어가는 것이나 아닌가 싶은 어리둥절한 생각이 들어서 뻐진 소리가 나오지를 않았다.

건넌방에 있던 모친은 무슨 일이 난 듯이 눈이 휘둥그레서 내달아 나오며,

"당신이 누구인지는 모르겠소마는 왜 남의 딸자식을 가지고 타락을 했느니 어쩌니 하고 야단이요?"
하고 역성이 시퍼렇다.

병화는 잠자코 꾸부리고 앉아서 구두를 신으려니까 이번에는

---

179 '옴두꺼비'의 서울 방언. 쓸모없고 보잘것없는 것을 일컫는 말.

중문이 찌이걱 하며 우중우중 누가 들어온다.

　병화는 무심중에 가슴이 선뜻하는 것을 깨달으며 쳐다보았다…….

　후줄근하게[180] 차린 현줄한[181] 양복 신사가 앞에 와서 딱 서며 입가에는 조소를 머금고 면구스러이[182] 바라보는 눈이 안경 뒤에서 부리부리한다.

　'형산가?'

하는 뜨끔한 순간이 지나니까 병화는 이상히도 마음이 가라앉으며 획 지나쳐 나가려 하였다.

　그 청년의 신은 구두 본새가 조선에서는 보기 드문 서양제나 상해 다녀온 친구가 신은 것을 많이 본 것 같은 점과 양복을 모양낸 것은 아니나 몸에 턱 어울리는 것이 어딘지 외국 갔다 온 사람 같은 인상을 주었던 것이다. 형사의 티라면 어둔 밤중에 손끝으로 더듬어 만져보고도 알 만큼 그들에게 접촉이 많은 병화가 얼떨결에라도 겁을 잠깐 집어먹던 자기를 속으로 웃으며,

　'이것이 그 소위 이 집에 드나드는 둘째 남자, 둘째 애아버지인가?' 하는 생각을 하였다.

　"마침 잘 들어왔네."

　모친이 반색을 하는 눈치로 알은체를 하려니까 안방 문이 열리며 경애가 눈짓을 하고 나온다. 병화는 그 눈짓을 못 보았다.

　"여보세요, 날 좀 보세요."

---

180　후줄근하게.
181　헌칠한.
182　민망스럽게.

김 선생이라고 하기도 싫고 말다툼 끝에 친숙히 병화 씨라고 부르기가 서먹해서 그대로 소리만 쳤다.

병화는 건넌방 모퉁이를 돌쳐서려다가 돌아선다. 그대로 갈 것이지만 그러면 정말 겁이나 나서 줄행랑을 치는 줄이나 알까 보아 가는 것도 우습다고 생각한 것이다.

"벌에 쐬었소? 이야기를 하다 말고 가는 법이 어데 있에요."

경애는 내려와서 끈다.

"들어가시지요. 오비이락으로 오자 가시니 미안하외다그려."

그 청년도 생각하였더니보다는 소탈하게 말을 붙이고 껄껄 웃는다.

"오비이락으로 말하면 내가 할 소리외다. 관할 경찰서에서 문간에 와서 지키고 있다기에 지금 자수를 할까 하고 나가려는 길인데 마침 마주 들어오니 노형이 그거든 같이 갑시다그려."

하고, 병화도 마주 웃는다.

"잘 생각하셨소. 내가 뭐랍디까? 문지방도 못 넘어서 다시 들어올걸 왜 그러는 거요."

하고 경애도 놀리며 웃었다.

그러나 모친만은 웃을 수도 없었다. 무에 무언지 영문을 몰라서 마루 한가운데 섰을 뿐이다.

"어머니, 어서 차려서 상을 건넌방으로 들여다 주세요."

경애는 남자들을 안방으로 몰아넣고 이런 부탁을 하며 따라 들어갔다.

"두 분이 인사하세요. 이분은 우리 일가 오빠―이번에 시골서 올라오셨에요. 또 이분은 ××회 간부로 계신 분―며칠 있으면 군속이나 면서기로 취직해 가실 양반입니다. 오늘은 환영 겸 송별 겸 약주나 한잔 대접하려구…….”

두 남자가 통성명을 하고 앉았는 동안에 경애는 혼자 조잘댄다. 그러는 병화는 이 청년이 시골서 올라온 오빠라는 말에 그의 얼굴을 다시 보고 다시 보고 하였다. 그 소위 ‘둘째 애아버지’가 아닌 것이 섭섭도 하거니와 차림차리나 수작 붙이는 것이 촌속에서 갓 잡아 올린 위인은 아니다. 그건 그렇다 하기로, 하고많은 성명에 가죽 피 자 가죽 혁 자의—피혁皮革이라는 성명이 있을 리 없다. 피혁상을 하는 놈인가 바지저고리의 껍질만 다니는 놈인가? 위인 됨됨이 껍질만도 아닌 양하다. 또 혹시 성은 피가라 하여도 이름을 하필 혁이라고 지었을꼬? 외국 나간 사람이나 요새 젊은 애들이 무슨 필요로는 물론이요 필요하지 않은 경우에도 신유행의 첨단적 모던 취미로인지 부모가 지어준 이름을 거꾸로 세로 뜯어 발겨서 쓰는 것을 많이 보았지만 하여간 경애가 오빠라는 말이 준신[183]할 수 없는 것만치 피혁이란 성명도 입에서 나오는 대로 떠대는 이름 같다.

병화는 꿀 먹은 벙어리처럼 이 사람 저 사람 눈치만 보고 앉았다.

피혁 군은 밥을 먹을 때 별로 말도 없이 병화의 인금을 보는지 슬슬 눈치만 보다가,

“관변에 취직을 하려면 용이할까요? 다른 사람과 달라서.”

이런 소리를 떠듬떠듬한다.

“공연히 누구를 떠보는 수작인지 실없이 놀리는 것이지요.”

---

183 확실히 믿다.

병화는 심중의 경계를 풀지는 않았으나 아까 같은 불뚝한 감
정은 어느 결에 스러져버린 기색이다.

"술 몇 잔에 마음을 돌리셨구려? 아까 같애서는 곧 무슨 야단
이라도 낼 듯싶더니! 그러기에 값이 싸단 말애요. 지금 누가 돈
천은 고사하고 돈 백 주어보슈. 주의구 사상이구 가을바람의 새
털이지!"

경애가 또 갉작거린다.

"주어봐야 알지."

"보나마나! 지금은 아주 입찬소리를 하지만 총독부 사무관 하
나 준다 해보구려—아니 사무관까지 얼를 게 아니다 그저 당신
께는 군속이 제격이지. 하하하……."

"그 역 지내봐야 알지. 당신은 나하고 언제 지내봤다고 그렇게
남의 속을 잘 아슈? 여자의 좁은 소견으로 큰 새의 마음을 어찌
알리요?"

하고 병화가 호걸풍의 웃음을 터뜨려놓는다.

"그야 그렇지요. 아낙네들—더구나 요새 모던걸들의 물욕이
교폐한[184] 그런 염량으로야. 하하하."

피혁 군은 경애의 눈총에 껄껄 웃어버리고 말을 돌려서,

"아, 그럴 거 없이 정 그런 튼튼한 자국으로 취직이 하고 싶으
시다면 우리 고을로 가십시다. 내 권리 자랑 같소마는 군청 속에
한 자리 비집기야 그렇게 어려울 것도 아니니……."

하고서 병화를 본다.

---

184 폐단을 고쳐 바로잡다.

"노형까지 왜 이러슈."

하고, 병화는 웃으면서,

'이 사람들이 왜 이러는 건구?'

하며 점점 더 의아하여진다.

"누구니 누구니 하는 사람들도 미즈텐[不見轉—절개 없는 기생] 볼줴
지르게 변절도 하는데 상관있나요. 김병화를 누가 그렇게 끔찍이
안다고—."

"김병화도 쫄딱 망했구나. 그러나 대관절 내가 무슨 짓을 했기
에 이렇게 깔뵈이는 건가?⋯⋯"

병화는 자탄하듯이 이런 소리를 하고 밥상에서 물러나 앉는다.

"어쨌든 도회에 있으면 아무래도 유혹이 많으니까⋯⋯ 당장
입에 풀칠을 할 수 없는 데다가 속에 똥만 들어앉았어두 이름은
나고 게다가 정치의 중심이 있는 데니까 그런 유혹의 손이 뻗기
도 쉽고 따라서 끌리기도 쉬운 일이지. 그런 걸 보면 오히려 지방
청년들이 곧이곧솔이요 도리어 열렬하지. 첫째 지방 관헌이야 그
런 고등정책을 쓸 여지도 없고 머리도 없으니까. 늘 대치를 해 있
기 때문에 긴장해 있고 투쟁적 자극이 더 심하거든⋯⋯."

피혁 군의 의견이 병화에게도 그럴듯이 들렸다.

병화는 역시 맹문이가 아니구나 하는 생각을 하면서,

"고향이 어디세요? 무얼 하시나요?"

하고 묻는다.

"나요? 나는 저 황해도 두메에서—촌구석에 들어엎데서 부조
덕택으로 밥이나 치우고 있는 위인이지요."

하고, 피혁 군은 자기를 조소하듯이 웃어버린다.

병화는 더 캐어묻고 싶었으나 대답이 탐탁지 않아서 입을 닫쳐버렸다.

밥상을 물리고 나니까 경애는 안방으로 건너가서 후딱 옷을 입고 나온다.

"난 벌이 가야 하겠습니다. 앉아들 이야기하세요."

하고, 건넌방을 들여다보고 인사를 하자 그 김에 병화도 따라 일어섰다.

"더 놀다 가시지요."

하고, 피혁 군은 인사로 붙드는 모양이나 그리 탐탁지 권하지는 않고 마루 끝까지 나와서 작별을 하고 들어간다.

경애는 내려서서 마루 위에 섰는 남자의 기색을 살피다가 병화더러는 문밖에서 기다리라 하고 다시 구두를 벗고 방으로 따라 들어갔다.

"어때요? 쓸 만해요?"

급급히 소곤소곤한다.

"웅! 어쨌든 자조 오게 해주."

피혁 군도 수군수군한다.

경애는 더 캐지 않고 생글 웃으며 나가버렸다.

"그거 누구요? 정말 일가요?"

병화는 컴컴한 속에서 나란히 걸으며 말을 꺼냈다.

"그럼 정말 일가지 가짜 일가두 있나?"

"그런데 왜들 자꾸 까부는 거야."

"왜? 무얼 어째서?"

"글쎄 말야."

"흐흥……."

하고 경애는 코웃음을 치다가,

"선을 뵈었으니까 왜 안 그렇겠소."

하고 소리를 내어 웃는다.

"선을 뵈다니?"

병화는 눈이 뚱그레진다.

"사윗감을 고르구 다닌다우. 그래서 내가 당신을 중매를 들랴
는 건데 다른 것은 다 가합해두 당신이 주의자인 것하구 놀구 술
자시는 것만은 싫답니다. 그래서 자꾸 군속이든지 면서기라도 취
직하라고 뇌까리지 않습디까?"

"당자가 얼굴만 예쁘면 당신 사위 노릇은 못 하겠소."

"하지만 주의도 버리고 술도 끊어야지."

"글쎄— 생각해봐서."

하고, 병화는 코대답이다.

"생각해보고 뭐고 있나. 벌이 있고 술만 끊으면 고만이지.
무남독녀 외딸에 지참금은 적어도 오백 석은 되겠다!"

"호박이 굴렀군! 간밤에 꿈자리가 하두 좋더라니."

"남의 말은 듣나마나."

"그런데 주의를 가지고 있으면 고자가 된답디까?"

"고자나 다름없지. 밤낮 감옥살이나 하구……."

"감옥에 들어가게 되면 대리를 세우고 들어가지."

하고 병화는 느물느물하다가,

"그런데 여보! 그 사람이 언제 들어왔소?"

하고, 별안간 딴청을 한다.

"무에 언제 들어와?"

"밖에서 언제 들어왔느냐 말얘요."

"아까 저녁때 들어오는 것 당신도 보지 않았소."

경애도 웃으며 딴전이다.

"그만두우. 나를 이때까지 시달렸겠다! 두고 봅시다. 인제는 내가 꼬질 테니."

"잠꼬대 고만하고 이쁘게 보여서 어서 국수나 먹여요."

"여보!……"

하고 병화는 금시로 은근히 부른다.

"왜?……"

"황송한 말씀입니다만 국수는 우리가 그 사람을 먹입시다? 그러는 게 옳겠지?"

병화는 술내 나는 입을 경애의 뺨에 닿을 듯이 들이대고 웃는다.

"이거 왜 이리 컴컴한 소리를 해."

하고 경애는 핀잔을 주고 물러선다. 그러나 결코 노한 기색은 아니다.

"하고 보면 그동안 내게 왜 그렇게 친절했나 하였더니 결국……."

하고 병화는 말을 뚝 끊는다. 자기의 아까 말이 너무 노골적인 것이 잘못이라고 후회하였다.

"결국 어째?"

"글쎄 말야. 결국에 그 사람에게 소개하려고 한 것 이외에는 아무 의미도 없단 말이지?"

"무슨 의미?"

경애는 말귀가 어둔 것은 아니나 시치미 떼는 것이다.

전찻길로 나서니까 피차에 잠자코 말았다.

'대관절 피혁이란 위인의 정체는 무엇인구? 사위를 고르러 왔다는 말은 역시 경애의 입에서 함부로 나온 소리겠지만 정말 무슨 일거리를 가지고 다니는 자인가? 계통은 무슨 계통일꾸?……'

병화는 겁겁한 성미에 다시 뛰어가서 단도직입적으로 물어보고 싶었다. 그러나 그자가 정말 무슨 계획을 가지고 국외에서 숨어 들어온 자라면 무슨 계획일꼬? 응할까? 안 응할까? 그것도 문제지만 그렇다면 단단한 결심과 각오가 있어야 할 것 같다. 어쩐지 몸이 으슬으슬한 것 같기도 하나 이러고 무위하게 지내는 판에 일거리가 생겨서 막다른 골목에 든 운동을 다시 뚫어나갈 수 있게 된다면 활기가 생겨서 도리어 다행하기도 하다.

'그건 그렇다 하고 요놈의 계집애는 어쩔 텐구? 차차 두고 볼수록 여간내기가 아닌데 이대로 쓸쓸히 하고 말 수야 있나? 상훈이하고 그렇거나 덕기의 서모뻘이 되거나 그거야 누가 알 일인가?……'

병화는 기위 내논 발길이면야 갈 데까지 가고야 말아야 하겠다고 생각하였다. 그리고 요 김을 놓치고 미끄러져버리면 안 되겠다고 생각하였다. 설사 그 남자와 무슨 일을 하게 된다 하더라도 경애와의 관계가 두 사람을 맞붙여주는 데 그치고 경애는 발을 쑥 빼버리든지 하면 아무 흥미가 없어지는 것이다. 일을 팔아서 사랑을 살 수는 없으나 일은 일이고 사랑은 사랑이다. 사랑까지 얻고야 말겠다는 욕심이다.

"그런데 무얼 보고 그이가 외국서 들어왔다는 거요?"

컴컴한 길에 사람이 뜸한 데를 오니까 경애는 아까부터 물어 보고 싶은 말을 꺼낸다.

"내가 해삼위[185] 시대에 본 사람이애요."

"무어? 공연한 소리……."

경애의 목소리는 천연한 듯하면서도 놀라는 기색이다.

"당신이 언제 해삼위 갔다 왔어요?"

"어머니 배 속에 있을 때!"

하고 병화는 웃으면서,

"하여간 그 방면에서 온 것은 사실 아니요?"

하고 다진다.

"글쎄, 무얼 보고 그런 눈치더냐는 말애요!"

"구두를 봐두 그렇고 양복 스타일을 봐두 그렇지 않소. 여보! 내 눈에 그렇게 띌 제야 나보다 더 밝은 눈이 얼마든지 있으니까 주의를 하라고 하슈."

경애는 깜짝 놀랐다. 병화의 눈치 빠른 것도 탄복할 만하지만 어서 옷을 갈아입혀야 하겠다고 생각하였다.

"자, 여기서 나는 실례!"

조선은행 앞까지 와서 경애는 장갑을 빼고 하얀 손을 내밀어 악수를 청한다.

경애는 웬일인지 힘을 주어 흔들면서,

"아까 그 편지 꼭 물어다 주세요. 내일두 그맘때 오세요."

하고 떨어져 총총총 가버린다. 병화는 그 편지를 잊지 않은 것을 웃으며 한참 바라보고 섰다가 걷기 시작하였다.


## 편지


"필순아, 군불도 그만두고 방이나 좀 치어라. 오늘도 또 어디서 한잔 걸린 게다 보다."

저녁 밥상을 내다 놓고 필순이가 설거지를 하려고 부엌으로 들어오는 것을 모친이 한사코 올라가서 쉬라고 쫓아내다가 이번에는 동나무 단을 들고 나서는 것을 보고 그것도 말리는 것이었다. 모친은 추운데 온종일 뼈치고[186] 온 딸을 위하려 애쓰고 딸은 찬물에 하는 설거지를 모친에게 쓸어맡기기가 딱한 것이었다.

"오늘은 전차 타고 와서 괜찮아요."

하고 건넌방 군불을 때기 시작한다.

불을 한 거듬 넣다가 아궁이 앞에 종이 부스러기를 모아서 들이밀려던 필순이는 손을 멈칫하고 그 대신 나무를 또 꺾어 넣어서 불을 살려놓고 눈에 띈 반 토막 양봉투를 집어 불에 비춰본다. 상경구上京區 무슨 정町이라고 번지 쓴 것이 덕기의 편지 겉봉 같아서 별 뜻이 있는 것은 아니나 집어보고 싶었던 것이다. 세 토막, 네 토막에 난 것이나 속에 편지가 든 채 찢어버린 것이었다.

필순이는 한 손으로 나무를 꺾어 넣으며 네 겹에 접은 채로 찢어진 알맹이를 꺼내보았다. 글씨 구경이나 하겠다는 생각이었다.

---

186 '피곤하다'의 방언.

……왔던 것은 아……

……양을 만나고 가……

……든 보람이 있……

……실없는……


  어느 가운데 토막인지 위아래 없는 이런 말을 읽다가, '양을 만나고 가……'라는 구절을 두 번 세 번 노려보고는 얼굴이 저절로 취해 오르는 것을 깨달았다.

  양襄이란 글자 위에는 암만해도 '필순'이란 두 자가 씌었을 것 같다. 아궁이의 불은 넣기가 무섭게 호르르 타고는 껌벅거린다. 필순이는 수지[187]를 뒤지는 손 밑이 컴컴하여지는 것을 보고야 깜짝 놀라 나무를 꺾어 넣는다.

  이 편지도 여러 장을 찢어버리는 길에 함께 찢어버린 것인지 좀처럼 다른 토막이 나오지는 않았다. 그래도 급한 대로 뒤져서 지금 것과 맞대어 보니 의미가 잘 닿지는 않으나,


……실없는 말로만 하였지만……

……공부를 할 의향……

……도리는 있……


  이러한 구절은 분명히 볼 수 있었다.

  "무얼 그렇게 뒤지고 있니? 바람은 부는데 어서 때고 들어가지."

187  나뭇가지.

모친이 부엌문을 찌이걱 닫치며 소리를 치는 바람에 필순이는 정신이 홱 돌며 북데기를 손으로 긁어 들이뜨리고 몽당비를 들어 아궁이 앞을 쓱쓱 쓸어넣은 후 기왓장으로 막고는 마루로 올라왔다.

"방은 내가 치울게 안방에 들어가 앉아라."

그래도 딸을 어서 뜨뜻한 데 쉬게 하고도 싶지만 그보다도 홀아비 방을 커단 딸에게 치우라고 싶지 않았던 것이다. 한집안 식구 같다 해도 나 찬 딸을 가진 어머니의 생각은 늘 조심성스러웠다.

"괜찮아요. 내가 칠 테야요."

필순이는 얼른 비를 들고 앞장서 들어갔다. 퀴퀴한 사내 냄새인지 기름때 냄새인지가 훅 끼쳐서 필순이는 눈살을 짜붓한다.

"에이, 방 속두……."

코를 찌르는 냄새가 좋을 것도 없으나 싫을 것도 없어 필순이는 이런 소리만 하고 비질을 하기 시작한다. 그러나 모친이 어서 가주었으면 좋았다. 방을 치울 정성이 난 것보다도 서랍을 좀 뒤져보고 싶은 것이었다.

모친이 건너간 뒤에 비를 놓고 책상 앞으로 다가앉았다. 지금 본 덕기의 편지가 경도 가서 처음 온 것인 모양인데 혹시 그 후에 또 온 것이 없을까 저번에 써 부치던 그 편지의 답장이라도 있을 것 같다. 그러나 찢어버렸을 것도 같다.

도둑질이나 한 듯이 임자가 들어올까 보아 밖으로 귀를 기울이며 서랍을 열어보던 필순이의 눈은 번쩍 띄는 듯하였다. 편지봉투라고는 별로 없고 종이 북데기 위에 넣어놓은 허리가 두 동강이 난 편지봉투가 역시 아까 아궁이 앞에서 보던 그런 양봉투다.

'이것은 왜 안 찢어버렸을까?'

하는 생각을 하면서 무어나 훔쳐내듯이 가만히 놓인 모양을 눈여겨본 뒤에 꺼냈다.

이렇게 훔쳐보는 것이 옳고 그른 것을 생각할 여유도 없이 다만 '양을 만나고'란 말과 '공부를 할 의향'이란 말이 누구를 두고 한 말인지 그것이 알고 싶어서 조바심을 하는 것이었다.


자네는 왜 그렇게 밤낮 으르렁대나? 비꼬지 않으면 노기를 품지 않고는 말이 아니 나오나? 필순 양에게 대한 이야기로만 하여도 그렇게까지 심하게 말할 것은 없지 않겠나……?


여기에서 필순이는 눈이 화끈하며 목덜미까지 발갛게 피어 올라오고 목이 메는 것 같아서 마른침을 삼키었다.


자네는 투쟁 의욕—의욕이라느니보다도 습관적으로 굳어버린 조그만 감정 속에 자네의 그 큰 몸집을 가두어버리고 쇠를 채운 것이, 나 보기에는 가엾으이. 의붓자식이나 계모 시하에서 자라난 사람처럼 빙퉁그러진 것도 이유 없는 것이 아니요 동정은 하네마는 그런 융통성 없는 조그만 투쟁 감정을 가지고 큰 그릇이 되고 큰일을 경륜[188]한다는 것은 나는 믿을 수 없네. 그건 고사하고 내게까지 그 소위 계급 투쟁적 감정으로 대하는 것이 옳은 일일까? 자네는 평범한 사교적 우의보다는 동지로의 우의—동지애를 구한다

---

188 천하를 다스리다.

고 하데마는 그것이 그릇된 생각이라는 게 아니라 너무 곧이곧솔로만 나가기 때문에 공과 사를 구별치 못하는 것이 아닌가? 자네가 가정에 대하여 반기를 들고 부자간 의절까지 한 것도 그런 편협한 감정 때문이지만 만일 자네가 기혼한 사람으로서 그 부인이 자네 일에 이해하는 정도로 내조만 하는 현부인이었을지라도 동지가 아니라는 반감으로 이혼하였을 것이 아닌가? 동지애를 얻으면 거기에서 더한 행복은 없을지 모를 것이지마는 그렇다고 사생애와 실제 생활도 돌아보아야 할 것이 아닌가? 투쟁은 극복의 전 소 수단은 아닐세. 포용과 감화도 극복의 유산탄榴散彈[189]만한 효과는 있는 것일세. 투쟁은 전선적全線的, 부대적部隊的 행동이라 하면 포용과 감화는 징병과 포로를 위한 수단일세. 포용과 감화도 투쟁만큼 적극적일세. 지금 자네는 자네 춘부椿府께 대하여 당당한 포진을 하고 지구전을 하는 듯싶지만 나 보기에는 그 조그만 감정과 결벽과 장상長上[190]에 대하여 어찌하는 수 없다는 단념으로 퇴각한 셈이 아닌가? 훌륭한 패전일세. 이렇게 말하면 춘부께는 실경일지 모르지만 포용과 감화라는 적극 수단으로 종교의 성루城壘에 돌진할 용기는 없나? 그와 마찬가지로 내게 대하여도 만일 동지애를 구한다면 자네로서는 당연히 조그만 투쟁 감정을 떠나서 제이의 수단을 취할 것이 아닌가? 결코 쫓아가면서 비릿비릿하게 애걸하는 것은 아닐세마는 자네 태도로서는 그러해야 할 거라는 말일세. 나 같은 사람도 자네 옆에 있어서 해될 것은 없네. 자네의 반려가 되겠다고 머리를 숙이고 간청하는 것은 아닐세마는 나도 내 길을 걸

189 많은 작은 탄알을 큰 탄알 속에 넣어 만든 포탄.
190 나이 많은 어른.

노라면 자네들에게도 유조한 때도 있고 유조한 일도 없지 않으리
라는 말일세. 이왕이면 한 걸음 더 나서서 자네와 한길을 밟지 못
하느냐고 웃을지 모르지만 나는 내 견해가 따로 있고 나와 같은
처지에 놓인 사람에게는 피하지 못할 딴 길이 있으니까 결코 비겁
하다고 웃지는 못할 것일세. 공연한 잔소리같이 되었네마는 내 딴
은 잔소리만이 아닐세. 자네 의견이 듣고 싶으이…….

필순이는 자기의 지식욕으로 아무쪼록 뜯어보려 하였으나 애
를 써 찾는 말이 아니니만치 흥미도 없고 터득도 잘되지 않았다.

그런데 참 여보게, 요새도 거기에 매일 발전인 모양일세그려?
크림값을 보내라고? 지금은 자네가 바를 크림값만 들지 모르겠지
만 조금 있으면 홍경애의 크림값까지 대라고 하지 않겠나? 그러나
크림값보다도 당장 술값이 급할 걸세. 대단히 동정은 하네마는 동
정뿐일세. 날도 차차 뜨뜻해갈 테니 그 외투나 처분하게그려. 연애
에는 원래 밥도 안 먹어야 철저한 것인데— 누가 아나마는 세상에
서 그렇다고들 하던데 외투쯤은 고사하고 아주 벌거벗고 다닌들
누가 뭐라겠나. 홍경애의 눈에만 들면! 그러나 깊이 생각하게.

필순이는 아랫입술을 물고 숨을 죽이며 웃었다. 편지가 인제
차차 재미있어 간다고 생각하였으나 홍경애란 어떤 여자고 김
선생님(병화)이 간다는 데는 어딘가 궁금하다. 김 선생님이 연애
를 한다는 생각을 하니 암만해도 정말 같지도 않다.

……내가 그 여자를 아느냐고? 내가 알고 모르고 간에 자네가 사랑하면야 했지 무슨 관계 있나. 그러나 그 소위 동지애를 얻을 수 있을까? 허영심과 그 발자한 성질로 끌릴지도 모를 것일세. 돈 없는 남자를 사랑한다는 것도 어떤 경우에는 자랑이 되고 자살이라도 해서 신문에 이름이 한번 나보았으면 좋겠다는 여자도 없지 않은 세상이니까 말일세. 그러나 무척 이지적이면서도 타산적인 여자니까 문지방에 발을 걸쳤다가는 싹 돌아설 여자일세. 깊은 고비에는 결코 들어가지 않을 것이라는 말일세. 그것은 연애에도 그렇고 일에도 그럴 걸세. 그러나 자네로서도 깊은 데까지 끌고 들어갈 거야 무어 있나? 자진하여 앞장을 서지 않는 한에는 남자로서도 힘에 겨운 짐을 지워서 되겠나? 더구나 비합법적인 경우에 말일세. 여자는 밥만 짓고 아이만 기르라는 거냐고 흔히 말하데마는 세상에는 밥 짓고 아이 기를 손이 필요한 것을 어떻게 하나? 남자에게 유방이 생기기 전에는 여자의 가정으로부터 해방이란 관념상 문제가 아닌가? 여자로 하여금 가정을 지키게 할 원칙을 버릴 이유가 어디 있나! 가두街頭에는 남자만 동원하여도 될 게 아닌가?

내가 왜 이 말을 하였는가? 홍경애에게 어린아이가 매달렸다고—자네는 아는지 모르겠으나 그 아이가 내 동생이라고 그 아이를 못 기를까 보아서 이런 말을 한 것인가? 또 그에게는 노모가 있다고 그 노모를 돌볼 사람이 없을까 보아 이런 말을 하였는가?…… 홍경애가 자네들과 휩쓸려서 무슨 일을 할지 안 할지 그 역시 추측조차 못 할 일이 아닌가. 그러나 '바커스'의 주부가 평범한 여자가 아닌 것을 생각할 제 홍경애도 다만 술을 팔고 웃음을 팔고 자네게까지 키스를 팔기만 하는 여자가 아닐 것 같으이. 자네 역시 그 주부의 이름조차 누구인지는 모를 걸세마는 내가 떠나오던 날 홍경애를 잠깐 만났을 제(떠나올 제 만났다니까 자네는 떼버리고 혼자 바커스에 갔던 줄 알지 모르지만 정거장에 나가는 길에 어린애 병위문으로 잠깐 들렀던 걸세) 하여간 그때 홍의 말이 그 주부의 부탁이라 하면서 경도에 가거든 동지사 여자부 영문과에 있는 오정자라는 여학생의 소식을 알아서 기별해달라고 하데그려. 오정자라는 이름만 들으면 조선 여자로 알 것일세마는 조선 가 있던 판사인가 검사의 딸이라는데 어쨌든 그대로 듣고 와서 그동안 분주한 통에 잊었다가 그저께 유학생회가 모였을 때 동지사에 있는 동포 여학생을 만나서 생각이 나기에 물어보니까 여보게 자네는 놀라지도 않겠지만 지금 미결감에 있다지 않나! 사건은 아직 신문에 해금解禁도 아니 되었다네마는 어쨌든 판검사의 딸로서는 의외 아닌가? 그건 고사하고 그 말을 듣고 홍이 자네에게 우박 같은 키스인지 진눈깨비 같은 키스인지를 하였다는 말을 생각해보니 거기에 무슨 맥락이 있는 것 같기도 하이. 그야 그 주부라는 사람과 오정자는 오래 연신[191]이 끊겼던 것으로만 보아도 일가 간이라든지 보통 아는 사이일지도 모르지만…….

필순이는 홍경애라는 여자를 좀 보았으면 하는 생각과 함께 머릿속이 뒤숭숭하여졌다. 세상이란 퍽도 복잡하구나! 하는 생각도 났다.

191 소식.

공연히 이런 소리를 해서 숙호충비가 되지 않을지? 호기심과 정열에 부채질을 하는 셈일세마는 나는 무엇보다도 홍을 거기서 나오게 하고 싶으이. 무슨 의미로든지 거기 두어서는 좋을 일이 없지 않은가? 자네가 사랑하면 할수록 그렇게 권하게.

또 필순 양의 일만 해두 그렇지 않은가? 자네는 자네의 동지로서 지도하고 싶어 할 것일세마는 만일에 자네 친누이나 자네 딸이었다면 어떻게 하였을 것인가?……

필순이는 가슴이 덜렁하며 한 자 한 자를 눈으로 집어가며 읽는다.

자네는 누이동생같이 생각한다지 않았나? 그러나 '누이동생같이'와 누이동생과는 다르지 않은가? 우리는 다만 그의 부모가 원하는 대로 맡겨둘 것이요 그 자신이 걷고자 하는 길을 열어주도록 하는 이외에 남의 생활에 간섭할 것이 아닐세. 인생에 대한 경험이 없는 어린애를 자기의 뒤틀린 환경에서 얻은 경험이나 사상이나 습관 속에 몰아넣으려는 것은 죄악이요 모든 비극은 여기서 시작되는 것이라고 생각하네. 또 한 가지 생각할 것은 청춘의 꿈은 그것이 꿈이라 해서 경멸하여서는 아니 될 걸세. 꿈은 조만간 깰 것이요 꿈에서 깨면 환멸의 비애를 느낄 것이니까 애초에 꿈을 꾸지 말게 하거나 혹은 얼른 꿈에서 깨게 하겠다는 것도 몹쓸 생각일세. 피어나는 청춘의 꿈을 왜 미리 깨우려나! 조금이라도 더 꾸게 내버려두는 것이 먼저 살아온 사람의 의무는 아닐까!

인생에 있어서 청춘의 꿈을 빼놓고 또다시 행복이 있을 것인가? 청춘의 꿈을 애초에 빼앗아버린다는 것은 긴 일평생에서 그 짧은 행복의 시간까지를 빼앗는 것일세. 인생에 있어서 꿈 이외에 행복을 찾을 데가 다시없기 때문일세. 현실에서 만족을 얻을 아무것도 없고 아무 수단도 사람에게는 없거니와 설사 현실에서 만족을 얻는다 하여도 그것은 행복이 아니라 다시 더 높은 행복의 출발점밖에 아니 되는 것일세. 그러면 다시 새로운 더 높은 행복을 바라는 마음—그것은 무엇인가? 꿈이 아닌가? 공상, 환상, 몽상일세. 그러므로 행복은 언제나 현실적인 것이 아니라 실현의 과정에서 경험하는 불만과 갈망과 노력에서 맛보는 것이라고 생각하네. 그렇지 않고서야 이 괴로운 세상을 어떻게 산단 말인가?

또 잔소리가 길어졌네마는 이십도 못 된 젊은 처녀에게서 꿈 중에도 제일 행복스런 청춘의 꿈을 빼앗거나 깨뜨리지는 말게. 그의 운명에 대하여 간섭하지를 말게. 만일에 친절하거든 그 꿈에서 저절로 깨어날 제 그 몹쓸 절망에 빠지지 않을 만큼 마음의 준비를 하도록 지도해둘 필요가 있을 걸세. 이것도 여담일세마는 오늘 온 신문을 보니 서울서 양가의 부녀자가 정사를 하였다고 뒤떠들지 않나? 그것이 소위 연애의 극치를 찾는 이성 간의 순정적 정사로 볼 것도 못 됨은 물론일세. 또 여러 가지 원인을 주워섬기는 속에는 어찌할 수 없는 성격적 결함이라는 것도 한 가지 칠 것이요 생리적 조건이라든지 기후 관계 같은 것, 여성의 특수성…… 이러한 것들을 헤일지도 모르네. 그렇지만 무엇보다도 앞서 산 사람이 자기의 뒤틀린 경험과 사상과 습관 속에 뒤에 오는 사람을 가두어넣으려 하는 데서 그 비극의 씨를 뿌려가지고 청춘의 꿈이 깰 때 어떻게 집심執心하고 조신操身하겠는가 하는 마음의 준비를 시켜주지 못하고 방임하였던 실책에서 그 열매를 거둔 것이나 아닐까? 이것이 너무나 실제에 먼 관념론이라 할까?…… 만일 나의 이 의견과 이 관찰이 옳다면 그리고 자네가 정말 필순 양을 누이동생같이 사랑한다면 자네의 인생관이나 자네의 사회관 속에 들어와서 자네 생활을 생활하라고 강제하여서는 아니 될 것일세. 그것은 너무나 극단이요 자기만을 살리는 이기적 충동이요 남의 생명의 존재를 무시하는 것일세. 그가 그대로 자란 뒤에 자주적 자발적으로 자네의 길을 함께 걷는 것은 상관없지만 지금부터 서둘러서 피어날 꽃에 찬 서리를 맞혀 떨어뜨려 버린다면 그것은 얼마나 애처로운 일인가? 꿈을 꾸는 대로 내버려두라는 말일세. 청춘을 행복한 꿈속에 안온히 평화롭게 즐기게 하라는 말일세. 자네는 내가 왜 이처럼 필순 양에게 열심이냐고 의심하는 모양이데마는 길 가는 손이 바위틈에 돋아난 가련한 꽃 한 송이를 꺾는 것은 욕심이요 죄일지 몰라도 아름다운 것을 아름답다고 느끼지 말라는 것도 안 될 일이요, 흙 한 줌 북돋아주고 가기로 그것을 뒷날에 크거든 화초분을 가지고 와서 모종 내 갈 더러운 이해타산으로만 보는 것은 보는 사람의 자유라 하여도 너무나 몰풍취 몰인정한 일이 아닌가?……

필순이가 여기까지 읽는 동안에 모친은 안방에서 어서 치우고 건너오라고 두 번이나 소리를 쳤다. 필순이는 마지막을 급급히 읽는다…….

장장이 허리가 두 동강에 난 것을 몰려가며 이어 보기에 필순이는 애를 썼으나 그래도 자기에게 관한 말은 어렴풋이나마도 짐작이 들었다.

결국 말하면 공부를 시켜주마는 말이나 반갑다느니보다도 부끄러운 생각이 앞을 섰다. 고마운 것은 말할 것도 없지만 과분한 생각이 앞을 섰다. 내까짓 것을 무얼 보고—더구나 얼마 사권 것도 아닌데 그렇게까지 고맙게 굴까? 지나는 나그네가 바위틈에 돋아난 꽃 한 송이를 보고 아름답다고 못 할 게 무어 있으며 흙 한 줌 북돋기로 그것을 욕심이 시키는 일이라고만 하느냐고 책망한 말을 필순이는 보고 또 보고 하다가는 자기의 얼굴을 머릿속에 그려보았다. 내가 꽃일까? 거울을 보지 않아도 핏기 하나 없는 팔초한[192] 이 얼굴이다. 필순이의 머리에는 추석 뒤에 배틀어진 산국화 한 송이가 쓸쓸한 산허리에서 부연 햇발을 받으며 간들거리는 양이 떠올라왔다. 혼자 어이없는 웃음을 해죽 웃다가 자기 손이 눈에 뜨이자 얼굴이 혼자 붉어졌다. 몇천만의 낯모를 사람이 이 손으로 만든 고무신을 신고 다니는지, 피가 마르니 뼈가 굵어졌는지 뼈마디가 불퉁겨지니[193] 피가 속으로 스미는지 전차 속에서도 손잡이에 매달리면 손이 창피하여 한구석에 기대어 섰는 요새의 필순이다. 어쨌든 이 손이 유공하다. 네다섯 식구가 이 손으로 일 년 동안이나 입에 풀칠을 하여왔다.

'그러나 내가 공부를 한다면 누가 벌어먹을꾸?'

필순이는 손 부끄러운 생각을 하다가 이런 실제 문제가 머리에 떠올라 오자 가슴이 답답하였다.

"무얼 그렇게 하는 거냐? 냉돌에 앉아서."

192  얼굴이 좁고 아래턱이 뾰족하다.
193  '불퉁그러지다', 마디가 겉으로 불퉁하게 튀어나오다.

모친이 안방 문을 여닫는 소리가 난다. 필순이는 마침 접어 넣은 두 쪽 봉투를 서랍에 들어뜨리고 얼른 쓰레기를 쓰레받기에 그러모았다.

"무얼 하고 있니?"

모친은 방문을 열고 들여다본다.

"신문 좀 보았에요."

필순이는 쓰레받기와 비를 좌우 손에 들고 나오면서도 병화가 들어와서 그 편지를 꺼내본 줄 알지나 않을까 좀 애도 씌었다.

'그러나 어째서 그건 찢다가 말고 넣어두었누? 나를 보이려고 두었나?'

하는 생각도 들었다.

"아버지께선 왜 이렇게 늦으시누?"

필순이는 모친과 마주 반짇고리를 끌어다 놓고 앉으며 혼잣말을 하였다.

"또 김 선생님과 술타적[194]이나 하고 다니시는 게지."

모친은 못마땅한 듯이 이런 소리를 한다. 모친으로 생각하면 시집갈 대가리 큰 딸년을 내놓아서 벌어먹는다는 것이 그나마 죽술도 제때에 흘려 넣지 못하는 터에 남편이라고 한다는 일이 객쩍게 형사들이나 뒤밟는 짓이요 쭉치고 들어엎던 때는 열 손길을 늘어뜨리고 앉았지 않으면 술이나 얻어걸려서 늦게 들어와 주정을 해대니 오십 줄에 든 사람이 이 판에 벌이 구멍이 입에 맞은 떡으로 있을 리는 없지만 그래도 무슨 변통성이 좀 있어야

194 술타령.

삼백육십오 일에 하루라도 사는 듯한 날이 있겠건만 앞일을 생각하면 캄캄하다.

"아버진들 화가 나시니까 그렇지요."

필순이는 어머니도 동정하지만 아버지 사정도 동정 아니할 수 없다.

"화난다고 계집자식은 입에 물 한 모금이 안 들어가도 술만 잡숫고 다니면 되겠니?"

"그야 돈 가지고 잡숫나요. 생기니까 잡숫지."

"그러니 말이다. 술을 사준다거든 처자식 굶겨놓고 술 먹겠느냐고 대전을 달라지."

"에그 어머니두…… 남부끄럽게 그런 말이 나와요?"

하고, 필순이는 웃어버린다.

"그는 그렇지. 술은 사주어도 밥 한 끼 먹이라면 눈을 찌푸리는 법이지만……."

하고, 모친도 웃고 말았다.

필순이는 내일 신고 갈 버선을 감치면서 잠자코 앉았다. 머리에는 어리둥절하게 편지 사연의 구절구절이 떠올라왔다. 그러나 어떻게 할까 하는 분명한 생각이라고는 하나도 나지를 않는다. 그러면서도 어쨌든 이때까지 비었던 마음의 한구석이 듬뿍이 차진 것같이 든든하였다. 실상은 지금까지 자기 마음의 한구석이 비었던지 찼던지도 몰랐다가 그 무엇인지 자리를 잡고 들어앉으니까 비로소 한구석이 비었던 거구나! 하는 생각이 드는 것이다. 어쨌든 이 세상에 자기의 행복을 축수하는 사람이 의외의 곳에 살아 있구나 하는 생각을 하면 희한하기도 하고 부끄러우면서도 기쁘다.

'행복스러운 청춘의 꿈을 꾸게 하게…….'

필순이의 머리에는 또 이런 편지 구절이 떠올라왔다. 그러나 어떤 게 행복스런 청춘의 꿈일꾸?—필순이는 무엇이 그 꿈인지 알 수 없다. 지금 당장 자기가 청춘의 꿈을 행복스러이 꾸는 줄은 깨닫지 못한다.


바깥애

"자아, 보고를 하세요."

"무슨 보고?"

"몰라요!"

하고 경애는 앵돌아져 보인다.

"남의 부탁은 하나도 안 들어주고……."

"참 깜박 잊었군."

하며 병화는 웃다가,

"그렇게 몸이 달거든 ××유치원에 가보슈."

하고 또 웃어버린다.

"흐흥…… 그런 데 있는 것이야?"

"웅, 그런 데 있는 것이야."

경애의 코웃음 치는 양이 우스워서 병화도 까짜를 올리듯이[195]

---

195 추어올리는 말로 남을 놀리다.

이렇게 대꾸를 한다.

"이름은?"

"그렇게 쉽게 거저 대줄 수야 있나! 나도 기밀비를 상당히 쓰고 반나절이나 다리품을 팔고 얻어 온 리포트인데……."

"만나보았소? 예쁩디까?"

"응, 쫓아가 보았지. 양귀비 외딴칩디다."

대답이 너무 허청 나오는 것 같아서 경애는 도리어 김이 빠지었다. 어쨌든 그 여자가 ××유치원에 다니는 것은 사실일 듯싶으니 그렇다면 매당집인가 하는 술집에 드나드는 여자려니 하던 추측과는 틀렸을 뿐 아니라 듣고 보니 의외의 질투 비슷한 생각이 들었다. 사실이고 보면 뜨내기로 노는계집과 달라서 자기와 얼마쯤 경쟁적 적수가 될 것이요 또 정말 미인이고 보면 자기에게 별안간 덤벼드는 것은 무슨 수단으로 농락을 하는 것인지도 모를 일이다. 무슨 농락일까? 그 계집이 이혼을 해달라고 하도 조르니까 본마누라가 있는 것은 싹 속여버리고 경애 자신의 소생을 떼어다가 '자, 이렇게 헤어지고 자식까지 뺏어 왔다'고 증거를 보이려는 수작인가? 일전부터 자식은 자기가 데려가마고 서두르던 생각을 하면 더욱 이렇게밖에 의심이 아니 들어간다. 어쨌든 이 김에 자기와는 셈을 닦고 자식 문제를 귀정을 내려는 것인가 보다고 경애는 곰곰 생각하는 것이다.

'만일 그렇다면 더군다나 가만히는 안 있을걸! 게[蟹]도 잃고 구럭도 잃게[196] 망석중이[197]를 만들어놓고 말걸!'

---

196 게도 잡지 못하고 가지고 갔던 바구니도 잃다.
197 나무로 다듬어 만든 인형의 하나로 팔다리에 줄을 매어 그 줄을 움직여 춤을 추게 함.

하고 경애는 혼자 분에 못 이겨 입술을 악물었다.

"그래 아범이 일러줍디까? 나 좀 못 만나볼까?"

경애가 열심으로 물으니까,

"글쎄 ××유치원으로 쫓아가서 김의경이만 찾으면 당장일걸!"
하고 병화는 추겨내는 눈치이다.

×

병화의 말을 들으면 어젯밤에 경애와 헤어진 뒤에 술을 한잔
더 먹고 싶으나 집으로 나가서 필순이의 부친을 끌고 나오기도
싫고 동지를 찾아가서 끌고 다니는 것도 요새 형편에 더욱 안되
었고 해서 종로 바닥을 빙빙 돌다가 경애의 부탁을 생각하고는
화개동으로 '바깥애'를 찾아갔더라 한다. 물론 '바깥애'에게 선심
도 쓸 겸 주붕으로 선술집에나 끌고 갈까 하는 생각이 더 긴하였
던 것이다.

'바깥애'는 조상훈 씨 저택에까지 들어갈 것 없이 동구[198]의 반
찬가게 앞 병문에서 마침 잘 만났다.

"여보! 동무! 매우 춥구려, 한잔합시다그려."

병화는 댓바람에 이렇게 말을 붙였다.

아범—(아범이니 '바깥애'니 하는 것은 조상훈이 집의 아범이
요 조상훈의 '바깥애'지 병화에게는 친구다. 병화는 도리어 이런
친구와 놀기가 좋았다.)—은 얼떨떨하여서 한참 바라만 보고 말

---

198 동네 어귀.

이 아니 나왔다. 어제 일도 어제 일이거니와 별안간 이런 농담을 붙이는 게 암만해도 정신에 고동이 잘못 틀린 것 같다.

"술도 아무것도 싫습니다. 그 편지나 내노세요. 그것 때문에 오늘 온종일 다릿골만 빠지고 저 댁에서는 쫓겨나게 되고……흥, 참 수가 사나우려니까……."

아범은 잡담 제하고 맡긴 것 내놓으라는 듯이 손을 내밀고 섰다.

"편지가 무슨 편지란 말요?"

"응, 외투가 또 바뀌었군! 훌륭한데요! 그러나 그 외투―편지든 내 외투 말씀얘요! 그건 어따 내버리셨에요?"

아범은 막 내 외투라고 한다.

"글쎄, 이 사람아! 그까짓 외투니 편지니 사람두 되우 녹록은 하군. 이따 찾아줄게 술이나 먹으러 가잔 말야."

"천만의 말씀 마시고 외투든지 편지만 내노세요. 왜 또 오서서 '히야까시'[199]를 하십니까?"

아범은 어제부터 심사 틀리는 분수로 할 양이면 한번 집어세거나 한술 더 떠서 "그래보세그려. 한잔 낼 텐가?" 하든지 무어라고 대꾸를 하고 따라나서서 여차직하면 입은 외투를 벗겨라도 보고 싶었으나 그래도 상전의 친구라 꾹 참는 수밖에 없었다.

"글쎄, 외투구 편지구 찾아준단밖에 픽두 조급히는 구는군. 춥건 이거 벗어줄게 입우."

하며 병화는 입은 외투를 정말 벗어주랴는 듯이 서두른다. 벗어주면 당장 아쉽다는 생각도 잠깐 까먹었던 것이다.

---

199  일본어로 '놀림, 조롱'을 뜻함.

"주면 못 입을 게 아니지만 누구를 까짜를 올리는 거요? 약주가 취했건 곱게 가 주무슈."

아범은 볼멘소리로 불공스러이 대꾸를 하다가 구경거리나 난 듯이 눈들이 휘둥그래서 물계만 보고 섰는 병문친구[200]들을 돌려다 보며 입속으로,

"나 온 별꼴을 다 보겠군!"

하고 중얼거리었다.

"압다. 입게그려. 어제 그것보다 아주 신건인데."

한 자가 껄껄대며 충동이니까,

"못 이기는 체하고 입어두게그려. 게다가 술까지 생기고……복야 명야 하는구나."[201]

"어디 나두 대서볼까. 말하자면 그 외투 입어주는 품삯으로 술 사준다는 게 아닌가? 그거 무어 어려운가! 나리, 내가 대신 입어다 드릴까요?"

제각기 한마디씩 하고는 미친 사람이나 놀리듯이 웃어대었다.

병화는 옆에서 떠드는 것은 못 들은 척하고 외투를 홀떡 벗더니,

"자아, 우선 입우. 편지도 그 속에 들었으니…… 인제 가겠지? 친구가 술 한잔 먹자는데 이렇게 승강이를 할 거야 무어람."

하고 벗은 외투를 뚤뚤 뭉쳐서 복장을 안기듯이 아범에게 내민다. 병화는 물론 강주정이었다.

아범은 외투를 정말 벗는 것을 보니 놀랍고 의아하여 시비조가 쑥 들어가고 미안한 생각이 도리어 났다.

---

200  골목 어귀의 길가에 모여 막벌이를 하는 사람.
201  복이야 명이야 하다. 뜻밖에 좋은 수가 나서 어쩔 줄 모르고 기뻐하다.

"그럼 갈 테니 어서 입으십쇼. 그리고 제가 손을 넣어서는 안 되었으니 편지나 끄내십쇼."

하며 아범은 다시 말공대가 나왔다.

"주머니 속의 편지가 도망갈 리는 없으니 자, 가세."

하고 병화는 외투를 뭉뚱그려 든 채 앞장을 섰다. 아범도 헛기침을 하고 따라섰다.

"이왕이면 외투도 입고 대스게그려."

"술 사달라고 조르는 놈은 보았어도 술 사주마고 시비하는 사람은 요새 세상에 좀 보기 드문데!"

"부처님 가운데 토막이로군!"

"압다, 우리 같은 막벌이꾼하고 술집에 같이 들어스기가 싫으니까 모양을 내서 데리고 가자는 말인 게지."

"선뵈러 가나! 꽹이털은 내 뭘 해."[202]

"제 꼴은 얼마나 얌전하기에."

"어쨌든 땡일세. 나두 어디 밤 새우고 섰어볼까? 혹시 그런 활불이라도 걸릴지."

"옳은 말일세. 꼼짝 말고 고대로 섰게. 통명태가 다 되면 새벽녘쯤 경성부에서 '들것' 들고 모시러 올 테니 '고태골' 나가다가 막걸리 한잔 먹여줌세그려."

뒤 남은 병문친구들은 두 사람이 화개동 마루턱으로 우중우중 내려가는 것을 부러운 듯이 바라보며 팔짱을 끼고 서서 이런 객담을 입심 좋게 주거니 받거니 하는 것이었다.

---

202 아무리 모양을 내더라도 제 본래의 빛깔은 감추지 못한다는 말.

술을 오륙 배나 먹도록 아범은 첫 잔부터,

"그렇게 못 먹는뎁쇼. 그렇게 못 먹는뎁쇼."

하고 사양을 하였으나 그 외에는 군소리 한마디 없이 넙적넙적 잘 먹었다.

"우리 인사나 하고 지냅세."

병화는 인제야 생각난 듯이 말을 걸었다.

"천만의 말씀이십니다. 저는 원삼이라고 합니다."

고 아범은 꾸벅하였다.

"나는 김병화요. 그러나 성은 없단 말요, 원씨란 말요?"

술청에 앉았는 주인은 두 사람의 수작에 싱긋 웃었다. 들어올 때부터 양복쟁이는 이 추운 날 외투를 뚤뚤 말아 들고 서로 입으라고 미루는 양이 우스웠지만 실컷 먹다가 인제야 통성명하는 것도 우스웠다.

"네, 제 성은 김가입지요. 저도 꼴은 이렇습니다만 청풍 김가랍니다."

원삼이는 술이 들어가니까 마음이 확 풀려서 이런 소리도 하였다.

"허어, 알고 보니 우리 종씨로군! 하지만 꼴이 이렇다니 어때서 말이요. 청풍 김가면 또 어떻단 말이요?"

하고 병화는 웃었다.

"일자무식으로 남의 행랑살이나 다니니 말씀입죠."

"구차하면 글 못 읽고 글 못 읽으면 무식하지 별수 있소. 하지만 청풍 김가라는 것이 자랑이 아닌 것처럼 무식한 것도 흉이 아니요. 남의 행랑방살이를 하기로 내 노력 팔아먹는데 부끄러울

거 있소. 놀고먹는다면 모르겠지만…….”

병화는 평범한 말이나 힘을 주어서 가르치듯이 말하였다. 그 언성이 매우 친절한 데에 원삼이는 감동되었다느니보다는 고마웠다.

“그야 그렇지요만…….”

원삼이는 좀 더 말이 하고 싶으나 자기 뜻을 말로 표시할 줄 몰랐다.

“무식한 것이 걱정이면 내가 가르쳐주리다. 사십 문장이란 옛적에만 있는 것이 아니니까.”

“말이 그렇지, 이 나이에 무에 되겠습니까? 그저 간신히 기성명이나 하니 그대로 늙어 죽는 것이지만 어린놈이나 남과 같이 가르쳐보고 싶습니다.”

“그것두 좋은 말이야. 더구나 기성명을 하는 다음에야…….”

“통감 셋째 권까지는 뱄더랍니다마는 이십여 년을 이렇게 살아오니 무에 남았겠습니까? 그저 목불식정目不識丁은 면하였을 따름이죠.”

아범은 문자를 한 번 쓰며 자탄과 자긍이 뒤섞인 소리를 한다.

“그럼 염려 없소. 넉넉히 책을 볼 것이니 내 요담 올 제 책을 가져다줄 게 읽어보우. 공부라는 것은 사서삼경을 배워야 맛이요? 아무 책이나 잡지 같은 것이라도 소일 삼아 보아두면 지식이 느는 것이 아니요? 자식을 가르치려도 세상물정을 알아야 아니하우.”

“이르다뿐이겠습니까?”

원삼이는 제가 판무식이 아니라는 자랑 끝에 부친 대까지도 글자나 하는 집안이라는 자랑을 하고 싶었으나 병화의 말이 다른 데로 새니까 원삼이도 얼쯤얼쯤 대꾸만 해두었다.

"제 이름도 원래 원삼이는 아니랍니다. 항렬자를 달아서 분명히 지었었으나 서울 올라와서 이 지경이 되니까 일가고 무어고 다 끊어버리고 아주 숨어버리느라고……."

원삼이는 그래도 자기의 근지가 그렇지 않다는 것을 이야기하고 싶어 했다.

"또 청풍 김씨가 나오는구려? 이름은 부르자는 이름이지 족보 놓고 골라내자는 이름이겠소."

하고 병화는 듣기 귀찮다는 듯이 핀잔을 주면서도 그만큼 행세하던 집 자손으로 아무리 영락하였기로 말투까지 저렇게 '아범'이 되었을까 하는 생각을 하고는 혼자 우습기도 하고 그럴 것이라고 속으로 고개를 끄덕였다.

병화의 생각으로 하면 이러한 사람이 자기의 동지가 되리라고 믿는 것도 아니요, 또 동지로 끌어넣자는 것도 아니다. 처자가 주줄이 달린 오십 줄에 든 사람을 끌어 내세우느니보다는 그 자신이 프롤레타리아 의식만 가지고 그 동무들에게 이해를 가지게 전도(傳道)를 하게 되는 정도에 만족하려는 생각이었다. 그러노라면 자식들도 그 감화를 받을 것이니 후일 정말 일꾼은 그 자식들 가운데서 구할 것이라고 비교적 원대한 생각을 가지고 있는 것이다. 당장 아쉽다고 비루먹은 당나귀 한 마리까지 앞에 내세우자고 욕심을 부리다가 그 새끼까지 굶겨 죽이느니보다는 그 자식을 잘 길러줄 만큼 그 아비를 교양시키는 한도에 만족하자는 것이다. 또 이러한 생각으로 병화는 병문친구를 많이 사귀는 것이다.

병화는 자기의 첫째 볼일이 끝나니까, 둘째 볼일—경애의 부탁을 염탐하기로 하였다.

병화는 편지를 내주면서 차츰차츰 물으니 원삼이는 처음에는 실실 웃기만 하다가 한잔 김이기도 하지만 어떤 집 하인이나 상전을 헐고 싶은 생각은 가진 것이라 고맙게 굴어준 대접으로도 저 아는 대로는 일러준 것이다.

"작은댁인가 싶어요. 어제는 ××유치원—저어 △△골에 있는 유치원 말입쇼. 그리로 매삭 보내는 돈을 보내드리고 이 답장을 맡아 온 것입니다마는 그 아씨 댁은 모르겠에요."

"그런데 작은댁인지 무언지 어떻게 알았소?"

"저거번에 안동 별궁 뒤에 있는 어느 댁으로인지 그리 한번 편지를 가지고 가본 일이 있는뎁쇼. 그 집이 보통 여염집 같지는 않고 그 아씨 댁 같지도 않고…… 좀 자세히 알 수가 없어요."

"어떤 집이기에?"

"글쎄올시다. 누구 작은댁 같기도 하고 술집 같기도 한데 주인 마나님은 늙수그레하고 젊은 아낙네들이 많아요."

"그럼 색주가인 게로군?"

"그런 것 같지도 않아요. 그러나 손님들이 술은 자세요."

그러나 원삼이가 그 집 번지는 모른다 하여 병화는 집만 자세히 물어두었다.

그 여자의 편지에 거기서 만나자는 거기가 즉 그 집이구나 하는 짐작이 들었던 것이다.

"요담 또 편지 가지고 갈 일이 있거든 내게 기별 좀 못 해줄까?"

"그럽죠. 댁만 알려주시면."

원삼이는 선선히 대답을 하였으나 병화의 집이 새문 밖이라는 데는 입을 딱 벌렸다.

"술값이야 주지. 어쨌든 그렇게 해주우."

병화는 이런 객쩍은 부탁을 하는 자기의 할 일 없는 사람 같은 짓이 속으로는 낯이 붉어졌으나 경애의 환심을 사자면―그리고 상훈이를 떼버리게 하자면 발바투 뒤를 캐어보아야 하겠다고 생각한 것이었다.


김의경


오늘 아침에 병화는 김의경인가 하는 여자를 ××유치원으로 찾아갔다. 이왕이면 철저히 캐어보겠다는 호기심도 있지만 새문 밖에서 들어오는 역로라 무작정하고 들러본 것이다. 유치원 아이들을 놀리는 것이 언제 보나 재미있어서 심심하면 지날 길에 들여다본 적도 있던 것을 생각하고 들어갔다. 그러나 가놓고 보니 오늘이 공일인 것을 깜박 잊었다.

'그야말로 천사 같은 남의 집 어린애들을 데리고 노는 계집애가 안국동에 있다는 집이 어떤 집인지 그런 데로 숨어 다니며 못된 짓을 하는 년의 얼굴을 좀 보았으면……' 하는 생각을 하며 나오다가 문간의 행랑채 같은 데서 늙직한 교지기 같은 영감이 성경책인지 책보를 끼고 나오는 것과 만났다.

"김의경 선생 댁이 어데요?"

하고 물어보았다.

"왜 그러슈?"

하고 영감쟁이는 병화의 위아래를 훑어보더니,

"만나실 일이 있건 나하고 예배당으로 갑시다."

한다.

"예배당엔 갈 새가 없고 그 댁에 볼일이 있는데……."

하고 집을 가르쳐달라니까 그자는 집을 정말 몰라서 그런지 하여간 예배당이 바로 요기니 같이 가서 당자를 만나보고 물어보라고 한다.

병화는 도리어 괜찮겠다고 따라섰다. 예배당에서는 주일학교 공부를 시키는 모양이었다. 밖에 잠깐 섰으려니까 앞서 들어간 영감쟁이가 조그마한 금테안경 쓴 여자를 앞세우고 나온다. 모든 구조가 작고 가냘프지만 허리통은 한 줌만 하고 수족은 여남은 살 먹은 아이 같다. 눈 하나만은 서양 인형 같으나 얼굴은 동양화를 생각하게 하는 미인이다. 살갗은 건드리면 미어질 것같이 두 볼이 하늘하늘 얇다. 병화의 눈에는 열대여섯 살 된 계집애같이 보였다. 그러나 말을 붙이는 것을 보니 역시 나이 차 보였다.

알지 못할 남자가 헙수룩히 우뚝 섰는 것을 보고 김의경이는 축대 위에 멈칫하며 말뚱히 바라보다가 두어 발자국 내려서며 아무에게나 하는 버릇으로 생글하고 인사를 해 보였다.

"물론 모르실 것이올시다. 댁을 알아다 달라는 사람이 있어서 학교로 갔다가 이리 왔습니다."

병화는 모자를 벗고 천연히 말을 붙였다.

"누구신데요?"

"나요?"

"아뇨, 저—집에 찾아오신다는 이가요."

여자는 무엇을 경계하는 눈치다.

"댁 어르신네께 가 뵐 양반이 있어서요……."

"간동 ××번지애요."

"네. 고맙습니다."

병화는 고개를 꾸뻑하고 획 돌아서 버렸다.

그길로 병화는 자기네들의 단골 책사에 들러서 자기들이 만든 '팸플릿―조그만 책'을 두세 권 얻어가지고 간동 ××번지를 찾아갔다.

병화는 간동 초입의 커단 솟을대문 앞에서 몇 번이나 오락가락하였다. 큼직한 문패에는 김○○라고 씌어 있다. 그러나 그 외에도 네다섯 개나 문패가 붙었고 그중에도 김가가 두엇 있으니 어느 것이 김의경이 집 문패인지 알 수가 없다. 어쨌든 조그만 문패의 하나가 의경이의 부친의 이름이려니 하고 문 안에 들어서서 빨래하고 앉았는 행랑어멈더러,

"김의경이란 여학생의 집이 어느 채에 들었소?"

하고 물어보았다.

"여학생요? 안댁 아가씨 말씀요?"

안댁 아가씨라는 말에 병화는 좀 놀랐다.

"아니, 세 든 이 가운데 유치원 선생 다니는 이 없소?"

"세 든 이 중에는 없에요."

"그럼 안댁 아가씨로군. 지금 계시우?"

"안 계서요. 예배당에 가셨에요? 어대서 오셨에요?"

어멈은 학생 아가씨에게 찾아오는 남자라 해서 눈이 점점 커

졌다.

"주인 영감 계시우?"

"출입하셨에요."

"어디 다니시는데?"

"지금은 다니시는 데 없에요."

어멈은 별걸 다 묻는다는 듯이 한참 만에 불끈하는 소리로 대꾸를 하고는 빨랫돌에 무엇인지 쓱쓱 비비고 엎댔다.

"그래 다시는 여기 세놀 방이 없소?"

병화는 좀 더 캐어보려야 별로 물을 말이 없어 셋방 얻으러 다니는 것처럼 말을 돌려대었다.

"없에요!"

어멈은 또 쥐어박는 소리를 한다.

"사랑채에 방이 났다는데?"

추근추근히 묻는다.

"큰사랑은 벌써 들었고 영감님 쓰시던 작은사랑도 며칠 전에 사람이 들었에요. 인젠 꽉 찼에요."

또 한참 만에 마지못해 볼멘소리를 하고는 물통을 들고 안으로 들어가 버린다.

병화는 간동서 나와서 원삼이에게 책을 주러 갔었다. 사랑으로 들어가긴 싫고 어정버정하다가 행랑방 문 앞에 사내 고무신이 놓인 것을 보고 두들기니까 문이 풀석 열린다. 가지고 간 책을 들어뜨리고 원삼이와 같이 나왔다.

"오늘 안동 좀 가보시지 않으랍쇼?"

아범은 밤사이로 무척 친숙하여졌다.

"왜?"

"색시도 보구 약주도 잡숫게요."

하며 원삼이는 웃다가 오늘 저녁 일곱시쯤 해서 가보라고 한다.

원삼이는 조금 전에 그 집에를 다녀왔다고 한다. 병화가 뒤를 캐는 것을 보니 원삼이도 웬일인가 하는 궁금증도 나고 또 병화에게 알리러 가마고 약속한 것을 생각하고는 편지를 들고 나와서 제 방에서 몰래 뜯어보았던 것이다.

"댁까지 가서는 무얼 합니까? 제가 뜯어보고 이렇게 만나 뵈옵건 일러드리기만 하면 좋지 않습니까?"

하고 원삼이는 껄껄 웃는다.

"그러니까 그 집에서는 또 그 색시 집으로 기별을 해둘 모양이로군?"

병화는 이런 소리를 하다가,

"오늘이 공일인데 저녁 예배는 안동 그 집에 모여서 볼 모양이로군."

하고 마주 웃었다.

"술상 놓고 색시 끼고 보는 예배가 어데 있습니까마는 한번 놀러 가보셔요. 그런 것을 보아두어야 세상물정을 안다지 않습니까?"

"인제 알았더니 원삼이도 오입쟁이로군!"

하고 병화는 다정스러이 원삼이의 어깨를 탁 치고 나서,

"그건 다아 실없는 소리요. 지금 갖다 준 그 책이나 잘 읽어보우. 우리는 두 주먹밖에는 아무것도 없지만 돈도 명예도 지체도 종교도 아무것도 없는 우리 같은 사람이 정말 사람다운 구실을 하고 세상일을 하려고 손목만 맞붙들면 무어나 되는 것이요. 저

사람들은 말하자면 인간의 찌꺼기요 걸레들이요. 기생 자릿저고리란 말이 있지 않소? 값진 비단은 비단이지만 닳고 해져서 쓸데없는 헌 넝마란 말이요. 우리는 싱싱한 베올 같은 사람들이요. 짜놓으면 투박하고 우악스럽지만 그것이 우리에게는 쓸모가 있는 것이 아니요…….”

“그렇습죠.”

원삼이는 장단을 맞추었다.

“지금도 그 문제의 계집애의 집에를 무슨 일이 있어서 찾아가 보았지만…….”

병화가 다시 말을 꺼내려니까, 원삼이는,

“그전부터 아십니다그려?”

하고 놀란다.

“어쨌든 말야. 의외에도 훌륭한 집에서 살 뿐 아니라 상당한 집 딸이요. 공부까지 하였나 보드군마는 그렇게 돌아다니는 것은 무슨 때문인 줄 알우? 그 훌륭한 집에 채채이 세를 들이고 심지어 주인 영감이 쓰던 큰사랑 작은사랑까지 사람을 들였다는 것을 들으면 그전에 잘살다가 갑자기 어려워지고 버는 사람은 없으니까 다만 하나 남은 집 한 채를 가지고 세를 놓아먹는 모양이나 그 집인들 웬걸 자기 손에 지니고 있겠소. 몇 달이고 몇 해 안 가서 쳐나가면 인제는 자기네가 셋방으로 밀려 나갈 것으로 구려…….”

“헤에, 그런 대가 댁 따님얘요.”

하고 원삼이는 눈이 둥그레진다.

“글쎄 그런 대가 댁 딸이면 무얼 하나 말요. 호화롭게 자란 버룻은 그대로 남아 있고 유치원 같은 데서 받는 것쯤이야 분값도 안 되고 하니까 원삼이네 댁 영감한테 월급을 받아야 살지 않겠소. 월첩이란 별거요!"

하고 병화는 웃는다.

"그렇습죠. 그러나 그러면 상관있습니까? 그렇게라도 한세상 잘 지내면 좋지요."

"좋고 안 좋은 것은 고사하고 그런 월급을 제격제격 주는 주인 영감은 또 어떻게 되어가는지 아느냐는 말이요. 모르면 몰라도 김의경인가 하는 여자의 부친도 연전까지는 그런 월급을 몇몇 년에게 척척 치렀을 것이지만 오늘날 저렇게 된 것을 보면 그네들의 앞길이란 뻔히 보이지 않소?"

"그렇기로 아무러면 우리 댁 영감이야 그렇겠습니까."

원삼이는 그런 것은 상상도 못 할 일 같았다.

"그러리다. 경복궁 대궐을 다시 질 때 누가 백 년도 못 채우고 남향 대문인 광화문이 동향이 될 줄 알았겠소! 하여간 그 책을 잘 읽어보우. 지금 내 말을 차차 터득하게 될 것이니!"

병화는 이런 부탁을 남겨놓고 헤어져서 돌아다니다가 경애를 찾아온 것이다.

×

"하지만 그 계집애를 만나면 어떻게 할 테란 말이요?"

경애가 나갈 차비를 차리고 나니까 병화도 이렇게 급히 서두는 것을 속으로 웃었다.

"만나보고 어쩌든지 어서 나갑시다."

하고 재촉을 한다. 경애는 손님이 꼬여들기 전에 어서 빠져나가
려는 것이다.

"지금 간동으로는 가서 소용없고 이대로 가서 저녁 겸 점심이
나 먹읍시다."

길거리로 나와서 병화는 이런 발론을 하였다.

경애는 잠자코 걷다가 어느 소삽한[203] 골목쟁이로 돌더니 커단
문을 쩍 벌려놓은 요릿집으로 뒤도 아니 돌아다보고 쏙 들어가
버린다. 병화도 물어볼 새 없이 따라 들어섰다.

"여기는 김의경이 집이 아닌데?……"

병화는 구두를 벗으며 놀렸다.

"잔소리 말아요. 김의경이가 어떤 년인지 아무러면 그까짓 걸
쫓아다닐 홍경앤 줄 알았습디까!"

경애는 그따위쯤을 적대를 해서 시기를 하거나 질투를 하겠느
냐고 큰소리를 치는 것이다.

"흥, 조상훈 선생이 오신다고 이 집으로 지휘가 나린 게로군?"

병화는 권하는 대로 상좌로 화로를 끼고 앉으면서도 짓궂은
소리를 하였다.

"그런 눈치 없는 어림없는 소리 좀 말아요. 당신두 언제나 좀
똑똑해질 모양이요?"

경애는 혼자 깔깔 웃는다.

"너무 똑똑해서 밥이 없는데 예서 더 똑똑하라면 어쩌란 말요?"

---

203 바람이 쓸쓸하다.

"자아, 잔소리 말고 오늘은 피혁 씨의 장래 사위님께 첨을 하느라고 한턱내는 것이니 부자 사위 돼서 거드럭거릴 때 나 같은 사람두 잊지는 마슈."

"여부가 있소? 하지만 부자놈이 웃돈까지 놓아서 없는 놈에게 딸을 복장 안길 제야 가지可知지. 오죽하겠소. 남편이란 이름값 받아서는 첩치가하라는 것일 게니 그때 가선 또 한 번 중매를 들어서 정말 미인 하나 골라줄 것까지 미리 부탁해둡시다."

하고 병화는 껄껄 웃어버렸다.

"아무려나 합시다. 그때 가선 나두 과히 흉하지 않다는 처분이시면 수청을 듭지요."

경애도 지지 않고 대거리를 하다가 낯빛을 고치며 목소리를 낮춰서,

"그건 그렇다 하고 피혁 씨의 눈에 몹시 든 모양인데 대관절 승낙을 할 테요?"

하고 경애는 밑도 끝도 없이 묻는다.

"그 중매쟁이 매우 서투르군. 선도 보이고 내력도 캐어보아야 승낙이고 무어고 하지 않소?"

병화는 기연가미연가하면서 우선 이렇게 수작을 붙여보았다.

"선이야 어제 보지 않았소. 또 내력은 어젯밤에 내게 말한 것 같이 당신이 눈치챈 그대로만도 넉넉히 짐작할 게 아니요……."

경애는 이 멍텅구리가 정말 혼인 이르는 것으로만 고지식하게 알까 보아서,

"신방이야 벌써 서대문 밖—독립문 밖에 꾸며두었답디다마는 그건 당신 하기에 있으니까 들어가게 되면 들어가고 말면 말

고…… 하하하……."

하며 경애는 웃으며 남자를 말뚱히 쳐다보았다.

병화도 그런 어림이 없던 것은 아니나 인제는 일이 딱 닥쳤구나! 하는 생각을 하니 마치 밤길을 걸으며 도둑이나 산짐승을 만날 듯 만날 듯 조바심을 하다가 검은 그림자와 딱 맞닥뜨린 것같이 머리끝이 쭈뼛하면서도 이상히도 도리어 마음이 후련해지는 것이었다.

병화는 얼굴이 벌게지며 눈이 크게 뜨이더니 허허! 하고 웃음이 터져 나왔으나 그 웃음이 무엇을 의미한 것인지는 자기도 알 수 없었다.

"허지만 좀 더 자세한 이야기를 들어야 하지 않겠소? 첫째 당신을 내가 믿을 수 없으니 따라서 그 사람을 믿을 수가 있어야지……."

한참 무슨 생각을 하는 눈치더니 병화가 조용히 말을 꺼냈다.

"되레 못 믿겠소? 나는 당신이 풋내기가 아닐까 그게 염려인데 말하면 내야 상관있나? 나는 중매노릇만 할 뿐이지만 나중에 낭패가 되면 그이가 곤란이요. 애를 써 진권한 내 낯도 나지를 않을까 보아 걱정이지!"

"응, 그래서 어제 온종일 나를 면서기를 시키느니 어쩌느니 하고 쩧고 까불렀구려? 여보, 내 걱정은 말고 당신네들이나 무슨 장난들이 아닌지?……"

"쓸데없는 소리 고만두슈. 김병화 씨가 무에 그리 장해서 우리가 함정 파고 끌어내려고 할 리가 있겠에요. 그런 염려는 말고 단단한 결심을 가지고 일을 맡겠거든 오늘 밤으로라도 그 사람을 가서 보슈. 나는 소개뿐이니까. 자세한 것은 직접 이야기를 해보면 아실 거니……."

"그 사람을 예전부터 알았습디까?"

"외가 쪽으로 어떻게 되어요. 어머니 조카뻘얘요."

경애의 말로 하면 수원집을 팔아가지고 올라와서 맡겼던 돈을 자기 외삼촌이 가지고 상해로 도망한 뒤에는 일 년에 한두 번씩 소식이 있을 뿐이었고 그동안 내리 외가에서 살다가 부친도 외가의 건넌방에서 돌아간 뒤에 비로소 따로 살림을 하게 되니까 외삼촌댁은 더구나 살 수 없고 집은 내놓게 되어서 지금은 새문 밖 현저동에서 아이들을 데리고 셋방살이를 하고 있는 터이라 한다. 그런데 상해에 있던 외삼촌이 그 후 얼마 만에 어느 방면으로 도망하였다던 이 조카—즉 지금 온 피혁 군과 어디서 어떻게 만났는지 이번에 외삼촌의 편지를 가지고 별안간 찾아온 것이라 한다. 물론 외삼촌 댁에게 보내는 안부편지와 살림에 쓰라고 돈 백 원을 부탁해 보낸 것이나 셋방 구석으로 떠돌아다니게 된 후로는 이태나 되도록 소식이 끊겼던 터이므로 피혁 군도 천신만고를 해서 집을 찾았으나 찾아가 보니 외가에는 묵을 방이 없고 한만히[204] 여관에 들 수도 없고 해서 우선은 경애 집으로 끌고 와서 건넌방에 묵게 한 것이라 한다. 그러지 않아도 피혁 군이 떠날 때 경애의 외삼촌은 자기 집에나 자기 누님 집에 묵으라고 일러 보냈던 것이다. 이러한 관계로 피혁 군은 경애의 집에 묵으면서 사회의 물계도 살피고 경애의 위인을 엿보다가 그런 방면 사람 중에 아는

204 되어가는 대로 지내다.

사람이 있느냐고 물으니까 처음에는 아는 사람도 없었고 또 무심하고 들어두었더니 얼마 후에 우연히 병화를 알게 되니까 병화 이야기를 피혁에게 하였던 것이라서 무슨 인연이 닿느라고 그런지 일이 여기까지 발전되어온 것이라 한다.

경애는 피혁 군의 일이 어떠한 종류의 것인지 확실히 알 수도 없고 또 자기로서는 그런 일에 찬성인지 불찬성인지 자기의 마음조차 분명히 알 수는 없으나 어쨌든 애를 써 멀리 온 사람이요 무슨 일을 의논해보고 몇 마디 부탁만 하고 갈 것이니 튼튼한 사람 하나만 대어달라니까 대어줄 따름이라고 한다. 거기에는 물론 피혁 군 자신이 어서어서 제 일을 끝내고 달아나 버리려는 조바심도 있겠지만 경애로서는 눈치가 뻔하니만치 얼른 뚝 떠나보내야 우선 마음이 놓이겠다는 생각도 섞인 것이다. 그래도 뒤에 무슨 일이나 없을까? 자기가 '중매'를 들어주니만치 옭혀들 경우가 되면 어쩌나 하는 겁도 없지 않기는 하나 그렇다고 모른 척할 형편도 아니요 또 그런 성질도 아니었다.

'무슨 일이 있어도 하는 수 있나!'—이러한 각오도 가지고 있기는 하는 것이다. 그러나 될 수 있으면 만일의 경우에 발을 뺄 준비는 단단히 하여두려고 약게 일을 꾸미는 것이다.

"난 몰라요. 다만 외가 쪽 오빠가 사윗감을 얻어달라는데 마침 조덕기의 부자를 친히 아는 관계로 그 친구인 당신을 대어준 데 지나지 않으니까 무슨 말썽이 나는 때라도 당신도 그렇게만 대답을 하시고 또 그렇지 않으면 그런 말 저런 말 다 고만두고 피혁 씨가 당신을 직접 찾아가서 만났다고 해도 좋을 게 아니요. 그래서 당신과 나하고도 자연히 알게 된 것이라고 합시다그려."

경애는 일후에 무슨 일이 있으면 말이 외착[205]이 나지 않게 하느라고 미리 부탁을 하는 것이었다.

"되우 겁은 나는 게로군. 나두 몰라! 내가 쫓아다니는 게 성이 가시고 보기 싫으니까 일부러 조상훈이와 모해를 해서 끌어넣은 것이라고 할걸……."

하고 병화는 남은 열심으로 하는 말을 여전히 농담으로 받아넘긴다.

"그런 쑥스런 소리 고만두고 인제는 술도 정침하고[206] 정신 차려요."

경애도 그 말은 그만 집어치우자는 듯이 술잔을 들어서 합환주를 해서 병화에게 주며 눈웃음을 쳐 보인다.

"이것이 모두 꼬임수였다! 그러나 이런 술은 수모[207]가 먹여주어야 할 건데……."

하고 병화는 웃으며 받아 마시고 잔을 돌려보내려니까,

"또 그런 분수없는 소리!"

하고 경애는 웃는 눈을 흘기며 잔을 내미는 남자의 손등을 탁 때린다.

그럭저럭 전등불을 켜놓고서 밥을 먹고 나니 거진 일곱시나 되었다.

"그럼 이 길로 가보실 테요?"

문밖에 나와서 경애는 물었다.

---

205 착오가 생기어 일이 어그러짐.
206 일을 하다가 중도에서 그만두다.
207 전통 혼례에서 신부를 도와주는 여자.

"글쎄 좀 더 생각을 해보고……."

병화의 말눈치가 마음이 썩 내키지를 않는 것 같은 데에 경애는 잠깐 경멸하는 마음이 생겼다.

"왜…… 겁이 나는 게로구려?"

"흥! 아무러면 사람이 그렇게 얼뜰라구! 하지만 나두 인금두 달아보고 믿을 만한지 어쩐지 알아놓고서야 말이지. 하여간 본성명을 대어주."

"그것두 당자더러 물어보세요."

경애는 가르쳐주고 싶었으나 당자의 의향을 알 수가 없어서 말하기 거북하였다.

"그거 보우. 당신부터 나를 아직 탐탁히 믿지 못하는데……."

"그렇게도 생각하겠지만 당자가 자기 이름은 절대로 뉘게든지 비밀히 해달라니까……."

이 말을 들으니 그 본성명을 대면 운동자 축에서나 당국에서 짐작할 만한 인물 같기도 하다.

두 사람은 더 이야기를 하려고 명치정 쪽으로 빠지는 으슥한 길로 돌면서 수군수군 말을 잇는다.

"비밀히 한다는 약속을 했다면야 굳이 알려고는 하지 않지만 일을 부탁하려는 내게까지 비밀히 하려고는 아니하겠지? 그뿐 아니라 이름을 듣고 알 만한 사람이면 문제없고 나는 직접 몰라도 물어볼 만한 데 수소문을 해보고 만날만 해야 만나겠다는데 안 알려주면 어쩌잔 말요."

"그두 그렇지만 여기저기 떠들고 다니며 아무개가 들어왔다는 소문을 내놓으면 아무리 동지 간에라도 누설되기 쉽지 않아요?"

"그야 나두 그런 어림없는 짓을 할라구?"

"쓸데없는 소리 마슈. 단 세 사람이 한 이야기도 벌써 날만 새면 흘러 나가는 세상에…… 당신네들의 실패가 모두 그런 데서 생긴 일이라고 그 사람이 그러던데?"

"그럼 당자를 만나봐두 자기 본성명이나 내력은 말 아니할 테구려?"

"그야 모르지."

하고 경애는 한참 생각하다가 앞뒤를 돌아다보며 사람이 끊인 것을 보자,

"거기 나가서는 이우삼이라고 했답디다."

고 귀에다 대고 소곤소곤하였다.

"무어? 무어?"

병화는 채 못 들었는지 듣고도 자기 귀를 의심하는 것인지 급급히 묻는다.

"이우삼—."

경애는 또 한 번 소곤댔다.

병화는 다시는 입을 벌리지 않았다.

"알우?"

경애는 어린애처럼 남자의 콧구멍을 들여다보듯이 착 붙어서 쳐다본다. 병화가 채 대답할 새도 없이 큰 길거리로 나서게 되었다.

"자아, 그럼 난 가우."

하며 병화는 아래편으로 돌쳐섰다.

"어디루?"

하고 경애가 발을 멈췄으나 병화는 그대로 휘죽휘죽 가다가 획

돌쳐서 다시 쭈르르 쫓아오더니 찬찬히 걸어가는 경애의 손을 뒤에서 꽉 쥔다. 경애는 깜짝 놀라며 섰다.

"난 누구라구? 애 떨어지겠소."

"몇 달 됐는데? 그럼 그렇다고 말을 해주어야지."

하고 병화는 웃다가,

"이번에는 둘째 애아버지 거요?"

하고 또 실없는 소리다.

"듣기 싫어요. 그렇단 말이지 누가 정말…….."

"겨우 안심이 되는군! 그런데 이따가 만날까?"

다정스러이 묻는다.

"지금은 어딜 가길래? 집에?"

"글쎄 어딜 가든지 이따 열시나 열한시쯤 저리 가리다."

병화는 경애의 대답도 아니 듣고 또 휙 떨어져 가버린다.

경애는 남자의 뒤를 돌아다보면서 '저렇게 헐렁개비처럼 서두는 사람이 무슨 일을 할꾸?' 하는 생각을 하다가도 천진스런 아이들 같은 거동이 도리어 사랑스럽게 보여서 유쾌도 하다.

경애는 지금 무슨 볼일이 있는 것은 아니나 병화를 끌고 집으로 가기는 싫었다. 인제는 그만큼 하여주었으면 저희끼리 만나든 말든 내버려두리라는 생각이다. 그러나 주의主義를 떠난, 일을 떠난 병화의 몸뚱이와 마음만은 그래도 아직 한끝이 자기 손에 붙들려 있는 것 같았다. 지금까지는 피혁이의 심부름을 하느라고 친절히도 하고 실없는 농담도 하여왔지만 그러는 동안에 어쩐둥 자기 마음의 한끝이 병화의 마음에 말려들어 간 것 같다. 아니 병화라는 남자가 자기 마음속에 마치 옷자락이 수레바퀴 밑에 말려들어 가듯이 말려들어 온 것이라고 하는 편이 옳을지 모른다. 경애는 그 옷자락을 탁 무질러버릴까 하는 생각도 해보았으나 차마 그러기에는 용기가 부족하다.

두 사람은 만나면 실없는 농담으로 서로 비꼬고 놀리고 할 뿐이지, 젊은 남녀들의 감정을 과장한 로맨틱한 꿈도 없고 서로 경대하고 사양하고 하는 애틋한 말 한마디 주고받은 일은 없으나 그래도 은근한 맛은 있는 것 같고 만나지 않을 때는 그렇지도 않다가 만났다 헤어진 뒤면 미진한 것이 남은 것 같아가는 자기 마음을 경애는 웃으며 들여다보는 것이었다.

'무슨 점을 보구 그럴꾸?'

하는 생각을 혼자 해볼 때도 있으나 특별히 무슨 점을 보고 그러는 것이 아닌 데에 도리어 사랑은 눈트는 거나 아닐까 하는 생각도 든다. 어쨌든 김의경인가 하는 여자의 뒤를 그처럼 열심으로 충실하게 캐어다 준 것을 보아도 그것이 한갓 경애에게 호의를 표한다거나 자기의 호기심으로만이 아닌 것 같다. 상관있는 남자의 결점을 찾아다가 그 여자에게 보여주는 일—그것은 연애하는 남자의 가장 야비하고 졸렬한 수단이지만 하여간 그것도 애욕의 표시는 표시다…….

'싫지는 않지만…….'

경애는 혼자 생각해보았다. 그러나 정말 사랑한다면 그런 위험한 일에 끌어넣지는 않았을 것 같다. 실상은 피혁이에게 끌어대어 주느라고 부지중 친해진 것이 사실이다. 그는 고사하고 병화에게서 그런 일을 빼놓으면 무에 남는가? 다만 룸펜(떠돌아다니는 자)이다.

그건 그렇다 하고 오늘 저녁에 상훈이를 어떻게 해줄까? 하는 생각을 경애는 해보았다. 섣불리 안동인가 하는 데로 불쑥 찾아가면 마치 난봉 피는 남편을 붙들러 간 본마누라나 같아서 꼴사납고 김의경이의 코빼기야 보나마나 쑥스런 일이요 그렇다고 그대로 내버려두기도 밍밍하다.

'무슨 묘안은 없을까?' 하며 우선 팔뚝의 시계를 보니 아직 일곱 시도 아니 되었다.

주정꾼이 꼬이는 데로 아직 들어가기도 싫고 누가 있었으면 산보라도 하고 차라도 먹으며 라디오나 들을까 하는 생각이 났으나 아무도 없다. 어쩐지 애련하고 막막한 생각이 든다. 오래간만에 '사랑하고 싶은 마음'이 샘솟는가 하는 생각을 하니 가슴속이 근질근질하여 혼자 웃어보았다.

아이도 그만하면 살아났고 병화가 풍을 치고 가는 꼴이 피혁을 찾아간 모양이니 집에는 갈 필요 없고…… 오래간만에 활동사진이나 잠깐 들여다볼까 하는 생각을 하며 황금정 전찻길에서 중앙관으로 꼽들었다.

"안녕합쇼? 구경 가십니까?"

무심코 지나려니까 누가 인사를 건다. 활동사진관 못 미쳐 자동차부 앞에 섰던 운전수다.

바커스에서 손님이 청하면 늘 불러대는데다 경애도 여러 번 타서 잘 안다.

경애는 알은체해주고 구경을 들어갔다. 들어가 앉아서도 머리에는 안동 생각이 떠나지를 않으나 쫓아가기는 아무래도 싫다. 호텔에서 자기에게 사람을 보내듯이 인력거나 보내서 오나 안 오나 구경이나 할까 하는 생각을 해보았으나 인력거꾼인들 입으로만 가르쳐주어서는 집을 찾을 것 같지 않다. 더구나 여기는 그런 사람 없다고 잡아떼어 버리거나 하면 공연한 헛수고만 팔 것이다.

'자동차를 타고 가서 데려 내올까?'

지금 만난 운전수 생각이 나서 이렇게 결심을 하자 엉덩이가 들먹거렸으나 이왕이면 한바탕 어우러지게 노는 판에 끌어내는 것이 좋겠다 하고 시간을 보내고 더 앉았었다.


## 매당

아홉시가 치는 것을 보고 경애는 활동사진관에서 나와서 자동차에 올라앉았다. 아까 그 운전수는 아니나 역시 아는 사람이다.

자동차를 재동 못 미쳐 큰길 거리에 던져두고 경애는 운전수를 끌고 골목으로 들어섰다. 병화가 가르쳐주던 대로 캄캄한 속을 차츰차츰 휘더듬어 들어갔으나 중턱에 들어가서는 게가 거기 같고 전등불도 없는 속에서 어리둥절하였다. 그러자 어느 구석에선지 대문이 찌이걱 열리는 소리가 나며 소곤소곤하는 소리가 들린다.

경애가 운전수를 손짓으로 가만있게 하여, 두 검은 그림자는 귀에 신경을 모으고 섰다ㅡ.

"어쩌면 좋아! 왜 왔더라고 하면 좋아요?"

겁을 집어먹은 젊은 여자의 목마른 목소리다.

"염려 없어! 내가 몸으로 슬쩍 막았는데…… 그리구 취한 사람이 무얼 분명히 보았을라구."

이것은 늙은 아낙네의 안위시키는[208] 말소리다.

"누가 오줌만 누고 그렇게 곧 나올 줄 알았나요. 뒤보러 간다고 하기에 나오시라고 한 것인데요……."

또 이것은 다른 젊은 계집의 망단해하는 소리다.

"상관있나. 예전부터 나하고 친한 터이니까 다니러 왔던 것이라고 하든지 무어라고 좋도록 꾸며대지."

노파의 목소리다.

"그러기로 병환은 저런데 밤중에 나다닌다고 할 게 아니얘요?"

이것은 가려고 문밖에 나선 여자의 걱정이다.

"그러기로 제 속에만 넣어두었지 소문이야 낼라구! 친환은 내 버려두고 술 먹으러 다니는 사람은 얼마나 낫기에! 자기가 창피해서두 모른 척할 테지."

"그두 그렇지만…… 일두 공교스럽게두 되느라구……."

"모두 내가 없었던 탓이지. 그러나 늦기 전에 어서 가요."

또 한참 소곤소곤하더니,

"안녕히 곕쇼."

"응. 잘 가거라."

"안녕히 가세요."

안에서 안 들릴 만큼 인사가 분주하더니 골목 밖으로 조그만 그림자가 쏙 나온다.

208 마음을 위로하다.

경애와 운전수는 인사하는 소리를 듣고 추녀 밑으로 비켜섰다. 나오던 여자는 멈칫하며 역시 이 집에 드나드는 축이겠지만 아는 동무인가 하고 바라보다가 컴컴한 속에서 보이지를 않는지 그대로 지나쳐 간다. 만또[209]를 두르고 까만 털목도리에 폭 파묻힌 머리에는 밤빛에도 금나비 금줄이 번쩍이는 조바위가 씌어 있다.

'분명히 저게 수원집인가 보다!'

경애는 속으로 웃었다. 병환이 어쩌고 하는 것을 들으면 상훈이와 맞장구를 쳐서 빠져나올 수가 없어 숨어 있다가 변소에 간 새에 도망을 쳐 나오다가 들킨 것이 뻔하다. 경애는 '잘들 놀아난다!'고 속으로 혀를 찼다. 운전수더러 그 집으로 들어가서 조상훈이를 찾으라고 하였다. 만일 없다고 하거든 큰댁에서 급히 오시라고 자동차를 가지고 사람이 왔으니 꼭 뵈어야 하겠다고 하라고 일렀다.

경애가 뒤에서 바라보니 전등 달린 커단 새 대문이 어느덧 꼭 닫히었다. 운전수는 들이 흔들다가 안에서 대답이 있는지 가만히 섰다. 경애는 또 숨어버렸다.

계집 하인이 나왔는지 중얼중얼하더니 운전수가 급히 뛰어나오며,

"됐습니다. 인제 나오시는 모양인가 봅니다."

하고 뛰어간다. 인젠 저는 먼저 나가 있을 테니 둘이 만나보라는 눈치다.

경애는 손짓을 하며 자기가 먼저 나가 있을 것이니 자동차 논

---

209  일본어로 '망토'를 뜻함.

데까지 끌고 나오라 하여 운전수를 다시 들여보내 놓고 뺑소니
를 쳐 나왔다.

경애가 불 끈 자동차 속에 먼저 들어가 앉았으려니까,

"어디란 말인가? 이때까지 문밖에 있다던 사람이 예까지 나왔
을 리가 있나?"

하고 상훈이가 술 취한 소리로 역정을 내며 동구 밖으로 나온다.
앞장을 선 운전수는 싱글싱글 웃으며,

"글쎄올시다. 먼첨 나오셔서 타셨나?"

하고 컴컴한 자동차 속을 들여다보며 문을 연다.

상훈이가 달려들어 들여다보려니까 경애가 해죽 웃으며 고개
를 쏙 내민다.

"엉……."

상훈이는 경풍한 사람처럼 눈을 크게 뜨고 바라보더니,

"예이, 사람을 그렇게 속여!"

하고 경애에게 하는 말인지 운전수를 나무라는 것인지 이런 소
리를 하고 머뭇머뭇 섰다.

"창피하니 잠깐 들어오세요."

"이러구 어딜 갈 수는 있어?"

하며 상훈이가 망단해하다가 올라서니까,

"가긴 누가 어디를 가재요."

하고 경애가 자리를 비키며 운전수에게 눈짓을 한다. 운전수는
넹큼 뛰어올라서 불을 번쩍 켜고 고동을 틀려 한다.

"가면 안 돼! 모자두 안 쓰고 나왔는데……."

상훈이는 당황히 소리를 지르며 엉덩이를 들먹거린다.

"걱정 마세요. 또 데려다 드릴게."

자동차는 뚝 떠났다.

"감옥 자동차는 용수나 씌우드군마는 맨다가리로 어델 가는 거야?"

상훈이는 그리 취하지도 않았지만 배반[210]이 낭자하게 벌여놓인 것을 그대로 두고 잠깐 나와서는 이렇게 끌려가는 것이 하도 어이없고 생각할수록 우스웠다.

"당신 같은 팔자가 어데 있어요. 주지육림酒池肉林에 경국지색을 모아놓고 밤 깊도록 노시다가 갑갑하실 때쯤 때를 맞춰서 바람이나 쏘이시라고 나 같은 모던 미인이 자동차까지 가지고 등대를 하고…… 하하……."

"어떻게 알았어?"

"냄새를 워낙 잘 맡거든요."

"사냥개던가!"

하고 상훈이는 실소를 하다가,

"김병화 요새 만나지?"

하고 묻는다. 아범이 잃어버린 외투 속의 편지를 생각한 것이다. 매당집에 다니는 것을 자기 패의 몇몇 사람 외에는 바깥애밖에는 모르는 터이니 병화가 새에 들어서 뒤를 밟은 것인 듯하나 혹시는 경애 자신이 매당집에 무슨 연줄이 닿아서 알았는지? 매당집이란 서울 바닥에서도 유수한 그러한 젊은 계집의 주름을 잡는 도가都家[211]인지라 경애 역시 그런 축으로 떨어졌기도 쉬운 일일 듯싶다. 하

---

210  술상에 음식을 차려놓은 그릇.
211  동업자들이 모여 의논을 하는 집.

여간에 경애가 이렇게 쫓아온 것이 불쾌할 것은 없다. 제아무리 배내미는 수작은 하였어도 다른 계집이 따르는 줄을 알고 몸이 달아 붙들려고 다니는 것을 보니 인제는 이편에서 배를 튀겨보고 싶다.

"친환은 침중하신데 수원집마저 매당집에 밤사진[212]을 하시느라고 병구원하실 겨를이 없으신 모양이고 딱하신 사정이기에 내가 모시러 갔었습니다만 어떻게 자동차를 큰댁으로 대랄까요?"

경애는 야죽야죽 놀린다.

자동차는 창덕궁을 등지고 무작정하고 동구 안으로 내려간다.

수원집이란 말에 상훈이는 아까 매당집 마당에서 슬쩍 지나치던 것이 정말 수원집이던가? 하는 놀라운 생각이 들면서 눈살을 찌푸려 보인다.

"이거 봐! 자동차를 다시 돌려!"

그렇지 않아도 운전수가 갈 데를 물으려 할 때 상훈이가 운전대에 대고 소리를 쳤다.

"나온 김에 남산으로나 올라가십시다그려."

평풍 친 온돌방 있는 그 호텔로 가자는 말이다. 거기에는 상훈이도 반대는 아니하였다. 시기가 나니까 제풀에 고개를 숙이고 앞장을 서는구나 하고 속으로 코웃음을 치면서도 어쨌든 싫지 않은 발론이었다.

차가 영락정으로 빠져나오니까 경애는 또 무슨 생각이 났던지 남대문 쪽으로 돌리라고 명한다.

"하여간 모자와 외투나 찾아 입고 나서야지 사람이 왜 그 모

212  사진仕進은 벼슬아치가 근무지로 출근하는 것을 이르고 '밤사진'은 빠짐없이 드나든다는 뜻.

양야?"

상훈이는 속으론 그렇지 않으면서도 짜증을 내 보인다. 그렇다고 물론 당장 매당집에 두고 나온 김의경이가 마음에 걸려서 그런 것도 아니다. 요새로 의경이에게는 졸리는 조건이 하도 많은지라 이렇게 빠져나온 것이 영 해롭지 않은 터이다.

"두루마기 바람이 대수애요. 모자 외투야 어련히 작은마나님이 잘 맡아둘라구. 아, 그리구 큰댁에는 지금쯤은 수원 마나님께서 들어가셨을 것이니까 거기두 염려 없을 게니 오늘 밤은 아무리 바쁘신 몸이지마는 오래간만에 하룻밤 시간을 빌리시구려."

상훈이는 그 야죽야죽하는 말에 얄미운 생각도 드는 것이나 하는 수 없었다.

"그런데 수원집 수원집 하니 그거 무슨 소리요?"
하고 상훈이는 새삼스레 묻는다.

"왜 딴전을 하슈? 창피하신 게군요?……"

경애는 웃으며 남자를 돌려다 본다.

"조금 전에 뒷간에서 나오시다가 마당에서 보시구두 그러슈? 자동차 속에서 내다보니까 만또를 오그려 입고 도망꾼이처럼 앞뒤를 휘휘 돌아다보며 뺑소니를 치던데요!"

"미친 소리 말어. 잘못 본 게지. 그건 고사하고 수원집을 어떻게 알어? 그뿐 아니라 수원집이 그런 데를 다닐 리 있나?"

"수원집을 내가 왜 몰라요. 나도 '수원집'애요. 하하……. 나 수원 태생이란 말씀애요. 그건 그렇다 하고, 수원집은 왜 그런 데에 못 다닐 게 무어애요? 당신이 다니시기나 수원집이 다니기나…… 하하하…… 켓속[213] 잘되었지요?"

상훈이는 얼굴이 벌게지며,

"지각없는 소리 말어! 그럴 리가 있나."

하고 목소리를 긁어 잡아당긴다.

"왜 내게 역정을 내실 게 무어애요. 꾸지람을 하실 테면 수원집을 가 보고 하시지…….."

상훈이는 도깨비에 홀린 것 같았다. 지금 와서는 그 여자가 수원집이던 것이 가리울 수 없는 분명한 사실이지만 마당에서 마주친 것까지를 경애가 어떻게 본 듯이 아르켜내는지? 암만 생각해도 귀신이 곡할 노릇이다.

자동차가 진고개 초입께까지 오니까 경애는 별안간 청목당 앞에 대라 명하고 상훈이더러 어서 내리라고 재촉이다. 맨대가리에 두루마기 바람으로 내리기가 싫어서 무어 살 것이 있건 기다리고 앉았을게 어서 사가지고 나오라 한다. 상훈이는 경애를 집에 데려다 주고 자기는 그대로 탄 채 안동으로 가리라고 다시 생각한 것이다. 그러나 경애는 듣지 않았다. 저녁을 안 먹었으니 여기서 저녁을 먹여달라고 졸랐다.

"호텔은 그만두고 곧 뫼드릴 게니 잠깐 나리세요."

저녁을 이때껏 안 먹었다는 것을 그대로 내던지고 간달 수도 없다.

"흥, 매당집이 못 잊으시면 불러다 드리지 걱정애요."

경애는 코웃음을 치며 먼저 튀어 내려버리니까 상훈이도 하는 수 없이 내우하는[214] 사람처럼 툭 튀어나와서 쏜살같이 청목당으

---

213 켯속, 일이 되어가는 속사정.
214 내외하는.

로 들어갔다. 경애는 생글 웃으며 층계로 올라가는 뒷모양을 바라보다가 운전수에게 돈도 치르지 않고 무어라고 한참 소곤거린 뒤에 돌려보내고 따라 올라갔다.

상훈이는 의관 안 한 것을 연해 창피하게 생각하는 모양이나 경애는 상훈이가 안절부절을 못 하고 허둥대는 양을 멸시하는 눈으로 한참 건너다보며 사오 년 전에 처음 볼 때는 그렇게도 무섭고 훌륭하고 점잖게 보이던 '조 선생님'이 이럴 줄이야 꿈에나 생각하였으랴 싶어서,

"그 왜 그러세요. 화롯가에 엿을 붙이고 오셨소. 남잣골 샌님은 뒤지215하고 담뱃대만 들면 나막신을 신고도 동대문까지 간다는데 모자 안 썼기로 누가 시비를 걸 테니 걱정이세요."

경애는 샐샐 웃다가,

"그런데 반했다는 색시 좀 보여주시구려?"

하고 조른다.

"반하긴 뉘게 반해. 나두 인제는 늙어가는 판 아닌가?"

하고 상훈이는 웃고 만다.

"좀 더 늙으시면 제이 김의경이―아니, 제삼 홍경애가 필요하시겠군요?"

하며 경애는 쏘아주었다. 상훈이는 덤덤히 앉았다.

"예서 저녁이나 먹고 어디 매당집 구경이나 가볼까!"

혼잣말처럼 하고 또 웃는다.

"마음대로……."

---

215 밑씻개로 쓰는 종이.

상훈이는 그 꼬집는 소리가 탄하고 싶지도 않거니와 데리고 가도 상관없을 것 같았다. 상관없다느니보다도 자랑이 될 것 같았다. 김의경이는 노할지 모르지만 도리어 제풀에 노해서 떨어져 주었으면 좋을 판이다. 이만쯤 되었으면야 경애는 다시 손아귀에 들어온 거나 다름없고 하니 마음이 느긋한 것이다. 그러나 다만 경애를 정말 들어앉혀서 살림을 시키려면 그런 데를 끌고 가서 못된 길을 터주어서는 안 되겠다는 염려도 없지는 않지만 그 역시 아까 수원집 놀래를 하던 것으로 보면 데리고 가고 말고가 없이 당자가 벌써 매당집을 자기보다 더 먼저 친히 아는지도 모를 일이다. 어쨌든 저희들의 내평이나 캐어보고 어쩌는 꼴을 보기 위하여서는 데리고 갈까 하는 생각을 하였다.

저녁을 먹겠다던 경애는 아무것도 싫다 하고 '퀴라소'[216]—술— 를 병째 갖다 놓고 마시고 앉았다.

상훈이는 저녁도 안 먹을 지경이면 어서 가자고 졸라보았으나 점잖은 양반이 체통 아깝게 왜 이렇게 조급히 구느냐고 도리어 핀잔을 줄 뿐이다.

"병화는 요새 무얼 하고 있누? 언제 만났어?"

상훈이는 인제는 기진하였는지 앉았자는 때까지 앉았을 작정을 하고 자기도 술을 청해 마시며 말을 돌렸다.

"김병화한테 가 물어봐야 알지요."

하고 경애는 또 핀잔을 주다가,

"요새는 키스도 안 해주고 잡혀먹을 외투도 없고 하니까 눈에

216 오렌지 껍질을 넣은 양주.

안 띄나 보드군.”

웃지도 않고 이런 소리를 한다.

“키스는 심심파적으로 하는 건가?…… 나는 무슨 까닭이 있다구!”

상훈이는 안심한 듯이 웃는다.

“왜 샘이 나슈?”

이런 잡담을 하고 앉았으려니까 보이가 들어오더니,

“손님이 오셨습니다.”

고 한다.

“손님?……”

상훈이는 눈이 뚱그레졌다. 병화가 또 오지나 않았나? 병화와 짜고서 무슨 짓을 하는 것만 같아서 공연한 겁이 더럭 났다.

“들어오시라고 해주우.”

경애가 선뜻 대답을 하였다.

문간을 노려보고 앉았던 상훈이는 경풍한 사람처럼 “어!” 하고 소리를 치며 열적은 웃음을 커다랗게 터뜨려놓는다.


세 여성


오십이 넘어도 가르마 자국 하나 미어지지 않고 이드를하게[217] 한참 기름이 오른 얼굴에는 별양 주름살도 없이 푸근한 젖빛 같은 살결을 보면, 십 년은 젊어 보이는 중년 부인이다. 회색 만또

217 약간 살이 찌고 윤이 나다.

를 한 팔에 걸고 의젓이 버티고 들어오는 뒤에는, 날씬한 트레머리 '여학생'이 곤색 외투를 사뿟이 입고 따라섰다. 언뜻 보기에는 대갓집 모녀분 같고, 좀 더 뜯어보면 노기老妓나 대궐 퇴물인 귀인의 행차 같다.

'흐흥, 이것이 장안의 명물 매당이군!'

경애는 고개를 갸우뚱이 비꼬고 의자에 딱 젖히고 거만히 비껴 앉아서, 들어오는 두 여자를 한 수 내려다보듯이 한편 입귀를 빼뚜름히 다물고 눈웃음을 쳐가며 쏘아본다.

상훈이가 어색한 웃음을 헤헤 웃으며 앉았자니까,

"아, 이거 무슨 난봉이 이렇게 난단 말씀요? 이왕 자리를 뜰 바에는 하다못해⋯⋯."

하고 매당은 달뜬 목소리로 나무라듯이 소리를 치다가, 경애의 냉소하는 눈길과 마주치자 입을 담쳐버린다.[218] 뒤에 따른 '여학생'도 웃는 이빨에서 금빛이 반짝하다가 꺼지며 금시로 새침하여진다.

매당을 우선 초벌 간선한 경애의 눈길은 '여학생'—다음 시대에는 없어질 말이지마는 아직까지도 '여학생'이라는 이 말에는 좋고 나쁘고 간에 여러 가지 뜻이 포함되어 있는 것이다—에게로 옮겨 갔다. 포동포동한 얇은 살갗이나 깜작깜작하는 옴폭한 눈이 인형을 연상하게 하는 온유한 표정이요, 치수는 작으나 날씬한 몸매가 경애의 눈에도 예쁜 아가씨로 비치었다. 이렇게 첫인상이 좋은 데에 경애는 도리어 동정이 갔으나 이 애가 낮에는 유치원에

218 닫아버리다.

서 천사같이 나비춤을 추고, 밤에는 술상머리에 앉는고나!고 생각
하니 경애는 속으로 혀를 찼다. 그러나 그것은 이 의경이를 나무
라는 것인지 세상을 한탄하는 것인지 또는 자기 자신을 혀를 차
는 것인지 자기도 모르겠다.

"앉으슈."

경애는 자기 옆자리를 권하였다. 의외의 양장미인이 앉았는
데에 저기沮氣가 된 의경이는, 쭈뻣쭈뻣하면서도 대항적 태도로
눈은 딴 데에다 두고, 고개만 까딱해 보이며 외투를 입은 채 의자
에 걸어앉는다. 외투를 벗지 않고 체모를 차리지 않는 것이 좌중
을 무시한다는 경애에 대한 무언의 반항을 의미하는 기색이다.

매당이 상훈이와 소곤소곤 무슨 이야기를 하는 것을 경애는
곁눈으로 거듭떠보며 자기의 퀴라소 잔을 들어 쭉 마시고 빈 잔
을 의경이에게 내민다. 경애는 의경이가 일부러 자기를 무시하는
기색을 보이려는 눈치에, 반감이 생기어 첫눈에 가졌던 호감이
스러지고 '아니꼬운 년!' 하고 조금 시달려주려는 생각이다.

"에그 난 못 먹어요."

의경이는 저편 이야기를 골똘히 들으려고 정신이 팔려 앉았다
가 질색을 하면서, 시키지 않은 짓 그만두라는 듯이 손으로 막는다.

"온, 소리 못하는 기생, 손 못 보는 갈보는 있더구먼마는 술 못
먹는 술집 색시는 처음 보겠네!"

경애는 의경이의 표정이 한층 더 아니꼬워서 이런 꼬집는 소
리를 하고 깔깔 웃으니까, 매당과 상훈이가 말을 뚝 끊고 바라다
본다.

"김의경 아씨! 한잔 드우. 여기는 유치원과 달러! 염려 말구

한잔 들어요. 우리 동창생 아닌가? 하하하……."

경애는 너 그럴 양이면 어디 견디어봐라 하는 반감과, 제 아무런 매당이라도 내 앞에선 꿈쩍 못하게 납찬장이[219]를 만들어보겠다는 객기가 난 것이다.

얼굴빛이 변해진 매당은 금시로 두 볼이 처지며, 눈이 실룩하여졌다. 그보다도 의경이는 얼굴이 푸르락 붉으락 어쩔 줄을 몰라 가슴을 새가슴처럼 발랑거리며 말끔히 경애를 치어다볼 뿐이다. 처음에는 누구인지 모르고 섣불리 톡 쏘았으나, 술집 색시라고 모욕을 하는 데에 발끈한 것도 한순간이요, 자기 이름을 부르고 유치원을 쳐들고, 나중에는 동창생이 아닌가 하고 농쳐버리는 데는 의기가 질리고 만 것이다.

"팔 떨어지겠군. 그래 이 잔을 그대루 놓을 수야 있나? 손이 무색지 않은가?"

경애가 일부러 혀 꼬부라진 소리로 약간 쇠하는 기색을 보이자,

"어쨌든 받으렴."

하고 매당이 타이른다. 그러나 입맛이 쓴지 눈썹 새에 내 천川 자를 누빈다.

의경이는 마지못해 잔을 받았으나 울며 겨자 먹는 상이다.

"술 튀정은 한다더구먼마는 술 한 잔 대접하기에 이렇게 힘이 들어서야!"

술을 따르는 경애는 의기양양하다. 장안의 여걸(?)이라는 매당이 자기의 외숫전갈[220]에 의경이를 끌고 온 것을 보고도 경애는

219 '납청장'이 원말로, 되게 얻어맞거나 눌려서 납작해진 사람이나 물건을 비유적으로 이르는 말.
220 속임수로 꾸민 내용을 전함. '외수'는 속임수를 뜻함.

속으로 샐쭉 웃으며 콧날이 우뚝해진 터에, 속은 쓰리면서도 의 경이더러 술잔을 받으라고 뚱기기까지 하는 것을 보니, 경애는 인제는 매당을 완전히 기를 꺾어놓았다는 만심도 생기는 것이다.

"아참, 두 분 인사하시지. 이분은 조선의 여걸 장매당 마마. 이 분은 서울의 모던 애기씨……."

매당이 고개를 끄덕끄덕하며 저만큼 떼놓고 보듯이 면구스럽 게 바라보려니까,

"난 술장수 홍경애입니다. 말씀은 익히 듣잡고 이렇게 뵙기가 늦었습니다."

매당은 '술장수 홍경애'란 말이 자기를 빈정대는 것으로 들렸 던지 좋지 않은 기색이었으나 만나기가 늦었다는 인사를 자기에 게 가까이하려는 기미로 알아차렸던지 쓸모 있다는 생각이 돌아 서 여걸풍의 너털웃음으로 농쳐버리며,

"우리 집에두 좀 놀라 오셔요."
하고 의미심장한 인사를 한다.

"그러지 않아두 아까두 댁 문전까지 갔었습니다마는 나 같은 것두 붙이십니까?"
하고 냉소를 한다.

"혜? 우리 집에를?"
하고 매당은 놀라다가,

"난봉 영감 붙들러 다니시기에 뼛골두 빠지시겠소마는, 이왕 이면 좀 들어오시지를 않구."

"머리에 성에가 서는 영감은 붙들어다 약에나 쓸까마는 이 아 씨 앞에서 그런 말씀 마슈."

하고 경애는 콧날을 째긋해 모이며 의경이에게,

"영감 뺏길 염려는 없으니 마음 놓슈마는 잃어버리지 않게 호패를 하나 해서 채슈."

하고 좌충우돌이다.

"객설 그만해!"

상훈이는 경애를 나무라며,

"그런데 저 색시는 언제부터 그렇게 잘 알던가?"

하고 아까부터 궁금한 말을 꺼낸다.

"장안 일 쳐놓고 나 모르는 일이 어디 있단 말씀요, 노상안면[221]야 많지. 우리 간동 근처서 늘 만나지 않았소?"

이런 딴전도 붙인다. 의경이는 말을 탔했다가는 자기만 밑질 것 같아서 그런지 얼굴이 발개서 눈만 깜작깜작하고 앞에 놓은 술잔을 노려보고 앉았다가 팔뚝시계를 보며 일어선다.

"왜 가시려우? 술잔이나 내주구 가야지 않소."

하고 경애는 일어나서 다정히 어깨를 껴안듯이 하여 앉힌다. 매당도 일어설 생각이 없는지 가만히 앉았다. 더 앉았고 싶은 것이 아니라 요년의 춤에 놀아서 어설피 나와가지고는 놀림감만 되고 그대로 간대서야 여걸의 체면에 참을 수 없기 때문이다. 의경이 역시 매당이나 영감이나 엉덩이를 들려도 않고 먼저 가라는 분부도 아니 내리니, 주저앉는 수밖에 없지마는 물계가 아무래도 영감을 뺏길 것 같아서 지키고 앉았자는 것이다.

술잔 재촉을 또 받고서 의경이는 어쩌는 수 없이 자기 앞의 잔

---

221 정식으로 인사를 나누지는 않았으나 길에서 만난 적이 있어 서로 알아볼 만한 얼굴.

을 '어머니'에게로 밀어놓았다. 매당은 잔을 성큼 들어 쭉 마시었다. 조선의 여걸도 브랜디 위스키는 알지마는 이런 기린 모가지 같은 병의 술은 처음 보는 거라 호기심으로 마시기는 하였으나 술잔을 요 괘씸하고 가증스런 양장미인에게 돌려보내고 따라 바치는 것은 한 번 더 치수가 떨어지는 것 같았다. 그러나 이것을 시초로 매당과 경애는 정종으로 달라붙어서 주거니 받거니 두 술장수가 내기를 하는지 판을 차리고 먹었다.

"이거 주류상 경음회競飮會인가 경음회鯨飮會[222]인가?"

상훈이는 재담을 한마디 내놓았으나 술잔은 그리 들지도 않는다.

"바커스 대 매당의 초회전初會戰이라우."

"플레이, 플레이! 바커스 세다!"

이호, 삼호, 둘씩 한자리에 앉히고, 주지포림[223]에 세상이 찐 듯싶은지 상훈이는 나이 아깝게 경애의 응원을 하고 앉았다.

"당신은 깃발 대신에 이거나 휘두르구 어머니 응원 좀 하우."
하고 경애는 앞에 놓인 수건을 의경이에게 던진다.

이런 객담으로 재미도 없는 술이 깊어갔으나, 매당은 아무래도 이 계집애를 잠뿍 취하게 해서 자기 집으로 끌고 가고 싶은 것이다. 젊은 년이 무람없이 덤비는 것은 괘씸하나 여걸의 체면보다도 장사가 급하다. 수양딸이 삼고 싶은 것이다.

"에구, 벌써 자정 들어가네. 영감 인젠 일어섭시다."

매당은 시계를 보더니 남은 잔을 마시고 일어서려 한다. 경애는 매당의 "영감 일어섭시다" 하는 의논성스런 말씨가 그럴듯이

---

222 '술 마시기를 겨루는 것인가 고래가 물을 들이키듯 술을 많이 마시는 것인가'의 뜻.
223 '주지육림酒池肉林'의 다른 표현.

들렸던지,

"걸맞는 내외분 같구려. 따님 아가씨 데리구."

하며 깔깔 웃는다. 경애는 층계를 내려오는 발씨가 위태위태하였으나 매당은 자기 집에서부터 전작이 상당하건마는 아직도 싱싱하였다.

문밖에 나오니 인력거가 네 대가 대령하고 있다.

"우리 함께 가서 또 한잔합시다."

매당은 경애를 부추겨 태워주며 권하였다.

"그거 좋은 말씀요. 어디 하룻밤 새워보십시다요."

경애는 두말없이 대찬성이었다. 상훈이도 해롭지 않은 듯이 말리지는 않았다. 그러나 네 채가 의경이의 인력거를 앞세우고 열을 지어 큰길로 건너서니까, 둘째로 선 경애의 차가 채를 돌리면서,

"안녕히 가 주무슈. 구경 잘 시켜줘 고맙습니다."

고 소리를 치며 빠져 달아나 버린다.

인력거 위의 매당은 흥! 하고 콧소리를 내며 혀를 찼다. 동짓달 밤바람에 설취한 술도 다 깨어버렸다. 그러나 끝끝내 패에 넘어간 것이 분한지 우연히 그물에 걸렸던 단단한 한밑천감이 미꾸라지 새끼 빠져나가듯 놓쳐버린 것이 분한 것인지 알 수 없다. 하여간에 그런 재치 있고 색깔 다른 '수양딸'이라면 우선은 웃돈 주고라도 사들이고 싶고, 인물로만 해도 자기 집에 드나드는 누구보다도 나을 것 같아, 허욕이 부쩍 나는 것이었다.

"영감 덕에 오늘은 욕 단단히 봤소. 그 대신에 영감 솜씨로 고년 꼭 한번 데려와야 해요. 버르장머리를 단단히 가르쳐놔야지."

집에 들어가서 밤참으로 또 한 상 차려놓고 앉아서 매당은 상훈이에게 폭백을 하는 것이었다.

"재주껏 해보구려. 여간 그물에는 걸릴 것 같지두 않으니!"

상훈이도 오늘 눈치로는 경애는 인젠 단념하는 수밖에 없다고 생각하는 것이다. 샘이 나서 그러나 하였더니, 결국에 그야말로 구경이 하고 싶은 객기요 보복적 조롱에 지나지 않는 것을 인제야 겨우 짐작이 난 모양이다.

의경이도 이날은 여기서 묵고 말았다. 이 집에 드나드는 지가 벌써 서너 달 되어도 아직까지는 집에서 나와서 잔 일은 없으나, 워낙 늦기도 하였지마는 경애 같은 강적을 만난 뒤라 내친걸음에 한층 더 대담하여졌다. 게다가 요새는 또 한 가지 걱정이 생겨서 상훈이에게 아주 몸을 탁 실리는 것이다. 이달 들어서부터는 다달이 보이는 것이 없어져서 애를 쓰는 것이다. 애를 쓰면 쓸수록 점점 더 미끄러져 들어갔다.


중상과 모략


조 의관은 사랑에 누워서는 모든 것이 불편하고 안심이 아니 되고 누가 자기에게 약사발이라도 안겨서 죽일 것만 같아서 야단야단 치고 안으로 옮아 들어왔다. 아들이 있고 손자가 있고 증손자까지 두었건마는 그래도 수원집만은 모두 못하였다. 수원집이 옆에 앉았기만 하면 병은 저절로 나을 것 같았다. 그러나 절대로 안정을 시키라는 늙은이를 떠메어 들여왔으니 아무리 네 각을 떠서 들여온 것은 아니지마는 늙은이의 노끈 같은 허리가 아무래도 추슬렸을 것이다. 막 날 고비쯤 되었던 허리가 다시 물러났는지 옮아온 며칠 동안은 허리뼈가 여전히 시큰거리고 쑤시고 부기가 더 성하여갔다.

게다가 불질이 아무래도 심하니까 병실의 온도가 알맞지 못하여 조급한 성미에 이불을 시시로 벗기라고 야단이요, 그러는 대로 방문은 여닫고 하니까 감기 기운도 나을 만하다가는 다시 도지고 도지고 하여 이제는 시들부들 쇠하여버렸다. 그러는 동안에 제일 무서워하던 폐렴이 곁들었다. 한의 양의가 번갈아 들며 집 안은 약시중에 꼭두식전부터 오밤중까지 잔칫집같이 법석이었다.

수원집은 어쨌든 살이 더럭더럭 내렸다. 이목은 번다한데 귀찮은 내색을 보이지 않으려니만큼 속은 더 썩는 것이다.

꼴 보니 병은 오래 끌 모양인데 앓는 어린애처럼 한시 한때 곁을 떠나지 못하게는 하고 밤이나 낮이나 똥오줌은 받아내야 하니 낮에는 남의 손을 빌리지만 밤에는 제 손으로 치워야 한다. 그럴 때마다 단잠을 깨우는 것도 죽겠지마는, 마음대로 문도 못 열어놓으니 방 안에 냄새가 탕진을 하여 몰래 향수 뿌린 비단 수건으로 코를 막고야 자는 버릇이 생겼다. 그러나 이불 속에 넣은 수건은 눈에 안 보이고 냄새는 맡히니까 영감은 웬 향내가 이렇게 나느냐고 군소리를 중얼중얼하는 것이었다. 향내가 싫은 것이 아니라 자기에게서 무슨 냄새가 나니까, 그게 싫어서 향수로 소독을 하거니 하고 짜증을 내는 것이다.

그래도 수원집은 영감 앞에서는 입의 혀같이 살랑거렸다. 이번 판에 공을 들여놓아야 백 석이 이백 석 될 것이 아닌가? 그것도 그렇지마는 이번에는 손주며느리도 먹어내야 할 필요가 있었다. 아들 내외와 그만큼 버스러졌으니까 죽을 때에도 손자 내외에게 많이 몫을 지어줄지 모를 일이니 손자 식구마저 떼어놓으면 한 돼기라도 그리 붙일 것을 이리로 더 붙이게 될 것은 인정의 어쩌는 수 없는 약점이겠기에 말이다.

"젊은것이 갈러빠져 못쓰겠어요."

조금만 영감의 눈살이 아드득 찌프러지는 것을 보면 모든 것을 손주며느리에게 밀어붙이는 것이다.

"아즉 어린것이 자식이 달렸으니까 그럴 수밖에! 또 무에 들지는 않았나?"

영감은 그런 중에도 손주며느리는 물오른 가지에 달린 봉오리처럼 귀엽게 보는 것이었다.

"게다가 또 있으면 어째요. 하나를 가지고도 헤나지를 못하는 치신에⋯⋯."

수원집의 입은 샐룩하였다.

"그래두 있을 때가 되면 있어야지."

영감은 손자가 이번에 다녀갔으니까 있으려니 하는 것이다. 수원집 몸에 있는 것만은 못하여도 계계승승하여 억만 대에 뻗칠 ○○ 조씨의 손이 놀까 보아 이 영감은 병중에도 걱정인가 보다.

"몸은 편치 않으신데 별걱정을 다 하시우."

자기에게는 있어도 걱정이지만 시기가 나는 것이었다.

"어쨌든 시어미란 게 버려놓았어요. 네 것 내 것을 고렇게도 야멸치게 싹싹 가르고 요강 하나라도 이 방에서 나가는 것은 무슨 병이 붙어 나가는지 제 방 것을 부시면서도 건드리기는 고사하고

보기만 하여도 더러더러 하고 눈살을 찌푸리니 절더러 부시라는
건 아니건마는 그게 말애요."

우선 초벌로 헐어놓는 것이다.

"그야 부실 사람이 없어 그 애더러 하랄까."

영감은 그만만 해도 자기에게 피침한[224] 일이니 듣기에 좋을 것
은 없으나 이렇게 눌렀다.

"그러니 말씀이죠. 한 일을 보면 열 일을 안다고 약 대리는 것
도 꼭 아랫것들에게만 맡겨두고 모른 척하니 그래 지날결에라도
들여다보면 못쓸 게 무어애요. 아아니, 약은 그만두고라도 어른
잡숫는 찌개 한 그릇이고 숭늉 하나라도 정성이 있으면 더운가
찬가 애가 씌우고 들여다보는 게 옳지 않아요……."

영감은 여기 와서는 잠자코 귀가 솔깃해하는 눈치다. 영감이
잠자코 말면 이제는 귀가 뚫렸구나 하고 수원집의 입은 신이 나
서 입술이 더 나불거리는 판이다.

늙은이 좋다 할 사람 없고 더구나 긴 병에 효자 없다 하지마는
자여손子與孫[225]이 남부럽지 않고, 그래도 경향 간에 누구라고 손꼽
을 만한 천량을 가지고 앉아서도 늦게 의탁할 사람이라곤 뜨내
기로 들어온 거나 다름없는 수원집 하나요, 세상에 없는 신약을
구하여 와도 하인년의 손에 달여 먹으니 졸아붙으면 물 타 올 것
이요, 많으면 엎질러다 줄 것이다. 그걸 생각하면 그래도 괴롭다
는 말 한마디 없이 고분고분히 시중을 드는 것이 신통하고 가상
하다. 처음에 수원집을 끌어들일 때 말썽이 많고 온 집안이 반대

224 침범.
225 아들과 손자를 통틀어 이르는 말.

하였지마는, 지금 생각하면 수원집이나마 없었다면 어떻게 되었을꼬? 죽을 때 물 한 모금이라도 떠 넣어줄 사람은 그래도 수원집 하나뿐이라고 생각하는 것이다.

"덕기만 하더라도 제 처한테는 편지를 하면서 떠나간 뒤에 이때까지 영감께 상서는 없었지요?"

수원집은 덕기까지 쳐들었다.

"응, 도착하는 길로 한 번 오긴 왔지, 한데 언제 또 왔다고?"

"어제 또 왔나 보던데요."

영감은 손주며느리를 불러들였다.

"얘 아비에게서 편지가 왔다지?"

"예."

"그럼 날 좀 보여야지."

영감은 젊은 애가 내외끼리 한 편지를 보자고 한다. 다른 때 같으면 그런 생각 없는 소리를 아니하였겠지마는, 병석에 누운 뒤로는 신경이 흥분하여 망령 난 늙은이처럼 불관한 일에까지 총찰이 하고 싶고, 앓는 어린애처럼 노염을 잘 타는데다가 수원집의 그 말을 들으니 화가 발칵 난 것이었다.

"별말 없어요. 책을 한 권 건넌방에 빠뜨린 것하고 넥타이 두고 간 걸 보내달라는 거야요."

젊은 색시가 남편에게서 온 편지를 시조부 앞에 내놓기가 부끄러웠다.

"어쨌든 이리 가져와!"

영감의 말소리는 좀 역정스러웠다.

손주며느리는 웬 영문인지?―모른다느니보다도 또 수원집의 농간이려니 하는 생각을 하면서도 하는 수 없이 제 방으로 가서 편지를 가져다 바치었다.

　편지에는 사실 그 말밖에 없었다. 그러나 할아버님 병환은 좀 차도가 계시냐고 한마디 물었을 뿐인데 어린아이에게 대하여는 감기 들리지 않게 주의를 하라는 둥, 잘 때에 젖을 물리지 말라는 둥 부인 잡지권에서나 얻어들었는지 하는 주의를 자질구레히 쓴 것이 영감에게는 눈에 거슬렸다.

　'자깝스럽게 어린것이 자식 귀한 줄은 아는 게구나' 하는 생각을 하며,

　"그래 부쳐달라는 것은 부쳤니?"

하고 물었다. 무슨 난데없는 호령이 내리지나 않는가 하고 조심하여 시조부의 낯빛만 내려다보고 섰던 손주며느리는 마음이 죄이면서,

　"아직 못 부쳤에요."

하고, 대답을 하였다.

　"난 편지 쓸 새가 없고 하니 자세한 답장을 해주어라. 내 병 이야기도 하고 나는 이번엔 아마 다시 일어날 수 없으리라고 하여라."

　조부는 이렇게 이르고서 소포 부칠 것을 어서 싸서 사랑으로 내보내어 지 주사에게 부치라고 할 것과, 집안일에 네가 주장을 해서 잘 거두라는 것을 한참 잔소리한 뒤에는,

　"약 같은 것도 그렇지 않으냐? 네가 전력을 해서 달이지 않고 부엌데기나 어린 계집애년들만 내맡겨두면 어쩌잔 말이냐? 약은 어쨌든지 간에 네 도리로라도 그러는 게 옳지 않으냐."

　영감은 좀 더 단단히 말이 하고 싶으나 어린것을 그럴 수도 없

어서 참는 것이었다.

그러나 손주며느리로서는 억울하였다. 다른 것은 몰라도 약 달이는 데에 자기같이 정성을 쓰는 사람이 이 집안 속에 누구일까? 그렇게 말하면 수원집이야말로 공연히 떠들고만 다녔지 이때껏 약 한 첩 자기 손으로 달이는 것을 본 일이 없지 않은가! 그러나 분하여도 하는 수 없다. 친정 부모밖에는 이 집 속에서 하소연 한마디 할 데조차 없다.

"하느라고는 합니다마는……."

겨우 이렇게 한마디밖에는 말대답이 될까 보아 입에서 나오지를 않았다.

"글쎄, 그러니까 더 주의를 하라는 말이다."

영감은 이렇게만 일러 내보내놓고도 손자의 편지에 자기 병 걱정은 한마디 없이 어린 자식 조심시키란 말만 한 것이 아무래도 못마땅하였다.

아침 후에 상훈이가 문안을 왔다. 영감이 누운 뒤로 아침저녁 문안만은 신통히도 궐하지[226] 않는다. 그러나 문안이라고 병인의 방에 들어와서 잠깐 섰다가 나가는 것이건마는 그 이분이나 삼분 동안이 피차에 지루한 것 같고 성이 가시었다.

"너 날마다 아침 술을 먹고 다니니?"

부친은 앓는 아비를 주기 있는 얼굴로 와서 보나 싶어서 말하자면 공연한 트집이다. 실상은 어제 청목당으로 매당집으로 돌아다니며 술상이 벌어졌어야 모두 몇 잔 먹지는 않았다. 원체 폭음을 하는 것도 아니지마는 근자에는 그리 받지도 않는 터이다. 다만 늦게 자서 잠이 부족하여 눈알이 붉을 뿐이다.

"……너는 지금 앓는 애비를 보러 온 게 아니라, 해정[227]을 하려고 술친구를 찾아다니는 거냐?……"

영감은 돌아누워 버렸다. 상훈이가 먹먹히 섰다가 나오려니까,

"다시는 오지도 말고 죽어도 알릴 리도 없으니 어서 가서 술집에고 계집의 집에고 틀어박혀 있거라."

나가는 아들의 등덜미에 찬물을 끼어 얹듯이 이런 소리를 꽥 질렀다.

부친의 호령은 언제나 박박 할퀴는 것 같았다. 심장 밑이 찌르르하였다. 그런 때마다 하속배나 어린 며느리 자식 보기에도 창피한 증이 들었다. 여생이 얼마 안 남은 부친이니 그야말로 양지養志[228]는 못할망정 자식 된 자기로서 제 속마음으로라도 향의[229]만은 정성껏 하리라고 생각하다가도 주책없는 어린애처럼 배심이 드는 것이었다.

'내가 잘한 것이야 없지마는 효孝도 윗사람이 받아주셔야 될 것이 아닌가?'

상훈이는 이런 생각도 하였다. 언제라고 부자간에 따뜻한 말 한마디 주고받은 것은 아니로되, 수원집이 들어온 후로 한층 더 심한 것을 생각하면 밤낮으로 으르렁대는 자기 마누라만 나무랄 수도 없을 것 같았다. 더구나 어제 매당집에 왔던 생각을 하면 도

227 '해장'의 원말.
228 부모님을 즐겁게 해드림.
229 마음을 기울임.

저히 이 집 속에 붙여둘 수 없겠건마는 부친의 일을 어찌하는 수 없었다. 부친만 돌아가면 자식이야 있든 없든 남 될 사람이요, 또 벌써부터 뒷셈 차리느라고 그런 데를 드나드는 것이겠지마는, 큰 걱정은 까닭 없이 몇백 석이고 빼앗길 일이다. 그것도 잘 지니고 자식이나 기른다면 모르겠지마는 어떤 놈의 좋은 일이나 시키고 말 것이 생각하면 아까운 일이다. 그것을 장을 대고 벌써 어떤 놈이 뒤에 달렸는지도 모를 일―달렸기에 병인을 내버려두고 틈틈이 매당집에를 다니는 것일 것이다. 수원집도 제 밑 들어 남 보이기니까 어제 매당집에서 피차 만났다는 말이야 영감님께 하고 싶어도 못 하였겠지마는 오늘에 한하여 별안간 계집의 집에나 술집에 가서 틀어박혀 있으라고 부친이 역정을 내는 것은 웬일 일꼬? 저는 발을 빼고 또 무어라고 헐어냈나? 정말 그렇다면 이 편에서도 가만히는 안 있으련다!

상훈이는 혼자 속으로 이런 생각을 하며 아이년이 업은 손자 새끼를 얼러주다가 사랑으로 나가려니까 안에서는 눈에 안 띄던 수원집이 사랑문 앞에서 들어오다가 마주쳤다.

"매당집은 언제부터 알았습디까?"

상훈이는 지나쳐 들어가려는 수원집에게 순탄한 낯빛으로 물어봤다. 어제 보았다는 표시를 해서 발등을 디디고 다시는 못 다니게 하려는 생각으로이었으나 마당에 섰는 사람들에게나 방 안에 들릴까 보아 사패 보아주어서 말소리만은 나직이 하였다.

"매당집요? 요전에 사귀었어요. 어제 종로까지 잠깐 무얼 사러 나갔다가 길에서 만나서 어찌 끄는지 잠깐 들렀었죠마는 나으리께서도 아셔요?"

상훈이는 유산태평으로 목소리를 크게 지르는 데 우선 놀랐다. 남은 일껏 사정 보아주어서 은근히 묻는데, 저편은 한층 더 뛰어서 모두 들으라는 듯이 떠들어놓는다. 더구나 어제 마주친 것은 시치미 딱 떼어버리고 나으리께서도 아느냐고 묻는 그 담찬 소리에는 깃구멍[230]이 막힐 노릇이다.

"알고 모르고가 없이 어제 거기서 만나지 않았소?"

상훈이의 입가에는 웃음이 떠올라왔으나 눈에는 꾸짖고 위협하는 빛이 어리었다.

수원집은 속으로 코웃음을 치면서도 깜짝 놀란 듯이,

"예에, 난 설마아 했더니! 그런데 나으리께서 어떻게 거기서 약주를 잡숫고 계셨어요? 그 집주인 사내 양반하고 친하세요?"

호들갑스럽게 딴청이다.

"에에, 그럭저럭 알지만……."

상훈이 역시 어름어름하면서,

"그건 고사하고 매당을 언제 알았습디까?"

하고, 다시 캔다.

"글쎄, 요전에 알게 되었에요. 조선극장엘를 갔더니, 그이두 왔는데 데리고 온 계집애년이 예전에 우리 집에서 자라난 종년의 딸이겠지요. 그년하고 이야기를 하게 되어서 차차 알게 되었는데, 어제는 한사코 자기 집을 알아두고 가라고 끄는군요. 영감님은 저러시고 한가로이 놀라 갈 새는 없지만 뿌리치다 못해서 잠깐 들러보았지요."

230 기氣가 들락날락거리는 통로.

말이 혀끝에서 나발나발 힘 안 들이고 청산유수같이 나온다.

"하여간 그렇다면 몰라도 가까이 다니지는 마우. 남자들이 모여서 술이나 먹는—말하자면 내외주점 비젓한[231] 데니까……."

상훈이는 수원집의 말을 열 마디면 열 마디를 다 곧이들을 수는 없으나, 혹시 그랬을지도 모른다 하면서 이렇게 일렀다.

"예, 그런 데얘요? 그럼 공연히 갔군요…… 퍽 잘사는 모양이요, 살림두 얌전한가 보던데 왜 그런 영업을 할까요?…… 주인 영감도 퍽 점잖은 영감이라던데요?"

수원집은 천만뜻밖에 소리를 듣는다는 듯이 연해 고개를 갸웃거린다.

"어쨌든 나는 남자니까 상관없지마는 다시는 가지 말우."
하고 상훈이가 헤어져 사랑문에 발을 들여놓으려니까 최 참봉이 뒷짐을 지고 담 밑에서 오락가락하고 있다.

상훈이는 최 참봉을 보자 저절로 눈이 찌프러졌다. 담 밑이 양지라 해서 거기서 어른거리는지도 모르겠으나 지금 자기네의 이야기를 들었을 것이 싫기도 하고, 날마다 대령하는 측이 아직 안 모여서 스라소니 같은 지 주사만 지키고 들어앉았는 이 사랑에 수원집이 나왔으면 최 참봉밖에 만날 사람이 누굴까. 최 참봉이란 늙은 오입쟁이다. 파고다 공원에 가서 천냥만냥하는 축이나 다름없으나 어디서 생기는지 인조견으로 질질 감고 번지르르한 노랑 구두도 언제 보나 울이 성하다. 또 그만큼 차리고 다니기에 파고다 공원에는 안 가는 것이다.

어쨌든 이 사람은 수원집을 이 집에 들여앉힌 사람이니 주인 영감에게는 유공한 병정이다. 천냥만냥이 본업이요 그런 일이 부업인지, 뚜쟁이 계집 거간이 전업이요 땅 중개가 부업인지 그것은 닥치는 대로니까 당자도 분간하기가 좀 어려우리라.

하여간 요전에 들어온 이 댁 어멈인가 안잠자기[232]인가도 이 사람의 진권이라 하니 자기 마누라 말마따나 이 세 사람이 한통속은 한통속일 것이라고 상훈이도 짐작은 없는 배 아니다. 일전 파제삿날에 수원집과 싸우고 온 마누라를 나무랄 때 마누라 입에서 들은 말이지마는, 제삿날도 문간에서 최 참봉과 쑤군거리다가 어디인지 갔다 왔다 하지 않는가. 소문에는 원체 최 참봉과 그렇지 않은 새이나 살 수가 없어서 이리 들여앉힌 것이라는 말도 귓결에 떠들어 온 것을 기억하고 있다. 어쨌든지 상훈이는 최 참봉만 보면 달라는 것 없이 미웠다. 미운 사람에는 또 한 사람 있다. 제삿날 저녁에 말 다툼하던 재종형의 창훈이다. 이 두 사람을 꼼짝 못하게 만들어놓아야 하겠다고 벼르는 것이나 이편이 싫어하면 저편도 좋아할 리가 없다. 상훈이가 밖에 나가서 하는 일거일동을 영감에게 아뢰어 바치는 사람은 이 두 사람이다.

"요새 어떠슈? 살살 혼자만 다니지 말고, 어떻게 나 같은 놈도 데리고 다녀보구려? 과히 해로울 건 없으리다."

최 참봉은 이런 소리를 하고 껄껄 웃는다. 나이는 상훈이보다 육칠 년 위나 말은 좀 높인다.

"어디를 가잔 말요?"

---

232 여자가 남의 집에서 먹고 자며 그 집의 일을 도와주는 일.

상훈이는 핀잔을 주며 냉소한다. 어젯밤 일이 벌써 이 놈팡이에게 보고가 들어갔구나 하니 더욱 불쾌하다.

"매당집에 자주 간답디다그려? 거기나 가볼까?"

상훈이는 고쳐 생각하고 앞질러 떠보았다.

"그거 좋지! 매당이란 말은 들었어도 이때껏 가보지는 못했어."

"수원집이 다 가는 데를 못 가봤어? 퍽 고루하군! 서울 오입쟁이 아니로군!"

"이 늙은 놈을 가지고 그 무슨 말씀요. 허허……, 그런데 수원집이 그런 데를 가다니? 누가 그런 소리를 합디까?"

하며, 최 참봉은 자기 딸의 말이나 나온 듯이 놀란다.

"지금 못 들었소?"

상훈이는 여전히 코웃음을 친다.

"무얼 들었단 말씀요?"

이 사람도 딴전이다.

"모르면 모르고……."

상훈이는 툭 뿌리치는 소리를 하고 휘죽 나가려니까 최 참봉은 헤헤 웃고 바라보다가,

"이따 만납시다요. 나는 약조를 어기는 법은 없으니까."

하고, 소리를 친다.

안방에서는 영감이 들어와 앉는 수원집더러 상훈이와 무슨 이야기를 하였느냐고 묻는다.

"어제 갔던 집 이야기얘요. 나으리도 그 집 영감하고 친하다나요. 어쩌면 벌써 아셨어!"

수원집은 어제 다녀 들어와서 지금 상훈이에게 한 말대로 영

감에게 벌써 이야기를 해두었던 것이다.

"그 집 주인은 무엇 하는 사람인데?"

영감은 의심쩍어 묻는 것은 아니었다. 의심쩍은 일이 있으면야 당자가 애초에 알려 바칠 리도 없으려니 하는 생각이거니와, 다만 아들의 친한 사람의 집이라니까 자기도 혹 짐작할 사람인가 하고 묻는 것이다.

"모르겠어요. 아마 같은 교회 사람인지도 모르겠어요."

수원집은 영감에게 매당이란 매梅 자도 입 밖에 아니 내었지마는, 매당에게 영감이 있다면 죽으로 있을지 몰라도 웬 놈의 그런 남편이 있으랴. 그러나 상훈이에게나 영감에게나 이렇게 발라맞추는 것이다.

"상훈이 친구면야 모두 그따위들이겠지마는 아무튼지 동무를 잘 사귀어야 하는 거야. 여편네가 요새 세상에 까딱하면 타락하는 것은 모두 못된 년의 꼬임에 넘어가는 것이니까…… 저만 봉변을 하는 게 아니라 남편의 얼굴에 똥칠을 하게 되고 가문을 더럽히고……."

영감이 또 잔소리를 꺼내니까 수원집은,

"염려 마세요. 한두 살 먹은 어린애니 걱정이십니까? 누구고 누구고 안 사귀면 그만 아닙니까."

하고 말을 막아버린다.

활동

　경애가 바커스에서 자정이나 되어 집에 돌아와 보니 병화는
조금 전에 갔다 하고 건넌방의 피혁 군은 자는지 문을 첩첩이 닫
고 감감하다.
　"주무세요?"
하고, 소리를 쳐보았으나 대답이 없었다.
　혹시 병화와 길이 어긋나지나 않았을까 하는 생각이 없지 않
았으나 그대로 들어와 자버렸다.
　이튿날 이른 아침에 문도 안 열어놓아서 문을 흔드는 소리에
부엌에서 불을 지피고 있던 모친이 나가보니 얌전한 처녀애가
보따리를 끼고 덮어놓고 들어서면서,
　"홍경애 씨 계시죠?"
하고, 묻는다. 모친은 멀뚱히 치어다보다가,
　"들어가 보우."
하고, 문을 지치고[233] 들어왔다.
　"애 내다봐라."
　모친이 안방에다 대고 소리를 칠 새도 없이 건넌방에서 먼저
덧문이 펄썩 열리더니 피혁 군이 중대강이 같은 시퍼런 머리를
쑥 내밀며,
　"새문 밖에서 오셨소? 이리 주슈."
하고, 보따리를 넹큼 받으면서,

233　문을 잠그지 아니하고 닫아만 두고.

"춘데 애쓰셨소이다."

하며, 인사를 한다. 그러나 처녀애는 아무 대답도 없이 머뭇머뭇
하고 섰는 양이 주인을 좀 만나보고 가려는 눈치다.

"얘 그저 자니? 손님 왔다."

모친이 또 한 번 소리를 치니까, 그제야 머리맡 미닫이를 밀치
고 경애가 잠이 어린 눈으로 내다본다.

"어디서 오셨소?"

경애는 머리를 쓰다듬으면서 묻다가,

"새문 밖에서…… 저 김병화 씨께서……."

하고, 필순이가 어름어름하는 것을 듣고는 반색을 하면서,

"예, 예, 어서 들어오슈."

하고, 부리나케 자리 속에서 나온다.

필순이는 곧 가겠다지도 않고 옷 입는 동안을 지체하여 안방
문을 열기를 기다려서 들어갔다.

이 처녀는 병화의 부탁도 부탁이려니와 덕기의 편지를 본 후
로 경애를 한번 보았으면 하는 호기심이 잔뜩 있던 터인데 이렇
게 속히 만나게 될 줄은 의외이었다. 필순이는 첫눈에 예쁜 얼굴
이라고 생각한 외에 별로 깊은 인상은 갖지 못하였으나, 누구나
자고 난 얼굴이란 볼 수가 없겠건마는 이 여자는 갖추지 않은 얼
굴이 그대로도 남의 눈을 끄는 데에 필순이는 약간 친숙한 마음
까지 일어났다. 방에 들어선 필순이는 방 치장이 으리으리하고
경애가 남자의 고의적삼 같기도 하고, 청인의 옷 같기도 한 서양
자리옷을 입은 양이, 눈 서투르면서도 더 예뻐 보이는 데에 잠깐
얼없이 섰었다.

그러나 자기 집 방 속을 머리에 그려보고는 너무나 동떨어진 데에 불쾌와 반감도 생기는 것을 깨달았다.

'허지만 카페 같은 데 가서 벌어서 이렇게 살면 무얼 하는 건구! 기생이나 다를 게 없지!'

이런 생각을 하니 필순이는 도리어 더러운 것 같고 경멸하는 마음이 생겼다. 경멸하는 마음이 생긴다느니보다도 애를 써 경멸하는 마음을 먹어서 자기를 위로하고 부러운 생각을 누르려 하였다.

"김 선생님 잘 가 주무셨수?"

경애는 자기에게 병화 심부름을 온 줄 알고 물었다.

"예, 그런데 조선옷을 가지고 왔에요."

경애는 어쩐 영문인지를 몰랐다.

"무슨 옷요? 어디 두었수?"

"건넌방에요……."

경애도 필순이의 대답을 듣기 전에 그러려니—하는 짐작은 있었던 것이다.

경애는 다시 한 번 고개를 끄덕여 보이고 무슨 생각을 하는 눈치더니, 발딱 일어나서 벽에 걸린 외투를 떼어 파자마(자리옷) 위에다가 들쓰며,

"김 선생님 언제 오신대요?"

"인제 뒤미처 오실걸요."

경애가, 잠깐 앉았으라 하고 급히 방문을 열고 나가려니까, 필순이도 따라 일어서며,

"두루마기가 짜르면 내가 예서 고쳐드리고 갈 테니 잠깐 입어 보시라고 하세요."

하고, 소곤소곤 이른다.

"뉘 건데요?"

"집의 아버님 건데 짧을 듯하다세요. 대중을 봐서, 절더러 고쳐놓고 오라고 하셨으니까 짧건 가지고 오셔요."

경애는 고개만 끄덕여 보이고 건넌방으로 건너갔다.

경애가 건넌방에 들어서며 눈을 크게 뜨고 깔깔 웃으니까,

"왜? 이상스러워?"

하고, 피혁도 웃으며 빤빤한 머리를 쓱쓱 쓰다듬는다.

"아주 젊으셨는데. 다른 양반 같애요."

"그럴까?"

하고, 피혁은 머리맡 석경을 들어 본다.

"어디서 깎으셨에요?"

"수염은 여기서 밀어버렸지마는, 하는 수가 있나. 현저동으로 가서 큰애더러 이발기계를 빌려볼 수 있느냐고 하니까, 얼른 제 동무에게 가서 빌려가지고 와서 제법 깎아놓겠지. 그 대신 이발료가 일금 일 원이면 싼 셈이랄까 비싼 셈이랄까."

피혁은 픽 웃어버린다. 현저동이란 경애의 외삼촌 집 말이다.

"일 원 아니라 십 원이라도 싸지요. 뭇사람이 드나드는 이발소에 가서 별안간 발갛게 깎다가 운수가 사나우려면 그중에 무에 있을지 누가 안다구……. 그래 어젠 어떻게 됐에요?"

"응, 잘되었어."

피혁은 간단히 이렇게만 대답을 하고 한참 무슨 생각을 하다가,

"거기서 우수리만 날 주고, 나머지는 그대로 저 사람이 달랄 때 내주우."

하고, 이른다.

경애는 더 캐어묻지도 않고 잠자코 듣고만 있다.

"이따, 언제든지 떠날 테니 안 들어오건 떠났나 보다 하우. 어머니께는 집으로 내려간다고 할 게니 그렇게 알아두고 잘 지내우. 언제 또 만날지 모르지마는 지금 같은 그런 생활은 어서 집어치우고 저 사람을 좀 도와주도록 하우. 감독을 한다든지 감시를 할 수야 없겠지마는, 옆에서 내용 아는 사람이 바라보고 있으면 행동이나 금전에 대해서 한만히 못 하게 될 것이요. 또 그런 사람한테 적당한 여성이 있어서 위안도 해주고 격려도 해주면 용기가 나는 수도 있으니까, 말하자면 저 사람을 못 믿는 것은 아니나 반은 경애를 믿고 가는 것이요."

경애는 고개를 끄덕여 보였다.

"그렇다고 둘이 너무 깊어져버려서 일이고 무어고 집어치워버리고 술이나 먹고 떠돌아다니면 큰일이야! 밖에서도 그런 소문은 빠르고 사실이라면 그때는 참 정말 큰일이니까!"

피혁은 이런 부탁과 어르는 수작을 찬찬히 일렀다.

"에이, 별걱정 다 하시는군! 그렇게 못 믿으실 지경이면야 어떻게 부탁을 하셨에요."

하고, 경애는 핀잔을 주듯이 웃는다.

"그야 못 믿는 것은 아니지마는……. 깊이 사귀어보지는 못했지마는, 아이 딴은 쓸 만하기에 부탁한 게 아닌가. 일이란 성패 간에 한번 믿으면 딱 맡겨버리는 것이니까. 하루이틀 새에 다른 사람 같으면 경솔하달 만큼 쓸어맡기고 가나 그래도 모든 게 염려 안 된달 수야 있나."

피혁의 말도 무리하지 않다고 생각하였다.

"아무려니 그까짓 돈 얼마에 타락할 사람도 아니요, 낸들 돈을 먹자면 먹을 데가 없어서 그까짓 것에 허욕이 동해서 일에 방해가 되게 할까요."

경애 말도 그럴듯하다고 피혁은 속으로 웃었다.

피혁이의 말을 들으면 어제 병화와의 교섭이라는 것은 간단히 끝났던 모양이다.

피혁이란 이름도 물론 본성명은 아니지만 저기로 나가서 처음에 쓰던 이우삼李又三이라는 이름을 듣자 병화도 그가 누구인 것을 알고 탁 믿은 것이었다. 이우삼이란 이름은 경찰의 '블랙리스트'에는 물론이요, 그동안 몇몇 사람 공판 때마다 재판소 기록에 오르내리던 이름이니만큼 바깥에 있는 사람 중에서는 한 모퉁이의 두목인 것은 사실이요, 따라서 여기 있는 동지 간에도 본인이 누구인지는 몰라도 이름만은 잘 아는 것이었다. 어쨌든 그런 관계로 병화는 절대 신임을 하고 앞질러서 무슨 일이든지 맡으마고 나선 것이었다. 피혁이만 하여도 경계가 점점 심해가는 판에 머뭇거리고 있을 형편이 못 되었다. 자기가 맡아가지고 온 두 가지 일 중에 한편 일은 쉽사리 끝나고, 이편 일이 이때껏 미루미루 끌려 내려온 것이었다. 물론 속을 알고 보면 한계통의 한종류 사람들에게 부탁을 하는 것이요, 후일 일이 탄로가 되는 날이면 너도 그런 일을 맡았던? 나도 이런 일을 맡았었다고 저희끼리 놀랄지 모르지마는, 지금은 설사 한자리에 자는 내외간일지라도 서로 각각 비밀히 일을 안기고 가려니까 피혁이로서는 힘이 몹시 드는 것이었다.

하여간 일이 이만큼 무사히 낙착되었으니까 피혁은 피혁대로 불이시각하고 들고빼려는 것이다. 여기에 대하여는 피혁이 자신도 그렇게 생각하였지마는, 병화의 의견대로 조선옷을 입고 떠나기로 하였다. 그래서 병화는 어젯밤으로 필순이의 부친과 의논을 하고 그이의 단벌 출입건[234]을 내놓게 하고 필순이 모친은 밤을 도와서 버선 한 켤레까지 짓게 하여 지금 필순이를 시켜 주어 보낸 것이다.

필순이 부친의 키도 그리 작은 키는 아니나 그래도 두루마기가 작았다. 바지저고리는 그대로 입을 수 있어도 두루마기의 화장[235]과 길이가 껑충한 것은 흉하였다. 흉하다느니보다도 남에게 얻어 입은 것이 뻔하여 급히 변장한 것이 눈치채어질까 보아 안되었다.

피혁이는 그래도 관계없다고 하였으나 경애가 가지고 안방으로 건너왔다.

"시골 사람들은 정갱이에 올라오는 것도 입는데 길이야 괜찮겠지. 화장만 좀 늘였으면 좋겠는데 그대루 두우. 어머니께 고쳐 줍시사 하지."

경애는 필순이에게 보이기만 하고 그대로 못에 걸려 하였으나 필순이는 예서 펴놓고 고치기가 어려우니 가지고 가서 고쳐 오마고 빼앗아서 싸려 한다. 싸겠다거니 말라거니 하며 승강이를 하는 판에 병화가 후닥닥 뛰어 들어온다.

전신의 신경을 달팽이의 촉각같이 예민하게 하고 앉았던 피혁

234 집 밖으로 나갈 때 입는 옷가지.
235 소매 길이.

이는 병화의 기색이 좀 다른 것을 보고 병화의 입만 치어다보았다.

병화는 안방으로 경애를 따라 들어가서 잠깐 수군수군하더니 피혁이를 불러들여 갔다. 또 조금 있다가 경애가 나와서 아이 보는 년을 불러서 부엌 뒤로 끌고 나가더니 현저동 집에 가서 주인아씨께 잠깐 오시라고 전갈을 해서 뒷문을 열어주어 내보냈다. 뒷문은 그전에 누렁물[236]을 쓸 때는 열어놓고 썼었지마는, 뒤에 병원이 서게 되자 우물은 병원 안으로 들어가 버리고 병원 담과 이 집 사이에 토시짝 같은 골짜기가 생긴 뒤부터는 이 뒷문을 열어본 적이 일년에 한두 번 청결[237] 때나 있을까 말까 한 터이다. 그러나 경애가 이 집에 온 뒤에 꼭 한 번 이 문을 긴하게 쓴 일이 있었다. 그것도 상훈이와 헤어진 뒤에 한참 달떠 다닐 때 일이었다. 지금 생각하면 까만 옛날 일이다. 그 남자도 경애 앞에서 스러진 지 오래다. 하여간에 아이 보는 년은 생전 여는 것을 보지 못하던 이 문을 열어주고 이리로 나가라는 데에 좀 이상한 듯이 주인아씨의 얼굴을 치어다보았으나 하라는 대로 그리 나와서 전찻길로 빠져 염천교 다리로 향하여 꼬불꼬불 걸어갔다.

뒤미쳐서 피혁이도 이 문으로 빠져나가 버렸다. 셋째로는 필순이가 가지고 온 것보다도 더 큰 보따리를 끼고 나갔다. 그동안이 십분, 오분씩 격을 두어서 이십분밖에는 걸리지 않았을 것이다.

피혁이는 병화가 서두는 바람에 줄이느니 늘리느니 하던 두루마기를 급히 꿰고, 병화가 옷과 함께 사 보낸 고무신을 신고 나선

236 누렁우물. 물이 맑지 않아서 먹지 못하는 우물.
237 청소.

것이다. 그러나 만일 무슨 일이 있다면 다른 사람은 상관없으나 어린 계집애년의 눈에 띄어서는 큰일이다. 계집애년만 붙들어 가면 그런 듯이 보고 들은 대로 아뢰어 바칠 것이요, 또 만일 잠깐 이년을 치운다 해도 앞문으로 내보냈다가 동구에서 서성대고 있는 사람이 정말 형사일 지경이면,

"애, 애, 너의 집에 지금 누구누구 있던?"

하고, 물어본다든지 하여 일은 단통 당하고 말 것이다. 그래서 창졸간에 생각난 것이 급한 대로 현저동에나 쫓아 보내자는 것이었다.

피혁이는 두루마기 위로 속적삼이 허옇게 나오는 두 팔을 귀에 찌르고 정처 없이 나섰다. '그 돈의 우수리'라는 삼백 원을 주머니에 넣었으니 가려면 어디든지 갈 것이나 동으로 가나 서로 가나 세상 사람의 눈은 모두 자기의 얼굴만 바라보는 것 같다.

경애와 병화는 삼백 원을 떼내고 남은 이천 원을 신문에 싸서 피혁이가 벗어놓은 양복 외투와 함께 단단히 뭉쳐서 급한 대로 필순이를 주어서 '바커스'로 보내놓고 모친더러는 뒤미처 또 현저동으로 쫓아가서 아이년을 거기 그대로 붙들어두라고 이르게 하였다. 아이년이 오다가 붙들려도 아니 될 것이요, 얼마 동안은 그 집에 보내두는 수밖에 없었다.

모친은 어쩐 영문인지를 분명히는 몰랐으나, 외국에서 들어온 조카의 신상에 급한 일이 생긴 것인 줄만은 짐작 못 하는 게 아니니까 하라는 대로 부리나케 옷을 갈아입고 나섰다. 나서면서도 병화와 젊은것 둘만 남겨두고 가는 것은 마음에 께름칙하지 않은 것도 아니었다.

경애와 병화는 우선 한숨 돌리고 마주 앉았으나 모든 것이 애가 씌우고 문간 쪽으로만 눈이 갔다.

그는 고사하고 돈과 피혁이의 양복을 필순이 집으로 가지고 가게 하였다가 거기도 위태할지 몰라서 바커스로 가서 기다리라고 집을 잘 일러주기는 하였는데, 거기 역시 또 어떨지 겁이 난다.

경애는 이때까지 파자마에 외투를 입은 채 옷도 갈아입을 새가 없었다. 세수도 하기 싫었다. 그대로 병화와 마주 앉아서 담배만 빡빡 피우고 있다. 아무도 입을 벌리는 사람은 없으나, 똑같은 불안과 그 불안을 어떻게 모면할까를 궁리하고 앉았는 것이다. 그러나 만일의 경우에 어떻게 대답을 하겠다는 것을 공론하지 않아도 피차의 생각은 똑같았다.

"제발 덕분에 무사히 넘어서야지. 붙들리는 날이면 우리도 납작해지는 판이로구려."

경애는 아직도 남의 일처럼 웃는다.

"하는 수 있나. 그건 고사하고 바커스에 어서 가보아야 할 텐데, 내가 나가다가는 뒤를 밟히지 않을까? 나두 뒷문으로나 빠져 나갈까."

하며 병화는 웃는다.

"큰일 날 소리! 그랬다가는 정말 야단나게! 앞으로 버티고 나가다가 붙들리면 붙들리구 말면 말지 그야말로 하는 수 있나."

경애 말을 듣지 않아도 그렇기는 그렇다. 뒷문으로 새어 나간 줄을 알기만 하면 의혹을 더 낼 것이니 달아난 사람도 곧 뒤쫓기게 될 것이다.

"그런데 정말 형사를 가지구 그러는지? 제 방귀에 놀라서 그러는 것은 아니요?"

"제 방귀에 어째요! 말버릇 얌전하다!"

병화는 커닿게 탄하면서,

"궁금하거던 좀 나가보구려."

하고 핀잔을 준다.

경애는 발딱 일어나서 나간다. 반쯤 열린 문을 닫는 척하고 내다보니 아닌 게 아니라 골목 모퉁이에 양복쟁이 하나가 비스듬히 섰다가 여기서 문소리가 찌걱찌걱 나니까, 고개를 이리로 휙 돌리더니 다시 외면을 하고 누구를 기다리는 것처럼 길 밖을 내다보고 섰다.

경애는 말만 듣던 것과 달라서 딱 마주 바라보니 가슴이 뜨끔하다.

"있어 있어! 어떡허면 좋아요?"

나갈 때까지와 들어와서가 다르다.

"왜 보니까 겁이 나지!"

"겁은 무슨 죄졌나! 당신이나 벌벌 떨지 말우."

피차에 이런 실없는 소리나 하여 목줄띠에 닥친 불안과 공포를 서로 위로하려 하였다.

"이로너라—."

잠깐 있으려니 밖에서 소리를 치며 꼭 지친 문을 밀치고 우중우중 들어오는 구두 소리가 난다. 경애와 병화는 가슴이 덜컥하는 한순간이 지나니까 숨이 저절로 돌아 나오며 마음이 제대로 가라앉는다. 머리끝까지 화끈 솟아올랐던 피가 쭉 내려앉는 것 같다. 중문간에서 환도가 절그럭하고 부딪치는 소리가 나면서,

"주인 있소?"

하고, 소리를 친다.

경애가 마루 끝으로 나섰다.

"호구조사요. 홍경애가 누구요?"

장부를 손에 펴 들은 순사는 마루 가에 와서 서며 집 안을 휙
돌려다 본다.

"나애요."

"이소사는?"

순사는 장부를 다시 들여다보며 묻는다.

"우리 어머님이셔요."

"정례는?"

"딸년예요."

"애아버지는 없소?"

"없에요."

"어디 갔단 말요?"

"돌아갔에요."

"그래 세 식구뿐이란 말요?"

"예—."

순사는 장부를 접어 들고 또 한 번 이리저리 휘휘 돌려다 보다가,

"이 구두는 뉘 거요?"

하고, 축대에 놓인 허술한 구두를 가리킨다.

"손님의 것애요."

"방문을 좀 열어보슈."

경애는 깔깔 웃으면서,

"호구조사 하시는데 손님 선도 보세요?"

하고, 안방 문을 열어젖뜨리니까 병화가 모자를 쓴 채 앉았다가 헤헤 웃어 보이며 일어나 나온다. 순사는 병화의 얼굴을 뚫어지게 보면서,

"호구조사는 유행병 때문에 하는 거니까요."

하고, 변명을 하면서 건넌방을 열어보아도 좋으냐고 묻는다.

"아무도 없에요. 열어보세요."

순사는 건넌방 앞창을 열고 두리번두리번 자세히 본다. 그러나 거기에는 낡은 구식 이층장과 자리가 쌓여 있고 반짇고리니 방칫돌238이니 요강이니 하는 모친의 세간이 깨끗이 치어 놓았을 뿐이다. 순사는 다시 부엌으로 가서 기웃하면서,

"어머니는 안 계시우?"

하고, 묻는다.

"요 앞에 나가셨에요. 장안에 무어 사려구…… 그런데 이 겨울에 유행 감기도 전염병처럼 취체239를 하나요?"

경애는 생글생글 웃으며 오금 박듯이 물었다.

"누가 압니까. 하라니까 할 뿐이지요. 그런데 댁에는 이 외에 다른 식구는 없소? 부리는 아이년이구 행랑 사람이구?"

순사는 웬일인지 비로소 얼굴빛을 펴며 좋은 낯으로 묻는다.

"아무도 없에요."

"조용해 좋소그려. 방해되어 미안하우."

순사는 젊은 남녀만 있는 것을 빈정대듯이 이런 소리를 하고

238 다듬잇돌.
239 단속.

싱긋하며 나가버렸다.

병화의 뒤를 쫓던 그 형사가 앞 파출소의 순사를 들여보낸 모양이었다. 그것도 병화의 얼굴을 아는 형사가 이 근처를 아침저녁으로 순행을 하다가 어제 깊은 밤에 병화가 무심하고 파출소 앞을 지나는 것을 보았는데 오늘도 이른 아침에 이 근처에서 눈에 띄니까 뒤를 밟아 온 것이었다. 저희의 소굴이 이리로 옮겨 왔나? 혹은 병화의 집이 자기 관내로 떠나왔나 하여 다만 그런 단순한 의미로 쫓아본 것이었으나 문패도 똑똑히 붙이지 않고 국세조사 때에 붙인 쪽지에 이소사라고만 쓰인 것을 보고는 한참 동정을 보다가 파출소로 가서 순사에게 물어보고는 대신 들여보낸 것이다. 아까 경애가 문간에 나가서 본 사람은 형사는 아니었다. 제 방귀에 놀란 사람은 실상 경애이었다.

경애와 병화도 그만 짐작을 못 하는 것은 아니다. 정복 순사를 들여보낸 것을 보면 피혁이를 노리고 있는 것이 아닌 듯도 싶다. 만일 그렇다면 형사가 언제든지 달려들 것이 아닌가? 혹은 새벽녘에 자는 것을 에워싸고 들어와서 잡았을 것이다. 그러나 어쨌든 아슬아슬하였다. 이렇게 된 다음에는 어차피에 경애도 주의인물이 되기는 하였지마는, 그들이 둘의 연애관계로만 생각한다면 다행한 일이다.

그러나 또 어느 때 정말 형사가 달려들지 피차에 내놓고 말은 안 하나 마음이 놓이지를 않아서 바늘방석에 앉았는 것 같다. 어쨌든 우선 병화라도 나가보고 싶었다.

나중에 바커스에서 만나기로 하고 병화는 필순이를 만나러 바커스로 갔다. 길을 돌아서 아무쪼록 호젓한 데로만 골라 갔다. 뒤에서 따르나 안 따르나를 보려는 것이었다. 결국 따르는 사람은 없었다. 도리어 이상하다는 불안을 느끼면서 바커스 앞에서 또 한 번 주의를 해 보고 들어섰다.

우중충한 속에 댕그렁히 혼자 앉았던 필순이는 반기며 일어선다. 얼었다 녹은 얼굴이 발갛게 피었으나 난롯불은 인제야 반짝거린다.

"퍽 기다렸지?"

"별일 없었에요?"

"응, 복장 입은 놈이 하나 다녀갔지만 상관없어. 어서 집으로 가지."

하고, 병화는 필순이를 재촉해 보내려다가,

"잠깐 가만있어."

하고, 양복을 훌훌 벗고 갈아입은 후에 보자기에는 자기 양복만 다시 싸서 준다.

"가다가 종로로 돌아서 아무 양복집에나 갖다 주고 뜯어진 것을 말짱히 꾸매고 고쳐놓으라고 해주게. 좀 비싸더라도 그대로 맡겨두고 가요. 영수증도 받고……. 혹시 집에도 누가 와 있으면 안 될 거니까 어디 다녀오느냐거던 공장에 가다가 배가 아파 다시 왔다고 하든지 잘 말해요."

병화는 이렇게 이르고 뒤로 빠지는 문을 열어주었다.

피혁이의 양복을 그대로 자기 방에 갖다 두면 혹시 가택수색을 당할지 모르니까 아주 자기가 입어버린 것이요, 자기 양복도 필순이가 가지고 들어가다가 어찌 될지 몰라서 처치를 하고 가게 한 것이었다.

주인 방은 그저 잘 리도 없는데 여전히 조용하다. 남은 외투를 쌀 신문지를 한 장 얻으려고 소리를 쳐보아야 감감하다. 방문을 두드리다가 열려니까 주부는 그제서야 밖에서 뒷문으로 들어온다. 손에는 반찬거리를 사 들었다.

"웬일예요. 이렇게 일찍들…….."
하고, 주부는 인사를 하다가,

"그 색시는 갔습니다그려?"
하고 홀 안을 돌아다본다.

"내 누이라우. 양복을 이리 갖다 놔두라고 했는데…… 너무 일찍이 미안하외다. 한데 이거 좀 맡아두슈."
하고, 외투를 들어서 주부에게 준다. 그 속에는 이천 원을 십 원짜리와 백 원짜리로 섞어 싼 뭉치가 들어 있다.

주부는 받아 들다가 주머니 속에 무엇이 묵직하고 처지는 것 같으니까,

"여기 무에 들었기에 이렇게 무거워요? 벤또바꼬?"
하고, 웃는다.

"에, 벤또 그대루 넣어두슈."

병화는 대수롭지 않은 것처럼 대꾸를 하여두고 물이 더웠거든 술이나 좀 데워달라고 청한다.

주부는 외투를 자기 방에 갖다가 걸어놓고 술부터 데울 차비를 차린다.

외투도 여기 두어서는 안 되겠다고 생각하기 때문에 이왕이면 지금이라도 곧 화개동으로 가지고 가서 원삼이를 주고 싶으나 바깥이 어떤지를 분명히 몰라서 아직은 여기 앉아서 경애를 기

다리자는 것이다.

두 시간이나 넘은 뒤에 경애가 겨우 왔다. 물론 별일은 없으나 모친이 돌아와서 아침을 같이 먹고 치장을 차리고 나오느라고 그렇게 늦은 모양이다.

"오늘 일은 어떻게 그럭저럭 넘어갔지마는 인젠 주의해요. 여기마저 발이 달려 왔다가는 큰일이니까. 인젠 만날 것두 없구 좀 떨어져 지냅시다."

경애는 이런 소리를 하였다.

"그야 그렇지만 인젠 볼일 다 봤다는 말씀이시군? 무슨 말을 그렇게 야멸차게 하누? 하루 한 번씩이라도 안 만나고야 견디나."

병화는 비로소 바짝 죄었던 마음이 풀린 듯이 유쾌한 웃음을 터뜨려놓는다.

"만나서는 무얼 해요. 이젠 당신이 형사 같구 형사가 당신 같구……."

하며 경애도 웃었다.

"유일한 동지요. 유일한……."

병화는 말끝을 끊고 또 웃어버린다.

"으응―."

하고, 경애는 눈을 흘기다가 또 같이 웃어버렸다. 당면한 걱정이 덜리니까 새삼스러이 더 가까워진 것 같고, 행복스러운 애욕이 부쩍 머리를 드는 것이었다. 경애도 내심으로는 마찬가지였다.

"어쨌든 이동좌담회를 하루 두어 번씩만 열어봅시다."

병화의 발론이다.

"이동좌담회구 뭐구 술두 인제 그만해요. 그이도 가면서 픽 염려를 합디다."

"무어라구? 술 때문에?"

"술두 술이지마는 돈을 객쩍게 쓸 것도 걱정이요, 우리가 너무 친할까 보아서도 걱정이요……."

"허허허…… 너무 친하면 어떻게 친한 건구?"

병화는 커다랗게 웃고 만다. 그 웃음이 무엇을 의미하는지 경애는 좀 알 수 없어서 한참 남자의 얼굴을 바라보다가 고개를 떨어뜨렸다. 그러나 병화는 아직 세상에 물들지 않은 새파란 젊은 의기에 그까짓 돈 몇천 원에 욕기가 난다든지 일에 비겁하기야 하랴―하는 생각을 한 것이었다.

"참 그런데, 이때껏 잊어버린 게 있군."

병화도 무슨 생각을 하다가 별안간 눈을 번쩍이며 말을 꺼낸다.

"조 군이 떠날 때 이 집 주인이 알아봐 달라구 부탁하던 오정 자라나 하는 일본 여자, 지금 감옥에 들어가 있다는군."

"그렇다나 봐요. 그런데 덕기한테서 그런 말은 왜 당신한테루 기별을 해 왔어요?"

"삼단논법으로 당신두 빨갱이가 되었을까 봐 애가 씌운다구……." 하며 병화는 웃어버리다가,

"주인은 아마 빨갱인 모양이지?" 하고, 묻는다.

"한 서너 잔 먹으면 발개질 때도 있지만 워낙 안 먹으니까 늘 하얗지."

경애는 웃지도 않고 시치미 뗀다.

"어쨌든 이 집 주인이 주목을 받지는 않겠지?"

하고 다진다.

"아아니 왜?"

"주목을 받으면야 나두 올 수 없고 당신도 얼른 그만두어 버리는 게 좋으니까 말이지. 당분간은 대근신을 해야지 않소."

경애는 그렇다고 생각하였다. 그러나 여기에서 별안간 발을 빼는 것도 문제이었다.

"어쨌든 돈을 쓰고 다니거나 하면 그것도 의심받기 쉬우니까 주의를 해야 해요."

경애는 병화가 요새 유행하는 마르크스 보이처럼 돈푼 생기면 금시로 헌털뱅이를 벗어버리고 말쑥이 거들고 다닐 그런 사람이라고는 생각지 않으나 또 한 번 주의를 해두는 것이었다.

"별걱정 다 하는군! 그런데 그 돈을 어따 맡기면 좋겠소?"

"참 어따 두셨소? 날 주슈. 내 처치를 해놓고 보고만 할게. 당신이 가지고 있으면 당장 발각되어요."

"외투 속에 넣어서 주인 방에 걸어놓았는데 어떻게든지 하구려."

"잘됐군. 그대루 둬요. 자세한 이야기는 나중 말하지."

병화는 조금 더 앉았다가 간밤에 잠을 잘 못 자서 좀 가서 눕겠다고 하품을 연발하면서 일어나 버렸다.


답장


"홍경애란 카페의 그런 여자인 줄만 알았더니 퍽 얌전하고 좋은 사람이던데요."

"어떻게 좋아?"

"모던걸은 모던걸이지마는, 얌전하고 싹싹해 보이지 않아요?"

병화도 필순이가 경애를 칭찬하는 것이 반갑기는 하나 단순히 싹싹하고 얌전하다고만 칭찬하는 것은 미흡하였다. 그보다도 경애가 자기네 일을 용감하게 도와주는 점을 칭찬하여주었다면 더 좋았을 것이다.

"카페 계집애려니 하는 생각은 어떻게 해보았어? 뉘게 들었어?"

필순이는 대답이 딱 막혔다. 덕기의 편지를 몰래 보고 알았다는 말을 해도 좋을 것 같기는 하나 그만두어 버렸다.

"진고개 그 집에 다니지 않아요? 어쨌든 선생님 행복이십니다. 그런 좋은 데가 있는데 왜 여기서 이 고생을 하셔요. 어서 떠나가셔요."

필순이는 놀린다.

"당치 않은 소리 말어! 그런데 참 여기 좀 앉아요, 할 말이 있으니."

병화는 벽에 기대어 섰는 필순이가 가까이 앉기를 기다려서 은근히 말을 꺼낸다.

"공장도 인제는 멀미가 나지?"

"그저 그렇지요."

"흠―."

하고, 병화는 잠깐 침음하다가,

"인젠 음력설도 얼마 아니 남았으니까 필순이도 열아홉이 되나, 스물이 되나?"

"그건 왜 물으세요?"

하고, 필순이는 얼굴이 살짝 발개진다.

"아니, 내가 중매를 하나 들어보려고. 허허허, 얌전한 신랑이 하나 있는데…….."

병화는 또 금시로 실없는 소리를 꺼낸다.

"몰라요 몰라요."

하며, 필순이가 일어서려니까,

"잘못했어. 다시는 그런 소리 안 할게 앉아요."

하고, 병화는 빌어서 앉히고 그런 실없는 소리는 안 하리라고 생각하였다.

"그러니 지금 새삼스럽게 공부를 다시 시작할 수도 없고 언제까지 공장엘 다닌달 수도 없고 시집은 가기 싫다고. 어떻게 하면 좋담? 그야 내가 걱정을 안 해도 아버지 어머니께서 더 걱정을 하실 것이요 필순이도 생각이 있겠지마는…….."

"무어 걱정애요. 귀찮은 세상 죽어버리면 그만이지요. 무에 알뜰한 세상이라구…….."

필순이는 이런 소리를 잘 하였다. 이맘때 계집애는 이런 말이 입에서 저절로 나오는가 싶었으나 어쨌든 가엾은 일이라고 병화는 생각하였다. 일전에 받은 덕기의 편지가 생각났다.

'청춘의 꿈을 아름답게 꾸게 해주어라…….'

병화는 코웃음을 무심코 쳤다. 필순이는 병화가 혼자 실소를 하는 것을 말끔히 치어다보다가,

"왜 웃으세요?"

하고, 시비조로 묻는다.

"아니―죽는다니 말야. 죽기는 그렇게 쉰 줄 아나? 아예 그런

소리 해 버릇 말어."

하고, 병화는 덕기의 말을 냉소한 것이나 딴청을 하고 나서,

"그래 공부를 해보고 싶어?"

하고 물었다. 그러나 덕기의 말을 전하려는 것은 아니었다.

"왜요? 무슨 도리가 있어요?"

필순이는 덕기의 말이 나오고 마는 게다 하며 반색을 아니할 수 없었다.

"어쨌든 할 수 있다면 해보겠어?"

"글쎄 어떻게 해요? 제일 집안 때문에?"

"집안일은 어떻게 되었든 간에."

"집안일만 되면 열아홉 아니라 스물아홉 되기로 못할 게 있어요."

필순이는 덕기가 자기 집 생활까지 돌보아주마고 하지나 않았나 하는 공상을 해보고는 고마운 생각과, 그 사람이 왜 그처럼 열심일까 하는 의혹과 겁이 뒤섞여 났다.

"그래 공부를 하려면 무얼 하겠누?"

"아무거나 하죠."

사실 이것을 하겠다고 결정한 것은 없다. 그러나 장래 취직할 수 있는 점을 첫째 조건으로 생각하는 것이다.

"그러면 말야. 좀 멀리 떨어져 가야 공부할 길이 생긴다면 어떻게 할꾸?"

병화는 한참 주저하는 눈치더니 딱 결단하였다는 표정으로 묻고 필순이의 얼굴을 바라본다.

"멀리 어디요? 일본요?"

필순이는 덕기가 있다는 경도를 생각하였다.

"아니, 그런 데는 아니고, 좀 가기 어려운 데야."

병화의 말에 필순이는 자기의 공상이 깨어진 듯이 얼굴빛이 차차 변하여간다.

붉은 나라 서울 모스크바로 공부하러 가지 않겠느냐는 말에 필순이는 놀라움과 실망을 느끼지 않을 수 없었다.

"그런 데를 내가 어떻게 가요? 단 세 식구에서 내가 빠지면 어머니 아버지는 어떻게 사시게요?"

필순이는 그런 일은 생각만 하여도 눈물이 날 것 같다. 굶으나 먹으나 따뜻한 부모의 사랑에 싸여 있고 싶은 것이다. 예전에 잘 살 때 집에 둔 개가 새끼 하나가 축이 난 것을 보고 먹지도 않고 온종일을 들락날락거리던 것이 생각난다.

필순이는 그 생각만 하고도 눈물이 고인다. 노서아[240]라면 첫대바기에 머리에 떠오르는 것이 서백리아다. 망망무제[241] 한 저물어가는 벌판에 다만 하나 어린 계집애가 가는 듯 마는 듯 타박거리며 가는 조그만 뒷모양이 원경으로 눈앞에 떠오른다. 그것이 자기라고 생각할 제 또 눈물이 솟을 것 같다.

"왜, 싫어? 어머니 치마꼬리에서 떨어질 수가 없어? 이런 속에 들어앉았으면 별수 있나? 시원하게 몇 해 동안 나돌아 다니며 공부도 하고 구경도 하고 오면 좋지 않어? 이 좁은 천지에 들어앉었으려야 나는 싫어! 나도 뒤쫓아갈 테니까 적적하다거나 염려될 거야 없지. 가보기로 하는 게 어때?"

병화는 열심으로 권한다. 그러나 필순이에게는 귓가로 들렸

240  러시아.
241  넓고 멀어서 끝이 없음.

다. 덕기가 아무쪼록 그러한 데로 끌어넣지 못하게 하는 것과는 정반대로, 자기 집 사정을 보다시피 뻔히 알면서 이렇게 강권하는 것이 한편으로는 무정한 것같이도 생각되었다. 그러나 자기가 나가면 뒤미쳐서 쫓아오겠다는 말을 듣자 필순이는 눈이 반짝 뜨이는 것 같았다.

일도 일이거니와 둘의 세계를 모스크바에 찾아가자는 말인가? 그러면 이 사람이 이때까지 내게 대해서 남유다른 생각을 가지고 있었던 것인가? 꿈에도 생각지 않았던 일이나 그렇다고 놀라지는 않았다. 그러나 덕기의 편지로 보거나 이때까지 서로 지낸 것으로 보거나 친하다면 남매간 같고 친구 같고 사제 간 같았을 뿐인데, 저에게는 그렇게 말을 하여도 그것은 공연한 소리요, 자기 속생각은 따로 있었던가? 만일 그렇다면 홍경애와의 관계는 어떠한 것인가?

그것은 또 그만두고라도 정작 공부를 시키겠다는 덕기의 말은 지날결에도 꺼내지 않으니 그것은 웬일일꾸? 혹시는 어제 달아난 피혁이라는가 하는 사람을 쫓아가라는 말인가? 그렇다면 피혁이의 일을 도우라는 말인가? 혹은 아까 중매를 서마느니 신랑감이 있다느니 한 것으로 보아서, 피혁이를 쫓아가면 자연히 공부도 되고 결혼도 하게 되리라는 계책으로인가?……

필순이의 공상은 끝 간 데를 몰랐다.

"부모가 안 계시면 아무렇게도 좋겠지마는…… 그것도 남같이 동기나 많으면 먼 데라도 가겠지마는 내가 없으면 어머니 아버지는 어떡허시라구!"

필순이는 또 한 번 같은 말을 탄식하듯이 뇌었다.

"만일 어머니 아버지께서 허락하신다면 어떡헐 텐가?"

"허락하실 리두 없구 또 그렇게까지 해서 공부하긴 싫어요. 나 같은 여자가 필요하다면 홍경애를 보내시면 어때요? 아무것도 모르는 나 같은 것이 그런 데를 가서야 공부도 안 될 것이요, 일도 안 될 게 아닙니까."

필순이는 아무래도 그런 일생의 무거운 짐을 지고 유랑의 생애를 보낼 생각은 없었다. 부잣집 며느리가 되어가지고 호강하자는 것은 아니나, 벌어서 부모나 봉양하다가 시집을 가게 되면 가리라는 생각밖에 그리 큰 생각은 없는 것이다. 공부를 하겠다는 것도 직공 생활보다는 좀 더 수입 있는 직업을 얻자는 수단이다. 평소에 부친이나 병화에게 감화를 받기는 받았으나 그렇다고 가정을 버리고 부모를 떠나서 무슨 일을 해보겠다는 것도 아니요, 결혼이나 일생의 행복까지 바친다는 것은 아니다.

"글쎄 말이야. 홍경애도 나갈 것이니 더욱 좋지 않은가. 내가 먼저 나가든 홍경애가 먼저 나가든 할 게니까 우리 모두 함께 나가서 마음 놓고 살아보자는 말이지."

이 말에 필순이는 다시 의심이 든다. 아까 말눈치로 보아서는 둘이만 나가자는 것 같더니 홍경애까지 데리고 가면 자기에게 무슨 애욕을 가지고 권하는 것이 아닌 것은 분명하다. 그렇다면 다만 일을 위하여서인 듯싶기도 하다. 그러나 그리 깊은 뜻은 없었다.

병화가 피혁이한테 맡은 일 가운데 남녀 학생을 수삼 인 골라 보낼 것도 하나였기 때문에 필순이의 사정은 모르는 배 아니나 공부하지 못해 애를 쓰는 판이니 어쩌면 나설 듯싶어서 물어본 것이나, 의외로 가정적 보통 여자와 다름없는 것을 보고 실망하였다. 경애도 가리라는 말은 실상 의논해본 일도 아니거니와 경애에게는 자식이 매달렸으니까 더욱 어려울 것이다. 그러고 보면 자기 아는 여자 가운데에서는 별로 고를 만한 사람이 없다. 어쨌든 병화는 자기 맡은 일을 엉구어[242]놓고서는 뛰어나가고 싶으나 그 전에 내보낼 사람을 내보내놓아야 할 것이요, 또 이왕이면 필순이나 경애 같은 잘 아는 여성 하나를 내보내두고 싶은 것이다.

"공부는 하고 싶어도 일본 같은 데 가서 편안히 대어주는 학비나 받아 쓰고 할 자국을 구하자니 어디 그런 입에 맞은 떡이 있을라구."

병화는 웃는다. 그러나 그 웃음이 비웃는 것 같은 데에 필순이는 깜짝 놀라서 얼굴이 붉어지면서도 심사가 나서 잠자코 있다.

"그런 자국을 얻자면 돈 있는 늙은 놈의 첩 노릇이나 할 생각이 있으면 모르지마는 지금 세상에……."

병화의 불뚝심지는 또 이런 듣기 싫은 소리를 거침없이 하는 것이다. 필순이는 듣기가 분하였다. 그러면서도 덕기의 말은 여전히 털끝만큼도 꺼내지 않는 것이 이상하다느니보다도 미웠다. 만일 덕기에게 시기를 해서 그런다면 더러운 일이라는 생각도 든다.

"아무러면 몸 팔아가며 공부하자나요."

필순이는 울고 싶은 감정으로 한마디 하였다.

"그렇게 노할 게 아니라 지금 세상이 그렇다는 말이지. 지금

---

242 여러 가지를 모아 일이 되게 하다.

세상은 교육이라든지 학문이라는 것이 직업을 얻기 위한 수단이라는 데서 또 한 걸음 더 타락해서 결혼 조건이나 여자의 몸치장의 하나가 되었으니까 말이지. 여학생이라면 계집자식 버리구 두번 장가들려는 이런 세상이 아닌가. 허허허."

"그런 것도 있고 그렇지 않은 것도 있겠지요."

필순이는 앙하는 소리로 대꾸를 한다.

"그렇지 않은 사람은 누구야?"

병화는 덕기를 생각하며 물었으나 필순이는 대답을 주저한다.

"그래 그렇지 않은 사람이 공부를 하라면 할 텐가?"

필순이는 역시 대답이 없다. 대답이 없는 것은 그렇게 하겠다는 말 같다.

"조덕기 군이 공부나 시켰으면 좋겠다고는 하지마는, 남의 은혜란 무서운 것이요, 받으면 받으니만큼 갚아야 할 것이니 무엇으로 갚을 텐가! 갚기를 바라지 않는 사람이 이 세상에 얼마나 있을까?……"

필순이는 그도 그렇기는 하다고 생각하였다.

"만일 조 군이 독신이라면 나도 구태여 불찬성은 아니지마는, 처자가 있지 않은가. 게다가 나이가 어리지 않은가……?"

필순이는 고개를 떨어뜨리고 앉았을 뿐이다. 그 말도 옳은 말이라고 생각하는 것이다.

병화는 말을 끊어버리고 필순이를 내보낸 뒤에 버둥버둥 누웠다가 일전에 받은 덕기의 편지를 생각하고는 오늘은 답장을 써볼까 하여 책상 앞으로 다가앉았다.

서랍을 우선 여니 덕기의 찢어진 편지가 나온다. 일전에 피혁이와 만나게 되던 날 나갈 제 또 무슨 일이 있을까 보아 휴지를 모두 찢어버리는 길에 이 편지도 찢어버리려다가 답장을 쓰고서 버리려고 아직은 둔 것이다.

혹시 필순이가 이 편지를 꺼내보지나 않았을까 하는 생각을 하니 이렇게 눈에 띌 데에 넣어둔 것이 안되었다는 생각도 하면서 두 쪽에 난 봉투에서 꺼내서 맞붙여가며 다시 한 번 훑어보려니까 한편에는 제 차례대로 넣었으나 한 토막 편은 중간에 차례가 바뀌었다. 두 동강에 쭉 찢었다가 넣어둔 것이니 바뀌면 두 편이 다 바뀔 것이다.

"흐흥, 꺼내봤구나."

하며 병화는 하는 수 없다는 생각을 하였다.


무료한 세월이 고치에서 실 풀리듯이 지루하게도 질질 끌려나가네. 우리 나쎄에 인생이 무료하대서야 나도 벌써 쓰레기통에 들어갈 인생일세마는, 좀 더 긴장한 그날그날을 못 보내게 될지? 도리어 감옥에 들어가 있는 사람은 긴장한 저항력과 풀려나갈 희망을 가지고 있을 터이니만치 이따위로 죽지 못해 사는 생명보다는 훨씬 값이 있을 것일세. 사실 내게는 시간과 생명은 군두더길세. 할 일이 무언가? 그러나 이 시대의 조선 청년 쳐놓고 시간과 생명을 주체 못 하는 사람이 나뿐이겠나? 나뿐이 아니라고 결코 위로가 될 것도 아니지마는…….


피혁이를 떠나보낸 뒤로는 부쩍 신경이 더 날카로워지고 늘 신변에 검은 그림자가 쫓아다니는 것 같아서 앞뒤를 더욱 경계

．

하고 조심조심하는 터이거니와 차차 본격적으로 활동을 개시할
터이니까 이 편지도 경찰에서 검열할지도 모르겠다는 짐작으로
일부러 이런 말부터 쓴 것이다.

　이런 편지도 실상은 한가로우니까 소견 삼아 쓰는 것일세마는
인제는 그만두어야 할까 보이. 바빠져서 그런 게 아니라 결국 소
용이 무어냐는 말일세. 자네가 아무리 나와 같은 시대에 숨을 쉬
기로 자네야 미구에 할아버님이 그 유산과 함께 물려주실 시대의
꼬리에 매달려 갈 사람 아닌가. 매달려 간다기보다도 시대의 꼬리
를 붙들고 늘어붙어 앉을 거 아닌가? 금고를 맡아보게. 돈을 만져
보게. 지금 생각으로는 뻗어 나아가는 시대의 큰 수레에 탈 것 같
을 듯싶지마는 그 육중한 금고를 안고 탈 수야 없으니 시대의 꼬
리나 붙들고 늘어질 수밖에 더 있겠나. 시대를 붙들어놓으려는 엉
뚱한 생각은 다만 보수적일 뿐 아니라 당랑거철螳螂拒轍[243]인 줄을
모르는 게 아니면서, 그밖에 갈 길이 없을 거니 내 설교쯤 마이동
풍 아닌가? 쓸데없는 한문자閑文字의 유희는 해서 무얼 하겠나. 몇
해를 두고 길러내다시피 한 필순이도 실망일세마는, 필순이 역
시 결국에 시대의 꼬리를 붙들고 주저앉을 위인밖에 아니 되네.
여자란 원체 보수적이요, 새 시대의 선도자가 되기를 기대할 수
는 없는 것이며, 나이나 성격 관계도 없지 않겠지마는, 필순이 하
나도 내 힘으로는 시대의 수레에 집어 올릴 수 없는 것을 생각할
제, 자네게 내가 천만언千萬言을 하면 무엇하겠나. 자기가 무력한

---

243　제 역량을 생각하지 않고 강한 상대나 되지 않을 일에 덤벼드는 무모한 행동. 중국 제나라 장
　　공莊公이 사냥을 나가는데 사마귀가 앞발을 들고 수레바퀴를 멈추려 했다는 데서 유래함.

탓인지? 나 닮으라고 설교를 하거나 강요하는 것이 근본적으로 틀렸는지? 그것은 자네 판단에 맡기네마는 그러나 아직도 한 가지 믿는 것은 아무리 베돌던[244] 닭도, 때가 되면 홰 안에 제풀에 찾아들리라는 것일세. 필순이나 자네나 길을 돌아서라도 다시 만날 날이 있으리라는 말일세.

필순이는 지금 자네의 소원대로 그 소위 청춘의 꿈에 감잡혀 들어가는 판일세마는, 여기에 안된 것은 자네의 편지를 골독히 쑤셔 보았다는 사실이었네. 이러한 객쩍은 편지는 고만두자고 한 동기도 거기에 있거니와 내 시대로 걸어 나오다가 자네의 시대에 주저앉아 버린 중요한 암시를 준 것은 확실히 자네의 편지들이요, 자네의 그 값싼 동정인 것이 분명하이. 일이 이렇게 되고 보니, 그 맘때 아이들로는 무리치도 않은 일이나, 하여간 인제는 난 모르네. 필순이의 일은 자네 알아 하게. 나를 중간에 세우지 말고 자네네 뜻대로 자네 힘대로 하게. 그러나 꿈이 깰 때, 현실로 돌아오면 반드시 또다시 나를 찾을 것을 믿네. 또한 자네만 하더라도 미구불원[245]에 자네 할아버지께서 지키시던 모든 범절과 가규와 법도는 그 유산목록에 함께 끼어서, 자네가 상속할 모양일세마는, 자네로 생각하면 땅문서만이 필요할 것일세. 그러나 그 땅문서까지가 가규나 범절처럼 대수롭지 않게 생각될 날이 올 것일세. 자네게는 시대에 대한 민감과 양심이 있는 것을 내가 잘 아니까 말일세.

자네 부친—그이는 자네 조부에게는 기독교도로서 이단이었지마는, 자네에게도 시대의식으로서 이단일 것일세. 그에게는 얼마

---

244 한데 어울리지 아니하고 뇟떨어져 행동하나.
245 앞으로 얼마 오래지 아니하고 가까움.

동안 술잔과 십구 세기의 인형의 무릎을 맡겨두는 것도 좋은 일이나, '아편'을 정말 자시지나 않게 주의를 하게.

그리고 홍경애?—이 여자는 아마 자네 부친의 것이라느니보다도 내 것이 되기 쉬울 가능성은 충분하이마는 그는 십구 세기가 아니라 이십 세기의 인형일세. 그 정도로 나는 사랑할지 모르네. 그만쯤 알아두게. 더 쓸 것도 없고 쓰기도 싫으니 부득요령의 잔소리가 되었네. 그러나 요령 있는 말을 하다가는 감수減壽가 될 것이 아닌가.……


전보


영감의 병은 차차 눈에 안 띄게 침중하여 들어갔다. 따라서 지주사, 창훈이, 최 참봉 들 사랑사람은 밤중까지 안방에 들어와 살다시피 되었다. 그러나 영감은 병이 더하여 갈수록 아들과는 점점 더 대면도 하기를 싫어하였다. 상훈이는 인사를 차려서라도 아침부터 와서 밤에나 자러 가지마는, 사랑에서 빙빙 돌 뿐이다. 영감이 요새로 부쩍 더 그러는 데는 이유가 아주 없는 것은 아니다.

돌아갈 때가 가까워서 그런지 덕기를 보고 싶다고 몇 번이나 편지를 띄우고 전보를 치게 하였다. 그러나 아무런 회답이 없어서, 영감은 가뜩이나 손자놈을 못마땅하게 생각은 하면서도 날마다 아침저녁 차 시간만 되면 기다리는 터인데, 상훈이는 그런 줄은 모르고 시키지 않게 한다는 소리가,

"아버니 병환이 그렇게 침중하신 터도 아니요, 그 애는 졸업시

험이 며칠 안 남았으니 아직 그대로 내버려두시지요."
하고, 서두를 필요가 없다는 듯이 말리었다. 물론 그것은 앓는 부
친이 자기 병에 겁을 내는 듯하여 안심을 시키느라고 한 말이요,
또 사실 덕기를 그렇게 시급히 불러낼 필요가 없어서 그렇게 한
말이나 부친의 불호령이 당장 떨어졌다. 전보를 치고 편지를 해
도 답장조차 없는 것은 아비놈이 중간에서 오지 못하도록 가로
막기 때문이라고 야단을 하는 것이다.

영감이 덕기를 어서 불러다 보려는 것은 귀여운 생각에 애정
으로도 그렇지마는, 한 가지 중대한 것은 재산처리를 손자를 앞
에 앉히고 하려는 생각이기 때문이다. 물론 아들을 쏙 빼놓고 하
려는 것은 아니나 어쨌든 손자까지 앞에 앉히고서 유언을 하자
는 생각이다. 그것도 자기가 이번에 죽으리라는 생각은 아니나,
사람의 일을 모르겠고 어차피에 언제든지 할 일이니까 나중 자
기가 일어나서 또 하더라도 어쨌든 간에 이 기회에 대강만이라
도 처리를 하여놓으려는 생각이 있느니만큼, 손자를 성화같이 기
다리는 것이요 따라서 상훈이가 덕기를 못 오게 방망이를 드는
것이라고 넘겨짚고 아들에게 준금치산 선고까지라도 시키겠다
고 야단을 치는 것이다. 그러나 상훈이로서는 부친의 그런 속셈
이야 알 리가 없다. 하여간에 부친이 그렇게까지 하니까 자기라
도 편지를 하든 전보를 놓겠으나, 창훈이가 전보는 연거푸 세 번
씩이나 놓았으니 다시 놀 필요는 없다고 한사코 말리기도 하고,
또 그만하면 저기서 벌써 떠났을 듯하여 오늘내일 새로는 들어
오려니 하고 기다리는 터이다. 그러나 며칠이 지나도 감감무소식
이다. 창훈이는 참다못해 또 한 번 전보를 영감 앞에서 써서 제

손으로 부치러 나갔다. 그러나 그 이튿날도 역시 답장은 없다.

"어머니, 그 웬일인지 알 수가 없습니다그려. 병이 났는지? 떠나서 오는 중인지? 그러기루 온다 못 온다 무슨 말이 있을 게 아닙니까? 제가 한번 다시 놓아볼까요?"

손주며느리는 하도 답답하여 시어머니에게 이런 의논을 하였다. 시어머니도 요새는 날마다 오는 것이다. 자는 날도 있다. 그러나 안방에는 하루 한 번씩밖에는 못 들어간다. 시아버니의 노염이 풀리지 않은데다가 덕기가 안 오는 탓이 건넌방 고식에게까지 간 것이었다.

"글쎄 말이다. 설마 전보를 중간에서 채일 놈이야 있겠니마는."

시어머니도 의아해하였다.

"누가 압니까. 무슨 요변들을 부리는지. 겁이 더럭 납니다그려."

고식은 이런 의논을 하다가 시누이가 학교에서 오기를 기다려 직접 나가서 전보를 놓고 들어오게 하였다.

경도에서 떠난다는 전보가 밤 열한시에 배달되었다.

덕희의 이름으로 띄웠으니까 답전도 덕희에게 왔다.

노영감은 일본말은 몰라도 가나 글자를 볼 줄은 알았다. 손주며느리가 가지고 온 전보를 받아 들고,

"온 자식두……."

하며, 안심한 듯이 반가운 빛이 돌다가 주소 씨명을 한참 들여다보더니,

"이게 뉘 게로 온 것이냐?"

하고, 묻는다.

"아가씨한테로 왔에요."

"응? 아가씨? 덕희에게로?"

영감은 좀 의외이었다. 이 집으로 오는 편지는 조덕기 본제本第라 하고, 전보 같으면 어린 자식놈의 이름으로 하는 버릇이었을 뿐 아니라 이번에는 창훈이가 전보를 여러 번 띄운 터이니, 창훈이에게로 보내지 않으면 역시 자식놈의 이름으로 놓았을 터인데 어째 누이에게로 보냈을까? 영감은 또 의아하였다.

"아가씨가 아까 전보를 띄웠에요."

손주며느리의 말에 영감은,

"그 웬일일꼬?"

하고, 뒤로 가라앉은 눈이 더 커진다.

손주며느리는 조부의 말을 알 수가 없었다. 웬일이라니 웬일 될 것이 없다.

"예서 아무 소리를 해야 그건 곧이들을 수 없어도 제 누이의 전보니까 그 무겁던 엉덩이가 이제야 떨어진 것인 게지요."

수원집이 옆에서 이렇게 씹는다.

"덕희더러는 누가 전보를 놓라고 하던?"

조부가 못마땅한 듯이 묻는다.

"하두 답답하기에 제가 또 놓아보라고 했어요."

"하여간 온댔으니 좋다마는 어째 너희들의 전보를 보고서야 떠날 생각이 났단 말이냐?"

일은 간단하다. 그러나 그 간단한 일이 영감에게는 간단하지가 않았다.

"그동안 놓은 전보는 주소가 틀렸는가? 하숙을 옮겼다던?"

영감은 하숙을 옮긴 것을 자기에게는 알리지 않았던가 하는 의혹도 들었다.

"안얘요. 그대로 있나 봐요."

"그럼 웬일이냐? 시험으로 바쁘다는 아이가 그동안 어디를 갔었을 리도 없고…… 너희들이 다른 사람의 전보나 편지가 아무리 가더라도 떠나지 말고 너희가 기별하거던 오라고 일러둔 게 아니냐?"

영감은 자기 추측이 조금도 틀림없다는 듯이 역정을 낸다.

"그럴 리가 어디 있겠에요. 번지수가 틀렸는지 해서 안 들어갔던지 한 게지요."

손주며느리의 말도 그럴듯하기는 하였으나 영감은 그대로 그렇게 믿어서 집어치우려고는 아니하였다.

"그럼 전보가 아니 들어갔으면 돌아오기라도 하지 않겠니? 그만두어라. 그 애가 오면 알겠지."

당자가 돌아오면 알리라고 벼르기로 말하면 영감보다도 건넌방 속에서 더 벼르고 기다리는 터이다.

이튿날 저녁에는 덕기가 부산에 내려서 전보를 쳤다.

이때까지 시치미 떼고 있던 것과는 딴판으로 부산에 와서까지 병환이 어떠냐고 전보를 친 것을 보면 퍽 조바심을 하는 모양이다. 영감은 내심으로 기뻐하였다.

하룻밤을 새워서는 겨울날이 막 밝아서 덕기가 들어왔다. 정거장에는 창훈이와 지 주사가 마중을 나가 데리고 들어왔다.

창훈이는 덕기가 그저께 덕희의 전보밖에는 받아본 일이 없다고 하는 데에 펄쩍 뛰며, 그게 웬일이냐고 덕기가 속이기나 하는 듯시피 서둘러댄다.

"낸들 알 수 있에요. 하지만 이상하군요. 아저씨의 그 서투른 일본말로 번지수를 썼으니까 그렇지 않을라구."

덕기는 신지무의하고 이렇게 웃어만 버렸다. 어쨌든 조부가 그만하다는 데에 마음이 놓였다.

"이거 봐. 할아버지께서 무어라고 하시거던 전보 봤다고 얼쯤 얼쯤해두어라. 전보 하나 똑똑히 못 놓는다고 또 꾸중이 내릴 테니, 학교에서 여행을 갔다가 와서 비로소 전보를 보고 마침 떠나려는데 덕희의 전보가 또 왔더라고 하든지, 무어라고든지 잘 여쭈어주어야 한다. 그동안 전보 사단으로 얼마나 야단이 났던지……."

창훈이는 타고 오는 택시 속에서 연해 이런 당부를 하였다.

"그게 다 무슨 걱정이세요. 어쨌든 애들 쓰셨습니다. 그러나 다행히 그만하시다니 이 고비를 놓치지 말고 약을 바짝 잘 쓸 도리를 해야지요."

덕기는 창훈이가 병환의 경과 이야기는 안 하고 어느 때까지 전보 놀래만 하는 것이 못마땅하여 치사는 하면서도 핀잔을 주었다.

병실에 들어서니 조부는 일어나 앉자고 하여 앞뒤에서 부축을 하고 손자의 절을 받았다. 허리만은 조금 기동할 수 있게 되었지마는, 죽은 사람이나 누워서 절을 받는다는 미신이 기어코 일어앉히게 한 것이다. 병인은 죽을 사死 자만 눈에 띄어도 '사자'가 앞에 와서 막아선 것같이 질색을 하는 것이었다.

영감의 입에는 웃음이 어리었으나 보기에도 무서운 깔딱 젖혀진 두 눈은 노염과 의혹의 빛에 잠겼다.

"사람의 자식이 어디 그런—그런 법이 있니."

영감은 말 한마디에 세 번 네 번씩 숨을 돌려야 한다. 일어앉 혔다가 뉘니까 담이 더 끓어오르고 기운이 폭 빠진 것 같다.

덕기는 조부가 허리를 쓰고 일어앉은 것을 보고 속으로 반기 었으나 다시 누운 얼굴을 보고는 고개를 비꼬지 않을 수 없었다. 그렇게 혈색 좋던 조부의 얼굴이 불과 한 달 지내에 저렇게도 변 하였을까 싶다. 누렇게 뜨고 꺼먼 진이 더께로 앉은 것은 고사하 고 그 멀겋게 누런빛이 살 속으로 점점 처져 들어가는 것 같은 것이 심상하지 않아 보였다. 여러 해 속병에 녹은 사람 같다.

"전보를 그렇게 치고 법석을 해야 편지 한 장은 고사하고 죽 었다가 살아 왔단 말이냐. 돈 삼십 전이 없더란 말이냐?"

담이 글겅거리면서도 급한 성미에 말을 빨리 죄어치려니 숨이 턱에 받쳐서 듣는 사람이 더 답답하다.

"전보를 못 봤에요."

"전보를 못 보다니? 그럼 노자는 어떻게 해가지고 왔단 말이냐?"

영감은 펄쩍 뛴다.

"주인에게 취해가지고 왔어요……."

덕기가 또 무슨 말을 하려는데, 창훈이가 옆에서 눈짓을 하는 바람에 말을 얼른 돌려서,

"그동안 스키를 하러 갔다가 와서 한꺼번에 전보를 받고 곧 떠났지요."

하고, 꾸며대었다. 덕기 역시 창훈이를 좋게 생각하는 터도 아니 요, 또 조부를 속여가면서 구차스럽게 변명을 하기가 귀찮아 이 실직고를 하려다가 흥분된 조부가 그 위에 큰소리를 내게 되면

모두가 재미없을 것 같아야 창훈이가 눈짓을 하는 대로 말을 돌려대어 버린 것이다.

"스키란 무어냐?"

"산에 올라가서 얼음 지치는 거애요."

"산에 가 얼음을 지치다니 강에 가서 지친다면 몰라도?"

"일본에는 그런 게 있어요."

"일본이고 조선이고 얼음 지치는 것은 매한가지겠지. 그만두어라. 그런 얼토당토않은 거짓말을 듣자는 게 아니다."

조부는 역정을 내었다.

"허, 일본에 그런 게 새로 났니? 여기로 말하면 한강에서 얼음을 지치더라마는 시험 안 보고 얼음을 치치러 다녀?"

창훈이가 옆에서 이런 밉살맞은 소리를 하니까 수원집도 생글하고 비웃어 보인다.

조부가 거짓말로만 밀어붙이는 것이 다행하여 옆에서 부채질을 하는 것이지마는, 덕기는 일이야 어찌 된 것이든지 간에 일껏자기 사폐 보아주느라고 꾸며대는 것인데 이편을 거들지는 못할망정 그런 공 없는 소리를 하는 것을 듣고는, 심사 나는 대로 하면 확 쏟아놔 버리고 싶었지마는, 이 자리에서 큰소리를 내서는 안 되겠다고 잠자코 말았다.

"그래 전보환으로 보낸 돈은 어떻게 했단 말이냐?"

"못 받았어요."

학비인 줄 알고 받아서 주인을 주었다가 다시 취해가지고 왔다든지 무어라고 꾸며대고 싶었으나 심사가 틀려서 그대로 내뻗어버렸다.

"아니, 그거 웬일일까? 자네 부치긴 분명히 부쳤나?"

"부치다뿐입니까. 영수증이 여기 있는데요. 참 드릴 것을 잊었습니다."

하며, 창훈이는 지갑을 꺼내서 한참 뒤적뒤적하더니,

"아마 집에 두고 왔나 봅니다. 제 손으로 부치지는 못하고 큰놈을 시켰습니다마는 영수증이 있으니까 갈 데 있겠습니까."

"그럼 이따가 가져오게."

영감은 어쩐 영문인지를 알 수가 없어서 갑갑하였다. 모든 것을 자기 손으로 또박또박히 하지 않으면 마음이 안 놓이는 이 노인의 성미로, 이렇게 오래 누웠는 것도 화가 나는데, 일마다 모두 외착이 나는 것을 보고는 한층 더 화에 뜨는 것이다.

"영수증만 있으면 나중에 찾기라도 하지요. 잘 알아보지요."

덕기는 조부를 안정시키려고 더 길게 말을 하려 않았다. 그러나 덕기가 시원스럽게 말을 안 하는 것이 조부가 보기에는 모두 속임수로 얼쯤얼쯤 묵주머니를 만들려는²⁴⁶ 것 같아 또 화가 나나 멀리 온 귀여운 손자라 참는 수밖에 없었다.


열쇠 꾸러미


덕기는 한나절을 들어앉았는 동안에 머리가 지끈지끈하는 것은 고사하고 어쩐지 집안에 무슨 이상한 공기가 떠도는 것 같은

---

246 말썽이 나지 않도록 잘 달래고 주무르는 일.

감촉을 얻었다. 모든 사람의 얼굴에 나타난 떠들썩한 기분과, 서로 속을 엿보려는 듯한 시기와 의혹과 모색摸索의 빛이 덕기에게까지 전염되어 오는 것을 부지중에 깨달았다. 언제라고 서로 마음 주고 깔깔 웃는다거나 얼굴을 제대로 가지고 순편히 말 한마디라도 하는 사람들은 아니지마는, 이번에 와서는 더욱이 거친 저기압이 집 안의 어느 구석을 들여다보아도 자옥하다. 그것이 무슨 까닭인지 어디에 원인이 있는지 덕기는 알 수가 없다. 초상이 나려면 까마귀가 깍깍 짖는다더니 조부가 참 정말 돌아가느라고 죽음의 음기가 솟아나서 그런지? 어른의 병환이 침중하니까 수심에 싸여서들 그런지? 그런 열녀 효부는 가문에도 없으니 그럴 리도 없다. 그러면 그동안에 또 무슨 대풍파가 있었던가? 덕기 자신이 늦게 왔다 하여 그러는 것인가? 그렇다면 죄는 창훈이에게 있는 것이다. 세 번씩이나 쳤다는 전보가 왜 안 왔을꼬? 돈은 어디로 떠 날아갔는고? 알 수 없는 일이다. 아내의 말을 들으면, 안방으로, 사랑으로 밤낮 몰켜서 틈틈이 수군거리는 것들이 무엇인지, 그 중간에 무슨 요변, 무슨 동티가 있을 법하다더니, 과시 아주 터무니없는 말은 아닐 것 같다.

이 음산한 공기가 모두 안방에서만 흘러나오는 것이 아니라 사랑이고 뒤곁이고 그 몇 연놈들의 몸뚱아리가 슬쩍하는 데서면 풍기어 나오는 것 같기도 하다. 웬일일꼬? 돈? 돈 때문에? 돈 동록247 냄새가 욕기의 입김에 서려서 쉬고 썩고 하여 나오는 냄새 같기도 하다. 그러나 돈을 어떻게 하겠다는 것인고?…… 생각하

247 구리의 표면에 녹이 슬어 생기는 푸른빛의 물질로 독이 있음. 돈에 대한 욕심을 비유석으로 이르는 말.

면 뉘 집에서나 열쇠 임자의 숨이 깔딱깔딱할 때가 닥쳐오면 한 번은 겪고 마는 풍파가 이 집에서도 일어나려고 뭉싯뭉싯 검부잿불248처럼 보이지 않는 데서 타오르는 것일지도 모른다. 덕기는 정신을 바짝 차려야 하겠다고 생각하였다.

수원집의 태도도 퍽 이상하여졌다. 온종일을 두고 보아야 모친과는 으레 그러려니 하더라도 건넌방 식구와는 잇살도 어우르지를 않고 영감 옆에 꼭 붙어 앉았다. 그래도 예전에는 덕기에게만은 거죽으로라도 좋게 대하더니 이번에는 덕기가 무슨 말을 걸어도 귀먹은 사람처럼 모른 척하다가 두 번 세 번 채쳐야만 마지못해 대꾸를 한다. 더구나 못된 짓은 덕기가 안방에 들어가는 것을 몹시 싫어하는 눈치인 것이다. 낮이고 저녁결에 사람이 좀 삐었을 때 혼자 누운 조부가 심심할까도 싶고 이야기할 것도 있어서 안방에를 들어서면 더욱 그런 내색을 보이나, 그렇게 못마땅하고 보기 싫으면야 앉았다가라도 저만 획 일어서 나가버리면 그만일 터인데 나가지도 않고 턱살을 치받치고 앉았다. 나가기커녕 마루에나 뜰에 있다가도 덕기가 안방으로 들어가는 것만 보면 쪼르르 쫓아 들어와 지키고 앉았는 것이다. 자위가 폭 가라앉은 무서운 두 눈만 껌벅거리고 누웠는 조부와 무슨 비밀한 이야기나 할 줄 알고 그 안달을 하는 것인지? 덕기는 눈살이 한층 더 찌프러지건마는 내가 인제는 이 집의 줏대다! 하는 생각을 하면 얼굴빛 하나 말 한 마디라도 한만히 할 수는 없었다. 어쨌든 모든 사람의 입을 틀어막고 쉬쉬하여가며 건드리면 터질 듯한 큰소리

248 검불이 타고 난 뒤의 잿불.

가 나오지 않게 주의를 해야 할 것이라고 생각하였다.

그러나저러나 대관절 사랑축들이 안방에를 왜 이렇게 꼬여드는지 알 수가 없는 일이다. 지 주사는 한집 식구요, 약을 자기 손으로 지으니까 말 말고라도 제일 눈에 거슬리는 것은 최 참봉과 창훈이다. 어떤 때는 일가의 아저씨니 형님 아우니 말이 위문 옵네 하고 몰켜들어서는, 잔칫집 모양으로 떠들썩하니 안에서도 거기 따라서 더운점심을 짓네 어쩌네 하고 한층 더 부산한 것은 고사하고라도, 사랑에들만 몰려도 좋을 것을 병실에까지 무슨 종회나 가족회의하듯이 몰켜서 뒤집어엎는 데는 머리가 빠질 일이다. 그러나 당자인 병인이 그렇게 떠들썩한 것을 좋아하니 어찌하는 수도 없다. 그래야 너나 할 것 없이 모두 벌제위명[249]으로 큰일이나 보아주는 듯시피 입으로만 떠들어대고 수군거렸지 누구 하나 똑똑히 다잡아서 약 한 첩 조리 있게 쓰는 것도 아니다. 이런 때마다 덕기는 부친이 좀 다잡아서 엄숙하게 집안을 휘둘러놓았으면 하는 생각이 간절은 하나 역시 하는 수 없는 일이다. 그렇다고 어린 자기는 성검도 안 서고 공부하는 애가 무얼 아느냐는 듯이 도리어 휘두르려고만 든다.

"아저씨, 그 영수증 가져오셨나요?"

덕기는 안방으로 건너가서, 저녁 먹고 와서 앉았는 창훈이에게 전보환 부친 표를 채근하여보았다. 세 번씩 놓았다는 전보가 한 장도 들어오지 않은 것도 이상하거니와, 돈 부친 것까지 중간

---

249 겉으로는 어떤 일을 하는 체하고 속으로는 딴짓을 함. 중국 전국시대에 연나라 장수 악의
樂毅가 제나라를 칠 때 제나라 장수 전단田單이 악의가 제나라를 정복한 뒤에 제나라 왕이
되려 한다는 헛소문을 퍼뜨리자 연왕이 의심하여 악의를 불러들였다는 데서 유래함.

에서 횡령을 당하지 않았나 의심이 드는 것이었다.

"응, 여기 가져왔는데 그 애가 잘못 부치지나 않았는지 문기가 들어오면 자세 물어보고 오려 했더니 아직 안 들어왔어."

창훈이는 눈에 잠이 어린 듯이 어름어름하며 지갑을 꺼내서 훔척거리더니, 착착 접은 종이를 꺼낸다. 등을 주황빛으로 인쇄한 것이 분명히 우편국에서 받은 돈 부친 표이기는 하다.

덕기는 받아서 펴면서,

"이게 웬일얘요?"

하고, 놀라며 웃는다.

"왜 그러나?"

"이건 바로 돈표가 아닙니까. 이것을 보내야 돈을 찾아 쓰는 게 아닙니까."

"응? 그럼 영수증하고 바꾸어 보냈단 말야?"

"그렇지요. 그건 그렇고, 전보환으로 보냈다면서 이것은 통상위체通常爲替가 아닙니까?"

"무어? 통상위체? 통상위체란 어떤 건가?"

"통상위체면야 편지에 넣어 보내는 게 아닙니까."

"엉—."

하고, 창훈이는 금시초문이라는 듯이 눈이 뚱그레지다가,

"온 자식두, 빙충맞은 못생긴 자식두 다 보겠군."

하며, 아들을 혼자 나무란다.

"이리…… 이리 다오."

조부는 눈을 감고 누워서 삼종 숙질 간의 수작을 듣다가 눈을 뜨고 손을 내밀어 돈표를 받아 들고,

"그 왜 (에구에구) 얼빠진 그 애를 (에구에구) 시켰더란 말인 가? (에구구) 그 앤 그렇다 하기로 (에구) 자네…… 자네두 이때 껏 그런, 그런 분간이 없다…… 없단 말인가?"
하며, 당질을 나무란다.

"할아버니, 돈은 여기 이렇게 표가 있으니 염려 마시고 어서 주무세요. 숨이 더 차신가 뵈온데!"

덕기는 조부의 앓는 소리가 듣기에 애처로웠다.

"그러니까 돈하고 네게서 온 편지 겉봉을 안동250 해주고 전보환 을 부치라 했더니 이른 말은 까먹고 아무거나 돈표면 되는 줄 알 고 받아서 그거나마 영수증 쪽을 찢어서 봉투에다가 넣어 부친 게로구나."

창훈이는 이런 변명을 하고 웃는다.

영감은 몸이 덜 아프면 좀 더 따졌을 것이나, 오늘은 저녁때부 터 점점 더 기함이 되어가는지 다시는 말이 없이 돈표를 덕기 앞 으로 던지고 다시 눈을 감아버린다. 그것을 보고 덕기는 이 판에 그까짓 놀래를 더 할 경황도 없어서 잠자코 돈표만 주머니에 집 어넣고 창훈이에게도 나가자고 눈짓을 하여 가만히 나와버렸다.

밤 열시—정한 시간에 또 한 번 온 의사는 더하지도 않고 덜하 지도 않으나, 영양이 없는데다가 오늘은 조금 흥분이 되어서 열이 생긴 것이니 그대로 안정하여 자는 대로 두라고 이르고 갔다.

이튿날 아침에는 문기가 와서 안방에 건성으로 잠깐 다녀 나 오더니 건넌방에서 내다보는 덕기를 보고,

---

250 사람을 데리고 함께 가거나 물건을 지니고 감.

"아버니께 들으니까 무어 돈을 잘못 부쳤다구? 난 그런 게 처음이라 무언지를 알겠던가? 일본놈이 돈표를 해주기에 급하기는 하고 어떻게 부칠지를 몰라서 우편국에서 봉투를 사다가 넣어서 등기로 부쳤네그려. 여기 이렇게 등기 부친 표가 있지 않은가."

하며, 서류 부친 쪽지를 내어주고 열적은 듯이 웃는다.

"상관있소. 이왕지사 그렇게 된 것을……."

하며 덕기도 좋은 낯으로 웃어버렸으나 아무리 시골 생장[251]이기로 그런 반편일 수야 있을까? 암만해도 곧이들리지를 않았다.

"너 아범은 내가 어서 죽었으면 시원할 것이다. 너도 못 오게 하느라고 저희끼리 짜고 전보까지 새에서 못 치게 한 게 아니냐?"

조부가 이런 소리를 할 제 덕기는,

"그럴 리가 있겠습니까."

고, 하기는 하였지마는 덕기도 의아는 하였다. 부친이 설마 그렇게까지 하랴 싶으나 창훈 아저씨라든지 최 참봉이 부친에게 되돌라 붙어서 무슨 일을 하는 것인지 그도 모를 일이라고 의심도 난다. 그러나 아무래도 수원집과 부친이 한편이 될 리는 없고 창훈이와 부친의 새가 금시로 풀렸을 리도 없으니 십중팔구는 수원집이 중심이 되어서 무슨 농간이 있을 것이라는 짐작이 든다.

"제아무리 그래야 밥이나 안 굶게 하여주지, 그 외에는 막무가내다."

조부는 이런 소리도 하였다.

"왜 그런 말씀을 하서요. 그까진 재산이 무업니까. 그런 걱정

251 그곳에서 나서 자란 사람.

은 모두 병환 중이시니까 신경이 피로하셔서 안 하실 걱정을 하십니다. 얼마 있으면 꼭 일어나십니다."

덕기는 조부를 안위시키려고 애썼다.

"네 말대로 되었으면 재키나 좋으랴만 다시 일어난대도 나는 폐인이나 다름없을 것이다. 어쨌든 이 금고 열쇠를 맡아라. 어떤 놈이 무어라고 하든지 소용없다. 이 열쇠 하나를 네게 맡기려고 그렇게 급히 부른 것이다. 이것만 맡겨놓으면 인제는 나도 마음 놓고 눈을 감겠다. 그러나 내가 죽기까지는 네 마음대로 한만히 열어보아서는 아니 된다. 금고 속에는 네 도장까지 있다마는 내가 눈을 감기 전에는 네 도장이라도 네 손으로 써서는 아니 된다. 이 열쇠는 맡아두었다가 내가 천행으로 일어나면 그대로 내게 다시 다오."

조부는 수원집까지 내보내놓고 머리맡의 조그만 손금고를 열라고 하여 열쇠 꾸러미를 꺼내 맡기고 이렇게 일러놓았다.

"아직 제가 맡을 것이야 있습니까. 저는 할아버니 병환만 웬만하시면 곧 다시 가야 할 텐데요! 그리고 아범을 제쳐놓고 제가 어떻게 맡겠습니까."

덕기로서는 도리로 보아도 그렇지마는 공부를 집어치우고 살림꾼으로 들어앉을 수도 없는 일이었다.

"다시 간다고?…… 못 간다. 내가 살아난대도 다시는 못 간다. 잔소리 말고 나 하라는 대로 할 뿐이다."

하고, 조부는 절대엄명이었다.

"하던 공부를 그만둘 수야 있습니까. 불과 한 달이면 졸업인데요"

"공부가 중하냐? 집안일이 중하냐? 그것도 네가 없어도 상관없는 일이면 모르겠지마는 나만 눈감으면 이 집 속이 어떻게 될지 너도 아무리 어린애다만 생각해봐라. 졸업이고 무엇이고 다 단념하고 그 열쇠를 맡아야 한다. 그 열쇠 하나에 네 평생의 운명이 달렸고 이 집안 가운이 달렸다. 너는 그 열쇠를 붙들고 사당을 지켜야 한다. 네게 맡기고 가는 것은 사당과 그 열쇠—두 가지뿐이다. 그 외에는 유언이고 뭐고 다 쓸데없다. 이때까지 공부를 시킨 것도 그 두 가지를 잘 모시고 지키게 하자는 것이니까 그 두 가지를 버리고도 공부를 한다면 그것은 송장 내놓고 장사 지내는 것이다. 또 공부도 그만쯤 했으면 지금 세상에 행세도 넉넉히 할 게 아니냐."

조부는 이만큼 이야기하기에도 기운이 폭 빠졌다. 이마에는 허한[252]이 쭉 솟고 숨이 차서 가슴을 헤치려고 한다.

"살림은 아직 아범더러 맡으라고 하시지요."

덕기는 그래도 간하여보았다.

"쓸데없는 소리 마라! 싫거든 이리 다오. 너 아니면 맡길 사람이 없겠니. 그 대신 내일부터 문전걸식을 하든 어쩌든 나는 모른다."

조부는 이렇게 화는 내면서도 그 열쇠를 다시 넣어버리려고는 아니하였다.

덕기는 병인을 거슬러서는 아니 되겠기에 추후로 다시 어떻게 하든지 아직은 순종하리라고 가만히 고개를 떨어뜨리고 있으려니까, 밖에서 버석버석 옷 스치는 소리가 나더니 수원집이 얼굴이 발개서 들어온다. 이때까지 영창 밑에 바짝 붙어 앉아서 방 안의 수작을 한마디도 놓치지 않고 엿듣고 앉았던 것이다.

252 몸이 허약하여 나는 땀.

덕기는 수원집이 들어오는 것을 보자, 앞에 놓인 열쇠를 얼른 집어 들고 일어서 버렸다.

"애아범 잠깐 거기 앉게."

수원집의 얼굴에는 살기가 돌면서 나가려는 덕기를 붙든다.

수원집은 열쇠가 놓였으면 우선 그것부터 집어놓고서 따지려는 것이라서 덕기가 성큼 넣어버리는 것을 보니 인제는 절망이다. 영감이 좀 더 혼돈천지로 앓거나 덕기가 이 집에서 초혼 부르는 소리가 난 뒤에 오거나 하였다면, 머리맡 철궤 안의 열쇠를 한번은 만져볼 수가 있었을 것이다. 금고 열쇠를 한 번만 만져볼 틈을 타면 일은 피는 것이었다. 그러나 그 틈을 탈 새가 없이 이 집에 '사자'가 다녀 나가기 전에 덕기가 먼저 온 것이다. 덕기의 옴이 빨랐든지 저희가 굼뜬 탓이었든지? 어쨌든 인제는 만사휴의萬事休矣[253]다!

"이 댁 살림은 누가 맡든지 그거야 내 아랑곳 있나요. 하지만 지금 말씀 눈치로 보면 살림을 아주 내맡기시는 모양이니, 이왕이면 나더러는 어떻게 하라시는지 이 자리에서 아주 분명히 말씀을 해주시죠."

수원집은 암상이 발끈 난 것을 참느라고 발갛던 얼굴이 파랗게 죽는다.

"무엇을 어떻게 해달라는 말인가?"

영감은 가슴이 벌렁벌렁하며 입을 딱 벌리고 누웠다가 간신히 대꾸를 한다.

---

253  모든 것이 헛수고로 돌아감을 이르는 말.

"지금이라도 이 댁에서 나가라면 그야 하는 수 없이 나가지요. 그렇지마는 영감께선 안 할 말씀으로 내일이 어쩌실지 모르는데, 영감만 먼저 가시는 날이면 저는 이 집에 한시를 머무를 수 없을 게 아닙니까. 저년만 없으면야 영감이 가시면 나도 뒤쫓아가기로 원통할 게 무에 있겠습니까마는—요 알뜰한 세상에 무얼 바라고 누구를 믿고 더 살려 하겠습니까마는, 이럴 수도 없고 저럴 수도 없는 제 사정도 생각해봐 주세야 아니합니까!"

수원집의 목소리는 벌써 울음에 젖었다.

"그 왜 무슨 말씀을 그렇게 하슈?"

덕기가 탄하였다.

"내 말이 그른가? 자네도 생각을 해보게. 할아버니만 돌아가시면 이 집안에서 나를 누가 끔찍이 알아줄 사람이 있겠나?"

수원집은 코 메인 소리를 하며 눈물을 씻는다. 덕기도 아닌 게 아니라 그렇기도 하다는 생각은 하였으나 어쩌면 눈물이 마침 대령하고 있었던 것처럼 저렇게도 나올까 싶었다. 그러나 지어 우는 것이 아니라, 계획이 틀린 데에 분통이 터져 나오는 진짜 울음이다.

"하지만 지금 할아버니께서 돌아가시는 거요? 또 내가 살림을 떼맡는 자국인가요? 이 자리에서 그런 소리는 도무지 할 게 아니얘요."

그래도 덕기는 타이르듯이 달래었다.

"쓸데없는 소리들 말고 어서들 나가거라. 무슨 소리를 어디서 듣고 공연한 잔말이야?"

영감은 기운도 없거니와 수원집의 말을 듣고 보니 측은한 생각이 들어서 눈을 감고 듣기만 하다가 한마디 순탄히 나무란다.

"이렇게 말씀하면 엿들은 것 같습니다마는, 지금 애아범에게 모두 살림을 내맡기시지 않으셨습니까. 그러면 애아범 듣는 데라도 제 일까지를 분명히 말씀해두셔야 하지 않습니까. 실상은 집안사람을 다 모아놓고 일러두셔야 할 게 아닙니까."

"글쎄 딱한 소리도 퍽 하슈. 지금 할아버지께서 돌아가시니 걱정이슈? 또 설사 할아버지께서……."

덕기는 돌아간다는 말을 입 밖에 내긴 싫어서 멈칫하다가 다시 말을 돌린다.

"……할아버지께선들 어련하실 게 아니요. 내나 아버지께서나 무엇으로 생각하든지 조금치라도 부족하게야 할 리가 없지 않소. 사람을 지내보았으면 아실 게 아니겠소?……"

덕기는 조용조용히 일렀다.

"내가 무슨 욕기가 나서 이런 소리를 하면 이 자리에서 벼락이라도 맞고, 우리 어머니 배 속에서 아니 나왔네. 다만 하나 이것 하나(발치께서 자는 딸년을 눈으로 또 가리킨다) 때문에 앞일을 생각하면 캄캄하니까 그러는 게 아닌가."

영감은 깜박하고 들려던 혼곤한 잠에서 깨인 듯이 몸을 틀며 눈을 번쩍 뜨더니 푹 꺼진 그 무서운 눈으로 휘휘 둘러다 보고 나서,

"그저 잔소리냐? 떠들지들 마라. 어서들 자거라."

맥없는 소리를 잠꼬대같이 하고 또다시 눈을 스르르 감다가, 세 번째 눈을 번쩍 뜨고 안간힘을 쓰며 말을 잇는다.

"염려들 마라. 내가 내 생전에 이런 꼴을 볼까 보아 다 마련해

놓았다. 옷 마르듯이 다 공평히 나눠놓았다. 누가 뭐라든지 소용없다. 우리 아버니께서 살아오셔도 할 수 없다. 치수에 맞추어서 말라논 옷감을 누가 늘리고 줄일 수 있겠니! 내 앞에서 다시 누가 그댓말[254]을 꺼내면 내 손으로 불 질러버리고 죽는다."

영감의 입에서는 긴 한숨이 흘러나왔다.

덕기가 나온 뒤에도 안방에서는 수원집의 흑흑 느끼며 종알종알 암상맞은 말소리가, 어느 때까지 그치지 않았다. 제 말마따나 이따 어떨지 내일 어떨지 모르는 등신만 남은 영감을 조르는 것이나, 조르는 것이 아니라 숨이 넘어가는 사람을 들볶는 것이다.

제 생각에는 한 반이나 내주었으면 좋을 듯싶을 터이나 정이야 있든 없든 남편이라 이름 진 사람이 숨을 모는 그 자리에서까지 빚쟁이보다 더하고 물건 홍정보다 더하게 조르다니—그야 자식이 못되면 운명하는 아비를 내던져두고 형제끼리도 게걸거리며 싸우는 세상이지마는—하는 생각을 하다가 덕기는 다시 건너가서 수원집을 몰아대고 싶은 것을 참고 뒷일은 아내에게 일러놓고 훌쩍 밖으로 나와버렸다. 돌아온 후 이틀 만에 처음으로 문밖에 나서는 것이다.


변한 병화


어둔 지는 오래나 아직도 초저녁이다. 음력 섣달그믐이 내일

---

254  어떤 것에 대한 상세한 이야기.

모레라서 그런지 그래도 이 동네는 부촌이라 이 집 저 집에서 떡 치는 소리가 들리고 거리가 질번질번한 것 같다. 떡도 안 치고 설이란 잊어버린 듯이 쓸쓸한 집 안에 있다가 나오니 딴세상 같다. 덕기는 전차에 올라탔다.

오는 길로 병화에게 엽서라도 띄울까 하다가, 분잡통에 와도 변변히 놀고 이야기할 경황이 없을 것 같아야 틈나면 가보지 하고 그대로 두었다. 지금도 새문 밖으로 갈까, 경애를 찾아서 바커스로 갈까 망설이면서 그대로 전차에 올라탄 것이다.

전차가 조선은행 앞을 오니 경성우편국이 차창 밖으로 내어다 보인다. 불을 환히 켠 유리창 안에 사람이 어른거리는 것을 보자, 덕기는 속으로 내릴까 말까 하며 그대로 앉았다가 사람이 와짝 몰려 들어오며 막 떠나려 할 제 뒤로 비집고 휙 내려버렸다.

우편국 옥상 시계를 치어다보니 아직 여덟시가 조금 지났을 뿐이다. 덕기는 그대로 우편국으로 들어섰다. 창훈이 말이 자기 손으로 경성우편국에서 전보를 놓았다 하니 물어보면 알리라는 생각을 하였던 터에 지금 이 앞을 지나니 생각이 다시 난 것이다. 우편국에서는 귀치않아 하였으나 좀 한가한 때라 그런지 그래도 돈 부쳤다는 날짜에서 전후로 일주일간이나 경도로 띄운 전보지 축을 뒤져보아 주었다. 그러나 짐작과 같이 경성우편국에서 놓은 전보라고는 덕희가 친 것밖에는 없었다.

덕기는 분한 생각이 들었다. 내일이라도 단단히 족쳐서 인제 는 꼼짝을 못하게 만들리라고 단단히 별렀다. 조부는 부친만 가 지고 의혹을 하나 창훈이가 앞장을 서고 최 참봉은 수원집을 충 동이고 하여, 무슨 짓이든지 꾸미려다가 제 패에 떨어진 것이 인제는 의심할 나위 없다고 생각하였다. 어지중간에 부친만 가엾다. 조부가 그대로 돌아가면 조부는 영원히 부친을 오해한 대로 돌아갈 것이요, 부친은 아무 영문도 모르고 이 집안의 객식구처럼 베도는 양을 생각하면 더 딱하다. 하여간에 시험을 못 보게 되더라도 잘 왔기도 왔고 수원집이나 부친에게 얼마씩 떼어놓았는지는 모르겠지마는, 조부의 처사도 옳다고 생각하였다. 부친에게 전부 상속을 안 하는 것은 자기로서는 죄송스러웠으나 요즈음의 부친 같아서는 역시 자기가 맡아놓고 부친이 돈에 군색지 않게만 하여드리는 편이 부친의 신상을 위하여서나 집안을 위하여 도리어 다행하다고 생각하는 것이다.

덕기는 병화를 찾아서 새문 밖까지 나가기는 좀 늦고 집에도 열시에 의사가 오기 전에 대어서 들어가야 하겠기에 거기는 단념하고 잠깐 경애에게나 들러보려고 본정통으로 들어섰다.

'바커스'에는 경애는 없고 전에 보지 못하던 미인이 하나 늘었다. 얼른 보기에도 일본 여자 같다. 주부는 반색을 하며 자기 방으로 데리고 들어갔다.

"아이상요? 요새 좀 난봉이 났지마는 인제 오겠지요."

주부는 이렇게 웃으면서 정다이 군다. 덕기는 너무 그런 데에 도리어 얼떨떨하였지마는, 오정자의 소식을 알아 기별해주고 한 일이 있어 그러려니 하였다. 주부의 말을 들으면 경애는 요새 이 집에 전같이 육장 붙어 있지도 않고 놀러 다니는 눈치다. 병화도 가끔은 오나 그리 자주 오지 않는다 한다.

어쨌든 경애도 기다릴 겸하여 잠깐 불을 쬐며 오정자 이야기를 하여 들려주기도 하고, 오정자의 내력도 듣고 앉았으려니까 경애가 소리를 치며 들어온다.

"아, 이거 누구라구! 언제 왔소?"

경애는 반가이 인사는 하였으나 속으로는 그리 반가운 것도 아닌 기색이었다.

덕기가 가까이 있다고 병화의 일에 쌩이질을 할 것도 아니요 또 병화에게 마음이 쏠렸기로 둘의 행동을 감시한다거나 방망이를 놀 것은 아니겠지마는, 그래도 전번과 달라서 상훈이가 뒤를 쫓게 된 오늘날에는, 덕기마저 한축에 어울리게 된다는 것이 이편에나 저편에나 창피하고 성이 가신 일이다.

"응, 할아버지께서 그렇게 위중하서?"

내 어쩐지 상훈이를 요새 며칠 볼 수가 없더라니! 하는 생각을 하며 경애는,

'나두 머리 풀 일 났군!' 하고, 속으로 웃었다.

"김 군을 좀 만나야 하겠는데, 오늘 여기 오지 않을까?"

덕기는 말을 돌리고 눈치를 슬쩍 보았다.

"그이두 요새는 별로 볼 수 없습디다. 머리나 좀 깎구 다니는지."

경애는 지금 당장, 만나고 헤어져 오는 길이나 딴전을 해버렸다.

"그래, 아이는 인젠 몸 성하우?"

"에, 인젠 괜찮아."

덕기는 금고 속을 잠깐 생각해보았다. 같은 조가이건마는 그속에는 그 애의 몫으로는 오리동록도 없을 것이라고 생각하였다. 그걸 보면 수원집 소생이 얼마나 팔자 좋을지 모르나 나중에 어찌 될는지는 자라봐야 알 것이 아닌가도 싶다.

아까 홀에서 보던 계집애가 들어오더니 경애에게 소곤소곤하

니까 웬일일까? 하는 듯이 고개를 비꼬다가 생글 웃으며,

"잘되었군! 당신이 만나시겠다는 친구 양반이 왔다는데."

하고, 덕기더러 먼저 나가보라고 한다.

경애는 조금 아까 참땋게[255] 헤어져 가던 사람이 왜 또 왔누? 하고 의아도 하였지마는, 별일이 있겠니 술이 못 잊어서 그렇겠지 하고 속으로 웃었으나, 병화 역시 요새로 부쩍 몸이 달아서 아우 타는 젖먹이처럼 한시 한때를 안 떨어지려고 하는 눈치를 생각하면 나무랄 수만도 없는 것 같다. 그러나 좀 더 삼가주었으면 좋을 것 같기는 하다.

"야아……."

"야아, 여전하이그려?"

"난 자네가 여기 온 줄 알고 찾아왔네."

밖에서는 두 청년이 인사를 하느라고 떠들썩하다. 병화는 덕기가 뛰어나올 줄은 천만뜻밖이나 이렇게 인사를 하는 것이다.

"내가 온 줄 어떻게 알았나? 우리 집에 들렀던가?"

"내 귀를 보게, 좀 큰가. 한데 아주 위중하신가?"

"그저 그만하시지만…… 참, 자네 편지 보구 왔네. 그 무슨 잔소리인가? 다시는 안 만날 것같이 서둘러대더니, 두었다가 만날 것을 괜히 만났네그려!"

그러나 덕기는 필순이 이야기는 건드리지 않았다. 병화도 픽 웃고만 만다. 무엇에 정신이 팔린 사람 같다.

"헌데 자네 웬일인가? 무슨 수가 있나?"

255 딴생각을 아니 가지고 아주 참하게.

"왜?"

하며, 병화는 머리를 쓰다듬는다.

"머리가 말쑥하고, 양복이 보지 못하던 거요, 아마 크림도 바른 모양이지? 하하……."

"응, 크림도 바르기는 발랐네마는 보지 못하던 양복이라니 고물상에서 사 입은 양복인 줄 아나?"

병화도 껄껄 웃는다.

"그러나 크림값은 대관절 어디서 났나?"

"허, 별걸 다 묻는군."

"이로오도꼬(미남자)! 축배나 한잔 올리고 싶으이마는, 곧 가야 하겠어. 섭섭하이."

덕기는 앉지도 않고 가려 한다. 병화도 잡을 생각은 없으나 어쨌든 잠깐 앉으라고 붙들었다.

덕기는 병화가 감정으로나 기분으로나 퍽 멀어진 것같이 보였다. 동문수학하던 사람이 몇십 년 후에 만난 것처럼 무관하면서도, 서어한 그런 감정이었다. 어째 그럴까? 덕기는 생각하였다. 돈에 꿀리지 않는 모양이기 때문인지 버젓하게 응대하는 그런 기색도 전에 못 보던 것이지마는, 전과 같은 두덜대면서도 침착한 그런 기분이 없이 무엇에 달뜬 사람처럼 건정건정 수작을 하는 양도 이상하다. 궁하던 사람이 금시로 피이면 기죽을 펴는 바람에, 너무 지나쳐서 있는 사람보다도 더 주짜를 빼는[256] 수도 없지 않지마는 꼭 그런 것도 아니요, 그저 서성대는 것이다. 경애도

256 난잡하게 굴지 아니하고 짐짓 조촐한 태도를 나타내다.

나와서 서로 변변히 인사도 아니하고 무슨 말끝에인지, 서로 눈짓을 하는 것을 보니 그것도 전과는 다른 눈치다. 그러고 보면 달뜬 기분은 연애를 하느라고 그렇다고나 하려니와, 돈도 경애에게서 나온 것인가? 덕기는 모든 것을 경애와의 연애에 밀어붙이려 하였다.

그러나 사실 그렇다면 덕기의 처지는 대단 우스웠다. 경도에 앉아서 편지로 실없는 말로 들을 때와 달라서, 이렇게 둘의 새가 좋은 꼴을 면대해놓고 보니, 속이 느글느글하기도 하고 창피스럽기도 하다. 저희끼리 좋아하면 했지, 내야 어쩌는 수 있나 하는 생각을 하면서도 부친을 생각하면—더구나 딸아이를 생각하면 이 현상을 무어라고 설명하면 좋을지 몰랐다. 어쨌든 자기로서는 눈감아버리고 영영 모르는 척하는 것이 상책이요, 금후로는 경애와 만나지 말 일이요, 더욱이 두 남녀가 마주 앉은 자리에 끼이지 않도록 기회를 피하여야 하겠다고 생각하였다.

이야기가 자연히 벗버스름하여지고,[257] 저희끼리 무슨 의논이 있어 온 눈치 같기도 하여 덕기는 자리를 뜨며,

"내일이라두 놀러 좀 오게."

"응, 틈나면 가지."

하고 탐탁지 않은 대답이다. 말눈치가 요새는 매우 바쁜 모양이나 전 같으면 몇 시에 온다든지 꼭 기다려달라든지 하며, 긴하게 대답이 나올 텐데 인제는 잔돈에 꿀리지 않아서 그런가? 하는 생각을 하며, 덕기는 조그만 불만과 함께 혼자 냉소를 하였다.

---

257 두 사람이나 단체의 사이가 서로 맞지 아니하여 틈이 벌어지다.

금고

　이튿날 영감은 대학병원에 입원을 하였다. 덕기 부자는 수술
을 할 병도 아니니 그만두자고 하였고, 의사도 고개를 비꼬았으
나 수원집은 시중들기가 싫어 그랬던지 앞장을 서서 찬성이었고
병인도 그리 탐탁지는 않은 말눈치면서도 그래보았으면 좋을 것
같은 의견이기 때문에 저녁때 입원을 하게 된 것이다.
　그러나 이 추위에 숨이 넘어갈 듯한 노인을 끌어다가 병원에
둔다는 것은 마음에 실쭉들 하였고 병원 구석에서 객사나 시키
지 않을까 애가 쓰였으나, 덕기 부자는 반대만 할 수도 없었다.
병원에 쫓아갔다가 온 수원집은 손주며느리에게 상냥스런 웃음
을 띠어가며 병원 이야기를 들려주었다. 삼동²⁵⁸을 두고 양미간에
누벼놓았던 내 천川 자도 오늘은 스러졌다.
　"너두 내일 아침결에 한번 가 뵈어야지."
　"예에."
　"그 길에 아주 친정댁에도 묵은세배 겸 좀 다녀와야 하지 않
겠니."
　"예에."
　손주며느리는 편찮으신 할아버니께서 안 계시다고 어쩌면 저
렇게도 금시로 변할 수가 있을라구? 하고 얄밉기는 하였으나, 친
정에 묵은세배까지 하고 오라는 말은 반갑지 않은 것도 아니었다.
　안방이 금시로 환하여진 것이 수원집을 또 웃겼다. 얼굴이 피

---

258  겨울의 석 달, 혹은 세 해의 겨울.

었을 뿐 아니라 몸도 가벼워졌다. 평생에 들어보지 못하던 빗자루도 들고나고, 걸레질까지 손수 치는 것이었다.

"이런 구살머리적은 속에 누우신 것보다 얼마나 좋은지 모르겠더라. 모두 정하고 조용하고 수증기 난로를 훈훈히 피워서 방 안은 후끈거리구 예쁜 색시들이 오락가락하구……."

늙은 병인에게 예쁜 색시가 무슨 아랑곳이냐고 어멈은 깔깔 웃었다. 어멈도 안방 마마에 못지않게 낄낄대고 좋아한다. 그러나 손주며느리만은 너무나 속이 빤히 보이는데, 눈살이 찌프러지지 않을 수 없었다.

"병이 안 나으래야 안 나으실 수 없겠더라. 설두 못 차려먹고 하였으니, 정월 보름 안으로 나으셔서 잔치를 한번 하면 오죽 좋겠니."

수원집은 이런 소리도 하였다. 저녁도 안방에서 모여서 먹었다. 수원집만 아니라 집안 식구가 누구나 무거운 짐을 내려놓은 것같이 한숨을 돌릴 것 같고, 침울한 기분이 확 풀려나간 것 같기는 하다. 그러나 수원집처럼 요렇게도 앓던 이 빠진 것처럼 시원해할 수야 있나.

대보름 안으로 나아서 이 집에 들어오기는커녕 그 안에 이 집 문전에 발등걸이[259]를 내어 달고 곡성이 났으면 춤을 출 것같이 서둔다.

그래도 수원집은 저녁 후에 병원 간다고 어멈을 데리고 나갔다. 덕기가 병원에서 묵으려다가 자리도 만만하지 않고 하여, 창

---

259 임시로 쓰기 위해 대충 엮어 만든 등 바구니. 흔히 초상집에서 썼다.

훈이와 상노놈을 남겨두고 자정에나 서모를 데리고 돌아왔다. 덕기의 말을 들으면 집에서는 저녁 일곱시에 나간 서조모가 병원에는 열시 가까이나 왔더라 한다.

"그동안에 어디를 갔었더람?"

하고, 아내가 물으니까,

"낸들 아나!"

하고, 덕기는 코웃음을 칠 뿐이었다. 하여간 최 참봉이 병원에 한삼십분 먼저 오고 서조모가 나중 들어온 것으로 보아도, 저희끼리 모여서 무슨 의논을 분주히 하고 다니는 눈치다.

이튿날 개동[260]에 덕기는 병원으로 달아났다. 수원집도 아침 전에 잠깐 다녀오마 하고 병원으로 갔다.

"너두 친정댁에까지 다녀오려면 일찍 서둘러야 할 것이니, 내다녀올 동안에 얼른 밥을 해치우고 차비를 차리고 있거라."

고, 일러놓고 나갔다.

손주며느리는 별안간 왜 저렇게 인심이 좋아졌누 하는 생각을 하면서도 하라는 대로 치장을 차리고 있었다.

열시나 가까워 수원집은 돌아와서,

"서방님은 거기서 아침 사 먹었다. 어서 가보아라. 어쩌면 오늘 저녁때나 내일엔 수술을 하시게 된다더라."

고 하며, 손주며느리를 늦는다고 재촉재촉하여 내보냈다.

"무어 이번에는 어른도 안 계시고, 다례도 안 지내실 모양이니 아주 설을 쉬고 와도 좋다만……. 병원에 가건 서방님더러 물어

260 먼동이 틈.

보렴."

대관절 수원집이 무엇 때문에 이렇게도 마음이 내켰는지 덕기
댁은 도리어 의심이 들어갔다.

덕기 처가 병원에 가보니 오늘이 섣달그믐이라, 묵은 세배꾼
이 입원한 문안을 겹쳐서 아침결부터 몰려들어 생사람도 조금만
앉았으면 머리가 내둘릴 지경이다. 그러나 어른들은 계시고 한데
별로 할 일은 없다 하여도, 곧 빠져나오기가 어려워서 손님들이
모여 있는 곁방에 잠깐 앉았으려니까, 남편이 오더니 어서 집으
로 도로 가자고 한다.

"다례를 잡숫게 하라시는데 어떻게 하나. 얼른 가서 간단히 차
려 지내야지."

덕기 내외는 모친을 모시고 나서면서 지 주사에게 돈을 내주
어서 배우개 장으로 흥정을 하러 보냈다. 창훈 아저씨와 같이 보
내려고 찾아보았으나 어디를 갔는지 눈에 띄지를 않았다.

별안간 다례를 지내게 된 것은 일전에 시골서 올라온 당숙 때
문이었다. 오늘 아침에 와서 병위문을 하고 섣달 그믐날 수술을
하는 것은 아니 되었으니, 오늘내일 이틀을 연기하여 초하루나
지낸 뒤에 하는 것이 좋겠다고 병인 앞에서 발론을 한 것이었다.
그러나 영감은 오늘이 그믐날이라는 말을 듣자 자기 병 이야기
는 고사하고 손자를 돌려다 보며,

"응? 오늘이 벌써 그믐이냐? 그럼 내일 다례 지낼 분별은 해
놓았니?"

하고, 놀라서 물었다.

"이 우환 중에 올에만은 안 잡숫기로 어떻겠습니까."

덕기가 이런 소리를 하니까, 조부는 소리를 지르고, 내가 살아서도 이럴 제야 죽은 뒤에는 어쩌려느냐고 야단을 치는 바람에 예예 하고 나온 것이다.

세 식구가 애 업은 년을 앞세우고 꼭 지친 대문 안을 들어서니 행랑에서 누구요? 소리를 경풍을 하도록 치며 뛰어나온다.

"에구, 어떻게 이렇게들 오세요. 안방마님은 출입을 하시나 보던데요."

어멈은 무슨 반가운 손님이나—반가운 손님이라느니보다도 이 집 주인이 따버리라고나 한 불긴한 손님이 들어오는 것을 못 들어가게 하느라고 막아내려는 듯이 앞장을 서서 허둥지둥 뛰어 들어간다.

'미친년두 다 많다. 제가 어째 앞장을 서누?'

누구나 이런 생각을 하고 쫓아 들어가니 대청이 텅 빈 것같이 인기척 하나 없고, 금방 뛰어 들어온 어멈도 어디로 갔는지 눈에 안 띈다.

수상하다는 생각에, 마치 도둑이 들어와서 집 안을 돌아다닐 때 느끼는 것과 같은 선듯한 마음이 들며 마주들 치어다보았다.

"모두들 나갔나?"

덕기는 모친이나 아내가 무슨 기미를 챌까 보아 아무 일 없다는 듯이 목소리를 크게 내며 마루로 앞장을 서 올라왔다.

그러나 여자들도 마루로 올라오려니까, 수원집이 사랑 편에서 고무신을 끌고 나릇나릇이[261] 놀란 기색도 없이 들어오며 가라앉

---

261 꽤 상냥하고 친절한 모양.

은 목소리로,

"어쩨들 이렇게 함께 몰려왔누? 너는 안 가니?"

하고, 방에 들어가려다 말고 마루 위에 섰는 손주며느리를 치어다보며 올라온다.

'웬일일꾸?……'

누구나 이런 의심이 들어서 말문이 막혀버렸다.

"사랑에 아무도 없어요?"

덕기가 건넌방에서 모자를 벗고 나오며 말을 걸었다.

"아무두 없드군. 무얼 좀 가질러 나갔더니 어따 두셨는지 눈에 안 띄어."

수원집은 여전히 심상하고 침착하다.

"무언데요?"

"응. 할아버니 잘두루마기²⁶²가 눈에 안 띄게 사랑에 그저 걸어두셨나 하구……."

"할아버니 잘두루마긴 병원에 입고 가시지 않았나요."

덕기 처가 대신 대꾸를 하였다.

"응. 참 내 정신두."

하며, 수원집은 풀 없이 웃어버린다. 어제 침대차로 영감을 모실 때 담요를 덮다가 잘두루마기를 내오라고 할 제 의걸이²⁶³ 속에 있다고 자기 입으로 해서, 손주며느리가 꺼내다가 병인 위에 덮고, 그 위에 또 담요를 덮던 것을 그렇게 잊어버렸을까? 사실 그렇다면야 어쨰서 어멈이 곤두박질을 해서 뛰어 들어갔던 것인가? 그

---

262 검은 담비의 털을 안에 대어 지은 두루마기.
263 의걸이장. 위는 옷을 걸고 아래는 반닫이 장.

건 그렇다 하고 지금 어멈은 쥐구멍으로 안 들어간 다음에야 어디서 무얼 하고 있는가?

덕기는 사랑으로 나갔다. 사랑에는 금고가 놓였다······. 사랑에 아무도 없다는 말은 또 웬 말인가?······

사랑에는 과시 아무도 없었다. 그러나 사랑문을 지쳐만 둔 것은 웬일인가?

덕기가 사랑 앞문을 열고 소리를 치니까 어멈이 이번에는 안에서 긴 대답을 하며 안쪽 문으로 나온다. 숨바꼭질을 하는 것이다.

"아무도 없는데 문을 이렇게 열어두면 어떻게 하나."

"제 방에 잠깐 나가느라고 열고 나갔에요."

덕기는 문을 걸라고 하고, 큰 사랑방으로 들어갔다.

주머니의 열쇠를 꺼내서 다락문을 열었다. 문을 열면서 내닫듯이 마주치는 것은 금고다. 이 집을 사서 들 제 금고를 들여놓느라고 다락을 뜯어고치고 밑바닥에 기와집 서까래 같은 강철 기둥을 세우고 하던 것이 엊그제 같은데 벌써 열 몇 해가 지나갔다. 그리고 이 금고지기는 세상을 하직하려 한다. 조부의 일생은 말하자면 이 금고를 지키기에 소모되고 만 것이다. 언젠가 일고여덟 살 적에 조부는 금고를 열고 무슨 일을 하다가,

"덕기야, 너 이 속에 좀 들어가 보고 싶으냐? 말 안 들으면 이 속에 넣고 딱, 잠가버린다."

고, 실없는 소리를 하며 웃던 것이 생각난다. 인제는 키가 갑절이나 되었으니, 이 속에 들어가 갇히지는 않겠지마는, 조부는 역시 자기를 이 속에 가두고 가려 한다. 덕기의 일생은 이 금고 앞에서 떨어져서는 안 될 것을 엄명하였다. 그리고 이 금고지기의 생애

는 지금 이 순간부터 시작되는 것이다. 왜 의심이 부쩍 들었나? 왜 지금 이 금고를 보살피러 나왔는가?

'내 일생에 하지 않으면 안 될 가장 중대한 일은 이 금고 문을 여닫는 것과 사당 문을 여닫는 것 두 가지밖에 없단 말인가? 마치 간수가 감방 문을 여닫듯이. 그리고 그 중대(?)한 사업이 오늘 이 자리에서부터 시작되는 것이다!'

덕기는 금고가 전에 어떻게 놓여졌던지는 모르나, 누가 건드렸다 하여도 놓인 그대로 있을 것이요 열쇠를 몸에 지니고 있는 다음에야 누가 손을 댄대야 별수도 없을 것이다. 그러나 속에 무엇무엇이 들어 있는지 궁금증이 더 난다. '판도라'의 비밀상자도 아니니, 조부의 엄명을 어길지라도 잠깐 열어보고 싶은 생각이 들어서 전에 조부에게 배워둔 대로 호수를 맞춰서 열어보려 하였다. 조부는 집안 중에서 덕기에게만 금고 여는 비밀을 가르쳐두었던 것이다.

덕기는 묵은 기억을 더듬어가며 금고의 배꼽을 뱅뱅 돌리다가 문턱에 부연 재가 떨어진 것이 눈에 힐끔 띄자,

'웬일일까?'

하며 자세히 보았다. 문 닫는 바람에 올크러졌기는 하나 분명 담뱃재다. 조부가 떨어뜨린 것일까? 조부가 누운 지가 벌써 한 달이 넘었는데 이 재가 한 달 묵은 재일까? 그러나 조부는 담뱃대 외에는 권연을 아니 피운다. 조부가 담뱃대를 물고 금고 문을 열었을까? 이 재가 담뱃대의 재일까?······

아무래도 믿을 수 없는 일이다. 어멈의 행동부터 수상하였다. 집안 식구를 어디로 내쫓았는지 안방 애보기년까지 눈에 안 띄

는 것도 이상하거니와, 사랑문이 열려 있는 것이 의아하였다. 어멈이 제 방에 불이 붙기로서니 안으로 돌아 나가지 않고 닫은 사랑문을 열고 나갈 필요가 무언가? 잘두루마기를 가지러 나왔더란 말도, 어설프지마는 서조모가 무슨 인심이 뻗쳤다고 자기 처더러, 본가에 묵은세배를 다녀오라고 하였던고? 다른 때 같으면 병원에 가는 것도, 바쁜데 어디를 나가느냐고 핀잔을 주었을 터인데 핑계 좋겠다 제가 간다 하여도 못 가게 하였을 것이 아닌가? 결국에 집안 식구를 다 내쫓고 집 지킨다는 핑계로 혼자 들어앉아서 무슨 짓을 하려던 것이 분명하다. 그렇게 생각하니 창훈 아저씨가 아까 병원에서 눈에 안 띄던 것도 다시 의심이 난다. 최 참봉 역시 아침에만 잠깐 보이더니 없어졌었다.

'흥! 저희들이 나를 옆에 두고 무슨 짓을 할 것 같은구? 다락문은 맞은쇠질²⁶⁴을 할지 모르지만, 금고까지 맞은쇠질을 할 재주가 있더람! 또 열어보면 어쩌려던 건고? 도둑질을 못 할 게 아니지마는, 그런 섣부른 짓이야 할 리 없고 은행통장을 꺼내낸대도 당장 발각될 것이요…… 땅문서의 명의를 고쳐서 감쪽같이 넣자는 것인가? 유서 같은 것이 들었으면 변작을 해놓자는 것인가? 그랬다가 만일 할아버지께서 살아나신다면 어쩔 텐구.……'

얼굴이 비칠 듯이 어른거리는 금고 문에 손자국이 몹시 난 것을 자세자세 들여다보다가, 덕기는 별안간 겁이 버쩍 났다. 사랑문이 열린 것을 보면 어떤 놈이든지 뺑소니를 쳤을 것 같기는 하나, 이 넓은 속에 또 누가 어디 숨어서 엿보고 있는지도 모를 것

---

264 제 열쇠가 아닌 것으로 자물쇠를 여는 짓.

같다. 뒤로 달겨들어서 깩소리도 못 치게 하고 나면 금고만이 멀뚱히 서서 모든 사실, 모든 비밀을 알 것이다. 돈이란―재산이란 이렇게도 무서운 것이요, 더러운 것인 줄을 덕기는 비로소 깨달은 것 같다. 금고 문이 유착스럽게 삐긋이 열리자 덕기는 차근차근히 뒤지기 시작하였다.

첫 번에 손에 잡히는 것은 유서―유서라느니보다도 발기[265]를 적은 것이었다. 그 속에는 집안 식구의 이름이 거의 다 쓰였다. 그리고 여남은 개나 되는 봉투에는 각각 임자의 이름을 써서 단단히 봉하여두었다. 덕기는 급한 대로 그 발기에 쓰인 이름과 봉투를 대조하여보니 축난 것은 없다. 수원집의 몫과 덕기 자신의 몫도 그대로 있고, 봉투를 뜯었던 자국도 없다. 그 외에 은행통장이라고 쓰인 봉투도 그대로 있고, 덕기와 조부의 큰 도장도 있다. 결국 저희들이 금고를 못 연 것이다.

덕기는 가슴이 뻐근하면서도 후련한 것을 깨달으면서 그 발기를 자세자세 들여다보고 앉았다.…… 필자는 여기에 조씨 집 재산이 어떻게 분배되었는가를 잠깐 공개할 필요가 있다.

| 귀순이(수원집 소생) | 오십 석 |
| 수원집 | 이백 석 |
| 덕희(덕기 누이) | 오십 석 |
| 덕희 모(며느리) | 백 석 |
| 덕기 처 | 오십 석 |

265 사람이나 물건의 이름을 죽 적어놓은 글.

| 상훈 | 삼백 석 |
|------|---------|
| 덕기 | 천오백 석 |
| 창훈 | 현금 오백 원 |
| 지 주사 | 현금 오백 원 |
| 최 참봉 | 현금 삼백 원 |

이것은 물론 대략 쳐서 그렇다는 것이니, 그중에 수원집 한 사람 몫이 이백 석 같은 것은 실상 상훈이의 삼백 석의 거의 삼 갑절 폭이나 될 것이요, 또 덕기의 천오백 석이라는 것도 나머지는 다 쓸어맡긴 것이니 실상은 이천 석까지는 못 가도 천칠팔백 석은 될 것이다. 그 외에 은행예금 중 큰 것으로 일만 원과 지금 들어 있는 집이 덕기의 차지요, 수원집은 태평동에 있는 열다섯 간 집을 줄 것이요, 북미창정 집은 상훈이의 소생이 있다 하니 그 모에게 내줄 것이며, 현재 자기가 수중에 넣고 쓰는 예금통장에는 얼마가 남든지 장비를 쓴 뒤에 남는 것으로 창훈이와 지 주사 들의 상급을 주고, 나머지는 두 집의 용으로 쓰라고 하였다. 그것도 한 만 원가량 되었다. 그러나 남대문 안 정미소를 어떻게 처치하라는 말이 별로이 없는 것은 영감이 깜박 잊었는지, 대소가의 생활비를 그것으로 충용할 것인즉 특별히 몫을 짓지 않은 것인지 좀 모호하다.

그 외에 주의사항으로는 미성년자의 소유와 덕기 모친과 덕기 처의 몫은 두 계집애(귀순이와 덕희)가 자라서 시집갈 때까지, 또 모친과 처는 죽을 때까지 덕기가 감독하고 보관할 것을 써놓았다. 이것으로 보면 수원집이 이 집에서 죽지 않을 것을 생각하고 귀순이의 장래를 덕기에게 부탁한 것이요, 또 며느리나 손수

며느리의 몫을 따로 정한 것은 장래 이혼을 한다든지 무슨 풍파가 있을 경우까지를 염려하고 한 것 같았다.

산産을 남겨줌이 도리어 후손에 화를 끼치는 수도 없지 않기로, 내 생전에 이처럼 분배하여놓은 것이니, 이는 나의 절대의사라 다시는 변통치 못할지며, 지어 덕기하여는 장래 조씨 집의 문장門長이라, 덕기 자신에게 줌이 아니라 조씨 일문에 대대로 물려 내려갈 생활의 자료를 위탁함이니 덕기 된 재 모름지기 푼전分錢이라도 소홀히 하지 못할지니라…….

운운한, 유언도 끝에 쓰이어 있다.
그리고 이 재산 처분은 자기가 죽은 뒤 안장을 마치고 여러 사람 앞에 공개하여 분배해주되, 특히 여자들의 몫만은 삼년상을 마친 뒤에 내줄 것도 자세히 기록하여 있다. 이것은 수원집 하나를 특히 구속하려는 뜻인 모양이다. 수원집이 딴 남편을 해 갈지라도 삼 년이나 마치고 가게 하자는 것이요, 그러노라면 네 살 먹은 귀순이도 학교에 갈 나이도 될 것이니, 아무의 손으로나 기르게 될 것이니까, 그것을 생각하고 한 것인 듯하다.
유서에 쓰인 날짜는 불과 십여 일 전 즉 안방으로 들어오기 전이니, 그 침중한 가운데서도 만일을 염려하여 오밤중에 혼자 일어나 엉금엉금 금고에 매달려서 꺼내고 넣고 하였을 것을 생각하니, 덕기는 조부가 가엾고 감격한 눈물까지 날 것 같다. 조부의 성미와 고루한 사상에 대하여서나 부자간에 그처럼 반목하는 것은 덕기로서도 불만이 없지 않으나, 자손을 위하여 그렇게 다심

하게도 염려하는 것을 생각하면 고맙기 그지없다. 분배해놓은 것
이야 일조일석에 한 게 아니요 몸이 편할 때에 시름시름 하여두
었겠지마는, 늙은이가 아무도 모르게 혼자서 죽은 뒤의 마련을
하던, 그 쓸쓸한 심정이나 거동을 상상하여보면 또 눈물이 스민
다. 남들은 노래에 수원집에게 홀깍 빠졌으니 그 재산이 성할 수
야 있겠느냐고, 덕기가 듣는 데서까지 내놓고 뒷공론들을 하였지
마는 결국 수원집 모녀 편으로는 이백오십 석이니, 상훈이의 단
삼백 석밖에 차례에 안 간 것을 생각하면 많은 편이나, 적은 셈이
다. 원체 상훈이에게 삼백 석이라는 것은 너무나 가엾고 이것이
모두 영감의 고집불통 때문이지마는, 봉제사 안 하는 예수교 동
티이다. 결국 영감의 봉건사상이 마지막으로 승리의 개가를 불러
보는 것이다. 그러나 덕기가 재산은 상속하였을망정 조부의 유
지도 계승할 것인가? 그는 금고 문지기는 될 수 있을지언정 사당
문지기로서도 조부가 믿듯이 그처럼 충실할 것인가 의문이다.


## 단서

　덕기가 서류를 금고에 다시 집어넣고 섰으려니까 수원집이 어
느 틈에 나왔었던지 축대 위에서 유리 구멍으로 들여다보며,
　"병원에 가는데, 무어 가져오라시는 거 없던가?"
하고 소리를 치다가 채 고무신을 벗을 새도 없이 툇마루로 올라
서며 미닫이를 와락 연다. 병원 간다는 이야기를 하려는 것이 급
한 것이 아니라, 금고가 머리에서 떠나지를 않는 것이요, 아까 후

닥닥 뛰어나온 뒤가 애가 쓰여서 눈치를 보러 나왔던 차에, 금고 문이 열린 것을 보고 눈에 쌍심지가 올라서 뛰어들려는 것이다.

덕기가 금고 문을 땅 잠그며 뒤를 돌아다보니 수원집은 회색 외투에 두 손을 찌르고 매서운 눈치로 노려보는 것이 싸우려는 사람 같다.

"흥, 좋구먼! 인젠 맘대루 금고를 여닫구!"

이렇게 비양거리는 수원집은 금고 열쇠 구멍으로 제그럭 하고 빼어내는 열쇠 꿰미를 독살스러운 눈초리로 노려보는 것이었다. 그 눈과 마주치자 덕기는,

'이 열쇠 때문에 내 명에 못 죽겠다!'

는 생각을 또 한 번 하며 저그럭 하고 포켓에 넣고서,

"병원엔 잘두루마기 가져갔겠다 무어 다른 것은 없어요."
하고 비꼬듯이 코대답을 하였다.

"그래 금고 속은 어떻게 됐어?"

금시로 낯빛이 달라지며 빌붙듯이 교활한 웃음이 입가에 떠오른다.

"무에 어떻게 돼요?"

덕기가 성을 내며 후뿌리는[266] 소리를 하니까, 수원집은 자기의 말이 어색하였던 것이 분하기도 하고, 이 젊은 애의 위압적 태도에 반발적으로 다시 입이 뾰죽해지며,

"대관절 내 몫은 얼마를 떼놓으셨는지 그걸 알자는 말야."
하고 덤벼드는 기세다.

266 못마땅해하다.

"그래 지금 그런 말을 또 꺼낼 땐가 생각을 해보슈."

"애아범은 꺼낼 때가 돼서 꺼내보았던가? 이때고 저때고 간에 나두 살려니까 그러는 거지. 지금 멀거니 앉았다가 돌아가신 뒤에야 입이 열이 있으면 무얼 하누. 보따리까지 뺏구 내몰기루 별수 있겠던감!"

"당장 용돈을 꺼내 쓰려구 열어봤지마는 그래 몫이 얼만 줄 알면 수술을 하시는 양반께 가서 덧거리질²⁶⁷을 하시려우?"

"못할 건 뭐야!"

하고 점점 포달을 부리다가,

"난 몰라! 어쨌든 오백 석은 줘야 해! 나두 어린 자식하구 살아야지! 젊으나 젊은 년이 이 집에 들어와서 기죽을 못 펴구 갖은 고생 다 할 제야……."

하며 말을 채 맺지도 않고 축대로 내려서려니까, 장에 흥정 갔던 지 주사가, 치룽²⁶⁸을 멘 아범은 안으로 들여보내고 자기도 무엇인지 종이봉지를 들고 들어온다. 수원집의 심상치 않은 기색을 힐끔 치어다보고 눈살을 찌푸리며 마루로 올라오다가,

"참 병원에 지금 가슈?"

하고 뜰로 내려서는 수원집에게 말을 건다.

"왜요?"

하고 돌쳐서던 수원집은 포달을 부리던 끝이기는 하지마는, 아무 죄 없는 지 주사에게도 쏘는 소리를 한다. 지 주사가 제 편이 아니요, 매사에 이 등신 같은 영감의 눈까지 기워야²⁶⁹ 하는 것이 평

267 정해진 수량 이외에 물건을 덧붙이는 일.
268 싸리로 만든 그릇. 채롱과 비슷하나 뚜껑이 없음.

소에 성이 가시고 못마땅도 하기는 하였던 것이다.

"지금 장에 가보니까 귤이 하두 탐스럽고 먹음직스럽더라니 영감님 좀 갖다 드릴까 하구 샀는데, 난 여기 일 땜에 지금 갈 새가 없으니……."

하고, 지 주사는 손에 든 봉지를 추켜들어 뵈다가, 방에서 마루로 나서는 덕기를 건너다보며,

"그러나 여보게, 이것은 내 돈으루 산 걸세!"

하고 한마디 하니까,

"온 천만에, 아무 돈으로 사셨거나 어떻습니까. 잘 사셨습니다."

하고 덕기는 말을 가로막는다.

"아냐. 셈은 셈대루 해야지. 하여튼 이것은 내가 특별히 마음먹고 산 건데, 내가 오늘 또 가게 될지 모르니……."

"무얼 그러세요. 귤을 잡숫구 싶으시다면 지금 가다가 사가지구 갈 테니 그건 영감님이나 두구두구 잡수세요."

수원집은 말을 채 다 듣지도 않고, 구살머리적다는 듯이 퐁퐁 쏘고 나가려 한다.

"아냐! 그야 돈이 없나, 물건이 없겠나마는, 이건 내가 사 보내는 것이라니까그래!"

하고 그렇게 유순하고, 꿈속 같던 지 주사도 '늙은이의 역정'으로 며느리나 나무라듯이 강강한 소리를 꽥 지르며,

"이십 년 가까이 노영감 옆에 있다가 입원까지 하신 걸 보니…… 허어, 내가 먼저 가야 할걸!"

---

269 숨기다.

하고 금시로 눈 속이 뜨거워지는지 안경 속의 눈이 꿈벅꿈벅하며,

"보자기에 싸드릴 거니 가시는 길로 컬컬한데 벗겨 드리시교."

하고 지 주사는 저편이 듣거나 말거나 모른 척하고 방으로 들어

간다.

수원집은 눈살을 아드등 짜푸리고 섰으나, 덕기는 지 주사의

그 말에 콧날이 시큰하는 것을 깨달았다. 지 주사의 그 '마음먹

고……'라는 말이 고맙고도 가여웠다.

'할머니가 사셨더면……?'

하는 생각도 난다.

방으로 들어간 지 주사는 귤 봉지 대신에 누르스름한 목도리

를 들고 창밖으로 내밀며,

"이게 어찌 여기 떨어졌나? 창훈이 목도리 같은데 이 추운 날

목도리는 왜 두고 다니누?"

하고 혼잣소리를 한다.

수원집은 그 목도리를 보고 깜짝 놀라는 기색이더니,

"주실 테건 어서 싸주세요."

하고 방에다가 소리를 친다.

"아까 아저씨 왔습디까?"

아침에 창훈이가 병원에 목도리로 얼굴을 푹 싸고 왔던 것을

보았던 바에야 물어볼 필요도 없지마는, 수원집의 망단해하는 기

색이 수상쩍어서 물어본 것이다.

"몰라!"

수원집의 대답이 떨어지자 사랑문이 삐걱하고 마침 대령하고

있었던 것처럼 창훈이가 들어선다. 아닌 게 아니라 시퍼렇게 얼

은 턱 밑에는 목도리가 감겨 있지 않다.

"웬일들인가?"

우중우중 나선 것을 보고 먼저 말을 붙인다.

"어디를 가셨었나요?"

덕기는 좋은 낯으로 대꾸를 해주었다.

"응, 집을 내몰리게 되어서 좀 돌아다녔으나 어디 있어야지. 사글셋집이라곤 여간 몇백 원 보증금을 준대도 구하는 도리가 없고…… 그 큰일 났어."

창훈이는 혀를 찬다. 별안간 집 놀래는 금시초문이다.

"지금 댁도 사글셋집이던가요?"

"그럼 별수 있나……. 하여간에 과동이나 한 뒤에 내쫓겼으면 좋으련마는 주인이 일본놈이라 김장 해논 뒤고 섣달 대목이요 한, 그런 조선 사람의 사정이야 알아주나."

"그러기로 음력 섣달 그믐이니, 정초에 내쫓을라구요."

별안간 집 놀래를 꺼내는 것도 역시 까닭이 있어 그러는 게 아닌가 싶었다. 이 사람도 할아버니 생전을 노리는 모양이다.

"압다, 시원한 소리도 또 한다. 일본놈이 우리 구력 설이야 생각한다던가!"

창훈이는 덕기가 차차 이 집 주인이 될 테니까 그런지 별안간 '허게'를 붙이면서,

"이런 때 자네 할아버니께서 어떻게 집이나 한 채 내주셨으면…… 더두 말고 조그마한 오막살이라도 한 채 주셨으면 사람을 살리시는 일체이겠건만……."

하고, 혼잣소리처럼 껄껄 웃는다.

"할아버니께서 웬걸 집을 사두신 게 있을라구요."

"흥. 자네는 한청 더하이그려. 허허……, 인제 자네두 살림을 맡을 테니까 그두 그렇겠지마는 지금 할아버니께서 척 맡으신 것만 해두 서울 안에 오륙 채는 될 것일세. 이 집이나 화개동 집, 북미창정, 태평통…… 그런 것까지 합하면 십여 채일세. 아무러면 자네가 더 잘 알겠나."

"그건 고사하고 그래 정말 섣달 그믐날 집을 보러 다니시니까 보여드리는 데도 있던가요?"

덕기는 웃어버렸다.

"그럼. 내가 거짓말인 줄 아나? 무엇하자고 거짓말을 하고 또 병원은 내버려두고 온 식전 이 추위에 나돌아 다니겠나! 다 틀렸군! 다 틀렸어! 나는 자네게 청이나 해서 할아버니께 말씀을 좀 해달라렸더니……."

덕기는 아무래도 창훈이 말이 곧이들리지 않았다.

"섣달 그믐날 집 보러 다니다니, 그 말 같지 않은 소리 그만하게. 그따위 얼뜬 짓 하려 다니느라구 이 추위에 목도리까지 빠뜨리구 다니나?"

지 주사는 과일봉지를 꽁꽁 뭉쳐가지고 나오면서 이런 핀잔을 준다.

"어참, 목도리가 여기 떨어졌던가?"

창훈이는 좀 어색한 낯빛이다.

"집을 두 번만 보러 다녔더면 목까지 빼놓고 다녔겠네그려."

지 주사는 또 비꼬으며, 그동안 안으로 들어간 수원집이 나오기를 기다리고 섰다. 덕기도 픽 웃고 말았다. 말눈치가 지 주사 역시 무슨 낌새를 챈 모양인가 싶어 덕기는 통쾌도 하다.

"하여간 올라오십쇼. 내일 대례를 지낼 텐데 좀 분별을 해주십쇼."

지 주사 말에 머쓱해서 어름더듬하던 창훈이는 이 말에 기운을 얻은 듯이,

"그거 보게. 할아버지께서 안 계시니까 벌써 이렇지 않은가. 집안에는 아무래두 늙은 사람이 있어야 하는 거야."

하고 자기 아니면 못할 소임이나 맡은 듯이 입찬소리를 하면서 들어오는 길에 방문 밑에 내던져둔 목도리를 얼른 집어 목에 걸고 모자는 벗어 못에 건다.

안으로 홍정이 온 것을 보러 들어갔던 수원집이 나오니까, 지 주사는 과일봉지를 내어주고 방으로 들어와서 창훈이와 마주 앉아 부시쌈지를 꺼내놓고 곰방대에 한 대 담는다. 담뱃대를 문 지 주사는 성냥불을 거으려다가 말고, 마주 붙은 커다란 유리창 밖을 멀끔히 내다보더니 물었던 담뱃대를 빼고 혀를 끌끌 찬다. 혀를 차기 위해서 일부러 담뱃대를 뺀 것이다. 덕기와 창훈이도 무언가 하고 내다보니, 수원집이 나가다가 문턱에서 만난 아이년의 등에 엎힌 딸년에게 귤 봉지를 뜯고 꺼내서 좌우 손에 쥐여주고 아이 보는 년도 한 개 주고 섰는 것이었다.

"영감은 그거 무얼 그렇게 역정을 내나?"

창훈이는 집은 몰린다면서 그래도 피존 갑을 꺼내서 한 개 붙인다. 늙은이로는 좀 어울리지 않는다.

"요새 젊은 사람은 너무 늙은이 공괴할 줄을 모르니 말야. 정성이 있어야 하는 거야."

지 주사는 자기가 침이 넘어가는 것을 한 개도 축을 내지 않고 정성껏 보내는 것인데, 그것을 자식새끼나 애보기년에게까지 봉지를 찢고, 숫으로 축을 내는 것이 분해 못 견디겠는 기색이다.

"상관있나. 영감 자실 것 귀한 따님이 먼저 맛보기로……."

아까 목도리의 보복을 예서 하려는지 창훈이는 추근추근히 대꾸를 한다.

지 주사는 못마땅한 것을 꿍꿍 참고 앉았다가 창훈이의 목에 두른 목도리로 눈이 가더니,

"그래, 방 속에서까지 저렇게 두르고 앉았는 목도리를 무엇에 몰려서 떨어뜨리고 다녔던가."

하고 또 목도리 놀래를 꺼내며 실소를 한다.

"글쎄, 집에 몰린다지 않든가……."

창훈이는 농쳐버린다.

"난 조금 전에 병원에서 본 목도리가 여기 떨어져 있기에 어느 틈에 목도리가 제 발로 걸어왔는가 했지."

"허어, 목도리 목도리 하니 그렇게 탐이 나면 후무려넣을 일이지. 세찬²⁷⁰으로 줄까?"

하고 창훈이는 목도리를 벗으려는 듯이 손이 올라간다.

"후무려넣다니? 그따위 말버릇은 자네끼리나 통하는 말이겠지."

지 주사는 점잖게 냉소를 한다. 걸불병행²⁷¹이라 하지마는, 남의 집에서 신세 짓고 사는 사람들이란, 공연히 서로 못 먹어서 하는 버릇이 있는 모양이다. 더구나 주인 영감에게 거진 반생을 바치고

---

270 연말에 선사하는 물건.
271 비럭질은 여럿이 함께하지 않는다는 뜻.

충직할 대로 충직한 이 영감으로서 보면 창훈이나 최 참봉 따위는 사람값에도 아니 가는 것이다. 그러나 또 창훈이는 창훈이대로 지주사쯤은 이 조씨 집의 마룻구멍에서 늙은 개새끼만도 여기지를 않는 것이다.

"허어, 오늘 욕보는군. 아까 하두 춥기에 선술 한잔 하구 잠깐 들어와 누웠다가 나갔는데, 얼쩡한[272] 김에 떨어뜨렸더니만……."

창훈이는 조카를 돌아다보며 변명 삼아 묻지도 않는 말을 한다.

"참, 그런데 종용하니 여쭈어봅니다마는, 전보는 누구를 시켜 쳤기에 한 장도 안 들어왔에요?"

덕기는 지 주사와의 말다툼을 막으려는 듯이 말을 돌렸으나, 실상은 덕기대로 생각이 따로 있는 것이었다.

"아이들두 시키구 한 번은 바로 내가 가서 쳤는데……."

"그거 이상한 노릇이지, 지날 길에 경성우편국에서 놓셨다기에 가서 물어보니까 전부 뒤져봐두 없던데요."

"그럴 리가 있나. 하루 수백 장 수천 장 되는 것을 어떻게 일일이 뒤져보고 안다던가?"

"배달이 안 되어서 되돌아온 것을 조사해보면 알거던요. 경도에 가면 또 한 번 알아보겠지마는, 하도 이상하기에 말씀얘요."

"글쎄 말일세."

창훈이는 덤덤히 앉았다.

"전보구 전보환이구 분명한 사람한테 시켜야지! 전보지를 우편국 속 편지통에다 넣구 부쳤다는 건 아닌가?"

---

272 술기운이 조금 빨리 올라 얼얼하다.

지 주사가 이런 소리를 하니까 덕기는 실소를 하였다. 창훈이
는 눈을 흘기며 일어나서,

　"집에 잠깐 다녀옴세."

하고 모자를 떼어 쓰고 나간다. 좌우 협격을 받자니 성이 가셔서
삼십육계 줄행랑을 치는 모양이다.

　"하여간 이번에 잘 왔네. 허나 조심하게. 앞뒤에 믿을 만한 사
람이 있어야 말이지."

　창훈이가 나간 뒤에 젊은 주인 앞에 덤덤히 앉았던 지 주사는
무슨 생각을 하였던지 이런 소리를 한다.

　"왜들 그래요? 쳤다는 전보두 안 오구."

　"별거 있나? 모두들 눈이 벌게서 노리는 게 저거지?"

하고 지 주사는 눈으로 다락을 가리킨다.

　"그래야 별수 있나! 공연한 허욕이지마는, 아까들두 필시 그
자들이 여기 모여서 쑥덕거렸던 게지."

　"누구누구들얘요?"

　"뻔하지 않은가. 최가, 창훈이, 수원집, 게다가 바깥것 내
외…… 지금 내가 저희들의 눈엣가시로 소리 없는 총이 있으면
쏘아 죽이고 싶으리마는, 내가 아무리 늙어두 그런 어리배긴가?"

　지 주사는 한번 뽐내본다.

　"창훈 아저씨두요?"

　덕기는 일부러 놀라는 기색을 보인다.

　"최가나 수원집과는 또 딴 배포일 거요, 서로 이용하는 것이겠
지마는, 제일 무서운 것이…… 내 입으로 이런 말 하기는 거북하
이마는, 수원집 아닌가 보이. 주의하게."

"그래, 어떻게 하겠다는 거얘요?"

"만일 자네가 오기 전에 돌아가셨다면 저 속을 뒤집어놓고, 송두리째 훔쳐낼 수야 있겠나마는, 유서든지 무슨 문서든지 뒤집어 꾸며놓고…… 큰 변 날 번하였네. 물론 아버니께서두 눈치는 채셨나 보데마는, 누가 있나. 나 혼자 애도 좋이 썼네."

지 주사는 공치사는 아니겠지마는, 자기의 노심을 자랑하고 싶지 않은 것도 아니었다.

"애쓰셨습니다."

"애랄 거 무어 있나마는, 아까만 해두 병원에서 흥정 가는 길에 아범을 데리러 왔더니, 사랑문이 안으로 걸려는 있는데, 들어가려니까 아범이 들어가실 건 무엇 있습니까, 곧 차리고 나옵니다 하고 가로막는 듯한 거동이 수상쩍기에, 아범이 나올 동안에 문틈으로 들여다보니 암만해두 방 속에 인기척이 있던 것 같애."

"설마…… 그러면야 밖에 신발이라두 있었겠지요."

"그러기에 말이지. 또드락 소리도 없는데 유리 구멍으로는 다락 앞에 사람 그림자가 얼찐거리니 간데없이 불한당이 든 셈 아닌가. 암만 생각해두 애가 씌우더니 들어와 본즉, 목도리가 윗간 방문턱에 떨어져 있데그려. 그래 목도리 놀래를 안 하려 안 하겠나? 하여튼 창훈이가 그 틈에 끼었다는 것은 한편으로 생각하면 최 참봉보다도 괘씸하지 않은가?"

"그야 그렇죠마는 또 한편으로 생각하면, 난봉꾼이나 있었더면 그 이상 별의별 일이 다 나지 않았겠습니까."

덕기는 태연히 웃는다.

"허어……."

하고 지 주사는 감탄하는 기색으로 덕기를 한참 치어다보다가,

"자네 생각이 그렇게 드는 것을 보니, 조씨 댁 염려 없네.……
흠, 자네 그런 줄 몰랐네!"

하며, 지 주사는 별안간 덕기를 극구 찬양한다.

"별말씀을 다 하십니다. 나두 불시에 이런 큰살림을 맡게 되어
어리둥절합니다마는 잘 보살펴주십쇼."

덕기는 부친에게도 말 못하던 고독하고 불안하던 심중을 이
여생이 며칠 안 남은 노인에게 피력하는 것이었다.

"그야 내가 이 댁에 신세 진 것으로 생각하기로 여부가 있나
마는 내야 뭘 아나! 그럴 기력두 없구."

지 주사는 이렇게 겸사하면서도 이 어린 청년과 주객主客이 간
담상조肝膽相照[273]하게 된 것을, 그리고 틈이 벌어가고 한 모퉁이가
이지러져가는 이 집을 바로 붙드는 데, 자기가 한몫 거들어야 하
게 된 것에 깊은 감격과 자랑을 느끼는 것이었다.

"그 외에 무어 들으신 말씀 없에요?"

덕기는 이 노인의 입에서 좀 더 무슨 자세한 말을 끌어내고 싶
었다.

"들은 게 있나마는, 그 뒤에는 매당집이라는 무슨 고등 밀가루
라고 한다든가? 하는 년이 또 있다네그려. 자네 어르신네도 거기
가서 술잔이나 자시고, 수원집과 맞장고를 친 일도 있다네!"

이 말에 덕기가 귀가 번쩍 띄는 눈치다.

"……하여간 그년의 집이 저희 패가 모이는 웅덩인 눈치인데,

273 서로 속마음을 털어놓고 친하게 사귐.

여기서 쑥덕거리지 않으면 틈틈이 거기로 모여서, 갖은 흉계를
꾸며가지고는 모든 일을 잡질러놓는가 보데."

"매당집이란 어디기에 아버니도 그런 축에 끼실까요? 같이 어
울려 다니시지는 않나요?"

덕기는 부친을 그렇게까지 의심하는 것이 죄가 되겠다고는 생
각하였으나 그래도 못 미더웠다.

"아냐, 자세는 몰라도 그럴 리는 없지. 그러나 매당이란 위인
이 나는 보진 못했지만, 은군자의 주름을 잡고 앉아서 남의 등 쳐
먹기로 장안에 유명짜한 년이라니까, 자네 어른과 수원집을 좌우
로 끼고 안팎벽을 치는 것인가 보데그려. 두 군데서 다 얻어먹든
지 그렇지 못하면 어디든지 한쪽 등이라도 쳐먹자는 게지."

"응! 그래요?"

덕기는 자기의 이해관계보다도 세상물정을 또 하나 알게 된
것에 호기심을 느끼는 것이었다.

"그건 고사하고 이런 말은 자네만 알아두게마는, 애초에 최 참
봉이란 자가 수원집과 한통이 되어서 한밑 먹어보자고 계획적으
로 수원집을 들여앉혔나 보데. 거기에 창훈이가 툭 튀어든 것이
나, 그놈들이 헉하고 나가자빠질 날이 있을 것이지."

지 주사는 고지식한 마음에 절치부심이다.

"그런 사람들에게 시탕을 내맡겨두었으니, 병환이 나시려야
나실 수가 있겠어요."

"여부가 있나!······"

약시시를 잘못하였으리라는 말에 지 주사가 신이 나서 여부가
있느냐고 대답하는 것을 들으니, 덕기는 가슴이 다 찌르르하며

놀랐다. 그러나 지 주사는 거기 대하여 구체적으로 예를 드는 것은 모피하는 눈치였다. 그러나 덕기는 어제 무심결에 들었던 아내의 말이, 다시 머리에 떠오른다. 약은 다른 사람은 건드리지도 못하게 하고 꼭 행랑어멈만 맡아 달이라 해서 안방에 들어가는 시중만은 자기(덕기의 아내)에게 시키는데, 그나마 조부가 듣는 데서 손주며느리가 약을 안 달이느니 정성이 없느니 하고 들컹거리지나 않았으면 좋으련마는, 사람을 미치게만 만드니 이럴 수도 없고 저럴 수도 없다고, 아내가 하소연할 제 수원집의 예증이거니 하고 들어만 두었으나, 지금 생각하니 그것도 의심이 난다.

어멈이란 위인이 너름새 좋게 뉘게나 굽실대고 일도 시원스럽게 하여주는 바람에, 처음에는 모두 좋아하였으나 두고 볼수록 뚜쟁이감이나 기생집 어멈같이 능글능글하고, 수다스러운 점이 뉘게나 밉살맞게 보여왔다. 어쨌든 그 어멈에게 약을 맡겨 달이게 하였다는 것이 덕기에게는 실쭉하다.

'두고 보면 알리라!'

이미 입원한 뒤니까 이런 청처짐한[274] 생각이겠으나 덕기는 속으로 눈을 흡떴다.


## 일대의 영결

여편네들만 빼놓고 남자들은 병원에 모여서 과세를 하였다.

274 동작이나 상태가 조금 느슨하다.

낮전[275]에는 번하던[276] 병인이 저녁때부터 혼수상태에 빠지면 새벽녘에나 조금 정신을 차리는 것이었다.

의사는 어차피에 원기가 돌아야 수술을 할 것이니까, 며칠 연기하는 것이 도리어 좋겠다는 의견이었다. 수술이라야 큰 절개수술을 하는 것은 아니요, 좌우쪽 갈빗대 사이에 물이 든 것을 뽑아낸다는 것이나, 원체 허약해져서 선뜻 손을 대기가 어렵다는 것이다.

의사도 왜 이렇게 탈진을 했는지 알 수가 없다고 의아해하였나. 돈 있는 사람이니 아무리 노쇠는 하였더라도, 보약도 상당히 먹었을 것이고 한데 이렇게까지 의식이 혼몽하도록 몸이 몹시 깎였다는 점을 의아해했다.

초하룻날 차례도 지내고 삼사일은 무사히 넘어갔다. 그래도 의사는 수술에 착수를 못 하고 있었다. 병인이 어디가 어떤지를 모르게 까부라져 들어가기 때문이다. 영양분이라고는 들어가기가 무섭게 되받아 나왔다.

'중독인가? 그렇다면 무슨 중독일까?…… 비소砒素 중독?'

의사는 우연히 이런 의문이 떠오르며 고개를 기웃하였다.

"암만해도 알 수가 없는데…… 아마 무슨 중독이 되셨나 보외다."

의사는 고개를 기울였다.

"무슨 중독이실까요?"

덕기는 눈이 뚱그래서 바짝 채쳐보았다.

"글쎄, 그야 좀 더 두고 증세를 봐야 알겠지만요."

275 오전.
276 병세가 조금 가라앉다.

의사의 대답은 그밖에 없었다. 주사가 하루에도 몇 차례씩 딴딴히 굳어진 노인의 혈관 속으로 빨려 들어갔다. 영양분 대신에 주사로 명맥을 버티어가는 것이다.

덕기는 위보危報를 듣고 위문 겸 병원으로 찾아온 이때까지의 주치의와 병원의 박사와 대면을 시켰다. 될 수 있으면 입회 진단을 하여달라는 것이다.

두 의사는 피차의 경과를 보고하고 각기 그동안 투약한 처방전을 가져다가 서로 바꾸어 보았다. 진단이 틀렸으면 틀렸지 처방으로 보아서는 결코 중독될 여지가 없다. 그러나 배설물의 검사한 결과를 전의 주치의에게 보이니까 주치의는,

"허?—"

하고, 놀라며 고개를 비꼬았다.

이렇게 되니 남은 의문은 한방의에게로 돌아갔다. 두 의사는 한참 상의한 결과, 덕기에게 한약방문과 약 찌끼가 있으면 그것을 가져다 달라고 하였다. 의사들은 한약에 유의하느니만큼, 한약재의 연구에 대하여 흥미를 더 가지고 있는 것이었다.

덕기도 여기서 무슨 단서가 나올까 하는 생각으로 아무도 시키지 않고, 자기가 한방의에게로 갔다. 약 찌끼도 그대로 있다면 자기 손으로 긁어모아 가지고 올 생각이다.

한방의는 덕기를 따라 병원에 가서 양의들에게 자기의 진단을 개진하고 방문을 내보였다. 한방의가 내상외한內傷外寒[277]으로 집중을 하여 다스려 나왔다는 것은 그럴듯하나, 신열이 보통 감기의

277 기력이 쇠하여 생긴 병과 밖의 찬 기운으로 생긴 병.

열이 아니요, 폐렴으로 해서 내발하는 열인 것은 미처 몰랐던 모양이다. 하여간에 한약에서도 중독될 만한 의점疑點은 발견할 수 없었다. 더구나 약 찌끼라는 것은 찾으려야 찾을 수 없었다.

하여간에 병인은 해독제로 완화는 시켜놓았으나, 이 때문에 신장염과 위장 '가다루'[278]가 병발하고, 시력이 점점 쇠약하여갔다. 이만하면 비소 중독이란 진단은 결코 오진이 아닌 결정적 사실이요, 또 이것은 의학상 귀중한 연구재료로 아직 보류하려니와 당장 어디서부터 손을 대어야 할지 의사는 거진 절망이었다.

이 법석통에 수원집은 감기몸살이라 하여 꼼짝을 안 하고 드러누워서 병원에도 사흘이나 아니 갔다. 그래도 수술을 한다는 날에는 수원집도 깽깽 일어나서 병원에 나왔다. 그러나 그 앓는 소리는 옆의 사람이 듣기에도 송구스러웠다. 앓는 소리만 들으면 영감보다도 이 젊은 마누라가 먼저 갈 것 같았다.

"하두 오래 병구원하시느라고 저렇게 지쳤구려. 병구원하다가 먼저 돌아가리다."

일갓집 아낙네들은 이렇게 인사를 하는 게 아니라 놀렸다.

"대신 나를 잡아갔으면 작히나 좋겠습니까."

수원집은 숨이 턱에 닿는 소리로 이런 대답을 해서 여러 사람을 웃겼다.

하여간에 수술은 하였다. 수술이라야 가슴의 물을 빼내는 것이다. 그 덕으로 병인은 신열이 쑥 내려갔으나 그 대신에 기함이 심하여 혼수상태에 빠져버렸다. 이틀 동안을 눈을 한 번도 못 떠

---

278 카타르. 조직은 파괴되지 아니하고 점막이 헐면서 부어오르는 염증.

보고 그대로 자지러져 들어가던 숨을 마지막 들이 걷고 말았다.

의사는 이해 못 하는 가족들이 수술을 잘못하였다고 칭원할까 보아 비소 중독을 앞장세우고 또 누구나 의사의 말을 믿었으나, 그 정통 원인이 어디 있었느냐는 점에 이르러서는 의사가 말 못 하는 거와는 딴 의미로 아무도 개구를 못 하였다. 의사는 다만 의학상 과학적 문제로만 생각하나, 친근한 여러 사람은 법률문제—형사문제로밖에 아니 보이는 것이었다. 그러나 누구나 입을 봉하였다.

의사가 연구 재료로 해부를 해보아도 좋을 듯이 말을 꺼낼 제 맨 먼저 찬동의 뜻을 표시한 사람은 상제인 상훈이었다. 덕기도 실상은 그렇게 하자고 하고 싶었으나 일가의 시비가 무서워서 대담히 입을 벌리지는 못하였다.

과연 당장에 우박이 상훈이의 머리 위에 쏟아졌다.

"자네 환장을 했나? 자네 인제는 기를 쓰나? 조가의 집에 인제는 마지막으로 똥칠을 하려는 건가?"

첫 우박이 창훈이의 입에서 쏟아졌다.

나이 오십이나 된 놈이 지각 반 푼어치 없이 어서 분별을 해서 빈소에 모시고 발상을 할 생각을 하는 게 아니라 황송한 말씀이나 푸줏간에서 소 잡듯이 부모의 신체를 갈가리 찢어발기려는 그런 놈, 집안 망할 자식이, 천지개벽 이후에 있겠느냐고 욕설이 빗발치듯 하고 구석구석이 모여서는 대격론이 일어나는 것이었다.

부모가 아니라 원수더란 말인가? 생전에 빼진[279] 소리를 좀 하셨다고 돌아가시기가 무섭게 칼질을 해서 부모를 욕을 보이자

---

279 일정한 범위나 한계 등을 벗어나다.

하니 성한 놈이면 육시처참을 할 일이요, 미쳤다면 그놈부터 오리간[280]을 짓고 가두어두든지, 아주 조씨 문중에서 때려잡아 버려야 할 일이라고 은근히 떠들어놓는 사람도 창훈이었다.

그런 놈이니 제 아비에게 비상이라도 족히 먹였을 것이요, 제 죄가 무서우니까 시신도 안 남게 갈가리 찢어발겨 없애서, 증거가 안 남게 만들어가지고 불에 살라버리든지, 약병에 채워서 우물주물 만들려는 그런 무도한 생각도 하는 것이라고, 봉인첩설[281]을 하는 것도 최 참봉과 창훈이다. 누구나 또 그럴듯이 듣는 것이다. 이러노라니 수원집은 정신을 차리지 못하고 병실에서 울어젖히고, 수십 명 몰려든 사람들은 제각기 한마디씩 떠들어놓고 병원은 한 귀퉁이가 떠나갈 지경이다. 상훈이는 주먹 맞은 감투가 되어서 잠깐은 우선 물러앉는 수밖에 없었다. 할 말이 없는 게 아니요, 입이 없어 말을 못하는 것은 아니로되, 공격의 칼날이 날카로울 때는 은인자중하여야 할 것이라고 돌려 생각한 것이다. 만일 금고 열쇠가 상훈이에게로 왔던들 이 사람들이 상훈이를 이렇게까지 무시는 못 하였을 것이다. 무시는커녕 창훈이부터 "아무렴, 그 이상하니 해부해보세" 하고 서둘러댔을 것이다. 상훈이로 말하면 해부를 꼭 하자는 것도 아니다. 어떤 년놈들의 악독한 음모가 있었다면, 그것을 밝히겠다는 일념으로 선뜻 찬성은 하였으나, 기위 의사가 두 사람이나 증명하는 바에야 해부까지 할 필요도 없고, 또 후일 문제 삼자면 오늘날 안장하고서라도 다른 도리가 얼마든지 있는 것이라고 돌려 생각하였다. 그야 더운 김도 가

280 우릿간. 짐승을 키우는 우리.
281 만나는 사람마다 이야기하여 소문을 널리 퍼뜨림.

시기 전에 부모의 시신에 칼을 댄다는 것은 비록 묵은 관념이 아니기로, 차마 하고 싶지 않은 일이니 창훈이들의 주장이 옳지 않은 것은 아니요, 또 누구가 듣든지 옳다고 하겠으니까, 한층 더 기고만장을 하여, 상훈이만을 못된 놈으로 몰아붙이는 것이나, 계제가 좋아서 하기 쉬운 옳은 말 한마디를 하였다고 그 뒤에 숨긴 큰 죄악이 감추어지고 삭쳐질[282] 것은 아니리라고 상훈이는 별렀다.

'두고 보자. 언제까지 큰소리를 할 것이냐!'

고 상훈이는 이를 악물었다.

시체는 발상 안 한 대로 침대차에 옮겨서 집으로 모셔다가, 빈소를 아랫방으로 정하고 안치하였다. 발상에 상훈이는 곡을 아니하였다. 이것이 또 문젯거리가 되었으나, 상훈이는 내친걸음에 뻗대버렸다. 사실 눈이 보송보송하고 설운 생각이라고는 아니 났다. 그래도 울지 않는 자기가 눈이 통통히 붓도록 눈물을 짜내는 수원집이나 "어이, 어이" 하고 헛소리를 내는 창훈이보다는, 월등히 낫다고 상훈이는 생각하는 것이다.

상훈이의 존재는 완전히 무시되었다. 덕기는 깃것[283]만 안 입었을 따름이지 승중상[284]을 선 것이나 다름없었다. 조상꾼도 상훈이에게는 절 한 번뿐이요, 덕기에게로 모여들어서 이야기를 하고, 모든 분별을 창훈이가 휘두르면서 덕기에게는 허가를 맡거나 사후 승낙을 맡는 형식만 취하였으나, 상훈이에게는 누구나 접구를 안 하려 하였다.

---

282 뭉개거나 지워서 없애버리다.
283 삼우제를 지낸 뒤 제사 때까지 입는, 무녕베로 시은 상복.
284 아버지를 여읜 맏아들이 할아버지나 할머니가 돌아가셔서 치르게 된 초상.

상훈이는 꾸어다놓은 보릿자루 모양으로, 사랑 안방 아랫목에 멀거니 앉았는 수밖에 없었다. 그러나 덕기로서는 부친에게 일일이 품을 하지 않을 수 없었다. 그것은 무시를 당하는 부친이 가엾어도 그렇고 도리로도 그러하였다.

그러나 상훈이는 절대 무간섭주의였다. 무슨 말을 물으나,

"너 알아 하려므나. 의논들 해서 좋도록 하렴."

할 뿐이다. 거죽은 좋으나, 그만치 속은 토라졌던 것이다.

그러노라니 덕기가 중간에서 성이 가시었다. 성이 가신 것은 고사하고 일이 뒤죽박죽으로 두서를 차리지 못하고 돈만 처들어갔다. 주인 부자가 이 모양이니, 누구나 먹을 콩 났다고 눈을 까뒤집고 덤비는 축들뿐이라, 나중에는 저희끼리 으르렁대고 저희끼리 헐어내기에 상두꾼[285]들이 악다구니들을 하는 거나 다름없었다.

그래도 이럭저럭 칠일장으로 발인을 하게 되었다. 누가 보든지 호상이었다. 상제는 후록코트를 입으려 하였더니 역시 굴건제복을 입고 삿갓가마를 탔다. 그 외에는 이백여 대의 인력거가 뱀의 꼬리같이 뻗쳤다.

"잘 나간다. 팔자 좋다! 세상은 고르지두 못하지. 나 죽어 나갈 제는 열두 방맹이 아니라 스물두 방맹이는 되렷다!"

아침밥도 못 먹고 모여 선 구경꾼들은 이런 허튼소리를 하는 것이었다. 그러나 그 뒤에는 얼마나 크고 작은 죄악과 불평과 원성이 따르고, 남는지를 뉘라 알랴.

이리하여 조부의 일대는 오늘로 영결하였다.

---

285 상여꾼.

## 새 출발

"서방님 계신가요?"

병화는 사랑마루 끝에 와서 소리를 치다가, 큰사랑 아랫목에 앉은 서방님이 유리로 내다보니까 허리를 굽실한다. 그래도 덕기는 미처 못 알아보았는지 내다보던 고개가 없어지고는 두런두런 자기네들 이야기 소리만 난다.

"식료품상이올시다. 댁에 용달을 터주셨으면 하는뎁쇼?……"

"그만두우."

방 안에서 다른 사람 목소리가 난다.

"적으나 많으나 전화만 하시면 금시로 배달해드리고 즉전이나 다름없이 본값으로 해드립니다."

덕기는 목소리가 귀에 익어서,

"어느 집이요?"

하고, 다시 한 번 내다보다가 문을 활짝 열며,

"사—람은! 이게 무슨 장난인가? 연극하나?"

흰 두루마기를 입은 덕기는 일변 놀라며, 웃으며 뛰어나온다.

"천만의 말씀입니다. 오늘이 개시인데, 한 자국 떼주십쇼그려."

병화는 싱글거리며 연해 허리를 굽실거린다.

"정말인가? 허허허…… 사람두!"

덕기뿐 아니라 방 안 사람이 번갈아가며 내다보고는 빙긋빙긋 웃으나 병화는 반죽 좋게 버티고 서서 조른다.

"그런데 이건 별안간 어디서 얻어 입었나? 지금 무슨 연습을 하는 건가? 이리고 어디를 갈 모양인가?"

덕기는 여러 가지 의혹이 창졸간에 들었다. 닷새 전에 장삿날 반우터[286]에서 잠깐 만난 후로는 못 보았지마는 그때도 멀쩡히 양복을 입고 왔었는데, 그동안에 또 무슨 객기를 부리고 이 꼴로 돌아다니는지 우스운 것보다도 궁금하다.

"어서 올라오게. 도무지 왜 그리 볼 수가 없나?"

"가만히 계십쇼. 내 일부터 하고요."

하고, 병화는 가슴에 찔렀던 광고를 쏙 빼내서 한 장 준다.

"흥, 정말인가? 자네가 허나?"

"서방님 같은 분이 한밑천 대주시면야 모르겠습니다마는, 두 불알만 가진 놈이 웬걸 제 손으로 하겠습니까. 배달꾼입죠."

"말씀 좀 낮춰 하시지요."

"황송한 처분입니다."

"허허······. 그만하면 주문도리로는 급젤세. 자, 그만하고 인젠 좀 올라오게."

"바빠서 올라갈 새는 없어요. 그럼 통장 하나 두고 갑니다."

하고, 가슴패기에서 이번에는 통장을 꺼낸다. '조' 자까지 미리 쓰고 한 장 넘겨서는 삼 전 수입 인지까지 붙여서 도장을 딱딱 찍어놓은 것이다.

"이력차이그려? 언제 다 이렇게 배워두었던가?"

덕기는 친구의 얼굴을 신기하다는 듯이 멀그미 치어다보며 웃는다. 바커스에서 잠깐 만난 뒤로는 초상 중에 조상 왔을 때 보았고, 반우터에서는 고개만 끄덕하고 헤어졌으니 자세한 이야기

---

286 장사 치른 뒤에 신주神主를 모시고 집으로 돌아오는 길목.

는 들을 새도 없었기는 하지마는, 어떻게 된 셈인지를 알 수가 없다. 경애와 같이 벌였나? 바커스의 한 끄트머리로 밑천을 얻었을까?……

"자네 같은 위험인물을 가외 일본 사람이 쓸 리도 없고, 누구하고 시작을 했나?"

"따끔나리[287] 보증으로 벼슬 한자리 했습죠."

"인젠 어른께 말공대할 줄도 알고 하여간 제법 됐네."

덕기는 아까부터 병화의 깍듯한 존대가 듣기 싫었다.

"백만장자와 반찬장수와 너무 왕청 떨어지기도 하지마는, 장사꾼의 분수를 잊어야 되겠습니까. 서방님! 이 김병화는 어제까지의 김병화가 아니라, '산해진山海珍' 식료품 상점 배달꾼 김병화입니다. 그쯤만 통촉해두시고 물건이나 많이 팔아주십쇼. 소인은 물러갑니다."

병화는 빙글빙글하며 꾸벅 인사를 한다.

"응, 잘 가거라. 옛날 임성구[288]가 살아왔구나!"

덕기는 어처구니가 없어 웃기만 하다가,

"쓸데없는 소리 말고, 좀 자세한 이야기나 듣세그려. 대관절 조선 사람에게 팔아먹자면야, 일본 반찬가게를 할 필요가 없고, 일본 사람에게 팔자면 자네 같은 불경이[289]는 문전에도 얼씬을 못하게 할 거니 장사가 될 리가 있나?"

하고, 덕기는 우선 그 점을 염려하는 것이다.

---

287 '순검'을 비난조로 이르던 말.
288 신파극 초창기 연극인(1887~1921).
289 붉은빛을 띤 물건.

"불경이라니요? 저희 상점에는 막불경이는 아직 안 갖다 놓았습니다마는, 마른 고추, 실고추는 갖추갖추 있습니다. 그 외에 붉은 것을 찾자면 홍당무가 있삽고, 일년감[290]도 있삽고, 연시도 좋은 놈이 있습니다마는 일본집에는 형사 데리고 다니며 보증을 하고 팔면 될 게 아닙니까."

병화는 웃지도 않고 주워섬긴다.

"흥, 팔자는 좋으이! 보호순사를 데리고 다니면서 팔면 띄울 리도 없고 십상일세그려."

"한번 놀러 옵쇼. 예전 매동학교 근처올시다."

"응, 감세."

병화는 덕기의 웃음을 뒤에 남겨놓고 풍우같이 나왔다.

이 모양으로 오늘은 친구의 집, 안면 있는 집만 한 바퀴 돌고 상점에 돌아와 보니 경애가 와서 앉았다.

"그럴듯하구려. 우리 집에도 콩나물 일 전어치하고 두부 한 채만 배달해주구려."

"예! 그럽죠. 댁이 어딥니까?"

"남산골 솔방울 굴르는 집이요. 고명파도 잊어버리지 마우."

경애는 깔깔 웃고 말았다. 필순이도 옆에 섰다가 따라 웃으며,

"선생님같이 자전거를 타고 다니시는 게 아니라 끌고 다니시면야 배달은 다 하셨지."

하고, 필순이는 두 팔을 내저으며 자전거 타는 어설픈 숭내를 낸다.

"그래두 책상물림의 서방님으로서는 제법이지. 대관절 수판질

---

290 토마토.

이나 할 줄 아우?"

경애는 옆에서 또 농을 건다.

"주판은 여기 졸업생이 계신데!"

하고, 병화가 필순이를 가리키니까 필순이는 부끄러운 듯이 고개를 꼬고 웃는다. 필순이는 사실 일주일이나 주판 놓는 것을 배워 가지고 왔다.

"그런데 벗고 나와서 일을 좀 하든지 어서 가든지 하우. 양장 미인이 떡 버티고 앉았으면 영업 방해ㄴ데."

"나 같은 사람이 앉았어야 영업이 잘되어요. 일본 사람은 담뱃가게와 목욕탕에는 '간반무스메(간판으로 계집애를 두는 것)'를 내앉히지 않습디까."

"그러면 아주 지붕 위에 올라가 앉았지 않으려우?"

이런 실없는 소리를 하고 있으려니까, 일본 하녀가 통장을 들고 와서 파 한 단과 멸치 한 근을 가지고 간다.

몇 집 걸러 일본 하숙에서 온 것이라 한다. 뒤미쳐서 일본 노파가 달걀 세 개에 팥 닷 곱을 사러 왔다. 싸전은 아니지마는 일본식으로 잡곡을 놓아둔 것이다. 팥은 병화가 되어주고 달걀은 필순이가 집어주었다. 이것은 맞돈이라 노파가 일 원짜리를 내주니까 필순이가 주판을 재꺽재꺽 하더니 조그만 철궤를 쩔그렁 열고 칠십구 전을 거슬러 준다.

"얼마를 거슬러주었어?"

"칠십구 전요. 팥이 구 전, 달걀이 사 전씩 십이 전이죠?"

"응!"

하고, 병화는 웃었다.

경애는 두 사람의 일거일동을 빤히 노려보고 있다가 깔깔깔 웃는다.

"똑 걸맞는 양주 같구려. 아주 익숙한 품이 몇 해 해본 사람들 같은데!"

경애는 둘이 젊은 내외처럼 은근성스럽게 의논을 해가며 물건을 파는 양을 보고, 저러다가 아주 떨어지지 않게 되면 어쩌나 하는 불안과 투기가 나기도 하나, 한편으로는 서툰 솜씨로 잘못 팔까 보아 애들을 쓰는 것이 가엾어 보이는 것이다. 그러나 술이나 먹고 게걸거리고 다니던 병화가, 이렇게 벗어부치고 나서서 서둘러대는 것을 보니 이번 일야 영리사업이라느니보다도 까닭이 있어서 하는 일이지마는, 어쨌든 무얼 시키나 쓸모가 있고 평생에 굶어 죽을 사람 같지 않다고 속으로 기뻐했다. 지금 세상에 이만한 활동력이 있고, 게다가 돈이나 살림에만 졸아붙을 위인이 아니요, 무어나 큰일을 해보려는 뜻을 가진 청년도 드물겠다고 생각하면, 한층 더 믿음직하고 사랑하는 마음이 솟는 것이다. 뜻 맞는 손아래 오라비 같은 귀여운 생각도 든다. 그럴수록에 필순이에게 대한 막연한 질투심이 머리를 드는 것 같아야 겉으로는 웃음으로 그런 잡념을 쓱쓱 지워버리나 속으로는 애가 쓰이기 시작하는 것이다.

그러면서도 경애 자신이 이 상점을 잡어 차고 들어앉고 싶은 생각은 아무래도 아니 났다. 실상은 경애가 먼저 앞장을 서서 찬성하고 서둔 일이나, 벗고 나설 용기가 나지는 않는다. 발론의 시초는 조그만 화장품상이나 잡화상―그렇지 않으면 털실이니 레이스니 하는 것을 주로 삼고 어떤 여학교 하나를 끼고서 학용품

상을 벌여볼까 한 것이었다. 물론 자본은 상훈이에게 기댈 작정이었다. 상훈이도 경애가 나서서 한다면 대어줄 듯이 찬성이었다. 자기 아버니가 돌아가면—급히 돌아가지 않으면 이것도 저것도 허사이겠지마는, 돌아가만 놓으면 돈 몇천 원이고 못 돌리랴 싶어서 아무려나 해보라고 반승낙은 한 것이었다.

그러자 마침 지금 이 상점 자리가 난 것이다. 이 상점은 사백 원에 샀다. 바커스 주부가 새에 든 것이다.

방물장사니 잡화상이니 하고 의논이 분분한 판에, 주부가 아는 일본 사람으로, 얌전하게 반찬가게를 하다가 남편이 노름에 몸이 달아서 거덜이 나가니까, 홧김에 넘기려는 것이 있으니, 그것을 사서 해보겠느냐고 지나는 말로 한 것이 의외로 얼른 낙착이 난 것이다. 처음에는 집값이 이천 원, 전화 삼백 원, 현물 오백 원이란 금이었으나, 집은 사글세 삼십 원, 전화도 세로 정하고, 남은 물건만 사백 원에 넘겨 맡은 것이다.

등이 달아서 넘기는 것이니, 사는 사람으로서는 손은 안 되었다. 그러나 집은 다른 작자라도 나면 팔 작정이라는데, 일본 사람 촌이 되어가는 이 좌처를 빼앗기면 안 될 터이니 이왕이면 곧 사는 것이 유리하였다. 사백 원은 병화가 덜컥 치렀으나 집을 사자면 상훈이가 셈이 피어야 할 것인즉, 결국에 조 의관이 돌아가기를 기다리는 사람은 여기도 또 하나 있는 셈이었다. 인제는 돌아갔으니 집을 사게 될 듯도 하다.

병화의 사백 원은 물론 피혁이가 주고 간 속에서 나온 것이나, 경애의 명의로 치렀고 이 상점의 명의도 경애로 되어 있다.

피혁이가 그 돈을 줄 때 반찬장사를 하라고 한 것이 아니면야,

병화도 그 돈을 헐어서 첫 번에 쓴다는 게 하고많은 장사 중에 하필 반찬가게를 벌였으니 양심이 있는 놈 같으면 낯이 뜨뜻하였을 것이다. 피혁이는 보도 듣도 못 하던 김병화더러 애인과 같이 반찬가게나 벌이고 생활안정이나 하여서 살이나 피둥피둥 찌라고, 수륙만리의 머나먼 길을 갖은 고초를 다 겪고 다녀간 것은 아니었었다.

피혁이가 그 돈을 줄 때 다만 홍경애의 손만을 거쳐 넘어가게 한 것이 실수라고도 할 것이다. 병화와 서로 제주[掣肘]²⁹¹할 만한, 또 한 사람을 맞붙여놓고 부탁을 하였다면, 저희끼리 헐고 뜯고 하여 지금쯤 병화는 얻어맞아도 상당히 얻어맞고서 경향 간에 소문도 파다할 것이니, 병원 아니면 경찰서에 들어가 앉았을 것이요, 산해진의 간판도 비거서남풍²⁹²하였을 것이다.

사실인즉 산해진의 간판은 아직 아니 붙였으니, 동지 간에 내용은 고사하고 병화가 일본 반찬가게를 냈다는 소문도, 아는 사람이 아직은 없다. 찾아오는 사람이 있더라도 두 번부터는 절대로 발그림자도 못하게 단연 거절할 작정을 병화는 단단히 하고 있는 판이다.

필순이는 그게 걱정이었다.

"어제까지 놀던 사람을 어떻게 야멸차게 못 오게 할 수야 있겠어요. 그러면 심사가 나서라도 짓궂이 더 와서 성이 가시게 할 것이요, 입을 모으고 무슨 훼방이든지 놀걸요."

필순이는 병화가 교제도 다 끊는다는 말을 들을 제, 자기도 아

291 철주, 간섭하여 마음대로 하지 못하게 함.
292 飛去西南風, 어느새인지 모르게 어디론지 영영 사라져버린다는 말.

는 사람이 많은데 어떻게 찾아오는 사람을 냉대를 해서 보낼까가 적지 않은 걱정이었다.

"아무러면 어떠리! 제까진 놈들 늬게 와서 흑작질[293]을 할라구!"

병화의 팔심은 믿음직하기는 하지마는, 필순이더러 모스크바로 달아나라고 한 지가 한 달도 채 못 되는 사람의 말이 이러하다. 필순이는 안심이 지나쳐서 겁이 도리어 났다. 병화를 경멸하는 마음도 조금은 없지 않았다.

어쨌든 필순이 집은 이리 옮겨 왔다. 필순이를 공장에서 들여앉히기 위하여 이 장사를 하는 것만도 아니요, 필순이 집에서 없는 살림에 공밥을 이삼 년 먹고 신세를 진 값으로 이 집 세 식구에게 살 도리를 차려주느라고 급히 벌인 장사도 아니다. 그러나 필순이 집 세 식구는 다시 살아난 것 같았다. 또 필순이는 가게를 보게 하고 부모는 안에서 살림을 하며 뒷배나 보아달라 하기에 십상 알맞았다. 경애는 처음에는 필순이네는 식구가 많다고 반대하였으나, 남의 사람보다는 나은 점이 쓸모라고 찬성하고 말았다.

필순이는 요새 같은 깊은 겨울에도, 첫차가 나오는 소리가 뚜르르 나자 일어나서 가겟방에서 자는 병화가 깨일까 보아 조심조심 빈지를 열고 가게를 내노라면, 병화도 지지 않고 같이 일어나서 남대문 장으로 서투른 자전거를 빙판 위에 달리는 것이다. 필순이 부친도 조선옷은 안 어울린다 하여 고물상에서 주워 온 헌 양복바지에 재킷을 푸근히 입고, 가게 속에 놓인 화로 앞에 나와 앉는다. 모든 것이 아직 초대요 연습이었으나, 평화롭고 전도

293 흑책질. 교활한 수단을 써서 남의 일을 방해하는 짓.

에 빛이 보이는 것 같아야 흥이 났다.

필순이는 첫차 소리를 듣고 일어나면 막차가 들어간 뒤에야 자리에 눕지마는, 고단은 하면서도 자리 속에서까지 물건값을 외우고 파는 솜씨를 연구하기에 어느 때까지 잠이 아니 왔다. 요새는 공부하겠다는 생각도 잊어버렸다. 그러나 가다가다는 덕기 생각이 떠오르기도 한다. 상점 구경을 오면 부끄러워서 어떻게 볼 꾸? 하는 생각을 하고는 혼자 얼굴이 붉어지다가도, 파르스름한 점원복을 입고 익숙한 솜씨로 물건을 파는 양을 보여주고 싶은 충동도 일어난다. 그러나 벌겋게 얼어서 터진 팔목을 걷어 올린 것도 보일 것이 걱정이다.


진창

덕기는 오늘 병화의 상점 구경을 나섰다.

초상 이후로 처음 출입이다. 복제기[294]이지마는 상제 대신 노릇도 하여야 하고, 집안 처리도 할 일이 많아서 바쁘기도 하였고, 정초에 나다닐 필요가 없어서 들어앉았다가 오래간만에 길 구경을 하는 것이다.

전차가 효자동 종점에 가까워졌을 때, 덕기는 차 속에 일어서서 박람회 이후로 일자로 부쩍 늘은 일본집들을 유심히 보았으나, 산해진이란 간판은 눈에 아니 띄었다.

---

294  1년 이하의 상복을 입는 사람.

차에서 내려서 되짚어 내려오며 차츰차츰 뒤지다가 좌등상점 佐藤商店이란 간판이 붙은 가게의 유리문 안을 기웃해보니, 과실이 놓이고 움파니 미나리니 하는 것이 눈에 띈다. 담배도 있다. 담배 나 한 갑 사며 물어보리라 하고, 문을 득 여니 여점원이 해죽 나 온다.…… 필순이다! 덕기는 주춤하며 뒤로 물러설 뻔하였다. 필 순이도 가슴에서 두방망이질을 치며, 얼굴이 화끈 취해 올라와서 어쩔 줄을 몰랐다.

"여기 계신 줄은 몰랐군! 김 군은 있나요?"

덕기는 하여간 들어섰다.

"이리 올라앉으세요. 인제 곧 오시겠죠."

조그만 다다미방에는 이전 병화 방에서 보던 일깃거리는 밥상 만 한 책상이 놓이고, 화로 앞에는 방석 한 개가 깔려 있다.

덕기는 신기한 듯이 상점 안을 이 구석 저 구석 둘러보다가,

"어디 배달 나갔나요?"

하고, 방문턱에 걸터앉았다.

"아녜요. 서대문 감옥에 나가셨에요. 인제 곧 오시겠지요."

필순이는 부리나케 방 안을 치우고 방석을 내놓으며 권하였다.

"감옥에는 왜?"

"저번에 들어간 이들을 면회도 하고, 식사 차입도 하려고요. 벌써 가셨으니까 좀 있으면 오시겠죠."

필순이는 덕기가 곧 간다고 할까 보아 애를 쓰면서, 복제당한 인사를 하고 싶으나 무어라고 할지 몰라서 얼굴이 또 발개졌다.

감옥 친구에게 차입을 할 만큼 셈평이 피인 것도 고마운 일이 지마는, 셈이 좀 돌렸다고 감옥 친구들을 잊지 않고 없는 돈에 차

입이라도 하는 것은 무던하다고 덕기는 생각하였다.

"그런데 좌등이란 간판이니, 일본 사람 것을 샀나요?"

덕기의 이 말에 필순이는 좀 의아하였다. 병화는, 돈이 덕기에게서 나온 듯이 말을 하던데 덕기는 아무것도 모르는 수작이다. 필순이도 피혁이가 돈 뭉치를 두고 간 줄을 알기 때문에 이 상점도 그것으로 하는 줄 알았더니 병화는 절대로 그 돈이 아니라고 부인하여왔다.

"그전 사람 이름인데 아직은 그대로 둔다나 봐요. 이 동네 단골이 떨어질까 보아서요."

그도 그럴듯하다고 생각하였다. 그러나 대관절 돈은 누가 대는 것일꼬? 덕기는 역시 궁금하였다.

이야기를 하는 동안에 구지레한 양복쟁이 둘이 길거리에서 원광으로 기웃거리는 것이 내다보이다가 없어지더니, 또 조금 있다가 한 청년이 성큼 들어서며,

"좌등이 있소?"

하고 우락부락히 묻는다.

옷 꼴이라든지, 길게 자란 머리라든지, 사구라[295] 몽둥이는 아니지마는 이 겨울에 우악스런 단장을 짚은 것이라든지, 험상궂은 눈을 잠시 한때 가만두지 않고 두리번거리는 것이라든지, 형사도 아닐 것 같고, 전일의 병화가 다시 온 것 같으나, 필순이도 보지 못한 사람이다.

"좌등이는 떠났습니다."

---

295 일본어로 '벚꽃'을 뜻함.

"그럼 주인이 누구요?"

"홍경애 씨얘요."

"홍경애? 남자요? 여자요?"

"여자얘요."

"그의 남편은 누구요? 바깥주인은 없소?"

"일 보는 이 있어요."

"누구요?"

"김청 씨얘요."

"그 김청이는 어디 갔소?"

"어디 나갔에요."

"당신은 누구슈?"

"나두 일 보는 사람얘요."

"당신이 김청이 부인이슈?"

"아뇨."

하고, 필순이는 얼굴이 발개지며 눈을 찌푸린다.

"그럼 김청이는 언제 들어오우?"

"모르겠어요."

청년은 첫마디부터 끝마디까지 홀닦아 세우는[296] 소리를 하다
가 획 나가버린다.

"누구세요? 왜 그리세요?"

필순이는 쫓아 나가며 물었으나, 그 괴상한 청년은 대답도 없
이 뺑소니를 친다.

---

296 남의 잘못된 점이나 약점을 들어 몹시 쳐서 나무란다.

"일본 사람을 찾아온 것 같지도 않고, 김 군을 아는 모양도 아니요, 얼른 보기에는 쌈하러 다니는 장사패나 주의자 같지 않은가요?"

"글쎄 말씀입니다."

필순이는 눈을 깜짝거리며 얼굴이 해쓱해서 무슨 생각을 하고 섰다.

"친구들은 여전히 쫓아다니겠지요?"

"별로 오는 이도 없에요. 얼마 동안은 관계를 끊겠다 하시는데."

"그래 김청이라고 행세를 하는군요? 형사들은 안 오나요?"

"예, 형사들은 이렇게 맘을 잡고 실속을 차리게 되어서, 마치 환자가 병이 나면 의사가 파리채를 날리듯이, 저희 벌이가 안 되겠다고 놀리면서도 어쨌든 고마운 일이라고 저희들 집에도 통장을 트자 하고, 친구들도 단골을 몇 군데 소개까지 해주다시피 좋아들 하지요."

"흥, 그러나 으레 형사들의 버릇으로 다른 데 가서는 김 아무개는 인젠 아주 전향해서 돈벌이에 맛을 들이고 어쩌고 한다고 선전을 할 것이니까, 친구들이야 변절한變節漢이라고 가만있지 않을걸요."

덕기는 지금 왔던 청년이 병화를 문책하러 온 동지일 것이라는 말눈치를 보인다.

"선생님은 그런 것도 벌써 짐작하고 계서요?"

"흐응!"

덕기는 친구가 무슨 봉변이나 아니 당할까 염려가 되었다. 그러나 병화가 정말 그렇게까지 전향인지 변절인지를 하였을까? 경애에게 홀깍 반해서 경애가 시키는 대로, 겸노상전兼奴上典[297]으로 반찬가게의 배달도 못할 것은 아니요, 또 먹고살자면 사내답게 벗고 나서서 이것도 해보고 저것도 해보는 것이지마는, 그렇다고 동지를 배반하고 형사들의 도움까지를 받는다는 것은 좀 생각할 일이라고 덕기는 생각하였다. 그것도 처음부터 형사의 도움을 받자는 것이 아니요, 또 이용할 수 있으면야 이용한대도 상관이 없는 일이지마는, 병화에게 반감을 가진 사람으로는 문제를 삼자면 얼마든지 삼을 수 있는 것이다.

"홍경애가 돈을 내놓았어요?"

덕기는 주인이 경애라고 하던 말을 생각하고 물었다.

"그렇다나 봐요."

얼마나 들었는지는 모르지마는 경애에게 이만큼 벌일 돈이 있을까? 결국에 부친에게서 나온 것이나 아닐까? 그렇다면 병화와의 관계는 어떻게 되었는가? 알은척하기도 싫은 일이나 역시 궁금하다.

"하여간 어떠슈? 고되시지요?"

덕기는 한참 제 생각에 팔렸다가 은근히 물었다.

"고될 거야 무엇 있어요. 처음 해보는 일이라 손 서투르고 애가 씌워서……."

서로 이런 통사정을 할 만큼 어느 틈에 친해졌는가? 하고 필순이는 신기한 일 같고 남자의 얼굴이 다시 치어다보인다.

"실상은 좀 더 공부를 하시게 하였으면 하는 생각들을 했지마

---

297 종을 거느릴 형편이 못 되어 종이 할 일까지 몸소 하는 가난한 양반.

는, 아무거나 경험 삼아 해볼 데까지 해보는 것도 좋겠지요. 하지
만……."

덕기는 또 한참 만에 말을 꺼내면서 병화의 편지에 필순이 일
은 너 알아 하라고 한 말이 생각났다. 그러나 모처럼 재미를 붙여
서 하는 것을 또다시 마음을 헛갈리게 하면 안 되겠다고 생각하
고 말을 끊어버렸다.

필순이는 덕기의 뒷말을 기다리고 한참 섰다가,

"공부를 할 처지도 못 되죠마는, 제 따위가 무슨 공부를 하겠
에요."

남자의 말을 다시 끌어내려 하였다.

"어쨌든 필요한 때 말씀만 해주시면 좋을 대로 의논이라도 해
드리지요."

덕기는 퍽 대담한 소리를 한다고 생각하면서, 어쨌든 마음먹
은 대로 한마디 표시를 하였다. 그러나 자기의 이런 호의를 필순
이가 혹시 의심하거나 오해하지나 않을까 염려도 되었다.

필순이는 확실히 반기는 낯빛이다. 얼굴이 발개지며 입속으로
무어라고 대답을 하는 모양이나, 덕기에게는 잘 들리지 않았다.
아마 고맙다는 말일 것이다.

"아아, 어려운 출입했네그려."

병화는 문전에 자전거를 세우고 소리를 치며 들어온다. 오늘
은 양복 외투에 의관이 분명하다.

"오늘은 신사가 되어서 말공대가 변하였나?"

"물건을 사러 와보게그려."

"그럼 마마콩 일 전어치 사볼까."

하고, 덕기는 지갑을 꺼내는 체한다.

"예에, 고맙습니다. 그러나 저희게는 그런 구멍가게 물건은 없습니다."

필순이는 생글생글 웃다가,

"그런데 조금 아까 수상한 사람이 왔어요. 형사 모양으로 으르딱딱거리고 갔는데 또 올 눈친가 봐요."

하고, 자세한 이야기를 들려주려니까, 병화는 다 듣지도 않고,

"응, 알았어. 염려 없어."

하고, 말을 막는다.

"오시다가 만나셨에요?"

"아니, 만나지는 않았지마는 별일 없는 거야."

병화는 태연히 웃어 보이나, 별일 없는 것이라는 그 말이 별일 있다는 반어反語로 들리었다.

"몽둥이찜을 하러 온다데. 누구라든가 하는 일본 형사하고 동사를 한다든가―형사가 돈을 대주어서 한다는 소문이 났다데그려."

덕기가 실없이 넘겨짚는 소리를 하니까 병화는,

"잘 들어맞혔네."

하고 웃다가, 덕기를 끌고 안으로 들어간다. 상점 방에 연달린 방은 다다미방이요, 다시 꼽들어 서면 거기는 온돌방이다. 덕기는 거기서 필순이의 모친을 만났다. 바느질을 하고 앉았다가 반색을 하며 일어나서, 복제 인사를 하고 피해 나간다.

필순이 집까지 이리로 떠나온 것을 보고 덕기는 또 의아하였다. 얼른 보기에 병화는 이 집 사위 같다는 생각이 들었다.

"자네 어디서 그런 소문을 들었나?"

필순이 모친을 내쫓고 둘이만 마주 앉아 병화가 말을 꺼낸다.

"왜? 사실은 사실이지?"

덕기는 자기의 실없는 말이 들어맞았는가 싶어서 도리어 속으로 놀랐다.

"설마 그럴 리야 있나마는, 일부에서 오해하고 있는 것은 사실인가 보이. 지금 감옥에를 갔더니, 그 속에 들어앉은 사람까지 벌써 내가 이 일을 벌인 것을 알지 않겠나. 누가 면회를 가서 내 말을 했던가 보데마는, 아까 왔다는 게, 물론 그 축일 듯하기에 말일세."

"애초에 그자들과 발을 뚝 끊어버린 것이 잘못 아닌가. 양해를 얻어둘 일이지."

"그까짓 자식들과 양해는 무슨 양해인가. 공연히 헐고 다니는 축은 우리 편과는 또 다른 ××파니까. 말하자면 기분적 테러—폭력단—들이거든."

"그럼 자네 패에서는 어떤 모양인가?"

"우리 패야 얼마 남았나. 하지만 그 사람들도 지금 와서는 나를 옹호한다느니보다는 방관하는 모양이지. 어쩌면 직접 내게 맞다닥뜨릴 수가 없으니까, 저자들이 떠들고 다니는 것을 속으로는 도리어 좋아라 하고 구경이나 하거나, 부채질을 하는 모양일 터이지."

"그러니 말일세. 왜 별안간 고립을 해버리나? 게다가 형사들의 주선을 받고 하니까, 더 의심을 받게만 되지 않겠나?"

"그야 상관없어. 의심을 받거나 말거나 그놈들이 와서 두들겨 패거나 말거나.…… 그렇지만 자네게 하나 부탁할 게 있네……."

"무어?"

"내가 이걸 시작할 때 벌써 천 원 가까이나 쓰고 앉았네. 이 점방을 넘겨오는 데는 사백 원밖에 안 들었지마는 무슨 물건이 변변히 있던가. 그래서 오륙백 원어치나 우선 들여놓았는데……."

덕기는 돈 말이 나오는구나 하고 들을까 말까 하는 것부터 속으로 생각하며,

"그래, 그 돈은 불시에 어디서 나왔단 말인가?"

하고, 말허리를 자른다.

"어디서 나왔든지 간에 말일세. 어쨌든 그 돈이 자네게서 나왔다고 누구에게든지 해왔으니 무슨 일이 있어서 조사를 당하든지 또는 무릎맞힘[298]을 할 경우에는 전향하고 장사를 한다기에 자네가 천 원을 무조건으로 나를 취해주었다고만 대답해주게. 그러고 천 원의 수수(주고받는 것)는 자네 조부가 돌아가시기 전에 조부가 가지셨던 현금을 꺼내다가 병원에서 주었다고만 해주게."

덕기는 혼자 깔깔 웃었다.

"그거 어렵지 않은 일일세. 그런 헛생색이면야 얼마든지 내줌세마는, 그래 그 천 원이란 것은 어디서 나온 것이기에, 그렇게 쉬이쉬이하는 건가?"

"그걸 말할 지경이면야 자네게 이런 얼뜬 부탁을 하겠나!"

"형사─저쪽에서 돌아 나왔다는 게 사실인가?"

"자네두 미쳤나? 설마 나를 그렇게 사귀었단 말인가?"

하며, 병화는 분연해 보이면서,

---

298 무릎맞춤. 두 사람의 말이 서로 어긋날 때 ?삼사를 앞에 두고 ?에 ? ?을 되풀이케 옳고 그름을 따짐.

"그럼 자네는 어서 가게."

하고 창황히 일어선다.

"왜 이리 축객인가? 좀 더 이야기하세."

"그자들이 또들 올 거니까, 자네가 있으면 재미없네."

"그러면야 더구나 갈 수 없지 않은가."

"흥! 자네 따위 샌님이 한몫 거들어주려나? 자네 같은 부르주아는 어설피 걸리기만 하면 뼈도 추리기 어려울 걸세, 허허……."

하며, 병화는 자기 방으로 들어가서 양복을 벗고 점원 옷으로 부덩부덩 갈아입는다.

"부르주아는 두부살에 바늘뼈던가! 그는 하여간 자네 지금 편쌈판에 나가나?"

덕기는 구두를 신고 내려서며 웃었다.

"편쌈도 하고, 일도 보고……."

병화는 유산태평으로 껄껄 웃는다.

덕기는 그래도 그대로 갈 수가 없어서 잠깐 서성거리려니까 문이 드르르 열리며, 아까 왔던 청년이 문밖에 우뚝 서서, 병화를 건너다보고 고갯짓으로 불러낸다. 병화는 기다렸다는 듯이 선뜻 나서며 덕기더러,

"그럼 자넨 어서 가게. 내일 모렛새 만나세."

하고, 나가다가 문 안에 진흙 발자국이 드문드문 몹시 난 것을 보자 필순이를 돌아다보며,

"이거 웬 흙이 넉절했나.[299] 좀 쓸어버려요."

---

299 여기에서는 '너저분하다'의 뜻인 듯.

하고, 소리를 친다.

필순이는 대답을 하며 쫓아 나왔으나 이런 것 저런 것 경황이 없었다.

밖은 한나절 녹인 땅이 벌써 꺼덕꺼덕 얼어간다. 두 청년은 무슨 이야기를 하는 눈치도 없이 넘어가는 햇발을 빗겨 받으며 전차 종점으로 걸어간다. 필순이와 덕기는 쓸쓸한 뒷모양을 바라보다가 전차 종점에서 오른편으로 꼽들어 가는 것을 보자 덕기가 잠깐 다녀오마 하고 따라선다. 필순이는 덕기마저 걸려들까 보아 애가 쓰이기는 하나 말릴 수도 없었다.

그들이 추성문으로 돌쳐서려 할 제 병화가 휙 돌려다 보더니, 덕기가 뒤를 밟는 줄 알자 가라고 손짓을 하며 멈칫 섰다. 덕기가 줄달음질을 쳐 가는 것이 멀리 보인다. 기다리고 섰던 병화와 잠깐 무어라고 하더니 덕기는 돌쳐서 다시 온다.

"무어라고 해요?"

모녀가 나란히 보고 섰다가 소리를 친다.

"추성문 안으로 해서 삼청동 친구의 집으로 간다는군요. 삼청동 백십 번지로 가는데, 한 시간 안으로 올 것이니 아무 염려 말라기는 하나 내가 쫓아간대도 별수는 없을 거요. 집에 좀 가봐야는 하겠고……."

덕기는 집에서 저녁상식[300]을 안 지내고 자기를 기다릴 것을 생각하면 어서 가보아야는 하겠다. 한 번쯤 상식 참례를 안 하기로 상관없을 듯하나 첫 삭망도 안 지낸 터에 아직은 여편네들만 맡

---

300 상가에서 저녁때마다 궤연几筵 앞에 올리는 음식.

겨서 지내게 할 수가 없었다. 그러나 무슨 평계같이 알 것이 안되기도 하였다.

"암 그러시죠. 별일이야 있겠습니까."

필순이 모친은 이렇게 대꾸를 하여주면서도 속으로는 역시 애가 씌어서,

"너 아버니는 어디 가서 이때껏 안 오시니?"

하며, 걱정을 한다.

"하여간 오시거든 곧 좀 가보시라 하시지요. 나도 집에 가서 상식만 지내고 또 오지요."

덕기는 자기 집에 전화를 걸어놓고 갔다.

필순이가 한소끔 모여드는 손님을 혼자 치르고 나니까, 벌써 전등불이 들어왔으나 간 사람은 감감하고, 부친도 돌아오지를 않는다. 모친은 저녁밥을 지어놓고 나와서 마주 붙들고 걱정을 할 따름이나, 어떻게 하는 수도 없다. 무슨 일을 꼭 당하는 것만 같아서 입에 침이 바짝바짝 마를 뿐이다.

필순이는 시시각각으로 문밖에 나가서 병화가 가던 추성문 쪽을 부연 열사흘 달빛에 비춰보고 서서, 검은 그림자만 가까이 와도 가슴이 덜렁하고 올라오는 전차 속에 비슷한 사람만 띄어도 반색을 하였으나 모두 눈속임이었다.

여섯시나 되어 덕기에게서 전화가 왔다. 상식을 지내고서 거는 모양이다. 그저 감감무소식이란 말을 듣고 누구나 사람을 얻어서라도 보내보는 것이 좋겠다고 하면서 자기는 밥을 먹고 오마 한다. 여기서도 사람을 구해 보낼 생각은 있으나, 아주 낯 서투른 사람을 보낼 수 없어 부친만 들어오기를 기다리는 판이었다.

"어머니, 암만해두 제가 갔다 와야 하겠어요."

필순이는 또 모친을 졸랐다. 벌써부터 필순이가 나서겠다는 것을 모친은 날이 저물었는데 달은 있다 하여도, 어린 딸을 내놓아서 삼청동을 헤매게 할 수가 없어서 조춤조춤하고 붙들어둔 것이다. 필순이 역시 가게를 모친만 맡겨두어서는 손님이 와도 담배 한 갑 변변히 팔 수가 없을 것이 걱정이 되어서, 멈칫거렸으나 부친도 이렇게 늦는 것을 보니, 어디서 함께 붙들려서 곤경을 치르지나 않는가 싶은 겁이 펄쩍 들자 결단하고 나섰다. 인제는 모친도 잡지를 않았다.

이런 때 경애나 와주었으면 하는 생각이 간절하나 오늘 온종일 경애는 얼씬도 안 하고 하루해가 졌던 것이다.

필순이를 내보내놓고 모친은 안절부절을 못 하며 문을 열고 내다보고 섰으려니, 전화가 또 때르르 운다. 이번도 덕기에게서 온 것이다. 덕기는 필순이가 갔다는 말을 듣고 자기도 삼청동으로 다녀서 오마고 한다. 그만만 해도 저윽이 마음이 놓였다.

그런 후에도 얼마 만에 우비 씌운 인력거 한 채가 쭈르르 오더니 상점 앞에 뚝 선다. 쓰러질 듯이 내리는 사람은 홍경애다.

이 여자가 언젠가처럼 또 취했나 보다 하는 얄미운 생각이 나면서도 반가웠다.

"어디루 오슈?"

"병화 씨, 병화 씨 없에요?"

두 사람의 말은 동시에 마주쳤다.

"병화 씨는 벌써 아까 해 있어서……."

하고, 필순이 모친은 대답을 하다가 깜짝 놀라며,

"이거 웬일이요?"

하고, 경애의 왼편 뺨을 가까이 들여다본다. 한쪽 볼이 부풀어 오른 데가 퍼렇게 멍이 들었다. 불빛에 자세히 보니 부은 편 눈도 충혈이 되고 작아졌다.

필순이 모친은 가슴이 서늘해지며 우선 머리에 떠오르는 것은 자기 딸의 얼굴이었다.

"그럼 그때 나가서 안 들어왔어요? 누구하구?"

경애의 목소리는 울음 섞인 것처럼 콧소리로 약간 떨었으나 주기도 없지는 않았다.

"글쎄, 그래서 지금 필순이를 쫓아 보내고 기다리는 중인데, 대관절 어디서 저렇게 되었소?"

경애는 입을 악물고 눈물이 글썽글썽하다가, 거기에는 대답을 안 하고,

"인력거꾼부터 보내주셔요."

하고, 방문턱에 주저앉아 버린다.

인력거꾼에게 어디서 왔느냐고 물으니, 화개동 청요릿집에서 왔다고 한다. 저 부르는 대로 팔십 전을 한 푼 깎지 않고 주고, 급히 들어와서 그 청요릿집에 누구누구 있었더냐고 물어보았으나 경애는,

"아실 것 없어요. 나 혼자 있었어요."

할 뿐이다. 경애까지 이렇게 된 것을 보니 나간 사람들이 모두 무사하지는 않으리라는 또 한 가지 애가 늘었다.

아무리 물으나 경애는 잠자코 앉아서 무엇을 골똘히 생각하는 눈치다가 눈물을 똑똑 떨어뜨린다. 지금 욕을 보던 것을 생각하

고 분에 못 이겨서 쓴 눈물이 스며 나오는 것 같았다.

"그래 따님은 어디로 찾아 나선 것인가요?"

경애는 한참 만에 목소리를 가다듬어가지고 묻는다.

"삼청동 백십 번지라든가요?"

경애는 발딱 일어선다. 두 눈은 금시로 마르고 어쨌든 찾아 나서겠다고, 살기가 쭉 내솟은 눈치다.

"에구 천만에! 이리고서 또 어디를 가신단 말요. 조덕기 씨도 간다고 했으니까 조금만 기다려보십시다."

필순이 모친은 지성으로 말렸으나, 이 근처 인력거방이 어디냐고 연해 물으며 쏜살같이 달아난다.

필순이 모친이 쫓아 나가보니, 경애는 인력거방을 찾아가는지 종점 편으로 종종걸음을 쳐 간다. 아까 인력거에서 내릴 때는 곧 쓰러질 것 같더니, 저렇게 생기가 돋아난 것을 보면 악이 받쳐서 그렇기도 하겠지마는 자기만 곤욕을 당한 것이 아니라, 누구보다도 병화가 붙들려 갔다는 바람에 발악이 난 모양이다.

경애는 인력거방을 찾느라고 진명여학교 편으로 꼽들이려는 모양이더니, 주춤 서며 멀리 바라보는 거동이다. 이것을 본 필순이 모친도 정신이 홱 돌며, 큰길로 나서서 부연 달빛에 비춰보니 검은 그림자 한 떼가 이리로 향하여 온다. 설마 이 밤중에 추성문으로 넘어오랴 싶었으나, 경애가 곧장 달아나는 것을 보고는 필순이 모친도 정신없이 뛰기 시작하였다.

의외다! 좌우로 부축을 해서 앞에 선 사람은, 분명히 자기 남편이다. 그 뒤에 경애가 달아나서 매달리듯이 붙드는 사람은 병화이었다.

"이게 웬일이냐? 에구머니 생사람을 이게 무슨 일이냐?"

모친은 숨이 턱턱 막히며 우는소리를 떤다.

"떠 떠 떠들지 말아……."

딸과 외투 입은 원삼이에게 부축된 남편은, 숨이 턱에 받는 소리로 말리었다.

"제 애비 에미를 죽인 원수란 말이냐, 사람을 이렇게 만들 수야 있니. 선생님은 어떠시냐?"

병화는 인력거꾼에게 부축이 되었는데, 그래도 걸음은 성성히 걷는다.

"먼저 가서서 자리를 펴놓셔요. 방에 불이나 때놓셨는지?"

베 두루마기 위에 외투를 입은 덕기가 병화 옆에서 걸으며 주의를 시킨다.

필순이 모친은 허둥지둥 앞서 달아난다.

"처음엔 청요릿집에 갔었습디까?"

하고 경애가 묻는다.

"청요릿집이라니?"

병화는 코피가 나서 손수건을 오려 막았기 때문에 코 먹은 소리를 하나 흥분된 기운꼴 찬 음성이다.

"그럼 청요릿집 안 가셨구려? 망한 놈들!"

"청요릿집에 붙들려 갔던 게로군?"

"그렇다우. 어떤 놈 둘이 바커스로 와서 당신이 급히 오란다고 하기에 따라갔더니 세 놈이나 앉아서 찧구 까불구 마냥 먹구……."

경애는 치가 떨리는 소리를 한다.

"그리기로 당신까지야 그럴 게 무어 있나."

덕기가 한마디 한다.

"손은 대지 않았겠지?"

병화가 천천히 묻는다.

"동네 건달 같은 놈들인데, 무슨 짓은 안 하겠기에!"

경애는 악을 바락 쓴다.

"어떻게 합디까? 따립디까?"

병화는 자기 맞은 것은 여하간에 경애에게까지 손찌검을 했다는 데에 가슴이 아프고 분통이 터졌다.

"차차 이야기하죠. 한데 어디를 다치셨소? 결리거나 쑤시진 않우?"

"쑤시긴.…… 아무렇지두 않지마는 코피가 좀 나서…….."

병화는 의외로 태연하다.

"어디서 딩굴었기에 모두 진흙투성이슈? 몇 놈이나 돼요?"

"모두 여섯 놈이나 되지마는 술 먹은 세 놈이야―아마 그놈들이 청요릿집에서 온 놈이겠지마는―도리어 혼 좀 났을걸…….."

겨우 상점 앞에 와서 불빛에 보니 그 꼴이란 당자들도 놀라지 않을 수 없었다. 며칠을 두고 녹인 수렁이 거죽만 살얼음이 잡힌 데서 삼십분 넘어나 뒹굴었으니, 양복은 진흙으로 배접을 한거나 다름없고 손과 얼굴이란 차마 볼 수가 없다. 몸을 제대로 가누지 못하는 필순이 부친은 오히려 얼굴은 상한 데가 없으나, 병화의 양복은 넉절을 한 진흙 위에 선지피가 고랑을 져서 흐르고, 입가는 사람 잡아먹은 범의 입이 저럴까 싶었다. 오른 손등은 깨물렸는지 살점이 뚝 떨어져 나가고 그저 피가 줄줄 흐른다. 문전에 구경꾼이 모일까 보아서 옆 골목으로 해서 안으로 데려다 놓고, 씻기고 벗기고 하기에 한참 부산하였다. 그동안에 덕기는 이때껏 따라온 인력거꾼에게 후히 행하를 하여 돌려보냈다. 이것은 수하동서 타고 간 인력거꾼이다. 인력거는 삼청동 편 돌층계 아래에 놓아두었기 때문에 이 사람은 다시 추성문 안으로 넘어가서 끌고 갈 모양이다. 덕기는 인력거를 타고 화개동으로 가서 '바깥애' 원삼이를 불러가지고 앞장을 세웠으나 무슨 일이 있을까 보아 인력거꾼까지 응원대로 데리고 다닌 것이었다.

그다음에 덕기는 원삼이를 시켜서 가게 빈지를 얼른 들이게 하고 일변 전화통에 매달려서 자기 집 단골의사를 불러냈다.

×

그들은 일곱 사람의 작당이었다. 실상 그중에서 한 사람만이 모든 내용을 알고 이 한 사람이 지휘를 한 것이다.

한 사람에게, 두 사람씩 매달려서 붙들어 갔다. 맨 먼저 출입한 필순이 부친이 근처에서 장맞이[301]를 하던 사람에게 붙들려 갔고, 병화를 지키던 한 패는 병화가 상점에서 뛰어나와서 내려가는 전차를 휙 집어타는 바람에 놓치고서 돌아올 때까지 반나절이나 장맞이를 하여 잡아간 것이다.

그러나 그중에도 제일 곤경을 치른 사람은 경애이었다. 보지도 못한 사람이나 바커스로 와서 병화가 술이 몹시 취했는데, 당

301 사람을 만나려고 길목을 지키고 있는 일.

신만 데려오라고 야단이니 잠깐만 가자고 서두르는 바람에 쫓아 나섰던 것이라 한다. 안국동서 전차를 내려서 화개동 마루턱의 조그만 더러운 청요릿집으로 끌고 들어가는 대로 따라 들어갔더라 한다.

"병화 어디 갔나?"

"병화? 그놈 벌써 지옥 갔네. 만나고 싶건 지옥 가서 찾게."

저희끼리 이런 수작을 할 때는 겁이 또다시 더럭 나고 불한당 굴에 붙잡혀 왔구나! 하며 떨리었다. 경애는 어떻게든지 빠져 나오려고 앙탈도 해보고 꾸짖어도 보고 강권하는 대로 고분고분히 술잔도 들어보고 하였으나, 기회를 엿보아 일어서려면 한 놈이 문부터 가로막는 데에 하는 수가 없었다. 그런 중에도 듣기 싫은 것은 병화에게 대한 욕설이요, 또다시 놀란 것은 무턱대고 돈 내놓으라는 것이었다.

돈이라는 말에 경애는 어쩔하였다. 모든 비밀이 탄로된 줄로만 알았었다. 병화도 그 때문에 벌써 붙들려 가지나 않았나 애가 쓰이고 이 사람들이 형사들의 끄나풀이 아닌가도 싶던 것이었다. 그러나 경무국의 기밀비를 먹은 것을 내놓으라고 얼러대는 데에 가서 경애는 겨우 안심이 되었다는 것이다.

"언제부터 경무국에 드나들었나? 오천 원 나왔다드구나? 김 병화에게 이천 원 주어서 장사 시키면야 삼천 원은 남았겠구나? 우리들에게 그것만 슬쩍 주면 우리 대장에게고 뉘게고 시치미를 떼고 눈감아버릴 것이요, 당장에라도 보내주마꼬나."

이렇게 얼러도 대고 달래기도 하는 것을, 듣고는 비로소 안심도 되고 속으로 코웃음도 쳤었다 한다.

"김병화에게로 가십시다. 그러면 김병화하고 의논을 해서 결정집시다그려."

경애는 곧 들을 듯이 좋은 낯으로 선선히 나섰다. 그러나 그들은 듣지를 않았다. 나중에는 뺨을 갈기며 위협을 하였다. 이러기를 두세 시간이나 하다가, 저희도 하는 수 없던지 수군거리고 나서 병화를 부르러 간다고는 하였으나 인제는,

"너 가라—난 싫다."

하고, 저희끼리 서로 밀고 한참 실랑이를 하다가, 결국에 경애를 데려온 자가 술이 덜 취하였다 하여 어름어름 나가더니, 얼마 만에 데려온다던 병화는 안 오고, 또 다른 나이 지긋한 청년을 데리고 들어왔더라 한다. 주정꾼이에게 또다시 실랑이를 받고 앉았던 경애는, 하여간 맑은 정신을 가진 청년을 만난 것만 다행하였으나 이번에야말로 불한당의 두목이 들어온 것 같아서 속은 더 떨렸었다.

이 청년은 쑥 들어서면서 배반이 낭자한 것을 보고 두 주정꾼이를 나무랐다.

"무슨 술들을 웬 돈이 있어서 이렇게 먹는 거야? 저리들 나가!"

하고, 눈을 부라리며 소리를 치니까, 두 청년이 쥐구멍을 찾듯이 슬슬 피해 나가는 것을 보고, 경애는 어쨌든 마음이 시원하고 이 청년이 도리어 믿음직한 것 같기도 하였었다.

"언제 오셨나요?"

그 청년은 경애더러 앉으라 하고 점잖이 말을 붙였다. 경애는 이자가 시킨 일이구나 하는 생각으로, 밉고 분하면서도 점잖은 수작에 더욱 마음이 놓이기는 하였었다.

"당신이 나를 꾀여 왔소? 당신은 누구요?"

하고, 경애는 덤벼들었었다.

"나는 김병화 군의 친구요. 미안하게는 되었습니다마는 묻는 말씀을 한마디만 분명히 대답을 해주시면 곧 가시게 할 것입니다."

이렇게 말을 꺼내놓고 병화의 쓰는 돈의 출처를 대라는 것이었다.

"남의 돈 쓰는 것을 내가 어떻게 알까요? 그까짓 말 묻자고 바쁜 사람을 속여서 이런 데로 끌어오셨나요?"

"그까짓 말이 아니라, 필요하니 이실직고를 하슈?"

"난 몰라요."

"그럼 이것부터 말을 하슈. 저번에 댁에 와서 묵고 간 사람 아시겠구려? 지금 어디 가서 있나요……."

경애는 가슴이 덜컥 내려앉았었다.

두 청년이 기밀비 오천 원 놀래를 하며 등을 쳐먹으려고 하는 것과는 달라서, 정통을 쏘며 족치는 데에 경애는 진땀이 빠졌었다. 달래고 어르고 하는 품이 여간 형사에 질 배가 없었을 뿐 아니라, 나중에는 서너 번 뺨까지 후려갈기며,

"너 같은 년이 농락을 부려서 김병화를 유혹하고 타락시킨 것이니까, 너부터 그대로 둘 수는 없다!"

고 곧 사람을 잡을 것같이 서둘렀다. 그런 말을 들으면 확실히 병화나 필순이의 동지 같기도 하나, 혹시는 동지인 척하고 속을 뽑는 것인지도 모를 일이요, 설혹 동지라도 발설을 할 일이 못 되니 경애는 맞아 죽는 한이 있어도—하는 비장한 결심을 하였던 것이라 한다.

이렇게 부대끼기를 또 한 시간이나 하였을 때쯤 되어서 또 다른 보지 못하던 청년 하나가 기웃이 들여다보니까, 가만히 있으라 하고 나가서 수군수군하고 들어와서 "나는 바빠서 가기는 가지만 일간 다시 만날 기회가 있을 게니, 잘 생각해두었다가 그때는 바른대로 대야 돼!" 하고 의외로 뒤가 물게 총총히 가버리더라 한다.

이것은 병화를 불러다놓았다는 기별이 왔기 때문이었던 것이다. 병화는 일장설화를 가만히 듣고 누웠다가,

"미안하우. 애썼소."

하고 위로를 할 따름이다.

그러나 경애는 그러고도 또 주정꾼들에게 붙들렸더라 한다.

"막 나오려는데 어디 숨었었든지 그 두 놈이 화닥닥 나오는 것을 보고는 참 정말 눈물이 핑 돌아요. 그래 하는 수 없기에 이번에는 취한 사람을 덧들여서는 안 되겠다 하고 또 얼마 동안을 살살 달래고 빌고 한 뒤에 셈을 해 오라고 해서 요리값을 선뜻 치러주니까 그제서야 좀 마음이 풀리겠지요."

"그럼 술 사 먹여가며 매 맞은 셈쯤 되었구려?"

필순이 모친은 옆에서 남편의 허리를 주물러가며 분해 못 견딜 듯이 한마디 한다.

"그건 어쨌든지 저희끼리도 말이 외착이 나니 그 웬일애요?"

"응, 한편에서는 기밀비니 어쩌니 하고, 두목가는 사람은 '그런 말'을 하니까 말이지?"

병화가 얼른 알아듣고 대답한다.

"그러나 무슨 일이든지 한두 사람 이외에야 아나. 그 아래서

노는 사람들이야 제멋대로 떠들 것이 아니겠소. 그뿐 아니라, 그 두 사람은 진정한 동지도 아니요, 말하자면 여기 집적 저기 집적 하고 돌아다니는 덜렁꾼이거던."

"내 그저 그런 듯싶더군! 기밀비 삼천 원이 어디 있는지 저희들 이 먹겠다고 허욕이 나서 덤비는 수작이 왜 그리 덜 익었누 했지."

경애는 비로소 생긋 코웃음을 쳐 보인다.

"그따위 위인들이 무얼 하겠다고 하는 건가? 거기도 직업적 브로커가 있군."

덕기가 분개를 하며 비꼰다.

"그리게 누가 탐탁히 일을 시키나! 그렇지만 그런 사람도 있 어야 되거든! 무슨 일이나 혼자 하는 줄 아나? 우선 오늘 일만 해 도 경애 씨를 후림새 있게 불러오는 데는 난봉깨나 피워보고, 덜 렁대는 그런 모던보이가 적임자요, 또 김병화가 기밀비를 먹었 다─하는 소문을 내놓자면 그런 자들을 이용하는 것이 신문에 광고를 내는 것보다 훨씬 효과적이란 말일세. 그런 위인이란 저 희 집 재산을 다 까불리고 인제는 요릿집은 고사하고, 술 먹을 밑 천도 없고 기생집에 가야 푸대접이요, 다마쓰기³⁰²도 돈 들고, 집 에 들어앉았자니 갑갑하고 하니까, 일이 있으나 없으나 서울이 좁다고 싸지르는 축이니 발은 넓어서 안 가는 데가 없으니까, 필 요한 때 무슨 말 한마디만 들려 내보내면 신문 호외 이상으로 당 장 그 소문이 쫙 퍼지네그려. 따라서 또 그 대신에 소문을 알아 들이는 데도 그만큼 유용한 정보망이 없다네. 내가 이런 장사를

302 일본어로 '당구'를 뜻함.

벌인 것도 그런 사람을 먹여 길르자는 것일세."

"흥, 붉은 맹상군孟嘗君[303]일세그려? 하지만 아는 도끼에 발등 찍힌다고 모가지 두엇 가지고 다녀야 하지 않겠나?"

"그야 주의를 해야지. 하지만 그 대신에 잘 양성만 해놓으면 그중에서 정말 동지를 얻을 수도 있거든."


## 장훈이


필순이 부친의 신음소리에 둘러앉은 사람들은 하던 이야기를 가다가다 뚝 그치고 시계들을 치어다보며, 그만하면 올 때도 되었는데―하고 의사를 기다리곤 하였다.

필순이 아버지는 실상 아무 까닭도 없이 볼모로 붙들려 가서 이런 횡액에 걸린 것이다. 병화가 늦기 때문에 공연히 거레를 한 것이지마는 원래 그 축에서는 이 사람을 무능은 하여도 원로 격으로 대접하는 터이므로 그 집 속에서는 경애와 같은 곤경은 치르지 않았었다. 묻는 것이 있으면 아는 대로 대답할 뿐이요, '산해진'에서 점방을 보살펴주는 것도 상말[304]에 목구멍이 포도청이라 해서 전후 체면 없이 앉았는 것이 아니라, 병화의 계획이 무엇인지는 모르되 그것을 도와주는 셈이라고 병화의 변명도 하여주었다. 병화가 와서 주인과 단둘이 격론을 하고 실랑이를 하다가 결국에 무

303  중국 전국시대 제나라 재상으로 천하의 인재를 초빙해 식객이 3천 명에 이르렀다고 한다. '붉은 맹상군'이란, 형편이 어려운 사람을 보살피는 사회주의자를 빗대어 한 말.
304  상스러운 말.

사히 병화와 함께 풀려나왔던 것이다.

나와서도 큰길로 총독부 앞을 돌아만 왔다면 이런 일은 없었을지 모른다. 그러나 이야기가 무사타첩[305]된 데에 마음도 놓였고 밤이 든 터도 아닌데 경무대 앞만 빠지면 바로 거기니 길을 돌 묘리가 없어서 추성문으로 들어서려고 마악 돌층계를 올라서자니까, 우선 비쓸하는[306] 놈과 병화가 딱 마주치며, 어깨를 서로 스치고 지나쳤던 것이다. 물론 병화는 자기는 자신이 있으나 필순이 아버지를 위해서 잠자코 층계를 올라섰었다.

"되지 않은 놈, 어디서 빌어먹던 놈이야?"

주정꾼은 모른 척하고 지나려는 병화의 고작을 낚아채는 바람에 싸움은 시작된 것이다. 컴컴한 속에 어디에 매복을 하였었던지 이것을 군호로 서너 명이 소리도 없이 우중우중 나서는 것을 병화는 벌써 알아차리고 닥치는 대로 집어 쳤으나 그러는 동안에 필순이 아버지는 대번에 나가자빠져서 저 지경이 된 것이라한다.

요행히 행인이 오락가락하고 동네에서 뛰어나오고 하여 법석을 하는 통에, 마침 일이 되느라고 필순이와 덕기의 일행이 달겨들어서 뜯어말려 가지고 온 것이다.

필순이는 삼청동 백십 번지를 허희단심[307] 겨우 찾아가니, 손님이 금방 나갔다는 말에 일편 마음이 좀 놓이기도 하나 기운이 풀어지며 되돌아 나오려는데, 인력거에서 내린 덕기가 인력거 등불

305 아무 사고 없이 무사히 잘 끝남.
306 비틀거리는.
307 허희단심, 허우적거리며 무척 애를 씀.

을 앞세우고 원삼이와 이리저리 집을 찾는 것과 마주쳤던 것이다. 필순이는 세상에 나와서 이때같이 남의 정이 고마운 것을 몰랐고 이때같이 덕기에 대하여 감사와 감격에 남몰래 가슴을 떤 때가 없었다.

"아무리 술들이 취하고, 입을 모으고 헌 계획적 테러기루 대로상에서 광고를 치고 그게 뭔가. 바로 조금 가면 다리 건너 파출소가 있는데, 순사를 부르러 가느니 하고 법석들이든가 보든데 결국 누워서 침 뱉기 아닌가? 주착없은 것들!"

이야기 끝에 덕기가 이런 소리를 하니까, 부친의 어깨를 주무르고 앉았던 필순이는 덕기를 말끔히 치어다본다. 그 눈에는 점점 영채가 돋아 오르며 입가에 웃음이 피어오르다가, 눈이 마주치자 찔끔하며 고개를 떨어뜨린다. 자기도 한마디, 아까 그 컴컴한 골목 속에서 타박타박 나오다가, 덕기와 만났을 제의 감격을 이야기하려다가 만 것이다. 입 밖에 내느니보다도 그 기쁨, 그 감격을 가슴속에 혼자만 깊이깊이 간직해두는 것이 더 행복스러운 것을 느긋이 느끼는 것이었다.

의사가 왔다. 그의 시선은 우선 자리보전하고 누운 사람에게로 가더니, 다음에는 뺨이 부풀어 오른 경애에게로 갔다. 안팎에 사람이 늘비하고 백만장자의 손자인 덕기가 앉아서 부르는 터이라, 도대체 어쩐 영문인지 몰라서 의사는 눈치만 슬슬 보며 환자에게로 다가앉는다.

"허어, 늑골이 두 개가 상했군요. 어쩌다 이렇게 되었는지 원체 쇠약하신 모양인데, 바로 왼쪽 폐 위가 되어서…… 허……."

의사는 덕기의 얼굴을 치어다보며 기색을 살핀다. 덕기가 탐탁하게 뒷배를 보아주어서, 고쳐주려는지 그 기미부터 떠보려는 것이다.

"허어 그래요? 그럼 댁으로라두 곧 입원할 수 있을까요?"

덕기가 다가앉는다. 방 안은 긴장하여졌다. 의사는 알아차린 듯이,

"그게 좋겠죠. 우선 뢴트겐을 좀 봐야 하겠는데 가까운 의전醫專에 교섭해볼까요?"

"어디든지! 보시다시피 여기는 착박[308]하구 한시가 급하니까."

덕기가 동독[309]을 하는 바람에 의사는 몸이 가벼워져서 점방으로 나가, 의전에 전화를 걸어본다.

"밤중이라 뢴트겐은 어려우나 입원은 될 듯합니다. 어쩌면 급한 대루 나하구 수술도 되겠죠. 이대루 두면 아무래두……."

의사는 여러 사람이 열좌하여 있느니만큼 대단한 의협심을 보인다. 이리하여 병화는 피가 난 턱 밑과 손등에 약만 발라달래서 일어나고, 필순이 부친은 서둘러서 입원을 시키게 하였다.

의사가 의전병원에 있었던 관계로, 전화로 당직인 친구를 불러내 가지고 당장 입원을 시키고 밤을 도와 수술을 하게 되었다. 약관弱冠 조덕기의 한마디 말이지마는 천석지기가 된 조덕기의 소개다! 범연할 리가 없다.

병화도 입원하는 사람을 따라간다고 나섰으나 좌우에서 말려서 주저앉았다. 사실 몸도 아프거니와 필순이 모녀가 따라가니까, 경애더러 혼자 집을 보랄 수도 없으니, 자기가 처지는 수밖에

308 답답할 정도로 매우 좁음.
309 독촉하고 격려함.

없었다.

"누웠게. 자네 대신 내 감세."

덕기가 나서는 것은 의외이었다. 필순이 모녀는 마주 보며 너무 고마워서 눈물이 나올 듯싶었다. 의사까지 따라 타고 택시는 떠났다. 집에서는 경애가 병화를 간호하며 묵을 차비를 차리었다. 정신을 차리고 조용히 앉으니 이제야 시장기가 든다. 필순이 어머니는 이때껏 아무도 손을 댄 사람이 없는 저녁 밥상을 내놓고 갔으나, 흥분된 끝이라 두 남녀는 저를 들려고도 아니하였다.

"병원은 어찌 됐누? 전화나 걸어볼까?"

하고 병화가 일어서니까,

"그만두세요. 내가 걸게. 찌개가 식기 전에 어서 잡수세요."

하고 경애가 앞장을 섰으나, 병화는 가만있으라 하고 나가서 전화통에 섰다. 경애는 하는 수 없이 외투를 들고 나와서 걸쳐주고, 방으로 다시 들어와 찌개를 화로에 놓는다.

"아무래두 지금 곧 수술을 할 모양이라는군. 암만해도 좀 가봐 주어야 하겠는데……."

전화를 걸고 들어온 병화는 망단해서 밥 먹을 생각도 없어졌다.

"그렇게 위중하대요?"

"수술만 하면 별 탈은 없다지마는, 까닭 없는 조 군이 밤을 샌다는데, 내가 가만있을 수야 있나! 조 군은 또 어쨌든, 수술을 한다는데 모른 척할 수 있나."

"그두 그렇지만 어디 성하슈? 무정해 그런 게 아니라, 하는 수 없는 사정이요, 덕기가 있어주마는 데야 당신이 가신다고 수술이 더 잘될 것도 아니요……."

경애는 아무래도 내보내지는 않을 작정이다.

"그야 그렇지만 인사가 되었나."

"정 하면 내가 대신 갔다 오지. 그건 고사하고 성한 사람들이 나 이 추운데, 무얼 먹어야지요. 아주 여기서 무얼 시켜 보낼까?"

"응, 우선 그렇게 하는 게 좋겠지. 먹을 경황들도 없겠지만."

이번에는 경애가 점방으로 나가서 소바집에 전화를 걸었다. 소바집은 여기와 병원 새에 있으니까, 시켜 보내기에 똑 알맞았 다. 그 길에 병원에도 전화를 걸고 덕기를 불러내서 저녁을 시켜 보내니 필순이 모녀를 강권해서라도 먹이라고 일러놓았다.

병화는 경애가 전화를 거는 소리를 가만히 들으며, 필순이네 를 언제 친하였다고 저렇게 다정히 하나 하는 생각을 하면 또 감 사하였다.

"벌써 수술실에 들어갔는데 십오분만 하면 끝난다는군. 그리고 다 간정되면 덕기가 이리 올 테니 아예 야기 쐬고 올 것 없다구!"

경애는 전화를 끊고 들어와서 이런 소리를 하며 상을 차린다.

병화는 가만히 듣고만 앉았다가 눈물이 글썽글썽하여졌다. 모 든 사람이 가엾고 불쌍하고 그리고 다정하고 고마운 생각을 하 면 저절로 창연하면서도 기쁘고 감격에 넘쳐서 눈물이 나는 것 이다. 경애의 기구한 신세도 가여웠다. 그 경애가 오늘 자기 때문 에 반나절이나 발발 떨며 감금을 당하고 얻어맞고 죽었다 살아 난 듯이 고초를 겪은 것을 생각하면 미안한 것은 둘째요 애처롭 다. 또 그 경애가 지금 이 앞에서 저 시장한 줄을 모르고 도리어 자기를 위로하고 필순이 모녀의 걱정까지 해준다. 그 마음부터 귀여우면서 가련한 것이다.

필순이의 세 식구—현저동 아래턱 오막살이를 면하고 나온 지가 겨우 열흘도 못 되었다. 이제는 운이 겨우 터지어 아침 먹으면서 저녁 걱정은 않게 되었다고 좋아한 것도 꿈이 되고 남편은 갈빗대가 부러져서 생사가 오락가락한다. 살아나기로 성하게 다니는 꼴을 볼지 알 수가 없는 이 지경을 당한 두 모녀의 마음을 생각하면, 측은도 하고 눈물이 아니 나올 수 없다. 또 그 당자는 어떤가! 감옥살이에 지치고 나와서는 하고한 날 굶주리고 들어앉았다가 어쨌든 처자나 굶기지 않게 된다는 바람에 마음에 없는 장삿속을 배우겠다고 터덜거리고 다니다가, 죄 없이 뭇매를 맞았으니, 그 꼴도 마주 볼 수 없이 가엾고 딱하다…….

덕기—이 사람은 금고지기이다. 그러나 금고지기로 늙지 않겠다고 보채는 배부른 서방님이니만치 그에게도 또 숨은 고통이 있겠지마는, 팔자에 없는 고생을 하느라고 자기 대신 밤을 새워주는 것을 생각하면 어쨌든 고마운 일이다.

병화는 모든 사람을 사랑하는 마음이 가슴에 넘치었다. 분한 끝의 센티멘털한 기분만이 아니었다.

"장개석蔣介石이도 결코 나쁜 사람이 아니야. 나쁘기는커녕 그놈의 본심을 오늘 알았어! 알고 보니 그만한 놈도 없어!"

병화는 젓가락을 들다가 별안간 이런 소리를 혼잣말처럼 중얼중얼한다. 경애는 뭐요? 하는 듯이 고개를 쳐들고 말뚱히 바라본다. 이 사람이 잠꼬대를 하나? 너무 들볶여서 실성을 했나?…… 겁도 났다.

"그게 무슨 소리슈? 장개석이가 어째요."

"하하하……."

인제야 제정신이 든 듯이 웃는다. 병화는 여러 사람들의 심성과 사정을 생각해보다가 거기 연달아서 무심코 나온 말이었다.

"장개석이 몰라? 하하하……."

또 웃는다.

"무에 씌셨소? 왜 이리슈?"

경애는 의아한 눈으로 바라보며 따라 웃지 않을 수 없다.

"이때껏 우리를 시달리던 장개석이 말이야? 장훈이 말이야!"

"그 사람이 장훈이래요? 장개석이야?"

두 사람은 마주 웃었다. 그 두목가는 청년은 조선에는 희성稀姓인 장가蔣哥이었다. 그래서 별명이 장개석이라 한다.

"그래 장개석이가 어쨌단 말애요?"

"자식이 의뭉하단 말이야."

병화는 밥을 두어 젓가락 떼어 넣는다.

"무에 의뭉해요?"

경애는 너무나 의외의 소리에 눈이 뚱그레진다.

"우리가 결국 그놈한테 한 수 넘어갔어……."

시장한 줄도 몰랐던 장위를 건드려놓으니까, 무작정하고 들어오라는 모양이다. 젓가락도 안 드는 경애에게 권하기만 하면서, 연해 퍼 넣는다.

"천천히 잡수세요. 이야기나 해가며……."

몸 아픈 사람이 체할 것도 걱정이지마는, 이야기를 듣기도 경애는 급하였다.

그러나 병화는 먹기가 급하다. 밥 한 그릇을 후딱 먹고 나는 것을 보고 경애는,

"에그 체하시겠소."

하고 애를 쓰면서,

"그래, 이야기를 하세요."

하고 말뒤를 채친다.

"무어?"

잊은 듯이 딴청이다.

"장개석인가 장훈인가 말얘요!"

"응, 그건 그쯤만 알아두어요."

"누구를 놀리슈? 못할 말이면야 왜 애초에 끄냈더란 말씀요?"

경애는 병화가 그래도 자기를 못 믿고, 어느 한도 이외에는 실정을 토하지 않는 것이 늘 불만이었다.

병화는 담배만 피우고 앉았다가 가만히 누워버린다. 한 팔은 뻐근하고 속으로 아프고 한 손은 쑤시고 부어올라 왔다.

"여자라고 해서 못 믿으시지만, 그런 것은 구식—봉건사상이얘요! 구태여 알자고 애를 쓰는 것도 아니지마는, 영문을 시원스럽게 알고서나 얻어맞어 가며 다녀야지! 그것도 아주 처음부터 내가 관계 안 한 것이면 모르지만……."

경애는 토라진 수작을 하며 밥상을 내다놓고 자기 주머니에서 해태표를 꺼내어 화롯불에 뱅뱅 돌려가며 골고루 붙인다.

똑똑 똑똑…… 담배 파우, 담배 파우…….

남자의 목소리다. 눕고 앉고 한 사람은 귀를 세우며 마주 보았다.

"어렵지만 좀 나가보우."

말이 떨어지기 전에 경애는 벌써 방문 밖으로 나갔다.

"무슨 담배얘요?"

안에서 소리를 치며 질러놓았던 조그만 안빗장을 빼니까 빈지짝에 달린 샛문이 밖으로 펄썩 열리며, 찬 바람이 확 끼치고, 뒤미쳐서 꺼먼 두루마기를 입은 자가 꾸부리고 기어 들어온다.

경애는 머리끝이 쭈뼛하며, 한 걸음 뒤로 물러섰다. 하마터면 소리를 칠 뻔하였다.

거기에 미소를 띠고 우뚝 선 사람은 아까 청요릿집에서 시달리고 족치던 그 무서운 청년이다.—지금 병화가 금방 말하던 '장개석'이다. 장훈이다.

검정 수목[310] 두루마기에 꾀죄죄한 목도리를 비틀어 끼우고, 흰 고무신에 중같이 덧버선목이 대님 위로 올라오게 신은 양이, 변장한 형사 같으나 분명히 아까 본 그 사람이다.

사람을 놀리는 듯한 미소를 여전히 머금고 턱으로 안을 가리키며,

"김 군 있나요?"

하고 제잡담하고 올라가려 한다.

경애는 아까 병화에게 들은 말이 있는지라 다소 안심은 되나, 이 밤중에 별안간 달겨든 것을 보니 그래도 미진한 것이 있단 말인가? 또 작당을 해 오지나 않았을까 하는 의심도 나서,

"가만히 계시요."

하고 제지를 하여놓고 밖에 누가 또 있나 없나를 보려고 문을 다시 열려니까, 그동안에 병화가 부스럭부스럭 일어나 나온다.

"어서 올라오게."

310 낡은 솜으로 실을 켜서 짠 무명.

병화는 놀라는 기색도 없고, 그렇다고 반기는 양도 아니다.

"응, 마침 잘됐네. 올라갈 건 없고 궁금해서 잠깐 들렀네."

하고 붕대 처맨 손으로 눈을 주며,

"과히 다친 데는 없나?"

하고 웃는다. 아프냐고 물어가며 때리는 사람도 이 세상에는 있는지? 덜 다쳤다면 더 때려주마고 쫓아왔는지? 때려놓고 위문 오기란 술 먹여놓고 해장 가자 부르러 오기보다도 더 친절한 일인지?…… 병화의 대답이 또 요절을 하겠다.[311]

"나는 그만하면 겨우 연명은 되네마는, 이 동무(필순이 부친)는 갈빗대가 단 하나 부러졌다네."

하고 병화는 손가락 하나를 쳐들어 보인다.

"허허……."

'장개석' 군은 염치 좋게 너털웃음을 내놓더니,

"그래 누워 있나?"

하고 묻는다.

"부러진 갈빗대는 두면 무얼 하나? 성이 가시다구 아주 떼내 버리려 갔네."

"허허허……."

또 허허허…… 다.

"자네 소윗증[312] 안 나나? 가는 길에 의전병원에 들러보게. 지금 쯤 오려 내놨을 테니 물고 가서 쟁여를 먹든 구워를 먹든……."

병화도 빙긋해 보인다.

---

311 몹시 우스워 허리가 아플 정도로 웃다.
312 채식만 하여 고기가 먹고 싶은 증세인 '소증素症'의 뜻인 듯.

"허허허…… 자네 노했나?"

"노할 거야 있나마는 어린애들을 시켜서 늙은이를 그게 무슨 짓인가?"

병화는 눈을 찌푸리고 입을 삐쭉해 보인다.

"게다가 백정놈들 모양으로 연장까지 가지구!"

"여보게, ××사 사람 들으리! 하지만 이 세상 놈들 쳐놓고 어떤 놈은 인백정 아닌가?"

'장개석' 군은 코웃음을 치다가,

"하여간 미안하이. 그렇게까지는 하지 말라고 단속을 하였건만 그예 그렇게 되고 말았네그려. 하나 지난 일을 어쩌나! 자아, 난 가네. 어떻게 됐나 궁금해서 잠깐 들른 걸세. 아까 내 말대로 오해는 결코 말게."

장훈이는 훌쩍 나가버렸다.

옆에 섰던 경애는 어이가 없어 말이 아니 나왔다. 이 사람들이 참 정말 실성들을 하였단 말인가? 자기네 딴은 운치 있는 농세상으로 알고 하는 짓들인가? 서로 약은 체를 하고 서로 딴죽을 걸어 넘기는, 패를 쓰는 것이란 말인가? 깃구멍이 막힐 노릇이다.

"사람이 죽네 사네 하는데 그것들이 희락요? 무엇들요?"

경애는 문을 단단히 잠그고 들어와 앉으며 시비를 한다.

"저도 겁이 났든지 애가 쓰이든지 해서 위문을 온 모양이지."

병화는 번듯이 누우며 웃어버린다.

"꼬락서니하고 할 일은 무척 없는가 봐. 사람 죽여놓고 초상 치러주러 다닐 놈 아닌가! 그게 고작 한다는 일이야?"

경애는 분하고 미워 죽겠는 모양이다.

"그런 게 아니야. 제 딴은 나를 위해서 기밀비를 먹었다고 소문을 내놓은 것이라서, 젊은 애들이 듣고 일어나서 너무 날뛰니까 끌어간 것이요, 손찌검은 하지 말라고 당부한 것도 사실은 사실인 모양이야."

"어림없는 소리두 퍽 하우. 면에 못 이겨서두 그렇구 뒷일이 무서워두 그렇게 말할 거지. 누가 내가 시켰다고 할까. 또 돈만 해두 하필 경무국 기밀비만 돈일까. 정말 당신 일을 위해서 헛소문을 내어준다면 친구가 대어준 것이라든지, 하고 많은 말에 꼭 기밀비 문제를 꺼낼 게 무어더란 말씀요."

"응, 그런 게 아니지. 피혁이가 여기 들어와서 실상은 나보다도 장훈이를 먼저 만난 건 사실인 모양이야. 장훈이의 말은 이렇거든.─어디서 언제 뉘게 얼마를 주었는지 나는 안다. 아는 사람은, 주고받은 사람 외에, 두 사람이 있다. 홍경애와 자기다. 그런데 그 돈으로 별안간 홍경애와 반찬가게를 열었으니, 둘이 먹어버리고 입 쓱 씻으면 그만일 줄 아느냐?─장훈이의 첫째 문제가 이거란 말이야."

먹어도 소리나 없이 슬금슬금 먹어버리거나 뒤떠들고 가게를 벌이고 하면 당국에서나 동지 간에 기밀비가 아니면 밖에서 들어온 돈이라고 단통 떠들 것이니, 그러고 보면 남의 일까지 방해될 것이다. 더구나 형사들이 거죽으로는 김병화가 마음잡았다고 추어주고 다니지마는, 실상은 무슨 냄새를 맡아내려고 그러고 다닐 것이다. 벌써 냄새를 맡았는지도 알 수가 없다. 턱 걸리기만 하면 이따 어떻게 될지 내일 어떻게 될지 마음을 놓고 일을 하는 수가 없다. 병화가 붙들려 들어가서 피혁이 사건이 단서가 난다면 장훈이도 단박에 경을 치는 판이다. 그러고 보니 첫째는 장훈이 일파와 읍각부동[313]이라는 것을 저자들에게 알릴 필요가 있다. 전기의 절연체로 막아버리듯이 딱 끊어버리면 장훈이에게 불똥이 뛰어올 리는 없다. 또 만일 외국에서 들어온 돈 때문에 시비가 난 것을 당국이 노려보더라도 얻어맞은 놈이 먹었다 할 것이요, 때린 놈은 못 얻어먹은 분풀이를 한 것이라 할 것이니, 장훈이에게는 유리한 발뺌이 될 것이다. 장훈이는 앞질러서 변명을 해두자는 것이다.

둘째는 김병화를 반성시키자는 것이니, 계집에게 빠져서 그렇든지 돈에 팔려서 그렇든지 간에 둔마[314]된 투쟁욕을 각성시키고 회복시키자는 것이다. 또 그리함으로 말미암아 타락해가는 다른 동지에게 볼모를 보이고 징계를 하는 방부제로 쓰자는 것이다.

셋째는 기밀비를 먹었다고 소문을 내놓아야 장훈이 일파와 충돌이 일어날 이유가 생기기도 하지마는, 한편으로는 병화에게 대한 경찰의 의혹이 엷어질 것을 생각한 것이다. 기밀비란 한 군데서만 나오는 것도 아니지마는, 저희끼리도 어느 구멍에서 어떻게 나왔는지를 모르기 때문에, 특별한 사건이 생기지 않으면 세상에서 떠드는 대로 그런가 보다 하고 내버려두거나, 도리어 저희 끄나풀로 이용하려드는 것이다. 사실 지금 병화가 이용을 당하고 있는지는 모르겠으나, 아무리 이용이 된대도 설마 피혁이가 다녀나갔다는 것까지 알려 바칠 리가 없겠고, 또 만일 병화가 무슨 일을 은근히 한다면 당국의 주의가 엷어지느니만큼, 일시 오해를

313 원문에는 '옥각부동'임. 규칙이나 풍속이 각 고을마다 차이가 있음.
314 굳어서 정신이 흐려짐.

받는 것이 성이 가시기는 해도 도리어 편한 점도 있을 것이다. 이 것은 만일의 경우에 병화의 뒷길을 터주자는 것이다.

물론 장훈이는 제 비밀을 한마디도 입 밖에 내이지는 않았다. 장훈이의 말은 간단하였었다.

"자네 그 돈 내게 주게."

장훈이는 맡긴 돈처럼 만나는 길로 손을 내밀었었다.

"돈이 무슨 돈인가?"

"두말 말고 내놓게. 반찬가게 하라고 준 것도 아니요, 홍경애 용돈 쓰라고 준 것도 아니니까."

"자네 언제 내게 돈 맡겼나?"

장훈이는 아무 말 안 하고 벽장에서 뚤뚤 뭉친 봇짐을 꺼내서 툭 내던지며,

"그럼 이걸 사 가게!"

하였다.

"무언가?"

"무어나마나 풀어보게그려. 그 값어치는 될 게니."

병화가 안 펴보니까 장훈이가 폈다. 검정 두루마기와 구두 한 켤레와 그리고 조그만 백통 권총 한 자루.

"이 두루마기 눈에 익겠네그려?…… 이 구두도 보았겠네그려?"

장훈이는 셋째로 권총을 가리키며,

"이것은 자네게 쓰자는 것은 아니었으나, 자네가 이것도 안 사 간다면 그 값에 자네 목숨을 내가 사겠네. 그 대신 그 돈은 홍경 애에게 유산으로 주면 그만 아닌가!"

이때의 장훈이의 입가에는 그 독특한 쌀쌀한 미소가 떠올라

왔었다.

"알았네! 그러나 지금 사지는 못하겠네! 돈으로 사지는 못하겠네."

"무엇으로 사겠나?"

"목숨으로!"

"그럼 자네 지금 하는 일은 무언가?"

"보호색保護色! 사람에게도 보호색은 필요한 걸세."

두 사람의 문답은 간단명료하였다.

"그럼 두말 안 하네. 이 두루마기와 구두만 해도 자네가 변장을 시켜서 내보낸 증거는 확실하니까, 아무리 변심을 하는 한이 있어도, 후일 자네 입으로 탄로는 못 시키렷다? 자네만 아니라 두루마기 임자며 그 딸, 그 아내…… 여러 사람이 엇걸렸으니까! 그러기에 내가 이렇게 한만히 자네게 보이는 것일세……."

"어쨌든 어서 집어넣게. 그리고 자네가 가지고 있는 것은 위험하니 잘 처치를 하게."

아까 삼청동에서 만나서 한 이야기는 이것뿐이었다.

병화가 장훈이와 만나던 일장설화를 듣다가, 경애는 놀라는 기색도 없이,

"그런데 그이가 게다가 벗어놓고 갔을까?"

하고 눈만 깜박거린다.

"두루마기가 원체 작아서 장훈이 것과 바꿔 입었다는군. 그때 바로 서울을 떴을 줄 알았더니, 어디 가서 앉아서 장훈이까지 만나고 간 거야."

경애는 고개를 끄덕여만 보인다.

피혁이는 경애 집에서 달아날 때, 병화가 사다가 준 고무신이 댓가래 같아서 걷기 어렵기도 하고, 급한 판에 조선 버선을 바꿔 신고 하기가 거추장스러워서, 그대로 신던 구두를 신고 갔는데, 그것도 장훈이에게 벗어 맡기고 간 모양이다. 그러나 육혈포[315]가 웬 것인지? 그것만은 장훈이도 그댓말은 안 하였다.

장훈이는 언제 무슨 일로 가택수색을 당할지 모르니까, 두루마기와 구두는 집에서 입고 끌던 것이요 무기만 다른 데 감추어 두었던 것을 찾아다가 오늘 활극에 잠깐 쓴 것이었다.

"제가 정말 그러면야 부하를 시켜서 사람을 죽도록 패기까지 할 거야 무어 있겠소?"

경애는 그래도 미심쩍었다.

"그렇지 않아도 헤어질 때 혹시 그놈들이 가만있지 않을지 모르니 조심하라고 은근히 일러주더군."

"참, 당신두 왜 이렇게 어림이 없으슈! 뒤로 일러주기까지 할 테면야 부하를 그리 못하게 말릴 게 아니겠소."

"응, 그렇게만 나하고 수군거린 뒤에 당장 표변을 해서 도리어 말리면 그놈의 기밀비인가를 둘이 나누어 먹기로 타협이 되었다고 부하들이 들고일어날 테니까, 장훈이 역시 암만 부하라도 그 당장에는 어찌하는 수 없거든. 그뿐 아니라 장훈이로서는 어느 때든지 육박전이 한 번 나서, 우리 둘 새는 영영 갈라섰다는 것을 세상에 알리자는 것이거든! 그래야 서로 일을 하기가 편하고 나 역시 기밀비를 먹고 반동분자로 회에서 제명을 당하였다는 소문

---

315 탄약을 재는 구멍이 여섯 개 있는 권총.

이 나는 것은, 해롭지 않은 판에 도리어 잘된 셈이지. 당신하구 필순이 어른만은, 좀 가엾게 되었지마는…….”

“'좀'만! 요행 나는 갈빗대만 안 부러졌을 뿐이지 그런 봉변은 난생처음이니까!”

하고 경애는 암만해도 분해서 핀잔을 준다.

“그는 그렇다 하고, 아무러면 당장 칼부림이 날 줄 알면서 명텅구리처럼 어슬렁어슬렁 이 밤중에 그 무서운 길로 들어서는 사람이 어디 있단 말요?”

“그러지 않아도 돌아올까 하다가 그놈들 주정꾼이를 마침 만났는데, 그놈들도 오늘 그 일에 한통속일 줄야 알았나. 애초에 나를 부르러 온 놈들 역시 테러패(폭력단)들이기에 걸렸고나 하는 생각은 하였어도 장훈이가 시킨 것일 줄은 천만의외이었거든! 딱 가보니 그놈이겠지.”

“에이, 듣기 싫소! 그 천치 같은 얼빠진 소리 그만하구 정신 좀 차려요. 장가에게 한 수 넘어갔다지만 한 수커녕 두 수, 세 수…… 나중에는 몇백 수나 넘어갈지? 참 수 났소!”

경애는 열이 나서 퍼붓고 코웃음을 친다.

“왜?”

“왜가 뭐애요! 안팎벽을 치고 알로 먹고 꿩으로 먹고 하자는 수작이 뻔하지! 그래도 정신이 덜 나신 게로구려?”

경애는 혀를 찬다.

“설마…….”

병화는 자신 없는 눈치로 빙그레하며 눈을 껌벅거리고 천장만 바라보다가,

"그럼 그 두루마기고 권총이고는 어디서 났더람?"

"그리게 알로 먹고 꿩으로 먹는단밖에! 그이(피혁)는 벌써 반죽음은 되어서, 지금쯤 어느 유치장 속에든지 꿍꿍 알어누웠을 것이요. 장가야말로 그 신야넜이야 하는 기밀비를 먹어도 상당히 먹었을 게지!"

"설마……."

"설마가 사람 죽여요! 이 밤이 못 새어서 오토바이 한 패가 달겨들 테니 두고 보슈!"

경애는 입술이 뾰족해서 내던지듯이 핀잔을 준다.

"결단코 그럴 리 없지!"

병화도 마음이 오락가락하였으나 조금 있다가 용기를 뽐내어서 단연히 이렇게 한마디 하였다. 그러나 경애는 귓가로 듣는다.

"어쨌든 오늘 예서 주무시지 맙시다."

"별소리를! 정 그렇게 마음이 안 뇌거든 집으로 가서 자구려."

병화가 도리어 핀잔을 준다.

"당하면 같이 당하지! 집에 가서 자면 마찬가지 아닌가?"

말이 떨어지기도 전에 전화가 때르르 때르르 하고 불만 환한 점방에서 울린다.

"병원에선가?"

경애는 입으로는 이런 소리를 하였으나 도깨비 이야기한 뒤에 밖에 나갈 때처럼 가슴이 설레며 머리가 으쓱해졌다.

"긴상 있습니까?"

전화통을 떼어 들은 경애의 얼굴은 해쓱하여졌다. 일본말 발음이 조선 사람 같지 않기 때문이다.

"누구세요? 왜 그리세요?"

경애의 혀는 뻣뻣하여졌다.

"나는 금천이올시다."

경애도 상점을 벌인 뒤로 이 사람을 몇 번 만나서 안다. 그러나 부전부전히 인사할 경황도 없어, 그대로 수화기를 앞턱에 놓고 뛰어 들어갔다.

"누구? 금천이?"

병화는 누운 채 묻는다.

"어떻게 하시려우? 없다고 할까?……"

경애는 놀란 기색을 감추려 하였다.

"받지!"

하고 병화는 낑낑 일어난다. 경애도 없다고 한들 소용없을 것을 돌려 생각하였다.

"허허―, 용하게 아셨구려?"

"아―니, 손등을 좀 다쳤지만……."

"무얼 취해서들 그런 거지요……."

"글쎄― 하하하…… 그렇게 흔한 기밀비면야 나 같은 놈도 좀 주었으면 고마울 일이지만, 핫하하……."

저편에서 껄껄 웃는 소리도 수화기 옆에 붙어 섰는 경애에게까지 들린다.

"내일 아침 아홉시? 예― 가지요. 그러나 거기서 재일 필요야 없지요? 아무쪼록 깨어서 내보내주시지요."

"예― 그럼 내일 뵙지요. 안녕히 주무십쇼."

전화는 탁 끊었다. 병화의 '하하하'가 연발되면서부터 경애도

얼굴을 펴며 따라서 상긋하고 섰다가, 전화통에서 떨어지자 병화의 성한 손을 매달리듯이 붙들며,

"내일 오래요?"

하고 묻는다.

"웅! 그런데 그 취한 패가 붙잡혔다는구먼!"

"어떡해서?"

"모르지. 그런데 궐자316가 나를 놀리는데.─기밀비를 혼자만 먹지 말고 한턱낼 일이지 동냥도 아니 주고 쪽박 깨뜨리는 셈으로 때려만 주었느냐는군."

"헌데 그놈들이 경찰서에까지 가서 기밀비 놀래를 한 게지?"

"그야 취중에 오죽 들쌌으랴구. 그러나 오늘은 유치장에 재고 안 내보낸다는데."

"고소해라!"

경애는 자기 감정을 과장하여 입으로는 이런 소리를 해도, 유치장에서 잔다는 것이 그렇게 고소할 것까지는 없었다.

그러나 내일 왜 오라나 그것이 경애에게는 또 걱정이었다. 당장 와서 데려가지 않는 것을 보면 사건을 중대시하는 것이 아닌 모양이기는 하나, 어디로 뛸 염려가 없으니까 슬며시 늦춰주어 놓고 거동을 보아가며 차츰차츰 옭아 넣으려는 술책이나 아닐까, 경애는 그것이 걱정이었다. 병화도 그런 염려가 아주 없지는 않으나, 경애를 안위시키느라고 도리어 경애의 신경과민을 웃어주었다.

덕기는 자정 가까워서 전화만 걸고 자기 집으로 돌아갔다. 늦

316 '그'를 낮잡아 부르는 말.

기도 하였지마는, 경애와 단둘이만 있는 데 오기가 싫기 때문이었다. 하여간 수술한 경과는 양호하다 한다.

흥분과 혼란과 신음 속에서 밤을 드새고 나서 신새벽에 병화는 경애만 남겨두고 병원으로 달아났다. 병위문도 급하고 손등의 붕대도 갈아매야 하겠지마는, 아홉시에는 경찰서에 출두할 것이 커다란 일이었다.

오늘은 가게도 못 열었다. 며칠 안 되는 터에 안 열어서는 안 되었으나, 사람도 없고 자고 나니까 손이 더 쑤시고 저려서 빈지부터 여는 수가 없었다. 그러나 다행히 병화가 나서자 필순이가 달겨들었다. 아침밥 후에 모친과 교대하기로 하고 가게를 내려온 것이다.

병화는 길에서 만나서 역시 가게를 쉬자고 하였으나, 필순이는 들어오는 길로 가게를 부랴부랴 내었다. 경애도 벗고 나서서 한몫 거들었다.

"선생님은 나 혼자만 맡겨두는 게 미안하다고 그러시지마는, 안 열면 되나요. 단골도 있고 한데. 이런 때일수록 할 건 제대루 해야지요."

필순이가 이런 소리를 할 제 경애는 필순이가 다시 한 번 치어다보였다. 고맙고 기특하다고.

"한 시간만 견습을 하면 나 혼자도 볼 수 있으니 물건값부터 가르쳐주고 병원에 어서 가보우."

"천만에요. 난 무얼 아나요."

두 여자는 다른 걱정 다 잊어버린 듯이 깔깔대어 가며 의취 좋게 가게를 보았다.

조금 있으려니 원삼이가 터덜터덜 온다. 병화가 가다가 오늘만 일을 보아달라고 불러 보낸 것이다. 원삼이는 오는 길로 벗어부치고 달겨들었다.

"이래 뵈두 무어든지 할 줄 압니다. 밥두 짓고 국두 끓이구 배달을 나가라시면 자전거도 탈 줄 압니다. 그러나 여기 서방님같이 사람은 치고 다닐 줄 모릅니다."

원삼이는 여자들을 웃겨가며 빗자루부터 들고 나서 서둘러댄다.


## 소녀의 애수

아침 한차례 판 후에 경애가 틈을 타서 집과 바커스에 다녀오기를 기다려 필순이는 병원으로 뛰어가 모친과 교대를 하였다. 그때까지 병화는 경찰서에서 나오지 않았다.

필순이는 병상 앞에 지키고 앉았다가 부친이 잠이 혼곤히 드는 것을 보고, 가만히 나와서 유리창 밖으로 길거리를 내다보고 섰었다. 마주 보이는 것은 개천을 새에 두고 부연 벌판에 우뚝 선 옮겨 온 광화문이다. 날이 종일 흐릿하여 고단하고 까부라지는 필순이의 마음은 한층 더 무거웠다.

무슨 연鳶들을 개천 속에서 날리는지, 두 패 세 패가 조무래기들에게 휩쓸려서 법석들이다.

'오늘이 명일이로군. 연이고 널이고 내일까지뿐이다!'

이런 생각을 하니 언제라고 남의 집 처녀들처럼 새 옷을 입고 널을 뛰러 다니고 하며 설을 쇠어본 일도 없지마는 올에는 널뛰는 소리도 들어봤던가 싶다. 어쩐지 자기만은 어려서부터 세상 처녀들과 뚝 떨어진 딴세상에서 자라난 것 같다.

공연히 세상이 쓸쓸하고 처량한 생각에 잠겨 들어가서 맥을 놓고 한참 섰으려니까, 실컷 울고 싶기도 하고, 무엇인지 깜짝 놀랄 만한 일이 닥쳐올 듯 올 듯이 마음이 덜렁덜렁하는 것 같기도 하여, 지향을 할 수가 없는 것을 깨달았다. 그러나 그 놀랄 만한 일이란 결코 불행하거나 슬퍼서 가슴이 터지게 울 것 같은 그런 일 같지도 않고, 그렇다고 덜퍽지고[317] 시원스럽게 깔깔 웃을 일도 아닐 것 같으나, 무엇인지는 알 수 없는 행복스런 그림자가 노끈한 봄날에 단잠이 소르르 올 듯이, 차츰차츰 손 닿을 데까지 기어드는 것같이 공연히 마음에 키이는 것이었다. 처녀가 혼인 날짜를 받아놓았을 때와 같이, 울고 싶은 것도 아니요 웃고 싶은 것도 아닌 것 같으면서, 역시 울고도 싶고 웃고도 싶은 그런 얼떨떨한 공상에 잠혀 들어가나, 기실은 무엇을 공상하는지 아무것도 머리에 떠오르는 것은 없다. 다만 가슴속이 답답하면서 근질근질하여 시원스런 사이다— 한 고뿌를 마시거나, 손이 닿는 데면 살살 긁어보고 싶을 뿐이다.

필순이의 머리에는 어느덧 덕기가 안 오나? 하는 생각이 떠올라와서 병원 앞으로 향하여 오는 사람이면 유심히 바라본다. 아침에 상점으로 전화를 걸고, 병화를 찾다가 필순이가 받으니까, 간밤 경과를 묻고 나서 이따가 병원으로 오마고 하였던 것이다.

'그러나 지금 그이가 오나 보다 하고 기다리고 섰는 것은 아니

---

317 푸지고 탐스럽다.

다. 도리어 와두 성이 가시고 부끄러워.……'

필순이는 혼자 속으로 이렇게 변명을 하며, 머리에서 덕기 생각을 쓱쓱 지워버리려니까, 이번에는 덕기의 누이동생이라는 처녀가 머리에 떠오른다. 한 번도 보지는 못했으나 행복스럽게 깔깔대며, 큰 집 속을 휘젓고 다니는 곱게 꾸민 예쁜 아가씨로 상상이 되는 것이다. 고 또래의 계집애들이 모여 서서 널을 뛰며 발깍 뒤집으며 노는 양이 눈에 보이는 것 같기도 하다.

'어떻게 팔자가 좋으면 일생을 그렇게 아무 근심 걱정 없이 지내누?'

부러운 듯이 이런 생각을 한 것조차 부끄러운 듯이 얼굴이 발개지며, 그 생각도 잊어버리려 하였다. 아버지와 김 선생이 좌우에 서서 "지각없는 못생긴 소리 작작 해!" 하고 소리를 치는 것 같아서, 정신이 반짝 들며 병실 문 편을 해죽 돌려다 보았다. 부친의 음성이 분명히 들리는 것 같아서 가까이 가서 방문을 가만히 열어보니, 세 개가 놓인 침대 중에 저편 창문 밑으로 누운 부친은 그대로 자는 모양이요, 다른 병인들의 하얗게 세인 얼굴들만 이리로 향하여 기웃한다. 필순이는 문을 곱게 닫고 섰던 자리로 와서 선다.

'하루에 입원료가 삼 원씩, 한 달이면 구십 원…… 하루에 팔리는 것이 처음이라 그런지 오 원어치나 될까 말까 한데, 게다가 몇 식구씩 매달려서 먹고 입원료 치르고…… 이익은 고사하고 이러다가는 밑천째 들어먹겠다.……'

필순이의 생각은 또다시 어두워 들어갔다.

'어쨌든 이불이나 한 채 어서 만들었으면.……'

필순이의 한시가 급해서 애절을 하는 것은 부친의 금침이다. 삼동을 난 부친의 때 묻은 백지장 같은 차렵이불을 들쓰고 누운 양은, 차마 볼 수가 없다. 남볼썽에도 얼굴이 뜨듯하고 창피하다. 병원 이불을 한 채 주마고는 하는데, 뒤집어씌우는 껍질을 빨러 가서 오지 않았으니, 조금만 참으라는 것이다. 게다가 먼저 들어온 사람이 좋은 자리를 차지해서, 한데로 난 창 밑이라 외풍이 심하다. 병화가 아까 와서 보고 이불이 추울 테니 자기 것을 가져다가 덮어드리라고 하더란 말을 모친이 집에 와서 하나, 다다미방에서 자느라고 일전에 일본 이불 한 채를 사다가 며칠 덮지도 않은 것을 염치없이 갖다가 더럽힐 수도 없지마는, 당장 병화는 무얼 덮으라고 가져올까……. 필순이는 꽁꽁 앓으면서 입속으로 돈! 돈! 할 뿐이다.

'저러다가 고뿔이나 들리셔서 폐렴이 되고 더치시면 어쩌누?……'

겁이 펄쩍 난다. 상여 뒤에 따라가는 자기 모양이 눈앞에 떠오른다. 눈물이 핑 돌며 고개를 흔들었다. 그러자 유리창에 물이 묻었는지 눈에 눈물이 가렸는지 어른어른하며 비스듬히 아래로 양복 입은 덕기가 종친부 다리를 건너서려는 것이 내려다보인다.

가슴의 피가 머리로 쭉 솟는 것을 애써 가라앉히며 필순이가 눈물을 살짝 씻고 내려다보니, 덕기는 벌써 다리를 건너섰다. 여기서 먼저 알은체를 할까 하다가 그만두어 버렸다. 유리창을 열고 손짓을 하여 보이며 반기는 웃음의 인사 한마디라도 내려보내고, 아래서는 되받아 올려 치치고 하면 그 얼마나 운치 있는 일이요 유쾌한 일이랴마는 지금의 자기 처지는 그러한 화려한 행동을 막는 것을 필순이는 잘 요량하고 달뜨려는 제 마음을 걷잡았다.

　웃음 한 번이라도 절제를 하는 것은 자기 부친이 병석에 있음으로만이 아니다. 신분이 틀리고 교육이 다르고 빈부가 갈리고 그리고 계급이 나누인 그 사람에게, 함부로 웃어 보이고 따르는 눈치를 보이는 것은 아양이나 부리는 노는계집 같을까 하여 필순이의 자존심이 허락지를 않는다. 그러나 저편이 고맙게 구는 것이 고맙지 않은 게 아니요, 그의 지체와 재산과 교양을 벗어 놓은 덕기란 사람만은 어디인지 모르게 우아하고 탐탁하고 언제 보나 반가운 것을 또 어찌하랴. 필순이는 언제든지 반갑고 기꺼운 웃음이 눈찌와 입가에서 피어 나오다가는 무슨 바늘 끝이 옆구리를 꼭 찌르는 것처럼 살짝 감추는 것이었다. 그러나 두 번 감추면 두 번만큼, 열 번 감추면 열 번만큼 마치 흐린 날 연기 서리듯 마음에 서려서 남아 있으리라. 또 그것은 압착壓搾된 산소나 질소 같은 것이다. 고화固化하면 살에서 나오는 '무'처럼 일생의 고질이 되어 비지같이 뭉크러져 터져 나와서 큰 험이 질 것이요, 그대로 서려 있다면 언제든지 한 번은 폭발이 되고 말 것이다.

　병원 문 앞까지 다가온 덕기는 벌써 알아보고 위층을 쳐다보며 웃는다. 필순이도 미소로 대답을 하고, 창 앞을 떠나서 찬찬히 층계로 향하였다. 내려가서 맞으려는 것이다.

　현관에 올라온 덕기와 만나서 나란히 돌쳐서려니까, 밖에서 자전거를 버티는 소리가 나며 문을 열고,

　"서방님!"

하고 부른다. 원삼이다.

　"벌써 넘어오셨에요."

원삼이는 꾸뻑하고 일변 자전거에 실은 짐을 풀어 들여다놓려 한다.

"응, 애썼네."

덕기가 받으려니까 필순이가 대신 뺏듯이 받으며,

"무얼 이렇게 가져오셨에요?"

하고 두 볼이 살짝 발개졌다. 한 손에 든 것은 과실 광주리요, 한 손에 든 것은 길 떠나는 행구같이 가죽띠로 비끄러맨 누런 담요 이었다.

"아씨, 오늘은 산해진 배달 겸 댁의 아범 겸 두 가지 심부름을 함께 왔습니다."

원삼이는 껄껄 웃고 나가버린다. 담요는 댁의 심부름이요, 과실은 산해진에서 가지고 온 것이라는 뜻인 모양이다.

"좀 쉬어서 녹여 가시구려. 또 저리 가시우?"

필순이가 밖에 대고 소리를 치니까,

"에이, 괜찮습니다. 바뻐서 어서 가봐야지요. 인제 마님이 오신댔으니까, 아씨는 저리 오시겠죠?"

원삼이는 자전거를 돌려놓고 몇 마디 하고는 휙 올라앉아서 기세 좋게 나간다. 두 사람은 나가는 뒷모양을 바라보며 마주 웃었다.

"잠깐 지내봐두 퍽 좋은 이얘요."

"쓸모 있다면 아주 댁에 데려다두셔도 좋겠죠."

"허지만 자기가 와 있으려 할지도 모르고 또 화개동 댁에서 내놓으시겠에요."

"그야 어떻게든지 하지요."

긴 복도를 걸으면서 이런 이야기를 하다가 덕기는 말을 돌려서,

"그 담요요, 할아버지 쓰시던 건데 어떨까요? 돌아가실 때는 덮으시지도 않기는 하였지마는?……"

하고 의향을 묻는다.

"온 천만의 말씀두, 아무러면 어떻습니까마는, 이런 걸 왜 또 가져오셨에요. 여러 가지로 온 무어라 말씀할지……."

"아무러면 어떻습니까. 어제 보니 추우실 것 같아서 마땅한 이불이 있으면 가져올까 하다가, 이것이 도리어 편할 듯하기에……. 그러나 기하는[318] 사람은 역시 기하니까요……."

"그렇게 말씀하면 병원 이불이나 침대는 산 사람만 깔고 덮을까요. 어쨌든 가져오셨으니 덮어드리기는 합니다마는……."

필순이는 지금도 이불 걱정을 막 하고 난 판에 어찌나 고맙고 생광스러운지 목이 꼭꼭 메는 것 같아서 말이 아니 나왔다. 게다가 돌아간 조부의 물건이라고 기하고 꺼림칙해하지나 않을까, 그것까지를 염려하여주는 그 마음을 무어라고 할지 이로 치사를 할 수가 없다.

담요를 이불 속으로 푸근히 덮어주니 병인도 좋아하는 기색이나, 말할 기력도 없는지 인사 한마디 변변히 못한다.

덕기는 조금 앉았다가 필순이더러 나가자고 눈짓을 하여 데리고 복도로 나왔다. 아까 필순이가 섰던 유리창 앞에 나란히 서서 덕기는 담배를 붙이며,

"김 군 소식 못 들었지요?"

318 꺼리다.

하고 찬찬히 말을 꺼낸다.

"아직 못 들었어요. 왜요? 무슨 일이 있에요?"

필순이는 눈이 똥그래지며 묻는다.

"조금 전에 가택수색을 해 갔다는군요."

"에? 상점에를요?"

필순이는 놀랐다.

"어머니께서도 혼자 퍽 놀라셨겠지만, 경애 씨도 찾더라는 것을 목욕 간 것을 집에 갔나 보다고 했다는데, 한 놈은 아직 남아서 지키고 있더군요. 나도 누구냐고 묻기에 물건 사러 온 것처럼 하고 과실을 사서, 들려가지고 간 담요와 함께 원삼이더러 가져오라 하고 나와버렸지요. 그것도 마침 원삼이가 밖에 나와 섰다가 미리 귀띔[319]을 해주고 어머니께서도 눈짓을 하시기에 모른 체하였으니까 그대로 빠져나왔지, 그렇지 않았더면 언제까지 붙들려 앉았었을지 모르지요. 가는 사람마다 그 자리에 금족을 시키거나 데려간다니까……."

"그럼 어머니도 못 나오시겠군요?"

필순이는 여기서 먼저 갔다가 자기마저 붙들리고, 모친도 빠져나오지 못하게 되면, 병원 일을 어떻게 하나 애가 쓰였다. 그러나 피죤 한 갑에 십 전 하고, 매코가 오 전씩인 것밖에는 해태표만 되어도 얼마에 팔지를 모르는 모친에게 가게를 보여둘 수도 없는 일이다.

"전화를 좀 걸어보고 올까요?"

---

319 귀띔.

"어머니 오시라구?"

"글쎄요. 어머니가 오시는 걸 보고, 내가 가야 하겠는데요."

필순이는 아래로 내려가다가 얼마 만에 웬 양복 입은 남자 하나를 뒤에 달고 올라온다. 덕기는 즉각적으로 그게 누구인 것을 알아차렸다.

"여기 계십니다."

필순이는 덕기에게 눈짓을 하고 망단한 기색으로 그 남자를 돌아다보았다.

덕기는 객의 얼굴을 버티고 서서 바라보며, 속으로는 필순이를 데리러 온 게 아닌 눈치에 우선 안심이 되었으나, 그래도 마음이 선뜻하지 않을 수 없었다. 손은 모자를 벗으며,

"조덕기 씨신가요?"

하고 사람을 놀리는 듯이 빙긋하며 지나치게 공손하다. 덕기는 불쾌하면서도 자기가 재산가라는 의식을 똥겨주는 것을 깨달았다. 필순이도 돈의 위력을 생각하였다. 속이야 어쨌든 남이 일컫기를 만석꾼의 숨은 부자라는 조 아무개의 손자—엊그제 장사를 지내고 오늘에는 갈데없는 상속자라니, 금단추의 학생복 입은 이 꼴이야 이무기가 다아 된 형사 나리 눈에, 찼으랴마는, 그래도 허리가 구부러지는 것이다.

"××서에 있습니다. 댁에 지금 전화를 걸어보니 여기 오셨다고 해서 …… 미안합니다만 잠깐만 같이 가시죠."

"무엇 때문인가요? 김병화 군에게 돈 대었다고 그러는 건가요?"

덕기는 한 수 더 뜨려고 이렇게 웃었다.

"가십시다. 그러나 남 애를 써 마음을 잡고 생화를 붙들려는

사람을 자꾸 들쑤셔서 다시 악화를 시키면 안 되지 않겠나요."

"여부가 있나요. 별일야 있겠습니까. 공연히 한편에서 떠들어대니까, 참고로 그러는 거겠지요."

애송이라고 넘보았더니보다는 덕기의 분명한 어조와 태도에 형사도 끌려 들어갔다.

덕기가 병실에 벗어놓은 모자를 가지러 들어가려니까 필순이가 앞질러 들어가서 중절모를 집어다 주며,

"경애 씨도 들어갔대요. 형사는 그래두 그저 있대요."
하고 전화로 알아본 소식을 소곤소곤 일러준다.

"그럼 여럿이 와서 에워싸고 있는 게로군요."

아까는 하나만 남아 있는 줄 알았는데, 경애를 데려가고도 또 지키고 있다는 것을 보면, 일이 퍽 중대하여진 것 같아서 덕기도 좀 뜨끔하였다.

"그럼 여기 계시겠나요? 어머님 오신대요?"

덕기는 형사를 따라나서면서 물었다.

"못 오신대요. 예서 기다릴 테얘요."

필순이의 목소리는 흐려졌다. 나가는 사람의 뒷모양을 바라보며 문간에 오도카니 섰는 필순이는 지금 가면 영영 못 올 길을 가는 사람같이만 생각이 들어서 섭섭한 마음을 걷잡을 수가 없었다.

만일 피혁이 일이 탄로가 났다면 자기도 불려 갈 터인데 형사가 다녀가면서도 아무 말이 없는 것을 보면, 거기까지 일이 커진 것 같지는 않다고 필순이는 생각하였다. 모두 이렇게 붙들려 갈 지경이면야 자기도 불려 간들 어떠랴도 싶다. 뒤에 남는 어머니

가 걱정될 뿐이지 겁날 일은 조금도 없다. 도대체가 덕기까지 붙들려 가는 데에 실망이 되어서, 이런 막가는 공상도 한 것이나, 다시 생각하면 덕기야 아무 죄 없지 않은가? 오늘 해전으로 못 나온대도 곧 놓일 것은 분명하고 병화도 함께 풀려나올 것 같다. 이렇게 생각을 하니 까부라져 들어가던 마음에 다시 생기가 난다.

깜박깜박 졸음이 올 것 같은 어둠침침한 병실에 간신히 마음을 진정하고 앉았던 판에, 의외로 모친이 뛰어드는 것을 보고 필순이는 무척 반가웠다.

"어머니! 어떻게 오세요?"

필순이는 내달으며 눈물이 글썽하다.

"응, 어서 가봐라. 원삼이란 그이한테만 맡겨두고 왔다. 둘이 다아 전화를 걸 줄 알아야지. 그래 기별두 못 하구 뛰어왔다."

"형사는 갔어요?"

"응, 지금 막 갔다. 그런데 조 선생님은?"

"지금 여기서 불려 가셨어요. 형사가 와서."

"엉, 그것 안됐구나! 가엾어라. 저걸 어떻게 하니? 어제 그 애를 써주구 잠두 잘 못 잔 이를!"

모친도 아들이나 그렇게 된 듯이 놀란다.

"그리구 이 담요까지 손수 가지고 와서, 그 신세를 다 어쩌니."

모친은 담요를 손으로 쓰다듬는다.

필순이가 상점에 가서 앉으니, 오늘은 유난히도 손님이 붙어서 꾸준히들 들락거린다. 서툴기는 하지마는, 새로 개업을 하였다 하여 남보다는 싸게 팔고, 파 한 뿌리라도 낫게 주기 때문일 것이다.

손님이 삐기만 하면 필순이는 문턱에 기대서서 시름없이 먼 산만 바라보고 있다.

"아씨, 저 댁에 전화나 좀 걸어봅쇼."

원삼이도 갑갑증이 나는지 뒤에서 소리를 친다. 덕기가 나왔으면야 전화라도 아니 걸리랴 없으리라는 생각은 들면서도 걸어보니, 단통 덕기가 나오는 데는 놀랐다.

'어쩌면 그럴꾸!'

필순이는 바작바작 타던 자기 생각을 하면 덕기가 집에 돌아와 있으면서 전화를 아니 걸어준 것이 야속한 마음까지 든다.

덕기는 조금 전에 나왔는데 또 들를 데가 있으니까, 거기 돌아서 뒤미처 오마는 것이다. 그러나 여덟시가 넘어 겨울밤이 들도록 또 감감무소식인 것을 보니, 경찰서에를 다시 들어갔을 리는 없고, 사람도 무심하다고 노여운 생각부터 앞을 선다. 자기 볼일도 있겠고, 부득이한 사정이야 있겠지마는, 무심하다느니보다도 무시를 당한 것 같은 고까운 생각이 드는 것이다. 자기가 덕기를 생각하고 아끼는 반만큼도 생각하여주지 않는다는 원망이다.

'허지만 그 양반이 무얼 잘못했다구 원망을 할꾸…….'

필순이는 오늘에 한하여 왜 이렇게 덕기에게 노염을 탈꾸? 하며 제 마음을 나무라도 보는 것이었다. 그래도 덕기가 인력거를 타고 오는 것을 보니 하도 반가워서 체면 안 차린다면 뛰어나가서 손에라도 매달리고 싶다.

"병화 군에게 돈 천 원 준 증거를 보여달래서 형사를 데리고 집에 왔다가, 또다시 경찰서에 들어갔었지요.……"

덕기는 이렇게 늦은 변명 삼아 이야기하는 것을 듣고 필순이는,

'그런 줄은 모르구…….'

하며 혼자 애절을 하고 까닭 없이 원망을 한 것을 뉘우쳤다.

"그래 보여주셨에요?"

"분명한 것은 없으나, 마침 할아버니께서 돌아가시기 전전날에 천 원짜리 소절수[320]를 떼어낸 것이 있으니까, 그것을 보여주었지요."

필순이는 안심이 되었다.

"그러나 곧 나올 것 같지 않기에 지금 경애 씨 집에 들러서 덮개와 솜옷을 들여보내게 하였는데, 좀체 받아주어야죠. 경애 어머니는 그저 거기 이불 보퉁이를 지키고 있는데, 어쩌면 곧 내놓을 것 같기두 하구……."

이 말을 들으니 필순이는 한층 더 얼굴이 붉어지며 미안한 생각에 머리가 숙어졌다.

"원삼이, 이 근처에 설렁탕집 있나? 저녁을 안 먹어 좀 시장한데……."

"에구, 어쩌나 저녁두 못 잡숫구…… 진지는 있지마는, 반찬이 무에 있어야지."

필순이는 당황하였으나, 이런 귀객을 어찌하는 수도 없었다.

"어쩌다 저녁상을 받으실 새도 없이 그놈들에게 끌려다니셨에요?"

원삼이는 설렁탕집으로 나서며,

"이 아씨두 그저 잣입[321]이루 계신뎁쇼. 두 그릇 시켜 올까요?"

320 수표.
321 '잔입'. 아무것도 먹지 아니한 입.

하고 필순이를 치어다본다.

"난 싫어요. 먹구 싶지 않아요."

"그럼 세 그릇 시키게. 자네두 먹어야지."

"안욜시다. 저는 먹었습니다."

원삼이가 나간 뒤에 필순이는 부엌으로 들어가서 상을 차리다가 길체[322]로 놓으며, 설렁탕이 오기를 기다린다.

"전 선생님께 뭐라구 말씀해야 좋을지 모르겠에요."

필순이는 난로 앞에 고개를 떨어뜨리고 섰다가 이런 말을 꺼낸다.

"왜요?"

"저녁 진지두 못 잡숫구 그렇게 애를 쓰시구 돌아다니시는 건 모르구 전화두 좀 안 걸어주시나 하구 섭섭한 생각이 들던 게 죄가 되겠에요."

"천만에! 허나 그러시기야 하겠죠. 혼자 마음을 졸이구 계실 줄은 알면서두 곧 오려니 하는 생각에, 그럭저럭 그만 미안하게 되었습니다."

"그렇게 말씀하시면 더 죄송합니다. 어제부터 횡액에 걸려드셔서 너무나 애를 쓰시구 다니셔서……."

"무어, 천만에! 그런 말씀 마세요."

덕기는 이 소녀의 꾸밈없는 솔직한 말이 고맙고 정다이 들려서 기뻤다. 이 여자의 몸의 어디서 고무 냄새가 날까! 어디서 직공티가 보일까! 그 순진한 심보를 언제까지 그대로 길러나가게

322 한쪽으로 치우쳐 있는 자리.

했으면 얼마나 좋을까 싶었다.

"그런데 이 상점은 어떻게 떠맡았는지 혹 들으셨에요?"

덕기는 화두를 돌려서 제일 궁금한 조건을 물었다.

"모르겠에요. 누가 뭐라구 해요?"

하고 필순이는 말하기가 거북하다는 표정으로 남자를 치어다본다.

"아니, 뉘게 들은 말은 없지마는, 장훈인가 하는 자가 들고 나
서고, 나더러는 천 원 밑천을 대준 것같이 해달래서 경찰에도 불
려 가구 했지마는, 암만해두 미심쩍은 일이 있기에 말애요."

덕기는 필순이의 대답을 기다리는 모양이나, 필순이로서는 난
처하였다. 말을 할까 말까 망설이는 판에, 원삼이가 설렁탕을 시
켜가지고 들어섰다.

덕기를 방으로 올려앉히고 상을 차려 내면서, 어젯밤에는 경
애가 병화 앞에서 이렇게 시중을 들었으려니 하는 생각을 하니,
얼굴이 저절로 붉어 오르는 것을 깨달았다.

"이리 가지고 와서 함께 자십시다요."

"안애요. 전 이따 먹겠에요."

필순이는 귀밑까지 발개지며 문턱으로 비켜 앉는다.

"식습니다. 그럼 여기서라두 잡숫죠."

원삼이가 설렁탕 한 그릇을 집어다가, 난로 위에 놓아준다.

"자네는 그 거스른 것 가지구 추운데 막걸리라두 먹게그려."

원삼이는 그러지 않아도 생각이 나는 판에 좋아서 뛰어나간다.

"그 장훈이란 이는 아니 들어간 모양이죠?"

필순이는 궁금해서 이렇게 말을 붙이면서도 덕기가 알고 싶어
하는 것을 모른 척하고 속이는 것이 역시 미안하였다.

"경찰서에서도 그자의 말은 묻지 않는 것을 보면, 일은 더 확대되지는 않을 상싶더군요. 문제의 초점이 천 원인데, 그 천 원을 장훈이가 내놓은 거야 아니겠지요?"

또다시 천 원 놀래가 나온다. 이 말을 또 꺼내고 싶어서 원삼이를 내보냈는지도 모른다. 필순이는 덕기가 국물을 훅훅 마셔가며 달게 먹는 것을 보고 난로 위에 놓인 뚝배기를 들어다가 뜨거운 국물을 더 담아주면서,

"그동안 누가 밖에서 왔었지요."

하고 필순이는 제풀에 말을 꺼냈다. 이 남자를 못 믿어서 속일 수는 아무래도 없다고 생각한 것이다. 그처럼 친절히 해주는 이 사람을 속이는 것은 의리가 아니라고 다시 생각하고, 그 큰 비밀을 대담히 말하는 것이다.

"헤에, 그래요?"

덕기는 귀가 번쩍하였다.

"그래서 무슨 일을 하라고 김 선생님한테 돈을 드리고 갔는데, 그걸로 이것을 벌였다고 장훈이란 이가 트집인가 봐요."

필순이는 이런 비밀을 제 입으로 꺼내기가 그래도 무서운 기색이다.

"허어, 그러면야 더구나 장씨가 떠들어내다니 말이 되나!"

하고 덕기는 혀를 찬다.

"그래서 만일 그 사람이 잡혔다면 일은 커질 것이요, 저두 잡혀 들어갈지 모르겠죠."

필순이는 상을 물려 내가며 이런 소리를 한다.

그러자 밖에서 두런두런 소리가 나며, 자리 보퉁이를 든 인력

거꾼을 앞세우고 경애 모녀가 들어온다.


부모들


경애 모친은 경찰서에서 곧 내보낸다는 말에 지키고 있다가
마침 나오는 딸을 데리고 집으로 가려 했으나, 경애가 이리로 온
다니까 상점 구경 겸 따라온 것이다.

이 마님은 병화를 앞장세우고 장사를 한다는 데, 그리 찬성도
안 하였으나, 병화 따위와 깊은 사이가 생길까 보아 애를 쓰는 판
에, 어제 딸이 여기서 잤다는 말을 오늘 아침에 듣고 내심에 불쾌
도 하거니와 더 애가 쓰이는 것이었다. 그러나 다친 사람을 병구
완하느라고 그랬다는 데야, 하는 수 없다고 생각한 것인데, 아까
덕기에게 자세히 들은 즉 필순이 집 식구는 다아 나가고, 둘이만
있었다고 하니, 인제부터는 가만 내버려둘 수 없다고 속으로 앓
는 것이다.

첫째 이 상점은 상훈이가 벌여준 것으로 믿는 터이다. 피혁이
가 돈을 맡기고 갔는지 그때 사정은 모를 뿐 아니라, 저희 주제에
목돈을 만들 것 같지도 않으니, 으레 상훈이에게서 나왔으리라고
믿는 것이다. 어쩌니 저쩌니 해도 상훈이와는 미운 정 고운 정
다아 들고, 자초를 생각하면 은인이다. 게다가 아이가 달렸다. 몇
해 동안 그렇게 버스러져 지냈다 하여도 언제든지 다시 만나 살
고야 말리라고 믿었던 것인데, 노영감이 돌아가자 장사를 시킨다
는 말을 듣고, 인제는 제 곬으로 들어서는구나 하며 반색도 하고,

으레 그럴 것이라고 생각한 것이었다.

인제는 말없이 구수히들 살기만 하면 재산이야 덕기 앞으로 갔다 하여도, 쌈지의 것이 주머니의 것이요, 주머니의 것이 쌈지 것이니, 여생을 편히 지낼까 보다고 찰떡같이 믿는 터이다. 그러나 이 판에 떠꺼머리총각놈과 어울리다니 위태롭기 짝이 없다. 전자에는 피혁이 때문에 교제를 한 것이라 할지라도, 애초부터 장사를 시작할 때에 병화를 데리고 하는 것은 마음이 안 놓였던 것이다. 상훈이가 승낙을 하였기에 병화를 내세운 것이요, 또 병화 몫으로는 필순이란 계집애가 있다고는 하지마는 만일에 삐뜩해서 상훈이의 의혹을 사게 되면, 모처럼 풀리려는 돈구멍이 막힐 것이요, 이래저래 말썽만 벌어져놓을까 보아, 몇 번이나 딸에게 다진 일이라서, 그놈 때문에 이런 봉변을 당하고, 게다가 자세 듣고 보니 이때껏 상훈이는 이 상점에 발그림자도 안 했다니, 도무지 그 내평을 알 수가 없다.

경애 모친은 필순이는 본체만체하고 덕기에게만 인사를 한다.

"에구우, 이 춘 밤에 어서 댁으로 가실 일이지 감기 드시겠군."

하며, 흐들갑스럽게 인사를 하다가, 설렁탕 그릇을 물려논 것을 보더니,

"저런! 설렁탕을 어떻게 자셨소!"

하고 또 놀란다. 덕기는 웃기만 한다.

경애 모친은 수선스럽게 이 방 저 방으로 돌아다니며 뒷간까지 열어보고 오더니,

"여름 한 철은 그런대로 살 수 있지마는 난 겨울에는 못 살겠다!"

하고 누가 와서 살라는 듯이 이런 소리를 한다.

딸은 못마땅하였다. 모친의 생각에는 사위가 사준 집이니, 내 딸의 집—내 집이라고 휘젓고 다니는 것이겠지마는 필순이 보는 데 민망하였다.

"어서 어머니 가슈."

딸은 성이 가서서 어서 쫓아 보내려는 것이다.

"왜 넌 안 가련? 같이 가자꾸나."

"난 나중 가요. 내 걱정은 마시고 어서 가셔서 주무세요. 아이 가 깼으면 안 될 테니요."

"오늘은 어서 가서 뜨뜻이 무어라도 먹고 편히 쉬어야 하지 않니."

데리고 가려거니 안 가려거니 하고 모녀가 다투는 판에, 병화가 툭 뛰어 들어오며, 뒤미쳐서 원삼이 처가 함께 온 것처럼 따라 들어온다.

모여 앉았던 사람은 너무나 의외인데에, 우중우중 일어서며 반색을 하였다.

"처음부터 문제가 될 게 있나! 어쨌든 조 군은 말할 것 없고 여러분 애들 써서 미안하군."

병화는 고단한 기색도 없이 큰소리를 치며 들어와 앉는다.

"좀 저 온돌방으로 들어가서 눕구려. 몸부터 녹여야지."

경애가 이렇게 권하는 것도, 모친은 속으로 망한 년! 하고 고 개를 외로 꼬았다.

"아참, 그렇게 하게. 저리 들어가세."

덕기도 끌었다.

"아니, 춥지도 않고 자네가 들여보낸 밥을 먹어서 든든하이.

528

그러나 이야기는 차차 하기로 하고 오늘은 개업 피로연 겸 한잔 먹세. 앓는 이는 미안하지마는, 이렇게 잘 모였으니…….”

병화는 손등 아픈 것도 잊어버리고 매우 신기가 좋은 모양이다.

원삼이 처는 제가 온 사연을 발설할 틈을 타려고, 한옆에 원삼이와 느런히 비켜섰다가 남편더러,

“어서 갑시다.”

하고 재촉을 하면서 좌중에 대하여,

“영감마님께서 야단이세요. 온종일 집안일은 모른 척하고 무엇 하느라고 밤중까지 틀어박혔느냐고 꾸중이세요.”

하며 하소연이다.

원삼이를 역정스럽게 불러 가는 것을 보면 상훈이가 감정이 난 모양이다. 누구나 그 뜻을 알았다. 경애 모친은 그럴수록에 병화가 밉살스럽고 병화 앞에서 알찐거리는 딸이 못마땅하였다. 그러나 경애는 코웃음을 치는 것이다.

‘노하겠건 노하라지! 이 집을 사주든 오므라져 들어가든 할 대로 하라지! 자식? 정 말썽을 부리겠거든 데려가라지! 어머니도 잘 맡아 기르실지 모르겠지마는, 더구나 내 일에 새삼스럽게 총찰을 하실 경우가 무슨 경우더람! 아무리 부모기로 시집 하나 변변히 안 보내주고, 지금 와서 병화에게 돈 없다고 쌍지팡이 짚고 나서실 경우던감!’

경애는 애초에 상훈이와 그렇게 된 것이 모친이 상훈이의 돈에 장을 대고, 그래도 좋을 듯이 귀틈을 하기 때문에 용기가 나서 내뻗어버린 것이지, 만일에 모친만 다잡아서 안 된다고 뿌리치고 다른 데로 시집을 보냈다면, 오늘날 이렇게는 안 되었으리라고

생각하는 것이다. 그렇다고 모친을 그다지 원망은 안 하나 지금에 제 마음대로 겨우 병화를 붙든 것을 반대하는 데는 화가 나는 것이다.

원삼이 내외가 간 뒤에 경애는 재촉재촉해서 모친을 먼저 보냈다. 경애는 모친이 경찰서로 가지고 갔던 옷이며 금침을 가지고 가겠다고 실랑이를 하는 것을 기어이 빼앗아두었다. 얼마 동안은 병인을 위하여서도 여기서 묵어야 하겠고, 인제는 상점 일을 탐탁히 다잡아보아야 하겠다고 생각하는데, 마침 이부자리를 가져오게 된 것은 잘된 것이다. 모친은 부르르 화를 내고 가려다가, 그래도 마음이 아니 놓이는지 문턱까지 배웅 나온 딸을 밖으로 데리고 나갔다.

"너 어쩌자고 그러니?"

모친은 으슥한 데 비켜서서 딸을 족친다.

"무얼요?"

경애는 무슨 말이 나오려는지 모르는 것은 아니나, 입을 배쭉하며 도리어 핀잔을 준다.

"무어라니, 일껏 마음을 돌려서 이렇게 가게까지 내주었는데, 남의 공은 모르고 너는 너 할 대로만 하면, 누구는 역심이 아니 나겠니?"

"누가 가게를 내주구, 무얼 나 할 대로 했에요?"

딸의 말은 점점 뾰롱뾰롱 빗나가기만 한다.

"원삼이가 자기 상점이나 다름없는 여기 와서 일한다고 역정을 내는 걸 봐도 알 일이 아니냐? 모든 게 병화 때문 아니냐? 그놈부터 내쫓아야 한다. 그놈을 밥을 먹여가며 두어야 경찰서로 불려나 다니고, 매나 얻어맞으러 다녔지 소용이 뭐냐?"

"그런 걱정 마시고 어서 가세요."

경애는 속이 바르르하는 것을 참고 큰소리 없이, 어서 모친을 가게만 하려 하였다.

"걱정이 왜 안 되니. 그놈하고 공연히 엉정벙정하다가는, 요거나마 들어먹고 인제는 굶어 죽어! 왜 정신을 그래도 못 차리니?"

모친의 목소리는 불끈하였다.

"가령 먹을 것은 먹고 헤어지는 한이 있더라도 조금은 몸조심도 하고, 저편을 달래서 이 집값이라도 치르게 하고, 차차 네 마음대로 어떻게든지 하기로 좋을 게 아니냐?"

"새삼스럽게 누구하구 헤지구 말구가 있어요? 어떤 년은 누구 등쳐먹으러만 다니는 그런 더런 년인 줄 아셨습디까?"

경애는 발끈 터지고 말았다.

"그럼 뭐냐? 지금 하는 짓이?"

"누가 무슨 짓을 했단 말얘요? 이 상점을 누가 벌였기에, 집임자를 어디로 내쫓으란 말씀얘요? 이 상점에 조가의 돈이 오리동록이나 든 줄 아슈?"

경애는 안 하려던 말까지 해버렸다.

"그럼 뉘 돈이란 말이냐? 이때까지 한 말은 모두 거짓말이었단 말야?"

"거짓말이든 정말이든 그건 그렇게 알아 무얼 하실 테얘요? 계집에 미쳐서 자기 아버지한테도 신용을 잃고, 땅 섬지기나 얻어가지고, 그게 분해서 자식까지 의절하려 덤비는, 그런 사람을 무얼 바라고 어쩌란 말얘요?"

경애가 너무도 야박스럽게 덤비는 바람에 모친은 말이 없이 멀거니 섰다.

"모르시거던 가만 계서요. 행세하는 자식이 있고, 귓머리 맞풀고 이삼십 년을 살던 조강지처까지 내몰려고, 나이 오십 줄에 들어도 정신을 못 차리고 입에서 젖내 나는 년을 집구석으로 끌어들이고 지랄을 버릇는, 그게 사람이라고 생각하슈?……"

"무어……?"

경애 모친은 금시초문이라는 듯이 놀랐다. 그러나 캐어물어야 딸은 핀잔만 주었다.

전차에 올라앉아서도 딸의 말이 정말일까? 병화란 녀석한테 홀깍 빠져서 상훈이와 떨어지려니까 있는 흉 없는 흉을 떠들쳐 내는 것은 아닌가? 곰곰 생각하여보았다. 모친은 전차가 총독부 앞에 오자, 홧김에 이 길로 상훈이에게를 가보리라고 차를 내려버렸다. 아홉시나 되었으니 늦기는 하였지마는, 지금 집에 들어앉았는 모양이요, 대관절 어떤 년을 떼어 들여앉히고 마누라까지 소박인지, 딸에게 못한 화풀이도 할 겸 생각난 김에 가서 단 몇십 석이고 귀정을 내자는 것이다.

'이러나저러나 그놈은 떼놓아야지.'

병화는 오늘로 아주 이 마님의 눈 밖에 났다.

대문은 닫혔으나 찌걱찌걱 흔드니 행랑에서 "누구세요?" 소리를 치고 원삼이가 뛰어나와 문을 연다.

"이거 웬일이십니까?"

금방 효자동에 있던 사람이 이 밤중에 달려든 것을 보고, 또 무슨 일이 났나 하여 놀란다.

"영감 계시지?"

마나님은 따라 들어서며 수군수군 묻는다.

"지금 막 나가셨에요."

"무얼! 주무시니까 어려워서 그러겠지마는, 급한 말씀이 있으니 좀 여쭙게!"

"아니와요. 정말 나가셨에요."

"이 밤중에?"

"아아, 영감께서야 인제 초저녁이십죠."

하며 원삼이는 웃는다.

"그럼 색시는 있겠군?"

"색시가 누굽니까?"

원삼이는 또 헤헤…… 웃는다.

"어쨌든 사랑문을 좀 열게."

경애 모친은 컴컴한 속에서 아범과 숙설거리고 섰는 것이 싫어서 사랑문으로 향한다.

"들어가 보시나마나 아무도 없어와요. 색시는 그저께인가 그끄저께 왔다가 도루 갔에요."

"흥……."

딸의 말이 아주 터무니없는 말은 아니로군 하는 생각이 들었다.

"그럼 안에는?"

"안에야 마님이 계십죠. 그런데 왜 그리세요?"

원삼이는 이 마님이 왜 이렇게 몸이 달았는지 영문을 알 수가 없다.

"정녕 없지?"

"그렇게 못 믿으시겠거든 들어가 보세요. 하지만 이따라도 또 데리고 오실지는 모릅죠. 첫날 와서 주무시고 한바탕 야단이 난 뒤에는, 밤이면 이슥해서야 같이 들어오시니까요."

"흥!"

―한 풍파 있었다는 것이 재미있게 들렸다.

"만나시려면 내일 아침에 일찍이 오십쇼."

그도 그럴듯하다고 생각하였다.

"그래 야단은 무슨 야단인가?"

"마님께서 가만 계신가요. 문전이 더러워지고 자식 기를 수 없다고 야단을 치시고, 영감님께 데리고 나가라 하시니 말씀이야 옳죠마는, 영감님은 또 어디 그렇게 호락호락하십니까. 도리어 마님께 나가라고 야단이십죠…… 암만해두 이 댁두 어떻게 되시려는지?…… 전에는 영감께서 약주 한잔을 잡수셔도 쉬쉬하시고 그런 외입을 하시기로 누가 김이나 맡았겠습니까마는, 뭐 요새는 그대로 마구 터놓고 밤이나 낮이나 기를 쓰시는 것 같아요. 노영감님을 쫓아가시려고 돌아가실 때가 되어 그런지, 재산이 아드님께로 가서 화에 떠서 그러신지 알 수가 없습니다……."

"흥, 그 색시가 이 집 차지를 하겠다는 거로군?"

"그렇습죠. 그 아씨가 무어 애가 들었다나요. 그건 고사하고 저기 안동 사는 매당집이라든지 하는 그 댁 마님의 수양딸이라나요. 그래서 그 염병 때 마님이 앞장을 서서 서둘러대기 때문에 아마 영감님께서도 쩔쩔매시구 어쩔 줄을 모르시는가 봐요……."

원삼이는 흥이 나서 묻지도 않은 말까지 제풀에 숙설댄다. 경

애 모친은 들을 것을 다아 듣고 나서,

"그럼 내일 올게 영감께는 암말 말게."

이렇게 부탁을 하여놓고 나와버렸다.

상훈이는 경애가 산해진에서 침식을 하고 있는 모양이라는 말을 원삼이에게 듣고 화증이 나서 다시 뛰어나간 것이다. 오늘 신새벽에 병화란 놈이 와서 아침 단잠을 깨워놓고 원삼이를 잠깐 빌리라기에 사랑방에는 의경이도 자고 있는데, 긴 잔소리가 나올까 보아 어서 배송을 내느라고 선뜻 들어주었지마는, 원체 그 산해진이란 경애가 병화를 데리고 하는 것이 못마땅하여 한 번도 들여다본 일이 없는 터이다. 집을 사달라고 조르니까 그러마고는 하였지마는, 그따위로 병화와 동사를 하는지 동거를 하는 동안은 결코 사줄 생각은 없다.

하여간 오늘은 덕기까지 함께 꺼들려서 경찰에 붙들려 갔다 왔다는 데는 화도 나고 궁금증이 아니 날 수 없다. 우선 경애를 불러보리라 하고 거리로 나와 전화를 빌려 걸어보니, 지금은 아무래도 나올 수 없다는 냉랭한 대답이다. 한참 실랑이를 하다가 결국에,

"그렇게 급한 일이면 내일 아침에 댁으로 가죠."

하고 전화를 끊어버렸다. 경애도 들은 말이 있는지라, 의경이와 사랑방살이 하는 꼴이 보고 싶어서 발그림자도 안 하던 집에를 아침결에 오겠다는 것이겠지마는, 상훈이도 오늘은 의경이가 아니 올 거니 상관없을 것 같아서 아무려나 하라고 내버려두었다.

하여간 장사 터전을 마련해주는 조건으로 병화와는 하루바삐 떼어놓아야 하겠고, 제 의사나 한번 들어보고 나서 의경이의 살

림도 따로 내든지, 큰마누라를 아들에게로 보내고 아주 들여앉히든지 귀정을 내려는 작정이다. 아무래도 경애를 영영 떼어버릴 수도 없고 그렇다고 홀몸도 아닌 의경이를 어찌하는 수도 없는 형편이다. 사실 의경이의 사정도 제 잘못은 어쨌든, 집에서는 나와버리고 유치원도 그만두어 버렸으니, 인제는 큰마누라의 바가지쯤 귓가로 들을 작정 치고 사랑방으로 기어든 것이다. 그런 중에도 다행한 것은 노영감이 돌아가 준 일이다.

매당집 떨거지 때문에 노영감은 더 살려야 살 수도 없었는지 모르지마는, 마치 죽어 자빠진 파리 한 마리에 개미 거동이 일어나듯이 의경이까지 이 사품에 덕을 보겠다고 덤벼드는 판이다. 매당은 개미굴을 지키는 왕개미 격은 된다.

"아우님 차례는 얼마라던가?"

"단 이백 석이라우! 귀순이 몫이 따루 오십 석!"

"흥,…… 하지만 그거라두 우선 받아두는 게지."

노영감의 초상을 치르고 나서 매당과 수원집이 만나서, 조상으로 받은 첫인사가 이것이었다.

"우리 조카님이 수 났더군!"

수원집은 의경이를 보고 비꼬았다.

"그야 그렇지! 미우나 고우나 아들 아닌가. 말이 그렇지 아들 제쳐놓고 손주에게 물리는 법이 있겠나."

매당은 제 남편이나 장안 갑부가 된 듯시피 허욕에 입이 벌어졌다. 그러나 수원집은 콧날을 째긋하며,

"천석꾼이가 된대야 형님을 드릴 테니 걱정이슈."

하고 핀잔을 주다가,

"삼백 석! 게다가 현금이 한 이삼천 원 차례에 갔는지."

하고 비꼬는 것이었다.

"고작 삼백 석?"

거리에서 주워 걸린 사위―상훈이가 단 삼백 석이라는데, 매당은 놀라 자빠졌다.

"하지만 그렇게 꼼꼼하고 바자위게[323] 하고 간 영감이 정미소 하나만은 뉘게로 준다는 말이 없이 유서에도 안 써놓았으니, 인제 좀 말썽일걸! 우리도 그까짓 정미소에는 쌀섬이나 있으려니 했더니, 웬걸 영감이 꼭 가지고 쓰던 장부에 보면 줄잡아도 현금이 삼만 원 넘고 집이며 기계며 할 만하다는데!"

이 말에는 수원집보다도 매당집의 입에 침이 고이며 안심이 되었다.

"일 맡아보는 놈이 임자 없는 거라구 홀깍 집어삼키면 어쩌누?"

매당은 이런 걱정도 하는 것이었다.

"별걱정을 다 하슈. 장부가 뻔한데! 그건 어쨌든지 영감이 그걸 왜 잊어버렸는지……."

수원집은 수원집대로 애가 말라하는 것이다. 하여간 매당집은 새판으로 팔을 걷고 나설 차비를 차렸다. 그래서 우선 의경이부터 단단히 굳히려고 급기야에는 화개동 집 사랑으로 끌고 가서 살림을 시키라고 복장을 안긴 것이다.

"이왕이면 화개동 집으로 들어가서 살자지. 어차피 나는 쫓겨날 거요. 화개동 마누라는 큰집으로 들어갈 것이니까, 얼른 서둘

323 성질이 너그러운 맛이 없다.

러야지. 그렇지 않으면 홍경애에게 자리를 뺏길걸……."

수원집이 이렇게 충동이지 않아도 매당은 벌써 계획이 선 것이었다. 수원집으로서는 어서 떼어 가질 것을 떼어가지고, 태평통에 있는 집을 달래서 옮아가자는 것이다.

유서대로 삼 년씩이나 상청[324]을 지키고 있을 맛도 없거니와 따로 나가 앉아야 남편을 골라도 고르고 정미소를 삼분파하자고 떼도 써볼 수 있지, 한집 속에 있으면 맞대해놓고 싸우기도 어렵다. 어쨌든 그러자면 화개동 집이 뒤집혀서 덕기 모가 밀고 들어오게 되고 따라서 수원집이 쫓겨 나가는 모양이 되면 남 듣기에라도 삼 년 못 참아서 제 몫만 찾아가지고 달아났다고는 안 할 것이요, 도리어 내쫓은 며느리가 심하다고 할 것이다.

아니나 다를까. 의경이가 오던 이튿날 덕기 모가 아들에게 쭈르르 와서 하소연을 하니, 아들도 그럴듯이 듣는 모양이다. 수원집은 속으로 웃으며 저희가 무어라 할 때까지 가만히 거동만 보고 있었다. 뻔한 일이지마는 계획이 의외로 속히 귀정 날 것 같은 기미를 본 수원집은, 의경이가 첫날 다녀온 뒤로는 어린 마음에 아예 가기 싫어하는 것을 매당과 함께 달래서 날마다 화개동으로 쫓아 보내는 것이었다. 큰마누라에게 등쌀을 대자는 것이다. 어제도 며칠 있다가 오마던 의경이가 밤중에 또 달겨든 것은,

"그래서는 안 된다. 인젠 거기가 제 집인 줄 알고 꾹 들어앉았어야지, 갑갑하다구 쭈르르 오면 어쩌는 거냐."

하고 나무라고 구박을 하여 쫓아 보낸 것이다. 이튿날 상훈이는

324 죽은 사람의 영위 등을 벌여놓은 곳.

경애가 정말 아침결에 달려들면 한집 속에 세 계집이 맞장구를 칠 것이 싫어서 의경이를 얼른 매당집으로 쫓아 보내려는 판인데, 겨울 해에 열시도 못 되어서 경애는 달려들었다. 의경이가 아침이면 간다니까, 몸은 고되건마는 꼴이 보고 싶어서 일찍이 동한 것이다. 이편에서 싫어하는 것같이 되어서는 돈도 아니 나오고, 체면도 좋지 못하니까, 의경이 때문에 물러나는 것처럼, 뒤집어씌워야 말하기가 어엿하기에 그러는 것이다.

경애는 다짜고짜 안으로 들어갔다. 주인마님은 안방에서 유리 구멍으로 내다보다가, 고개를 오므라뜨리고 원삼이 처만 부엌에서 밥상을 보다가 그래도 어제 한 번 보아서 낯이 익다고 반색을 한다.

"에구, 어떻게 오세요."

하고 멋모르는 어멈은 안방에다 대고 손님 오셨다고 마님을 부른다. 마님은 시키지 않은 짓도 한다는 듯이,

"왜 그래?"

소리를 몰풍스럽게 지르고 내다보며 인사도 하는 둥 마는 둥이다. 사오 년 전 감정이 그대로 남아 있는 모양이지마는, 사랑에 하나 자빠져 있는데 또 하나가 기어드는 것도 보기 싫고 도대체 이따위들을 딸자식에게 보이기가 싫은 것이다.

"얼마나 속이 썩으십니까. 잠깐 지나는 길에 영감께 권고나 갈까 하고 들어왔습니다."

경애는 얼마쯤 동정하는 소리를 남겨놓고, 사랑으로 나와버렸다.

마루 위로 잡담 제하고 올라서며 문을 똑똑 두드리니 속살속살 이야기하는 소리가 뚝 그치고 상훈이가 마주 나오며, 몹시

당황해한다. 의경이는 세숫대야를 곁에 놓은 채 체경 앞에 돌아앉아서 머리를 가리고 있고, 영감은 지금 막 일어난 모양이다.

체경 속에 비친 의경이는 잠깐 놀라는 기색이더니 새치미 떼고[325] 빼쭉 웃으며 그대로 빗질을 하고 있다.

"신혼 재미가 어떠신가요. 하지만 이게 뭐얘요. 남의 집 귀한 따님을 데려다 놓고 곁방살이를 시키다니?"

경애가 첫대바기에 농조로 붙이는 바람에 상훈이는 허허 웃고 말았다. 의경이도 거기 끌려 생글하고 돌아다보며 인사를 한다.

이 여자의 입에서 가시 돋친 소리가 나오지 않는 것만은 다행하나, 그래도 노하고 덤비지 않는 것을 보니 상훈이는 마음에 덜 좋았다. 큰마누라가 바가지를 긁는 것은 큰마누라답지 않고 성이 가시기는 하지마는, 그래도 내 사람이기 때문이다. 그러나 경애가 깔깔 웃고 마는 것은 벌써 마음이 천리만리 떨어져 나간 증거다.

"살림이나 시작하시고 구경 오라고 하실 일이지, 한참 재미있게 지내시는 자랑하려고 부르셨소?"

"살림은 누가 살림한대?"

상훈이는 열적게 웃는다.

"또 남 못할 소리를 하시는구려?"

하고 경애는 나무라듯이 남자를 흘겨보다가, 의경이를 돌려다 보며,

"여보 아씨, 이 어른은 곧잘 미친 체하고 떡 목판에 엎드러지는 양반이니 정신 차리고 꼭 붙들우. 그 댁이나 내나 팔자가 사나와 이 모양 되었지마는, 마음을 한군데 꼭 붙이고 풍파 없이 잘

---

살아야 하지 않소."

하며 큰마누라나 된 듯시피 이런 듣기 좋은 소리를 한다. 의경이
는 생글생글 웃기만 하면서 머리를 틀어 얹고 핀을 여기저기 찌
르고 앉았다.

"당신두 거울하고 의논을 해보슈. 머리에는 눈발이 날리고 돈
한 푼이라도 쓰면 없어지는 것은 고사하고 욕얘요. 백 원을 쓰면
백 원어치, 천 원이면 천 원어치의 욕을 버는 것은 모르고……
욕 주머니를 차고 천당에를 가서 하느님께 끌어 올려주십사고
보채실 작정이면 모르겠지만……."

"죄가 무거워서 올라갈 수는 있구요! 해해해."

의경이가 새치기를 하는 바람에 경애도 웃고 말았다. 상훈이는
듣기에 창피도 하고 어쭙지않아 보이기도 하나 경애의 태도가 다
시는 말을 붙여볼 여지가 없게 되어가는 것이 안타까웠다. 인제는
단념해버려야 하겠구나―하는 생각을 할수록 더욱 마음이 끌리
고 아까운 생각이 간절하다.

보기에는 그렇지 않을 것 같건마는 진탕 먹고 입고 법석을 하
거나, 진고개 바닥으로 싸지르며 쓸 것, 못 쓸 것 흥청망청 사들
이거나 하며 세월을 보내야지 그렇지를 못하면 온종일을 톡톡
쏘고 짜증만 내는 이런 어린애는 하루이틀은 데리고 지내기에
재미가 날지 몰라도, 길게 갈 것 같지가 않다. 벌써 초로初老의 고
비를 넘어선 자기에게는 철이 들고 살림을 잡을 만하게 된 경애
가 알맞게 생각이 드는 것이다. 그러나 아무래도 남의 사람 같다.

"병화가 장사가 다 뭐야? 어젠 또 무엇 때문에 잡혀들 갔더란
말인가?"

이번에는 상훈이가 한마디 걸어보았다.

"남의 걱정은 왜 이렇게 하슈! 지금 남의 걱정 하시게 되셨소?"

경애는 병화라는 이름을 쳐드는 것까지 듣기 싫어서 핀잔을 준다.

"남의 걱정이 아니라 그 모양으로—끌고 다니는지, 끌려다니는지 알 수 없으나—어쨌든 장사는 고사하고 큰코다치지!"

"속 시원한 소리두 퍽 하슈. 그러기에 내가 차지를 하자면 저 들여논 돈을 얼른 빼내주어서 배송을 내자는 거지."

"모두 얼마만 있으면 된단 말야?"

상훈이는 다가앉는 말눈치다. 의경이의 눈은 깜작깜작하여지며 다음 말에 귀를 반짝 든다.

"이천오백 원—삼천 원까지는 있어야 될걸?"

두 사람은 잠자코 말았다. 상훈이는 그 돈만 내놓으면 병화를 내쫓겠느냐고 다지고 싶으나 의경이 때문에 입을 담쳐버리는 것이다.

안에서 어멈이 밥상을 들고 나온다. 겸상이다.

"나는 세수도 안 했는데, 왜 이리 급하냐?"

주인 영감은 역정을 내면서, 일어서는 경애를 붙든다. 자기는 나중 먹을 테니 여자들끼리 먼저 먹으라는 것이다.

"두 분이 재미있게 자실 것을 입이 부를게!"

하고 경애가 코웃음을 치며 일어서려니까 사랑문을 찌걱찌걱 흔드는 소리가 난다.

어멈이 상을 놓고 나가서 여니, 경애 모친이 들어온다. 전도 부인처럼 손에는 검정 우단 주머니를 들고 자줏빛 목도리를 코

밑까지 칭칭 감았다. 모녀는 서로 놀라며 주춤하고 상훈이는 어이없이 헤헤 웃으면서 바라만 보고 섰다.

경애는 모친을 그대로 끌고 가려 하였다. 아까 말눈치 같아서는 밑천을 해줄 모양인데 공연히 더뜨려놓으면 창피만 스럽고 뿔끈하는 성미에 내키던 마음이 다시 들어갈까 보아, 앞질러 모친을 달래려 한다.

그래도 모친은 한바탕 푸념을 한 뒤에 모녀를 못 데려가겠거든 일평생 먹을 것을 내놓거나, 그것도 안 들으면 재판을 하겠다고 막 잘라 말을 하였다.

"자식두 걸어서 재판질을 한다는데 왜 내가 재판을 못 하겠니! 너는 무엇하러 비릿비릿하고 구칙칙하게 줄줄 쫓아만 다니는 거냐? 세상에 사내가 동이 났더냐?"

이 마님의 입이 언제부터 이렇게 막 뚫은 창구멍이 되었는지 상훈이는 예배당 시대를 생각하면 자기도 변하였지마는 놀라지 않을 수 없다.

자식을 걸어서 재판질을 한다는 것은 상훈이 들어보라는 말이다. 정미소를 덕기가 두말없이 곱게 바치면 모르거니와, 그렇지 않으면 소송이라도 제기한다는 소문이 나기 때문이나 이것은 창훈이와 최 참봉의 입에서 나온 말이다. 이 두 사람은 깔끔한 덕기에게 붙어서 먹을 것이 없을 상싶은데, 또 한 가지는 상훈이가 초상 때에 무시를 당한 것이 분해서, 돌아간 노영감의 중독 문제를 쳐들어 내어 흑백을 가리려는 기미가 보이자, 상훈이를 달래고 첨을 하느라고 돌라붙어서, 정미소를 안 내놓으면 소송한다고 떠들고 다니는 것이다. 이것은 우선 음포[326]지만 그 길에 지금 늘어 있는 집도 내놓으라는 것이다. 그것은 노영감이 전답은 대부분을 덕기의 명의로 바꾸어놓았으니까 꼼짝 건드릴 수 없으나 이 큰 집만은 명의를 그대로 두고 덕기가 들어 있으라고 유서를 썼을 뿐이니까, 법률상으로 상속권이 있는 상훈이가 주장을 하면 차지할 수 있기 때문이다. 물론 덕기가 일을 거칠게 할 리가 없는 것을 알기 때문에, 상훈이를 에워싸고 있는 놈들이 변죽을 울리고 다니는 것이다.

어쨌든 경애 모친은 이렇게까지 막 잘라 말하려고 온 것은 아니었는데, 의경이를 보니 자기 딸이 밀려날 것 같아서 패달[327]이 나온 것이다. 그러나 길거리에 나와서는 금시로 후회를 하고,

"말이 그렇지만 어린것을 생각하기로 아주 인연을 끊는 수야 있니. 입에서 젖내 나는 것하고는, 꼴 보니 오래갈 것 같지도 않지 않으냐."

하고는 이번에는 다시 딸을 달래려 한다.

경애는 모친의 얼굴을 치어다보았다. 모친의 성품이 이렇게 변한 것을 인제야 안 것은 아니나 마음에 싫었다. 더구나 상훈이를 놓치는 것이 아까워하는 양이 답답하였다.

이날 낮에 덕기 모친은 침모더러 안세간을 큰집으로 실려 보내라고 일러놓고 휙 나와버렸다. 영감은 암만해야 쇠귀에 경 읽기로 점점 더 빗나갈 뿐이요, 늙은 년 젊은 년들이 신새벽부터 패패이 꼬여들어서 저자를 벌이는 그 꼴이야 인제는 더 볼 수 없다는 것이다. 상훈이는 마누라가 큰집으로 들어간대야 그다지 시원

326 엄포.
327 거칠고 뻔뻔한 성미와 심술.

할 것도 없으나, 되어가는 대로 내버려두었다.

　아들이 왔다 갔다 하고 한참 뒤숭숭하였으나, 결국 이틀 후에는 모녀가 큰집으로 옮았다. 원삼이 내외는 있을 맛도 없는 판에, 매당이 제 사람을 들이려고 행랑도 내놓으라니까 마침 잘되었다고 산해진에 가서 일을 보기로 하고, 효자동 근처에 셋방을 얻어 갔다. 원삼이는 비로소 행랑살이를 면하고 상점원이 되었다.

　덕기 모친의 세간을 부덩부덩 디미니 수원집은 안방은 내놓지만, 삼년상이나 마쳐야 떠나지 않느냐고 점잖게 버티어보았다. 어쨌든 난 모르니 자기 세간은 광 속에라도 몰아넣고 방 하나만 내놓으라 일러놓은 후 화개동으로 조카님―의경이가 집 드는 구경을 갔다. 인제는 매당집의 마당에서 마주칠 때와 같이 상훈이에게 싸고 기우고 하지도 않거니와, 상훈이 역시 덕기에게 대한 불평이 같기 때문인지 서모와 매우 구순하게 지낸다.

　매당은 신이 났다. 시집간 딸을 세간이나 내주듯이 큰마누라의 세간짐이 문전을 채 떠나기 전에 동생 형님 하는 축을 앞뒤로 거느리고 쭉 들어섰다. 그래야 매당이 가지고 온 것이라고는 성냥통 한 갑뿐이다. 집 안을 들부셔내고 안방에 채를 잡고 앉아서 세간을 사들이는 판이다. 살던 솜씨요 하던 솜씨라, 발기가 머릿속에 있고 말 한마디면 떼그르 하고 영등같이 들어서는 것이다. 심부름꾼은 창훈이와 최 참봉이다. 이 마누라쟁이의 손으로 수양딸 조카딸 아우님 들의 세간을 일 년에도 한두 번 내는 것이 아니요, 그럴 적마다 최 참봉이 심부름을 한 것이니 최 참봉도 이력이 뻔하다. 그리고 보니 종로 각 점방에서도 매당이 적어 내보내는 발기면 두말없다.

'값은 좀 비싸도 물건만 좋은 것으로'라는 것이 마누라의 심탁[328] 이다. 어차피에 돈 쓰는 놈은 따로 있는 바에야 사는 사람도 고렇겠지마는, 파는 사람도 물건만 눈에 차게 쭉쭉 뽑아서 들여놓아 주면 한 푼 깎지 않고, 군소리 없이 제격제격 치러주게 하니, 이 마누라의 신용과 위세가 더 떨치는 것이다.

장전에 기별해서 화류 삼층장, 체경이 번쩍거리는 의걸이, 금침은 아직 없어도 금침장, 사방탁자, 문갑, 요강 받침, 체경, 보료, 안석, 장침, 사방침, 무엇무엇…… 찬장, 뒤주는 찬간으로 들여 모시고 마루에는 양식으로 꾸밀 터이란다. 유기전이요, 사기전이요, 드팀전[329]이요…… 삼백 석을 한목에 팔아 대라는지 정말 혼인집같이 며칠을 두고 엉정벙정 법석이다. 마누라가 홧김에 솥도 빼어 가지고 갔기 때문에 부엌에서는 솥을 거는데 건넌방에서는 이 집 저 집 침모 마누라가 모여 와서 금침을 꾸미기에 부산하다. 그래야 원삼이 친구들은 한 푼 벌이 구멍에 걸리지도 못하고 세간짐이 들어갈 때마다,

"며칠이나 살려누?"

"어떤 히사시가미[330]인지 큰마누라 내쫓는 날로 저렇게 꼘어들이고서도 신상이 좋을라구!"

하고 숙설거리는 것이었다.

"나두 딸 하나만 얌전히 두었으면 부원군노릇 한다네……."

"이르다뿐인가! 우리 언년이 년을 열두 살만 먹여 기생방에

---

328 굳게 믿어 지키고 있는 생각.
329 유기전은 놋그릇을 파는 가게고 드팀전은 피륙을 파는 가게.
330 앞머리를 모자 차양처럼 내밀게 한 머리로 여학생들 사이에 크게 유행해 여학생의 별칭이 되었음.

박네그려……."

"그래서?"

"다섯 해만 키우면 ×× 대감 막내 마마가 되네그려."

"압다, 말만 하게그려."

양지에 팔짱을 끼고 서서 주거니 받거니 시장기도 잊어버린 모양이다.

"더 들어는 뭘 하나! 그때 쓱 올라서면, 변리[331] 놔서 두 잔 낼 테니, 오늘 한 잔 내보란 말이지."

"그거 좋은 말일세. 그 변리 한 잔부터 자네가 내보게. 오 년 후에 먹을 거다가 먹세그려나?"

"아차차! 언년이부터 어서 만들어놓아야 하겠네. 하하하!"

"허허허……."

객쩍은 입씨름이 충복[332]이나 된 듯시피 껄껄 웃고 만다.

매당은 집 든 지 대엿새 만에 이 상점 저 점방에서 뽑아 들여 온 청구서 한 묶음을 상훈이 앞에 내놓았다. 상훈이는 펴보지도 않고 그대로 집어서 최 참봉을 주며 덕기에게 갖다가 주라고 명하였다.

덕기는 최 참봉이 주는 청구서 뭉치를 받아서, 한 장 두 장 떠들쳐 보다가 발기 뒤의 총계 일천사백 몇십 원이라는 것을 보고 입을 쩝쩝 다시었다.

"이전에 가져가신 저금통장만 해두 사천여 원은 남았던데, 그건 다아 무얼 하셨기에 이걸 내게루 보내시면 어떡하란 말씀인

---

331  이자.
332  고픈 배를 채움.

지?……"

저금통장이라는 것은 장사 후에 부자가 유서를 꺼내 보고 나서 땅문서는 건드리지 않고 장비 쓰고 난 예금통장 하나를 부친이 집어넣고 간 것이다.

"그건 고사하고 지금 쌀 한 섬에 십사 원밖에 안 하는데 백 석을 팔아야 이 돈이 나옵니다!"

덕기는 딱하다는 듯이 혼잣소리처럼 하며 문서를 척척 접어 밀어놓는다.

"글쎄, 나 역 모르겠네마는 어르신네 분부니까 자네 알아 할 것 아닌가."

어르신네 분부라는 말에 덕기는 잠자코 앉았다가 청구서 뭉치를 문갑에 넣었다. 이튿날 낮에 덕기는 대관절 어떤 형편인가 하고 화개동으로 올라갔다.

안방에서는 떠들썩하고 마루에서도 요란스러이 도마질을 하는 한편에서 상을 보고 무슨 잔칫집 같으나 그보다도 덕기는 들어서면서부터 집을 잘못 찾았나? 하는 생각이 들 만큼 모두 눈 서투르다. 세간이 눈 서투르고 사람이 눈 서투르다. 마루 끝에 여자의 흰 고무신이 쭉 늘어놓인 것을 보고는 축대 위에 올라설 용기도 아니 났다. 뜰과 마루에서 오락가락하며 음식을 차리던 여편네들은 낯 서투른 남자 손님을 흘금흘금 바라들만 보다가 누구인지 안방에 대고 소리를 치니까, 방 안이 잠잠해지며 최 참봉이 내다본다.

"어서 올라오게. 아버니 여기 계시이."

덕기는 하는 수 없이 마루로 올라서려니까 방 안에 뿌듯이 들어앉았던 젊은 색시들이, 군호나 부른 듯이 와짝 일어서며 미인의 시선이 일제 사격을 하는 바람에 덕기의 얼굴은 화끈 달았다. 어떤 얼굴이 어떻게 생기고 누가 무엇을 입었는지는 눈에 하나도 보이지 않았으나, 그 여자들이 들어서는 자기와 바꾸어 행렬을 지어 마루로 나가는 것을 보니, 소리를 배우고 파해 가는 기생들 같다.

'무슨 잔친가? 집알이들을 온 건가?'

하는 생각을 하며 방 안에 들어서니까, 소복한 서조모가 서모와 함께 일어나며,

"어서 오게."

하고 알은체를 한다. 그 옆으로 앉았는 우둥퉁하고 거북살스런 중로 부인은 매당일 것이나 아랫목 새 보료 위에 앉았던 부친은 좀 어색한 눈치였다. 창훈이는 눈에 안 띄고 최 참봉이 문 밑으로 앉았다.

"어젠 예서 주무셨습디까?"

덕기는 어제 서조모가 집에 들어와 자지 않은 것을 생각하고 인사로 한마디 하였다.

"응, 한데 어떤가? 아주 딴 집같이 눈이 부시지?"

수원집은 덕기가 무슨 말을 하러 온 것인 줄 짐작하기 때문에 짓궂이 이런 소리를 하고 방 안을 돌려다 본다. 덕기도 아무 말은 아니하였으나 무심코 방 안을 둘러보았다.

유리같이 어른거리고 찬란한 속에서도 덕기의 눈을 놀라게 하는 것은 방 안 사람의 얼굴이 아랫목에서도 보이고 윗목에서도 보이고 맞은 벽에도 자기의 얼굴과 그 뒤에 일자로 쭉 걸린 여자

만또와 조바위와 목도리들이 찬란히 행렬을 지어 있는 것이다.

무심하였더니 덕기의 뒤에도 체경이 달려서 마주 달린 체경이 서로 몇 겹으로 반사를 하는 것이었다. 도대체 이 집은 체경으로 도배를 한, 말하자면 체경방이다. 매당집의 고안이겠지마는 이것은 또 무슨 취미인구? 하며 덕기는 오래 앉았었을수록 알지 못할 후터분한 공기가 압박을 하는 것을 깨달았다.

"어제 그건 봤니?"

부친이 비로소 말을 붙이나 아들은 다음 말을 기다리고 가만히 앉았다.

"치를 수 없거든 거기 두고 가거라."

역정스런 목소리나 여자 손들이 많은데 구차스럽게 세간값으로 부자 충돌을 하는 꼴은 보이기 싫기 때문에 아들의 입을 미리 막으려는 것이다.

"안 치러드린다는 것은 아닙니다마는……."

덕기는 너무 오래 잠자코 있을 수 없어서 말부리만 따고 또 가만히 고개를 떨어뜨리고 앉았다. 그러나 복통이 터져서 속은 끓었다. 속에 있는 말이나 시원스럽게 하고 싶으나 부친 앞에서 더구나 조인광좌 중에서 그럴 수도 없다.

"이 판에 용이 이렇게 과하시면 어떡합니까. 여간한 세간 나부랭이야 저 집에 안 쓰고 굴리는 것만 갖다 놓셔도 넉넉할 게 아닙니까?"

안방 치장 하나에 천여 원 돈을 목아서[333] 들인다는 것은 생돈

---

333 온통 한데 몰아서.

잡아먹는 것 같고 누가 치르든지 간에 어려운 일이다.

"이 판이 무슨 판이란 말이냐? 그따위 아니꼬운 소리 할 테거든 그거 내놓고 어서 가거라. 안 쓰고 굴리는 세간은 너나 쓰렴!"

영감은 자식에게라도 좀 점해서[334] 그런지 화만 버럭버럭 내고 호령이다.

"할아버니께서 산소에 돈 쓰신다고 반대하시던 걸 생각하시기로⋯⋯."

"무어 어째? 널더러 먹여 살리라니? 걱정 마라. 아니꼽게 네가 무슨 총찰이냐? 그러나 정미소 장부는 이따라도 내게로 보내라."

부친은 이 말을 하려고 트집을 잡는 것이었다.

"정미소 아니라 모두 내놓으라셔도 못 드릴 것은 아닙니다마는, 늘 이렇게만 하시면야 어디 드릴 수 있겠습니까."

"드릴 수 있고 없고 간에, 내 거는 내가 찾는 게 아니냐?"

"왜 그렇게 말씀을 하셔요. 제게 두시면 어디 갑니까?"

"이놈, 불한당 같은 소리만 하는구나? 돈 천도 못 되는 것을 치러줄 수 없다는 놈이 무어 어째?"

부친은 신경질이 일어났는지 별안간 달겨들더니 주먹으로 뺨을 갈기려는 것을 덕기가 벌떡 일어서니까 주먹이 어깨에 맞았다. 병적인지 벌써 망령인지는 모르겠으나 점점 흥분하게 해서는 아니 되겠다 하고 마루로 피해 나와버렸다. 그러나 금시로 정이 떨어지는 것 같고, 그 속에 앉은 부친은 딴 세상 사람같이 생각이 들었다. 신앙을 잃어버리고 사회적으로 활약할 야심이나 희망

---

334 부끄럽고 미안하다는 뜻인 '점직하다'의 준말.

까지 길이 막히고 보면야, 생활이 거칠어가는 수밖에는 없을 것이라고 동정도 하는 한편에, 이미 신앙을 잃어버린 다음에야 가면을 벗어버리고 파탈하고 나서는 것도 오히려 나은 일이라고도 하겠으나, 노래에 이렇게도 생활이 타락하여갈까 하고, 덕기는 부친에게 반항하기보다도 다만 혼자 탄식을 하는 것이었다.

집에 돌아온 덕기는 십 원, 오십 원 많은 것은 백 수십 원 되는 소절수를 십여 매나 떼어서 상점 발기와 함께 지 주사를 내주고 곧 가서 셈을 치르고 오라 하였다.

부친의 첩치가는 끝났으나 또 급한 것이 수원집 처치다. 어린 애를 데리고 본가로 갑네 하고 나가 앉았으니, 트집은 트집이요 하여간 집이 급하다. 태평통 집을 급히 내게 하고 들어앉게 하여 놓으니까, 수원집은 이사할 분별은 꿈도 안 꾸고 손부터 내민다. 자기 몫을 어서 내라는 것이다. 그러나 여자들의 몫은 삼년상이 끝날 때까지 맡아두라는 것이 조부의 유언이다.

"지금 아니 가져가시기루 축이 나겠으니 걱정이슈? 삼 년 받드는 동안 내가 시량[335] 범절을 아니 댈 테니 돈 쓸 일이 있어 그러슈? 할아버니 유언을 어쩌면 달이 가시기두 전에 거역한단 말씀요."

"삼년상 안 받들고 내가 딴 맘 먹을까 봐 그런 유언을 하셨는지 모르지마는, 그래 나를 그렇게 못 믿더란 말인가?"

"못 믿기로 말하면야 나를 못 믿어 그러시는 거 아니겠소?"

"그야 내 칼두 남의 칼집에 들어가면 찾기 어렵지 않은가. 재물이란 조화가 붙은 것이라 앞일을 뉘 알리!"

---

335 땔나무와 먹을 양식을 아울러 이르는 말.

이 모양으로 이틀을 두고 실랑이를 한 끝에 수원집이 아주 집을 든다는 날 부친이 와서 금고 문을 열라는 엄명에 열고 말았다.

"줄 건 어서 주어버리지 잔뜩 붙들고 있으면 무얼 하니. 가겠으면 가구 제 정성 있으면 삼 년이라두 붙어 있는 거요."

부친의 의견대로 수원집 모녀 몫을 내주는 길에 부친의 삼백 석도 가져갔다. 나눌 것을 다 주고 나니 덕기는 한시름 잊었다. 지 주사만은 오백 원을 주니까, 도리어 맡아두라 한다. 나 죽거든 장비 쓰고 남는 걸랑은 단 하나 남은 딸에게 주어달라는 것이다. 장비야 염려 말고 쓰고 싶은 대로 쓰든지 딸을 갖다 주라니까, 쓸 데도 없거니와 딸이 굶을 지경은 아니니 하여간 그대로 두라는 것이다.

부친의 첩치가에 과용을 하였느니 큰마누라를 내몰았느니, 수원집의 하는 소위가 가증하다느니 말은 많았어도 모친을 모시게 되고 부친이나 수원집도 소원대로 자리를 잡고 나니 일이 모두 제 자국에 들어선 셈이다.


애련

덕기는 이만하면 한시름 잊게 되었으니 이번 초하루 삭망이나 지내고 나서 경도로 떠날 작정을 하였다. 시험 준비도 충분치 못하고 어쩌면 추후 시험을 보게 될지 모르나 왕복 두 달 예정만 하면 졸업장을 맡아가지고 와서 경성제대의 본과에 들어가리라는 예정이다. 그러나 이월 초하루 삭망도 지내고 막 떠나려는데,

신열이 나고 감기 기운이다. 쓰고 누울 지경은 아니니까, 하루 연기하지 하고 지 주사가 몇 해 동안 약시중하던 솜씨로 집 안에서 지어주는 약 두 첩을 써보았으나 좀처럼 열은 내리지 않는다.

겨우내 유행하던 독감이 왔나? 하고 병원에를 가보니 그런 증세라 한다. 게다가 초상을 치르고 병화 일로 해서 연일 밤늦게 돌아다니고 무어니 무어니 집안 정리에 푹 지쳐서 몸살이 난 모양이다. 오한이 심한 저녁때 안방에 들어와 누워버린 것이 이틀 사흘 이내 일어나지 못한 것이 벌써 대엿새 되고 말았다.

병화가 삼사일 두고 무심히 지내다가 전화를 걸어보고 뛰어와 본 것은 한참 열에 떠서 신고할[336] 때였다. 그렇게 열에 떴으면서도

"그래 장사는 잘되나? 인젠 형사는 쫓아다니지 않나? 필순 양의 어른은 경과가 좋은 모양인가?"

하고 연거푸 묻는 것이었다. 병화가 돌아와서 필순이더러 덕기가 부친의 병위문을 하더란 말을 하니까, 필순이는 좋아하면서,

"에그 어쩌나? 그렇게 신세를 짓구 난 가 뵙지두 못하구……."

하며 애를 쓰는 것을 보고 병화는 그 심정을 모르는 것은 아니나 못 가볼 것이 뭐냐?고 한다든지 가보라고 권하지는 않았다. 병화와 원삼이가 아침저녁으로 돌려가며 문안을 다니는 것을 보고도 필순이는 혼자 속으로 애절을 할 뿐이요 가겠다는 말을 냅뜰 용기가 아니 났다.

모친도,

"저를 어쩌나? 인사두 못 가구……."

336 고생하다.

하고 애를 쓸 뿐이다. 저편이 하두 부자라니 정성이 부족한 것은 아니나 감히 엄두를 못 내는 것이다. 그러나 병화가 한 사날 후에 위문을 갔다 오더니,

"필순이, 과일이나 한 광주리 싸가지구 좀 가보지?"

하고 뚱겨준다. 그 말이 떨어지기를 기다렸던 듯이 필순이는 반색을 하면서도 그래도 망설이었다. 첫째 무엇을 입고 가나? 병원 같으면 몰라도 그 크낙한 집에를 어떻게 들어갈 수 있을까 부끄러운 것보다도 겁이 났다. 그러나 병화는,

"무얼 그래? 그 집두 사람 사는 집인데……. 어서 갔다 와요. 좀 보내달라기에 보내마 하고 왔는데."

하며 귤이며 사과, 배를 과일 광주리에 주섬주섬 넣는 것이었다.

"과일을 좀 보내달라세요?"

필순이는 귀가 반짝 띄며 채쳐 묻는다.

"응."

"그럼 원삼 씨 들어오건 갖다 두구 오라죠."

필순이는 자기를 보내라는 것이 아니라 과일을 보내라는 것에 지나지 않다는 말눈치에 실망한 것이다.

"아무나 가져가면 어떨꾸. 아주 그 김에 인사라두 때구 오면 좋지 않아?"

실상은 덕기가 필순이를 좀 만났으면 하는 눈치기에 가라고 한 것이나 그맷말을 당자에게 하기는 싫었다. 필순이가 덕기에게 가까이하지 못하게 하자는 것이 아니라 공연히 어린 마음을 더 뒤숭숭하게 더뜨려놓을까 무서운 것이요 또 혹은 덕기로서 생각하면 저희에게 하노라고는 하였는데 어쩌면 한 번도 아니 들여

다보나? 하는 고까운 생각으로 연해 필순이 편 사정을 묻는 것인지도 몰라서 이러니저러니 말할 것 없이 어쨌든지 과일이나 가지고 가보라는 것이다.

"괜히 옷 걱정을 하는 게지? 부잣집이기루 수단[337] 치마를 입어야 가나? 반찬장수가 그런 걸 떨치구 나서면 되레 흉봐요."

필순이는 아픈 데를 꼭 집어낸 것에 부끄러우면서도 힘을 얻었다. 사실 아무렇게나 입고라도 인사를 가야 옳겠다고, 부끄러우니 뭐니 교계[338]치 않고 나섰다.

그러나 일러주는 대로 전차를 구리개 네거리(황금정黃金町)에서 내려서 수하정水下町으로 찾아 들어가 솟을대문 문전에를 다다르니, 고개가 옴츠러지는 듯싶고 가슴이 설렁하여 공연히 혼자 쭈뼛쭈뼛할 수밖에 없었다. 무어라고 부를 수도 없고 불쑥 들어갈 수도 없어 한참 망설이고 섰으려니까, 어멈이 행주치마 밑에 밥그릇인지 무언지 불룩이 집어넣고 나오다가 물끄러미 치어다보며,

"왜 그러우?"

하고 말을 건다. 그대로 갈 수도 없고 망단한 판에 살아난 듯싶다.

"저어, 산해진서—효자동서 과일을 가져왔는데요."

필순이는 아는 남자의 병위문을 온 것이 아니라, 병화의 심부름으로 왔거니 하는 생각을 하니 의외로 말이 당돌히 나왔다.

"들여다 두슈."

어멈은 그대로 자기 방으로 들어가려는 눈치다. 그러나 어멈을 놓쳤다가는 큰일이다.

337 수놓은 것같이 짠 비단.
338 서로 견주어 살펴봄.

"어렵지마는 이것 좀 들여다 둬주세요."

방문을 열고 춘데 어서 들어가려는 어멈을 매달리듯이 붙들었다. 어멈은 필순이를 한참 위아래로 훑어보고 나서,

"배달해 온 거란 말요?"

하고 다지며 광주리를 받아 들고 안으로 들어갔다. 배달부냐? 친구로서 위문품을 가져온 거냐?는 말눈치다. 아무렇거나 필순이는 그대로 두고만 가더라도 자기가 위문을 다녀간 줄은 알 것이니 그것이 도리어 다행하다고 약은 꾀가 난 것이다. 필순이는 어멈이 들어간 뒤에 안에서 무어라나 덕기의 말소리가 듣고 싶으나 누가 뒤에서 붙드는 거나 같이 줄달음질을 쳐서 나왔다.

금단추의 학생복을 아무렇게나 입고 좁아터진 점방에 와서 귀떨어진 소반에 설렁탕 뚝배기를 놓고 먹던 그 덕기가 저런 고랫등 같은 집의 주인이라는 것은 정말 같지 않다. 덕기는 좋아도 솟을대문이 싫었다. 솟을대문이 정을 떼어놓는 듯싶다. 돈 없는 덕기였다면 얼마나 좋았을까 싶다.

그러나 그런 팔자 좋은 부잣집 서방님이 무엇하자고 병화와 어울려 다니고 자기 같은 사람과도 사귀는지 알 수가 없는 일이다. 돈 있는 덕기이기에 경의를 표하는 것이 세상 사람의 상정일 텐데, 돈 없는 덕기였다면 좋았겠다고 생각하는 자기가 이상한 것은 조금도 생각지 않고 이 처녀는 돈 있는 청년 같지 않게 소탈한 덕기를 더 이상히 생각하는 것이었다.

"여보, 학생! 여보, 나 좀 봐요!"

그러지 않아도 누가 뒤에서 부르는 것만 같아서 뒤를 돌려다보고 싶은 유혹과는 딴판으로 흥녀케[339] 골목을 빠져나오려니까

뒤에서 아까 그 행랑어멈이 헐러벌떡 뛰어오며 부른다. 필순이는
반가운 생각이 들며 돌쳐섰다.

"여보 학생, 귀먹었소? 걸음은 무슨 걸음이 그렇게 빠르단 말요?"

학생 아씨라고 부르기도 싫어하거니와 그런 존대를 받아본 필
순이도 아니지마는, 필순이의 차림차리로 넘본 어멈은 걸음 빠른
것까지 홀닦아 세우며,

"서방님이 들어오라신다우."

하고 핀잔주듯이 전갈을 한다.

"뭐, 난 바루 갈 테애요. 할 말씀두 없구."

필순이는 부르는 덕기 생각을 하고 저절로 얼굴이 상기가 되
는 것을 깨달았다.

"안 돼요. 할 말이 있거나 없거나 그야 뉘 알겠소마는, 어서 들
어와요. 남 야단 만나지 않게스리."

이번에는 핀잔만 주는 게 아니라, 빈정대는 말눈치를 못 알아
들을 필순이도 아니지마는 그것이 귀에 거슬리기보다도 들어갈
지 말지 망단해서 고개를 떨어뜨리고 잠깐 섰으려니까,

"남 추워 죽겠는데 무슨 생각을 하구 섰는 거요? 누가 서방님
앞에 올라가서 꿇어앉았으라니 부끄러워 못 들어간단 말요? 창
문 밖에서 분부만 듣고 나오면 그만 아닌가."

필순이는 잠자코 따라섰다. 병위문 왔다가 부르기까지 하는
데, 그대로 간다는 것은 얼뜬 일이요, 만나보고 싶은 마음이 간절
하지 않은 것도 아니다. 부끄러운 말이지마는 세상 밖에 나온 뒤

339 서둘러 아주 빨리.

에 잘사는 집이라곤 가본 일이 없으니 구경이 하고 싶다는 호기심이 한구석에 있기도 하였다.

드높은 축대 위를 어느 편으로 올라가야 좋을지 발이 허청 놓였다. 그래도 사람이 북적댈 줄만 알았더니, 이 큰 집 속이 절간 같이 조용하고 보는 사람이 없는 것은 다행하였다.

"이리 들어오슈."

축대 위에서 건넌방 편으로 향하려니까, 의외로 안방 유리창에서 덕기가 내다본다. 얼떨결에 마루로 올라섰으나 고무신짝을 내동댕이나 치지 않았는지 방에 들어가서도 애가 씌었다.

"밖이 차죠? 어서 앉으슈."

덕기는 반색을 하며 웃어 보인다.

"좀 어떠세요?"

문 밑에 쪼그리고 앉으며 간신히 한마디 하고 고개를 떨어뜨렸다. 언 귀가 녹느라고 그렇겠지마는, 얼굴이 달아오르는 것이 필순이는 속으로 또 걱정이다.

"그건 뭘, 추운데 들구 오시느라고……."

윗목에 놓인 과일 광주리를 건너다보며 인사를 하는 것을 들으니, 필순이는 병화가 보내는 심부름을 온 것만으로 생각하였는데 의외로 생색이 나서 좋았다.

"그래, 아버니께선 그만하시다죠?"

"예에."

모본단 이불을 밀쳐놓고 명주옷에 푸근히 묻혀 앉아서 점잖이 수작을 하는 이 청년의 앞에 앉았기가 점점 괴로워지고 아까 행랑사람의 말버릇을 생각하면 그 주인에게 깍듯한 경대를 받기가 황송한 생각까지 든다.

"시탕하려, 점방 보려, 날은 춘데 참 어려우시겠군요."

"뭐, 요새는 경애 씨하구 원삼 씨가 보아주기 때문에 난 거진 병원에서 해를 보내니까요."

필순이는 그 덕에 한참 보기 흉하게 터졌던 손등도 보애진 것을 무심히 내려다보다가 살짝 감추려 한다.

"경애 씨두 일을 좀 보나요?"

"예. 요새는 아침에 출근하듯이 와서 온종일 매달려 계시죠."

"허어, 맘잡았군!"

하고 덕기가 웃으니까,

"왜 언젠 달떴던가요? 요새는 살림에 찌던 아씨처럼 행주치마에 게다짝을 끌구 종일 섰답니다."

하고 생긋 웃는다. 촘촘한 하얀 이빨을 살짝 보이며, 고개를 잠깐 옴츠러뜨리다 마는 양이 어린 처녀다워 보였다. 이런 환한 방에 놓고 보니 그 흰 살갗이 도리어 푸르러 보일 지경이요 야윈 얼굴은 영양이 부족한 탓이겠지마는, 도리어 병후에 소복되어 가는 미인에게서 보듯이 청초하고 나릿한[340] 미태媚態[341]가 은연히 떠도는 듯싶다.

"그만 가겠에요."

말이 뜸한 틈을 타서 필순이가 일어서려 한다.

"가만히 계슈. 좀 할 말두 있구, 병원 가시겠군요? 아주 예서 점심 자시구 가시구려."

340 냄새, 공기, 소리가 사람의 감각기관을 약하게 자극하는 데가 있다.
341 아양을 부리는 태도.

덕기는 친숙한 친구의 누이처럼 흉허물 없이 구는 태도다.

"아녜요. 어머니께서 기다리시니까, 어서 가봐야 해요."

하고 필순이가 일어서는 것을 모른 척하고 건넌방에다 대고 아내를 부른다. 필순이는 마루를 건너오는 사람과 마주 나가는 수도 없고 그대로 섰다.

"몸도 채 못 녹이구 왜 이렇게 가슈."

덕기댁은 안방에 들어서며 웃는 낯으로 필순이를 치어다본다. 필순이는 고개를 꼬박하여 보였다. 부푸하고[342] 수더분한 색시라고는 생각하였으나 부잣집 며느리라고 어디가 다른지는 모르겠다.

"앉으시우."

필순이는 하는 수 없이 대접성으로 다시 앉는 수밖에 없었다.

주인아씨의 눈에 비친 필순이는 상냥하고 얌전한 처녀이었다. 활짝 피지는 못하였으나 조촐하고 야쁘장한 색시였다. 옷 입은 것은 볼 것 없어도 어깨통이 꼭 집은 듯하고 몸매가 나는 것도 우둥퉁한 자기로서는 부러웠다. 그러나 남편이 밖에 나가면 이런 여자들하고 교제를 하거니 하는 생각을 하면 역시 덜 좋았다.

효자동 산해진에서 왔다니 누구인지는 짐작하겠으나 그런 반찬가게에 나서서 일하는 여자 같지도 않아 보인다. 그러나 반찬장사치의 딸 같든 안 같든 병화라는가 하는 주인이 날마다 다녀가는데, 이 계집애가 왜 따로이 왔을꾸? 조금 의심이 든다. 김병화의 아내도 아니요, 이 여자가 벌써 바람이 들었나? 하고 다시 치어다보았다.

342 무게는 나가지 않지만 부피가 크다.

남편은 이 색시가 가져온 귤을 먹고 싶다면서,

"무어 점심을 좀……."

하고 눈짓을 한다.

"추우니 뜨뜻한 장국을 해 오구려."

하고 다시 이른다. 과자나 차 같은 것을 가져올까 보아 똥기는 것이다. 이 집 규모에(덕기 대에는 차차 어떻게 될지 모르지마는) 손님 대접이란 밥이요, 정초가 되면 떡국인데 그것도 여간 사람 아니면 내지를 않는 것이다. 다만 덕기 손님에게만은 과자와 차를 내는 것이다. 그도 그럴 것이 하루에도 안팎에 오는 손님이 십여 명씩 되는데, 일일이 어쩌는 수 없겠지마는, 조부의 치부도 그 규모 때문이기는 하다. 그런데 지금 이 손님에게는 뜨뜻한 장국을 차려 오라는 분부다. 극상등 손님 대접을 하라는 말이다.

아내가 고개를 갸웃하며 나가는 것을 보고, 필순이는 일어섰다. 이런 대가에 와본 일도 처음이라, 내심으로 쭈뼛거리는 판에 음식 대접을 한다니 대접이 아니라 죽을 고역을 치르라는 말이다. 더구나 병위문 와서 대접받고 앉았을 수는 없다. 어서 풀어 내보내주었으면 시원할 것만 같다. 올 때는 그립고 다정한 마음으로 왔으나, 맞대하고 보니 이 집 밖에서 보던 덕기와 이 집 안에서 보는 덕기가 딴사람같이 멀어진 것을 깨달았다. 덕기가 반겨하고 다정히 구는 것은 조금도 변함이 없건마는, 어째 고런지 사이에 무엇이 한 겹 가로막힌 것 같고, 여기 올 때까지 공상으로 그리던 감정이 솟아 나오지를 않아서 혼자 실망을 하는 것이다.

"왜 또 일어나슈? 좀 있으면 내 누의도 학교에서 올 것이요, 또 이야기할 것도 있어서 잠깐 다녀가시라고 김 군더러 부탁을 한 것인데…….”

덕기가 부탁을 해서 오라고 하였다니 기쁘기도 하고 뿌리치고 나설 수도 없다. 그러나 무슨 이야기인지 좀체 말을 꺼내지도 않는다.

“아버니께서는 전에 장사하셨나요?”

“아뇨. 학교 교사 다니셨에요.”

“헤에, 그 왜 그만두셨나요?”

“만세 때 그만두신 뒤로는 내리 노시죠.”

이런 이야기하자고 부른 것은 아니겠지마는, 상이 들어올 동안 심심하지 않게 하려는 수작이다.

“그래 만세 때 여러 해 고생하신 게군요?”

“그때는 일 년 반쯤이었대요. 그 후에 사 년 하셨답니다.”

“허어. 그때는 어디서 사셨기에요?”

사람의 내력을 듣는 것은 재미있는 일이지만 덕기는 그 부친의 내력에 더 흥미를 느꼈다.

“영성문永成門 안 살았죠. 영성문학교 바루 옆집에서 살았에요. 이 학년에 올라갈 때 그 풍파가 났답니다.”

필순이는 이야기에 팔려서 어느덧 아까 같은 사렴[343]하고 쭈뼛거리는 마음도 스러졌다.

“그럼, 그땐 아홉 살쯤 되셨겠군요?”

별로 신기한 일은 아니나, 덕기 생각에는 이 여자의 아홉 살 때라면 퍽 먼 날의 한참 귀여운 시절의 일 같다.

---

343 정분이 두텁지 못해 주저하게 되는 마음.

"어렸을 때 일이니까 어렴풋하지마는, 우리 어머니께서두 그 때는 우리 아버님같이 단단하셨죠."

하고 필순이는 열렬이란 말이 아니 나와서 단단하였다고 한 것이 우스웠던지 생긋 웃는다. 덕기도 거기에 끌려 웃었다.

"어쨌든 우리 집은 그때부터 거덜이 났죠. 어머니께서는 그때 영성문학교에 다니셨지마는, 생각하면 어머니께서두 고생 많이 하셨어요."

필순이는 영성문 앞집에서부터 산해진에 이르기까지 근 십 년 간 고초가 한꺼번에 머리에 떠오르는지, 그 가냘픈 얼굴을 바르르 떠는 듯싶다. 덕기는 이 소녀의 혈관에도 혁명가의 피가 흐르는가 싶어서 무심코 눈을 내리깔았다.

"그러시겠죠."

남편은 감옥살이나 하고 아내는 학교에서 떨려나고 하면 집 팔아먹고 자식까지 공장에 내세워 벌어먹는 수밖에 없었을 것이다. 그런 처지야 한두 사람이 아니겠지마는, 그동안 자기 집안은 무엇을 했던고? 적어도 부친과 자기는 어떻게 살았던고? 하는 생각이 든다.

"그래두 어머니께서는 그때나 지금이나 변하신 데가 없지요. 거기 비하면 아버니께서는 퍽 변하신 셈이죠. 그렇다구 해서 아버니가 김 선생(병화)과 꼭 의사가 일치하는 것도 아닌 모양입니다마는……."

"형. 좌우익左右翼에 부친은 중간적 존재시군? 그래 당신은 어느 편이신가요?"

"나두 이편저편 다 들지요."

하고 필순이는 생글 웃는다.

"팔방미인이란 말이죠? 기회주의자이시군!"

하고 덕기도 웃다가,

"그래두 한집 속에서 충돌이 없이 구순히 지내시는 게 용하외다."

하고 감탄한다.

"허기야 일치점은 있거든요. 구차하니 서로 동정하는 것이죠. 피차에 배를 졸라매구 앉았으니, 의견이 틀린다구 말다툼할 기운두 없어 서루 사패를 알아주는 건가 봐요. 그런 점은 가정적이나 사회적이나 일반일 거예요?……"

덕기는 필순이의 예사롭게 하는 이 말에 확실히 일리가 있다고 생각하였다.

"사실이죠. 사회 운동이나 민족 운동이나 확실히 그 점에 가서는 일치점이 있지요."

"하기 때문에 어머니께서는 김 선생 하시는 일을 못마땅하게 생각하시구 뒷구멍으론 잔소리를 하시다가두, 급한 일이 생기면 도리어 어머니께서 앞장을 서서 서두르시구 무어나 군소리 없이 시중을 들어주신답니다."

필순이는 피혁이 때만 해도 아무 소리 없이 병화가 시키는 대로 정성껏 옷시중을 들어주던 것을 생각하며 이런 소리를 한다.

"그렇겠죠!"

덕기가 대꾸를 하여주며 고개를 끄덕끄덕한다.

"아마 선생님께서두 병화 씨에게 하시는 걸 가만히 뵈면, 집의 어머니 같으신 데가 있는가 봐요?"

"잘 보셨습니다!"

하고 서로 웃어버렸다. 덕기는 영리한 계집애라고 속으로 탄복하는 것이었다.

음식상이 들어왔다. 필순이는 어려서 혼인집에나 환갑집에 가서나 받아보던 듯한 편육이니 누름적이니 마른 과일이니 하는 접시가 늘비한 상이 들어오는 것은 고사하고, 상을 들고 들어오는 사람이 날마다 만나는 원삼이댁인 데에 깜짝 놀라서 반기었다.

"아가씨 오신 걸 알구 부리나케 쫓아왔죠. 어서 많이 잡수슈."

원삼이 처도 제 식구나 거두어 먹이려는 듯이 인사를 하고 긴소리 않고 물러 나간다.

원삼이 처는, 이 집 행랑것이, 이사 간 수원집의 행랑이 나는 대로 떠나가면, 그 뒤에 대신 와서 살 작정으로 낮에만 와서 시중을 들고 있는 것이다. 셋방살이를 나서, 몸도 편하고 남에게 어엿한 대접을 받는 것은 좋기는 하나, 남편이 산해진에서 버는 잗다란[344] 돈냥으로는 살 수도 없거니와, 이런 크나큰 댁을 버리고 외톨로 나가 살기가 싫다는 것이다. 마님 아씨와 정도 들었지마는 제살이[345]로는 아무래도 굶어 죽을 것만 같아서 안심이 안 되고, 이렇게 풍성풍성히 먹고 입을 수가 없다는 것이다. 덕기는 원삼이 내외의 이 말을 듣고 해방된 흑노黑奴라고 속으로 웃었으나 웃고만 넘길 일이 아니라고 생각하였다.

필순이는 상을 받고 앉아서 얼떨하였다. 작년 가을에 덕기를 처음 만난 것이 서대문 밖 '소바'집이었고, 일전에 설렁탕도 한 상에서는 먹지 않았지마는, 함께 시켜다 먹었다. 그러나 처음 오

344 '잗단'으로 자그마하거나 하찮은의 뜻.
345 남에게 의지하지 않고 자기 힘으로 살아감.

는 스스러운 집의 남자 앞에서 대접을 받기란 그야말로 공경이 체중[346]이었다.

"선생님은 왜 안 잡수세요?"

"난 입맛이 써서…… 귤이나 먹죠. 어서 식기 전에 드슈."

덕기가 귤을 까는 바람에 반병두리[347] 뚜껑[348]를 여니 떡국이다.

'뭘, 만나던 첫 번에도 변도갑을 무릎 위에 놓고, 국수를 쭈룩 쭈룩 얻어먹었는데!'

하는 생각을 하며, 거기에 기운을 얻어 저를 들었다. 그러나 병원에 있는 어머니 아버지 생각에 목에 걸릴 것 같다. 보는 사람만 없으면 상에 놓은 것을 그대로 싸가지고 가고 싶다.

막 두어 술 넣으려니까, 주인댁이 아이를 안고 들어와 앉는다. 인사성으로 대객 삼아 들어온 것은 고마우나 또 주눅이 들어 얼굴이 다시 취해 올랐다.

"맛은 없어두 많이 자슈."

국수 외에는 하나도 건드리지 않는 것을 보고 덕기댁은 권하더니 아이를 떼어놓고 나가서 자기도 떡국 한 대접을 들고 들어오며,

"나하구 잡습시다."

하며 마주 앉는다. 덕기는 속으로 잘되었다 하고 빙긋 웃었다. 아내의 그런 너름새가 마음에 들었다.

"설에 친 떡이라, 마른 게 잘 붇지를 못했군."

346 몸이 무겁다
347 놋쇠로 만든 그릇의 하나.
348 뚜껑.

하고 혼잣소리를 하며 편육을 집어 떡국 그릇에 넣어준다. 지금 부엌에서 원삼이 처가 필순이를 칭찬을 하는 바람에 아까보다는 퍽 호의를 갖게 된 것이다.

필순이는 인제야 마음이 풀리며, 이것저것 집어 먹어보았다. 편육도 일 년에 몇 번 술안주 썰 제 도마 머리에서 한두 점 얻어 먹던 그 맛이 새롭거니와, 근년에는 설에도 구경 못 하던 전유어[349] 맛이란 잊었다가 새로 찾은 듯싶다. 도대체 겨우내 주리던 통김치를 보니, 그것만 가지고도 밥 한 그릇은 먹겠는데, 그 성성한 맛이라니 한세상 나서 잘살고 볼 거라고 어린 마음에 자탄을 하는 것이었다.

상을 물려서 주인댁이 들고 나가니, 덕기는 과일을 권하면서 다락문을 열고 돌아서서 무엇을 훔척훔척한다. 필순이는 병인 갖다 주라고 먹을 것을 싸주려나? 하며 고맙기도 하나 들고 나가기가 부끄러운 걱정부터 하며 고개를 떨어뜨리고 앉았다가 덕기가 돌아앉기를 기다려서,

"그럼 인젠 가보겠에요. 괜히 와서 여러 가지로 미안합니다."
하고 절을 꼬박 하려니까,

"그럼, 어서 가보슈. 이건 아버니 갖다 드려요."
하고 어느 틈에 넣었던지 요 밑에서 봉투를 꺼내놓는다.

"그건 무업니까?"

무언 것을 짐작하는 필순이는 얼굴이 또 홧홧하여졌다.

"떠나기 전에 한번 가 뵙자던 게 그만 늦게 되어서…… 이댔

<hr>

349 생선전.

것 무어 위문도 못 해드리구 하였기에 마침 오신 길에······."

"그만두세요."

"무어 피차 뻔히 아는 처지에,······ 날마다 용에도 어려우실 거요······."

입원료는 상점에서 그럭저럭 뜯어 대나 쩔쩔맨다는 말을 병화에게 듣고 병화 편에 전해달라려다가, 어차피에 한번 가보고 내놓는 것이 대접일 것 같아야 그대로 둔 것인데, 필순이가 과실을 가지고 온 것을 보니 그대로 보내기가 안되어 내놓은 것이다.

필순이가 일어서려니까,

"또 언제 오시려우? 내일 모렛새라도 틈 있거든 놀러 오시구려. 실상 한다는 이야기도 못 하고 말았지마는, 이렇게 누웠으려니까 갑갑하고 심심해서······."

하고 서운해서 하는 기색이다. 필순이는 남자의 다정하고도 애소하는 듯한 이런 소리를 듣고 심약해진 병자를 동정하는 마음보다도, 이 남자가 무심중에 뒤로 바싹 끼어안아나 주는 듯한 무서운 마음과 기쁜 생각에, 또다시 얼굴이 볼그레 상기가 되면서 그말을 누가 들었을까 보아 애가 씌었다.

"예, 봐서요."

이렇게 얼버무려뜨리면서 나오기는 하였으나, 병원과 달라서 이런 데는 자주 올 수 없지 않으냐고, 방패막이를 미리 해두었다면 좋았다고 생각하였다.

'하지만 또 오긴 미쳤나!'

필순이는 한옆에서 날마다라도 올 수만 있으면―하고 발버둥질 치는 마음을 나무라듯이 혼잣소리를 하였다. 덕기가 자기에게 무엇 때문에 그렇게 친절한지 그것이 못 믿을 일이다.

　'그런 남부럽지 않은 아내에 자식이 있는데, 무에 심심하구 갑 갑할꾸?'

하며, 그 말에 솔깃하여진 자기 마음을 어리석다고 스스로 코웃 음도 쳐보았다. 언제라고 덕기가 총각이거나 독신 생활을 하는 남자라고 생각한 것은 아니나, 처자를 갖추고 호강스럽게 사는 양을 보기 전과, 본 뒤가 마음에 여간 달라진 것이 아니다. 남자 의 다정한 말과 고맙게 구는 태도에 빠질 듯하던 마음이, 그 아 내, 그 자식, 그 호화로운 살림을 생각하곤, 자기 따위는 교제도 그만두어 버려야 할 것이라고 낙망에 가까운 단념이 드는 것이 다. 아까 그 집 안방에 들어가면서부터 전일에 병원에서나 산해 진에서 보던 덕기와는 딴판 같고, 두 사람 사이에 무에 막힌 것같 이 제풀에 설면해지던 것도, 이러한 실망과 자곡지심[350] 때문이었 다. 그렇게 생각하면 덕기의 그 친절이란 것도 요새 돈푼 있는 집 자식들의 비열한 취미나, 심심파적으로 하는 농락은 아닌가 하는 생각이 든다. 잘못하면 자기도 홍경애 짝이나 되면 어쩌려는구?

　약고 고생에 찌들어서 일된[351] 아이가 공장 생활 몇 해에 물은 안 들었어도, 보고 들은 것은 있는지라 그만한 깜냥도 들었고, 앞 뒤를 잴 줄을 알았다.

　"어머니, 지금 조 선생 댁에 갔다 오는 길인데요……."

　병원으로 온 필순이는 어른 몰래 무슨 대담한 짓이나 저지르 고 온 듯이 웃으며, 모친의 기색을 살핀다.

---

350  허물이 있는 사람이 스스로 고깝게 여기는 마음.
351  나이에 비하여 발육이 빠르거나 철이 빨리 들다.

"어, 어떻게? 잘되긴 했다마는……."

인사는 치러야 하겠지마는, 나이 찬 계집애년이 낮 서투른 집 남자를 찾아서 그런 데 한만히 다니는 것이 좋을 것은 없어하였다.

"김 선생님이 과실을 좀 가져다 두라셔서 문간으로 다녀만 오렸더니 자꾸 들어오라겠죠."

"간 바에야 들어가 봐야지."

모친은 말은 이렇게 하면서도 과실을 보내자면야 원삼이 편엔 들 못 보내서—하는 생각도 없지 않았다.

"그런데 이걸 주시던데……."

하고 봉투를 꺼내놓으니까,

"그건 또 왜?"

하고 받아 뜯어본다.

'백 원 템이!'

필순이 모친은 반가우며 애가 쓰이며 이상한 표정이다. 돈 백 원이라면 필순이가 직공 시절에도 석 달은 죽을 고생을 해야 받아 오는 것이었다. 과실을 가져갔으니까 대거리로 보내는 것이요, 있는 사람은 백 원쯤 대수롭지 않을지 모르지마는 고마우면서도 마음에 꺼림하지 않을 수 없다. 덕기란 사람이 원체 뉘게나 다정하고 마음이 고와서, 불쌍하게 보고 그러는 것이겠지마는 남의 신세를 이렇게 지고 어쩌나 하는 겁이 어렴풋이 드는 것이었다.

"뭐요?"

부친도 멀거니 바라보다가 묻는다. 덕기가 보냈다니까,

"음……."

하고 무표정한 얼굴로 한숨을 쉰다. 부모들이 그렇게 반색을 하지 않는 기미를 보니, 필순이는 그 집에서 점심 대접까지 받고 왔다는 말은, 이야기 삼아 하고 싶어도 차마 못하였다.

이때껏 부모에게 털끝만한 일이기로 숨기는 것이 없고, 못할 말이 없었건마는, 떡국 대접 받고 또 놀러 오라더라는 말쯤 무엇 때문에 냅뜨지를 못하고, 마음에 무거운 짐이 되게 비밀을 가지게 되었는지, 두고두고 생각할수록 자기 마음을 알 수가 없다.

"그런 줄 몰랐더니 필순 아줌마 숙기두 좋더군. 처음 간 집의 안방에 들어앉아서, 떡국 한 대접을 넙죽넙죽 다 잡수시구……."

이튿날 낮엔가 손님이 뜸해서 난로를 끼고 경애와 단둘이만 앉았자니까, 이런 소리를 불쑥 꺼내며 놀린다. 경애는 딸을 새에 두고 필순이를 아줌마라고 부른다.

"그럼 하는 수 있나! 먹으래긴 하구, 먹구는 싫구, 형님 같으면 그런 때 어떻게 했겠소?"

필순이는 쓴웃음을 머금어 보인다.

"내야 배고프면 내라구 해서두 먹겠지만."

"난 그만 숙기가 없기에? 덕기 씨를 첨 만나는 길루 우동집에 들어가서 쭈룩쭈룩 먹어댄 건 어쩌구! 하하하."

"인제 알았더니 필순 아줌마두 버렸군! 버렸어!"

경애는 일부러 혀를 끌끌 찬다.

"아, 담배 직공 삼 년에 버려두 이만저만 버렸게!"

필순이도 장난의 소리지마는, 이렇게 퐁퐁 말대꾸를 하는 것은 처음 듣는 것이다. 필순이는 별로 비밀 될 것은 아니나, 어머니에게도 숨겨버린 것을 원삼이 처의 입에서 나왔겠지마는 경애가 놀리는 것은 유쾌할 것까지는 없었다. 그러나 필순이는 요새로 신경이 날카로워져서, 뉘게나 대들고 싶은 이상한 충동이 늘어가는 것이었다. 병원에서 날마다 잠자리가 편치 못해서 늘 잠이 부족하지마는, 어제는 쓸데없는 공상으로 눈을 붙인 것이 몇시간 되지도 않았었다.

"아직 일러요. 남자 교제를 하려거든, 내 인제 좋은 신랑감 하나 골라서 바칠 테니, 그때 가서 국수를 한턱 잘 먹이라구."

"그건 또 무슨 밑두 끝두 없는 소리를 하시는 거요? 일꾸 늦구, 누가 남자 교제를 하구 싶대게!"

경애의 말이 악의 없는 한때 실없는 말인 줄은 알면서도, 덕기와의 왕래를 그야말로 '남자 교제'라고 밀어붙이는 것이 듣기 싫었다.

"그야 내 다 잘 알아요. 하지만 한 살이라두 더 먹은 내 말을 잘 들어두란 말애요. 오늘날 이 꼴이 된 내 처지를 잘 보아두란 말애요."

경애의 말은 어느덧 동생을 타이르는 형의 말씨같이 정다우면서도 심줄이 들어 있었다.

"누가 뭐 어쨌나요? 어제두 선생님이 과일을 가져다 두라시니까 갔던 것이지."

필순이는 얼굴이 발개지면서 변명이 급하였다.

"아니, 그것은 실없는 말이요, 어쨌든 주의하란 말애요. 덕기 같은 사람야 물론 좋은 사람이요 나두 잘 알지마는, 내가 필순 아줌마만 한 때 똑같은 처지에 있었기에, 남의 일 같지 않아서 조심하라는 말이지! 듣기 싫다면 다시는 말하구 싶지두 않지만……."

피차에 무슨 감정이 있는 것은 아니지마는 하고 싶은 말들을 노골적으로 시원스럽게 못 하니, 시시부지[352] 싸운 사람 모양으로 입을 담쳐버렸다. 필순이도 경애 말이 옳은 줄을 모르는 것은 아니나, 덕기의 이름이 경애의 입초[353]에 오르내리는 것이 첫째 싫은 것이었다.

'그는 하여간에 무슨 말을 하겠다는 것인구?'

이야기 끝에 또 머리에 떠오르는 궁금증이 이것이다. 새삼스럽게 공부를 하라는 것도 아닐 거요, 아무리 궁리해보아도 그 외에 자기에게 할 말이 있을 것 같지는 않다.

'일본에를 같이 가자는 걸까? 같이 가서 공부하자는 걸까?'

이런 공상을 하여보고는 얼굴을 혼자 붉히며 고개를 옴츠러뜨렸다.

'나 같은 것은 데려다가 밥이나 치우자구!'

자기의 분수없는 공상을 혼자 비웃어도 보았다. 그러나 다녀온 지 사흘째 되던 날인가 원삼이가 갔다 오더니 넌지시,

"저 댁 서방님이 내일 좀 다녀가시래요."

하는 전갈을 듣고는, 공연히 가슴이 덜컥하며, 자기 신상에 무슨 심상치 않은 변동이 닥쳐올 것만 같은 예감이 드는 것이었다. 물론 아무런 이유가 있는 것은 아니다. 그러나 간다는 것은 큰 짐이다. 병이 나서 기동을 하면 으레 올 거니, 그때에 만나기로 하고 단념하는 수밖에 없다.

"왜 오늘 좀 안 다녀오시겠어요?"

이튿날 낮에 원삼이는 이렇게 뚱기었으나,

"어디 갈 새가 있어야죠."

352 끝을 분명히 맺지 못하고 흐리멍덩하게 넘겨버리는 모양.
353 입초시, 입길. 남의 흄을 보는 입놀림.

574

하고 필순이는 뒤숭숭한 마음을 꾹 참아버렸다.

　가지 못할 데라고 단념을 하고 나니, 마음은 가뜬할 것 같은데, 어제오늘은 더 일이 손에 잡히지를 않고, 얼이 빠진 것 같다. 만나고 싶은 간절한 생각이 있다느니보다도, 무슨 말을 하려는지 그것이 궁금하고 애가 쓰이나, 아무리 생각하여도 나설 용기가 아니 났다.


## 소문

　"자네 그 천 원은 헷생색만 내고 말 텐가?"

　오라는 필순이는 아니 오고 병화가 저녁때 들르더니, 불쑥 이런 수작을 꺼낸다.

　"천 원 주지 않았나? 경찰서 조서에까지 적혔으면야 게서 더한 증거가 어디 있나?"

　병화도 껄껄 웃으며,

　"그러지 말고 오늘 이행해보게."

하고 덮어놓고 조른다.

　"그럴 의사 없는데."

　"피스톨 구경을 해야 하겠나?"

　"자네는 원체 조선 사람의 돈—흰 돈은 쓰지 않기도 결심하지 않았나. 외국서 들어온 붉은 돈을 가지고 왜倭 음식 장사나 하는 외국 무역상 아닌가? 허허허…….

　"무어? 어째? 흰 돈이란 백통전이요, 붉은 돈이란 동전 말인가?"

하며 병화는 또 껄껄 웃었으나 덕기의 입에서 '외국서 들어온 붉은 돈'이란 말이 나오는 것을 듣고 속으로 놀랐다.

"왜? 겁이 나나?…… 하여간 아직도 밑천이 달리지는 않을 것인데, 정말 천 원을 내놓으면 이번에는 감옥까지 가라는 말인가?"

"삼 년 징역을 한다면 천 일이 넘지 않는가? 하루 일 원씩 쳐서 천여 원이니, 우수리는 할인하고 천 원만 내게."

"천 일 일수로 부어가면 어떻겠나?"

"자네는 언제부터 개업했나? 빚놀이두 유산목록의 하나던가?"

병화는 실없이 웃으면서도 기위 덕기의 입에서 '붉은 돈'이라는 말이 나왔으니, 아주 자세한 사정을 말해버릴까 말까 속으로 망설이었다. 필시 필순이에게 들었을 것이니, 도리어 자세한 사정을 말해두는 편이 나을 것 같으나, 도대체 여자란 입이 가벼워 못쓰겠다고 필순이를 속으로 나무랐다.

병화의 생각으로써는 경찰에까지 말썽이 된 천 원이니, 그것을 정말 내게 하여 상점을 확장하겠다는 것도 한 조건이지마는, 또 한편으로는 후일 또 무슨 일이 있는 경우에 덕기가 내었다던 천 원이 실상은 그 소위 '붉은 돈' 속에서 쓴 것이라는 것이 발각되는 날이면, 덕기의 신상에도 좋지 않으리라고 하여 이래저래 끌어내자는 것이다.

"자네, 수단 용한 줄은 알았지마는, 사람을 짓고생을 시키고, 이렇게두 덮테기³⁵⁴를 씌워 상관없겠나?"

병화를 얼마간 도와주려는 생각은 없지 않았지마는, 천 원이

---

354 덤터기, 남에게 넘겨씌우거나 넘겨 맡는 걱정거리.

나 내놓을 수는 없었다.

"사람두, 왜 이리 녹록한가 그럼 천 일 일수 부음세."

결국 자기가 기동한 뒤에 정미소에 나가서 돌려주마고 하였다.

"그런데 요새 이상한 소문이 들리니 웬일인가?"

병화는 제 볼일은 다 봤다는 듯이 총총히 일어서려다가 지나는 말처럼 꺼낸다.

"무어?"

"대단히 좋지 못한 소문인데, 자네 의사한테 돈 먹인 일 있나?"

"무어? 그거 무슨 소린가?"

덕기는 누웠다가 일어나 앉는다.

"글쎄 그럴 리는 없을 텐데! 약을 잘못 써서 노영감이 돌아가셨는데, 초상 뒤에 자네가 의사들에게 돈을 먹인 것을 보면 내용이 있는 일이라고들 한다네그려!"

"누가 그러던가?"

덕기는 눈이 휘둥그레진다.

"누구랄 건 없구……."

"들은 대로 말을 하게그려."

"어쨌든 약을 잘못 쓴 것은 사실인가? 의사들에게는 얼마나 주었나?"

"공연한 미친놈들이 그런 소리를 내놓으면, 입을 틀어막느라고 돈푼 줄 줄 알고 그러는 거겠지마는, 대관절 누가 그러던가?"

"원삼이가 제 친구에게 들었다고 어제저녁에 눈이 뚱그레 와서 그러데그려."

"원삼이가?…… 그래 원삼이는 뉘게 들었다던가?"

덕기는 출처가 의외의 방면인 데에 다소 놀라면서 원삼이가 직접 자기에게는 어째 말이 없나 하는 생각도 하였으나, 그런 말이란 더구나 아랫사람으로는 맞대해놓고 말하기가 어려워서 못한 것일 것이다.

"별일이야 있겠나마는 한 입 걸러 두 입 걸러, 퍼져나가면 성이 가시지 않은가?"

"온 말 같지 않은! 어떤 놈들이 그런 소리를 하고 다니는지…… 어쨌든 원삼이를 좀 보내주게."

"나 역 여기에는 필시 무슨 조건이 있는 거라고 생각하였기에 들어만 두라고 말한 걸세."

하고 병화가 일어서는 것을 또다시 붙들어놓고,

"여보게, 아주 잠깐 물어볼 말이 있네."

하고 말을 돌린다.

"무어?"

"자네 언제까지 장사를 할 텐가?"

"하는 대로 해보지. 한정이 있는 일인가. 또 설사 나는 손을 떼는 한이 있더라도 잘만 되면야 필순이네를 맡겨두 좋구."

"그야 그렇지! 그런데 재미를 보아가는 모양인가?"

한밑천 대마는 말눈치 같아서 병화는 눈이 번해서 열심으로 달겨든다.

"어쨌든 잘되겠지. 아직 한 달도 채 못 되네마는 밑질 리야 없고 그런대로 뜯어먹기는 하는 셈일세."

"자아, 그러니 말일세. 자네도 인제는 믿을 만한 사람을 얻어서 일가를 이루어야 하지 않겠나?"

병화에게는 좀 의외의 말이었다.

"그거 무슨 소린가? 모두 믿을 만한 사람만 모이지 않았나?"

"하기는 그렇지마는 이 사품에 아주 결혼을 하는 게 어떠냐는 말야?"

"온 당치 않은 소리! 내가 그걸 시작한 것이 나도 유자생녀하고 배 문질러가며 거드럭거리고 살자고 하는 거면 모르겠네마는, 저것은 장래에 내 사유물이 아니라 동지의 쌀자루 밥통으로 만들자는 것일세. 무슨 일을 허거나 먹기는 해야 하고 자금이 다소 있어야 하지 않나. 우선은 필순이네 세 식구를 굶기지 않고 나도 일시적 호신책으로 시작하였지마는, 차차 커질수록 우리들의 공동기관을 만들 작정이란 말일세. 누구나 들어와서 교대해가며 일은 할 수 있지마는, 먹는 것 외에 이익을 배당하려든지 한 푼이라도 축을 내서는 안 될 일─나부터도 그 멤버의 한 사람일 다름일세."

"그거야 아무렇게 경영하든지 간에, 자네 개인 문제도 해결해야 할 거 아닌가?"

"내 개인 문제라니? 이대로 살아가면 그만 아닌가? 결혼을 해서 사지를 결박을 짓지 않아도, 붙들어 매지 못해서 애를 쓰는 동아줄이야 얼마든지 있지 않은가! 필순이 어른을 보게. 누구나 결혼을 하면 그 모양으로 남 못할 노릇 시키고 폐인밖에 더 되겠나?"

"지금 생각에는 그렇지마는, 사람이 일생을 살자면 그런 것도 아닐세. 그는 그렇다 하고 우선 필순이 문제는 어떻게 하고 홍경애와는 어떻게 할 셈인가?"

병화는 흐흥─ 하고 웃다가,

"알아듣겠네. 필순이로 말하면 제가 결혼할 때까지 물질적으로는 내가 어디까지 보호해주지마는, 그다음 일은 제 자유에 맡기고 제 부모가 알아 할 것이 아닌가. 내가 그 이상 간섭한다면 당자에게 불행이니까.…… 그리고 홍경애 역시 다만 이대로 우정 관계를 계속할 뿐이지 더 다시 발전될 것도 아니요, 결코 오래가리라고도 생각지는 않네."

하고 염담恬淡[355]한 태도로 도리어 핀잔을 준다.

"어디 일이란 그렇게 자네 형편만 좋게 되란 법이 있나? 만일 거기서 소생이 있게 된다든지 하면 지금 생각같이 간단히 처치가 되나! 그러니까 오래 못 갈 바에야 아주 얼른 처이[356]하고 결혼을 하라는 말이지."

"누구하구? 홍하구?"

"홍하고야 자네 형편에 되겠나. 주의 사상이라든지 생활 정도라든지 또 우리들 체면을 보든지……."

"응, 알았네. 무엇보다도 자네 체면 보아서 홍을 단념하고 필순이에게 장가를 들라는 말이지 또 혹은, 이건 내가 너무 넘겨짚는 생각인지 모르지마는, 필순이에게 대한 자네 감정이나 유혹을 청산해버리고, 단념을 해버리기 위해서 그렇게 해달라는 말인지도 모르겠네마는, 나는 도무지 모를 말일세. 되어가는 대로 할 수밖에 없고, 자네 알아 할 일은 자네 알아 하게! 난 모르네."

병화의 태도는 의외로 강경하였다.

"무얼 나더러 알아 하란 말인가?"

"필순이 일 말일세! 그렇다고 자네더러 데려가라는 말은 결코 아닐세. 다만 내게 올 소질이 없는 사람이요, 또 내게 와서 평생을 고생시키기는 가여우니 어쩌나! 나로서는 불간섭일세. 그렇게 걱정 않아도 저 갈 데로 가게 되겠지. 그리고 홍으로 말하더라도 설사 나와 산다기로 자네가 창피하다거나 성이 가실 일이 무언가? 어쨌든 지금 나는 그런 것으로 머리를 썩일 여유가 없네! 그까짓 일이야 아무렇게나 될 대로 되라면 그만 아닌가."

병화는 벌떡 일어서 버린다.

"그러나 한편에서 요구를 하면 어쩔 텐가?"

덕기는 마지막 또 다진다.

"누가? 필순이가?…… 그럴 리도 없지마는, 그렇다 하더라도 나는 단연 거절일세. 필순이는 내 동지 될 위인도 아니요, 자네 말과 같이 그의 행복을 위하여서도 안 되고, 또 누구나 부모까지 맡을 만한 여유 있는 사람이 아니면 안 되네!"

병화의 말도 그럴듯하고 필순이를 그 축에 맡겨두거나 병화와 평생을 고생하게 하기가 가엽기는 하나 또 그 밖에 별로 해결할 도리가 있을 것 같지도 않다.

'부질없는 간섭일지도 모르긴 하지마는……'

덕기는 이런 생각도 없지 않으나 하여간 필순이의 의향도 물어보고 나서, 또다시 권해보리라고 생각하는 것이었다.

보내달라고 부탁한 원삼이는 날이 저물도록 아니 왔다. 기다리다 못하여 덕기가 몸소 사랑으로 나가서 전화를 걸었다. 날[癒]고비에 외기를 쏘인다고 모친이 성화같이 나무랐으나 기동은 할 만하고 그 길에 필순이도 불러보고 싶었던 것이다.

필순이는 불러달랄 것도 없이 전화통에 나왔다. 역시 그 목소리가 반가웠다. 저편에서도 반기는 말소리가 그전같이 웃는 목소리는 아니다. 덕기 자신의 감정이 그래서 그런지 필순이는 자기의 감정을 자제하려는 눈치가 전화로 듣는 말소리에도 역력하다.

그동안 바빠서 못 가서 죄송하다면서 내일 오겠느냐니까 마지못해 그러마고 대답을 하였다. 전화를 끊고 나서 덕기는 멀거니 한참 섰었다. 전화로 목소리만 듣고도 그처럼 반가워하는 어리석고 주책없는 자기 마음을 덕기는 스스로 부끄러워하고 나무라는 것이었다.

자기의 이때까지의 노력이나 생각이 조금도 자기 마음에 부끄러울 것 없는 정당한 일이었다. 그러나 거기에 조금치도 허위가 없었던가? 진심으로 그 두 사람의 행복을 똑같이 축복하는 것이었던가? 필순이의 장래를 염려하듯이 병화의 행복도 조금도 못지않게 염려를 하여줄 성의가 있는가? 만일 그 두 사람이 기뻐서 약혼을 하였다면 자기의 마음은 어떠하였을까? 일생의 처음이요 마지막일지도 모르는 마음의 상처를 고이 덮어서, 가슴속에 넣어 두고 평생을 살아갈 용기가 있을까?……

'나도 남모를 위선자다!'

그러나 이것만은 사실이다.—어서 필순이가 남의 사람이 되어서 가주었으면 자기는 더 깊어지기 전에 멀리 떨어져버리겠다고 생각한 것만은 사실이다. 그걸 생각하면 아까 병화가 남의 마음을 꼭 집어내서 '감정을 청산하고 유혹에서 벗어나려는 수단이라'고 하던 말이 남의 폐부를 찌르는 듯이 아프고도 시원하다. 그러나 유혹에서 벗어나려는 그 노력도, 그 사람을 위한다는 것보다도 자기를 위한 일이 아닌가? 이기적이다. 역시 위선자다.……

덕기도 자기비판, 자기반성에 날카로운 '인텔리'다. 자기비판이 냉철할수록 자기 속에서 사는 필순이의 그림자가 너무나 또렷이 나타나는 것은 참을 수 없는 모순이다. 괴로웠다. 마음이 아팠다.

원삼이가 삼십분도 못 되어 자전거로 뛰어왔다. 원삼이도 요새로 '바깥애' 티가 없어져가고 외투에 방한모를 눌러쓰고 자전거로만 뛰어다니게 되었다.

원삼이는 그 소문을 화개동 병문에서 노는 제 동무에게 들은 것인데, 또 그 동무는 그 동네 술집에서 옆사람들이 술을 먹어가며 수군거리는 것을 듣고, 어렴풋이 짐작한 것을 원삼이에게 물어보았던 것이라 한다. 그러나 술 먹으며 이야기 삼아 하던 그 사람들이 누구던가는 알 길이 없다. 다만 양복 입은 젊은 사람이라는 것밖에는 종을 잡을 수가 없다 한다.

덕기는 아무리 생각을 해보아야 이 집에나 화개동에 드나드는 사람 중에 양복 입은 젊은 애가 누구일지 짐작이 안 난다. 친구들이 없지 않으나 근자에 친한 사람들은 '경도'에 있는 유학생들이요 서울에 있는 사람은 중학교 동창생으로 모두 전문학교에 다니지 않으면 교회 방면 사람들이니, 선술집 같은 데 들어설 사람은 없다. 그 외에 노상안면쯤 있는 사람으로서야 의사에게 돈을 먹였느니 하는 남의 집 내막까지 참견할 사람은 못 된다.

하여간 원삼이더러 제 동무라는 자를 불러가지고 오라 하였다. 원삼이는 자전거를 타고 화개동에를 다녀오더니 그자가 없어서 일러놓고 왔으니까 내일 아침에는 어떻게든지 붙들어가지고 오게 되리라 하고 가버렸다.

"그거 큰일 났네. 암만해두 또 어떤 놈들이 흑작질일세그려."

지 주사는 옆에서 듣고만 있다가 입맛을 다신다.

"글쎄 말입니다. 누구든지 이 집안 내평을 빤히 아는 놈의 입에서 나오지 않았겠습니까? 도둑이 제 발이 저려서 그러는지요. 만일 그런 게 확적하면야 이번에는 가만 내버려두지 않을걸요."

덕기는 이를 악무는 소리를 한다.

"도둑이 도둑아아 소리만 질렀으면 좋으련마는, 그래놓고 뒤로 돌아가서 또 도둑질을 하려니까 걱정이지."

"물론 그러자고 하는 짓이 아니겠습니까?"

"그래, 의사들에게 무얼 좀 주었나?"

"선사를 하였지요. 으레 할 것이 아닙니까. 다른 자들이야 집의 단골이니까 약간 손수세[357]만 하고 병원의 일본 의사는 애도 썼고 박사란 체면도 보아서 좀 넉넉히 보냈지요."

"얼마나?"

"그것도 물건으로 하려다가 조수 말이 현금이라도 상관없다고 하며 도리어 현금이 좋을 것같이 말을 하는데 일이백은 좀 적은 것 같기에 삼백 원을 보냈지요."

"삼백 원 템이!"

하고 지 주사는 놀란다.

"그래야 우리 안목으로는 많은 돈 같지마는 저 사람들이야 그까짓 것 한 달 월급도 못 되지 않습니까."

덕기는 남이 많다고 하면 아무쪼록 변명을 하였다. 다른 의사들

---

357 손셋이. 남의 수고에 대해 사례하는 뜻으로 적은 물품을 줌.

에게는 이삼십 원짜리 상품권을 보냈는데, 병원 의사에게만 조선 사람 조수에게 현금 백 원과 과장에게 삼백 원은 많은 것이었다.

지 주사부터라도 그것이 의문이었다. 그 삼백 원이라는 것이 정말 무슨 일이 있는 것을 덮어두어 달라고 입수세[358]로 준 것인지? 내심으로는 분하면서도 가문이라든지 세상 체면을 보느라고 울며 겨자 먹기로 눈감아버리고 못된 놈들을 도리어 덮어주어 버렸는지? 또 혹은 장본인이 상훈이기 때문에 덕기로는 어쩌는 수 없이 몰려 지내는 것이나 아닐지?……

빤히 보고 지낸 지 주사로부터라도 이런 의심을 먹는 것이었지마는 원삼이 친구란 자를 불러다 보았어야 요령부득이요, 소문의 출처를 붙드는 수가 없었다.

이튿날이었다. 열한시나 되었을 터인데 덕기 집에는 인제야 아침이 한참이다. 필순이는 가뜩이나 쭈뼛거리는 마음을 참으며 마루 앞으로 들어서려니까, 부엌에서 어멈이 중얼거린다.

"……이렇게 일찍, 아침을 얻어먹으러 오나……."

중간 말은 안 들리나 분명히 이런 소리가 들릴 때, 필순이는 모닥불을 얼굴에 끼얹는 듯하였다. 원삼이 처는 눈에 안 띈다. 이 어멈이란 수원집이 끌어들인 것이지마는 필순이가 어쨌기에 저번부터 못 먹어하는지 그것도 배냇병인가 보다.

건넌방에서도 인기척은 알았을 터인데 한참 만에야 주인 아씨가 내다보며 알은체를 하나 덜 좋은 기색 같다. 마루로 올라서 안방 문 앞으로 가려니까 건넌방에서,

---

358 입쎗이, 입쎗김으로 금품을 줌.

"어쩨 또 왔누? 계집애년이 저무두룩······"

어쩌고 하는 소리는 모친의 목소리인 모양이다. 필순이는 방문을 곱게 열고 뒤에서 등덜미를 탁 쳐서 들이미는 듯이 뛰어 들어오다시피 하였다. 얼굴이 확 취하기도 하나, 반발적으로, 그래도 자기네 체면을 생각하기로 그럴 수가 있나! 하는 분심도 났다.

덕기는 잠이 어리어리하였던지 눈을 반짝 뜨며 반기는 웃음을 웃는다. 그러나 필순이는 그것이 반갑다기보다도 여러 사람의 눈에 안 띄는 방 안으로 숨게 된 것만 다행이었다.

"좀 어떠세요?"

필순이는 무안쩍은 생각에 말수 없이 길치로 앉았다.

"예, 인젠 훨씬······. 헌데 아버니께서야말루, 저렇게 오래가셔서 걱정이군요."

이 처녀가 자기 집에 들어와서 무슨 욕을 보았는지 알 길이 없는 덕기는 몽총하니 좋지 않은 기색을 유심히 바라보았다.

"별루 더하실 것두 없습니다마는, 일전에는 너무 미안스럽습니다구 어머니께서 문안 여쭈라세요."

제 혼자의 전갈이다.

"온 천만에······."

덕기도 이 모처럼 청자 청자 하여 데려온 '귀객'의 신기가 몹시 좋지 않은 것을 보니, 기가 질려서 벙벙히 앉았다.

'왜 그럴꾸? 김 군이 섣부른 소리를 해서 오해를 한 거나 아닐까?'

어제 병화와 수작한 것을 벌써 들려주어서 노한 것만 같다. 그러나 병화가 아무리 숫기 좋고 말을 텅텅 하는 사람이기로 당자를 맞대해놓고 당신과 결혼하랍디다 하고 직통 쏘지는 않았을 것이다. 또 그렇기로 노할 것까지는 없을 것이다. 만일 그래서 노하였다면, 덕기 자신에게 대한 남다른 호의는 못 알아주고 가당치도 않게 친구와의 결혼을 권하였다 하여 야속하다는 것일지도 모르나, 그것은 지나친 지레짐작일 것이다.

"지금 병원에 가시는 길인가요?"

선뜻 나오는 말이 없어서 꺼낸 것이라서, 필순이는 이것을 언턱거리359로,

"예, 곧 가봐야 하겠에요."

하고 부리나케 일어선다.

"오시자마자 왜 그러슈? 왜 내가 뭐 잘못한 게 있건 용서하시죠."

약간 실없는 어조로 농쳐버리려니까 그제서야 생긋해 보이며,

"천만에요!"

하였으나, 안 올 데를 온 자기의 어림없는 생각을 또 한 번 뉘우쳤다. 분하던 것이 인제는 후회와 절망으로 변하였다. 이 남자와 이 이상 더 교제를 계속하였다가는 무슨 욕을 볼지 무섭기도 하거니와, 아무래도 자기 분수에는 어울리지 않는 것을 절실히 깨달은 것 같다.

"한 십분만 하면 이야기가 끝날 거니, 잠깐만 앉으셔요.……그래, 상점 일이 잘되어 간다지요?"

덕기는 더 옥신각신할 것 없이 다짜고짜 말을 붙였다.

"예. 잘 팔리는 셈얘요."

필순이는 엉거주춤하고 다시 앉는다.

359 평계.

"장사에 재미가 나요? 아주 장사꾼으루 나서시구 싶지는 않아요?"

필순이는 대답하기가 거북한 듯이 한참 남자를 바라보다가, 인사성으로 방긋해 보일 뿐이다. 이 남자가 하고 싶다고 벼르던 이야기란 것이 이것인가 생각하니 실망도 된다. 일본에를 같이 가자지나 않을까 하던 꿈이 어이없이 스러진 것도 도리어 코웃음이 날 지경이다.

"그야 어렵겠죠. 장사가 뼈에 밴 것도 아니겠고…… 하지만 내가 말씀하자는 것은 여자란―하필 여자뿐이겠나요마는, 더욱이 여자란 혼자 살기는 어려우니까, 또 그렇게 만들어진 사회니까……."

필순이는 눈이 똥그래지며 긴장하여졌다.

"……쉽게 말하면 얼른 의탁할 사람을 택하시는 것이 좋겠단 말씀요. 어차피에 할 결혼이면야 아주 속히 귀정을 내고 심신을 꽉 한 고장에 담는 것이 제일 좋을 듯싶은데?……"

필순이는 저절로 고개가 숙어지며 적지 아니 놀랐다. 이 남자의 입에서 결혼 문제가 나올 줄은 의외이었다. 결혼을 하라면 누구하고 하라는 말인가? 좋은 신랑감이 있으면 보지는 못하였으나 누의가 있다니 자기 매부부터 삼을 것이 아닌가 하는 생각도 무심코 떠오른다.

더구나 덕기의 입에서 병화의 말이 나올 제, 필순이는 눈이 회동그래지며 머리를 무엇으로 얻어맞은 듯이 빽적지근하였다. 덕기는 귀에 잘 들어오지도 않는 잔소리를 한참 늘어놓은 뒤에, 이렇게 말을 맺었다.

"……어쨌든 그렇게 되면 김 군도 만족일 것이요, 필순 양도 불만은 없겠지요?"

이 사람이 속을 떠보느라고 객담으로 이러는 것인가? 약간 분한 생각까지 들었다.

'그건 안 될 말씀애요. 홍경애가 있지 않습니까?……'
하고 우선 속 답답한 소리를 딱 잘라버리고 싶었으나 홍경애 문제는 고사하고 필순이 자신이 이때까지 결혼하고 싶다는 생각을 해본 일도 없거니와, 더구나 병화에게 그런 감정이라곤 꿈에도 가져본 일이 없으니 애초에 이러고저러고가 없는 일이다. 병화와 친하기로 말하면 덕기보다 못할지 모르나, 결국에 친구일 따름이다. 어떻게 말하면 오라비나 삼촌 같은 것인지도 모른다. 필순이도 그렇게 생각하여왔거니와, 병화도 그 밖에 더 생각하지는 않고 있을 것이다.

"홍경애를 혹 어찌 생각하실지 모르지마는, 그거야 같이 장사를 하노라니까 친해졌을 뿐이지 별일 있나요. 원체 홍 씨란 사람이 살림이나 장사나 얌전히 들어앉아 할 위인도 아니지마는, 필순 씨가 김 군의 장래를 생각하여주고 지금 같은 그런 거칠은 생활에서 구해주실 성의가 있다면, 그 밖에 도리가 없을까 해서 말씀인데……."

필순이는 여전히 고개를 떨어뜨리고 앉았다.

"물론 아버님 어머님의 의사에도 있는 것이요, 내가 중뿔나게 나설 일이 아닌지도 모르지마는, 피차에 이만 통사정은 할 수 있는 처지요, 우선은 필순 씨의 의사부터 알아보는 것이 순서일 것 같아서 하는 말씀인데?……."

"전 모르겠에요……."

필순이는 간신히 한마디 대꾸를 하였다.

"그럼 부모님께 내가 여쭈어볼까요?"

거기 가서도 대답이 없다. 대답이 없다고, 반드시 반대의 뜻은
아니려니 싶어서,

"김 군 편만을 생각해서 헌 말씀은 아닙니다. 상점이 그만큼 되
어가는 것을 보니, 두 분―두 분만 아니라 댁 전체가 합심해서 노
력하시면 생활 근거도 잡히시리라는 점도 생각해본 것이애요."
하고 또 다른 각도로 권해보았다. 그러나 필순이는 검다 쓰다 말
이 없다. 덕기의 친구를 위하고 자기 집의 생도를 염려하여주는
그 호의는 잘 안다. 그러나 병화를 자기의 결혼의 상대자로는 다
시 생각해볼 여지도 없는 일이요, 홍경애의 존재를 모른 척할 수
도 없는 일이다.

잠깐 피차에 말이 막히자 그 틈을 타서 필순이는 일어섰다.

"가봐야 하겠습니다."

조용히 사뿟 인사를 하며,

"다시는 그런 말씀 마세요. 저는……."
하다가 말이 콱 막혀버렸다. 하마터면 눈물까지 핑 돌 뻔하였다.

저는 저대로 살겠다든지 무어라고 그런 뜻을 표시하려는 것인
데, 어쩐지 별안간에 눈물이 솟아나려는 것을 참은 것이었다. 필
순이는 이때까지 이 남자에게서 무슨 말을 들었던지 다 잊어버
리고 다만 한 가지 이 남자가 자기를 아무렇게도 생각지 않는다
는 것만은 분명히 안 듯싶다. 동시에 무엇엔지 속았었다는 분한
생각이 드는 것이다. 이 남자가 자기를 속인 것은 결코 아닌데,
자기는 제풀에 속아 넘어갔다고 생각하는 것이다. 그나마 늦게

하소연할 데조차 없고 이 남자 자신도 모르고 말아버릴 일이다. 그것이 더 분하여 울고 싶은지 모른다.

덕기는 필순이의 노기를 품은 듯한 언성과 글썽해지는 눈을 보고 깜짝 놀랐다. 이맘때 처녀의 심리를 잘 알 수 없는 덕기는 무슨 말이 이 여자의 귀에 거슬렸는가 애가 쓰였다.

"혹 내가 잘못한 말씀이 있더라두 오해는 마시구 찬찬히 잘 생각해봐 두셔요."

덕기는 따라 일어서며 이렇게 달랬다. 필순이는 가슴이 더 답답하였다. 남의 속을 이렇게도 몰라줄까 싶어 원망스럽기도 하고, 어떻게 생각하면 번연히 잘 알면서도 자기를 단념하라고, 모르는 체하고 일부러 시치미 떼는 것 같기도 하다.

필순이는 하마터면 잊어버리고 나설 뻔한 목도리를 다시 돌쳐서 집어 들고 나오려니까, 방문이 밖에서 열린다. 어느 틈에 나왔는지 건넌방 마님이, 문을 가로막고 선다. 딱 마주친 필순이는 이 마님의 심상치 않은 기색에, 가슴이 서늘해지며 주춤 남자의 옆으로 비켜섰다.

"약을 먹었으면 쓰고 눠서 조리를 해야지."
하고 들어보라는 듯이 필순이를 무안스럽게 위아래로 훑어본다. 그러지 않아도 대청으로 뜰로 빠져나가기가 큰 걱정인 필순이는 쥐구멍을 찾을 지경이다.

"왜 이러세요? 어서 들어가 계셔요."

덕기는 하도 망단해서 한 걸음 물러선 여자를 몸으로 가려주듯이 막아서며 모친을 밀고 나가려는 기세를 보인다.

"밖이 어떻게 춥기에 왜 나오려는 거냐? 손님 배웅은 내 할게 어서 누웠거라."

그 장한 손님 배웅에 앓는 귀한 아들이 찬 바람을 쏘일까 보아 애를 쓰는 것은 그럴 일이로되 가려고 나선 필순이를 보고,

"그럼 미안하지마는 오늘은 가주우. 몸이나 성해지거던 또 놀러 오든지."

하고 몸을 비켜 길을 터준다.

필순이는 어떻게 빠져나왔는지 이만큼 나와서야 제정신이 들었다. 나올 제 덕기가 뭐라고 하던지 누구들이 있었는지 하나도 생각은 아니 나나, 덕기가 마루 끝까지 나왔던 것과 건넌방 문이 방긋이 열리고 곱다란 여학생이 내다보던 것만은 분명하다. 그것이 아마 늘 말하던 누이인 모양이나, 그 계집애 눈에, 미친 불량소녀같이 보였을 것도 또 부끄럽다.

필순이가 나온 뒤에 덕기 집은 잠깐 발끈 뒤집혔었다.

"그건 시집간 년이냐? 아무리 반찬가게 년이기루 여기를 무엇 하자구 제집 드나들 듯 하루가 머다구 오는 거냐?"

마님은 방에 들어오지도 않고, 마루에 서서 안방에 대고 듣기 싫은 소리를 한다. 가뜩이나 화가 나는 것을 참으며 수염도 없는 턱을 쓱쓱 문지르고 앉았던 덕기는,

"추운데 어서 들어가세요."

하고 한마디 대꾸를 하였다.

"너두 체통이 있어야지. 아무리 너 아버지 내력이기루 세상에 계집이 없어서 그따위 가게쟁이 딸년을 안방구석으로 끌어들여서, 씩둑꺽둑하구 들어엎댔단 말이냐? 너두 인젠 집안 어른야. 어른 된 체통이 있어야지!"

덕기는 모친의 히스테리가 또 동했구나 하며 잠자코 듣고만 있으나, '너 아버지 내력'이란 말에 가슴이 쿡 찔리며 불현듯이 반감이 생기는 것이었다. 그 아버지의 자식이지마는, 아버지 같다는 것은 듣기 싫었다. 덕기는 자기가 부친같이 계집에 눈이 벌건 것은 아니라고 생각하는 것이다.

"홍경애가 우리 집에 드나들게 된 시초가 무언 줄 아니? 저 아버지가 애국지사루 옥중에서 중병에 걸려가지고 나와서 약 한 첩 못 쓰는 정상을 동정하구, 또 저희는 먹을 콩이나 난 듯이 덤벼든 거 아니던?……"

덕기는 이 말에 또 한 번 가슴이 선뜻하는 것을 깨달았다.

"지금 그 계집애 어른두 징역살이로 늙었다더라마는, 얻어맞구 입원해 있다는구나? 언제 안 사람이라구 웬 놈의 정성이 뻗쳐서 의사를 지시해준다, 담요를 갖다 준다 하더니 그 딸년을 끌어들이는 꼴이, 약값, 입원료도 좋이 무리꾸럭³⁶⁰을 해줄 거라! 제이 홍경애 아니구 뭐냐? 수원집, 경애, 의경이 그리구 삼대째는 뭐라는 년이냐? 무슨 산소 탓인지 어쩌면 너 아버지 걸어온 길을 고대로 걸어가려는 거냐?"

모친의 입심이 어쩌면 이렇게 좋아졌나 놀랐다. 덕기는 귀를 막고 싶었다.

"너두 누구 못할 노릇을 하고, 밥을 굶기려고 지금부터 그런 데 눈을 뜨는 건지는 모르겠다마는……."
하고 며느리 역성을 드는 듯하더니,

---

360  남의 빚이나 손해를 대신 물어주는 일.

"그만해 두시구 어서 들어가세요. 감기 드십니다."

하며 부축을 하려는 며느리를 뿌리치고 이번에는 며느리를 들컹거린다.

"너부터 틀렸지! 너는 그 꼴을 보구두 왜 가만있니? 네 오장은 어떻게 됐기에, 저번도 고년을 한 상 떡 벌어지게 차려다 바치구 시중을 들구 대객을 하구…… 비위도 좋다!"

"그럼 어쩝니까. 첩을 얻건 어쩌건 맘대루 하라죠. 제가 압니까."

하고 며느리는 웃는다.

"주착없는 소리 그만두구, 어서 모시구 방으로 들어가! 누가 첩 얻는대?"

안방에서 소리를 꽥 지른다. 화풀이가 아내에게로 간 것이다.

"너는 아직 어리니까 그런 유한 소리두 한다마는 너 하나 문제가 아니야. 네나 내나 조씨 문중에 들어왔으면 조씨 집이 늘어가고 창성하여가게 할 책임이 있지 않으냐. 나는 팔자가 사나워서 이 지경 됐다마는, 너두 내 대를 물려서야 네 신세는 고사하구 조씨 집이 무에 되겠나 생각을 해보렴!"

시어머니는 일전에 필순이가 다녀간 뒤부터 시앗 보지 말라고 추겨대는 것이다. 말이야 옳지마는 며느리를 아끼고 조씨 집 가문이 기울어질까 보아서보다도, 왜 그런지 며느리가 유산태평인 것이 밉살맞아 보여서, 들쑤셔대고 싶은 것이다. 물론 아들 내외의 의가 좋기를 바라는 것도 아니다. 어떻게 보면 며느리를 꼬드겨서 자식 내외를 쌈이라도 붙이려는 것 같다. 하여간 이 사람 저 사람 닥치는 대로 들컹대고 큰소리를 내는 버릇이 요새로 부쩍 늘었다. 의식 걱정 없고 몸은 한가로우니 그렇지 않아도 꽤 까다

로워질 텐데 히스테리가 점점 도져가는 터이다. 십 년 넘어를 두고 영감과 말다툼으로 세월을 보내는 동안에 얻은 병인데 경애 사단이 있은 뒤로는 생과부로 살아왔으니 그도 그럴 것이다.

"세상에 첩 얻는 남자가 하나둘이겠습니까마는, 첩을 두기루 제 죄 될 거야 무어 있습니까, 얻으면 얻나 보다 하죠."

하고 덕기 처는 생긋 웃어버린다. 원체 제 성격이 유해서도 그렇겠지마는, 시어머니의 잔소리가 너무 심한 데에 역심이 나는지 한층 더 뛰는 소리를 한다.

"무어 어째? 넌 첩을 얻으라고 축수를 하니? 그거 알 수 없다! 넌 무슨 성미냐?……"

하며 시어머니는 눈이 커대진다.

"……그거 알 수 없구나? 무슨 딴 배짱이 있기에 그렇지?"

며느리는 어이가 없어 잠자코 있으려니까, 건넌방에서 시뉘가 나오며,

"어머니, 어서 들어가세요. 이거 무슨 병환이신지, 가만히 있는 형까지 들쑤셔가지구 왜 이러세요?"

하고 끄나, 모친은 꼼작도 안 한다.

"그래, 저두 뻔히 보다시피 대대로 첩년들 때문에 이 지경인데!……"

"무에 이 지경이란 말씀애요? 누가 지금 첩을 얻는대니 걱정이십니까? 얻었으니 걱정이십니까? 오빠는 그렇지 않아요!"

덕희는 올캐 역성들랴, 오라비 역성들랴 부산하다.

"안 그럴 줄 뉘 아니! 그러니까 못하게 하자는 거지."

"글쎄, 어머니께선 어머니 걱정이나 하십쇼그려. 며느리가 시

앗 볼까 봐서 얻지도 않은 첩 걱정까지 하실 게 뭐얘요?"

"요년 말버릇 봐!"

마님이 딸에게까지 덤벼드는 것을 보고, 오라범댁은 덕희를 말려서 들여보내려 한다.

"내가 샘을 내구 투기를 해서 그런 줄 아니? 고년 홍경애 후림새에 빗나기를 시작하더니 인제는 계집자식 다 내몰구 둘쨋년을 껄어들여 홍청망청 지랄들이구, 허구헌 날 난장판인지 노름판인지 벌이구 앉었다니, 그 삼백 석이 며칠 갈 듯싶으냐? 그나 그뿐이라던? 요새는 약주두 그리 잡숫지 않구 또 딴 구실이 생겼다더라!"

"별소리를 다 하시는구먼!"

딸이 질색을 하니까,

"별소리가 다 뭐냐. 인제 거적때기를 쓰구 내 눈앞에 기어들 날이 있으리라!"

하고 모진 소리를 한다.

모친이 무슨 잔소리를 하든지 안 들으리라 하고 신문만 골독히 들여다보고 앉았던 덕기는 귀가 번쩍 띄며 눈살이 저절로 찌프러졌다.

"인제는 그만하시고 들어가세요. 아무러기루 저희들 앞에서 그런 말씀을 하십니까."

덕기는 참다못하여 한마디 하였다.

"그래두 자식은 아비 닮는 것이라, 듣기 싫은가 보다마는 두구 봐라. 내 말이 하나나 틀린가. 종로 바닥으로 거적을 들쓰고 침을 질질 흘리고 꾸벅꾸벅 졸며 걷는 것들은 처자식이 없고 천량이 없고 배운 것이 없어 그렇게 되었던?"

덕기는 선뜻한 마음이 들었다. 저번 경도에서 받아본 병화의 편지에 자네 어르신네는 정말 아편이나 자시지 말게 하라는 실없는 말이 쓰였던 것을 무심코 보았더니, 모르는 사람은 자기뿐이요 그것이 정말인가 하여 겁이 더럭 난다. 어쩐 내용인가 물어보고 싶은 것을 참고 일어나서 방문을 열고,

"어서 그만 들어가십쇼. 감기 드십니다."

하며 마루로 나가려니까, 아들이 찬 바람 쏘이는 것은 무서워서,

"아니다, 나오지 마라. 나 들어간다."

하고 그제야 모친은 그래도 미진한 듯이 돌쳐서 딸, 며느리를 데리고 건넌방으로 들어간다.

"오빠가 진작 마루로 나오시질 않구!"

하고 덕희는 쌕쌕 웃으며 모친을 따라 들어갔다.

덕기는 자리에 드러누우며 세상이 신산하다고 생각하였다. 나이 스물셋이 되도록 인생고초라고는 감기나 앓아보았을까 그 외에는 소설책이나 병화의 생활을 통하여밖에는 모르고 자라난 이 청년은, 사생활이나 가정일로 세상이 귀찮다거나 신산하다는 생각이 들어보기는 아마 오늘이 처음일 것이다. 모친의 퍼붓는 듯한 푸념에 귀가 징하고 머리가 아파서 신산한 생각이 든 것인지도 모르겠지마는, 지금까지는 살림이라는 것, 식구들의 불평이라는 것을 책임 없는 처지에서 원광으로 바라만 보던 것이 별안간 자기를 중심으로 자기에게 책임을 지우려 들고, 자기도 그 속에 휩쓸려 들어가지 않을 수 없게 되니까, 신산한 것인지 모른다. 그러나 책임은 걸머졌어도 자기 힘으로는 하나도 해결할 수 없는 데에 기운이 더 찌부러들고 신산한 생각만 들게 되는 것인지도 모른다.

생각하면 모친도 가엾다. 그 푸념이 병적이면 병적일수록 더 가엾다. 아내는 첩이라는 것에 무관심하고, 시어머니의 시앗 걱정을 도리어 우습게 여기는 말눈치지마는, 그것은 그 사람의 성격이나 그 사람의 경험이나 그 사람의 처지로 그러한 것이지, 모친의 성격, 모친의 경험, 모친의 처지로는 병이 되다시피 그렇지 않을 수 없는 것인 것 같다. 모친이 필순이를 그렇게 멸시하고 윽박질러 보낸 것이 몹시 불쾌하고, 그야말로 점잖은 집 실내마님의 체통에 그러실 법이 있나 하는 불평이 없지 않지마는, 하도 몹시 데이면 회膾도 불어 먹는다지 않는가 하고 돌려 생각이 든다. 그러나 모친을 동할 뿐이지 모친의 성격이나 처지를 자기의 힘으로 고치는 도리가 없다. 해결할 도리가 없다.

부친—부친도 가엾다. 때를 못 만났고 이런 시대에 태어났기 때문도 있다. 그러나 실상은 자기의 성격 때문이다. 조부의 성격 때문인지도 모른다. 같은 시대, 같은 환경, 같은 생활 조건 밑에 있으면서도, 부친의 걸어온 길과, 병화의 부친이 걷는 길과, 필순이 부친의 길이 소양지판[361]으로 다른 것은 결국에 성격 나름이다. 돈 있는 집 아들이라고 모두 부친 같은 생활을 할까! 그것을 생각하면 사람의 운명이니 숙명이니 팔자니 하는 것은 결국 성격에서 우러나오는 것, 성격 그것을 말하는 것 같다.

덕기는 어느덧 자기가 숙명론자가 되었나? 하고 혼자 코웃음을 치다가, 만일 병화가 이런 살림을 맡았던들 어땠을꾸? 하는 생각을 하여보았다. 피혁이를 만나고 반찬가게를 벌이고 하지는

361 하늘과 땅 사이의 차이라는 뜻으로, 사물들이 서로 엄청나게 다름을 이르는 말.

안 했겠지마는, 필순이의 집을 먹여 살리고 장훈이의 주머니밑천은 떨어지지 않게 하였을 것이요, 역시 경애를 바커스의 마담으로쯤은 들여앉혀 주었을 것 같다. 자기같이 이 구살머리적은 살림을 맡아가지고 애를 쓰거나, 그야말로 금고지기로 붙들려 들어앉았지는 않았을 것이다. 그걸 생각하면 병화[362]가 부럽다. 병화는 커녕 부친이 부럽다. 부친의 그런 생활이 부러운 것은 아니나, 부친의 그 삼백 석을 자기가 가지고 자기의 이천 석을 부친에게 바칠 수 있는 처지라면, 얼마나 시원하고 자유롭게 훨훨 뛰어다니며 생활을 향락할 수 있을까 싶다. 원체 책상물림으로 나이도 차기 전에 이런 크낙한 살림을 맡게 된 것이 짐에 겨운 일이지마는 돈에 인색지 않은 성격인 덕기로 생각하면 열쇠 꾸러미를 놓칠세라, 이천 석의 한 섬이라도 축이 날세라고 애를 쓰며 이 뒤숭숭한 집안의 주인인지 '어른'인지가 되기보다는, 반찬가게의 뒷방에 사랑의 보금자리를 꾸민 병화나, 삼백 석을 팔아가며라도 첩치가를 하고 마음 편히 들어앉았는 부친이 상팔자로 보이는 것이다.

'할아버니께서 좀 더 사시거나! 살림을 맡을 형이라두 있어주거나!⋯⋯'

덕기는 살림을 맡은 지 한 달도 채 못 되어 벌써 찜증[363]부터 났다. 신산하였다. 새삼스러이 고독을 느끼었다.

그러나 오늘에 한하여 별안간 살림에 짜증이 나고, 병화가 부러운 생각이 드는 것은 모친의 첩 놀래나 부친이 그 무서운 아편

---

362 원문에는 '덕기'임.
363 제 마음이나 몸이 괴로울 적에 걸핏하면 짜증을 내는 짓.

까지를 피우는 눈치라는 데에 가슴이 더럭 내려앉아서만 그런 것은 아니다. 필순이를 그 모양으로 돌려보낸 것이 화가 나고, 노기를 품은 어조로 눈물이 글썽해지는 그 꼴을 생각하면 마음이 설렁해지는 판에, 모친의 첩 놀래가 도리어 기분을 휘저어놓았기 때문이다.

그러나 덕기는 필순이를 잊어버리려 하였다. 마음의 저어 속, 머리의 저어 속에, 깊이 숨겨버리려고 애를 썼다. 건드리기가 무서웠다.

그러자는 것은 아닌데, 동기는 그렇지 않은데, 결과로 보아서는 결국 두 사람이 결혼할 의사가 없다는 것을 떠보고 다지려고 한 셈쯤 되고 말았다. 그리고 어린 처녀의 순진한 마음을 실망의 구렁에 쓸어박고 말았는지도 알 수 없다. 실망까지는 몰라도 마음을 어수선하게 들쑤셔놓은 것만도 일을 저지른 것 같아서 애가 쓰이고 자기의 실수에 불쾌를 느끼는 것이다. 그러나 어찌하는 수가 없다. 이 역시 해결할 도리가 없다.

"너 아버지가 걸어가신 길을 그대로 뒤밟아 가려느냐?"

"경애 아버지의 약값 대다가 그렇게 되듯이, 너도 그 애 아버지의 약값, 입원료나 무리꾸럭을 해줄 거라!……"

모친의 이 말은 염통을 콕 찌르는 것이었다. 이때껏 무심하였더니만큼 덕기는 깜짝 놀란 것이다. 거기에는 무슨 숙명적 무서운 인과가 엉클어진 것같이 겁이 펄쩍 나는 것이었다.

'필순이를 제이 홍경애를 만들 수는 없다!'

덕기는 속으로 뇌었다.

'필순이를 누구보다도 사랑하기 때문이다!'

덕기는 어느덧 자기 눈에도 눈물이 핑 도는 것을 참았다.


## 검거 선풍


덕기는 안방이 싫증이 나서 자리를 걷어치우고 사랑으로 나왔다. 지 주사와 노인 축은 젊은 주인을 경원敬遠하여 건넌방으로 몰리고, 넓은 방에 혼자 앉았으니 공부라도 될 것 같으나, 책장이 놓인 자기 방—아랫방만 못하다. 할아버지 자리에 앉았기가 죄송스럽고 어색한 점도 있거니와, 문갑, 연상,[364] 탁자…… 고색이 창연한 할아버지 쓰시던 모든 제구가 골동품으로는 값이 나갈지 모르고, 가보로 대나 물릴지 몰라도, 자기에게는 어울리지도 않고, 눈에 띄는 것마다 할아버지 생각이 나서 기분이 가라앉지를 않는다. 잘못하다가는 추후 시험도 못 보게 될까 보아 애가 쓰이거니와, 하여간 하루바삐 경도로 떠나야 하겠다고 생각하였다. 아무래도 공부를 하자면 큰사랑 차지를 하고 앉아서는 될 상싶지 않고, 경성대학으로 오려는 계획도 집어치워야 하겠다고 다시 생각하였다. 바깥일은 지 주사와 정미소의 지배인에게 맡겨놓고 안살림이나 금전 출납의 전 책임을 모친에게 맡기면 그만이다. 그편이 도리어 모친을 위하여도 좋을 것이다. 돈을 만지고 살림에 재미를 붙여서 몸이 바쁘면 히스테리도 나을 것이라고 생각이 든다.

다만 한 가지 마음에 거리끼는 것이 필순이다. 나는 나대로라

364 작은 책상.

고 하겠지마는, 아무리 생각하여도 저는 저대로 내버려둘 수가 없다. 생각을 말자면서도 문득문득 머리에 떠오르면 그저 가엾고 미안한 생각이 드는 것이다. 반드시 자기 사람을 만들자는 욕심이 있는 것은 아니나, 다만 제이 홍경애가 될지 모른다는 기우로 피차의 본심을 속이거나, 있는 호의도 감추어버릴 이유가, 어디 있을까 하는 생각도 다시 드는 것이었다.

앙앙불락[365]한 이삼 일이 지나갔다. 어제부터는 약도 끊어버리고 인제는 차차 떠나봐야 하겠다는 생각으로 오늘은 낮에 행기[366] 삼아 좀 나가볼까 하는 판에 전화가 온다. 병화다. 일전에 돈 천 원을 조르고 간 뒤로는 처음이다.

"조금 전에 원삼이가 불려 갔는데…… 거기는 아무렇지 않은가?"

"원삼이가?…… 어디루?"

덕기는 일전의 그 소문이란 것이 직각적으로 머리에 떠올라왔다. 기에 어느 놈이 꽂은 모양이다. 별일이야 없겠지마는 성이 가시다고 눈살이 찌푸려졌다. 경도행을 또 연기하게 될 것도 걱정이다.

그러나 종로서에서 데려간 것이 아니요, 경찰부가 착수한 모양이라는 것이 이상도 하거니와 산해진이 포위 중에 든 모양 같으니, 정보만 전화로 연락하여줄 터인즉, 올 것도 없이 가만히 들어앉았으라는 것이다.

원삼이 처가 헐레벌떡 와서 걱정을 하다가 가더니, 어슬할 머리에 병화에게서 또 전화가 왔다. 원삼이 처를 끌고 와서 필순이도

365  매우 마음에 차지 아니하거나 야속하게 여겨 즐거워하지 아니함.
366  기운을 차려 몸을 움직임.

함께 데려갔다는 것이다. 경애도 오늘은 오지 않는 것이 필시 또 불려 간 모양이라 한다. 필순이도 들어갔다는 데는 덕기도 놀랐다. 단순한 자기 집안의 중독 혐의 사건만이 아닌 것이 분명하다.

"고등이라던가 사법이라던가? 고등이면, 내가 좀 알아볼 만한 데두 있지마는……."

"글쎄, 그게 분명치가 않아."

병화는 혼자 있어서 나올 수도 없다기에, 덕기가 저녁 후에 가마고 하였다.

전화통에서 떨어진 덕기는 경찰부면 기무라 고등과장을 찾아가 보나?…… 하는 생각을 혼자 하고 앉았다. 기무라 고등과장은 종로서 시대부터 덕기가 잘 아는 처지다. 조부가 정총대町總代[367]니 방면위원方面委員[368]이니 하여 공직자인 관계도 있었고 재산 있는 유력자라 하여 교제가 잦았을 때, 덕기는 조부의 통역으로 가끔 만나던 사람이다.

덕기는 자기 집 소문으로 일이 벌어졌다면 더 말할 것도 없지마는, 필순이까지 이 추위에 고생을 시키는 것이 애처로워서, 우선 병화와 만나 의논을 하여보고 당장에라도 기무라를 찾아가 보고 싶으나, 퇴사한 뒤일 것이요, 사택으로 찾아갈 만큼 자별치는 못한 터라 이리저리 궁리를 하며 저녁 후에 병화를 찾아 나섰다.

367 토지에 관한 열 가지 사항을 맡아보는 사람의 대표자.
368 일정한 지역 안에서 가난한 사람의 생활 상태를 조사하여 지도하고 구제를 일삼는 조식이나 단체.

사실 사건은 대강 짐작들 한 바와 같이 사법과 고등 두 갈래에 걸친 것이었다.

어제 저녁때 일이었다. 경찰부 기무라 고등과장이 인제는 퇴사를 할까 하는 생각을 하며 난로 앞에서 담배를 피우고 앉았자니까, 금천 주임이 들어와서,

"가오도노(과장 영감)! 오늘 저녁에라도 일제히 착수를 할까요?"
하고 최후의 결재를 재촉하듯이 품을 하는 것이었다.

"응? 글쎄…… 무어라고들 하던가?"

과장은 그리 탐탁지 않은 대답이었다.

"어차피 그놈들이야 무어 압니까. 어쨌든 확신은 있는 일이요, 일부를 건드려논 다음에야 인제는 철저하게 나가야 하지요."

금천 주임은 이번 일에 고등과장이 우유부단優柔不斷인 것이 불평이었다. 그 이유를 모르는 것이 아니다. 과장이 종로서장 시대에 조덕기의 조부와 비교적 가까이 지낸 관계가 있다. 돈 있는 사람을 괄시 못 할 점도 있다. 그러나 금천이로서는 타오르는 공명심을 걷잡을 수도 없고 과장이 그럴수록 고집을 세워보고도 싶은 것이요, 또 그만한 확신도 있는 것이다.

물론 덕기 자신의 문제나 그 가정 내의 문제는 발전됨을 따라 분리를 시켜서 사법계로 넘길 성질의 것이나, 고등계 소속의 금천 형사로서 노리는 점은 따로 있는 것이다. 즉 덕기 조부의 독살이 사실이라면 그리고 그 주범이 조덕기라면 분명히 그 교사자는 김병화라는 단안斷案이다. 첫째 부호 자제와 공산주의자가 그렇게 친할 제야 아무 의미 없는, 동문수학하였다는 관계뿐만이 아닐 것, 둘째 경도부 경찰부에 의뢰하여 조사해본 결과 특별히

불온한 점은 인정치 않으나, 덕기의 하숙에 두고 나온 책장에 마르크스와 레닌에 관한 서적이 유난히 많다는 점, 셋째 덕기가 돈천 원을 주어서 장사를 시키는 점, 넷째 작년 겨울에 한참 동안 두 청년이 짝을 지어 바커스에 드나들었는데, 그 여주인도 다소간 분홍빛이 끼었다는 점…… 등등으로 보아서 조덕기는 그 소위 심퍼다이저(동정자)일 것이다. 그런데 재산이 아무 이유 없이 당연한 가독[369] 상속인인 조상훈이를 제쳐놓고 손자에게로 갔다. 여기에는 무슨 음모든지 있을 것이요 그 배후에는 김병화가 있지 않으면 안 될 것이다. 이러한 의문이 상식적으로만도 넉넉히 드는 터에 항간에는 중독설과 의사 매수설이 자자하다. 마침내 금천이는 단독으로 단연히 일어섰다.

그때의 과장은 좀 더 확증을 붙들 때까지 참으라고 며칠을 눌러 나오다가 하도 성화같이 조르는 바람에 어제 오후에 겨우 승낙을 하여주었다.

과장이 신중한 태도를 취하는 데는 부하가 공명심에 날뛰는 것을 경계하여 누르려는 생각도 있지마는, 좀 더 다른 계통으로 노려보는 점이 있기 때문이었다. 작년 겨울의 검거가 끝난 후 벌써 이삼 개월이나 되니 그 잔당 사이에 아무 책동이 없을 리가 없을 것인데, 표면상으로는 매우 잠잠하고 김병화란 자는 천만의 외에 식료품 장사 중에도 일본식 반찬가게를 시작한 것이 결코 홀벌로 볼 일이 아닌 일편에, 외지의 정보는 구구하나마 여러 계통의 인물이 책동 잠입하는 형적이 있다. 물론 그런 종류의 정보

---

369 집안을 감독하는 사람이라는 뜻으로, 집안의 대를 이어나갈 맏아들.

란 열이면 열을 다 믿을 수는 없으나 열에 한둘은 사실일 것인데, 여기는 아무리 부하를 동독해도 감감무소식이다. 지금 서울의 거두는 거진 일망타진하였으나, 그중 온건한 자로서, 김병화와 장훈이가 그 또래 중에서는 중심인물이다. 그러나 그 온건이라는 것이 폭발탄의 껍질같이 두루뭉수리의 온건인지 모를 일이다. 과장은 이런 방면에 더 착목[370]을 하고 있기는 하나, 금천이의 관찰도 무리치 않게 생각하는 것이었다.

어쨌든 과장이 고개를 전후로 흔드는 것을 보고, 금천 주임도 오늘 아침에 부하를 풀어놓아서 우선 아랫도리에서부터 착수한 것이다.

×

덕기가 산해진에를 와보니 문이 첩첩이 닫히었다. 그러지 않아도 그럴 염려가 없지 안 했지마는, 병화마저 잡혀간 것 같아서 슬며시 낙심이 되었다. 이 밤 안으로 자기에게도 형사가 달려들지 모르겠다는 겁도 난다. 하는 수 없이 돌쳐서려니까, 마침 필순이 모친이 컴컴한 데서 걸어온다.

"누구세요? 밤에 어떻게 나오셨어요?"

하고 반색을 하며 소리를 친다.

"아, 따님이 들어갔대죠? 얼마나 애가 쓰시겠나요."

"큰일 났에요. 지금 김 선생두 데려갔는데, 집이 비니까 하는

---

370 착안.

수 없이 날더러 경기도청 앞에서 만나자고 병원으로 전화가 왔기에 가보니, 열쇠와 돈을 맡기구 그만 끌려 들어가시겠죠. 이거 어떻게 되려는 셈인지 사는 것 같지가 않구……."

고생에 찌들어 퍽 암팡지게 생긴 이 부인도 울상이다.

"어서 들어가시죠. 그래, 병환은 요새는 어떠신가요?"

덕기는 문을 여는 뒤에 서서 인사를 붙였다.

"암만해두 사실 것 같지 않아요. 폐염이 어서 걷혀야 할 텐데 점점 더해만 가시구…… 그놈들 동티에 남 못할 노릇 하구 저희 못살구…… 아, 이렇게 막막할 수야 있겠어요."

앞서 들어가서 전등불을 더듬어 켜니 난롯불도 꺼지고 찬 바람이 휙 도나, 그래도 물건들은 질번질번히 놓여 있고 사람들을 휩쓸어 내간 집 같지는 않다.

필순이 모친이 이것저것 부산히 치우는 동안에 바커스에 전화를 걸어본 즉, 경애 모친도 경찰부에 불려 간 모양이라 한다.

"어쩌면 비루 쓸 듯이 모조리 데려갑니까."

필순이 모친은 자기마저 붙들려 가면 병인을 뉘게 맡길까 겁이 난다고 걱정이다.

"과히 염려 마세요. 어떻게 주선을 하면 곧들 나오게 될지도 모르죠."

우선 안심을 시키느라고 고등과장을 내일은 찾아가겠다는 이야기도 들려주었다. 혼자 떼쳐두고 나설 수도 없어서, 치울 것은 치우고 열 것은 들여놓고 하기를 기다려서, 같이 나와 병원까지 바래다주고, 덕기는 화개동으로 올라갔다. 병후에 문안 겸 경찰의 손이 여기까지 뻗치지는 않았나 궁금해서다.

사랑에서는 과연 이야기에 듣던 바와 같이 문을 닫아걸고 마장이 한참이다.

"마침 잘 왔다. 지금 너의 집에 전화를 걸었다마는, 경찰부에서 원삼이를 붙들어 갔다지?"

"예에."

"그 웬일이냐? 아까 최 참봉이 여기 놀러 온 것을 불러 갔는데 대관절 무슨 일이냐?"

"최 참봉두요? 모르겠에요."

"그 길에 새문 밖 영기 집 주소도 물어 가더라는데, 온 그거 수상하지 않으냐."

마장의 큰 노름판을 차리고 앉았느니만큼, 부친은 불안해 못 견디는 기색이다. 영기 집이란 창훈이 집 말이다.

"글쎄올시다. 내일 좀 알아봐야 하겠습니다."

덕기는 어름어름하고 나와버렸다. 안에서는 어떻게 하고 있는지 모르겠지마는, 돈 아니 걸고 하는 노름이 있을 리 없고 덕기는 입맛이 썼다.

집에 돌아와 보니 지 주사가 불려 갔다 한다. 인제는 자기 신변에까지 닥쳐온 것을 생각하니, 별일이야 없을 것을 번연히 알면서도 가슴이 선뜻하지 않을 수 없다. 그러나 이 추위에 늙은이가 유치장에 들어갈 것을 생각하면 마음이 아니 놓인다.

자는 둥 마는 둥 하룻밤을 간신히 새우고 이튿날 아침결에 경찰부로 들어갔다. 어차피에 불려 갈 바에야 자수라느니보다도 고등과장을 한시바삐 만나자는 것이다. 그러나 과장은 아니 만나고 금천이가 직접 불러들였다. 어차피에 불러야 할 판인데, 제풀에 온 것이 다행하다고 과장은 만나지 않게 하고, 우그려 넣으려는 작정이다.

지금 사건은 두 군데로 나뉘어 진행되고 있다. 병화, 장훈이를 중심으로 필순이, 경애 모녀 들은 고등계에 불린 것이요, 지 주사, 한방의, 최 참봉 들은 사법계다. 덕기와 원삼이 내외는 두 군데 다 걸쳐 있다.

문제의 초점은, 재산의 대부분이 어째 덕기에게 상속되었는가? 조부의 유해를 해부하자는 데에 어째 반대하였으며, 의사에게는 무엇 때문에 과분한 사례를 하였던가? 병화를 원조하는 이유는 무엇인가? 좌익 서적은 얼마나 읽었는가의 네 가지다. 여기에 대한 덕기의 대답은 이러하였다.―

조부는 부친을 미워하고 못 믿었었다. 부친의 대에 가서는 가산을 탕진하리라는 것을 거의 미신적으로 단정하였었다. 부친보다 사오 배를 자기 몫으로 준 것은 준 것이 아니라 조가의 집을 위하여 자손을 위하여, 맡았을 따름이다. 중독설은 믿을 수 없다. 돈은 한약재 중에 중독소가 있는가를 연구하여달라는 부탁 겸 손수세로 보냈으나 지위와 명예로 보아서 과분한 액수는 아니었다. 해부를 반대한 것은 자식으로서 부모의 화장을 싫어하는 것과 같은 심리도 있지마는, 노환일 뿐 아니라 불미한 점이 있을 리가 없는데, 누워서 침 뱉는 일을 하여 가문을 손상치 않으려는 것이었다고 변명하였다. 그러나 무엇보다도 유력한 실증은 조부가 생전에 금고 열쇠를 내맡겼다는 사실과 유서이었다. 이튿날 불려 온 수원집은 열쇠 꾸러미를 경도에서 오는 길로 받는 것을 목도하였다고 증언 아니하는 수 없었다.

병화와의 관계는 저번 판에 핵변한 것을 되풀이하였다. 함께 자라난 죽마고우가 집을 뛰어나와 굶고 다니는 것을 구제할 겸 전향시키려는 우정으로이었다는 것을 솔직히 말하였다. 그러나 경도 하숙의 책장에 좌익 서적이 많다는 점으로 보아 이 말은 용이히 믿으려 하지 않았다. 경제학을 연구하노라면 참고로 보아야 한다는 말도 귓가로 들리는 모양이었다.

이날 덕기는 과장의 낮을 보아서인지 앓고 난 뒤라 해서 동정을 하였던지, 숙직실에 누웠다가 거기서 쓰러져 자는 대로 내버려두었다.

금천 주임은 중독 사건은 수원집 일파를 사법계에 맡겨서 취조하는 것이 첩경이라 하여 그리로 넘기고, 병화와 경애 문제는 경애 모를 닥다르면³⁷¹ 무어든지 나오리라고 믿었다.

"술집에서 만난 놈이겠지마는 그놈은 바람이 잔뜩 키인 헐렁이지요. 그놈 때문에 나까지 욕을 보는 것도 분한데, 내 딸이 그렇게 어림없이 그놈하고 무슨 일을 할 듯싶은가요. 어서 내 딸이나 내놔주시고 그놈은 한 십 년 징역을 시켜주슈."

경애 모친은 이런 딴청을 하며 게두덜대었으나 차차 취조해가는 중에 이 늙은이의 남편이 그 유명한 독립운동자 홍××이라는 말에 금천 형사는 눈이 커대졌다. 더구나 이 여자도 야소교인이다. 결코 이렇게 말귀도 못 알아듣고 이면 경우 없이 덤빌 구식 여자가 아닌데, 이러는 것은 공연히 미친 체하고 떡 목판에 엎드러지는 수작이 아닌가 하고 금천이는 마음을 단단히 먹었다.

371 남을 몹시 욱대겨 주다.

더구나 본가 편 이야기가 나왔을 제 오라비가 상해로 달아난 뒤에는 부지거처란 말에 더 의심이 버쩍 났다. 이 집안 내력들이 이렇구나 하고 벼르는 것이다.

　"그래, 그 오래비 이름은 무어야?"

　"○○○라고 하지요. 그놈도 죽일 놈이지요."

　"응? ○○○!"

　금천 형사는 눈이 등잔만 해졌다. 경애 자신은 아직 변변히 취조를 못했으나 대강 병화와의 관계만 물어보기에 급하여 저희 집 내력을 이때껏 몰랐더니 알고 본즉 맹랑하다.

　"참, 그런데 저번에 왔던 그 사람, 요새는 어디 있소? 그저 댁에서 묵지?"

　금천이는 자기 친구의 소식이나 묻듯이 별안간 좋은 낯으로 묻는다.

　"누구요? 우리 시뉘님요? 아직 집에 계서요."

　수원서 사촌 시뉘가 와서 요새 묵고 있는 것은 사실이다.

　"아니, 오라버니한테서 온 사람요."

　"십여 년을 처자가 굶어 죽게 되어도 저만 벌어서 쓰고 돈 한 푼 안 보내는 그런 도척[372] 같은 놈이 무슨 정성이 뻗쳐서 사람까지 보내요. 그놈 우리 집 판 돈까지 알겨가지고 달아난 그런 못쓸 놈얘요."

　맨 딴청만 한다. 물론 넘겨짚고 물은 말이지마는 이 늙은이의 대답이 그럴듯은 하면서도 너무 능청스러운 점이 도리어 의심이

---

난다.

"그런데 오라버니 집이 지금 어디란 말요?"

"현저동 어디서 산다는데 가본 일도 없에요."

"돈을 얼마나 떼었는지 동기간에 절연을 하여서야 그거 되었소."

금천이는 능청맞게도 잘하는 조선말로 이렇게 한가로운 수작을 하고 웃다가,

"그래 조카자식들도 있겠구려?"

하고 말을 돌린다.

"둘이나 있어요."

"벌어들 먹을 만하게 자랐나요?"

마치 여러 해 격조한 친구의 집안을 걱정해주는 것 같다.

"예에, 큰놈은 열아홉 살이나 먹고 작은놈은 열여섯인지 열일곱인지…….."

금천 형사는 요놈들을 데려다가 물어보리라 생각하였다.

"바쁘신가요? 좀 급한데."

방한모에 조선옷을 입은 자가, 취조실로 창황히 들어오며 말을 붙인다.

"음, 가져왔나?"

"갖다가 세 군데나 감정을 해봐야 판에 박은 듯이 똑같습니다."

"그래 무어라구?"

"본새가 외국 건 외국 건데 상해제도 아니요, 미국제도 아니라구요."

"그럼 어디 거란 말인가?"

"묻지 않아도 로서아제지요!"

"그래 어따 두었나?"

"여기 가졌에요."

하고 그자는 금천 형사 앞에 앉았는 경애 모친에게로 눈을 보낸다. 두루마기 귀에 손을 찔러서 그 속에 무엇을 가지고 있는 것은 경애 모친도 눈치채었으나, 일본말로 수작을 하기 때문에 무슨 소리인지 알 수는 없었다.

금천 주임은 이 여자 때문에 가진 것을 내놓지 않는 줄 알았으나, 감출 필요가 없을 것 같아서,

"어디 좀 보세."

하고 손을 내밀며 경애 모친의 얼굴을 치어다본다.

두루마기 속에서 흙투성이의 너털뱅이 노랑구두 두 짝이 쑥 나오는 것을 보자, 경애 모친의 눈은 번쩍하며 고개가 뒤로 끄덕하여졌다. 두 형사의 눈은 노파의 얼굴에서 차차 떠나면서 저희끼리 마주쳤다. 경애 모친은 무거운 침묵이 등덜미를 짓누르는 것 같았다. 머리가 어찔하면서도 정신은 반짝 났다.

형사들은 뜻밖에 단서를 잡은 듯이 속으로 춤을 추었다.

"이 구두 뉘 것인지 알겠지?"

금천 형사의 눈은 금시로 험악하여졌다.

"뉘 건데요?"

"뉘 건데라니?"

옆에 섰던 부하가 마루청을 탕 구르며, 덤벼들어서 경애 모친의 어깨를 으스러져라 하고 후려잡고 흔들어놓으니, 애고고 소리를 치며 바닥에 뒹구는 것을 발길로 두어 번 걷어찼다. 우선 얼을 빼놓는 것이다.

이 구두는 장훈이 집에서 가져온 것이다. 장훈이는 두목이니만큼 감시만 하고 병화보다도 하루 늦게 잡아들이는 동시에 그 구두를 가져다가 몇몇 구둣방에서 감정을 하여 오라 하였던 것이다.

금천이는 저번 테러 사건이 있은 뒤부터 보지 못하던 구두를 장훈이 집의 사랑방(사랑방이라야 행랑방이나 다름없지마는) 툇마루 앞에서 발견하고 눈여겨보아 오던 것이다. 사흘 돌리[373]로 장훈이 집에를 순행하듯이 들여다보았지마는, 다녀간 사람이나 묵고 간 사람은 없다는데 주인이 집 속에서 끄는 헌 구두가 새로 생긴 것이 이상하였던 것이다. 더구나 그 구두는 장훈이에게는 넉가래[374] 같아서 출입에는 못 신는 모양인 것이다.

물론 가택 수색은 하였으나 다른 소득은 없었다. 어쨌든 무슨 언턱거리든지 잡아가지고 이 판에 '장개석'이 일파와, 김병화 일파를 뿌리를 빼자는 것이다. 두 사람이 일자이후로 반목 중에 있을 듯한데, 매 끝에 정이 들었는지 싸운 뒤에 도리어 친해진 듯한 눈치가 보이는 것이 수상하던 터이라 구두 조건을 얽어가지고 한번 건드려보자는 것이다.

"너의 집에서 장훈이와 김병화를 불러다가 노서아에서 들어온 놈과 만나게 해주었지?"

인제는 금천이도 경애 모친에게 '너'라고 마구 다룬다.

"그런 일 없어요. 아무것두 모르는 등신 같은 늙은이를 왜들 이러세요."

---

373 도리, '주기'의 옛말.
374 곡식이나 눈 등을 한곳으로 밀어 모으는 데 쓰는 기구.

경애 모친은 우는소리로 애걸을 하였다.

"네가 그랬다는 게 아니라, 네 딸이 그랬다는 말이야!"

또 소리를 벼락같이 지른다. 형사들도 물론 입에서 나오는 대로 넘겨짚는 소리다.

"우리 딸년은 분이나 바르고 향수나 뿌리고 밤을 낮으로 알고 돌아다닐 줄이나 알지, 그 외에 무슨 일을 하였겠어요?"

이 노부인도 남편의 덕에 이런 곤경도 좋이 치어나서 엄살로 목소리는 떨어도 여간해서는 속까지 떨리지 않지마는 저놈의 구두 하나만은 보고 볼수록에 뜨끔하다.

'그 빌어먹을 놈이 신기 싫으면 쓰레기통에라도 넣고 달아를 나거나! 누구 못할 노릇을 하려고 어따 벗어놓고 달아나서 이 불티를 낸단 말이람!……'

어떻게 되는 조카인가 하는 피혁이를 속으로 원망하고 앉았으나 원망한들 무엇하랴.

"그런 딸이 어째 김병화 같은 놈하고 사느냐는 말이야? 김가가 분 장수야? 향수 장사야?"

"낸들 알겠습니까마는 인물이 끼끗하고 허우대가 좋은 놈이 슬슬 꼬이는 바람에 그 미친년이 멋모르고 따라다녔겠죠. 그 놈팽이가 말 뼉다귀로 된 놈인지 소 뼉다귀로 된 놈인지 전들 알겠습니까?"

"흥, 아주 말 잘하는데! 남편─홍 선생님한테 배운 게로군?"

하고 금천이는 까짜를 올리면서,

"그래 이 구두는 정말 모르겠소?"

하고 다시 순탄한 목소리로 달랜다.

"알면 안다지, 무엇하자고 속이겠어요."

"응, 그럴 테지!"

금천 주임은 비꼬듯이 대꾸를 하고 부하에게 슬쩍 눈짓을 하니까, 옆에 섰던 형사가 별안간 일어나! 하고 소리를 버럭 지른다. 경애 모친은 하도 무서운 큰소리에 용수철이 튀듯이 일어나며 벌벌 떤다.

"대접이 받고 싶거던 바른대로 자백을 하는 게 아니라!"

부하는 혼자 중얼거린다.

십 년 전 남편 때문에 붙들려 갔을 때도 두 차례 세 차례씩 그 못쓸 고생을 당하였다. 또 그러려고 끌고 가는 거나 아닌가? 하는 겁이 펄쩍 나서 두 다리가 허청 놓이며 부르르 떨린다.…… 그러나 하는 수 없었다. 입 한 번만 벙긋하면 내 딸이 생지옥으로 떨어지는 판이다. 차라리 내가 예서 숨이 끊어질지언정 우리 경애를 삼사 년 콩밥을 먹일 수는 없다!고, 마음을 단단히 먹었다.

거진 한 시간 뒤에 경애 모친은 어둑컴컴한 속에서 만들어 붙인 고무손 같은 손으로 흑흑 느끼면서 옷을 주워 입고 형사를 따라 환한 방으로 다시 왔다. 아래위 어금니가 딱딱 마주쳐서 입을 어우를 수도 없고 어디가 앉을 기력도 없다. 손발은 여전히 내 살 같지가 않고 빠질 것만 같다.

"말 한마디에 달렸는 것을 그걸 발악을 하면 무얼 하우? 내 몸 괴로운 것은 고사하고 귀한 내 딸도 당장 그 지경을 당할 것을 생각하면 자식의 정리를 생각해서라도 얼른 시원스럽게 불어버릴 게 아니요. 우리야 범연히 알고 그럴 리가 있나! 손삿[375]같이 알기에 그러는 것을 속이려면 되나! 나 같으면 내 자식이 그런 곤경을 치를까 보아서라도 선뜻 한마디 할 테야……."

이렇게 달래는 것이었다. 그러나 딸이나 병화가 이보다 몇 갑절 고초를 겪을 거라는 생각을 하면 이만쯤한 것을 못 견디랴 싶었다.


## 겉늙은이 망령

아들이 잡혀 갔다는 말을 듣고 상훈이는 스르르 큰집에를 들렀다. 일자이후로 처음이다. 아들이 그런 누명을 쓰고 횡액에 걸린 것이 안되기는 하였으나, 별 죄가 있는 것 아니요 한 서너 달 미결감에 들어앉았다가 나오면 그만일 것이니, 젊은 놈 기운에 도리어 공부도 되고 이 세상 경험 삼아도 좋을 거라고쯤 생각하는 것이다. 하여간 몇 달 동안은 눈에 아니 띌 것도 해롭지 않다고 코웃음을 쳤다. 자식 앞에서라도 기죽을 못 펴다가 그동안만이라도 집안일을 마음대로 휘둘러볼 수도 있겠거니 해서 그런 것이다.

시어머니는 건넌방에서 내다보지도 않고 며느리만 나와서 맞는다.

"이놈은 몸 성하냐? 어디 나갔니?"

"안방에서 잡니다."

시아버지는 손자를 보겠다고 안방으로 들어갔다.

375 손샅, 손가락과 손가락의 사이.

'아닌 적엔 손주새끼가 왜 그리 귀여워졌누?'

하고 마나님은 코웃음을 쳤다. 아닌 게 아니라 영감은 아무도 없는 안방에 들어가서 자는 아이를 언제까지 들여다보고 앉았는지 도무지 감감하다.

건넌방에서 모친이 부어 앉았다가 며느리더러,

"애, 무얼 하시나 좀 건너가 봐라."

아들이 밉다고 손주새끼까지 귀여워 못 하랴마는, 첩을 들여 앉힌 뒤로는 돈에 갈급이 나서 그런지, 아편 인에 몰려서 그런지, 무엇에 쓰인 사람처럼 얼굴까지 뒤틀리고, 눈자위가 바로 놓이지 않아서 다니는 사람이니까, 남편이요 시아버지건마는 무시무시하여 정이 떨어지는 터이다.

"그저 잡니까?"

며느리가 방문 앞에서 머뭇거리다가 인기척을 내고 문을 방긋이 열려니까, 발치께로 놓인 아들의 책상 앞에 돌아앉아서 무엇을 훔척훔척하다가 깜짝 놀라며 돌아다본다.

"응, 애, 잠깐 들어오너라."

"무얼 찾으세요?"

책상 서랍이 열려 있다.

"사랑, 문갑 열쇠 어디 있는지 아니?"

"모르겠에요, 거기 어디 있겠죠."

열쇠 꾸러미는 조그만 손금고에 넣어서 다락 앞턱에 놓아둔 것을 아나, 모른다고 하여버렸다. 손금고의 열쇠는 물론 덕기가 돈 지갑 속에 넣고 다니는 것이다.

"다른 게 아니라 내게 두었던 문서 한 장을 초상 중에 문갑 속

에 넣어둔 것이 있는데, 경찰서에 곧 갖다 뵈어야 이 애가 놓여나
올 테구나…….''
하고 망단한 듯이 먼 산을 치어다보고 앉았다가,

"넌 정말 모르니?"
하고 며느리에게 애원하듯이 얼굴을 치어다본다. 알고도 속이
는 며느리는 면구스러웠다. 마치 난봉 피는 젊은 애가 휘이 들어
와서는 남의 눈을 기어가며 집 안을 들들 뒤지는 것 같아서 어른
체모에 딱하고 흉하기도 하다.

"얘, 할아버지 쓰시던 조그만 금고 어디 갔니?"

"여기 있에요.''
하고 며느리는 다락문을 열고 금고를 내다가 앞에 놓았다.

"열쇠 가져오너라.''
시아버지는 반색을 하며 비로소 생기가 난다.

"집에 두고 다니지 않아요.''
영감은 다시 낙심이 되었다. 어린애가 장난감 만저거리듯이
대그럭거리며 맞은쇠질을 하려 한다. 체통이 사나워 보인다. 며
느리는 휙 나오려다가,

"경찰서에서 가져오라 한다시니 그러면 누구를 보내서 열쇠
를 내달라고 해 오랄까요?"
하고 물었다. 문갑에 무에 들었는지는 모르겠으나 그것만 가져가
면 제 남편이 나온다는 말에 그래도 마음이 솔깃하여 열쇠가 있
으면 시원스럽게 열고 싶었다.

"그만두어라, 어떻게 열리겠지.''
며느리가 건넌방에 와서 그런 이야기를 시어머니한테 하니까

펄쩍 놀라며,

"얘 쓸데없는 소리 마라. 공연한 말씀이다. 큰 금고 열쇠가 함께 꿰어 있을 줄 알고 그걸 훔쳐가려고 얼렁얼렁하시는[376] 소리다."

하고 벌떡 일어나서 우당탕 문을 밀치고 나간다. 며느리는 또 무슨 야단이 날까 보아 조마조마하기는 하나 가만히 앉았으려니까, 안방 문이 우당퉁탕하더니 철궤를 들어서 마루로 탕 내부딪는 소리가 육간대청에 떼그르 하고 울린다.

"얘, 이 철궤 내 방에 갖다 둬라. 인젠 내가 맡는다. 왜 우리마저 쪽박을 차고 나서는 꼴을 보려우? 낮도둑놈 모양으로 무슨 까닭에 여기까지 쫓아와서 작은 열쇠 큰 열쇠 하고 법석요? 그놈의 금고째 떼메 가든지! 이 짓 하려고 자식을 그 못쓸 데로 잡아넣구려? 이 죄를 다아 어디 가서 받을 테요?"

소리를 바락바락 지르려니까, 영감은 검다 쓰다 말없이 모자를 들고 나와서 내려가다가 며느리를 보고,

"난 모르겠다. 형사들더러 와서 가져가라지."

하고 훌쩍 가버렸다.

덕희는 책보를 끼고 들어오면서 좌우 방문이 열리고 식구들이 우중우중 섰는 것을 보자 벌써 알아차리고 눈살을 찌푸렸다. 지금 전차에서 내리면서 원광으로 부친의 눈길과 마주쳤으나, 모른 척하고 휙휙 가버리는 뒷모양을 몇 번이나 바라보면서, 심사가 좋지 못한 것을 참고 들어오는 판인데, 집 안 꼴이 또 이 모양이다. 덕희는 누구 편을 들고 말고 없이 요새는 집이라고 들어올

---

376 남의 비위를 맞추거나 환심을 사려고 더럽게 아첨을 자꾸 떠는.

생각이 없다. 학교에서나 동무의 집에서 엉정벙정 지낼 때는 남과 같이 웃고 떠들다가도, 집에를 들어와 앉으면 무엇이 짓누르는 듯이 답답하고 누구의 얼굴이나 보고 싶지 않고 누구의 말이나 듣고 싶지 않다. 부친이야 원체 말할 것도 없고 남보다 좀 나을 따름이지마는 덕희는 모친과도 맞지를 않았다. 모친이 공부하는 묘리나 학교 켯속을 잘 모르는 것이 답답할 때도 없지 않고, 하루에도 몇 차례씩 끌어내놓는 푸념이나 히스테리 증세에는 머리를 내두를 지경이다. 이 집안에서 다만 한 사람 오라비만은 같은 시대에서 호흡을 하고 얼마쯤 이해를 해주고 귀해주는 점으로 제일 마음에도 맞고 남에게 자랑도 되었다. 그러나 그 오라비가 저 모양이 되었다.

"아버지 다녀가셨우?"

덕희는 오라범댁에게 물었다.

"그런데 또 왜 그러시우? 싸우셨우?"

"아니라우. 금고 열쇠를 찾으러 오셨더라우."

"아버지두 딱하시지!"

덕희는 한숨을 쉬었다.

"오빠는 저렇게 고생인데 그건 빼놓아주실 생각을 아니하시구 망령이시지…… 금고가 못 잊히서서? 돈이 뭔구? 재산이 뭔구?"

공부방인 아랫방을 열고 들어가며 덕희는 혼잣소리를 한다.

"망령?…… 나이 아직 오십두 못 되어서 망령이야? 철 안 나고 계집 바치는 분수 보아서는 스무나문도 못 되었을라."

모친은 마루 끝에 앉아서 또다시 시작이다.

덕희는 문을 꼭 닫고 책상 앞에 가만히 앉아버렸다. 말대꾸를 하면 모친이 점점 더 화가 치밀어서 저녁도 못 자실 것이요, 귀가 아파서 못 견딜 것이니까. 그러나 모친이 그르다고는 생각할 수 없다.

'남의 집 부모는 안 그렇던데 우리 집은 왜 이럴꾸?'

덕희는 반찬가게 하는 동무 집이 새삼스럽게 부러웠다. 오라비는 친구의 반찬가게를 부러워하더니, 덕희도 동무 아버지의 반찬가게를 부러워한다. 이 남매는 부잣집에 태어난 것을 한탄하는 것이다.

저녁밥을 막 먹으려니까, 지 주사 대신 사랑을 지키는 영감이 앞장을 서고 상훈이가 사랑에서 들어온다. 영감이 어째 또 오나? 하는 생각을 할 새도 없이 뒤따른 두 양복쟁이를 보니 묻지 않아도 형사의 행색이다.

"어디요?"

형사가 후뿌리는 소리를 하니까 주인 영감은 급급히 마루로 올라서며 썰썰 기듯이 안방을 열어 보인다. 입회를 시킬 테니 방임자를 불러들이라 하고 형사들이 앞장을 서 들어갔다. 덕기 처는 겁을 집어먹으며 따라 들어가서 시아버니 뒤에 섰다. 시어머니와 덕희와 침모들은 마루에 떨고 서서 하회를 기다리고 있다.

형사들은 장문을 모조리 열고 쑤셔거려보고 책상 서랍을 뒤지고 책장을 열어보고 다락 속도 대강대강 뒤져보더니 조금 아까 다시 집어넣은 철궤를 들어내며 열어보겠다 한다.

"열쇠가 없는데요."

아까는 남편에게 기별해서 열쇠를 가져오게 하려느냐고 하던 며느리건마는, 당돌히 가로막고 나서는 기세다.

"아범에게서 받아 왔어."

옆에서 시아버니가 나지막이 귀띔을 해주었다.

"이 금고 열쇠가 있으니까 열겠다는 것 아니겠소?"

늙직한 형사는 젊은 형사가 꺼내 드는 열쇠를 가리키며 핀잔을 주는 동안에 젊은 사람은 종시 잠자코 호수를 맞추어가며 쇳대[377]를 넣어서 땡그렁 하고 열어놓는다. 나 먹은 형사는 부스럭부스럭 뒤지더니 열쇠 꾸러미를 꺼내 들어 보이며,

"이거요?"

하고 상훈이에게 묻는다.

"예, 예……."

마루에 섰는 마님은 영감이 왜 저렇게 겁을 먹고 허겁지겁을 해서 젊은 사람에게 쩔쩔매는지 창피스럽고 어이가 없었다.

형사는 열쇠 꾸러미를 들고 우우들 사랑으로 몰려 나갔다. 고식도 덕기를 내놓게 되는 문갑 속의 서류가 무엇인가 궁금하여 뒤쫓아 나갔다. 나가면서 마님은 사랑 영감더러,

"정말 형산가요?"

하고 물어보니까, 영감은 눈이 뚱그레지며,

"그럼 영감이 껄려다니시지 않습니까? 명함두 저기 받아놓았습니다는."

하고 새삼스럽게 무슨 소리냐고 핀잔을 주듯이 대답을 한다.

어쨌든 아들을 구해내게 된다는 자국에 무엇을 의심하랴고 돌려 생각을 하였다. 고식이 축대 위에 서서 전등불이 빤한 방 안의

---

377 열쇠.

광경을 노려보고 있으려니까, 문갑을 열어보는 눈치더니 다시 다락 속의 큰 금고를 후딱 열고 뒤져보고는 제대로 닫고 마루로들 나온다.

"거기들 왜 섰니? 들어가거라."

영감은 여자들을 보고 나무라며 축대로 내려온다.

"어떻게 되었어요?"

시어머니는 말을 하기 싫어하니까 며느리가 대신 물었다.

"응, 내일쯤은 놓여나올 것이다. 마음 놓고들 들어가거라."

영감은 상노 아이더러 문신칙<sup>378</sup> 잘하라고 일러놓고 형사들에게 꺼들려 나갔다.

×

"영감! 지금 댁으로 바루 가시겠습니까?"

"바루 가두 좋지. 하여간 택시를 불러 타세."

세 사람은 황금정으로 나와서 택시를 불러 탔다.

"저희들은 오늘 밤으로라도 들고뜁니다. 논공행상<sup>379</sup>은 당장 하셔야 하십니다."

"염려 말게. 지금 가는 길로 줌세그려."

"하지만 잘못하면 삼 년—어쩌면 오륙 년은 콩밥 귀신이 될 텐데, 천 원씩은 너무 약소합니다. 어쨌든 삼 년 동안 처자식 굶지 않을 만큼 만들어놓고 들고뺀든 떼 가든 해야 하지 않습니까."

---

378 잡인이 대문으로 드나드는 것을 금하거나 드나들지 못하도록 살피던 일.
379 공적의 크고 작음 따위를 논의하여 그에 알맞은 상을 줌.

한 자가 이렇게 조르니까 또 한 자는,

"여부가 있나! 하지만 가만있게. 설마 영감께서 이렇게 성공한 바에야 처분이 계시겠지."

하고 추켜세운다.

"큰 것 하나씩 주서도 아깝지는 않습니다."

큰 것 하나라는 것은 만 원씩 말이다.

"압다, 이 사람들 퍽이나 조급히 구는군. 그런데 아차차 잊어버린 게 하나 있네그려."

상훈이는 놀라는 소리를 한다.

"무엇 말씀요?"

"자네들, 사랑에서 그 영감쟁이에게 내놓던 형사의 명함 말일세. 큰사랑 문갑 위에든지 놓였을 텐데…… 허허, 그거 낭패다."

상훈이는 자동차를 돌리라고 하여 다시 가서 뒤져가지고 오자고 한다. 그 명함은 최 참봉을 데려가던 형사에게서 받은 것이었다. 상훈이는 지갑 속에 있던 그 명함을 꺼내 주며 만일 무슨 표적을 달라거든 내주되 아무쪼록 쓰지 말라고 신신당부를 하였던 것이다.

"염려 없습니다. 경을 쳐도 가짜 형사질을 한 저희가 경을 치지 영감께야 무슨 상관이 있겠습니까."

"누가 경을 치든지 간에 다른 것은 집안 내의 일이니까 어떻게든지 되겠지마는, 그것이야 인감 도용이나 공문서 위조 사용과 같이 말썽만 되는 날이면 큰일 아닌가?"

"그렇게 애가 씌시면 제가 당장 뺏어다가 도로 드릴 테니 얼마 내시렵쇼?"

"이 사람! 자네는 아는 게 얼만가? 얼마든지 줄게 뺏어만 오게 그려."

"글쎄 얼마 주시겠습니까?"

"어떻게 뺏어 온단 말인가?"

"어떻게 뺏어 오든지 그거야 아실 거 있습니까. 얼마란 값만 치십쇼그려."

"얼마만 했으면 좋겠나?"

"처분대로지요."

"그럼 백 원 하나만 줌세."

"그건 너무 헐합니다. 잘못하면 사람 목숨 하나 값이나 되는데요."

"미친 사람! 하여간 백 원 줌세."

"정녕 그러시지요? 그럼 쓰십쇼."

"증서를 말인가?"

"아니요, 소절수요."

"쓰지.…… 그 자리에서 다시 집어넣구 나왔네그려?"

"하여간 쓰십쇼. 그리고 그 길에 저희들 상급까지 써줍쇼."

"그건 안 돼! 당장 현금이 그렇게는 없으니까."

하며 상훈이는 자기 집 문전에 와서 세운 자동차 속에서 백 원 소절수를 떼니까, 한 자가 껄껄 웃으며 한 손으로는 돈표를 받고 한 손으로는 외투 주머니에서 명함 한 장을 꺼내서 맞바꾸었다. 돈 백 원이 억울은 하나 그 명함을 이자의 수중에 넣어두는 것은 큰집 문갑 위에 놓아두는 것보다도 더 위험한 것이었다.

×

내일 나온다던 사람은 그 내일의 짧은 해가 다 지도록 감감무소식이었다.

그래도 영감마저 붙들려 갔나 하는 염려도 있고, 영감만은 다녀 나왔으면 소식을 알리라고 어멈을 화개동으로 보내보니, 거기서는 도리어 여기서 무슨 기별이 가기를 고대하고 있더라 한다. 어제 초저녁에 형사 두 사람이 영감을 데리고 와서 작은집(의경이)마저 자동차에 실어가지고 가버렸다는 하회뿐이다.

고년—첩년이야 한 십 년 가두어두었다가 내놓았으면 좋겠지마는, 영감까지 들어가서 유치장 신세를 지고 있을 생각을 하니, 아들만은 못하여도 가엾은 생각이 든다. 세상이 마음대로 되었으면 덕기 부자는 오늘 저녁으로 놓여나오고, 고년과 경애만은 하다못해 일 년만이라도 경을 뽀얗게 치고 나왔으면 시원하기도 하려니와, 그러노라면 영감도 마음을 잡고 여러 해 버스러졌던 의취도 돌아서게 되련마는…… 덕기 모친은 갖은 공상에 잠이 안 왔다. 하여간 이렇게 되고 보니 영감의 뒷배를 보아주는 사람이라고는 없다. 무엇을 먹고 그 추운 속에서 덮개도 없이 벌써 이틀이나 어떻게 지내는지 내일은 아들의 밥을 해 가는 길에 금침이나 차입을 하여야 하겠다고 생각하였다. 이렇게 생각이 드니 천리만리 떨어졌던 영감이 급작스레 가까워지고 남편의 옥바라지에 공을 들인다는 것이 그다지 장한 일은 아니로되, 그래놓아야 남편의 마음도 돌아서게 할 수단이 되겠고 한편으로는 젊었을 때의 정분이 새로 난 듯이 아까까지 욕을 하던 남편이 그지없이 정답게 생각되었다.

날이 막 밝으며부터 마님은 안방 다락 속에 배송을 내두었던 영감의 자리 보퉁이를 끌어내고 장속을 뒤져서 솜옷 일습을 내놓고 수건을 사 오너라 비누니 치마분[380]이니 하고 한참 법석을 하여 자리 보퉁이를 꾸려놓고 자기도 곱게 분세수를 한 후 온종일 한데서 떨고 있어도 좋을 만큼 든든히 입고 매일 식사 나르는 상노 놈을 따라서 자동차로 나섰다. 그래야 집안에서는 누구나 밤새로 돌변한 마님을 비웃는 사람은 없었다. 도리어 마님의 하는 일 중에 제일 잘하는 일이라고 생각들 하였다.

그러나 집안에서들은 일전 덕기에게는 금침은 아예 아니 받으려는 것을 병중이라고 간청을 해서 들였는데 이번도 잘 받아줄까? 하고 마님의 하회를 기다리고들 있으려니까, 오정이나 되어서 자동차 소리가 밖에서 또 난다. 자동차로 오실 제야 허행을 하시는 게로군 하고 덕기 처가 나오려니까 뜻밖에도 남편이 마당으로 어정어정 들어온다. 집안 식구들은 죽었던 사람이나 살아온 듯이 법석을 하며 내달아 맞으려니까 중문간에서 양복쟁이 둘이 주춤하며 기웃거린다.

'또 왔구나!' 하는 직각이 누구의 머리에나 떠올라 왔다.

덕기는 떠들지들 말라고 손짓으로 제지하고 그 사람들을 불러들인 뒤에 마루로 올라서며 아내더러 다락의 손금고를 내오라고 한다.

"예? 금고요?"

아내는 눈이 둥그레졌다.

"손금고 말요. 열쇠만 꺼내와도 좋아요."

---

380 가루로 되어 있는 치약.

덕기가 앞을 서서 올라와서 방문께로 가려니까,

"그저께 경찰서에서 열쇠 가져가지 안 했에요?"

하고 뒤따른 아내는 어쩐 영문인지 몰라서 가만히 수군수군한다.

"뭐야?……"

덕기도 마주 눈이 커대지며 형사들을 돌아다보았다. 그 사람들도 알아들었는지 눈이 둥그레졌다.

"아버니께서 경찰서에 안 계셔요? 어머니께선 조금 전에 차입하러 가셨는데……."

"무어? 아버니께서?"

덕기가 다시 형사에게 대고 일본말로 물어보니까 형사들은 도리질을 하며 그럴 리 없다고 얼굴빛이 달라진다.

"그래 언제 가져갔다램? 누구라고 합디까? 무슨 표적이 있겠지?"

"손금고 열쇠를 주어 보내시지 않으셨에요? 사랑에는 명함두 내놨다던데 사랑에 있을 거애요."

"손금고 열쇠는 여기 있는데!"

덕기는 하두 어이가 없어 맥을 놓고 열쇠를 꺼내 보인다.

"그래, 영감이 데리구 왔더란 말이지?"

한 형사가 묻는다.

"예, 처음엔 혼자 오셔서 문갑에서 꺼내실 것이 있다고 열쇠를 찾으시다가 가시더니 어슬할 때 형사 두 사람하구 오셔서 열쇠를 꺼내가지구 사랑 금고에서 또 무얼 찾아가셨에요."

"열쇠를 가지고 왔더랐을 제야 더 말할 것 있나마는…… 날이 저문 뒤에 가택수색을 하는 법이 있을 리가 있나!"

형사들은 이런 소리를 하고 덕기와 사랑으로 나갔다. 다만 남은 의문은 부친이 가형사에게 속아 끌려다니면서 곤욕을 당하고 있는지 혹은 한통속이 되어서 한 일인지 두 가지 중 하나일 것이다. 그러나 덕기는 아무려니 부친이 한통속이리라고는 생각하고 싶지 않다.

형사들은 금천 주임에게 전화로 보고를 하여놓고 그 가형사들이 두고 간 명함을 찾아보았으나 나오지를 않았다. 오늘 덕기를 데리고 온 것은 조부의 유서를 갖다가 보려는 것이요 마지막으로 그것만 틀림없으면, 우선 소위 중독 사건만은 일단락을 지어 무사히들 놓여나올 뻔하였는데, 일이 이렇게 되고 보니 여간 낙심이 아니다. 저 금고 속까지 텅 비었을 것이니 부친이 가져갔다면 그런 기막힌 일도 없다.

형사들은 조사를 마치고 덕기를 다시 데리고 가버렸다. 덕기가 떠나자 모친은 자리 보따리를 상노 아이에게 지워가지고 풀 없이 되돌아왔다. 경찰부에서는 모른다고 하여 덕기와 지 주사의 식사만 차입하고 종로서로 갔더니 종로서에서는 또다시 경찰부 사법과로 가보라 하여 왔다 갔다 다리품만 팔고 온 것이었다. 그동안 지낸 사연을 듣고 낙담하는 모친의 정상은 차마 볼 수 없었다.


## 피 묻은 입술

희미한 전등불이 으스름하게 내리비치는 쓸쓸한 긴 복도를 급한 발자취가 우르르 몰리며 수렁수렁한다.[381] 문을 꼭꼭 닫고 괴괴하던 이 방 저 방에서 덜걱덜걱 문이 열리며 고개만 내밀고,

"왜 그러나?"

"무슨 일야?"

하며 수면 부족으로 충혈된 눈들이 번쩍인다. 무슨 사건인 줄을 알자 누구나 '흥!' 하고 놀라는 것도 아니요 근심하는 기색도 아니나 저마다 살기는 더 뻗치고 얼굴들도 모지라졌다. 매일 이맘때쯤이면 방방이 하나씩 데리고 앉아서 밤을 새워가며 취조를 하는 것이었다.

금천 부장은 허둥허둥 달겨든 부하들의 보고를 듣고 나서 한 사람에게는 당자를 이리로 데려오라 명하고 한 부하에게는 의사를 곧 부르라고 지휘하였다.

밖에서는 각 취조실마다 그 앞에 순사를 하나씩 배치하여 출입을 금한 뒤에 조금 있더니 검정 외투를 얼굴까지 뒤집어씌운 송장 같은 것을 오륙 명의 환도 없는 순사가 네 각을 뜨고 허리를 받치고 하여 가만가만히 모셔 온다. 이 사람들은 구두들을 벗고 슬리퍼를 신었기 때문에 발자취 소리가 없을 뿐만 아니라 누구나 의식이 엄숙한 장례에 참렬한 것처럼 말이 없었다. 취조를 받고 있는 연루자들이 눈치챌까 보아 절대 비밀을 지키자는 것이다.

금천 주임실 앞에 지키고 섰던 순사가 문을 여니까 환한 불빛이 복도로 쫙 끼얹듯이 퍼져 나오며 네 각을 뜬 송장이 소리 없이 불빛 속으로 꼬리를 감춘 뒤에 순사는 밖으로 문을 닫아주었다. 그러자 방문마다 지키던 순사들은 거동이 지나간 뒤처럼 우

---

381 술렁술렁하다. '수런거리다'의 뜻으로 쓰임.

우 몰려서 저편으로 가버렸다.

금천 주임의 방 안이다. 흙마루 바닥에 떠메어 온 것을 내던지듯이 덜컥 내려놓으니까 이때까지 송장인 줄만 알았던 사람이 외투 자락 속에서 꿈질꿈질하며 숨이 턱에 닿는 신음 소리가 난다.

금천 부장이 앞으로 다가오자 부하가 덮었던 외투를 휙 벗겼다. 무거운 숨결과 함께 가슴이 벌렁벌렁할 뿐이요 입에서는 피거품을 푸우푸우 내뿜는다. 금천이의 무된[382] 눈에도 끔찍끔찍하고 의사가 오기 전에 곧 숨이 질까 보아 애가 씌었다.

얼굴이 아니라 시꺼먼 선지 덩어리다. 코, 입, 눈…… 할 것 없이 그대로 넉절을 한 선지 핏덩이다. 사람의 얼굴이 아니라 마치 그믐 밤중에 메줏덩이를 손 가는 대로 뭉쳐논 것 같다. 입이 어디가 붙었는지 알 수 없다. 다만 눈만 반짝하고 뜬다.

"이게 무슨 못생긴 짓인가? 큰 뜻을 품은 일대의 남아가 비겁하게도 이렇게 죽는단 말인가? 비소망어평일[383]이지—장 군이 이렇게 비루할 줄은 몰랐군!……"

금천이는 피투성이의 얼굴을 눈살을 찌푸리고 들여다보며 말을 하였다. 듣기에 따라서는 비웃는 어조 같기도 하다.

"지사志士란 무사武士의 정신에 사는 것이다! 그리고 무사는 죽음을 깨끗이 잘 하여야 하는 것인데, 이것이 무슨 추태란 말인가? 이왕 죽으려면 저 피스톨로(자기 책상 위에 놓인 피스톨을 가리킨다) 비장하고 남자다운 최후를 마친다면 오히려 장쾌하지나 않을까? 하여간 장훈이! 자네는 인젠 마지막 아닌가! 시운

---

382 '무딘'의 의미인 듯.
383 非所望於平日, 어떤 일이 평상시에는 이렇게 되기를 바라지 아니하였다는 뜻.

이 불리해서 뜻은 이루지 못하였을지언정 내 먹었던 큰 뜻은 세상에 알려놓고 죽어야 하지 않겠나! 자기의 명예를 위해서도 그렇고 내 뜻을 이을 동지를 얻기 위하여서도 그렇지 않은가? 그러나 꼭 세 마디만 들려주게.―저 피스톨은 피혁이가 주고 간 것인가? 혹은 피스톨만은 다른 데서 나온 것인가? 또 피스톨을 가지고 무슨 일을 하려 하였던 것인가? 너희들이 피혁이에게서 받은 지령이 무엇이냐? 그 점만 말을 해주게. 이것은 김병화를 위해서 자네가 변명해주어야 할 일이 아닌가? 나만 죽어버리면 그만이라고 무책임하게 그대로 내버려두면 뒤에 살아남은 사람이 고생 아닌가?……"

금천이는 몹시 심약해진 이 판에 무슨 말이든지 시키자는 것이다. 그러나 그런 대답을 할 것 같으면 약을 먹고 혀를 깨물어버리지는 않았을 것이다. 장훈이 입에서는 사흘 낮 사흘 밤을 두고 다만 모른다는 말 한마디 외에 다른 말이라곤 나온 것이 없었다. 이런 쇠귀신 같은 놈은 경찰부 설치 이래에 처음 본다고 혀를 내두르는 터이다. 그러노라니 장훈이는 약을 안 먹기로 이 속에서 뼈를 추리기는 어차피에 어려웠다. 자루 속에 뼈다귀를 넣은 것 같은 것이 장훈이의 몸이었다.

장훈이는 눈을 떴다 감았다 하며 혼곤한 듯이 금천 형사의 말을 듣다가 육혈포란 말을 듣자 정신이 반짝 든 듯이 무서운 눈을 똑바로 뜨고 한참 노려보더니 입을 쫑긋하며 무엇을 훅 내뿜는다. 금천이는 고개를 돌리며 나는 듯이 일어났으나 얼굴과 가슴에 유산탄을 받은 듯이 핏방울 천지다. 옆에 섰던 부하가 눈자위를 곤두세우며 이놈아! 소리를 치고 발길로 허구리를 지르나 장훈이는 눈도 안 떠보고 저어 깊은 통 속에서 울려 나오는 듯한 신음 소리가 무겁게 들릴 뿐이었다.

더운물을 떠 들여온다, 양복을 벗어서 빤다, 금천이는 와이샤쓰를 벗어놓고 속샤쓰 바람으로 세수를 한다 하며 한창 법석통에 의사가 달려들었다.

"얼른 좀 보아주슈. 어떻게 해서든지 살려놓아야 하겠는데……."

금천이가 수건질을 하며 의사를 동독시키는 품이 마치 숨만 걸린 자식을 애처로워하는 자부(慈父)와 같다. 의사는 이런 경우를 하도 많이 보았는지라 유도(柔道)꾼이 제 손으로 죽여놓고 제 손으로 소위 활(活)을 넣어서 살리는 그런 종류의 사실이려니만 생각하고 우선 맥을 짚어보려다가 무엇인지 독약을 제 손으로 먹었다는 말에 다소 놀라면서,

"허어? 무언데? 약은 어디서 났기에? 먹은 지가 오랜가요?"
하고 좀 서두르기 시작한다.

"그럼 이 피도 독약 때문에?"

"아뇨. 그건 혀를 끊기 때문에……."

의사는 컥컥 막히며 차마 들을 수 없이 신음하는 소리도 모른 척하고 갓 잡은 소머리나 뒹굴리듯이 피에 뒤발을 한 머리를 주무르면서 무지스럽게 입을 뻐개고 혀를 빼내서 만져보며,

"서너 군데 몹시 찢어지기는 했어도 끊어지지는 않았군!"
하고 혼잣소리를 한다. 병자는 소리조차 지를 기운이 없이 끙끙 앓는 소리만 잦아간다.

단서는 경애 모친의 친정 조카, 경애의 외사촌 오라비 두 놈에

게서 잡았던 것이다. 피혁이가 왔던 것, 피혁이가 떠날 때 저희들 손으로 머리를 깎아준 것까지 알게 되자, 경애와 병화가 주리를 틀리기 시작하여 죽을 고비를 여러 번 넘겼으나, 모든 것을 장훈이에게로 몰아붙여 버렸다. 경애는 위협이 무서워서 병화를 진권해주었으나, 때마침 연애 관계가 시작되어가는 판이었으므로 병화가 직접 관계하는 것이 무섭고 싫었고, 병화도 전선에서 인제는 발을 빼려던 차이기 때문에, 서로 의논하고 또 한 다리를 넘겨서 소개해준 것이 장훈이라고 주장하였다. 장훈이 부하에게 필순이 부친과 함께 둘이 몹시 얻어맞은 것도 장훈이를 피혁이에게 소개만 하여주고, 저희 둘은 발을 쏙 빼어버린 것을 분개하는 동시에 비밀을 탄로시켜서 일에 방해가 될까 보아 미리 제독[384]을 주노라고 그리한 것이라고 변명하였다. 어쨌든 경애나 병화나 무어라고 꾸며대든지 조금도 외착이 날 염려는 없었다. 장훈이는 병화를 혼을 낸 뒤에 새삼스럽게 긴밀해지기도 하였지마는,

"언제 무슨 일을 당하든지 자네 편할 대로 대답을 해두게. 나는 어느 지경에를 가든지 벙어리가 되거나 정 급하면 이렇게 할 테니!"

하고 장훈이는 자기의 모가지에 손가락으로 금을 그어 보인 일이 있었다. 병화와 경애 역시 미리부터 입을 모아도 두었지마는, 장훈이를 절대로 믿게 되었던 것이다.

사실 장훈이는 제 말대로 하고 말았다. 만주 방면에서 들어왔다가 나간 친구에게 실없이 얻어두었던 '코카인', 그것이 장훈이

---

384 독을 없애버림.

의 목숨을 빼앗으리라는 것은 자기도 생각지 못하였던 일이다. 장훈이는 그 '코카인'을 종이에 싸서 양복 조끼 주머니에 넣어두었었다. 그것이 어느덧 주머니 바대[385]가 미어져서 속으로 들어가 버렸다. 안과 거죽 새로 떨어져서 옆구리의 도련께[386]에 처져 있었던 것이다. 장훈이를 처음 유치장에 넣을 제, 당번 순사는 물론 주머니 세간을 모조리 빼앗았지마는, 이것만은 손에 만칠 리가 없었다. 당자 역시 잊어버렸었다. 그러나 사흘 낮 사흘 밤을 두고 죽을 곤경을 치르고 나니까, 졸립다는 것보다도 아프다는 것보다도 죽고 싶다는 생각뿐이었다. 평시에 먹었던 마음, 병화에게 일러둔 말이 머리에 떠올라오면서, 누가 일러준 듯이 생각나는 것은 언제인가 얻어서 주머니에 넣고 다니며 심심하면 꺼내서 친구들에게 보이고 냄새를 맡고 하던 '코카인'이다. 그러나 어쨌든가 생각이 아니 났다. 언제부터인지 눈에 아니 띄었으나, 어따가 집어둔 생각은 아니 났다. 잃어버렸는지도 모르겠으나, 또 생각나는 것은 조끼 도련께 무엇인지 종이 부스러기 같은 것이 들어가서, 손끝에 만져지던 기억이다. 호주머니 속이 열파[387]를 하여서 연필 끄트머리나 동전푼을 넣으면 새어 들어가기 때문에, 그것도 아마 코 풀려고 가지고 다니던 원고지 부스럭지려니 하고 신지무의해버렸던, 그것이 생각났다. 만져보니 여전히 손에 만쳐졌다. 탈옥수가 쇠꼬챙이나 얻은 듯시피 반가웠다.

장훈이는 입은 채 조끼 안을 쭉 찢었다. 미어지도록 닳아빠진

---

385 덧댄 헝겊조각.
386 저고리 가장자리.
387 찢어짐.

헝겊조각은 손을 대기가 무섭게 발발 나갔다. 손에는 종이봉지가 묻어 나왔다. 그러나 이것을 들고 보니 꺼내기 전에 반기던 것과는 딴판이었다. 용기가 줄었다. 절망과 공포가 아찔하고 눈앞을 스쳐 가는 것 같았었다.

'지금 죽어? 그러나 그 뒤에는?……'

이런 생각을 하다가 못생긴 생각도 한다고 혼자 나무랐다. 쓸데 있는 당면한 일은 생각이 안 나고 쓸데없는 죽은 뒤의 일은 무엇하자고 생각하는가 하고 혼자 화를 버럭 내었다.

'내가 지금 죽기로 비겁하다고 치소[388]를 받을 리는 없는 일이다.'고 또다시 생각하였다.

'당장 고통을 견디지 못해서 죽는 것은 아니다. 몇십 명의 숨은 동지를 대신해서 죽는다는 것도 말이 안 된다. 그들 개인이나 그들의 가족을 고통과 불행에서 건져주려는 그따위 희생적 정신이란 것은 미안하나마 내게 없다. 나는 다만 조그만 시험관 하나를 죽음으로 지킬 따름이나 그 시험관은 자기네 일의 결정적 운명을 좌우하는 것이요, 지금 이 시각도 몇몇 우수한 과학적 두뇌를 가진 동지들이 머리를 싸매고 모여 앉아서 연구를 계속하는 것이다. 이 연구와 시험도 미구불원에 성공할지도 모른다. 이것을 죽음으로 지켜주는 것이 지금 와서는 나의 맡은 책임이다. 그 것 하나만으로도 내 죽음은 값이 있는 것이다. 그러나 그 시험관의 결과를 못 보는 것만은 천추의 유한이다. 하지만 그 역시 내 눈으로 보자던 것도 아니었다. 그것은 벌써 각오하였던 것이 아

388 빈정거리며 웃음.

닌가……'

장훈이는 저녁밥을 먹고 나서 물을 마실 때 위산[389]이나 먹듯이 입에 '코카인'을 들어뜨려 버렸다. 머릿속이 흐려진 장훈이는 이 모든 행동을 기계적으로 하였던 것이다. 죽음의 공포에서 초월하여 약이 창자에서 도는 증세를 가만히 노려보고 있었다. 혀를 깨문 것은 계획하였던 바도 아니요, 자기도 의식 있이 한 노릇이 아니었다.

이날 새벽에 장훈이는 이십칠 세의 일생을 마치었다.


## 부친의 사건

"아버니, 그 유서 가지셨에요? 어서 나가야 할 텐데 할아버니 유서가 있어야지요……."

"아아, 나는 나가지만 필순이! 이필순이 나갔에요? 좀 만나게 해주세요. 때리지는 마셔요. 그 여자가 아무 죄도 없는 것은 나도 알아요.……"

"……피스톨요? 몰라요……."

"……미안합니다. 고맙습니다. 병이 나면 집으로 가도 좋지요?"

병인은 이런 헛소리를 연거푸 주워섬기다가 눈을 번쩍 뜨고 휘휘 돌려다 보고는, 다시 눈을 스르르 감으면서 또 헛소리를 생시보다도 더 또렷하게 되풀이를 하는 것이다.

389  소화가 안 될 때 먹는 가루약.

덕기는 경찰부에서 독감이 도진 것을 참고 지냈다. 병을 감추어가며 참고 있었다. 약을 사다 달라거나 하면 병 핑계나 하려고 엄살하는 듯이 알 것 같아서 도리어 내색도 보이지 않고 근 일주일이나 지내왔었다. 실상은 그보다도 걱정이 태산 같아서 해가[390]에 신열이 오르락내리락하는 것쯤이야 생각할 여지가 없었다. 부친의 소식, 금고 속, 집안에서 걱정들 할 것, 필순이의 소식, 병화의 고초…… 생각하면 몸 아픈 것쯤은 문제도 아니었다.

그러나 집에 잠깐 끌려갔다가 온 뒤로 신열이 부쩍 더하여져서 몸을 제대로 가누고 앉았을 수가 없었다. 그래도 훈련원 벌판 같은 유치장 속에서 또 이틀 밤을 새웠다. 그 이튿날 아침에 불려 나가다가 유치장 턱에서 쓰러져버린 것을 그대로 끌려갔는데 요행히 고등과장이 부른 것이기 때문에, 뒤틀린 눈자위와 말 더듬는 것을 보고 서둘러주어서, 의사를 불러다 뵈고 저희끼리 의논을 하고 한 뒤에 말하자면 고등과장이 책임을 지고 의전병원으로 옮겨다가 가둔 것이다. 물론 집에는 가지 못하게 하는 것이요, 병원에서는 경찰부의 유치인 하나를 맡아서 치료하는 것이기 때문에, 형사는 육장[391] 하나가 와서 머리맡에 지키고 앉았는 것이다. 그 외에는 모친과 아내가 돌려가며 와 있을 뿐이요, 아무에게도 면회를 허락지 않았다. 필순이의 부모가 한병원 속에 있고 필순이 모친이 어제야 소문을 듣고 찾아왔건마는 만나 보이지 않았다. 고식도 이 때만은 형사가 고마웠다.

"……재산 다 없어져서 도리어 시원해요. 어머니! 거리에는

390 어느 겨를.
391 한 번도 빠지지 않고 늘, 또는 힘이 센 장사.

나았지 않게 할 테니 염려 마세요."

열에 떠서 이런 잠꼬대도 생시에 수작하듯이 영절스럽게 하는
것이었다. 모친은 눈물을 지으며 병인을 흔들었다. 그러나 꿈과
열 속에서 헤매는 병인은 제풀에 눈이 떨어질 때나 떠보았지 죽
은 사람이나 다름없었다.

아내는 이렇다 저렇다 말이 없이 벌써 사흘 동안을 앉은 자리
에 형사와 비스듬히 꼭 붙어 앉아서 시중을 들고 간호를 하는 것
이다. 매무시 하나 고쳐 매는 일이 없고 세수도 똑똑히 하지 못하
였다. 시어머니가 바꾸어가며 자라고 하여야, 꼬박꼬박 졸기는 하
여도 팔베개를 하고라도 누워본 일이 없다. 아이는 인제는 젖 떨
어졌으니까 암죽이고 무어고 먹여서 보아달라고 맡겨놓고 와서,
사흘 동안 그림자도 못 보았어야 보고 싶지도 않다. 다만 병인 하
나 외에는 하늘이 무너져도 눈 하나 깜짝할 일이라고는 없는 듯
이, 일심 정력을 병인의 숨소리와 검온기檢溫器[392]에 모으고 있는 것
이다. 오늘은 시어머니는 쉬러 가고 친정 모친이 와서 같이 밤을
새워줄 모양이다.

그러나 이런 중에도 야속하고 겁이 나는 것은 헛소리 속에 필
순이 논래[393]가 자꾸 나오는 것이다. 어떻게 정이 들었으면 혼돈천
지인 이런 중에도 헛소리로 그런 말을 할까? 그야말로 오매불망
이다. 생시에 먹은 마음이 취중에 나온다고 뼈에 맺히지 않았으
면야 그렇게도 간절한 말이 나올까? 아니, 경찰부에서 형사들에
게 애걸하던 말을 그대로 주워섬기는 것이 아닌가! 가다가는 정

392 체온계.
393 원문에는 '노래'임.

이 떨어지고 앞일이 캄캄하여지는 것 같았다. 재산 없어지고 시앗 보고! 구차살이나 시앗쯤이면 오히려도 웃고 넘길 일이지마는, 이혼 문제까지 난다면 이를 어쩌나? 하는 공상을 곰곰 할 때는 피로한 머릿속에 정신이 홱 들며 눈이 반짝 띄는 것이었다. 그러나 이것이야말로 꿈속 같은 일이요, 설사 그런 일이 닥쳐온다기로 지금 당장 생사가 왔다 갔다 하는 병인 앞에서, 이게 무슨 지각없고 객쩍은 망상이랴 싶어 자기 마음을 가누려는 것이었다.

아니다, 우리 남편만은 양반의 집 점잖은 장손으로 설마 그럴리가 있겠니—이렇게 스스로 안위하려 하였다. 그래도 사흘 나흘 지나니까 침대 발치에 걸어놓은 증세표에 분홍 연필로 그어나가는 줄이 차차 내려가고, 하루에도 몇 번씩 올랐다 내렸다 하던 고저高低가 훨씬 줄어들어 잔잔한 물결같이 그리어나가게 되었다.

독감이란, 속병이 아니니 다른 증세를 끼지 않고 나으려면 금시였다. 그렇게 무섭게 앓던 사람이 열이 내리기 시작하니까, 닷새 엿새 만에는 기동을 하여 일어나 앉게 되고, 곡기를 똑 끊었던 사람이 우유만이라도 목구멍에 넘어가게 되었다.

집안사람들은 고맙기는 하나 속히 낫는 것도 반갑지 않았다. 죽으면 데려갈 '사자'처럼 머리맡에 지키고 앉았는 형사에게, 살려놓아도 또 빼앗길 것이 겁이 나서 병인이 이만한 분수로만 도리어 좀 더 오래 누웠으면 좋겠다고들 생각하였다.

"인젠 마음을 놓게 되었어도, 보시다시피 원체 약한 애가 앓으며 불려 가서 그 모양이 되어 왔습니다. 이번에는 훨씬 소복[394]이

394 원기가 회복됨.

될 때까지 참아주시도록 말씀 좀 잘 해주서요."

모친이 입으로만 간청을 하지 말고 두셋이 번을 갈아드는 그 자들에게 십 원 한 장씩이라도 담뱃값이나 하라고 넌짓넌짓이 쥐여주었다면 좋을 것을, 그럴 수단도 없거니와 내 자식 죽이러 온 사자로만 보이니 무섭고 밉기만 하였다.

무어라고 보고를 하였는지 이튿날 오후에 불시에 자동차를 가지고 데리러 왔다. 다리가 떨리고 아래가 허전거리는 사람을 인정사정 없이 내끌어다가 싣고 달아났다.

그러는 중에도 덕기는 필순이 부친의 병실에를 다녀가려고 하였으나 형사들이 듣지 않았다. 다만 간호부를 보내서 필순이 모친을 현관에서 잠깐 만나보았다. 필순이 모친도 눈물을 떨어뜨리며, 인사를 하는 것이었다. 고식은 그 꼴이 또 보기 싫었다.

덕기는 경찰부에 들어가서 이번에는 사법계 주임에게로 갔다.

"정미소는 조부 유서에 어떻게 처분하라고 씌었던가?"

첫대에 묻는 것이 이것이었다. 덕기는 의아하였다. 묻는 것이 새판인 것을 보면 그동안 부친이 잡혀와서 정미소 문제가 새로 나왔는가? 혹시는 부친의 행방은 여전히 몰라도 누구의 입에서 그 말이 나온 것인가? 어떻게 대답을 하여야 부친에게 유리할지 알 수 없다. 그러나 어쨌든 사실대로 유서에는 아무 말 없었다고 대답하였다.

"그럼 유언이라도?"

"유언도 하실 새가 없었지요."

"그러면 지금 누가 관리하는가?"

"내가 하지요."

"부친이 달라면 주려 하는가?"

"그야 적당한 때 드리려 하였지요."

"조부가 부친에게 상속한다는 유서를 따로이 써주었다는 말을 들은 일이 있었던가?"

여기 와서 덕기는 깜짝 놀랐다. 부친이 그동안 법석을 한 것은 큰 금고 속에 있는 조부의 도장을 집어다가 그런 유서를 위조해 가지려고 그랬던 것인가 보다 하는 짐작이 들었다.

"아마 그런가 봐요."

열쇠 분실 사건이 있은 지 벌써 열흘이 넘는다. 병원에서 세상을 모르고 앓는 동안 모두들 어찌 되었는지 궁금한 것은 말할 것 없거니와 부친도 이 속에 잡혀 들어와 있는 것이 지금 말눈치로 분명하다.

"가형사는 검거되었나요? 열쇠가 나왔어요?"

하고 물으니까 주임은 빙긋이 웃다가,

"가형사라니? 당신 부친 말야?"

하며 핀잔을 주고 나서,

"하여튼 당신 재산의 한 반은 노름 밑천으로 깝살릴[395] 것을 찾았으니 당신네 청년들도 경찰을 원망만 말고 고마운 줄도 알고 감사하다는 인사를 해야 할 거요."

하고 타이르는 소리를 한다. 덕기는 부친의 일이 애가 쓰이나 우선은 잘되었다고 반색을 하였다. 감사하다는 인사를 받자는 그 말은 무슨 암시를 주는 것인지? 잘만 하면 부친도 무사히 놓일

---

395 재물이나 기회 따위를 흐지부지 다 없애다.

것 같은 자신이 생긴다.

부친은 조부 생전에 벌써 화개동 집문서도 잡혀먹고 여기저기 걸린 수월찮은 빚은 노영감 돌아간 뒤로 성화같이 독촉인데 요새로 마장에 더욱 부쩍 몸이 달게 되었다. 첩치가에 덕기가 이천 원 내놓고 부친의 저금 사오천 원도 그럭저럭 부스러뜨리고 나니, 하는 수 없이 자기 땅문서로는 노름판에서 아쉰 대로 당장 삼천 원 빚을 썼으나 그동안 노름 밑천밖에 아니 되고 말았다. 마장에 손속[396]이 없을수록 몸은 달고 빚쟁이는 하나도 입을 틀어막지 못한 이런 막다른 골목이 된 판에, 넘기려는 주식 중매점이 하나 있으니 떠맡자고 꼬이고 다니는 자가 나타났다. 귀가 번쩍 띄었다. 회복할 길은 이밖에 없을 상싶은데, 하늘이 지시한 것같이 때마침 덕기가 붙들려 갔다. 그리하여 무죄석방이 된대도 삼사 삭이나 일 년은 걸리려니 하는 관측을 한 상훈이는 체면 여부 없이 불이시각하고 그런 비상수단을 쓴 것이었다.

그러나 모친의 등쌀만 아니었다면 상훈이 혼자기로 손금고 하나 맞은쇠질을 못하였을 것은 아니나, 계획을 꾸며놓고도 혹시 손쉽게 열쇠가 손에 들어올 수 있을까 하여, 망을 보려고 왔던 그날, 마님의 기세가 하도 험악하고 자기 뱃속을 들여다본 듯이 손금고를 내동댕이를 치며, 이것은 내가 맡는다고 야단을 치는 품이 심상한 수단으로는 도저히 될 상싶지 않아 최후의 수단을 쓴 것이다. 최후 수단이라야 별것이 아니었다. 마장 판으로 돌아다니며 판돈이나 떼어 먹는 늙수그레한 자 하나를 가형사로 내세우쟀던

396 노름할 때 힘들이지 아니하여도 손대는 대로 잘 맞아 나오는 운수.

것인데, 먹을 콩이 났다고 눈이 번해 덤비면서도 정작 금고 묘리는 모른다니, 하는 수 없이 또 한 자 금고를 맡아 써보던 예전 어느 회사의 회계 퇴물 하나를 진권[397]하여 일은 계획대로 진행되었던 것이다.

그리하여 덕기가 열에 떠 아버지 유서를 가졌느냐고 헛소리를 할 동안, 벌써 땅문서도 일부분 현금이 되고 중매점 계약도 된 것이라서 아비 운수가 그뿐이었든지 자식의 재수가 좋았든지 걸려들고 만 것이다.

그러지 않아도 경찰부로서는 그 유서를 가져다가 보고 나면 덕기에 대한 혐의는 스러져서 석방을 해주는 동시에 마지막으로 상훈이를 불러들이려던 판인데, 이런 일을 저질러놓았으니 섶을 지고 불에 뛰어든 셈쯤 되었다. 덕기의 입장이 명백하여지면 당연히 치의致疑가 상훈이나 수원집으로 돌아갈 것인데, 상훈이는 그것을 미처 생각지 못하였던 것이다. 그러나 상훈이의 문서 절취 사건은 장훈이 사건이나 중독 사건과는 아무 관련이 없고 그리 중대시할 것이 아니기 때문에 간단히 집어치우려는 것이다.

부장은 손가방 속에서 종이 한 장을 빼내어 펴놓으며,

"이것은 뉘 필적인가?"

하고 묻는다. 문제의 조부의 유서다.

다음에 또 한 장 내놓았다.

"그럼 이것은?……"

덕기는 선뜻 대답할 수 없었다. 처음 것과 같은 날짜로 정미소

397 소개하여 추천함.

를 상훈이에게 준다는 역시 조부의 유서다. 물론 필적도 같다.

"조부의 필적입니다."

분명히 대답하였다.

"잘못하면 위증죄가 될 것이니 잘 생각해 말을 해야 해! 조부의 도장은 어디 있었나?"

"금고 속에 넣어두었는데 아버니가 달라셔서 드렸습니다."

"언제? 왜 달라든가?"

"정미소 명의를 고치시느라고 그랬던 것이겠지요."

"언제 주었어?"

부친이 언제라 하였는지 말이 외착이 날까 봐서 좀 뻥뻥하다. 그러나 수원집에서 태평통 집문서를 내어줄 때 쓴 일이 있으니까 그다음으로 대어야 하겠다 생각하고,

"지난달이던가요."

하고 부장의 눈치를 보았다. 부장은 더 추궁하지 않고 옆에 앉았는 부하에게 덮어놓고 데려오라고 명하니까 부하는 일어나 나갔다.

'부친을 불러다가 무릎맞춤을 하려나?' 하는 생각을 하면서 그렇게 되면 어쩌나 하는 겁을 집어먹고 앉았으려니까 오분도 못 지나서 문이 펄쩍 열리며 부친이 앞장서 들어온다. 돌아다보던 덕기는 목덜미에 칼이나 들어오는 듯이 고개를 덜컥 떨어뜨리며 뛰어 일어났다.

'이럴 수가 있나!'

하고 덕기는 몸서리가 치어지며 꾸벅 절을 한, 머리를 들지 못하였다. 유치장에 들어갈 제 *끄나풀*이란 *끄나풀*은 다 빼앗기는 법인 것을 덕기도 이번에야 알았지마는, 부친은 두루마기도 없이

고름 없는 저고리에 대님을 풀고 허리띠가 없으니까 뚤뚤 말아 오그려 붙들었다. 가짜 형사를 데리고 다녔고 어떤 형사의 명함을 이용하였다 해서 더 심하게 구는가도 싶지마는 유치장 속에서도 대우가 똑같지는 않다. 아무러면 이럴 수야 있나? 하고 덕기는 더욱이 마음이 아팠다.

부장은 잠자코 입가에 조소를 머금으며 상훈이를 훑어보다가, 앉기를 기다려서 가방을 열고 문서 뭉치를 꺼내더니 부자의 앞에 내던지며 사실해보라고[398] 한다. 부친은 가만히 고개를 떨어뜨리고 앉았고, 덕기가 한참 만에 펼쳐보았다.

금고에 넣어둔 땅문서의 반은 될 것 같다. 사실해보나 마나 없어진 것이 있기로 지금 와서 어쩌랴마는 그래도 세어보았다. 그러나 모두 몇 장을 꺼냈던지 모르나 졸망졸망한 것 대엿 장밖에 아니 된다.

"그중 너 어머니 것과 네 거 한 장이 축났다. 그 외의 것은 금고 속에 남아 있다."

부친이 풀 없는 소리로 설명을 한다.

부장은 문서 받은 표를 덕기에게 씌고 나서 상훈이에게 향하여, 정미소 상속한다는 유서는 언제 받았느냐고 물었다.

"아버니께서 돌아가실 때 받았습니다. 이 애를 시키셔서……."

하고 덕기를 가리켰다. 덕기가 잘 안다는 표시를 하는 것이 유리할 것 같아서 한 말인데, 부장은 덕기더러,

398 조사해 알아보다.

"지난달에 금고 속에 있던 도장을 꺼내주어서 명의를 고쳤다 하였지?"

상훈이는 부장이 자기에게부터 물어준 것을 다행히 생각하였었다. 아들놈이 아무리 분하기로 아비를 징역 시키려고 들지는 않을 것이니, 자기의 대답이 여간 엉터리없는 수작일지라도 덕기가 이 자리에서 모두 거짓말이라고 적발은 아니할 것인즉, 일은 도리어 피었다고 기뻐하였던 것이다. 그러나 지난달에 도장을 주었다고 대답을 벌써 해둔 모양이니, 상훈이의 말과는 외착이 났다. 인제는 꼼짝 수 없이 다 늦게 용수[399]를 쓰는구나―하는 생각을 하니 상훈이는 눈앞이 팽팽 돌았다.

부장은 부자가 얼굴이 벌게서 얼이 빠져 앉았는 것을 한참 바라보다가, 껄껄 웃는다. 원체 이 사람은 짓궂이 이 늙은 신사를 욕을 보이고 놀림감을 만들고 시달려주려는 악의를 가진 것 같아 보인다. 더구나 교인이라면 머리를 내두르는 터이라, 상훈이가 교인이요 예전부터 사회에서 무어나 해보려던 사람이니만큼, 밉게 보던 차에 이번 일을 보고 이런 때 단단히 골려주려는 것이었다.

부장은 또다시 부하더러 첩을 불러들이라고 명하였다. 의경이가 소리부터 휘뚝휘뚝하는 구두 소리를 내며 들어온다. 웬일인지 이 여자는 수갑을 아니 채웠으나 이 여자까지 공모자로 잡혔던가? 하고 덕기는 놀랐다.

형사는 덕기를 사이에 두고 상훈이와 격리시켜서 의경이를 앉

399 죄수의 얼굴을 보지 못하도록 머리에 씌우는 기구.

히었으나 덕기는 거들떠보지도 않았다.

"이 속에 얼마 들었어?"

부장은 앞에 놓였던 조그만 트렁크를 밀치며 묻는다. 덕기는 아까부터 그 가방도 부친의 것인가 하였지마는, 알고 보니 그 속에는 돈이 든 모양이다. 모친의 땅을 팔았거나 잡힌 돈일 것이다.

"이천삼백 원이지요."

의경이는 조금도 겁내는 기색도 없이 서슴지 않고 대답한다. 덕기는 액수가 적은 것을 듣고 잡혔구나 생각하였다.

"삼천오백 원에 잡혔다고 하지 않았나?"

"예, 선변[400] 삼백오십 원 떼고 평양 가서 용 쓰고 하였습니다."

부장은 열쇠 꾸러미까지 가방에서 꺼내 던지며 덕기더러,

"이것은 아직 여기 맡아둘 것이로되 보관하는 수속도 귀치않고 해서 우선 문서와 함께 내주는 것이야."

하고 또 영수증을 쓰라 한다. 덕기가 영수증을 쓰는 동안에 부장은 의경이를 놀리는 어조로 사담처럼 문초를 한다.

"본마누라의 땅을 잡혀서 큰돈을 쥐여주니까, 영감이 한층 더 정이 들고 고마웠겠지?"

덕기는 귀를 막고 싶었다.

"하하하…… 좋지 않을 것도 없지요마는 잠깐 맡은 것이지, 어디 나더러 쓰라는 것이던가요."

조금도 걱정하는 빛이 없이 생글생글 웃어가며 대거리를 한다.

"네가 졸라서 이런 짓을 시킨 거지?"

---

400 이자.

"졸르긴 큰마나님이 땅을 가졌는지 하늘 조각을 베어 가졌는지 누가 알기나 했나요. 영문도 모르고 놀라 가자니까 끌려갔었지요."

"그럼 왜 허구많은 문서 중에 큰마누라 몫부터 없애게 하였나? 나 먹긴 작고 그대로 두기는 배가 아프고 하니까 그것부터 없앱시다 하고 옆에서 한마디 충동였지?"

"모르죠. 큰 것은 잡을 사람도 살 작자도 안 나서니까 그동안 부비⁴⁰¹ 쓴다고 작은 것을 골라서 잡혔다니까 그런가 보다 하였지요."

부장의 묻는 수작이 옭아 넣도록만 음흉하게 슬슬 돌려대는구나 하는 생각을 하며, 의경이는 말끝을 잡힐까 보아 정신을 바짝 차리는 모양이다.

부장은 슬쩍 다시 농치면서,

"이왕이면 느긋한, 그 속에서 큼직한 것 하나를 떼어 가질 일이지? 저렇게 환귀본처⁴⁰²하는 걸 보면 분하고 아깝지?"

하고 또 껄껄 웃는다.

"징역하게요?"

"아무러면 징역 안 하나!"

"내가 왜 해요? 무슨 죄가 있다구? 여필종부니까 가자면 가고 오자면 올 뿐으로 딸려 다닌 것까지 죈가요?"

"옳은 말야. 여필종부이기에 남편이 감옥에 들어가니까, 아내도 따라 들어가야지. 헛허허!……"

취조실 안의 칼날 같은 서리[霜]는 녹고 어느덧 봄바람이 부는

<hr/>

401 일을 하는 데 써서 없어지는 돈.
402 물건이 본래의 임자에게 돌아감.

듯하였다. 그러나 남편이 감옥 간다는 말에, 모두들 뜨끔하였다.

주임은 별안간 상훈이를 보고 어조가 달라지며,

"……영감 나이 몇이요? 오십은 되었겠구려? 불혹지년[403]도 지내지 않았소? 글 거꾸로 배웠구려! 아들 보기 부끄럽지 않소?"

하고 호통을 한다. 젊은 자기는 이런 첩 하나 없는 것이 심사가 난다는 것인지는 모르겠으나, 삼십이 좀 넘은 자식 같은 새파란 젊은 애에게 이런 욕을 보고 앉았는 부친이 가엾고 밉고 분하고 절통하다.

"이립지년[而立之年][404]밖에 안 되는……."

하고 부장은 그 능갈친[405] 조선말로 글자나 안다는 자랑인지 연해 문자를 써가며 아들은 있거나 말거나 준절히 나무란다.

"나 같은 젊은 놈이 난봉을 피운다면 욕은 하면서도 그래도 마음잡을 날이 있거니 하고 용서도 하겠지마는, 이거야 늦게 배운 도적질에 날 새는 줄 모른다고, 어디 영감 생전에 마음잡을 날 있겠소?"

덕기는 쥐구멍이 있으면 들어가고 싶었다. 그러나 상훈이는 요 방자스런 놈이—하는 분기에 떠서 부끄러운 생각도 뉘우치는 마음도 잊어버리고, 사는 것이 욕이라는 생각부터 들었다.

"원체 난봉자식이 아비 죽기를 죄이는 법이니까 이번 중독 사건도 당신의 짓이라고 우리는 인정하우?……"

부장은 중독 사건—죄명으로 독살 미수 사건은 수원집 일파

---

403 불혹의 나이라는 뜻으로, '마흔 살'을 이르는 말.
404 공자가 서른 살에 자립했다고 한 데서 나온 것으로, '서른 살'을 달리 이르는 말.
405 능청스럽게 잘 둘러대는 재주가 있다.

에게 지목을 하고 거진 단서를 잡게 되었지마는, 이렇게 한번 딱 얼러보았다.

"모두 내가 잘못이니까 그렇게 생각하시기도 용혹무괴이겠지마는, 결단코 그럴 리야 있겠습니까."

상훈이는 여기 와서는 기가 막혀서 말이 아니 나왔으나, 하는 수 없이 허리를 굽히고 말을 낮추어서 애원하였다.

"그럼 무어란 말야? 재산을 자식에게 뺏기게 되니까, 그따위 천하에 무도한 짓을 한 거지?"

주임은 소리를 버럭 지른다. 상훈이는 고개를 떨어뜨리고만 앉았다.

"또 이 틈을 타서 재산을 훔쳐다가 팔고 잡히고 한 것은 제 죄가 무서우니까 붙들리기 전에 멀리 만주로 뛰려던 것이지?"

며칠을 두고 이때껏 받은 취조에, 있는 대로 다 설명을 하였건마는, 또 새판으로 얼러대는 것이다. 부친은 잠자코 앉았고, 덕기는 말을 가로채었다가 야단이나 만나지 않을까 겁이 났으나, 한마디 변명을 아니할 수 없었다.

"그런 게 아닙니다. 빚에 졸리시는 조건이 있어서 곧 현금을 드리려 했었는데 별안간 제가 이리로 들어오게 되니까, 예금통장을 꺼내다가 쓰시려던 것이 이렇게 된 것이겠지요. 도대체 손금고 열쇠를 집에 두고 다니거나, 예금통장을 손금고 속에 넣어두었더면 이 지경은 아니 되는 것을, 통장과 도장은 안에 맡겨두고 또 어머니께서는 감시가 심하시고 야단을 치시니까, 이렇게 되었나 봅니다. 그 외에는 아무 일 없습니다……."

덕기는 지금껏 부친이 왜 그랬을까를 곰곰 생각하던 그대로를 이야기하였다. 주임은 가만히 듣다가 그럴듯하던지 별로 탄하지도 않고 형사더러 덕기를 고등계로 데려가라고 명한다. 덕기는 부친을 이대로 앉혀놓고 차마 일어설 수 없으나, 하는 수 없이 열쇠 꾸러미와 땅문서며 돈을 집어넣고 끌려 나갔다.


## 백방


덕기는 고등과장의 호의로 그날 저녁때 놓여나왔다. 실상은 호의라느니보다도 더 둘 필요가 없어 내놓은 것이다. 덕기는 시원은 하나, 부친까지를 그대로 내버려두고 혼자만 나오기가 안되어서 발길이 돌쳐서지 않는지, 몇 번이나 뒤를 돌아다보았다.

반가우며 걱정이며 집안은 법석이었으나, 덕기의 속은 그보다 더 끓었다.

"너 아버니는 한 십 년 콩밥 자시겠던?"

모친의 매정스런 인사다.

"걱정 마세요. 내일 아니면 모레는 나오시게 될 거니까요."

"애, 듣기 싫다! 누가 걱정한다던!"

모친은 애매한 아들에게 화풀이만 하였다. 평생에 처음으로 아니, 규각[406]이 난 지 십 년래에 처음으로 남편에게 정성을 부려서 금침이며 옷이며 손수 가지고, 추운 아침에 쩔쩔거리고 헤매던 분풀이를 예서 하는 거다. 마님은 다시는 속지도 않으려니와,

406  말, 행동이 서로 맞지 아니함.

인제는 영감으로도 생각지 않는다고 야단이다. 이 마님은 일자 이후에 며느리나 하속배 보기에도 대단히 부끄러운 생각이 들어 풀이 죽어 지내는 터이다.

저녁 후에 덕기는 몸이 고단한 것을 참고 부리나케 출입을 하였다. 번지를 전화번호책에서 뒤져내가지고 기무라 고등과장 집에를 가자는 것이다.

'인삼이나 두어 근 가지고 나올걸……'

인력거 위에서 덕기는 이런 생각이 떠올랐다. 그러나 너무 현금주의現金主義 같고 어차피에 한몫 큼직하게 보내야 할 것이니 오늘은 점잖게 빈손으로 가는 것이 도리어 무관하리라 생각하였다. 또 그러나 일본 사람의 성질이 그렇지 않다 하고 다시 황금정으로 돌쳐서 아는 약방에서 인삼 두 근을 얻어가지고 기무라의 집을 찾아갔다.

기무라 집에 다녀 나온 덕기는 무슨 말을 들었는지 신기[407]가 좋았다. 별로 소청을 들어주마는 승낙을 받은 것은 아니나, 시원스럽게 사정 이야기라도 한 것이 좋았다. 하루걸러 일요일에는 아침부터 나서서 과장과 두 주임의 집을 휘돌며 문안을 드렸다. 사회 교제라고 첫출발이 고작 이것인가? 하며 코웃음이 저절로 나왔다. 그 바람에 오늘은 소절수 석 장을 큼직하게 떼어냈으나 아깝다기보다도 자기 재산의 반은 노름 밑천이 될 것을 찾아준 '감사한 인사'를 안 하는 수 없었다.

돌아오는 길에 의전병원에를 오래간만에 들렀다. 풀려나오는

---

407 몸의 기력.

길로 곧 위문을 가고 싶고 전화라도 걸어주고 싶었으나 별로 신신히 할 말이 없어 이때껏 내버려두었던 것이나 부친과 함께 필순이쯤은 나오게 할 자신이 생긴 때문이다. 기무라가 점심을 같이 먹고 가라고 붙들기까지 하던 것은 조부와의 교분으로 그렇다 하더라도, 마침 만난 금천이가,

"어떻게든지 되겠죠. 염려 마슈."

하고 현관까지 쫓아 나와서 인사하던 말을 생각하면, 자기 일생에 이런 반가운 인사를 두 번 들어본 일이 있던가 싶었다.

"에그, 어떻게 나오셨어요? 몸은 인제 어떠세요?"

필순이 모친이 또 눈물을 지으며 반기는 것을 보고는, 덕기도 눈물이 날 것같이 감상적으로 언짢았다.

"인제, 내일모레 새로 따님두 나올 겁니다. 염려 마세요."

덕기는 활기 있이 대꾸를 하였다.

"어떻게 됐어요?"

"장훈이 아시죠! 그 사람이 그 속에서 자결을 했지요."

이것은 기무라에게 그저께 비로소 들은 말이다.

"예……!"

필순이 모친은 자기 남편이 저 지경이 된 것도 잊어버린 듯이 그 놀라는 품이 이만저만 아니다. 그것을 보고 덕기는 혁명가의 아내니만큼 기질이 다르다고 감복하였다. 자기 자신과는 주의와 사상이 다르고, 남편을 저렇게 만든 장본인이 장훈이라는 것은 잊어버리고 기가 막혀 놀라는 것이었다.

"이렇게 말하면 안되었지마는, 그 사람이 전 책임을 지고 그렇게 죽어버렸으니까, 다른 사람은 도리어 잘될 것 같습니다."

필순이 모친은 잠자코 고개를 떨어뜨린다. 혼자 희생이 되었다는 것이 가엾어 저절로 머리가 숙여지는 양싶다.

그러나 병상에 눈을 감고 누운 사람을 들여다보니, 경험 없는 덕기의 눈에도 사색이 질려 보인다. 아내가 흔드니 눈을 무겁게 간신히 뜬다. 의식은 있는지 몰라도 알은체할 기력도 없는 모양이다.

"저래 어떡허시나요?"

하고 덕기는 얼굴이 찌푸러졌다.

"그저 돌아가시기 전에 이 애나 어서 나왔으면요……."

필순이 모친도 기운이 까부라지는 기색이다.

"그야 염려 없에요. 과장과 주임에게 두 번이나 가서 단단히 부탁을 해놨으니까, 곧 나오게 됩니다."

덕기는 장담을 하였다. 이 부인의 기운을 돋우기 위하여도 장담 안 하는 수가 없었다.

장담대로 이튿날 월요일 낮에 필순이가 나왔다. 흥분한 코 메인 목소리로 거는 필순이의 전화를 받고 나자, 원삼이 내외가 달겨든다. 얼굴이 홀쭉해지고 눈이 멀거니 반은 혼이 나간 사람 같다. 원삼이 처도 생전 못 해본 유치장 생활에 근 이십 일이나 노심초사를 하느라고 얼굴이 세이고, 입술에는 핏기 한 점 없다.

"애들 썼네. 그래두 아이나 안 매달렸기에 다행하이."

덕기는 아이가 달린 경애나 수원집 형편이 어찌 되었나 궁금하였다.

"어쨌든 좋은 경험 하였습죠. 살아서 지옥 구경했으니 좀 좋습니까."

원삼이는 이런 소리를 하고 웃었다.

"그런데 영감님 나오셨는지 그댓말 못 들었나?"

"예? 삼청동 영감께서요?…… 영감님두 피혁이를 아시던가요?"
하며 원삼이는 펄쩍 놀라다가,

"그럼 서방님은 그동안 무사하셨에요?"
하고 묻는다. 안 걸려든 사람이 없다는 말을 듣고 원삼이 내외는
일변 놀라며 일변 위안도 되는 것이었다. 저희만 그 곤경을 치르
는 듯이 드난[408]살이 하다가 별꼴 다 본다고 원망하는 마음이 없지
않았던 터이나, 비로 쓸 듯이 붙잡혀 가고 서방님까지 중병을 치
러가며 유치장 신세를 졌다니, 이렇게 먼저 풀려나온 것만 다행하
다고 스스로 마음을 풀어버리는 것이다.

"이거 무슨 동팁니까?"

원삼이 처가 묻는다. 이 여자는 노영감이 돌아간 동티요, 노영
감 초상의 살이라고 생각하는 것이다. 그러나 정말 그렇다면 저
희 내외는 그때 화개동 댁에 있었으니 그 동티, 그 살은 지금도
이 댁에 있는 행랑것, 수원집이 데리고 들어온 그 내외가 맞아야
옳을 텐데, 그놈의 에미네[409] 붙들려 가지도 않고 지금 들어올 제
도 유들유들하게 싱글싱글 누구를 놀리듯이,

"제살이하게 되었다기에 고맙구나 했더니, 되게는 혼났구려?"
하고 비양대니, 세상이 공평치는 못하다고 더 분한 판이다.

"돈 동티에, 살기 어려운 동티에, 여러 가지 동티라네!"

덕기는 이런 소리를 하고 웃어버리려니까, 원삼이가 뒤따라서,

408 임시로 남의 집 행랑에 붙어 지내며 그 집의 일을 도와줌.
409 '여편네, 아낙네'의 방언.

"행랑살이를 면해보려던 동티도 있습죠."

하고 픽 웃는다. 원삼이 내외가 안으로 들어간 동안에 덕기는 의관을 하고 나섰다. 화개동으로 가는 것이다. 청을 들어서 필순이와 원삼이 내외를 곧 내놓았을 제야 으레 부친이 나왔을 것이나 부친은 전화를 아니 걸지도 모르겠고, 전화를 기다리고 앉았을 인사도 아니니 급히 올라가는 것이다.

그러나 사랑문이 첩첩이 닫혔으니, 안에는 들어가기 싫건마는 안마당에 들어서 보았다. 늙은것, 젊은것, 계집들만 이 방 저 방에서 우글거린다.

"누구세요?"

하고 내다보는 젊은것마다, 저희도 낯 서투르겠지마는, 이편도 모를 얼굴뿐이다.

수원집 아이 보는 년을 만나지 않았다면 집을 잘못 찾아 들어왔나 하고 돌쳐설 뻔하였다. 덕기는 이것이 내가 자라난 집인가 하고 어이가 없었다. 수원집이 붙들려 들어간 뒤로 아이는 이 집에 와 있게 된 모양이다.

"나 좀 보세요. 아이, 난 누구시라구."

나오려다가 돌려다 보니 웬 노기老妓 하나가 안방에서 나오며 흐들갑스럽게 인사를 한다. 누구인지 모르겠다.

"온 아이들이 서방님을 몰라 뵙구…… 이런 죄송할 데가 있을까! 어서 올라오셔요."

자세 보니 월전에 세간값으로 해서 왔을 제 안방에 들어갔다가 잠깐 본 그 마누라다. 덕기 눈에는 얼뜬 보기에 늙은 기생 같았다.

"그래 얼마나 고생하셨나요? 그런 변이 어디 있겠어요?"

매당은 덤덤히 섰는 덕기에게 혼자 수다를 핀다.

"아버니께서 오늘쯤은 나오실 것 같아서 왔는데요……?"

"예에, 나오시게 되나요? 난 영감님이 대신 들어가서서 아드님을 내보내시기에, 세상이 거꾸루 되나 했더니!……"

무슨 재담인지 아무 영문 모른다는 변명인지 이런 소리를 하고 깔깔 웃다가,

"그럼 이 댁 아씨두 물론 같이 나오겠지마는, 저 태평통 집두 함께 나오겠소?"

하고 수원집 걱정도 한다.

"그럴 겁니다."

덕기는 어머니 쓰시던 안방이 이 마누라의 소일터가 된 것도 불쾌하거니와 청산유수 같은 그 수다가 듣기 싫어서 훌쩍 나와 버렸다.

'할아버지께서 돌아가신 지가 인제 겨우 두 달밖에 안 되는데!'

덕기는 이 두 달 동안에 집안 형편이 이렇게도 변하였을까 하고 한숨을 지었다.

'병화란 놈은, 돌아갈 양반은 어서 돌아가고, 새 시대가 돌아와야 한다고 하였지마는…….'

덕기는 이런 생각도 하여보았다.

'물론 때는 흘러가는 것이지마는 그 대신에 들어설 준비가 되어 있어야지!'

덕기 생각으로는 때는 흘러 나가는 것이요, 조부가 돌아가고 새사람, 새살림, 새 시대가 바뀌어 들겠지마는 그것이 일조일석

에 되는 것이 아닌 것을 안 것 같다.

그는 지금 필순이를 만나러 소격동으로 돌아 의전병원으로 가는 길이다.

'할아버니께서 일흔이 넘어 돌아가셨으면 일찍 돌아가신 것은 아닐 거요, 결국 우리의 뒷받침이 늦은 것이다. 우리가 아무 준비도 없기 때문에 불과 두 달에 이 모양이다!'

덕기는 이런 생각을 하다가 늘 하는 버릇으로,

'병화란 놈이 내 처지가 되었더면 어땠을꾸?'

하고 돌려 생각하여보았다. 그러나 결국에 별수 없었을 것이라고 생각하였다. 그 괄기[410]에 아무 생각 없이 활수 좋게 돈을 뿌려버리기나 할지는 모르지마는, 이러한 혼란은 마찬가지였을 것이라고 생각하는 것이다.

병원 문 앞으로 다가가며 필순이가 내려다보는 것 같아야 눈이 저절로 위층으로 올라갔다. 언젠가 필순이가 위층에서 내려다보다가 문간까지 마중 나오던 것이 생각난 것이다.

병실 문을 똑똑 두들기고 열자니, 필순이는 마침 대령하였던 듯이 마주 나오려다가,

"앗!"

하고 딱 선다. 얼굴이 해쓱해지는 순간이 지나더니, 발갛게 피어오르면서 그제야 제정신이 든 듯이 고개를 꼬박하고,

"어머니!······"

하고 뒤를 돌려다 본다. 어머니의 응원이나 얻지 않으면 자기의

---

410 급한 성질.

감정을 추스를 수가 없었다. 해쓱히 야윈 얼굴에서 두 눈만이 흥분과 정열에 영채를 띠고 반짝이었다.

"얼마나 고생하셨에요?"

덕기의 목소리에는 애무하는 정서가 서리었다. 필순이는 입귀를 샐룩하며 웃음만 띠어 보였으나, 그것은 심중을 말없이 호소하는 듯한 비통하고 애절한 미소다.

"이 어린 걸 두 번이나 달구 치더라니……."

모친이 옆에서 대신 말을 받아준다. 덕기는 무어라고 위로를 해주어야 좋을지 몰라서 한숨만 내리쉬었다.

"그래두 그 두루마기 사단은 묻지 않더라니, 그렇기나 했기에 망정이지……."

필순이 모친은 말을 얼른 돌려서,

"그야 과장이나 주임에게 청을 잘해주서서 이렇게 먼저 나왔죠마는 …… 이번에 이 어른께서두 고생두 많이 하셨지마는, 너 나오게 하시느라구 애두 많이 써주셨단다."

하고 덕기에게 인사를 한다. 필순이는 다시 얼굴이 발갛게 피어오르며 고개를 꼬박해 보인다.

"무얼요! 청한다구 다 들어주겠습니까. 불행 중 다행으로 두루마기 사단이 들처나지 않았기에, 저희두 더 어쩔 수 없던 거죠."

"그래두 먹으면 다르죠. 헌데 참 아버니께선 나오셨나요?"

"글쎄, 나오실 것 같은데…… 원삼이 내외는 나왔죠."

"예, 원삼 씨 나왔에요?"

모녀는 반색을 한다. 원삼이 이야기를 하고 있노라니 불러 댄 듯이 두 내외가 들어온다.

원삼이는 필순이 모녀와 인사가 끝난 뒤에 덕기를 보고,

"지 주사 나으리 나오셨죠. 새문 밖 영감님두 함께 나오셨대요."

하고 보고를 한다. 새문 밖 영감이란 창훈이 말이다.

"응? 사랑 영감 나오셨어?"

"그래 몸은 성하시던가?"

"예, 무어 그 영감님야 여전히 꼬장꼬장하시구, 좀 추어 걱정이지 사랑에 앉아 계시는 거나 별양 다를 것 없더라시던데요."

하고 원삼이가 껄껄 웃으니까,

"그 영감야 나이 덕 보셔서 그렇겠지마는, 유치장 헷다녀 나오셨구면."

하고 필순이 모친은 만세 때 자기도 경험이 있었지마는 고문을 두 차례나 당하였다는 딸의 얼굴을 보면 기가 막힌다는 듯이 필순이를 치어다본다.

"그런데 전방廛房은 어떻게 됐습니까?"

원삼이는 제 벌이터니만큼 제 방구석보다도 더 애가 쓰였다.

"가끔 가보기는 했지마는 푸성귀며 과실 나부렁이는 날라다 먹구 그대루 잠겨 있다우."

"그럼 내일이라두 열까요?"

"글쎄……."

하며 필순이 모친은 덕기를 치어다본다. 덕기의 의향을 물어볼 성질의 일은 아니나, 병화가 없고 남편이 저 지경이니 자기 혼자서는 엄두가 아니 나는 것이다.

"자네 맡아보겠나?"

"밑천만 있으면야 장 봐 오고 파는 것쯤 누군 못하겠습니까.

저두 그동안 문리[411]가 났습니다."

"그럼 해보게. 내일부터 열라지요?"

하고 덕기는 필순이 모친의 의향을 묻듯이 치어다본다.

"그렇게 되면 재키나 좋겠습니까. 쟤두 여기서는 편히 쉴 수가
없구 한데……."

하고 반색을 하며 당장 물건 사들이려면 김 선생에게 맡은 돈도
있다고 한다.

"그럼 자네 내외가, 퇴원하실 때까지 저 아가씨 시중두 들어드
리구 숙식을 아주 거기서 하게그려."

"시중은 무슨 시중……."

하고 필순이는 저 아가씨 시중들라는 말이 하도 과분해서 얼굴
이 발개진다.

"좋습죠!"

원삼이는 서방님이 이번에 횡액에 걸려 고생하고 나온 상급으
로 한밑천 대서 장사나 시켜주시려나 하고 신이 났다. 원삼이 처
는 또 원삼이 처대로 이 아가씨가 우리 댁 작은아씨가 되지나 않
을까 하는 짐작도 혼자 해보는 것이다. 필순이를 딸같이 귀엽게도
생각하던 터이라 몸조리하는 동안 시중을 들기로 아니꼽다거나
싫을 것도 없거니와 저희 내외는 전방이나 아주 맡게 되고 이 색
시는 작은아씨로 들어앉고 하면 얼마나 재미있고 좋을까 싶었다.

병원에서 나온 덕기는 도청으로 들어가서 고등과장을 또 한
번 만날까 하다가 너무 조르고 다녀도 안 될 것 같아서 하루만

---

411 사물의 이치를 깨달아 아는 힘. 글의 뜻을 깨달아 아는 힘.

참아보자고 그만두었다. 그러나 이튿날도 감감히 하루가 넘어가는 것을 보고 퇴사 시간을 기다려 기무라를 또 찾아갔다. 곰곰 생각하여보니 '감사한 인사'를 사법계 주임에게는 하였지마는 사법과장에게는 아니하였다. 그러나 부하를 통하여서는 재미없을 것 같아서 기무라에게 사법과장을 만나는 것이 어떻겠느냐는 의논도 하고 소개도 하여달라려는 것이다. 그날부터 사법과장의 집에 댁대령[412]을 전후 세 번은 하였다. 그러나 과장은 시원스런 대답을 아니하는 것이었다.

"다른 것은 어쨌든지 간에 가형사질을 해서……."

정작 가형사 노릇을 한 자를 내어놓을 수는 없으니 그 주모자인 상훈이만을 무조건하고 선뜻 내보낼 수는 없다는 말이었다.

그러나 필순이와 지 주사들이 나온 지 닷새 만에 부친도 나왔다. 부친은 의외로 나오는 길로 덕기에게부터 들렀다. 자식들이나 며느리가 화개동으로 인사를 오면 성이 가시고 자식들이나 마누라에게 변명 삼아 야단도 칠 겸하여, 함께 나온 작은마누라는 집으로 올려보내고 엎질러 절 받으러 이리로 혼자 온 것이다.

마침 안방에 들어와 앉았던 덕기는 부친이 행여 어찌나 알까 보아 허둥지둥 뜰로 뛰어 내려와 절을 하고 며느리, 딸…… 온 집안이 몰려나왔으나 마나님만은 손주새끼를 무릎에 앉히고 안방에 앉은 채 내다보지도 않았다. 깜빡 속아 넘어간 것이 화가 나고 평생에 처음 겸 마지막으로 정성을 피우느라고 헛물만 켜고 다닌 것이 분한 것은 고사하고, 남편이라고─집안 어른이라고 뻔뻔스럽게 무슨 낯으로

---

412 대갓집에 늘 대령해 있다시피 붙어 있는 것을 이르는 말.

자식들을 보려 왔누? 하고 부아가 터지는 것을 참고 있는 것이다.

　영감은 안방으로 올라가시라 하여도 마누라가 들어앉았는 모양이니까 싫어 그런지,

　"아니다, 곧 가야 하겠다."

하고 마루에 걸터앉아서,

　"너 어머니부터라도 나를 그르다고만 할 거다마는 이런 일도 너희가 할아버니보다도 더한층 나를 무시하고, 돈 한 푼 마음대루 못 쓰게 하기 때문에 그렇게 된 거란 말이다……."

하고 말을 꺼낸다.

　"가짜 형사를 끌고 다녔다고 하지마는 열쇠를 가질러 네게로 사람을 보내도 면회를 아니 시킨다 하고 너는 언제 나올지 모르는데 내 사정은 시각을 다투는 조건이 한두 가지가 아니니 번연히 집안에 있는 돈을 내 마음대루 못 돌려쓴단 말이냐? 원체 정미소만 하더라도 선뜻 내게로 보냈으면 좋으련마는 어디 그 정미소 놈들도 이 핑계 저 핑계 하고 단돈 백 원인들 돌려주던? 자, 집에라고 들어와 보니 너 어머니는 손금고를 붙들고 늘어지고 내 사정은 한시가 급하고 한즉 금고 여는 놈을 데리고 왔을 뿐이지 내가 무슨 부랑자 난봉꾼 모양으로 도적질을 하려 불한당을 꼬여들인 것이냐. 결국 예금통장도 눈에 안 띄어서 이용을 못 하였다마는 그 역 무작정하고 쓰자는 게 아니라 유리한 사업이 있기에 그 사업 하나를 사들이면 일이 삭 지내에 밑천을 뽑아내서 다시 보충을 해놓자는 것인데 그것이 바로 그 이튿날에 계약을 하기료 타협이 되고 보니 임시낭패[413]가 아니냐. 도대체 너 어머니만 그 극성을 부리지 않고 여자답게 내조의 덕이 있다든지 순

편히 굴었더면 이런 욕이야 보았겠니?……"

안방에서 마님의 코웃음 소리가 흥! 하고 나더니 그러지 않아
도 자식들이 염려하던 말대꾸가 나온다.

"인제는 더 들을 소리는 없는지? 내조의 덕이 없어 유치장 신세
를 지시게 해서 죄송하외다. 협잡꾼, 노름꾼 총중에 파묻혀 앉아서
새아씨의 내조의 덕으로 콩밥 자실 것을, 자식의 덕으로 모면된
줄이나 아시면 자식에게라두 고맙단 생각이 있으련마는……"

"어머니, 가만 계셔요."

하고 덕기가 말리며 부친더러,

"추우신데 사랑으로 나가시죠. 약주상 곧 봐 내보내요."

하고 부친을 일어서게 한다. 큰소리 나지 않게 하려는 것이다. 동
시에 부친이 가엾은 생각이 들고, 부친의 위신을 세우도록 덕기
는 애를 쓰는 것이다.

"난 간다. 인제는 너희들 알아 해라!"

부친은 풀 없이 일어나 나간다.

"추우신데 좀 들어가 앉으셨다가라두 가시죠."

부친은 잠자코 나간다.

"아범, 나가 인력거 불러오게!"

"응, 나가다가 타지."

덕기는 어깨를 꾸부정하고 나가는 부친의 쓸쓸한 뒷모양을 민
망한 눈으로 바라보고 섰다.……

덕기는 이튿날 일요일 아침에 기무라 과장 집에 인사를 갔었

413  다 잘된 일이 그때에 이르러 틀어짐.

다. 소청을 들어주어서 부친도 무사히 그저께 나온 치사로 가는 길에, 인제는 수원집과 병화, 경애 모녀들을 위하여 새판으로 운동을 하자는 것이다.

학교는 졸업 시험도 벌써 끝나고, 인제는 졸업식을 할 때가 되었으니, 자나 깨나 걱정이지마는, 이왕지사 이렇게 된 바에는 웬만큼 뒤를 깡그러뜨리고 떠나는 수밖에 없다고 생각하는 것이다.

기무라에게 병화 이야기를 비치니까,

"그건 좀 무리인데. 정작 장훈이란 놈이 그 지경이 되어서 도리어 난처하거던. 홍경애 모녀는 어떠면 내놀 수 있을지 모르지마는……"

하고 어렵다는 기색이더니,

"혹 모르지. 장훈이 일파와 전연 관계가 없는 확증만 나타난다면 송국送局[414]까지는 않게 될지?"

하고 일루의 희망이 있는 말눈치였다. 여기에 힘을 얻은 덕기는 장훈이 일파에게 얻어맞은 필순이 어른이 방재 병원에서 명재경각[415]이란 것과, 병화와 필순이 가정과의 관계를 들려주며 장훈이와 읍각부동인 점을 역설하니까, 기무라도 그럴듯이 듣는 모양이었다. 그러나 수원집에 대하여는 신통치 않은 소리를 하였다.

"우리게는 소관 밖이니까 자세 모르지마는, 홑벌로 볼 여자가 아니라던데? 애초에 최가라는 자하구 짜구 들여앉혔더라면서?……"

하며 별걸 다 아는 소리를 한다. 덕기는 말이 막혀버렸다. 그러나

---

414 수사기관에서 피의자를 사건 서류와 함께 검찰청으로 넘겨 보내는 일.
415 거의 죽게 되어 곧 숨이 끊어질 지경에 이름.

미우니 고우니 하여도 조부 생각을 하면 가만 내버려둘 수 없는 일이다. 원체 이런 일이란 어느 놈이 한판 먹자고 버르집어 놓은 것인지 모르거니와, 돈은 쓰는 한이 있더라도 빼놓아야 할 책임이 자기에게 있다고 생각하는 것이다.

기무라에게서 헤어져 나온 덕기는 어쨌든 이 반가운 소식을 알려줄 겸 필순이를 만나보려 효자동으로 올라갔다. 전차에서 내려서 이만침 오려니까 필순이가 허둥허둥 마주 나오다가 반색을 하면서도 울상이다. 사날 전에 들렀을 때보다는 훨씬 생기가 돌아 보이고, 걸음걸이도 확실하여진 모양이나, 곧 울음이 터질 듯한 얼굴이다.

"왜 그러슈? 아버니께서 더하시다우?"

"지금 전화가 왔에요. 금시루 이상스러워지셨다는데……."
하고 필순이는 눈물이 글썽하여진다.

"그럼 어서 가십시다."

덕기는 앞장을 선다.

"바쁘신데 그만두세요. 저만 가겠에요."

두 남녀는 추성문 안으로 해서 삼청동으로 빠졌다.

"반생을 감옥으로 유치장으로 껄려다니시다가, 마지막에 매맞어 돌아가시다니 어떻게 된 세상이 이래요?"

필순이는 봉변하던 그날 밤에 부친이 쓰러져 있던 자리를 지나치며 이런 소리를 하고 눈물이 또 글썽해진다.

"이런 세상에서 맑은 정신, 제정신으로 살자면 그럴 수밖에 없지만……."

덕기는 한참 만에 말을 돌려서,

"훈련이나 조직이 없는 사회이고서야 그따위 일이나 저지를 수밖에! 그야말로 물를 수 없는 횡액이요 값없는 희생이죠!"
하고 마주 한탄을 하였다.

병인은 벌써 눈자위가 틀린 것이, 조부 때도 보았지마는, 몇 시간 안 남은 것 같았다. 그래도 의식은 분명해서, 딸이 온 것을 몹시 반가워하는 기색이요, 덕기도 알아본다.

"나는 시원히 간다마는, 너희들을 어쩐단 말이냐?"

간신히 띄엄띄엄 어우르는 말소리로 한마디 하고는 눈물이 주르르 흐르는 것이었다. 목숨이 무거운 짐이나 되는 듯이 시원스럽게 죽는다는 말에, 덕기도 가슴이 쓰린 것을 깨달았으나, 너희들을 어쩌느냐는 애절하는 소리에 모녀는 소리를 죽여가며 흑흑 느껴 운다.

"조 군! 여러 가지로 신세도 많이 졌고 미안하우. 나 죽은 뒤라두 의지 없는 것들, 염의는 없지마는, 전같이 친절히 돌보아주슈."

덕기는 이 말을 듣는 것도 괴로웠다. 한편으로는 반가우면서도 하도 부탁할 곳, 부탁할 사람이 없으니, 마지못해 하는 말 같아야 듣기가 괴로웠다.

"돌아가시는 것 아니요, 그런 말씀 마셔요. 친절히 해드린 것도 없습니다마는, 그런 염려 마시고, 마음 놓고 계셔요. 모든 게 될 대로 잘되겠죠."

죽은 뒤의 일은 내가 맡는다고 할 수도 없고, 이렇게 안위를 시켰다.

'평생을 두고 먹는 걱정을 하고도, 또 부족해서 숨이 질 때까지 걱정을 해야 하는 게 사람의 일생이라 해서야…….'

덕기는 병원에서 나오면서 남의 일 같지 않아 마음이 무거웠다.

'마지막으로 가봐준 것은 좋으나 죽은 뒷일을 부탁을 하니, 지나는 인사인지도 모르지마는 어찌하란 말인구?……'

덕기는 어찌하겠다는 생각보담도, 불쑥 보지도 못한 경애 부친이 머리에 떠오른다. 그 노혁명가도 자기 부친에게 필순이 부친과 같이 부탁을 하였던지는 몰라도, 언제나 머리에서 떠나지 않는 모친의 말—너두 아버지의 길을 고대로 걷겠느냐는 말이 또 머리를 무겁게 하였다.

저녁밥 뒤에 사랑에 나와서 막 배달된 신문을 들여다보고 앉았으려니까, 원삼이가 터덜터덜 온다.

"늦게 웬일인가?"

"지금 병원에서 오는뎁쇼……."

"응, 돌아갔나?"

"예, 저녁때 돌아가셨다기에 점방을 닫고 병원으로 갔습죠."

"그럼 내게 전화라두 걸어주지 올 것까지 있나."

"장례를 내일 지내신다는데, 기별을 해드리면 추운데 또 오시기나 해선 미안하니까, 장사까지 아주 지내구 천천히 알려드린다구 전화두 안 거신댑쇼."

"그래두 그럴 법이 있나. 처음부터 내가 아랑곳을 안 했으면 모르거니와……."

그 심사는 짐작하겠고 한편으로는 고맙고 가련하지마는, 자기에게 통부를 즉시 안 한다는 것은 과한 일이라고 생각하였다.

"그래 제가 자의루 왔습니다. 봐하니 일가두 변변치 않구 장사 지내기두 퍽 어려운 모양인뎁쇼. 아마 가게 돈이나 긁어모아 쓰려는가 본데 혹시 부조 삼아 부의라두 하신다면 제가 갖다 둘까 하구요.…… 어찌 생각하면 부질없이 앞질러 서두는 것두 같습니다마는 보기에 하두 딱해서 나섰습죠."

행여나 서방님이 시키지 않은 짓 한다고 속으로라도 불긴히 생각하고 나무랄까 싶어서 연해 변명을 해가며 온 뜻을 말하는 것이다.

"응, 알았네. 잘 왔네. 어차피 나두 인사를 가야 할 거니 나하구 같이 가세."

"안욜시다. 가실 것까지는 없습니다. 그저 돈이나 좀 보태주시면 인사 가시는 것보다두 더 긴합죠. 지치신 끝에 밤출입하시다가 또 고뿔이나 드시면 어쩝니까."

그도 그럴듯하였다.

"내일 몇 시 발인이라든가?"

"몇 시 여부 있겠습니까마는, 조상야 나중인들 어떻습니까. 당장 돈이 긴합죠. 부의만 하시고 가실 건 없에요. 우중충한 곳간 속 같은데, 불두 땔 수 없구 가시면 병환 나실까 무서와요."

덕기는 내일 아침에 가보리라 하고 부의 돈을 싸주는 길에, 사랑 다락에서 조부 장사 때 쓰고 남은 지촉紙燭[416]을 꺼내 싸서 원삼이를 불러 주어 보냈다.

그러나 원삼이를 보내놓고 생각하니, 그만큼 자별히 지낸 터에, 더구나 아까 다녀온 끝이라 하룻밤 사이지마는 모른 척하고 있기가 안된 것 같다. 경칩이 지나 날씨도 푸근한데, 춥다고 못 나간다는 것도 우스운 말이다. 밤출입은 으레 계집한테 가는 것

---

416 종이와 초를 아울러 이르는 말. 흔히 상가에 부의할 때 씀.

으로만 아는 모친의 잔말이 듣기 싫어서 의관은 사랑에 두는 터이라 떼어 입고 나오면서 안쪽을 무심코 돌려다 보았다. 모친의 잔사설을 안 들어 편하기는 하나 궤연几筵[417]에서 "요놈, 하라는 공부는 안 하고……" 하고 꾸지람이 내릴 것 같다. 생각하면 조부 초상 후에 객쩍은 일만 하고 돌아다니기는 하였다. 고등학교도 못 나온 체신에 두 살림, 세 살림을 떠맡고 게다가 필순이 모녀까지 맡는다는 것도 주제넘은 짓일지 모른다. 그러나 그것이 사는 것, 생활이라는 것이 아닌가도 싶다.

'그것두 할아버니 덕분에 돈푼이 있으니까, 쓸데없이라두 바쁘구, 남이 알아주는 것이지 돈 없는 조덕기더면야 자기 같은 책상물림에게 누가 믿구 죽은 뒤라도 처자를 보살펴 달랄까?……'

그걸 생각하면 원삼이가 조상이 급합니까? 돈이 긴하죠! 하던 말이 옳기는 옳다. 필순이 부친이 죽은 뒤의 일을 부탁하는 것도 결국 돈 부탁이었을 것이다. 당자는 그런 생각이 아니라도 하다 못해 장비 한 푼이라도 부조해달라는 말이었을 것이요, 처가속[418] 밥 한 끼라도 걱정해달라는 부탁이지, 설마 네 인물이 얌전하고 사윗감으로 쩍 말없으니 딸자식을 맡으라는 부탁은 아닐 거라. 원삼이의 말이 평범하면서도 정통을 맞힌 말이다.

'아버니의 홍경애에 대한 경우도 그랬을 거다. 돈 없는 아버니였더면 아버지보다 먼저 부탁을 받을 동지도 많았을 것이 아닌가. 아버니 경우나 내 경우나 돈 있는 집 자손이라는 공통한 일점에 똑같은 처지를 당하였을 뿐이지 무슨 숙명적 암합暗合이 있을

---

417 죽은 사람의 영궤靈几와 그에 딸린 모든 것을 차려놓는 곳.
418 아내의 친정 집안 식구들.

리가 있나. 그리고 아버니께서는 아버지답게 그 부탁을 이행하였을 따름이요, 나는 내 성격과 내 사상, 내 감정대로 이행해가면 그만 아닌가?……'

덕기는 필순이가 '제이 경애'라고 한 모친의 말을 또 한 번 힘 있게 부인해보는 것이다.

'그러나 돈이란 뭐냐? 돈은 어디서 나온 거냐?……'

그는 필순이 부친이 아내나 딸을 자기의 돈에게 부탁한 것이지 돈 없는 덕기이었다면 하필 덕기에게 부탁하였으랴 하는 생각을 할수록, 마치 돈을 시기하고 질투하듯이 반문을 하여보는 것이다. 그러나 거기 대한 자신의 대답은 덮어두고 싶었다. 다만 '돈 없는 덕기'로서 지금 필순이 모녀에게 조상을 간다고 생각하고 싶다. 그보다도 애통하는 필순이가 춥고 음침한 마루방에서 어떻게 이 밤을 새우나 보고 오지 않으면 마음이 아니 놓여서 뛰어나온 것이었다.

덕기는 병원 문 안으로 들어서며, 아까 보낸 부의가 적었다는 생각이 들자 나올 제 돈을 좀 가지고 올걸! 하는 후회가 났다. 그것은 필순이에게 대한 향의로만이 아니었다.

'구차한 사람, 고생하는 사람은 그 구차, 그 고생만으로도 인생의 큰 노역이니까, 그 노역에 대한 당연한 보수를 받아야 할 것이 아닌가?……'

이런 도의적 이념이 머리에 떠오르는 덕기는 필순이 모녀를 자기가 맡는 것이 당연한 의무나 책임이라는 생각도 드는 것이었다.

— 〈조선일보〉, 1931. 1. 1~9. 17.

# 염상섭 연보

| 1897년 | 서울 종로구 적선동에서 부친 염규환, 모친 경주 김 씨의 8남매 중 넷째로 출생. 호는 제월霽月, 횡보横步. |
|---|---|
| 1904년 | 조부에게서 한문 수학. |
| 1907년 | 관립 사범부속보통학교 입학. |
| 1909년 | 보성소학교로 전학. |
| 1910년 | 보성중학교 입학. |
| 1911년 | 일본 유학. |
| 1912년 | 도쿄 아자부 중학교 2학년에 편입하였다가 중퇴하고 아오야마 학원에 입학. |
| 1917년 | 교토 부립제이중학교로 편입. |
| 1918년 | 게이오 대학 문과 예과에 입학. 한학기만에 병으로 자퇴. |
| 1919년 | 황석우를 통하여 〈삼광三光〉 동인이 됨. 3월 18일 독립선언서를 발표하려다가 피검, 6월 10일 석방. |
| 1920년 | 동아일보 정경부 기자로 입사, 6월에 퇴사. 남궁벽, 황석우 등과 더불어 〈폐허〉 동인 결성. |
| 1921년 | 〈개벽〉에 단편 〈표본실의 청개구리〉 발표 |
| 1922년 | 최남선이 주재하던 주간종합지 〈동명〉 학예부 기자로 활동.《묘지》 연재 시작. |
| 1924년 | 첫 창작집《견우화》와 장편《만세전》출간. |

1926년    재 도일. 창작 활동에 전념.

1929년    김영옥과 결혼. 조선일보 입사, 학예부장으로 취임.

1931년    〈조선일보〉에 《삼대》 연재.

1935년    매일신보 입사.

1936년    만주로 이주하여 만선일보 주필 겸 편집국장으로 취임.

1939년    중국 안동으로 이주.

1945년    신의주로 귀국.

1946년    서울로 돌아와 돈암동에 거주. 〈경향신문〉 창간과 동시에 편집국장
         으로 취임.

1949년    단편집 《해방의 아들》 출간.

1950년    6·25 전쟁 당시 피난을 못 가 숨어 지냄.

1951년    해군 정훈장교로 종군.

1952년    〈조선일보〉에 《취우》 연재

1954년    예술원 종신회원으로 추대. 서라벌 예대 학장으로 취임.

1960년    단편집 《일대의 유업》 출간.

1962년    3·1문화상, 대한민국 문화훈장 수여.

1963년    직장암으로 사망.

02

염상섭 장편소설

삼대

**초판 1쇄 인쇄** 2014년 6월 5일
**초판 1쇄 발행** 2014년 6월 16일

**지은이** 염상섭
**펴낸이** 이범상
**펴낸곳** (주)비전비엔피 · 애플북스

**기획 편집** 이경원 박월 윤자영 강찬양
**디자인** 김혜림 김경년 손은이
**마케팅** 한상철 이재필 김희정
**전자책** 김성화 김소연
**관리** 박석형 이다정

**주소** 121-894 서울특별시 마포구 잔다리로7길 12 (서교동)
**전화** 02) 338-2411 | **팩스** 02) 338-2413
**홈페이지** www.visionbp.co.kr
**이메일** visioncorea@naver.com
**원고투고** editor@visionbp.co.kr

**등록번호** 제313-2007-000012호

**ISBN** 978-89-94353-39-5  04810

· 값은 뒤표지에 있습니다.
· 잘못된 책은 구입하신 서점에서 바꿔드립니다.

「이 도서의 국립중앙도서관 출판시도서목록(CIP)은 서지정보유통지원시스템 홈페이지(http://seoji.nl.go.kr)와 국가
자료공동목록시스템(http://www.nl.go.kr/kolisnet)에서 이용하실 수 있습니다.(CIP제어번호: CIP2014010426)」

Oriental classics—Chuang Tzu : The Miscellaneous Chapters

一峰 박일봉 편저

# 장자

## (잡편) 개정판

육문사
Yukmoonsa

Oriental classics – Chuang Tzu

세상을 움직이는 책

일봉 **장자(잡편)** 개정판

초판 1쇄 | 2015년 2월 15일 발행

편저자 | 박일봉
교    정 | 이정민
디자인 | 인지숙
펴낸이 | 이경자
펴낸곳 | 육문사

주소 | 서울 마포구 월드컵로 11길 35, 101동 502호
전화 | 02-336-9948
팩시밀리 | 02-337-4315
출판등록 | 제313-2011-2호 (1974. 5. 29)

ISBN  978-89-8203-121-2  04140
        978-89-8203-000-0  (세트)

**국립중앙도서관 출판시도서목록(CIP)**

장자 : 잡편 = Chuang Tzu : The internal chapters / 박일
봉 편저. -- 개정판. -- 서울 : 육문사, 2015
    p. ;   cm. --  (세상을 움직이는 책 ; 21)

한자표제: 莊子雜篇
중국어 원작을 한국어로 번역 ; 본문은 한국어, 중국어가 혼
합수록됨
ISBN  978-89-8203-121-2 04140 : ₩30000
ISBN  978-89-8203-000-0 (세트) 04140

장자(인명)[莊子]
중국 철학[中國哲學]

152.226-KDC6
181.114-DDC23                    CIP2015001035

# 莊 子
## (雜篇)

# 序文

　장주(莊周)의 사상은 춘추전국시대에 활약한 제자백가(諸子百家) 중에서도 특출한 것이다. 주(周) 왕조가 쇠미해지고 군웅이 할거하는 새로운 시대가 전개되는 상황에서 대부분의 사상가들이 현실에 입각하여 격동의 세상을 '부국강병'에 의해 하나로 통일하려고 계획한 데 반해, 장주는 현실을 뛰어넘은 세계에서 인생의 평화를 구하고자 했다. '부국강병'의 방책을 거부한 사상으로는 장주, 즉 도가(道家) 외에 유가(儒家)가 있는데 이들은 이상주의적 '왕도정치(王道政治)'를 주장했다. 그러나 유가의 사상도 현실을 주목한 것으로, 그 주장하는 바는 '인의예악(仁義禮樂)'의 실현에 있었다. 장주는 유가의 그러한 점을 예리하게 비판했다. 장주의 그러한 비판은 깊이 성찰해 보면 유가의 형식주의(老莊의 입장에서 볼 때에 그렇다)에만 국한되는 것이 아니라 외형적인 형식을 주장하는 일체의 사상에 대한 거센 반발이었음을 발견하게 된다.

장주는 인간의 지각(知覺)을 배척했다. 인간의 지각이야말로 개인에게 번뇌를 가져다주는 몹쓸 것이며, 세상의 온갖 분쟁과 환난을 일으키는 근본이라고 보았다. 태고의 순박한 세상을 이상향으로 여긴 것은 그러한 이유에서였다. 이러한 사상은 한편으로 보면 '현실 도피'의 경향이 농후하다. 그러나 현대의 우리들이 ≪장자(莊子)≫를 읽어 보면 그의 사상에 공감하지 않을 수 없다. 그 이유는 여러 가지일 것이다. 세상이 복잡하게 되면 될수록 사람들은 그것을 초월하고 싶다는 강한 소망을 가지게 되는데, 이러한 점도 현대의 우리들로 하여금 장주의 사상에 빠져들게 하는 이유 중 한 자리를 차지할 것이다. 이유야 어떻든 현대를 사는 우리들이 ≪장자≫를 읽고 그에서 무엇인가를 얻는 것이 있다면 그로써 좋지 않을까? '얻는 것'이라고 말하면 장주로부터 비웃음을 받을지도 모르지만…….

# 잡편
## (雜篇)

　진(晉)의 곽상(郭象)이 장자의 사상을 전하는 데 외편에 버금하여 중요하다고 생각한 우화·논설 등을 당시 ≪장자≫의 여러 이본(異本)의 외·잡편과 그 밖에서 모아 11편으로 편집한 것이다.

　내편·외편의 우화와 논설의 개작·해설로 보이는 것이 많은데 모두 도가(道家) 사상이 발전한 자취를 나타내고 있어 흥미있다. 간혹 새로운 의미를 보여 주는 것도 있다. 특히 우언편(寓言篇)은 주목된다 이것들과는 별도로 천하편(天下篇)은 극히 중요한 사상적 사료이다.

## 〈일러두기〉

- 이 책은 《남화진경(南華眞經)》을 원본으로 한 일본 슈에이샤(集英社) 간 全釋漢文大系 17, 18 《莊子》 상·하(赤塚忠 편저)를 대본으로 하여 그것을 내편·외편·잡편으로 나누어 번역·재편집한 것이다.
- 편마다 각각의 독립된 우화와 논문을 구별하고 따로 제목을 붙였다.
- 우화나 논문이 장편일 경우에는 적당히 단락을 지었다.
- 본문은 원문·번역·어의(語義)·보설(補說)·여설(餘說)의 순으로 되어 있다.
- 원문의 오자를 정정할 경우, 우선 저본의 원문을 기재한 다음 ( )를 하고 그곳에 바른 글자를 밝혔으며, '无'자는 모두 '無'로 갈음하였다.
- 어의(語義)에서는 난해한 어구·사항에 관하여 해설하는 외에 주요한 이설(異說)을 설명하고, 종래의 설을 수정할 필요가 있을 때에는 그 이유를 밝혔다.
- 보설(補說)에서는 각 우화와 논문의 요지를 정리하여 독자들로 하여금 장주(莊周)의 사상을 쉽게 이해할 수 있도록 했다.
- 여설(餘說)에서는 원문 이해에 있어서의 문제점, 각 우화와 논문이 갖는 다른 우화·논문과의 관계, 그리고 제기되는 문제점 등 참고 사항에 관해 해설했다. 긴 논문 형식으로 이루어져 있는 것이 적지 않아 각각 제목을 붙였다.

# 차 례 / 장자(잡편)

# 제23편

# 경상초(庚桑楚)

첫 우화에 등장하는 인물의 이름을 편명으로 삼은 것이다. 비교적 긴 우화 하나와 단문의 논설 12개로 이루어져 있다. 그런데 단문의 논설을 장(章)으로 나누는 데는 이설(異說)이 있다. 최초의 우화는 ≪노자≫의 교양(敎養)을 위생(衛生) 중심으로 우화화(寓話化)하고 있는 데 흥미가 있다. 단문의 논설은 주로 처세적 견지의 해설로 그 성립 연대가 진한(秦漢) 때인 것도 있다고 생각된다.

# 제1장 경상·노담·남영주문답:위생우화(庚桑·老耼·南榮趎 問答:衛生寓話)

老耼之役, 有庚桑楚者. 偏得老耼之道, 以北居畏壘之山. 其
臣之畫然知者去之, 其妾之挈然仁者遠之. 擁腫之與居, 鞅掌
之爲使. 居三年, 畏壘大壤.
畏壘之民相與言曰, "庚桑子之始來, 我洒然異之. 今吾日計
之而不足, 歲計之而有餘. 庶幾其聖人乎. 子胡不相與尸而祝
之, 社而稷之乎."

노자의 하인으로 경상초라는 사람이 있었다. 그는 매우 뛰어나서 노자의 도(道)를 체득하고 북쪽으로 가서 땅이 메마른 외루산(畏壘山)에서 살았다. 그의 신하 중 지혜가 뛰어난 자는 모두 떠나고, 시중드는 여자들 가운데 여러 가지로 마음을 쓰며 인애(仁愛)의 정이 깊은 자는 모두 그에게 싫증을 느껴 도망쳐 버렸다. 오직, 쓸모도 없는 몸에 종기가 잔뜩 난 자가 함께 살며 한쪽 다리를 저는 자가 시중을 들고 있었다. 그런데 경상초가 그곳에서 살기 3년, 외루 사람들의 생활이 크게 풍족해졌다.

그래서 외루의 백성들은 한데 모여 상의했다.

"경상 씨가 막 오셨을 때만 해도 우리들은 경상 씨가 스스로 이런 곳에 온 것을 비웃으며 이상하게 여겼다. 그런데 지금은 하루하루 생활은 족하지 않지만 한 해를 통해 헤아리면 여유가 있다. 이렇게 해 주신 것을 보면 경상 씨는 성인이 틀림없다. 우리 모두 경상 씨를 신으로 받들고 시(尸)로 세워 제문을 아뢰고, 그 고귀한 영혼을 이 지방의 수호신으로 받들어 진수

성찬을 올리지 않겠는가?"

【語義】役(역):하인. '학도, 제자' 등의 뜻으로 해석한 설은 문맥상 추정한
해석이다.

　庚桑楚(경상초):성은 경상(庚桑), 이름은 초(楚). 초(楚)나라 사람이
라 하며(司馬彪의 설), 또 오(吳:강소성) 지방에 경상(庚桑)이라는 성
(姓)을 가진 사람들이 산다는 것을 지적하지만(俞樾의 설), '庚'은 老의
뜻, '桑'은 생명의 나무, '楚'는 '蘇(새롭게 태어나다)'의 뜻이므로 이 우
화의 주제를 상징하는 인물로 설정된 것이다.

　偏得老聃之道(편득노담지도):'偏'은 '특별히'의 뜻. 노자의 도를 배운
자 중에서 가장 뛰어나다는 뜻(成玄英의 설).

　以北居畏壘之山(이북거외루지산):'北'은 농작에는 별로 혜택을 입을
수 없는 땅이다. '畏壘'는 '돌이 굴러다닌다'는 뜻. 이런 불모의 산에서
도 노자의 도에 따르면 농작물을 얻을 수 있다는 것이 이에 담겨 있는
의미다.

　其臣之畫然知者去之(기신지획연지자거지):이 문장과 다음 문장은
백성을 다스리는 데 지(知)와 인(仁)을 사용하지 않았다는 우의를 지니
고 있다. '畫然'은 명찰(明察)한 모양. '畫'의 글자 뜻대로, 사물을 하나
하나 나누어 구분한다는 뜻에 따른 해석이리라. '炯'의 차자로 보아도
통한다. '去之'를 成玄英은 떠나게 했다는 뜻으로 해석했으나, 스스로
떠났다는 뜻으로 해석하는 게 더 좋다.

　挈然(설연):여러 설이 있는데, '挈'은 '頻(계:사람을 찾다, 두려워하
다)'의 차자로 보아야 할 것이다. '挈然'은 여러 가지로 생각을 짜내는
모양.

　擁腫之與居(옹종지여거):'擁腫'에 대해 여러 설이 있으나 소요유편

〈무하유향우화〉 중 '其大本擁腫而不中繩墨'의 '擁腫'과 같으므로 '신체에 종기가 나 있어 신체를 마음대로 움직이지 못하는 자'로 해석해야 할 것이다. 재주가 없어 세상에 쓰이지 못한다는 우의를 지닌 자이다(林雲銘의 설). 이 '之'는 '者'의 뜻이다. 다음의 '鞅掌之'의 '之'도 같다.

鞅掌(앙장):스스로 만족하는 모양(郭象의 설), '不仁'의 뜻(崔譔의 설), 추한 모양(司馬彪의 설), 지친 사람(宣穎의 설), 노고하는 것(王先謙의 설), 용의(容儀)가 어지러운 모양(林雲銘의 설), '忘'의 완곡한 말로 무지(無知)한 모양(馬敍倫의 설) 등 갖가지 해석이 있다. 여기서는 재유편 〈물자화우화〉 중 '遊者, 鞅掌以觀無妄'의 '鞅掌'과는 다르며, '尩(왕:절름발이)'의 완곡한 말일 것이다. 위의 '擁腫'과 짝이 된다.

大壤(대양):결실이 풍성한 것. 단 여기서는 다음 문장과의 관계로 보아 '생활이 풍족하다'는 뜻이다. '壤'은 '穰(풍년)'의 차자. '穰'으로 되어 있는 판본도 있다(≪석문(釋文)≫의 설).

洒然異之(쇄연이지):'洒'는 '哂(신:웃다)'의 차자로 보아야 한다. 입을 조그맣게 벌리고 이빨이 보이지 않게 웃는 것. 히쭉 웃는 것.

胡不相與尸而祝之社而稷之(호불상여시이축지사이직지):'胡不……'은 여기에서는 권유의 뜻을 나타낸다. 중국 고대의 제례에서는 신령으로 분장시킨 시(尸)를 사용했다. 제례가 시작되어 神職者가 축사 또는 제문을 읽으면 시(尸)가 문밖에서 들어온다. 그것이 신령이 내림(來臨)했다는 상징 의례이다. 시(尸)가 제장(祭場)에 나타나 자리를 잡으면 그에게 음식물을 바치고, 또 시(尸)는 그것을 먹고 마셔 만족하면 尸(또는 尸를 대신한 신직자)가 가납(嘉納:물건 바치는 것을 고맙게 받아들임)의 신의(神意)를 전하게 된다. '尸'는 尸를 세우고 경상초를 그 尸로 삼는 것. '祝'은 축사 또는 제문을 읽는 것. '社'는 여기서는 그 지방의 수호신을 가리킨다. 社를 제사지낼 때에는 흙을 높이 쌓아 제단을 짓고,

여기에 神靈에 접근한다는 뜻에서 나무를 세운다. 여기서 '社'를 초든 것은 다음에 '杓之人'을 말하기 위한 복선(伏線)이며, 또 경상초가 상(桑)이라는 이름을 갖는 이유이기도 하다. 桑은 社木이었다. '稷'은 여기서는 '食'의 차자. 먹을 것을 바치는 것.

庚桑子聞之, 南面而不釋然. 弟子異之.
庚桑子曰, "弟子何異於子. 夫春氣發而百草生, 正得秋而萬寶成. 夫春與秋, 豈無得而然哉. 天道已行矣.
吾聞, '至人尸居環堵之室, 而百姓猖狂不知所如往'今以畏壘之細民, 而竊竊焉欲俎豆子于賢人之閒. 我其杓之人邪. 吾是以不釋於老耼之言."
弟子曰, "不然. 夫尋常之溝[洫], 巨魚無所還其體. 而鯢鰌爲之制. 步仞之丘陵, 巨獸無所隱其軀. 而孽狐爲之祥. 且夫尊賢授能, 先善與利, 自古堯・舜以然. 而況畏壘之民乎. 夫子亦聽矣."
庚桑子曰, "小子, 來. 夫函車之獸, 介而離山, 則不免于罔罟之患. 吞舟之魚, 碭而失水, 則蟻能苦之. 故鳥獸不厭高, 魚鼈不厭深. 夫全其形生之人, 藏其身也, 不厭深眇而已矣.
且夫二子者, 又何足以稱揚哉. 是其於辯也, 將妄鑿垣牆而殖蓬蒿也. 簡髮而櫛, 數米而炊, 竊竊乎. 又何足以濟世哉.
擧賢則民相軋, 任知則民相盜. 之數物者, 不足以厚民. 民之於利甚勤, 子有殺父, 臣有殺君, 正晝爲盜, 日中穴阫,
吾語汝, 大亂之本, 必生于堯・舜之閒, 其末存乎千世之後, 千世之後, 其必有人與人相食者也."

경상 선생은 이 말을 듣고 남쪽을 향해 자리를 잡고 앉았지만 별로 마음 내키지 않는 모양이었다. 제자들이 그런 그의 모습을 보고 우습다고 말했다.

그래서 경상 선생이 말했다.

"제자들이여, 어찌 나를 우습다고 생각하느냐. 대저 봄의 생기가 활동하기 시작하면 온갖 초목이 생겨나고 가을이 한창이면 모든 귀한 열매가 무르익는다. 봄과 가을이 있는 한 어찌 이러한 일이 없을 수 있겠는가. 하늘의 도(道)가 이처럼 행해지는 것이다.

'지인(至人)은 사방 한 장(丈)의 작은 방에 조용히 돌아가 있을 뿐이고, 백성들은 마음 내키는 대로 자연스럽게 행동한다'고 들었다. 그런데 지금은 외루의 가난한 사람들마저 소곤거리며 나를 세상의 현인의 무리로 보고, 공손히 조(俎)와 두(豆)를 바치는 예를 행하려 한다. 나는 저 표지(標識)인 사목(社木)처럼 이름뿐인 인간에 지나지 않는가? 나는 그래서 노자의 가르침에 대해 꺼림칙하게 여기고 있는 것이다."

제자가 이에 이견(異見)을 말했다.

"그렇지 않습니다. 저 좁은 도랑에서 큰 물고기는 방향조차 바꿀 수 없습니다. 그리고 도롱뇽이나 미꾸라지 등의 작은 물고기가 주인이 되어 마치 제 세상인 양 돌아다닙니다. 작은 언덕에서 큰 짐승은 그 몸을 숨길 수가 없습니다. 그리고 귀여운 여우가 주인이 되어 뛰어다닙니다. 더욱이 현자를 존경하여 그 훌륭한 재능에 대해 높은 관직을 주고, 좋은 행동을 세상에 내보여 이에 이익을 주는 것은 옛 성인인 요(堯)와 순(舜) 때부터 그렇게 정해져 있는 것입니다. 하물며 지금은 외루의 백성이 선생님께 보답하려 하고 있습니다. 선생님께선 그것을 받아들이십시오."

그래서 경상 선생은 이렇게 가르쳤다.

"제자들이여, 귀를 기울여라. 저 사냥 마차를 한입에 삼킬 것 같은 맹수조차도 그 무리에서 헤어져 홀로 산을 떠나면 그물에 걸려 붙잡히는 재난을 피할 수 없다. 배를 한입에 삼키는 거대한 물고기조차 격류로 뭍에 밀려 올라와 물에서 떠나면 작은 개미에게 뜯기게 된다. 그래서 새나 짐승은 점점 더 높은 데로 올라가고 물고기나 자라는 점점 더 깊은 데로 잠긴다. 이와 마찬가지로 신체와 생명을 편안하게 온전히 하고자 하는 자는 그 몸을 세상 사람들로부터 숨김에 있어서 그 누구도 알 수 없게 은밀하게 하는 것이다.

더욱이 요와 순 두 사람을 어찌 극구 칭찬할 수가 있겠는가? 그것은 애써 만들어 놓은 울타리에 일부러 구멍을 뚫어 잡초를 심듯이 잘 다스려지는 세상을 오히려 어지럽히는 짓이 아닌가? 머리카락을 하나하나 골라내어 빗질을 하거나 쌀알을 일일이 세어 밥을 짓는 것처럼 쓸데없는 짓이다.

그렇게 하여 어떻게 세상을 바로잡을 수 있겠는가.

현자를 등용하면 백성은 남보다 어진 사람이 되려 서로 다투고, 지자(知者)를 믿으면 백성은 지(知)를 뽐내어 서로 도둑질하게 된다. 이 현자·지자·선행 등과 같은 두세 가지의 物로는 백성의 생활을 돈독하게 할 수가 없다. 백성이 관직·녹봉 등의 이익을 노려 크게 노력하게 되면 자식이 아비를 죽이고, 신하가 임금을 죽이며, 한낮에 도둑질을 하고, 벌건 대낮에 남의 무덤에 구멍을 파고 물건을 훔쳐내는 일이 벌어지게 된다.

그래서 나는 너희들에게 일러두려 한다. 대란(大亂)의 근본은 반드시 인의(仁義)를 부르짖는 요·순 사이에서 비롯되며 그 말단은 천 대(千代) 뒤까지도 남아 그때는 반드시 사람과 사람이 서로 잡아먹는 일이 있게 될 것이다."

【語義】南面而不釋然(남면이불석연):'南面'은 뒤에 '杓之人'이라 말한 것을 보면 社尸의 자리에 앉은 것을 가리키는 것이리라. 필시 社木을 세우고 그 아래에 경상초가 尸로서 南面하고 자리를 잡은 것을 상정한 것이리

라. '繹然'은 마음의 불평이 말끔히 풀리는 것. 산뜻한 것.

夫春氣發…… :≪노자≫의 '백성이 모두 공을 이루고 일을 달성하더라도 군주의 정치가 잘 되어 그렇게 된 것이라고 생각하지 않고, 자신들의 힘으로 그렇게 된 것이라고 생각한다(功成事遂, 百姓皆謂我自然)'(제17장)에 근거한 것이리라.

正得秋而萬寶成(정득추이만보성):'正'은 '盛'의 차자. '得'은 군글자라고 한다(俞樾의 설). '寶'가 '實'로 되어 있는 판본도 있다(≪석문(釋文)≫의 설).

天道已行矣(천도이행의):'天'이 ≪석문≫본에는 '大'로 되어 있다. 원본대로 해석한다. '已'는 '固(고:본디부터)'의 뜻.

至人尸居環堵之室……:이 이하 두 구가 무엇에 근거하고 있는지는 명확하지 않다. 단 그 사상은 재유편 〈물자화우화〉의 '汝徒處無爲, 而物自化'와 같다. '尸居'는 尸처럼 고요히 있는 것. '環'은 사방의 뜻. '堵'는 한 장(丈) 높이의 흙벽. '環堵'는 작은 방을 가리킨다(司馬彪의 설).

猖狂不知所如往(창광부지소여왕):자연 그대로 행동하는 모양. '如'도 간다는 뜻.

以畏壘之細民而……:'以……而……'는 '以' 이하의 어구를 강조하는 것을 나타낸다. '細民'은 가난한 사람들.

竊竊焉欲俎豆予于賢人之閒(절절언욕조두여우현인지간):'竊竊焉'은 소곤소곤 장황하게 이야기하는 모양. '俎'는 고기를 올려놓는 대(臺). '豆'는 '음식을 담는 굽이 달린 그릇'. 모두 제기(祭器)이며 제사지내는 것을 뜻한다.

我其杓之人邪(아기표지인야):'杓'는 '표(標)'의 차자로 보아야 한다. 標는 여기서는 '幖(표:표시)'의 차자로, 표적이 되는 나무를 뜻한다. 요컨대 社木이 되어 명목뿐인 것이 됨을 나타낸다.

吾是以不釋於老耼之言(오시이불석어노담지언): ≪노자≫ 제34장의 '道는 물이 흘러넘치는 것처럼 좌우 어디든 널리 미친다. 만물은 이 道를 의지하여 생겨나는데 道는 그 노고를 거절하지 않는다. 그뿐 아니라 만물을 생겨나게 하는 공을 이루고도 공명을 가지려 하지 않는다. 만물을 사랑하여 기르면서도 그 주인이 되려 하지 않는다. 道는 항상 無欲하며, 세속의 눈으로 보면 그 존재는 참으로 작다고 할 수 있다. 道는 만물이 자신에게 귀복(歸服)해도 그 주인이 되려 하지 않는다. 道의 작용과 그 마음은 참으로 크다 할 수 있다. 따라서 道를 체득한 성인은 최후까지 자신을 크다고 하지 않는다. 참으로 無欲하고 겸허한 것이다. 그렇기 때문에 만인이 그에게 귀복하며 그는 큰 것을 완성할 수 있는 것이다(大道氾兮, 其可左右. 萬物恃之而生, 而不辭. 功成不名有. 愛養萬物, 而不爲主. 常無欲可名於小. 萬物歸之, 而不爲主. 可名爲大. 是以聖人, 終不自大. 故能成其大)'와 같은 가르침에 의거한 것이리라. '不釋'의 '釋'은 '懌(역:기뻐하다)'의 차자.

夫尋常之溝(부심상지구): '尋'은 주로 縱 또는 橫의 길이에 관해 말하는 것이며, 아래의 '仞'은 높이에 관해 말하는 것이다. '尋'은 8尺, '仞'은 7尺이라 한다. '常'은 尋의 두 배. '溝'는 도랑. '溝' 자 다음에 '洫(도랑)' 자가 있는 판본도 있다. '溝洫'이 되면 아래의 '丘陵'과 짝이 된다(馬敍倫의 설). '洫' 자를 보충한다.

而鯢鰌爲之制(이예추위지제): '鯢'는 작은 물고기. 또는 도롱뇽. '鰌'는 미꾸라지. '制'는 규정을 정하다. 나아가, 지배자·주인 등을 뜻한다.

步仞之丘陵(보인지구릉): '步'는 두 걸음, 6척(尺)을 가리킨다.

孼狐爲之祥(얼호위지상): '孼(庶子)'은 '孼(얼:요괴)'의 차자. '祥'은 '主'의 뜻(林希逸의 설). 즉 '尙' 또는 '上'의 차자이다.

尊賢授能先善與利(존현수능선선여리): '善'은 '義'를 잘못 베낀 것이리라(奚侗의 설). 또 '與'는 '興'을 잘못 베낀 것이리라. '尊賢授能'은 유가·묵가의 중요한 주장이다. '先義'는 '尊賢'의, '興利'는 '授能'의 이유이다. 또 '先義興利'는 묵가의 주장이다. 그런데 '與'를 '興'으로 한 이본(異本)이 없으므로 저본대로 해석한다.

小子來(소자래):'小子'는 제자를 친밀하게 부르는 말. '來'는 주의를 환기하기 위한 말.

夫函車之獸介而離山(부함거지수개이리산):'函'을 통상 '含'의 차자로 해석하는데(宣潁, 馬敍倫의 설), '欲(감:탐내다)', 또는 '噉(담:먹다, 삼키다)'의 차자로 보아야 한다. '介'는 홀로 무리에서 이탈한다는 뜻. '介' 대신 '分'으로 되어 있는 판본도 있다(≪석문≫의 설).

碭而失水(탕이실수):'碭'은 '蕩(탕:물이 요동함. 나아가, 물이 거세게 움직이다)'의 뜻. '去水陸居'로 되어 있는 판본도 있다(≪석문≫의 설)고 하는데, 역문(譯文)이 원문을 대신한 것이리라.

蟻能苦之(의능고지):≪전국책≫ 제책(齊策)에 '君께선 바다에 있는 큰 물고기 이야기를 못 들으셨습니까. 그물로도 잡을 수 없고 낚시로도 건져 올릴 수 없습니다. 그러나 거센 물결에 휩쓸려 육지에 올라오면 땅강아지와 개미에게마저 뜯기게 됩니다'라고 하는 이야기가 실려 있다.

夫全其形生之人(부전기형생지인):뒤의 '全汝形, 抱汝生'을 참조.

深眇(심묘):이름도 알 수 없게 하는 것을 가리킨다.

且夫二子者……稱揚哉:저본은 '揚'을 '楊'으로 오기(誤記)하고 있어 바로잡았다. '二子'는 요순(堯舜)을 가리킨다. '稱揚'은 극구 칭찬하는 것.

是其於辯也將妄鑿垣牆而殖蓬蒿也(시기어변야장망착원장이식봉호야):다스리고 있는 것을 휘저어 어지럽힌다는 비유이다. '辯'은 '辨'의 차자로, 다스린다는 뜻(馬敍倫의 설). '將'은 의문을 나타내는 조사.

'妄'은 '無'의 차자(王引之의 설). '鑿'은 구멍을 뚫는 것. 사소한 일에까지 파고드는 것을 우의하는지도 모른다. '殖'은 '植'의 차자. '蓬·蒿' 모두 쑥. '蒿' 다음의 '也'는 '邪'와 같으며 의문의 뜻을 나타낸다(王引之의 설).

簡髮而櫛(간발이즐):머리 전체를 빗질하지 않고 머리카락 하나하나를 빗질하는 것.

竊竊乎(절절호):통설에서는 이 구를 다음의 '又何以濟世哉'에 이어지는 것으로 보나, 이 구는 앞 구에 속하는 것으로 보아야 한다.

擧賢則民相軋(거현즉민상알):≪노자≫ 제3장에 '이른바 현자들을 높이지 않으면 인민들은 다투거나 하는 일이 없다(不尙賢, 使民不爭)'라고 했다.

任知則民相盜(임지즉민상도):외편 거협편에 '世俗之所謂知者, 有不爲大盜積者乎'라고 했다.

子有殺父臣有殺君(자유살부신유살군):'殺'이 弑로 된 판본도 있다.

日中穴阫(일중혈배):'阫'를 통상 집 뒤의 담으로 해석하고 있는데 그럴 경우 '正晝爲盜'와 중복되며, 또 집 뒤의 담이란 뜻으로는 日中과 어울리지 않는다. '日中'은 태양이 하늘에 있는 동안을 뜻한다. '阫'는 培와 같으며 冢(총:큰 무덤)의 뜻으로 해석해야 한다. ≪방언(方言)≫에 '冢은 秦·晉 때는 墳이라 하고, 혹은 培라고도 했다'라는 기록이 있다. 묘를 도굴하여 값진 부장품을 훔치는 것을 가리킨다.

大亂之本必生于堯舜舞之間(대란지본필생우요순지간):외편 변무편에 '自虞氏招仁義以撓天下也, 天下莫不奔命於仁義'라고 했다.

其必有人與人相食者也(기필유인여인상식자야):≪맹자≫ 등문공 하편에 '仁義가 막히게 되면 짐승을 몰아다가 사람을 잡아먹게 하고, 사람끼리 서로 잡아먹게 될 것이다(仁義充塞, 則率獸食人, 人將相食)'라고 한 말이 있다.

南榮趎蹵然正坐, 曰, "若趎之年者, 已長矣. 將惡乎託業以
及此言邪."
庚桑子曰, "全汝形, 抱汝生, 無使汝思慮營營. 若此三年, 則
可以及此言也."
南榮趎曰, "目之與形, 吾不知其異也. 而盲者不能自見. 耳之
與形, 吾不知其異也. 而聾者不能自聞. 心之與形, 吾不知其
異也. 而狂者不能自得. 形之與形亦辟矣. 而物或閒之邪, 欲
相求而不能相得. 今謂趎曰, '全汝形, 抱汝生, 勿使汝思慮營
營.' 趎勉聞道達耳矣."
庚桑子曰, "辭盡矣. 曰, '奔蜂不能化藿蠋. 越雞不能伏鵠卵,
魯雞固能矣.' 雞之與雞, 其德非不同也. 有能與不能者, 其才
固有巨 · 小也. 今吾才小不足以化子. 子胡不南見老子."

경상 선생과 그의 제자들의 문답을 듣고 있던 남영주(南榮趎)가 흠칫 놀
라 앉음새를 고치고는 이렇게 물었다.

"저는 나이는 제법 들었습니다만 (아직 미숙하여 선생님이 방금 하신 말
씀은 처음 듣습니다.) 어디 가서 배우면 방금 하신 가르침에 통할 수가 있
겠습니까."

경상 선생이 대답했다.

"당신의 몸을 온전히 하고, 당신의 삶을 편안히 하며, 당신의 생각을 이
일 저 일에 쓰지 않도록 하시오. 그렇게 3년만 하면 이 가르침에 통할 수

있을 것이오."

남영주가 다시 물었다.

"저는 눈과 몸은 일체이며 다른 것이 아니라고 알고 있습니다. 그러나 확실히 장님은 몸에 닿는 物을 볼 수가 없습니다. 저는 귀와 몸도 일체이며 다른 것이 아니라고 알고 있습니다. 그러나 확실히 귀머거리는 몸으로써 아는 것을 들을 수가 없습니다. 저는 마음의 지각과 몸의 감각도 일체이며 다른 것이 아니라고 알고 있습니다. 그러나 확실히 미치광이는 감각으로 아는 것을 마음으로 깨달을 수가 없습니다. 그렇다면 우리의 몸은 각 부분의 감각이 각각 나뉘어 있는 셈입니다. 이것은 외계의 사물이 그것을 갈라놓기 때문일까요. 아무튼 우리의 몸은 모두가 일체인 듯하나 실은 일체가 될 수 없습니다.

그런데 방금 선생님은 '그 몸을 온전히 하고, 그 삶을 편안히 하며, 그 생각을 이 일 저 일에 쓰지 않도록 하라'고 말씀하셨는데, 이렇게 생각하면 제가 아무리 노력하여 道를 들으려 해도 그 가르침은 제 몸의 일부인 귀에 닿는 것에 지나지 않을 뿐입니다.(저는 몸을 조금도 손상하지 않도록 할 수조차 없습니다.)"

그래서 경상 선생이 다음과 같이 권했다.

"내가 말씀드릴 것은 더 이상 없습니다. 속담에도 '작은 땅벌은 콩잎에 붙은 큰 벌레를 자기 새끼로 바꿀 수가 없다. 월(越)나라의 작은 닭에게는 고니의 알을 품게 할 수가 없지만 노(魯)나라의 큰 닭에게는 그것이 가능하다'라고 했습니다. 같은 닭이라면 그 천성에 다름이 있을 수 없습니다. 그러나 가능과 불가능이 있음은 그 재능에 대소의 차이가 있기 때문입니다. 제 재능이 작아서 당신을 감화시킬 수가 없습니다. 당신은 남쪽으로 가서 제 스승인 노자를 만나 보지 않으렵니까?"

【語義】 南榮趎(남영주):'趎'가 '儔·壽·疇·儔' 등으로 된 판본도 있다(≪석문≫의 설). 경상초의 제자라고 하며(李頤의 설), 성은 南, 자는 榮疇. 魯나라 사람이라 하는데(≪회남자≫ 高誘 注), 趎가 이름이다. 五行說에 의하면 南은 夏, 陽氣가 가장 성한 때로 그 色은 朱이다. 즉 매우 有爲한 인물이라는 우의로 설정된 것이리라. 이와 같이 有爲한 인물도 스스로 노자의 道에 귀복한다고 하는 것이 이 우화의 주된 뜻이다.

全汝形抱汝生無使汝思慮營營(전여형포여생무사여사려영영):재유편 〈정기독존우화〉의 '必靜必淸, 無勞女形, 無搖女精, 乃可以長生'과 비슷한 사상이다. 단 '生'은 精氣보다는 변무편의 '性命之情'에 가깝다. '抱'는 '保'의 차자(俞樾의 설). '營營'은 몹시 애를 쓰는 모양.

目之與形……而狂者不能自得:에두른 표현이어서 해석하기 쉽지 않다. 이것은 우선 맹자가 '대저 志가 지극하면 氣가 좇는 법이다. 때문에 志를 견고하게 지니고 氣를 잘못하여 어지럽히는 일이 없도록 하라고 하는 것이다(夫志至焉, 氣次焉. 故曰, 持其志, 無暴其氣)'라고 한 데 대해 그의 제자가 '志가 지극하면 氣가 좇는다 하시고, 또 志를 견고하게 지니고 氣를 어지럽히지 말라고 하심은 무슨 말씀입니까(旣曰志至焉, 氣次焉, 又曰持其志, 無暴其氣者, 何也)'(≪맹자≫ 공손추 상편)라고 반문한 것처럼 '全其形'과 '保其生'을 구별하고 있어 그 구분하는 이유에 의문을 갖고 있는 것이며, 다음으로 남영주 자신은 '全其形'을 쉽게 이해하고 있는 것처럼 생각하고 있었으나 그것은 인간세편 〈심재우화〉의 '外合而內不訾'의 단계임을 나타내며, 마지막으로 소요유편 〈무위우화〉의 '豈唯形骸有聾盲哉. 夫知亦有之'를 기조로 남영주 자신의 '全其形'에 관한 이해가 불충분함을 시사하고 있다.

目之與形吾不知其異也而盲者不能自見(목지여형오부지기이야이맹자불능자견):郭象은 '目之與形吾不知其異也' 및 이하의 耳·心에 관계되는 표현을 사람들 누구나 目·耳·心의 形이 비슷하다는 뜻으로 해석하고, 또 이것이 郭象 이후의 통설이 되었는데 이것은 남영주가 '全汝形'에 대해 그 신체를 하나인 전체로서 취급하는 것으로 이해했음을 보여준다. 그래서 이 이해에 대해서는 '盲者不能自見' 이하 聾者·狂者가 이와 상반하는 사실임을 들어 자신을 반성하는 것이다. 이 盲·聾·狂은 마음을 암시하는 말이기도 하다.

形之與形亦辟矣(형지여형역벽의):'辟'은 '가르다, 구분하다'의 뜻. 요컨대 이 문장은 위의 盲·聾·狂의 예를 매듭지어 가는 것으로, 신체(의 감각)에도 분열이 있음을 뜻한다. 耳·目·心은 각각 '形'의 일부이다. 제물론편 〈천뢰우화〉의 '百骸九竅六藏, 賅而存焉. 吾誰與爲親. 汝皆說之乎. 其有私焉'에 해당한다.

欲相求而不能相得(욕상구이불능상득):주어가 확실하지 않은데, 일반론을 이야기한 것이리라. '相求'는 신체의 여러 감각을 하나로 모으는 것.

趎勉聞道達耳(주면문도달이):아직도 신체의 감각에 머물고 있어, 이른바 '抱汝生'에는 이르지 못하는 것, 인간세편 〈심재우화〉의 '若一志, 無聽之以耳, 而聽之以心'과는 상반하며, 耳에 머물고 있는 것이다. 요컨대 '端而虛, 勉而一'의 단계이다.

庚桑子曰辭盡矣曰……:'辭盡矣'는 할 말을 다하다, 더 이상 가르칠 수가 없는 것. 아래의 '曰'은 속담 따위를 인용하고 있음을 나타낸다.

奔蜂不能化藿蠋(분봉불능화곽촉):'奔蜂'은 작은 벌(司馬彪의 설). '奔'은 접두어이리라. '藿蠋'은 콩잎에 사는 푸른 벌레(司馬彪의 설). 고대에 土蜂은 靑蟲을 자신의 幼蟲으로 삼는다는 속신이 있었다, 그에 의거하여 작은 靑蟲을 자신의 새끼로 삼을 수는 있어도 큰 벌레는 새끼로 삼을 수 없다고 한 것이다.

南榮趎贏糧, 七日七夜, 至老子之所.
老子曰, "子自楚之所來乎."
南榮趎曰, "唯."
老子曰, "子何與人偕來之衆也."
南榮趎懼然顧其後.
老子曰, "子不知吾所謂乎."
南榮趎俯而慙, 仰而歎, 曰, "今者, 吾忘吾荅, 因失吾問."
老子曰, "何謂也."
南榮趎曰, "不知乎, 人謂我朱愚. 知乎, 反愁我軀. 不仁則害
人, 仁則反愁我身. 不義則傷彼, 義則反愁我己. 我安逃此而
可. 此三言者, 趎之所患也, 願因楚而問之."
老子曰, "向吾見若眉睫之閒, 吾因以得汝矣. 今汝又言而信之.
若規規然若喪父母揭竿而求諸海也. 汝亡人哉, 惘惘乎. 汝欲
反汝情性而無由入. 可憐哉."

남영주는 식량을 준비하고 여로에 올라 이레 낮밤으로 걸어 노자가 있
는 곳에 당도했다.

노자가 그를 맞이하여

"그대는 초(楚)가 있는 데서 왔는가."

하고 물었다.

남영주가

"예."

하고 대답하자, 노자는

"그대는 어찌 그다지도 데리고 온 사람이 많은가?"

하고 빈정거렸다.

남영주는 깜짝 놀라, 뒤를 돌아다보았다. 그러나 아무도 따라온 사람이 없었다.

그런 남영주의 모습을 보고 노자가,

"그대는 내 말의 뜻을 모르는가."

하고 말했다.

남영주는 머리를 떨구고, 자신의 생각이 모자랐음을 부끄럽게 여겼다. 또 하늘을 우러러 자신의 미숙함을 한탄하고는

"방금 저는 어떻게 답변해야 좋을지 몰랐습니다. 더욱이 무엇을 여쭈어야 할 것인지도 알 수 없게 되었습니다."

하고 대답했다.

노자가 물었다.

"그것은 어떤 것이었나?"

남영주가 대답했다.

"제가 만일 아무것도 알지 않으려 하면 세상 사람들은 저를 큰 멍청이라고 할 것입니다. 그렇다고 지식이 넓어지면 이번에는 제가 고민에 빠지게 됩니다. 또 제게 동정심이 없으면 사람에게 해를 끼치고, 동정심이 있으면 이번에는 제가 고민하게 됩니다. 제가 절도를 지키면 이번에는 제가 고민하게 됩니다. 저는 어디로 도망가야 좋겠습니까. 방금 말씀드린 세 가지 것은 제가 고민하고 있는 것입니다. 부디 초(楚)의 얼굴을 보아서라도 이것을 가르쳐 주십시오."

이 말을 듣고 노자가 대답했다.

"조금 전에, 나는 그대의 시선을 본 것만으로 그대가 무엇을 생각하고 있는지를 알았네. 이제 그대가 말한 것에 의해 그 추찰(推察)이 확실한 것임을 확인했네. 그대는 두리번두리번하며 마치 부모를 잃고 그 영혼을 찾고

자 장대를 메고 큰 바다에 나아가 바닷물을 휘젓는 것과 같은 짓을 하고 있네. 자네는 넋을 잃은 방랑인이네, 멍청하게도. 자네는 본래의 성정으로 되돌아가고자 하나 그곳에 들어갈 수가 없네. 참으로 딱한 일일세."

【語義】 贏糧(영량):식량을 등에 짐. '贏'은 등에 지는 것.

子何與人偕來之衆也(자하여인해래지중야):많은 속정(俗情)을 안고 온 것을 구체화하여 '與人偕來之衆'이라고 한 것이다. 기경(奇警)한 표현이다. 그 많은 속정은 다음 남영주의 말에 고스란히 나타난다.

懼然(구연):놀라 두 눈을 동그랗게 뜬 모양.

朱愚(주우):멍텅구리, 바보.

知乎反愁我軀(지호반수아구)·人則反愁我身(인즉반수아신)·義則反愁我己(의즉반수아기):인간세편 〈심재우화〉에 '知也者, 爭之器也'라고 했고, 거협편에 '故天下每每大亂, 罪在於好知'라고 했으며, 재유편 〈정기독존우화〉에 '多知爲敗'라 했다. 또 〈심재우화〉에 '仁義繩墨之言'이라고 했고, 변무편에 '屈折禮樂, 呴兪仁義, 以慰天下之心者, 此失其常然也'라고 했다. 이것들에 근거한 말이리라.

不仁則害人(불인즉해인):저본에는 '害'가 '呑'로 되어 있는데, 명확하게 오기(誤記)이므로 고쳤다. 다른 여러 본에는 '害'로 되어 있다.

因楚(인초):庚桑楚의 소개(紹介)로.

眉睫之間(미첩지간):눈썹과 속눈썹 사이, 즉 눈의 표정을 가리킨다.

若規規然若喪父母揭竿而求諸海也(약규규연약상부모게간이구제해야):'規規然'은 어찌할 줄 모르고 주위를 두리번거리는 모양. '若喪父母'의 '若'을 군글자로 보고(陶鴻慶의 설), 또 '喪父母'와 '揭竿而求諸海'를 별도의 일로 보아, '어린아이가 부모를 잃은 것과 같고, 장대를 짊어지고 큰 바다를 찾아가 깊은 바닷속을 재려는 것과 같다'(向秀, 成玄英의 설)라고 해석하는 것은 명백한 오류이다. '喪父母'와 '揭竿而求諸海'는 서로 관련이 있는 일이다. 단 '諸'는 父母를 가리키는 것이 아니라 그 영(靈)을 가리킨다. 고대에는 사람이 죽으면 그 영혼을 부르는 '復'이라 하는 주술 의례가 있었다. ≪묵자≫ 비유편(非儒篇)에, 유가에서 행하는 復을 비판하여 '어버이가 죽으면 시체를 그대로 놓아둔 채 염(殮)도 않고, 지붕 위에 올라가 죽은 사람을 불러 보기도 하고 우물 속을 들여다보기도 한다. 심지어는 쥐구멍과 그릇 속까지 들여다보고 더듬어 보며 죽은 사람을 찾으려 한다. 이미 없어진 사람을 있을 것이라고 믿으니 이보다 어리석은 일이 또 어디 있겠는가. 없는 줄 번연히 알면서도 애를 써서 찾으려 하니 이보다 큰 거짓 행위가 어디 있겠는가(其親死, 列尸弗殮, 登屋窺井, 挑鼠穴, 探滌器, 而求其人矣. 以爲實在, 則戇愚甚矣. 如其亡也, 必求焉, 僞亦大矣)'라고 한 글이 있다. 여기서는 그 復의 의례를 장대를 가지고 넓은 바다에서 행하는 것이다. 도저히 구할 수 없는 것을 구하려는 것의 비유이다. 또 영혼을 부르려는 復의 의례를 초든 것은 남영주의 '喪情性'을 말하기 위한 복선이다.

汝亡人哉(여망인재):여기서 '亡人'은 부모를 잃은 사람, 즉 집을 잃은 유랑자라는 뜻이나, 그 본뜻은 '性情을 잃은 사람'임을 나타낸다.

惘惘乎(망망호):惘(어리둥절해하다, 멍청하다)'의 글자 뜻대로 해석해도 통하는데, 亡과 같다.

反汝情性(반여정성):'抱汝生'에 응하는 말이다. '情性'은 性情, 性命之情과 같다.

南榮趎請入就舍. 召其所好, 去其所惡. 十日自愁復見老子.
老子曰, “汝自洒濯, 孰哉, 鬱鬱乎. 然而其中津津乎猶有惡
也. 夫外韄者, 不可繁而捉, 將內揵. 內韄者, 不可繆而捉,
將外揵. 外內韄者, 道德不能持, 而況放道而行者乎.”
南榮趎曰, “里人有病. 里人問之, 病者能言其病. 然其病, 病
者猶未病也. 若趎之聞大道, 譬猶飲藥以加病也. 趎願聞衛生
之經而已矣.”
老子曰, “衛生之經, 能抱一乎, 能勿失乎, 能無卜筮而知吉
(凶)凶(吉)乎. 能止乎, 能已乎, 能舍諸人而求諸己乎. 能翛然
乎, 能侗然乎, 能兒子乎. 兒子, 終日嗥而嗌不嗄. 和之至也.
終日握而手不掜. 共其德也. 終日視而不瞚. 偏不在外也. 行
不知所之, 居不知所爲, 與物委蛇而同其波. 是衛生之經已.”
南榮趎曰, “然則是至人之德已乎.”
曰, “非也. 是乃所謂冰解凍釋者[能乎]. 夫至人者, 相與交食
乎地, 而交樂乎天, 不以人物利害相攖. 不相與爲怪, 不相與
爲謀, 不相與爲事. 翛然而往, 侗然而來. 是謂衛生之經已.”
曰, “然則是至乎.”
曰, “未也. 吾固告汝曰, ‘能兒子乎.’ 兒子動不知所爲, 行不知
所之. 身[若]橋木之枝, 而心若死灰. 若是者, 禍亦不至, 福亦
不來. 禍福無有, 惡有人災也.”

  그러나 남영주는 남아서 더 공부할 수 있도록 해 달라고 청하여 노자의
집안에 마련된 숙사에 머물렀다. 그리고는 자신의 수업에 바람직한 것만
받아들이고, 바람직하지 않은 것은 제거하려고 애썼다. 그렇게 열흘이 지

났으나 오히려 마음이 편하지 않게 되어 다시 노자를 뵙고 가르침을 받기로 했다.

노자는 남영주의 모습을 보자,

"자네는 스스로 마음을 씻어 맑게 하여, 정기(精氣)가 제법 무르익어 있는 듯하네. 그러나 여전히 자네 안에는 지저분한 악기(惡氣)가 배어 있네.

무릇 밖을 향하여 그것을 획득하려다 에워싸 포착할 수 없게 되면 열어 놓아도 효과가 없다는 듯이 반드시 내면도 닫아 버리게 되네. 안을 향하여 그것을 획득하려다 붙잡아 둘 수가 없게 되면 도망칠 것을 두려워하여 반드시 바깥쪽도 닫아 버리게 되네. 이와 같이 안팎을 향해 애써 얻으려 하기 때문에 타고난 도덕을 유지할 수가 없네. 하물며 자연스럽게 道에 쫓아 행동하는 일을 바랄 수 있겠는가?"

라고 말했다.

남영주가 여쭈었다.

"어떤 시골 사람이 병에 걸렸습니다. 같은 마을에 사는 사람이 문병하러 갔더니 그는 자신의 병에 관해 설명했습니다. 그런데 사실 그 병자는 자신이 설명한 병에는 아직 걸려 있지 않았던 것입니다. 그런데 제가 선생님의 대도(大道)에 관한 가르침을 들으면 그 병자처럼 같이 병을 착각하고 있는 정도가 아니라 비유하자면 병도 모르면서 약을 먹어 병을 더 심하게 하듯 미혹을 더 깊게 할 뿐입니다. 저는 대도(大道)에 관한 가르침은 이해조차 하기 어려우니 오직 생명을 편안히 지키는 방법에 관해 듣고 싶습니다."

노자가 대답했다.

"생명을 편안하게 지키는 방법이란, 오직 하나의 순수한 정기를 잘 지켜나가 그것에서 떠나지 않도록 하는 것이네. 그리하면 복(卜)이나 서(筮)에 의하지 않더라도 물사(物事)의 길흉을 명백하게 알 수 있을 것이네. 고요히 머물러 있도록 하게. 외물(外物)에 동(動)하여 망동하지 않도록 하게. 그리고 다른 사람의 일은 버려두고 오로지 내성(內省)하여 구하도록 하게. 전적으로 물사에 구애받지 않도록 하게. 마음 내키는 대로 행동하게. 그리하고 순진한 갓난아이처럼 되도록 힘쓰게. 갓난아이는 하루 종일 울어도 목이 쉬는 법이 없네. 그것은 정기가 하나로 잘 조화되어 있기 때문이네. 하루 종일 손을 움켜쥐고 있어도 손가락이 굳어지는 일이 없네. 그것은 타고난 德을 좇고 있기 때문이네. 하루 종일 똑바로 쳐다보면서 눈을 깜박이는 법이 없네. 그것은 전혀 외계의 物에 마음을 주지 않기 때문이네.

이처럼 정기의 조화를 유지하고 그 내부인 德을 좇아 어디를 가더라도 어디로 가는지 알려 하지 않고, 어디에 있더라도 무엇인가 하려고 생각하지 않고 전적으로 無心하며, 또 物에 좇아 따르고 자연스럽게 동조(同調)하는 것, 이것이 생명을 안전하게 지키는 방법이네."

남영주가 물었다.

"선생님의 가르침을 들으니 그것이 바로 지인(至人)의 德임에 틀림없는 듯합니다."

노자가 대답했다.

"그렇지 않네. 이것은 세속의 번뇌를, 이른바 '얼음 녹이듯이 말끔히 풀어 버린' 자라면 누구라도 할 수 있는 일이지.

저 지인(至人)은 사람들과 함께 이 지상에서 生을 누리고, 사람들과 함께 天에 좇아 자연스런 운행을 즐거워하기 때문에 사람이나 物, 이해 따위로 타인이나 자신을 어지럽히는 일이 없네. 결국 사람들과 더불어 기괴한 짓을 하는 일도 없고, 사람들과 함께 뭔가를 꾸미려는 법도 없으며, 사람들과 함께 뭔가 일을 일으키려고도 않고, 무위(無爲) 가운데 나아가며 자연 그대로 돌아오는 것이네. 여기서는 그렇게 되기 위한 기본적인 일이라 할 수 있는 생명을 편안하게 지키는 방법을 서술한 데 지나지 않네."

남영주가 다시 반문했다.

"그렇다면 그것이 바로 道의 극치겠지요."

노자가 대답했다.

"아니, 그것으로는 충분하지 않네. 내가 앞서 자네에게 '순진한 갓난아이처럼 되라'고 일렀네. 갓난아이는 움직여 무엇을 해야 할 것인가를 분별하지 않고, 가더라도 어디에 가는가를 알려 하지 않으며, 전적으로 無心하네. 이렇게 하여 그 몸은 고목의 가지처럼 망동하지 않고, 마음은 불 꺼진 재처럼 고요하게 되네. 이러한 자에게는 화도 복도 찾아들지 않는 법이네. 화도 복도 없는데 어찌 사람들로부터 재난을 받는 일 따위가 있겠는가."

【語義】 召其所好去其所惡(소기소호거기소오):'所好'는 道 또는 精氣. '所惡'는 知·仁·義. 남영주의 이런 행위는 여전히 의식적인 행위이다.

十日自愁復見老子(십일자수부현노자):'十日'을 '自愁'와 하나로 합쳐 이들을 한 구로서 해석하는 일이 많은데, '十日'은 윗글에 속하는 것으로 보아야 한다. 《궐오(闕誤)》에, 明代의 여러 본에는 '自'가 '息'으로 되어 있다고 했는데, 이는 글뜻을 파악하지 못한 자가 독단적으로 고친 것이리라. 成玄英의 疏에도 '是以悲愁, 庶其請益'이라 했으므로, 원문에 '自'로 되어 있었음은 명백하다.

汝自洒濯孰哉鬱鬱乎(여자쇄탁숙재울울호):'洒濯'은 洗濯과 같다. '所惡'를 씻어 말끔히 하는 것을 가리킨다. '孰'이, 古逸叢書本·成玄英疏本에는 '熟'으로 되어 있다. 동일 문자인데 옛날에는 '孰'으로 썼을 뿐이다. '孰哉'를 '洒濯'에 이어지는 것으로 보아 이들을 한 구로 해석하는 경우가 많은데, 적당하지 않다. '洒濯'하는 物과 '熟'하는 物은 다른 物이다. '孰哉鬱鬱乎'는 '鬱鬱乎孰哉'의 도치로, 生·情性, 즉 정기가 성숙한 것을 가리킨다. '鬱鬱'은 안에 가득 차 있는 모양.

津津乎(진진호):'律律乎'로 되어 있는 판본도 있다 하는데(《석문》

의 설) 잘못 베낀 것이리라. '津'이 액체가 스며나와 있는 것을 뜻하는 것으로 추측하면 '津津乎'는 여전히 더러움이 남아 있는 모양을 가리키는 말이리라.

外韄者不可繁而捉將內揵(외획자불가번이촉장내건):'召其所好'에 대응하는 것이다. 달생편 〈외중내졸우화〉의 '凡外重者內拙'과 비슷한 사고방식이다. '韄'이, ≪석문≫본에는 獲으로 되어 있다. '韄'은 패도(佩刀)에 매달린 끈, 또는 佩刀의 장식 끈 등을 뜻하는 글자이므로 여기서는 분명히 뭔가의 차자이다. 여러 가지 설이 있는데 여기서는 '獲'의 차자로 본다. '外獲'이란, 정기가 밖에서 들어오기라도 하는 것처럼 밖을 향해 부르려고 하는 것을 가리킨다. '繁'에 관해서도 이설이 많은데, 여기서는 옛음이 같았던 '柵 · 藩'의 차자로 보아야 할 것이다. 정기를 받아들이는 것을 사냥물을 잡는 것에 비유한 표현이며, '外'는 울타리를 설치하는 것을 가리킨다. '捉'은 글자 뜻 그대로 포착한다는 뜻이며, 다음 '道德不能持'의 '持'와 대응한다. '揵'은 楗 · 鍵 등과 어원을 같이하는 문자로, 폐쇄한다는 뜻. '將'은 여기에서는 '반드시 ~하게 된다'의 뜻.

內韄者不可繆而捉將外揵(내획자불가무이촉장외건):'去其所惡'에 대응하는 말이다. 지락편 〈조달복지우화〉의 '彼將內求於己而不得. 不得則惑. 人惑則死'와 흡사한 사고방식이다. '繆'는 휘감기거나 얽히는 것.

外內韄者……行者乎:成玄英은 '道德' 및 '放道而行者'가 '外內韄者'를 扶持할 수 없다는 뜻으로 해석하고, 또 이에 좇는 학자가 적지 않은데 '外內韄者'가 道德을 지켜나가거나 道에 좇아 행동할 수 없음을 말하는 것이다. 즉 '道德不能持'는 '不能持道德'의 도치이며, '者'는 事의 뜻이다. '道德'은 無爲의 道, 虛心의 道이다.

願聞衛生之經而已矣(원문위생지경이이의):양생주편 〈신기우화〉에 '得養生焉'이라 하고, 또 자주 '性命之情'이라 했으며, ≪노자≫에서도 '長生久視'(제59장)를 말하고 있는 것처럼 衛生도 도가(道家)의 중요한 주장이다.

能抱一乎……而求諸己乎:≪관자(管子)≫ 심술(心術) 하편에 內省의 집중을 서술하여, '뜻이 專一하여 마음이 하나가 되면 耳目이 틀림없이 멀리 있는 것도 가까이 있는 것처럼 안다. 뜻만 專一하게 할 수 있으면 굳이 점을 치지 않고도 길흉을 알 수 있다. 밖에서 구하려는 것을 멈추게 되면 사람들에게 묻지 않고 스스로 자신에게서 얻을 수가 있다(能專乎, 能一乎, 能毋卜筮而知吉凶乎, 能已乎, 能毋問於人而自得之於己乎)'고 했다. 사용된 문자는 약간 다르지만 이를 기저로 하여 수정하고, 동시에 이것을 구체적으로 '兒子'의 일로 집약시킨 것이리라.

能翛然乎能侗然乎(능유연호능통연호):'翛然'은 신속한 모양. '侗(미련하다)'은 '洞(동:급히 흐르다)'의 차자(馬敍倫의 설). 요컨대 '翛然'도 '侗然'도, 매우 신속하다는 뜻에서 나아가, 출입에 막힘이 없는 것, 대종사편 〈진인론〉에 '古之眞人, 不知說生, 不知惡死. 其出不訢, 其入不距, 翛然而往, 翛然而來而已矣'라고 한 것처럼 生死를 초월하고, 또 재유편 〈독유인설〉에 '出入六合, 遊乎九州, 獨往獨來'라고 한 것처럼 절대자유임을 가리키는 것이리라.

兒子終日嗥……共其德也:≪노자≫에 '德을 두터이 갖춘 사람은 갓난아이에 비유할 수 있다. 無心한 갓난아이는 독충도 물려 하지 않고 맹수도 할퀴려 하지 않으며 사나운 새도 치려고 하지 않는다. [이처럼 有德한 사람에겐 위해가 미치지 않는다.] 갓난아이는 뼈도 약하고 근육도 부드럽지만 움켜쥔 손은 참으로 단단하다. [有德한 사람도 부드럽지만 강한 것을 능히 제압하여, 참된 의미에서는 실로 강한 것이다.] 갓난아이는 남녀의 교합(交合)을 모르지만 그 陰部는 원기왕성하다. 정기가 지극하여 충실하기 때문이다. 하루 종일 울어도 목소리가 변함없다.

和氣가 지극하여 충실하기 때문이다. [有德한 사람도 精氣・和氣가 안에 충실하기 때문에 언제나 원기왕성하며 지칠 줄 모른다.] 이 和를 아는 자는 늘 변치 않으며, 변치 않는 道를 아는 자는 곧 밝은 자이다. 그와 반대로, 헛되이 生을 풍요롭게 하려 하면 곧 흉조가 나타나며, 마음이 氣의 주인이 되면 剛强해져 좌절을 부르게 된다. 무릇 너무 강한 것은 곧 늙고 쇠약해진다. 이러한 것을 不道라 한다. 不道이게 되면 쉬이 멸한다(含德之厚, 比於赤子. 毒蟲不螫, 猛獸不據, 攫鳥不搏. 骨弱筋柔而握固. 未知牝牡之合而峻作, 精之至也. 終日號而不嗄, 和之至也. 知和曰常, 知常曰明, 益生曰祥. 心使氣曰强. 物壯則老. 謂之不道. 不道早已)'(제55장)고 했다. 이에 근거한 것이리라. '嘷'는 嗥의 속자, 號(외치다, 부르짖다)의 뜻. '嗄'은 목구멍, 또는 목이 메는 것. '握'는 손가락을 구부려 손을 움켜 쥐고 있는 것. '共其德也'의 '共'에 관해서는 이설이 많은데, 순종한다는 뜻으로 해석해야 할 것이다. '德'은 天生의 능력.

終日視而不瞚偏不在外也(종일시이불순편부재외야):'瞚'은 '瞬'의 본자로, 눈을 깜빡거리는 것. 瞬, 또는 瞑으로 되어 있는 판본도 있다 한다(≪석문≫의 설). '偏'을, 一偏・偏向의 뜻으로 보아 대부분 '外塵에 사로잡혀 막혀서는 안 된다'(成玄英의 설)는 뜻으로 해석하고 있는데 이것은 어법에 맞지 않는 해석이다. '偏'을 '瓣(판: 어린아이의 하얀 눈)'의 차자로 보는 설(馬敍倫의 설)도 있으나 '偏不在外也'는 '和之至也', '共其德也'와 대응하는 표현으로, 보는 것과만 관계되는 것이 아니라 일반화된 표현이다. '偏'은 '간신히 新城을 지켰을 뿐, 백성들에게 고통을 남겼다(偏守新城, 存民苦矣)'(≪사기≫ 장의열전(張儀列傳))의 '偏'과 같은 뜻으로 '오로지・한결같이'의 뜻으로 해석해야 한다. 즉 '和之至也' 이하의 세 구는 和를 지키고 德을 보전하며 뜻을 專一하게 하는 것을 단계적으로 암시하고 있는 것이다.

與物委蛇而同其波(여물위사이동기파):앞의 '行不知所之' 이하의 無心한 행동을 이어받아, 이것은 物의 자연스런 순응임을 가리킨다. 응제왕편 〈순물자연우화〉의 '順物自然'. '委蛇'는 한쪽으로 기울어지는 것. '同其波'는 동조하는 것.

然則是至人之德已乎(연즉시지인지덕이호):앞서 말한, 이른바 '衛生의 經'은 衛生의 영역에 멈추지 않고 至人의 경지에 이르고 있다. 그래서 남영주는 이런 물음을 한 것인데, 이 물음은 제물론편 〈대각우화〉의 '且女亦大早計. 見卵而求時夜, 見彈而求鴞炙'에 해당한다. 따라서 노담이 다시 '是衛生之經已'라고 말한 데 주의하지 않으면 안 된다.

是乃所謂冰解凍釋者能乎(시내소위빙해동석자능호):무슨 까닭에 '所謂'라 했는지 명확하지 않다. '冰解凍釋'은 凍冰解釋을 나누어 표현한 것. 구별한다면 '冰解'는 얼음이 풀리는 것이고, '凍釋'은 두터운 얼음이 산산이 조각나는 것. 요컨대 의심스런 생각이 말끔히 가시는 것을 가리킨다. '能乎' 두 자는 원본에는 탈락되어 없는 글자이나, 古逸叢書本 및 成玄英疏本에 의거하여 보충한다.

夫至人者……侗然而來:至人도 별로 '冰解凍釋者'와 다르지 않음을 가리키고 있는 것이다. '儵然而往, 侗然而來'가 앞의 '能儵然乎, 能侗然乎'와 같은 뜻이며, 또 '是衛生之經已'를 반복하고 있는 데 주의해야 한다. 대종사편 〈진인론〉에 '古之眞人, 不逆寡, 不雄成, 不謩士'라 했고, 마제편에 '夫至德之世, 同與禽獸居, 族與萬物並. 惡乎知君子·小人哉, 同乎無知. 其德不離, 同乎無欲. 是謂素樸'이라고 했으며, 또 천지편 〈기심우화〉에 '夫明白入素, 無爲復朴, 體性抱神, 以遊世俗之閒者, 汝將固驚邪'라고 했는데, 이들 사상과 비슷하다.

相與交食乎地而交樂乎天(상여교식호지이교락호천):'相與交食乎地'는 대종사편 〈진인론〉의 '夫大塊載我以形'과 같은 류의 주장으로, 요컨대 생을 향수하고 있는 것을 가리키리라. '交樂乎天'은 천도편 〈천락론〉의 '知天樂者, 其生也天行, 其死也物化'와 같은 류의 주장으로, 요컨대 자연스럽게 生을 보내는 것을 가리키리라. 뒤의 서무귀편 〈식육우화〉에 '吾與之邀樂於天, 吾與之邀食於地'라고 한 것 때문에 '交'를 '邀'의 차자로 보는 설(俞樾의 설)이 있는데 적당하지 않다. 〈식육우화〉는 이 문장을 바꾸어 놓은 것이다. '交'는 세상 사람들과 사귄다는 뜻이다.

然則是至乎(연즉시지호):남영주가 아직도 이런 질문을 한다는 것은 깨닫지 못했음을 보여 주는 것이다.

曰未也吾固告汝曰能兒子乎(왈미야오고고여왈능아자호):'未也'는 '至乎'의 부정임과 동시에 '至乎'라고 묻는 것에 대한 금지적 훈계이다. 그래서 다짐하여 '吾固告汝曰能兒子乎'라고 한 것이다. 오히려 갓난아이와 같은 상태여야 좋은 것이다. 갓난아이와 같으면 자연스럽게 至人의 경지에 도달하는 것이다. 그래서 또 갓난아이에 관해 말하고 있는 것이다.

身若槁木之枝而心若死灰(신약고목지기이심약사회):이것도 갓난아이의 상태인 것처럼 해석하는 설도 있으나, 그렇지 않다는 것은 갓난아이에게는 '動', '爲'가 있지만 이것은 寂寞無爲, 虛靜無心의 상태이기 때문이다. 이것은 갓난아이가 될 수 없는 남영주가 도달해야 할 경지이며, 또 제물론편 〈천뢰우화〉에 '顔成子游立侍乎前. 曰, 何居乎. 形固可使如槁木, 而心固可使如死灰乎. 今之隱几者, 非昔之隱几者也. 子綦曰, 偃, 不亦善乎, 而問之也. 今者吾喪我'라 하고, 전자방편 〈천지지대전우화〉에 '孔子曰, 丘也眩與, 其信然與. 向者, 先生形體掘若槁木, 似遺物離人而立於獨也. 老聃曰, 吾遊於物之初'라고 한 것처럼 子綦나 노자와 같은 至人의 '망아오득(忘我悟得)'의 경지이다. 갓난아이의 無心으로 이에 이르러야 하는 것이다. 저본에는 '槁木' 앞에 '若' 자가 빠져 있는데, 古逸

叢書本에 근거하여 보충한다.

　禍福無有惡有人災也(화복무유오유인재야):우화 전체의 귀결을 '人災'가 없는 것에 두고 있음에 주의를 요한다. 상식적으로 人災는 오히려 피하기 쉬워도, 화복길흉의 운명은 피할 수 없는 것이리라. 예를 들면 천지편 〈군주천덕설〉에 '通於一, 而萬事畢, 無心得, 而鬼神服'이라하고, 천도편 〈천락론〉에 '故知天樂者, 無天怨, 無人非, 無物累, 無鬼責'이라 하여 아무래도 화복(禍福)에 중점을 두고 있다. 이 우화가 人災에 중점을 두고 있는 것은 '全形抱生'이 남영주의 주된 문제였음에 기인하는 것이지만 그 '全形抱生'의 문제는 요·순의 治亂으로부터 시작된다. 요컨대 역으로 말하면 治亂의 문제를 一身의 '全形抱生'으로 축소시키고 있는 것이다. 그런 까닭에 이것은 '性命之情'의 주장과 관계되는 것이지만 정치로부터는 후퇴한 시기의 작품임을 보여 주는 것이라 할 수 있다.


【補說】 이상의 〈위생우화(衛生寓話)〉는 비교적 장편으로, 그것이 도리어 그 주지(主旨) 파악을 약간 어렵게 하고 있다. 경상초에 관한 이야기와 남영주·노자의 문답, 크게 두 단으로 이루어졌는데 그 중점을 뒷 단에 두고 있다.

　사목(社木)의 상(桑)에서 암시를 얻어, 늙어서도 끊임없이 새로운 생명력을 발휘한다는 우의를 지닌 인물로 설정되었으리라고 생각되는 경상초가 노자의 무위자연의 현덕(玄德)을 체득한 인물임을 묘사하는 것으로부터 시작한다. 이것은 이 우화가 정기(精氣)인 생명을 유지하는 것을 주제로 하고 있음을 예시하고, 또 노자의 道를 주로 하여 해석하고 있음을 시사하고 있는 것이다.

　이어 경상초의 玄德에도 불구하고, 그 불모지를 풍족하게 한 공 때문에 외루의 백성과 그의 제자들이 세속의 관습에 따라 경상초를 神으로 숭상하려 했던 바, 경상초가 이를 몹시 배격하고 요순(堯舜)을 大亂의 단서를 마련한 자라 하고, 또 '全其形生之人'을 칭송했음을 서술하고 있다. 여기에 그 주제가 제시되어 있다.

이어 남영주와 경상초의 문답으로 이루어진 소단락은 그 주제를 한층 명확히 하고 다음 대단락과의 접속을 꾀하고 있다. 남영주라고 한 것은 경상초와 관련하여, 여름에 성장하여 붉게 꽃을 피운 식물처럼 정기를 받고 있지만 그것을 잊고, 오직 그 장대함에 집착하고 있는, 결국 세속적·외형적 가치관에 구애받고 있다는 우의를 지닌 인물임을 뜻하는 것이다. 따라서 남영주는 외형에 구애받아 경상초의 '全汝形, 抱汝生'이라는 가르침을 일체로서 이해할 수 없는 자로 묘사돼 있다.

다음의 둘째 대단락은 소단락 둘로 나뉜다. 앞의 소단락은 경상초를 떠나 홀로 여행하여 노자를 방문한 남영주가 노자로부터 '子何與人偕來之衆也'라는 기발한 모욕을 받고 놀라며 자기 사상의 분열을 고백하고, 노자가 그 정신 상실을 꾸짖는 내용이다. 이어 남영주 자신의 반성과, 內外를 향해 의식적으로 구하려는 짓의 부당함에 대한 노자의 지적으로 남영주는 마침내 '衛生之經'을 구하게 됨을 서술하고 있다. '衛生之經'이란 '신체를 온전히 하고 생명을 유지함'의 집약이며, 《노자》의 '몸을 천하보다 귀히 여긴다(貴以身爲天下)'(제13장)에 근거하고 있음을 명확히 하고 있다.

뒤의 소단락은 노자가 '衛生之經'이란, 내성(內省)하여 자기 본래의 정기를 자연히 발양(發揚)하는 것으로서, 그것은 순진한 갓난아이에게 구상화되어 있음을 말하는 것으로 시작되는데, 이 말을 듣고 남영주는 그것을 도덕의 극치라 생각하고 거듭 그에 관해 질문하고, 이에 노자가 갓난아이의 無心함, 순진함에 철저해야 할 것을 되풀이하여 말하고 있다. 道를 배우면 즉시 그 구극(究極)을 문제로 삼는 것은 남영주의 성격인데, 그것은 또 세인의 상폐(常弊)이기도 한 것이다. 목적에 서두르지 않고 그 근본을 순수하게 길러야 한다는 것은 다른 편에도 나와 있지만 특히 이 우화에서 강조되어 있다.

이상과 같이 이 우화는 인물의 설정이나 줄거리의 순서에 약간 지루한 감이 있지만 대화에 사용된 용어에 제법 새로운 취향이 집중되어 있다. 사마천(司馬遷)이 畏壘虛·元(庚)桑子를 ≪장자≫의 빈말의 예로 든 것은 여기에 그 이유가 있는지도 모른다.

그 사상 내용은 '衛生之經', '內外韄'등의 신어(新語)만큼은 새로운 맛이 없다. 다만, 다른 사상에 의존하고 있는 점도 있지만 주로 ≪노자≫에 근거하고, ≪노자≫의 道를 '신체를 온전히 하고 생명을 유지함', 즉 '衛生之經'으로 해석하여 그것을 갓난아이의 순진함으로 구상화(具象化)하고, 또 그것을 계통적으로 설명하고 있음은 다른 데서 유례를 찾을 수 없는 특색이다.

이 우화가 만들어진 시기는 秦과 漢 사이가 아닐까 한다. 근년 장사(長沙)에서 출토된 ≪노자≫ 부재(付載)의 일서(逸書)를 근거로 추측하면 그 무렵 황제(黃帝)나 노자 관계의 우화가 만들어진 듯싶다. 사마천의 부친 사마담(司馬談)은 무제(武帝) 초기에 죽은 사람으로 황로(黃老) 사상의 여풍(餘風)을 받았는데 그가 저술한 〈육가지요지(六家之要旨)〉에는 도가에 대한 칭송이 실려 있고, 특히 '神(정신의 뜻)은 生의 本이요, 形은 生의 具이다'라고 하여 이 우화의 '신체를 온전히 하고 생명을 유지함'과 비슷한 사상이 실려 있다.

## 제2장  유항지설(有恒之說)

> 宇泰定者, 發乎天光. 發乎天光者, 人見其人, [物見其物]. 人
> 有脩者, 乃今有恒. 有恒者, 人舍之, 天助之. 人之所舍, 謂之
> 天民, 天之所助, 謂之天子.

하늘이 안정되어 있으면 하늘의 빛이 널리 퍼진다. 하늘의 빛이 널리 퍼
지면 지상의 사람과 物은 각각 그 형체를 또렷이 드러낸다. 인간은 道를 수
득(修得)해야 비로소 하늘의 안정됨과 같은 일정불변함을 갖출 수 있게 된
다. 그 일정불변함이 있으면 하늘의 빛 아래에 사람과 物이 그 형체를 드러
내듯이, 사람들이 이 사람을 의지할 뿐 아니라 하늘까지도 이 사람을 돕는
다. 그래서 사람들로부터 기댐을 받는 사람을 천민(天民)이라 하고, 하늘
로부터 도움을 받는 사람을 천자(天子)라 하는 것이다.

【語義】 宇泰定者發乎天光(우태정자발호천광):'宇'에 대해서는 해석이 여러
　　가지 있다. 여기서는 글자의 뜻 그대로 天空의 뜻으로 해석하는 것이 좋
　　다. 天空이 안정되어야 비로소 天光이 널리 천하를 비춘다. 天空이 안정
　　되지 않고 비·바람 등이 있으면 天光이 가린다. '宇泰定'은 '有恒者'의 본
　　보기이며 그와 대구 표현(對句表現)을 이루고 있다. '宇泰定者'의 '者'는 '
　　사람'의 뜻이 아니라 '則'의 뜻이다. '有恒者'와 대응시키기 위해 '者' 자를
　　사용한 것이리라. '乎'는 여기서는 목적어임을 나타내는 조사이다.
　　　發乎天光者人見其人(발호천광자인현기인):郭象은 '天光이 빛나면 사
　　람은 사람의 모습을 드러내고 物은 物의 모습을 드러낸다'라고 해석했

다. 이에 의하면 원문에 '見其物'의 한 구가 있었던 듯하다. ≪궐오(闕誤)≫에는 '物見其物'의 한 구가 들어 있는 판본도 있다고 기록되어 있다. 또 그 편이 표현이 더 순당하므로 보충한다. '者'는 則의 뜻.

人有脩者乃今有恒(인유수자내금유항):'脩'는 '修'의 차자. '今'은 여기서는 '此'의 뜻. '恒'은 일정하여 변하지 않는 것. 또 天道의 모습이기도 하다. 유가도 이를 중시하여, ≪순자≫에 '天에는 常(恒과 같은 뜻) 道가 있고, 地에는 常數가 있고, 君子에게는 常體가 있다(天有常道矣. 地有常數矣. 君子有常體矣)'라고 되어 있으며, ≪주역(周易)≫ 뇌풍항괘(雷風恒卦) 상전(象傳)에 '天地의 道는 항구하여 끊임이 없다. ……日月은 天을 얻어 오래 비추고, 四時는 변화하여 오래 이루며, 聖人은 그 道를 오래 지켜 천하를 化成한다. 그 항구한 법칙을 관찰하면 천지만물의 진실한 모습을 알 수 있을 것이다(天地之道, 恒久而不已也. …… 日月得天而能久照, 四時變化而能久成, 聖人久於其道而天下化成. 觀其所恒, 而天地萬物之情可見矣)'라고 했다. 이처럼 '人의 恒'은 天道이기 때문에 '宇泰定'과 상응하는 것이다.

人舍之天助之(인사지천조지):'舍'는 '藉(자:의뢰하다)'의 차자로 본다.

天民(천민)·天子(천자):'天民'에는 하늘이 낸 庶民이란 뜻(≪예기≫ 왕제편 참조)과, 道를 행하여 인민을 지도하는 자라는 뜻(≪맹자≫ 진심 하편)이 있는데 여기서는 전자이리라. 통치받는 '天民'과 통치하는 '天子' 사이에는 신분의 차이가 있지만 여기서는 그 차별을 강조하는 것이 아니라 양자를 총괄하여, 天道에 좇는 인민과 천자를 말하고 있는 것이리라

【補說】 이상의 〈유항지설〉은 영원히 안정되어 있는 하늘로부터 빛이 퍼져

만물·인민이 그 삶을 이루고 있는 것을 본받아, 사람도 항상(恒常)의
道를 지녀야 함을 말하고 있다고 해석할 수 있다.

　이 절 이하의 장절 구분에 관해서는 이 절과 다음의 〈천균설〉을 합하
여 한 장으로 보기도 하고, 또 아래의 非陰陽賊之, 心則使之也'까지를
한 장으로 보기도 하는 등 여러 설이 있는데, 무리 없이 큰 장절로 문
맥 통일을 꾀하기는 매우 곤란하다. 누가 행했는지는 확실하지 않으나
≪노자≫, ≪장자≫와 관계있는 문장을 한데 모은 듯싶다. 그 일부분은
郭象이 모았는지도 모른다. 무리하게 맥락을 따지지 않고, 문맥이 완결
되는 곳에서 끊어 각각 독립된 절로 다루기로 한다.

# 제3장  천균설(天鈞說)

> 學者, 學其所不能學也. 行者, 行其所不能行也. 辯者, 辯其
> 所不能辯也. 知止乎其所不能知, 至矣. 若有不卽是者, 天鈞
> 敗之.

사람이 배운다고 하는 것은 지금까지 배워도 알 수 없는 것에 관해 배우
는 것을 말한다. 행한다는 것은 지금까지 행할 수 없던 것을 새롭게 행하는
것이다. 또 말하여 밝힌다는 것은 지금까지 명백하지 않았던 것을 명백하
게 하는 것이다. 그러나 이것들은 모두 사람의 지혜에 관한 것인데 지혜란
알 수 없는 것에 관해서는 더 이상 알려 하지 않고 그 작용을 멈추어야 그
지극함이 있는 것이다. 그래서 세상 사람들의 學·行·辯과 같이 지혜의
지극함을 본받지 않는 일이 있으면 천균(天鈞)이 이를 좌절시키는 것이다.

【語義】 學者……辯其所不能辯也: ≪중용≫에, '널리 배우고 자세히 물으며
신중하게 생각하고 밝게 판단하며 독실하게 행동한다. 배우지 않은 것
이 있으면 열심히 배워 할 수 있을 때까지 그만두지 않는다. 의심나는
것이 있으면 물어 알 때까지 그만두지 않는다. 생각하지 못한 것이 있
으면 생각하여 납득할 때까지 그만두지 않는다. 판단할 수 없는 것이
있으면 변별하여 명확하게 판단할 때까지 그만두지 않는다. 행하지 못
한 것이 있으면 행하여 독실하게 될 때까지 그만두지 않는다(博學之,
審問之, 愼思之, 明辨之, 篤行之. 有弗學, 學之弗能弗措也. 有弗問, 問
之弗知弗措也. 有弗思, 思之弗得弗措也. 有弗辨, 辨之弗明弗措也. 有

弗行, 行之弗篤弗措也)'라고 했다. 필시 이와 같은 유가의 주장을 거론
한 것이리라.

知止乎……至矣:제물론편 〈보광지설〉에 '道昭而不道, 言辯而不及,
仁常而不成, 廉淸而不信, 勇忮而不成(威). 五者園而幾向方矣. 故知止
其所不知, 至矣. 孰知不言之辯, 不道之道'라고 했다.

若有不卽是者(약유부즉시자):卽은 '따르다 본받다'의 뜻. '是'는 '知
止'를 가리킨다.

天鈞敗之(천균패지):'敗'를 '則'으로 한 판본도 있다 하는데(≪석문≫
의 설), 잘못 베낀 듯하다. '天鈞'(天均으로도 쓴다)은 제물론편 〈천뢰
우화〉에, '是以聖人和之以是非, 而休乎天鈞'이라고 한 것처럼 是非를
包和하고 모두를 만족시키는 天의 순환을 가리키는 말. 사람에게는 배
워서 알 수 있는 것과 알 수 없는 것이 정해져 있다. 그래서 알 수 있는
것은 그대로 둔 채 알 수 없는 것을 억지로 알려고 하는 學 · 行 · 辯을
배격해야 한다고 주장하는 것이다. 요컨대 ≪노자≫ 제20장의 '배움을
끊으면 근심할 일이 없다(絶學無憂)'라고 한 것에 대한 하나의 해석으
로 보아야 한다.

【補說】 이상의 〈천균설〉은 천균(天鈞)이라는 개념으로 ≪노자≫의 '絶學
無憂'를 부연 해설하고 있다.

## 제4장 영대지설(靈臺之說)

> 備物以將形, 藏不虞以生心, 敬中以達彼. 若是而萬惡至者,
> 皆天也. 而非人也. 不足以滑成, 不可內於靈臺.
> 靈臺者, 有持. 而不知其所持, 而不可持者也. 不見其誠己而
> 發, 每發而不當, 業入而不舍, 每更爲失.
> 爲不善乎顯明之中者, 人得而誅之. 爲不善乎幽閒之中者, 鬼
> 得而誅之. 明乎人, 明乎鬼者, 然後能獨行.

필요한 物을 갖추어 몸을 건강하게 기르고, 아무것도 두려워하지 않는
신념을 숨겨 마음이 편안히 작용하도록 하며, 나아가 자신의 마음속으로부
터 신중히 밖의 물사(物事)에 대처한다. 이렇게까지 하는데도 병·재난 등
온갖 꺼리는 일들이 찾아드는 것은 모두 하늘이 정한 것이니 인간의 힘으
로는 도저히 어떻게 할 수 없다. 그로써 자신의 성(誠)을 어지럽혀서도 안
되며, 또 영대(靈臺:성스런 마음속)에 끌어들여서도 안 된다.

영대는 항상 일정하여 지켜나가는 것이 있다. 그러나 어떻게 지켜나갈지
를 모르면 그 일정함을 지니지 못하는 것이다. 요컨대 자신을 성실하게 하
지 않음에도 영대를 밖을 향해 활동시키면 그때마다 물사의 적절함으로부
터 벗어나며, 반대로 물사가 안으로 들어와도 그것이 영대에 걸리는 일이
없이 매번 실패를 거듭한다.

그러한 부당(不當)과 실패의 불선(不善)을 사람들이 빤히 보고 있는 데
서 범하면 사람들로부터 엄한 벌을 받게 되고, 아무도 보지 않는 으슥한
곳에서 범하면 귀신으로부터 엄한 벌을 받는다. 그래서 성(誠)으로써 인간

이 마땅히 해야 할 일에도, 귀신이 행하는 화복(禍福)에도 밝게 통해야만 비로소 아무것도 두려워하지 않고 거리낌 없이 당당하게 행동할 수가 있는 것이다.

【語義】 備物以將形(비물이장형):'備'는 충분히 갖추는 것. '將'은 여기서는 '養'의 차자. '形'은 신체·육체.

藏不虞以生心(장불우이생심):'藏'은 안에 지닌다는 뜻. '虞'는 '구(懼: 두려워하다, 근심하다)'의 차자로 보아야 한다. '生'은 '일으키다·꾀하다'의 뜻이 아니라 '살리다, 생장시키다'의 뜻이다.

敬中以達彼(경중이달피):'中'은 心中. 뒤의 '成', '靈臺'를 가리킨다. '達'은 통한다는 뜻. '彼'는 形·心에 나타나는 외계를 가리킨다.

皆天也而非人也(개천야이비인야):郭象은 '天'을 天理의 뜻으로 해석했는데, 이 '天'은 인간으로서 가능한 일이란 뜻의 '人'에 상대되는 말이므로 '운명'을 가리킨다. 즉 이 문장은 후천적인 인간의 가능성을 주로 논하고 있다. 현실의 인간을 초월하는 것을 주로 하는 것과는 입장이 다르다.

不足以滑成不可內於靈臺(부족이활성불가내어영대):덕충부편 〈재전덕불형우화〉의 '故不足以滑和, 不可入於靈府'와 비슷한 표현이며, 그것을 부연한 것으로 생각된다. '成'에 대해선 여러 설이 있는데 '誠'의 뜻으로 해석해야 할 것이다. '誠'은 정신이 일정하고, 다른 것과 화합하는 것. '靈臺'는 ≪시경≫ 대아편 〈靈臺〉에 의하면 신령을 내려 보내는 高臺이다. 여기서 나아가 정신이 머무는 마음속이란 뜻으로 쓰인 것이다.

靈臺者有持(영대자유지):'持'는 지켜나가는 것, 즉 일정한 상태를 지속하여 변하지 않는 것을 가리킨다.

而不知其所持而不可持者也(이부지기소지이불가지자야):통상, '그 지니는 바를 모르며, 지녀서는 안 된다'라고 해석하는데(郭象의 설), 뒤의 '而'는 乃의 뜻(奚侗의 설)으로 해석해야 한다. '其所持'는 〈재전덕불형 우화〉로 추론하면 才 또는 德으로 해석해야 하겠지만 여기서는 그것과 달리, '誠'을 가리킨다. '所'는 '所以'의 뜻.

不見其誠己而發(불견기성기이발):본디 '不見其誠己, 已而發'로 되어 있었는데, '己'와 '已'가 포개진 것으로 보아야 할 것이다. '已而發'은 뒤의 '業入'과 짝이 된다. 그렇지만 이본이 없고, 郭象 이래 이 7자 1구로 전해지고 있으므로 이에 좇는다.

每發而不當(매발이부당):'不當'은 물사의 적절함을 얻을 수 없는 것.

業入而不舍(업입이불사):'已發而不當'이라 한 것과 대응하는 것이다. '業'은 己의 뜻(林雲銘의 설). '舍'는 마음에 머무른다는 뜻.

每更爲失(매갱위실):'更'은 '더욱 더, 점점 더'의 뜻.

爲不善乎……明乎鬼者:'靈'은 鬼神과 관계하며, '誠'도 '지극한 誠은 神과 같다(至誠如神)'(≪중용≫)라고 한 것처럼 鬼神과 관계된다. 그래 서 이러한 관계를 배경으로 뒤의 '獨行'을 도출하기 위해, 이 문장을 삽 입시킨 것이리라. '不善'은 윗글의 '不當', '失'을 가리킨다. '幽閒'은 사 람에게 알려지지 않은 곳. '閒'은 閑(막힌 곳)'의 뜻.

獨行(독행):재유편 〈독유인설〉의 '獨往獨來. 是謂獨有. 獨有之人, 是 之謂至貴'에 근거한 말이리라. 무엇에도 지배받지 않도록 독립과 자유 를 유지하는 것을 가리킨다. 덧붙여 말하면 이것은 ≪중용≫의 '어두운 곳(에서는 그 행위의 흔적은 확실히 나타나지 않으나 그 조짐은 움직이 고 있어, 사람들은 알 수 없더라도 자기 자신은 분명히 알기 때문에 그 어두운 장소)만큼 잘 드러나는 것은 없고, 작은 일만큼 선명하게 드러 나는 것은 없다. 따라서 군자는 자신만이 알고 있는 것을 더욱 조심스 럽게 하는 것이다. (人欲이 바야흐로 싹트려 하는 것을 막아 멈추게 하

여, 은미한 가운데 남모르게 자라지 않도록 하려는 것이다)(莫見乎隱,
莫顯乎微, 故君子愼其獨也)'와 비교된다.

【補說】 이상의 〈영대지설〉은 성의를 가지고 영대(靈臺)를 일정하게 지니
는 것과 함께 인사(人事)를 다해야 한다는 뜻으로 해석할 수 있다.
　　덕충부편 〈재전덕불형우화〉의 '靈府'를 일신의 조화 안정보다는 외계
에 대하여 행동하는 인간의 입장을 주로 하여 부연하고 있다고 생각된
다. ≪중용≫의 사상에 접근한 점이 있다.

# 제5장  권내지설(券內之說)

> 券內者行乎無名, 券外者志乎期費. 行乎無名者, 唯庸有光.
> 志乎期費者, 唯賈人也. 人見其跂, 猶之魁然.
> 與物窮者, 物入焉. 與物且者, 其身之不能容, 焉能容人. 不
> 能容人者無親. 無親者盡人.
> 兵莫憯于志, 鏌鋣爲下. 寇莫大於陰陽, 無所逃於天地之間.
> 非陰陽賊之, 心則使之也.

　자신의 마음속을 반성하는 자는 다른 사람에게 알려져 칭찬받는 일도 없
이 자신의 道를 행하지만 바깥인 세간(世間)의 일에만 마음을 쓰는 자는 허
식의 화려함을 다하려고 한다. 다른 사람에게 알려지지 않게 행동하고 있
는 자에게는 오히려 항상 변하지 않는 광명이 있다. 허식의 화려함을 다하
려 하는 자는 사람들에게 억지로 물건을 팔려고 하는 장사치와 같다. 세상
에 있는 사람들은 그 근거도 없는 계획을 보고, 그것을 굉장한 것으로 생
각하는 것이다.

　무릇 物이 궁핍한 자에게는 오히려 物이 들어온다. 그러나 物을 많이 지
니고 있는 자에게는 物이 들어오지 않을 뿐 아니라 그런 자는 物에 마음을
빼앗겨 자신의 몸조차 생각할 수 없게 된다. 그런 사심이 어떻게 남을 받아
들여 감쌀 수가 있겠는가. 남을 받아들일 수 없는 사람에게는 사람을 친애
하는 정이 없다. 친애하는 정이 없는 자는 남을 괴롭히고 맞친다

　그래서 사람을 해치는 병기(兵器) 중 가장 잔혹한 것은 사람의 마음으로,
이에 비교하면 천하의 명검이라는 막야(莫邪)조차 하찮은 납덩이 칼에 지

나지 않는다. 또 사람을 괴롭히는 외적 가운데 음양(陰陽)의 기(氣)의 변화
가 가장 강대한 위력을 지니고 있으며, 그 위력 앞에서는 광대한 천지 사
이 어디든 도망쳐 숨을 수가 없다. 그러나 그것도 사실은 음양의 氣가 사람
에게 상해를 입히는 것이 아니라 사람의 마음이 그렇게 하게 하는 것이다.

【語義】 劵內者行乎無名(권내자행호무명):'劵'은 '眷(권:보다)'의 차자. '勸
(권:애쓰다, 닦다)'의 차자로 해석해도 통한다. '名'은 '明'의 뜻인데, 뒤
의 '光'과 혼동을 피하고자 '名'이라 한 것이리라.

　　志乎期費(지호기비):'期'는 '綦'로도 쓰며, '몹시 ~하다'의 뜻(俞樾의
설). '費'는 '賁', 또는 '斐'의 차자로, 외면의 화려함을 가리킨다.

　　唯庸有光(유용유광):'唯'는 '惟·維'와 같다. 是의 뜻. '庸'은 常의 뜻.
이 '光'은 제물론편 〈천뢰우화〉에서 '是故滑疑之耀, 聖人之所圖也'라고
한 것과 같은 것이리라.

　　唯賈人也(유고인야):'唯'는 '惟·維'와 같다. 이 '賈人'은 수완 좋은 장
사꾼을 가리키는 것이 아니라 가게에서 물건을 진열하고 사람들의 구
매 욕구를 자극하는 하천한 장사치를 가리킨다. '費'와 관련된 말로 賈
人을 비유로 든 것이리라.

　　人見其跂猶之魁然(인견기기유지괴연):'跂(육발)'는 '企(기획, 기도)'
의 차자. '魁(우두머리)'는 '傀(보통의 정도나 상태를 벗어나 엄청나게
큼)'의 차자(馬紋倫의 설).

　　與物窮者物入焉(여물궁자물입언):郭象은 '與物窮'을 '物과 시종 함께
하다'의 뜻으로 해석했다. 따라서 '物入焉'이란 그 物我一體의 자에게
만물이 귀의하는 것을 가리킨다(成玄英의 설)라고 했는데, 이는 부적당
한 해석이다. '與'는 '於(~에 대하여)'와 같다. '與物窮'은 '窮於物'의 도
언(倒言)이다. '窮'은 궁핍(窮乏).

與物且者其身之不能容(여물저자기신지불능용):‘且’는 여기서는 많다
는 뜻(朱駿聲의 설로는 ‘疽’의 차자라 하는데, ‘湑’ 또는 ‘奢’의 차자이리
라). ≪시경≫ 대아편 〈한혁(韓奕)〉에 ‘음식 그릇이 많이 있다(籩豆有
且)’라 하고, 정전(鄭箋)에 ‘且는 많은 모양’이라 했다.

盡人(진인):다른 사람을 貧苦死亡시키는 것.

兵莫憯于志鏌鋣爲下(병막참우지막야위하):‘兵’은 ‘盡人’을 받으며, ‘志’
는 ‘券內’를 받고 있다. ‘兵’은 병기·무기. ‘憯’은 慘과 같다. ‘鏌鋣’는 鏌
鋣와 같다. 명검(名劍)의 이름. ‘下’는 ‘못하다·뒤떨어지다’의 뜻.

寇莫大於陰陽(구막대어음양):‘寇’는 해(害)를 가하는 외적. ‘陰陽’은
기후 변화에 의한 병 따위를 가리킨다.

【補說】 이상의 〈권내지설〉은 필시 제물론편 〈천뢰우화〉의 ‘滑疑之耀’에서
힌트를 얻어 ≪순자≫ 권학편의 ‘다른 사람들이 모르는 노력을 거듭 쌓
겠다는 마음이 없는 자에게는 세간에서 얻어지는 빛나는 영예가 따를
수 없고, 눈에 띄지 않는 노력을 거듭 쌓지 않는 자에게는 빛나는 공적
은 얻어질 수 없다(無冥冥之志者, 無昭昭之名, 無惛惛之事者, 無赫之
功)’와 같은 사고방식을 복선으로 삼아, 外物을 향해 마음을 쏟지 말고
內省해야 함을 말하고 있다.

## 제6장 천문지설(天門之說)

道通其分也. 其成也毁也. 所惡乎分者, 其分也以備. 所以惡
乎備者, 其有以備.
故出而不反, 見其鬼. 出而得, 是謂得死. 滅而有實, 鬼之一
也. 以有形者象無形者而定矣.
出無本, 入無竅, 有實而無乎處, 有長而無乎本剽. 有所出而
無竅者, 有實. 有實而無乎處者, 宇也. 有長而無本剽者, 宙
也.
有乎生有乎死, 有乎出有乎入. 入出而無見其形. 是謂天門.
天門者無有也. 萬物出乎無有. 有不能以有爲有. 必出乎無
有. 而無有一無有. 聖人藏乎是.

모든 物의 근원인 無의 大道는 그로부터 나뉘어 나온 각각의 物을 똑같
이 지배하고 있다. 物이 나뉘어 나와 하나의 物로 성립되었다고 보이는 것
은 道의 지배 그대로 부수어져 나가는 과정에 지나지 않는 것이다. 그래서
그 나뉘어 나온 物만을 문제 삼는 것이 부당하다는 것은 나뉘어 부수어지
는 과정에 지나지 않는 것을 충분히 갖추어진 것으로 생각하기 때문이다.
완비되어 있다고 생각하는 것이 부당한 까닭은 완비되어 있지 않음에도 완
비되어 있다는 생각을 고집하기 때문이다.

이것을 인간의 생사 문제에 견주어 말하면 사람은 태어날 뿐 돌아가는 일
이 없다고 하면 노쇠하면서 정신 착란이 일어나 모두들 귀신을 보게 될 것
이다. 태어나면 누구나 돌아가게 되는데 이를 '죽는다'고 하는 것이다. 사멸

하더라도 실제로는 모습이 남는다고 생각할지도 모르나 그것은 생체와는 다른, 돌아가고 있는 귀신임에는 변함이 없다. 이처럼 生이건 死이건 형체가 있는 것으로써 생각하여, 그 근원은 형체가 없는 것임을 알게 되면 道에서 나뉘어 나온 物에 고집하는 짓의 부당함이 명백하게 된다.

무릇 하나의 物인 인간은 그 탄생에도 인간의 지혜로 포착할 수 있는 일정한 근본이 있는 것이 아니며, 그 죽음에도 명백한 종말이 있는 것이 아니다. 생존하는 실제의 형체는 있지만 스스로 선정한 상주(常住) 장소가 있는 것도 아니며, 성장이라고 하는 활동은 있지만 그것이 언제 시작하고 언제 끝난다고 하는 정해진 때는 없다. 즉 태어나는 일은 있지만 그 종말을 알 수 없는 것이 이 세상에서 인간이 형체를 지니는 것이다. 그러나 그 형체가 있어도 상주 장소가 없음은 절대인 공간에 의해 규정되기 때문이며, 그 활동이 있어도 본말(本末)의 때가 없음은 영원한 시간에 의해 규정되어 있기 때문이다.

이처럼 삶이 있으면 죽음이 있고, 이 세상에 태어나면 이 세상을 떠나가게 된다. 그 출입이 어떻게 행해지는가를 현실적으로 확실히 알 수는 없다. 그 알 수 없는 작용을 하는 것을 천문(天門)이라 한다. 天門은 無이다. 인간뿐 아니라 모든 物은 이 無로부터 전개된다. 더욱이 존재하는 物은 그 자체로써 자신의 존재를 정립할 수가 없다. 반드시 無에 의해 전개되는 것이다. 그리고 이 無는 영원불변하며 유일한 道이다. 그래서 성인은 이 無인 大道와 일체가 되는 것이다.

【語義】道通其分也其成也毁也(도통기분야기성야훼야):제물론편 〈천뢰우화〉에 '恢恑憰怪, 道通爲一. 其分也成也. 其成也毁也'라고 했다. 필시 이를 근거로 보충한 것이리라. 이 문장의 구두(句讀)에 관해서는 여러 설이 있는데, '道通其分也'를 한 구로 보아야 한다. 본절의 첫 문제

는 '分', 요컨대 개개 物의 구별에 관계있는 것이다. '其成'의 '其'는 '分'을 받고 있다.

其分也以備(기분야이비):이것은 '其分也成也'에 대한 진술이므로 보편적인 道에 반해 특수한 구별인 각각의 物을 그 보편성만 취하여 현시점에 있는 것을 완전체로 봄을 뜻한다. '以'는 글자 뜻 그대로 '(그 分을) 가지고'의 뜻으로 해석해도 통하지만 '已'의 뜻으로 해석하는 것이 더 알기 쉽다.

其有以備(기유이비):'有'는 보유한다는 뜻에서 나아가 '고수한다'는 뜻. '부모가 건재하실 때에는 자식은 자유 행동을 함부로 하지 않는다(父母在, 不敢有其身)'(≪예기≫ 坊記)의 '有'와 거의 같다. 個物은 道에 따라 成·毁의 변화를 이루는 것인데, 成만을 고수하려 하는 것은 道에 배반하는 일이다.

故出而不反見其鬼(고출이불반견기귀):이것은 個物의 변화를 사람의 예로써 말하고 있는 것으로, '出'은 一個의 사람으로서 생존하는 것, '反'은 죽어 道에 돌아가는 것을 가리킨다. '見其鬼'는 노쇠하면서 정신이 어지러워 鬼를 보는 듯한 현상을 가리키는 것이리라. 요컨대 이 문장은 道와 氣(정령)를 거의 같은 성격의 것으로 취급하여 인간의 生(成·分)의 보편적 원리는 氣라 하고 있는 것이다. 氣는 精·鬼(귀신)라고도 불린다. 또 '見'이라고 하여 鬼가 형체를 지니고 있는 것처럼 여기게 되는데 이는 표현이 약간 잘못된 것이리라. 다음 글의 '無形'과의 관계로 추측하면 鬼는 無形의 것이다. ≪중용≫에 '(음양의 氣의 靈인) 귀신의 性情功効는 그 얼마나 盛한가? (귀신은 모습도 소리도 없고) 아무리 보려 해도 볼 수 없고, 아무리 들으려 해도 들을 수 없지만 物의 본체이기 때문에 (어떤 物도) 이를 버릴 수가 없다.(귀신은) 천하의 사람들에게 (외경의 마음을 일으키게 하여) 잡념을 없애 버리고 몸에 깨끗하고 아름다운 제의를 걸치고 제사를 받들도록 한다. (귀신은) 流動充滿하여 그 위에 있는 것도 같고 그 좌우에 있는 것도 같다(鬼神之爲德, 其盛矣乎. 視之而弗見, 聽之而弗聞, 體物而不可遺. 使天下之人, 齊明盛服, 以承祭祀. 洋洋乎如在其上, 如在其左右)'고 했다.

出而得是謂得死(출이득시위득사):뒤의 '得'은 군글자이며 '出而得反是謂死'로 써야 할 것이다. 단 그렇게 되어 있는 판본이 없으므로 원문대로 해석한다. 앞의 '得'은 得反의 생략으로 본다.

滅而有實鬼之一也(멸이유실귀지일야):'滅'은 죽음을 바꿔 말한 것. '實'은 死骸를 가리킨다(宣穎의 설). ≪예기≫ 예운편(禮運篇)에 '하늘을 보고 死者의 魂을 부르고, 땅에 遺體를 묻는다. 땅에 묻는 것은 體魄은 땅 속으로 내려가기 때문이며, 하늘을 보고 死者의 魂을 부르는 것은 知氣는 하늘로 올라가기 때문이다(天望而地藏也. 體魄則降, 知氣在上)'라고 했다. 이것과 같은 사고방식으로, 死骸가 남았으나 그것은 이미 생명활동을 하는 인간과는 달리 生이 하늘로 돌아가는 것처럼 땅으로 돌아가는 鬼임을 가리킨다.

以有形者象無形者而定矣(이유형자상무형자이정의):'有形'은 分·生을, '無形'은 鬼·道를 가리킨다. '象'은 그 실체를 추정하는 것을 가리킨다. '定'은 生死, 나아가 道에 관한 생각이 확정되는 것.

出無本入無竅(출무본입무규):이 이하는 앞 절의 '死', '無形'을 받아 유무(有無)의 관점에서 生死에 관해 논하고, 그것을 근본의 無에서 보아야 함을 말한다. '出'은 사람 또는 物이 생겨나는 것. '無本'은 사람 또는 物의 입장에서 무엇을 근본인(根本因)으로 하여 언제 어떻게 생겨나는가를 알 수 없는 것을 가리킨다. '入'은 죽는 것, '竅'는 필시 묘혈(墓穴)을 연상하고 사용한 말이리라. 어떤 이유에서, 언제 어떻게 죽는가 하는 종말을 가리킨다.

有實而無乎處……:이 문장의 전후에 오탈(誤脫)이나 착간(錯簡)이 있으리라 의심하는 학자가 많아, 뒤의 '有所出而無竅者有實'을 이 두 구의 앞에 두어야 한다(奚侗의 설), '有所出……'의 구를 '有所出而無本者有長, 有所入而無竅者有實'의 두 구로 바꾸어야 한다(呂惠卿의 설), 이 두 구를 '有實而……'의 두 구 앞으로 옮겨야 한다(馬敍倫의 설), 또 '有所出……'의 '有實'은 군글자이며 이 구를 모조리 삭제해야 한다(宣穎의 설)는 등 여러 가지 수정이 시도되고 있다. 그러나 원문의 표현에 부정밀(不精密)한 점이 있지만 이들 여러 설은 원문의 뜻을 오해하고 있다고 생각된다. 수정할 필요가 없다. '實'은 앞 글 '滅而有實'의 '實'과 거의 같은 용법으로, 사람 또는 物이 어떤 구체적인 形을 가지고 존재하는 것을 가리킨다. 단 그 존재는 생물을 주로 하여 생각하고 있기 때문에 시간적 계기를 지닌 활동인 이른바 '長'을 포함하고 있다. '無乎處'는 '無處'와 같다. '乎'는 無(또는 有)의 관계하는 바를 정중하게 나타내는 조사. 이하의 '乎'도 같다. '處'는 사람 또는 物이 결정 또는 선택하는 일정한 장소를 가리킨다. 요컨대 '有實而無處'란 사람 또는 物은 '物成生理, 謂之形'이라 한 것처럼 形과 생명이 있는 실존재로서 공간적 위치를 점해야 하는데, 그것은 자주적으로 결정하는 일정한 위치가 아니라 보편적 공간에 규정되어 있는 한 점에 지나지 않음을 가리킨다.

有長而無乎本剽(유장이무호본표):'長'은 實에 포함된 성장을 가리킨다. 剽(찌르다, 위협하다)'가 '標'로 되어 있는 판본도 있다(≪석문≫의 설). 본디 '標(杪와 같다. 나뭇가지 끝)'의 차자. '本剽'는 本末. 요컨대 物의 終始, 物이 자주적으로 결정하는 활동의 시간을 가리킨다. '無乎本剽'는 '無竅'와 상응하는 표현이다. 즉 이 구는 사람 또는 物이 생존하는 한 시간적 계기를 가지고 성장하는데, 그것은 자주적으로 결정하는 일정한 시간이 아님을 가리킨다. '其行盡如馳'와 같은 류를 추상론적으로 규정하고 있는 것이다.

有所出而無竅者有實(유소출이무규자유실):'出無本' 이하, 특히 '有實而無乎處' 이하의 두 구를 매듭지으며 사람 또는 物은 존재하지만 시간적 공간적으로 不定임을 말하고 다음 두 구와 연결을 꾀하고 있는 것이다. '有所出'은 사람 또는 物의 출생을 가리킨다. 이 '無竅'는 '無乎處', '無乎本剽'를 매듭짓는 말. '有實'은 사람 또는 物 그 자체이다.

有實而無乎處者宇也有長而無本剽者宙也(유실이무호처자우야유장이무본표자주야):'宇'는 무한, 결국 절대의 공간이고 '宙'는 무한, 절대의 시간이며 이를 근거로 사람과 物의 '實', '長'이 규정된다고 하는 것이다. 또 '宇', '宙'는 無形이며, 천지가 道의 근본적인 구현이듯 道의 구현, 또는 속성이라 불리고 있는 것이다. 요컨대 이 두 구는 지북유편〈천지지위형우화〉의 '生是天地之委和也', 〈대득지설〉의 '人生天地之間, 若白駒之過郤' 같은 것을 추상론적으로 규정하고 있는 것이다. '宇', '宙'의 앞에는 각각 '以・因' 등의 글자가 생략되어 있다. '宙'를 '壽'의 차자로 해석하는 것(馬敍倫의 설)은 적당하지 않다.

入出而無見其形是謂天門(입출이무견기형시위천문):'無見其形'은 '無見所以入出之形'의 뜻이다. '天門'은 ≪노자≫의 '衆妙之門'(제1장)에서 힌트를 얻은 표현이며, 우주의 사이에 造化의 一元이 있음을 가리킨다. 천운편〈천문우화〉의 天門, ≪노자≫의 '天門'(제10장) 등과는 약간 의미를 달리한다.

天門者無有也(천문자무유야):≪노자≫의 '처음 천지가 열리기 전에는 이름이 없었다(無名, 天地之始)'(제1장)와 같은 사상이다.

萬物出乎有情(만물출호유정):≪노자≫의 '천하 만물은 有에서 생겨나며, 有는 無에서 생겨난다(天下萬物生於有, 有生於無)'(제40장)와 같은 사상이다.

有不能以有爲有(유불능이유위유):제물론편 〈천뢰우화〉에 '物無非彼,
物無非是. 自彼則不見, 自知則知之'라고 한 것에 근거한 것이리라.

而無有一無有(이무유일무유):≪노자≫의 '道가 한 元氣를 생겨나게
한다(道生一)'(제42장), 또는 천지편 〈물성생리론〉의 '泰初有無. 無有
無名, 一之所起'에 근거했으리라.

聖人藏乎是(성인장호시):'是'는 無形·無爲의 一心. '藏'은 그 無形을
지키는 것을 가리킨다.


【補說】 이상의 〈천문지설〉은 제물론편 〈천뢰우화〉에 나온 物의 인식에서
의 道와 物의 관계론을 전용(轉用)하여, 인간의 생존은 無를 근저로 성
립됨을 설하고 있다.

생존을 논하면서 스스로 생존하는 인간으로서 주관적·객관적으로
그 체험을 이야기하는 것이 아니라 객관적·구체적 사실로서 다루고,
나아가 그 근저가 無임을 설명하려고 하는 새롭고 흥미 있는 입장을 보
여 주고 있는데 道를 無라 하고 萬物은 無에서 생겨나며 生과 死는 서
로 순환한다는 등 기정 관념에 근거한 바가 많다.

# 제7장 삼자공족지설(三者公族之說)

古之人, 其知有所至矣. 惡乎至. 有以爲未始有物者. 至矣,
盡矣. 弗可以加矣.
其次以爲有物矣. 將以生爲喪也, 以死爲反也. 是以分已.
其次曰, "始無有, 旣而有生, 生俄而死. 以無有爲首, 以生爲
體, 以死爲尻. 孰知有無死生之一守者. 吾與之爲友."
是三者, 雖異, 公族也. 昭·景也, 著戴也. 甲氏也, 著封也.
非一也.

먼 옛날 사람은 그 명지(明知)가 극에 달해 있었다. 어느 정도냐 하면 이
세상에 物은 전혀 존재하지 않는다고 생각한 것이다. 이것은 더없이 지극
한 경지였다. 그 이상은 없다.

그 다음은 이 세상에 物이 존재한다는 것을 인정하는 것이다. 그러나 그
생존은 결국 죽음에 이어지고, 또 그 죽음은 無에 되돌아가는 것이라고 생
각하는 것이다. 이것 역시 無를 근본으로 하고 있으나 物의 존재를 전제로
하고 있어 전자로부터 갈려나온 것이라 할 수 있다.

그 다음은 '처음에는 아무것도 없었는데 어느 사이엔가 物의 생존이 시
작되고, 나아가 그 생존은 알 수 없는 사이 사멸되어 간다. 요컨대 無를
머리로, 생존을 몸으로, 사멸을 꼬리로 삼는다. 누가 이처럼 유무와 생사
를 일체로서 지키는 것을 알고 있을까. 이를 아는 자와만 벗으로 사귀자'
는 것이다.

이상의 세 가지 생각은 표면상으로는 각각 다르지만 실질은 같은 公의

혈통에서 나온 공족(公族)처럼 한 줄기인 것이다. 예를 들면 楚의 공족인 소씨(昭氏)나 경씨(景氏)는 그 갈려나온 세대의 이름을 명확히 하고 있으며 갑씨(甲氏)는 그 받은 봉읍의 이름을 명확히 밝히고 있어 그 이름을 주목하면 같은 공족이면서 같지 않은 것과 같다. 이와 마찬가지로 이상 세 가지 생각도 그 나타냄이 다를 뿐이다.

【語義】 古之人其知……弗可以加矣:전면적으로 無를 직관하는 것을 가리킨다. 제물론편 〈천뢰우화〉에 나오는 같은 표현의 명제에 근거한 말이리라.

　其次以爲有物矣(기차이위유물의):物의 존재 속에서 반성적으로 그 근원이 無임을 인식하는 입장을 보여 주고 있다. 〈천뢰우화〉의 '其次以爲有物矣而未始有封也'에 근거한 것인데 〈천뢰우화〉가 無로부터 物의 존재를 만물일체라고 체관(諦觀)하는 데 대해 이것은 物의 존재를 긍정하는 가운데 그 근원을 깨닫는다고 하는 것으로 그 입장과 규정을 약간 달리하고 있다.

　將以生爲喪也以死爲反也(장이생위상야이사위반야):'以死爲反'은 無에 돌아가는 것, 대종사편 〈기인우화〉의 '反其眞'에 해당하리라. 이러한 점을 근거로 추론하면 이 두 구가 뜻하고자 하는 바는 대종사편 〈진인론〉의 '善吾生者, 乃所以善吾死也', 결국 '古之眞人, 不知說生, 不知惡死'이리라.

　是以分已(시이분이):郭象은 '같다고 하면서도 구별이 있음'의 뜻으로 해석했는데 '是'는 생사를 꿰뚫어보는 것을 가리키며 '分'은 '古人의 無에 관한 직관'으로부터 분기(分岐)한 것을 가리킨다고 보아야 한다. '分'을, 物의 구분·분별의 뜻으로 해석하는 것은 적당하지 않다.

　其次曰始無有……生俄而死:無, 有, 生, 死를 자연의 변화로 보는 것

을 가리킨다. 천도편 〈천락론〉의 '其生也天行, 其死也物化'와 같은 경지이리라. 이것은 앞의, 근본인 無를 인식하는 입장과 거의 같다고 할 수 있는데 生·死 등의 존재를 전자보다 강하게 인식하고, 나아가 그 자연스런 변화에 위임하기 때문에 이것을 구별한 것이리라.

以無有爲首……吾與之爲友:대종사편 〈조화우화〉의 '孰能以無爲首, 以生爲脊, 以死爲尻. 孰知死生存亡之一體者. 吾與之友矣'에 근거한 말이다. '死生存亡之一體'는 '死生爲一條'라고도 한다. 여기서 '一守'라 한 것은 사람의 일관된 신조여야 하기 때문이리라. 일설에 '守'는 '道'의 차자라 했다(王念孫의 설).

是三者雖異公族(시삼자수이공족):'三者'는 이상의 세 가지 입장을 가리킨다. '公族'은 無(道)를 公(太宗)으로 보고 이상의 세 가지 입장이 그로부터 나뉘어져 나온 동족의 지족(支族)이라고 혈족의 비유로 표현한 것이다.

昭景也著戴也(소경야저대야):王逸의 ≪초사(楚辭)≫ 序에, '昭·景·屈'을 楚 왕실의 동족이라 했다. 이 문장이 楚의 왕족을 예로 들고 있다는 것은 楚와 관계있는 자의 손에 의해 지어졌음을 나타내는 것이리라. 회남왕(淮南王) 유안(劉安)의 밑에 있던 자인지도 알 수 없다. '著'는 명확하게 한다는 뜻. '戴'는 '代'의 차자(章炳麟의 설). 그런데 昭·景 양족(兩族)이 楚의 어떤 왕으로부터 갈려나왔는지, 또 그들의 족조(族祖)가 누구였는지는 명확하지 않다.

甲氏也著封也(갑씨야저봉야):後漢의 왕부(王符)가 지은 ≪잠부론(潛夫論)≫ 지씨성편(志氏姓篇)에 의하면 楚에 甲氏가 있다. 단 그것이 봉읍의 이름을 氏名으로 삼은 것인지는 확실하지 않다. '甲氏'는 屈氏인 듯(王應麟의 설), 또 '甲'은 屈의 차자(馬敍倫의 설)라는 등의 설이 있다. ≪초사(楚辭)≫ 이소편의 王逸의 注에, 楚나라 무왕의 아들인 瑕는

屈에 봉해져 객경(客卿)이 되어, 屈을 氏名으로 삼았다고 되어 있다. '甲'이 '屈'을 잘못 베낀 것인지도 알 수 없으나 원문대로 해석했다.

【補說】 이상의 〈삼자공족지설〉은 제물론편 〈천뢰우화〉 및 대종사편 〈조화우화〉에 근거하여 체도자의 인생에 관한 사고에는 오로지 無임을 깨닫는 것, 인생의 근저가 無임을 깨닫는 것, 그 위에 無를 근저로 하면서도 生死를 일체로 보고 그 변화에 순응하려는 것이 있음을 분석하고, 나아가 그것들은 표면적, 현실적인 어긋남은 있을지언정 無의 체관(諦觀)에 있어서는 같음을 설하고 있다. 약간 논리적 뒷받침이 부족한 아쉬움은 있지만 흥미 있는 지적이다.

## 제8장 동어동지설(同於同之說)

有生黬也, 披然曰移是. 嘗言移是, 非所言也. 雖然, 不可知者也.

臘者之有膍胲(胘), 可散而不可散也. 觀室者, 周於寢廟, 又適其偃焉. 爲是擧移是.

請嘗言移是, 是以生爲本, 以知爲師, 因以乘是非. 果有名實. 因以己爲質, 使人以爲己節, 因以死償節.

若然者, 以用爲知, 以不用爲愚, 以徹爲名, 以窮爲辱. 移是今之人也. 是蜩與鷽鳩同於同也.

인간의 생명이 활동을 멈추면 사람들은 누구나 '이는 인간의 생명이 옮겨간 것이다'라고 말한다. 사람들은 인간의 생명이 잠시 옮겨갔다고 하는데 그것이 어떻게 되는지는 말로 표현할 수가 없는 것이다. 또 말해 본다한들 그것은 인간의 지혜로는 알 수 없는 것이다.

연말에 정령을 보내는 납제(臘祭)에서 희생을 바치는 자는 짐승의 배를 갈라 여러 내장을 들어내지만 그것들이 여기저기 흩어지지 않도록 생체(牲體)에 붙어 있는 채로 둔다. 그러나 정령을 찾아 방안에서 관례(灌禮)를 행하는 자는 침묘(寢廟) 안을 샅샅이 찾고 난 다음 다시 옥루(屋漏)의 물받이까지 뒤진다. 이처럼 생명의 영(靈)이 몇 개나 되는지 정할 수 없음에도 오직 여러 곳에 나뉘어 있다는 것에만 주목하여 인간의 생명이 옮겨간다고 말하는 것이다.

인간의 생명이 옮겨간다는 것이 인정된다면 이것은 인간의 생명 활동을 근본적인 것으로 보고 지혜를 지도자로 삼아 물사(物事)의 시비(是非)를 구사(驅使)하는 것이다. 이러면 물사에는 실질과 그에 대응하는 이름이 있게 된다. 그래서 자신을 실질의 주로 삼고 타인을 그에 대응하는 절(節)로 삼아 타인이 그 절을 지킬 수 없을 때에는 죽음으로써 그것을 보상시키기도 한다.

생명 활동을 근본으로 하는 자는 세상에서 쓰여야만 지능이 뛰어나다고 생각하고 그렇지 않으면 어리석다고 생각하며 세상에서 칭송받는 것을 명예로운 일로 생각하고 받아들여지지 않아 곤궁한 것을 치욕으로 여긴다. 생명이 옮겨간다는 이러한 관념을 고집하는 것이 요즘 사람들이다. 이것은 천지 대자연의 세계를 비상하는 대붕을 멋도 모르고 조소한 매미나 비둘기의 어리석음과 같으며 구태의연하게 자신만의 작은 세계에서 꼼지락거리는 것과 같다.

【語義】 有生黬也(유생암야):'黬'은 다른 문헌에 사용된 예가 거의 없는 문자다. 일반적으로 솥이나 냄비 밑에 검은 기운이 모여 생긴 검댕을 가리키는 글자로 해석하며 이 때문에 '生은 검댕과 같다', 즉 '生은 氣가 모여 있는 것에 지나지 않는다'(郭象의 설)는 뜻으로 이 구를 해석하지만 표현 자체가 지극히 부자연스럽다. '黬'은 '咸(함:끝나다, 끝마치다)' 또는 '緘(함:닫히다, 끝나다)'의 차자로 해석해야 할 것이다. 즉 '生이 멈추면'의 뜻으로 해석해야 한다.

披然曰移是(피연왈이시):'披然'을 披의 '헤치다, 나누다'의 뜻에 따라 '분산하다'의 뜻으로 해석하고 있는데 그럴 경우 '曰'의 수식어로서는 매우 부자연스럽다. 披靡(복종하여 좇다), 즉 '披'를 그 음이 비슷한 '靡'의 뜻으로 쓴 것으로 본다. '사람들이 똑같이'의 뜻이다. '移是'는 生에 구애되어 죽음을 삶의 변화로 생각하는 것을 가리킨다. 이것은 제물론편

〈천뢰우화〉의 '適'에 해당하는 것이리라.

嘗言移是非所言也(상언이시비소언야):'嘗'은 '잠시, 임시로'의 뜻. 非所言也'는 '非可言也'의 뜻. 道로써 생각하면 生도 死도 자연스런 순환이기 때문이다.

雖然不可知者也(수연불가지자야):'雖然'의 '然'은 '嘗言移是'를 가리킨다. 체도자의 입장에서 보면 生도 死도 없기 때문이다.

臘者之有膍胲可散而不可散也(납자지유비해가산이불가산야):'臘'은 연말에 행하는 큰 제사. 본디 농사가 끝나는 초겨울에 행해지며 악령을 쫓고 다음해의 행복을 비는 제례였으리라 생각되는데 춘추시대 이후에는 주로 모든 신령에게 감사드리는 연말 제례가 되었던 듯하다. '臘者'는 그 제례에서 희생을 바치는 자. 따라서 '有'는 侑(올리다, 바치다)의 뜻. '膍'는 소·양·사슴 등의 위(胃)를 가리킨다. 이것을 백엽(百葉)이라고도 한다. '胲'는 '胘'을 잘못 베낀 것이다(孫詒讓의 설). 胘도 百葉의 뜻. '胲'를 글자 그대로 엄지발가락(≪설문해자≫의 설), 소의 발굽(成玄英의 설), '賅'의 차자로서 '갖추다'의 뜻(崔譔, 成玄英의 설) 등으로 해석하는 것은 적당하지 않다. 臘祭에 어떤 의례가 행해졌는지는 분명하지 않으나 ≪예기≫ 月令 등에 기록된 것을 근거로 추측하면 臘祭에는 많은 동물을 희생으로 바치고 그것들을 갈라 내장을 드러내는데 주술적 의미가 있었다. 더욱이 그 내장은 희생 동물에서 완전히 분리되지 않은 채로 바쳐졌기 때문에 이 문장에서 '可散(분산의 뜻)而不可散也'라 한 것이리라.

觀室者周於寢廟又適其偃焉(관실자주어침묘우적기언언):'寢廟'는 조상신의 영을 제사지내는 곳, 영묘(靈廟). 鄭玄의 설(≪예기≫ 月令 注)에 의하면 전방에 廟(祭宮)가 있고, 그 후방에 선조의 의관을 보관하는 寢이 있다. '偃(눕다)'은 '匽(숨는곳)'의 차자. 이것을 변소[厠](郭象의 설)로 해석하는 것이 통설이며, 또 '엎드려 자는 곳'으로 해석하는 설(宣穎의 설)도 있는데, 《주례》 궁인지직(宮人之職)에 '宮人은 王의 六寢을 깨끗이 하는 일을 맡는다. 井匽을 만들고, 깨끗하지 못한 것을 제거하고, 악취를 없앤다'라 하고, 그에 대한 鄭玄의 注에 '匽은 潴(웅덩이, 저수지)이다. 낙숫물을 받아 흘려 보내는 것을 가리킨다'고 한 것에 의거하여 해석해야 할 것이다. 井은 옥루(屋遍:방의 서북쪽 귀퉁이)의 물받이. 요컨대 이 '偃'은 井匽, 오사(五祀:門·戶·中霤·竈·行)의 하나인 中霤(방 가운데. 경대부의 집에서는 土神을 제사 지내는 곳임. 옛날 혈거 생활을 할 때 위에 구멍을 뚫고 채광을 하였는데, 비가 오면 그곳에서 빗물이 떨어졌으므로 이런 이름이 붙은 것임)를 가리킨다. 이 문장은 앞의 '臘者……'와는 다른 일을 나타내고 있으나 이것도 마찬가지로 臘祭에 관계되는 것이며, 더욱이 이것은 앞 글의 '不可散'에 대응하여 '散'의 예를 들고, 다음의 '爲是擧移是'를 그 결론으로 삼고 있는 것이다. 臘祭는 대사(大蜡:연말에 지내는 여러 신들의 합동 제사)의 제례와 같다. 《예기》 교특생편(郊特牲篇)에 '蜡란 索(찾는다는 뜻)이다. 매년 12월에 만물의 혼령을 불러 모아, 이를 향응(饗應)한다(蜡也者, 索也. 歲十二月, 合聚萬物而索饗之也)'라 한 것이나, 또 '八蜡에 앞서 천하 각지의 풍흉(豐凶)을 기록한다(八蜡以記四方)' 등에 의하면 大蜡의 祀神은 실제로는 臘의 경우와 같았다. 大蜡에는 《예기》 月令에서 말한 公社·門閭·先祖·五祀가 포함된다. 大蜡의 축사에, '흙은 원래의 땅으로 돌아가라, 물은 계곡으로 돌아가라. 해충은 생기지 말고, 초목은 본래의 택지로 돌아가라(土反其宅. 水歸其壑. 昆蟲毋作. 草木歸其澤)'라는 말이 있다. 이것은 土·水·庸·澤 그 밖의 여러 신령을, 이른바 '색향(索饗)'하는 것을 보여 주는 것이다. 이런 점을 근거로 추측하면 이 문장의 '觀者……'도 단순히 궁실을 둘러보는 것이 아니라 '寢

廟'의 궁실을 구석구석 빠짐없이 돌아 신령을 '索饗'하는 것을 가리키는 것으로 해석해야 한다. 그것은 매우 번쇄(煩瑣)한 의례이다. '觀室者'는 '臘者'에 대하여 '灌(裸)於室者', 요컨대 '觀'은 '灌(裸:술을 부어 신령을 부르는 것)'의 차자로 보아야만 한다.

是以生爲本……因以乘是非:대종사편 〈진인론〉의 '以刑爲體, 以禮爲翼……'을 바꾼 표현이리라. '以生爲本'은 현실의 生에 집착하는 것. '以知爲師'는 제물론편 〈천뢰우화〉의 '隨其成心而師之'와 거의 같다. '因以乘是非'의 '因'은 乃의 뜻. '乘是非'는 是非의 견해를 내세우는 것.

果有名實(과유명실):자신의 生에 집착하여, 是非 · 用不用 · 窮通 등의 名을 동반하는 것을 가리킨다.

因以己爲質使人以爲己節(인이기위질사인이위기절):'質'은 '實'을 받고 있으며 자신의 生을 주된 일로 여기는 것을 가리킨다. '節'은 '質'에 대응하는 부절(符節), 즉 그것에 기준을 둔 증거. 이것을 직접적으로 절의 · 절조 등의 뜻으로 해석하는 것(成玄英의 설)은 적당하지 않다.

因以死償節(인이사상절):다른 사람을 자신의 희생물로 삼는 것을 가리킨다. '償節'은 신임의 절에 부합하지 않을 경우, 죽음으로써 이를 보상시키는 것.

蜩與鷽鳩同於同也(조여학구동어동야):소요유편의 '蜩與鷽鳩'를 예로 들어, 자신의 생인 작은 세계를 고정하는 자가 大知를 깨닫지 못하는 것을 가리킨다. '同於同'에서 뒤의 '同'은 작은 동물인 蜩나 鷽鳩와 같다는 뜻(郭象의 설)으로 해석해도 통하지만 그보다는 의연하게 변하지 않는다는 뜻이 아닐까? 그래야 '同'을 중복시킨 데에 야유 어린 맛이 생기는 것이다.

【補說】이상의 〈동어동지설〉은 용어가 난해하고 인용된 예가 이해하기 어

려운 점이 있다. 인간의 생사는 인간의 지혜로는 도저히 포착할 수 없
는데도 생에 구애되어 죽음을 삶이 옮겨 간 것으로 생각하는 것은 자기
본위적이며 현세적 사고방식으로 더없이 천박한 사변임을 논하고 있다.

# 제9장 지신지잠(至信之箴)

> 蹍市人之足, 則辭以放驁. 兄則以嫗, 大親則已矣. 故曰, "至
> 禮有不人. 至義不物. 至知不謀. 至仁無親. 至信辟金."

안면이 없는 사람의 발등을 밟았을 때에는 '실례했습니다' 하고 말하여 정중하게 사과한다. 그런데 친한 형의 발등을 밟았을 때에는 그저 그 밟힌 곳을 어루만져 줄 뿐이며, 또 발등을 밟힌 사람이 자기와 가장 친밀한 사람일 경우에는 아무 일도 하지 않아도 된다. 그렇기 때문에

"최상의 禮는 나와 남의 구별을 두지 않는다. 최상의 義는 物의 가치에 대한 차별을 두지 않는다. 최고의 지혜는 물사의 시비를 생각하지 않는다. 최고의 仁은 친애의 정이 없다. 가장 높은 차원의 신뢰는 금전을 필요로 하지 않는다."

라고 하는 것이다.

【語義】蹍市人之足(전시인지족):'蹍'은 밟는 것. '市人'은 많은 사람이 왕래
하는 시장 안의 사람. 아무런 관계가 없는 남을 가리킨다.

放驁(방오):부주의. 실례(失禮). '放'은 방종의 뜻. '驁(준마)'는 '敖'
또는 '傲'의 차자로, '妄(사리에 어긋남)'의 뜻이라 하는데, '放驁'는 첩
운 연사(連詞)이다.

嫗(구):어머니가 자식을 어루만지는 것. '쓰다듬다, 어루만지다'의 뜻.

大親(대친):成玄英은 아버지와 아들의 관계라고 했으나, 이것은 그러
한 구체적인 인간관계를 가리키는 것이 아니라 앞의 구를 결론지어 일

반론적으로 말한 것이다.

不人(불인):다른 사람을 의식하여 구별하지 않는 것. 郭象은 자신과
남을 동일시한다는 뜻으로 해석했는데, 이는 적당하지 않다.

至義不物(지의불물):물사의 가치를 생각하지 않는 것. 郭象은 物我의
구별이 없다는 뜻으로 해석했다.

至仁無親(지인무친):천운편 〈지인무친우화〉 참조.

至信辟金(지신벽금):진실로 신용이 있으면 매매(賣買)·대차(貸借)
등을 금전으로 결제할 필요가 없는 것을 가리킨다. '辟(罪, 찢다, 가르
다)'은 '迸(병:물리치다, 멀리하다)'의 차자.

【補說】 이상의 〈지신지잠〉은 다른 사람의 발등을 밟은 경우를 예로 들
  어 이른바 오상(五常:仁·義·禮·知·信)이 상식과는 상반하는 것
  임을 보여 주고 있다.

## 제10장  무위이무불위지해(無爲而無不爲之解)

> 徹志之勃, 解心之謬, 去德之累, 達道之塞.
> 貴·富·顯·嚴·名·利六者, 勃志也. 容·動·色·理·
> 氣·意六者, 謬心也. 惡·欲·喜·怒·哀·樂·六者, 累德
> 也. 去·就·取·與·知·能六者, 塞道也. 此四六者, 不盪
> 胷中則正. 正則靜. 靜則明. 明則虛. 虛則無爲而無不爲也.

道에 어긋나려는 뜻을 제거하고, 엉킨 마음을 풀어 버리며, 나아가 德에 괴로움을 끼치는 것을 떨어버리고 그리하여 道를 막고 있는 것을 열어 통하도록 해야 한다.

신분, 재산, 관직, 권력, 명성, 이익, 이 여섯 가지 것을 얻으려고 하는 것이 뜻을 道에 어긋나게 하는 것이다. 용모, 동작, 낯빛, 말씨, 기력, 뜻, 이상 여섯 가지 것을 좋게 하려고 하는 것이 마음을 엉키게 하는 것이다. 증오, 애착, 기쁨, 노여움, 슬픔, 즐거움, 이 여섯 가지 감정이 德에 괴로움을 끼치는 근본들이다. 그리고 이로써 다른 사람을 떠나는 것, 나아가는 것, 빼앗는 것, 주는 것, 남보다 지혜가 뛰어나고자 하는 것, 능력이 뛰어나고자 하는 것, 이 여섯 가지가 道의 실행을 막는 것들이다.

이 네 종류의 여섯 가지 것들이 마음속에 어지럽게 얽혀 있지 않으면 뜻이 바르게 된다. 뜻이 바르게 되면 마음이 고요해진다. 마음이 고요해지면 德이 분명해진다. 德이 분명해지면 전적으로 무심(無心)하게 된다. 무심하게 되면 이른바 '하지 않으면서도 못하는 것이 없다'는 완전함에 도달하게 된다.

【語義】 徹志之勃(철지지발):'徹(통하다)'은 '撤(없애다)'의 차자. '勃'이 '悖'로 되어 있는 판본도 있다(≪석문≫의 설). '勃(밀어내다, 밀어젖히다)'은 '悖(거스르다, 어그러지다)'의 차자.

解心之謬(해심지류):'謬(잘못, 그릇됨)'가 '繆(맺다, 엉키다)'로 되어 있는 판본도 있다(≪석문≫의 설). '解', '累' 등과 대응하는 말이므로 '謬'를 '繆'의 차자(馬敍倫의 설)로 본다.

顯嚴(현엄):'顯'은 높은 벼슬자리. '嚴'은 위엄.

色理(색리):'色'은 안색, '理'는 말씨.

無爲而無不爲(무위이무불위):노·장의 상투적 구호이다. ≪노자≫에 '道는 늘 無爲하나, 하지 못하는 것이 없다(道常無爲, 而無不爲)'(제37장)라고 했다.

【補說】 이상의 〈무위이무불위지해〉는 '無爲而無不爲'를 완전무결한 행위로 간주하고 그에 도달하기 위해서는 심신의 惑을 떨쳐 버려야 한다고 말하고 있다. 道를 안으로 체득해야 할 것이라기보다는 밖으로 드러내 널리 펴야 하는 것으로 생각하는 것은 후기 사상의 특징이다.

## 제11장 덕광설(德光說)

> 道者德之欽也. 生者德之光也. 性者生之質也.
> 性之動, 謂之爲, 爲之僞, 謂之失. 知者接也. 知者謨也. 知者
> 之所不知, 猶睨也.
> 動以不得已, 之謂德, 動無非我, 之謂治. 名相反而實相順也.

道란 德의 근본이 되는 것이다. 인간이 산다는 것은 그 德이 밖으로 나타나는 것이다. 인간의 性이란 인간이 살아가는 데 근본이 되는 바탕이다.

그런데 性의 활동을 행위라 하며 그 행위에 후천적인 작위가 더해지는 것을 道에서 벗어난 실패라 한다. 또 性의 바탕 가운데 하나인 知란 바깥 物에 접하여 지각하는 것이며, 지식이란 그 지각에 의해 추량(推量)한 것이다. 그래서 어떤 지자(知者)라도 알 수 없는 것이 있는 법이며, 그것은 마치 눈의 시각이 한 방향밖에 볼 수 없는 것처럼 명백한 사실이다.

그래서 인간의 활동에서 그렇게 하지 않을 수 없어 움직이는 것을 德[의 나타남]이라 하고, 그렇게 하여 모든 활동이 자신의 性에 따라 이루어지는 것을 다스림[治]이라 한다. 세상에서는 자기의 德과 세상의 다스림은 상반하는 이름이라고 보지만 '그렇게 하지 않을 수 없어 움직이는' 德에 좇으면 그 실질은 서로 일치한다.

【語義】道者德之欽也(도자덕지흠야):'欽'의 해석에 갖가지 설이 있으나 그 어느 것도 확실하지 않다. '欽'은 본디 피곤하여 입을 벌리고 있는 모양에서 나아가 敬愼한다는 뜻으로 사용되는 문자인데, 여기서는 천지편

〈기심우화〉에 '執道者德全'이라고 한 道와 德과의 관계, 그리고 '欽'이 禁·銜(재갈)·擒(사로잡다) 등과 같은 음계(音系)에 속하는 것으로 추측하면 '근본을 잡다'의 뜻으로 해석해야 한다.

德之光也(덕지광야):成玄英은 ≪주역≫ 계사전에 '天地의 큰 德을 生이라 한다(天地之大德曰生)'고 한 것에 비교하여, 盛德의 光華라는 뜻으로 해석했으나, '光'이란 여기서는 단순히 밖으로 명백하게 드러내는 것을 가리키는 말이리라. '光'대신 '先'으로 되어 있는 판본도 있다 하는데(≪석문≫의 설) 잘못 베낀 것이리라.

性者生之質也……謂之失:≪순자≫ 정명편에 '태어날 때부터 그러한 것을 性이라 하고, 그 태어날 때부터의 조화된 상태에서 안에 있는 精氣와 밖의 자연이 완전히 일치하고 어떠한 작위도 없이 자연스럽게 일어나는 작용도 性이라 한다(生之所以然者, 謂之性, 生之和所生, 精合感應, 不事而自然, 謂之性)', '마음으로 생각하고 태도로써 나타내는 것을 작위라 하며, 생각을 거듭하고 태도를 세련되게 하여 완성시킨 것도 작위라 한다(心慮而能爲之動, 謂之僞, 慮積焉能習焉而後成謂之僞)'라고 했다. 이런 류의 설을 이용한 것이리라.

知者接也知者謨也(지자접야지자모야):≪묵자≫ 經 상편에 '知는 재능이다. 知는 物에 접하는 것이다. 恕(智와 같다)는 밝게 하는 것이다(知材也. 知接也. 恕明也)'라 하고, 또 ≪순자≫ 정명편에 '태어날 때부터 사람에게 갖추어진 인식 능력을 知라 하고, 알고 있는 것이 객관적 사실과 일치하는 것도 知라 한다(所以知之在人者, 謂之知, 知有所合, 謂之知)'라고 했다. 이러한 설 등을 이용한 것이리라.

猶睨也(유예야):≪묵자≫ 經說 상편에 '생각한다는 것은 知力을 가지고 구하는 것이다. 그렇다고 반드시 구할 수만은 없는 것은 곁눈질하듯 하기 때문이다. 안다는 것은 知力으로써 사물을 접하여 그 상태를 마음에 떠오르게 하는 것으로, 마치 눈으로 物을 보는 것과 같다. 恕라는 것은 아는 바를 가지고 사물을 논하여 눈으로 보는 것처럼 명백히 하는 것이다(慮也者, 以其知有求也. 而不必得之, 若睨. 智也者, 以其知過物而能貌之, 若見. 智也者, 以其知論物, 而其知之也著, 若明)'라고 했다. 이것을 이용하여 다른 한 주장을 활발하게 진행시키고 있는 것이다. '睨'는 한쪽만 보는 것, 결국 전부는 볼 수 없다(宣穎의 설).

動以不得已之謂德(동이부득이지위덕): 인간세편 〈심재우화〉의 '一宅而寓於不得已'의 '一宅'을 德으로 본 것이다. 이 德은 '心齋', 즉 자기 부정(自己否定)으로써 확신할 수 있는 것이다.

動無非我之謂治(동무비아지위치): 자신을 버리고 物에 좇지 않는 것(成玄英의 설), 모든 것은 眞我임(林雲銘의 설) 따위로 해석하고 있는데, 앞 구와 이 구 사이에 서술의 비약이 있다. 필시 《노자》의 '천지의 이러한 無私의 태도를 본받는 聖人은 자신은 항상 뒤로 물러서고 다른 사람을 앞에 내세우려 하지만 오히려 사람들로부터 존경을 받아 앞으로 나서지 않을 수 없게 되며, 자신을 생각하지 않고 남을 위해 애쓰므로 다른 사람들로부터 귀히 대접받고 그 몸을 보전할 수 있는 것이다(是以聖人後其身而身先, 外其身而身存)'(제7장)와 같은 사고에 입각하여 治가 자아의 실현임을 말하고 있는 것이리라.

名相反而實相順也(명상반이실상순야): '名'은 '德'과 '治'를 가리키며, '實'은 그 어느 것도 자기의 실현임을 가리킨다.

【補說】이상의 〈덕광설〉은 인간의 본성이 '動'과 '知'에 좇을 때에는 실패와 편겨이 되지만 德을 펴는 데 힘쓰며 德과 治가 안팎으로 서로 일치하고, '名'은 상반하더라도 결국 자아실현이라고 하는 一實을 달성하게 됨을 말하고 있다.

이제껏 이 절의 일관된 논지를 해석한 사람이 거의 없었다. 그것은 우선 유·묵의 설을 이용하고 있으며, 다음으로 기존 노·장의 사변에 의존하여 그 서술에 비약이 있기 때문이다. 해설적 문장이 빠져들기 쉬운 폐단을 고스란히 지니고 있다. 이 절의 주제는 '生者德之光也'에 있다.

## 제12장 전인설(全人說)

羿工乎中微, 而拙乎使人無己譽. 聖人工乎天, 而拙乎人. 夫
工乎天而俍乎人者, 唯全人能之. 唯蟲能蟲. 唯蟲能天. 全人
惡天, 惡人之天(乎). 而況吾天乎, 人乎.

　명궁 예(羿)는 더없이 작은 표적을 맞추는 데는 매우 뛰어났으나, 남이 자기를 칭찬하지 않도록 하는 데는 매우 서툴렀다. 성인(聖人)은 하늘의 일에는 매우 뛰어나지만 인간세상의 일에는 매우 서투르다. 하늘의 일에도 뛰어나고 인간 세상의 일에도 능한 것은 오직 전인(全人)만이 할 수 있는 일이다.

　무릇 곤충은 태어날 때부터 곤충 그대로다. 곤충 그대로이기 때문에 이른바 하늘을 보전하는 것이다. 그러니 전인(全人)이 어떤 것이 하늘의 일이며 어떤 것이 인간 세상의 일이라는 구별 따위를 하겠는가. 하물며 자기 자신의 天과 人의 구별 따위 하려 하겠는가. 타고난 천진(天眞)함도, 후천적인 인간 세상의 일도 흠 없이 일체로 갖추어 나아가는 것이다.

【語義】 羿(예):전설상의 인물로, 궁술의 명인.

　聖人工乎天而拙乎人(성인공호천이졸호인):대종사편 〈기인우화〉의 '天之小人(君子), 人之君子(小人). 人之君子, 天之小人也'에 근거한 말인 듯하다.

　夫工乎天而俍乎人者唯全人能之(부공호천이량호인자유전인능지):'俍'은 良의 이체자. 崔譔은 '良工'의 뜻으로, 成玄英은 '善'의 뜻으로 해석했다. '全人'은 '全德之人'의 뜻이리라. 郭象은 '全人은 곧 聖人이다'라고 해석했고, 成玄英은 全人과 聖人을 별종의 인간으로 보아 '全人은 神人이다'라고 해석했다. 成玄英의 설을 채택한다.

唯蟲能蟲唯蟲能天(유충능충유충능천):이것이 본절의 주장을 성립시키는 이유이다. '唯'가 '雖'로 되어 있는 판본도 있다(≪석문≫의 설). 唯도 雖도 여기에서는 維와 같다. 이 구가 뜻하는 바는 대종사편 〈진인론〉의 '故聖人將遊於物之所不得遯而皆存'에 근거한 것이다. 즉 각각의 곤충이 자연 그대로의 곤충의 상태를 유지한다면 그것이 바로 天眞임. 바꿔 말하면 後天과 先天이 일치하는 것임. '蟲'은 동물 모두를 가리키는 경우가 있는데, 여기에서는 벌레, 곤충 종류를 가리킨다고 보아야 한다. 곤충은 幼蟲·成蟲·羽化 등의 자연스런 변화를 극명하게 보여 준다.

惡天惡人之天(오천오인지천):'惡'를 '미워하다, 싫어하다'의 뜻으로 해석하는 설도 있으나 의문사로 보아야 한다. '人之天'의 '天'은 '乎'를 잘못 베낀 것이리라.

而況吾天乎人乎(이황오천호인호):全人 자신에 관한 말이다.

【補說】 이상의 〈전인설〉은 眞人(至人·聖人)은 세속을 초월하여 天眞을 지켜나간다고 하는 종래의 주장에서 진일보하여 全人을 등장시켜 전인은 天眞도 人事도 일체의 것으로서 완수함을 제창하고 있다.

# 제13장  천인설(天人說)

一雀適羿, 羿必得之, 威(或)也. 以天下爲之籠, 則雀無所逃.
是故湯以庖人籠伊尹, 秦穆公以五羊之皮籠百里奚. 是故非
以其所好籠之而可得者, 無有也. 介者拸畫, 外非譽也. 胥靡
登高而不懼, 遺死生也. 夫復謵不餽, 而忘人. 忘人, 因以爲
天人矣. 故敬之而不喜, 侮之而不怒者, 唯同乎天和者爲然.
出怒不怒, 則怒出於不怒矣. 出爲無爲, 則爲出於無爲矣. 欲
靜則平氣, 欲神則順心. 有爲也欲當, 則緣於不得已. 不得已
之類, 聖人之道.

한 마리의 참새라도 궁술의 명인인 예(羿)에게 날아가면 그는 틀림없이
그것을 맞추어 떨어뜨린다고 함은 인간의 기술에 관한 말이기 때문에 그
릇된 것이다. 그러나 절대의 천하를 새장으로 삼으면 참새는 피할 수 없
이 잡히게 된다.

그런데 은(殷)의 탕왕(湯王)은 그의 마음에 드는 요리사라는 직무로써 현
인인 이윤(伊尹)을 재상으로 등용하게 되었고, 진(秦)의 목공(穆公)은 양가
죽 다섯 장의 선물로써 현인인 백리해(百里奚)를 재상으로 등용하게 되었
다. 이런 까닭에 세상의 보통 사람들의 경우에는 상대방이 좋아하는 것으
로써 채용하지 않으면 그 목적을 달성할 수가 없는 것이다.

그러나 형벌을 받아 한쪽 발을 잘린 자는 세상의 예의에 구속 받는 일이
없는데 이는 다른 사람의 비방이나 칭송을 도외시하기 때문이다. 또 고통
스런 노역에 부림을 당하는 수인(囚人)은 아무리 높고 험한 곳에 올라가도

두려워하지 않는데 이는 자신의 생사쯤은 까맣게 잊고 있기 때문이다. 무릇 이들 수형자들처럼 다른 사람으로부터 위협을 받고 그들에게 굴복당하는 것을 이미 치욕이라고 생각하지 않는 심경이 되면 세상의 是非·生死 따위를 잊게 된다. 인간 세상의 일을 잊어야만 하늘과 일체인 사람이 되는 것이다. 이러한 까닭에 다른 사람으로부터 존경을 받아도 기뻐하지 않고, 경멸 받아도 노여워하지 않는 것은 오직 하늘의 자연스런 조화와 일체가 된 자만이 할 수 있는 것이다.

그래서 화를 내더라도 그것이 본심으로부터 화를 내는 것이 아니라면 그 화냄은 화냄이 없는 고요한 마음에서 나오는 것이다. 행위에 나타나더라도 그것이 작위에 의한 것이 아니라면 그 행위는 하는 일이 없는 허심(虛心)에서 나온 것이다. 이와 같이 고요함을 얻으려고 하면 기(氣)를 평정(平正)하게 하고, 영묘한 허무함을 얻으려고 하면 마음의 자연스러움에 좇아야 한다. 그리고 뭔가를 하지 않으면 안 될 경우 그 행위가 합당하려면 어떻게 해도 하지 않을 수 없는 필연성에 의해야만 한다. 이 필연성에 근거하는 것이 바로 성인의 道다.

【語義】  一雀適羿羿必得之威也(일작적예예필득지위야):'適'보다는 '過'라 하는 쪽이 더 좋지만 원문대로 해석해도 통한다. '威'가 '或'으로 되어 있는 판본도 있는데(《석문》의 설) 그에 좇아야 할 것이다. '或'은 '惑' 의 차자.

湯以庖人籠伊尹(탕이포인롱이윤):'湯'은 夏 왕국을 무너뜨리고 殷(商) 왕국을 창건했다고 전해지는 탕왕(湯王) 대을(大乙). '庖人'은 요리사. '伊 尹'은 본디 夏의 걸왕(桀王)에게 출사했다가 無道한 그를 떠나 탕왕에게 출사하여 夏를 정벌하고 殷 왕국을 세우는 데 큰 공을 세운 현재상(賢宰相)으로 전해진다. 실제로 伊尹은 앞선 문화를 지닌 나라의 장(長)으로

殷에 복속하여 중요한 제정(祭政)을 담당했으리라 생각되는데 직분상 천신(天神)에게 음식물을 바치는 일을 한 데서 바뀌어, ≪묵자≫·≪맹자≫ 등에 그가 요리사였던 것처럼 기록된 것이다.

秦穆公以五羊之皮籠百里奚(진목공이오양지피롱백리해):외편의 전자방편 〈심잠(心箴)〉 참조.

介者扮畫(개자치획):'介者'는 형벌을 받아 한쪽 발을 잘린 자. '介'가 '兀'로 되어 있는 판본도 있다(≪석문≫의 설). '扮'가 '移'로 된 판본도 있다(≪석문≫의 설). '扮畫'에 관해서는 설이 구구한데 그 어느 것도 적절하지 못하다. '介者'의 상태가 통상인과 달리 예용(禮容:예절 바른 태도)에 합치하지 않는 것을 가리키는 것이리라. '多'를 음부(音符)로 하는 글자인 '奓'가 '斜'와 동음인 것으로 추측하면 '扮'는 '斜'의 뜻이며 '畫'의 옛음은 '企'에 가깝다. 요컨대 똑바로 서지 못하고 신체를 한쪽으로 기울인 채 서 있다는 뜻이 아닐까? 일단 예에 벗어난 행위를 한다는 뜻으로 해석해 둔다.

胥靡登高而不懼(서미등고이불구):'胥靡'는 강제 노동에 종사하고 있는 囚人. '胥'는 신분이 매우 낮은 사람의 뜻. '靡'는 '縻(묶다, 가두다)'의 차자(馬敍倫의 설). 殷나라 武丁의 명재상이었던 부열(傅說)은 본디 囚人으로서 부암(傅巖)에서 노역에 종사했다고 하는 전설이 있는데 '登高'는 그에 근거한 말이리라.

夫復謵不餽而忘人(부복습불궤이망인):'復'은 '伏(꿇어 엎드리다)'의 차자, '謵'은 '慴(두려워 조심하다)'의 차자(馬敍倫의 설). 요컨대 '復謵'은 수형자(受刑者)가 된 치욕을 가리킨다. '餽'는 '愧(부끄럽게 여기다)'의 차자. '復謵不餽'는 '不餽復謵'의 도치, 즉 덕충부편 〈유어형해내지우화〉의 '而未嘗知吾兀者也'와 거의 같은 심경(心境)이다.

天人(천인):대종사편 〈진인론〉의 '其一與天爲徒'의 '天爲徒' 되는 사람이리라.

天和(천화):지북유편 〈무심우화〉의 '若正汝形, 一汝視, 天和將至' 참
조.

【補說】 이상의 〈천인설〉은 다음과 같이 논하고 있다고 해석된다. 즉 세상
사람들은 호오의 정에 이끌리지만 수형자의 예에서 알 수 있듯 굴욕을
잊어야만 인간 세상의 일도 잊을 수 있다. 인간 세상의 일을 잊은 자가
곧 세정(世情)에 움직이지 않고 자연스런 조화를 지니는 이른바 천인(天
人)이다. 그 천인의 심경은 실상 기(氣)를 평정(平正)하게 지니는 마음
의 자연스러움에 좇는 것으로 어쩔 수 없는 필연성에 근거하는 것이다.

그 요지는 이상과 같으며 논리의 일관성은 어느 정도 있지만 서술의
맥락은 원활함을 결하고 있다. 예를 들면 처음 예(羿)의 사례는 '천하'
를 '天人', '天和'의 복선으로 삼고 있는데 그것이 충분히 효율적으로 쓰
였다고는 할 수 없다. 또 '庖人', '五羊之皮'를 적절한 수단으로 삼은 것
은 湯·穆公이 아니라 伊尹과 百里奚이며 '湯以庖人籠伊尹……'이라 한
표현은 전연 전설과 합치하지 않는다. 湯·穆公·伊尹·百里奚에 대해
'介者', '胥靡'를 들고 있는 것은 풍자의 의도가 엿보이긴 하나 설득력이
부족하다. 이러한 것들은 의욕은 넘치나 문장으로서는 부족함을 말해
주고 있다고 해야 할 것이다.

또 그 논지에도 정순(正順)하지 못한 점이 있다. 이른바 천인에게도
喜怒·爲不爲가 있어야 하기 때문에 그것이 허심(虛心)으로부터 나온
다고 말하는 이상 문제가 없고 오히려 실제적이지만 '有爲也欲當, 則緣
於不得已'라고 한 것은 대체 무엇을 말하는 것인가? '一宅而寓於不得
已'란 허심 그 자체의 자연스런 감응이며 '欲當'이라고 하는 목적을 지
닌 의식적 행위는 아닐 것이다. 이와 같이 논지의 불완전함이 드러나는

것은 ≪장자≫의 교의를 현실의 인간에게 실제적 교훈으로서 삼고자 할 때 거의 필연적으로 일어날 수밖에 없는 현상인지도 모른다.

# 제24편
# 서무귀(徐無鬼)

편 머리의 인명을 취하여 편명으로 삼고 있다. 열한 개의 우화와 두 개의 논설로 이루어져 있다. 편자가 분명 어떤 의도를 가지고 이들을 취합한 듯한데 일관된 주장이 있다고는 생각할 수 없다. 우화 중에는 번안한 것들이 많고, 또 그 번안의 취향에 흥미가 있다. 논설도 대체로 해설적이다. 후대에 이루어진 우화와 논설일 것이다.

## 제1장 서무귀·여상문답:진인경해우화(徐無鬼·女商問答:眞人謦欬寓話)

徐無鬼因女商見魏武侯. 武侯勞之日, "先生病矣. 苦於山林
之勞. 故乃肯見於寡人."
徐無鬼曰, "我則勞於君, 君有何勞於我. 君將盈嗜欲, 長好
惡, 則性命之情病矣. 君將黜嗜欲, 擎好惡, 則耳目病矣. 我
將勞君. 君有何勞於我."
武侯超然不對.
少焉, 徐無鬼曰, "嘗語君吾相狗也. 下之質, 執飽而止. 是狸
德也. 中之質, 若視日. 上之質, 若亡其一. 吾相狗, 又不若吾
相馬也. 吾相馬, 直者中繩, 曲者中鉤, 方者中矩, 圓者中規.
是國馬也. 而未若天下馬也. 天下馬有成材, 若卹若失, 若喪
其一. 若是者, 超軼絕塵, 不知其所."
武侯大悅而笑.

서무귀가 여상의 소개로 위(魏)나라의 무후를 만나 뵈었다. 무후가 서무
귀에게 위로의 말을 했다.

"매우 피곤하신 것 같습니다. 그 깊은 산 속에서 사시느라 힘이 드셔서
이렇게 저를 찾아오신 것 같은데……."

서무귀가 대답했다.

"제가 주군을 위로해 드리려고 찾아온 것입니다. 주군께서 저를 위로하
실 수가 있겠습니까? 주군께서는 입과 배를 즐겁게 하는 욕망을 채우고 호

오(好惡)의 감정을 키우고자 하시는데 그러면 천성의 命이 위태로워집니다. 그렇다고 하여 욕망을 억제하고 호오의 감정을 누르려 하시면 의기가 쇠약해져 귀와 눈이 상하게 됩니다. 그래서 제가 주군을 위로해 드리고자 온 것입니다. 주군께서 어떻게 저를 위로하실 수가 있겠습니까?"

서무귀의 말에 무후는 영문을 모르겠다는 얼굴을 하고 아무 말도 하지 않았다.

잠시 후 서무귀가 다시 이야기를 시작했다.

"사냥개를 품평하는 것에 관하여 말씀드리도록 하겠습니다. 제가 볼 때 그 자질이 가장 낮은 놈은 그저 자기 배나 채우려고 애를 씁니다. 이것은 들고양이의 성질입니다. 이보다 조금 나은 소질을 갖춘 놈은 햇빛이 눈에 부신 듯 눈을 가늘게 뜨고 먼 곳을 바라봅니다. 가장 훌륭한 소질을 갖춘 놈은 그 소중한 넋을 잃어버린 듯한 꼴을 하고 있습니다. 지금 말씀드린 사냥개의 비유보다는 말을 품평하는 것에 관한 비유로써 말씀드리는 것이 더 적절하겠습니다. 제가 말을 품평하여 가장 뛰어나다고 생각되는 놈을 골라내어 수레에 매어 몰면 그 똑바로 나아감은 마치 먹줄로 친 선 위를 달리는 듯 정확하고, 선회함은 그림쇠로 원을 치듯 훌륭하며, 직각으로 방향을 바꿔감에는 곡척으로 잰 듯 어긋남이 없고, 원형으로 도는 것은 마치 규(規)로 원을 치듯 선명합니다. 한 나라에서 가장 훌륭한 놈이라 할 수 있습니다. 그러나 이놈도 천하에서 가장 훌륭한 말에는 미치지 못합니다. 제가 감정한 천하에서 가장 뛰어난 말은 태어나면서부터 뛰어난 재능을 지니고 있으면서도 그러한 것이 없는 듯이, 또 그러한 것은 잊어버린 듯할 뿐 아니라 더없이 소중한 혼(魂)마저도 잃어버린 듯한 모습을 하고 있습니다. 이러한 말은 일단 수레에 잡아매어 달리게 하면 뒤로 까마득히 모래 연기를 남기며 멀리 멀리 달려가 버려 어디로 갔는지조차 알 수 없게 됩니다."

이 이야기를 듣고 무후는 몹시 기뻐하며 웃었다.

【語義】徐無鬼(서무귀):'緡山人徐無鬼'로 되어 있는 판본도 있다 한다(≪석
문≫의 설). 성은 徐, 자는 無鬼. 隱者라고 하는데 (成玄英의 설) '徐'는
'舒'와 같아 평온한 모양을 뜻하며, '無鬼'는 無畏, 즉 두려워하지 않는다
는 뜻이므로 徐無鬼가 과연 실재 인물인지는 의심스럽다.

女商(여상):成玄英은 女商에 관해, 성은 女, 이름은 商으로, 위(魏)나
라의 재신(宰臣)이라고 했다. 다음 글의 기술을 참고하여 추측한 것이
리라. 그런데 魏의 고국인 晉에는 '女齊(≪좌씨전≫ 襄公 30년 참조)',
'女叔寬(같은 책 定公 元年 참조)' 등 '女'를 성으로 하는 현대부의 이름
이 있었다. 이러한 사실을 근거로 추측하면 실재 인물의 이름을 빌렸든
지, 아니면 그러한 성을 본떠 인물을 설정한 것이리라.

魏武侯(위무후):처음에 晉으로부터 갈려나와 독립한 魏나라 문후(文
侯)의 아들. 재위 B.C. 396~B.C. 371. 魏나라의 국력을 신장시킨 군
주다. 그의 아들이 그 유명한 혜왕(惠王)이다.

先生病矣(선생병의):외편 산목편 〈비빈지별우화〉의 '魏王曰, 何先生
之憊邪'와 같은 착상이다. '病'은 '憊(비:피로하다)'의 차자.

山林之勞(산림지로):산속에서 은자로서 생활하는 고로(苦勞).

故乃肯見於寡人(고내긍견어과인):'乃'는 '故'를 강조하기 위한 조사.
'肯'은 스스로 원한다는 뜻.

君將盈嗜欲(군장영기욕):'嗜欲'은 음식을 탐내는 것. 대종사편 〈진인
론〉에 '其嗜欲深者, 其天機淺'이라고 했다.

長好惡(장호오):덕충부편 〈무인정지설〉에 '無以好惡內傷其身'이라고
한 것 참조.

性命之情(성명지정):인간의 타고난 소박함으로 자연스런 감정·의
욕.

君將黜嗜欲(군장출기욕):'黜'이 '出' 또는 '咄'로 되어 있는 판본도 있다

(≪석문≫의 설). '出'은 '屈'의 차자이리라. '黜'은 여기에서는 '줄이다, 덜다'의 뜻.

掔好惡(견호오):'掔'은 '緊(조르다, 죄다)'의 차자. '牽'(끌다. 司馬彪의 설), '愼'의 차자(馬敍倫의 설) 등으로 해석하는 것은 적당하지 않다.

超然(초연):司馬彪가 '悵然'과 같은 뜻이라고 해석한 이래 '失意한 모양'으로 해석하는 것이 통설이 되었다. 그런데 '悵'과 '超'는 음도 뜻도 상통하지 않는다. '超'는 글자의 뜻 그대로, 그 장소에서 멀리 다른 곳으로 빠져나가는 것. 요컨대 '超然'은 그 음이 서로 비슷한 '卓然(탁연)'과 거의 같으므로, 홀로 선 모양, 나아가 무엇에도 구애받지 않는 모양을 가리키는 말이리라.

相狗(상구):사냥개로서의 善惡을 그 골격·모습·동작 등으로 품평하는 것. '狗'는 여기서는 개[犬]의 총칭. 최근 漢代의 묘를 발굴하다 ≪相狗經≫이 출토되었다는 보고가 있었다. 이미 전국시대부터 王·侯 사이에서는 相狗의 풍습이 성했던 듯하다. 그래서 서무귀는 무후가 가장 관심을 갖는 相狗의 이야기로 시작하고 있는 것이다. 이것은 인간세편 〈입어무자우화〉의 '彼且爲嬰兒, 亦與之爲嬰兒'를 몸으로 행한 것이다.

執飽而止(집포이지):'執'은 어떤 일을 한결같이 행하는 것. '而止'는 '而已'와 같다.

是狸德也(시리덕야):'狸'는 들고양이. '德'은 여기에서는 재능을 가리킨다.

若視日(약시일):'視日'은 멀리 바라보는 모양(司馬彪의 설)으로, 그 의기가 고원(高遠)한 것(成玄英의 설)을 가리키거나, 아니면 햇빛을 듬뿍 받고 있는 개가 눈을 가늘게 뜨고 있는 모양(林雲銘의 설)을 가리킨다.

若亡其一(약망기일):제물론편 〈천뢰우화〉의 '似喪其耦'에 근거한 표현이리라. '一'을 '一身'의 뜻(《석문》의 설, 成玄英의 설)으로 해석하는 학자가 많은데 이는 잘못이다. 心·精神을 가리키는 말로 보아야 한다. 재유편 〈정기독존우화〉의 '我守其一(一은 精神을 가리킨다), 以處其和', 각의편 〈순소도지론〉의 '純素之道, 唯神是守. 守而勿失, 與神爲一. 一之精通, 合于天倫' 참조. 일설에 性의 뜻(林希逸의 설), 思의 뜻(林雲銘의 설), 己의 뜻(宣穎의 설) 등으로 해석한 게 있다.

直者中繩……是國馬也:달생편 〈망석지적잠〉의 '進退中繩, 左右旋中規' 참조. '國馬'는 한 나라에서 가장 뛰어난 말.

天下馬有成材(천하마유성재):천하에서 가장 뛰어난 말은 타고난 소질이 있음. 달생편 〈이천합천우화〉의 '然後入山林, 觀天性形軀至矣' 참조.

若郵若失(약휼약실):'郵'은 '卹'의 속자. '卹'은 《설문해자》의 설에 '매우 적은 것을 가리킨다'고 한 것처럼 거의 없는 모양. '失'은 글자 뜻 그대로 해석해도 통하지만 '詄(잊다)'의 차자(馬敍倫의 설)로 해석해야 한다. 요컨대 이 구는 천성의 양질이 있더라도 그것을 전연 의식하지 않는 것을 가리킨다. 기능의 최고 경지가 無心·無爲라고 하는 것은 양생주편·달생편 등에서 자주 거론된 바 있다.

超軼絶塵(초일절진):전자방편 〈불망자우화〉의 '奔逸絶塵'과 거의 같다. '絶塵超軼'의 도치다. '超'는 '멀리, 까마득히'의 뜻. '軼(수레가 다른 수레보다 앞서 나가는 것)'은 글자 뜻대로 해석해도 통하지만 '逸(앞질러 달리다)'의 차자로 해석하는 것이 알기 쉽다. 이 구는 초연하게 탈속해야 한다는 뜻을 은연중 우의하고 있다.

徐無鬼出, 女商曰, "先生獨何以說吾君乎. 吾所以說吾君者,
橫說之, 則以詩 · 書 · 禮 · 樂, 從說之, 則以金板 · 六弢, 奉
事而大有功者, 不可爲數. 而吾君未嘗啓齒. 今先生何以說吾
君, 使吾君悅若此乎."
徐無鬼曰, "吾直告之吾相狗 · 馬耳."
女商曰, "若是乎."
曰, "子, 不聞夫越之流人乎. 去國數日, 見其所知而喜. 去國
旬 · 月, 見所嘗見於國中者喜. 及期年也, 見似人者而喜矣.
不亦去人滋久, 思人滋深乎.
夫逃虛空者, 藜藋柱乎鼪鼬之逕, 踉位其空, 聞人足音跫然而
喜矣. 有況乎昆弟親戚之謦欬其側者乎. 久矣夫, 莫以眞人之
言謦欬吾君之側乎."

서무귀가 무후의 궁전에서 나오자 여상이 물었다.

"선생께서는 대체 무엇으로 저희 주군을 설득하셨습니까? 제가 지금까
지 저희 주군께 설명드린 것은 횡(橫)으로는 詩 · 書 · 禮 · 樂 등 성인의 가
르침이며, 종(縱)으로는 金板 · 六弢 등 현인의 비책으로서 그 가운데는 실
제로 시행되어 크게 공적을 남긴 것도 적지 않습니다. 그렇지만 제가 저
희 주군을 선생처럼 그렇게 크게 기쁘게 해 드린 적은 없었습니다. 선생
께서는 무슨 말씀을 드려 저희 주군을 그토록 기쁘게 해 드린 것입니까?"

서무귀가 대답했다.

"나는 그저 개와 말을 품평하는 것에 관해 말했을 뿐이오."

여상이 다시 물었다.

"정말 그것뿐이십니까?"

서무귀가 대답했다.

"당신도 저 남쪽 끝 월(越) 땅에 유배된 사람의 이야기를 아시지요. 그는
고국을 떠난 지 며칠이 지나자 아는 사람을 보면 기뻐하고, 열흘이나 한 달
쯤 되자 고국에서 만났던 사람만 보아도 기뻐하며, 1년쯤 되자 같은 나라
사람만 만나도 날듯이 기뻐하게 되지요. 이는 사람들과 헤어진 지가 오래
면 오랠수록 사람을 그리워하는 마음이 점점 깊어지기 때문이 아닐까요?

저 큰 언덕의 동굴 속에 숨어 사는 자는 족제비 따위나 지나다닐 만한 좁
은 통로에 명아주 등 잡풀이 우거지고, 그것이 동굴 속까지 어지럽게 돋아
나게 되면 [너무나도 사람이 그리워져] 사람의 발소리만 들리는 것 같아도
기뻐하게 됩니다. 하물며 형제나 친척이 그 옆에서 기침하는 소리라도 들
려 오면 그 기쁨이란 헤아릴 수 없을 정도입니다.

이와 마찬가지입니다. 참으로 오래 되었습니다, 우리 주군께서 그 곁에
서 아뢰는 진인(眞人)의 가르침을 듣지 못한 지가!"


【語義】横說之……從說之……:'從横說之'를 나누어 표현한 것이다. '從横'
은 '모든 방면에서'의 뜻. 일설에 유교의 책들을 '横'이라 한 것은 武를
중시하고 文을 그 다음으로 함을 뜻한다(成玄英의 설)고 했는데, 이러
한 구별은 그다지 중요하지 않다. '從'은 '縱(세로)'의 뜻.

　金板六弢(금판육도): ≪석문≫에 인용된 판본에는 '板'이 版으로 되어
있다. 版이 정자, 板은 이체자이다. '弢(활집)'가 '韜(가죽부대)'로 되어
있는 판본도 있다(≪석문≫의 설). 여기서 '弢'는 '韜'의 차자이다. '金
板'은 금속판에 새긴 문서, '六弢'는 여섯 개의 가죽부대에 넣은 문서라
는 뜻으로 '매우 귀중한 책'임을 나타내고 있는데 이것들을 周書의 편
명으로 보는 설(司馬彪의 설)과 병법에 관한 책으로 해석하는 설(≪석
문≫의 설)이 있다.

奉事而……不可爲數:'奉'은 받들어 행한다는 뜻. '爲'는 여기서는 '以'와 같다.

越之流人(월지류인):죄를 얻어 남방의 월(越:절강성에 있었다) 땅에 귀양간 사람(司馬彪의 설). 그런데 죄를 지은 사람을 남방에 좌천시키는 것은 秦漢 이후의 일이리라. 그렇다면 이 우화는 秦漢 이후에 지어진 것이 된다. 일설에 '越'은 遠의 뜻(≪석문≫의 설)이라고 했다.

逃虛空者(도허공자):'虛'는 큰 언덕. '空'은 穴, 동굴의 뜻. 이하의 서술은 어떤 사정으로 사람들에게 붙잡힐 것을 두려워하여 산속으로 도망간 자에 관한 것이다.

藜藋柱乎鼪鼬之逕(여조주호생유지경):이 구와 다음 구는 삽입문이다. '藜'는 일년생 야생 식물인 명아주. 높이 1미터 가량, 잎은 식용하나 맛이 없다. 줄기로는 지팡이를 만든다. '藋'도 명아주 비슷한 식물. '柱'는 그 음이 비슷한 '樹(수:심다, 자라나다)'의 차자. '鼪'은 다람쥐. 족제비의 뜻으로 쓰이기도 한다. '鼬'는 족제비. '逕'은 徑(샛길)의 이체자. 족제비나 다람쥐 따위가 지나다닐 만한, 동굴 밖으로 통하는 작은 길에 명아주 등이 무성하게 자라 있는 것이다. 오랜 시간이 지났음과 사람의 발길이 닿지 않았음을 알 수 있다.

踉位其空(양위기공):통상 이 구를 앞의 '逃虛空者'의 행동으로 보는데, 여조(藜藋)의 모습으로 해석해야 한다. '踉'은 '狼'의 차자로 보아야 한다. '狼'은 굳이 동물인 이리로부터 연상하지 않더라도, 글자 자체가 貪狼·狼藉 등 어지러움을 뜻한다. '位'는 '일어나다, 서다'의 뜻. 요컨대 이 구는 명아주가 동굴 밖뿐 아니라 동굴 안까지 무성한 것을 가리킨다.

聞人足音跫然而喜矣(문인족음공연이희의):'音'에서 구를 끊어 '跫然'을 기뻐한다는 뜻으로 해석하는 것은 잘못이다. '而' 자에 주의해야 한다. '跫然'은 요란스럽고 무섭게 들리는 발소리(崔譔의 설). 오는 사람이 자신을 잡으러 오는 사람이라 하더라도 지금은 반갑기만 한 것이다.

有況乎昆弟親戚之謦欬其側者乎(유황호곤제친척지경해기측자호):'有'
가 古逸叢書本·成玄英疏本에는 '又'로 되어 있고, 世德堂本에는 '而'로
되어 있다. 有는 又와 같다. '昆弟'는 兄弟. '謦'은 기침, 헛기침 따위를 하
는 것. '欬'는 기침. 요컨대 말이라고는 할 수 없는 음성을 가리킨다. 사람
의 기침 소리를 듣는 것만으로도 매우 반가운 것이다.

久矣夫莫以眞人之言謦欬吾君之側乎(구의부막이진인지언경해오군
지측호):도치된 문장이다. '眞人'은 道를 체득한 사람. '謦欬'는 여기에
서는 말하는 것을 가리킨다.

【補說】 이상의 〈진인경해우화〉는 필시 다음의 〈흉중지성우화〉보다 약간
후기에 만들어졌으리라. 매우 좋은 작품이다. 전반에서는 魏나라의 무
후와 서무귀의 문답을 통해 욕망 · 호오(好惡) 등의 속정(俗情)을 떨어내
야 함을 설한다. 달생편의 〈목계우화〉를 알고 있는 독자에게는 서무귀
가 말하는 相狗 · 相馬가 그다지 새롭거나 흥미롭지는 않겠지만 무후의
예상과는 달리, 멍청해 보이는 개나 말이 최상의 것이라고 거론하는 데
흥미가 있다. 그리고 '超軼絶塵'에 깊은 풍자가 담겨 있다. 후반에서는
서무귀와 여상의 문답을 빌려, 성현의 교훈 · 모략을 직접적으로 말하
기보다는 진인의 말에 귀를 기울여야 함을 말하고 있다. '去人滋久, 思
人滋深'은 이미 널리 알려진 속담을 인용하거나 그에 근거한 것인지도
알 수 없으나 명언(名言)이다. 인간은 사람 속에 묻혀 살면서도 사람의
고마움을 모르는 경우가 많다. 그런 뜻에서 산속에 은둔하고 있는 자를
운운한 것인지도 모른다. 유배당한 자나 도망자가 은연중 무후에 비겨
지고 있는지 어떤지는 확인할 수 없다. 인간은 어쩌면 정신의 참[眞]을
멀리한 유인(流人) · 도망자가 아닐까(宣穎의 설 참조).

## 제2장 무후·서무귀문답:흉중지성우화(武侯·徐無鬼問答:胸中之誠寓話)

徐無鬼見武侯. 武侯曰, "先生居山林, 食芋栗, 厭葱韭, 以賓寡人, 久矣夫. 今老邪, 其欲干酒肉之味邪. 其寡人亦有社稷之福邪."

徐無鬼曰, "無鬼生於貧賤. 未嘗敢飮食君之酒肉, 將來勞君也."

君曰, "何哉. 奚勞寡人."

曰, "勞君之神與形."

武侯曰, "何謂邪."

徐無鬼曰, "天地之養也一. 登高不可以爲長, 居下不可以爲短. 君獨爲萬乘之主, 以苦一國之民, 以養耳目鼻口. 夫神者不自許也. 夫神者好和而惡姦. 夫姦, 病也. 故勞之. 唯君所病之, 何也."

武侯曰, "欲見先生久矣. 吾欲愛民而爲義偃兵. 其可乎."

徐無鬼曰, "不可. 愛民, 害民之始也. 爲義偃兵, 造兵之本也. 君自此爲之, 則殆不成.

凡成美, 惡器也. 君雖爲仁義, 幾且僞哉. 形固造形, 成固有伐. 變固外戰.

君亦必無盛鶴列於麗譙之間, 無徒驥於錙壇之宮. 無藏逆於得, 無以巧勝人, 無以謀勝人, 無以戰勝人. 夫殺人之士民, 兼人之土地, 以養吾私與吾神者, 其戰不知孰善, 勝之惡乎在. 君若勿已矣, 脩胷中之誠, 以應天地之情而勿櫻. 夫民死已脫矣. 君將惡乎用夫偃兵哉."

서무귀가 무후를 만나 뵈었다. 무후가 말했다.

"선생께서는 산속에서 살며 도토리·밤 등을 주식으로 삼고 파·부추 등을 찬으로 삼아 생활하시느라 저를 버리신 지 오래 되었습니다. 이제 나이를 잡수셔 산속 생활이 어려워졌기 때문입니까, 아니면 술 맛 고기 맛이 그리워졌기 때문입니까? 어쨌든 선생께서 이렇게 찾아와 주신 것은 우리나라에 퍽 다행한 일입니다."

서무귀가 대답했다.

"저는 가난하고 천한 태생입니다. 주군의 술과 고기를 얻어먹을 생각은 털끝만큼도 없습니다. 저는 주군을 위로해 드리려고 왔습니다."

무후가 놀라 물었다.

"뭐라고요? 어찌하여 저를 위로하려는 것입니까?"

"저는 주군의 몸과 마음을 위로해 드리려는 것입니다."

무후가 되물었다.

"그게 무슨 뜻입니까?"

서무귀가 대답했다.

"천지가 만물을 양육함은 어떤 物에나 평등합니다. 높은 곳에 올라가 있다고 그것만을 장대(長大)한 것이라고 할 수 없고, 낮은 곳에 있다고 그것만을 단소(短小)하다고 할 수 없습니다. 그런데 주군께서는 큰 나라의 군주로 백성을 괴롭히면서 육체의 욕망만을 만족시키려 합니다. 그러면 주군의 정신은 그것을 허용하지 않습니다.

무릇 정신은 조화를 좋아하고 어지러움을 싫어합니다. 주군께서 어지러운 행위를 하는 것은 병 때문입니다. 그래서 저는 주군을 위로해 드리려는 것입니다. 그런데 주군께서는 어쩌다 이런 병에 걸리셨는지요."

무후는 서무귀의 말을 듣고 말투를 바꿔 이렇게 물었다.

"선생을 만나 뵙고 의견을 듣고자 한 지 오래 되었습니다. 저는 백성을 사랑하기에 정의를 행하고 전쟁을 멈추게 하려고 합니다. 괜찮겠습니까?"

서무귀가 대답했다.

"그것은 안 될 일입니다. 백성을 사랑한다는 것은 백성을 해치는 일의 시작입니다. 정의를 행하여 전쟁을 멈추게 하려는 것은 전쟁을 더욱 부채질하는 근본입니다. 주군께서 지금부터 그렇게 하려 하신다면 성공하는 일은 더욱 없을 것입니다.

무릇 좋은 일을 성공시킨다는 것은 나쁜 일을 하는 재능인 것입니다. 주군께서 몸소 인의를 행하더라도 그것은 거짓임에 틀림없습니다. 어떤 일을 저지르면 계속 그런 일을 하게 되는 것이 정해진 이치이며, 성공을 생각할 수 있으면 실패가 있다는 것도 정해진 일이며, 또 이렇게 해서 성패(成敗)의 변화가 있으면 더욱 밖을 향해 전쟁을 벌여 나가는 것도 정해진 일입니다.

주군께서는 절대로 학렬(鶴列)을 여초(麗譙) 사이에 성하게 하는 일을 하지 마십시오. 치단(錙壇)의 궁(宮)에 도기(徒驥)하는 일을 하지 마십시오. 이득을 모으거나 선취하려고 하지 마십시오. 교묘함으로써 타인에게 이기려 하지 마십시오. 계략으로써 남에게 이기려 하지 마십시오. 전투로써 남에게 이기려 하지 마십시오. 무릇 다른 나라의 백성을 죽이고 그들의 땅을 빼앗아 자신의 사리(私利)와 정신을 만족시키려 하는 것이라면 그 전쟁이 과연 옳은 것인지, 또 그러한 전쟁에서 승리를 거둘 수 있을 것인지는 도저히 생각할 수 없습니다. 주군께서 꼭 무언가를 하셔야 한다면 가슴속의 성실함을 닦고, 천지 자연의 진정(眞情)에 즉응(卽應)하여 그것을 어지럽히지 않도록 하십시오. 이렇게 하면 백성들은 전란 때문에 죽는 일이 없게 되므로 정의를 행하여 전쟁을 멈추려는 생각 따위는 하실 필요도 없을 것입니다."

【語義】食芧栗厭葱韭(식서률염총구):'芧'는 상수리나무 열매. '厭'은 여기서는 '만족하게 생각한다'는 뜻. '葱'은 蔥의 속자. 파. '韭'는 부추. 고대에는 파·부추 등도 들에 자생하는 식물이었다.

賓寡人(빈과인):'賓'은 '擯(빈:물리치다, 배척하다)'의 차자. 빈객의 뜻으로 해석하는 것은 적당하지 않다.

未嘗敢飮食君之酒肉(미상감음식군지주육):이 '嘗'은 지금까지 경험한 바가 있는 일의 뜻이 아니라 '未'를 강조하기 위한 말이다.

天地之養也一(천지지양야일):덕충부편〈무인정지설〉의 '天鬻也者天食也', 달생편〈달생론〉의 '天地者, 萬物之父母也' 등과 같은 사상이다.

登高不可以爲長……爲短:장소의 고하(高下)로써 은연중 지위의 존비에 비유하고 있다.

萬乘之主(만승지주):일 평방리(平方里)에서 병거(兵車) 한 대를 내는 제도에 따라 '萬乘之主'는 일만 평방리의 영토를 보유한 군주이다. 본디 천자를 가리키는데 전국시대 이후에는 대국의 제후도 이렇게 불렀다.

夫神者好和而惡姦(부신자호화이오간):재유편〈정기독존우화〉의 '我守其一, 以處其和'를 참조. '姦'은 정신이 어지러운 것을 가리킨다.

唯君所病之(유군소병지):'唯'는 維·惟 등과 같으며, 발어(發語)의 조사. '所'는 所以의 뜻.

吾欲愛民而爲義偃兵(오욕애민이위의언병):이는 본디 묵가의 주장인데 여기서는 이에 유가의 仁義를 포함시키고 있다. '偃兵'은 병기(兵器)를 숨기다. 나아가 전쟁을 멈추는 것을 가리킨다.

造兵(조병):전쟁을 일으킴. '造'는 시작하는 것.

凡成美惡器也(범성미오기야):인간세편〈입어무자우화〉에 '積伐而美者以犯之, 幾矣'라고 한 것과 비슷한 사상이다. '器'는 여기서는 재능의 뜻이다.

形固造形(형고조형):제물론편 〈천뢰우화〉의 '其分也成也'의 뜻을 계승한 것으로 지북유편 〈지도우화〉의 '萬物以形相生'과 비슷한 사상이다. 단 여기의 '形'은 仁義·偃兵 등의 행위를 가리킨다.

成固有伐(성고유벌):'伐'은 敗의 뜻(章炳麟, 馬敍倫의 설). 이 구는 제물론편 〈천뢰우화〉의 '其成也毀也'를 바꾸어 말한 것이다.

變固外戰(변고외전):'變'은 앞 구절의 成·伐을 가리킨다. '外戰'은 內德을 닦지 않고 전쟁에 힘쓰는 것을 가리킨다. 이 구는 제물론편 〈천뢰우화〉의 '名實末虧, 而喜怒爲用'을 변형한 것이다.

君亦必無盛鶴列於麗譙之閒(군역필무성학렬어려초지간):이 구와 다음 구는 마음을 兵事에 쏟아서는 아니 됨을 말하고 있다(王先謙의 설)고 생각되는데 뜻이 명확하지 않다. '盛'은 '成'의 차자이리라. '鶴列'은 진형(陣形)의 이름이라 한다(郭象의 설). '麗譙'는 고루(高樓:높은 누각)라고 하는데(郭象의 설), '譙'가 譙門(망루)의 뜻이라 해도, '麗'의 뜻이 명확하지 않다. '麗'의 뜻에 관해서는 여러 설이 있으나 그 어느 것도 근거가 명확하지 않다. 본서에서도 원문대로 해석하는 데 머물려 하는데, 시험 삼아 다음과 같은 해석이 유력하다고 생각되어 소개하고자 한다. 이것은 춘추시대 위(衛)나라 의공(懿公)의 고사(故事)를 이용한 것이 아닐까? 衛나라 선공(宣公)의 후처는 그의 자식인 삭(朔)과 공모하여 태자(太子) 급(伋)을 암살했다. 朔이 즉위하여 혜공(惠公)이 되었으나 백성들이 복종하지 않자 일단 망명했다가 제(齊)나라의 도움으로 귀국하여 군위(君位)에 올랐다. 혜공의 자식이 의공이다. 백성들은 의공에게 심복하지 않았다. 게다가 의공은 사치를 즐기고 음탕할 뿐 아니라 학(鶴)을 좋아했다. 적인(翟人:오랑캐)이 침략하자 이를 막으려 하는 자가 없고, 대신들은 의공에게 '학으로 하여금 오랑캐를 막게 하라'고 말했다. 결국 의공은 적인들에게 죽임을 당했다(≪좌씨전≫ 閔公 2

년 및 ≪사기≫ 衛世家 참조). '鶴列'이란 鶴을 좋아했던 의공의 이러한 고사에 근거한 말이 아닐까? 그렇다면 '盛'은 글자 뜻 그대로 성대하게 한다는 뜻이다. '麗'는 '儷'와 같으며 '나란히 하다, 동료가 되다'의 뜻. 즉 후부인과 朔의 관계를 가리키는 것이 아닐까? '譙'는 비난하는 것. 결국 '麗譙'란 공모하여 헐뜯는 것으로, 朔(혜공)과 그의 어머니가 공모하여 전처의 자식인 태자를 살해한 것을 가리키는 것이 아닐까? 이 문장은 不義의 軍을 일으켜 백성이 등을 돌리게 하는 따위의 일을 가리키는 것이리라.

無徒驥於錙壇之宮(무도기어치단지궁):이것도 고사와 관계되는 말인 듯한데 어떤 고사와 관계되는지 확실하지 않다. '徒'는 통상 보병(步兵)의 뜻(司馬彪, 郭象의 설)으로 해석된다. '驥'는 馬(郭象의 설), 騎卒(林希逸의 설), 騎射(陸長庚의 설) 등으로 해석되고 있는데, 그러한 뜻이라면 어찌하여 굳이 천리마를 뜻하는 '驥'를 썼는지 명확하지 않다. '錙壇'(錙는 錙의 正字)은 ≪석문≫이나 成玄英疏에서는 단순히 壇의 이름 또는 宮의 이름으로 보고 있는데, 林希逸은 제사를 지내는 땅의 이름으로 보고 있으며 그 후 이 설이 많이 채택되고 있다. '錙'의 음이 '祀'와 비슷하여 이를 '祀'의 차자로 본 것이리라. 이러한 해석으로는 뜻이 통하지 않는다. 여기서는 새로운 해석을 시도해 보고자 한다. '徒'는 '徒善(주변머리 없고 오로지 착하기만 함)'의 예에서 알 수 있듯 '덧없이, 허무하게, 그저'의 뜻이며, '驥'는 '冀'의 차자로 '희구하다, 꾀하다'의 뜻이리라. '錙'는 緇, 즉 緇冠·緇衣(사대부의 朝服)의 약어이리라. 따라서 '錙壇'이란, 朝服하고 회맹(會盟)하는 단(壇)이 아닐까? ≪공양전≫ 莊公 13년 및 ≪사기≫ 자객열전의 기술에 의하면 노(魯)나라의 장공(莊公)은 제(齊)나라의 환공(桓公)과 가(柯)에서 회견을 앞두고 매우 두려워하였는데 장공과 환공이 단상에 오르자 장공의 신하인 조말(曹洙)이 단검을 들고 뒤따라올라 환공을 위협하여 빼앗긴 땅을 돌려받았다 한다. 이 구는 이 고사를 배경으로 노나라 장공의 일처럼 되리라는 기대는 결코 해서는 안 된다는 것을 말하고자 하는 것이 아닐까?

無藏逆於得(무장역어득):'得'이 '德'으로 되어 있는 판본도 있으나(《석문》의 설) 원본을 좇는 것이 좋다. '얻다'의 뜻이다. 이것은 응제왕편 〈유무진설〉의 '不將不迎, 應而不藏'을 간략하게 한 것이다. '逆'은 '迎(맞아들이다)'의 뜻. 즉 이득에 마음을 쓰지 않는 것이다.

君若勿已矣(군약물이의):맹자가 제나라 선왕의 패자(覇者)에 관한 질문에 답하여 '……그러나 꼭 이야기를 한다면 왕도(王道)에 관해 말씀드리고자 합니다(無以則王乎)'(양혜왕 상편)라고 한 것과 같은 어법이다. 즉 '君이 무엇이든 해야 한다면'의 뜻.

脩胸中之誠以應天地之情(수흉중지성이응천지지정):《중용》의 '眞實無妄의 誠은 天理의 본래 모습이다. 誠하고자 하는 것은 사람들이 당연히 힘써야 할 일이다(誠者天之道也. 誠之者人之道也)'를 연상시키는 진술이다. 단 '胸中之誠'은 정신을 가리키며, '天地之情'은 '性命之情'에 해당하는 말이리라.

【補說】 이상의 〈흉중지성우화〉는 무후와 서무귀의 문답을 빌려, 인군은 仁義·偃兵 등의 성공에 뜻을 두기보다는 정신의 誠을 닦고 자연스런 평화에 도달해야 함을 논하고 있다. 앞의 〈진인경해우화〉의 분본(紛本)이 되는 작품으로서 그보다 소박하게 교훈을 서술하고 있다.

## 제3장  황제 · 동자문답:거해우화(黃帝 · 童子問答:去害寓話)

黃帝將見大隗乎具茨之山. 方明爲御, 昌寓驂乘, 張若 · 謵朋
前馬, 昆閽 · 滑稽後車. 至於襄城之野, 七聖皆迷. 無所問塗.
適遇牧馬童子. 問塗焉.

曰, "若知具茨之山乎."

曰, "然."

"若知大隗之所存乎."

曰, "然."

黃帝曰, "異哉, 小童. 非徒知具茨之山, 又知大隗之所存. 請
問爲天下."

小童曰, "夫爲天下者, 亦若此而已矣. 又奚事焉.

予少而自遊於六合之內, 予適有瞀病. 有長者敎予曰, '若乘日
之車, 而遊於襄城之野.'

今予病少痊. 予又且復遊於六合之外.

夫爲天下, 亦若此而已. 予又奚事焉."

黃帝曰, "夫爲天下者, 則誠非吾子之事. 雖然, 請問爲天下."

小童辭. 黃帝又問.

小童曰, "夫爲天下者, 亦奚以異乎牧馬者哉. 亦去其害馬者
而已矣."

黃帝再拜稽首, 稱天師而退.

천계의 주인인 황제(黃帝)가 구자(具茨)에 있는 산에 가서 대지의 주인인 대외(大隗)를 만나고자 했다. 그래서 새벽의 주인 방명(方明)이 수레를 몰게 하고, 한낮의 주인 창우(昌㝢)를 동승자로 삼고, 춘풍의 주인 장약(張若)과 추풍의 주인 습붕(謵朋)을 앞세우고, 황혼의 주인 곤혼(昆閽)과 어둠의 주인 골계(滑稽)를 뒤따르게 하여 출발했다. 그런데 넓고 넓은 양성(襄城) 벌판에 다다르자 이렇게 어진 사람이 일곱 명씩이나 있으면서도 길을 잃어버렸고, 더욱이 벌판인지라 길을 물어 볼 사람도 집도 없었다. 곤란에 처한 일행은 마침 말을 치는 소년이 말떼를 몰고 오고 있어 그에게 즉시 길을 물었다.

"너는 구자의 산이 어디 있는지 알고 있느냐?"

"그럼요."

"너는 대지의 주인 대외(大隗)의 거소를 알고 있느냐?"

"그럼요."

소년의 말에 황제는 놀랐다.

"믿어지지 않는구나. 이 작은 녀석이 구자의 산뿐 아니라 대외의 거소까지도 알고 있다니. 그렇다면 천하를 어떻게 다스려야 좋은지 가르쳐 주련?"

소년이 대답했다.

"천하를 다스리는 일도 이렇게 말을 치는 것과 조금도 다름이 없죠. 무엇 특별한 일을 할 것이 있겠습니까?

어렸을 적 저는 이 세상을 놀며 돌아다니다가 눈이 흐려지는 병에 걸리고 말았습니다. 그때 덕이 높은 어떤 노인께서 '너는 자연스럽게 순회하는 태양의 수레를 타고 양양(襄陽)의 벌판에 가서 놀도록 하라'고 가르쳐 주셨습니다. 그래서 이렇게 하고 있는 것이죠. 지금은 눈병이 어느 정도 좋아졌습니다. 지금부터는 이 세계의 밖으로 놀러 가려고 생각하고 있습니다.

천하를 다스리는 일도 이렇게 하는 것과 다름이 없죠. 제게 뭐 특별히 해야 할 일이 있겠습니까?"

황제는 납득하지 못하여 다시 물었다.

"천하를 다스리는 일은 분명 네가 할 일이 아니다. 그렇지만 뭔가 천하를 다스리는 방법에 관해 가르쳐 줄 수는 없겠는가?"

소년은 거절했다. 황제는 계속해서 물었다. 소년은 어쩔 수 없이 대답했다.

"천하를 다스리는 것이 어찌 말을 치는 것과 다르겠습니까. 그저 말에게 해가 되는 것을 없애 줄 뿐, 그 다음은 모두 말에게 맡깁니다."

이 말을 들은 황제는 겨우 깨닫고 공손히 예를 올리며,

"이분이야말로 천사(天師)다."

라고 칭송하고는 그 앞에서 물러났다.


【語義】 黃帝將見大隗(황제장견대외):'黃帝'는 천제(天帝)를 의인화한 것. 천제의 구상(具象)은 태양이다. 이하의 우화 구성은 태양의 운행을 복선으로 삼고 있다. '隗(산이 우뚝 솟은 모양)'는 '塊'의 차자. 이 '大塊'는 대지의 신을 의인화한 것이다. 필시 이를 황제의 배우자로 삼은 것이리라. '大塊'를 大道(≪석문≫의 설), 옛적의 至人(成玄英의 설) 등으로 해석하는 것은 아래의 '七聖'이란 말에 근거한 것이리라.

具茨之山(구자지산):司馬彪의 설에 '형양(滎陽)의 밀현(密縣)(하남성 밀현) 동쪽에 있으며 요즘엔 泰隗山이라 부른다'고 했으며 이것이 통설이 되었다. 그러나 '具'는 동음인 '虞'의 차자, '茨'는 '次(묵다, 머무르다)'의 차자로서 ≪회남자≫ 천문훈에 '태양은……虞淵에 이르고, 이것을 黃昏이라 한다'라고 한 '虞淵'에서 취한 이름이리라. '虞'는 해가 진다는 뜻에서 취한 것인지 아니면 쉰다는 뜻에서 취한 것인지는 명확하지 않지만 '저녁 때'를 뜻한다. 요컨대 황제가 태양이고 大隗는 태음이며

저녁 때 서쪽 끝에 있다고 하는 것이 이 우화에서의 상정이다.

方明爲御昌㝢驂乘……:≪초사≫ 이소에 굴원이 천계에 여행한 것을 서술하여 '망서(望舒:月神을 가리킨다)를 앞세워 달리게 하고, 비렴(飛廉:風神을 가리킨다)으로 하여금 뒤를 쫓게 하네. 난새·봉황이 이 몸을 호위하는데, 차비가 덜 되었다고 뇌신(雷神)이 고하네(前望舒使先驅兮, 後飛廉使奔屬. 鸞皇爲余先戒兮, 雷師告余以未具)'라고 했다. 이 문장의 취향은 이것과 흡사하다. '方明'은 '이제 막 밝아지다'의 뜻으로 태양의 빛을 의인화한 것이리라. '御'는 마차를 모는 자. '昌㝢'의 '昌'은 日光이 성대하다는 뜻이며 '㝢'가 '宇'의 옛 글자이므로 '方明'의 뒤인 정오 전후의 성대한 日光을 의인화한 것이리라. '驂乘'은 지위가 높은 사람을 모시고 수레에 동승하는 자. '驂'은 '參(더하다)'의 차자. 고대의 車制에는 한 수레에 主人(中)·御者(左)·驂乘(車右)의 세 사람이 타도록 되어 있었다.

張若謵朋前馬(장약습붕전마):'張若'의 '張'은 '長'의 차자, 若은 北海若(외편)의 若과 같고 神의 뜻이며, 東風(즉 春風)을 의인화한 것이리라. '謵朋'의 '謵(말을 더듬다)'은 모은다는 뜻의 '集·輯·戢' 등의 차자이며, '朋'은 '風'의 차자로 서풍(西風), 즉 추풍(秋風)을 의인화한 것이리라. '前馬'는 선구(先驅). 先馬·走馬라고도 한다.

昆閽滑稽後車(곤혼골계후거):'昆閽'은 昏(저녁)의 중언(重言)으로, 저물어 가는 것을 의인화한 것이다. '滑稽'는 昏과 짝하는 점에서 추측하면 어둠을 의인화한 것이리라. '後車'는 뒤따르는 수레. 윗글의 '方明爲御' 이하는 春·秋의 바람을 先驅로 삼고, 태양을 主車로 삼고, 이에 日沒을 거느린 행렬로 四季·日夜의 경과와 그 가운데 이루어지는 영위를 우의하고 있는 것이다.

襄城之野(양성지야):'襄'은 '上'의 차자, '城'은 '頂'의 차자, 요컨대 태양이 떠올라 있는 中天을 실재 지명으로 빗대어 말한 것이다.

七聖皆迷(칠성개미):'七聖'은 황제 이하 일곱 사람을 가리킨다.

異哉小童(이재소동):'小童'에는 상대방을 업신여기는 기분이 담겨 있다. 이하 '小童曰'이라 한 것은 이러한 기분을 계승한 것인데 정확하게는 '童子曰'이라 해야 할 것이다.

予適有瞀病(여적유무병):'六合(上下四方. 여기서는 유한한 세계를 가리킴)之內'에서 놀았다는 것은 ≪노자≫의 이른바 '五色은 사람의 눈을 멀게 한다(五色令人目盲)'(제12장)와 같은 뜻으로, 현세의 화려함과 아름다움에 미혹되어 눈병이 났다고 하는 우의이리라. '瞀病'은 눈이 흐려져서 잘 보이지 않는 병.

若乘日之車而遊於襄城之野(약승일지거이유어양성지야):郭象은 '해가 나면 놀고, 해가 지면 쉰다'로 해석했다. 그런데 黃帝가 태양을 데리고 수레에 타고 있기에 '乘日之車'라 한 것이다. 결국 日月의 경과에 그대로 좇는다는 의미이다.

夫爲天下者則誠非吾子之事(부위천하자즉성비오자지사):黃帝가 童子의 말을 이해하지 못하여 다시 이런 물음을 던지는 것이다.

稱天師而退(칭천사이퇴):'天師'는 필시 재유편 〈정기독존우화〉의 '黃帝再拜稽首曰, "廣成子之謂天矣."'에 근거한 말이리라. 최고의 선생을 가리킨다. 후에 도교에서는 이 '天師'라는 이름을 교조(敎祖)의 칭호로 삼았다.

【補說】 이상의 〈거해우화〉는 황제와 말 치는 동자의 문답을 빌려, 정치는 無爲이며 그저 민생에 해를 끼치는 것을 제거하는 정도에서 그쳐야 함을 말하고 있다. 이 우화의 사상적 내용은 ≪장자≫에서 반복되는 주장이며, 특히 재유편의 주장에 가깝다. 또 재유편 〈정기독존우화〉의 구성

을 본뜬 흔적이 있다.

그런데 황제의 여행이 으리으리한 것과는 너무나 대조적으로 초라하기 그지없는 말 치는 동자가 등장하고, 더욱이 그 동자가 '子少而自遊於六合之內'라고 말한 것을 보면 그 동자는 아이가 아니라 사실은 어른이었다. 이 동자가 바로 황제가 찾아 나선 大隗임에 틀림없다. 그럼에도 그런 사실이 전연 문면(文面)에 나타나 있지 않다. 이처럼 줄거리에 변화가 있고 대화의 서술에도 공을 들인 흔적이 역력하여 매우 재미있는 우화이다. 또 童子를 등장시킨 것은 인간세편 〈심재우화〉의 '與天爲徒者, 知天子之與己, 皆天之所子. 而獨以己言, 蘄乎而人善之, 蘄乎而人不善之邪. 若然者, 人謂之童子'나 ≪노자≫의 '德을 두텁게 지닌 사람은 갓난아이에 비유될 수 있다(含德之厚, 比於赤子)'(제55장) 등을 근거로 無爲 속에서 소요하는 자야말로 영원한 생명을 지니고 있음을 우의하기 위한 배려이리라.

## 제4장 유어물지설(囿於物之說)

知士無思慮之變則不樂, 辯士無談說之序則不樂, 察士無淩
誶之事則不樂. 皆囿於物者也. 招世之士與朝, 中民之士榮
官, 筋力之士矜難, 勇敢之士奮患, 兵革之士樂戰, 枯槁之士
宿名, 法律之士廣治, 禮敎之士敬容, 仁義之士貴際. 農夫無
草萊之事則不比, 商賈無市井之事則不比. 庶人有旦暮之業則
勸, 百工有器械之巧則壯. 錢財不積則貪者憂, 權勢不尤則夸
者悲. 勢物之徒樂變, 遭時有所用, 不能無爲也. 此皆順比於
歲, 不(而)物(易)於易(物)者也. 馳其形性, 潛之萬物, 終身不
反. 悲夫.

지모(知謀)가 뛰어난 선비는 그 계략을 활용해야 할 사변(事變)이 없으
면 즐거워하지 않는다. 변설에 능한 선비는 그 담론을 펼 만한 실마리가 없
으면 즐거워하지 않는다. 명찰(明察)한 선비는 사람들이 법을 어기는 일이
없으면 즐거워하지 않는다. 이들 선비들은 모두 物에 얽매여 있는 것이다.
매우 뛰어난 재능을 지닌 선비는 조정에 나아가 입신출세하려 하며, 보
통 정도의 재능을 지난 선비는 벼슬에 오르는 것을 명예롭게 여기며, 완력
이 있는 선비는 주군이 어려움을 겪게 되면 그 힘을 쏟으며, 용기 있는 선
비는 국가의 위난에 떨쳐 일어나며, 병사들은 목숨을 걸고 싸우고자 하며,
자신의 뜻에 생명을 거는 선비는 명성을 길이 세상에 남기려 하며, 법률을
닦은 선비는 국가의 치적이 널리 퍼지게 하려 하며, 예(禮)의 가르침을 지
키는 선비는 용모와 태도를 바르게 보존하려 하며, 인의의 절조를 지키는

선비는 다른 사람과의 신의 있는 교제를 귀하게 여긴다. 사람들을 지도하는 선비뿐 아니라 농민은 전답을 경작하는 일이 아니면 서로 도우려 하지 않고, 상인은 시장의 일이 아니라면 서로 협력하지 않는다. 서민(庶民)도 하루의 일이 있어야만 힘쓰고, 백공(百工)도 기물과 도구를 만들어야 할 일거리가 있어야만 힘쓴다.

요컨대 돈과 재산이 쌓이지 않으면 부자가 되고 싶은 사람들은 걱정을 멈출 수 없고, 권위와 세력이 높지 않으면 다른 사람보다 뛰어나고자 하는 사람들은 마음이 짓눌려 견디지 못한다. 이렇게 권력욕과 물욕의 노예가 된 사람들은 세상일에 큰 변화가 있기를 바라며, 뭔가 이용할 만한 기회를 만나면 무슨 짓이 되었든 하지 않고는 견디지를 못한다. 그러나 이것들은 모두 일월이 경과함에 따라 物에 의해 자기 자신을 변화시키는 것이다. 신체와 본성을 物의 뒤를 좇는 데 몽땅 써 버리고, 物 속에 매몰되어 평생 자신의 본래로 돌아가지 못하는 것이다. 참으로 슬픈 일이다.

【語義】 知士無思慮之變則不樂(지사무사려지변즉불락):'知士'는 지모(知謀)가 있는 선비. 즉 일국(一國)의 부강을 책략하는 사람. '思慮之變'은 그 사려를 작용시켜야 하는 사변(事變).

辯士(변사)·談說之序(담설지서):'辯士'는 여기서는 변설로써 외교 교섭을 맡는 자. 종횡가(縱橫家)를 가리킨다. '序'는 '緒(실마리, 단서)'의 차자(馬敍倫의 설).

察士(찰사)·淩誶之事(능수지사):'察士'는 감추어진 不善도 간파하는 사람. 군주를 보필하여 신하들을 감찰하는 자이다. '淩'은 '陵'과 통용되며 상대방 위로 나서다, 나아가 범(犯)하는 것을 뜻한다. '誶(나무라다)'는 옛음이 같았으리라고 생각되는 '崒', 즉 '律'의 차자로 보지 않으면 안 된다. 즉 '淩誶'는 형률(刑律)을 범하는 것을 가리킨다.

招世之士興朝(초세지사흥조):'招'는 인물을 불러 군주에게 추천한다는 뜻(成玄英의 설)이 아니라 옛음이 비슷한 '擢(탁:뛰어나게 우수하다)'의 차자이다. '興'은 공적을 드날리는 것. '朝'는 조정.

中民之士榮官(중민지사영관):소요유편〈유무궁우화〉의 '故夫知效一官, 行比一鄉, 德合一君, 而徵一國者, 其自視也, 亦若此矣'를 참조. '中民'은 중급의 사람. 여기서는 평범한 사람을 뜻한다.

矜難(긍난):'矜'은 과시하는 것. '難'은 그의 주군이 위험에 빠지는 따위의 일을 가리킨다.

兵革之士樂戰(병혁지사락전):'兵'은 무기, '革'은 가죽으로 만든 무장으로 두 자가 합해져 무장한 병사를 뜻한다. 그런데 여기서는 다음의 '枯槁之士'와 대비하여, 단순히 전투에 참가하는 것이 아니라 죽을 각오로 싸운다는 뜻도 지니고 있다.

枯槁之士宿名(고고지사숙명):각의편의 '刻意尚行, 離世異俗, 高論怨誹, 爲亢而已矣. 此山谷之士, 非世之人, 枯槁赴淵者之所好也'에 근거한 말이다. '枯槁'는 여위어 쇠약해지는 것. '宿'은 머물러 있게 하는 것.

法律之士廣治(법률지사광치):'法律之士'는 일반적으로 법률·제도의 실시를 담당하는 관리.

禮教之士(예교지사):元·明의 간행본 중에는 '禮樂之士'로 되어 있는 게 있는데(王叔岷의 설), 다음 글의 '仁義'와 대비시키기 위해 그렇게 고친 것인 듯하다. '禮教'는 좌작진퇴(坐作進退) 등의 행위를 주요한 문제로 삼는 것.

仁義之士貴際(인의지사귀제):이 '仁義'는 仁愛正義의 뜻에서 약간 바뀌어, 자신의 행위를 바르게 보존한다는 뜻을 주로 하고 있다. 자신을 바르게 보존하는 자는 세정 풍속(世情風俗)을 비판하는 자이기도 하다. 그래서 교제(交際)를 귀하게 여기는 것이다. 각의편의 '語仁義忠信, 恭

儉推讓, 爲脩而已矣. 此平世之士, 敎誨之人, 遊居學者之所好也'에 근거한 말이리라. '際'는 교제의 뜻(林希逸의 설).

農夫無草萊之事則不比(농부무초래지사즉불비):'草', '萊' 모두 잡초. '草萊之事'는 잡초를 제거하고 경작하는 것. '比'는 친화하여 협력하는 것. 고대의 농경은 집단으로 행해졌다.

商賈無市井之事則不比(상고무시정지사즉불비):'商賈'는 상인. 구분하여 말하면 '商'은 행상인이고 '賈'는 점포를 갖춘 상인이다. '市井'은 민간의 생활을 가리키는 것으로 해석해도 통하지만 여기서는 시장의 뜻(成玄英의 설)으로 해석해야 한다.

百工有器械之巧則壯(백공유기계지교즉장):'百工'은 여러 가지 업종의 기물 제작자. '械'는 소재로 직접 만들어 내는 器에 대비되는 것으로, 소재를 조합시켜 만든 도구를 가리킨다. '壯'은 '奬(힘쓰다, 권하다)'의 차자(馬敍倫의 설).

權勢不尤則夸者悲(권세불우즉과자비):'權勢'는 富·官位·신분 등으로써 사람을 지배하는 힘. 晋의 신찬(臣瓚)이 ≪한서(漢書)≫ 賈誼傳을 注하면서 인용한 글에는 '尤'가 '充'으로 되어 있다(馬敍倫의 설). '充'은 '崇'의 차자이리라. 본서에서는 원본에 좇아 해석한다. 成玄英은 '尤는 깊은 것이다'라고 했지만 '尤(비난하다)'는 '優(다른 사람보다 뛰어난 것)'의 차자로 보아야 한다. '夸者'는 교만 방자한 자.

勢物之徒樂變(세물지도락변):'勢物'은 '執物'을 잘못 베낀 것이 아닐까 생각되지만 원문대로 해석하겠다. 일설에 '物'은 '利'를 잘못 베낀 것이라고 했다. '勢物'은 권력과 물욕을 뜻하는 것이리라. '樂'은 여기서는 '원하다'의 뜻.

此皆順比於歲不物於易者也(차개순비어세불물어역자야):'順比'는 떨어지지 않도록 따른다는 뜻이리라. '不物於易者也'로는 뜻이 통하지 않

는다. '不'은 '而'를, '物'은 '易'을, '易'은 '物'을 잘못 베낀 것으로 보아야
한다(馬敍倫의 설).

【補說】 이상의 〈유어물지설〉은 이 세상 사람들의 영위를 15가지 유형으로
나누고, 그들 모두가 물욕·권세욕을 추구하여 자신의 본래성을 상실
하는 자가 됨을 지적하고 있다. 허무적인 분위기가 감돌며 그 상실에서
탈출하는 길이 제시되어 있지 않다. 논설로서는 약간 짧은 감이 있다.

# 제5장 장자·혜자문답:혼우화(莊子·惠子問答:閽寓話)

莊子曰, "射者非前期而中, 謂之善射, 天下皆羿也. 可乎."
惠子曰, "可."
莊子曰, "天下非有公是也. 而各是其所是, 天下皆堯也. 可乎."
惠子曰, "可."
莊子曰, "然則儒·墨·楊·秉(宋)四, 與夫子爲五, 果孰是邪.
或者若魯遽者邪, 其弟子曰, '我得夫子之道矣. 吾能冬爨鼎而夏造冰矣.' 魯遽曰, '是直以陽召陽, 以陰召陰. 非吾所謂道也. 吾示子乎吾道.' 於是爲之調瑟, 廢一於堂, 廢一於室. 鼓宮宮動, 鼓角角動. 音律同矣夫. 或改調一弦, 於五音無當也, 鼓之二十五弦皆動. 未始異於聲, 而音之君已. 且若是者邪."
惠子曰, "今夫儒·墨·楊·秉(宋), 且方與我以辯, 相拂以辭, 相鎭以聲, 而未始吾非也, 則奚若矣."
莊子曰, "齊人蹢子於宋者. 其命閽也. 不以完. 其求鈃鍾也, 以束縛, 其求唐子也, 而未始出域. 有遺類矣夫. 楚人寄而蹢閽者, 夜半於無人之時, 而與舟人鬪. 未始離於岑, 而足以造於怨也."

장자가 혜자에게 말했다.
"활을 쏘는 자가 겨냥도 하지 않고 쏘아 과녁을 맞혔다고 그를 활의 명인이라고 한다면 천하의 활을 쏘는 자는 모두 예(羿)와 같은 명인이라 할 수 있게 되네. 그래도 좋은가?"

혜자가 대답했다.

"그래도 좋지."

장자가 이에 반문했다.

"그렇다면 천하에는 누구나 인정하는 가장 옳은 것은 있을 수 없게 되네. 그러면 사람들은 각기 자신이 옳다고 생각하는 것을 옳다고 주장하고, 천하 사람 누구나 모두 요(堯)와 같은 성인이라 말하게 되어 시비선악(是非善惡)을 단속할 수가 없게 되네. 그래도 좋은가?"

혜자는 또

"그래도 좋아."

라고 대답했다.

장자가 반박했다.

"그러면 저 유가(儒家)·묵가(墨家)·양주(楊朱)·송견(宋鈃)의 사가(四家)와 자네까지 합쳐 천하에 논자(論者)는 오가(五家)가 되네. 이들 가운데서 대체 누가 가장 옳은가?

그렇지 않으면 저 노거(魯遽)의 이야기와 같은 것일까? 제자가 노거에게 '드디어 스승님의 道를 다 배웠습니다. 저는 物이 몽땅 얼어붙는 한겨울에도 금방 큰 솥에다 物을 삶을 수가 있으며, 더위가 기승을 부리는 한여름에도 얼음을 만들어 낼 수가 있게 되었습니다.'라고 말하자 노거는 '그것은 단지 양기에 양기를 불러들이고, 음기에 음기를 불러들이는 데 지나지 않는다. 내가 주장하는 道가 아니다. 나의 道가 어떤 것인지 보여 주마.'라고 말했지. 그리하여 노거는 슬(瑟)의 소리를 고른 다음, 하나는 바깥채에 두고 다른 하나는 안채에 놓았네. 그리고 한쪽 슬의 궁음(宮音)을 소리 내자 다른 슬도 누가 손을 대지 않았는데도 궁음을 소리 내고, 한쪽 슬의 각음(

角音)을 소리 내면 다른 슬도 각음을 소리 내었네. 두 슬이 똑같은 소리를 내었던 것이지. 또 한쪽 슬의 한 현(弦)을 오음계(五音階)의 어느 소리에도 해당하지 않게 조정하고 그것을 뜯어 소리를 내자 다른 쪽 슬의 25현 모두가 공명했네. 이것은 그 소리 내는 음에는 전혀 다름이 없고, 단지 한쪽 슬이 소리를 내는 주역을 맡고 있었을 뿐이네. 대개 자네의 논(論)도 노거의 슬 이야기와 마찬가지로 이 주역을 맡고 있을 뿐 아닌가?"

혜자는 기다렸다는 듯이 이렇게 응수했다.

"지금 저 유가·묵가·양주·송견은 틀림없이 나와 변론으로써 다투고 말로써 배격하며 음성으로써 상대방을 침묵시키려 하고 있네. 그러나 (자네가 말한 노거의 이야기와는 같지 않다 하더라도, 내가 주역이므로) 상대방은 결코 나를 논파할 수가 없네. 이것은 어찌 된 일인가?"

장자는 다음과 같이 말하여 매듭을 지었다.

"동북쪽에 있는 제(齊)나라 사람 중에 자기 자식을 송(宋)나라에 팔아 먹은 자가 있었네. 그 자식에게는 '혼(閽)'이라는 이름이 붙어 있었지. 처음부터 만족할 만한 이름이 붙여졌던 게 아니지. 누구든지 목이 긴, 작은 술병을 사게 되면 줄로 단단히 매어, 떨어져 깨지는 일이 없도록 하네. 가출한 자식을 찾으려면 우선 마을 경계나 국경 밖으로 나가지 못하도록 하는 법이네. 혼이라고 하는 이름 때문에 쫓아버렸다고 하는 것은 物의 도리에 어긋나는 일이네.(자네가 자신의 論을 코에 걸고 있는 것도 이와 비슷하지 않을까?)

또 남서쪽 초(楚)나라 사람 중에 한쪽 발을 잃고 문지기를 하고 있는 자가 있었네. 어느 밤중에 아무도 자기를 보고 있는 자가 없다는 것을 확인하고, (자신도 세상 사람들처럼 자유롭게 여행을 하고 싶어져, 근처에 정박하고 있던 배에 숨어들었네.) 그런데 그만 뱃사공에게 들켜 소란스러워지고 말았지. 그래서 미처 강변에서 배가 떠나기도 전에 온갖 원한을 사고 말았네.(자네의 論도 고작 이렇게 되는 것이 아닐까?)"

【語義】非前期而中(비전기이중):겨냥을 하지 않고 쏘아도 명중함. 궁술의
묘기다. 단 이것은 사수(射手)의 개인적인 묘기이지 사술(射術)의 일반
적인 원칙에 합치하는 것은 아니다. 그래서 이것을 도입으로 삼아 '公是
也'라고 하는 論을 들고 나오는 것이다.
　羿(예):전설상의 인물로 궁술의 명인.
　惠子(혜자):명가(名家)의 한 사람인 혜시(惠施).
　公是(공시):보편적으로 타당한 옳음·바름. 만인이 한결같이 인정하
는 옳음.
　儒墨楊秉(유묵양병):'儒'는 유가, '墨'은 묵가, '楊'은 극단적인 개인주
의를 주장한 양주(楊朱). '秉'에 관해서는 여러 설이 있다. 본서에서는
宋鈃(宋榮子와 같음)의 '宋'을 잘못 베낀 것으로 해석하는 설(洪頤煊,
馬敍倫의 설)을 좇는다.
　魯遽(노거):'성은 魯, 이름은 遽이다'라고 했다(成玄英의 설). 그런데
'魯'에는 어리석다는 뜻이 있으며 '遽'는 '출랑이'라는 뜻 외에 '巨'와 동
음인 관계로 '우두머리'라는 뜻도 있다는 점을 생각하면 魯遽는 가공의
인물인지도 모른다.
　吾能冬爨鼎而夏造冰矣(오능동찬정이하조빙의):成玄英의 설에 '겨울
에 천년 묵은 재[灰]를 구하여 불을 붙이면 금방 불이 일어나 솥에 불을
땔 수 있다. 한여름에 질그릇 병에 물을 채워 끓는 물속에 넣어 끓인 다
음, 이것을 우물 속에 매달아 두면 곧 얼음이 된다'고 했다. 속간(俗間)
의 설에 근거한 것일까, 아니면 그러한 비술(秘術)이 있었던 것일까?
　以陽召陽以陰召陰(이양소양이음소음):'陽'은 여기서는 불을 가리킨
다. 또 '陰'은 물을 가리킨다. 요컨대 동류의 것에 지나지 않음을 가리

킨다.

廢一於堂廢一於室(폐일어당폐일어실):'廢'는 여기에서는 '두다, 놓다'의 뜻. '堂'은 바깥채, '室'은 안채.

鼓宮宮動(고궁궁동):이하, 공명 현상에 관해 말하고 있다. 진동수가 같은 발음체(發音體)를 여러 개 나란히 놓고 그 중 하나를 울리면 다른 것들도 소리를 낸다. '鼓'는 세게 울리는 것. '宮'은 중국 고대의 오음계(五音階)인 궁(宮)·상(商)·각(角)·치(徵)·우(羽)의 하나.

或改調一弦於五音無當也(혹개조일현어오음우당야):소리를 내고 있는 대금(大琴)의 한 현을 오음계의 소리와는 다른 높이의 소리를 내도록 해 놓는 것이다.

未始異於聲而音之君已(미시이어성이음지군이):≪회남자≫ 현명훈(賢冥訓)에는 '音之君已形也'로 되어 있다. 만약 이 우화의 '君已' 다음에 ≪회남자≫처럼 '形也'의 두 자가 있었는데 잘못하여 빠졌다면 의미는 달라진다. 사람이 연주하는 音에는 변함이 없는데 사람의 기술을 뛰어넘은 '音之君', 요컨대 음악의 근본인 해화(諧和)가 자연스럽게 나타남. 따라서 혜시의 변론도 자기 스스로 교묘하다고 생각하는 한은 미숙하며, 그것을 의식하지 않게 되어야만 참된 변론이 됨을 비유한 것이다.

惠子曰今夫儒墨……夫始吾非也:장자가 魯遽의 음악을 비유로 들었으므로 그와 유사한 辯·辭·聲으로 반박하고 있다는 데 주의해야 한다. 더욱이 '未始吾非也'는 장자의 '音之君已'(音의 主가 되는 것이며, 따라서 다른 것으로부터 제약을 받지 않는 것)를 가로채 전용(轉用)하고 있는 것이다. 이러한 취향은 추수편 〈호량우화〉에서, 혜자가 '子非魚'라고 한 데 대해 장자가 '子非我'라고 반박한 것과 흡사하다. '且方'의 '且'는 其와 같은 뜻이며 '方'은 한가운데임을 나타낸다. '相拂'의 '拂'은 排와 같은 뜻. 반박하는 것.

齊人蹢子於宋者(제인적자어송자):이하, 장자가 비유로써 혜자를 비난하고 있다. '閽'을 거듭 초들고 있는 데 주의해야 한다. '蹢(내던지다)'은 '適(적:멀리하다)'의 차자.

其命閽也不以完(기명혼야불이완):오해가 많은 문장이다. '命'은 '名'의 차자(馬敍倫의 설). '閽'은 문지기. 성문·궁문 등의 개폐를 담당하는 자로, 발이 잘린 형벌을 받은 자 등 발이 부자유한 자가 대부분이었다. 교제가 적고 맡은 일에 전념할 수 있기 때문이리라. 그런데 이 '閽'에는 齊나라 사람의 아들의 부적절한 이름이라는 뜻과, '堅白의 어리석음'을 알지 못하고 오히려 그것을 자부하는 혜자의 어리석음이란 뜻이 들어 있다. '不以完'은 통상 그 신체를 손상한다는 뜻(司馬彪, 郭象의 설), 또는 '문지기로 신체가 멀쩡한 자는 필요없음'(林希逸의 설) 등으로 해석하는데 잘못된 해석들이다. 齊나라 사람은 그의 자식이 실제로 그러했기 때문인지, 아니면 자식의 우매함을 비난하기 위해선지 '閽'이라고 하는 신체가 불완전한 자가 맡는 직명(職名)을 자식의 이름으로 붙여 버린 것이다. '不以完'은 '命'에 대한 보충적 설명이다. 집안사람들끼리는 어찌되었건 이런 이름을 붙였다는 것은 대외적으로는 자기 자식의 불완전함을 선전하는 것이 된다. 그리고 그것은 혜자가 자신의 변설을 자부하는 우행(愚行)을 상징하는 것이기도 하다.

其求鈃鍾也以束縛(기구형종야이속박):'鈃鍾'은 목이 긴, 작은 술병. 이 글의 우의는 혜자의 변설도 밖으로 드러내서는 안 된다는 것이다.

其求唐子也而未始出域(기구당자야이미시출역):'唐子'는 집을 나간 자식의 뜻(郭象의 설)으로 해석된다. 약간 의심스러운 점이 있지만 이 해석에 좇는다. '唐子'를 잃어버린 자식으로 해석하는 것은 '唐'이, '逃'의 차자(尹桐陽의 설), '蕩'의 차자(王敔의 설), '亡'의 차자(朱駿聲, 馬敍倫의 설)라고 한 것에 근거한 듯한데, 잃어버린 자식을 '唐子'라고 한 예를 다른 곳에서 발견할 수가 없다. '未始出域'은 통상, '域'을 境域 (成玄英의 설), 또는 門域(錢穆의 설)의 뜻으로 보고, 齊人이 境域 밖으로 나아가 찾으려 하지 않는다. 즉 物은 소중히 여기면서도 자식은 소홀히 여긴다는 뜻으로 해석된다. 그러나 이런 해석으로는 이미 자식을 宋나라에 보낸 자가 다시 그 자식을 찾으려 하는 게 되어 글뜻이 순조롭지 못할 뿐 아니라 앞글과 짝이 되지 않는다. 따라서 '未始出域'은 자식이 멀리 도망가지 못하도록 村境·國境 밖으로 나갈 수 없도록 하는 것으로, 혜자의 행위는 이에 반하고 있음을 풍자하는 것이다. '而'는 乃 (즉, 당장에)의 뜻.

有遺類矣夫(유유류의부):'遺'는 '잃다, 잊다'의 뜻으로 해석해도 되지만 동음인 '違(어긋나다)'의 차자로 보아야 한다. '類'는 앞의 사실에서 유추할 수 있는 도리. '夫'를 郭象 등은 다음 구에 속하는 것으로 보는데, 俞樾의 설에 근거하여 이렇게 고친다. 앞의 '音律同矣夫'와 같은 어조이다.

楚人寄而蹢閽者(초인기이적혼자):'奇'는 '踦(한쪽 발이 없는 자)'의 차자. '蹢'은 適所의 適과 같은 뜻. 마땅하다는 뜻. 閽(문지기)의 職에 앉아 있는 것을 가리킨다.

而與舟人鬪未始離於岑而足以造於怨也(이여주인투미시리어잠이족이조어원야):'而'는 여기에서는 乃와 같은 뜻. '舟人'은 뱃사공, 또는 배의 우두머리. '閽'보다는 높지만 일반적으로 신분이 낮은 자가 이에 종사했다. 그러나 이 비유는 신분의 고하와는 관계가 없다. '岑'은 산·해안 등의 돌출한 곳. 여기에서는 안변(岸邊)의 뜻. 이 문장은 閽이 세상의 여느 사람처럼 멀리 여행하고 싶어 사람이 없는 한밤중에 배에 숨어들었는데 곧 검문이 시작되어 소란해지고, 배가 떠나기도 전에 뱃사공에게 욕만 잔뜩 먹게 된다는 것으로, 혜자가 자신의 어리석음도 모르고 몰래몰래 야망을 품어 가면 다른 사람의 원한만을 살 뿐이라고 하는 조소를 담고 있는 것이다.

【補說】 이상의 〈혼우화〉는 장자와 혜자의 논쟁에서 혜자가 자신도 모르는 사이에 스스로 어리석음을 드러내어 위험을 부르고 있다는 장자의 풍자를 그 줄거리로 하고 있다.

　이 논쟁의 도입부인 사자(射者)의 예는 훈련의 결과로서 궁술이 묘기에 달한 것을 전제로 하여 읽으면 이해하기 어렵게 된다. 여기서는 궁술 그 자체보다는 뒤의 천하편에 '惠施不辭而應, 不慮而對'라고 한 것처럼 도처에서 자신의 변설을 늘어놓고, 또 그것이 천하의 진리인 양 혜자가 주장한 것을 전제로 그러한 방자한 태도의 혜자를 꼼짝 못하게 하기 위하여 궁술의 예를 초든 것이리라.

　그 밖에 비유적 사례로 논쟁을 진행시키고 있는데 이는 소요유편 〈무하유향우화〉의 경우와 흡사하다. 그것을 본뜬 것이리라. 魯遽의 예에서, '音之君'으로써 반박하는 혜자의 논법은 추수편 〈호량우화〉의 경우와 흡사하다. 이 우화 작자가 그런 점도 충분히 고려하여 이 우화를 지은 것이리라.

　마지막에 나오는 齊나라 사람의 아들인 혼(閽)과 楚나라 사람인 혼(閽: 한쪽 발이 불구로 문지기의 일을 맡고 있는 자)의 이야기는 명확하게 밝힐 수 없는 것을 명확하게 하려고 하는 혜자는 어리석다는 ≪장자≫의 평가를 염두에 두고 읽으면 신랄하기도 하고 재미있기도 한데 앞의 魯遽의 음악과는 필연적 관계가 희박하고, 따라서 변화는 크지만 장자답지 않은 매리(罵詈)로도 볼 수 있다. 이 변화에는 〈무하유향우화〉에서 볼 수 있는 전탈(轉脫)과 묘리(妙理)의 세계는 없다.

## 제6장 장자・혜시일화:무이위질지탄(莊子・惠施逸話:無以爲質之嘆)

莊子送葬, 過惠子之墓. 顧謂從者曰, "郢人堊漫其鼻端若蠅翼.
使匠石斲之. 匠石運斤成風[聲], 聽而斲之. 盡堊而鼻不傷.
郢人立不失容. 宋元君聞之, 召匠石曰, '嘗試爲寡人爲之.' 匠石曰, '臣則嘗能斲之. 雖然, 臣之質死久矣.' 自夫子之死也, 吾無以爲質矣. 吾無與言之矣."

장자가 어떤 사람의 장례식에 참석하고 돌아오는 길에 혜자가 묻혀 있는 무덤 앞을 지나게 되었다. 장자는 뒤를 돌아다보더니 따르는 자에게 말했다.

"어떤 미장이가 회반죽을 파리 날개만큼 자기 콧등에 바르더니 친구인 목수 석(石)에게 깎아 내게 했네. 석은 손도끼를 힘차게 휘둘러 바람을 일으키며 미장이 콧등의 회반죽을 깎아 내었네. 회반죽만 말끔히 날려 버리고 미장이의 코엔 털끝만한 상처 하나 내지 않았네. 미장이는 눈앞에서 도끼가 날아오는데도 눈 한 번 깜빡이지 않고 쭝긋 코를 내민 채 자세를 흐트러뜨리지 않았다네.

송나라의 원군(元君)이 후에 이 이야기를 전해 듣고 목수 석을 불러,

'나를 위해 그 재주를 보여 주지 않겠느냐?'

라고 말하자, 석은

'저는 전에는 콧등의 회반죽을 도끼로 깎아낼 수가 있었습니다.

그렇지만 저의 둘도 없는 상대가 죽어 버린 지금은……'

라고 대답했다고 하네.

저 사람이 죽어버리고부터 내게도 맞설 만한 상대가 없어진 셈이네. 더불어 말싸움을 벌일 만한 사람이……."


【語義】 郢人堊漫其鼻端若蠅翼(영인악만기비단약승익):'郢'은 '幔(눈:흙 따위를 바름)'의 차자(王紹蘭의 설), 또는 '塓(멱:흙을 바름)'의 차자(錢坫의 설)라고 한다. 이러한 설들에 의하면 '郢人'은 지명에서 따 온 인명이 아니라 미장이를 뜻하는 말로 해석하지 않으면 안 된다. '堊'은 백토(白土), 회반죽. 벽을 바르는 도료(塗料)의 일종. '漫'은 '槾(만:흙손. 여기서는 바르다[塗]의 뜻)'의 차자(章炳麟의 설). '蠅翼'은 매우 작고 얇은 것에 대한 비유.

　匠石運斤成風聽而斲之(장석운근성풍청이착지):'斤'은 손도끼. ≪문선(文選)≫에 수록된 〈稽叔夜贈秀才入軍〉이란 시의 李善 注에 인용된 글에는 '成風'의 다음에 '聲' 자가 있다. 成玄英의 疏에도 '도끼를 쓰는 솜씨가 신묘하여 바람 소리가 났다'라고 되어 있다. 이것들을 근거로 하여 '聲' 자를 보충한다. '聽'은 '좇다, 따르다'의 뜻으로, 이 구는 石이 도끼를 힘차게 휘둘러 바람을 일으킨 것에 의해 郢人 콧등의 회반죽이 날아가 버린 것을 뜻한다.

　宋元君(송원군):외편 전자방편 진화자우화 참조.

　質(질):'櫍(질:모탕. 도끼질을 할 때 나무 등을 올려놓는 받침대)'의 차자. 여기에서는 최상의 상대방이란 뜻을 나타낸다.


【補說】 이상은 장자가 郢人과 匠石의 이야기를 빌려 둘도 없는 논쟁 상대인 혜시를 잃은 것을 한탄했다고 하는 이야기이다. 굳이 이치를 따지자

면 모든 것을 '一化'에 맡기고 時에 좇는다고 하는 생사관(生死觀)을 가진 장자가 혜시의 죽음을 회고하고 감회에 젖는다는 것은 뭔가 이상하지만 이것도 한 편의 우화이다. 앞의 〈혼우화〉에서 보여 준 것과는 너무나 대조를 이루는 혜시에 대한 장자의 감정이 퍽 인상적이다. 또 장자와 혜시의 사상은 이러한 우화가 만들어질 만큼 긴밀한 관계를 가지고 있다고 생각할 수 있다.

이와 비슷한 이야기가 ≪열자≫ 탕문편(≪회남자≫ 수무훈)에 나오는데 琴의 명인 백아(伯牙)가 자신의 琴 소리를 정확히 들어줄 줄 아는 종자기(鍾子期)가 죽자 琴의 弦을 몽땅 끊어 버리고 다시는 琴을 타지 않았다고 한다.

管仲有病. 桓公問之曰, "仲父之病病矣. 可不謂(諱)云. 至於
大病, 則寡人惡乎屬國而可."
管仲曰, "公誰欲與."
公曰, "鮑叔牙."
曰, "不可. 其爲人, 絜廉善士也. 其於不己若者, 不比之. 又
一聞人之過, 終身不忘. 使之治國, 上且鉤乎君, 下且逆乎民.
其得罪於君也, 將弗久矣."
公曰, "然則孰可."
對曰, "勿已, 則隰朋可. 其爲人也, 上忘而下畔. 愧不所黃帝,
而哀不己若者. 以德分人, 謂之聖, 以財分人, 謂之賢. 以賢
臨人, 未有得人者也. 以賢下人, 未有不得人者也. 其於國,
有不聞也. 其於家, 有不見也. 勿已, 則隰朋可."

제(齊)나라의 재상인 관중(管仲)이 병에 걸렸다. 환공(桓公)이 문병차 들
러 물었다.

"중부(仲父)의 병세가 중하오. 이젠 말하지 않을 수가 없구려. 다시 일어
서지 못할 상태에 이르면 나는 누구에게 국정을 맡겨야 좋겠소?"

관중이 되물었다.

"공께서는 누구에게 맡기고자 하십니까?"

환공이 말했다.

"포숙아(鮑叔牙)요."

관중이 말했다.

"그건 아니 됩니다. 포숙아는 됨됨이가 결백하고, 바른 길을 기필코 관철하는 사람입니다. 자기보다 못난 사람과는 결코 어울리려 하지 않습니다. 또 누구든 허물이 있으면 그것을 죽을 때까지 잊지 않고 용서하지 않습니다. 따라서 포숙아에게 국정을 맡기시면 위로는 주군으로 하여금 자기 뜻에만 좇도록 하고, 아래로는 백성들의 마음을 거스를 것입니다. 그리고 공의 노여움을 사는 것도 그리 멀지 않을 것입니다."

환공이 다시 물었다.

"그렇다면 누가 좋겠소?"

관중이 대답했다.

"정 말하라 하신다면 습붕(隰朋)이 좋을 듯합니다. 그는 위로는 관작·공적 등을 생각하지 않고, 아래로는 너그럽습니다. 그는 고대의 성왕 황제(黃帝)처럼 무위(無爲)의 덕치를 펴지 못함을 부끄럽게 생각하고, 또 자신처럼 마음 편한 생활을 할 수 없는 사람을 동정합니다. 덕을 다른 사람에게 베푸는 사람을 성(聖)이라 하고 재물을 나누어 주는 사람을 현(賢)이라 하는데 그러한 현자라도 자신의 어짊[賢]을 드러내며 고압적으로 타인에게 대하면 사람들이 그를 따르지 않습니다. 어짊을 드러내지 않고 사람들에게 자신을 낮추면 언제든지 사람들이 따르는 법입니다.(습붕은 聖이라고는 할 수 없어도 賢하며, 더욱이 겸손합니다.) 그래서 그가 국가의 정무를 맡아 다스림에는 자질구레한 일들은 여러 관원에게 맡기고 자신은 굳이 알려 하지 않으며 자기 집안을 다스림에는 일족의 이익 따위에 관여하려 하지 않습니다. 굳이 추천하라고 하시면 습붕을 천거하는 바입니다."

【語義】 管仲(관중)·仲父(중부):제(齊)나라 환공(桓公)의 재상. '仲父'는

그에 대한 존칭. 이 이야기는 ≪여씨춘추≫ 귀공편·≪열자≫ 역명편·≪관자≫ 계편·≪한비자≫ 십과편 등에도 나오는데 표현이 조금씩 다르며, ≪열자≫·≪여씨춘추≫의 것이 이것과 비슷하다.

桓公(환공):춘추시대에 활약했던 인물로, 이른바 춘추오패(春秋五霸)의 첫 번째 인물. 이름은 소백(小白).

病病矣(병병의):병이 중한 것.

可不謂云(가불위운):'謂'는 '諱'를 잘못 베낀 것. ≪관자≫·≪여씨춘추≫·≪열자≫ 등에는 '諱'로 되어 있다. 관중의 죽음을 눈앞에 두고, 말하지 않을 수 없음을 뜻한다.

至於大病(지어대병):죽는 것을 완곡하게 표현한 것이다. ≪관자≫·≪한비자≫에는 '불행하게도 이 병에서 일어나지 못하면(卽不幸而不起此病)'으로 되어 있다.

屬國(촉국):국정을 맡김. '屬'은 '부탁하다, 위임하다'의 뜻.

鮑叔牙(포숙아):'관포지교(管鮑之交)'의 고사로 널리 알려진, 관중의 절친한 친구이다. 관중과 포숙아는 어려서부터 친구 사이였는데, 齊의 내란 때에 鮑는 공자 소백(桓公)을 옹립하고, 管은 공자 규(糾)를 옹립하여 서로 다투게 되었다. 그 싸움에서 관은 소백을 향해 활을 쏘았으나 화살이 소백의 허리띠에 맞고 말았으며, 결국 소백이 난을 평정하여 왕위에 오르게 되고 관은 잡혀 곧 죽임을 당하게 되었다. 그때 관의 재능을 아깝게 여긴 포가 관을 환공에게 천거하여 그를 재상으로 맞아들이고 자신은 그보다 지위가 낮은 대부가 되었다.

絜廉善士(결렴선사):'絜'은 여기에서는 '潔'과 같다. ≪열자≫에는 '潔'로 되어 있다. ≪여씨춘추≫에는 '淸廉潔直'으로 되어 있다. 몸을 깨끗이 지키고 바른 도리를 관철하는 것.

不比之(불비지):≪여씨춘추≫에는 '不比於人'으로 되어 있고, ≪열자≫에는 '不比之人'으로 되어 있다. 이에 의하면 '比'는 '진열하다', 나아가 '사람으로서 평등하게 취급하다'의 뜻이다. 단 여기서는 원문대로 해석한다. 그럴 경우 '比'는 가깝게 친하다는 뜻.

上且鉤乎君(상차구호군):'鉤(구:갈고랑이)'는 '拘'의 차자. 갈고랑이로 잡아당기는 것처럼 억지로 자기를 좇게 하는 것. 즉 무리하게 君을 자기 뜻대로 하려 하는 것을 가리킨다.

勿已(물이):꼭 추천을 받고자 하는 것이 君의 뜻이라면. 겸퇴(謙退)의 뜻을 나타내는 표현이다.

隰朋(습붕):환공을 보좌했던 대부 중의 한 사람. 실재했던 인물이나 상세한 전기는 알 수 없다.

上忘而下畔(상망이하반):≪여씨춘추≫에는 '上忘而下求'로 되어 있고, ≪관자≫에는 '好上識而下問'으로 되어 있으며, 또 ≪열자≫에는 '上忘而下不叛'으로 되어 있다. ≪한비자≫에는 '堅中而廉外, 少欲而多信'이라 한 것이 이에 해당하는 말이다. ≪여씨춘추≫의 문장과 ≪관자≫의 문장이 비슷하고, ≪열자≫와 ≪한비자≫는 개작한 것이든지, 아니면 별개의 사실을 서술한 듯하다. 그래서 '忘'은 '志·識'을 잘못 베낀 것, '畔'은 '判·辯' 또는 '問'의 차자(奚侗, 馬敍倫의 설)로 보아, 위로는 성현의 말과 행동을 배워 익히고 아래로는 자신을 낮추어 백성들에게 묻는다(≪여씨춘추≫ 高誘 주)는 뜻으로 해석하는 설이 있는데 그럴 경우 다음 글의 서술과 연결되지 않는다. 오히려 ≪관자≫·≪여씨춘추≫가 이 '上忘而下畔'을 수정하지 않았나 생각된다. 종래 이 구절에 대해 여러 해석이 있었으나 적당한 것이 없었다. '忘'은 글자 뜻대로 '잊다, 마음에 새기지 않다'의 뜻. '上忘'은 공적·관작 등을 생각하지 않는 것이리라. '畔(밭의 경계)'은 ≪대학≫에 '마음이 넓고 몸이 편안하다(心廣體胖)'라고 한 '胖'과 같다. '上忘'은 다음 글의 '愧(≪여씨춘

추≫에는 醜로 되어 있음)不若黃帝'나 '其於國也, 有不聞也'에 대응하는
말이리라. '黃帝'라고 했으나 여기서는 최고의 有爲의 제왕이 아니라 거
협편의 '軒轅氏', 즉 無爲의 제왕이다. '下畔'은 다음 글의 '哀不己若者'
나 '其於家有不見也'에 대응한다. '上忘而下畔'이 無爲의 모습을 가리키
는 말임에는 틀림없다.

　　以德分人……未有不得人者也:≪여씨춘추≫·≪한비자≫에는 이 문
장이 없다. ≪관자≫에는 '臣聽之, 以德予人者, 謂之仁. 以財予人者, 謂
之良. 以善勝人者, 未有能服人者也'로 되어 있다. ≪관자≫ 쪽의 표현
이 순당하다고 생각되는데, 鮑叔牙에게는 사람들에게 物을 나누어 주
는 德이 있었다고 전해지는 것으로 추측하면 이 문장은 鮑叔牙와 隰
朋의 인물됨을 비교한, 비교적 사실적인 기술에 가깝다고 할 수 있다.

　　其於家有不見也(기어가유불견야):≪관자≫에는 '其於物也, 有不知
也. 其於人也, 有不見也'로 되어 있다.


【補說】 이상의 〈상망하반우화〉는 齊의 환공과 그의 재상 관중의 문답을
통해, 일국의 재상이 되는 자는 포숙아처럼 청렴결백한 인물보다는 습
붕처럼 너그럽고 대범하여 백성들에게 쓸데없는 간섭을 하지 않는 자가
훨씬 더 적합함을 설하고 있다.

　　망명한 공자(公子)의 신세에서 몸을 세워 많은 인재를 모으고 마침내
는 처음으로 천하의 패자(覇者)가 되었으며 더욱이 죽어서 그 장례가
채 진행되기도 전에 내란이 일어날 만큼 일대의 영웅이었던 환공에게
는 먼 훗날까지 화제가 된 사실도 많았을 터이며, 또 그것을 윤색한 설
화도 몇 가지 만들어졌을 것이다. 이 이야기의 소재도 필시 역사적 사실
이리라. 그러나 이것은 그것을 윤색한 우화라고 하지 않으면 안 된다.

　　이 이야기는 ≪여씨춘추≫·≪관자≫·≪한비자≫ 등에도 전해지고

있다. ≪한비자≫를 제외하고는 모두 도가설에 근거하여 윤색됐다는 점을 보면 도가 계열에서 주로 전해지던 이야기인 듯하며, 그 가운데서도 이것이 가창 고박(古朴)하다고 생각된다. 또 이 이야기의 뒷일에 해당하는 역사적 사실을 살펴보면 관중의 추천에도 환공은 습붕을 기용할 수가 없었으며 습붕은 얼마 되지 않아 죽고, 결국 환공은 인재 등용을 그르쳐 내란의 원인을 만들고 말았다.

吳王浮于江, 登乎狙之山. 衆狙見之, 恂然棄而走, 逃於深蓁.
有一狙焉. 委蛇攫搔, 見巧乎王. 王射之, 敏給搏捷矢. 王命
相者趨射之. 狙執死.
王顧謂其友顏不疑曰, "之狙也, 伐其巧, 恃其便, 以敖予, 以
至此殛也. 戒之哉. 嗟乎, 無以汝色驕人哉."
顏不疑歸而師董梧, 以鋤其色, 去樂辭顯. 三年而國人稱之.

오(吳)나라 왕이 장강(長江)을 건너 원숭이들이 사는 산에 올랐다. 많은
원숭이들이 왕의 일행을 보자 놀라 달아나거나 나무가 무성한 곳으로 도망
쳐 버렸다. 그런데 그 중 한 마리가 도망가지 않고 몸을 비꼬며 나무에 매
달리기도 하고 몸을 긁기도 하면서 왕에게 자신의 교묘한 몸놀림을 보여
주었다. 왕이 활을 쏘자 그놈은 잽싸게 몸을 날려 날아오는 화살을 손으로
잡는 것이었다. 왕은 종자들에게 명하여 계속 활을 쏘게 하였다. 원숭이는
겁에 질려 죽고 말았다.

왕은 주위를 둘러보며 친구인 안불의(顏不疑)에게 말했다.

"요녀석은 몸놀림의 교묘함을 뽐내고 동작의 날램만을 믿어 내게 거만
하게 굴다 요런 꼴을 당했네. 요놈 같은 꼴이 되지 않도록 조심하지 않으
면 안 되네. 자네도 얼굴에까지 드러내어 다른 사람에게 교만하게 구는 일
이 없도록 하게."

안불의는 집에 돌아오자 동오(董梧)를 스승으로 하여 배웠고 자신의 얼
굴에 그러한 것이 나타나지 않도록 했으며 안락한 신분에서 물러났다. 이

렇게 하여 3년이 지나자 오나라 사람들은 안불의를 칭송하게 되었다.


【語義】 吳王(오왕):'吳'는 강소성에 있던 나라. 춘추시대 말기에 월(越)에
의해 패망했다. 이 吳王이 누구인지는 확실하지 않다.

恂然(순연):놀라 두려워하는 모양.

深蓁(심진):매우 무성함. '蓁'은 초목이 빽빽하게 자란 곳.

委蛇攫搔(위사확조):몸을 비꼬고 나뭇가지를 잡고 올라가기도 하며
몸을 긁기도 함. 원숭이가 이상한 행동을 하는 것이다. '攫'은 손으로 쥔
다는 뜻. '攉'과 같다. '搔'는 가려운 데를 긁는 것. '抓'와 같다.

敏給搏捷矢(민급박첩시):'敏給'은 '敏捷'과 같다. 몸놀림이 매우 날랜
것. '搏'은 손으로 치는 것. '捷'은 잽싸게 잡는 것.

王命相者趨射之(왕명상자촉사지):'相者'는 왕의 활 쏘는 것을 돕는
자. '趨'은 여기서는 '數(삭:자주)'의 차자. 계속 쏘도록 하는 것을 가리
킨다. 단순히 빨리 쏘게 하는 것이 아니다.

狙執死(저집사):'執'은 '慹(집:두려워하다)'의 차자. 두려워 실신하는
것.

顏不疑(안불의):인명인데 전기가 확실하지 않다.

伐其巧恃其便以敖予以至此殛(벌기교시기편이오여이지차극):'伐'은
과시하는 것. '便'은 민첩함. '敖'는 '傲(거만함)'의 차자. '殛'은 뜻밖에
죽는 것.

汝色(여색):'色'은 여기서는 낯빛에 나타낸다는 뜻.

董梧(동오):오(吳)나라 현인이라 하는데(成玄英의 설), 전기는 확실
하지 않다.

鋤其色(서기색):'鋤'는 여기서는 '除(없애 버리다)'의 차자.

去樂辭顯(거락사현):'樂'은 '榮'을 잘못 베낀 것으로 생각되는데 여기

서는 원문대로 해석했다. 안락한 경지를 가리킨다. 성악(聲樂)의 뜻이
아니다. '顯'은 현위(顯位).

【補說】 이상은 오나라 왕이 민첩함을 뽐내다 사살된 원숭이를 예로 들어
　　　훈계하자 안불의가 그 가르침을 충실하게 지켜 자신의 교만함을 버리고
　　　마침내 백성들로부터 칭송받았다는 것을 이야기하고 있다. ≪노자≫의
　　　'스스로 뽐내는 자는 그 공적을 인정받지 못하며, 스스로 그 재능을 자
　　　랑하는 자는 우두머리가 될 수 없다(自伐者無功, 自矜者不長)'(제24장)
　　　를 부연한 이야기이다.

# 제9장  남백자기 · 안성자문답:자상우화(南伯子綦 · 顏成子問答:自喪寓話)

南伯子綦隱几而坐. 仰天而噓. 顏成子入見曰, "夫子物之尤也. 形固可使若槁骸, 心固可使若死灰乎."
曰, "吾嘗居山穴之口 (中)矣. 當是時也, 田禾一覩我, 而齊國之衆三賀之. 我必先之, 彼故知之. 我必賣之, 彼故鬻之. 若我而不有之, 彼惡得而知之. 若我而不賣之, 彼惡得而鬻之. 嗟乎, 我悲人之自喪者. 吾又悲夫悲人者. 吾又悲夫悲人之悲者. 其後而日遠矣."

　남백자기가 안석(案席 :몸을 기대어 앉을 수 있는 방석)에 앉아 하늘을 우러러보며 길게 탄식했다. 이런 모습을 본 안성자가 방안으로 들어와 자기(子綦)의 면전에서 물었다.

　"선생께서는 만물 가운데 가장 훌륭한 분이십니다. 그런데 신체는 마른 해골처럼 정지시킬 수가 있는 것이지만 마음을 불 꺼진 재처럼 아무것도 느끼지 않게 할 수가 있습니까?"

　자기가 대답했다.

　"나는 전에 인가에서 멀리 떨어진 산속 동굴에서 은자 생활을 했다. 그 때 제(齊)나라 군주인 전화(田和)가 나를 찾아왔다. 제나라 백성들은 그 일을 군주가 현자를 예우하는 미담이라 하여 세 번씩이나 축하했다. 내가 숨어 살았는데도 그런 일이 생겼다는 것은 나 자신에게 그들을 끌어들일 만한 것이 있었고 또 그들이 그것을 알았기 때문이 아닐까. 내 스스로 뽐내어 판 적이 있기에 그들이 그것을 사들여 그런 일이 있었던 게 아닐까. 나 자신에게 그런 것이 없었던들 그들이 어떻게 알 수 있었겠는가. 나 자신이 팔지 않았는데 어찌 그들이 살 수 있었겠는가.

아아, 나는 속세를 떠났다고 생각하는 자가 이렇게 자신의 본래성을 잃고 마는 것을 슬프게 생각한다. 또 사람들이 다른 사람의 자기 상실을 슬퍼하는 것을 슬프게 생각한다. 또한 자기의 본래성을 잃은 자를 슬퍼하는 자를 슬퍼하는 자까지도 나는 슬프게 생각한다. 이렇게 하여 사람들이 자기의 본래성을 잃은 것을 슬퍼할 뿐이어서는 슬퍼하면 슬퍼할수록 자기의 본래성에서 멀어지고 만다. (그래서 나는 말라 버린 해골이나 불 꺼진 재처럼 허심정적(虛心靜寂)하게 하고 있는 것이다.)"


【語義】 南伯子綦隱几……若死灰乎:제물론편 〈천뢰우화〉에 나왔던 것과 거의 같으며 이 우화가 그것을 번안했음을 보여 주고 있다. '南伯子綦'는 〈천뢰우화〉의 '南郭子綦'를 흉내 낸 인물.

夫子物之尤也(부자물지우야):≪석문≫에는 '夫物之尤也'로 되어 있으며 '夫子'로 되어 있는 판본도 있다고 했는데 '夫子'가 맞다. '尤'는 '異'의 차자. 기이하다는 뜻(馬敍倫의 설)만은 아니다. 뛰어나게 걸출하다는 뜻.

山穴之口(산혈지구):≪석문≫은 '山之穴中'으로 된 것을 들고 있으며 中이 口로 된 판본도 있다고 했다. 成玄英疏本에도 中으로 되어 있다. '山穴'은 齊나라의 南山에 있는 동굴이라 한다(李頤의 설).

田禾(전화):呂氏의 齊나라를 대신하여 田氏의 齊나라를 건설한 태공(太公) 和.

我必先之(아필선지):일설에 다음 글의 내용을 근거로 하여 '先'은 '有'를 잘못 베낀 것이라는 설이 있는데(奚侗, 馬敍倫의 설) 원문대로 해석해도 통한다.

鬻(육):'粥(죽:묽은 죽. '육'으로도 읽는다)'이 원자이다. 여기서는 '팔다, 사다'의 뜻으로 쓰이고 있다.

我悲人之自喪者……其後而日遠矣:'其後而日遠矣'를 제외한 부분은 슬픔이 겹쳐 쌓이는 것을 가리킨다. 이 표현 기교는 〈천뢰우화〉의 '有始也者. 有未始有始也者. 有未始有夫未始有始也者. 有有也者, 有無也者. 有未始有無也者. 有未始有夫未始有無也者'나 대종사편 〈영녕우화〉의 '聞諸副墨之者. 副墨之子聞諸洛誦之孫. 洛誦之孫聞之瞻明. 瞻明聞之聶許. 聶許聞之需役. 需役聞之於謳. 於謳聞之玄冥. 玄冥聞之參寥. 參寥聞之疑始' 등 근원 소급의 서술과 흡사하다. 그래서 이 슬픔의 증가가 직접적으로 비탄이 없는 경지에 이르는 것을 설명하고 있다고 해석하는 게 통설이지만 이는 적당한 해석이 아니다. 비단은 아무리 쌓여도 이른바 有形의 情이다. 이것은 제물론편 〈대각우화〉의 '夢之中又占其夢焉'에 필적하는 행위다. 결국 비탄이 없는 경지에 이르는 것이지만 그것이 이 문면에는 나타나 있지 않다. 이 문장은 약간 무문(舞文:舞文曲筆. 붓을 함부로 놀리어 왜곡된 문사를 씀. 또 그 문사)의 경향이 있으나 그 귀결을 문외(文外)에 둠으로써 흥미를 불러일으키고 있다. '吾又悲夫悲人者'는 '吾又悲夫悲人之自喪者'의 생략된 표현이다. 다음의 '吾又悲夫悲人之悲者'도 '吾又悲夫悲人之悲人之自喪者'의 생략된 표현이리라.

其後而日遠矣(기후이일원의):그 후로는 날이 갈수록 비탄에서 벗어났다(郭象의 설)는 뜻으로 해석하는 게 통설이다. 그런데 이 표현은 덕충부편 〈화덕유심우화〉의 '丘也直後而未往耳'를 본뜬 것으로 생각된다. 즉 여기서 '後'란 비탄을 점점 더해 가는 것을 가리키다 '而'는 則과 같은 뜻. '日遠'이란 다른 사람의 자기 상실을 아무리 슬퍼하더라도 소용이 없음을 가리키는 것이리라. 소용이 없을 뿐 아니라 그것은 타인에게 구애되어 그 시비를 논하는 것이라 무위자연의 道에서 보면 유해하다. 그래서 이것은 문외의 뜻이지만 초연히 '死灰槁骸'의 경지에 들어야 함을 주장한 것이다.

【補說】 이상의 〈자상우화〉는 제물론편 〈천뢰우화〉의 '槁木(骸)死灰'의 심신의 문제에 관하여 하나의 새로운 해석을 시도하고 있다고 볼 수 있다. 즉 망아(忘我)로써 자기의 본래성을 회복하려고 해도 우선 그 忘我의 행위에 의식적인 자기 우월감이 수반되기 쉽다는 것을 지적하고, 이어 자기 상실을 객관적으로 개탄하는 것으로는 그것을 회복시킬 수 없음을 지적하고 있다. 요컨대 마른 해골이나 불 꺼진 재와 같은 '喪我'에 철저해야 함을 시사하고 있는 것이다.

# 제10장 초왕·중니문답:대인성우화(楚王·仲尼問答:大人誠寓話)

仲尼之楚. 楚王觴之. 孫叔敖執爵而立, 市南宜僚受酒而祭. 曰,
"古之人乎, 於此言已."
曰, "丘也聞不言之言矣. 未之嘗言, 於此乎言之. 市南宜僚弄
丸, 而兩家之難解, 孫叔敖甘寢秉羽, 而郢人投兵. 丘願有喙
三尺.
彼之謂不道之道, 此之謂不言之辯.
故德總乎道之所一, 而言休乎知之所不知, 至矣. 道之所一
者, 德不能同也. 知之所不能知者, 辯不能擧也. 名若儒·墨
而凶矣. 故海不辭東流, 大之至也. 聖人幷包天地, 澤及天下,
而不知其誰氏. 是故生無爵, 死無謚, 實不聚, 名不立. 此之
謂大人.
狗不以善吠爲良. 人不以善言爲賢. 而況爲大乎. 夫爲大不足
以爲大. 而況爲德乎. 夫大備矣, 莫若天地. 然奚求焉, 而大
備矣. 知大備者, 無求無失無棄, 不以物易己也. 反己而不窮,
循古而不摩, 大人之誠."

공자가 초(楚)나라에 갔다. 초나라 왕이 크게 환영하여 주연을 베풀었다.
초나라의 어진 재상인 손숙오가 술잔을 들고 일어서더니 그 잔을 공자에게
올렸고, 공자는 반례(反禮)로서 그 잔을 초나라의 용자(勇者)인 시남의료
에게 바쳤다. 시남의료는 그 잔을 받아 주신(酒神)에게 제사지낸 다음 술
을 다 마셨다. 연회는 바야흐로 무르익어 갔다. 그때 초나라 왕이 공자에게

"옛날의 道를 닦고 계신 분이시여, 부디 교훈이 될 만한 말씀을 들려주십시오."

라고 간곡히 청했다.

공자가 대답했다.

"저는 '불언지언(不言之言)'이란 말을 들은 적이 있습니다. 그래서 지금까지 단 한 번도 뭔가 아는 척을 해 본 적이 없었는데, 간곡히 청하시니 이번만은 이야기를 해 볼까 합니다. 시남의료님께서는 그저 구슬을 가지고 놀이를 하는 것으로 양가(兩家)의 분쟁을 화해시키셨습니다. 손숙오님께서는 깃으로 만든 부채를 손에 쥐고 편안하게 주무시는 것으로써 영(郢) 땅의 사람들로 하여금 전쟁에 나아갈 필요가 없음을 깨닫게 하셨을 뿐 아니라 무기를 버리게 하셨습니다. 이렇게 훌륭한 분들이 제 앞에 계시는 자리지만 이번만큼은 제가 군소리를 맘껏 늘어놓을 수 있도록 허락해 주시기 바랍니다.

손숙오님께서는 세상의 여느 道를 쓰지 않고도 자연스럽게 사람들을 감화시키는 '不道之道'를 체득하고 계신 분이며, 시남의료님께서는 입 밖에 내어 말하지 않고도 자연스럽게 도리를 명백하게 하는 '不言之辯'을 실행하고 계신 분입니다.

무릇 사람들의 德은 道인 일원(一元)의 경지에 통합되어 있으며, 또 사람들의 말은 지혜로는 헤아려 알 수 없는 영역에 머물러 있는 것이 가장 좋은 것입니다. 道인 일원의 경지는 사람의 德으로는 동일하게 할 수 없으며, 지혜로 헤아려 알 수 없는 영역은 변설로써 설명하여 밝힐 수가 없습니다. 그것을 유가나 묵가처럼 거론하여 시비를 가리는 것은 매우 좋지 않은 일입니다. 그래서 큰 바다는 동쪽으로 흘러내리는 모든 강물을 어느 하나 마다하지 않고 받아들이기 때문에 그 크기가 어느 것과도 비교할 수 없는 것인데 이처럼 성인은 천지간의 온갖 物을 차별 없이 포용하고 골고루 은택을 베풀고 있으며, 나아가 그것을 누가 베푸는지를 알 수 없게 합니다. 따라서 살아 있는 동안에는 높은 작위가 있을 리 없고 죽은 다음에는 살았을 적의 공적을 기리는 시(諡)가 있을 리 없으며 이익을 구하는 일도 명성을 세우는 일도 없습니다. 이런 사람은 대인이라 불러야 할 것입니다.

잘 짖는다고 해서 좋은 개라고 할 수는 없습니다. 이와 마찬가지로 변설에 능하다고 해서 현인이라고 할 수는 없습니다. 하물며 그런 것을 위대하다는 따위로 말할 수 있겠습니까? 또 의식적으로 위대해지려고 애쓴다 하여 위대해질 수는 없습니다. 하물며 그것이 사람의 德이 될 수가 있겠습니까? 이 세상에서 위대함이 완전히 갖추어진 것으로 천지만한 것은 없습니다. 그런데 천지가 무엇을 구하고자 하겠습니까? 아무것도 구하지 않는데도 그 위대함이 완비되어 있는 것입니다. 그래서 위대함을 완비한 것이 어떠한 것인가를 아는 사람은 뭔가를 구하지도 잃지도 버리지도 않아, 요컨대 외물에 관여함으로써 자기 본래의 것을 변화시키는 일을 하지 않습니다. 오로지 자신을 반성하여 그 본래의 것을 보전하고, 오직 옛적의 道를 좇아 그것을 손상시키지 않도록 하는데 이것이 바로 대인의 성실함인 것입니다."

【語義】 仲尼(중니) · 楚王(초왕) · 孫叔敖(손숙오) · 市南宜僚(시남의료): '仲尼'는 공자(B.C. 551~B.C. 479). '楚王'이 누구를 가리키는 것인지는 명확하지 않다. 공자 당시라면 楚나라의 昭王 또는 惠王이 이에 해당하리라. '孫叔敖'는 楚나라의 장왕(莊王:B.C. 591년 沒)을 도왔던 어진 재상. '市南宜僚'는 楚나라 惠王 때의 용자(勇者). 요컨대 이것은 실제로는 만난 적이 없는 인물들을 등장시킨 우화이다.

觴之(상지): '觴'은 술잔에 술을 가득 따르는 것. 여기서는 주연을 벌이는 것을 가리킨다.

孫叔敖執爵而立……: 주연이 한창 무르익은 상태이다. ≪의례(儀

禮)≫의 鄉飲酒禮篇 · 有司撤篇 등에 기록된 바로 추찰(推察)하면 우선 주인이 작(爵:술잔의 일종)에 술을 가득 부어 주빈(主賓)에게 보내면 주빈을 술을 祭(술을 약간 땅에 부어 酒神에게 바치는 것)한 다음, 술을 다 마시고 작을 씻어 주인에게 보낸다. 주인도 주빈과 같은 방법으로 술을 마시고, 주인과 주인 다음 서열의 사람이 일정한 순서로 주빈 다음가는 賓들(통상 3인)에게 爵을 보내고, 賓 쪽에서도 주인 이하의 사람들에게 酒爵을 보내는 것이 예였다. '孫叔敖執爵而立'이란 주인인 초왕을 시중드는 손숙오가 공자에게 술을 올리기 위해 爵을 들고 일어선 것을 가리킨다. 또 '市南宜僚受酒而祭'란 공자가 보낸 술잔을 받고 시남의료가 酒神에게 祭를 지내는 것을 가리킨다.

曰古之人乎於此言已(왈고지인호어차언이):고대에는 '걸언(乞言:노인에게 좋은 말을 하여 달라고 청함)의 禮'라고 하는 것이 있었다. 주연이 무르익으면 長老에게 교훈을 말해 달라고 부탁했다(≪예기≫ 문왕제자편 참조). 이것은 이러한 것에 근거한 것이다. 단 乞言은 대사악(大司樂)이 청하는 것이 일반적인 예인데, 여기서는 초왕 자신이 청하고 있는 것이리라. '曰'의 주어를 초왕으로 본다. 시남의료로 보는 설(成玄英의 설)도 있다. '古之人乎'는 古道를 터득한 사람이란 뜻으로 공자를 가리키는 말이다. '於此'는 여기서는 재촉하는 말. '已'는 어세를 강하게 하기 위한 조사.

丘也聞不言之言矣……:'丘'는 공자의 이름. 공자가 자신은 도가의 '不言之敎'를 지켜 평생 이야기하지 않으려고 했는데 이제 이야기하려 한다는 것이다.

市南宜僚弄丸而兩家之難解(시남의료농환이양가지난해):≪좌씨전≫ 哀公 16년 章에 기록된 바로는 楚나라의 白公(白色의 長이라는 뜻) 勝이 모반하면서 용자 시남의료를 자기편으로 만들고자 칼을 빼어 들고 위협했으나 의료는 응하지 않았다. 또 그러한 사실을 누설하지도 않았다. 勝은 楚의 중신인 子西와 子期를 죽이고, 惠王을 사로잡았지만 섭공자고(葉公子高)의 군에게 토벌되었다. 이것은 공자 사후의 일이다. 이에 근거하여 '兩家'는 子西와 白公을 가리킨다(高誘의 설), 子西와 子期를 가리킨다(≪석문≫의 설), 楚나라와 宋나라를 가리킨다(羅勉道의 설) 등으로 해석하고 있는데, '兩家之難'이라고 한 표현은 ≪좌씨전≫에 기록된 바와는 합치하지 않는다. 여기서는 ≪좌씨전≫의 기록과는 다른 전설, 즉 子西·子期 두 사람은 살해되지 않았다는 전설이 있어 그에 근거했든지, 아니면 전설과는 전연 관계가 없는 표현으로 보아 '兩家'는 子西·子期의 두 집안을 가리키는 것으로 해석해 둔다. ≪회남자≫ 주술훈에는 '兩家之難' 다음에 '無所關其辭'의 다섯 자가 있다. 이에 의하면 '兩家'는 시남의료와 백공 勝을 가리키는 것이 된다. ≪좌씨전≫에는 위협에도 눈 하나 깜짝하지 않는 의료를 보고 백공 勝이 '이익 때문에 상대방에게 아첨하지 않고 위세에도 눌리지 않는다. 타인에게 비밀을 누설할 사람이 아니다(不爲利諂, 不爲威惕, 不洩人言以求媚者)'라고 말하고 그를 죽이지 않은 것으로 되어 있다. 이것을 가리키는 것이리라. 이 우화는 이 문장을 취하여 수정했기 때문에 무리가 생겼으리라 생각된다. '弄丸'은 구슬을 가지고 노는 놀이로 모두 8개의 구슬 중 7개는 항상 공중에 있고 한 개만이 손에 있도록 하는 놀이라고 하는데(羅勉道의 설) 수렵에 쓰이는 彈을 가지고 논 것이 아닐까?

孫叔敖甘寢秉羽而郢人投兵(손숙오감침병우이영인투병):≪회남자≫ 주술훈에는 '昔, 孫叔敖恬臥而郢人無所害其鋒'으로 되어 있다. '甘寢'은 푹 자는 것. ≪회남자≫의 '恬臥'는 마음 편히 자는 것. '秉羽'는 관(冠)에 꽂는 깃을 손에 쥐고 춤추는 것(≪석문≫의 설). 깃으로 만든 부채를 손에 든 것(成玄英의 설)이라는 설도 있다. 孫叔敖가 춤을 즐겼다는 전설은 없다. ≪회남자≫에 이 두 자가 없다는 것으로 추론하면 이 우화의 작자가 '甘寢'은 ≪회남자≫의 '恬臥'와 동일한 표현으로 마음 편히 누워 있는 뜻이라 생각하고, 또 '秉羽'는 부채를 사용하는 것을 뜻하는 것으로 보아 孫叔敖의 평화스런 모습을 표현하기 위한 방법으로 '秉羽'를 넣은 듯하다. '投兵'은 무기를 내팽개치고 쓰지 않는 것.

願有喙三尺(원유훼삼척):'喙'는 주둥이, 나아가 말을 뜻한다. '三尺'은 여기에서는 길다는 뜻. 사람의 입은 寸에도 미치지 못하기 때문이다. 一尺은 22.5cm. 이 구는 평생 말하려 하지 않았던 공자가 이번에는 오래 말하고 싶다는 뜻을 서술한 것으로 보아야 한다. ≪시경≫ 대아 〈첨앙(瞻卬)〉에 '여자는 긴 혀를 가지고 있어 환란을 일으키네(婦有長舌, 維厲之階)'라 했다. 긴 혀로써 말이 많은 것에 비유한 것이다. 이 '喙三尺'도 이것과 흡사한 취향으로 말이 많은 것을 가리키며 그 말이 많은 것의 내용은 이 이하의 서술이다. 이 구에 관해서는 통설이 있는데 특히 '내 입이 석 자만 되었어도 말을 더 할 수 있을 텐데……'(成玄英, 羅勉道의 설)라는 식으로 해석하여 공자의 '不言之言'을 보여 주고 있으며, 또 공자의 말이 여기서 끝나는 것으로 보는 것이 통설이다. 그러나 '願有喙三尺'이 공자의 不言을 표현한 것이라고 해석하는 것은 잘못이다. 이 구는 '於此乎言之'를 받아 그러한 사실을 강조하고 이하의 서술을 예고하는 말인 것이다. '彼之謂不道之道' 이하를, 공자의 말이 아닌 이 우화 작자의 논술로 보는 것은 '彼之謂不道之道……' 이하의 논술에 유가를 비난하는 말이 있어 이를 유가인 공자의 말로 볼 수 없다는 지극히 일반적인 통념에 사로잡혀 있기 때문이다. 그러나 본 우화에서 공자는 유가보다도 '不言之言'의 古道를 체득한 인물로 묘사되어 있다는 것을 잊어서는 안 될 것이다.

彼之謂不道之道此之謂不言之辯(피지위부도지도차지위불언지변):제물론편 〈보광지설〉의 '孰知不言之辯, 不道之道. 若有能知, 此之謂天府' 참조. 郭象은 '彼'를 시남의료와 손숙오 두 사람, '此'를 공자로 보았으나, '彼'를 손숙오를 가리키며 '此'는 시남의료를 가리키는 것으로 보지 않으면 안 된다.

德總乎道之所一(덕총호도지소일):천지편 〈군주천덕설〉에 '德兼於道'라 한 것과 〈물생성리론〉의 '物得以生, 謂之德'을 참조.

而言休乎知之所不知至矣(이언휴호지지소부지지의):제물론편 〈보광지설〉에 '故知止其所不知, 至矣'라 한 것을 참조.

德不能同也(덕불능동야):道는 一元으로서 절대보편의 것이지만 德에는 개별적인 차이가 있음을 가리킨다. 이러한 사고는 천지편 〈물성생리론〉의 '德至同於初'와는 방향을 달리하는 것인데, 이는 유가설이 혼입되었기 때문이리라.

名若儒墨而凶矣(명약유묵이흉의):'名'은 '明'을 잘못 베낀 것이리라. 유묵(儒墨)은 物의 是非와 지변(知辨:지혜로써 사물을 분별하는 것)의 밝음을 구한다. 재유편 〈인의질곡론〉에 '天下好知, 而百姓求竭矣'라고 했는데, '凶'이라 한 것은 바로 이런 것을 가리키는 것이리라. 단 '名'이 '明'으로 되어 있는 판본이 없으므로 名의 글자 뜻대로 해석하여, 物을 변별하여 是非의 名을 말한다는 뜻으로 해석한다.

生無爵死無謚(생무작사무익):이 '爵'은 '公·侯·伯·子·男' 등의 작위, 나아가 卿·大夫 등의 신분 칭호. '謚'은 '諡(시)'를 잘못 쓴 것. '謚'로 되어 있는 판본도 있다. '諡'는 천자·제후 등에게 생전의 업적에 따라 지어 바치는 사후의 이름.

大人(대인):추수편 〈반기진우화〉에 "聞曰, '道人不聞, 至德不得(德), 大人無己'라고 한 것 참조.

夫大備矣莫若天地(부대비의막약천지):'備矣' 두 자를 군글로 보는 설

(馬敍倫의 설)도 있으나 원문대로 해석해도 통한다.

反己而不窮循古而不摩(반기이불궁순고이불마):'摩'가 '磨'로 되어 있는 판본도 있다(≪석문≫의 설). '摩'는 '磨'의 차자로, 마멸한다는 뜻. '反己而不窮'의 '不窮'은 '反己'의 정도를 보충 설명하는 말. '循古而不摩'의 '不摩'도 앞의 경우처럼 '循古'의 정도를 보충 설명하는 말로 보아야 한다. '反己而不窮'은 ≪맹자≫ 이루 상편 · ≪중용≫ 등에서, 자신을 반성하고 성실할 것을 설한 것과 거의 같다. 또 '循古而不摩'는 ≪논어≫ 술이편의 '전술(傳述)했을 뿐 짓지 않았으며 옛것을 믿고 좋아했을 뿐이다(述而不作, 信而好古)'와 거의 같으며 여기에는 다분히 유가설이 혼입되어 있다. 그런데 인간세편〈심재우화〉에 '成而上比者, 與古爲徒'라고 했고, ≪노자≫에 '태고 이래의 도리로써 지금의 모든 것을 지배하고 만물의 시원(始源)을 알고 있다. 이것을 道가 가지고 있는 기강이라 한다(執古之道, 以御今之有, 以知古始. 是謂道紀)'(제14장)라고 했다. 덧붙여 말하면 여기의 '循古'는 처음 부분의 '古之人乎'와 호응하고 있다.

【補說】 이상의 〈대인성우화〉는 공자를 맞아 현인인 손숙오와 강직한 용자 시남의료가 참석한 楚나라 궁정에서의 주연 석상을 장면으로 설정하고, 공자가 두 사람의 행위에 크게 자극받아 '不道之道'와 '不言之辯'에 관해 말한다는 내용으로 되어 있다. 이 우화에서 공자가 평생 '不言之言'을 지키고자 하는 도가적 인물로 묘사되어 있고, 또 그의 해설도 종래의 도가설을 주로 하는 것이나 적잖이 유가설이 혼입된 것이며, 특히 '不道之道', '不言之辯'을 자기반성과 고도준수(古道遵守)로 설명함과 동시에 그것을 '大人之誠'에 귀일시킨 것에는 유·도 절충의 흔적이 역력하다. ≪회남자≫와 같은 시대, 아니면 그 이후 지어진 우화가 아닐까?

子綦有八子. 陳諸前, 召九方歅曰, "爲我相吾子. 孰爲祥."

九方歅曰, "梱也爲祥."

子綦瞿然喜曰, "奚若."

曰, "梱也將與國君同食, 以終其身."

子綦索然出涕曰, "吾子何爲以至於是極也."

九方歅曰, "夫與國君同食, 澤及三族. 而況父母乎. 今夫子聞
之而泣. 是禦福也. 子則祥矣. 父則不祥."

子綦曰, "歅, 汝何足以識之而梱祥邪. 盡於酒肉入於鼻口矣.
而何足以知其所自來. 吾未嘗爲牧, 而牂生於奧, 未嘗好田,
而鶉生於宎. 若勿怪何邪.

吾所與吾子遊者, 遊於天地. 吾與邀樂於天, 吾與之邀食於
地. 吾不與之爲事, 不與之爲謀(謀), 不與之爲怪. 吾與之乘
天地之誠, 而不以物與之相攖. 吾與之一委蛇, 而不與之爲事
所宜. 今也然有世俗之償焉. 凡有怪徵者, 必有怪行. 殆乎非
我與吾子之罪. 幾天與之也. 吾是以泣也."

無幾何, 而使梱之於燕. 盜得之於道. 全而鬻之則難, 不若刖
之則易. 於是乎, 刖而鬻之於齊. 適當(掌)渠(康)公之街(閨).
然身食肉而終.

자기(子綦)에게는 여덟 명의 아들이 있었다. 어느 날 그는 여덟 아들을
한 줄로 자신의 앞에 서게 한 다음, 당대 최고의 관상가인 구방인(九方歅)

을 불러 이렇게 부탁했다.

"날 위해, 자식놈들의 관상을 좀 보아 주게. 어떤 놈이 제일 좋은가?"

구방인이 대답했다.

"곤(梱)이 제일 좋습니다."

자기는 두 눈이 둥그래져 기뻐하면서 물었다.

"그래, 어떻게 좋단 말인가?"

구방인이 대답했다.

"곤은 국군(國君)과 함께 식사를 하는 생활을 하며 삶을 마칠 것입니다."

자기는 그 말에 크게 실망하여 눈물을 흘리면서 말했다.

"아아, 내 자식이 어찌하여 그런 악운을 만나야 하는가?"

구방인은 자기의 태도가 의아하여 이렇게 물었다.

"국군과 함께 식사를 하는 신분이 되면 그 은총이 널리 친척에까지 미칩니다. 그러니 그 부모가 큰 행운을 얻게 됨은 말할 나위도 없습니다. 그런데 당신은 자식의 행운을 예고한 제 이야기에 눈물을 흘리고 계십니다. 이는 행운의 도래를 막는 일입니다. 아들은 길한데, 아버지는 불길합니다."

구방인의 말을 받아 자기가 말했다.

"인(歅)이여, 자네가 어찌 지금 말한 곤(梱)의 행운이 어떠한 것인지 자세히 알겠는가? 자네는 술이나 고기가 녀석의 코를 자극하고 달콤한 게 입에 들어가는 것만 알지 어떤 일로 그것들이 녀석의 입에 들어가게 되는지까지 어찌 알겠는가? 자네의 말은 내가 양을 친 적도 없는데 암양이 집의 서북쪽 귀퉁이에서 태어나고, 수렵을 즐긴 적도 없는데 메추라기가 집의 동남쪽에서 생겨나는 것처럼 참으로 어처구니없네. 그럼에도 자네는 아무렇지 않게 생각하고 있으니 어찌 된 일인가?

내가 자식들과 함께 살고 있는 것은 천지의 자연스러움에 좇고 있는 것이네. 즉 나는 아이들과 함께 즐거움을 하늘로부터 받아 인간의 신체를 갖추고 태어나 대지로부터 식물(食物)을 얻고 번뇌하는 일 없이 자족하며 살고 있네. 나는 아이들과 함께 세속 물사에 안달하는 일 없고 굳이 꾀를 쓰려는 일도 없이 사람 눈을 놀라게 하는 기괴한 짓을 하지도 않네. 나는 아이들과 함께 천지의 성실함을 바탕으로 세속 물사에 따라 어지러워지는 일도 없네. 나는 아이들과 함께 물사의 추이에 그대로 순응하여 기회를 교묘하게 이용하는 따위의 짓을 하지 않네. 그런데도 이제 우리에겐 자네가 말하는 행운이 도래하려 하네. 괴이한 조짐이 보인다는 것은 틀림없이 괴이한 행위가 있기 때문이네. 그러나 나나 내 자식들에겐 그런 행위가 없기에 이는 그 죄에 의한 것이 아니라 필시 하늘이 내리는 것이리라. 그래서 이렇게 눈물을 흘리며 슬퍼하는 것이네."

그로부터 얼마 아니 되어 자기는 곤을 연(燕)나라에 보냈다. 곤은 연나라에 가는 도중 그만 도적들에게 붙잡혔다. 도적들은 사지가 멀쩡한 곤은 팔리지 않을 것이고 발꿈치가 없는 쪽이 훨씬 잘 팔릴 것이라고 생각했다. 그래서 곤의 한쪽 발꿈치를 베어내고 제나라에 데리고 가 팔아 버렸다. 마침내 구방인의 예언처럼 그는 제나라 강공(康公)의 후궁(後宮) 문지기 노릇을 하게 되어 죽을 때까지 고기를 먹을 수 있었다.

【語義】 子綦(자기):成玄英은 초(楚)나라의 사마(司馬)인 자기(子綦)와 같은 사람이라고 해석했는데 무엇을 근거로 그런 해석을 했는지 명확하지 않다. 제물론편 〈천뢰우화〉의 '남곽자기(南郭子綦)'에 비긴 것이리라.

九方歅(구방인):≪회남자≫ 도응훈에는 백락(伯樂)의 제자로서 더없이 정교하게 말을 품평한 사람에 구방인(九方堙)이란 자가 있었다고 기록되어 있다. ≪열자≫ 설부편에는 '구방고(九方皋)'로 되어 있다. 이 '九方歅'은 ≪회남자≫의 '九方堙'을 본뜬 것이리라.

瞿然(구연):놀라 두 눈을 크게 뜨는 모양.

素然(삭연):낙담하는 모양. 실의(失意)한 모양. 눈물을 흘리는 모양(司馬彪의 설)으로 해석하는 것은 적당하지 않다.

何爲以至於是極也(하위이지어시극야):'是'는 '此'와 같은 뜻. '極'은 여기서는 '殛(극:재앙)'의 차자(馬敍倫의 설).

夫與國君同食澤及三族(부여국군동식택급삼족):'夫'를 원본에서는 '大'로 잘못 베꼈기에 바로잡았다. '澤'은 은혜. '三族'은 부계·모계·처계의 족속.

牂(장)·奧(오):'牂'은 암양. '奧'는 집의 서남쪽 귀퉁이.

鶉(순)·宎(요):'鶉'은 메추라기. '宎'는 집의 동남쪽 귀퉁이. 일설에 동북쪽 모퉁이(司馬彪의 설), 또 窈의 뜻(≪석문≫의 일설)이라 했다.

遊於天地(유어천지):이하, 자연스런 생활을 하며 작위하지 않는 것을 말하고 있다.

遨樂於天(요락어천):천도편 〈천락론〉의 '知天樂者, 其生也天行'에 근거한 말이리라.

遨食於地(요식어지):≪노자≫의 '나 홀로 다른 사람들과 달리 (세상 사람이 자신의 능력을 의지하여 뭔가 하려고 하는 데 반해, 나는 자연의 품에 안겨 천지인) 어머니, 즉 道에 의해 길러지는 것을 귀하게 여긴다(我獨異於人, 而貴食母)'(제20장)와 같은 주장이리라.

不與之爲怴(불여지위모):'怴'는 여러 본에 모두 '謀'로 되어 있다. 저본의 '怴'는 잘못 베낀 것이리라.

一委蛇(일위사):지락편 〈조달복지우화〉의 '委蛇而處'나 경상초편 〈위생우화〉의 '與物委蛇而同其波'와 같다.

今也然有世俗之償焉(금야연유세속지상언):'然'은 여기서는 乃(그럼에도)의 뜻. '償'은 여기서는 '보답'의 뜻.

幾天與之也(기천여지야):'幾'는 여기서는 수상쩍게 생각하는 기분을 나타내고 있다. 즉 '豈(어찌)'와 같다(王引之의 설).

無幾何(무기하):틈도 없이. '幾何'는 '얼마나?'의 뜻. 여기서는 어느
정도의 짧은 기간을 뜻한다.

適當渠公之街(적당거공지가):'街'가 '術'로 되어 있는 판본도 있다(《
석문》의 설). 예전에는 '渠公'은 齊나라의 當人(《석문》의 설, 成玄
英의 설), '街'는 街正(거리의 파수꾼)으로 보거나, '渠公'을 도살자로 보
고 '街'를 術의 뜻(《석문》의 일설, 成玄英의 일설)으로 해석하였는데,
지금은 '當'은 '掌'을, '渠'는 '康'을, '街'는 '閨'를 잘못 베낀 것으로 해석
한다. 康公은 齊나라의 군주, 이름은 貸로 B.C. 404~B.C. 379 재위.
본서에서는 새로운 설에 근거하여 해석한다.


【補說】이상의 〈식육우화〉는 체도자인 子綦와 세속적 관상장이인 九方
歅이 子綦의 자식인 梱의 장래에 관해 나누는 문답을 통해, 세속에서
행운이라고 하는 것이 체도자에게는 불운임을 말하고, 동시에 梱의 후
일담을 덧붙여 체도자인 子綦의 말이 참이었음을 증명하고 있다.

그런데 여기의 체도자는 행·불행을 의식하지 않고 모든 것을 천운
에 맡기는 여느 체도자와는 약간 다른 점이 있다. 그런 만큼 현실미도
있고 또다른 흥미도 있다.

# 제12장 설결 · 허유문답:일별우화(齧缺 · 許由問答:一覕寓話)

齧缺遇許由. 曰, "子將奚之."
曰, "將逃堯."
曰, "奚謂邪."
曰, "夫堯畜畜然仁. 吾恐其爲天下笑. 後世其人與人相食與.
夫民不難聚也. 愛之則親, 利之則至, 譽之則勸, 致其所惡則
散. 愛利出乎仁義. 捐仁義者寡, 利仁義者衆. 夫仁義之行,
唯且無誠, 且假夫禽貪者器. 是以一人之斷制利天下, 譬之猶
一覕也.
夫堯知賢人之利天下也, 而不知其賊天下也. 夫唯外乎賢者,
知之矣."

설결이 은자 허유를 만났다. 설결이 여쭈었다.

"어디에 가시려는지요?"

"요(堯)임금 치하에서 달아나려는 거네."

"그게 무슨 말씀입니까?"

허유가 대답했다.

"저 요임금은 애를 써서 仁을 행하고 있다. 요임금이 천하의 웃음거리가
될까 걱정스럽다. 후세가 되면 사람들이 서로 잡아먹게 되는 것이 아닐까?

요임금처럼 많은 사람을 모으는 것은 그리 어려운 일이 아니다. 백성은
예뻐해 주면 군주를 친밀하게 생각하여 가까이 따르고, 이익을 주면 모여
들며, 칭찬해 주면 자신의 일에 정진한다. 그러나 그들이 싫어하는 것을 하

게 하면 떠나고 만다. 백성을 예뻐하거나 그들에게 이익을 주거나 하는 것은 인의(仁義)에서 나온다. 세상에는 그 인의를 버리는 자는 매우 적고, 그것을 교묘하게 이용하는 자가 많다. 대체로 인의의 행함은 성실함과는 거리가 멀 뿐 아니라 그것을 어떻게 해서라도 수행하려 하면 탐욕스런 짐승이 인간을 잡아먹기 위해 발톱을 쓰듯, 군주는 형벌·형구 등의 힘을 빌리지 않을 수 없게 된다. 따라서 군주 한 사람이 멋대로 천하의 백성들에게 이익을 주려 하는 것은 마치 오직 한 면만을 흘끗 보는 것과 같으며 지극히 지엽적인 것만 아는 행위이다.

저 요임금은 현인이 천하의 인민에게 이익을 준다는 것만 알지 사실은 그가 천하의 인민을 해친다는 사실은 전연 모른다. 이것은 오직 賢을 무시하는 자만이 아는 사실이다."

【語義】 齧缺(설결):세속적 견식을 갖춘 인물인데 천지편 〈물해우화〉에서는 허유(許由)의 스승이라고 했다.

許由(허유):堯임금 때의 은자라고 한다. 이 우화는 소요유편 〈명실우화〉를 번안한 것이다.

畜畜然(축축연):크게 애를 쓰는 모양(王叔之의 설). '畜'은 여기에서는 '窮'의 차자. 재유편 〈인의질곡론〉에 '堯舜於是乎股無胈, 脛無毛, 以養天下之形, 愁其五藏, 以爲仁義'라고 한 것 참조.

後世其人與人相食與(후세기인여인상식여):경상초편 〈위생우화〉에 이와 같은 취향의 문장이 있다.

捐仁義者寡(연인의자과):이 문장은 '致其所惡則散'을 받으면서 다음 글의 '利仁義者衆'을 강하게 부각시키고 있다.

唯且無誠(유차무성):'唯'는 여기에서는 惟·維와 같다. 是의 뜻. 이 '且'는 唯와 합쳐져 강조의 뜻을 나타낸다.

且假夫禽貪者器(차가부금탐자기):'禽貪'은 금수처럼 탐욕스러운 것. '禽貪者器'는 금수의 경우 발톱과 부리에 해당하며 군주의 경우에는 형구 · 형벌에 해당하리라.

是以一人之斷制利天下(시이일인지단제리천하):郭象이나 成玄英의 해석을 근거로 추측하면 이 문장에는 본디 '利' 자가 없었던 듯하다. '利' 자의 유무는 다음 글의 '覻'을 郭象처럼 割의 뜻으로 해석하느냐 아니면 司馬彪처럼 瞥見의 뜻으로 해석하느냐에 따라 결정되는데 여기서는 원문대로 해석했다.

一覻(일별):'覻'을 郭象은 '割'의 뜻으로 해석했다. '切'의 차자(朱駿聲의 설) 또는 '剟'의 차자(章炳麟의 설)로 해석한 것이리라. 司馬彪는 잠시 본다는 뜻으로 해석했다. 즉 '瞥(얼핏 봄)'의 차자(段玉裁의 설)로 본 것이리라. 본서에서는 司馬彪의 설을 좇는다.

夫唯外乎賢者知之矣(부유외호현자지지의):≪노자≫의 '세상에서 높이 평가받는 성인이나 지혜 있는 자를 버리고 쓰지 않는다(絶聖棄智)'(제19장)와 같은 주장이다.


【補說】 이상의 〈일별우화〉는 설결과 허유의 문답을 빌려, 요임금의 인의(仁義)의 정치가 인민의 환심을 사는 듯하지만 사실은 인민의 마음을 해치는 것임을 말하고 있다.

표현이 과격한 것으로 보아 시세에 분개한 자가 지은 것으로 생각되며 재유편 〈재유론〉의 논지에 근거하여 소요유편 〈명실우화〉를 번안한 작품인 듯하다.

## 제13장 대불혹론(大不惑論)

有暖姝者, 有濡需者, 有卷婁者.

所謂暖姝者, 學一先生之言, 則暖暖姝姝而私自悅也. 自以爲足矣. 而未知未始有物也. 是以謂暖姝者也.

濡需者, 豕蝨是也. 擇疏鬣, 自以爲廣宮 · 大囿, 奎蹄 · 曲隈, 乳間 · 股脚(卻), 自以爲安室 · 利處, 不知屠者之一旦鼓臂, 布草操煙火, 而己與豕俱焦也. 此以域進, 此以域退. 此其所謂濡需者也.

卷婁者, 舜也. 羊肉不慕蟻, 蟻慕羊肉, 羊肉羶也. 舜有羶行, 百姓悅之. 故三徙成都, 至鄧之墟, 而十有萬家. 堯聞舜之賢, 擧之童土之地曰, "冀得其來之澤." 舜擧乎童土之地, 年齒長矣, 聰明衰矣, 而不得休歸. 所謂卷婁者也.

是以神人惡衆至. 衆至則不比, 不比則不利也. 故無所甚親, 無所甚疏. 抱德煬和, 以順天下. 此謂眞人.

於蟻棄知, 於魚得計, 於羊棄意. 以目視目, 以耳聽耳, 以心腹心. 若然者, 其平也繩, 其變也循. 古之眞人, 以天待之(人), 不以人入天. 古之眞人, 得之也生, 失之也死, 得之也死, 失之也生.

세상에는 훤주(暖姝:자신을 훌륭하게 보이려 하는 것)에 힘쓰는 자, 유수(濡需:남에게 의지하여 마음 편히 있는 것)에 힘쓰는 자, 권루(卷婁:사람을 억지로 끌어 모으는 것)에 힘쓰는 자, 이렇게 세 가지 유형의 사람이 있다.

휜주에 힘쓰는 자는 일단 어떤 선생의 설을 배우면 어떻게 해서라도 그에 좇으며, 게다가 그것을 더없이 잘 이해하고 있는 듯한 낯빛을 하고 홀로 기뻐한다. 자신은 그에 만족하는 것이겠지만 본디 그렇게 의존할 만한 것이 아님을 모르는 것이다. 아니, 그것을 모르기 때문에 선생의 설로써 자신이 훌륭해졌다고 생각하는 것이다.

유수에 힘쓰는 자는 돼지에 붙어사는 이와 같다. 이는 돼지 등의 털이 성긴 곳을 넓은 궁전이나 큰 정원처럼 생각하고, 갈라진 발굽 틈이나 관절 사이의 옴폭 패인 곳, 젖통이나 두 가랑이 사이 등을 마음 편히 쉴 수 있는 집이나 편리한 거처로 생각하며, 백정이 한 주먹에 돼지를 때려잡아 그 위에 풀을 깐 다음 불을 붙여 그슬리면 자기도 돼지와 함께 타 죽고 만다는 것을 까맣게 모른다. 이처럼 넓은 견식을 지니지 못하고 국한된 세속의 좁은 구역 안에서 진퇴하는 사람들이 있다. 바로 유수에 힘쓰는 자들인 것이다.

권루에 힘쓰는 자로 말하면 세상에서 성인이라 칭송받는 순(舜)이 바로 그 좋은 예이다. 양고기는 개미에게 전혀 마음이 없는데도 개미가 양고기에 꾀는 것은 양고기가 개미로 하여금 모이도록 냄새를 풍기기 때문이다. 이와 마찬가지로 순에게는 인의(仁義)라고 하는 냄새나는 행위가 있기에 백성이 그 냄새에 끌려 모여드는 것이다. 그래서 순이 세 번이나 거처를 옮겼으나 그때마다 사람들이 구름처럼 몰려들어 큰 도시를 이루고, 등(鄧)이라고 하는 큰 언덕으로 거처를 옮겼을 때에는 그를 좇아온 가구가 십여 만호(戶)나 되었다. 요(堯)임금은 그와 같은 순의 어진 사실을 전해 듣고 즉시 등용하여 불모지 개간을 맡기면서 '부디 저 황폐한 땅을 기름지게 해 주시오'라고 당부하였다. 순이 요임금으로부터 불모지 개간의 명령을 받았을 때 그는 나이도 먹고 귀도 눈도 힘이 없었으나 돌아가 쉴 수가 없었다. 이와 같은 것을 바로 권루에 힘쓰는 자라 한다.

이러한 까닭에 신인(神人)은 많은 사람들이 모여드는 것을 싫어한다. 많은 사람들이 모이면 서로 돕는 일이 없다. 서로 돕지 않으므로 이익이 없다. 그래서 억지로 다른 사람과 친하려 하지도, 억지로 다른 사람과 소원해지려 하지도 않는 것이 좋다. 요컨대 안으로 덕을 지니고 그 조화를 기르고, 물사가 나아가는 자연스러움에 순응할 뿐이다. 이런 사람을 진인(眞人)이라 한다.

앞에서 이야기한 개미의 경우에는 양고기를 그리워하는 지(知)를 버리고, 물고기의 경우에는 뭍에서 습한 숨을 몰아쉬는 것과 같은 일시적 수단을 멈추고, 강호 속에서 서로를 잊는 계(計)를 얻도록 하고, 양의 경우에는 개미를 끌어들이려는 의도를 버려야 한다. 즉 보는 것은 오직 눈에 비치는 것만을 보는 데 머물고, 듣는 것은 귀에 울리는 것만을 듣는 데 머물며, 생각하는 것은 마음에 떠오르는 것만을 생각하는 데서 멈추도록 한다. 이렇게 하는 자는 그 평정함이 영구히 이어지며, 나아가 물사의 변화에 순응한다. 이렇게 하여 옛날의 진인은 하늘의 자연스러움으로써 인사(人事)에 대응하였고, 인사로써 자연스러움을 어지럽히는 짓을 하지 않았다. 옛날의 진인은 자연스러움을 얻어 살아가고 그것을 잃으면 죽었으며, 반대로 인사를 얻으면 죽고 그것을 잃어 살았던 것이다.

【語義】 暖姝(훤주):'暖'이 '媛'의 차자(馬敍倫의 설)로 단아한 아름다움을 뜻하고, '姝'가 뛰어난 아름다움을 뜻한다는 것으로 추측하면 사람들에게 자신을 아름답게 보이려는 것, 즉 스스로 그러한 것을 좋아한다는 말이리라.

濡需(유수):오로지 사람들에게 의존한다는 뜻이리라.

卷婁(권루):'卷'은 '捲'의 차자이며, '婁'는 '摟'의 차자이다. 즉 卷婁는 억지로 사람을 끌어모으는 것을 가리킨다. 다음 글의 舜의 예가 해당되며, 또 '是以神人惡衆至'와 상응한다.

豕蝨是也(시슬시야):'豕'는 돼지. '蝨'은 이. 동물의 몸에 기생하는 해충. 이것은 죽림칠현(竹林七賢) 중에서도 그 대표자라 할 수 있는 완적(阮籍)이 〈대인선생전(大人先生傳)〉에서 君子를 속옷 안의 이[蝨]에 비교한 것의 분본(粉本)이다.

奎蹏曲隈(규제곡외):'奎'가 '睽'로 되어 있는 판본도 있다(≪석문≫의 설). '奎'와 '睽' 모두 '歧(기:갈래)'의 차자. 여기서는 蹏(발굽)가 갈라진 틈. '曲隈'는 가랑이의 안쪽.

股脚(고각):'脚'은 '郤(틈)'을 잘못 베낀 것.

此以域退(차이역퇴):唐寫本에는 '退' 다음에 '者也' 두 자가 있다. 그편이 문장 표현상 순당하나 저본대로 해석한다. '域'은 한정된 구역.

舜有饘行(순유전행):인의(仁義)를 가리키는 것이리라.

故三徙成都……:≪여씨춘추≫ 귀인편(貴因篇)에 '舜이 한 번 옮기니 그를 따르는 사람들로 邑이 생기고, 두 번 옮기니 도시가 생겼으며, 세번 옮기니 나라가 이루어졌다. 이러한 사실을 듣고 堯는 그에게 천자의 자리를 물려 주었다'라고 했는데, 이런 류의 전설에 근거한 말이리라. '都'는 사람이 많이 모여 있는 도회. '鄧'은 하남성 南陽縣과 호북성 襄縣의 경계에 있던 땅. 曼姓의 古國이다. 舜이 歷山에서 밭을 갈고 雷澤에서 물고기를 잡고 河浜에서 도기를 만들었다고 하는 전설은 ≪묵자≫·≪맹자≫·≪한비자≫ 등에 보이고 있으며 또 널리 알려진 것인데, 舜이 鄧에 있었다고 하는 전설은 이곳에서밖에 볼 수 없다. 단 歷山·雷澤이 어디인가에 관해 여러 가지 설이 있다는 점에서 추측하면 이것은 舜이 鄧에 갔다는 전설에 근거한 것이리라. '墟'는 옛땅, 즉 유래가 깊은 땅이라는 뜻. '十有萬家'는 '十有餘萬家'와 같다.

擧之童土之地(거지동토지지):'擧'는 등용하는 것. '童土'는 초목이 자라지 않는 황폐한 땅. 순임금은 창오(蒼梧)의 들에서 붕(崩)했다고 전해지는데, 그 지방을 가리키는 것이 아닐까?

冀得其來之澤(기득기래지택):‘來’는 ‘萊(래:황폐한 토지)’의 차자로 보아야 한다.

是以神人惡衆至(시이신인오중지):경상초편 〈위생우화〉의 ‘子何與人偕來之衆也’ 참조. 이것은 비유적 표현을 쓴 〈위생우화〉와는 그 표현 방법에서 약간 다르지만 속인에게 둘러싸여 속정에 끌린다는 것을 지적한 점에서는 같다.

故無所甚親……以順天下此謂眞人:‘親’, ‘天’, ‘人’이 압운하고 있다. 원문의 제1구와 제2구의 순서를 바꾸고, ‘天下’의 ‘下’ 자를 군글자로 보아야 한다. 다음의 ‘古之眞人以天待之’와 서로 호응한다. ‘抱德煬和’는 재유편 〈정기독존우화〉의 ‘我守其一, 以處其和’와 거의 같다. ‘煬’은 ‘養’의 차자(馬敍倫의 설). ‘眞人’에 관해서는 대종사편 〈진인론〉 참조.

於蟻棄知於魚得計於羊棄意(어의기지어어득계어양기의):이미 郭象 때부터 있던 글인데, 이 우화를 읽은 자가 방주(傍注)한 것이 본문 중에 혼입된 것이리라.

以目視目……以心腹心:지각의 자연스러움에 좇는 것을 가리킨다. 인간세편에 ‘夫徇耳目內通, 而外於心知’라고 한 것과 거의 같은 주장이다. ‘腹’은 ‘품다, 마음에 떠오르다’의 뜻.

其平也繩其變也循(기평야승기변야순):‘繩’을 통상 천도편 〈성인지정론〉의 ‘平中準’에 근거하여 ‘繩墨’의 繩, 즉 ‘바르다 · 곧다’의 뜻으로 해석하는데, ‘承’의 차자로 ‘이어받다’, 나아가 ‘영구하다’의 뜻으로 해석해야 할 것이다. ‘循’은 변화의 자연스러운 이치에 순응하는 것.

以天待之(이천대지):대종사편 〈진인론〉의 ‘不以人助天’에 근거한 말이다.

【補說】 이상은 〈대불혹론〉의 제1절이다. 우선 세속 사람들에는 사설(師說)로써 자신의 우수함을 과시하려는 훤주자(暖姝者)와 오로지 좁은 세계에만 집착하는 유수자(濡需者), 꼭 다른 사람들을 끌어들이려는 권루자(卷婁者)의 세 가지 부류가 있음을 지적하고, 이들과 달리 신인·진인은 사람들을 자기 밑에 모으는 것을 싫어하고, 자신의 덕을 조화시켜 자연스러움에 좇는 자임을 말하고 있다.

---

藥也, 其實菫也, 桔梗也, 雞壅也, 豕零也, 是時爲帝者也. 何可勝言. 句踐也, 以甲楯三千, 棲於會稽. 唯種也知亡之所以存, 唯種也不知其身之所以愁. 故曰, "鴟目有所適, 鶴脛有所節. 解之也悲."

故曰, "風之過河也, 有損焉. 日之過河也, 有損焉. 請只風與日相與守河. 河以爲未始其攖也." 恃源而往者也. 故水之守土也審, 影之守人也審, 物之守物也審.

故目之於明也殆, 耳之於聰也殆, 心之於殉也殆. 凡能, 其於府也殆. 殆之成也不給改, 禍之長也兹萃. 其反也緣功, 其果也待久. 而人以爲己寶. 不亦悲乎. 故有亡國·戮民無已. 不知問是也.

---

같은 약(藥)이라 하더라도 그 실질은 부자(附子)이거나 도라지이거나 가시연밥이거나 시령(豕零:버섯의 일종)이다. 이것들이 병의 증상에 응하여 적시에 그 병을 치료하는 주약(主藥)이 되는 것으로 어느 특정한 약이 항상 병을 치료한다고는 할 수 없다. 사람이 물사에 대처하는 것도 이와 같

은 것이다. 월왕(越王) 구천(句踐)은 오왕(吳王)으로부터 공격을 당하자 근위병 3천을 이끌고 회계산(會稽山)에 숨어 농성하였다. 그때 오직 월나라의 대부 종(種)만이 그러한 망국의 비운이 실은 월나라를 영존(永存)시킬 좋은 기회임을 알았다. 그러나 그도 결국은 자신이 곤경에 처하게 되리라는 것은 알지 못했다. 물사는 일률적으로 행해지는 것이 아니다. 그래서

'밤에 物을 보는 올빼미의 눈이 좋을 때가 있으며, 학의 목이 긴 데는 그럴 만한 이유가 있어 이를 잘라 짧게 하면 슬퍼한다'

라고 하는 것이다.

그런데

'바람이 불면 황하의 물은 물결을 일으키고 약간 줄어드는 일이 있다. 또 태양이 위를 지나가면 황하물이 증발하여 약간 주는 일이 있다. 그러나 바람과 태양이 함께 물을 줄여도 황하는 결코 어지러워지는 일이 없다'

라고 말한다. 황하는 수원(水源)을 가지고 있어 그에 의해 흐르고 있기 때문이다. 이처럼 物에는 각각 그 근본이 있다. 즉 물이 지상을 따라 흐르는 것도 일정하며, 그림자가 사람의 모습에 근거하여 이루어지는 것도 일정하며, 物이 제각기 자연의 이치를 지녀 성립되는 것도 일정한 것이다.

따라서 사람이 굳이 눈으로 물사의 명백함을 얻으려 하는 것도 위험한 일이며, 귀로 물사의 미묘함을 알아듣는 총명함을 얻으려 하는 것도 위험한 일이며, 마음으로 뛰어난 준민(俊敏)함을 얻고자 하는 것도 위험한 일이다. 무릇 이런 능력은 그 근본인 내장의 작용으로는 부자연스러워 위험한 것이다. 그런데 이런 위험들은 세상 사람들이 애써 범하려고 하는 것으로 고칠 도리가 없고, 또 그 때문에 화해(禍害)가 성하고 점점 많아지는 것이다. 그 화해를 피하고 근본으로 돌아가려면 끊임없이 수양을 하지 않으며 안 되며, 또 그 성공에는 오랜 세월이 필요하다. 그런데도 세상 사람들은 총명함과 준민함을 너나 할 것 없이 보배처럼 소중히 여기고 있다. 어찌 슬프지

않으랴? 그래서 나라를 망치는 자와 형벌에 처해지는 자가 뒤를 이어 나오는 것이다. 근본으로 돌아가는 일을 명확하게 하려 하지 않기 때문이다.

【語義】藥也其實……:이 이하를 한 절로 본다(林希逸의 설). 윗글의 '得之也死, 失之也生' 이하를 한 절로 보는 자가 많은데 이는 타당하지 않다.

堇(근):바곳. 다년생 풀로 줄기·잎·뿌리에 독이 있다. 중풍을 치료하는 데 쓰인다고 한다(司馬彪의 설). 附子·烏頭·堇茶라고도 한다.

桔梗(길경):도라지.

雞蕹(계옹):雞頭草·芡이라고도 한다. 가시연밥. 열매와 뿌리를 약용한다.

豕零(시령):버섯의 한 종류. 갈증을 치료하는 데 쓰인다고 한다.

是時爲帝者也(시시위제자야):증상에 따라 어떤 약이 가장 중요하게 쓰이는 것을 가리킨다.

句踐也……不知其身之所以愁:B.C. 496년, 월왕(越王) 구천(句踐)은 오왕(吳王) 부차(夫差)에게 몰려 근위병 오천 명(≪사기≫ 越世家에 의함)을 거느리고 회계산에서 버티다 결국 화의를 청하지 않을 수 없게 되었는데 그 일을 맡은 사람이 바로 대부 문종(文種)이었다. 화의가 성립되자 구천은 대부인 종(種)·범려(范蠡) 등과 함께 와신상담(臥薪嘗膽), 내정을 튼튼히 다지면서 복수의 기회를 기다리다 마침내 B.C. 473년 오(吳)를 공격하여 멸망시켰다. 월(越)은 천하의 여러 제후와 사귀며 그 위세를 과시하게 되었는데 범려는 자신의 장래를 숙고한 끝에 제(齊)나라로 탈출했다. 종(種)은 범려의 권고를 뿌리치고 월나라에 남아 있다가 참언으로 죽임을 당했다.

有所節(유소절):이 '節'은 적당함을 얻었다는 뜻.

解之也悲(해지야비):변무편의 '鶴脛雖長, 斷之則悲'에 근거한 말이리라.

恃源(시원):'恃'가 持로 되어 있는 판본도 있다(≪석문≫의 설).

故水之守土也審(고수지수토야심):'守'는 상대방에게서 떨어지지 않는 것을 가리킨다. 여기서는 물에 그 본원(本源)이 있는 것처럼 모든 것이 각각 그 근본을 가지고 있는 것을 가리킨다. '審'은 여기서는 일정한 것을 가리킨다. 이하도 같다.

故目之於明也殆……:이것은 앞글의 '以目視目……'이 아니라 변무편에 '且夫屬其性乎仁義者, 雖通如曾・史, 非吾所謂臧也……'라고 한 것처럼 천성의 감각과 그 대상 추구를 분리하는 것에 대한 위험성을 지적하고 있는 것이다. 표현이 매끄럽지 않다.

心之於殉也殆(심지어순야태):'殉'은 '俊敏'의 '俊'의 차자. 총명한 것.

凡能其於府也殆(범능기어부야태):변무편의 '多方駢枝於五藏之情者, 淫僻於仁義之行, 而多方於聰明之用也'에 근거한 말이리라. '能'은 앞글의 目・耳・心의 작용을 가리킨다. '府'는 '腑'의 차자로 오장(五藏)을 가리킨다. 目・耳・心의 작용은 내장에서 나온다고 보고 있는 것이다.

殆之成也不給改……:인간세편〈승물유심우화〉에 '美成在久, 惡成不及改'라고 했다. 이것을 본뜬 표현이리라. '給'은 '及'의 차자. '茲(풀이 무성한 것)'는 여기서 滋와 같으며 '점점・더욱더'의 뜻. '萃'는 모이는 것.

其反也緣功其果也待久(기반야연공기과야대구):앞에서 인용한 변무편의 문장을 본뜬 것이리라. '反'은 天에 되돌아가는 것. '功'은 잊지 않으려고 애쓰는 것. '果'는 '성과'의 뜻.

不知問是也(부지문시야):'問'은 명백하게 하는 것. '是'는 '緣功', '待久'를 가리킨다.

【補說】이상은 〈대불혹론〉의 제2절이다. 우선 약재의 예와 월나라의 대부 문종(文種)의 예를 들어 物에는 저마다의 적응(適應)이 있음을 설하고, 이어서 그것은 저마다의 자연스런 근본에 근거하는 것이라 하고, 마지막으로 그 자연스러움을 떠나 인위적인 聰·明·俊敏을 귀중하게 여기는 세상 사람을 향해 근본으로 돌아가는 것을 게을리 한다며 비난하고 있다.

故足之於地也踐. 雖踐, 恃其所不蹍, 而後善博也. 人之知也少. 雖少, 恃其所不知, 而後知天之所謂也. 知大一, 知大陰, 知大目, 知大均, 知大方, 知大信, 知大定, 至矣. 大一通之, 大陰解之, 大目視之, 大均緣之, 大方體之, 大信稽之, 大定持之.
盡有天, 循有照, 冥有樞, 始有彼. 則其解之也, 似不解之者. 其知之也, 似不知之也. 不知而後知之. 其問之也, 不可以有崖, 而不可以無崖. 頡滑有實. 古今不代, 而不可虧, 則可不謂有大揚搉乎. 闔不亦問是已. 奚惑然爲. 以不惑解惑, 復於不惑. 是尙大不惑.

그런데 사람의 발이 밟는 지면은 매우 좁지만 밟지 않은 곳을 의지하기 때문에 비로소 어디로든 걸어갈 수가 있다. 이와 마찬가지로 사람이 알고 있는 것은 아주 적다. 아주 적지만 그 모르는 바를 근거로 삼아 비로소 하늘의 작용을 알 수가 있다. 즉 그것은 근원인 대일(大一)에서 시작하여 대음(大陰)을 기조로 강(剛)·유(柔)의 작용이 되며, 자연스런 절도(節度)인 대목(大目)이 되고 그 위에 자연스런 운행인 대균(大均)이 되며, 여기에 대지의 道인 대방(大方)으로 전개되고 유일한 진리인 대신(大信)으로서 나타나 어떠한 경우에도 바르게 응하여 잘못이 없는 대정(大定)이 되는데 이를 깨달으면 그것이 최상(最上)인 것이다. 그리고 모든 물사에 대하여 大一을 근본으로 하고 大陰을 주지(主旨)로 하여 고요함을 지키며, 大目에 근거하여 그 자연스런 전개를 달관하고 大均으로써 공평무사하게 순응하며, 大方으로 이것들을 나 자신의 고요한 올바름으로 삼고 이것을 진실 하나인 大信으로 나타내려 생각하며 마침내 大定의 일정한 마음으로 지속하는 것이다.

이렇게 하여 하늘의 작용을 모조리 몸에 지니게 되면 그에 따라 명백한 知도 있고, 반대로 아무것도 생각하지 않는 암묵 속에 道의 근본이 갖추어져 이것이 저것이기도 하다는 듯이 물사의 是非 어느 쪽이나 충족시키게 된다. 이렇게 되면 물사를 이해하고 있더라도 다른 사람에게는 그것을 이해하지 못하는 자처럼 보인다. 하늘의 작용을 알고 있어도 그것을 모르는 것처럼 보인다. 사람은 알지 못하는 것을 기본으로 삼아야만 비로소 참으로 알게 되는 것이다. 그래서 물사의 진실을 명확하게 하려면 是非 어느 한쪽에 치우쳐서는 안 되는데, 그렇다고 전혀 아무것도 취하지 않아서도 안 된다. 是인지 非인지 확실하지 않은 데 진실이 있는 것이다. 그것은 마치 시간의 흐름에서 어느 때를 예[古]라 하고 어느 때를 지금이라고 정하기 어렵지만 지금을 예로 하고 예를 지금으로 바꿀 수 없는 것처럼 고금의 두 끝이 없으면 안 되는 것과 같다. 이처럼 하나이면서도 양면으로 전개한다는 사실을 알아야만 거기에 모든 물사에 대처하는 대준칙이 있다고 말하지 않을 수 없다. 사람들은 왜 이 사실을 명확하게 하려 하지 않는가? 왜 미혹되어 있는가? 이 준칙을 잘 알아 당면한 미혹을 풀어 나가다면 마침내 불혹의 경지에 돌아갈 수 있으리라. 이것이야말로 대불혹의 경지라 말할 수 있으리라.

【語義】足之於地也踐雖踐……:외물편 〈무용지용우화〉의 '踐'에 근거한 말이리라. '踐'은 '淺'의 차자. '淺'은 여기서는 좁다는 뜻. '博'은 '步'를 잘못 베낀 듯한데 원문대로 해석하겠다.

恃其所不知而後……:달생편 〈달생론〉의 '達命之情者, 不務知之所無奈何'를 적극적으로 표현한 것이다. 선성편에 '古之治道者, 以恬養知'라고 한 것과 흡사한 사상이다. '所謂'의 '謂'는 '爲'의 뜻. 그 '所謂'는 '大一' 이하를 가리킨다.

大一(대일):太一과 같다. 모든 현상의 유일한 근원. 道를 가리키는데, ≪노자≫에 '道가 만물을 생성하는 과정은 다음과 같다. 우선 道가 하나의 원기(元氣)를 낳는다. 그 원기가 나뉘어 음·양의 두 기운이 된다. 그 음·양의 기운이 감응하여 충기(冲氣), 즉 용솟음쳐 일어나는 기운을 만든다. 그리고 이 충기가 만물을 만든다(道生一, 一生二, 二生三, 三生萬物)'(제42장)라고 한 것처럼 그 전개 방향을 가리키고 그 통일성을 말하는 데 쓰인다. 천지편 〈물성생리론〉 참조. 덧붙여 말하면 '大一'은 태극(太極)이라고도 한다.

大陰(대음):太一의 다음 단계는 ≪주역≫ 계사전에 '역(易)'은 유일 절대의 최고 원리로부터 시작된다. 그것은 혼돈으로서 말로 표현하기 어려운 어떤 物이다. 그에 태극(太極)이라 이름 붙인다. 그 태극이 움직여 陽을 낳고 그 움직임이 정지하여 陰을 낳는다(易有太極 是生兩儀)'라고 한 것처럼 陰·陽인데, 陰은 柔·靜이며, 陽은 剛·動으로 도가는 ≪관자≫ 심술 상편에 '인주(人主) 되는 자는 陰에 선다. 陰은 靜이다. 따라서 움직이면 位를 잃는다고 하는 것이다. 陰이 되면 능히 陽을 제압할 수 있다. 고요하연 능히 움직이는 것을 제압할 수 있다. 따라서 고요하면 자신의 바른 상태를 보존할 수 있다고 하는 것이다'라 한 것처럼 陰을 주로 한다. 그래서 여기서는 陰陽·動靜·剛柔의 근본이 되는 '大陰'을 말하는 것이다. 천도편 〈천락론〉에 '靜而與陰同德, 動而與陽同波'라고 했다.

大目(대목):兩儀의 다음 단계는 사상(四象:四時) 또는 오행(五行)이다. 단 여기서는 그것을 언급하지 않고, 천지편 〈물성생리론〉에 '未形者有分, 且然無聞, 謂之命'이라 한 것처럼 物을 구분하는 근본을 대목이라 한 것이리라. '目'은 조목. 각각을 구분하는 표시.

大均(대균)·대방(大方):'均'은 여기서는 '원(圓)'의 차자. '大均'은 天, 결국 高·明을 상징한다. '大方'은 절대(絶大)한 方形, 즉 大地. 따라서 厚·靜 등을 상징한다.

大信(대신)·大定(대정):'大信'은 진실 그 자체를 가리킨다. '大定'은 천도편 〈천락론〉에 '一心定而萬物服'이라고 한, 일심(一心)의 일정불변함을 말하는 것이리라.

盡有天……始有彼:제물론편 〈천뢰우화〉의 '果且有彼是乎哉, 果且無彼是乎哉. 彼是莫得其偶, 謂之道樞. 樞始得其環中, 以應無窮. 是亦一無窮, 非亦一無窮也'에 근거하여, 無와 無知가 有와 無의 양면을 포섭한다는 것을 말하고 있다.

有崖(유애):是非 따위의 세속적 규정을 짓는 것을 가리킨다.

頡滑(힐활):착란(錯亂)함. 어지러운 것.

揚搉(양각):통상 '줄거리·대요'의 뜻으로 해석하는데 그보다는 법칙성의 의미가 강하다. 일설에 '揚'은 '商(상:재다, 달다, 헤아리다)'의 차자, '搉'은 '覈(핵:사실을 조사하여 밝힘)'의 차자(馬敍倫의 설)라 했다.

闔不亦問是已(합불역문시이):'闔'은 여기서는 '盍'과 같다. 의문·반어의 뜻을 나타내는 조사로 쓰이고 있다. '어찌 ~하지 않느냐'의 뜻. '是'는 '不知而後知之'의 '不知'를 가리킨다. '已'는 矣와 같다. 어세를 강하게 하는 조사.

奚惑然爲(해혹연위):'然'을 통상 '如此(이와 같이)'의 뜻으로 해석하나 '焉'의 뜻으로 보아야 할 것이다. 또 이 '爲'는 의문의 뜻을 나타내는 조사로 해석하는 게 좋다.

以不惑解惑……:이것은 앞글의 '不知而後知之'와는 사고방식이 다르며, 대종사편 〈진인론〉에 '知人之所爲者, 以其知之所知, 以養其知之所不知'라 한 것과 흡사한 사고방식인 듯하다.

【補說】 이상은 〈대불혹론〉의 제3절이다. 인간의 지식은 無知를 근본으로 해야만 道인 일원(一元)으로부터 시작하는 천지·인간계의 참된 도리와 법칙에 통하며 또 이에 준할 수 있음을 설하고 있다. 그리고 그 참된 법칙과 도리는 규정할 수 없는 일원이며, 나아가 시비 양면을 충족시키는 전개로서 거기에야말로 物의 진실이 있기 때문에 인간이 物에 대응하는 대준칙으로 삼아야 하며 이를 명백하게 하면 대불혹(大不惑)의 경지에 달할 수 있으리라고 설하고 있다.

이상의 세 절은 타인에게 의존하는 인간의 세 형태를 분석하여 그 그릇됨을 날카롭게 찌르고, 이에 대하여 '以天待之(人)'의 진인(眞人)의 자연스런 생활 방식을 초드는 것으로 시작하여 진인뿐 아니라 物에는 각기 나름대로의 생활 방식이 있는데 그것은 각 物의 본래성에 기인하는 것임을 지적하고 또 그 본래성에 돌아가지 않으려 하는 세태를 비판하면서, 마지막으로 그 본래성이란 無知에 의해 인식할 수 있는 天(一元)의 자연스런 전개이며, 그 자연스런 전개는 실천적으로는 物의 是非에 고집하지 않는 시비 양행(是非兩行)에 위임하는 대불혹임을 말하고 있어 대체로 일관된 논지가 있다고 생각된다. 문장의 기세도 세 절이 대체로 비슷하다. 세인(世人)의 세 가지 유형에 대한 분석과 一元의 자연스런 전개가 一心의 一定이 되기까지를 도식화한 것이 특색이다.

그러나 논지의 진행이 약간 완만하고 표현과 비유도 합당하지 않은 경우가 있다. 또 무문곡필(舞文曲筆)한 흔적도 없지 않다. 이것은 ≪회남자≫가 편집된 무렵 이루어진 초고(草稿)가 아닐까?

# 제25편
# 즉양(則陽)

편 머리의 인명을 취하여 편명으로 삼고 있다. 2개의 논설과 7개의 우화가 실려 있다. 전편(全篇)을 일관하는 특징적인 주장은 거의 없으나 현실적으로 是非의 상대·모순을 포섭할 수 있는 것을 구하여 《노자》의 설을 혼입하면서 제물론편 〈천뢰우화〉의 설에 새로운 해서을 시도차고 있어 주목받고 있다. 본편에 실린 '蝸牛角上爭'의 고서는 널리 알려진 이야기이다.

## 제1장 팽양·왕과문답(彭陽·王果問答):공열휴우화(公閱休寓話)

則陽遊於楚. 夷節言之於王. 王未之見. 夷節歸.

彭陽見王果曰, "夫子何不譚我於王."

王果曰, "我不若公閱休."

彭陽曰, "公閱休奚爲者邪."

曰, "冬則擉鼈于江, 夏則休乎山樊. 有過而問者, 曰, '此予宅也.'

夫夷節已不能, 而況我乎. 吾又不若夷節. 夫夷節之爲人也, 無德而有知. 不自許, 以之神其交. 固顚冥乎富貴之地. 非相助以德, 相助消也.

夫凍者假衣於春, 暍者反冬於冷風. 夫楚王之爲人也, 形尊而嚴, 其於罪也, 無赦如虎. 非夫佞人故聖人, 其窮也, 使家人忘其貧, 其達也, 使王公忘爵祿而化卑. 其於物也, 與之爲娛矣. 其於人也, 樂物之通而保己焉. 故或不言而飮人以和, 與人竝立, 而使人化父子之宜. 彼其乎歸居, 而一閒其所施. 其於人心者, 若是其遠也. 故曰, '待公閱休.'"

팽양(彭陽)이 벼슬자리를 얻고자 초(楚)나라에 갔다. 이절(夷節)이 그를 초왕(楚王)에게 추천했다. 그러나 초왕은 팽양을 만나려 하지 않았다. 이절은 추천을 단념하고 돌아가 버렸다.

팽양은 이번에는 왕과(王果)를 만나 자신의 뜻을 전했다.

"선생께서 초왕에게 저를 써 주십사고 말씀해 주시겠습니까?"

왕과는 거절했다.

"나보다는 공열휴(公閱休)가 낫소."

팽양이 물었다.

"공열휴는 어떤 분이십니까?"

왕과는 다음과 같이 대답했다.

"공열휴는 추운 겨울에는 강에서 자라를 잡고, 더운 여름에는 산기슭에서 쉬며 마음내키는 대로 생활하네. 만날 때마다 도회로 나올 것을 권하면 그는 '이 넓은 산하가 내 집이오.'라고 답하네.

저 이절조차도 자네를 추천할 수가 없었네. 하물며 내가 어떻게 자네를 추천할 수가 있겠는가? 나는 이절에게 미칠 수가 없네. 이절의 인품은 德은 부족하나 지혜는 매우 뛰어나네. 그는 함부로 사람들과 약속하지 않음으로써 교제의 신의를 공고히 하네. 상대방이 부유하다거나 신분이 높다 하여 마음이 흔들리거나 미혹되겠는가? 그런데도 왕을 설득시킬 수 없었네. 단 그는 무위(無爲)의 德을 도와 기르려 하는 것이 아니라 상대방의 생각을 멈추게 하려 하네.

그것은 마치 겨울에 얼어 죽을 뻔한 자가 봄이 아직 오지도 않았는데 따뜻한 속옷을 빌려 입으려고 하고, 여름에 더위에 혼이 난 자가 아직 불지도 않는 찬 바람에서 추운 겨울을 찾으려 하는 것처럼 도저히 기대할 수 없는 일이네. 더욱이 저 초왕의 됨됨이는 그러한 기대를 갖게 해 주질 않는 데다 외견은 존귀하고 위엄이 있으며, 또 죄를 범한 자에 대해서는 마치 먹이라면 닥치고 물어 죽이는 범처럼 결코 용서하는 법이 없네. 이런 사람은 재능이 훌륭하고 德이 높은 사람만이 인도할 수 있으니 그 외의 어떤 사람이 이를 바로잡을 수 있겠는가?

왜냐하면 성인은 세상에 드러나지 않은 때에는 가족들로 하여금 가난함을 잊고 전혀 걱정하지 않게 하고, 세상에 드러난 때에는 왕이나 공경(公卿)들로 하여금 그 고귀한 신분이나 후한 봉록 따위를 잊고 낮은 신분의 사람들과 함께 하게 하네. 따라서 物에 대해서는 모든 物과 함께 즐거워하고, 사람에 대해서는 그 본래대로 성장을 이루는 것을 즐거워하며 더욱이 자신을 잃는 일이 없다네. 그래서 특별히 말을 하여 가르치지 않고도 자연스럽게 화합의 좋음을 납득시키고, 함께 생활하게 되면 사람들을 어버이와 자식처럼 친밀하게 맺어 주네. 그런데 바로 그런 성인인 공열휴는 지금 그의 거처인 산하로 돌아가 거의 아무 일도 하지 않으려 하고 있네. 그는 일반 사람들의 생각과는 이토록 멀리 떨어져 있네. 그래서 '공열휴가 와 주기를 기다리라'고 말하는 것이네."

【語義】 則陽(즉양):司馬彪는 '이름은 則陽, 자는 彭陽이다'라고 했고, 《석문》에서는 어떤 설을 인용하여 '성은 彭, 이름은 則陽으로 주(周)나라 초기 사람이다'라고 했으며, 또 成玄英은 '성은 彭, 이름은 則陽, 魯나라 사람이다'라고 했는데, 무엇을 근거로 그런 주장들을 했는지 명확하지 않다. '則'은 '彭'을 잘못 베낀 것으로 馬敍倫은 보았다. '彭'에는 성대하다는 뜻이 있고, '陽'은 양기(陽氣)가 신장한다는 뜻이므로, 혈기에 넘치는 속인임을 우의하기 위해 설정한 인물이 아닐까?

夷節言之於王(이절언지어왕):成玄英은 '夷는 성, 節은 이름, 楚나라의 신하다'라고 했다. '夷'는 坦夷正直, 또는 범속(凡俗)의 뜻을 우의하여 실재화한 성이며, '節'은 절조를 지킨다는 뜻의 이름이리라. 다음 글에 의하면 德이 없고 知가 있는 인물이다. '王'을 成玄英은 楚의 文王(B.C. 689~B.C. 674 재위)으로 보았는데 그 근거가 무엇인지 명확하지 않다.

王果(왕과):司馬彪는 '楚나라의 어진 대부이다'라고 했다. '王'도 '和(

果와 옛음이 같으며, 기분 좋게 만든다는 뜻)하는 인물'이라는 뜻으로 설정된 게 아닐까?

夫子何不譚我於王(부자하부담아어왕):'何不……'은 여기서는 비난하고 따지는 기분을 나타내는 게 아니라 부탁하고 권유하는 기분을 전하는 반어적 표현이다. '譚'은 談과 같다.

公閱休(공열휴):≪석문≫에서는 은사(隱士)로 보았다. '公平無私하여 사람을 기분 좋고 마음 편안하게 해 준다'는 뜻의 은사로 설정된 인물이리라. 이하 공열휴에 관한 서술은 그 이름에 걸맞다.

奚爲者邪(해위자야):어떠한 인물인가? '奚爲'는 '何如'와 같은 뜻.

冬則擉鼈于江(동즉착별우강):'擉'은 여기에 처음으로 보이는 글자이다. 司馬彪는 '찌르다'의 뜻으로 해석했다. '觸(뿔로 찌르다)'과 동음인 것에서 의미를 추정한 것이리라.

山樊(산번):'樊'은 '邊'의 차자. 산기슭을 가리킨다.

此子宅也(차여택야):산하를 주거지로 삼다. 즉 자연 속에서 자적(自適)하는 것을 가리킨다.

不自許以之神其交……:난해한 표현으로 이설이 적지 않다. '許'는 약속한다는 뜻으로 해석해야 한다. 즉 '不自許'는 사람들과 함부로 약속하지 않는 것을 가리킨다. 따라서 이절이 팽양을 왕에게 추천할 것을 약속한다는 것은 지극히 기대하기 어려운 일이다. '神'은 글자 뜻 그대로 해석해도 통하지만 '信'의 차자로 보아야 할 것이다. '顚冥'은 마음이 동요하여 유혹되는 것. '固顚冥乎富貴之地'를 평서문으로 보고 이절의 부귀에 대한 유약한 태도를 가리킨다고 해석하는 것이 통설이나 이는 잘못된 해석이다. 반어적인 표현으로 보아야 한다. 이절은 초왕의 존엄에 눌리지 않고 직언하는 인물이다. 그럼에도 팽양을 왕에게 추천할 수 없다는 것이 이 문장의 속뜻인데 그 이유는 다음 글에 명시되어 있다.

통설처럼 왕과가 한편으로는 자신이 이절에 미치지 못한다고 말하면서 다른 한편으로는 이절을 모욕하는 것과 마찬가지인 '이절은 부귀에 약하다'는 말을 하는 것으로 해석하게 되면 이절은 너무나도 상반되는 두 성격을 지닌 인물이 되고 만다.

非相助以德相助消也(비상조이덕상조소야):이절이 德을 해치는 인물임을 묘사한 것으로 보는 해설이 많다. 그러나 이것은 이절과 초왕의 관계를 서술한 것으로 해석해야 한다. 이절은 無爲의 德으로써 감화시키는 것이 아니라 知로써 초왕의 혈기를 소멸시키려 하는 것이다.

夫凍者假衣於春……:≪회남자≫ 숙진훈(俶眞訓)에는 '추위에 얼어 죽을 뻔한 자는 두터운 옷을 봄에도 입으며, 더위를 먹어 혼이 난 자는 가을에도 찬바람을 원한다. 무릇 속에 병이 있는 자는 반드시 병색이 밖으로 나타난다'라고 했다. ≪회남자≫ 쪽이 표현이 다듬어져 있는데, 오히려 이 우화가 ≪회남자≫에 근거하여 문장을 고친 게 아닐까? 郭象은 이 문장을 왕과가 팽양을 추천하지 않는 이유에 관해 말하는 것으로 해석했으나 옳지 않다. 초왕에게 이른바 '消'를 기대한 이절에 관해 말하고 있는 것이다. 이절의 기대는 부자연스러운 것이었으므로 달성되지 않는다.

非夫佞人正德其孰能橈焉(비부녕인정덕기숙능요언):통상 '佞人'과 '正德' 두 사람으로 보거나 '佞人'은 이절, '正德'은 공열휴를 가리키는 것으로 해석하는데(呂惠卿의 설) 적당하지 않다. '佞人'은 ≪논어≫ 선진편에 '말 잘하는 놈을 미워한다(惡夫佞者)'라고 한 것처럼 말만 그럴듯하게 하고 성실하지 않은 사람을 뜻하는 게 일반적인 예이지만 여기서는 그런 뜻으로 해석하면 통하지 않는다. 일설에 '佞'은 '仁'의 차자(馬敍倫의 설)라 했다. '仁人'으로 해석해도 통하나 다음 글에 仁에 대해 언급한 바가 없으므로 글자 뜻 그대로 해석해야 하리라. ≪상서(尙書)≫ 금등편(金縢篇)에 '저는 태어날 때부터 재능이 뛰어나며 매사에 솜씨가 있고, 더욱이 다재다예(多才多藝)하여 귀신을 섬길 수가 있습니다(予仁若考, 能多材多藝, 能事鬼神)'라고 했다. 이것은 주공 단이 무왕에게 자신의 다재다능함을 서술하는 것으로 이 '仁'은 바로 이 문장의 '佞'의 뜻이다. 말재주가 있고 재능이 있어 신을 기쁘게 하고 신을 섬길 수 있다는 것이 '佞'의 내용이다. 여기서도 이 '仁'과 거의 같은 뜻으로 쓰여, 뛰어난 재능을 가리키는 것으로 보지 않으면 안 된다. '正德'의 '正'은 '聖' 또는 '盛'의 차자이다. '佞人'과 '正德'은 동격으로 결국 다음 글의 성인을 가리킨다. '撓'는 撓와 같다. '교정하다, 바로잡다'의 뜻.

其於物也與之爲娛矣(기어물야여지위오의) : 덕충부편 〈재전덕불형우화〉의 '使之和豫'에 근거한 말이리라.

其於人也藥物之通而保己焉(기어인야약물지통이보기언) : '藥物之通'은 〈재전덕불형우화〉의 '通而不失於兌', '與物爲春'과 흡사한 사상이리라. 단 이 '物'은 사람들을 가리키고, 또 '通'이란 '物將自壯', '物自化'를 말하는 것이리라. '保己'는 덕충부편 〈화덕유심우화〉의 '命物之化, 而守其宗也'와 같은 사상이리라.

彼其乎歸居而一閒其所施(피기호귀거이일간기소시) : 난해한 표현이다. '其'는 뜻을 강하게 하는 조사, '乎'는 '於'와 같은데 여기서는 처한다는 뜻의 동사로 쓰이고 있으며, '一'은 '專一'의 뜻, '閒'은 '簡'의 차자로 애써 생략하여 행하지 않도록 한다는 뜻, '施'는 행한다는 뜻. '歸居'는 조정에 출사하지 않고 강산에서 생활하는 것을 가리킨다.

其於人心者若是其遠也(기어인심자약시기원야) : '人心'은 일반 사람들의 마음을 가리킨다. 成玄英은 성인(聖人)의 마음으로 해석했다. '遠'은 멀리 떠나 버리는 것.

【補說】 이상의 〈공열휴우화〉는 팽양과 왕과의 문답을 빌려, 팽양을 초왕에게 추천하는 것에 관해, 굳게 신의를 지키는 이절의 태도와 산하에서 자적하는 성인인 공열휴의 태도를 비교하며 결국 공열휴가 와 주기를 기다려야 한다고 말하고 있다. 공열휴가 와 주기를 기다려야 한다는 것은 벼슬하는 데 안달을 부리지 말고 공명정대한 심경으로 자연에 위임해야 함을 우의하는 것이리라.

이 우화에서는 군주를 설득할 때 인간세편 〈입어무자우화〉에 '彼且爲嬰兒, 亦與之爲嬰兒. 彼且爲無町畦, 亦與之爲町畦. 彼且爲無崖, 亦與之爲無崖. 達之入於無疵'라 한 것처럼 상대방과 氣를 하나로 하는 것에서 한 걸음 더 나아가 상대방과의 격차를 완전히 제거하고 일체가 되어 감화시켜야 한다고 논하고 있다.

## 제2장  성인론(聖人論)

聖人達綢繆, 周盡一體矣. 而不知其然, 性也. 復命搖作, 而以天爲師. 人則從而命之也. 憂乎知, 而所行恆無幾時. 其有止也, 若之何.

生而美者, 人與之鑑, 不告, 則不知其美於人也. 若知之, 若不知之, 若聞之, 若不聞之, 其可喜也, 終無已. 人之好之亦無已, 性也. 聖人之愛人也, 人與之名, 不告, 則不知其愛人也. 若知之, 若不知之, 若聞之, 若不聞之, 其愛人也, 終無已. 人之安之亦無已, 性也.

舊國舊都, 望之暢然. 雖使丘陵草木之緡, 入之者十九, 猶之暢然. 況見見聞聞者也. 以十仞之臺, 縣衆閒者也.

冉相氏得其環中, 以隨成. 與物無終無始, 無幾無時. 日與物化者, 一不化者也. 闔嘗舍之. 夫師天, 而不得師天. 與物皆殉. 其以爲事也, 若之何.

夫聖人, 未始有天, 未始有人, 未始有始, 未始有物. 與世偕行而不替. 所行之備而不洫. 其合之也, 若之何.

湯得其司御門尹登恆, 爲之傅之. 從師而不囿, 得其隨成, 爲之司其名, 之名贏法, 得其兩見. 仲尼之盡慮, 爲之傅之. 容成氏曰, "除日無歲, 無內無外."

성인은 만물이 뒤섞여 일체가 되어 있다는 사실에 정통하고, 또 그 일체가 여러 가지로 전개됨을 남김없이 알고 있다. 그렇지만 어찌하여 그런지는 전혀 의식하지 않는다. 그것이 성인의 자연스런 본성이기 때문이다. 따라서 성인은 고요히 그 본래성을 지키고 있을 때나 왕성하게 활동하고 있을 때나 하늘의 자연스러움을 사범(師範)으로 삼는다. 반대로 세상 사람들은 물사의 뒤를 좇고 이에 然·不然, 是·非의 이름을 붙이려 한다. 그래서 수고로이 지(知)를 작용시키지만 알았다 여기고 하는 일은 언제나 짧은 시간도 지속되지 못한다. 이처럼 사람이 아는 물사는 그침이 있는 것이니 지(知)를 작용시킴이 무슨 소용이 있겠는가?

예컨대 태어날 때부터 아름다운 사람은 다른 사람이 거울을 주며 그 아름다움을 보게 해도 다른 사람들이 일러 주지 않는 한 자신이 남보다 아름답다는 사실조차 알지 못한다. 그러나 자신이 알든 모르든, 남에게 듣든 안 듣든 그 아름답다는 사실에는 조금도 변함이 없다. 또 남이 그것을 좋아한다는 사실에도 변함이 없다. 그것이 태어날 때부터의 성질이기 때문이다. 마찬가지로 성인은 사람들을 사랑하고 사람들이 자신을 성인이라 불러도 그러한 사실을 일러 주지 않으면 자신이 사람들을 사랑하고 있다는 사실조차 알지 못한다. 그러나 자신이 알든 모르든, 남에게 듣든 안 듣든 성인이 세상 사람들을 사랑한다는 사실에는 조금도 변함이 없다. 또 사람들이 성인의 자애로운 사랑에 안심한다는 사실에도 전혀 변함이 없다. 그것이 성인의 자연스런 본성이기 때문이다.

유랑하는 신세로 조국의 도읍을 바라보게 되면 마음이 태평스러워지고 아늑해진다. 설사 주변의 언덕에 초목이 무성히 자라 도읍을 거의 대부분 뒤덮고 있다 하더라도 역시 아늑함을 느끼게 되리라. 하물며 전부터 알던 사람을 발견하고 귀에 익은 음성을 들어 보라. 열 길 높은 누각을 많은 사람들 사이에 걸어 놓은 듯 옛친구를 똑똑히 알아보게 되리라. 이처럼 세상 사람들은 자신이 경험한 견문의 知에 구애받는 것이다.

그러나 태고의 성왕 염상씨(冉相氏)는 物이 변화하는 고리[環] 가운데를 쥐는 것을 체득하고, 물사가 이루어져 나가는 데 모든 것을 맡겼다. 물사가 변화하는 대로 시종(始終)을 따지는 일도, 한 해 한 시절 하는 때의 구별을 두는 일도 없었다. 이처럼 날마다 物과 더불어 변화하는 자는 사실은 道의 一元과 일체가 되어 변화함이 없는 자이다. 어찌하여 이러한 경지에 머무르려 하지 않는가. 단 의식적으로 하늘을 스승으로 삼아 이를 본받으려 한다고 그 자연스러움을 따를 수 있는 것은 아니다. 사람은 物과 더불어 자연스러움에 따르는 존재이기 때문이다. 그럼에도 물사를 좇으려 애를 쓰니, 그 무슨 소용이 있겠는가.

무릇 성인은 처음부터 하늘이 있다고도 사람이 있다고도, 또 물사의 시종(始終)이 있다고도, 물사 그 자체가 있다고도 생각하지 않는다. 다만 세상의 옮아감에 변하는 일 없이 자연스럽게 좇는데 그 행함이 결점 없이 완비돼 있는 것이다. 그런데도 의식적으로 道나 하늘에 합치하려 한다면 그것이 무슨 소용이 있겠는가.

은(殷)나라 탕왕(湯王)은 문윤(門尹:성문지기의 우두머리) 등항(登恒)을 시신(侍臣)으로 씀으로써 道를 체득하게 되었다. 탕왕은 등항을 사범(師範)으로 삼았으나 그 가르침에 얽매이지 않았기 때문에 물사가 이루어져 나가는 데 모든 것을 맡기는 道를 체득했던 것이다. 그래서 이름을 살펴 영법(贏法)을 세워 물사의 成·毀 양면을 모두 명백히 할 수가 있었다. 또 공자는 사려를 다한 끝에 道를 체득하게 되었다. 태고의 성왕 용성씨(容成氏)는 '하루하루가 없이 일 년은 성립될 수 없으며, 내면이 없이 외면은 성립될 수 없다'라고 말했다. 요컨대 일체로서 그 양면을 충족시키는 道를 몸에 지니지 않으면 안 되는 것이다.

【語義】 聖人達綢繆周盡一體矣(성인달주무주진일체의):'綢'와 '繆' 모두 物을 동여맨다는 뜻. '綢繆'는 만물이 뒤섞여 하나가 되어 있는 것을 가

리키는 것이리라. 郭象은 '達綢繆'를 '玄通'의 뜻으로 해석했다. 세속의 부양가족(成玄英의 설), 음양의 조화(林希逸의 설)로 해석하는 설도 있다. '일체'는 제물론편 〈천뢰우화〉의 '天地與我竝生, 而萬物與我爲一'의 '一'을 가리키는 것이리라.

而不知其然性也(이부지기연성야):〈천뢰우화〉의 '旣已爲一矣. 且得有言乎. 旣已謂之一矣, 且得無言乎'를 '不知其然'으로 보고, 또 이를 자연스런 본성으로 규정한 것이다.

復命搖作(복명요작):'復命'은 物이 그 근원인 道로 돌아가는 것. 나아가 '정지'를 가리킨다. '搖作'은 '동작'의 뜻.

而以天爲師(이이천위사):천도편 〈천락론〉의 '吾師乎, 吾師乎. 鳌萬物而不爲戾, 澤及萬世而不爲仁'을 참조. 스스로 그러함(自然)에 좇는 것을 가리킨다.

人則從而命之也(인즉종이명지야):통상 '세상 사람들은 그 행적을 보고 성인이라 이름 붙인다'(成玄英의 설)로 해석하는데, 앞에서 성인이 만물과 일체가 되어 자연에 좇고 있음을 말하고 있으므로, 여기서는 만물에 然·不然, 是·非를 이름 붙이는 것을 가리킨다고 보아야 할 것이다. 다음에 '知'를 이야기하는 것과 상응한다.

憂乎知而所行恆無幾時(우호지이소행항무기시):'憂乎知'를 '지혜가 우환을 일으킨다(成玄英의 설)'로 해석하는 사람이 많지만 '知'는 '애쓰게 하다, 매우 애를 써서 알다'의 뜻으로 해석해야 한다. '幾'는 '幾何'와 같다. '無幾何'는 거의 시간이 없는 것. 일설에 '幾'는 '期'의 차자(馬敍倫의 설)라 했다.

其有止也若之何(기유지야약지하):'其'는 앞글의 知에 의한 所行을 가리킨다. 이것은 제물론편 〈천뢰우화〉의 '人謂之不死, 奚益. 其形化, 其心與之然'과 거의 같은 사상이리라.

生而美者……:사람의 천성은 다른 사람이 뭐라 말하더라도 바뀌지 않는 예이다.

聖人之愛人也……:≪노자≫에 '道는 물이 흘러넘치듯 어디나 널리 행해진다. 만물은 이 道를 근거로 생겨나는데 道는 그 수고를 피하려 하지 않는다. 그뿐 아니라 만물을 만드는 공을 이루면서도 그 공명을 가지려 하지 않는다. 만물을 사랑하여 기르면서도 그 주인이 되려 하지 않는다. 道는 항상 무욕하며 세속의 눈에는 그 존재가 참으로 작다고 말할 수 있으리라. 道는 만물이 모두 자신에게 귀복함에도 그 주인이 되려 하지 않는다. 그 작용과 마음을 쓰는 방법이 참으로 크다고 말할 수 있다. 따라서 道를 체득한 성인은 마지막까지 자신을 크게 생각하지 않는다. 참으로 욕심이 없으며 겸허하다. 그러하기에 만인이 그에게 귀복하는 것이며 그 위대함을 이룰 수가 있는 것이다(大道氾兮, 其可左右. 萬物恃之而生, 而不辭. 功成不名有. 愛養萬物, 而不爲主. 常無欲可名於小. 萬物歸之, 而不爲主. 可名爲大. 是以聖人, 終不自大. 故能成其大)'(제34장)라고 한 것을 기조로 한 말이리라.

舊國舊都望之暢然(구국구도망지창연):이 이하를 통상 性에 돌아가는 것을 비유적으로 말한 것(郭象의 설), 성인의 감화를 비유적으로 말한 것(林雲銘의 설)으로 해석하지만 세상 사람의 견문이 知에 집착하는 것을 비유적으로 말한 것으로 해석해야 한다. 다음의 '冉相氏' 이하의 서술과 조응한다. '舊國舊都'는 國舊都, 즉 조국의 수도를 강하게 표현한 것이다. '暢然'은 마음이 탁 트이고 편안한 것.

雖使丘陵草木之緡入之者十九(수사구릉초목지민입지자십구):'緡'은 초목이 무성하여 物을 덮고 있는 것, '入之'의 之는 舊國舊都를 가리킨다.

以十仞之臺縣衆閒者也(이십인지대현중간자야):'閒'이 '閑'으로 되어 있는 판본도 있다(≪석문≫의 설). 더없이 눈에 잘 띄는 것에 대한 비유이다. '十仞'은 약 16m. 단 여기서는 매우 높은 것을 나타낸다. '臺'는 '高樓'의 뜻. 고루를 세웠다 하지 않고 '걸다'라 한 것은 바로 눈앞에 있음을 나타내려는 수사적 기교이다. '衆閒'은 그 옛친구 이외의 舊都의 사람들 사이를 가리킨다.

冉相氏得其環中以隨成(염상씨득기환중이수성):'冉相氏'는 고대의 성왕이라 한다(郭象의 설). '得其環中以隨成'은 제물론편 〈천뢰우화〉의 '樞始得其環中, 以應無窮'에 근거한 말. '成'은 物이 이루어져 나가는 상태 그대로를 가리킨다. 〈천뢰우화〉의 '凡物無成與毀, 復通爲一'의 '成'과 '毀'를 '成'이란 한 글자로 표현한 것이다.

與物無終無始無幾無時(여물무종무시무기무시):物의 자연스런 변화에 순응하고 시간의 구별도 없는 것을 가리킨다. '幾'는 '期(1년)'의 차자(馬敍倫의 설). 일설에 '현재'의 뜻(成玄英의 설)이라 했다.

日與物化者一不化者也(일여물화자일불화자야):道의 一元과 일체이기 때문이다. 지북유편 〈장영우화〉 참조.

闔嘗舍之(합상사지):'闔'은 '盍'과 같다. 여기서는 반어적으로 권유하는 뜻을 나타내고 있다. 즉 '어찌 ~하지 않는가?'의 뜻. '舍'는 머무른다는 뜻(林雲銘, 宣穎의 설). '之'는 다음 글을 따르면 '天'을 가리키는 것이나, 앞글을 따르면 '環中', 즉 道를 가리키는 것으로 보지 않을 수 없다(宣穎의 설).

與物皆殉(여물개순):이 구를 다음의 '其以爲事也……'에 접속하는 것으로 보고(成玄英의 설), '殉'을 '殉物(物을 추구하여 자기를 상실하는 것)'의 뜻(林雲銘의 설), 또는 '物을 추구하다'의 뜻(成玄英의 설)으로 해석하는 사람이 많다. 그러나 이 구는 '夫師天而不得師天'을 보충 설명하고 있다. 또 天을 의식적으로 '師'라고 하는 것이 과연 天을 物로 보고 또 이에 殉하는 것인지 의문스럽다. '殉'은 '徇(좇다, 따르다)'의 차자로 보아야 할 것이다. 의식적으로 師라 하는 것이 아니라 다만 자연에 좇는 것을 가리킨다. 다음 글의 '與世偕行'과 상응한다.

夫聖人未始有天(부성인미시유천): 앞글의 '復命搖作而以天爲師'와 서로 모순되는 표현인 듯하나, 이것은 의식적으로 하늘과 합치하려고 하는 것이 아님을 가리키는 말이리라. 대종사편 〈진인론〉에 '夫道有情有信, 無爲無形. 可傳而不可受, 可得而不可見. 自本自根, 未有天地, 自古以固存. 神鬼神帝, 生天生地'라고 했다. 이것을 기조로 한 것이리라.

未始有物(미시유물): '物'을 '歾(몰: 沒의 옛글자. 죽다, 끝나다)'의 차자(章炳麟의 설)로 보는 설이 있는데 원문대로 해석하는 것이 좋다.

與世偕行而不替(여세해행이불체): '替'는 '중지하다'의 뜻.

所行之備而不洫(소행지비이불혁): '洫'에 대해 여러 가지 설이 있는데, 옛음이 비슷한 '흘(汔)'의 차자로 보아야 할 것이다. '汔'은 '물이 마르다', 나아가 '다하다'의 뜻. '備'와 반대되는 뜻의 말로 앞글의 '替'와 대응한다. 천지편 〈군자십전설〉의 '循於道之謂備'를 참조.

其合之也(기합지야): '之'가 가리키는 것이 무엇인지 명시되어 있지 않은데, 天·人·始·物의 근원인 道를 가리키는 것이리라(成玄英의 설). 성인으로 해석하는 것(林雲銘의 설)은 적당하지 않다.

湯得其司御門尹登恒(탕득기사어문윤등항): '湯'은 은(殷)나라 개국 시조인 탕왕(湯王). '司御'는 시어(侍御: 군주의 곁에서 군주를 보필하는 신하)의 뜻이며, '門尹'은 그 출신이 성문지기의 우두머리임을 나타내는 관명이고, '登(필시 鄧과 같으리라)'은 성, '恒'은 이름이리라.

爲之傅之(위지부지): 통설에서는 '爲'를 '~를 위하여'의 뜻(《석문》의 설)으로, '傅'를 보좌한다는 뜻(成玄英의 설)으로, 또 나중의 '之'를 군주를 가리키는 것으로 해석하는데, 그럴 경우 다음 글의 중니의 경우에는 적당하지 않으리라. '爲'는 '~로써, 말미암아'의 뜻으로 해석해야 한다. '爲之'의 之는 앞글의 '湯得其司御門尹登恆'을 가리킨다. '傅(돕다)'는 '付(붙다, 붙이다)'의 차자. '傅之'의 之는 道를 가리키는 것으로 본다.

從師而不囿(종사이불유):'囿'는 구애되는 것.

得其隨成(득기수성):앞글의 '得其環中, 以隨成'을 받고 있다. '門尹登恆'에 관해 말하는 것(郭象의 설)이 아니라 '湯'에 관해 말하고 있다.

爲之司其名(위지사기명):'爲之'는 앞의 '爲之傅之'의 '爲之'와 같다. '司'는 '伺'의 차자로, 살핀다는 뜻. 이 문장은 다음의 '之名贏法'에 걸린다.

之名贏法(지명영법):'之名'은 '名之'의 도치 표현. '贏'을 郭象·成玄英은 '贏然無心', 즉 無心을 형용한 것으로 보았고, 呂惠卿은 '贏法'을 道의 여분으로 法이 된 것, 林希逸은 '無用의 物'을 가리키는 것으로 해석했으며, 馬敍倫은 '贏'은 '蠃(라)'의 차자이며 蠃(달팽이)의 두 뿔처럼 서로 숨어서 본다는 뜻으로 해석했다. 그러나 '贏'은 본디 하나의 姓으로, 羸과 통하여 '나머지'의 뜻으로 쓰이며, 盈과도 통하여 '채우다, 충족시키다'의 뜻으로 쓰인다. 여기서는 '충족시키다'의 뜻으로 해석해야 한다. '贏法'은 성훼(成毀)의 양면, 나아가 是非의 양단을 충족시키는 법. 요컨대 殷의 탕왕의 법은 자연의 질서에 근거하여 是도 非도 만족시키는 것이었음을 말하고 있다.

得其兩見(득기양현):'兩'은 物의 성훼, 나아가 是非의 양단을 가리키는 것으로 해석해야 한다. 제물론편 〈천뢰우화〉에 '是以聖人和之以是非, 而休乎天鈞. 是之謂兩行'이라 한 것에 근거한 것이리라. '見'은 드러난다는 뜻.

仲尼之盡慮爲之傅之(중니지진려위지부지):공자는 사려를 극진히 하여 道를 지니게 됨. '盡慮'가 자연을 좇는 것인지 아닌지에 대한 해석은 별문제로 하고, '爲之傳之'의 탕왕을 언급한 앞글에 비난의 뜻이 없었다는 점으로 추론하면 이 문장은 공자도 성인의 한 사람임을 나타내기 위한 것으로 보아야 할 것이다.

容成氏(용성씨):≪여씨춘추≫ 물궁편(勿躬篇)에는 '容成, 曆을 만들다'라 했고, 高誘의 注에 '容成氏는 황제 때에 曆을 만들었다'라고 했다. ≪석문≫에는 '容成은 노자의 스승이다'라고 되어 있는데 근거가 명확하지 않다. 요컨대 전국시대 말기에는 曆의 제작을 容成氏가 했다는 설이 있었던 듯하며 이 論도 그에 근거하고 있다.

除日無歲無內無外(제일무세무내무외):日과 歲, 內와 外가 서로 일체임을 가리킨다. 서무귀편 〈대불혹론〉의 '古今不代, 而不可虧, 則可不謂有大揚推乎'와 거의 같은 사상이다. 또 이 논설 첫머리의 '周盡一體'와 상응한다.

【補說】 이상 〈성인론〉을 成玄英은 앞의 〈공열휴우화〉에 이어지는 것으로 보았다. 사상이 흡사하긴 하지만 〈공열휴우화〉는 이미 완결되었으며, 또 주제가 다르며 문체도 완연히 다르므로 독립된 한 절로 보아야 한다. 〈공열휴우화〉의 '성인'과 관계 지어 이 편의 작자가 여기에 채록한 것이리라.

세속 사람들과 대조하여 우선 성인은 만물이 일체임에 달통해 있고, 더욱이 그것은 자연스런 본성이며, 또한 性이란 태어날 때부터 불변의 것임을 말하고 있다. 또 세속 사람들은 옛 견문에 구애받으나 성인은 '得其環中, 以隨成'의 사람이며 우리도 그러한 경지에 이르러야 함을 제창하고 있다. 그러나 그것은 의식적으로는 도달할 수 없다. 物의 변화, 세상의 변천에 전적으로 맡겨야 하는 것이다. 끝으로 탕왕·중니·용성씨 모두 하나이면서도 둘인 '隨成'의 道를 체득했음을 말한다. 요컨대 제물론편 〈천뢰우화〉의 '是非兩行', 즉 '隨成'을 만물일체관(萬物一體觀)으로 설명하고 있는 것인데, 천성의 관념을 삽입하고 ≪노자≫의 설을 은연중 이용하는 등 후대의 경향을 보여 주고 있다. 논리에 비약이 있다. 탕왕·등항·중니 등에 대한 색다른 전설이 소개되고 있어 주목된다.

# 제3장  위영·대진인문답:와우각상쟁우화(魏瑩·戴晋人問答:蝸牛角上爭寓話)

魏瑩與田侯牟約. 田侯牟背之. 魏瑩怒, 將使人刺之.
犀首聞而恥之曰, "君爲萬乘之君也. 而以匹夫從讎. 衍請, 受
甲二十萬, 爲君攻之. 虜其人民, 係其牛馬, 使其君內熱發於
背, 然後拔其國. 忌也出走, 然後抶其背, 折其脊."
季子聞而恥之曰, "築十仞之城, 城者旣十仞矣, 則又壞之, 此
胥靡之所苦也. 今兵不起七年矣. 此王之基也. 衍亂人, 不可
聽也."
華子聞而醜之曰, "善言伐齊者, 亂人也. 善言勿伐者, 亦亂人
也. 謂伐之與不伐亂人也者, 又亂人也."
君曰, "然則若何."
曰, "君求其道而已矣."
惠子聞之而見戴晋人. 戴晋人曰, "有所謂蝸者. 君知之乎."
曰, "然."
"有國於蝸之左角者, 曰觸氏. 有國於蝸之右角者, 曰蠻氏. 時
相與爭地而戰, 伏尸數萬, 逐北旬有五日而後反."
君曰, "噫, 其虛言與."
曰, "臣請, 爲君實之. 君以意在四方上下, 有窮乎."
君曰, "無窮."
曰, "知遊心於無窮, 反在通達之國, 若存若亡乎."
君曰, "然."
曰, "通達之中有魏. 於魏中有梁. 於梁中有王. 王與蠻氏有

辯乎."
君曰, "無辯."
客出而君惝然若有亡也.
客出, 惠子見.
君曰, "客大人也. 聖人不足以當之."
惠子曰, "夫吹管也, 猶有嗃也. 吹劍首者, 吷而已矣. 堯 · 舜
人之所譽也. 道堯 · 舜於戴晉人之前, 譬猶一吷也."

위왕(魏王) 영(罃)과 제(齊)나라의 전후(田侯)인 모(牟)가 맹약을 맺었
다. 그런데 모가 이를 위반했다. 위왕은 크게 노하여 자객을 보내 전후를
죽이고자 했다.

위나라 장군 공손연(公孫衍)이 이러한 사실을 알고 부끄러운 일이라 생
각하여 왕에게 나아가

"전하께서는 만승(萬乘) 대국의 군주이십니다. 그런 분께서 세속의 천박
한 필부들을 풀어 원수를 쫓게 하려 하십니까?

저 연(衍)에게 군병 20만을 거느리고 전하를 위하여 제나라를 칠 수 있
도록 허락해 주십시오. 저는 제나라의 백성을 포로로 하고 소와 말을 모조
리 빼앗아 오겠습니다. 뿐만 아니라 제나라 왕의 속을 썩여 뱃속에서는 불
이 나고 등에서는 등창이 솟도록 하며 제나라의 수도를 함락시키겠습니다.
적장 전기(田忌)가 견디지 못하여 달아나면 끝까지 쫓아가 붙잡은 다음 놈
의 등을 매질하고 등뼈를 분질러 욕을 보이겠습니다."

라고 아뢰었다.

계자(季子)는 이를 부끄러운 행위라 생각하고 왕에게

"그것은 열 길 높이의 성을 쌓다가 거의 다 완성되었는데 이제 와 다시

허물어 버려 인부들을 괴롭히는 것과 같은 매우 어리석은 짓입니다. 지금 우리가 전쟁을 일으키지 않으려 애를 써온 지 7년이나 됩니다. 이는 천하에 왕업을 세우는 기초입니다. 그런데 공손연은 이 기초를 파괴하는 난을 일으키려는 위험한 인물입니다. 공손연의 계책을 채택하셔서는 아니 됩니다."

라고 진언했다.

공손연과 계자의 말을 듣고 있던 화자(華子)는 그런 말을 듣는 것조차 불미스럽다고 생각하여,

"당연하다는 듯 제나라를 정벌하자고 하는 자나, 또 그럴 듯하게 제나라를 정벌해서는 안 된다고 하는 자나 모두 나라를 어지럽히는 자입니다. 뿐만 아니라 제나라를 정벌하자는 자나 정벌해서는 안 된다고 하는 자 모두 나라를 어지럽히는 자라고 한 그자 역시 나라의 利 · 不利에 얽매여 있어 국가를 어지럽히는 자입니다."

라고 말했다.

화자의 말을 듣고 왕이,

"그렇다면 어떻게 해야 하는가?"

라고 물었다.

화자가 대답했다.

"전하께서는 그저 무위(無爲)의 道를 구하시면 됩니다."

이상의 말을 듣고 혜자는 대진인(戴晋人)을 왕에게 알현시켰다. 대진인은 왕에게 이렇게 물었다.

"세상에 달팽이라는 놈이 있는데 전하께서도 알고 계시지요?"

왕이 대답했다.

"알고 있네."

대진인이 이야기를 계속했다.

"달팽이의 왼쪽 뿔 위에 나라를 세운 촉씨(觸氏)와 오른쪽 뿔 위에 나라를 세운 만씨(蠻氏)라는 자가 있었습니다. 두 나라는 가끔 영토 문제로 다투었습니다. 수없이 많은 전사자가 전장에 나뒹굴고, 도망치는 적을 쫓아 적국 깊숙이까지 들어가 보름 동안이나 싸우고서야 돌아오곤 했습니다."

그때 왕이 대진인의 말을 가로막더니

"아, 그건 꾸며낸 이야기가 아닌가?"

라고 외쳤다.

대진인이 왕에게 아뢰었다.

"제 이야기가 현실에서 이루어지고 있는 일임을 밝히도록 하겠습니다. 전하께서 마음을 사방 상하(四方上下)로 돌려보시면 사방 상하에 끝이 있습니까?"

왕이 대답하였다.

"끝이 없소."

대진인이 다시 말을 이었다.

"전하께서 마음을 멀리 사방 상하로 여시어 그 끝이 없는 광대함을 깨달으신 뒤에 인간의 발길이 닿는 나라들을 돌아다보신다면 그 나라들은 있는 것인지 없는 것인지 거의 생각조차 나지 않으시겠지요?"

왕이 대답했다.

"그렇겠지."

대진인이 다시 말을 이었다.

"사람들이 왕래하는 나라들 중에 우리 위나라가 있습니다. 그 위나라 안에 도읍으로 양(梁) 땅이 있습니다. 그 양 땅 안에 전하께서 이렇게 계십니다. 그렇다면 상하 사방의 광대함을 생각할 때 전하의 미소함은 달팽이 뿔 위에 나라를 세운 만씨와 무엇이 다르겠습니까!"

왕이 대답했다.

"맞는 말이오."

대진인이 물러가자 왕은 넋이 나간 듯, 뭔가 소중한 것을 잃어버린 듯한 모습을 하고 앉아 있었다.

대진인이 물러가는 것을 보고 혜자가 왕 앞에 나아갔다.

왕이 혜자에게 말했다.

"그대가 소개해 준 사람은 대인이다. 저 사람에게는 성인도 미치지 못하리라."

혜자가 왕의 말을 받아 말했다.

"피리를 불면 누가 불더라도 큰 소리가 나지만 칼자루 끝의 작은 고리구멍에 입을 대고 불면 누가 불더라도 숨을 토해내는 듯한 소리밖에 나지 않습니다. 요임금과 순임금은 세상 사람들이 입을 모아 칭송하는 성인들입니다. 그러나 그 칭송은 대진인[에게 갖추어진 묘음(妙音)] 앞에서는 비유컨대 그저 한 소리가 가냘프게 울리는 것과 같습니다."

【語義】 魏瑩(위영):≪석문≫에 '곽본(郭本)에는 罃으로 되어 있다. 今本에는 대부분 瑩으로 되어 있다. 魏惠王을 가리킨다고 한다'라고 했다. ≪사기≫ 위세가(魏世家)에 의하면 魏의 惠王의 이름은 罃이다. '瑩'은 '罃'의 차자이리라.

　　田侯牟(전후모):≪석문≫에는 '田侯가 田侯牟로 되어 있는 판본도 있다. 田侯는 제(齊)의 위왕(威王)으로 이름은 모(牟), 환후(桓侯)의 아들이라 한다. ≪사기≫에는 위왕의 이름이 因이라 되어 있다'라고 했다. ≪사기≫ 전제세가(田齊世家)에 의하면 위왕(B.C. 357~B.C. 320 재위)의 이름은 인제(因齊:金文에는 因育로 기록되어 있다)이다. 그의 전대인 환공(桓公:B.C. 357~B.C. 356 재위)의 이름은 우(牛)이며, '牛'는 '牟'의 자형과 흡사하다. 따라서 '田侯牟'는 환공을 가리키는 것이 아닐까? 齊가 魏를 친 것은 齊의 威王 5년, 魏의 惠王 18년의 일이다. 이에 근거하여 威王의 이름을 夫人 牟辛의 이름으로 오기(誤記)했으리라는 설(馬敍倫의 설)도 있으나 이 우화가 사실(史實)에 입각하여 지어진 것이라고는 보기 어렵다.

犀首(서수):魏나라 장군에 대한 관호(官號). 그런데 ≪사기≫ 장의전(張儀傳)에 '犀首는 魏의 陰晋 사람이다. 이름은 衍, 성은 公孫이다'라고 한 것에 의하면 '犀首'는 공손연(公孫衍)의 호로 생각된다. 공손연에 관해서는 ≪맹자≫ 등문공 하편에 실린 경춘(景春)의 말로 '공손연·장의가 어찌 진정한 대장부가 아니겠는가? 그들이 한 번 노하면 제후들이 두려워하고, 그들이 편안히 들어 앉아 있으면 온 천하가 잠잠해진다(公孫衍張儀豈不誠大丈夫哉. 一怒而諸侯懼, 安居而天下熄)'라고 한 것이 있다. 魏나라 혜왕의 만년에 魏를 무대로 활약했던 책사로 한때는 다섯 나라의 재상 직을 맡기도 했다고 한다.

君爲萬乘之君也而以匹夫從讎(군위만승지군야이이필부종수):'萬乘'은 여기서는 대제후의 나라를 가리킨다. '匹夫'는 신분이 낮은 남자.

忌也(기야):齊나라의 장군 전기(田忌).

抶(질):매질하는 것.

季子(계자):≪석문≫에는 '魏의 신하이다'라고 되어 있으나, 뒷글에 나오는 季眞을 가리키는 것으로 생각된다(馬敍倫의 설). 변설에 능한 자였으리라.

城者旣十仞矣(성자기십인의):'者'는 '것'의 뜻. '十'은 '九'를 잘못 베낀 것이 아닐까? 하지만 원문대로 해석하겠다.

胥靡(서미):형벌을 받아 노역에 종사하는 자.

華子(화자):≪석문≫에는 '마찬가지로 魏의 신하이다'라고 했다. 필시 뒤의 양왕편(讓王篇)에 나오는 자화자(子華子)와 동일인이리라. '性

命之情'을 보전할 것을 주장하는 사상가였다고 생각된다.

惠子(혜자)·戴晋人(대진인):'惠子'는 혜시(惠施)와 같다. '戴晋人'은 ≪석문≫에 '梁나라의 현인이다'라고 되어 있다. ≪한시외전(韓詩外傳)≫에, 梁王의 상대부 벼슬을 마다하고 산야에서 자적한 戴晋生이란 자의 이야기가 실려 있는데 아마 동일인이리라. 그런데 晋은 眞으로 대치할 수 있는 글자이므로 '眞을 떠받드는 사람'이라는 우의를 지닌 인물로 설정된 것인지도 모른다.

觸氏(촉씨)·蠻氏(만씨):달팽이의 촉각이 튀어나오기도 하고 구부러지기도 한 것으로 생각해 낸 국명이거나, 중국을 달팽이 형상으로 보고 蜀(사천성)과 南蠻의 땅(貴州)에서 취한 나라 이름이리라. 요컨대 諸國은 달팽이의 뿔 위에 있는 것과 같은 소국임을 가리키는 것이다.

伏尸(복시):'伏屍'로도 쓴다. 전사자의 시체. '伏'은 쓰러져 엎어져 있는 것.

通達之國(통달지국):사람이 살고 있는 세계. 배와 수레가 통하는 곳, 인적이 미치는 지경.

魏(위)·梁(량):魏나라는 본디 魏(산서성 芮城縣)에 수도를 두었다가 安邑(산서성 夏縣)으로 옮겨 산서성 서남부 및 하남성 북부를 영유했던 대국이었으나 秦으로부터 압박을 받아 혜왕 31년에 大梁(하남성 開封)으로 수도를 옮겼으며 위세가 점점 쇠해졌다.

有辯乎(유변호)·無辯(무변):'辯'은 '辨'의 차자. 구별·차이.

惝然(창연):멍하여 정신이 없는 모양.

大人(대인):재유편 〈대인지교지설〉 참조. 그런데 여기서는 유가적인 성인이라기보다는 道에 도달한 자를 가리키리라.

夫吹管也猶有嗃也(부취관야유유학야):'管'은 피리. '嗃'은 음향 소리를 형용한 의성어이리라. 일설에 '따(부르짖다)'의 차자(馬敍倫의 설)

라 했다.

　劍首(검수):칼의 손잡이 끝에 있는 고리의 구멍을 가리킨다.

　映(혈):의성어로, 세차게 토해내는 한숨 소리.


【補說】 이상의 〈와우각상쟁우화〉는 魏罃(혜왕) 때 살았으리라 생각되는
공손연(犀首)·계자(眞)·화자·대진인·혜자를 등장시켜, 제나라의
위약(違約)에 대한 위나라의 보복에 관해 각각의 의견을 서술토록 하고
있다. 공손연의 실력에 의한 정복론, 계자의 인민 본위의 평화론, 화자
의 탈속적 구도론(求道論)을 거쳐 현실이란 달팽이 뿔 위에서의 촉만의
다툼과 같으므로 초연하게 무위의 자유를 누려야 한다는 대진인의 論으
로 귀결시킨 다음, 이에 혜자의 찬사를 덧붙이고 있다.

　매우 공을 들여 구성한 흔적이 있으나 계자·화자의 묘사는 불충분한
감도 없지 않다. 혜자를 체도자를 알고 있는 인물로 설정한 것은 분명
히 새로운 취향이나 대진인으로 하여금 이야기하게 하는 본 우화의 주
제는 소요유편 〈유무궁우화〉, 추수편 〈반기진우화〉와 공통된다. 이 우
화는 그것들을 번안한 듯하며, 특히 소요유편 〈무하유향우화〉의 '無何
有之鄕에서 놀도록 하라'는 것의 해설로서 흥미가 있다. 달팽이 뿔 위
에서의 촉만의 싸움이라는 비유는 참으로 기발하며 이 우화로부터 '蝸
角之爭', '觸蠻之爭' 등의 성어(成語)가 생겼음은 잘 알려진 사실이다.

## 제4장 자로 · 공자문답:육침우화(子路 · 孔子問答:陸沈寓話)

孔子之楚, 舍於蟻丘之漿. 其鄰有夫妻 · 臣妾登極者.
子路曰, "是稯稯何爲者邪."
仲尼曰, "是聖人僕也. 是自埋於民, 自藏於畔. 其聲銷, 其志
無窮. 其口雖言, 其心未嘗言. 方且與世違, 而心不屑與之俱.
是陸沈者也. 是其市南宜僚邪."
子路請往召之. 孔子曰, "已矣. 彼知丘之著於己也. 知丘之
適楚, 以丘爲必使楚王之召己也. 彼且以丘爲佞人也. 夫若然
者, 其於佞人也, 羞聞其言. 而況親見其身乎. 而何以爲存."
子路往視之, 其室虛矣.

공자가 초(楚)나라에 가는 도중 의구(蟻丘) 땅의 주막에 머물게 되었다.
공자는 어떤 부부가 하인들과 함께 지붕을 이고 있는 것을 보았다.

자로가 이를 이상히 여겨 공자에게 물었다.

"저렇게 바삐 무엇을 하고 있는 것일까요?"

공자가 대답했다.

"저들은 성인의 하인들이다. 스스로 민중 속에 몸을 묻고 전원생활로 세
상을 피하고 있다. 세상의 명성은 서서히 희미해져 가지만 그 자신의 뜻은
무한히 넓다. 입으로는 세상 사람처럼 말을 하나 마음으로는 결코 무엇이
든 주장하려 하지 않는다. 그는 세속 사람들과 너무나 동떨어져 있어 마음
속으로 그들과 어울릴 기분을 가질 리가 없다. 이는 육침자(陸沈者)이다.
이런 일을 하는 성인은 바로 저 시남의료이리라."

공자의 설명에 자로는 그 사람을 부르러 가겠으니 허락해 달라고 했다. 공자가 이를 만류하여 말했다.

"아서라. 저 사람은 내가 그를 세상에 끌어내려 한다는 것을 알고 있다. 또 내가 초나라에 가고 있다는 것도 알고 있으며 내가 그곳에 가면 자신을 초왕(楚王)에게 추천하여 초나라에 불러들이려 할 것이라고 생각하고 있다. 저 사람은 나를 교묘한 말솜씨로 초왕을 설득하려는 자로 단정할 것이다. 저 사람은 말을 교묘하게 하는 자에 대하여 그 말을 듣는 것조차 부끄럽게 생각한다. 하물며 자신이 그를 만나려 할 리가 있겠느냐! 저 사람이 너를 기다리고 있을 것이라고 생각하느냐?"

【語義】 孔子之楚(공자지초):'孔子適楚' 참조.

蟻丘之漿(의구지장):'蟻丘'는 조그만 언덕에 자리 잡고 있는 마을이라는 뜻의 지명이리라. '漿'은 '蔣'의 차자이며, 후세에 村舍·村里를 가리키는 '莊'과 같은 뜻.

登極(등극):'極'은 동목(棟木). 나아가 지붕을 가리킨다. 지붕에 올라갔다는 것은 공자 일행을 보기 위한 것(成玄英의 설)이 아니라 지붕을 이기 위한 것(宣穎의 설)이다. 이를 말하기 위한 복선이 바로 앞글의 '漿'이다.《시경》 豳風〈七月〉에 '十月, ……낮에는 띠풀을 거둬들이고 밤에는 새끼를 꼰다. 지붕을 이어야 한다(十月……晝爾于茅, 宵爾索綯. 亟其乘屋)'라고 한 것처럼 지붕을 이는 것은 초겨울의 행사였다.

稯稯(종종):바쁘게 일하고 있는 모양.

自藏於畔(자장어반):'畔'은 경지(耕地)의 경계. 여기서는 도회를 떠난 전원생활을 가리킨다.

其口雖言其心未嘗言(기구수언기심미상언):서무귀편〈대인성우화〉를 의식하여 새로운 취향을 나타낸 표현이리라. 입으로는 세상 사람들처

럼 말을 하지만 마음으로는 무언가를 주장하려고 하지 않는 것을 가리
킨다.

　陸沈(육침):신어(新語)이다. 세상의 영화를 누려야 할 몸을 오히려 세
간에 숨기는 것을 가리킨다. '神州를 陸沈시킨다'(≪晋書≫ 桓溫傳)라고
한 것처럼 대륙이 가라앉는다는 뜻으로 큰 혼란을 뜻하는 데 쓰이거나,
'옛날을 알고 지금을 모른다, 이를 陸沈이라 한다'(≪論衡≫ 謝短篇)라
고 한 것처럼 어리석다는 뜻으로 쓰이기도 했다.

　佞人(영인):여기에서는 교묘한 말로써 아첨하는 사람을 뜻한다.

　子路往視之其室虛矣(자로왕시지기실허의):≪논어≫ 미자편(微子篇)
에 나오는 하소장인(荷篠丈人) 이야기의 경우와 흡사한 취향을 보여 주
는 것이리라.


【補說】 이상의 〈육침우화〉는 공자의 제국 유력을 배경으로 한 우화의 하
　　나이리라. 이 우화의 주제는 서무귀편 〈대인성우화〉에 나오는 시남의
　　료를 아무 말 없이 어려움을 화해시키는 사람일 뿐 아니라 세상과 교
　　제를 끊고 전원에 숨어 사는 이른바 육침자(陸沈者)로 묘사하고 있다.

# 제5장 장오봉인 · 장자지언:둔천이성우화(長梧封人 · 莊子之言:遁天離性寓話)

長梧封人問子牢曰, "君爲政焉勿鹵莽. 治民焉勿滅裂. 昔予爲禾, 耕而鹵莽之, 則其實亦鹵莽而報予. 芸而滅裂之, 其實亦滅裂而報予. 予來年變齊, 深其耕而熟耰之. 其禾繁以滋. 予終年厭飱."

莊子聞之曰, "今人之治其形理其心, 多有似封人之所謂. 遁其天, 離其性, 滅其情, 亡其神, 以衆爲. 故鹵莽其性者, 欲惡之孼, 爲性萑 · 葦 · 蒹 · 葭. 始萌以扶吾形, 尋擢吾性. 竝潰漏發, 不擇所出. 漂 · 疽 · 疥 · 癰, 內熱 · 溲膏, 是也."

장오의 봉인(封人)이 자뢰에게 말했다.

"정치를 난잡하게 하시면 안 됩니다. 백성을 어지럽게 다스리시면 안 됩니다.

오래 전 제가 벼농사를 지을 때 밭갈이를 마구 했더니 수확도 얼마 되지 않아 말할 수 없이 고통을 당했습니다. 김매기를 되는 대로 아무렇게나 했더니 낟알이 얼마 달리지 않아 애를 먹었습니다. 그래서 다음 해에는 방법을 바꾸어 밭갈이를 깊이 하고 정성을 들여 땅을 골랐습니다. 그랬더니 벼가 무성하게 자라 다음 해에는 1년 내내 배불리 먹을 수가 있었습니다."

장자가 이 말을 듣고 다음과 같이 말했다.

"지금 세상 사람들이 신체를 기르고 마음을 닦는 방법은 봉인이 말한 부주의한 조략(粗略)함과 흡사하다. 지금 세상 사람들이 그 자연스러움을 버리고 본성에서 떠나 사람의 진정(眞情)을 잃고 정신을 무너뜨리는 것은 그와 같은 모든 거짓된 행위에 기인하는 것이다. 즉 자연스런 본성을 함부로 다루면 인간의 호오(好惡)의 욕망이 재난의 싹을 생겨나게 하고 그 싹이 인간의 성(性)을 어지럽히는 갈대가 된다. 그러한 싹이 일단 자라나면 육신만은 귀중하게 생각하는 듯하나 마침내는 본성을 무리하게 뽑아 버린다. 악성 종기·부스럼·옴·등창 등이 생기고 열병에 시달리며 오줌이 탁해지는 것은 이러한 일 때문이다."

【語義】 長梧封人(장오봉인):成玄英은 '長梧는 지명이다. 그 땅에 큰 오동나무가 있어 붙여진 이름이다'라고 해석했으나, 제물론편 〈대각우화〉의 '長梧子'에 생각을 두고 지어낸 지명이 아닐까? '封人'은 땅의 경계, 국경을 지키는 자.

問子牢(문자뢰):'問'은 여기에서는 '고(告)하다'의 뜻. '子牢'는 《논어》 자한편에 나오는 琴牢(鄭玄의 설에 의하면 공자의 제자로 자는 子牢)에 비정(比定)된다(司馬彪의 설). 《공자가어》 제자편에 의하면 '琴牢는 衞나라 사람으로, 자는 子開 또는 子張이다'라고 했으나 이 설은 믿을 만한 것이 못 된다.

爲政焉勿鹵莽(위정언물로망):이 '焉'은 則과 거의 같다. '鹵莽'은 '妄'의 완언으로(馬敍倫의 설), 난잡하게 하는 것.

芸而滅裂之(운이멸렬지):'芸'은 김매는 것. 제초 작업. '滅裂'은 '멸(蔑)'의 완언으로, 되는 대로 엉망진창으로 하는 것. 제초 작업을 하다 말다 무질서한 것을 가리킨다.

變齊(변제):'齊'는 劑와 같다. 조합(調合), 나아가 방법의 뜻

熟櫌(숙우):'熟'은 공을 들이는 것. '櫌'는 땅을 고르는 것. 땅을 일군다는 뜻(司馬彪의 설), 제초한다는 뜻(成玄英의 설) 등으로 해석하는 것

은 적당하지 않다.

　繁以滋(번이자):'繁'은 '蕃'의 차자. '滋'는 '玆'의 차자. 무성하다는 뜻.

　厭殆(염손):물릴 정도로 충분히 밥을 먹는다는 뜻.

　遁其天離其性(둔기천이기성):양생주편 〈안시처순우화〉의 '遁天倍情' 참조. 단 여기서 '天'은 태어날 때부터의 자연스러움을 가리킨다. '性'과 관련이 있다.

　以衆爲(이중위):이 '爲'는 僞와 같은 뜻. 고의로 기교를 부리는 것.

　欲惡之孼爲性崔葦蒹葭(욕오지얼위성환위겸가):'孼'은 '櫱(얼:그루터기에서 나는 싹)'의 차자. '崔'은 갈대. 또는 '崔葦' 두 자가 갈대를 뜻하기도 한다. '蒹', '葭' 모두 갈대. 요컨대 이들 풀은 논밭을 황폐하게 하는 풀이다.

　竝潰漏發(병궤루발):'竝'은 '널리'의 뜻. '潰'는 종기가 돋는 것. '漏'는 고름이 새어나와 흐르는 것.

　漂疽疥癕內熱溲膏(표저개옹내열수고):'漂'는 '瘭'의 차자. 악성 종기. '疽'는 부스럼. '疥'는 옴. '癕'은 '癰(옹:악창)'의 속자. '內熱'은 열병에 걸리는 것. '溲膏'는 오줌에 단백이 섞여 나오는 병.


【補說】 이상의 〈둔천이성우화〉는 장오봉인이 농작물의 수확은 경작 방법에 좌우된다는 비유로 정치에 대한 교훈을 말하자 장자가 그것을 받아, 그것은 사람이 심신을 닦는 교훈과도 같으며 사람이 그 본성을 소홀히 하는 것은 부자연스런 의식적 행위에 기인한 것으로 그 결과 심신에 온갖 병이 생기게 됨을 말하는 줄거리로 되어 있다.

　수신(修身)과 정치에 관한 교훈을 농경에서 찾은 예는 적지 않다. 《중용》에 '따라서 하늘이 物을 낼 경우 반드시 그 소질에 따라 두터이 한다. 따라서 똑바로 서 있는 것은 무성하게 자라고 기울어져 있는 것은 엎어진다(故天之生物, 必因其材而篤焉. 故栽者培之, 傾者覆之).' '현인을 등용하여 政道를 수립하면 땅이 수목을 기르는 것처럼 신속하게 이루어진다. 본디 政道란 부들이나 갈대처럼 신속하게 생장하는 것이다(人道敏政, 地道敏樹. 夫政也者蒲盧也)'라고 한 것도 그 예이며, ≪맹자≫ 공손추 상편의 '의로운 일이 있다면 결코 그만두지 말고, 마음을 망령되이 가져 무리하게 조장하지 말라. 宋나라 사람이 한 것처럼 하지 않도록 하라(必有事焉而勿正, 心勿忘, 勿助長也. 無若宋人然)'라는 맹자의 말도 그 예다.

농경에는 이른바 '天', 즉 자연의 작용이 크게 영향을 미친다. 그런데 ≪중용≫은 인간의 영위를 강조했다. ≪맹자≫도 그것을 중시했다. 장오봉인의 鹵莽·滅裂의 훈계도 영위의 신중함을 이야기한 것이다. 이런 점에서 이것들은 공통점을 가지고 있다. 〈둔천이성우화〉는 ≪맹자≫·≪중용≫에서 힌트를 얻어 지은 것인지도 모른다.

이 우화 속에 등장하는 장자는 인간의 영위를 작위로 보고 있으며 어디까지나 자연스럽게 이루어져야 함을 강조하고 있다. 이런 점에서는 ≪맹자≫와 공통되는 점이 있다. ≪맹자≫는 인간의 영위, 즉 '必有事焉而勿正, 心勿忘'을 주장하고 있으면서, 또 부자연스런 '助長'을 물리쳐야 한다고 했다. 이 우화에서 장자는 '鹵莽其性', 즉 부자연스러움을 물리쳐야 한다고 했으나 자연스런 행위를 구체적으로 주장하지 못했다. 그런 점에서는 ≪맹자≫보다 그 주장하는 바가 명료하다고는 할 수 없다.

# 제6장 백구·노담문답:다위우화(柏矩·老耼問答:多僞寓話)

柏矩學於老耼. 日, "請之天下遊."
老耼日, "已矣. 天下猶是也."
又請之.
老耼日, "汝將何始."
日, "始於齊."
至齊, 見辜人焉. 推而强之, 解朝服而幕之, 號天而哭之日, "子乎子乎, 天下有大菑. 子獨先離之. 日, '莫爲盜, 莫爲殺人'榮辱立, 然後觀所病, 貨財聚, 然後觀所爭. 今立人之所病, 聚人之所爭, 窮困人之身, 使無休時. 欲無至此, 得乎.
古之君人者, 以得爲在民, 以失爲在己, 以正爲在民, 以枉爲在己. 故一形有失其形者, 退而自責. 今則不然. 匿爲物而愚不識, 大爲難而罪不敢, 事爲任而罰不勝, 遠其塗而誅不至. 民知力竭, 則以僞繼之. 日出多僞 士民安取不僞. 夫力不足則僞, 知不足則欺, 財不足則盜. 盜竊之行, 於誰責而可乎."

백구(柏矩)는 노자에게 가르침을 받고 있었다. 하루는
"천하를 돌아다녀 보고 싶습니다. 허락해 주십시오."
라고 스승에게 말했다.
노자는
"그만두어라. 어디 가더라도 여기와 같지 특별한 것은 없다."
라고 말하여 백구의 뜻을 단념시키려고 했다.

백구는 거듭 청했다.

노자는 무리하게 더 이상 만류하려 하지 않고,

"그럼, 어디서부터 시작하려는 것이냐?"

라고 물었다.

백구는

"대국인 제(齊)나라부터 시작하겠습니다."

라고 대답했다.

이리하여 백구는 제나라로 여행길에 올랐다.

백구가 제나라에 당도하자 제일 먼저 죄인이 기둥에 매달려 있는 것이 보였다. 백구는 기둥을 넘어뜨린 다음, 입고 있던 예복을 벗어 그 시신을 덮어 주었다. 그리고 하늘을 우러러 곡하면서 이렇게 말했다.

"그대여, 그대여. 천하에 큰 재난이 있어 그대가 제일 먼저 그것에 걸리고 말았소. 사람을 다스리는 사람들은 '도둑질을 하면 안 된다, 사람을 죽이는 짓을 해서는 안 된다'라고 말하고 있지만 인간 세상에는 명예와 치욕의 차별 때문에 현지(賢知)를 다투어 사람들이 근심하게 되고, 재산을 모아 부귀영화를 누리는 자가 있기에 너나할 것 없이 부귀를 노려 다투는 일이 있는 것이오. 요즈음 세상을 다스리는 사람들은 그처럼 근심을 만드는 현명함·지혜·부귀 따위를 내세워 사람들로 하여금 신체를 괴롭혀 일하게 하고, 잠시도 쉬지 못하게 하고 있소. 이러하니 당신처럼 되는 일이 없도록 아무리 바라더라도 이루어질 수가 없소.

옛날 좋은 시대의 군주는 성공은 백성의 힘에 의한 것이고 실패는 자신의 허물 때문에 생긴 것이며, 옳음은 백성에게 있고 부정은 자기에게 있다고 생각하였소. 그래서 단 한 가지 것이라도 잘못이 있으면 반성하여 자신의 과오를 꾸짖었소. 그런데 요즈음 군주는 그렇지 않소. 번잡하게 물사를 뒤섞어 놓고는 그 중 하나라도 모르면 어리석다고 호통치고, 크게 곤란한 일을 일으켜 놓고는 그에 종사하지 않으면 용기가 없다고 죄를 물으며, 무거운 임무를 지워 놓고는 그것을 다하지 못하면 재능이 없다고 벌하여, 요컨대 도달해야 될 도정(道程)을 사람의 힘으로는 이겨낼 수 없게 원대히 설정해 놓고는 거기에 도달하지 못하는 자를 형벌로 다스리는 것이오. 이래서는 백성이 지(知)도 힘도 몽땅 바닥나 거짓으로 속이게 되오. 그래서 날이 갈수록 많은 거짓이 일어나게 되니 선비나 서민이나 어찌 거짓 없음을 지키려 하겠소?

　무릇 능력이 미치지 못하면 거짓을 행하고, 지력이 미치지 못하면 남을 속이며, 재산이 모자라면 남의 물건을 빼앗는 법이오. 그러니 여기에 도둑질이라는 행위가 있더라도 그것을 누구의 책임이라 해야 옳겠는가? (과연 도둑을 꾸짖을 수가 있을까?)"


【語義】柏矩(백구):성은 柏, 이름은 矩, 魯나라 사람으로 노자의 문인인데 道를 체득한 자(成玄英의 설)라고 한다. 기존 가치관[矩]을 拍(柏과 동음으로, 친다는 뜻)하여 부수어 버린다는 것을 우의하는 인물로 설정된 게 아닐까?

　辜人(고인):책형(磔刑:옛날 기둥이나 판자에 묶어 놓고 찔러 죽이던 형벌)을 당해 여러 사람 앞에 현시(顯示)된 죄인.

　推而强之(퇴이강지):'强'은 '僵(엎어지다, 쓰러지다)'의 차자.

　解朝服而幕之(해조복이막지):'朝服'은 士 이상 신분의 사람이 입는 예복. '幕'은 여기서는 덮는다는 뜻.

　先離之(선리지):사람이라면 누구라도 걸리는 일이지만 제일 먼저 걸리게 된 것을 가리킨다. '離'는 '罹(병·재앙 따위에 걸리는 것)'의 차자.

　榮辱立然後……觀所爭:≪노자≫에 '현자라고 하는 것들을 높이 받드는 일이 없으면 백성들은 싸우거나 하지 않고 자신의 일을 열심히 할 것이다. 얻기 어려운 보물을 귀히 여기는 일이 없으면 백성들은 盜心을 일으키지 않으리라. 욕심낼 만한 것을 드러내 보이지 않으면 백성들의 잔잔한 마음을 어지럽히지 않을 수 있다(不尙賢, 使民不爭. 不貴難得之貨, 使民不爲盜. 不見可欲. 使民心不亂.)'(제3장)라고 한 것과 같은 사상이다.

古之君人者……以枉爲在己:≪논어≫ 요왈편에 '내가 지은 죄는 만방과는 상관이 없으나, 만방이 지은 죄는 바로 나의 죄이다(朕躬有罪, 無以萬方. 萬方有罪, 罪在朕躬)'라고 한 湯王의 말이 실려 있다.

一形有失其形者……:≪순자≫ 정론편(正論篇)의 '단 하나라도 그 보답이 적절하지 않으면 그것은 세상을 어지럽히는 실마리가 된다(一物失稱, 亂之端也)'와 흡사한 사상이다.

盜竊之行(도절지행):'盜'는 본디 몰래 훔치는 것을 뜻한다. 다른 사람의 물건을 빼앗는다는 뜻으로 널리 쓰인다. '竊'도 몰래 훔친다는 뜻. 여기서는 '盜竊'로 사람의 물건을 훔치는 것을 말하고 있다. 앞의 '辜人'은 이런 죄를 지어 책형(磔刑)에 처해진 것이리라.

【補說】 이상의 〈다위우화〉는 노자의 제자인 백구가 齊나라에 가서 고인(辜人)을 조상하며, 정치가 사기·절도를 낳게 했고 고인은 정치의 희생물임을 한탄했다는 줄거리로 되어 있다.

정치가 사람의 자연스런 본성을 상실시키는 죄악이라는 사상은 변무편 이하 재유편의 〈재유론〉·〈인의질곡론〉 등에 두드러지게 보이고 있는데 이 우화는 그것들의 영향을 받고 있는 듯하다. 또 시체에게 말을 거는 취향은 지락편 〈사지열락우화〉에서 본 바 있다. 단 이 우화에 등장하는 시체가 매우 참혹한 모습을 하고 있다는 점에서 추측하면 이 우화는 후기에 이루어진 것이리라.

'莫爲盜, 莫爲殺人'의 정령(政令)이 오히려 범법자를 출현시킨다는 역
설적 구성에 흥미가 있다. '知力竭, 則以僞繼之'라고 한 것도 나름대로
타당한 논리지만 거짓은 知力이 넘칠 경우에도 일어나는 것이 아닐까?

# 제7장 대의설(大疑說)

蘧伯玉行年六十而六十化. 未嘗不始於是之, 而卒詘之以非
也. 未知今之所謂是之非五十九非也.
萬物有乎生, 而莫見其根. 有乎出, 而莫見其門. 人皆尊其知
之所知, 而莫知恃其知之所不知而後知. 可不謂大疑乎. 已乎
已乎. 且無所逃, 此所謂然與, 然乎.

위(衛)나라 현인 거백옥은 나이 60이 되기까지 60번이나 인생에 대한 생
각을 바꾸었다. 언제나 그해의 처음에는 옳다고 생각한 것이 해가 끝나고
보면 그릇된 것이었다. 60세가 된 지금 옳다고 생각하는 것도 실은 59세
까지는 잘못된 것이라고 생각했던 것처럼 장차 잘못된 것이라 여겨 버려야
만 할지도 모르는 것이다.

지상에 존재하는 모든 物은 생존하고 있지만 그 자체로는 무엇이 근본인
지 알 수 없다. 태어나 살고 있기는 하지만 어떤 이유로 어디서 나온 것인
지도 알 수 없다. 사람들은 모두 그 태어난 뒤의 지혜로 알고 있는 것을 매
우 소중히 여기지만 그 지혜는 이처럼 그것으로는 알 수 없는 것을 근본으
로 하여 비로소 아는 것임을 깨닫지 못한다. 이 얕은 생각을 대단히 큰 미
혹이라 아니할 수 없다. 사람의 지혜로써 억측하는 짓은 그만두어야 한다.
아무리 억측하더라도 그 큰 미혹을 모면할 수가 없으니 거백옥의 예처럼 지
금 옳다고 생각하는 것이 과연 그대로이겠는가, 결코 그렇지 않을 것이다.

【語義】蘧伯玉(거백옥):춘추시대 위(衛)나라의 현인.

卒詘之以非也(졸출지이비야):'詘'은 '黜(물리치다)'의 차자.

未知今之所謂是之非五十九非也(미지금지소위시지비오십구비야):우언편 〈심복우화〉에도 같은 문장이 있다. ≪회남자≫ 원도훈(原道訓)에는 거백옥이 50년간의 과거를 회고하고 자신의 과거 행위가 모두 잘못된 것임을 알았다(年五十, 而知四十九年非)'라고 되어 있다.

萬物……莫見其根:지북유편 〈관어천지설〉에 '物已死生方圓, 莫知其根也'라고 한 것과 같은 사상이다.

有乎出而莫見其門(유호출이막견기문):≪노자≫의 '천지가 열리기 이전에는 이름이 없었다. ……이처럼 같은 곳에서 다른 것을 만들어 내는 불가사의한 작용을 하는 것, 이를 玄이라 한다. 이 奧深하고 희미한 것, 이것이 갖가지 미묘한 현상이 만들어져 나오는 門이다(無名, 天地之始. ……玄之又玄, 衆妙之門)'(제1장) 등과 같은 사상이다.

恃其知之所不知而後知(시기지지소부지이후지):서무귀편 〈대불혹론〉의 '恃其所不知, 而後知天之所謂也'와 흡사한 사상이다.

大疑(대의):이 '疑'는 惑의 뜻.

且無所逃此所謂然與然乎(차무소도차소위연여연호):≪義海纂微≫본·≪莊子翼≫본 등에는 '且無所逃此則所謂……'로 되어 있다. 저본대로 해석한다. ≪논어≫ 헌문편에, 公叔文子에 대한 公明賈의 말을 들은 공자가 '그래야지, 그런데 정말 그럴까?(其然. 豈其然乎)'라고 한 것이 있는데, 이와 비슷한 어법이다(王先謙의 설). 뒤의 '然乎'는 한층 강한 반문의 뜻을 나타낸다.


【補說】이상의 〈대의설〉은 거백옥이 나이 60이 될 때까지 생각이 60번 변했음을 예로 들어 인간은 부지(不知)를 근본으로 하고 있으므로 인지(人知)를 작용시키는 것은 대의(大疑)라고 논하고 있다.

≪논어≫ 헌문편에 "거백옥이 공자에게 사람을 보냈다. 공자는 그 사람을 자리에 앉히고 물어 보았다. '夫子께선 무엇을 하고 계신가?' 使者가 대답했다. '夫子께선 잘못을 적게 하려고 애쓰시지만 잘 되는 것 같지 않습니다'(蘧伯玉使人於孔子. 孔子與之坐而問焉曰, '夫子何爲.' 對曰, '夫子欲寡其過, 而未能之')"라고 하였다. 거백옥은 내성(內省)에 힘쓰는 사람이었으리라. ≪회남자≫에 '거백옥은 50년간의 과거를 회고하고, 과거의 행위가 모두 잘못된 것임을 알았다(年五十, 而知四十九年非)'라고 한 것은 이에 입각한 것이리라. '年五十, 而知四十九年非'라는 말은 명언이다.

# 제8장 중니·대도·백상건·시위문답:영공우화(仲尼·大弢·伯常騫·狶韋問答:靈公寓話)

仲尼問於太史大弢·伯常騫(蹇)·狶韋曰, "夫衛靈公飮酒湛樂, 不聽國家之政. 田獵畢弋, 不應諸侯之際. 其所以爲靈公者, 何邪."

大弢曰, "是因是也."

伯常騫曰, "夫靈公, 有妻三人, 同濫而浴, 史鰌奉御而進所, 搏幣而扶翼. 其慢若彼之甚也, 見賢人若此其肅也. 是其所以然靈公也."

狶韋曰, "夫靈公也死, 卜葬於故墓, 不吉. 卜葬於沙丘而吉. 掘之數仞, 得石槨焉. 洗而視之, 有銘焉, 曰, '不馮其子, 靈公奪而埋之.' 夫靈公之爲靈也, 久矣. 之二人何足以識之."

공자가 주(周)나라 태사(太史)인 대도(大弢), 사관(史官)인 백상건(伯常騫), 천문관(天文官)인 시위(狶韋)에게 물었다.

"저 위(衛)나라 영공(靈公)은 생전에는 성대하게 주연을 베풀어 음악을 연주하며 놀아나는 데 미쳐 정치를 하려고 하지 않았습니다. 또 늘 사냥을 나가 짐승을 쫓는 데 열을 올릴 뿐 제후와의 교제에 응하지 않았습니다. 그런데도 영공이라는 시호(諡號)를 얻고 있으니 무슨 까닭입니까?"

먼저 대도가 대답했다.

"그것은 당신이 말한 그러한 행위 때문에 내려진 것입니다."

그러자 백상건이 이를 반박하듯이 말했다.

"영공은 아내를 셋이나 거느려 네 사람이 함께 한 목욕통에 들어가 즐기기도 했으나 현인 사추(史鰌)가 정무로 찾아오면 재빨리 덮개를 들어 아내들을 덮어 가리셨습니다. 그 행위가 매우 문란하기는 했으나 현인에 대해서는 이와 같이 자숙(自肅)하고 계셨습니다. 때문에 영공이라는 시호를 얻게 되셨던 것입니다."

두 사람의 답변을 듣고 시위는 이렇게 말했다.

"영공이 죽어 조상들이 묻힌 곳에 장사 지내려고 점을 치니 불길했습니다. 사구(沙丘)에 장사 지낼 것을 점치니 길(吉)했습니다. 그런데 사구를 몇 길 파니 석곽(石槨)이 나왔습니다. 석곽을 닦고 잘 보니 명(銘)이 있고 거기에는 '자손이기에 여기 묻히는 것이 아니라 영공(靈公)이 이를 빼앗아 여기 묻히게 된 것이다'라고 새겨져 있었습니다. 결국 영공(靈公)의 영(靈)이라는 시(諡)는 사람들이 의논하여 정하기 훨씬 전부터 귀신이 이미 정해 놓았던 것입니다. 두 사람이 이를 알 리가 없지요."

【語義】太史大弢(태사대도):≪석문≫ 게출본(揭出本)에는 '太'가 '大'로 되어 있다. 大史는 문서의 제작 보관을 관장하는 史의 장관. 大弢의 전기는 확실치 않다. '弢'는 활집[弓袋], 나아가 책을 담는 주머니라는 뜻으로 쓰이는 문자이다. 따라서 '大弢'는 史官을 나타내는 인물로 설정된 것이 아닐까?

伯常騫(백상건):저본에는 처음에 '蹇'으로 되어 있다가 나중에는 '騫'으로 나와 있다. 처음 것은 오기(誤記)된 것이다. '騫'으로 통일한다. ≪안자춘추(晏子春秋)≫ 問 상편의 기록에 의하면 백상건은 춘추시대 후기 周나라의 사관 중 한 사람이다.

狶韋(시위):'狶'가 '俙'로 되어 있는 판본도 있다. 전설상의 狶韋氏와는 다른 인물이다. 周나라 사관 중 한 사람(李頤, 成玄英의 설)이라 한다.

衞靈公(위영공):B.C. 534~B.C. 493 재위. ≪좌씨전≫이나 ≪사기≫ 위세가(衞世家)에 기록된 바에 의하면 衞獻公의 천첩의 자식으로 태어났다. 그가 태어날 때, 衞의 선조인 강숙(康叔)이 꿈에 나타나 그를 군위에 앉힐 것을 고하였다. 거백옥·사추 등의 현신이 있었으므로 그의 군위가 지켜졌다. 그런데 그의 后인 南子는 음란했으며, 또 태자인 蒯聵와 반목하여 太子는 南子를 암살하려다 실패하여 망명했으며, 靈公 사후 귀국하여 군위에 올랐으나 정정이 불안했다. 이 우화는 靈公의 '靈'이라는 諡를 소재로 한 이야기이다. 諡는 그 사람의 생전의 업적에 의해 사후 붙여지는 이름이다. 사실 춘추시대에는 모든 나라가 周와 同姓族間이었으므로 諡를 정할 때에는 천자의 재가가 필요했으리라 추측된다. 周公이 정했다고 전해지는 시법(諡法)이 ≪대대례(大戴禮)≫ 중에 있었으나 현존하지 않는다. 쇠퇴기에 출현했던 王이 '靈'이란 諡를 갖는 경우가 많았다.

田獵畢弋(전렵필익):'田'은 畋과 같으며, 봄철에 하는 사냥. '獵'은 사냥감을 쫓는 것. '畢'은 짐승을 잡기 위한 그물. '弋'은 주살.

是因是也(시인시야):제물론편 〈심재우화〉에 이와 흡사한 표현으로 '亦因是也'가 있는데 이것은 그것과는 의미가 다르며, '是'는 앞의 공자가 지적한 飮酒·田獵 등을 가리킨다.

同濫而浴(동람이욕):'濫'은 '監·鑑'의 차자로, 대야를 뜻한다.

史鰌(사추):위(衞)나라 영공(靈公) 때 현신의 한 사람.

奉御而進所搏幣而扶翼(봉어이진소박폐이부익):'幣'는 ≪석문≫ 계출본에 '弊'로 되어 있다. 이 문장에 대해서는 해석이 여러 가지다. '奉'은 군주의 일을 받드는 것. '御'는 여기서는 정무의 뜻. '所'는 '斯(즉시)'를 잘못 베낀 듯한데 그러한 사실을 뒷받침하는 증거가 없으므로 영공이 있는 곳을 가리키는 것으로 본다. '搏'은 눈 깜빡할 사이에 거머쥔다는 뜻. '幣·弊' 모두 '蔽(덮다)'의 차자(司馬彪의 설). '扶翼'도 덮어 감춘다는 뜻. 요컨대 영공도 현인 앞에서는 자신의 추태를 감추는 '삼감[愼]'을 지니고 있었음을 가리키는 것이다.

是其所以爲靈公也(시기소이위영공야):郭象·成玄英은 靈이라는 諡에는 善·惡의 두 뜻이 있는 것으로 보고, 靈公의 행위가 善惡의 양면에 걸쳐 있어 이런 시호를 받게 되었다는 뜻으로 보았다. 그러나 그보다는 靈公의 행위에 악행보다는 선행 쪽이 많았다는 뜻으로 이렇게 말한 것이라고 해석해야 할 것이다.

故墓(고묘):大墓로 되어 있는 판본도 있다 한다(≪석문≫의 설). 위(衛)나라 선조 이래의 묘소를 가리키는 것이리라.

沙丘(사구):위(衛)나라의 한 지역(≪석문≫의 설)이라 하는데 글자 뜻 그대로 모래 언덕이 아닐까? 모래 언덕은 본디 묘지로는 부적합한데 그 부적합한 땅에 묘를 쓰도록 정해져 있었음을 말하려는 것이리라.

石槨(석곽):관(棺)의 밖을 둘러싸는 석제(石製) 관.

銘(명):죽은 자의 공업(功業)을 새긴 것.

不馮其子(불빙기자):'馮(말이 내달리는 것)'은 '憑(힘입다, 의하다)'의 차자. 통상 '자손이기 때문이 아니다'(≪석문≫의 설)의 뜻으로 해석한다.

靈公奪而埋之(영공탈이매지):≪석문≫ 계출본에는 '里'로 되어 있으며, '埋'로 되어 있는 판본도 있다고 했다. '里'가 옳으리라(宣穎의 설). 통설에서는 '奪'이란 석곽을 빼앗는 것을 가리키는 것으로 본다. 그런데 이 문장은 영공이 첩의 자식이면서도 군위에 오른 사실을 말하는 것이 아닐까? 요컨대 영공은 위(衛)의 시조인 강숙의 탁선(託宣)에 의해 군위에 올랐다는 전설에 이설을 제창하고 있는 것이 아닐까?

【補說】이상은 〈영공우화〉이다. 공자가 영공의 시호에 얽힌 내력을 묻자 대도는 그 악행에 의한 것이라 하고, 백상건은 악행이 없었던 것은 아니나 현인에게는 늘 존경하는 마음을 갖는 등 자숙하는 태도가 있었기 때문이라 하여 두 사람 모두 생후의 행위에서 그 이유를 구하고 있는 데 반해 시위는 상식 밖으로 석곽의 銘에 의한 것이라 하여 탄생 이전에 이미 신령이 정해 놓은 것이라고 주장한다.

대도에 대한 전기만이 명확하지 않을 뿐, 중니 · 백상건 · 영공 · 사추 · 시위 등 거의가 동시대 사람들이다. 그러나 이것이 가상의 우화임에는 틀림없다.

아마도 郭象이 앞의 〈대의설〉에서 부지(不知)가 지(知)의 근본임을 논하고 있어 그 부지(不知)의 경지를 말하기 위해 이 우화를 여기에 둔 것이리라. 그렇다 하더라도 이것은 이른바 점몽서에 속하는 내용의 것이라고 보아야 할 것이다. 부지(不知)나 무지(無知)는 제물론편 〈천뢰우화〉에 상세히 기술돼 있듯이 지적 고투(知的苦鬪) 끝에 도달하는 경지다. 따라서 그것을 절대적 근저(根底)로서 기정화하는 것은 학설 전개상 필연적인 것이라고 할 수 있겠으나 신비적 숙명론의 전제로 삼는다는 것은 대중에게는 아주 그럴 듯하게 받아들여지겠지만 지적 고투를 망각한 타락일 뿐이다.

## 제9장 소지·태공조문답:구리언우화(少知·太公調問答:丘里言寓話)

少知問於太公調曰, "何謂丘里之言."

太公調曰, "丘里者, 合十姓百名, 而以爲風俗也. 合異以爲同, 散同以爲異.

今指馬之百體, 而不得馬. 而馬係於前者, 立其百體, 而謂之馬也. 是故丘山積卑而爲高, 江河合水而爲大, 大人合幷而爲公. 是以自外入者, 有主而不執, 由中出者, 有正而不距.

四時殊氣, 天不賜, 故歲成. 五官殊職, 君不私, 故國治. 文·武, 大人不賜, 故德備. 萬物殊理, 道不私, 故無名. 無名, 故無爲. 無爲而無不爲.

時有終始, 世有變化, 禍福淳淳至, 有所拂者, 而有所宜. 自殉殊面, 有所正者, 有所差. 比于大澤, 百材皆度, 觀乎大山, 木石同壇. 此之謂丘里之言."

소지가 태공조에게 여쭈어 보았다.

"무엇을 '丘里의 言(촌사람들의 생각)'이라고 합니까?"

태공조가 대답했다.

"구리(丘里)라는 것은 열 가지 성(姓)의 백 집 정도가 한곳에 모여 같은 풍속을 이루고 있는 것이다, 여기서는 저마다 의견이 다른 사람들이 하나가 되어 같은 생각을 이루고, 또 같은 생각에서 나뉘어 저마다 의견이 다른 것이다.

무릇 말을 여러 조각으로 갈라 그 하나하나에 대하여 말한다면 한 마리의 말이 어떤 것인지 알 수가 없다. 그런데 지금 한 마리의 말이 눈앞에 있다고 하는 것은 그 여러 조각으로 갈리는 부분들을 하나로 하여 전체를 말하는 것이다. 그렇다면 언덕이나 산은 지층이 거듭 쌓여 그 높이가 이루어진 것이며, 장강(長江)이나 대하(大河)는 모든 하천이 하나로 합쳐져 그 장대함을 이루는 것이다. 이와 마찬가지로 대인(大人)은 모든 사람을 모이게 하여 공평무사함을 행한다. [丘里의 言은 이 대인의 행함이 자연스럽게 이루어지는 것이다.] 따라서 丘里에서는 밖에서 들어오려는 자에게는 받아들여주는 주인이 그 입구를 닫는 법이 없고, 안에서 밖으로 나가려는 자에게는 이에 응하는 상대가 거부하는 법이 없어 나가는 것도 들어오는 것도 자유다.

네 계절은 각각 한서(寒暑)의 기운을 달리하지만 하늘은 그 어느 한 계절에 치우치는 일이 없다. 그래서 네 계절 한 해의 운행이 이루어진다. 국정의 다섯 부분은 각각 그 직무가 다른데 군주는 그 어느 하나에 특별히 은혜를 주는 일이 없다. 그래서 한 나라 전체가 다스려지는 것이다. 문사(文事)와 무사(武事)에 대해 대인은 그 어느 한쪽에 치우치는 일이 없다. 그래서 그 후한 德이 갖추어진다. 이와 같이 모든 物은 후(厚)·박(薄)·장(長)·단(短)의 이치를 달리하지만 道는 그 중 어느 하나를 특별히 후하게 돕는 법이 없다. 그래서 物에는 시비(是非)의 이름이 없는 것이다. 시비의 이름이 없기 때문에 굳이 지(知)를 작용시켜 행하는 일도 없다. 특별히 하려 하지 않기에 모든 것이 저절로 이루어진다.

때에는 처음과 끝의 구별이 있고, 세상에는 운(運)과 불운(不運)의 변화가 있기 때문에 모든 物에는 화(過)와 복(福)이 갈마들며, 시세(時勢)를 어기는 화(過)가 있기에 시세를 탄 복(福)도 있다. 사람들은 저마다 다른 방향으로 나가고 그 목적을 이루는 일이 있기 때문에 그 목적과 어그러지는 일도 있다. 그것들은 이를테면 하나의 큰 못을 살펴보면 거기에는 온갖 용재(用材)가 구비돼 있고, 큰 산을 바라보면 거기에는 나무나 돌이 같은 땅에 있는 것과 비슷하다. 이와 같이 갈리고 다르면서도 하나의 전체로서 조화돼 있는 것이 바로 丘里의 言이다.”

【語義】 少知(소지)·太公調(태공조):지북유편 〈태허우화〉의 泰淸·無窮·無爲·無始 등과 같이 논해야 할 개념을 의인화한 것이다. '少知'는 편협한 세속인을 대표하는 인물이며 '太公調'는 더없이 공평무사하고 만물을 조화시키는 인물이다. '太公調'라는 이름에 이 우화의 주제가 집약되어 있다.

丘里之言(구리지언):'丘'는 '州'와 같은 뜻이기 때문에 차용된 것인데 여기서는 약간의 사람들이 모여 사는 주거 집단이다. ≪주례(周禮)≫ 小司徒의 職에 '9夫를 井으로 하고, 4井을 邑으로 하며, 4邑을 丘로 한다'라고 했다. 이에 의하면 1丘는 144가족이다. '里'에 관해서는 여러 설이 있다. ≪주례≫ 遂人의 職에는 '5家를 鄰으로 하고, 5鄰을 里로 한다'고 되어 있으며, ≪관자≫ 소광편(小匡篇)에는 '5家를 軌로 하고, 10軌를 里로 한다', 또 도지편(度地篇)에는 '100家를 里로 한다'라고 되어 있다. 成玄英이 '옛날엔 10家를 丘로 하고, 20家를 里로 삼았다'라고 한 것은 무엇을 근거로 한 것인지 명확하지 않다. 요컨대 '丘里'는 촌락을 말하는 것이리라. 다음 글에 '丘里者, 合十姓……'라고 했다. '姓'을 '氏(직업·신분·지명 등과 관계 지어 붙여진다)'에 대응하는 것으로 보아, 姬姓(周나라의 姓)·姜姓(齊나라의 姓)의 류로 해석하면 丘里는 주민의 대규모 집단이 된다. 이 '姓'은 姓名의 姓, 즉 씨족을 가리키는 것으로 보지 않으면 안 된다. '十姓百名'은 한 姓마다 100명씩 10개의 집단이 있다는 뜻이나 한 姓마다 10명씩으로(≪석문≫의 설) 모두 100명이라는 뜻이 아니며, 동성의 가족이 몇 개인가 있는 것으로 모두 열 가지 姓으로 100개의 가구가 있다는 뜻. 요컨대 1里는 평균 1姓 10家로 이루어지며 1丘는 10里, 즉 10

姓 100家로 이루어지는 것이리라. 또 여기서 '丘里之言'을 문제로 삼은 것에 관해 郭象은 천하의 풍속을 齊同하게 하는 것은 丘里로부터 시작됨을 나타내기 위한 것으로, 陸德明(≪석문≫)·成玄英 등은 丘里마다 풍속이 다른 것을 나타내기 위한 것으로, 또 宣穎은 丘里의 齊同의 예를 빌려 齊同의 道를 나타내려는 것으로 해석했는데, ≪노자≫에 '작은 나라에 백성도 적은 것이 이상적이다(小國寡民)'(제80장)라고 했으며 또 ≪장자≫ 마제편에 '連屬其鄕'이라 한 것처럼 도가에서는 촌락적 자연 조화를 이상으로 여기기 때문에 그 상징으로서 '丘里之言'을 초든 것이 아닐까? 丘里에는 사람들의 의견이나 관습의 자연스런 일치가 있다고 보는 것이다. '言'은 여기서는 사상·생각 등을 가리킨다.

合異以爲同……:명가(名家)의 '同異'라는 개념을 사용하여 촌락의 자연스런 조화를 말하고 있다. 추수편 〈반기진우화〉에 '行殊乎俗, 不多辟異. 爲在從衆, 不賤佞諂'이라고 한 것과 같은 사상이다.

今指馬之百體……謂之馬也:명가의 '白馬非馬'의 論(내편)을 기조로 하여 '丘里之言'이란 어긋남을 포함하면서 일체가 되는 것임을 가리킨다.

江河合水(강하합수):'水'를 '流'로 한 판본도 있다(≪석문≫의 설). '小'를 잘못 베낀 것으로 보는 설도 있다. 저본대로 해석한다. '川'의 뜻이다.

大人合幷而爲公(대인합병이위공):萬物(人)을 일체로 합치시키는 것을 가리킨다.

是以自外入者……不距:천운편 〈천문우화〉의 '中無主而不止, 外無正而不行'에 근거하여 출입의 자연스러움을 말하고 있다. '執'은 여기서는 닫혀 열리지 않는다는 뜻. '正'은 목적·상대방. '距'는 '拒(물리치다)'의 차자.

天不賜(천부사):'賜'는 여기서는 한쪽으로 치우치는 것을 가리킨다.

아래의 '大人不賜'의 경우도 같다. '賜'를 私의 차자로 보는 설(馬敍倫의 설)도 있다.

五官(오관):사도(司徒)·사마(司馬)·사공(司空)·사사(司士)·사구(司寇)(≪예기≫ 곡례편 참조)를 가리킨다. 成玄英은 五行의 官을 가리키는 것으로 보았다. 요컨대 국가의 관직을 5개 부문으로 나눈 것.

文武大人不賜(문무대인불사):전후 수사(修辭)를 근거로 추론하면 '文武'의 다음에 '殊能'의 두 자가 있어야 한다(王叔岷의 설). 단 여기서는 원문대로 해석한다.

無爲而無不爲(무위이무불위):≪노자≫에 '道는 항상 無爲이나 하지 못하는 것이 없다(道常無爲, 而無不爲)'(제37장)라고 한 것과 지북유편 〈득도우화〉 참조. '故無爲' 이하는 운문으로 되어 있다. 爲·化·宜·差는 歌部韻, 澤·度는 魚部韻, 山·壇·言은 元部韻이다.

禍福淳淳至(화복순순지):'淳淳'은 '沌沌'과 같다. 교착(交錯)하여 회전하는 모양. 요컨대 ≪노자≫의 '禍라고 생각하고 있는 곳에 福이 깃들며, 福이라 생각하고 있는 곳에 禍가 숨어 있는 것이 참모습으로 대체 어디까지가 福이고 어디까지가 禍인지 그 궁극을 누가 알겠는가?(禍兮福之所倚, 福兮禍之所伏. 孰知其極)'(제58장)를 뜻한다.

自殉殊面(자순수면):각자 옳다고 믿는 바에 좇는다(郭象의 설)는 뜻으로 해석하는 사람이 많은데, 이 이하는 마제편의 '一而不黨'의 상태를 말하는 것으로 보아야 한다. '自'는 각자, 제각기의 뜻. '殉'은 '徇(좇다)'의 차자. '面'은 방향의 뜻.

有所正者有所差(유소정자유소차):여기에서 바르다고 하는 것은 저쪽에서는 그르다고 한다(郭象의 설)는 뜻으로 해석하는 사람이 많은데, 옳지 않다. 윗글의 '有所拂者而有所宜'에 대응하는 것으로 '者'는 '而'의 뜻이며, 만일 그렇지 않다면 '者' 자 다음에 '而' 자가 빠진 것이다. '正'

'差'는 글자 뜻 그대로 '正善'과 '過誤'의 뜻으로 해석해도 통하지만 '正'은 '적중하다 · 성공하다', 즉 목적을 달성하는 것이며, '差'는 '엇갈리다', 즉 '서로 떨어지는 것'이다. 이 두 구는 마제편의 '喜則交頸相靡, 怒則分背相踶'와 거의 같은 사상이다. 본성 그대로의 자연스런 행동을 말한다. 한 사람의 마음에 관하여 말한다면 전자방편 〈득실비아우화〉의 '吾以, 其來不可却也, 其去不可止也'와 같다.

比于大澤百材皆度(비우대택백재개탁):'比'는 '庀'의 차자. '다스리다, 고르다'의 뜻. '度'은 '宅'의 차자(馬敍倫의 설)로 존재한다는 뜻.

同壇(동단):'壇'은 '墠(선)'의 차자. ≪설문해자≫에 '墠은 들의 흙이다'라고 했다. 여기서는 山丘의 높은 곳을 가리킨다.

【補說】이상은 〈구리언우화〉의 제1절이다. 소지라는 자가 '丘里之言'에 관해 묻자 태공조가 이에 대답하여, 먼저 丘里는 갖가지 성씨의 사람이 모여 풍속의 공동체를 이루고 있는 것이라고 하고, 다음으로 여기에서 연역하여 각각 다른 것을 내포하는 하나의 전체야말로 포용이며, 여기에 공평 · 보편적인 자연의 도리가 행하여진다고 하고, 따라서 사람에게는 시세의 변화에 따라 운 · 불운이 있고 목적에 대한 달성과 불성취가 있는데 이는 큰 못에 온갖 용재(用材)가 섞여 있고 큰 산에 목석(木石)이 자연스럽게 조화돼 있는 것과 같다고 논하고 있다. 요컨대 구리, 즉 촌락의 자연 공동체를 인간 · 물사 일반의 영위의 조화를 상징하는 것으로 보고, 이것을 '구리언'이란 새로운 표어로써 제시하고 있는 것이다.

少知曰, "然則謂之道, 足乎."
太公調曰, "不然. 今計物之數, 不止於萬. 而期曰萬物者, 以

數之多者號而讀之也. 是故天·地者, 形之大者也. 陰·陽者,
氣之大者也. 道者爲之公. 因其大以號而讀之, 則可也. 已有
之矣, 乃將得比哉. 則若以斯辯, 譬猶狗·馬, 其不及遠矣."
少知曰, "四方之內, 六合之裏, 萬物之所生, 惡起."
太公調曰, "陰陽相照, 相蓋相治, 四時相代, 相生相殺. 欲惡
去就, 於是橋起, 雌雄片合, 於是庸有. 安危相易, 禍福相生,
緩急相摩, 聚散以成. 此名實之可紀, 精[微]之可志也. 隨序
之相理, 橋運之相使, 窮則反, 終則始. 此物之所有, 言之所
盡, 知之所至, 極物而已. 觀道之人, 不隨其所發, 不原其所
起. 此議之所止."

　　소지가 이 말을 듣고 '丘里의 言'이란 道를 가리키는 것으로 생각하여 이
를 확인하려고 했다.

　　"그러면 丘里의 言을 道라고 해도 괜찮을까요?"

　　태공조가 대답했다.

　　"안 된다. 지금 사물의 수를 세어 보면 萬으로는 그치지 않는다. 그럼에
도 만물이라 말하는 것은 수 중에서 가장 많은 것을 나타내는 萬으로 잠시
이름 붙여 표현한 것일 뿐이다. 그런데 하늘이나 땅은 사람의 눈에 보이는
형태로서는 가장 크며, 음(陰)과 양(陽)은 형태를 구성하는 2대 요소이다.
道는 이것들을 포용하며 두루 널리 퍼져 있다. 그래서 만물이라는 이름과
마찬가지로 그것이 넓고 크다는 것에 기인하여 잠시 최대(最大:가장 크다)
라고 이름 붙여 표현할 수 있을 것이다. 그런데 道를 가장 큰 존재로 규정
한다고 과연 道의 진실을 고스란히 나타낼 수가 있을까? 그런 식으로 설명
하려 하면 道는 예를 들어 개나 말 같은 物이 돼 버려 도저히 道의 진실을

나타낼 수가 없게 된다."

소지는 [道는 잠시 '가장 크다'고 표현할 수 있을 뿐 物로 규정할 수가 없다는 말을 듣고, 그렇다면 만물은 무엇을 근본으로 하여 어떻게 발생하는 것인지를 알 수 없게 됐다. 그래서] 또 물었다.

"사방(四方) 안, 이 세계 안에는 만물이 나타나 있는데 그것은 무엇에서 생기고 있는 것입니까?"

태공조가 대답했다.

"이 우주에서는 음(陰)과 양(陽)이 교대로 비추며 서로 덮고 번갈아 다스려 그에 따라 사시(四時)의 순환이 있어서 만물이 생기고, 또 시들어 죽게 된다. 이로써 만물의 욕망과 증오, 진취와 배척이 갑자기 나타나고 암수가 짝을 이루어 번식 행위를 계속해 가게 된다. 그리고 만물에 있어서는 안락과 위난이 뒤바뀌고 화(禍)와 복(福)이 서로 일어나며 물사의 완만과 긴급이 서로 마찰하고 집합과 이산(離散)이 있게 된다. 이러한 상대적 현상이 사람의 지혜로 이름 붙여 陽의 실(實)로서 분별할 수 있는 것이며, 또 그것이 이른바 物의 정미(精微)함을 남김없이 궁구했다고 하는 것이다. 결국 만물은 순환적 질서에 따라 다스려지고 서로 교대하는 것으로 주(主)도 되고 종(從)도 되는 것으로, 한 物이 도착하면 근본으로 돌아가고 끝나면 또 시작되어 한없이 순회한다. 이것이 만물이 나타나 존재하는 象이며 언어로 어떻게든 표현되는 것이고, 또 사람의 지혜로 궁구할 수 있는 극단이다. 요컨대 그것은 말단적인 物에 대해 그 극단을 다한 것에 지나지 않는다. 그래서 道에 밝은 사람은 物이 이루어져 가는 끝을 추구하려고 하지도 않고, 또 物이 생겨나는 처음을 탐구하려고 하지도 않는다. 이것이 사람의 의론(議論)의 궁극이다."

【語義】 號而讀之(호이독지):'號'는 이름을 말하는 것. '讀'은 말로 표현하

는 것.

因其大以……可也:≪노자≫의 '나는 그것의 이름을 모른다. 따라서
道라 부르며, 굳이 이름 짓는다면 大라고 할 것이다(吾不知其名. 字之
曰道, 强爲之名曰大)'(제25장) 참조.

則若以斯辯(즉약이사변):'則'은 여기서는 '乃(그런데도)'의 뜻. '斯'는
'此'와 같다.

譬猶狗馬(비유구마):개와 말처럼 큰 차이가 난다는 뜻(成玄英의 설)
으로 해석하는 사람이 많은데 개건 말이건 각각 쓸모 있는 하나의 物에
지나지 않는다는 예증을 든 것으로 해석해야 할 것이다. 필시 제물론편
〈천뢰우화〉의 '天地一指也. 萬物一馬也'에 근거한 말이리라.

四方之內六合之裏(사방지내육합지리):'四方'이나 '六合' 모두 전 우주
를 가리키는 말이다. 이것들을 중복시킨 것은 전 세계의 넓음을 강조하
고 만물의 다양함을 시사하기 위한 것이리라.

陰陽相照(음양상조):太陰(月)과 太陽(日)에 의해 음양의 기를 대표시
킨 것이다. 이 구 이하 우주의 여러 현상이 상대적 순환임을 가리킨다.

相蓋相治(상개상치):'蓋'는 '害'의 차자(俞樾의 설)라고 하는 설도 있
다. '治'의 짝으로는 '害'가 적당하나 '照'와 관계 지어 생각하면 '蓋'의 글
자 뜻 그대로 해석해도 통할 것이다.

於是橋起(어시교기):'橋'는 '蹻(높이 오르다)'의 차자. 따라서 '橋起'는
갑자기 일어나는 것.

片合(편합):둘로 나뉜 物이 하나로 되는 것. '片'은 본디 나무를 둘로
나누었을 때 그 한 쪽.

於是庸有(어시용유):生의 영위가 영구히 이어지는 것을 가리킨다. '庸'
은 恒久의 뜻.

聚散以成(취산이성):'聚散'은 주로 사람들의 이합취산(離合聚散)을

가리킨다.

此名實……可志也:'紀'는 名과 實의 조리(條理)를 바르게 하는 것. '志'는 여기서는 '知'의 뜻. 저본에는 '精微'의 '微' 자가 빠져 있다. 古逸叢書本을 참고하여 보충한다.

隨序之相理(수서지상리):物에는 선후상대(先後相代)하는 순서가 있음을 가리킨다.

橋運(교운):'橋'는 여기서는 '길고(桔槹:한 끝에는 두레박, 한 끝에는 돌을 매달아 물을 퍼낼 수 있게 만든 틀. 두레박틀)'의 뜻. 따라서 '橋運'은 상하가 서로 바뀌는 것, 나아가 주종 관계가 바뀌는 것을 가리킨다.

不隨其所廢……:추수편 〈반기진우화〉에 '知終始之不可故也'라고 한 것과 같은 사상이다.


【補說】 이상은 〈구리언우화〉의 제2절이다. 소지가 '丘里之言'은 道를 가리키는 것이냐고 묻자 태공조는 道는 가장 큰 것이라고 임시로 말할 수는 있어도 이름으로 나타낼 수가 없다고 답한다. 소지가 다시, 그렇다면 만물은 어떻게 하여 생기느냐고 물으니 태공조는 우주간의 모든 현상은 상대적인 순환이며 사람의 지혜로 포착할 수 있는 것은 그 일단의 物에 불과하고 物의 始終은 추구될 수 있는 것이 아니라고 답한다. 요컨대 道는 실체화할 수 없으며 物은 상대적인 것이라는 주장인데, 道를 규정하려 애쓰지 말고 物의 자연스런 변화에 순응할 것을 시사한 것이라고 생각된다.


少知曰, "季眞之 '莫爲', 接子之 '或使', 二家之議, 孰正於其情, 孰徧(偏)於其理."

太公調曰, "雞鳴狗吠, 是人之所知, 雖有大知, 不能以言讀
其所自化, 又不能以意[測]其所將爲. 斯而析之, 精至於無倫,
大至於不可圍, 或之使, 莫之爲, 未免於物, 而終以爲過. 或
使則實, 莫爲則虛, 有名有實, 是物之居, 無名無實, 在物之
虛. 可言可意, 言而愈疏.

未生不可忌, 已死不可阻. 死‧生非遠也. 理不可覩, 或之使,
莫之爲, 疑之所假.

吾觀之本, 其往無窮, 吾求之末, 其來無止. 無窮無止, 言之
無也, 與物同理. 或使莫爲, 言之本也, 與物終始.

道不可有, 有不可無. 道之爲名, 所假而行. 或使莫爲, 在物
一曲. 夫胡爲於大方. 言而足, 則終日言而盡道, 言而不足,
則終日言而盡物. 道‧物之極, 言默不足以載. 非言非默, 議
有所極.

소지는 이 말을 듣고, (그렇다면 사람은 어떻게 해야 좋은 것인지 알 수
없게 되어 두 사람의 설을 들어) 물었다.

"그런데 계진(季眞) 선생은 物에 대해 마음을 써서 생각하는 일이 없어야
한다고 말하고, 접여(接子) 선생은 어떤 物에 의해 움직이는 것을 말하고
계신데 두 선생의 의론 중 어느 쪽이 物의 진실한 도리를 바르게 이해하고
있고 어느 쪽이 치우쳐 있는 것일까요?"

태공조가 대답했다.

"닭이 울고 개가 짖는다는 것은 인가 누구나가 알고 있는 일이지만 아무
리 지혜가 뛰어난 자라도 언어로써는 왜 닭이 되어 울며 개가 되어 짖는지
그 근본 원인을 표현할 수 없다. 마찬가지로 사람의 마음으로써는 物이 장

차 어떻게 될까를 정확히 추정할 수 없다. 설사 사람의 지혜나 사려로 物의 원인·결과를 분석하여 그 정밀함이 더없는 지극함에 이르고, 또 그것을 포괄하여 그 광대함이 제한을 설정할 수 없는 극에 이르러 이것을 움직이게 하는 뭔가를 생각하거나 이에 대해 마음을 써서 생각하지 않는다 하더라도, 요컨대 그것들은 여전히 物의 범주 내에서 생각하는 것으로 결국 잘못인 것이다. 왜냐하면 움직이게 하는 뭔가를 생각하는 것은 그 실체를 구하려고 하는 것이며, 마음을 써서 생각하거나 하지 않는 것은 허(虛)함을 생각한 것인데 物에 이름이 있고 실질이 있다고 하는 것은 物이 어느 순간 어느 위치를 점한 현장을 포착한 데 불과하고, 物에는 이름도 없고 실질도 없다고 생각하는 것은 物이 이따금 그 시점에 없던 공백을 포착한 데 불과하기 때문이다. 마음을 써서 생각하지 않는다고 표현하거나, 뭔가에 움직여지고 있다고 생각하는 것은 그럴수록 진실의 도리에서 동떨어지는 것이다.

인생 문제도 마찬가지로 모습도 없었던 것이 모습을 지닌 것으로 태어나는 것을 사람의 지혜로 피할 수는 없으며, 모습을 지닌 채 살아 있는 것이 죽어서 모습이 없어지는 것을 막을 수도 없다. 죽음과 삶은 멀리 떨어져 있는 것이 아니다. 왜 그렇게 되느냐 하는 도리를 명확하게 포착할 수는 없으므로 그것을 움직이게 하는 뭔가를 생각하는 것과 그것에 마음을 써서 생각하지 않으려 하는 것은 미혹에 빠지는 일일 뿐이다.

내가 物의 근본을 생각해 보건대 그것은 아무리 추구해 나가더라도 끝이 없다. 또 내가 物의 결말을 생각해 보건대 그것은 아무리 탐구해도 한이 없다. 이 끝이 없음과 한이 없음, 이것을 無라 한다면 이 無를 깨달아야 비로소 널리 만물과 동일한 理에 따르는 것이 된다. 이에 반하여 하나의 物을 움직이게 하는 뭔가를 생각하는 것과 하나의 物에 대해 마음을 써서 생각하지 않으려 하는 것을 物의 근본이라고 하는 것은 결국 그 자체가 하나의 物로서 전변(轉變)하는 데 불과하다.

무릇 道는 현존한다고도, 존재하지 않는다고도 규정할 수 없다. 道는 이름으로 규정할 수 없으며, 道라는 이름이 잠시 사용되고 있는 것이다. 그래서 접자의 움직이게 하는 것이 있다는 설과, 계진의 마음을 써서 생각하려하지 않는다는 설은 物의 근본인 道를 포착하고 있는 것이 아니라 物, 그것도 그 일면에 대해 말하고 있는 데 불과하다. 이러한 설이 어떻게 참된 대도(大道)에 관여할 수 있겠느냐? 만일 道가 그들이 생각하는 것처럼 말로 표현할 수 있다면 사람들이 하루 종일 논하는 것이 모두 道에 합치하는 것인지도 모르지만 그것이 말로 표현할 수 없는 것인 한 하루 종일 아무리 논하더라도 그것은 전변하는 物의 주위를 빙빙 도는 데 지나지 않는다. 道나物의 극치는 사람들의 언어로는 포착할 수 없다. 언어로 나타내는 것도 아니고 그렇다고 하여 침묵을 지키는 것도 아닌 경지야말로 사람들의 의론이 궁극하는 바로서 거기에서 비로소 道를 체험할 것이다."

【語義】季眞之莫爲(계진지막위):앞의 〈와우각상쟁우화〉의 계자와 동일인으로 생각된다. '莫爲'에 관해서는 다음 글에 비평되어 있는데 계율적으로 無爲를 말한 것으로 보여진다. 또 이 이하는 운문으로 되어 있다. 使·理는 之部韻, 知는 支部韻, 化·爲·過는 歌部韻, 虛·居·疏·阻·覩·假는 歌部部, 止·理·始는 之部韻이다.

接子之或使(접자지혹사):'接子'는 제나라 선왕 때 사람으로 도가의 한 사람. 《사기》 전경중완세가(田敬仲完世家)에, '宣王, 文學·遊說의 士를 좋아하여, 騶衍·淳于髡·田騈·接子(子는 接子의 이름이리라)·愼到·環淵 등 76人을 상대부로 삼았다. 그들은 국정에 관여하지 않고 의론만을 했다'라는 기록이 있다. 《한서》 예문지 도가에 《捷(接과 동음의 글자로, 接을 정자로 본다)子》 2편을 싣고 있는데 전해지지는 않는다. 이 우화가 接子의 설을 알려 주는 유일한 자료이다. '或使'에 관해서는 다음 글에 비평이 있지만 '或'은 '有'와 통용된다. 단 '有'가 고정되어 존재하는 것을 가리키는 데 비해 '或'은 유무가 부동(浮動)한 상태에서의 존재를 가리키는 경우가 많고, 또 '使'는 使役의 뜻을 나타내기도 한다. 이런 것들을 근거로 추론하면 '或使'는 현상에 따라 그 생인(生因)의 주체를 생각한다는 주장이었던 것 같다. 제물론편 〈천뢰우화〉의 '而不知其所爲使'는 이것과 관계가 있는 주장이리라. 요컨대 이 우화는 莫爲와 或使, 즉 無를 고집하는 사고와 일정한 주체를 두어 생각하는 사고를 두 극단으로 삼아 이들을 비판하면서 그 진실 파악의 論을 전개하고 있다.

孰正於其情, 孰偏於其理(숙정어기정숙편어기리):'偏'이 古逸叢書本에는 '偏'으로 되어 있고 도가 계열의 여러 본에도 '偏'으로 되어 있으며 成玄英도 偏의 뜻으로 해석하고 있다. 이 두 구는 '孰正偏於情理'를 나누어 표현한 것이다. '情'은 眞情·實情의 뜻.

不能以言讀其所自化(불능이언독기소자화):재유편 〈물자화우화〉의 '無問其名, 無闚其情, 物故自生' 참조.

不能以意其所將爲(불능이의기소장위):'意' 자 다음에 한 자가 빠져 있는 문장이다. 成玄英의 해석을 참고하여, '測' 자를 보충한다(馬敍倫의 설).

斯而析之(사이석지):'斯'는 여기서 그 원뜻을 자세하게 나눈다는 뜻(王念孫의 설)으로 쓰였다. 이 도리를 이해한다는 뜻(成玄英의 설)으로 해석하는 것은 적당하지 않다.

精至於……不可圍:추수편 〈반기진우화〉의 '至精無形, 至大不可圍'를 참조.

而終以爲過(이종이위과):'過'를 郭象은 과거의 뜻으로 해석하고, 成玄英은 화환(禍患)의 뜻으로 해석했는데, 道의 진실에 이르지 못하는 과오를 가리키는 것으로 해석해야 할 것이다.

無名無實在物之虛(무명무실재물지허): 윗글의 '無爲而無不爲'에 대응하는 것으로, 季眞의 '莫爲'는 여전히 물사의 부정(否定)에 집착하는 것이며 物의 경지에서 벗어나지 못한 것임을 가리키고 있다. 천지편 〈왕덕설〉의 '至無而供其求, 時騁而要其宿'과 같은 경지에 이르지 않으면 안 된다는 것을 시사하는 것이리라.

未生不可忌已死不可阻(미생불가기이사불가조): '未生'은 '已死(죽어가다)'에 대응하여, 지금부터 생겨나는 것. '忌'는 '피하다·금하다'의 뜻. 대종사편 〈진인론〉의 '古之眞人, 不知說生, 不知惡死'를 참조.

癡之所假(의지소가): '疑'는 惑의 뜻. '假'는 빌리다[借]의 뜻. '家'의 차자(馬敍倫의 설)로 보는 설도 있다.

吾觀之本……其來無止: 추수편 〈반기진우화〉의 '夫物, 量無窮, 時無止, 分無常, 終始無故'와 맥락을 같이 하는 말이다.

無窮無止言之無也與物同理(무궁무지언지무야여물동리): 無로서 근본인 物의 理와 일체가 되는 것을 뜻한다는 설과, 無라고 하더라도 여전히 현상과 같은 이치임을 뜻한다는 설이 있다. 그러나 '言之無也'는 ≪노자≫의 '본디 이 천지가 열리기 전에는 이름이 없었다(無名, 天地之始)'(제1장)를 기조로 한 표현이리라. '理'는 추수편 〈반기진우화〉의 '知道者, 必達於理'의 '理'와 같다. 요컨대 이 진술은 재유편 〈물자화우화〉의 '汝徒處無爲, 而物自化', 응제왕편 〈순물자연우화〉의 '順物自然'과 거의 같은 사상으로 보인다.

或使莫爲言之本也與物終始(혹사막위언지본야여물종시): 이 진술은 앞의 '或之使莫之爲, 未免於物'과 상응하는 표현이다. 따라서 '與物終始'는 物의 자연스런 변화에 순응하고 일체가 되는 것이 아니라 덕충부편 〈화덕유심우화〉의 '物遷', 즉 한 현상으로서 生滅의 변화를 가리킨다. '言之本也'는 物의 한 면을 취하여 그 근본으로 삼는 것을 가리킨다(成玄英의 설). ≪노자≫의 '만물의 어머니인 천지가 열리고 비로소 천지라고 하는 이름이 생겼다(有名, 萬物之母)'(제1장)를 기조로 한 것이리라.

道不可有有不可無(도불가유유불가무):道는 지금 있는 것도 아니며 없는 것도 아니라는 말인데, 그 양면을 겸하고 있다는 것을 강조하고 있음에 주의해야 한다. 제물론편 〈천뢰우화〉의 '凡物無成與毀, 復通爲一'을 道를 주로 하여 부연한 것이다. '有不可無'의 '有'는 '又'의 뜻(馬其昶의 설).

道之爲名所假而行(도지위명소가이행):≪노자≫의 '나는 그것의 이름을 모른다. 그래서 이에 이름 붙여 道라 한다(吾不知其名. 字之曰道)'(제25장)에 근거한 말이다.

夫胡爲於大方(부호위어대방):이 '於'는 與(참여하다)의 뜻. '大方'은 大道의 뜻. 추수편 〈반기진우화〉의 '大義之方' 참조.

言而足則……盡物:'言而足'은 '足言'의 '言'을 강조하는 표현. '足'은 '可'의 뜻. '言而不足'도 이에 준한다. '言而足……盡道'는 '言而不足……盡物'을 강하게 인상 지으려는 도입적인 표현이다.

言默不足以載(언묵부족이재):'默'은 다음 글의 '非默'을 말하기 위한 복선이며 여기서는 '言'에 의미의 중점이 있다. 이 문장은 제물론편 〈천뢰우화〉의 '今且有言於此. 不知其與是類乎, 其與是不類乎'에 근거한 것이리라.

非言非默議有所極(비언비묵의유소극):'有所極'이 '其有極'으로 되어 있는 판본도 있다. 거의 같은 뜻이다. '外言非默'은 제물론편 〈천뢰우화〉의 '已而不知其然, 謂之道'의 부연이리라. '議有所極', '議其有極'은 논의의 궁극, 결국 논의를 초월하여 진실이 있음을 가리킨다.

【補說】이상은 〈구리언우화〉의 제3절이다. 소지가 계진의 '莫爲'와 접자의

'或使' 두 설을 들어 道·物에 대처하는 방법을 묻자 태공조가 두 설은 '物之居'와 '物之虛'를 이야기하는 정도의 다름이 있을 뿐 둘 다 物의 범위에서 벗어나지 못한 것이며 道는 있다고도 없다고도 규정할 수 없기 때문에 道에서 일어나는 物의 시종(始終)을 탐구하려 해서는 안 되고, 지혜를 사용하여 그 이름을 규정할 것도 아니지만 그렇다고 침묵을 지키는 것도 아닌 데에 그것들에 대한 참된 파악이 있다고 논한다. 이것이 이 우화의 결론이기도 하다.

【餘說】 추수편 〈반기진우화〉와 〈구리언우화〉

이 우화는 제물론편 〈천뢰우화〉의 뒤를 이어, 이른바 道·物의 인식을 본격적으로 그 주요한 문제로 삼고 있다. 다루고 있는 문제나 논술 추진의 구성이나 추수편 〈반기진우화〉와 흡사하다.

이 우화가 〈반기진우화〉와 다른 점은 첫째 서두에 '丘里之言'을 말하여 주장하려는 바를 상징적으로 제시하고 있다는 점이다. '丘里之言'이란 촌락의 자연스런 조화에서 본보기를 구한 것이다. 묵가의 '尙同'의 주장에서 영향 받았기 때문인지도 알 수 없다. 필시 ≪순자≫ 악론편(樂論篇)에 '鄕飮酒의 禮를 관찰하고, 왕도정치를 실현하기 쉽다는 것을 이해했다고 공자가 말했다(吾觀於鄕, 而知王道之易易也)'라고 한 것처럼 인간 공동의 문제를 자연 집단체로 설명하려는 의도가 함께 작용했으리라. 따라서 이 제시는 道·物의 문제를 사람들의 공통·보편적인 것으로서, 바꿔 말하면 조화를 주로 하여 다루려는 방향을 나타내고 있는 것이다. 그것은 태공조라는 인물의 설정에서도 여실히 느낄 수 있다. 물론 物에 대한 조화적인 사고방식은 〈천뢰우화〉에도 '彼是莫得其偶', '休乎天鈞' 등으로 시사되어 있지만 이 우화는 그것을 한층 적극적으로 다루고 있다.

둘째 이 우화에서는 物의 상대관이 기정적이라는 것이다. 이것도 〈천뢰우화〉의 '彼是方生之說也'로부터 시작되는 것임은 두말할 나위도 없으며, 〈반기진우화〉에서도 '以物觀之, 自貴而相賤'이라 하였다. 그러나 〈천뢰우화〉에서의 '彼是方生之說也'는 人知의 무정견에 대한 배격이자 그러한 것으로부터 벗어나야 함을 시사하는 것이며, 〈반기진우화〉에서도 하백(河伯)와 북해약(北海若)의 大人의 비유로도 알 수 있듯이 역시 그러한 것으로부터 해방되어야 함을 주장하고 있다. 이에 대하여 이 우화의 '物의 상대관'은 '陰陽相照, 相蓋相治', '隨序之相理, 橋運之相使' 등에서 알 수 있듯 '物의 상대관'을 기정적인 것으로 간주하여 이런 점에서는 ≪주역≫의 건곤이원(乾坤二元)의 변화관과 가깝다. 이 상대관은 그 양극을 충족시킬 수 있는 것을 구하려는 시도로 해석하지 않으면 안 된다.

계진의 '莫爲'와 접자의 '或使'를 문제 삼아 비판하고 있는 것도 이 '物의 상대관'과 관계가 있으리라. 계진·접자 두 사람의 설이 무엇인지 상세하게는 알 수 없으나 일정하지 않게 상대적 변화를 이루어 나가는 현상이 物이므로 그 어느 것에도 고집하지 않는 無爲여야 하고 현상을 일으키는 근본적인 원인을 생각하여 대처해야 함을 주장하는 것이리라. 〈천뢰우화〉는 상대관에서 탈피하여 '처음부터 物이 없다'고 하는 경지를 이야기한다. 여기서도 '無窮無止'의 '無'를 말하고 있어 이 우화가 〈천뢰우화〉를 계진의 설을 빌려 비판하고 있다고는 해석할 수 없으나 그 생각하는 방향은 '莫爲'와 흡사하다. 〈반기진우화〉에서는 '以道觀之, 物無貴賤'이라고 하여 道가 物의 상대관을 떨쳐 버리는 기정의 근본인인 듯한 설명 방법을 취하고 있다. 접자의 '或使'는 그것을 대표하는 설이리라.

특히 중요한 것은 〈천뢰우화〉의 '처음부터 物이 없다'는 경지나 〈반기진우화〉의 '道의 체득'이나 일거에 도달할 수 있는 것이 아니라 物과의 악전 고투 끝에 얻어진 결과라는 사실이다. 그런 의미에서 '莫爲'·'或使'의 주장과 유사성이 있는 〈천뢰우화〉와 〈반기진우화〉의 설은 이 우화의 지적처럼 '未免於物'이며 진실로 物을 충족하는 도리를 나타낸 것이라고는 볼 수가 없다. 이 지적은 주목할 만한 것이다.

이렇게 하여 이 우화가 도달하는 귀결은 '非言非默'이다. 이것은 〈반기진우화〉의 '反衍', '謝施'와 흡사하다. 그러나 〈반기진우화〉에서는 '知道者, 必達於理'라고 했듯이, 道를 알아야만 그것이 가능하다고 한 것에 비해 이 우화는 道란 가언(假言)에 불과한 것이라 했으므로 '非言非默'이 그것을 직접적으로 지적하고 있다고 해석할 수는 없으리라. 사실은 이 말에 의해 〈천뢰우화〉의 '明'과 같은 대직관(大直觀)을 예상한 것인지도 알 수 없다. 또 〈반기진우화〉의 '天'과 같은 자연스러움을 예상한 것인지도 알 수 없다. 단 이 명제의 범주 내에서는 그것이 어떠한 것인지를 명시할 수 없는 것이다.

# 제26편
# 외물(外物)

편 머리의 두 자를 취하여 편명으로 삼았다. 맨 앞에 논설을 두고 그 뒤에 6개의 우화를 두었으며 맨 마지막에 다시 논설을 두어 제법 정연한 편집 체제를 보여 주고 있으나 각 우화와 논설이 서로 연관성을 갖고 있지는 않다. 논설 부분의 장절 구분에 관해서는 몇 가지 이설이 있다. 사상상의 발전은 결핍되어 있으며 ≪장자≫ 본디의 품격은 생각할 때 천박하게 평가될 수밖에 없는 것도 있다. 비교적 늦은 시기의 작품이 많은 듯하다.

## 제1장  외물불가필지설(外物不可必之說)

外物不可必. 故龍逢誅, 比干戮, 箕子狂, 惡來死, 桀・紂亡.
人主莫不欲其臣之忠. 而忠未必信. 故伍員流于江, 萇弘死于
蜀, 藏其血, 三年而化爲碧. 人親莫不欲其子之孝. 而孝未必
愛. 故孝己憂而曾參悲.
木與木相摩則然, 金與火相守則流. 陰陽錯行, 則天地大絯.
於是乎有雷有霆, 水中有火, 乃焚大槐. 有甚憂, 兩陷而無所
逃, 螴蜳不得成. 心若懸於天地之閒, 慰暋沈屯, 利害相摩,
生火甚多. 衆人焚和, 月固不勝火. 於是乎有僓然而道盡.

이 세상의 물사(物事)는 꼭 이러이러하게 된다고 말할 수 없다. 그래서
하(夏)나라의 어진 신하 관용봉(關龍逢)은 죽임을 당했고, 은(殷)나라의 현
인 비간(比干)은 형벌을 받아 처형됐으며, 기자(箕子)는 미치광이가 되어
난을 피하고, 은(殷)나라의 영신(侫臣)인 오래(惡來)도 마침내 죽임을 당했
으며 폭군 걸(桀)과 주(紂)도 망했던 것이다.

군주라면 누구나 신하가 자신에게 충성을 다하기를 바란다. 그러나 신하
가 충성을 다한다 해도 군주에게 반드시 신용을 받는다고 할 수는 없다. 그
래서 오왕 부차의 충신 오운(伍員)은 자살을 명령받고 그 시체는 강에 내
던져졌다. 주나라 영왕의 충신 장홍(萇弘)은 촉나라에서 죽임을 당하여 이
를 가엾이 여긴 촉나라 사람이 그 피를 숨기고 있었는데 그 피는 3년쯤 지
나 벽옥(碧玉)이 되었다. 사람의 부모로서 자식이 효자이기를 바라지 않는
자는 없다. 그러나 자식이 효자더라도 부모가 반드시 그 자식을 사랑한다

고 할 수는 없다. 그래서 은(殷)나라 무정(武丁)의 아들 효기(孝己)는 부모님께 사랑받지 못하는 것을 걱정하고, 공자의 고제(高弟) 증삼(曾參)은 부모님께 미움 받는 것을 슬퍼하지 않을 수 없었다.

　나무와 나무가 서로 마찰하면 불이 일어나 타기 시작하고, 금속이 불을 만나면 물처럼 녹아 흐른다. 이와 같이 음(陰)과 양(陽)이 서로 섞이면서 운행됨으로써 천지마저도 요동시킬 만한 변화가 시작되고, 이렇게 하여 뇌성이 일고 번개가 내달려 불을 꺼야 될 물속에서 불이 나타나고, 마침내 큰 느티나무를 태우게 된다. 이와 마찬가지로 사람의 마음도 세상 물사로 희비가 번번이 교차하여 몹시 걱정하게 되면 걱정과 분개로 꼼짝할 수 없어 도망칠 길도 없고 마음의 순수함을 유지할 수 없게 된다. 그러면 마음은 마치 천지간에 걸려 있는 기운처럼 요동하여 얽히고 혼란스러워져 이해의 감정이 서로 마찰하고 심화(心火)를 일으키는 일이 매우 많아진다. 하물며 세상의 많은 사람들이 다 같이 마음의 화(和)를 태워 버리려 하고 이제 마음의 밝은 달빛도 그 화력(火力)에 이기지 못함에랴. 이렇게 되어 버리면 산산이 부수어져 道도 흩어져 버리는 것이다.

【語義】 外物不可必(외물불가필):'外物'은 心外의 자연계·인간계의 모든 상징, 특히 인간 사회의 여러 일을 가리킨다. '必'은 사람들이 기대하고 확신하는 대로 되는 것. 이 이하 '曾子悲'에 이르기까지의 문장은 ≪여씨춘추≫ 필기편(必己篇)에도 수록되어 있다. 이 설이 그것을 취하여 다음 글을 보충했을 것이라는 의혹이 짙다.

　龍逢(용봉):하(夏)나라 걸왕(桀王) 때의 현신. 걸왕에게 참살당했다. 성은 關.

　比干(비간):은(殷)나라 주왕(紂王)의 숙부. 왕을 간하다 죽임을 당했다.

　箕子(기자):은(殷) 왕족의 한 사람. 주왕의 무도함에 견디지 못하고 미친 사람 흉내를 내어 화를 면했다.

惡來(오래):은나라 주왕의 영신(佞臣). 주나라 무왕에게 죽임을 당했다.

桀紂(걸주):하나라 말기의 걸왕과 은나라 말기의 주왕. 포악무도한 왕의 전형이다.

伍員(오운):성은 伍, 이름은 員, 자는 자서(子胥). 吳王 부차(夫差)에게 출사하여 큰 공을 세웠는데 후에 왕과 의견을 달리하여 자결하게 되었으며 그의 시체는 강에 버려졌다.

萇弘死……爲碧:'萇弘'은 주나라 영왕(靈王)·경왕(敬王)에게 출사했던 현신. 경왕에게 살해당했다. ≪수신기(搜神記)≫에 '萇弘이 살해된 것을 애처롭게 생각하여 蜀(사천성) 사람이 그의 피를 감추어 두었는데 3년이 지나자 그 피가 벽옥(碧玉)이 되었다'는 이야기가 실려 있다.

孝己(효기):은나라 무정(武丁)의 아들. 갑골문에 기록된 바에 의하면 왕위에 오르지 못하고 죽은 듯하다. ≪시자(尸子)≫·≪공자가어≫ 등에 따르면 효심이 두터웠으나 아버지에게 미움을 받아 후비 소생인 庚(祖庚)이 즉위했다. 효심이 두터워 '孝己'라 불렸다. ≪상서(尙書)≫ 高宗肜日은 그의 가르침을 기록한 것이라 한다.

曾參(증삼):공자의 고제(高弟). 효심이 지극했으며 ≪효경(孝經)≫을 저술했다고 전해진다. ≪한시외전≫에 증자(曾子)가 허물을 지어 아버지인 증석(曾晳)으로부터 지팡이로 호되게 맞아 죽을 지경에 몰렸다는 이야기가 있고, ≪설원(說苑)≫ 건본편에 의하면 증자의 허물이란 오이밭을 김매다 그 뿌리를 자른 것이라 한다.

木與木相摩則然金與火相守則流(목여목상마즉연금여화상수즉류):이하 오행설에 근거한 설이다. '木與木相摩則然'은 오행상생(五行相生)의 한 예이며, 이에 반해 '金與火相守則流'는 오행상승(五行相勝)의 한 예이다. 물사의 변화는 예측할 수 없음을 가리킨다. '然'은 '燃'의 원자(原

字). '相守'는 여기서는 같이 있는 것을 뜻한다.

陰陽錯行……有雷有霆:물사의 변화는 음양의 교착(交錯)에 의해 생겨남을 가리킨다. '雷'는 양기가 처음으로 음기 속에서 활동을 시작하는 것. 이 문장은 다음의 '水中有火'의 복선이 된다. '絞'는 '駭(놀라다)'의 차자.

水中有火乃焚大槐(수중유화내분대괴):'水中有火'는  번개가 화재를 일으키는 현상을 가리킨다. 오행설의 범위 내에서는 '水中有火'라고 하는 현상이 결코 있을 수 없지만 현실에서는 그것이 가능함을 지적하고 있다. '槐'는 콩과의 낙엽고목(落葉高木). 회화나무.

有甚憂兩陷而無所逃(유심우양함이무소도):'陷'은 '患(근심)'을 기조로 하면서 '無所逃'와 관계하여 사용된 문자인 듯하다. 어쩌면 '水中有火'와 연관짓기 위해 ≪주역≫의 坎(☵)卦를 암시한 것인지도 모른다. 坎卦는 陽(火)이 두 陰(水) 사이에 갇혀 움직이지 못하는 모양을 하고 있다. '兩陷'은 근심과 그 때문에 일어나는 격한 불평불만을 가리키는 것이리라.

蠚蟉不得成(진돈부득성):'蠚蟉'을 司馬彪는 '忡融'의 차자로 보고 '두려워하여 안정되지 못한 모양'이라 했고 成玄英도 그러한 뜻으로 해석했으나 '蠚蟉'은 '忡融'의 차자일 리가 없으며, 또 그런 뜻으로는 전후의 문맥이 통하지 않는다. 어떤 이유에서 '虫'을 偏으로 한 문자를 사용했는지 명확하지 않으나, 陳樿은 쌍성(雙聲) 연사(連詞)이다. 이런 점에서 추측하면 '蠚蟉'은 '純'의 완언이리라. 천지편 〈기심우화〉의 '純白不備', 각의편의 '純素'와 같은 주장으로 해석한다.

心若縣於天地之間(심약현어천지지간):음양과 관계하여 마음이 천지 사이에 떠다닌다고 한 것이며, 또 아래에 '月'을 말하기 위한 복선이다.

慰暋沈屯(위민침준):이 표현은 음양의 기에 마음의 움직임을 의탁한 표현이다. '慰'는 기가 체류하는 것. '瞥'은 혼란한 것. '沈屯'은 쌍성 연사로서 '迍(나아가지 못하고 머뭇거리는 모양)'의 완언이리라.

生火甚多(생화심다):앞의 '水中有火'에 조응하는 표현이다. 火는 '怒 · 剛 · 强 · 暴 · 鬪爭' 등을 상징한다.

衆人焚和(중인분화):'焚'은 '紛'의 뜻. '火'와 관계하여 '焚' 자를 사용한 것이리라. 이 구는 서무귀편 〈대불혹론〉의 '神人惡衆至'와 같은 사상이리라.

月固不勝火(월고불승화):衆人의 火에 그 빛을 빼앗긴 月光으로 사람의 마음을 상징하고 있는 것이리라. 成玄英은 '月'을 글자 뜻 그대로 '日月'의 月을 가리키는 것으로 해석했고, 林希逸 · 宣穎 등은 그 청명함으로써 사람의 본성을 가리키는 것으로 보았다. ≪관자≫ 心術 상편에 '백성의 주인은 陰에 선다. 陰은 靜이다. ……陰은 陽을 누를 수 있다'라고한 것처럼 고대에는 陰을 인심의 본연의 모습으로 생각하는 사상이 있었으며, 또 그에 근거하여 太陰인 月로써 마음을 상징한 것이리라.

僓然而道盡(퇴연이도진):'僓'는 '潰(궤:무너져 내림)'의 차자. '僓然'은 산산조각으로 부수어지는 모양.


【補說】 이상의 〈외물불가필지설〉은 外物, 특히 세상 일이 사람의 생각대로는 되지 않음을 예를 들어 가며 논한 다음, 사람은 감정도 쉽게 격해지고 마음의 화평을 깨뜨려 道에 배반함을 서술하고 있다.

처음부터 '曾參悲'까지의 전단과 '木與木' 이하의 후단은 필치(筆致) · 문세(文勢) 등이 달라 별개의 문장으로 다루는 설(王先謙의 설)도 있지만 후단만을 독립시키기에는 논리로서 부족한 감이 있다. 서로 연관성이 있다고 해석되므로 한 절로서 다룬다. 필시 후단은 기존의 전단에 보충한 것이리라.

## 제2장 장주 · 감하후문답:철부지급우화(莊周 · 監河侯問答:轍鮒之急寓話)

莊周家貧. 故往貸粟於監河侯.
監河侯曰, "諾. 我將得邑金. 將貸子三百金. 可乎."
莊周忿然作色曰, "周昨來, 有中道而呼者. 周顧視, 車轍中有鮒魚焉. 周問之曰, '鮒魚來. 子何爲者邪.' 對曰, '我東海之波臣也. 君豈有斗升之水而活我哉.' 周曰, '諾. 我且南遊吳 · 越之王, 激西江之水而迎子. 可乎.' 鮒魚忿然作色曰, '吾失我常與. 我無所處. 吾得斗升之水然活耳. 君乃言此. 曾不如早索我於枯魚之肆.'"

장주는 몹시 가난하였다. 그는 감하후에게 가서 곡물을 빌리고자 했다.

감하후가 말했다.

"좋소이다. 곧 영지에서 세금이 들어오게 돼 있소. 그 중에서 당신에게 삼백 금을 빌려 주겠소. 그러면 되겠소?"

장주는 성난 낯빛으로 이렇게 말했다.

"내가 어제 이곳으로 오는 길에 누군가 나를 부르는 자가 있어 뒤를 돌아다보니, 수레가 지나가 패인 곳에 작은 웅덩이가 생겼는데 그곳에 작은 물고기가 있었습니다. 내가 물어 보았습니다.

'작은 물고기야 무슨 일로 불렀느냐?'

작은 물고기가 대답했습니다.

'나는 동해의 물결에 떠다니는 조그만 녀석입니다. 그런데 이런 꼴이 되

어 버렸습니다. 물을 조금만 가져다가 내 목숨을 살려 주시지 않겠습니까?'

나는 이렇게 말했습니다.

'좋다. 내가 이제 남쪽의 오(吳)나라나 월(越)나라 왕한테 가서 부탁하여 서강(西江)의 물길을 끌어다 너를 맞이하도록 하겠다. 괜찮겠지?'

그런데 그 물고기는 불같이 화를 내며 이렇게 말하는 것이었습니다.

'내게는 늘 함께 있던 것이 없어졌습니다. 내가 있을 곳이 없어진 것입니다. 지금 내게 필요한 것은 약간의 물입니다. 그런데 당신은 그런 말씀을 하시는군요. 그럴 바엔 차라리 건어물 가게에 가서 내 몰락한 모습을 찾는 편이 나을 것입니다'"

【語義】 莊周家貧……:이 이야기는 漢의 유향(劉向)이 편집한 ≪설원≫ 선설편(善說篇)에도 실려 있는데, ≪설원≫ 쪽의 문체가 더 간결하다.

貸粟於監河侯(대속어감하후):≪석문≫에 의하면 ≪설원≫에는 위(魏)의 문후(文侯)로 되어 있다고 한다. 成玄英은 감하후를 위의 문후로 해석했으나 위문후(魏文侯)는 장주가 태어나기 전의 사람이므로 바른 해석이라 할 수 없다. 부어(鮒魚)와 연결하여 黃河의 水利를 관리하는 군주라는 인물로 설정된 것이리라. '粟'은 여기에서는 곡물을 뜻한다.

諾我將得邑金……可乎:≪설원≫에는 '待吾邑粟之來而獻之'로 되어 있다. '邑金'은 영지로부터 거두어들이는 세금. '三百金'은 황금 300斤(1斤은 256그램)으로 대단한 금액이다. 과장된 표현이리라.

忿然作色(분연작색):'忿然'은 '憤然'과 같은 뜻. 몹시 화를 내는 모양. '作色'은 노골적으로 낯빛에 드러내는 것. ≪설원≫에는 이 표현이 없다.

周昨來有中道而呼者(주작래유중도이효자):≪설원≫에는 '乃今者周之來'로 되어 있다.

周顧視車轍中有鮒魚焉(주고시거철중유부어언):≪설원≫에는 '見道傍牛蹄中有鮒魚焉'으로 되어 있다. '車轍中'은 수레가 지나간 땅 위에 남는 수레바퀴 자국의 가운데. '鮒魚'는 통상 담수어인 붕어를 뜻하는 것으로 해석하는데 그럴 경우 동해에 살았다는 사실과 부합되지 못한다. 작은 물고기로 해석해 둔다. 범람한 물줄기에 쓸려 육지에 올라왔다가 물이 빠져 남게 된 것이리라.

周問之曰……何爲者邪:≪설원≫에는 이에 해당하는 표현이 없다. '鮒魚來'의 '來'는 여정(餘情)을 더하는 조사.

我東海之波臣也(아동해지파신야):'波臣'은 동해를 군주로 보고 파도 사이에서 노니는 물고기를 그 군주의 신하로 보아 이렇게 표현한 것이다.

君豈有斗升之水而括我哉(군기유두승지수이활아재):'豈……哉'는 여기에서는 원망(願望)의 뜻을 나타낸다. '斗'는 약 2리터. '升'은 약 0.2리터. 요컨대 '斗升'은 매우 적은 양을 가리킨다. ≪설원≫에는 '大息謂周曰, 我尙可活也'로 되어 있다. 같이 원망의 뜻을 나타내는 표현이나 이 우화 쪽이 더 공손하며 절실하다.

周曰諾我且……可乎:이 '且'는 '將'과 거의 같다. '西江'은 서쪽에서 흘러 들어오는 물줄기라는 뜻으로 蜀江을 가리킨다(成玄英의 설).≪설원≫에는 '周曰, 須我爲汝南見楚王, 決江淮以漑汝'로 되어 있다.

鮒魚忿然作色……我無所處:'常與'는 '常侶'와 같은 뜻. 요컨대 물[水]을 가리킨다.

吾得斗升之水然活耳(오득두승지수연활이):'然'은 '則'과 거의 같은 뜻. ≪설원≫에는 '鮒魚曰, 今吾命在盆甕之中耳'로 되어 있다. ≪설원≫의 표현은 작위적이다.

君乃言此曾不如早索我於枯魚之肆(군내언차증불여조색아어고어지사):'曾'은 '乃'와 같은 뜻. 여기서는 '그럴 바에는 차라리'의 뜻. '枯魚'는 건어물. '肆'는 가게[店]. 이 문장 표현은 약간 부자연스런 감이 있다. ≪설원≫에는 이 다음에 장주의 이야기를 들은 문후가 마침내 粟 100 鍾을 장주의 집으로 보낸 것으로 되어 있는데 ≪설원≫의 이런 서술은 사족이라고 생각된다.

【補說】 이상의 〈철부지급우화〉는 절박한 곤궁을 의미하는 '철부(轍鮒)', '철부지급(轍鮒之急)', '학철부어(涸轍鮒魚)' 등과 같은 성어(成語)의 출전으로 알려져 있다.

곽상(郭象)은 이 우화가 도리를 얻고 있는 것은 아무리 사소한 것이라도 중요하지만 도리에 합당하지 않으면 아무리 큰 것도 전연 쓸모가 없음을 시사하고 있다고 해석했지만 이 우화의 내용을 굳이 도리와 연관시킬 필요는 없을 것이다.

꾸밈이 많은 우화로 그 구성이 재미있다. 덧붙여 말하면 ≪설원≫은 이것을 선설(善說)의 하나로 삼고 있는데 그 꾸밈이 과장과 가공에 치우친 점이 있고, 서술도 본 우화와는 약간 다르며 내용을 합리화시킨 듯하다. 혹 이 우화와 ≪설원≫쪽의 본이 됐던 것이 따로 있고, 둘 다 그 것을 수정한 것인지도 모른다. 아무튼 이 우화에는 기교의 흔적이 있으며, 장주가 등장하긴 하나 추수편의 〈예미도중우화〉나 〈치혁우화〉에서 볼 수 있는 장주 특유의 표일(飄逸)함을 맛볼 수 없는 것이 사실이다.

## 제3장 임씨지풍속우화(任氏之風俗寓話)

任公子爲大鉤·巨緇, 五十犗以爲餌, 蹲乎會稽, 投竿東海,
旦旦而釣. 期年不得魚. 已而大魚食之, 牽巨鉤. 錎沒而下,
驚揚而奮鬐, 白波若山, 海水震蕩, 聲侔鬼神, 憚赫千里. 任
公子得若魚, 離而腊之. 自制河以東, 蒼梧已北, 莫不厭若魚
者. 已而後世輇才諷說之徒, 皆驚而相告也.
夫揭竿累, 趨灌·瀆, 守鯢鮒, 其於得大魚難矣. 飾小說以干
縣令, 其於大達亦遠矣. 是以未嘗聞任氏之風俗, 其不可與經
於世, 亦遠矣.

태고에 있었던 임(任)나라의 공자(公子)가 큰 낚시 바늘과 굵은 낚싯줄을
만들어 50마리의 소를 미끼로 하여 회계산에 웅크리고 앉아 낚싯대를 동
해에 던지고 날마다 낚시질을 했다. 1년이 지나도록 물고기가 걸려들지 않
았다. 그러다가 큰 물고기가 드디어 미끼를 물었다. 큰 물고기는 일단 깊
숙히 물속으로 잠기더니 곧 세차게 수면으로 나와 등지느러미를 털어댔다.
산처럼 흰 물결이 솟구쳐 오르고, 바닷물은 요동을 쳤다. 큰 물고기는 마치
해신과 같은 무서운 신음 소리를 냈다. 그 소리는 천리 사방으로 울려 펴져
모든 사람들이 놀랐다. 임나라 공자는 이 물고기를 잡아 배를 가르고 절여
말렸다. 제하(制河) 이동, 창오산 이북 지역 사람들은 한 사람도 빠짐없이
이 절여 말린 물고기를 배불리 먹었다. 이리하여 후세의 천박한 재능에 이
치도 모르고 그저 이야기를 들어 전하는 사람들은 어찌 그런 일이 있을 수
있느냐고 놀라면서 서로 이야기를 나누고 있는 것이다.

무릇 작은 냇물이나 도랑에 가서 작은 물고기를 잡는 데 쓰이는, 눈에 제대로 보이지도 않는 가는 낚싯줄을 맨 낚싯대로는 도저히 큰 물고기를 낚아 올릴 수 없다. 그와 마찬가지로 시시한 의견을 꾸며 현령(縣令)의 자리를 구한다 해도 이미 그것은 크게 영달하는 것과는 동떨어져 있다. 이 임나라 공자의 초속적인 행동을 듣지 못하면 유연히 세상을 다스릴 수가 없으며 이래서는 세상을 다스리는 것도 바랄 수 없는 것이다.

【語義】任公子(공자):'任'은 전설상으로는 대호(大昊) 복희(伏犧)로부터 시작된 풍성(風姓)의 한 지족(支族)으로 임(任)에 봉해졌기 때문에 任을 씨명으로 삼은 것이라 한다. 춘추시대에는 한 나라(지금의 산동성 任城縣에 있었다)를 이루었으나 그 후 제(齊)에 병합되었다. 그러나 여기서는 춘추시대보다 훨씬 전 태고의 일을 가리킨다. '公子'는 그 公族의 한 젊은이.

大鉤巨緇(대구거치):'巨鉤大緇'이 순당한 표현이리라. '鉤'는 낚싯바늘, '緇(緇의 이체자)'는 검은 줄.

五十犗(오십개):'犗'는 거세(去勢)한 소.

蹲乎會稽(준호회계):'蹲'은 무릎을 세우고 앉는 것. '會稽'는 절강성 소흥시(紹興市) 남쪽에 있는 산.

旦旦(단단):여기에서는 '매일'의 뜻.

錎沒(함몰):'錎'은 '陷'을 잘못 베낀 것이리라.

若魚(약어):'若'은 여기에서는 '此'의 뜻. 일설에 '大魚, 이름은 若. 海神이다'(司馬彪의 설)라고 한 것이 있는데, 천착(穿鑿)에 지나지 않는다.

離而臘之(이이석지):'離'는 여기에서는 가른다는 뜻. '臘'은 생강·계피 등을 섞어 말린 고기.

自制河以東蒼梧已北(자제하이동창오이북):‘制’의 옛음은 ‘淛’과 통했다. ‘制’는 ‘淛’의 차자이다(郭慶藩의 설). 절강(浙江)은 장소에 따라 이름을 달리하는데, 안휘성의 數歙縣을 지나 동쪽으로 흐르는 신안강(新安江)과 절강성의 위현(衛縣), 즉 난계(蘭溪)를 지나 북쪽으로 흐르는 위강(衛江)의 두 물줄기가 건덕현(建德縣) 부근에서 합쳐져 富春江(혹은 浙江)이 되어 북쪽으로 흐르고, 그 하류는 전당강(錢塘江)으로 불리며 항주(杭州)에 흘러든다. 절강 이동(以東)이면 비교적 좁은 동해 쪽의 지역이 되며, 또 창오(蒼梧)와 이어질 수가 없다. 지리적인 상황을 정확히 알고 기술한 것이라고 할 수 없다. ‘창오’는 호남성 영원현(寧遠縣)에 있다. ‘구의산(九疑山)’이라고도 한다.

輇才諷說之徒(전재풍설지도):‘輇’이 ‘輇’ 또는 ‘輕’으로 되어 있는 판본도 있다(≪석문≫의 설). ‘輇(수레바퀴)’의 뜻으로는 의미가 통하지 않는다. ‘輕’을 잘못 베낀 듯하다. ‘諷說’의 ‘諷’은 책을 읽지도 않고 그 내용을 이야기하는 것, 즉 확실한 근거도 없이 이야기하는 것. 요컨대 ‘諷說’은 사람들에게 들은 것을 무비판으로 전하는 것을 가리킨다.

竿累(간루):‘累’가 纍로 되어 있는 판본도 있다. ‘纍’가 정자, ‘累’는 속자이다. 여기서는 낚싯줄의 뜻으로 쓰였다.

趨灌瀆(추관독):‘趨’는 ‘~을 향하여 가다’의 뜻. ‘灌’은 涓(연:작은 시내)’의 차자. ‘瀆’은 도랑.

守鯢鮒(수예부):‘守’는 ‘取(잡다)’의 차자. ‘鯢’는 본디 도롱뇽을 가리키는데, 여기서는 작은 물고기를 가리키는 말로 쓰였다.

小說(소설):이 말은 처음으로 여기에 보이는 말인데, 문학 양식의 하나인 오늘날의 소설을 가리키는 것이 아니라 변변치 않은 언설·의견의 뜻이다. 제자백가의 설을 경멸하여 이렇게 말한 것이리라.

干縣令(간현령):‘干’은 여기서는 구한다는 뜻. ‘縣令’은 진대(秦代)부터 있었던 관명으로, 한대(漢代)의 관제에서는 1縣 1만戶 이상의 인구를 다스린 장관이다.

　大達(대달):높은 관직에 오르는 것을 뜻한다.


【補說】　이상의 〈임씨지풍속우화〉는 처음에 임나라 공자가 대어(大魚)를 낚아 올린 초현실적인 이야기를 들고, 다음에는 이로부터 연역하여, 경세(經世)에의 뜻은 백가(百家)의 잔소리에 의하지 않고 초속(超俗)으로써 달성해야 함을 논하고 있다.

　주제도 구성도 소요유편의 〈유무궁우화〉를 본뜬 흔적이 현저하다. 대어를 낚는 이야기는 기괴하기는 하지만 〈유무궁우화〉의 大鵬圖南과 같은 웅대함을 갖추고 있지는 않다. 문세(文勢)가 떨어지며, 특히 경세(經世)에 언급하고 있기 때문에 그 우의가 선명치 못하고 풍취마저 잃고 있다.

　그리고 이 우화는 앞의 〈철부지급우화〉가 근소한 物의 긴요함을 논하고 있는 데 반해 절대(絕大)한 것이 소용됨을 논하고 있어 이들 두 우화는 사물에는 일정한 가치 기준이 없음을 보여 주고 있다(嚴復의 설)고 해석할 수 있다. 이 편을 편집한 의도에 따라 이들 우화를 여기에 나란히 게재했는지도 모른다.

# 제4장 대유·소유문답:시례발총우화(大儒·小儒問答:詩禮發冢寓話)

> 儒以詩·禮發冢.
> 大儒臚傳曰,"東方作矣. 事之何若."
> 小儒曰,"未解裙襦. 口中有珠. 詩固有之. 曰,'靑靑之麥, 生於陵陂. 生不布施, 死何含珠爲.'"
> 接其鬢, 擪其顪. 儒以金椎控其頤, 徐別其頰, 無傷口中珠.

　　유자(儒者)들이 ≪시경≫과 禮의 설에 입각하여 어떤 사람의 묘를 도굴하고 있었다.

　　우두머리 유자가 여전(臚傳)시켜 이렇게 명령했다.

　　"동녘이 밝아온다. 일은 어찌 되어 가느냐?"

　　무덤 속에 있던 부하 유자가

　　"아직 치마와 속옷을 다 벗기지 못했습니다. 그런데 입에 구슬을 물고 있습니다. ≪시경≫에 '파릇파릇한 보리가 묘의 경사면에 무성하네. 이 사람, 살아서 남들에게 베풀지를 않았으니 죽어서 어찌 구슬을 물고 있을 수 있겠는가?'라고 하였습니다. 이 구슬을 갖도록 합시다."

　　라고 대답하고는 죽은 사람의 양쪽 구레나룻을 쥐고 입 쪽으로 눌렀다. 다른 한 유자가 쇠망치로 턱뼈를 부수어 입을 열더니 입 속의 구슬을 조금도 상처내지 않고 꺼내었다.

【語義】 臚傳(여전):윗사람의 말을 아랫사람에게 전하는 것. '臚(살갗)'는 '旅

의 차자.

東方作矣事之何若(동방작의사지하약):'作'은 시작되다의 뜻인데, 여기서는 해가 뜰 시간이 되었음을 가리킨다. '何若'은 '何如'와 같다.

未解裙襦(미해군유):'裙'은 하의, 치마[裳]. '襦'는 속옷.

靑靑之麥……死何含珠爲:≪시경≫ 중에는 이 시가 없다. 이 우화의 작자가 지어 넣은 것이리라.

接其鬢擪其顪(접기빈엽기훼):'接'은 '攝(쥐다)'의 차자. '擪'은 누르는 것. '顪'는 '喙(입)'의 차자이리라.

儒以金椎控其頤(유이금추공기이):'儒'은 또 다른 소유(小儒)를 가리키는 것으로 보아야 한다. '控'은 '叩(고:두드리다)'의 차자.


【補說】 이상의 〈시례발총우화〉는 재유편 〈인의질곡론〉과 유형이 비슷하며, 유가의 형식주의와 위선을 통렬하게 야유하고 있다.

당시 실권을 장악한 대유(大儒)들에 대한 깊은 불만을 이러한 우화를 통해 나타내고자 한 듯하다.

## 제5장 노래자 · 중니문답:폐예우화(老萊子 · 仲尼問答:閉譽寓話)

老萊子之弟子出薪, 遇仲尼. 反以告曰, "有人於彼. 脩上而趨
下, 末僂而後耳, 視若營四海, 不知其誰氏之子."
老萊子曰, "是丘也. 召而來."
仲尼至.
曰, "丘. 去汝躬矜與汝容知, 斯爲君子矣."
仲尼揖而退, 蹙然改容而問曰, "業可得進乎."
老萊子曰, "夫不忍一世之傷, 而驁(驚)萬世之患, 抑固窶邪,
亡其略弗及邪. 惠以歡爲驁(驚)終身之醜, 中民之行進焉耳.
相引以名, 相結以隱. 與其譽堯而非桀, 不如兩忘而閉其所
譽. 反無非傷也. 動無非邪也. 聖人躊躇以興事, 以每成功.
奈何哉, 其載焉終矜爾."

　　노래자의 제자가 들에 나가서 땔감을 하던 중 공자를 만났다. 그는 돌아
와서 이 사실을 노래자에게 아뢰었다.

　　"그곳에 어떤 사람이 찾아왔습니다. 상반신이 길고 하반신은 짧은데 등
은 몹시 굽어 있고 귀가 뒤쪽에 붙어 있었으며 시선은 온 세계를 두루 노려
보고 있는 듯했습니다. 어디 사는 누구인지 알 수 없었습니다."

　　노래자가 이 말을 듣고 말했다.

　　"그것은 구(丘)이다. 불러 오너라."

　　공자가 찾아왔다.

　　노래자가 말했다.

"구(丘)여, 그대는 그 교만한 태도와 현인인 체하는 행동을 버리기만 하면 군자가 될 것이다."

공자가 절을 하고 뒤로 물러나더니 두려운 마음으로 옷깃을 여미고 아뢰었다.

"좀 더 가르침을 베풀어 주시지 않겠습니까?"

노래자가 대답했다.

"무릇 일대(一代)의 고통을 보다 못하여 만대 후의 우환까지 생각하여 안달하는 것은 그 도량이 원래 좁기 때문인가, 아니면 그 식견이 미치지 못하기 때문인가? 변변치 않은 지혜를 작용시키고 아무리 애를 써도 되지 않을 일에 안달하여 평생의 수치를 드러내는 것은 세상의 많은 사람들이 늘 저지르는 짓이다. 그런 식으로 그들은 현우(賢愚)·선악 등의 명예를 걸고 서로 격려하며 物의 도리에 위배되는 사사로운 일을 옳다고 여겨 작당(作黨)하는 것이다. 이리하여 요(堯)를 성왕이라 하여 칭송하고 걸(桀)을 폭군이라 하여 비난하고 있는데 그보다는 성(聖)과 폭(暴), 그 어느 쪽도 깨끗이 잊어버리고 物의 선악을 생각하려는 마음의 작용을 닫아 버리는 것이 제일 좋은 것이다. 이를 위반하면 모든 행위는 사물을 깨뜨리고, 그 마음을 움직이면 모든 생각은 사악하게 되는 것이다.

그래서 참된 성인은 일을 당하면 물러나 주저하고, 하게 되더라도 마지못해 어쩔 수 없이 하지만 언제나 자연스럽게 성공한다. 그런데 도대체 어찌된 일인가, 그대는 끝까지 독선적인 교만을 떨려고 안달하고 있으니!"

【語義】 老萊子(노래자):《사기》 노장신한전(老莊申韓傳)에 '혹자가 말하였다. '노래자도 楚나라 사람이다'라고. 저서가 15편 있고 도가의 효용을 논했다. 공자와 동시대의 인물이라 한다'라고 되어 있다. 《한서》예문지에는 도가의 저술 중에 《노래자(老萊子)》 16편이 있다고 했는

데 오늘날 전해지고 있지 않다. 노래자에 관해서는 많은 이설과 전설이 있다.

脩上而趨下(수상이촉하):‘上脩而下趨’의 도치이다. ‘上’은 상반신. ‘脩’는 길다[長]의 뜻. ‘下’는 하반신. ‘趨’은 짧다[短]의 뜻. 공자의 체형에 관하여 ≪순자≫ 비상편(非相篇)에는 ‘얼굴이 마치 커다란 가면 같았다’라고 되어 있으며, ≪사기≫ 공자세가에는 ‘태어날 때 머리 가운데가 움푹 들어가 있었고 가장자리가 높았기 때문에 구(丘)라 이름 붙였다’라고 되어 있다.

末僂(말루):‘末’은 ‘背’의 차자. ‘僂’는 곱사등이.

視若營四海(시약영사해):천하에 뭔가 호기(好機)가 없을까 하고 노리고 있는 눈매를 가리킨다. ‘營’은 여기저기 돌아다니는 것.

去汝躬矜與汝容知(거여궁긍여여용지):‘躬’은 몸매. ‘容’은 말씨나 태도.

業可得進乎(업가득진호):‘業’을 공자의 인의(仁義)의 업(業)(≪석문≫의 설·成玄英의 설)으로 해석하고, 그것이 세상에 행해질 수 있는가를 묻는 것으로 이 구를 해석하는 사람이 많은데 ‘業’은 학업, 요컨대 노래자의 가르침(宣穎의 설)이다. ‘進’은 더욱 더 앞으로 나아가는 것. ‘可得……乎’는 원망(願望)을 나타내는 표현이다.

鶩萬世之患(오만세지환):‘鶩(본디는 준마의 이름)’가 ‘敖’로 되어 있는 판본도 있다(≪석문≫의 설). ‘鶩(무:앞뒤를 분별하지 않고 마구 달림)’를 잘못 베낀 듯하다. 이른바 ‘천세(千歲)의 시름’을 품는 것을 가리킨다(林雲銘의 설).

抑固窶邪亡其略弗及邪(억고구야망기략불급야):‘抑’은 여기에서는 선택의 뜻을 나타내는 조사. 즉 ‘~인가, 아니면 ~인가?’의 뜻. ‘窶’는 좁고 작다는 뜻. 여기서는 견식이 천박한 것을 가리킨다. ‘亡’도 선택의 뜻을 나타내는 조사. '略'은 지략.

惠以歡爲驁終身之醜(혜이환위오종신지추):난해한 표현이다. '惠'는 '慧(교활하고 빈틈없음)'의 차자. '歡'은 '勤'의 차자. "驁는 '驁'를 잘못 베긴 듯하다.

中民之行進焉耳(중민지행진언이):'中民'은 세상의 평범한 사람. '進'은 '驁(驁)'와 관계되는 표현이다. '焉'은 '終身之醜'를 가리킨다.

相引以名(상인이명):'引'은 유인하다, 나아가 함께 명예를 얻자고 서로 격려하는 것.

相結以隱(상결이은):'隱'은 도리에 위반되는 삿된 일. 즉 공자가 자신의 주의(主義)를 내세워 학파를 조직한 것을 풍자한 말이다.

聖人躊躇以興事(성인주저이흥사):'躊躇'는 마지못하여 어쩔 수 없이 하는 것. 양생주편 〈신기우화〉의 '爲之躊躇', 전자방편 〈득실비아우화〉의 '方將躊躇' 참조.

奈何哉其載焉終矜爾(내하재기재언종긍이):'奈何'는 如何와 같은 뜻. 여기서는 비난의 뜻을 나타낸다. '載'는 행한다는 뜻. '焉'은 공자의 행동을 가리킨다. '終'은 終身의 終과 같은 뜻. 오랫동안 행하는 것. '矜'은 앞글의 矜과 知를 총괄하여 표현한 것. 공자가 자신의 주의·주장을 자부하고 있는 것을 가리킨다. '爾'는 여기에서는 '矣'와 거의 같다. 어세를 강하게 하는 조사.

【補說】 이상의 〈폐예우화〉는 공자가 노래자를 만나 가르침을 청하니 노래자가 공자에게 교훈을 주는 줄거리로 되어 있다. 노래자는 道를 자부하고 지혜를 써서 만대 뒤까지 염려하고 선악의 가치를 정하고 당파를 만드는 공자의 그릇됨을 지적하고 '躊躇以興事'에 관해 말하고 있다.

【餘說】 노래자(老萊子)에 관하여

　　노래자라는 인물이 실존했음은 거의 사실인 듯하다. 옛 문헌에 노래
자에 관하여 언급한 것이 몇 있다. ≪대대례기(大戴禮記)≫ 위장군문자
편(衛將軍文子篇)에는 '德恭을 갖추었으며 행동이 신실하다. 하루 종일
이야기하더라도 허물을 짓지 않는다. 가난하면서도 즐거워함이여, 노
래자의 행위로다'라고 공자가 평했다고 되어 있다.

　　그런데 이 우화를 검토해 보면 노래자만의 특색이라고 할 만한 것이
전혀 발견되지 않는다. 공자의 '矜'과 '知'에 관하여 비난한 것이 그의 한
일면을 말해 주는 것인지도 모른다. 공자를 필두로 한 유가의 자주·
자율의 근본적 태도는 자신·자부가 되기 때문이다. 그렇다 하더라도
비록 표현은 다르지만 도가가 유가의 목적의식·가치관·好知 등을 비
난·공격하는 것은 이 편 말고도 쉽게 볼 수 있다.

　　이 우화가 노래자의 주장으로 싣고 있는 '聖人躊躇以興事'도 인간세
편 〈심재우화〉의 '而寓於不得已'나 덕충부편 〈재전덕불형우화〉의 '悶
然而後應, 氾而若(氾若而)辭'의 심경을 전자방편에 보이는 '躊躇'라는
말로써 표현한 것이리라. 또 그 주장의 귀결인 '以每成功'은 ≪노자≫
에 '따라서 천지의 이 無私한 태도를 모범 삼는 성인은 항상 뒤로 물러
서고 다른 사람을 자신 앞에 내세우지만 오히려 존경을 받아 어쩔 수
없이 다른 사람 앞에 나서게 되며, 자신을 잊고 오직 남을 위해 힘쓰지
만 오히려 우러름을 받아 그 몸이 영원히 존속케 된다. 이는 성인의 그
無私한 태도 때문에 그와 같이 되는 게 아니겠는가? 無私하기 때문에
그 大我가 완성되는 것이다(是以聖人後其身而身先, 外其身而身存, 非
以其無私邪. 故能成其私)'(제7장)라고 한 것과 같은 역설의 논리에 의
거한 것이리라.

단 이 경우 '興事', '成功' 등으로 물사에 구애받음을 말하고 있는 데 주의를 기울여야 한다. 이것은 '矜'과 '知'를 근절한 虛靜·無心·無知를 추구하는 것보다도 절충적인 물사에의 적응을 중시함을 보여 주는 것이 리라. 이 우화가 대종사편 〈진인론〉의 '與其譽堯而非桀也, 不如兩忘而化其道'의 내용을 이용하면서 '而化其道'보다 미온적인 '而閉其所譽'를 이야기하는 것도 이러한 사실을 방증하는 것이리라. 이것은 이 우화가 공자와 가까운 시기, 즉 도가 초기의 작품이 아님을 시사하는 것이다.

노래자에 관한 기술로는 이 우화의 것이 가장 상세하며, 또 정리되어 있다. 그러나 이것은 도가사상사 속에서는 비교적 후기의 작품이다. 이런 사실을 근거로 추론하면 ≪사기≫에 '노래자는 공자와 같은 시대의 사람이라 한다'라고 하여 전하는 형식으로 기록되어 있는 것처럼 노래자가 공자 시대의 사람이라는 것은 믿을 만한 것이 못된다. 설혹 실존한 인물이라 하더라도 도가사상이 발달한 후에 나타난 도가의 한 사람이었을 것이라고 생각하지 않을 수 없다.

# 제6장  신구우화(神龜寓話)

宋元君夜半而夢人被髮闚阿門, 曰"予自宰路之淵. 予爲淸江
使河伯之所. 漁者余且得予."

元君覺, 使人占之. 曰, "此神龜也."

君曰, "漁者有余且乎."

左右曰, "有."

君曰, "令余且會朝."

明日余且朝. 君曰, "漁何得."

對曰, "且之網得白龜焉. 其圓五尺."

君曰, "獻若之龜."

龜至. 君再欲殺之, 再欲活之. 心疑卜之. 曰, "殺龜以卜." 吉.
乃剖龜, 七十二鑽而無遺筴.

仲尼曰, "神龜能見夢於元君, 而不能避余且之網. 知能七十
二鑽而無遺筴, 不能避剖腸之患. 如是, 則知有所困, 神有所
不及也.

雖有至知, 萬人謀之. 魚不畏網, 而畏鵜鶘. 去小知而大知明,
去善而自善矣. 嬰兒生無石師而能言, 與能言者處也."

송(宋)나라 원군(元君)이 한밤중에 꿈을 꾸었다. 어떤 사람이 머리를 풀
어 헤친 채 작은 문을 통해 원군의 방을 들여다보면서, '나는 재로(宰路)의
못에서 왔다. 나는 청강(淸江)의 신의 사자(使者)로서 황하(黃河)의 신께
가는 도중에 어부인 여저(余且)에게 잡히게 되었다'라고 말하는 것이었다.

원군은 잠에서 깨어나자 해몽가를 불러 꿈을 풀도록 했다. 해몽가가 대답했다.

"거북의 신이 나타난 것입니다."

원군은 시신(侍臣)에게 물었다.

"어부 중에 여저라고 하는 자가 있는가?"

시신이 대답했다.

"있습니다."

원군이 시신에게 명했다.

"그를 조정에 출두시켜라."

다음 날 여저가 출두했다. 원군이 물었다.

"너는 고기잡이를 하여 무엇을 잡았느냐?"

여저가 대답했다.

"그물에 흰 거북이 걸렸습니다. 그 지름이 다섯 자나 됩니다.'

원군은 여저에게 그 거북을 바치라고 명령했다.

거북이 도착했다. 원군은 참으로 영묘한 거북이니 죽여서 점치는 데 써야겠다고 생각했다가는 신성한 거북을 죽여서는 안 되니 살려 주어야겠다고 생각을 고치고, 그러다 다시 죽여 좋은 일에 써야 한다고 생각했다가 또 다시 생각을 바꾸는 등 계속 망설이다 거북을 죽여서 점치는 데 써도 괜찮은지 점을 치도록 하였다. 그 결과, 길하다고 나왔다. 그래서 거북의 창자만 도려내어 귀갑(龜甲)은 점치는 데 쓰이게 되었다. 귀갑에 72개나 되는 구멍이 뚫리고 72번 점치는 데 쓰였는데 단 한 번도 점괘가 틀린 적이 없었다.

이 이야기를 듣고 공자가 말했다.

"거북의 신은 원군에게 자신의 일을 꿈에 보일 수는 있었으나 여저의 그물에 걸리는 것을 피할 수는 없었다. 그 명지(明知)는 일흔두 번이나 앞일을 예언하여 한 번도 어긋나지 않을 정도였으나 자신의 창자가 도려내어지는 것을 막지는 못했다. 이처럼 명지로도 알 수 없는 어려움이 있고 영묘한 정신으로도 피할 수 없는 재난이 있는 것이다.

아무리 지혜가 뛰어나더라도 만인이 꾀하는 바에는 미치지 못한다. 물고기는 전면에 펼쳐져 있는 그물은 두려워하지 않고 피할 수 있더라도 떼지어 모여 드는 물새는 무서워할 줄 알아야 한다. 그러므로 독선적인 소지(小智)를 버려야만 참된 대지(大智)가 밝아지고, 선(善)을 지향하는 짓을 그만두어야만 자연히 선(善)해지는 것이다. 말을 모르는 갓난아이가 훌륭한 선생님이 옆에 있지 않아도 말할 수 있게 되는데 그것은 말할 수 있는 사람들과 함께 생활하기 때문에 자연히 그렇게 되는 것이다.”

【語義】 宋元君(송원군):춘추시대 송(宋)나라의 군주.

阿門(아문):궁전의 한쪽 귀퉁이에 있는 건물의 문(成玄英의 설). 元王의 침소 부근에 있는 작은 문을 가리키는 것으로 본다. 일설에 성벽의 모서리에 있는 이중으로 된 문(馬敍倫의 설)이라 했다.

宰路之淵(재로지연):무엇을 가리키는지 명확하지 않다. ‘路’는 ‘洛’의 차자이며, ‘洛水를 지배하는 자가 있는 못[淵]’을 뜻하는지도 모른다.

淸江(청강):호북성 이천현(利川縣) 부근에서 발원하여 의도현(宜都縣) 부근에서 장강에 흘러드는데 물이 더없이 맑아 이런 이름이 붙은 것이다. 단 이 우화에서 과연 이 강을 가리키는 것인지는 확실하지 않다.

余且(여저):‘漁’의 완언을 이름으로 삼은 것이다.

曾朝(회조):‘曾’는 여기서는 출두한다는 뜻. ‘朝’는 조정, 군주가 신하들을 모아 놓고 정무를 보는 곳.

其圓五尺(기원오척):‘圓’은 지름을 말한다. 5尺은 약 120센티미터. 엄청난 과장이다. 이렇게 큰 거북 등딱지는 점치는 데 오히려 불편할 것이다. 은허(殷墟)에서 출토된 가장 큰 귀갑은 길이 45cm, 폭 35cm짜리이다. 길이 30cm, 폭 15cm가 보통이다.

七十二鑽(칠십이찬):복점을 행하는 것을 가리키는 말이다. 거북의 내장을 빼낸 다음, 귀갑을 복갑(腹甲)과 배갑(背甲)으로 나누는데 주로 복갑이 사용된다. 복갑의 내측(내장이 있던 주위)에 미리 세로로 끌을 사용하여 타원형의 작은 홈을 만들고, 그 한쪽 끝에 송곳으로 원형의 홈을 새겨 귀갑이 균열되기 쉽도록 해 둔다. 일이 있으면 알고 싶은 바를 알려 달라고 귀갑에게 명한 다음, 송곳으로 홈을 만든 곳에 가시나무를 태워 일으킨 불을 가져다 대면 그 표면에 'ㅏ' 자형의 균열이 나타난다. 이처럼 하는 것을 'ㅏ'이라 한다. 다음으로 그 균열된 모습을 가지고 길흉을 판단하는데 그것을 '占'이라 한다. 이 '七十二鑽'은 착구(鑿溝)와 찬요(鑽凹)를 함께 가리키는 말이리라. 은대의 귀갑으로는 72鑽 정도는 보통이며, 많은 것은 백 수십 개에 이르는 것도 있다. 춘추전국시대에는 은대만큼 龜卜이 행해지지 않았으므로 여기서는 더없이 많은 것을 가리키는 말이리라. 또 1회의 卜에 一鑽만이 사용되었다고는 할 수 없으며 은대에는 1회의 卜에 여러 鑽을 썼고 다른 귀갑까지 사용한 예도 있다. 단 여기에서는 一鑽이 一卜을 뜻하는 것으로 해석한다.

無遺筴(무유책):'筴'은 '策'의 이체자. '遺筴'은 실책(失策)과 같다. 예상이 빗나가는 것.

知有所困(지유소곤):'知有所不同'으로 되어 있는 판본도 있다고 하는데(≪석문≫의 설) 그것은 오기(誤記)이다.

雖有至知萬人謀之(수유지지만인모지):제 아무리 뛰어난 知도 만인의 知에는 미치지 못함을 가리킨다.

魚不畏網而畏鵜鶘(어불외망이외제호):郭象은 '網은 情이 없다. 그래서 물고기가 걸린다'라고 해석했으나 그러면 앞글과 짝을 이룰 수 없다. 물고기가 鵜鶘(사다새)를 두려워하여 정신을 잃은 나머지 그물에 걸리게 되는 것을 가리킨다(羅勉道의 설)고 해석하는 사람이 많으나 이 것도 앞글과 짝을 이루는 해석이 아니며, 또 원문의 표현에 합당하지도 않다. '網'은 눈앞에 설치되는 것이어서 충분히 피해갈 수 있다. '鵜鶘' 는 물고기를 잡는 기술이 매우 뛰어난 물새이다. 이 새는 갑자기, 그것 도 떼를 지어 물고기 떼를 습격한다. 그래서 물고기로서는 이쪽이 더 두렵다고 한 것이다.

石師(석사):'石'은 '碩'의 차자. '碩師'는 훌륭한 선생님.

與能言者處也(여능언자처야):≪순자≫ 권학편(勸學篇)에 '다부쑥은 본디 옆으로만 퍼진다. 그러나 삼밭 속에서 삼과 함께 크면 저절로 곧 게 자란다(蓬生麻中, 不扶而直)'라고 했다. 자연스런 감화에 기인함을 가리킨다.


【補說】 이상의 〈신구우화〉는 신구(神龜)가 어부에게 붙잡혀서 송나라 원 군의 꿈에 나타나 구원을 요청했으나 도리어 점치는 데 쓰이기 위해 죽 임을 당했다는 이야기를 들은 공자가, 아무리 뛰어난 지혜로도 物의 전 모를 내다볼 수 없으므로 그런 지혜에 의지하지 말고 자연에 따라야만 한다고 논했음을 말하고 있다.

이 신구의 입장에서 보면 정말로 '外物不可必'이란 말이 실감난다. 이 우화는 필시 추수편 〈예미도중우화〉의 거북에서 힌트를 얻었으리라. 또 이 우화가 〈폐예우화〉 뒤에 놓인 것은 유가를 야유하고자 하는 편자 의 의도에 의한 것이리라.

## 제7장  혜자·장자문답:무용지용우화(惠子·莊子問答:無用之用寓話)

惠子謂莊子曰, "子言無用."
莊子曰, "知無用而始可與言用矣, 夫地非不廣且大也, 人之所用容足耳. 然則廁足而墊之, 致黃泉, 人尙有用乎."
惠子曰, "無用."
莊子曰, "然則無用之爲用也, 亦明矣."

혜자가 장자를 비난했다.

"자네의 설은 쓸모없는 것들뿐이야."

장자가 반박했다.

"쓸모없는 것을 알아야 비로소 참으로 쓸모 있는 것에 관해 떠들 수 있지. 이 대지는 더없이 넓고 크지만 이렇게 걸어갈 때 인간들에게 소용되는 것은 단지 발을 내디딜 수 있을 정도 넓이의 땅뿐이야. 그렇다고 해서 이렇게 발로 딛게 될 땅의 나머지 부분을 몽땅 땅 밑까지 깎아 버리는 것이 우리가 앞으로 나아가는 데 유용하겠는가?"

혜자가 대답했다.

"아니야, 쓸데없는 짓이네."

장자가 휘갑했다.

"그렇다면 쓸모 없는 것이야말로 참으로 쓸모 있다는 것이 확실해졌겠지."

【語義】 廁足而墊之(측족이점지):'廁(뒷간, 변소)'은 '測'의 차자. '墊'은 掘(땅을 파는 것)의 뜻.

　致黃泉(치황천):'致'가 '至'로 되어 있는 판본도 있다 (≪석문≫의 설). '黃泉'은 대지의 가장 밑바닥.

【補說】 이상의 〈무용지용우화〉에서 장자는 혜시의 비난에 답하여, 발로 디디고 있는 부분만을 남기고 땅을 몽땅 깎아 버리면 사람은 두려움을 느껴 앞으로 나아가지 못한다는 것을 예로 들며 '恃其所不蹍'과 같은 無用의 것에야말로 참된 用이 있음을 말한다.

　소요유편 〈무하유향우화〉와 마찬가지로 用·無用을 문제 삼고 있는데 그 無用에 참된 用이 있다는 설명은 이 우화 쪽이 간략하며 이해하기 쉽다. 또 無用하다고 생각되는 것이 당연의 有用의 기초를 이루거나 추진력이 된다는 것도 우리의 경험적 사실이다. ≪노자≫에 '(道의 존재는 알 수 없다. 바꿔 말하면 無와 같은 것인데, 그 작용을 비유로써 말하자면 다음과 같다.) 수레바퀴의 30개 바퀴살은 중앙에 있는 한 개의 바퀴통에 연결되어 있다. 그 바퀴통의 중앙은 본디 텅 비어 있고 그곳으로 축이 통과한다. 그렇기 때문에 수레바퀴의 작용을 할 수 있는 것이다. 점토를 빚어 그릇을 만든다. 그릇의 안이 텅 비어 있기 때문에 物을 담을 수 있는 그릇으로서 작용을 할 수 있는 것이다. 또 창과 문을 달아 방을 만드는데 방은 사람이 들어갈 수 있는 공간이 있어야만 방으로서 작용을 할 수 있다. 따라서 有, 즉 존재하는 것이 사람들에게 이로움을 주는 것은 無, 즉 존재하지 않는 것, 숨어 있는 것이 작용을 하기 때문이다(三十輻共一轂. 當其無有車之用. 埏埴以爲器. 當其無有器之用. 鑿戶牖以爲室. 當其無有室之用. 故有之以爲利, 無之以爲用)'(제11장)라고 했다.

그런데 이런 종류의 '無' 또는 '無用'은 어디까지나 상대적이다. 이들의 無·無用은 발로 땅을 딛고, 수레바퀴를 만들고, 그릇을 만들고, 방을 짓는다고 하는 有·有用 없이는 나타날 수 없는 것들이다. 이것이 無·無用의 전부라 하더라도 그 본질을 밝힌 것이라고는 할 수 없다. 설명을 위하여 편의적으로 가정한 것이다. 도가에서 생각하는 참된 無·無用은 상대적인 有·無를 초월하는 것, 말하자면 발로 땅을 밟아야 할까 밟지 않아야 할까, 이 그릇으로 좋을까 나쁠까를 결정하는 것이다. 그래서 〈무하유향우화〉에서는 '今子之言, 大(지금 그대의 말은 크기만 할 뿐)'라고 하는 당면의 유무에서 비약한 거대함이 없으면 안 되고, 또 '無何有之鄉, 廣莫之野'라고 하는 無 그 자체의 추구가 없으면 안 되었던 것이다.

이 우화의 설명은 매우 알기 쉽지만 그것만으로 '無用之用'을 생각해서는 안 될 것이다.

## 제8장 유어세설(遊於世說)

莊子曰, "人有能遊, 且得不遊乎. 人而不能遊, 且得遊乎."
夫流遁之志, 決絶之行, 噫, 其非至知厚德之任與. 覆墜而不
反, 火馳而不顧. 雖相與爲君臣, 時也. 易世而無以相賤. 故
曰, "至人不留行焉."
夫尊古而鬼今, 學者之流也. 且以狶韋氏之流, 觀今之世, 夫
孰能不波(詖). 唯至人乃能遊於世而不僻, 順人而不失己. 彼
敎不學, 承意不彼.

장자는 이렇게 말했다.

"사람들이 놀고 있다면 나도 놀지 않을 수 있으랴. 사람들과 더불어 놀
수 없다면 놀 수가 있겠는가."

무릇 세속을 등지고 사람들로부터 아주 떠나가 버리려는 뜻이나 행위
는 오, 物의 도리를 깊이 알고 德이 두터운 사람들이 행하는 일이 아닐 것
이다. 그들은 아무리 큰 사변이 일어나더라도 돌아오려 하지 않고, 오로
지 들에 불이 번지듯 달려가며 뒷일을 생각하려 하지도 않는다. 그러나 지
금은 군신 관계를 맺어 사람에게 따르지 않으면 안 되게 해도 그것은 한
때의 일이다. 시대가 바뀌면 군주로부터 멸시당하는 일도 없어지는 것이
다. 그래서

"지인(至人)은 한 마음의 행위에 집착하는 일이 없다."

라고들 하는 것이다.

옛것을 존중하고 지금 세상의 것을 나쁘게 비판하는 것은 학자들이 하고

있는 짓이다. 잠시, 옛 성왕이라 전해지고 있는 시위(狶韋)씨가 행한 일을 기준으로 지금 세상의 일을 비교해서 관찰한다면 누가 논란을 가하지 않을 수 있겠는가. 그럼에도 지인(至人)만은 지금 세상에서 유유히 놀며 그것을 피하려 하지 않고 순응하면서도 자신의 독립을 잃지 않는다. 학자들의 가르침을 배우는 일은 없으나 그 기분을 짐작하여 그들을 배격하는 일은 없는 것이다.

【語義】人有能遊……且得遊乎:이 '遊'는 초월적인 '遊' 또는 오직 홀로 자적하는 즐거움을 가리키는 것이 아니라 천지편 〈기심우화〉의 '遊世俗之閒'을 가리킨다(林雲銘의 설 참조). '人'은 세상의 일반 사람을 가리킨다. '人而'의 '而'는 '군자는 말이 행동을 지나치는 것을 부끄러워한다(君子恥其言而過其行)'(《논어》 헌문편)의 '而'와 같은 용법인데, '착하건 착하지 않건 어떤 일을 들으면 꼭 위에 알린다(聞善而不善皆以告其上)'(《묵자》 尙同 상편)의 경우처럼 '與'의 뜻으로 쓰이는 일이 있으므로 '人而'를 '與人'의 도치로 보아도 괜찮을 것이다. 여기까지를 장자의 말로 본다.

夫流遁之志決絶之行(부류둔지지지결절지행):각의편의 '刻意尙行, 離世異俗, 高論怨誹, 爲亢而已矣'라고 하는 '山俗之士', '就藪澤, 處閒曠, 釣魚閒處, 無爲而已矣'라고 하는 '江海之士'에 해당한다. '流遁'은 속세로부터 도피하는 것. '決絶'은 글자 뜻 그대로 해석해도 좋으나, '趹(결:빠르게 달려감)'의 첩운 연사로 보아야 할 것이다.

其非至知厚德之任與(기비지지지후덕지임여):'與'는 감탄의 뜻을 나타내는 조사. '流遁', '決絶'을 물리치는 자로 천지편 〈기심우화〉에서는 '明白入素, 無爲復朴, 體性抱神'의 인물을 들고, 각의편에서는 '純素之道'를 체득한 眞人(聖人)을 들고 있다. 그에 비교하면 이것은 보다 현세적 인물이리라.

覆墜而不反火馳而不顧(복추이불반화치이불고):'流遁', '決絕'의 사람에 관하여 말하고 있다. '覆墜'는 천지가 뒤집히고 산이 무너져 내리는 것. 나아가 큰 일이 일어나는 것을 가리킨다. 그런데 여기서는 들불이 옮겨 붙는 것처럼 오로지 한쪽으로 급히 내달리는 것을 가리킨다.

至人不留行(지인불류행):응제왕편 〈유무진설〉의 '至人之用心若鏡'과 같은 명제에 근거한 것이리라. '留行'은 일정한 주의·주장을 고집하는 것.

尊古而鬼今學者之流也(존고이비금학자지류야):필시 각의편의 '平世之士, 敎誨之人, 遊居學者'에 해당하리라. '尊古'는 유가에 국한하지 않고 고대에 있었던 묵가·도가의 풍을 존중하는 것. '流'는 여기서는 '행동·짓거리'의 뜻.

且以狶韋氏之流(차이시위씨지류):'且'는 여기서는 가정의 뜻을 나타내는 조사. '狶韋氏'는 고대의 성왕.

夫孰能不波(부숙능불파):'波'는 앞글의 '流'와 관계하여 쓰인 글자라고도 볼 수 있으나 '詖(피)'를 잘못 베낀 것으로 보아야 할 것이다. '詖'는 본디 '誹'와 같은 뜻.

唯至人乃能遊於世而不僻(유지인내능유어세이불벽):'僻'은 '避'의 차자.

承意不彼(승의불피):'彼'는 '排'의 차자.

【補說】이상의 〈유어세설〉은 장자의, 인간 세상에서 논다고 하는 주장을 들어 은세(隱世)에 대한 주장뿐 아니라 학자들의 '금세 비판'까지도 반박하고 있다. 각의편과 유사한 점이 있는데 그보다 후대의 것인 듯하다.

이 설 이하의 장절 구분은 명확하게 경계를 지을 수가 없다. 편말까지 연속되어 있는 것 같기도 한데 그렇다고 수미(首尾)가 완비되어 통일된 하나라고도 할 수 없다. 학자들 사이에도 그 구별에 관하여 약간의 이설이 있다. 여기서는 하나씩 주제의 완결을 구하여 장절을 구별하기로 한다.

# 제9장 천유설(天遊說)

> 目徹爲明, 耳徹爲聰, 鼻徹爲顫, 口徹爲甘, 心徹爲知, 知徹
> 爲德.
> 凡道不欲壅. 壅則哽. 哽而不止則跈. 跈則衆害生.
> 物之有知者恃息. 其不殷, 非天之罪. 天之穿之, 日夜無降,
> 人則顧塞其竇.
> 胞有重閬, 心有天遊. 室無空虛, 則婦·姑勃磎. 心無天遊,
> 則六鑿相攘, 大林丘山之善於人也, 亦神者不勝.

눈이 잘 보이는 것을 명(明)이라 하고, 귀가 밝아 분별하는 것을 총(聰)이라 하며, 코가 냄새를 잘 맡는 것을 전(顫)이라 하고, 입이 맛을 잘 아는 것을 감(甘)이라 하며, 그것들로써 마음(=의식)이 물사에 원활히 대응하는 것을 지(知)라 하고, 지(知覺)가 물사를 그르침 없이 변별하는 것을 덕(德)이라 한다. 모든 物의 작용의 근본인 도(道)는 그 본래의 작용이 막혀서는 안 된다. 막혀 있으면 그 작용은 정체되어 이루어지지 않는다. 늘 막혀 있으면 거기에 삽체(澁滯)한다. 삽체하면 부패하여 온갖 해악이 발생한다.

그런데 지각을 갖추고 있는 物은 기(氣)를 호흡함으로써 눈·귀·코·입·마음·지(知) 등의 작용을 영위한다. 그런데도 그것들이 본래의 명(明)·총(聰)·전(顫)·감(甘)·지(知)·덕(德)이 아닌 것은 하늘의 道가 그렇게 시키기 때문이 아니다. 하늘은 누구에게나 똑같이 그 기관들을 열어 놓고 있다. 그런데도 낮이나 밤이나 정기(精氣)가 거기에 내려오지 않는 것은 인간이 고의로 그 기관의 구멍을 막고 있기 때문이다.

氣를 빨아들이는 인간의 뱃속에는 겹겹이 중첩돼 있는 공간이 있다. 따라서 氣에 의하여 일어나는 의식의 작용에는 자연스런 여유가 깃든 원활함이 있다. 그러나 마치 한 방에 넓은 공간이 없어 며느리와 시어머니가 얼굴을 마주대고 있으면서 서로 적대시하여 싸우듯 인간이 구멍을 막아 버려 氣가 자유로이 드나들 수가 없고 의식 작용에 자연스런 여유가 없으면 눈·귀·입 등의 여섯 기관이 그 작용을 서로 어지럽혀 큰 숲이나 산들의 경치가 사람에게 상쾌하고 좋다지만 정신은 그것마저도 즐기려 하지 않는 것이다.

【語義】 鼻徹爲顫(비철위전):‘徹’은 ‘通’의 뜻. 여기서는 기관이 작용을 원활하게 하는 것을 가리킨다. ‘顫(수족이 추위 따위로 떨림)’은 ‘羶’의 차자. ‘羶’은 여기서는 냄새를 잘 구별하는 것을 가리킨다.

　雍則哽(옹즉경):‘雍’은 빠져나갈 곳이 없게 되는 것. ‘哽’은 한 곳에 괴는 것.

　硬而不止則跈(경이부지즉전):‘跈’이 ‘踩’ 으로 되어 있는 판본도 있다. ‘跈(踩)’은 ‘沴(전)’의 차자(馬敍倫의 설). ‘沴’은 물이 나아가지 않는 것, 나아가 정체하는 것을 가리킨다.

　有知者恃息(유지자시식):‘息’은 숨, 즉 氣를 가리킨다.

　其不殷(기불은):‘殷’은 ‘성(盛)하다, 활발하다’의 뜻.

　日夜無降人則顧塞其竇(일야무강인즉고색기두):‘降’은 하늘에서 氣가 내려오는 것을 가리킨다. ‘顧’는 ‘故’의 차자. ‘故意’의 뜻. ‘竇’는 구멍. 요컨대 하늘이 뚫어 놓은 구멍으로 目·耳·口 등을 가리킨다. 다음 글의 ‘六鑿’도 같다. 氣는 이들 구멍으로 출입한다고 생각했던 것이다.

　胞有重閬(포유중랑):‘胞’는 여기에서는 심장·위장 등을 가리고 있는 막을 가리킨다(成玄英의 설 참조). ‘閬(높은 문)’은 ‘㝩’의 차자. ‘空虛’를 가리킨다(郭象의 설).

心有天遊(심유천유):이 '遊'는 앞글의 '人有能遊'의 '遊'와는 약간 다르
며 마음의 여유, 즉 자유를 가리킨다.

婦姑勃豀(부고발혜):며느리와 시어머니가 한방에 있는데 각각 거처
할 만한 공간이 없어 의견 충돌이 일어남. 다음의 '心無天遊……'를 끌
어내기 위한 표현이다.

六鑿相攘(육착상녕):目 · 耳 · 口 등이 그 작용을 하지 못하게 되는 것
을 가리킨다. '攘'은 '물리치다' 또는 '소란하다'의 뜻.

大林丘山之善於人也亦神者不勝(대림구산지선어인야역신자불승):지
북유편〈지언지위지설〉에 '山林與, 皐壤與, 使我欣欣然而樂與'라고 한
것처럼 '大林丘山'은 氣를 맑게 해 줄 수 있다. '神'은 정신 · 정기를 가
리킨다. 唐寫本에는 '勝' 자 다음에 '也' 자가 있다.

【補說】이상의〈천유설〉은 인간의 여러 기관이 정기에 근거하면 본디 자
연의 도리에 합치하는 작용을 하고 거기에는 이른바 '天遊'(의식의 여유
와 자유)가 있는데 인간의 작위가 정기의 유통을 방해하여 '天遊'가 없게
된다고 말하고 있다. 양기술(養氣術)의 관점에서 말하고 있다.

六鑿 · 道 · 息 등 여러 개념의 관계가 이해하기 쉽지 않아 난해하게
느껴지는 작품이다.

## 제10장 중의지설(衆宜之說)

德溢乎名, 名溢乎暴. 謀稽乎誸, 知出乎爭, 柴生乎守官, 事
果乎衆宜. 春雨日時, 草木怒生, 銚鎒於是乎始脩, 草木之到
植者過半. 而不知其然.
靜然可以補病, 眥搣可以休老, 寧可以止遽. 雖然, 若是勞者
之務也. 非佚者之所未嘗過而問焉. 聖人之所以駴天下, 神人
未嘗過而問焉. 賢人所以駴世, 聖人未嘗過而問焉. 君子所以
駴國, 賢人未嘗過而問焉. 小人所以合時, 君子未嘗過而問
焉.

인간의 덕행은 명예를 구하려다 어지러워지고, 명예는 그 권위를 유지하
려다 남을 해치기에 이른다. 그런데 사람이 명예를 얻으려 깊이 계략을 쓰
면 남을 기만하게 되고, 그 계략을 쓰는 지혜는 남과 서로 경쟁하는 데서
나오며, 그 지혜의 바탕인 생각이 깊고 신중한 것은 주어진 관직을 매우 소
중히 지키려는 데서 비롯된다. 그리고 생각이 깊고 신중함의 바탕인 일에
힘쓰는 것은 갖가지 물사의 적절함을 지향하기 때문이다. 그것은 이를 테
면 봄비가 내릴 무렵에 사람들이 가래나 낫을 들고 일에 나서서 풀과 나무
의 자연스런 생육을 손상시켜 태반을 쓰러뜨리면서도 어찌하여 그리 되는
지를 모르는 것과 같다.

그래서 정양(靜養)으로 병을 고칠 수 있고, 안마로 노쇠를 멎게 할 수가
있으며, 안정(安靜)으로 호흡이 고르지 못함을 가라앉힐 수가 있다고 하지
만 이와 같은 일은 심신을 고달프게 하여 세상의 물사에 안달하는 자가 애

쓰는 일이다. 원래 무위(無爲)의 道에 의해 안락하게 지내는 사람이 굳이 간여하여 문제 삼을 일이 아니다.

이런 점에서 말하건대 성인이 천하 사람들을 훈계하는 가르침은 신인(神人)이 간여하여 문제 삼으려고 하지 않는다. 현인이 세상 사람들을 훈계하는 말은 성인이 조금도 문제 삼지 않는다. 군자가 일국의 사람들을 훈계하는 명령은 현인이 조금도 문제 삼지 않는다. 하물며 서민이 기회에 편승하려는 일은 군자조차 조금도 문제 삼지 않는 것이다.

【語義】 德溢乎名(덕일호명):인간세편 〈심재우화〉의 '德蕩乎名'에 근거한 말이리라. '溢'은 '逸'의 차자로 보아야 한다. 정도에서 벗어나는 것을 가리킨다. 뒤의 '溢'도 같다.

名溢乎暴(명일호포):〈심재우화〉의 '名也者, 相軋也'에 근거한 말이리라. '暴'는 횡포하고 잔인하다는 뜻.

謀稽乎誴(모계호현):'稽'를 통설에서는 '생각하다'의 뜻으로 해석하지만 '이르다'의 뜻으로 해석해야 한다. '誴'이 '弦'으로 되어 있는 판본도 있다(≪석문≫의 설). '誴'은 달리 쓰인 예가 없는 문자인데 그 음으로 뜻을 추측하면 詃(속이다, 계략을 쓰다)의 뜻이리라.

知出乎爭(지출호쟁):〈심재우화〉의 '知出乎爭', '知也者, 爭之器也'에 근거한 말이리라.

柴生乎守官(채생호수관):'柴(울짱)'는 塞(색)'의 차자. 마음이 깃드는 것. 일에 관하여 깊이 생각하고 신중하게 행동하는 것을 가리킨다. '官'은 관직을 가리킨다.

事果乎衆宜(사과호중의):'果'는 '완수하다, 이루다'의 뜻, 이상의 여러 행위는 이른바 외물에 부림을 당하는 것이다.

怒生(노생):기세 좋게 일어나는 것. '怒'는 '努'의 차자(馬敍倫의 설).

銚鎒(조누):'銚'는 가래. '鎒'는 '槈(누)'의 이체자. 제초 도구인 낫.

草木之到植者過半(초목지도식자과반):≪중용≫에 '따라서 하늘이 物을 낼 때에는 반드시 그 소질에 따라 두터이 한다. 따라서 견고하게 서 있는 자는 무성하게 자라고, 기울어진 것은 엎어진다(故天之生物, 必因其材而篤焉. 故栽者培之, 傾者覆之)'라고 한 것과는 상반되는 표현이다. 이것을 의식한 표현인지도 모른다. '到植'은 거꾸로 서는 것.

靜然可以補病(정연가이보병):'然'은 '乃'의 뜻. 마침내.

眥媙可以休老(자멸가이휴로):'眥'는 '眦(자)를 잘못 베낀 것, '媙'은 '摵'의 차자. '眦摵'은 안마. 일종의 양생술로 눈초리를 마사지하여 시력을 강화하는 방법(焦竑의 설)이라 한다.

寧可以止遽(영가이지거):'寧'은 호흡을 가다듬는 것. '遽'는 호흡. 심장의 고동이 어지러운 것.

非伏者之……:'非'는 군글자이다.(馬敍論의 설). '伏者'는 신심의 안정을 지켜나가는 사람. '過而問'은 가까이 가서 묻는 것. 즉 마음에 걸려 문제로 삼는 것을 가리킨다.

聖人之所以駴天下……:'駴'는 '誡(경계하다)'의 차자(馬敍倫의 설).


【補說】 이상의 〈중의지설〉은 덕행이 명예를 구하다 어지러워지는 원인은 사람들이 시의(時宜)에 합치하려고 물사를 행하는 데서 비롯된다고 하고, 그것은 심신이 안락한 체도자로서는 전연 문제로 삼을 만한 일이 아님을 말하고 있다.

앞의 〈천유설〉과 구성·필치 등에서 흡사한 점이 많다. 동일한 사람이 지은 것이거나 거의 같은 시기에 만들어진 작품이리라.

# 제11장 선훼지잠(善毀之箴)

> 演門有親死者. 以善毀, 爵爲官師. 其黨人毀而死者半.
> 堯與許由天下, 許由逃之. 湯與務光, 務光怒之. 紀他聞之,
> 帥弟子而踆於窾水. 諸侯弔之三年. 申徒狄因以踣河.

송(宋)나라 연문(演門)이라는 곳에 그 부모를 여읜 사람이 있었다. 그 사람은 상(喪)에 복(服)을 하여 몸이 파리해졌는데 너무나 효심이 지극하여 몸이 마치 꼬챙이처럼 말라 있었다. 이 소식을 들은 송나라 군주는 그를 칭찬하여 신분을 높여 주고 관리로 등용했다. 그래서 연문의 마을 사람들은 그런 행운을 얻으려고 부모의 상(喪)에는 수단 방법을 가리지 않고 몸의 살을 빼다가 목숨을 잃는 경우가 허다했다.

태고에 요(堯)임금이 천하의 통치권을 허유(許由)에게 양도하려 했는데 허유는 그것을 마다하고 도망쳐 버렸다. 은(殷)나라 탕왕(湯王)은 요임금과 마찬가지로 천자의 자리를 현인 무광(務光)에게 양도하려 했으나 무광은 허유도 받지 않은 것을 내가 받을 것 같으냐며 화를 냈다. 그뿐 아니라 기타(紀他)는 그 말을 듣고는 제자들을 이끌고 관수(窾水) 건너로 숨어 버렸다. 그 후 그의 부음을 들은 제후들이 3년에 걸쳐 멀리 조문하러 갔다. 이것을 안 신도적(申徒狄)은 자신도 그러한 영광을 얻고자 황하(黃河)에 몸을 던졌다.

【語義】 演門(연문):송나라의 성문(≪석문≫의 설)으로 그 동쪽 문(成玄英의 설)이라 한다. ≪한비자≫ 내저설(內儲說) 상편에 이와 거의 비슷

한 선훼자(善毁者)의 이야기가 실려 있으며, 거기에는 '宋崇門之巷人'으로 되어 있다.

　善毁(선훼):중국에서는 어버이의 상을 당한 자식은 특별히 지은 허술한 움막에서 살며 먹는 것도 변변치 못해 야위면 야월수록 효가 극진한 것으로 평가되었다. 이 야위는 것을 '毁'라 한다.

　爵爲官師(작위관사):'爵'은 작위를 내리는 것. 단 '公·侯·伯·子·男'의 작위를 내려 주는 것이 아니라 신분을 높여 주는 것을 가리킨다. 여기서는 서민에서 사(士)로 그 신분이 높아지는 것이리라. '官師'는 한 관직의 우두머리를 가리킨다.

　黨人(당인):'黨'은 향당. 즉 村里.

　許由(허유)·務光(무광)·紀他(기타):모두 은자(隱者)들이다.

　踆於窾水(준어관수):'踆'은 '逡'의 이체자로 해석해야 한다. '물러가다, 숨다'의 뜻이다. '窾水(川의 이름)'가 어디인지는 명확하지 않다. '窾'은 공허하다는 뜻인데 이 말에 우의가 있다고는 생각되지 않는다.

　諸侯弔之三年(제후조지삼년):'弔'는 어려움을 위로한다는 뜻으로도 쓰이지만 주로 죽음을 애도한다는 뜻으로 쓰인다. 필시 기타는 은둔 생활의 어려움 속에 살면서 죽어갔으리라. 그래서 제후까지 그 높은 뜻을 사모하여 조문했다고 한 것이리라. '三年'은 어버이의 상에 복(服)하는 기간이다.

　申徒狄因以踣河(신도적인이복하):'申徒狄'은 은자의 한 사람. '因以'는 '제후들까지 극구 칭송했다는 사실로 인해'의 뜻. '踣'는 엎어지는 것. 죽는 것을 가리킨다.

【補說】 이상의 〈선훼지잠〉은 자신의 효심을 보이는 훼(毁)나 벼슬을 거부하는 도피 등이 자주 행해져 결국에는 훼나 도피 그 자체가 목적이 되

어 사람을 죽음에 이르게 한다는 교훈을 담고 있다.

또 ≪한비자≫에는 '자식이 부모의 상에 복(服)함은 부모를 극진히 사랑하기 때문이다. 그러나 상(賞)으로써 권장해야 한다. 하물며 군주의 백성에게 있어서랴'라고 하여, 상이 백성을 통치하는 데 유효하게 쓰일 수 있다는 것을 말하고 있다. 본디 상이란 어떤 노력의 결과에 주어지는 것이다. 그러나 그 상이 최종적 목적이 되고 모든 노력이 그것을 획득하기 위해 기울여져서는 바람직하지 못하다.

# 제12장 망전지잠(忘筌之箴)

> 筌者所以在魚. 得魚而忘筌. 蹄者所以在兎. 得兎而忘蹄. 言
> 者所以在意. 得意而忘言. 吾安得夫忘言之人, 而與之言哉.

통발[筌]은 물고기를 잡기 위한 도구다. 그러나 물고기가 잡히면 통발은 잊힌다. 덫은 토끼를 잡기 위한 도구다. 그러나 토끼가 잡히면 덫은 버려진다. 말은 마음에서 생각한 것을 전달하기 위한 수단이다. 그러나 마음에서 생각한 것이 전달되면 통발이나 덫처럼 잊히게 마련이다. 세상에서는 진정으로 생각한 것보다도 허위에 찬 말을 소중히 하고 있다. 우리는 언제 어디서 말을 잊어버린 사람과 만나 마음을 서로 통할 수 있을까?

【語義】 筌者所以在魚(전자소이재어): 成玄英所見本·古逸叢書本 등에는 '筌'이 '筌'으로 되어 있다. '筌'은 향초(香草)의 이름이다. 그래서 '筌은 물고기의 먹이가 된다. 물속에 쌓아 놓고 물고기가 여기에 모여 먹을 수 있게 하려는 것이다'(≪석문≫의 설)라는 견강부회한 해석이 생겼다. 여기서는 물고기를 잡는 장치, 지롱, 어리의 뜻이다.

　　蹄(제): '係蹄'의 약어로 덫을 가리킨다.

　　忘言之人(망언지인): 대종사편 〈진인론〉에서 '眞人'에 관해 '悗乎(其)忘其言也'라 한 것 참조.

【補說】 이상의 〈망전지잠〉은 앞의 〈선휘지잠〉과는 반대로 통발·덫 등의 수단에는 국한된 가치밖에 없으며 그 목적이 달성되면 버려진다는 것을

도입으로 삼아, 사람의 진의 전달 수단인 언설은 도외시되어야 함을 시사하고 그러한 진의의 사람을 만나기 어려움을 한탄하고 있다.

그런데 도구나 기계 따위는 그 쓰임이 끝나면 버려져도 무방하다. 하지만 인간이 그러한 수단이자 도구가 된다면 어떻게 될까? 한(漢)나라 고조(高祖)의 천하 통일을 도운 한신(韓信)이 그 통일이 이룩된 뒤에 죽임을 당하는 비운을 만나, '나는 새가 없어지니 양궁(良弓)이 감추어지고, 교토(狡兔)가 죽으니 주구(走狗)가 삶아진다(高鳥盡, 良弓藏. 狡兔死, 良狗烹)'(《사기》)고 한탄한 것은 참으로 참혹하다. 거짓말과 사기가 횡행하는 세상에 진의(眞意)의 사람이 귀중함은 말할 것도 없다. 그러나 진정 바람직한 것은 진의(眞意)·진언(眞言)의 일치이다.

그리고 이 문장은 '忘荃(筌)''忘蹄'(둘 다 본질에 접근하는 것을 가리킨다)·'筌蹄'(수단·안내) 등의 성어(成語)의 출전이다.

【餘說】 《장자》 외물편과 《여씨춘추》 필기편의 관계

〈선훼지잠〉과 〈망전지잠〉은 서로 대조되는 작품이다. 그래서 이 두 잠을 합쳐 하나의 절로 보는 사람도 있다. 그런데 그럴 경우 '忘言'이라고 하는 귀결을 도출하는 것은 무리다.

'忘言'이라고 하는 것은 이 편 처음의 '外物不可必'이라고 한 제언의 귀결인 듯이 보인다. 그래서 편 머리의 '莊子曰'은 그대로 편말까지 이어지며 모든 것이 장자의 설이라고 해석하는 사람과, 이 외물편은 수미(首尾)를 갖추고 있어서 이 두 편이 그 결론에 해당한다고 해석하는 사람도 적지 않다. 그러나 이른바 장자의 말로서도, 이 편에 있어서도 그럴 만큼 서술이 통일되거나 수미가 정연하게 갖추어졌다고 할 수는 없다. 각 장절에 관한 해설을 훑어보면 이러한 점은 명백해질 것이다.

그런데 ≪여씨춘추≫ 필기편은 이 편과 똑같이 그 첫머리가 '外物不可必……'로 시작된다. 이 편에 수록된 우화·논설과 필기편에 실려 있는 여러 설화는 같지 않지만 편말에 결론을 둔 체재도 비슷하고, 비록 '忘言'이라는 주장과 '必己'라는 주장은 다르다 해도 어느 주장이건 외물에 구애받지 않아야 한다는 결론이라는 데에는 공통점이 있다.

≪여씨춘추≫의 필기편 쪽이 '外物不可必'이라는 주제로 통일되어 있고 설화의 선택에서도 그런 점이 충분히 감안되어 있다.

≪여씨춘추≫는 여러 문헌에서 자료를 뽑아 그것들을 정리하여 편집한 책인데 이 편 맨 처음의 〈외물불가필지설〉은 오히려 필기편의 문장을 늘려놓은 것이 아닌가 의심스럽다. 이러한 사실들을 근거로 추측하면 이 외물편은 郭象이 필기편을 본보기로 삼아 장자적 유설(遺說)을 정리하여 편집한 것이 아닐까? 그런 의미에서 이 두 편, 특히 〈망전지잠〉은 결론적 성격을 띠고 있다고 생각된다.

# 제27편
# 우언(寓言)

　편 머리의 두 자를 취하여 편명으로 삼고 있다. 한 개의 논설과 다섯 개의 우화가 수록되어 있다. 최초의 논설은 사상의 표현 형식에 관해 언급한 것으로서 주목받는 작품이다. 또 뒤의 우화는 그 예를 든 해석이라 할 수도 있는데 정리되고 세련되어 있지는 않다. 이 편까지의 서술과 다음의 양왕편 이하와는 내용과 형식에 차이가 있어 이 편을 ≪장자≫의 한 마무리로 보는 설도 있다. 요컨대 비교적 후기의 번안이 많기 때문에 전편을 일관하는 교이보다는 가가의 논설 우회에 대해 평가해야 할 것이다.

## 제1장 치언론(巵言論)

寓言十九, 重言十七, 巵言日出, 和以天倪.
寓言十九, 藉外論之. 親父不爲其子媒. 親父譽之, 不若非其
父者也. 非吾罪也. 人之罪也. 與己同則應, 不與己同則反.
同於己爲是之, 異於己爲非之.
重言十七, 所以已言也. 是爲耆艾年先矣. 而無經緯本末, 以
期年耆者, 是非先也. 人而無以先人, 無人道也. 人而無人道,
是之謂陳人.
巵言日出, 和以天倪. 因以曼衍, 所以窮年. 不言則齊, 齊與
言不齊. 言與齊不齊也. 故曰, '無言'. 言無言, 終身言, 未嘗
不言. 終身不言, 未嘗不言. 有自也而可, 有自也而不可, 有
自也而然, 有自也而不然. 惡乎然, 然於然. 惡乎不然, 不然
於不然.
惡乎可, 可於可. 惡乎不可, 不可於不可. 物固有所然, 物固
有所可, 無物不然, 無物不可. 非巵言日出, 和以天倪, 孰得
其久. 萬物皆種也. 以不同形相禪, 始卒若環, 莫得其倫. 是
謂天均. 天均者天倪也.

사람의 이야기 중 우언(寓言)은 그 10분의 9가 남의 주의를 끌고, 중언(重言)은 그 10분의 7이 주의를 끈다. 그러나 치언(巵言)은 날마다 나타나며 더욱이 그 시비(是非)를 절대적 규정으로 조화시키고 있다.

우언의 10분의 9는 논하고자 하는 것 이외의 사물을 빌려 간접적으로 설명하는 것이다. 비유컨대 아버지는 자기 아들의 중매인 노릇은 하지 않는다. 이것은 아버지가 아무리 그 아들을 칭찬하더라도 남이 믿으려 하지 않고, 또 다른 사람이 칭찬하는 편이 효과가 있기 때문이다. 다시 말해, 아버지의 칭찬이 나쁘기 때문이 아니라 그것을 듣는 사람이 아버지니까 자식을 칭찬하는 것이 당연하다는 선입견을 갖기 때문이다. 사람은 자기와 같은 조건의 것에는 응하지만 자기와 다른 조건의 것에는 등을 돌린다. 그래서 그 사람과 같은 조건의 것을 빌려 설명하면 시인하지만 다른 조건의 논제에 관해 직접적으로 논하면 이것을 부인하는 것이다.

중언의 10분의 7은 논하고자 하는 것을 이미 다 말한 것이다. 왜냐하면 그것은 사람들에게 신용 받고 있는 장로(長老)의 말이고 그들은 먼저 태어났기 때문이다. 그렇지만 그 말에 줄거리도 통일도 없이 다만 나이가 많은 것만을 표준으로 삼고 있어서는 참으로 앞장서서 사람들을 이끄는 것이 아니다. 사람으로서 앞장서서 남을 이끌지 못하면 그 도리를 변별하지 못하는 것이다. 사람으로서의 도리를 변별하지 못한다면 그저 늙다리라고 부를 수밖에 없다.

그런데 치언은 날마다 나타나며 사물의 시비를 절대적 규정으로 조화하고 끝없이 넓게 두루 퍼져 무한한 시간으로 이어지고 있다.

사람이 사물을 초들어 논설하지 않으면 모든 사물은 한결같이 자연 그대로다. 그런데 그 한결같은 자연스러움과 그것을 말로 표현한 것은 결코 같지 않다. 모든 사물은 한결같다고 말하여 규정하는 것과 모든 사물의 한결같음은 그 본래의 자연 그대로에 일치하는 것이 아니다. 그래서 '사물을 초들어 말하지 않는다'고 하는 것이다.

말을 하되 사물을 나타낼 수 없다면 한평생 지껄여대더라도 그것은 아무 말도 하지 않은 것이다. 그러나 초들어 말하지 않는다면 사물은 모두가 자연 그대로이며, 한평생 아무 말도 하지 않더라도 그것은 모든 사물을 말하고 있는 것이리라.

사람은 저마다의 생각으로 가(可)인지 불가인지, 진실한지 진실하지 않은지를 판단한다. 그런데 무엇을 진실이라고 하냐면 진실하다고 생각하는 것을 진실하다고 말하는 것이다. 무엇을 진실하지 않다고 하냐면 진실하지 않다고 생각하는 것을 진실하지 않다고 말하는 것이다. 무엇을 가(可)라 하냐면 가(可)하다고 생각하는 것을 가(可)하다고 말하는 것이다. 무엇을 불가(不可)라 하냐면 불가(不可)하다고 생각하는 것을 불가(不可)하다고 말하는 것일 따름이다. 물론 사물에는 진실하다고 인정할 만한 상태가 있고 또 가(可)하다고 시인할 만한 가치가 있을 것이다. 그렇다 해도 사람들이 제각기 그렇게 생각한다면 어떤 사물이라도 진실하고 가하다고 하게 된다. 그래서 치언이 날마다 나타나 可·不可·然·不然 등을 절대적 규정으로 조화하지 않으면 그 규정은 어느 것도 영구적일 수 없다.

모든 사물은 하나의 근원으로부터 갈려 나와 이루어진 것이다. 그것들은 모두가 다른 형태를 취하면서 계속 변해 가고, 그 처음과 끝은 마치 고리처럼 순환하고 있어 어느 형태가 그 사물의 처음인지, 어느 형태가 그 사물의 끝인지 사람의 지혜로는 명확히 구별할 수 없다. 이 무한한 순환을 '천균(天均)'이라 한다. 이 천균에 입각한 규정이야말로 절대적 규정인 것이다.

【語義】 寓言……卮言日出:뒤의 천하편에서 장주의 학풍을 평하여 '以卮言爲曼衍, 以重言爲眞, 以寓言爲廣'이라고 했다. 이에 근거하여 이 3언은 장주의 학설 표현에 관한 설명이라는 해석이 널리 행해지고 있다. 그러나 이 설이 오직 장주에 관하여 서술한 것인지, 아니면 일반론에 관하여 서술한 것인지는 깊이 생각해야 할 문제이다. 이 설이 천하편처럼 3언을 같은 비중의 것으로 다루고 있다고는 볼 수 없다. 논하고자 하는 중점이 분명 치언에 있다.

寓言十九(우언십구):말하고자 하는 것을 다른 物을 빌려 간접적으로 표현하는 것을 '寓言'이라 한다. '寓'는 본디 '몸을 의지하다, 남에게 붙어살다'의 뜻. '十九'에 관해서는 10언하여 그 9언, 요컨대 하는 말의 9할이 믿을 수 있다는 뜻(郭象의 설)으로 해석하는 설과 장주의 표현 형식의 9할을 가리킨다는 뜻(呂惠卿의 설)으로 해석하는 설이 있는데 후자 쪽이 널리 채택되고 있다. 뒤의 '十七'에 관해서도 같다.

重言(중언):옛사람의 말을 인용하고 그에 덧붙여 말하는 것. 인간세편 〈심재우화〉에 '成而上比者, 與古爲徒. 其言雖敎謫之實也, 古之有也. 非吾有也'라고 한 것 참조.

巵言(치언):≪석문≫ 계출본에는 '卮'로 되어 있다. '巵'를 정자, '卮'를 그 이체자로 본다. ≪설문해자≫에 '巵는 둥근 그릇이다'라고 했다. 많은 학자들은 이 술잔[酒杯]의 뜻에서 '巵言'의 의미를 연역하려 하고 있다. 郭象은 '巵는 가득 차면 기울고, 비면 비스듬히 선다. 옛것을 지키지 못한다. 하물며 말에 있어서랴. 物에 의해 변하고 그에 좇을 뿐이다'라고 해석했다. ≪순자≫ 유좌편(宥坐篇)에 이런 이야기가 나온다. 노(魯)나라 환공(桓公)의 묘에 '宥坐(座右의 뜻)之器'라고 하는 의기(欹器:기울어진 모습을 한 그릇)가 있었다. 그 그릇은 물이 가득 차면 뒤집어져 물을 쏟아 내고, 텅 비면 삐딱하게 기울며, 물이 절반쯤 차야 똑바로 섰다. 공자가 이것을 보고, 가득차고서도 뒤집히지 않도록 유지하는 방법에 관해 '자신에게 총명함과 훌륭한 지혜가 있을 때에는 이것을 어리석은 듯한 태도로 지켜 나가고, 자신의 공덕이 두루 천하에 미쳤을 때에는 사양하는 태도로 지켜 나가며, 세상을 뒤엎을 만큼 용맹스러울 때에는 마치 겁쟁이인 듯한 태도로 지켜 나가고, 천하제일의 부를 누릴 때에는 겸허한 생활로써 지켜 나간다(聰明聖知, 守之以愚, 功被天下, 守之以讓, 勇力憮世, 守之以怯, 富有四海, 守之以謙)'라고 가르쳤다(≪설원≫·≪공자가어≫에도 같은 취향의 이야기가 실려 있음).
郭象은 이러한 것을 근거로 이 설을 말한 것이리라. 그러나 欹(敧와 통용)器나 그것을 본뜬 巵는 中正을 지키는 것을 훈계하는 말일 뿐 物에 좇으라는 뜻은 아니리라. '巵言'에 관해서는 설이 구구하다. '巵'를 의기(欹器)로 보더라도 '執一(한 가지 일만을 고수하고 거기에 집착함)'이 없는 것을 말한다(王叔之의 설), 無心을 가리킨다(成玄英의 설) 등 다소 다른 해석을 하는 학자도 있다. 또 '巵'를 단순히 주기(酒器)로 보아, 마시면 맛이 있는 것을 가리킨다(林希逸의 설), 가득 차야만 밖으로 넘치는 것을 말한다(劉燁의 설), 주연의 여수(旅酬:의식이 끝난 뒤에 식에 참가한 사람들이 술잔을 돌려 가며 마시는 禮)를 행할 때에 쓰는 말이다(馬其昶의 설) 등으로 해석하는 설도 있다. 일설에 지리멸렬하여 앞뒤가 없는 것을 가리킨다(司馬彪의 설)고 했다. '巵'는 '危'를 잘못 베낀 듯하다. '危'는 '詭'의 차자이며 여기서는 제물론편 〈대각우화〉의 '弔詭'와 같으며, 불가사의(不可思議), 즉 상식으로는 포착할 수 없는 것을 가리킨다고 해석해야 할 것이다. 巵言의 내용에 관해서는 다음 글에 언급되어 있다.

日出和以天倪(일출화이천예):郭象은 '日出이란 日新을 말한다. 날마다 새로워지면 자연의 본분을 다하는 것이다. 자연의 본분을 다하면 和하게 된다'라고 해석했는데 '和'는 '天倪'의 문제로 '日出'에 관해서까지 언급할 필요는 없을 것이다. 제물론편 〈천뢰우화〉의 '言惡乎存而不可'를 적극적 표현으로 바꾼 것이다. '天倪'는 〈천뢰우화〉에 '是以聖人和之以是非, 而休乎天鈞. 是之謂兩行'이라고 한 '天鈞'에 해당한다. 절대적 규정을 말한다.

與己同則應……:재유편 〈독유인설〉의 '世俗之人, 皆喜人之同乎己, 而惡人之異於己也'에 근거한 말이리라. 이 설명에 의하면 '寓言'은 세속의 문제이지 장주의 표현의 문제가 아니다. 또 이 세속인의 생각으로는 言의 참된 뜻에 도달할 수 없다.

同於己爲是之(동어기위시지):'爲'는 여기서는 '則'의 뜻.

所以已言也(소이이언야):'已'를 '止'의 뜻으로 보고, 천하가 논쟁을 멈추는 것을 가리킨다(林希逸의 설)고 해석하는 자가 많다. 그러나 이 문장은 논쟁에 관하여 서술하고 있는 것이 아니라 어떻게 하여 참[眞]을 전할 것인가를 말하고 있는 것이다. '已'는 '旣'와 같으며, '애쓰다, 진력하다'의 뜻. 요컨대 말해야 할 것을 남김없이 말한다는 뜻이다. 이것을 '이미'의 뜻(成玄英·郭嵩燾의 설)으로 해석하는 것은 적당하지 않다.

是爲耆艾(시위기애):≪예기≫ 곡례 상편에 '나이 쉰에 이른 자를 艾라 하며, 卿·大夫가 되어 정치에 참여한다. 예순에 이른 자를 耆라 하며, 이때에는 지시하여 사람을 부린다(五十曰艾, 服官政. 六十曰耆, 指使)'라고 되어 있는데 여기서는 그 연령을 가리키는 것이 아니다. ≪이아(爾雅)≫ 釋詁에 '耆艾는 우두머리[長]이다'라고 했고, 또 ≪국어≫ 주어(周語)의 한 구에 대한 韋昭의 주에, '東周 사람들은 높은 분을 일러 耆艾라 한다'라고 한 것처럼 일반적으로 연장자에 대한 존칭이다.

年先矣(연선의):통설에서는 이 구를 다음 글에 연결시켜 해석하는데 그럴 경우 '期年耆'와 중복된다. '耆艾'를 보충 설명하는 말로 해석해야 할 것이다.

經緯本末(경위본말):통일이 있는 질서를 가리킨다. '經'은 피륙 따위의 세로 놓인 실, '緯'는 피륙의 가로 짠 실. '經緯'는 일의 기본 골격이 되는 구조, 또는 사건의 줄거리. '本末'은 근본과 그에서 비롯되는 전개.

以期年耆者(이기년기자):'期'를 '기다린다'는 뜻(成玄英의 설), '제한하다'는 뜻(蘇輿의 설), '합친다'는 뜻(馬敍倫의 설) 등으로 해석하는 설과, '期年'은 1주년을 뜻하는 게 아니라 갈마드는 연월을 뜻하며 '耆'는 '耆艾'

의 생략이라고 해석하는 설(宣穎의 설)이 있다. '以'는 '그런데도'의 뜻. '期'는 '표준으로 삼다'의 뜻. '耆'는 '老'의 뜻으로 해석한다.

人而無以先人無人道也(인이무이선인무인도야):≪맹자≫ 이루 하편에 '中和의 德을 갖춘 자가 德이 부족한 자를 가르쳐 이끌고, 재능이 있는 자가 재능이 부족한 자를 가르쳐 이끄는 것이 道이다. 이렇게 되어야만 사람은 어진 부형이 있는 것을 즐거워하고, 부덕·부재한 자도 진보할 수 있는 것이다(中也養不中, 才也養不才. 故人樂有賢父兄也)'라고 한 것처럼 연장자는 연소자를 가르쳐 인도해야 한다는 사고에 입각한 말이다. '人道'는 사람으로서 행해야 할 일을 뜻한다.

陳人(진인):노인. 늙다리. 옛사람. '陳'은 '陳腐'의 '陳', 즉 '묵다·오래되다'의 뜻.

和以天倪……所以窮年:제물론편 〈우무경지론〉에 거의 같은 진술이 있다. 그것에 근거한 말이리라.

不言則齊(불언즉제):제물론편 〈천뢰우화〉의 '天地與我竝生, 而萬物與我爲一. 旣已爲一矣. 且得有言乎'를 거꾸로 바꿔 말한 것이다. '齊'는 추수편 〈반기진우화〉의 '萬物一齊, 孰短孰長'의 '一齊'와 같다. 만물이 가치 의식을 품지 않는 평등한 자연 존재임을 가리킨다.

齊與言不齊(제여언부제):〈천뢰우화〉의 '一與言爲二'에 근거한 말이리라.

言與齊不齊也(언여제부제야):앞 구의 言·齊의 순서가 바뀌었을 뿐인데 이것은 〈천뢰우화〉의 '二與一爲三'에 근거한 것으로, 앞 구의 '齊與言'을 받아 彼我 일체라고 생각하는 것이다. '齊'는 만물 일체의 사실을 가리킨다.

故曰無言(고왈무언):〈천뢰우화〉의 '無適焉'에 근거한 것이리라.

言無言終身言未嘗不言(언무언종신언미상불언):'不' 자가 없는 판본도 많다(王叔岷의 설). 다음의 '終身不言未嘗不言'과 상반하는 대문(對文)이 되어야 한다. '不' 자를 삭제한다. 이 진술은 〈천뢰우화〉의 '今我則已有謂矣. 而未知吾所謂之其果有謂乎, 其果無謂乎'를 기조로 하여, 즉양편 〈육침우화〉의 '其口雖言, 其心未嘗言'의 경지를 표현한 것이리라.

終身不言未嘗不言(종신불언미상불언):앞에 인용한 〈천뢰우화〉의 '有謂乎'를 기조로 하여 이른바 '不言之敎'를 가리킨다. 천운편 〈함지악우화〉에는 '(無言而心說.) 此之謂天樂'이라는 말이 있다.

有自也而可……:〈천뢰우화〉의 '物謂之而然'을 확대 부연한 것이다.

惡乎然……無物不可:〈천뢰우화〉에 이와 거의 같은 내용의 진술이 있는데 그에 근거한 말이리라.

孰得其久(숙득기구):〈천뢰우화〉의 '是亦一無窮, 非亦一無窮也'에 입각한 말이다.

萬物皆種也(만물개종야):〈천뢰우화〉의 '道行之而成, 物謂之而然'에 상응하는 규정이다. 지북유편 〈관어천지설〉에 '今彼神明至精, 與彼百化. 物已死生方圓……'이라고 했다. '種'은 하나의 것으로부터 갈려 나와 여러 가지 차이가 나는 物 각각을 가리킨다.

以不同形相禪(이부동형상선):〈천뢰우화〉의 '凡物無成與毀, 復通爲一'에 해당하는 표현이다. '禪(祭天의 禮)'은 '遭(전:옮겨다니다, 떠돌아다니다)'의 차자.

莫得其倫(막득기륜):'倫'은 여기에서는 '理'의 뜻. 그것을 아는 내력.

天均者天倪也(천균자천예야):〈천뢰우화〉의 '天鈞'과 〈만무의지론〉의 '天倪'를 결합시킨 것이다. '均', '鈞'은 '運(돌다)'의 뜻, '倪'는 '厓'의 차자. 여기서는 '한정·규정'의 뜻.

【補說】 이상의 〈치언론〉은 사물을 표현하는 방법은 우언(寓言)·중언(重言)·치언(巵言) 세 가지가 있으며 그 중에서도 치언은 사람의 언어를 초월하여 천균(天均:자연스런 物의 운행)에 입각한 절대적 규정이며 사물을 영구히 조화하는 것이라고 주장하고 있다.

그 사상은 추수편의 〈반기진우화〉 등 《장자》의 후기적 사상과 같은데 제물론편의 〈천뢰우화〉나 〈우무경지론〉에 의존한 흔적이 뚜렷하다.

【餘說】 〈치언론〉에 대한 평가

이상의 〈치언론〉은 진실을 표현하는 형식에 관하여 논한 것으로서 사람들의 주목을 끌고 있다. 그 선구가 되는 사실은 이전부터 있었으나 표현 형식을 정면으로 문제 삼아 최초로 논한 것으로서 주목해야 할 것이다. 우언·우화 등의 말은 이 논설에서 비롯된 말들일 것이다.

뒤의 천하편에서는 치언·중언·우언을 장주의 표현 형식으로 간주한다. 천하편은 이 논설을 답습했으리라. 이러한 관계에서 이 논설은 《장자》의 표현 형식을 유형화하여 논한 것이라는 해석이 지배적이다. 淸의 王夫之는 "장자는 忘言을 宗으로 삼았으나 왕성하게 문필을 휘둘렀으므로 자신의 道에서 이탈한 감이 없지 않다. 그래서 '종일 말하더라도 드러낼 수 없는 뜻'을 발명하여 사람들이 그러한 자취에 구애받지 않도록 한 것이다. 이 편은 천하편과 함께 《장자》 전체의 序例에 해당한다."라고 논했다. 이것을 장주 자신이 완성한 것으로 믿는 사람은 오늘날에는 거의 없지만 전체의 序例라는 생각은 아직도 많은 사람들에게 지지받고 있으며, 이러한 견해는 王闓運이 지적하고 있는 것처럼 《장자》는 이 편으로 일단 결속되고, 양왕편 이하에는 새로 잡찬

(雜纂)의 편이 더해진 흔적이 있어 더욱 강조되어 가고 있다.

그런데 이 논설은 ≪장자≫ 또는 장주의 표현 형식을 유형화하여 보여 주기라도 하는 듯이 우언·중언·치언 등을 동일한 가치의 것으로 병렬적으로 논하려는 것일까? ≪장자≫ 중에 우언과 우화가 많다는 것은 굳이 초들 것까지도 없다. 그러나 그것은 여기서 말하듯이 사람들이 이해할 수 있을 때까지 평속화(平俗化)하기 위한 것이었을까? 과연 그러한 방편이었을까? 말하는 것과 같은지 않은지를 알 수 없다고 하고, 不言의 가르침을 내세우고, 忘言을 말하는 장주의 본심으로 본다면 우언과 우화는 부득이한 표현이리라. 오히려 필연적 현상이리라. 그러한 표명은 아니라 하더라도 잠시 장주로 하여금 말하게 하면 '총체적인 진실은 유일한 것이기 때문에 말할 수 없으며 상징적 또는 우언적으로밖에 나타낼 수 없다'고 호언할 것이다.

중언이란, 예를 들면 황제·신농·공자 등에 의탁하여 말하는 것을 가리킨다고 해석할 수 있는데 ≪장자≫가 과연 그런 인물의 말을 존중하고 그것을 따라 기술했을까? 이 논설도 그러한 특정 인물의 말을 존중한다고 기술하고 있지는 않다. 하물며 ≪장자≫는 옛 성현의 말을 쓰레기쯤으로 멸시하는 주장조차 펴고 있음에랴.

여기서 우언·중언·치언은 결코 같은 가치의 것으로 취급되고 있지 않다. 이 논설에서 중점적으로 다루어지고 있는 것은 '치언'에 관해서이며 더욱이 그 치언에 관한 설명은 제물론편 〈천뢰우화〉에 의존하고 있고, 특히 '巵言日出, 和以天倪'는 〈천뢰우화〉 논설 부분의 핵심인 '彼是莫得其偶, 謂之道樞. 樞始得其環中, 以應無窮. 是亦一無窮, 非亦一無窮也'를 근본으로 하여 이것을 제물론편 〈우무경지론〉의 '天鈞', '天倪' 등의 말을 사용하여 수정한 것이다. 〈천뢰우화〉에서는 道의 작용인 것을 이 논설은 표현의 문제로 치환하고 있다. 그런 점에서 보더라도 이

치언에 관한 설명은 이 논설의 핵심이며 치언이야말로 가장 완비된 표현이다.

이 논설의 중심 문제가 치언에 있다는 것은 사실은 최초의 서언(緖言)에도 우언이나 중언과는 표현을 달리하고 있다는 것으로 명시되어 있다. 우언과 중언은 언어로써 표현되는 것이며, 따라서 그것들은 하나의 사상(事象)에 관계된 것이다. 그런 점에서도 우언과 중언은 오히려 세속적 표현이라 할 수 있다. 이에 대하여 '巵言'은 '無言'이라 한 것처럼 표현을 초월한 것이다. 그래서 '天倪'라 한다. 하나의 사상(事象)에 관계된 것이 아니라 '曼衍', '窮年'을 이야기하고 있듯이 공간적 · 시간적으로 영구한 것이다. 치언은 우언이나 중언과는 성격이 다르다.

그 현상의 한 면을 잡아 물사를 규정할 수 없다는 것은 《장자》 중에 자주 언급되어 있다. 추수편 〈반기진우화〉에 '以道觀之, 何貴何賤. 是謂反衍. 無拘而志, 與道大蹇. 何少何多. 是謂謝施. 無一而行. 與道參差. 嚴乎若國之有君, 其無私德. 繇繇乎若祭之有社, 其無私福. 泛泛乎其若四方之無窮, 其無所畛域. 兼懷萬物, 其孰承翼. 是謂無方'이라고 한 것처럼 그것을 초월하고, 나아가 물사의 모든 현상을 포화하는 것을 구하고 있는 것이다. 이 논설은 그것을 오로지(그것이 언어를 초월한 것이지만) 표현의 문제로서 취급한 것이다.

천하편이 우언 · 중언 · 치언을 등가적 표현으로서 취급한 것은 천하편 작자의 자의적 이용이다. 그것을 직접적으로 이 논설과 관련시켜 이 것들을 《장자》의 세 가지 표현 형식으로서 이해하려는 것은 결코 적당하지 않다.

## 제2장 혜자·장자문답:심복우화(惠子·莊子問答:心服寓話)

莊子謂惠子曰, "孔子行年六十而六十化. 始時所是, 卒而非之. 未知今之所謂是之非五十九非也."
惠子曰, "孔子動志服知也."
莊子曰, "孔子謝之矣. 而其未之嘗言. 孔子云, '夫受才乎大本, 復靈以生, 鳴而當律, 言而當法. 利義陳乎前, 而好惡是非, 直服人之口而已矣. 使人乃以心服, 而不敢蘁. 立定天下之定.' 已乎已乎, 吾且不得及彼乎."

장자가 혜자에게 말했다.

"공자는 60세가 될 때까지 60번 생각이 바뀌었네. 처음에는 좋다고 생각했던 것을 나중에는 나쁘다고 생각하게 된 것이지. 그래서 60세인 지금 좋다고 생각하고 있는 것도 59번 나쁘다고 고쳐 생각한 것일지도 모르지."

혜자가 이에 대답했다.

"공자는 마음을 괴롭혀 가며 명지(明知)를 얻으려고 했네."

장자가 이에 반박하여 이렇게 설명했다.

"공자는 그런 어리석음에서 떠난 지 오래야. 단지 그것을 입 밖으로 말하지 않았던 것이지. 공자는 이렇게 말하고 있네.

'인간은 태어날 때부터 완전한 재능을 근원인 道로부터 얻고 있기에 정기(精氣)를 확고하게 안에 지니고 이 세상에서 살아가는 한 물사에 응하여 행하는 일이나 타인에 응하여 말하는 것이 저절로 법칙에 합치한다. 그럼에도 利니 義니 하는 것을 눈앞에 놓고 이에 호오(好惡)의 情을 작용시켜

是非의 論을 가해서는 그저 타인의 입을 막을 수밖에 없다. 타인으로 하여금 마음으로부터 좋게 하고 어떠한 거스름도 없게 하면 천하의 평안함을 정할 수 있으리라.'고 말일세.

이러쿵저러쿵 떠들지 말고 조용히 하세. 나로서는 도저히 공자에 미칠 수 없을 것이야."

【語義】孔子行年六十……:즉양편 〈대의설〉에 거백옥에 관해 이와 거의 같은 뜻의 진술이 있다. 거백옥 쪽이 어울린다고 생각된다. 이것은 〈대의설〉에서 취하여 이 우화의 도입으로 삼은 것이리라.

勤志服知(근지복지):'勤'은 매우 애쓰는 것. '服'은 종사하는 것.

謝之(사지):그러한 상태에서 벗어나는 것. '謝'는 '떠나다, 버리다'의 뜻.

夫受才乎大本復靈以生(부수재호대본복령이생):'才'·'靈'의 개념은 덕충부편 〈재전덕불형우화〉의 '才全', '不可入於靈府'에 근거한 것이리라. '大本'은 道를 가리킨다. '復'은 '腹(복;품다)'의 차자. '靈'은 정기를 가리킨다.

鳴而當律言而當法(명이당률언이당법):'鳴'은 인간세편 〈심재우화〉의 '入則鳴, 不入則止'를 받고 있다. '鳴'은 음성(音聲)이기 때문에 '律(音律)'에 해당한다고 한다. 법칙에 합치하는 것이다. 이 진술은 ≪논어≫ 위정편에 나오는 '일흔 살이 되자 마음 내키는 대로 해도 법도를 어기지 않게 되었다(七十而從心所欲, 不踰矩)'라는 공자의 술회를 은연중에 이용하고 있는 것이리라. ≪중용≫에 '그렇기 때문에 군자는 움직이면 세세로 천하의 道가 되고, 행하면 세세로 천하의 법도가 되며, 말하면 세세로 천하의 준칙이 된다(是故, 君子動而世爲天下道, 行而世爲天下法, 言而世爲天下則)'라고 했다.

使人乃以心服而不敢蘁(사인내이심복이불감오):'乃'는 여기서는 '是'

와 거의 같다. 앞의 말을 강하게 제시한다. '蘁'는 거스르는 것. '以心服' 은 '心服'과 같다. ≪맹자≫ 공손추 상편에 '힘으로 남을 복종시키면 마 음으로 복종하여 따르는 것이 아니라 힘이 부족하여 따르는 것이다. 덕 으로 남을 복종시키면 진정 마음으로 기뻐하여 따르는 것으로 마치 70 명의 제자가 공자를 따른 것과 같다(以力服人者, 非心服也, 力不贍也. 以德服人者, 中心悅而誠服也, 如七十子之服孔子也)'라고 했다. 이 '以 心服'은 ≪맹자≫의 '心服'을 이용한 것이리라.

立定天下之定(입정천하지정):'立定'은 '定立'의 도치일 것이다. '天下 之定'의 '定'은 안정·안녕의 뜻.

【補說】 이상의 〈심복우화〉는 장자와 혜자의 문답 형식을 취하고 있다. 혜 자가 공자는 마음을 괴롭혀 가며 지적 탐구를 쌓는 자라고 한 것에 대 해 장자가 공자는 道의 근본을 깨닫고 정기를 체득하여 사람들을 자연 스럽게 심복시키는 자라고 찬탄하고 있는 것이다.

은연중에 ≪논어≫에 보이는 공자의 수양을 이용하고, 비록 공자를 도가의 한 인물로 보고 있다고는 하지만 ≪장자≫ 속에서 늘 능멸당하 는 공자를, 그것도 장주의 입을 통해 극찬하고 있다. 한 마디로 유가설 에 현저하게 접근하였음을 보여주는 우화이다.

## 제3장 중니평증자: 현죄우화(仲尼評曾子: 縣罪寓話)

曾子再仕, 而心再化. 曰, "吾及親仕, 三釜而心樂. 後仕, 三千鍾[而]不洎, 吾心悲."
弟子問于仲尼曰, "若參者, 可謂無所縣其罪乎."
曰, "旣已縣矣. 夫無所縣者, 可以有哀乎. 彼視三釜 · 三千鍾, 如觀雀 · 蚊 · 虻相過乎前也."

증자는 두 번 벼슬길에 올랐는데 그의 마음도 그에 따라 두 번 바뀌었다. 그는 이렇게 말했다.

"내가 출사하여 부모님을 봉양할 수 있던 때에는 불과 3부(釜)라는 얼마 아니 되는 녹(祿)도 참으로 기뻤다. 그 후 출사하여 3천 종(鍾)이라는 큰 녹을 받게 되었지만 부모님께서 계시지 않아 봉양할 수가 없었으므로 조금도 즐겁지 않았다."

이를 듣고 제자가 공자에게 물었다.

"증삼(曾參)과 같은 사람이야말로 이록(利祿)의 번뇌에 구애받지 않은 사람이라 할 수 있겠습니까?"

공자가 대답했다.

"아니다. 증삼은 이미 이록의 번뇌에 구애받고 있었다. 그런 번뇌에 걸려들지 않은 자라면 어찌 마음이 슬플 수 있었겠는가? 그런 사람은 녹이 3釜가 되었건 3천 鍾이 되었건 그것을 마치 참새 · 모기 · 등에 쯤이 눈앞을 스쳐 지나가는 정도로밖에 여기지 않는다."

【語義】 曾子(증자):공자의 고제(高弟)로 이름은 參.

　　三釜(삼부):一釜는 약 12.4리터.

　　三千鍾不洎(삼천종불기):一鍾은 약 124리터. '洎'는 '曁(마치다)'의 차자. 古逸叢書本·成玄英疏本 등에는 '鍾' 다음에 '而' 자가 있다. 이에 근거하여 '而' 자를 보충한다.

　　無所縣其罪乎(무소현기죄호):'縣'은 '帝之縣解'의 '縣'을 이용한 것이리라. '걸리다, 구애되다'의 뜻. '罪'는 녹리(緣利)에 집착하는 것을 가리킨다.

　　如觀雀蚊䖟(여관작문맹):매우 하찮게 여기는 것을 가리킨다. '雀'은 참새 따위의 조그만 새. '蚊'은 모기. '䖟'은 등에.


【補說】 이상의 〈현죄우화〉는 충신하고 효행이 뛰어난 증자를 그의 스승인 공자가 '그는 자신을 잊고 녹봉도 오직 부모를 위한 것으로 생각했지만 그것은 실은 녹봉에 구애받은 것이다'라고 평했다는 줄거리로 되어 있다.

## 제4장  대묘지설(大妙之說)

顔成子游謂東郭子綦曰, "自吾聞子之言, 一年而野, 二年而
從, 三年而通, 四年而物, 五年而來, 六年而鬼入, 七年而天
成, 八年而不知死不死生, 九年而大妙.
生有爲死也. 勸公以其死也有自也, 而生陽也無自也. 而果然
乎. 惡乎其所適, 惡乎其所不適.
天有歷數, 地有人據. 吾惡乎求之. 莫知其所終, 若之何其無
命也. 莫知其所始, 若之何其有命也. 有以相應也, 若之何其
無鬼邪. 無以相應也, 若之何其有鬼邪."

안성자유가 스승인 동곽자기에게 이렇게 말했다.

"저는 선생님의 가르침을 듣고 따른 지 1년이 지나자 허영을 버리고 소
박함으로 돌아가게 되었고, 2년이 지나자 사심(私心)을 떨쳐 버리고 物에
순응하게 되었으며, 3년이 지나자 사물의 근본 도리를 알게 되었고, 4년
이 지나자 사물과 일체가 되어 변화에 따르게 되었으며, 5년이 지나자 온
갖 物이 저절로 모여들어 따르게 되었고, 6년이 지나자 귀신이 내려 초인
적으로 되었으며, 7년이 지나자 자연 그 자체로 되어 가며 이 세상에 존재
하였고, 8년이 지나자 삶과 죽음에도 전연 번민하지 않게 되었으며, 9년이
지나자 매우 영묘해졌습니다.

무릇 인간은 이 세상에서 의식적으로 뭔가를 행하면 쇠하여 죽습니다.
그렇다면 인간이 이 세상의 일에 종사하고 있는 한 죽는다는 것은 필연적
이고, 살아서 왕성하게 활동하는 것은 우연적인 것일까요. 정말로 그런 것

일까요. 인간으로서 취할 길은 어느 쪽일까요. 취하지 말아야 될 것은 어느
쪽일까요. (삶일까요, 아니면 죽음일까요.)

하늘에는 자연스런 운행이 있고 이에 따라 지상에서 인간의 애씀이 전
개됩니다. 대체 인간은 그 법칙을 어떻게 구하여 알 수가 있을까요? 모든
사람의 생애에는 다 결말이 있는데 인간으로서는 그것이 어찌하여 종말이
되는지 모릅니다. 그렇다면 어찌 자연의 명(命)이 있다고 할 수가 있겠습
니까. 또 인간의 행위에는 행·불행의 응보가 있습니다. 그러고 보면 어찌
인간의 운명을 지배하는 귀신이 없다고 할 수 있겠습니까. 그러나 반드시
행·불행이 정당하게 응보된다고는 할 수 없습니다. 그렇다면 어찌 귀신이
존재한다고 할 수 있겠습니까. (요컨대 귀신을 두려워 말고, 운명에 안달하
지 말며, 무심(無心)히 자연 그대로여야 합니다.)"


【語義】 顔成子游(안성자유)·東郭子綦(동곽자기):제물론편 〈천뢰우화〉의
 '顔成子游·南郭子綦' 참조. '東郭子綦'는 '南郭子綦'를 흉내 낸 것이리
 라.
　　一年而野(일년이야):이른바 '雕琢復朴'이다. 인위를 버리고 소박으로
 돌아가는 것.
　　二年而從(이년이종):이른바 '順物自然'.
　　三年而通(삼년이통):물사에 통하는 것. 〈영녕우화〉의 '朝徹', 《관자》
 심술 상편의 '精'에 해당할 것이다.
　　四年而物(사년이물):物과 일체가 되는 것을 가리킨다. 심술 상편의 '獨
 立', 〈영녕우화〉의 '見獨'에 해당한다.
　　五年而來(오년이래):만물에 대응하여 잘못이 없는 것을 가리킨다.
　　六年而鬼入(육년이귀입):인간세편 〈심재우화〉에 '鬼神將來舍'라고
 했다.

七年而天成(칠년이천성):天과 합일하는 것. 자연 그대로 이루어져 가는 것. 덕충부편 〈무인정지설〉에 '警乎大哉, 獨成其天'이라 했다. 〈영녕우화〉의 '無古今'에 해당한다.

八年而不知死不死生(팔년이부지사불사생):〈영녕우화〉의 '能入於不死不生'에 해당하며 〈영녕우화〉가 영구불멸을 주로 하고 있는 데 비해 이것은 생사를 초월하는 것을 주로 하고 있다.

九年而大妙(구년이대묘):'大妙'의 '妙'는 ≪노자≫의 '이처럼 같은 곳에서 다른 것을 만들어 내는 불가사의한 작용을 하는 것을 玄이라 한다. 이 오심(奧深)하고 미미한 곳, 이것이 갖가지 미묘한 현상을 만들어 내는 문이다(此兩者同出而異名. 同謂之玄. 玄之又玄, 衆妙之門)'(제1장)를 이용한 것이리라. 자유로워 아무것에도 구애받지 않는 것을 가리킨다. 〈영녕우화〉에 '其爲物, 無不將也, 無不迎也. 無不毀也, 無不成也'라고 했다.

生有爲死也勸公……:난해한 표현으로 갖가지 해석이 있다. 이 문장은 '大妙'를 이어 그 경지를 설명하는 '天有歷數' 이하의 도입 역할을 하고 있으며, 또 〈영녕우화〉의 '殺生者不死, 生生者不生'에 해당하는 서술인데 다만 그 취향을 바꾸어 표현하고 있는 것이다. '勸'은 '勤'의 차자. '公'은 事의 뜻. '勸公'은 앞 구의 '有爲'와 같은 뜻으로 단지 그 표현을 달리하고 있을 뿐이다. '有自'는 필연성이 있는 것을 가리킨다. '生陽'은 生의 활동이 왕성하게 되는 것. '無自也'의 '也'는 의문의 뜻을 나타낸다. '有自也'의 '也'도 같다.

天有歷數地有人據(천유력수지유인거):'歷數'는 曆數와 같다. 日·月·星宿·寒暑 등의 운행. 특히 여기서는 사계의 순환을 가리킨다. '人據'는 歷數에 준거하여 사람이 행동하는 것을 가리킨다. 결국 '人據'는 '有爲', '勸公'의 다른 말이다.

有以相應也(유이상응야):'應'은 인간의 행위에 대하여 화복길흉으로 보답하는 것을 가리킨다.

【補說】 이상의 〈대묘지설〉은 안성자유가 스승인 동곽자기에게 한 말을 빌려, 無爲를 수득(修得)한 경지인 '大妙'에 이르기까지의 과정을 도식화하여 나타내고, 이어 그 '大妙'란 無心의 상태인 자연임을 말하고 있다.

대종사편 〈영녕우화〉의 설을 다른 개념을 사용하여 상세하게 밝힌 것으로 그 결론도 〈영녕우화〉와 거의 같다. 상세하기 때문에 약간의 무리도 있는데, 이른바 '天成'의 뒷부분이 앞에서는 구심적(求心的) 추구를 주로 하고 있는 데 반해 원심적(遠心的) 표현으로 전개되고 있는 것은 새로운 견해로서 주목받을 만하다.

'先有爲死也' 이하의 결론을 명시하지 않은 때문이겠지만 그 이하를 별도의 문장으로 취급하는 해석도 있는데 그 결론은 '攖寧'과 거의 같다. '有命', '無命', '有鬼', '無鬼'의 어느 것에도 치우치지 않아 편향적 결론을 보이지 않고 있는데, 그것을 요약하면 추수편 〈반기진우화〉의 '無以人滅天. 無以故滅命'을 계승하고 있다고 볼 수 있다.

# 제5장 망량·영문답:강양우화(罔兩·影問答:强陽寓話)

衆罔兩問於影曰, "若向也俯而今也仰. 向也括而今也被髮. 向也坐而今也起. 向也行而今也止. 何也."

影曰, "叟叟也奚稍問也. 予有而不知其所以. 予蜩甲也, 蛇蛻也. 似之而非也.

火與日, 吾屯也. 陰與夜, 吾代也. 彼吾所以有待邪. 而況乎以有待者乎. 彼來則我與之來, 彼往則我與之往. 彼强陽則我與之强陽. 强陽者, 又何以有問乎."

망량(罔兩:반그림자)들이 그림자를 힐난했다.

"너는 좀 전에는 아래를 내려다보고 있는 것 같았는데 지금은 올려다보고 있다. 좀 전에는 머리를 단정히 들고 있는가 싶더니 이제는 산발하고 있다. 앉는가 싶으면 서고, 가는가 싶으면 멈춘다. 왜 그리 종잡을 수 없는가?"

그림자가 대답했다.

"왜 그리 잔소리가 많은가? 네 말처럼 내가 그러는 것은 사실이지만 왜 그러는지는 알 수 없다. 나는 매미의 허물과 같고, 뱀의 벗어낸 껍질과 같다. (무언가에 의지하고 있다는 점에서는) 비슷하지만 (그 의지하는 것이 무엇인가를 알 수 없다는 점에서는) 다르다.

불이나 햇빛이 나의 주거지이며 그늘이나 밤이 내가 변화해 가는 시각이다. 그러나 자연의 변화에 좇아 생겨나는 빛이나 어둠만이 내가 의지하는 것이라 할 수 있을까? 하물며 나처럼 무엇인가에 의존하고 있는 것에 다시

의존하고 있는 것이 절대적인 의지처를 가지고 있다고 할 수 있을까? 나는 빛이 오면 그것과 함께 나타나고 그것이 사라지면 나도 사라진다. 빛이 강렬하면 나도 한 순간 짙은 모습을 나타낸다. 그 한순간의 강렬함에 기인하여 나타나는 너희들이 대체 무슨 일로 나를 책망하느냐?"

【語義】 衆罔兩問於影(중망량문어영):'罔兩'은 그림자 주변에 생기는 반그림자. 이 우화는 제물론편 〈유대우화〉를 개작한 것이다.

　　向也括(향야괄):'括'은 '髻(괄:상투를 틀거나 쪽을 찜)'의 차자.

　　叟叟也奚稍問(수수야해초문):'叟叟'는 주저주저하며 수군거리는 모양. '稍'는 '哨(소:비난하다, 책망하다, 수다스럽다)'의 차자.

　　吾屯也(오둔야):'屯'은 '모이다, 촌락'의 뜻. 여기서는 주거지를 뜻한다.

　　吾代也(오대야):'代'는 '교대'의 뜻에 '세대'의 뜻을 포함하고 있다.

　　强陽(강양):왕성한 것.

【補說】 이상의 〈강양우화〉는 제물론편의 〈유대우화〉에 자연의 운행 관념을 더하면서 꾸미고 고친 것이다. 〈유대우화〉의 요체를 명확하게 밝히고 있다고 하기에는 뭔가 부족함이 느껴지는 게 사실이다.

# 제6장 양자거 · 노담문답:성덕우화(陽子居 · 老聃問答:盛德寓話)

陽子居南之沛. 老聃西遊於秦. 邀於郊, 至於梁而遇老子. 老
子中道仰天而歎曰, "始以汝爲可敎, 今不可也." 陽子居不答.
至舍, 進盥 · 漱 · 巾 · 櫛. 脫屨戶外, 膝行而前曰, "向者, 弟
子欲請夫子, 夫子行不閒. 是以不敢. 今閒矣. 請問具過."
老子曰, "而睢睢盱盱. 而誰與居. 大白若辱, 盛德若不足."
陽子居蹴然變容曰, "敬聞命矣."
其往也, 舍者迎將, 其家公執席, 妻執巾 · 櫛, 舍者避席, 煬
者避竈. 其反也, 舍者與之爭席矣.

양자거가 노자를 만나고자 남쪽 패(沛)를 향해 여로에 올랐는데 노자는
마침 서쪽에서 진(秦)나라를 돌아보고 있었다. 양자거는 길을 바꾸어 진 쪽
으로 향하다가 양(梁)의 교외에서부터 노자의 뒤를 쫓아 양의 도심에서 간
신히 노자를 만날 수 있었다.

노자는 길가에서 하늘을 우러러 탄식하면서,

"처음에는 너를 가르쳐 볼 만한 인물이라고 생각했는데 이제 보니 영 가
망이 없는 놈이구나."

라고 말했다. 양자거는 아무 말도 하지 않았다.

여관에 도착하자 양자거는 손수 대야 · 양칫물 · 수건 · 빗을 노자에게 올
렸다. 그리고 방문 밖에서 신발을 벗고 공손히 무릎을 꿇은 다음, 무릎걸
음으로 나아가 여쭈었다.

"도중에 여쭈려 했습니다만 선생님께서 걸음을 멈추지 않고 계속 걸으

셨습니다. 그래서 여쭈어 볼 수가 없었습니다. 지금은 한가하신 듯합니다.
부디 저의 잘못을 가르쳐 주시기 바랍니다."

노자가 대답했다.

"너는 노여움을 띤 채 눈을 부릅뜨고 쏘아보고 있다. 너는 지금 누군가
와 함께 있는 것 같다. 참으로 흰 것은 때가 조금 묻어 있는 듯 보이고, 참
으로 훌륭한 德은 모자란 듯 보이는 법이다."

이 말을 듣자 양자거는 두려워 삼가며 용모와 태도를 바꾸고 이렇게 말
했다.

"삼가 가르침을 받들겠습니다."

양자거가 처음 여관에 도착했을 때에는 사람들이 그를 두려워하여 여
관 주인은 자리를 가지고 와 권하고, 안주인은 수건과 빗을 가지고 와 올
렸으며, 묵고 있던 손님들은 자리를 양보하고, 부뚜막에서 불을 쬐던 자
는 그 자리를 내주었다. 그런데 양자거가 노자의 방에서 돌아오자 숙박자
들은 양자거와 조금도 격의 없이 서로 따뜻한 자리를 차지하기 위해 다투
게 되었다.

【語義】陽子居南之沛老聃……:양자거와 노담의 문답은 응제왕편 〈유어무
유우화〉에도 있다. 이 우화는 ≪열자≫ 황제편에도 수록되어 있는데,
단 '陽子居'가 '楊朱'로 되어 있다.

沛(패):노자의 향리라고 전해지고 있다.

秦(진):수도는 섬서성 함양시(咸陽市)에 있었다.

梁(량):위(魏)나라의 수도인 대량(大梁). 하남성 개봉시(開封市)에 있
었다.

睢睢盱盱(휴휴우우):오만불손한 모양. '睢睢'는 당돌하게 올려보는
모양. '盱盱'는 눈을 부릅뜬 모양.

而誰與居(이수여거):郭象은 사람들이 두려워하여 같이 있으려 하지 않는다는 뜻으로 해석했고, 또 이에 좇는 학자가 많다. 그러나 이것은 경상초편 〈위생우화〉의 '子何與人偕來之衆也'와 같은 취향의 말로 해석해야 한다(林希逸의 설).

大白若辱盛德若不足(대백약욕성덕약부족):《노자》 제41장 중에 나온다. 그런데 王弼本에는 '盛德'이 '廣德'으로 되어 있다. '辱'은 '黥(욕: 검은 때)'의 차자.

迎將(영장):접대. '將'은 '送'의 차자.

席(석):풀로 짠 깔개.

煬者避竈(양자피조):'煬'은 따뜻하게 불을 쬐는 것. 成玄英은 부엌에서 불을 때던 자도 예의 바르게 부뚜막에서 일어선 것을 가리킨다고 해석했다.


【補說】이상의 〈성덕우화〉는 양자거가 노자를 경모하여 먼 길을 여행하여 노자를 만났는데 가르칠 만한 가치가 없다는 꾸중을 듣고, 또 盛德이란 의식적인 노력으로 구해지는 것도 아니며 외견(外見)의 완비도 아님을 깨우치게 되어 그 후 양자거는 허식을 완전히 버려 범상한 사람이 되었다고 서술하고 있다.

응제왕편의 양자거와 노담의 문답이 실린 〈유어무유우화〉를 고친 작품인 듯하다. '始以汝爲可敎'라 한 것이 그것을 입증하는 말이리라. 그러나 〈유어무유우화〉보다 이해하기 쉬운 작품임에 틀림없다.

# 제28편
# 양왕(讓王)

　이 편 이하 4편은 각기 그 편의 주제를 대표하는 말을 선택하여 편명으로 삼고 있다. 본편은 왕공의 권위보다도 일신(一身)을 존중해야 한다는 사료·전설 등을 주로 모아 간단한 평언을 덧붙이고 있다. 宋나라의 소식(蘇軾)이 '讓王·說劍에 이르러서는 모두가 천루(淺陋)하여 道에 들 수 없다'고 평하고, 또 본편 이하 4편은 후인이 삽입시킨 것이라는 의심이 있고부터 이것을 안작(贋作)으로 보아 물리치는 학자가 많다. 본편에 수록된 우화는 《여씨춘추》·《한시외전》·《회남자》 등, 특히 《여씨춘추》에 수록된 것과 중복되는 것이 많다. 郭象에 의해서인지, 아니면 다른 사람에 이해서인지는 명하하지 않기만 장기 계통의 설로 보이는 것을 《여씨춘추》 등에서 채록했기 때문이리라.

# 제1장  양왕지설(讓王之說)

> 堯以天下讓許由.　許由不受.　又讓於子州支父.　子州支父曰,
> "以我爲天子, 猶之可也.　雖然, 我適有幽憂之病, 方且治之.
> 未暇治天下也."
> 夫天下至重也.　而不以害其生.　又況他物乎.　唯無以天下爲
> 者, 可以託天下也.
> 舜讓天下於子州支伯.　子州支伯曰, "予適有幽憂之病.　方且
> 治之.　未暇治天下也."
> 故天下大器也.　而不以易生.　此有道者之所以異乎俗者也.

　요임금이 천하 통치권을 허유에게 물려주려 했으나 허유는 받지 않았다.
그래서 자주지보에게 넘기려 했다.

　자주지보는

　"저를 천자로 삼으시려는 것은 가당치 않은 일입니다. 더욱이 저는 마침
깊이 생각에 잠기는 병이 있어 그것을 고치려던 참입니다. 천하를 다스리
는 일은 전혀 내키지 않습니다."

　라고 사절했다.

　천하를 통치한다는 것은 더없이 중요한 일이다. 그토록 막중한 일에도
이처럼 생명을 다치려 하지 않는다. 하물며 다른 어떤 일로 생명을 손상하
겠는가. 이렇게 천하를 다스리는 일에 결코 뜻을 갖지 않은 자에게야말로
천하 통치권을 맡길 수 있는 것이다.

　그 뒤 순임금도 자주지보에게 천하 통치권을 물려주려 했다.

그런데 자주지보는 또,

"저는 깊이 생각에 잠기는 병이 있습니다. 마침 이것을 고치려 하는 참입니다. 천하를 다스리는 일에는 전혀 마음이 없습니다."

라고 말했다.

천하를 통치한다는 것은 더없이 중요한 일이지만 그것으로 생명을 평안하게 유지하는 것과 바꿀 수는 없다. 이렇게 유도자(有道者)는 자기 생명을 천하를 다스리는 것보다도 중요하게 생각하는데 이것이 유도자와 세상 사람들의 다른 점이다.

【語義】堯以天下讓許由(요이천하양허유):소요유편 〈명실우화〉 참조. 《여씨춘추》 귀생편(貴生篇)에는 이 구가 없다. 이 우화의 편자가 삽입시킨 문장인 듯하다.

又讓於子州支父(우양어자주지보):《여씨춘추》 귀생편에는 '堯以天下讓於子州支父'로 되어 있으며, 이하 용어는 약간 다르지만 같은 내용의 우화가 실려 있다. '子州支父'를 成玄英은 '성은 子, 이름은 州, 支父는 그의 자이다. 道에 뜻을 둔 인물로 은자이다'라고 해석했지만 '子'는 남자의 미칭(美稱), '州支'는 '支州'의 도치로 一州를 가리키며, '州支父'가 자이리라. 요컨대 한 州의 우두머리가 될 만한 사람이란 뜻으로, 그런 사람도 천하보다 자신의 몸이 중하다는 것을 알고 있다는 우의를 나타내기 위해 설정된 인물이리라.

幽憂之病(유우지병):깊이 걱정에 잠기는 병. 요(堯)의 정치가 '性命之情'을 손상시키는 것을 근심하기 때문이리라.

方且治之(방차치지):《여씨춘추》에는 '方將治之'로 되어 있는데 이것은 고치려고 하는 것을 가리킨다. '方且'는 이제 막 그 행동을 취한 것을 가리킨다. 원문대로 해석하겠다.

唯無以天下爲者可以託天下也(유무이천하위자가이탁천하야):재유편
에 '故貴以身於爲天下, 則可以託天下. 愛以身於爲天下, 則可以寄天下'
라고 했고, ≪노자≫에 '따라서 참으로 자신의 몸을 귀하게 여겨야 함
을 알고 천하를 다스리려 하는 사람에게 천하를 맡길 수가 있으며, 자
신의 몸을 사랑해야만 한다는 것을 알고 천하를 다스리려 하는 사람에
게야말로 천하를 부탁할 수가 있다(故貴以身爲天下者, 則可寄於天下.
愛以身爲天下者, 乃可以託於天下)'(제13장)라고 했다. ≪여씨춘추≫에
는 '惟不以天下害其生者也……'로 되어 있다.

　舜讓天下於子州支伯(순양천하어자주지백):이 이하의 문장은 ≪여씨춘
추≫ 귀생편에는 없다. 필시 이 우화의 편자가 증수(增修)한 것이리라. '子
州支伯'은 앞의 '子州支父'와 동일인이다. 후에 한 주(州)의 장(長)이 되었
기 때문에 '伯'이라 한 것일까?

【補說】 이상은 〈양왕지설〉의 전반이다. 요임금과 순임금의 양위를 사절한 자
　　주지보의 예를 들어 유도자는 천하 통치의 대권보다도 일신의 성명(性命)
　　유지를 소중히 여긴다고 말하고 있다.

舜以天下讓善卷. 善卷曰, "余立於宇宙之中, 冬日衣皮毛, 夏
日衣葛絺. 春耕種, 形足以勞動, 秋收斂, 身足以休食. 日出
而作, 日入而息, 逍遙於天地之閒, 而心意自得. 吾何以天下
爲哉. 悲夫, 子之不知余也." 遂不受. 於是去而入深山, 莫知
其處.
舜以天下讓其友石戶之農. 石戶之農曰, '捲捲乎, 后之爲人.
葆力之士也." 以舜之德爲未至也. 於是夫負妻戴, 攜子以入
於海, 終身不反也.

순임금은 천하 통치권을 선권에게 양도하려 했다. 선권은

"나는 광대하고 자유로운 우주의 복판에 서서 아무런 부자유함 없이 겨울에는 사냥하여 얻은 모피를 걸치고, 여름에는 칡으로 만든 옷을 입고 있네. 또 봄에는 밭을 갈아 곡식의 씨를 뿌리는데 이 몸은 그런 노동을 견딜수 있네. 가을에는 익은 곡식을 거두어들이는데 내 몸은 충분히 그것을 감당할 수 있으며 또 나는 그것들을 천천히 맛볼 수 있네. 해가 뜨면 밖에 나가 일하고 해가 지면 집에 들어와 휴식하며 천지간에서 마음 내키는 대로살아 늘 만족하고 있으니 천하를 다스리는 일 따위가 내게 무슨 소용이 있겠나? 자네가 나를 몰라보고 천하를 양도하려 하다니, 슬픈 일이네."

라고 말하며 받지 않았다.

이후 선권은 순임금을 떠나 깊은 산속으로 들어가 자취를 감추어 버렸다.

그러자 순임금은 천하 통치권을 친구인 석호(石戶)의 농(農)에게 양도하려 했다. 석호의 농은

"꽤 애를 쓰며 안달하네. 자네는 본디 사람됨이 그런가 보군. 사람의 힘을 빌리려고 하는 위인이야."

라고 말하였다. 순임금이 무위(無爲)의 덕(德)에 이르지 않았다고 생각한 것이다.

그래서 석호의 농은 부부가 당장 짐을 꾸려 등에 지고 머리에 이고는 자식들의 손을 이끌고 순임금을 떠나 바다 한가운데 있는 섬으로 들어가더니 평생 돌아오지 않았다.

【語義】 善卷(선권):≪순자≫ 성상편(成相篇)에 '허유와 선권은 義를 중히 여기고 利를 가볍게 여겨 천하에 그 행위를 밝게 드러내었다(許由善卷, 重義輕利, 行顯明)'라고 한 것에 의하면 선권은 허유와 병칭(竝稱) 되는 은자였던 것 같다. ≪여씨춘추≫ 하현편(下賢篇)에는 '善綣'으로

되어 있다.

立於宇宙之中(입어우주지중):조물자와 일체가 되어 전적으로 자연의 상태인 것을 가리킨다.

葛絺(갈치):칡의 섬유로 짜서 만든 의복.

日出而作日入而息(일출이작일입이식):마제편의 '含哺而熙, 鼓腹而遊' 참조. 이 문장 전후의 부분은 마제편의 이른바 '常性'을 부연하고 있다.

舜以天下讓其友石戶之農(순이천하양기우석호지농):이하의 이야기는 ≪여씨춘추≫ 이속편(離俗篇)에 수록되어 있다. '石戶'는 지명(李頤의 설). '農'은 농민임을 뜻하는 이름(李頤의 설). 순임금이 초야에서 농사지을 때부터의 친구로서 상정되었으리라.

捲捲乎(권권호):애써 힘쓰는 모양. '捲'은 '勌(애쓰다)'의 차자.

葆力之士(보력지사):'葆(풀이 무성한 것)'는 '保(의지하다)'의 차자. 일설에 의하면 '寶'의 차자(馬敍倫의 설)라 한다.

【補說】 이상은 〈양왕지설〉의 후반이다. 선권과 석호지농은 순임금의 양위 신청을 사절하고 마침내 그 번거로움에서 도망치기 위해 각각 몸을 숨겼다고 한다.

석호지농의 이야기는 앞의 자주지보의 이야기와는 달리 ≪여씨춘추≫ 이속편에 수록되어 있다. 이러한 사실을 근거로 생각하면 〈양왕지설〉의 전반과 후반은 각각 별개의 우화인 듯한데 선권도 석호지농도 성명 보지(性命保持)를 주로 하는 은자이며, 두 우화 모두 순임금의 양위를 배경으로 하고 있어 이 우화의 편자가 두 우화를 합쳐 하나로 만든 것 같다. 전반은 유도자의 성명 보지를 총론으로 하고, 후반은 성명 보지를 위해서는 순임금의 다스림도 전연 거들떠보지 않았던 은자들의 예를 들고 있다.

# 제2장 존생설(尊生說)

大王亶父居邠. 狄人攻之. 事之以皮帛而不受. 事之以犬馬而不受. 事之以珠玉而不受. 狄人之所求者土地也. 大王亶父曰, "與人之兄居而殺其弟, 與人之父居而殺其子, 吾不忍也. 子皆勉居矣. 爲吾臣與爲狄人臣, 奚以異. 且吾聞之, '不以所用養害所養.'" 因杖筴而去之. 民相連而從之, 遂成國於岐山之下.

夫大王亶父, 可謂能尊生矣. 能尊生者, 雖貴富, 不以養傷身. 雖貧賤, 不以利累形. 今世之人, 居高官尊爵者, 皆重失之, 見利輕亡其身. 豈不惑哉.

주(周)나라의 대왕 단보(亶父)는 빈(邠)에 본거지를 두고 있었는데 적족(狄族)으로부터 공격을 받았다. 대왕은 모피와 비단을 주어 화해하려 했지만 적족은 받지 않았다. 사냥개와 말을 주어 화해를 청했으나 그것도 받지 않았다. 재보인 옥을 주어도 받지 않았다. 적족이 욕심내는 것은 대왕이 다스리고 있는 땅이었다. 그래서 대왕은

"백성의 형들과 함께 있으면서 그 아우들을 죽게 하고, 백성의 아비와 함께 있으면서 자식을 전사시키는 불행이 일어나는 것을 나는 도저히 견딜 수 없다. 그대들이 노력하여 여기에서 계속 살 수 있도록 하시오. 나의 신하가 되든 저 적족의 신하가 되든 무엇이 다르겠는가? 더욱이 나는 '몸을 기르기 위해 쓰이는 物 때문에 길러야 할 몸을 상하게 할 수는 없다'고 들었다. 나는 국토를 버리겠노라."

라고 말하며 지팡이를 짚고 그대로 빈(邠)을 떠났다. 그런데 빈의 백성들이 줄을 지어 대왕의 뒤를 따라, 드디어 기산(岐山) 밑에는 큰 나라가 이루어졌다.

이 대왕 단보는 사람의 생명을 참으로 소중히 했다고 할 수 있다. 참으로 사람의 생명을 소중히 하는 자는 부귀하더라도 그로 인하여 자신의 몸을 상하는 법이 없다. 비록 빈천하더라도 몸을 기르기 위한 수단인 이익 때문에 자신의 몸을 상하는 법이 없다. 그런데 오늘날 사람들은 높은 관직과 자리에 있으면 그것을 잃을까 매우 두려워하고, 더욱이 이익이 있는 일이라고 생각되면 경거망동하여 그 몸을 망치고 있다. 이 어찌 도리를 모름이 아니겠는가?

【語義】 大王亶父(대왕단보):≪시경≫ 대아〈면(緜)〉에는 '고공단보(古公亶父)'로 되어 있다. 주나라 문왕의 조부이며 왕계(王季)의 아버지라 한다. 이 이하의 설은 ≪여씨춘추≫ 심위편(審爲篇)과 ≪회남자≫ 도응편(道應篇)에도 보인다. 대왕이 빈에서 기산 밑으로 옮겼다고 하는 이야기는 ≪맹자≫ 양혜왕 하편에도 나온다. 그런데 ≪시경≫〈緜〉에는 고공이 강녀(姜女)와 함께 새로운 땅을 찾아 기산 밑으로 옮긴 것으로 되어 있다.

邠(빈):'豳'으로도 쓴다. 주나라의 先公인 公劉가 연 나라라고 한다. 섬서성 순읍현(栒邑縣) 서쪽에 있었다.

狄(적):≪예기≫ 왕제편에서는 중국 북방에 사는 인종이라고 했지만 서북방에 살았다고 보아야 한다.

不以所用養害所養(불이소용양해소양):≪여씨춘추≫에는 '所用養'이 '所以養'으로 되어 있다. 모두 기르는 수단을 가리킨다. '所養'은 기르는 목적물을 가리킨다.

民相連而從之(민상련이종지):'連'을 '輦(수레)'의 차자로 해석하는 설(司馬彪·章炳麟·馬敍倫의 설)이 있는데 여기서는 인민이 줄을 이어 따라가는 것을 가리킨다(成玄英의 설)고 해석해야 한다.

岐山(기산):섬서성 북동부에 있는 산.

今世之人居高官尊爵者皆重失之(금세지인거고관존작자개중실지):≪여씨춘추≫에는 '今受其先人之爵祿, 則必重失之'로 되어 있다.

見利輕亡其身(견리경망기신):'居卑陋'와 같은 류의 한 구가 있어야 한다. ≪여씨춘추≫에는 '生之所自來者久矣, 而輕失之'로 되어 있다. ≪여씨춘추≫의 문장이 이해하기 쉬운 문맥으로 되어 있다. 단 여기서는 원문대로 해석한다.

【補說】 이상의 〈존생설〉은 주나라 先公인 대왕이 나라를 옮긴 고사를 예로 들어 天生의 신체를 귀히 여겨야 함을 말하고, 세상 사람들이 신체의 안존(安存)을 돌보지 않고 이록(利祿)만 추구함을 비판하고 있다.

≪여씨춘추≫ 심위편에서 이것을 수단과 목적의 변별을 강조하는 우화의 하나로서 들고 있으며, ≪회남자≫ 도응훈은 이 설의 귀결을 ≪노자≫의 '몸을 천하보다 귀하게 여긴다(貴以身爲天下)'(제13장)에 두고 있다.

## 제3장  불이국상생지설(不以國傷生之說)

越人三世弑其君. 王子搜患之, 逃乎丹穴. 而越國無君, 求王子搜不得. 從之丹穴. 王子搜不肯出. 越人薰之以艾, 乘以玉輿. 王子搜援綏登車, 仰天而呼曰, "君乎, 君乎. 獨不可以舍我乎."

王子搜非惡爲君也. 惡爲君之患也. 若王子搜者, 可謂不以國傷生矣. 此固越人之所欲得爲君也.


월나라 사람들은 3대나 걸쳐 국왕을 살해했다. 왕자인 수(搜)는 이를 근심하여 단혈(丹穴) 속으로 도망쳐 들어갔다. 그래서 월나라에는 왕이 될 사람이 없어졌고 나라 안에서는 온통 왕자 수를 찾았으나 찾을 수가 없었다. 간신히 단혈 속에 들어가 왕자를 찾았으나 수는 결코 나오려 하지 않았다. 월나라 사람들은 쑥을 태워 연기를 단혈 속으로 몰아넣어 왕자를 밖으로 나오게 한 다음 그를 옥으로 장식한 수레에 태웠다. 왕자 수는 수(綏)를 잡고 수레에 오르면서 하늘을 우러러보며,

"왕이 되어야만 하는가, 왕이? 어찌하여 나를 버려두지 않는가?"

라고 부르짖었다.

왕자 수는 왕이 되는 것을 꺼렸던 것이 아니다. 왕이 됨으로써 목숨을 잃을지도 모르기 때문에 그것을 꺼렸던 것이다. 이 왕자 수는 국가 통치의 존귀함과 부(富) 때문에 일신의 생명을 손상시키거나 하지 않았다고 할 수 있다. 그렇기 때문에 월나라 사람들이 찾아내어 왕으로 삼고자 했던 것이다.

【語義】越人三世弑其君(월인삼세시기군):《사기》 월세가(越世家)에는 三世 弑君의 사실이 보이지 않는다. 월의 국사에 관해서는 《사기》의 기술과 《죽서기년(竹書紀年)》·《오월춘추(吳越春秋)》 등의 기술이 약간 다른데, 馬敍倫의 설에 의하면 월왕 구천(句踐)(B.C. 465년 沒)의 뒤는 鹿郢(鼫與)·不壽(盲姑)·朱句(王翳)·諸枝(孚錯枝)·無余·無顓·無彊의 순으로 왕위가 이어졌다. 朱句는 《사기》·《회남자》 원도훈의 王翳이자 《여씨춘추》 심기편에 보이는 월왕 授이며, 諸枝가 《사기》 월세가에 보이는 王之侯이자 《죽서기년》의 諸咎이며 본절의 '搜'라고 한다. 《죽서기년》에 의하면 不壽·朱句·諸枝의 3대 국왕이 살해당하고, 朱句는 자신의 아우를 후사로 삼고자 여러 공자를 제거하려다 오히려 백성들에게 죽임을 당했다 한다. 이 설은 거의 동일한 형태로 《여씨춘추》 귀생편에 실려 있다. 단 조사의 사용이 약간 다르며 《여씨춘추》의 표현이 더 순당하다.

丹穴(단혈):단사(丹砂)를 채굴하는 구멍(譚戒甫의 설). 成玄英은 '남방에 있는 산의 동굴'로 보았다.

玉輿(옥여):옥으로 장식한 수레.

援綏(원수):'綏'는 수레에 오를 때 또는 수레 위에 설 때 쥐는 끈.

【補說】 이상의 〈불이국상생지설〉은 왕자 수가 군주로서의 부귀보다도 일신의 생명을 귀중하게 여겼다고 말하고 있다.

# 제4장  지경중지설(知輕重之說)

韓·魏相與爭侵地. 子華子見昭僖侯. 昭僖侯有憂色.
子華子曰, "今使天下書銘於君之前, 書之言, 曰, '左手攫之,
則右手廢. 右手攫之, 則左手廢. 然而攫之者, 必有天下.' 君
能攫之乎."
昭僖侯曰, "寡人不攫也."
子華子曰, "甚善. 自是觀之, 兩臂重於天下也. 身亦重於兩
臂. 韓之輕於天下, 亦遠矣. 今之所爭者, 其輕於韓, 又遠矣.
君固愁身傷生, 以憂戚不得也."
僖侯曰, "善我. 敎寡人者衆矣, 未嘗得聞此言也."
子華子可謂知輕重矣.

한(韓)나라와 위(魏)나라가 영토를 놓고 다투었다. 그때 자화자가 한(韓)
의 소희후(昭僖侯)를 만나 보니 그는 매우 근심 띤 얼굴을 하고 있었다.

자화자가 말했다.

"지금 왕의 면전에서 '왼손으로 잡으면 오른손을 못 쓰게 하고, 오른손으
로 잡으면 왼손을 못 쓰게 만들어 놓는다. 그렇지만 어느 손으로든 이 서약
서를 잡기만 하면 천하는 그의 것이 된다'라고 쓰인 서약서가 있다면 왕께
서는 그것을 움켜쥐시겠습니까?"

소희후가 대답했다.

"결코 잡지 않겠네."

그 말에 자화자가 이렇게 말했다.

"참으로 훌륭한 생각이십니다. 이렇게 보면 인간의 두 팔은 천하보다도 소중합니다. 이 두 팔보다 일신(一身)의 생명은 더 중요합니다. 한(韓)나라의 가치는 천하와 댈 수도 없습니다. 그런데 지금 위(魏)와 다투는 땅은 한(韓)나라보다 훨씬 가치가 없는 것입니다. 그럼에도 어찌하여 주군께서는 그런 일로 일신을 괴롭게 하여 생명을 손상시키며, 가치 없는 땅 조각을 얻지 못한다고 그토록 염려하십니까?"

소희후는 자화자의 말에 크게 감탄했다.

"참으로 좋은 말이네. 나에게 의견을 말하는 자는 많았지만 지금까지 이런 의견을 말한 자는 없었네."

소희후로 하여금 일신의 중요성을 깨닫게 한 자화자는 물사(物事)의 경중을 잘 알고 있었다고 할 만하다.


【語義】 韓魏(한위):본디 전국시대 초기에 晉으로부터 독립한 나라들이다. '韓'은 平陽(산서성 臨汾縣)에 수도를 두었는데, 양책(陽翟:하남성 禹縣)으로 옮기고, 다시 新鄭(하남성 新鄭市)으로 옮겼다. 세력이 강대했던 시기에는 섬서성 동부 및 하남성 서북부에 걸친 지역을 영유했다. 이 설은 《여씨춘추》심위편에 수록되어 있다.

子華子(자화자):일신의 안존을 지상 제일주의로 삼았던 사상가. 魏나라 사람이라 한다(司馬彪의 설).

昭僖侯(소희후):韓의 昭侯(B.C. 362~B.C. 333 재위)를 가리킨다고 한다(高誘의 설). 시호가 둘이어서 昭侯라고도 하고 僖(釐)侯라고도 하며, 또 昭僖侯라고도 한다. 申不害를 재상으로 삼아 정치에 힘썼으나, 秦으로부터 많은 압박을 받았다.

今使天下書銘於君之前(금사천하서명어군지전):'天下' 두 자는 군글로 본다(馬敍倫의 설). 《여씨춘추》심위편에도 '天下' 두 자가 없다.

단 원문대로 해석한다. '銘'은 서약의 문서.

　君固愁身傷生以憂戚不得也(군고수신상생이우척부득야):≪여씨춘추≫ 심위편에는 '憂' 다음에 '之' 자가 있으며, 또 '戚'이 '臧'으로 되어 있다. '固'는 '顧(도리어, 오히려)'의 차자. '戚'은 '慼(근심하다, 괴로워하다)'의 차자.

【補說】이상의 〈지경중지설〉은 자화자가 韓나라의 소희후에게 비유를 들어 일신이 천하보다 중요함을 일깨워 주었다고 하면서 그를 物의 경중을 아는 자라고 평하고 있다.

## 제5장  도진이치신지설(道眞以治身之說)

魯君聞顏闔得道之人也, 使人以幣先焉. 顏闔守陋閭, 苴布之
衣而自飯牛. 魯君之使者至, 顏闔自對之.
使者曰, "此顏闔之家與."
顏闔對曰, "此闔之家也."
使者致幣. 顏闔對曰, "恐聽者謬而遺使者罪. 不若審之."
使者還反審之. 復來求之, 則不得已. 故若顏闔者, 眞惡富貴
也.
故曰, "道之眞以治身, 其緖餘以爲國家, 其土苴以治天下."
由此觀之, 帝王之功, 聖人之餘事也. 非所以完身養生也. 今
世俗之君子, 多危身棄生以殉物. 豈不悲哉.
凡聖人之動作也, 必察其所以之, 與其所以爲. 今且有人於
此, 以隨侯之珠, 彈千仞之雀, 世必笑之. 是何也. 則其所用
者重, 而所要者輕也. 夫生者, 豈特隨侯之重哉.

　노나라 군주가 안합이 道를 체득했다는 말을 듣고 그를 등용하고자 먼저
신하로 하여금 선물을 가지고 가 안합을 만나 보도록 했다. 그때 안합은 허
술한 집에서 거친 옷을 입고 소에게 먹이를 주던 참이었다. 노나라 군주의
사자가 도착하자 안합이 몸소 응대했다.
　사자는 자신이 찾아온 곳이 정말 현인이 살고 있는 집인지 저으기 의심
스러워,
　"이곳이 안합 선생의 집입니까?"

하고 물었다. 안합은

"이곳이 바로 저 안합의 집입니다."

라고 대답했다. 사자는 선물을 내놓으며 주군의 뜻을 전했다. 그러자 안합이 말했다.

"저 같은 사람이 잘못 듣고 이것을 받게 되면 사자께서 죄를 짓게 되므로 그것이 두렵습니다. 저인지 아니면 다른 사람인지 잘 확인해 보시는 것이 좋을 것입니다."

사자가 다시 돌아가 확인해 보았더니 자신이 사람을 제대로 찾아갔음이 분명했다. 사자는 다시 안합의 집을 찾아갔는데 안합이 어디론가 자취를 감추고 없었다. 안합이야말로 참으로 부귀를 싫어했던 것이다.

그래서 '道의 진실은 그것으로써 몸을 다스리는 데 있다. 그 나머지로 국가를 다스리고, 그러고도 남는 찌꺼기로 천하를 다스린다'고 하는 것이다. 이러한 사실에 근거하여 생각하면 천하, 국가의 제왕, 왕자의 공업(功業) 따위는 성인에게는 여가의 일이며, 신체를 편안하게 보존하여 생명을 기르는 방법은 아닌 것이다. 그런데 오늘날 군자라 하는 사람들 대부분은 신체를 위험하게 하며 목숨까지 걸고 부귀 따위의 외물을 추구하고 있다. 어찌 슬픈 일이라 하지 않겠는가?

무릇 성인이 행동할 때에는 반드시 무엇을 할 것인가 하는 목적과 어떻게 행할 것인가 하는 방법을 명백히 해 둔다. 가령 여기에 귀중한 수후(隨侯)의 진주를 탄환으로 사용하여 천길이나 높은 곳에 있는 참새를 쏘아 맞힌 사람이 있다고 한다면 세상 사람들은 필시 그 어리석음을 비웃을 것이다. 왜 그럴까? 수단으로 사용된 物이 더 귀중하고 목적이 되는 物은 하찮은 것이기 때문이다. 그런데 사람 생명의 귀중함이 어찌 수후의 진주 정도의 가치에 머무르겠는가!

【語義】 魯君聞……:'魯君'이 '魯侯'로 되어 있는 판본도 있다(≪석문≫의
설). 魯侯는 魯의 애공(哀公)을 가리키는 것이라고 한다(李頤, 成玄英의
설). 이 절은 ≪여씨춘추≫ 귀생편에도 수록되어 있다.

顏闔(안합):魯나라의 현인. 인간세편 〈입어무자우화〉, 달생편 〈망적
지적잠〉 참조.

守陋閭(수루려):'守'는 여기서는 '있다'의 뜻. '閭(촌리의 門)'는 여기
서는 '주거'의 뜻.

苴布之衣(조포지의):'苴'는 '粗'의 차자.

聽者謬而遺使者罪(청자류이유사자죄):≪여씨춘추≫에는 '者' 자가
없다. '者'는 군글자라는 설도 있으나 원문대로 해석한다. '聽者'는 '使
者'에 대하여 안합 자신을 가리킨다. 그래서 '遺'라 한 것이다. '遺'는 '饋
(궤:먹을 것을 보냄, 나아가 널리 物을 보내는 것을 가리킨다)'의 차자
(馬敍倫의 설). '聽者'를 '군명을 들은 사람들'의 뜻으로 해석하는 것(俞
樾의 설)은 적당하지 않다. '聽者謬'란 군명과 선물 따위가 내려질 리가
없는 초라한 인물이 잘못하여 그것을 받는 것을 가리킨다.

眞惡富貴也(진오부귀야):참으로 부귀를 싫어함.

道之眞以治身(도지진이치신):≪여씨춘추≫에는 '治'가 '持'로 되어 있다.
이하 운문으로 되어 있으며, '眞'·'身'은 眞部韻, '餘'·'家'·'苴'·'下'는 魚部
韻이다.

緒餘(서여):나머지.

土苴(토저):썩은 흙과 잡초(司馬彪의 설), 나아가 '찌꺼기'의 뜻(李
頤의 설).

非所以完身養生也(비소이완신양생야):≪여씨춘추≫에는 '生' 다음에
'之首' 두 자가 있다.

危身棄生以殉物豈不悲哉(위신기생이순물기불비재):≪여씨춘추≫에

는 '殉'이 '徇'으로 되어 있으며, 또 그 다음에 '彼且奚以此之也, 彼且奚以此爲也'라 했다. '殉'은 '徇(따르다, 좇다)'의 차자이다.

必察其所以之(필찰기소이지):'之'는 '志'의 차자. '適'의 뜻(成玄英의 설)으로 보아 '所以之'를 德이 가해지는 방향을 가리키는 것으로 해석하는 것이 통설인데 적당하지 않다.

隨侯之珠(수후지주):'隨'는 周代에 호북성 수현(隨縣) 남쪽에 있던 나라. 복수(濮水) 근처에 있었으며, 복수에서 寶珠가 산출되었다. 靈蛇가 隨侯에게 은혜를 갚기 위해 名産을 주었다고 한다(成玄英의 설).

豈特隨侯之重哉(기특수후지중재):≪여씨춘추≫에는 '侯' 다음에 '珠' 자가 있으며, '哉' 앞에 '也' 자가 있다.


【補說】이상의 〈도진이치신지설〉은 안합이 노나라 군주의 예우를 자신에게 합당하지 않은 것으로 여겨 거절했다는 이야기를 서술하고, 이에 일신의 안존을 꾀하는 것이 근본이며 천하와 국가를 다스리는 것은 잔가지에 지나지 않는다는 설을 더하고 있다.

본절은 ≪여씨춘추≫ 귀생편에서 채록한 흔적이 역력한 작품이다.

# 제6장  비자지지설(非自知之說)

子列子窮. 容貌有飢色. 客有言之於鄭子陽者. 曰, "列御寇蓋
有道之士也. 居君之國而窮. 君無乃爲不好士乎." 鄭子陽卽
令官遺之粟.
子列子見使者, 再拜而辭. 使者去. 子列子入. 其妻望之而拊
心曰, "妾聞, 爲有道者之妻子, 皆得佚樂. 今有飢色. 君過而
遺先生食, 先生不受. 豈不命邪."
子列子笑謂之曰, "君非自知我也. 以人之言而遺我粟. 至其
罪我也, 又且以人之言. 此吾所以不受也."
其卒民果作難而殺子陽.

열(列)선생은 생활이 몹시 곤궁하여 낯빛에까지 궁색함이 역력하게 나타
났다. 그럴 즈음, 유세(遊說)하던 선비 중에 열선생의 그런 사정을 정(鄭)
나라의 재상인 자양에게 고한 자가 있었다.

"열어구는 道를 체득한 인물인 듯합니다. 그런 분이 군(君)의 나라에 살
고 있으면서 매우 곤궁하게 지낸다고 하니 군께서는 어진 선비를 별로 좋
아하지 않으시나 보지요?"

이 말에 자양은 즉시 사람을 시켜 열선생에게 곡물을 보내게 했다.

열선생은 자양의 사자를 만나더니 정중하게 예를 갖추고 보내 온 곡물을
사양했다. 사자가 떠나고 열선생이 집 안으로 들어가자 선생의 처가 그 처
사를 몹시 못마땅하게 생각하여 몸을 떨고 가슴을 치면서,

"나는 道를 깨달은 사람의 처자쯤 되면 편안하게 살 수 있다고 들었습니

다. 그런데 지금 우리는 굶주린 기색이 역력합니다. 군주께서 전날의 잘못을 반성하시어 당신께 곡물을 보내 주셨는데 어이 받지 않으십니까? 어찌하여 저는 이리도 불운합니까?"

라고 말했다.

열선생은 웃으면서,

"주군이 나를 알아 준 것이 아니네. 다른 사람의 말을 듣고 내게 곡물을 보내 준 것이네. 내게 죄를 내릴 때에도 마찬가지일 것이야. 스스로 확인해 보지도 않고 남의 말만 듣고 행동할 것이야. 내가 곡물을 받지 않은 까닭은 이 때문이네."

라고 말하여 아내를 달랬다.

결국 열선생이 우려했던 대로 (그는 남이 말한 사실을 확인하지 않고 행동했기 때문에) 백성들이 반란을 일으켜 자양을 죽였던 것이다.


【語義】 子列子窮(자열자궁):列子에 다시 子를 더하여 존숭의 뜻을 나타낸 호칭이 쓰이고 있다. 이 이하의 이야기는 《여씨춘추》 관세편(觀世篇)에도 수록되어 있으며 《열자》 설부편에도 채록되어 있다.

　　鄭子陽(정자양):鄭나라의 재상. 《여씨춘추》 적위편(適威篇)에 기술된 바에 의하면 매우 엄격한 사람으로 그 때문에 죽음을 당했다 한다. 《사기》 정세가(鄭世家)에는 '鄭의 수공(繻公:B.C. 422~B.C. 396 재위) 25년(B.C. 398), 鄭의 군주는 재상인 자양(子陽)을 죽였다'라고 되어 있다. 자양에 관한 이러한 연대가 열자의 생존 연대를 추정할 수 있는 근거가 되는데 이 이야기가 실전인지 아닌지는 명확하지 않다.

　　君無乃爲不好士乎(군무내위불호사호):정치의 실권을 잡은 자가 현인을 예우하지 않는 것은 불명예스런 일이다. '無乃'는 '오히려'의 뜻.

　　卽令官遺之粟(즉령관유지속):'卽'은 '즉각'의 뜻. 《여씨춘추》에는 '卽'

자가 없고 '粟' 다음에 '數十秉'의 3자가 있다.

其妻望之而拊心(기처망지이부심):'望'은 '懣(만:원망하다)'의 차자. '拊心'은 감정이 몹시 격해진 것을 나타내는 동작. '拊'는 마구 두드리는 것.

君過而……:'過'는 자기 자신이 그 과실을 인정하는 것.

豈不命邪(기불명야):영탄(詠嘆)의 말이다. '不命'은 '不運'과 같다.

民果作難而殺子陽(민과작란이살자양):≪여씨춘추≫ 적위편에 의하면 자양의 부하 하나가 잘못하여 자양의 활을 부러뜨렸는데 벌을 받을 것을 두려워하여 사람들이 미친개를 쫓는 틈을 타 자양을 죽였다 한다.

【補說】이상의 〈비자지지설〉은 열자가 아무리 궁색해도 자신을 참으로 알아주는 사람이 아니면 그에게 도움을 받지 않았음을 말하고 있다.

≪여씨춘추≫ 관세편에는 이상의 서술에 이어 '남에게 도움을 받고 그 사람이 난을 당했을 때 죽지 않는 것은 不義이다. 그렇다고 그 난에 죽으면 無道하게 죽는 것이다. 無道하게 죽는 것은 자연스런 性을 거스르는 일이다. 자열자가 불의를 피하고 역(逆)을 모면하는 게 어찌 쉬웠겠는가. 기한(飢寒)의 근심 속에서도 구차함을 받지 않았으니 그 化를 선견(先見)했기 때문이다. 그 化를 선견하고 행동하는 것은 性命의 情에 통한 것이다'라는 해설이 있다.

## 제7장 도양설지의(屠羊說之義)

楚昭王失國. 屠羊說走而從於昭王. 昭王反國, 將賞從者, 及
屠羊說.
屠羊說曰, "大王失國, 說失屠羊. 大王反國, 說亦反屠羊. 臣
之爵祿已復矣. 又何賞之有."
王曰, "强之."
屠羊說曰, "大王失國, 非臣之罪. 故不敢伏其誅. 大王反國,
非臣之功. 故不敢當其賞."
王曰, "見之."
屠羊說曰, "楚國之法, 必有重賞大功, 而後得見. 今臣之知不
足以存國, 而勇不足以死寇. 吳軍入郢, 說畏難而避寇. 非故
隨大王也. 今大王欲廢法毀約而見說. 此非臣之所以聞於天下
也."
王謂司馬子綦曰, "屠羊說居處卑賤, 而陳義甚高. 子其爲我
延之以三旌之位."
屠羊說曰, "夫三旌之位, 吾知其貴於屠羊之肆也. 萬鍾之祿,
吾知其富於屠羊之利也. 然豈可以貪爵祿, 而使吾君有妄施之
名乎.
說不敢當. 願復反吾屠羊之肆."
遂不受也.

초나라 소왕(昭王)이 오나라 군대로부터 공격을 당하여 국외로 도망쳤다. 그때 양 도축이 생업인 설(說)이란 자도 탈출하여 소왕을 모시게 되었다. 그 후 소왕이 국도로 귀환하여 망명 기간 동안 자신을 도왔던 자들에게 은상을 내리게 되어 백정인 설에게도 상이 내려지게 되었다. 그런데 설은

"대군께서 국도를 잃으셨을 때 저도 양을 잡는 직업을 잃었습니다. 대군께서 다시 나라를 찾으시자 저도 다시 양을 잡는 직업을 찾았습니다. 따라서 저의 작록은 이미 회복된 셈입니다. 이에 무슨 상이 더 필요하겠습니까?"

하고 사양하였다.

왕은 이 말을 듣고 담당 신하에게

"억지로라도 좋으니 꼭 상을 받게 하라."

라고 명하였다. 그러자 설은

"대군께서 나라를 잃으신 것은 저의 잘못 때문이 아닙니다. 그래서 저는 그때 나라를 잃은 죄를 짓지 않았기에 아무런 벌도 받지 않았습니다. 대왕께서 나라를 찾으신 것은 결코 제게 공적이 있어서가 아닙니다. 그래서 이번에도 그런 상을 받을 수가 없습니다."

하고 또 사양했다. 소왕은

"내가 그를 만나 보도록 하겠다."

라고 말했다. 그러나 설은

"초나라 법에는 반드시 높은 상을 받을 만한 큰 공적을 세워야만 군주를 뵐 수가 있다고 되어 있습니다. 그런데 저는 지혜는 국도의 존속을 꾀할 만하지 못하며, 용기는 침입자들을 맞아 싸워 전사할 만하지 못합니다. 오나라 군대가 국도인 영(郢)에 쳐들어왔을 때 저는 재난에 말려들 것이 두려워 침입군을 피하여 도망쳤습니다. 제가 대군을 모셨던 것은 대군을 지켜드리고자 해서가 아니었습니다. 그런데 지금 대군께서 나라의 법을 깨뜨리고 저를 만나려 하시니 이는 결코 들어본 적이 없는 일입니다."

하고 소왕의 뜻을 거절했다. 소왕은 크게 감탄하여 군정(軍政)의 장관인 자기(子綦)에게

"설은 비록 미천한 신분에 있으나 그가 말하는 의리는 참으로 뛰어나다. 그대는 나를 위해 그에게 삼공의 지위를 내려 불러 주기 바라오."

라고 부탁했다. 그러나 설은

"삼공의 지위가 양을 잡는 지위보다 높다는 것은 저도 잘 압니다. 또 그 만종(萬鍾)의 봉록이 양을 잡아 생기는 이익보다 훨씬 크다는 것도 잘 압니다. 그러나 그렇다고 제가 작위와 봉록을 탐하여 우리 대군께 함부로 상을 내린다는 악명을 씌워 드려서야 되겠습니까? 저는 결코 삼공의 지위를 감당할 만한 인물이 아닙니다. 저를 양 잡는 곳으로 돌아가게 해 주십시오."

라고 말하여 거듭 사양하고 끝내 어떠한 은상도 받지 않았다.


【語義】 楚昭王失國(초소왕실국):'昭王'은 춘추시대 말기의 楚나라 군주. B.C. 515~B.C. 489 재위. 소왕 10년에 오왕 합려의 군대로부터 크게 침략을 당했다. 吳軍은 楚의 수도인 영(郢)을 점령했다. 소왕은 간신히 목숨을 건져 국도 밖으로 도망쳐 鄖·隨·鄭 등으로 계속 망명길에 올랐고 다음 해 겨울에 국도를 회복했다. '失國'은 국외로 도망가는 것. 이 이야기는 ≪한시외전≫에도 수록되어 있는데 표현에 약간 다른 점이 있다.

屠羊說(도양설):양을 도살하는 것을 생업으로 삼고 있는 설이란 이름의 남자. 소왕의 망명 때에 과연 이런 사나이가 있었는지 다른 문헌에 언급된 바가 전연 없다. '屠羊者가 말한다'는 뜻을 인명화한 것이 아닐까?

有重賞大功(유중상대공):'賞'을 '勛(勳)'의 차자(馬敍倫의 설)로 보는 설도 있는데, 원문대로 해석하는 것이 더 좋다. 重賞과 大功을 가리키

는 게 아니라 重賞을 받을 만한 大功이 있는 것을 가리킨다.

　三旌之位(삼정지위):≪석문≫의 설에 의하면 '旌'이 '珪(圭와 같다)'로 되어 있는 판본도 있다 한다. 楚나라에서는 公侯의 작위를 집규(執圭)라고 불렀다. 이에 근거하여 '旌'은 '珪'를 잘못 베낀 것이라는 설(孫詒讓, 馬敍倫의 설)이 유력하다: 그러나 '旌'도 신분을 나타내는 장식이다. '三族'을 '三公(신하로서는 최고의 지위)'의 뜻으로 해석한다.

　萬鍾(만종):1種은 약 124리터. 49.7리터라고 하는 설도 있다.

【補說】 이상의 〈도양설지의〉는 초나라 소왕의 망명을 좇아 함께 도망했던 백정 설이 자신에게 은상이 내려지는 것은 합당하지 않다고 끝내 상을 받지 않았다는 이야기다.

　≪한시외전≫에 이것과 같은 우화가 실려 있는데 그 표현에 문식을 더한 흔적이 역력하고, 또 설의 행위를 '자신만을 온전히 하고자 하는 것으로 구세(救世)의 행동으로는 전연 쓸모가 없다'라고 평한 점에서 미루어 보면 본편이 ≪한시외전≫에서 따온 것이 아니라 ≪한시외전≫이 본편의 우화를 고쳐 실은 듯하다.

## 제8장 치도망심지설(致道忘心之說)

原憲居魯. 環堵之室, 茨以生草, 蓬戶不完. 桑以爲樞而甕牖.
二室, 褐以爲塞. 上漏下濕, 匡坐而弦. 子貢乘大馬, 中紺而
表素. 軒車不容巷. 往見原憲. 原憲華冠縰履, 杖藜而應門.
子貢曰, "嘻, 先生何病."
原憲應之曰, "憲聞之, 無財謂之貧, 學而不能行謂之病. 今憲
貧也. 非病也."
子貢逡巡而有愧色.
原憲笑曰, "夫希世而行, 比周而友, 學以爲人, 敎以爲己, 仁
義之慝, 輿馬之飾, 憲不忍爲也."
曾子居衛. 縕袍無表, 顔色腫噲, 手足胼胝. 三日不擧火. 十
年不製衣. 正冠而纓絕, 捉衿而肘見, 納屨而踵決. 曳縱而歌
商頌. 聲滿天地, 若出金石.
天子不得臣, 諸侯不得友. 故養志者忘形, 養形者忘利, 致道
者忘心矣.

공자의 제자 원헌(原憲)은 노나라에 살고 있었다. 그의 집은 사방 한 자의 작은 집으로 지붕에는 풀이 무성히 자라 마치 풀로 지붕을 이은 듯했고, 쑥대를 엮어 만든 출입문은 꼴이 말이 아니었다. 문의 지도리로는 뽕나무를 사용했고, 벽에 밑 빠진 항아리를 박아 창으로 쓰고 있었다. 부부가 각방을 쓰고 있었지만 낡고 오래된 옷을 두 방 사이의 칸막이로 쓰고 있었다. 빗물이 새어 바닥이 눅눅하게 젖어 있는데 원헌은 무릎을 접고 앉아금(琴)을 뜯고 있었다.

거기에 동문(同門)인 자공(子貢)이 큰 말이 끄는 수레를 타고 호화로운 옷을 입고 찾아왔다. 자공의 수레는 원헌이 살고 있는 골목길을 들어갈 수가 없었다. 자공은 수레에서 내려 걸어가 원헌을 만났다. 원헌은 나무껍질로 만든 관에 해진 신을 끌고 명아주 지팡이를 짚고서 문에 나와 자공을 맞았다.

자공은 그 꼴을 보고는

"오오, 어찌하여 이토록 초라한가?"

라고 탄식했다. 원헌은 이에 답하여,

"나는 '재산이 없는 것을 가난하다 하고, 배워도 그것을 실행할 수 없는 것을 초라하다고 한다'라고 배웠네. 나는 지금 가난할 뿐이지 초라한 것은 아니네."

라고 말했다. 이 말에 자공은 느끼는 바가 있어 물러서며 부끄러워하는 빛을 나타냈다. 원헌은 웃으면서,

"세상에 명성을 떨치고자 행동하고, 서로 감싸 주는 사람들과 당파를 만들어 몸을 굳히며, 학문은 남에게 채용되기 위해 쓰고, 교육은 자기 이익을 도모하는 수단으로 삼으며, 인의를 더럽혀서 영달하고, 마차 따위로 외면을 꾸미는 짓은 나로서는 별로 하고 싶지 않네."

라고 말했다.

공자의 제자 증자(曾子)는 위나라에 살고 있었다. 헌 솜을 넣은 낡은 옷은 거죽이 완전히 해져 너덜너덜 했다. 얼굴은 부스럼이 나서 짓물러 있었고 손발은 못투성이였다. 사흘이나 밥을 짓지 못할 때가 많았고 10년 동안 한 번도 새 옷을 지어 보질 못했다. 관을 똑바로 쓰려고 하면 끈이 끊어지고, 옷깃을 여미려고 하면 팔꿈치가 해진 소매 밖으로 빼져 나오고, 신에 발을 넣으려고 하면 뒤꿈치 부분이 떨어져 나갔다. 그러나 증자는 그런 것

에 조금도 마음 쓰지 않고 떨어진 신을 끌고 다니면서 고대의 찬가 '상송(商頌)'을 불렀다. 그 소리는 널리 천지에 충만하여 마치 쇠붙이나 돌에서 나오는 듯 맑고 깨끗했다.

이런 사람들은 천자도 신하로 삼을 수가 없고, 제후도 자신들을 도울 벗으로 삼을 수가 없다. 왜냐하면 뜻을 기르는 사람은 그 신체의 안락을 잊고, 신체를 평안히 유지하려는 사람은 物의 이익을 잊기 때문이다. 道를 연구하는 사람은 세속적인 욕망을 까맣게 잊고 있는 것이다.

【語義】原憲(원헌):공자의 제자로 성은 原, 이름은 憲, 자는 子思. 魯나라 사람(鄭玄의 설)이라고도 하며, 宋나라 사람(≪공자가어≫의 설)이라고도 한다. 공자보다 36세 연하. 공자가 노나라 사구(司寇)가 되었을 때 원헌은 家邑의 宰가 되었다. ≪논어≫ 옹야편 및 헌문편에 보이는 그의 언행으로 추측하면 내성적 성격의 인물이었던 듯하다. 이하의 이야기는 ≪한시외전≫·≪신서(新序)≫ 등에도 보이는데 표현과 용어에 다소 차이가 있다.

環堵之室(환도지실):사방 한 장(丈:1丈은 2.25미터) 정도의 좁은 집.

桑以爲樞而甕牖(상이위추이옹유):더없이 빈곤하게 사는 것을 형용한 말이다. 지도리는 본디 견고한 나무를 써야 하는데 구할 수 없어 부러지기 쉬운 뽕나무를 썼으며, 밑 빠진 항아리를 벽에 박아 들창을 만든 것이다.

二室褐以爲塞(이실갈이위색):예의에 따라 부부가 각각 방을 달리하고 있는데 그 칸막이가 벽 또는 휘장이 아니라 필시 오랫동안 사용하여 낡을 대로 낡은 갈(褐:매우 거친 옷감으로 만든 의복)을 사용한 것이리라. '塞'은 여기서는 '막다, 간막이'의 뜻.

匡坐而弦(광좌이현):≪한시외전≫에는 '匡坐而絃歌'로 되어 있다. '匡坐'

는 통상 '正座'의 뜻으로 해석되는데(司馬彪, 成玄英의 설), '匡(상자, 바로 잡다)'을 '尫(왕:정강이가 굽다)'의 차자로 해석하고, 바닥이 눅눅하게 젖어 있어 무릎을 구부리고 앉아 있는 것을 가리킨다(馬敍倫의 설)고 보아야 할 것이다. '弦(활의 시위)'은 '絃(琴의 줄)'의 차자.

子貢(자공):공자의 제자. 원헌보다 5세 연상.

軒車(헌거):大夫 이상의 귀인이 타는 높은 일산(日傘)이 달린 수레.

華冠(화관):가죽나무의 껍질로 만든 冠.

縰履(쇄리):다 떨어진 신발을 발에 걸친 것을 가리키는 것이리라. '縰'가 '踐'으로 되어 있는 판본도 있다(≪석문≫의 설).

杖藜(장려):명아주 줄기를 말려 만든 지팡이.

憲貧也非病也(헌빈야비병야):산목편 〈헌빈지별우화〉의 '貧也. 非憊也'와 같은 취향의 말이다.

希世而行(희세이행):'希世'는 세간의 명성을 바라는 것.

比周而友(비주이우):당파를 만드는 것. ≪논어≫ 위정편에 '군자는 두루 통하면서도 편당적이 아니나, 소인은 편당적일 뿐 두루 통하지 못한다(君子周而不比, 小人比而不周)'라고 한 것과 상반하는 행위이다.

學以爲人敎以爲己(학이위인교이위기):≪논어≫ 헌문편에 '옛날에 공부하던 사람들은 자기 수양을 위해 했는데 오늘날 공부하는 사람들은 남에게 알리기 위해 한다(古之學者爲己, 今之學者爲人)'라고 한 것과 상반하는 말이다.

仁義之慝(인의지특):'慝'은 통상 사악하다는 뜻으로 해석되는데 여기서는 '黷(독:더러움)'의 차자로 해석해야 할 것이다.

曾子居衛(증자거위):증자는 공자의 제자. 노나라 남무성(南武城) 사람으로 성은 曾, 이름은 參, 자는 子輿, 공자보다 46세 연하. 효행이 뛰어났으며 ≪효경(孝經)≫의 전술자(傳述者)로 알려져 있다. ≪한시외전》·《신서》에는 이 이하 '十年不製衣'까지의 서술이 없고 원헌에 관한 기술만 있다. 본편의 편집자가 《한시외전》에서 이 이야기를 채록했는지는 확실하지 않지만 《한시외전》이나 《신서》 등에 전해지고 있는 이야기를 갈라 증자의 이야기로 바꿔 원헌에서 증자, 다음 이야기인 안회·공자까지를 계보화한 것이 아닐까 생각된다.

縕袍(온포):낡은 솜을 넣은 허술한 옷.

腫噲(종쾌):'噲(목구멍)'는 '殨(진무르다)'의 차자(馬敍倫의 설).

曳縰(예쇄):'縰'는 '屣(사:신발)'의 차자.

商頌(상송):《시경》 중에 상송(商頌) 5편이 있어 商(殷)의 건국을 노래하고 있는데 이것들은 사실 춘추시대 宋나라의 제전곡(祭典曲)이다. 단 이것을 가리키는 것은 아니다. '商'은 옛날에 聖天子가 다스렸던 나라이며 오음(五音:宮·商·角·徵·羽) 가운데 높고 맑은 음조이다. 따라서 여기서는 그런 淸冽의 뜻을 함축하고 있다고 보아야 한다.


【補說】 이상의 〈치도망심지설〉은 원헌이 빈곤한 가운데서도 세속적 영달을 누리는 자공을 꾸짖었음을 말하고, 또 증자의 빈곤 속에서의 청절(淸節)을 들어 양지수도(養志守道)에 관해 말하고 있다.

원헌의 빈곤 중의 절조에 관해서는 《사기》의 중니제자열전에도 언급되어 있고 또 오늘날까지 전승되고 있으나 과연 그게 사실이었는지는 적이 의심스럽다.

## 제9장 안회지락(顏回之樂)

孔子謂顏回曰, "回來. 家貧居卑. 胡不仕乎."
顏回對曰, "不願仕. 回有郭外之田五十畝, 足以給飦粥. 郭內之田十畝, 足以爲絲 · 麻. 鼓琴足以自娛. 所學夫子之道者, 足以自樂也. 回不願仕."
孔子愀然變容曰, "善哉, 回之意. 丘聞之, '知足者, 不以利自累也. 審自得者, 失之而不懼. 行脩於內者, 無位而不怍.' 丘誦之久矣. 今於回而後見之. 是丘之得也."

공자가 안회에게 말했다.

"회(回)야, 너는 가난한 데다 신분도 낮다. 벼슬해 보지 않겠느냐?"

안회가 대답했다.

"벼슬하고 싶지 않습니다. 저는 성 밖에 50무(畝)의 농지를 가지고 있어 그 수확으로 요기를 면할 죽을 쑤기에 충분합니다. 또 성안에 열 무의 땅을 가지고 있어 거기에 뽕과 삼을 심어 명주실이나 마포(麻布)를 만들 수 있습니다. 더욱이 금(琴)을 뜯으며 혼자서 기(氣)를 맑게 할 수도 있고, 특히 선생님의 道를 배움으로써 마음대로 즐길 수 있습니다. 저는 벼슬하고 싶지 않습니다."

이 말을 듣더니 공자는 마음을 긴장시키고 자세를 바로잡은 다음 말했다.

"얼마나 착한가, 회의 마음씨는! 나는 '만족함을 아는 자는 物의 이득 때문에 자신과 그 몸에 번민을 끼치지 않는다. 자득(自得)하는 자는 잃는 것이 있어도 두려워하지 않는다. 이렇게 하여 그 행위가 마음속에서부터 닦여 있는 자는 세속의 지위가 없더라도 부끄럽게 여기지 않는다'라고 들었다. 나는 오랫동안 이 말을 읊조리면서 그러한 경지에 도달한 사람을 찾아왔다. 이제 네가 바로 그 경지에 이르렀음을 보았다. 이야말로 나에게는 최대의 수확이다."

【語義】 顔回(안회):공자가 가장 믿었던 제자. 이 이야기는 《논어》 옹야편의 '공자께서 말씀하셨다. 어질도다, 回는. 한 그릇 밥에 한 표주박의 물로 연명하며 누추한 곳에서 사는 것은 누구도 참기 어려운 일이다. 그런데 회는 그 즐거움을 바꾸지 않는다. 어질도다, 회는!(子曰, 賢哉, 回也. 一簞食一瓢飮在陋巷, 人不堪其憂. 回也不改其樂. 賢哉, 回也)'에 근거하여 만들어졌으며 앞의 원헌 · 증자와 함께 여기에 공자의 중요한 제자들을 등장시키고 있다.

回來(회래):'來'는 이쪽으로 오라고 부르는 말.

胡不仕乎(호불사호):가볍게 비난 섞인 말투로 묻는 것으로 해석해도 통하지만 권유하는 뜻으로 묻는 것이리라.

畝(무):1畝는 1.8아르.

飦粥(전죽):'飦'은 '饘(죽)'과 같다. '粥'도 죽.

愀然(초연):'愀'가 '欣(흔:몹시 즐거워하다)'으로 되어 있는 판본도 있다(《석문》의 설). 원문대로 해석한다. '愀然'은 몸을 긴장시키는 모양.

知足者……:《노자》에 '만족함을 아는 자는 부유하다(知足者富)'(제33장), '충족함을 알아 만족하면 언제나 부족함을 느낄 수 없다(故知足之足, 常足)'(제46장)라고 한 것에 근거한 것이리라.

審自得者……:《노자》에 '자신을 아는 자는 진실로 총명한 자이다(

自知者明)'(제33장)라고 한 것에 근거했으리라.

今於回而後……:≪논어≫ 계자편에 '은거하여 그 志를 구하고, 나아가 義를 행하여 道를 달성한다. 나는 이런 사람들의 이야기는 들었어도 아직 내 눈으로 보지는 못했다(隱居以求其志, 行義以達其道. 吾聞其語矣, 未見其人也)'라고 했다. 필시 이 문장을 전제로 한 표현이리라. '是丘之得也'는 '審自得'과 호응하며 그것이 가장 훌륭한 소득임을 가리킨다.

【補說】 이상의 〈안회지락〉은 안회가 빈궁한 가운데 자급자족하며 道를 즐겼음을 말하고, 공자가 그에게 뜻을 얻은 자라고 극찬했음을 기록하고 있다.

## 제10장  중생지설(重生之說)

中山公子牟謂瞻子曰, "身在江海之上, 心居乎魏闕之下, 奈何."

瞻子曰, "重生. 重生則利輕."

中山公子牟曰, "雖知之, 未能自勝也."

瞻子曰, "不能自勝, 則從."

"神無惡乎."

"不能自勝而强不從者, 此之謂重傷. 重傷之人, 無壽類矣."

魏牟萬乘之公子也. 其隱巖穴也, 難爲於布衣之士. 雖未至乎道, 可謂有其意矣.

중산(中山)나라의 군주였던 위(魏)나라의 공자(公子) 모(牟)가 첨자(瞻子)에게 물었다.

"저의 몸은 도읍을 멀리 떠난 강이나 바닷가에 있지만 마음은 지금도 궁전 근처에 있는 것처럼 잊지 못하고 있습니다. 어찌하면 좋겠습니까?"

첨자가 대답했다.

"당신 한 몸의 생명만을 소중히 하십시오. 그것을 소중히 하시면 궁정의 이익 따위는 아무것도 아니게 됩니다."

위모(魏牟)가 다시 물었다.

"그렇게 해야 한다고 알고는 있으나 스스로 자신의 마음을 누르는 것이 어디 쉬운 일입니까?"

첨자가 대답했다.

"스스로 자기 마음을 누를 수 없다면 마음이 가는 대로 그대로 두십시오."

"그런 짓을 해도 정신이 그것을 꾸짖지 않을까요?"

"스스로 누를 수 없는데도 무리하게 마음을 누르려는 것은 거듭 자기를 손상시키는 짓입니다. 거듭 자신을 손상시키는 자는 몸을 유지할 수 없을 뿐 아니라 자손을 둘 수도 없습니다."

위모는 한 나라의 군주인 공자(公子)이다. 그가 암굴 속에 숨는 것은 벼슬하지 않는 평민이 되는 것보다도 어려운 일이었다. 그가 그 어려운 일을 행한 데 대해 道에 이른 소행이라고는 할 수 없다고 할지라도 道를 체득하려는 의욕을 가졌음을 보여 주는 것이라고는 말할 수 있을 것이다.

【語義】 中山公子牟(중산공자모):'中山'은 전국시대 때 하북성 서부에 있던 나라. 公子牟는 위(魏)나라의 공자, 魏牟. 이하의 이야기는 '無壽類矣'까지가 ≪여씨춘추≫ 심위편, ≪회남자≫ 도응훈에도 보이고 있다.

瞻子(첨자):'瞻'이 ≪여씨춘추≫·≪회남자≫ 등에는 '詹'으로 되어 있다. 詹(瞻)이 姓이리라. 어쩌면 별명인지도 모른다. 이름은 何(≪회남자≫ 전언훈, ≪한비자≫ 해로편 참조). 보신양생(保身養生)을 주의로 삼은 도가적 사상가로 투시술에 능했던 듯하다. ≪여씨춘추≫ 중언편에 '따라서 성인은 소리가 없어도 듣고 모습이 없어도 본다. 첨하·전자방·노담 등이 그렇다'라고 했다.

魏闕(위궐):군주가 기거하는 궁전의 문. 여기에 정령(政令) 등을 게시했다. 여기서는 국정 및 궁정 생활을 가리키는 것이리라.

不能自勝則從(불능자승즉종):≪여씨춘추≫와 ≪회남자≫에는 '從'이 '縱'으로 되어 있다.

無壽類矣(무수류의):≪회남자≫에는 '壽'가 '疇'로 되어 있다. '壽·疇'

는 '儔(주:무리, 한패)'의 차자로 해석해도 통하지만 동음의 '胄(후계자)'
의 차자로 해석해야 한다. '胄類'는 자손을 가리킨다.

　難爲於布衣之士(난위어포의지사):'爲' 자와 '於' 자의 위치가 바뀐 듯
하다. 일설에 '於'는 '爲'를 해석한 방주(傍注)인데 잘못하여 본문 속에
들어갔다고 하는 설(馬敍倫의 설)이 있다.

【補說】 이상의 〈중생지설〉은 공자모가 생명의 소중함을 알면서도 그에 철
저할 수 없음을 호소한 데 대해 첨자가 마음 내키는 대로 행동할 것을
일깨워 주었다고 논하고 있다.

　중요함을 알고도 좀처럼 실행할 수 없는 것이 사람의 마음이다. 그럴
때 무리하게 노력하는 것보다도 마음 내키는 대로 함이 좋다는 것은 재
미있는 발상이며 또 일면 진리이기도 하다.

　위모가 암굴에 숨었다는 것은 무엇을 말하는 것일까? 중산은 조나라
에 합병됐으므로 그러한 역사적 사실을 배경으로 이 우화가 만들어졌
는지도 모른다.

## 제11장 궁통상락우화(窮通常樂寓話)

孔子窮於陳·蔡之間. 七日不火食. 藜羹不糝. 顔色甚憊, 而
弦歌於室.
顔回擇菜. 子路·子貢相與言曰, "夫子再逐於魯, 削迹於衛,
伐樹於宋, 窮於商·周, 圍於陳·蔡. 殺夫子者無罪, 藉夫子
者無禁. 弦歌鼓琴, 未嘗絶音. 君子之無恥也若此乎."
顔回無以應. 入告孔子. 孔子推琴, 喟然而歎曰, "由與賜細人
也. 召而來. 吾語之."
子路·子貢入. 子路曰, "如此者, 可許(謂)窮矣."
孔子曰, "是何言也. 君子通於道之謂通, 窮於道之謂窮. 今
丘抱仁義之道, 以遭亂世之患. 其何窮之爲. 故內省而不窮於
道, 臨難而不失其德. 天寒旣至, 霜雪旣降, 吾是以知松栢之
茂也. 陳·蔡之隘, 於丘其幸乎."
孔子削然反琴而弦歌. 子路扢然執干而舞. 子貢曰, "吾不知
天之高也, 地之下也."
古之得道者, 窮亦樂, 通亦樂. 所樂非窮通也. 道德於此, 則
窮通爲寒暑風雨之序矣. 故許由娛於潁陽, 而共伯得乎丘(共)
首.

공자 일행은 진(陳)나라와 채(蔡)나라의 국경에서 군대에 포위되어 오도
가도 못하는 지경에 빠졌다. 식량이 떨어져 이레 동안이나 밥을 지을 수
가 없었다. 명아주 잎을 넣어 끓인 국에는 쌀알이 들어 있지 않았다. 공자

는 몹시 피로한 안색을 하고 있었으나 그래도 방안에서 거문고를 뜯으며 노래했다.

안회는 나물을 캐러 밖에 나가 있었다. 자로와 자공이 안회를 둘러싸고 서로 불평을 늘어놓았다.

"선생님께서는 두 번씩이나 고국 노(魯)나라에서 추방당하고, 위(衛)나라에서는 발자취를 깎이는 저주를 받았네. 그뿐인가, 송(宋)나라에서는 큰 나무를 베어 넘겨 선생님을 협박했고, 상(商)나라와 주(周)나라에서는 더없는 고통을 당하셨네. 그리고 이제 진나라와 채나라 국경에서 이런 어려움을 겪고 계시네. 선생님을 죽이려는 자에게는 아무런 문책도 없고 선생님을 욕보이려는 자를 아무도 막으려 하지 않네. 그런데도 선생님께서는 노래를 부르고 금(琴)을 뜯으며 음악을 멈추지 않으시네. 군자라 불리시는 분께서 어찌 이런 수치를 받고도 아무렇지 않게 여기실 수가 있을까?"

안회는 아무 말도 할 수가 없었다. 방에 들어가 이 사실을 공자에게 아뢰었다. 공자는 뜯고 있던 금(琴)을 살짝 멀어내고는 서글프게 탄성을 지르고 나서 이렇게 말했다.

"유(由)와 사(賜)는 너무나 잘다. 불러오너라. 내가 직접 타이르겠다."

자로와 자공이 부름을 받고 방안으로 들어왔다. 들어오자마자 자로가 말했다.

"이 같은 상태는 궁핍하다고 해야 마땅합니다."

그 말을 듣고 공자가 말했다.

"대체 무슨 말을 하는 것이냐? 군자는 道에 통함을 순조롭다 하고, 道에 막힘을 궁하다고 한다. 지금 나는 인의(仁義)의 道를 지니고 있으면서도 난세를 만나 시달리고 있을 따름이다. 이것을 어찌 궁하다 하겠느냐. 반성해 보건대 나는 道에 막히지도 않았고 이 같은 재난 속에서도 德을 잃지 않고 있다. 추위가 닥쳐 눈서리가 내린 다음에라야 솔과 잣나무의 늘 푸르른 아름다움이 드러난다. 그와 마찬가지로 이런 재난을 만나야만 나의 道나 德이 드러나게 된다. 따라서 이 진·채의 재난은 오히려 나에게는 행운이라 할 수 있다."

공자는 말을 끝내자 가볍게 금을 끌어당겨 다시 뜯으면서 노래하기 시작했다. 자로가 벌떡 일어나 방패를 들고 춤을 추었다.

자공은

"내가 선생님의 위대함과 천지를 비교하면 하늘이 더 높다고 할 수 없고, 땅이 더 낮다고 할 수 없다."

라고 말하며 감탄했다.

이처럼 옛날의 체도자는 역경에 처해서도 즐거워하고 순조로운 상황에 있어도 즐거워했던 것이다. 그 즐김은 자신이 처해진 환경에 따라 달라지는 것이 아니었다. 道를 체득하면 순탄하건 궁박하건 그 환경은 한서·풍우 같은 자연의 추이에 지나지 않는다. 그래서 체도자 허유(許由)는 영양(潁陽)에서 즐기며 살았고, 공백화(共伯和)는 공수(共首)에서 즐길 수가 있었던 것이다.


【語義】 孔子窮於陳蔡之閒七日不火食(공자궁어진채지간칠일불화식):천운편 〈추구우화〉, 산목편 〈지인불문우화〉 등에 이미 나왔다. 이 이야기는 ≪여씨춘추≫ 진인편에도 수록되어 있다.

藜羹不糝(여갱불삼):명아주국에 쌀알이 넣어져 있지 않음.

顔回擇菜(안회택채):≪여씨춘추≫에는 '菜'의 다음에 '於外' 두 자가 있다. '擇'은 여기서는 들풀을 뽑는다는 뜻.

子路(자로):공자의 제자. 이름은 由.

再逐於魯(재축어로):산목편 〈천속우화〉에 이미 나옴.

削迹於衛……:천운편 〈추구우화〉, 산목편 〈천속우화〉에 이미 나옴.

藉夫子者(적부자자):'藉'은 밟는다는 뜻에서 나아가 '욕보이다, 능멸하다'의 뜻.

可許窮矣(가허궁의):'許'가 古逸叢書本 이외의 본에는 모두 '謂'로 되어 있다. ≪여씨춘추≫에도 '謂'로 되어 있다. '謂'로 고친다.

其何窮之爲(기하궁지위):≪여씨춘추≫에는 '爲'가 '謂'로 되어 있다.

天寒旣至(천한기지):≪여씨춘추≫에는 '天'이 '大'로 되어 있다.

吾是以知松栢之茂也(오시이지송백지무야):≪논어≫ 자한편에 '한겨울 추위 속에서라야 소나무나 전나무의 절개를 알 수 있다(歲寒然後, 知松栢之後彫也)'라고 한 것에 근거한 것이리라.

陳蔡之隘(진채지애):'隘(좁다)'는 '厄'의 차자. ≪여씨춘추≫에는 '阨'으로 되어 있다.

削然反琴(삭연반금):'削然'은 물건을 옆으로 약간 옮겨 놓을 때 나는 소리. '기쁘다(그런 경우에는 '削'을 '소'로 읽는다)'의 뜻(司馬彪의 설)으로 해석하는 것은 적당하지 않다.≪여씨춘추≫에는 '烈然'으로 되어 있다.

子路扢然執干而舞(자로흘연집간이무):'扢(뽑다, 두들기다)'은 '仡(흘:용감하고 씩씩한 모양)'의 차자. '干'은 방패.

道德於此(도덕어차):'德'은 '得'의 차자(俞樾의 설). ≪여씨춘추≫에는 '得'으로 되어 있다.

娛於潁陽(오어영양):潁陽은 潁水의 북쪽, 즉 기산(箕山)의 산기슭.

共伯得乎丘首(공백득호구수):'丘首'가 ≪석문≫ 게출본 외에는 '共首'로 되어 있다. ≪여씨춘추≫에도 '共首'로 되어 있다. 이에 근거하여 '共首'로 고친다. '共伯'의 이름은 和, 주나라 왕손으로(成玄英의 설), 共(하남성 輝縣)에 봉해졌다. 여왕(厲王)이 달아나자 추대 받아 왕위에 올랐다가 후에 선왕(宣王)에게 양위하고 봉지로 돌아가 자적했다고 한다.

'共首'에 관해서는 共山(또는 共丘山)(≪석문≫의 설)이라고도 하며, 丘首(成玄英의 설)라고도 하며, 또 首가 頭의 뜻이어서 共頭山이라고도 한다. 共나라에 있던 산이라고 생각된다. '潁陽'과 상대되는 말로 共山의 首(陽의 뜻)라는 뜻이 아닐까?

【補說】 이상의 〈궁통상락우화〉는 공자의 진채지액(陳蔡之厄)을 빌려, 체도자는 순역(順逆)의 환경에 관계 없이 늘 즐거워한다는 것을 극적으로 묘사하고 있다.

# 제12장 무택·변수·무광지자침(無擇·卞隨·務光之自沈)

舜以天下讓其友北人無擇. 北人無擇曰, "異哉, 后之爲人也.
居於畎畝之中, 而遊堯之門. 不若是而已, 又欲以其辱行漫
我. 吾羞見之."
因自投淸泠之淵.
湯將伐桀, 因卞隨而謀. 卞隨曰, "非吾事也."
湯曰, "孰可."
曰, "吾不知也."
湯又因務光而謀. 務光曰, "非吾事也."
湯曰, "孰可."
曰, "吾不知也."
湯曰, "伊尹何如."
曰, "强力忍垢. 吾不知其他也."
湯遂與伊尹謀伐桀, 剋之, 以讓卞隨.
卞隨辭曰, "后之伐桀也, 謀乎我, 必以我爲賊也. 勝桀而讓
我, 必以我爲貪也. 吾生乎亂世, 而無道之人再來漫我以其辱
行. 吾不忍數聞也." 乃自投椆水而死.
湯又讓務光曰, "知者謀之, 武者遂之, 仁者居之, 古之道也.
吾子胡不立乎."
務光辭曰, "廢上非義也. 殺民非仁也. 人犯其難, 我享其利,
非廉也. 吾聞之, 曰, '非其義者, 不受其祿. 無道之世, 不踐其
土.' 況尊我乎. 吾不忍久見也." 乃負石而自沈於廬水.

순임금은 천자의 자리를 친구인 북인무택에게 주려 했다. 그런데 북인무택은

"이상하기도 하여라, 우리 임금의 맘씨는. 농사를 짓다 그에 만족하지 않고 요임금한테 달려가더니 이제는 그 영화로 더러워진 행위로 나까지 더럽히려 들다니. 당신 같은 사람의 낯짝이 내 눈에 띈다는 것조차 부끄럽게 생각되오."

라고 말하고는 그대로 청령의 못에 몸을 던졌다.

은나라 탕왕은 하나라 걸왕을 정벌하고자 했다. 그래서 변수를 참모로 삼아 계책을 세우려 했다.

"제가 아는 일이 아닙니다."

변수는 거절했다. 탕왕은

"그럼 누가 좋겠는가?"

하고 물었다. 변수는 짧게 대답했다.

"저는 모릅니다."

탕왕은 무광과 계책을 세우고자 했다.

"제가 아는 일이 아닙니다."

하고 무광도 거절했다. 탕왕은 할 수 없이

"그럼 누가 좋겠는가?"

하고 물어 보았다. 무광이

"저는 모릅니다."

라고 대답하자, 탕왕은 다시

"이윤은 어떻겠소?"

하고 물었다. 무광은

"이윤은 무리하게 일을 추진하려는 성격으로 일을 위해서라면 물불을 가리지 않습니다. 저는 그 밖의 일은 모릅니다."

라고 대답했다.

탕왕은 이윤을 등용하여 걸왕을 칠 계획을 세우게 하고, 마침내 그 일을 성공시키자 다시 변수에게 제위를 양도하려 했다. 변수는

"우리 임금이 걸을 정벌하려 했을 때 내게 물었던 것은 필시 나를 모반자로 생각했기 때문이리라. 걸왕을 타도하고 내게 제위를 양도코자 하는 것은 필시 나를 탐욕스런 자로 생각하고 있기 때문이리라. 난세에 태어난 탓에 無道한 사람이 두 번씩이나 찾아와서 그 정벌의 피로 물든 손으로 나를 더럽히려 하고 있다. 더 이상 이런 말을 들을 수 없다."

라고 자탄하고는 사양하였다. 그리고 주수(椆水)에 몸을 던졌다.

탕왕은 무광에게 제위를 물려주고자 이렇게 말했다.

"지자(知者)가 계략을 세우고 용자(勇者)가 그것을 실행하며 인자(仁者)가 새로운 지위를 지킨다는 것은 예로부터의 道입니다. 당신이 제위에 오르지 않으시겠습니까?"

무광은 거절했다.

"주군을 밀어내는 것은 의(義)가 아닙니다. 전쟁을 일으켜 사람을 죽이는 것은 인(仁)이 아닙니다. 남이 어려움을 무릅쓰고 공을 세웠는데 자신이 그 이익을 누리는 것은 결백이 아닙니다. 또 저는 '義가 아니면 그 봉록을 받아서는 안 된다. 道가 행해지지 않는 세상에서는 그 땅에 있어서는 안된다'라고 들었습니다. 하물며 그런 땅의 제위에 오르는 일을 어찌 상상이나 할 수 있겠습니까? 당신과 더 이상 얼굴을 맞대고 있을 수가 없습니다."

무광은 그 길로 여수(廬水)에 나아가 돌을 안고 몸을 던졌다.

【語義】 舜以天下讓其友北人無擇(순이천하양기우북인무택):'北人無擇'에 관하여 成玄英은 '북방 사람으로 이름은 無擇이며 舜의 친구이다'라고 해석했는데, 북방이 음극인 점에서 추측하면 '無擇'은 '無懌(기뻐하는 일이 없

음)’, 즉 喜怒의 情이 없음을 우의하기 위해 설정된 인물이리라.

畎畝之中(견묘지중):‘畎畝’는 농지, 전묘(田畝)의 뜻. ‘畎’은 관개용 도랑. ‘畝’는 밭이랑. 순임금은 세상에 알려지기 전에는 역산(歷山)에서 농사를 지었다고 전해진다.

辱行(욕행):‘辱’은 ‘黣(더러움)’의 차자.

淸泠之淵(청령지연):‘泠’도 맑고 푸르다는 뜻. 하남성 남양현(南陽縣) 서쪽에 그 옛터가 있다(成玄英의 설)고 한다.

卞隨(변수):성은 卞, 이름은 隨. 道를 터득했던 은자라고 한다(成玄英의 설). ‘卞’이 ‘變’과 음이 비슷하다는 데서 추측하면 자연의 理에 응변(應變)하여 따른다는 뜻으로 설정된 인물이 아닐까?

務光(무광):성은 務, 이름은 光. 역시 道를 체득한 은자라고 한다(成玄英의 설). 務가 無와 옛음이 같았다는 점에서 생각하면 ‘務光’은 세속의 영광을 무시한다는 뜻을 지닌 인물로 설정된 것이 아닐까?

强力忍垢(강력인구):‘强力’을 통상 힘이 강하다는 뜻으로 해석하는데, 힘써 노력한다는 뜻으로 해석해야 한다. ‘垢’는 ‘訽(부끄러움)’의 차자(朱駿聲의 설). ≪맹자≫ 만장 하편에 “이윤은 ‘누구를 섬긴들 임금이 아니며, 누구를 부린들 백성이 아니냐?’하고 생각하여 나라가 다스려져도 나아가고 어지러워도 나아갔다. 또 ‘하늘이 백성을 낸 것은 먼저 안 사람으로 하여금 뒤늦게 아는 사람을 깨우치게 하고, 먼저 깨달은 사람으로 하여금 뒤늦게 깨닫는 사람을 깨우치게 하려는 것이다. 나는 하늘이 낸 백성들 중에서 먼저 깨달은 사람이다. 내 장차 이 道를 가지고 이 백성들을 깨우쳐 주리라’고 생각하여 천하의 백성들 중 한 사람이라도 요순의 혜택을 받지 못하는 사람이 있으면 마치 자기가 그들을 도랑 속으로 밀어 넣은 것처럼 생각했다. 그는 이처럼 천하를 다스리는 중책을 자신의 임무로 삼았던 것이다. ……이윤은 성인으로서의 큰 임무를 자신의 임무로 삼은 사람이다(伊尹曰, 何事非君, 何使非民. 治亦進, 亂亦進. 曰, 天之生斯民也, 使先知覺後知, 使先覺覺後覺. 子天民之先覺者也. 子將以此道覺此民也. 思天下之民, 匹夫匹婦, 有不與被堯舜之澤者, 若己推而內之溝中. 其自任以天下之重也. ……伊尹, 聖之任者也)'라고 했는데, 이것을 근거로 이윤을 악의로 평한 것이다.

椆水(주수): ≪석문≫의 설에 의하면 하북성 탁현(琢縣) 부근에 있었던 물이라 한다.

廬水(여수): '廬'가 '盧'로 되어 있는 판본도 있다 한다(≪석문≫의 설). 盧水는 요동(遼東)의 서쪽 경계에 있던 물(司馬彪의 설)이라 하며, 盧水는 북경 부근에 있던 내[川]라 한다(≪석문≫의 설).


【補說】 이상의 〈무택 · 변수 · 무광지자침〉은 무택 등이 모두 舜과 湯의 영달이나 혁명을 더러운 행위로 생각하고 그에 더럽혀지는 욕됨을 피하고자 물에 빠져 죽었음을 기록하고 있다.

≪여씨춘추≫ 이속편에는 앞의 '石戶之農'과 이 이야기가 함께 실려 있으며 그들은 천하를 六合(우주) 외의 것으로 간주하고 부귀에 마음 끌리지 않았다고 극찬되어 있다. 또 그들 행위의 본령은 '節을 높이고 행동을 엄하게 하여 홀로 그 뜻을 즐긴다. 그러면서도 物을 해치지 않고 利에 마음 끌리지 않으며 勢에 붙좇지 않고 혼탁한 세상에 있음을 부끄러워하는 것'이라 하고, 또 만민애리(萬民愛利)의 본뜻과 비교하여 이들의 행위와 舜湯의 행위에는 사의(事宜)와 대소의 차이가 있음을 지적하고 있다.

晉의 郭象은 그들이 천하를 六合 외의 것으로 간주했다는 ≪여씨춘추≫의 설을 잘못된 견해로 보고, '무릇 천하를 경시하는 자는 중히 여길 것이 무엇인지를 모르는 자이다. 중히 여기는 것이 없으면 죽을 곳이 없다'라고 하여, 그들의 자살이 전연 이유가 없는 것임을 지적하고, 또 '이들 두 사람(변수, 무광)은 명예로운 이름을 남겨 칭송을 얻고자 목숨을 버린 자들이다. 천하가 안중에 없다는 것은 거짓말이다'라고 논했다.

매사가 자살로 해결될 수 없다는 것은 郭象이 지적한 대로이다. 그러나 무택 등의 자살을 청절(淸節)의 명예를 탐낸 소행으로 규정하는 것은 약간 편협한 생각이 아닐까?

昔, 周之興, 有士二人. 處於孤竹. 曰伯夷·叔齊. 二人相謂
曰,
"吾聞, '西方有人, 似有道者.' 試往觀焉." 至於岐陽.
武王聞之, 使叔旦往見之. 與盟曰, "加富二等, 就官一列." 血
牲而埋之.
二人相視而笑曰, "嘻, 異哉. 此非吾所謂道也. 昔者, 神農之
有天下也, 時祀盡敬, 而不祈喜. 其於人也, 忠信盡治, 而無
求焉.
樂與政爲政, 樂與治爲治, 不以人之壞自成也. 不以人之卑自
高也. 不以遭時自利也.
今周見殷之亂, 而遽爲政, 上謀而下行貨, 阻兵而保威. 割牲
而盟以爲信, 揚行以悅衆, 殺伐以要利. 是推亂以易暴也.
吾聞, '古之士, 遭治世, 不避其住(任)遇亂世, 不爲苟存.' 今
天下闇, 周德衰. 其竝乎周以塗吾身也, 不如避之以絜吾行."
二子北至於首陽之山, 遂餓而死焉.
若伯夷·叔齊者, 其於富貴也, 苟可得已, 則必不賴. 高節戾
行, 獨樂其志, 不事於世. 此二士之節也.

옛날 주(周)나라가 열릴 적에 고죽(孤竹)에 두 사나이가 있었다.
형을 이(夷)라 하고 아우를 제(齊)라 했다. 두 사람은 상의 끝에
"서쪽의 周에 훌륭한 사람이 있는데 道를 체득한 듯하다고 들었다. 가서

어떤 사람인지 만나 보자."

하고 기산(岐山)의 남쪽 기슭에 찾아갔다.

주나라 무왕(武王)이 이 소식을 듣고 아우인 주공단(周公旦)을 보내 맞이했다. 주공단은 두 사나이에게 맹약을 했는데, 그 맹약은

"당신들에게는 제2급의 봉록을 주고, 제1급의 관위(官位)에 나아가게 한다."

라는 것이었다. 희생(犧牲)을 잡아 그 생피[生血]를 서약서에 칠한 다음 성지(聖地)에 묻어 서로 배반하지 않겠다는 증거로 삼았다.

백이와 숙제는 얼굴을 마주 보고 웃으면서 말했다.

"아아, 이상한 일이로다. 이것은 우리가 생각하던 무위(無爲)와 통하는 道가 아니다.

태고에 신농(神農)이 천하를 다스릴 때에는 철마다 제례(祭禮)에 경의를 다할 뿐 신에게 행운을 비는 일은 없었다. 사람들에게 진심에 따라 저절로 다스려지길 바랄 뿐 뭔가를 요구하는 법이 없었다. 그래서 더불어 바르게 정치를 해 나가고 평화롭게 다스려지는 것을 서로 즐겼다. 남의 실패를 기화로 자신의 성공을 꾀하는 일도 없고, 남의 비천함을 경멸하여 자신의 고귀함을 뽐내는 일도 없었으며 좋은 기회를 만나더라도 결코 자신의 이익을 꾀하려 하지 않았다.

그런데 지금 주나라는 은(殷)나라가 어지러워지자 황급히 정벌하였으며 모략으로 남을 해치는 것을 중요한 책략으로 삼고 뇌물을 써서 그 이익을 도모하며 강대한 병력을 믿고 나라의 위세를 유지하고 있다. 더욱이 희생을 잡아 신의 이름으로 서약함으로써 신의를 맺으며 선행을 포장하여 백성을 기쁘게 하면서 한편으로는 사람들을 베어 죽이는 짓까지 밥 먹듯이 하여 이익을 구하고 있다. 이는 점점 더 어지러움을 밀고나감으로써 예전의 포학함을 대신하는 것일 뿐이다.

우리는 '옛날의 사나이는 잘 다스려진 세상을 만나면 어떤 임무에도 최선을 다하지만 난세를 만나면 그런 세상에서 번영을 누리려 하지 않았다'라고 들었다. 지금 천하는 어두우며 주나라의 덕은 쇠하여 있다. 주나라의 정치에 가담하여 몸을 더럽히기보다는 이곳을 피하여 우리만이라도 행위를 깨끗이 유지하는 것이 낫겠다."

두 사람은 북쪽 수양산(首陽山)에 가서 숨었는데 결국 그곳에서 굶어 죽고 말았다.

이 백이와 숙제는 부귀에 대하여 그것 없이도 괜찮다면 결코 그것에 의지하려 하지 않았다. 두 사람은 자신의 절조를 고상하게 하고 그 행위를 엄하게 가다듬어 오직 자기 뜻을 온전히 하는 것을 즐길 뿐 세속의 벼슬에 나아가려고 하지 않았다. 이것이 두 사람의 절조(節操)이다.

【語義】昔周之興……:이하 '遂餓而死焉'까지는 ≪여씨춘추≫ 성렴편(誠廉篇)에도 언급되어 있는데 ≪여씨춘추≫의 서술이 좀 더 상세하다.

孤竹(고죽):殷代에 있었던 국명으로 하북성 노룡현(盧龍縣)에서 요녕성 조양현(朝陽縣)에 걸친 지역에 있었다 한다. '伯夷'와 '叔齊'는 그 나라의 공자들로 서로 임금의 자리를 양보하여 국외로 망명했다고 한다.

叔旦(숙단):무왕의 아우인 주공단. 주나라의 모든 제도를 제정한 인물이라 한다.

加富二等就官一列(가부이등취관일렬):봉록은 2등급에 해당하는 것을 주고, 관위는 1등급에 해당하는 것을 줌. '富二等'이 구체적으로 어느 정도의 액수인지는 알 수 없다.

血牲而埋之(혈생이매지):'殺牲'으로 되어 있는 판본도 있고 '血之以牲'으로 되어 있는 판본도 있다(≪석문≫의 설). ≪여씨춘추≫에도 '血之以牲'으로 되어 있다. 희생(犧牲)을 잡아 그 피를 서서(誓書)에 바르고, 피의 영력(靈力)으로 그 효력을 절대화하는 것을 가리킨다. 그 서서는 성지(聖地)에 묻는다. ≪여씨춘추≫의 설에 의하면 이 서서는 주공단과 백이·숙제의 것이 아니라 四內에 묻힌 주공단과 교서(膠西)의 서서와 공두산 밑에 묻힌 召公奭과 微子開의 서서라고 하며 백이와 숙제는 그것을 본 것이라고 한다.

而不祈喜(이불기희):'喜'는 '禧'의 차자로 '福'의 뜻.

樂與政爲政樂與治爲治(낙여정위정낙여치위치):≪여씨춘추≫에는 '與政', '與治'가 '政與', '治與'로 되어 있다. 그 쪽의 표현이 순당하지만 원문대로 해석한다.

而遽爲政(이거위정):'政'은 '征'의 차자.

上謀而下行貨(상모이하행화):≪여씨춘추≫에는 '上謀而行貨'로 되어 있다. '上'은 '공경하다, 존경하다'의 뜻. '下'는 뒷사람이 잘못하여 삽입시킨 군글자. '下'를 삭제한다. '行貨'는 뇌물을 주는 것.

阻兵而保威(조병이보위):'阻'는 의거하는 것.

揚行以悅衆(양행이열중):'揚'은 상을 내리는 것. '行'은 善行의 뜻(≪석문≫의 설). '悅'은 기뻐하는 것. 즉 선행을 장려하고 그에 상을 주어 백성을 기쁘게 하는 것을 가리킨다.

吾聞古之士……:≪논어≫ 헌문편에 '나라에 道가 있으면 祿을 먹지만 나라에 道가 없는데도 祿을 먹는 것은 치욕이다(邦有道穀, 邦無道穀, 恥也)'라고 한 공자의 말이 실려 있다. 이러한 류의 말에 근거한 것이리라.

不避其住(불피기주):저본의 '住'는 '任'을 잘못 베낀 것이다.

周德衰(주덕쇠):'周'가 '殷'으로 되어 있는 판본도 있다. 원문 쪽이 옳다. 神農의 세상과 같은 聖代에 비교하여 周德은 쇠했다고 한 것이다.

其竝乎周……:'竝'은 여기서는 의지하다의 뜻이 아니라 참가하다의 뜻.

高節戾行(고절려행): '高'는 고상하게 하는 것. '節'은 절조. 일정한 주의·주장에 입각하여 몸을 지키는 것. '戾'는 '勵'의 차자. '行'은 자신의 행위.

【補說】 이상의 〈백이·숙제지절〉은 백이·숙제가 周에 道가 있으리라 기대했으나 周는 神을 모독하는 맹약, 인위적인 모략, 위력에 의한 정벌, 살육 등을 행하는 난을 조장하는 쇠덕(衰德)한 나라임을 알고 그곳을 피하여 수양산에 숨었으나 결국 굶어죽고 말았음을 기술하고, 백이·숙제 두 사람은 고절여행(高節勵行), 자신의 뜻을 실현하는 것을 즐긴 사람들이라고 평하고 있다.

【餘說】 백이·숙제와 도가사상

　백이·숙제는 어지러운 세상에서 어떻게 하면 자신의 청절을 지킬 수 있을까 하는 문제를 늘 제시하는 인물이다.
　공자는 '(백이·숙제는) 옛날의 현자들이다. 선을 구하여 얻었으니 어찌 원망했겠는가?(古之賢者也. 求仁而得仁, 又何怨)'(≪논어≫ 술이편)라고 했다. 그 깨끗한 뜻에 충실했던 행위를 칭찬한 말이리라. 맹자는 백이를, '성인의 맑음을 지닌 사람이다(聖之淸者也)'라고 하고 '그래서 백이의 풍도를 들으면 완악한 사람도 청렴해지고, 겁 많은 사람도 지조를 세우게 된다(故聞伯夷之風者, 頑夫廉, 懦夫有立志)'(≪맹자≫ 만장 하편)라고 하여 그 뜻의 순수함을 추존하고, 또 그러한 선행이 후세에 미친 효과를 강조했다.
　이처럼 백이·숙제에 대한 평가는 이미 정착되어 있었던 것이다. ≪여씨춘추≫ 성렴편에는 사람의 性分이 변치 않는 예로서 백이·숙제의 고사가 인용돼 있으며, '이 두 선비는 生을 버림으로써 그 뜻을 세웠다. 경중을 미리 정해 놓은 것이다'라고 평되어 있다.

그런데 대종사편 〈진인론〉에서는 백이·숙제를 고불해·무광 등과 한데 묶어 자적을 얻지 못한 자로 배격하고, 변무편에서도 백이를 도척과 함께 나열하여 生을 손상하고 性을 파괴하는 자로 매도하고 있다. '性命'을 존중하는 입장에서는 백이·숙제의 행위는 용납될 수 없는 성질의 것이었다. 또 추수편 〈반기진우화〉에서도, '且夫我嘗聞少仲尼之聞, 而輕伯夷之義者'라 하여 백이를 호되게 깎아내리고 있다. 백이가 보여 준 절조의 고수는 유가의 교의와 더불어 도가에서 주장하는 무위의 도에 반한다. 본편에 찬양되어 있는 백이·숙제의 절개는 이것들의 설과 상반된다. 백이·숙제뿐 아니라 본편에는 '性命'을 손상시킨 확실한 예로 볼 수 있는 무택·변수·무광 등이 특기(特記)되어 있다. 이것은 종래 ≪장자≫의 사상과는 전적으로 모순되는 것이다. 이러한 사실은 본편이 이른바 '장자'의 作이 아니라고 하는 설의 주요한 논거가 되어 왔다.

〈백이·숙제지절〉이나 본편이 장주의 作이 아니라는 것은 새삼스럽게 초들 것까지도 없다. ≪장자≫ 계통의 정통적 논리의 전개라고는 도저히 인정할 수 없기 때문이다. 백이·숙제의 전설이 노·장 도가설이 나타난 뒤에 성립되었다고는 생각할 수 없다. 〈백이·숙제지절〉과 그 밖에 본편에 수록된 많은 고사는 ≪장자≫를 보충하기 위해 ≪여씨춘추≫나 그와 비슷한 류의 문헌에서 채록한 것이리라. 그렇다 하더라도 〈백이·숙제지절〉을 위시한 본편의 여러 고사들이 과연 노·장 도가의 사상과 전연 무관할까? '與物爲春, 是接而生時乎心者也'의 眞人의 경지는 살아 있는 몸을 지닌 인간으로서 과연 즉각 실현할 수가 있을까? '性命之情'을 지켜나가려 해도 그것은 이미 마제편에 설명되어 있는 것처럼 소박한 사회에 있어야만 달성할 수 있는 것이리라. 간책과 투쟁이 난무하는 현실 사회에 소박한 사회가 즉각 출현할 수 있을까? '自適'이라는 것도 그 근본은 자아의 독립을 획득하는 것을 가리킨다. 그 획득을 위해 '性命之情'을 중시하고 현실 사회와 타협하여 구차하게 生을 보낼 것인가, 아니면 과감히 맞서 자아의 고루(孤壘)를 쌓을 것인가? 도가는 은거하여 고루에 처박히는 것을 시인하고 있지 않지만 타협이냐 독립이냐의 선택은 현실 사회에 몸담고 있는 인간에게는 시시각각 닥쳐오는 심적 중압이 아닐까? 〈백이·숙제지절〉은 이 선택의 전형이며, 그것은 또 도가 사상 출발의 원점이기도 하리라. 물론 도가는 '一宅而寓於不得已'라고 하는 타협도 배반도 아닌 경지가 있다고 주장하고 있어, 전개의 방향은 다르지만 그 원점에는 공통성이 있다.

  《장자》의 편자가 본편을 더한 것도 이러한 공통성을 의식했기 때문이리라. 사마천도 그러한 공통성을 의식했던 한 사람이었으리라. 사마천은 《사기》 열전의 처음에 백이·숙제의 전기를 약술하고 다음과 같이 그들의 일시(逸詩)를 게재하였다.

서산에 올라 고사리를 캐노라.
포악함으로써 포악함을 바꾸려는 것일 뿐, 그 그릇됨을 모르네.
신농·우하 모두 사라졌으니
내 어찌 돌아가지 않으리.
아아, 이 목숨 스러져 가네.


登彼西山兮, 采其薇矣
以暴易暴兮, 不知其非矣.
神農虞夏忽焉沒兮.

我安適歸矣.
于嗟徂兮, 命之衰矣.

    사마천은 그들의 마음을 애절하게 여기고, 그들을 죽음에 이르게 한 天道에 대해 '天道는 과연 바른 것인가, 그른 것인가?(天道是耶非耶)' 라고 탄성을 발했다. 백이 · 숙제는 이름을 남기기 위해 죽은 자들이 아니라, 道를 구했으나 道에 구원받지 못했다고 그는 생각한 것이다.

    본편에 방계(傍系)의 고사가 취합된 것은 확실하지만 그렇다고 일부 학자들처럼 본편을 도외시하지 말고 나름대로 완미(玩味)해야 할 것이다.

# 제29편
# 도척(盜跖)

　　편중의 인명 '도척'을 취하여 편명으로 삼았다. 공자와 도척의 문답
으로 되어 있는 장문의 우화 외에 3개의 우화가 수록되어 있다. 공자
와 도척의 문답은 거협편의 '도둑에게도 道가 있다(盜亦有道)'는 따위
의 사고에 입각하여 구성된 것으로 생각되며, 理를 말하는 것보다 우
화의 기묘함에 흥미의 초점을 두고 있다. 다른 3개의 우화도 이와 비
슷하다. 이러한 종류의 우화가 漢代 전기에 있었다는 것은 확실한 사
실인데, 전국시대 말기에 성립되었으리라고 추정하는 학자도 있지만
(羅根澤, 關鋒의 설) 그보다는 후세이 일로 그때부터 漢初에 걸쳐 성
립되지 않았을까?

## 제1장  도척지변(盜跖之辯)

孔子與柳下季爲友. 柳下季之弟, 名曰盜跖. 盜跖從卒九千
人, 橫行天下, 侵暴諸侯, 穴室樞戶, 驅人牛馬, 取人婦女. 貪
得忘親, 不顧父母兄弟, 不祭先祖. 所過之邑, 大國守城, 小
國入保, 萬民苦之.

공자는 유덕자(有德者)인 유하계와 친구였다. 유하계의 아우는 도척 (盜
跖:도둑의 우두머리라는 뜻)이었다. 도척은 졸개들을 무려 9천 명이나 끌
고 다니며 천하를 누볐다. 제후의 영내에 잠입하여 난동을 부리고, 인가의
벽에 구멍을 뚫고 문을 비틀어 부수어 버리고, 남의 소와 말을 훔치고 부
녀자들을 탈취하였다. 자신의 이익만을 욕심내어 가까운 사람들에게 마구
피해를 주었고 부모 형제마저 돌보지 않았으며 조상의 제사조차 지내지 않
았다. 그의 패거리가 지나다니는 고을에서는 큰 나라라면 성의 수비를 견
고히 하여 준비하고, 작은 나라라면 성채 속으로 피해 들어가 숨을 죽이는
등 모든 사람이 고통을 받았다.

【語義】柳下季(유하계):魯나라 사람(≪논어≫ 위영공편). 성은 展, 이름은
    禽(≪좌씨전≫ 僖公 26년). 獲을 그의 이름으로 보는 설(≪국어≫ 魯語)
    도 있다. 자는 季禽(≪석문≫의 설). 子禽(≪석문≫의 다른 일설). 季(成
    玄英의 설)를 그의 자로 보는 설도 있다. 시호는 惠(≪열녀전≫). ≪논
    어≫ · ≪맹자≫ 등에는 '柳下惠'로 되어 있다. '柳下'는 그가 살던 곳과
    관계되는 이름인 듯하며 어쩌면 그의 영지의 이름인지도 모른다. 魯의

僖公(B.C. 627년 沒), 文公(B.C. 609년 沒)에게 출사하여 사사(士師)가 된 적이 있다(≪논어≫ 미자편). 공자는 그의 어짊을 칭찬했고, 맹자는 그를 '성인의 온화함을 지닌 자(聖之和者也)'(≪맹자≫ 만장 하편)라 했다. '유하혜는 더러운 임금 섬기는 것을 부끄러이 여기지 않고 작은 벼슬자리도 사양하지 않았다. 벼슬에 나아가면 현명함을 숨지지 않고 반드시 올바른 도리를 좇아 일하며, 버려져도 원망하지 않고 곤궁해져도 근심하지 않았다.…… (柳下惠不羞汙君. 不辭小官. 進不隱賢, 必以其道. 遺佚而不怨, 阨窮而不憫……)'(≪맹자≫ 만장 하편)라고 했으며, '유하혜는 신중하지 못했다(柳下惠不恭)'(≪맹자≫ 공손추 상편)라고 한 것처럼 어떠한 경우에도 자신의 최선을 다한 인물이었던 듯하다. 공자(B.C. 551년생)와 유하혜의 활동 연대는 70~80년의 차이가 있어 유하혜가 공자의 친구일 리가 없는데 여기서는 가공의 상정을 한 것이다.

盜跖(도척):'跖'을 '蹠'으로도 쓴다. 秦나라 때 사람(≪한서(漢書)≫ 李奇注의 설)이라고도 하며, 黃帝 때의 사람(司馬貞의 설)이라고도 한다. 거협편의 〈난성지지론〉 참조. '跖'은 본디 '碩(크다, 여기서는 두목·우두머리)'의 뜻이리라.

穴室樞戶(혈실추호):'樞'가 '摳'로 되어 있는 판본도 있다. '樞'는 '摳(구:비틀다)'의 차자.

小國入保(소국입보):'保'는 '堡'의 차자. 성채를 가리킨다.

【補說】 이상은 〈도척지변〉의 제1단이다. 유하계를 공자의 친구로, 도척을 유하계의 아우로 설정하고 공자와 도척의 만남을 준비하고 있다.

孔子謂柳下季曰, "夫爲人父者, 必能詔其子, 爲人兄者, 必能
敎其弟. 若父不能詔其子, 兄不能敎其弟, 則無貴父子兄弟之
親矣.
今先生世之才士也. 弟爲盜跖. 爲天下害, 而弗能敎也. 丘竊
爲先生羞之. 丘請爲先生往說之."
柳下季曰, "先生言, '爲人父者, 必能詔其子, 爲人兄者, 必能
敎其弟.' 若子不聽父之詔, 弟不受兄之敎, 雖今先生之辯, 將
奈之何哉. 且跖之爲人也, 心如涌泉, 意如飄風. 强足以距敵,
辯足以飾非. 順其心則喜, 逆其心則怒. 易辱人以言. 先生必
無往."
孔子不聽. 顔回爲馭, 子貢爲右, 往見盜跖.

공자가 유하계에게 말했다.

"무릇 아비 된 자는 자식을 잘 가르쳐 타일러야 하고, 형 된 자는 아우를
잘 인도해야 하는 법입니다. 아비이면서도 자식을 가르쳐 깨우쳐 주지 못
하고, 형이면서 아우를 가르쳐 인도하지 못한다면 부자 형제의 친애는 존
중할 만한 것이 못 됩니다.

지금 선생께선 세상에서 매우 재능이 높으신 분입니다. 그런데 아우는
도적의 우두머리입니다. 그가 천하에 해악을 끼치고 있는데도 선생께서는
그를 바른 길로 인도하지 않고 계십니다. 나는 선생의 친구로서 이런 일
을 매우 부끄럽게 생각합니다. 내가 선생을 위해 그를 설득해 보면 어떻
겠습니까?"

유하계가 대답했다.

"선생께선 '아비 된 자는 자식을 잘 가르쳐 타일러야 하고, 형 된 자는

아우를 잘 인도해야 한다'고 말씀하셨는데 자식이 아비의 훈계를 듣지 않고, 아우가 형의 교도(教導)를 받아들이지 않는다면 선생의 그 훌륭한 말씀도 아무 쓸모가 없게 되지 않을까요? 더욱이 척(跖)의 성품은 마음이 용솟음치는 샘물처럼 멈출 줄 모르고 의지는 회오리바람처럼 맹렬합니다. 더욱이 그의 강함은 어떤 적도 막아내고 변설은 어떤 잘못도 옳다고 꾸며댈 수 있습니다. 자신의 마음에 들면 기뻐하고 기분에 거슬리면 불같이 화를 냅니다. 사람을 매도하고 욕보이기를 예사롭게 합니다. 선생께선 가시면 안 됩니다."

공자는 유하계의 충고를 듣지 않았다. 안회로 하여금 마차의 고삐를 잡게 하고 자공을 오른쪽에 배승시켜 도척을 만나러 갔다.

【語義】 夫爲人父者必能詔其子……:≪맹자≫ 이루 하편에 '中和의 德을 갖춘 자가 德이 부족한 자를 가르치고 재능이 있는 자가 재능이 없는 자를 가르치는 것이 道이다. 그렇기 때문에 사람은 현명한 부형을 둔 것을 즐거워한다(中也養不中, 才也養不才. 故人樂有賢父兄也)'라고 했다. 필시 이에 근거한 말이리라. '詔'는 '고하다, 가르치다'의 뜻.

心如涌泉意如飄風(심여용천의여표풍):'涌泉'은 끊임없이 솟아오르는 샘, 나쁜 지혜가 계속 작용하는 것에 대한 비유이리라. '飄風'은 질풍. 물사에의 대응이 민속한 것에 대한 비유이리라.

强足以距敵(강족이거적):'距'는 '拒(물리치다)'의 차자.

順其心則喜……:재유편 〈독유인설〉에 '世俗之人, 皆喜人之同乎己, 而惡人之異於己也'라고 했다.

【補說】 이상은 〈도척지변〉의 제2단이다. 공자가 자청하여 유하계 대신 도척을 설득하러 출발했음을 서술하고 있다.

盜跖乃方休卒徒太山之陽, 膾人肝而餔之.

孔子下車而前, 見謁者曰, "魯人孔丘, 聞將軍高義. 敬再拜謁者."

謁者入通. 盜跖聞之大怒, 目如明星, 髮上指冠. 曰, "此夫魯國之巧僞人孔丘非邪. 爲我告之. 爾作言造語, 妄稱文武, 冠枝木之冠, 帶死牛之脅. 多辭謬說, 不耕而食, 不織而衣. 搖脣鼓舌, 擅生是非, 以迷天下之主, 使天下學士, 不反其本, 妄作孝悌, 而儌倖於封侯富貴者也. 子之罪大極重. 疾走歸. 不然, 我將以子肝益晝餔之膳."

도척은 마침 부하들을 태산의 남쪽에 풀어 휴식시키고 자신은 사람의 간을 회쳐서 먹고 있는 중이었다.

공자는 그곳으로 가 수레에서 내린 다음, 안내자에게 나아가 이렇게 말했다.

"나는 노나라 사람 공구라 합니다. 척 장군의 높으신 뜻을 듣고 이렇게 왔습니다. 삼가 장군을 뵙고자 하니 전해 주시기 바랍니다."

안내자는 도척이 있는 방안으로 들어가 공자의 뜻을 전했다. 도척은 그 말을 듣자 불같이 화를 냈다. 눈은 불타는 별처럼 번쩍였고 머리카락은 곤두서 관을 떠받쳤다. 도척이 외쳤다.

"그렇다면 저 노나라의 사람 잘 속이기로 이름 높은 공구라는 놈이 아닌지 모르겠다. 나 대신 이렇게 전하라. '제멋대로 말을 지어 내고 함부로 문왕·무왕을 입에 담으며, 온갖 거드름에 요란한 관(冠)을 쓰고 소 옆구리 가죽으로 만든 띠를 띠고 있는 놈아! 옳지 않은 소리만 골라 지껄여대며 제 손으로 호미 한 번 안 잡으면서도 배불리 먹고, 물레 한 번 돌리지 않으면서도 좋은 옷만 걸치고 있구나. 입술을 움직이고 혀를 놀려대며 멋대로 시비의 論을 시작하여 천하의 군주들을 미혹시키고 있다. 게다가 천하의 학사들로 하여금 그 근본 문제를 제쳐 놓고 쓸데없는 효제를 짖어대게 하고, 그들로 하여금 제후에 봉해져 개인의 부와 귀를 누리도록 도모하고 있다. 네 죄가 크고 허물이 무겁다. 어서 빨리 이 자리를 떠나라. 너를 잡아 간을 회쳐 점심에 보태기 전에!'라고."

【語義】 盜跖乃方休卒徒太山之陽(도척내방휴졸도태산지양):'乃方'은 '方(이제 방금)'을 강조하는 표현. '마침 ~하는 참'의 뜻. '太山'은 齊(산동성) 땅에 있는 산. '陽'은 산의 경우에는 남쪽 땅을, 강이나 내의 경우에는 북쪽 땅을 가리킨다.

膾人肝而餔之(회인간이포지):'膾'는 회. 고기를 얇게 저민 것. '餔'는 여기서는 '哺'와 같다. 입에 무는 것.

謁者(알자):중개인 또는 안내인.

魯人孔丘(노인공구):'丘'는 공자의 이름. 자신의 이름을 말하는 것은 상대방에게 가장 정중한 존경의 뜻을 나타내는 것이다.

枝木之冠(지목지관):나무의 가지가 무성한 것처럼 많은 장식을 한 관 (司馬彪의 설).

多辭謬說(다사류설):그릇된 말을 잔뜩 늘어놓는 것.

不反其本(불반기본):'本'은 근본의 道를 가리키는 외에 농업을 가리키는 경우도 있는데, 여기서는 근본의 道를 가리킨다.

妄作孝悌而……:제후에 봉해져 부귀를 얻고자 도모하는 것을 가리킨다. '徼倖'은 요행을 바라는 것.

罪大極重(죄대극중):'極'은 '殛(벌, 허물)'의 차자(俞樾의 설).

【補說】 이상은 〈도척지변〉의 제3단이다. 공자가 도척의 소굴을 찾아갔으나 몹시 욕을 먹으며 면회를 거절당하고 있음을 서술하고 있다.

孔子復通曰, "丘得幸於季. 願望履幕下."
謁者復通. 盜跖曰, "使來前."
孔子趨而進, 避席反走, 再拜盜跖. 盜跖大怒. 兩展其足, 案劍瞋目, 聲如乳虎, 曰, "丘來前, 若所言, 順吾意則生, 逆吾心則死."
孔子曰, "丘聞之, '凡天下有三德. 生而長大, 美好無雙, 少長貴賤見而皆悅之, 此上德也. 知維(絡)天地, 能辯諸物, 此中德也, 勇悍果敢, 聚衆率兵, 此下德也. 凡人有比一德者, 足以南面稱孤矣.' 今將軍兼此三者, 身長八尺二寸, 面目有光, 脣如激丹, 齒如齊貝, 音中黃鍾. 而名曰盜跖. 丘竊爲將軍恥不取焉. 將軍有意聽臣, 臣請南使吳‧越, 北使齊‧魯, 東使宋‧衞, 西使晉‧楚, 使爲將軍造大城數百里, 立數十萬戶之邑, 尊將軍爲諸侯. 與天下更始, 罷兵休卒, 收養昆弟, 共祭先祖, 此聖人才士之行, 而天下之願也."

공자는 그래도 안내자에게 다음과 같이 부탁했다.

"丘는 다행히 장군의 형님이신 계(季)씨와 친분이 있습니다. 그 인연으로 막하에서 장군의 신발만이라도 볼 수 있도록 해 주십시오."

안내자는 공자의 말을 도척에게 천했다. 도척이 명령했다.

"데리고 오너라."

공자는 잔걸음으로 나아간 다음, 자리에 앉지 않고 조심스레 물러서며 공손하게 두 번 도척에게 절을 했다. 공자의 이런 모습을 본 도척은 크게 노하여 떡 버티고 서더니 칼에 손을 대며 두 눈을 부라렸다. 그리고 젖먹이 새끼범을 거느린 암범이 으르렁거리듯 노성(怒聲)을 질렀다.

"네 이놈 丘야, 이리 썩 나오너라! 네놈 말이 내 맘에 들면 살려 두겠지만 만일 맘에 들지 않으면 살려 두지 않겠다!"

공자는 도척을 설득하기 시작했다.

"丘는 이렇게 들었습니다. '천하에는 세 가지 훌륭한 德이 있노라. 태어날 때부터 몸이 장대하고 용모가 더없이 아름다워 세상 그 누구도 한 번 보기만 하면 당장 좋아하게 되는 것, 그것이 최상이 德이다. 지혜가 천지를 포용하고 재능이 모든 물사에 두루 미쳐 있는 것, 그것이 중급의 德이다. 용맹 과단하여 많은 부하들을 자유자재로 통솔하는 것, 그것은 하급의 德이다. 이 세 가지 德 중 한 가지만이라도 갖추고 있는 사람은 君의 자리에 올라 고(孤)라 자칭할 수 있다'라고 말입니다.

그런데 지금 장군께서는 이 세 德을 모두 갖추고 계십니다. 신장 8척 2촌, 낯빛은 떠오르는 태양처럼 빛나시며 입술은 물을 들인 듯 붉습니다. 이는 조개를 늘어놓은 듯 가지런하며 음성은 황종(黃鍾)의 음률과 꼭 같습니다. 그럼에도 도척(盜跖:도적의 두목)이라 불리고 있습니다.

저는 늘 남모르게 이러한 사실을 부끄럽게 생각하고 있으며 장군께서 계속 지금처럼 처신하시는 데 찬성할 수가 없습니다. 만일 장군께서 저의 말에 귀를 기울여 주실 뜻이 계시다면 저는 남쪽으로는 오(吳)나라와 월(越)나라로, 북쪽으로는 제(齊)나라와 노(魯)나라로, 동쪽으로는 송(宋)나라와 위(衛)나라로, 서쪽으로는 진(晉)과 초(楚)나라로 심부름을 가 제후들을 설득하여 장군을 위해 사방 수백 리의 큰 성을 쌓고, 또 수십만 호(戶)의 봉읍을 세워 장군을 그곳의 제후로서 떠받들도록 하겠습니다. 장군께서는 천하의 제후들과 함께 정치를 일신(一新)하고 전쟁을 종식시켜 병사들을 고향에서 쉬게 하며 형제분들을 잘 돌보아 주고, 또 조상을 공경하여 제사를 지내 주시기 바랍니다. 이러한 일은 성인과 재사(才士)가 하는 일로서, 또 천하 백성들이 원하는 일입니다."

【語義】 望履幕下(망리막하):≪석문≫의 설에 의하면 '幕'이 '綦(기:신을 들메는 끈)'로 되어 있는 판본도 있다 한다. 얼굴을 맞대고 이야기하는 것은 죄송스러우므로 막하(幕下)에서 신발만이라도 볼 수 있었으면 좋겠다는 뜻이다.

　孔子趨而進避席反走(공자추이진피석반주):더없이 겸손한 태도를 취하고 있다. 그러나 이것이 도척의 분노를 조장하게 된다.

　兩展其足(양전기족):'展'은 본디 '구르다, 쓰러뜨리다, 넓게 펴다, 길게 하다'등의 뜻으로 쓰인다. 두 다리를 벌리고 힘껏 버텨 선 것을 가리킨다.

　乳虎(유호):젖먹이 새끼를 데리고 있는 암범. 접근하는 자에게 매우 흉포하게 저항한다.

　丘來前(구래전):상대방의 이름을 함부로 부르는 것은 매우 거만한 태도로 상대방을 경멸하는 것이다.

　天下有三德(천하유삼덕):≪상서(尚書)≫ 홍범편(洪範篇)에 '다음 여섯째는 세 가지 덕을 쓰는 것이다(次六日, 乂用三德)'라고 했고, 또 고도모편(皐陶謨篇)에 '아아, 또 행동에 아홉 가지 德이 있으니, ……(都, 亦行有九德……)'라고 했다. 필시 이런 것들을 본뜬 것이리라.

　知維天地(지유천지):'維'는 '絡(둘러싸다, 감추다)'을 잘못 베낀 것.

　能辯諸物(능변제물):'辯'은 '徧'의 차자. 두루 미친다는 뜻.

　南面稱孤(남면칭고):'南面'은 군주의 자리에 오르는 것. '孤'는 제후의 자칭.

激丹(격단):'激'은 '밝다, 맑다'의 뜻.

黃鍾(황종):육률(六律)의 처음. 가장 진폭이 큰 음이다. '鍾'은 '鐘'의
차자.

更始(경시):새로 시작함. 제도를 일신하는 것.

共祭先祖(공제선조):'共'은 '恭'과 같다(≪석문≫의 설).

才士(재사):재능이 걸출한 인물.

【補說】 이상은 〈도척지변〉의 제3단 후반부이다. 공자가 드디어 도척을 만
나 설득하기 시작하는데 제후 된 자의 이로움을 들어 전쟁의 종식·형
제와의 화합·조상 제례를 받드는 일 등에 힘써야 함을 이야기하고 있
다.

---

盜跖大怒曰, "丘來前. 夫可規以利, 而可諫以言者, 皆愚陋恆
民之謂耳. 今長大美好, 人見而悅之者, 此吾父母之遺德也.
丘雖不吾譽, 吾獨不自知邪. 且吾聞之, '好面譽人者, 亦好背
而毀之'
今丘告我以大城衆民, 是欲規我以利, 而恆民畜我也. 安可長
久也. 城之大者, 莫大乎天下矣. 堯·舜有天下, 子孫無置錐
之地. 湯·武立爲天子, 而後世絕滅. 非以其利大故邪.

---

도척은 공자의 말에 더욱 화를 내며 말했다.

"네 이놈 丘, 썩 이리 오너라! 이익으로 유혹하여 바로잡으려 하고 그럴

듯한 말로 충고하려 하는데 그것은 우매한 자들에게나 통할 수작이다. 내 몸이 크고 아름다워 사람들로부터 사랑받는다고 했는데 이는 나를 낳아 주신 부모가 남겨 준 일로, 네 놈이 그렇게 떠들지 않으면 내가 모를 것 같으냐? 그리고 나는 '눈앞에서 사람을 칭찬하는 놈치고 뒤에서 험담하지 않는 놈이 없다'고 들었다.

요녀석 丘야, 지금 너는 큰 성에서 살게 하며 많은 사람을 다스릴 수 있게 해 주겠다고 말했는데 이는 나를 이익으로써 유혹하여 바로잡으려 하고, 우매한 놈들 다루듯 간하여 내가 하고자 하는 일을 못하게 하려는 것이다. 어찌 그런 짓이 오래 갈 수 있겠느냐? 성(城)으로서 가장 큰 것은 천하이다. 요(堯)나 순(舜)은 천하를 차지했으나 그 자손은 송곳을 세울 만한 땅도 갖지 못했다. 은나라 탕왕이나 주나라 무왕도 천자의 자리에 올랐으나 그 후대는 절멸했다. 이것은 그 이익 됨이 너무 컸기 때문이 아니겠느냐?

【語義】愚陋恆民(우루항민):어리석어 생각이 없는 평범한 민중. '恆'은 '常'의 뜻. 常民은 凡人을 가리킨다.

　　畜我(축아):'畜'은 여기서는 '멈추게 하다'의 뜻.

　　湯武立爲天子……:周가 멸망한 것은 秦의 장양왕(莊襄王)이 즉위(B.C. 249년)한 때이다. 周에 관계되는 후손 절멸의 극언이 없으면 이 문장(〈도척지변〉)은 周가 잔존했을 때 지어진 것이 되리라.

【補說】이상은 〈도척지변〉의 제4단이다. 드디어 도척의 장광설이 시작된다. 공자가 말솜씨 좋게 제후가 될 것을 권한 데 대해 도척이 이익은 영구히 지속되는 것이 아니라고 반박하고 있다.

且吾聞之, '古者禽獸多而人民少. 於是民皆巢居以避之, 畫拾
橡·栗, 暮栖木上. 故命之曰有巢氏之民. 古者民不知衣服,
夏多積薪, 多則煬之. 故命之曰知生之民. 神農之世, 臥則居
居, 起則于于, 民知其母, 不知其父, 與麋鹿共處, 耕而食, 織
而衣, 無有相害之心. 此至德之隆也.'
然而黃帝不能致德, 與蚩尤戰於涿鹿之野, 流血百里. 堯·舜
作, 立羣臣. 湯放其主, 武王殺紂. 自是之後, 以强陵弱, 以衆
暴寡. 湯·武以來, 皆亂人之徒也.
今子脩文武之道, 掌天下之辯, 以敎後世. 縫衣淺帶, 矯言僞
行, 以迷惑天下之主, 而欲求富貴焉. 盜莫大於子. 天下何故
不謂子爲盜丘, 而乃謂我爲盜跖.

더욱이 나는 이렇게 들었다. '옛적에는 새나 짐승이 많았고 인간은 적었
다. 그래서 인간은 모두 집을 짓고 살며 새나 짐승으로부터 피해 있었으며,
낮에는 밤이나 도토리를 주워 모아 식량으로 하고 해가 지면 나무 위의 집
으로 돌아와 쉬었다. 그래서 그들을 유소씨(有巢氏)의 백성이라 했다. 또
옛적에는 사람들이 옷을 만들 줄 몰랐다. 여름 동안에 잔뜩 땔감을 모아 두
었다가 겨울이 되면 이를 태워 따뜻하게 지냈다. 그래서 그들을 지생(知生)
의 백성이라 했다. 이어 신농(神農)의 시대가 되자 잘 때에는 푹 쉬고 일어
나 있을 때에는 아무것도 하지 않고 멍청히 있었다. 사람들은 자신을 낳아
준 어머니는 알아도 아버지가 누구인지는 몰랐으며 사슴들과 함께 살았다.
또 갖고 싶은 것이 있으면 스스로 경작하여 식량을 얻고 손수 실을 뽑아 옷
을 지어 입었으며 이익을 다투어 남에게 해를 입힐 생각이 없었다. 이것이
바로 훌륭한 德이 가장 잘 행해지는 상태이다'라고.

그런데 뒤이어 황제(黃帝)의 시대가 되자 그 훌륭한 德을 행할 수가 없게 되고 탁록(涿鹿)의 벌에서 치우(蚩尤)와 전쟁을 하여 죽은 자의 흘린 피가 사방 백리를 물들이는 참사가 있었다.

그래서 요임금과 순임금이 나타나 군신·상하의 제도를 세우고 인민을 통제하게 되었다. 그런데 은(殷)의 탕왕은 자신의 주군인 걸왕을 추방하고, 주(周)의 무왕은 은(殷)의 주왕을 죽이고 왕위에 올랐다. 그로부터 세상에서는 힘이 강한 자가 약한 자를 누르고 힘을 규합한 자가 힘없는 자를 마구 짓밟게 되었다. 은의 탕왕과 주의 무왕 이래 왕과 제후는 세상을 어지럽히는 무리들이 된 것이다.

그런데 네 녀석은 그 세상을 어지럽히는 무리인 주의 문왕과 무왕의 道를 닦고, 천하의 언론을 제 것인 양 거머쥐고 후세의 사람들에게까지 그것을 가르치려 하고 있다. 더욱이 낙낙한 옷에 폭이 넓은 띠를 두르고 온갖 거드름을 피우며 그럴 듯한 말과 위선의 행위로 천하의 군주들을 미혹시켜 자신의 부귀를 얻으려 하고 있다. 천하에는 네놈만한 큰 도적이 없다. 그런데도 세상 사람들은 어찌하여 네 녀석을 도적 丘라고 부르지 않고 나를 도적 우두머리[도척]라고 할까?

【語義】 古者禽獸多……知生之民:≪한비자≫ 오두편(五蠹篇)에 '상고 시대에는 사람이 적고 짐승이 많았다. 사람들은 짐승들을 이길 수 없었다. 그럴 즈음에 성인이 출현하여 나무를 짜 맞추어 집을 만들게 하고 짐승들의 해악으로부터 피할 수 있게 했다. 그래서 사람들은 기뻐하여 그를 천하의 왕으로 삼았으며 이름하여 유소씨(有巢氏)라 했다. 사람들은 나무의 열매, 풀의 씨, 조개 등을 먹었는데 냄새가 몹시 역하고 속을 자극하여 병에 걸리는 자가 많았다. 그럴 즈음 성인이 출현하여 부싯돌로 불을 일으켜 음식을 익혀 먹게 하였다. 사람들은 몹시 기뻐하여 그를

천하의 왕으로 삼고 이름하여 수인씨(燧人氏)라 했다(上古之世, 人民少而禽獸衆. 人民不勝禽獸蟲蛇. 有聖人作, 構木爲巢以避羣害. 而民悅之, 使王天下, 號之曰有巢氏. 民食果蓏蜯蛤, 腥臊惡臭而傷害腹胃, 民多疾病. 有聖人作, 鑽燧取火以化腥臊. 而民說之, 使王天下, 號之曰燧人氏)'라고 했다. 이 문장은 이것에 근거하여 고치고, 동시에 有巢氏를 '有巢氏之民'으로, 燧人氏를 '知生之民'으로 고친 듯하다. 따라서 이 〈도척지변〉은 秦 이후의 것임이 명확하다.

神農(신농):처음으로 농경을 시작하게 한 神.

臥則居居起則于于(와즉거거기즉우우):'居居'는 태평스러운 모양. 필시 잠자는 소리를 나타내는 의성어이리라. '于于'는 멍청하게 가만히 있는 모양.

民知其母不知其父(민지기모부지기부):≪상자(商子)≫ 개색편(開塞篇)에도 이와 같은 취지의 말이 있는데 ≪상자≫는 후세의 편찬서이기 때문에 어느 쪽이 이런 생각을 먼저 했는지는 명확하지 않다.

與麋鹿共處……此至德之隆也:마제편에 '彼民有常性. 織而衣, 耕而食', '至德之世, 同與禽獸居, 族與萬物竝'이라고 한 것을 참조. 이에 근거한 말이리라. '麋'는 큰 사슴.

然而黃帝不能致德(연이황제불능치덕):재유편 〈인의질곡론〉에 '昔者, 黃帝始以仁義攖人之心'이라고 한 것 참조.

與蚩尤戰於涿鹿之野(여치우전어탁록지야):≪산해경(山海經)≫ 대황북경(大荒北經)에 '치우가 무기를 만들어 황제를 쳤다. 황제는 응룡에게 명하여 기주의 벌에서 그를 공격하게 했다. 응룡이 물을 가두자 치우는 풍백과 우사에게 청하여 폭풍우를 몰아치게 했다 황제는 천녀 발(魃)을 내려 보냈다. 비가 멎고 마침내 치우를 죽였다(蚩尤作兵伐黃帝, 黃帝乃令應龍攻之冀之野. 應龍畜水, 蚩尤請風伯雨師, 縱大風雨. 黃帝

乃下天女曰魃. 雨止, 遂殺蚩尤)'라고 했다. 이에 의하면 본디 황제는 천제이고 치우는 풍우의 신이었던 듯하다. ≪석문≫에는 '신농 이후 여덟 번째 帝를 유망(榆罔)이라 한다. 세상에선 치우가 가장 강했다. 그는 유망과 왕 자리를 놓고 다투어 마침내 유망을 몰아냈다. 유망과 황제는 모의하여 치우를 죽였다'라고 되어 있는데, '榆罔'은 '陽'의 완언임에 틀림없으므로 이것은 陽氣와 陰氣의 싸움을 나타내는 것으로, 그 陰氣가 바로 치우이다. 이렇게 음·양의 다툼이 의인화되고 제왕전설화된 것이 황제·치우의 싸움이다. 그 전쟁의 땅을 ≪산해경≫에서는 기주(하북·산서 양성에 해당한다)라 하고 있으나 본편 외에 ≪전국책≫ 秦下, ≪사기≫ 오제본기 등은 '탁록지야(涿鹿之野)'라 하고 있다. 탁록은 하북성 탁현(服虔의 설), 찰합이성(察哈爾省) 탁록현 동남쪽에 있는 계명산(鷄鳴山)이라고도 한다.(司馬彪의 설)

堯舜作立羣臣(요순작입군신):≪상서≫ 요전편(堯典篇)에 의하면 岳을 임명했다 하며, 순전편(舜典篇)에 의하면 12주(州)의 牧을 임명하고 司空·后稷·司徒·士·共工·虞·秩宗·典樂·納言 등의 관직을 만들었다 한다.

縫衣淺帶(봉의천대):'縫'은 '丰(봉:豐)'의 차자로 옷의 품이 여유 있는 것을 가리키는 말이리라. ≪순자≫ 유교편(儒敎篇)에 '逢衣淺帶'라는 말이 나오며, 楊倞이 注하기를 '逢은 큰 것이며, 淺帶는 博帶이다. ≪한시외전≫에는 逢衣博帶로 되어 있다. 띠가 넓으면 의복을 묶는 것은 느슨하게 한다. 그래서 淺帶라 한다'라고 했다. 여유 있는 옷에 느슨하게 띠를 두르는 것을 가리킨다.

矯言僞行(교언위행):'矯'는 진실인 듯한 거짓. '僞'는 여기서는 僞善의 뜻.

盜莫大於子(도막대어자):거협편에 '彼曾·史·楊·墨·師曠·工倕·離朱, 皆外立其德, 而以爁亂天下者也'라고 한 것과 공통되는 주장이다.

【補說】이상은 〈도척지변〉의 제5단으로, 도척의 장광설이 계속되고 있다. 지극한 德이 쇠하여 황제·요·순·탕·무의 道가 행해지게 되었으며, 공자는 세상을 어지럽히는 道를 내세워 천하의 군주들을 미혹시키고 자신의 부귀를 꾀하는 큰 도적이라고 호되게 나무라고 있다.

子以甘辭說子路而使從之, 使子路去其危冠, 解其長劍, 而受敎於子. 天下皆曰, '孔丘能止暴禁非.' 其卒之也, 子路欲殺衛君而事不成, 身菹於衛東門之上. 是子敎之不至也.
子自謂才士聖人邪. 則再逐於魯, 削跡於衛, 窮於齊, 圍於陳蔡, 不容身於天下. 子敎子路菹此患. 上無以爲身, 下無以爲人. 子之道, 豈足貴邪.

네놈은 달콤한 말로 자로(子路)를 꾀어 따르게 하고, 그 높고 용맹스런 관을 버리고 긴 칼도 풀어 던지고 네놈의 가르침을 받아들이게 했다. 그래서 천하의 모든 사람이 입을 모아 '공구(孔丘)는 능히 포악함을 멈추게 하고 그릇됨을 저지르지 않게 한다'며 네놈을 칭송하고 있다. 그런데 결국 자로는 위(衛)의 주군을 죽이려 하다 실패하여 몸뚱이가 위나라 동문에서 절여지는 욕을 당했다. 이것은 바로 네놈의 가르침이 도리에 합당하지 않다는 증거이다.

네놈은 스스로 자신을 재사(才士)나 성인쯤으로 생각하는지 모르지만 그렇다면 어찌하여 두 번씩이나 조국인 노(魯)나라에서 쫓겨났으며, 위(衛)나라에서는 발자취를 깎이는 욕을 보았고, 제(齊)나라에서는 몸 둘 곳이 없었으며, 진(陳)·채(蔡) 사이에서는 군대에 둘러싸여 오도 가도 못했느

냐! 천하에 몸 둘 곳이 없었던 것이다. 자로를 가르쳐 그런 재난에 목숨을
잃게 했다. 위로는 자신의 일조차 제대로 도모하지 못하는 주제에 아래로
는 남들에게 못할 짓만 시키고 있다. 네놈의 그런 道를 어찌 귀한 것이라
할 수 있겠느냐!

【語義】甘辭(감사):감언(甘言)과 같다. 상대방을 꾀는 교묘한 말.

子路(자로):공자의 제자.

使子路去其危冠……:≪사기≫ 중니제자열전에 '자로, 천성이 조야하
고 용력을 좋아했으며 기가 강했다. 수탉의 깃으로 장식한 관을 쓰고
수퇘지의 가죽으로 만든 주머니를 허리에 찼으며 공자를 경멸하여 폭
행하려 했다. 공자는 그에게 예를 이야기하고 바른 길로 이끌어 주었
다. 자로는 후에 유자의 복장을 하고 찾아와 헌상물을 바쳤으며 문인
들을 통해 공자의 제자로 들어갔다'라고 했다. '危冠'은 높은 冠(李頤의
설)이라 한다.

子路欲殺衛君……:≪좌씨전≫ 哀公 15년 항에 의하면 당시 자로는
衛나라에 출사하여 대부 공리(孔悝)의 읍재(邑宰)가 되었다. 국외로 달
아나 있던 괴외(蒯聵)가 은밀히 귀국하여 공리를 협박하고 出公을 몰아
내고 군위에 오르려 했다. 이 소식을 들은 자로는 공리를 구출하기 위
해 괴외와 공리가 올라가 있는 대(臺)를 불사르려 했는데, 괴외가 내려
보낸 석걸(石乞)·우염(盂黶)과 싸우다 관의 끈이 끊어지자 '군자는 죽
더라도 관을 벗지 않는다'라고 말하며 관을 다시 바르게 쓰고 죽었다.
괴외는 즉위하여 장공(莊公)이 되었다. (≪사기≫ 중니제자열전 참조)
자로가 소금에 절어졌다는 것은 ≪좌씨전≫에도 ≪사기≫에도 보이지
않는다. 단 ≪예기≫ 단궁(檀弓) 상편에 "공자가 자로의 죽음을 슬퍼하
여 중정(中庭)에서 곡했다. 조문하러 온 자가 있어 공자가 상주가 되어

객에게 배례했다. 곡읍하길 마치자 衛나라에서 온 사자를 불러들여 자로의 죽은 모습을 물었다. 사자가 자로의 몸이 젓 담가졌다고 하자 공자는 집에 있는 젓을 모두 내다 버리게 했다(孔子哭子路於中庭. 有人弔者, 而夫子拜之. 既哭, 進使者而問故. 使者曰, 醢之矣. 遂命覆醢)'라고 되어 있다. '東門'은 사람들이 제일 많이 오이는 곳. '菹'는 죽은 시체를 젓 담가 욕을 보이는 것.

是子教之不至也(시자교지부지야):'子教之'는 '子之教'를 잘못 도치한 것이리라. 아래의 '子之道'와 서로 대응한다.

再逐於魯……:산목편 〈체서우화〉의 餘說 참조. '窮於齊'는 공자가 B.C. 517년경, 齊의 경공에게 출사하려 했다가 안영에게 저지당했던 일(≪사기≫ 공자세가 참조)을 가리킨다.

子教子路菹此患……下無以爲人:'子路菹此患'의 5자는 '下無以爲人'에 대한 방주(傍注)가 잘못 들어간 것이리라. 단 '菹'를 '殂(죽는 것)'의 차자로 해석하면 통하므로 원문 그대로 둔다.

【補說】이상은 〈도척지변〉의 제6단이다. 도척의 장광설은 계속된다. 전단에 이어 공자의 가르침이 유익하지 못한 것임을 폭로하고 있다.

世之所高, 莫若黃帝. 黃帝尙不能全德, 而戰涿鹿之野, 流血百里. 堯不慈. 舜不孝. 禹偏枯. 湯放其主, 武王伐紂, 文王拘羑里. 此六子者, 世之所高也. 孰論之, 皆以利惑其眞, 而强反其情性. 其行乃甚可羞也.
世之所謂賢士, 伯夷·叔齊. 伯夷·叔齊辭孤竹之君, 而餓死於首陽之山, 骨肉不葬. 鮑焦飾行非世, 抱木而死. 申徒狄諫

而不廳, 負石自投於河, 爲魚鼈所食. 介子推至忠也. 自割其
股以食文公. 文公後背之, 子推怒而去, 抱木而燔死. 尾生與
女子期於梁下. 女子不來. 水至不去, 抱梁柱而死. 此四(六)
子者, 無異於磔犬流豕, 操瓢而乞者. 皆離名輕死, 不念本養
壽命者也.

世之所謂忠臣者, 莫若王子比干 · 伍子胥. 子胥沈江, 比干剖
心. 此二子者, 世謂忠臣也. 然卒爲天下笑.

自上觀之, 至于子胥 · 比干, 皆不足貴也. 丘之所以說我者,
若告我以鬼事, 則我不能知也. 若告我以人事者, 不過此矣.
皆吾所聞知也.

세상에서 추앙받는 인물 중 황제(黃帝)만한 사람이 없는데 그 황제조차
德을 완전하게 행할 수 없어 탁록의 들에서 싸웠으며, 그때 죽은 자들이 흘
린 피가 백리 사방을 붉게 물들었다.

그의 뒤를 이은 요(堯)임금은 불효자였으며, 우(禹)는 반신불수가 되었
고, 탕왕(湯王)은 자신의 주군을 내쫓았으며, 무왕(武王)은 주왕(紂王)을
공격하여 멸하였고, 또 문왕(文王)은 주왕에게 간하다 유리(羑里)에 갇히
고 말았다.

이들 여섯 사람은 모두 세상에서 칭송받는 사람들인데 잘 생각해 보면 모
두 세상의 이익 때문에 자신의 진실을 어지럽히고 무리하게 천성에 반하는
짓을 했던 것이다. 그들의 행위는 참으로 부끄러운 것이다.

세상에서 훌륭한 선비로 손꼽히는 인물이라면 우선 백이 · 숙제를 들 수
있다. 이들은 고죽국의 군주가 되는 것을 사퇴했으나 수양산에서 굶어 죽
었고 그 시체는 묻히지도 못했다. 또 포초(鮑焦)는 자신의 행위를 바르게

하고 세상의 부정을 비난했지만 결국 나무를 껴안은 채 죽고 말았다. 신도
적(申徒狄)은 다른 사람의 불의를 간했으나 받아들여지지 않자 돌을 안고
강에 뛰어들어 물고기와 자라의 밥이 되었다. 개자추(介子推)는 더없이 충
의로운 사람이었다. 문공(文公)이 식량이 떨어져 굶고 있을 때 자신의 허벅
지 살을 베어 문공을 먹였다. 그러나 나중에 문공은 개자추의 은혜를 까맣
게 잊었다. 그래서 자추는 노하여 문공의 곁을 떠나 산속에 숨었는데, 그를
찾고자 하는 문공이 산에 불을 놓았기 때문에 나무를 껴안은 채 타 죽고 말
았다. 미생(尾生)은 젊은 여자와 다리 아래에서 만나기로 약속했다. 그래서
기다리고 있었는데 젊은 여자는 나타나지 않고 강물이 불기 시작했다. 그
는 약속을 지켜 그 자리를 떠나지 않았기 때문에 결국 그곳에서 다리의 기
둥을 껴안은 채 죽고 말았다. 이들 여섯 사람은 희생이 되어 문에 걸려 있
는 개나, 강물에 던져진 돼지나, 바가지를 들고 남에게 구걸하러 다니는 거
지나 다름없다. 모두 세상의 명예에 묶여 자신의 죽음을 대수롭지 않게 여
겨 자신의 천성을 잘 생각하여 생명을 길이 보존하려는 자가 아닌 것이다.

세상에서 충신으로 손꼽히는 자라면 은(殷)의 왕자인 비간(比干)과 오(吳)
나라의 오자서(伍子胥)가 으뜸이다. 그런데 자서는 장강(長江)에 가라앉혀졌
고 비간은 가슴을 찢겼다. 이들 두 사람은 세상에서 말하는 충신이긴 하지
만 결국 천하의 웃음거리가 되고 말았다.

이처럼 멀리는 황제로부터 가까이는 자서·비간에 이르기까지를 생각해
보면 세상에서 칭찬받는 인물의 행위는 모두 존중할 만한 것이 못 된다. 그
러니 네놈 丘가 말하려고 하는 것이 이 세상의 일이 아닌 귀신에 관한 것이
라면 몰라도 만약 이 세상 사람들에 관한 것이라면 앞서 말한 것에 지나지
않는 것들이다. 내가 다 알고 있단 말이다.

【語義】 堯不慈(요부자):'不慈'는 자식을 선량한 자에게 맡겨 교육시키지 않

는 것을 가리킨다. ≪상서≫ 요전편에 의하면 堯의 아들의 이름은 주계명(朱啓明)이라고 한다. 이는 帝堯(태양)의 자식이 朝光(아침 빛)이라고 하는 고대 신화의 흔적을 보여 주는 것이다. 주계명을 등용할 것을 진언하는 자가 있었지만 帝堯는 그의 성격이 다른 사람과 다투기를 좋아한다 하여 물리쳤다고 한다. 일반적으로 帝堯의 아들 이름은 단주(丹朱: 본디는 旦朱)로 알려져 있으며 ≪상서≫ 익직편(益稷篇)에서는 禹가 단주의 오만함을 비난하고 있다. ≪맹자≫ 만장 상편에도 단주는 불초(不肖)한 것으로 되어 있다.

舜不孝(순불효):≪맹자≫ 만장 상편에, 舜은 아버지인 고수(瞽瞍)에게 사랑을 받지 못하여 밭에 주저앉아 하늘을 우러르며 울부짖었다고 하는 전설이 실려 있다. 舜이 효자였다는 이야기가 이런 류의 전설을 성립시키게 되었으리라. '不孝'라고 한 것은 舜이 아버지에게 미움 받은 사실을 가리키는 것이리라.

禹偏枯(우편고):禹가 치수에 진력하여 반신불수가 된 것을 가리킨다.

武王伐紂文王拘羑里(무왕벌주문왕구유리):'文王拘羑里'는 군글인 듯한데(馬敍倫의 설) 원문대로 번역한다. ≪사기≫ 주본기의 기록에 의하면 승후호(崇侯虎)가 서백(西伯:문왕을 가리킨다)을 紂王에게 참언하여 서백이 羑里의 땅에 갇히게 되었는데 서백을 추종하는 자들이 紂에게 뇌물을 주어 서백을 사면시켰다.

此六子者(차륙자자):'六'이 '七'로 되어 있는 판본도 있는데 문의(文意)에 의거하여 고친 것이리라(馬敍倫의 설). 成玄英은 黃·堯·舜·禹·湯·文의 여섯 사람을 가리키는 것으로 보았다. 단 문왕에 무왕까지 포함시킨 것이리라.

孰論(숙론):'熟論'과 같다. 소상하게 논하는 것.

世之所謂賢士伯夷叔齊(세지소위현사백이숙제):앞 문장의 예로 생각하면 '伯夷'의 앞에 '莫若' 두 자가 있어야 하는데(王叔岷의 설) 원문대로 해석한다. '백이·숙제'에 관해서는 양왕편 〈백이·숙제지절〉 참조.

鮑焦飾行……:'포초(鮑焦)'는 춘추시대의 은사. '飾'은 '飭(칙:操身하는 것)'의 차자.

申徒狄諫而……:누구를 간(諫)했는지는 알 수 없다.

介子推至忠也……:'介子推'는 ≪좌씨전≫에 '介之推'로 되어 있다. ≪좌씨전≫ 僖公 24년 항에 의하면 晉의 공자인 중이(重耳)가 망명하여 제국을 유력하던 때 종자 중에 介之推가 있었다. 중이가 귀국하여 국군의 자리에 올라 문공(文公)이 되자 망명 중에 자신을 따랐던 종자들에게 은상을 내렸는데 介之推에게는 은상이 없었다. 介之推는 자신의 은상을 구하려 하지 않았을 뿐 아니라 다른 자들이 서로 공을 다투는 것을 비판하고, 그 비판한 것을 스스로 책하여 산속에 숨었다. 그는 끝내 세상에 나가지 않고 산속에서 죽었다. ≪좌씨전≫ 외에 ≪여씨춘추≫·≪초사≫ 등에도 介之推의 죽음이 언급되어 있으나, '割其股', '燔死' 등의 기록은 없다. 단 ≪한비자≫ 용인편(用人篇)과 ≪한시외전≫에 '割其股'에 관한 기록이 보이며, ≪신서≫ 절사편에 '燔死'에 관한 기록이 보인다. 일설에 의하면 ≪신서≫의 기술은 ≪한시외전≫에 근거한 것이라고 한다(馬敍倫의 설).

尾生與女子期……:'尾生之信(맹신을 가리킨다)'이란 말의 출전이다.

四子者(사자자):古逸叢書本·成玄英疏本 등에는 '四'가 '六'으로 되어 있다. ≪석문≫에 인용되어 있는 李頤의 설에는 '上四人'으로 되어 있는데 저본뿐 아니라 ≪석문≫의 '四'는 모두 '六'을 잘못 베낀 듯하다.

磔犬流豕(책견류시):'磔犬'은 죽여 시체를 문에 걸어 두어 그 영력(靈力)으로 불상(不祥)을 제거하려는 의식에 사용되는 개. ≪사기≫ 봉선서에 '개를 잡아 마을의 네 문에 걸어 두어 그로써 병충해를 막는다'라고 했다. '流豕'는 하천의 영에게 바쳐 홍수를 막고자 하는 의례에 쓰이는 돼지. 인간세편 〈신인부재우화〉의 '牛之白顙者, 與豚之亢鼻者, 與人有痔病者, 不可以適河' 참조.

操瓢而乞者(조표이걸자):'乞'이 '走'로 되어 있는 판본도 있는데 잘못 베낀 것이리라. 바가지를 들고 남에게 구걸하는 자를 가리킨다.

離名輕死(이명경사):'離'는 '纚(리:갓끈, 묶이다)'의 차자. '輕'은 가볍게 생각하는 것.

王子比干(왕자비간):殷末의 현인.

伍子胥(오자서):오왕(吳王) 부차(夫差)의 공신.

【補說】이상은 〈도척지변〉의 제7단으로 도척의 장광설이 계속되고 있다. 세상에서 추앙받는 성인·현사·충신 등의 행위가 자신의 본성을 잃고 타인의 희생물이 되는 것에 지나지 않는다는 것을, 황제 이래의 유명한 인물들의 종말을 구체적인 예로 들면서 논하고 있다. 그 기본 사상은 '性命之情'에 입각한 것이며 이런 점은 변무편 이하 4편 및 재유편의 〈재유론〉과 공통된다.

今吾告子以人之情. 目欲視色, 耳欲聽聲, 口欲察味, 志氣欲盈. 人上壽百歲, 中壽八十, 下壽六十. 除病瘦·死喪·憂患, 其中開口而笑者, 一月之中, 不過四五日而已矣. 天與地無窮, 人死者有時. 操有時之具, 而託於無窮之間. 忽然無異騏驥之馳過隙也. 不能悅其志意, 養其壽命者, 皆非通道者也. 丘之所言, 皆吾之所棄也. 亟去. 走歸. 無復言之. 子之道, 狂狂伋伋許巧虛偽事也. 非可以全眞也. 奚足論哉."

이제 네게 인간의 심정이 어떤 것인가를 가르쳐 주겠다. 인간의 심정은 눈으로는 아름다운 색을 보고자 하고, 귀로는 좋은 소리를 듣고자 하며, 입으로는 단맛을 보고자 하고, 의기가 늘 몸에 충만하기를 바란다. 그런데 인간의 수명은 가장 길 때가 100년, 그 다음이 80년, 고작해야 60년밖에 되지 않는다. 그것도 병이 들거나 다른 사람의 죽음을 조문하거나 걱정스런 일로 근심하는 시간을 제하면 주어진 삶에서 입을 열고 웃는 동안은 한 달에 불과 4,5일밖에 되지 않는다. 하늘과 땅은 무한한 존재인데 인간은 수명을 다하고 죽을 때까지의 국한된 시간밖에 없다. 한정된 시간밖에 존재하지 못하는 몸을 부려 무한히 그 심정이 하고자 하는 바를 충족시키려 하기 때문에 그 뜻이 이루어지지 않고 홀연히 사라져 버리는 것이다. 마치 준마가 내달리는 것이 문틈 사이로 보였다 없어지는 것과 다를 바 없다. 그래서 우리들의 마음을 기쁘게 하고 수명을 늘여 주는 것이 아니라면 어떤 것도 道에 통하고 있다고는 할 수 없다.

구(丘), 네놈이 말하는 것은 모두 내가 이미 버리고 돌아보지 않는 것이다. 눈앞에서 어서 꺼져라! 빨리 돌아가라! 다시는 주둥아리를 열지 말라! 네 아가리에서 흘러나오는 道라고 하는 것은 허겁지겁 부지런히 사람들을 속이는 것들이다. 인간의 천진(天眞)을 완수시킬 수 없단 말이다. 어찌 논할 만한 것이 되겠느냐?"

【語義】 目欲視色……:《순자》 영욕편(榮辱篇)에 '사람의 情이라고 하는 것은 먹을 것으로는 쇠고기·돼지고기 같은 맛있는 것을 원하고, 옷으로는 아름다운 수를 놓은 것을 원하며, 외출할 때에는 수레를 타고자 하며, 재물을 쌓아 부자가 되기를 원한다. 그렇게 바라던 대로 평생을 보내고 자자손손 그러한 생활을 누려도 만족할 줄 모르는 것이 사람의 情이다(人之情, 食欲有芻豢, 衣欲有文繡, 行欲有輿馬, 又欲夫餘財蓄積

之富也. 然而窮年累世不知足, 是人之情也)'라고 한 것처럼 인간의 욕망은 끝이 없음을 강조하는 것이 순황(荀況)의 현저한 특색이다. 그러나 순황은 그러한 사실에 입각하여 절제를 주장하고 있다. 이 문장도 약간 미온적이긴 하나 순황의 사상과 맥락을 같이 하고 있다.

人上壽百歲……: ≪열자≫ 양주편(楊朱篇)에 '백 년이란 사람이 살 수 있는 기간으로는 가장 긴 것이다. 백 년을 사는 사람은 천에 하나 꼴도 안 된다. 설사 있다 하더라도 어려서 안겨 있는 때와 늙어 힘없이 지낼 때가 그 세월의 반을 차지한다. 잠들어 활동이 멈추어 있을 때와 낮이라 해도 헛되이 보내는 시간이 남은 세월의 또 반을 차지한다. 아프고 병들고 슬퍼하고 괴로워하며 보내는 시간이 또 그 반을 차지한다. 십수 년 동안을 생각해 보건대 즐겁게 자득하며 아무 걱정 없던 때는 실로 한순간도 안 된다. 그러니 인간은 살아 있을 동안 무엇을 해야 하겠는가? 무엇을 즐겨야 할까? 좋은 음식과 좋은 옷, 아름다운 음악과 아름다운 여인을 즐길진저! 그러나 좋은 음식과 옷이 언제나 만족을 줄 수는 없으며 아름다운 음악과 여인을 늘 듣고 즐길 수는 없다. 형벌과 상으로 제약받고 권장받으며, 명예와 법에 의해 나아가기도 물러서기도 하며, 황망히 한때의 헛된 명예를 다투면서 죽은 뒤의 영화를 엿보기에 우물쭈물하며 보고 듣고 즐기는 것을 삼가고 몸과 뜻이 만족하게 되는 것을 꺼려 헛되이 좋은 시절의 지극한 즐거움을 잃고, 단 한순간도 자기 마음대로 행동하지 못한다. 형틀에 매어 있는 중죄수와 무엇이 다르겠는가?(百年壽之大齊, 得百年者, 千無一焉. 設有一者, 孩抱以逮昏老, 幾居其半矣. 夜眼之所弭, 晝覺之所遺, 又幾居其半矣. 痛疾哀苦, 亡失憂懼, 又幾居其半矣. 量十數年之中, 逌然而自得, 亡介焉之慮者, 亦亡一時之中爾. 則人之生也奚爲哉, 奚樂哉. 爲美厚爾, 爲聲色爾. 而美厚復不可常厭足, 聲色不可常翫聞. 乃復爲刑賞之所禁勸, 名法之所進退, 遑遑爾競一時之

虛譽, 規死後之餘榮, 偊偊爾愼耳目之觀聽, 惜身意之足非, 從失當年之
至樂, 不能自肆於一時. 重囚纍梏, 何以异哉)'라는 글이 실려 있다. 이
문장보다 좀더 진보한 생각을 보여 주고 있다고 할 수 있다.

病瘦(병수):'瘦(몸이 야윔)'는 '㾞(유:병이 들다)'를 잘못 베낀 것이다
(王念孫의 설).

忽然無異騏驥之馳過隙也(홀연무이기기지치과극야):지북유편 〈대득
지설〉의 '人生天地之間, 若白駒之過郤'에 근거한 말이리라. '騏驥'는 하
루에 천리를 달린다고 하는 준마.

狂狂伋伋(광광급급):≪석문≫ 게출본에는 '伋'이 '汲'으로 되어 있다. 또
이에 좇는 本이 많다. '狂'은 '왕(迋)'의 차자. '狂狂(迋迋)'은 황급히 부산
을 떠는 모양. 일설에 본성을 잃은 모양(成玄英의 설)이라 했다. '伋·汲'
은 모두 '彶'의 차자. '伋伋(彶彶)'은 성급한 모양(朱駿聲의 설). 일설에 충
분하지 못한 모양(成玄英의 설)이라 했다.


【補說】이상은 〈도척지변〉의 제8단이다. 도척의 장광설의 마무리로서 인
간은 유한한 시간 속에서 무한한 감정과 욕망을 충족시키려 하는 존재
이기 때문에 그 감정과 의욕을 기쁘게 하고 수명을 연장시키는 사람이
아니면 道를 얻은 자라 할 수 없으며 무용(無用)일 뿐이라고 말하고 있
다.


孔子再拜, 趨走出門. 上車執轡三失, 目芒然無見, 色若死灰,
據軾低頭, 不能出氣.
歸到魯東門外, 適遇柳下季. 柳下季曰, "今者闕然數日不見.
車馬有行色. 得微往見跖邪."

孔子仰天而歎曰, "然."

柳下季曰, "跖得無逆汝意若前乎."

孔子曰, "然. 丘所謂無病而自灸也. 疾走料虎頭, 編虎須. 幾不免虎口哉."

공자는 정중하게 떠날 뜻을 표한 다음, 걸음을 재촉하여 도척이 있는 곳에서 나왔다. 수레에 올라 고삐를 잡으려 했으나 세 번이나 실수를 했다. 눈앞이 몽롱하여 아무것도 보이지 않았다. 낯빛은 마치 불 꺼진 재처럼 싸늘했고 생기라곤 전연 찾아볼 수가 없었다. 수레의 횡목을 쥐고 고개를 떨군 채 숨조차 제대로 쉴 수가 없었다.

노나라 동문 밖까지 돌아왔을 때 마침 유하계를 만나게 되었다. 유하계가 물었다.

"요사이 잠잠하여 며칠 동안 만나 뵙지를 못했습니다. 수레와 말에 어딘가 다녀오신 듯한 행색이 보입니다. 혹시 척을 만나보고 오시는 길이 아닌지요?"

공자는 하늘을 우러러 탄식하면서 말했다.

"그렇습니다."

유하계가 또 물었다.

"전에 말씀드린 대로 척이 선생의 마음을 거스르지 않았는지요?"

공자가 대답했다.

"그렇습니다. 나는 병이 없는데도 온몸을 뜬 자와 같습니다. 공연한 짓을 한 셈이죠. 그뿐 아니라 앞뒤 생각 없이 내달려 범의 머리를 흔들고 수염을 어루만지는 실로 무모하기 짝이 없는 짓을 했습니다. 하마터면 범에게 물릴 뻔했습니다."

【語義】 趨走(촉주):'趨'은 여기서는 '趣(促과 동자)'과 같다. '재촉하다, 빠르다'의 뜻.

今者(금자):막연하게 근자를 표현하는 말로서, 요즈음.

闋然(궐연):'闋(성문, 궁문)'은 '闋(결:마치다)'의 차자(馬敍倫의 설). '闋然'은 물사가 멈추어 쥐 죽은 듯 조용한 모양.

得微往見跖邪(득미왕견척야):'得'은 여기서는 상대방에게 정중하게 말하는 것을 나타낸다. '微'는 '無'와 같은 뜻.

若前乎(약전호):'前'은 제2단의 '易辱人以言'을 가리킨다.

料虎頭(요호두):'料'는 '撩'의 차자(馬敍倫의 설). 잡아당기거나 흔들면서 희롱하는 것.

編虎須(편호수):'編'을 글자 뜻 그대로 해석해도 통하나 '搧(가볍게 치다, 어루만지다)'의 차자(馬敍倫의 설)로 해석해야 할 것이다. '須'는 '鬚(턱수염)'의 원자. '料虎頭編虎須'는 ≪논어≫ 술이편의 '맨주먹으로 범을 치고 맨발로 강을 건너다(暴虎馮河)'를 의식한 표현이리라.

【補說】 이상은 〈도척지변〉의 제9단이다. 도척과의 면회가 끝난 다음의 이야기로 공자가 도척을 설득하려는 것은 무모한 짓이었다는 것과 도척을 설득하지 못한 자신의 무력함을 개탄하고 있다.

【餘說】 〈도척지변〉의 문제

이상의 〈도척지변〉은 안작(贋作:가짜 작품)이라 하여 많은 학자들이 돌아보지 않는 작품이다. 그러나 이 문장이 장주 자신의 작품이 아니며 도가사상에 입각하여 여러 차례 수정 개필된 것이라는 점은 말할 것도 없지만 이런 종류의 작품에 있어서는 眞·贋이 문제가 되지 않는다. 또 이 작품이 어떠한 주의·주장을 전개하며 어떠한 교훈을 보여 주는가 하는 것도 그리 대단한 문제가 아니다. 오히려 문제의 핵심은 이 우화가 여러 차례 수정 개필되면서 도가사상의 어떤 면이 연역되고 또 어떤 면이 한각(閑却:무심히 버려 둠)되었는지, 또는 어떤 모순이 드러나고 있는지 하는 것에 있으리라.

《여씨춘추》당무편(當務篇)에는 본서 거협편에 보이는 '跖之徒問於跖曰, 盜亦有道乎. 跖曰, 何適而無有道邪.……'라고 실려 있으며, 이어 '자세히 말하여 육왕(六王)과 오패(五伯)를 힐문하다(備說非六王五伯)'라는 글과 함께 본편에 보이는 '堯不慈, 舜不孝' 등이 이야기되어 있다. 이것은 거협편의 문장과 본편의 문장을 적당히 꿰어 맞춘 것은 아닐 것이다. 거협편에는 '諸侯之門而仁義存焉. 則是非竊仁義·聖知邪'라고 격렬하게 천자·제후의 불의가 비판되어 있다. 《여씨춘추》에서 '說非六王五伯'라 한 것은 이와 합치하는 것인 듯하다. 그러나 '五伯는 나랏일로 다투고 골육을 죽이는 꾀를 만들었다. 세상이 六王의 성스러움과 五伯의 현명함을 칭찬하면서 사람을 쫓아내거나 마구 죽이고 나라를 어지럽힌 그들의 꾀는 싫어하고 있으니 이는 미혹이다(五伯有暴亂之謀. 世皆譽之, 人皆諱之, 惑也)'라고 한 것에 근거하여 생각하면 거협편과는 다른 五伯論이 있었다고 생각하지 않으면 안 될 것이다. 특히 《여씨춘추》는 '이러한 말은 아니 하는 것만 못하다(辨若此不如無辨)'라는 평을 더하면서 '그래서 죽으면 쇠망치를 들려 장사지내면서, 내려가 육왕·오패(六王·五伯)를 보거든 머리를 박살내라고 한다(故死而操金椎以葬曰, 下見六王五伯, 將敲其頭矣)'라는 문장을 싣고 있는데 이에 근거하여 생각하면 그 육왕오패 배격의 문장은 도척의 辯 속에 있었음에 틀림없다. 요컨대 《여씨춘추》에 의하면 본편이나 거협편과는 다른 도척의 辯이 있었음을 알 수 있다. 그것은 필시 본편의 〈도척지변〉

보다 오래된 것이리라. 사마천이 보았던 도척편은 혹시 그것이었을지도 모른다. 본편의 〈도척지변〉은 그것을 고쳐놓은 듯하다.

거협편의 '大盜之道'가 도척우화의 원형인지 아닌지는 알 수 없지만 그 '大盜之道'라고 하는 역설이 ≪여씨춘추≫ 및 본편 〈도척지변〉의 기조를 이루고 있음은 확실하다. 본편에 그에 대한 확실한 명시는 없지만 도척이 有德者임을 자임하고, 더욱이 명민한 성지(聖知)를 갖추어 장광설을 전개하고 있어 본편은 그 역설의 연장인 셈이다.

그런데 도척의 장광설은 다변이면서 갖가지 사례를 들고 있어 박식함을 보여 줄 뿐 아니라 매우 잘 정돈되어 있으나 그다지 흥미를 끌 만한 것이 못되며, '大盜之道'와 같은 기경(奇警)함은 전연 보여 주지 못하고 있다. 그것은 이미 다른 편에서 척의 장광설과 같은 내용의 설이 설명되어 있다는 것에 기인하기도 하지만 무엇보다도 성왕·현사·충신의 비판에서나 공자의 비판에서나 그들이 인생의 끝마무리를 온전하게 하지 못했다고 하는 한 가지 사실에만 집착하여 논리를 전개하고 있기 때문이다.

〈도척지변〉이 진전 없는 결과론에 지나지 않는 것은 그 내용의 기본을 이루고 있는 '大盜之道'라는 역설의 한계를 보여 주는 것이라고 말할 수 있다. 결과론은 그 동기나 목적을 반성시킬 때 유효한데 그것을 반성시키면 그 역할이 끝난다. '大盜之道'도 거의 마찬가지이며, 원래 無道한 도적의 무리에게 '大盜之道'가 있다는 것은 보편적이어야 할 인의의 道가 명리를 탐내는 무리들의 道가 되고 있음에 대치될 때 신랄한 야유가 되며, 인의의 道를 코에 건 채 타락을 일삼는 자들에게 맹렬한 반성을 요구하는 것이 된다, 그런데 그 대치를 잃고 '大盜之道'만을 논술하게 되면 다만 기발한 주장이 될 뿐이다. 그것이 〈도척지변〉의 결과론이 된 것이다.

바꿔 말하면 도척의 道란 반상식적이며 반사회적인 흥미를 지닌 제재이다. 그래서 ≪여씨춘추≫나 본편에 보이는 것처럼 몇 개의 도척 우화가 지어졌던 것이다. 그러나 그 주제의 전개에는 한계가 있었다.

≪여씨춘추≫에 실린 도척의 辯도 사정은 비슷한데 본편의 〈도척지변〉은 이른바 '大盜之道'를 직접적으로 주장하는 것이 아니라 별도의 것을 주장하고 있다. 다름 아니라 '全德', '保眞', '悅其志意, 養其壽命'과 변무·마제·재유 등의 편에서 볼 수 있는 '性命之情'의 보지(保持)를 근본으로 한 주장을 전개하고 있다. 그런데 변무 등의 여러 편이 無知·無欲의 소박함에 의해서만 인간의 본성이 완수될 수 있다고 하는데 반해 본편은 사람에게 目·耳·口·志氣의 관능을 충족시키고자 하는 욕망이 있다 하고, 동시에 무한한 천지 사이에 존재하는 유한한 인간의 그러한 욕망을 충족시켜야 한다고 주장하고 있다. 이는 변무 등의 주장과 다른 것일 뿐 아니라 虛靜無心을 말하는 노·장과도 다르다.

관능을 충족시킬 것을 말하는 이 사상은 양주의 향락주의를 계승한 것이라고 해석하는 학자도 있다. 양주설의 자세한 부분은 아직 명확하게 밝혀져 있지 않기 때문에 이 사상이 양주로부터 비롯된 것인지는 한마디로 잘라 말할 수 없지만 이 사상에 향락주의의 경향이 배어 있다는 것은 확실하다. 단 ≪열자≫ 양주편에 보이는 '좋은 시절의 지극한 즐거움(當年之至樂)', '자기 마음대로 행동하는 한순간(自肆於一時)' 등과 같은 찰나적 향락주의를 적극적으로 주장하고 있지는 않다.

그러나 그 향락주의가 수천 명의 졸개를 거느리고 제후들을 위협하고 부녀자를 겁탈하는 도척의 사상 속에 숨어 있다는 것을 간과해서는 안 된다. 작자가 그것까지는 의식하지 못했을지도 모르지만 바로 이 인간의 향락주의는 자의적 폭력을 구가하는 위험성마저 내포하고 있다.

향락과 폭력을 긍정하는 것은 '悅其志意'에는 부합되는 면이 있다 하더라도 '養其壽命'과는 거리가 먼 일이리라. 이것은 대단히 큰 모순이다. 이러한 모순이 있기 때문에 노·장은 虛情·無心無欲을 말한 것이다. 〈도척지변〉은 그러한 노·장의 사상과 전적으로 상반하는 내용으로 되어 있다.

물론 〈도척지변〉은 우화이며 도척이 공자를 찍소리도 못하게 만들었다는 데 주안을 둔 흥미 본위의 이야기에 지나지 않는다. 그런데 그것은 노·장의 밭에서 다듬어진 것이다. 다듬는 동안에 각별히 주의하지 않으면 그 본디 모습과는 전혀 다른 것이 될 수도 있다. 즉 엉뚱한 교훈을 지니게 된다. 예를 들면 변무편 등에 나오는 '性命之情'을 지켜나가는 것은 소박·순정한 性命을 유지하는 것이 아니라 그 性命에 자적하는 감정과 의욕을 지니고 있는 것을 기정의 천성이라 하고 그 충족만을 강조하면 그것은 결국 본디 性命의 소박함을 멀리하고 자의적인 관능주의·향락주의가 되지 않을 수 없을 것이다.

## 제2장 자장 · 만구득논쟁:무약우화(子張 · 滿苟得論爭:無約寓話)

> 子張問於滿苟得曰, "盍不爲行. 無行則不信. 不信則不任. 不
> 任則不利. 故觀之名, 計之利, 而義眞是也. 若棄名利, 反之
> 於心, 則夫士之爲行, 不可一日不爲乎."
> 滿苟得曰, "無恥者富, 多信(言)者顯. 夫名利之大者, 幾在無
> 恥而信(言). 故觀之名, 計之利, 而信(言)眞是也. 若棄名利,
> 反之於心, 則夫士之爲行, 抱其天乎."

유자(儒者)인 자장이 방약무인한 만구득에게 말했다.

"당신은 어찌하여 행실을 바르게 닦지 않습니까? 바른 행위가 없으면 사
람들에게 신용을 얻지 못합니다. 신용을 얻지 못하면 관직에 임용될 수 없
습니다. 관직에 나아가지 못하면 이익을 얻을 수 없습니다. 그래서 세간의
명예를 생각하고 자신의 이익을 생각해 보면 바른 행동이 사실은 가장 좋
은 것입니다. 멋대로 명예나 이익을 구하려는 짓을 그만두고 그 근본을 마
음으로 반성하기 위해서 선비는 행동을 매일 바르게 닦아 나아가지 않으
면 안 됩니다."

만구득이 이에 반박했다.

"부끄러움을 모르는 자가 잘 살고, 교묘하게 말재간을 부리는 자가 높은
관직에 나아갑니다. 그래서 가장 큰 명예나 이익은 체면도 염치도 없이 마
구 떠벌여야 얻어지는 것이라고 말해도 좋을 것입니다. 즉 세간의 명예를
생각하고 자신의 이익을 생각한다면 멋대로 떠벌여대는 것이 참으로 좋은
것입니다. 당신이 말한 것처럼 무턱대고 명예나 이익을 구하는 짓을 그만

두고 그 근본을 마음으로 반성한다는 방법을 좇으면 과연 선비의 행위가
그 천성을 지키는 것이 될 수 있겠습니까?"

【語義】 子張(자장):공자의 제자. 陳나라 사람. 성은 顓孫, 이름은 師, 子
張은 그의 자. 공자보다 48세 연하. 노력형 인물이었던 듯한데 공리적
형식주의로 치달았다. ≪논어≫ 자장편에는 '당당하도다, 자장의 모습
은! 그러나 함께 仁을 행하기는 어렵다(堂堂乎張也, 難與竝爲仁矣)'라고
한 증자의 평이 실려 있다. ≪한비자≫ 현학편에 의하면 자장의 문파(門
派)는 유력한 학파를 형성했다. ≪순자≫ 비십이자편에는 이 학파에 대
해 '관을 낮게 내려 쓰고 언사는 의미심장하며, 禹처럼 걷고 舜처럼 달
리는 것이 자장 일파의 천박한 모습이다(弟佗其冠, 神禪其辭, 禹行而舞
舜趨, 是子張氏之賤儒也)'라고 평되어 있다. 이 우화는 이런 자장의 사
람됨과 그 학파의 경향을 알고 있던 자가 지은 것 같다.

滿苟得(만구득):설정된 인물이다. 成玄英은 구차(苟且:군색스럽고
구구함)하게 貪得하여 그 마음을 만족시킴을 우의하는 인물로 성은
滿, 이름은 苟得이라고 해석했다. '滿'은 '漫(함부로, 멋대로)'의 차자
이리라.

盍不爲行(합불위행):'盍'은 '何(어찌)'의 뜻으로 쓰이는 경우와 '何不
(어찌 ~하지 않느냐)'의 뜻으로 쓰이는 경우가 있다. '爲'는 여기서는
'닦다, 수양하다'의 뜻. 여기서 '行'을 주제로 삼은 것은 ≪논어≫ 위영
공편의 "자장이 行에 관해 물었다. 공자가 '말이 忠信하고 행동이 돈
후하고 공경스러우면 오랑캐 나라에서도 받아들여진다. 말이 충신하
지 못하고 행동이 돈후하고 공경스럽지 못하면 향리에서조차 받아들여
지지 않는다. 서 있을 때에는 忠·信·篤·敬의 4자가 우뚝 솟아 있음
을 본다. 수레에 타고 있을 때에는 이 4자가 나룻의 횡목에 기대어 있

음을 본다. 이처럼 되어야 비로소 받아들여질 수 있다'라고 말하자 자장은 이 4자를 넓은 띠에 적었다(子張問行. 子曰, 言忠信, 行篤敬, 雖蠻貊之邦行矣. 言不忠信, 行不篤敬, 雖州里行乎哉. 立則見其參於前也. 在輿則見其倚於衡也. 夫然後行. 子書諸紳)'에서 힌트를 얻었기 때문이리라. '行'은 자신의 주장이나 정령(政令)이 세상에서 받아들여져 널리 보급되어 가는 것.

不任則不利(불임즉불리):이 이하 '利'를 제기하고 있는데 이는 〈도척지변〉의 '規以利'와 동공이곡(同工異曲)이다.

多信者顯(다신자현):'信'은 '言'을 잘못 베낀 듯하다. '以' 뒤의 '信'도 마찬가지. 일설에 '多'는 '失'을 잘못 베낀 것(馬敍倫의 설), 또 '信'은 '僞'를 잘못 베낀 것이라(李勉의 설) 했다. '顯'은 존귀함을 가리킨다. 이 명제는 ≪논어≫ 이인편의 '군자는 변설에는 서투르더라도 행동에는 민첩하고자 한다(君子欲訥於言, 而敏於行)'의 역설이다.

抱其天乎(포기천호):'天'은 다음 글의 '天之理', '天極'과 같다. 각자의 선천적이고 일정하여 변하지 않는 천성. 그런데 이 우화는 苟得을 그러한 천성을 구현하는 인물로 묘사하고 있어 '性命之情'을 지켜나가야 한다는 주장과는 다르며 앞의 〈도척지변〉과 비슷한 주장을 보여 주고 있다.

子張曰, "昔者, 桀·紂, 貴爲天子, 富有天下. 今謂臧聚曰, '汝行如桀·紂,' 則有怍色, 有不服之心者, 小人所賤也. 仲尼·墨翟, 窮爲匹夫. 今謂宰相曰, '子行如仲尼·墨翟,' 則變容易色, 稱不足者, 士誠貴也. 故勢爲天子, 未必貴也. 窮爲匹夫, 未必賤也. 貴賤之分, 在行之美惡."

滿苟得曰, "小盜者拘, 大盜者爲諸侯. 諸侯之門義士存焉. 昔者, 桓公小白殺兄入嫂, 而管仲爲臣. 田成子常殺君竊國, 而孔子受幣. 論則賤之, 行則下之. 則是言行之情, 悖戰於胷中也. 不亦拂乎. 故書曰, '孰惡孰美. 成者爲首, 不成者爲尾.'"

자장이 이에 반론을 제기했다.

"옛날 하(夏)의 걸왕과 은(殷)의 주왕은 신분의 귀함으로는 천자요, 풍요로움으로 천하의 재산을 한 손 안에 거머쥐고 있었습니다. 그런데 지금 하인에게 '네놈의 행동은 마치 걸왕이나 주왕 같구나'라고 한다면 그는 부끄러워 낯빛을 붉히든지, 아니면 승복할 수 없다는 뜻을 말할 것입니다. 그 까닭은 걸·주의 행동은 하인과 같이 천한 신분의 사람조차 경멸하기 때문입니다. 중니와 묵적은 몹시 곤궁하고 비천한 신분이었습니다. 그렇지만 한 나라의 요직에 있는 재상에게 '당신의 행위는 정말 중니나 묵적에 필적할 만하다'라고 말한다면 그는 자세를 바로잡고 낯빛을 경건히 한 다음, '결코 미칠 수 없습니다'라고 말할 것입니다. 뜻 있는 선비들은 진심으로 공자와 묵적을 존경하기 때문입니다. 따라서 권세가 높은 천자라 하여 반드시 존귀한 것은 아니며, 곤궁하고 비천한 신분이라 하여 반드시 천한 것은 아닙니다. 사람의 귀함과 비천함은 그 행실의 선악으로 평가됩니다."

만구득이 또 반박했다.

"좀도둑은 붙잡히지만 큰 도둑은 제후가 됩니다. 뿐만 아니라 그 제후에게는 도의를 행하는 자들이 모여듭니다. 옛날 제(齊)나라의 환공이 된 소백은 형을 죽이고 형수를 자신의 처로 삼았는데도 현인인 관중이 7이 신하가 되었습니다. 전성자는 주군을 죽이고 제(齊)나라를 훔쳤는데도 공자는 그의 선물을 받았습니다. 당신들 유자는 의론으로는 환공과 전성자를 경멸하지만 실제 행동으로는 그들을 공경하고 머리를 조아립니다. 그렇다면 그 언론과 실행의 실정은 가슴 속에서 등을 지고 다투고 있는 셈입니다. 이는 도리에 위반되는 일이 아닙니까? 그래서 당신들이 더없이 존중하는 ≪상서≫에는 '누가 나쁘며 누가 옳은가? 성공한 자가 왕초가 되고, 성공하지 못한 자가 왕초에게 꼬리를 흔드는 부하가 된다'라고 기록되어 있는 것입니다."

【語義】 臧聚(장취):'聚'는 '騶(추:마부)'의 차자. '臧聚(騶)'는 臧獲과 같다. 하인, 심부름꾼.

　有怍色有不服之心者(유작색유불복지심자):成玄英은 '부끄러워하여 복종하지 않는다'는 뜻으로 해석했다. 이에 근거하여 '有不服'의 '有'를 군글자로 보는 설이 있으나(馬敍倫의 설) 원문 그대로가 좋다.

　仲尼墨翟(중니묵적):'仲尼'는 공자의 자. '墨翟'은 묵가의 비조(鼻祖).

　小盜者拘……:거협편에 '彼竊鉤者誅, 竊國者爲諸侯. 諸侯之門而仁義存焉'이라고 했다. 이에 근거한 말이리라.

　田成子常(전성자상):田(陳)恒, 또는 田常이라고 한다. '成子'는 시호.

　孔子受幣(공자수폐):이것은 다른 문헌에는 보이지 않는다. 작자가 날조한 것이리라. ≪논어≫ 헌문편에 의하면 공자는 전성자를 정벌해야 한다고 노공(魯公)에게 진언했다.

　悖戰(패전):등을 돌리고 싸움.

　書曰……:'書'는 통상 ≪상서≫(서경)를 가리키는 말인데, 현존하는 ≪상서≫에는 이하의 문장이 없다. 이 우화의 작자가 날조한 것이리라. '美'·'惡'는 선악의 뜻. '首'는 수령, '尾'는 '首'에 대해 꼬리를 흔드는 부하를 가리킨다. 이것은 '이기면 충신, 지면 역적'이란 속담과 같다.

子張曰, "子不爲行, 旣將疏戚無倫, 貴賤無義, 長幼無序. 五紀六位, 將何以爲別乎."

滿苟得曰, "堯殺長子, 舜流母弟. 疏戚有倫乎. 湯放桀, 武王殺紂. 貴賤有義乎. 王季爲適, 周公殺兄. 長幼有序乎. 儒者僞辭, 墨者兼愛. 五紀六位, 將有別乎. 且子正爲名, 我正爲利. 名利之實, 不順於理, 不監於道.

吾日與子訟於無約. 曰, '小人殉財, 君子殉名. 其所以變其情, 易其性, 則異矣. 乃至於棄其所爲, 而殉其所不爲, 則一也. 故曰, '無爲小人, 反殉而天. 無爲君子, 從天之理. 若枉若直, 相而天極, 面觀四方, 與時消息. 若是若非, 執而圓機, 獨成而意, 與道徘徊. 無轉(專)而行, 無成而義, 將失而所爲. 無赴而富, 無殉而成, 將棄而天.' 比干剖心, 子胥抉眼, 忠之禍也. 直躬證父, 尾生溺死, 信之患也. 鮑子立乾, 申子不自理(埋), 廉之害也. 孔(仲)子不見母, 匡子不見父, 義之失也. 此上世之所傳, 下世之所語. 以爲士者, 正其言, 必其行. 故服其殃. 離其患也.'"

자장이 듣다못해 말했다.

"당신은 그런 말을 삼가고 자신의 행위를 바르게 닦지 않으면 틀림없이 친소(親疎)의 구별도 없게 되고, 귀천을 구별하는 예의도 지키지 못하며, 장유(長幼)의 순서도 세울 수 없을 것입니다. 그렇게 되면 인간에게 가장 중요한 오기(五紀)와 이것을 떠받치는 육위(六位)가 대체 어떻게 질서 잡힐 수 있겠습니까?"

만구득이 또다시 반박했다.

'요임금은 자신의 장자인 단주(丹朱)를 죽였고, 순임금은 동복 아우인 상(象)을 내쫓았습니다. 그렇다면 과연 친소(親疎)에 지켜야 할 구별이 있는 것일까요? 은나라의 탕왕은 하나라의 걸왕을 몰아냈고, 주(周)의 무왕은 은(殷)의 주왕을 죽였습니다. 그렇다면 과연 귀천에 지켜야 할 예의가 있는 것일까요? 주(周)의 왕계는 두 형을 밀어젖히고 계승자가 됐으며, 주공(周公)은 형인 관숙·채숙을 죽였습니다. 그렇다면 과연 장유(長幼)에 지켜야 할 순서가 있는 것일까요? 유자는 명분을 내세워 그 차별을 주장하는데 묵자는 평등한 박애를 주장합니다. 그렇다면 인간에게 중요한 오기(五紀)니 육위(六位)니 하는 것이 과연 있는 것일까요? 당신은 명분을 위해 행동하는 것을 목표로 하고 있으나 나는 자신의 이익을 꾀하는 것을 목표로 하고 있습니다. 그러나 명분 때문이건 이익 때문이건 그것들의 실정은 참된 이치에 따르는 것도 아니며 道에 부합되는 것도 아닙니다.

나는 전에 당신과 무약(無約) 앞에서 논쟁한 적이 있습니다. 그때 무약은 '소인은 재산을 얻고자 신명을 던지지만 군자는 명예를 구하여 신명을 던진다. 그들이 천생의 성정을 바꾸는 방법은 다르다 하더라도 모두 그 행해야 할 것을 버리고 행하지 말아야 할 것에 신명을 던지고 있음은 마찬가지다. 그래서 말하기를, 재산을 추구하는 소인이 되지 말고 그 근본으로 돌아가 성명(性命)을 추구하라. 명예를 구하려는 군자가 되지 말고 무위인 하늘의 이치에 따르라. 세상에 받아들여지든 말든 자연의 대법칙에 비추어 사방의 만물을 널리 보고 시세의 추이에 순응하여 성쇠하라. 물사의 시비 따위에 구애받지 말고 아무 구별 없이 대응하며 그 한 마음을 정하고 道와 일체인 자유를 얻도록 하라. 일념으로 그 행위만을 고집하려 하지 말고 자신이 믿는 것을 이루려고 하지 말라. 반드시 그 본디 행해야 할 것을 잃게 된다. 부(富)를 얻고자 안달하지 말고, 공적을 세우려 괴로움을 무릅쓰는 일이 없도록 하라. 반드시 그 타고난 성명(性命)을 버리게 된다고 하는 것이다.

비간은 가슴을 찢기고 오자서는 눈을 뽑혔는데 이들은 이상과 같은 교훈을 어기고 충성을 하려고 했기 때문에 그런 화를 입었다. 직궁은 아버지의 잘못을 폭로하고 미생은 물에 잠겨 죽었는데 이들은 신의를 지키려 했기 때문에 그런 화를 당했다. 포초는 선 채로 말라죽었고 신자는 스스로 물에 뛰어들었는데 이들은 염결(廉潔)을 지키려다 그런 화를 당했다. 중자(仲子)는 어머니를 만나지 않고 광자(匡子)는 아버지를 만나지 않았는데 이들은 자신의 주의(主義)를 지키려다 그런 실패를 맛보았다. 이러한 일들은 예로부터 전해 내려오고 있으며 후세인 지금도 사람들 입에 오르내리고 있는데 한 사람의 버젓한 사내가 되려고 하는 자는 그들의 생각을 옳다 하고 또 그 행위를 본받으려 한다. 그래서 모두 몸을 망치는 병으로 쓰러지고 마음을 괴롭히는 근심에 둘러싸이는 것이다.'

라고 말했던 것입니다."


【語義】 疏戚無倫(소척무륜):'疏'는 疏(疎)遠. '戚'은 친척. '無倫'은 순서가 유지되지 않는 것.

五紀(오기):≪상서≫ 홍범편에는 歲·日·月·星·辰·曆數가 五紀로 되어 있는데 이 경우에는 적당하지 않다. 成玄英은 祖·父·身·子·孫의 관계, 五德(仁·義·禮·智·信), 五行(木·火·土·金·水)을 들고 있는데 祖·父·子 등은 아래의 '六位'와 중복되는 것이다. 五倫(父子·君臣·夫婦·長幼·朋友)를 가리킨다는 설(俞樾의 설)도 있으나 이것도 六位와 중복된다. 五敎(父義·母慈·兄友·弟恭·子孝)를 가리키는 것으로 보아야 할 것이다. '紀'는 법칙의 뜻.

六位(육위):≪백호통(白虎通)≫ 삼강육기편에 '六紀란 諸父·兄弟·族人·諸舅·師長·朋友를 가리킨다'라고 했다. 이 六紀를 가리킨다

(俞樾의 설). 三網(君臣·父子·夫婦)을 가리킨다는 설(林希逸의 설)
도 있다.

舜流母弟(순류모제):≪석문≫에 "맹자가 말하기를 '舜, 象을 유비(有
庳)에 봉하고 부유하게 만들어 주셨다. 천자의 관원을 有庳에 파견하
여 그 나라를 다스리게 하고 공세(貢稅)를 봉납시키셨다. 그래서 이것
을 放(流)했다고 한 것이다'"라고 했다.

王季爲適(왕계위적):'王季'는 주나라 문왕의 아버지인 계력(季歷).
兄인 태백(太伯)과 중옹(仲雍)을 젖혀 놓고 대를 이었다. '適'은 '嫡(맏
아들)'의 차자.

周公殺兄(주공살형):주공(周公)이 관숙·채숙의 반란을 평정한 것을
가리킨다.

儒者僞辭(유자위사):'辭'는 五紀六位 따위를 가리킨다. 요컨대 '僞辭'
란 인간관계에 차별을 만들어 이른바 차등이 있는 사랑인 仁을 주장하
는 것을 가리킨다.

且子正爲名……:≪석문≫에서는 이것을 가설의 말로 해석하고 있다.
이 이하가 다음의 무약의 설을 끌어내고 있기는 하지만 이것을 가설
로 해석할 것까지는 없으리라. 만구득은 '夫名利之大者, 幾在無恥而信
(言)'이라고 말하고 있으므로 전적으로 탐욕만을 추구하는 인물이라고
할 수는 없어도 구차하게 이익을 꾀하려는 사람임은 확실하다. '正'은
여기서는 어떤 것을 목표로 하는 것을 가리킨다.

吾日與子訟於無約曰(오일여자송어무약왈):'日'은 낭일(曩日:지난 날)의
뜻. '無約'은 약속(구속) 없이 자연에 맡긴다는 것을 우의하는 인물로 설
정되었으리라. '曰' 이하는 무약의 설이다.

小人殉財君子殉名(소인순재군자순명):변무편에 '彼其所殉仁義也, 則
俗謂之君子, 其所殉貨財也, 則俗謂之小人'이라고 했는데 이에 근거한

말이리라.

變其情易其性(변기정역기성):‘情’, ‘性’은 이른바 ‘性命之情’을 가리킨
다.

乃至於棄其所爲而殉其所不爲(내지어기기소위이순기소불위):‘乃’는 ‘
오히려, 그런데도’의 뜻. ‘其所爲’, ‘其所不爲’는 ‘其所當爲’, ‘其所當不
爲’의 뜻(林希逸의 설)으로 전자는 ‘性命之情’의 충족, 후자는 ‘名利’이
다.

故曰無爲小人……從天之理:‘故曰’ 이하는 명리에 관한 도가의 교훈을
격언화하려 한 것이리라. 그 가운데 이 4구는 마제편의 ‘惡乎知君子 ·
小人哉, 同乎無知. 其德不離, 同乎無欲. 是謂素樸’에 근거한 말이리라.
‘小人’은 앞의 殉財의 小人을 가리킨다. ‘而’는 ‘汝’와 같으며 이하도 같
다. ‘天’은 性命, ‘天之理’는 無欲無知를 가리키는 것이리라.

若枉若直相……與時消息:‘枉’, ‘曲’은 인간세편 〈심재우화〉의 ‘內直
而外曲’의 曲直과 거의 같다. 요컨대 자아를 관철하건 타인에게 순응
하건 그 어느 경우라도의 뜻. ‘相’은 ‘관찰하다, 살피다’의 뜻. ‘天極’은
天의 법칙, 즉 ‘順物自然’, 또 ‘不將不迎, 應而不藏’에 해당한다. ‘面觀’
은 마주 대하고 두루 바라보는 것. ‘面觀四方’은 추수편 〈반기진우화〉
의 ‘大知觀於遠近’과 거의 같은 주장이다. ‘與時消息’은 〈반기진우화〉
의 ‘差其時逆其俗者, 謂之簒夫. 當其時順其俗者, 謂之義之徒’와 거의
같은 주장이다.

若是若非執……與道徘徊:‘若是若非執而圓機’는 제물론편 〈천뢰우화〉
의 ‘彼是莫得其偶, 調之道樞. 樞始得其環中, 以應無窮’의 표면적 의미를
이용하고 있지만 道에 관하여 말하고 있는 것이 아니라 是非에 집착하지
않는 것을 가리키고 있다. ‘圓’은 어떠한 구애도 받지 않는 것. 추수편 〈반
기진우화〉에는 ‘知是非之不可爲分, 細大之不可爲倪’라고 했다. ‘獨成而意’

는 대종사편 〈영녕우화〉의 '朝徹而後能見獨. 見獨而後能無古今', 또 천지편의 '通於一, 而萬事畢, 無心得, 而鬼神服', 천도편의 '其動也天, 其靜也地. 一心定而王天下' 등과 같은 주장이리라. '與道徘徊'는 재유편 〈독유인설〉의 '獨往獨來. 是謂獨有'의 경지를 가리키는 것이리라. '徘徊'가 저본에는 '俳佪'로 되어 있는데 徘徊가 정자이므로 고쳤다. '徘徊'는 기분 내키는 대로 걸어 돌아다니는 것.

無轉而行無成而義將失而所爲(무전이행무성이의장실이소위):'轉'은 '專'을 잘못 베낀 것. '無專而行'은 추수편 〈반기진우화〉의 '無一而行, 與道參差'에 근거한 말이리라. 산목편 〈도덕향우화〉에는 '與時俱化而無肯專爲'라고 했다. '而義'의 '義'는 주의 주장의 뜻. '將'은 여기서는 '반드시, 꼭'의 뜻. 다음의 '將棄而天'의 '將'도 같다. '而所爲'는 앞글의 '棄其所爲'의 '所爲'와 같다.

無赴而富無殉而成將棄而天(무부이부무순이성장기이천):산목편 〈지인불문우화〉의 '吾聞之大成之人, 曰, 自伐者無功. 功成者墮, 名成者虧, 孰能去功與名, 而還與衆人'과 같은 사상에 근거한 말이다. '而成'의 '成'은 성공의 뜻.

子胥抉眼(자서결안):'子胥'는 〈도척지변〉의 오자서. 오자서는 오왕 부차에게 월왕과 화친함이 불가하다고 간했으나 받아들여지지 않고 오히려 자결을 명받았다. 그는 자결하면서 '내 눈을 후벼 파 동문에 걸어두어라. 越의 무리들이 들이닥쳐 吳를 삼키는 것을 똑똑히 보리라'고 유언했다(≪사기≫ 오자서전). 이에 근거한 말이리라.

直躬證父(직궁증부):≪논어≫ 자로편에 "葉公이 공자에게 말했다. '우리 마을에 躬이라고 하는 곧고 바른 사람이 있습니다. 자기 아버지가 양을 훔치자 그것을 증언했습니다.' 공자가 말했다. '우리들이 말하는 곧고 바르다는 것은 그런 것이 아니오. 아버지는 자식을 위해 숨기고 자식은 아버지를 위해 숨깁니다. 곧고 바른 것은 그런 가운데 있어야 합니다'(葉公語孔子曰, 吾黨有直躬者. 其父攘羊. 而子證之. 孔子曰, 吾黨之直者, 異於是. 父爲子隱, 子爲父隱. 直在其中矣.)"라는 기록이 있다. 이에 근거한 말이다.

鮑子立乾(포자립건):앞의 〈도척지변〉의 '鮑焦飾行非世, 抱木而死'를 가리킨다.

申子不自理(신자부자리):《석문》 계출본에는 勝子自理로 되어 있으며 '어떤 판본에는 理 대신 俚로 되어 있다. 申子自埋로 되어 있는 판본도 있고, 申徒狄이 항아리를 안고 河에 간 것을 가리킨다고 한다. 申子不自理로 되어 있는 판본도 있다. 申生을 가리키는 것이다'라고 하였다. 成玄英은 '申子는 晋나라 헌공(춘추시대 초기의 인물)의 태자인 申生이다. 麗姬로부터 모함을 받았으나 변명하지 않고 목을 매어 죽었다'라고 해석했지만 申生의 예는 이 경우에는 적합하지 않다. 王叔岷은 勝屠가 申屠로 쓰인 예를 들어 勝이 申을 가리킨다는 것을 증명했다. 《석문》에 소개된 한 설을 참고하여 저본의 '申子'를 申徒狄으로 해석하고, '不'을 군글자, '理'는 '埋'를 잘못 베낀 것으로 해석한다(馬敍倫의 설 참조). 〈도척지변〉에서 鮑焦 다음에 申徒狄을 이야기한 문례(文例)와 합치한다.

孔子不見母(공자불견모):공자의 전기에는 이런 사실이 기록되어 있지 않다. 成玄英은 공자가 천하를 두루 돌아다니느라 어머니의 임종을 보지 못했다고 해석했는데 이는 억측이다. 《예기》 단궁 상편에 '공자는 어려서 아버지를 잃어 그 무덤이 어디에 있는지를 몰랐다. 어머니가 죽자 빈소를 만들기 위해 일부러 五父의 거리로 관을 가지고 갔다. 관이 지나가는 것을 본 사람들은 모두 그곳에다 매장하려는 것으로 생각했다. 그러나 관의 장식을 보면 빈소에 안치하기 위한 것임을 알

수 있었다. 耶曼父의 어머니에게 물어 비로소 어머니를 防에 있는 아
버지 무덤에 합장할 수 있었다(孔子少孤, 不知其墓. 殯於五父之衢. 人
之見之者, 皆以爲葬也. 其愼也蓋殯也. 問於耶曼父之母, 然後得合葬於
防)'라고 되어 있다. 이에 근거하여 '母'는 '父'를 잘못 베낀 것이라 보
는 설이 있는데 적당하지 않다. '孔子'는 '仲子'를 잘못 베낀 것으로 陳
仲子를 가리키는 것이리라(俞樾의 설). 《맹자》 등문공 하편에 의하
면 匡章이 '陳仲子가 어찌 참다운 선비가 아니겠습니까?'라고 하자 맹
자도 일단 이에 수긍하여 '제나라 인물 중에서 나는 반드시 仲子를 으
뜸으로 꼽습니다'라고 말했고, 그의 행위에 관해서는 '형의 집이 의롭
지 않은 집이라 하여 함께 살지 않고 형을 떠나 어머니를 피해서 오릉
에 거처했다', '어머니가 주면 먹지 않고 아내가 주면 먹었다'라고 했다.
'孔'을 '仲'으로 고친다.

　匡子不見父(광자불견부):'匡子'는 맹자의 친구로 齊나라 사람. 성은
匡, 이름은 章. 《맹자》 이루 하편에 기록된 바에 의하면 匡章이 세상
에서 불효자라고 비난받고 있는데도 맹자는 그와 사귀었을 뿐 아니라
불효자가 아니라고 변호했다.

　必其行(필기행):《논어》 자로편에 '말하면 꼭 실행하고, 실행하면
반드시 성과를 거둔다. 굳세고 강직하기만 하여 소인이라 하겠으나 그
래도 선비의 다음다음쯤 가는 사람이라 하리라(言必信, 行必果, 硜硜
然小人哉. 抑亦可以爲次矣)'라고 한 것과 같은 류이리라.

　服其殃離其患(복기앙이기환):'服'은 '伏'의 차자. 쓰러지고 엎어지는
것. '殃'은 질병과 상해를 가리킨다. '離'는 '罹(병·재앙 따위에 걸리는
것)'의 차자.

【補說】이상의 세 절은 〈무약우화〉이다. 공자의 제자인 자장에 세속적 가

치관을 대변하는 만구득과 도가의 의견을 대표하는 무약이라는 가공의 두 사람을 짝지어 子張의 유가적 수양설을 비판하고, 결국 무약의 설에 귀착시키고 있다. 우선 자장이 만구득에게 수양을 권한 데 대해 만구득은 無恥·多言의 利를 들어 반박하고, 다음으로 자장이 인간의 가치는 행위의 아름다움에 의해 결정된다고 말한 데 대해 만구득은 언행의 실정은 서로 모순된다고 하였으며, 마지막으로 자장이 각 개인의 수양이 없으면 인륜질서가 성립되지 않는다고 극언한 데 대해 만구득은 변치 않는 인륜질서가 존재하지 않았음을 예로 들어 거세게 반박하고 동시에 무약의 도가설을 말하고 있다. 무약의 도가설은 性命之情의 보전을 중심으로 하여 자연스런 순응, 명리의 배격을 가리키는 것으로 실천적인 도가적 교훈의 대강을 보여 주고 있다.

이 우화의 작자는 ≪논어≫·≪맹자≫에 통달한 자였으리라. ≪논어≫·≪맹자≫의 내용과 서로 대응하는 말이 여러 군데 눈에 띈다. 또 이 우화는 〈도척지변〉이 만들어진 후에 지어진 듯하다. 도척편의 소재가 고스란히 쓰이고 있다. 특히 만구득이란 인물의 설정은 도척류의 설이 시인된다면 滿苟得, 즉 제멋대로 방자하게 된다고 하는 견해에 근거한 것이리라. 이는 흥미 있는 사실이다.

그러나 만구득은 자신의 의견을 충분하게 전개시키고 있지는 않다. 무약의 의견으로 결론을 내리려고 하는 것은 예정되어 있었다. 그 때문에 자신의 의견을 스스로 비판하고 무약의 설을 끌어내고 있는 것이다. 일찍이 무약의 말을 들은 적이 있다고 한 것은 작자의 고심 어린 새로운 취향인지도 모르겠지만 자장과 만구득의 논쟁 전개라는 측면에서 보면 부자연스러우며, 또 무약의 설은 이전 양자의 논쟁의 흥미를 완전히 반감시키고 있다. 이론에 치우쳐 우화로서의 흥미를 잃은 작품이다.

# 제3장 무족·지화문답:지화우화(無足·知和問答:知和寓話)

無足問於知和曰,"人卒未有不興名就利者. 彼富則人歸之.
歸則下之. 下則貴之. 夫見下貴者, 所以長生·安體·樂意之
道也. 今子獨無意焉, 知不足邪. 意知而力不能行邪. 故推正
不忘邪."
知和曰,"今夫此人, 以爲與己同時而生, 同鄕而處者, 以爲夫
絶俗過世之士焉. 是專無主正. 所以覽古今之時·是非之分
也, 與俗化世. 去至重, 棄至尊, 以爲其所爲也, 此其所以論
長生·安體·樂意之道, 不亦遠乎. 慘怛之疾, 恬愉之安, 不
監於體. 怵惕之恐, 欣懽之喜, 不監於心. 知爲爲, 而不知所
以爲. 是以貴爲天子, 富有天下, 而不免於患也."

무족이 지화에게 물었다.

"세상 사람들 가운데 어느 누구도 명성을 노리고 이득으로 내달리지 않
는 사람이 없소. 그런 자가 부자가 되면 많은 사람들이 그를 쫓아다니고,
쫓아다니다 보면 그에게 고개를 숙이게 되고, 고개를 숙이다 보면 그를 높
이 받들게 되오. 이렇게 우러름을 받고 받들어지는 것은 그 사람으로서는
장생을 기약하고 신체를 편안하게 하며 마음을 즐겁게 하는 방법이오. 그
런데 당신은 조금도 그럴 뜻이 없으니, 명리를 꾀하는 지혜가 모자라기 때
문이요? 아니면 지혜는 있어도 행동으로 옮길 실행력이 부족하기 때문이
요? 그래서 당신의 방법을 고집해 나가는 것이요?"

지화가 대답했다.

"지금 말한 그러한 사람은 우리와 같은 시대에 태어나 같은 고향에서 살고 있는 자일뿐인데도 속세 사람들보다 훨씬 뛰어난 사람이라고 당신은 믿고 있소. 그렇다면 전연 자신의 지주(支柱:性命之情)가 없는 것이오. 고금(古今)에 따른 변화와 시비(是非)에 대한 분별 방법은 세속의 추이와 함께 변하오. 그래서 참으로 가장 중요한 성명(性命)을 버리고 오직 세속적인 일을 하고 있는 것이오. 그렇다면 오래 살고, 신체를 편안하게 하고 마음을 즐겁게 하는 방법에 관해 논한다는 것은 참된 道로부터 멀리 떨어지는 짓이 아닐까요? 그러기에 무엇이 마음을 아프게 하는 병이 되고 무엇이 마음을 근심 없이 편안하게 하는 것인지를 자신과 자기 몸에 비추어 보려고 하지 않소. 무엇이 두려움이 되고 무엇이 신바람 나는 기쁨인지를 자신과 자기 몸에 비추어 보려고 하지 않소. 오직 세속의 일만을 알 뿐, 진실로 무엇을 해야 할 것인가를 모르고 있소. 그러니 당신이 말한 것처럼 존귀하기로는 천자나 다름없고 부유하기로는 천하의 재산을 한손에 거머쥔 듯하더라도 언제나 고뇌에서 벗어날 수 없는 것이오."

【語義】 無足(무족):만족을 모르는 인물을 우의하기 위해 설정되었으리라. 매우 탐욕스런 인물이다. ≪노자≫에 '만족을 모르는 것보다 큰 화는 없다(禍莫大於不知足)'(제46장)라고 했다.

知和(지화):德이 갖추어져 마음이 평화로움을 우의하기 위해 설정된 인물. 인간세편 〈입어무자우화〉에 '心莫若和'라 했고, 덕충부편 〈화덕유심우화〉에 '遊心乎德之和'라 했으며, 또 〈재전덕불형우화〉에 '德者成和之脩也'라고 했다.

人卒(인졸):人衆·衆人과 같다. 일꾼·서민 모두를 가리킨다

意知而力不能行邪(의지이력불능행야):'意'는 抑(억:탄식을 뜻하는 발어사 또는 轉意辭)과 같다. '속마음·뜻'(成玄英의 설)을 가리키는 게

아니다.

故推正不忘邪(고추정불망야):'推'는 밀고 나아간다는 뜻. '正'은 '之'를 잘못 베낀 듯한데 '之'로 되어 있는 이본이 없다. '목표·목적'의 뜻으로 해석한다.

以爲與己同時……以爲夫絶俗過世之士焉:명확하지 못한 표현이다. '以爲夫絶俗過世之士'를 반어적인 표현으로 해석하는 경우가 많은데 그럴 필요는 없을 것이다. '今此人以爲……'의 '以'는 군글자인 듯하나 원문대로 둔다. '此人'은 '與己同時而生, 同鄕而處者'와 동격으로, 주어이다. '己'는 논자인 지화 및 무족을 가리킨다. ≪노자≫에 '속인들은 모두 현명하여 빈틈이 없다(俗人昭昭)'(제20장)라고 한 뜻을 이용한 표현이다.

是專無主正(시전무주정):'主', '正' 모두 '근거, 지주'의 뜻. 근거는 아래의 '至重至尊', 즉 '性命之情'을 가리킨다.

與俗化世(여속화세):이른바 '世喪道矣'이다.

去至重棄至尊以爲其所爲也(거지중기지존이위기소위야):'至重至尊'은 앞글의 '富'와 '貴'를 이어받은 표현이긴 하나 '性命之情'을 가리킨다. '爲其所爲'는 뒤의 '知爲爲'와 같으며 '所以爲'에 반해 부귀를 바라는 인위를 가리킨다.

慘怛之疾(참달지질):마음을 슬프고 아프게 하는 병.

不監於體(불감어체):자신의 신체에 관하여 성찰하는 것.

怵惕(출척):몹시 두려워하는 것.

無足曰, "夫富之於人, 無所不利. 窮美究勢, 至人之所不得逮, 賢人之所不能及. 俠人之勇力而以爲威强, 秉人之知謀以

爲明察, 因人之德以爲賢良, 非享國而嚴若君父. 且夫聲色·
滋味·權勢之於人, 心不待學而樂之, 體不待象而安之. 夫欲
惡避就, 固不待師. 此人之性也. 天下雖非我, 孰能辭之."
知和曰, "知者之爲, 故動以百姓, 不違其度, 是以足而不爭.
無以爲故不求. 不足故求之. 爭四處, 而不自以爲貪. 有餘故
辭之. 棄天下, 而不自以爲廉. 廉貪之實, 非以迫外也. 反監
之度. 勢爲天子, 而不以貴驕人. 富有天下, 而不以財戱人.
計其患, 慮其反, 以爲害於性, 故辭而不受也. 非以要名譽也.
堯·舜爲帝而雍, 非仁天下也. 不以美害生也. 善卷·許由,
得帝而不受, 非虛辭讓也. 不以事害己. 此皆就其利, 辭其害,
而天下稱賢焉, 則可以有之, 彼非以興名譽也."

무족이 이에 반박했다.

"부(富)라고 하는 것은 누구에게나 크게 이익이 되는 것이오. 언제나 좋기만 한 것이 권력도 마음대로 할 수 있고, 道를 깊이 깨달은 사람이라도이 사람만 못하며, 현명한 사람도 이 사람에겐 미칠 수 없는 법이오. 부를거머쥔 사람은 다른 사람의 용력을 끌어들여 자신의 강대한 위력으로 삼고, 다른 사람의 지모(知謀)를 빌려 자신의 명찰함으로 삼으며, 다른 사람의 덕행을 이용하여 자신의 현량함으로 삼고, 한 나라를 통치하는 것은 아니어도 제왕과 같은 위엄을 지닐 수가 있소.

더욱이 음악, 미색, 좋은 맛, 권세 등은 배우지 않아도 마음으로 좋아하는 것이며, 남의 풍(風)을 흉내 내지 않더라도 있기만 하면 몸은 편안하게해 주는 것들이오. 부를 원하고 불리를 미워하며, 불리를 꺼리고 이득을 얻고자 하는 것은 굳이 배우지 않아도 저절로 터득되는 일이오. 자연스런 인간의 본성이 그렇기 때문이오. 그러니 나뿐 아니라 천하의 그 어느 누가 부를 추구하는 것을 그만두려 하겠소?"

지화가 이에 대답했다.

"참된 지자(知者)의 행위는 인민과 협동하고 그들의 자연스런 절도에 위배하는 일이 없소. 그러므로 스스로 만족하여 다른 사람과 다투지 않소. 일부러 꾀하려는 일이 없기 때문에 외부에 대해 구하는 바가 없는 것이오. 부족하기 때문에 구하는 것이라 곳곳에서 다투는 것과 같은 일이 있더라도 그것은 자기 멋대로 이익을 탐내기 때문은 아니오. 또 여유가 있기에 사퇴하는 것이라 천자의 자리를 마다하는 일이 있더라도 그것은 주제넘게 청렴결백함을 좇으려 하기 때문은 아니오. 청렴결백하냐 탐욕스러우냐 하는 것은 외물에 의해 규정할 수 있는 것이 아니라 인민의 절도에 비추어 생각해야 하는 것이오. 그래서 권세가 천자처럼 높더라도 사람들을 낮추어 보지 않고, 천하의 재산을 손아귀에 거머쥐었다 하더라도 그로써 다른 사람을 희롱하는 일이 없는 것이오. 또 부귀와 권세를 지님으로써 생겨날 고뇌를 생각하며, 그러한 상황이 뒤집힐 것도 내다보고, 자신의 본성을 손상시킬 것이라고 생각되면 마다하고 받으려 하지 않소. 그것도 청렴 결백하다는 명예를 얻으려 하기 때문은 결코 아니오.

요와 순이 제위에 오르고 곧 천하가 화합된 것은 천하의 인민에게 인애(仁愛)를 내세웠기 때문이 아니라 인애의 미덕으로 사람들의 생명을 손상시키지 않았기 때문이오. 반면 선권과 허유는 제위를 권유받았으나 거절했는데 그것도 까닭 없이 마다한 것이 아니오. 천하의 일 때문에 자신의 본성을 해치고 싶지 않아서였소. 이러한 일들은 혹은 이익을 취하고자, 혹은 피해를 피하고자 한 일들이지만 천하 사람들이 모두 현명한 일이라고 칭찬하고 있소. 그러나 그들이 명예를 탐내 그런 일을 한 것은 아니오."

【語義】俠人之勇力(협인지용력):'俠'은 '挾(겨드랑이에 끼다, 합치다)'의 차자.

享國(향국):한 나라의 군주가 되는 것. '享'은 '누리다, 차지하다'의 뜻.

君父(군부):군주. '父'는 여기서는 '長(웃어른)'의 뜻을 지닌 경칭.

體不待象(체부대상):'象'은 '본뜨다, 흉내내다'의 뜻.

天下雖非我孰能辭之(천하수비아숙능사지):'雖非我'는 삽입구. '非'는 '以外'의 뜻. '我'는 무족을 가리킨다. '孰'은 '誰(누구)'의 뜻.

故動以百姓不違其度(고동이백성불위기도):마제편의 '彼民有常性. 織而衣, 耕而食. 是謂同德'을 기조로 한 것이리라. 산목편〈지인불문우화〉에는 '還與衆人'이라 했다. ≪노자≫에는 '성인은 일정불변한 마음, 즉 고집스런 생각을 갖지 않는다. 천하 만민의 마음을 자신의 마음으로 한다(聖人無常心. 以百姓心爲心)'(제49장)라고 했다.

爭四處而不自以爲貪(쟁사처이부자이위탐):대종사편〈진인론〉에 '聖人之用兵也, 亡國而不失人心'이라고 했다. '四處'는 '四方'과 같은 뜻.

堯舜爲帝而雍(요순위제이옹):'雍'은 화합하는 것.

善卷許由(선권허유):양왕편〈양왕지설〉참조.

---

無足曰, "必技其名, 苦體絶甘, 約養以持生, 則亦久病長阨而不死者也."

知和曰, "平爲福. 有餘爲害者, 物莫不然, 而財其甚者也. 今富人, 耳營鍾鼓管籥之聲, 口嘽於芻豢醪醴之味, 以感其意, 遺忘其業. 可謂亂矣. 侅溺於馮氣, 若負重行而上也. 可謂苦矣. 貪財而取慰, 貪權而取竭, 靜居則溺, 體澤則馮. 可謂疾

矣. 爲欲富就利. 故滿若堵耳, 而不知避, 且馮而不舍. 可謂
辱矣. 財積而無用, 服膺而不舍. 滿心戚醮, 求益而不止. 可
謂憂矣. 內則疑劼請之賊, 外則畏寇盜之害, 內周樓疏, 外不
敢獨行. 可謂畏矣. 此六者, 天下之至害也. 皆遺忘而不知察.
及其患至, 求盡性竭財, 單以反一日之無故, 而不可得也. 故
觀之名則不見. 求之利則不得. 繚意絕體而爭. 此不亦惑乎."

무족이 또 반박했다.

"당신처럼 유덕자란 이름을 유지하고 몸을 괴롭혀 가면서까지 맛있는 것
을 멀리하며 검약한 의식으로 생명을 보전하는 것은 오랫동안 병을 앓으면
서 간신히 죽지 못해 사는 것과 다름이 없소."

지화가 대답했다.

"평범한 것이 행복한 것이오. 남보다 여유가 있어 해를 입는 것은 어느
物에서나 공통되는 일인데 그 중에서도 재산이 많은 것만큼 큰 피해를 주
는 것은 없소. 자, 재물이 넘치는 사람의 귀는 아름답고 신기한 종이나 큰
북, 피리 소리를 찾아 미혹되고 입은 맛좋은 고기와 술을 탐내 만족하지
않으며 그 때문에 마음이 흔들려 해야 할 일조차 잊게 되오. 이는 행복한
게 아니라 생활이 어지러워진 것이라 해야 마땅할 것이오. 이익을 구하고
자 날뛰는 마음에 행동이 짓눌려 늘 무거운 짐을 지고 가파른 길을 오르듯
애를 써야만 하오. 말할 수 없는 고통이라 아니 할 수 없소. 재산을 늘리
려 하면 기력이 쇠약해지고 권력을 탐내면 기력이 남김없이 마르게 되오.
또 가만히 고요하게 있으면 氣가 죽고 신체에 여유가 생기면 혈기가 넘쳐
나오. 이러한 기분의 흔들림은 氣가 병든 것이라 아니할 수 없소. 부를 탐
내고 이익을 얻기 위해 내달리고 억척을 떨기 때문에 재산이 담처럼 쌓여

도 불리는 것을 도저히 그만둘 수가 없소. 그런데도 멈추지 않고 부를 늘리려고 기를 쓰오. 이는 재산에 부림을 당하는 치욕이라 아니 할 수 없소. 재산이 쌓여도 쓸 수가 없는데 쌓는 일을 그만두지 않고 목숨을 걸고 지켜나가오. 그 때문에 마음을 끝없이 괴롭히면서 이익을 추구하는 것이오. 이는 스스로 걱정을 만드는 짓이라 아니 할 수 없소. 더욱이 늘 마음속으로는 공갈배·사기꾼이 없을까 의심하며, 강도를 만나 피해를 당하지 않을까 두려워하여 집에다가 방어용 사공(射孔)을 뚫어 놓고 외출할 때에는 결코 혼자서 나가려 하지 않소. 이는 공포로 점철된 일생이라 아니 할 수 없소. 이 어지러움·고통·병듦·치욕·근심·두려움의 여섯 가지는 천하에서 가장 해로운 것이오.

그런데도 사람들은 모두 이것을 잊어버리고 잘 생각하려 하지 않소. 어려움을 당해서야 정력을 다하고 재산을 내던지며 단 하루만이라도 아무 걱정 없이 살고자 하나 그것마저 성취할 수 없게 되오. 그래서 당신 말대로 명성을 노리고 이익을 얻기 위해 치달리면 결국 명성을 빛내려 해도 드러나지 않으며 이익을 구하려 해도 얻을 수 없게 되는 것이오. 그런데도 뜻을 꽁꽁 묶고 신체의 고통을 무시한 채 부를 얻고자 몸부림치겠다 하니 어찌 미혹이라 하지 않을 수 있겠소?"

【語義】 約養以持生(약양이지생):‘約'은 검소하게 하는 것. 섭생하는 것을 가리킨다.

則亦久病長阨而不死者也(즉역구병장액이불사자야):‘亦' 자 다음에 ‘猶' 자가 있는 판본도 있다. ‘猶' 자가 있는 편이 알기 쉬우나(馬敍倫의 설), 어세가 완만해진다. 원문대로 해석한다. ‘阨'은 ‘厄'의 차자.

平爲福(평위복):成玄英은 ‘平'을 평등의 뜻으로 해석했고 이것이 통설이 되어 있다. 평안하다는 뜻도 겸하고 있으리라. 덕충부편 〈재전덕불형우화〉에 '平者水停之盛也. 其可以爲法也. 內保之而外不蕩也'라 했다.

耳營鍾鼓管籥之聲(이영종고관약지성): '營(꾸미다, 영위하다)'은 '瑩(앵: 매혹되다, 빠지다)'의 차자. '鍾'은 '鐘'의 차자. 成玄英 疏本에는 '鐘'으로 되어 있다. '管'은 피리. '籥'은 피리의 한 종류.

口嘄於芻豢醪醴之味(구함어추환요례지미): '嘄'을 통상 '쾌적·만족'의 뜻(成玄英의 설)으로 해석하는데 이 글자에는 그러한 뜻 외에 '부족·불만·원한을 품다'의 뜻도 있다. ≪순자≫ 중니편에 '만족할 때에는 앞으로 닥쳐올지도 모를 부족할 때를 염려한다(滿則慮嘄)'라고 한 것을 참조. 여기서는 앞글의 '營'과 상대되는 말이므로 '만족하지 않는다'는 뜻으로 해석하지 않으면 안 된다. 부자가 되어 맛있는 음식을 먹으면 먹을수록 더 맛있는 음식을 먹고자 하는 것을 가리킨다. '芻豢'은 맛이 좋은 육류. 풀을 먹는 가축을 '芻'라 하고, 곡물을 먹는 가축을 '豢'이라 한다(趙岐의 설). '醪醴'는 맛이 좋은 술. '醪'는 탁주. '醴'는 감주.

以感其意(이감기의): '感'은 '撼(움직이다)'의 차자.

佚溺於馮氣(해닉어빙기): '佚'는 '閡(닫다, 막다)'의 차자(馬敍倫의 설). '溺'은 '搦(억누르다)'의 차자(馬敍倫의 설). '馮'은 본디 말이 내달리는 것, 나아가 '성하다, 크다, 노하다' 등을 뜻하는 글자. 여기서는 이익을 얻기 위해 날뛴다는 뜻으로 해석해야 할 것이다.

若負重行而上也(약부중행이상야): '上' 자 다음에 '坂' 자가 있는 판본도 있다.

貪財而取慰(탐재이취위): '慰'가 '畏'로 되어 있는 판본도 있다(≪석문≫의 설). '慰'는 '殘(지력이 쇠약해지는 것)'의 차자. 앞의 '遺忘其業'과 상응한다.

貪權而取竭(탐권이취갈): '竭'은 '渴(마르다, 다하다)'의 차자. 기력이 탕진되는 것을 가리킨다.

靜居則溺(정거즉닉):'溺'은 여기서는 '빠져들다'의 뜻.

體澤則馮(체택즉빙):'澤'은 '釋'의 차자로 釋의 '풀어 헤치다'의 뜻에서 나아가, 긴장으로부터 해방되어 여유가 있는 것을 뜻한다. '馮'은 앞의 '馮氣'의 '馮'과 같다. 인간세편〈심재우화〉에 '夫以陽爲充, 孔揚, 采色不定'이라고 한 것 참조.

爲欲富就利故滿若堵耳而不知避(위욕부취리고만약도이이부지피):'爲'는 지나치게 한다는 뜻을 나타낸다. '갖다, ~에 의하다'의 뜻으로 해석한 설도 있다. '若堵'는 모아 쌓은 것이 많은 모양. '堵'는 울타리·담. '耳'는 여기서는 '矣'와 거의 같으며 에세를 강하게 한다.

服膺(복응):일념으로 지키는 것. '服'은 몸에 꼭 붙인다는 뜻. '膺(가슴)'은 '擁(옹:껴안다, 품다)'의 차자.

滿心戚醮(만심척초):'滿心'은 '全心'의 뜻. '戚'은 '慼(근심, 걱정)'의 차자. '醮(관혼 의식에서 술을 따르는 것)'는 '憔(근심하다, 초조해하다)'의 차자.

內則疑刦請之賊(내즉의겁청지적):이 '內'는 다음 글의 '內'가 재가(在家)를 의미하는 데 비해 심중(心中)을 가리킨다고 해석해야 한다. 그래서 다음에 '疑'라 한 것이다. '刦'은 '劫(으르다, 놀라게 하다)'의 본자. '請'은 '바라다, 찾다'의 뜻. '刦請之賊'은 공갈이나 사기를 일삼는 자를 가리킨다.

內周樓疏(내주루소):'周'는 빙 둘러 무엇을 설치하는 것. 두르는 것. '樓'는 집에 설치한 사공(射孔:외부의 적에게 활을 쏘기 위해 뚫어 놓은 구멍). '疏'는 '窓'의 차자.

求盡性竭財單以反一日之無故(구진성갈재단이반일일지무고):'竭'은, '渴'의 차자. '單'은 '亶·但'과 같다. '오로지, 다만'의 뜻. 일설에 '盡'은 군글자이며 '單'은 '殫(탄:다하다)'의 차자(馬紋倫의 설)라 했다.

故觀之名則不見求之利則不得(고관지명즉불현구지리즉부득):두 개의 '之'는 모두 '於'와 같다. '觀'은 여기서는 널리 보여 준다는 뜻. '見'은 '顯'과 같다.

繚意絕體而爭(요의절체이쟁):'繚'는 끈을 칭칭 동여맨 것. 여기서는 자유를 빼앗는 것을 가리킨다. '絕'자는 古逸叢書本·成玄英疏本 등에는 없다. 없는 편이 문장을 이해하기 쉬운데, 成玄英이 '情은 명리에 묶이고 마음은 다툼에 의해 찢어진다'고 해석한 것을 보면 成玄英이 보았던 唐本에는 '絕'자가 있었는지도 모른다. '絕'을 '버리다, 무시하다'의 뜻으로 해석한다. '뜻을 꺾고 몸을 굽힌다'(王先謙의 설)로 해석한 것은 앞뒤 문맥으로 추측한 것이다.

此不亦惑乎(차불역혹호):'此'는 여기에서는 '是'와 같다. 이 '此'를 앞글 '爭'의 목적어로 보아야 한다(馬敍倫의 설)는 설도 있다.

【補說】이상 세 절은 〈지화우화〉이다. 앞의 〈무약우화〉에 나오는 만구득보다 한층 명리욕과 권세욕이 강한, 더없이 속물인 무족이라는 인물과 그를 비판하는 지화라는 인물을 설정하고, 그들의 논쟁을 통해 명리와 권세가 결코 장생안락(長生安樂)의 道가 될 수 없음을 보여 주고 있다.

# 제30편
# 설검(說劍)

　　장자가 검술에 관하여 말한다는 줄거리에서 설검(說劍)이라는 편명을 따왔다. 장자의 사상과 관계되는 것은 적고, 유세를 업으로 삼는 세객(說客)의 말투가 배어 있어 이 편을 종횡 책사(縱橫策士)의 작품으로 보는 학자도 적지 않다. 편중의 장자가 실은 초나라의 경양왕(頃襄王)에게 출사하여 양능군(陽陵君)에 봉해진 장신(莊辛)이라고 하는 설(關鋒의 설)도 있다. 그러나 본편에 나타나 있는 주장은 결국 장주가 검술을 좋아하는 문왕을 개심시키고, 싸우지 않고도 검사(劍士)를 타도하므로 장자의 사상과 전연 관계가 없다고만 할 수는 없다. 호사가가 장자를 검객이자 유세객으로 각색하여 無爲의 검을 이야기한 것이리라. 물론 도리를 말하려는 것보다는 가공의 설화로서 흥미를 주로 하고 있다. 장자와 조나라 문왕이 일을 '밤'이라 한 점에서 보더라도 전국시대 말기(羅根澤의 설)보다 훨씬 후대에 지은 작품이리라.

## 장자설천자지검(莊子說天子之劍)

昔, 趙文王喜劍. 劍士夾門而客三千餘人. 日夜相擊於前, 死傷者, 歲百餘人. 好之不厭. 如是三年, 國衰, 諸侯謀之.
太子悝患之, 募左右曰 "孰能說王之意, 止劍士者. 賜之千金."
左右曰 "莊子當能."
太子乃使人以千金奉莊子.
莊子弗受. 與使者俱往見太子曰 "太子何以敎周, 賜周千金."
太子曰 "聞夫子明聖, 謹奉千金, 以幣從者. 夫子弗受. 悝尙何敢言."
莊子曰 "聞, 太子所欲用周者, 欲絕王之喜好也. 使臣上說大王而逆王意, 下不當太子, 則身刑而死. 周尙安所事金乎. 使臣上說大王, 下當太子, 趙國何求而不得也."
太子曰 "然. 吾王所見, 唯劍士也."
莊子曰 "諾. 周善爲劍."
太子曰 "然吾王所見劍士, 皆蓬頭突鬢, 垂冠曼胡之纓, 短後之衣, 瞋目而語難. 王乃悅之. 今夫子必儒服而見王. 事必大逆."
莊子曰 "請治劍服."

옛날 조(趙)나라 문왕(文王)은 검술을 매우 좋아했다. 그래서 왕궁의 대문 양쪽으로 늘어선 검사가 3천 명이나 되었다. 그들은 밤낮으로 문왕 앞에서 시합을 벌여 사상자가 한 해에 백 명이 넘는 형편이었다. 그런데도 문왕은 싫증내지 않고 검술을 여전히 좋아했다. 이런 일이 3년이나 계속되어 급기야 국력이 쇠약해지고 다른 나라 군주들이 조나라를 멸하려고 획책하게 되었다.

문왕의 태자인 회(悝)는 이를 걱정하여 신하들에게

"부왕을 설득하여 검술을 그만 좋아하게 할 자가 없느냐? 있다면 황금 천 근을 내리겠다."

하고 부왕을 설득할 사람을 모집했다.

신하들은

"장자라면 틀림없이 할 수 있습니다."

라고 대답했다.

태자는 사자를 보내 장자에게 황금 천 근을 선물했다.

그런데 장자는 황금을 받지 않고 사자와 함께 태자에게 와,

"태자께서는 저에게 무슨 일을 명하시려고 황금 천 근을 내리셨습니까?"

하고 물었다.

태자가 대답했다.

"선생께서는 매우 총명한 분이라고 들었습니다. 그래서 삼가 선생께 황금 천 근을 드리고자 사자를 보냈던 것입니다. 그런데 선생께서 받지 않으셨으니 제가 무슨 말씀을 드릴 수 있겠습니까?"

장자가 말했다.

"태자께서 저를 쓰시려는 것은 왕께서 즐기는 검술을 버리게 하기 위해서라고 들었습니다. 그런데 만일 제가 왕을 설득하려다 오히려 뜻을 거스르게 되어 태자의 분부를 이행하지 못하면 형벌을 받아 죽지 않을 수 없습니다. 그렇다면 제게 황금이 무슨 필요가 있겠습니까? 또 제가 왕을 설득하여 태자의 분부를 이행하게 된다면 조나라는 평안하게 되어 제가 무엇을 구하더라도 얻을 수 있게 됩니다. 그래서 천 근의 황금을 받지 않은 것

입니다.”

태자가 탄식하여 말했다.

“그렇습니다. 그런데 왕께서는 검사라야만 만나 보십니다.”

장자가 말했다.

“알았습니다. 제가 멋진 검술을 보여 드리도록 하겠습니다.”

그러자 태자가 다시 말했다.

“대단히 고마운 말씀입니다만 왕께서 만나 보시는 검사들은 모두 머리를 풀어 헤친 채 양쪽 살쩍이 버뜨러져 있고, 옆이 축 늘어져 얼굴밖에 보이지 않는 관을 무늬도 없는 관끈으로 턱에 매고 있으며, 뒷부분이 깡뚱한 윗도리를 입고, 두 눈을 부릅뜬 채 거친 말을 함부로 합니다. 왕께서는 그런 검사를 좋아하십니다. 그런데 선생께서는 지금 학자의 옷차림을 하시고 왕을 만나 뵈려 하니 그것만으로도 왕의 뜻에 크게 거스르는 게 됩니다.”

장자는 태자의 요청을 받아들이기로 하여

“그렇다면 검사의 복장을 준비시켜 주시기 바랍니다.”

라고 말했다.

【語義】 趙文王喜劍(조문왕희검):'趙'는 전국시대 초기에 晉으로부터 독립한 나라. 전국칠웅(戰國七雄)의 하나로서 晋陽(산서성 太原市 북쪽)에 도읍을 정하고 현재의 하북성 남부·산서성 동부·하남성 북부 지역을 영유했다. '文王'은 惠文王(B.C. 298~B.C. 266 재위)을 가리킨다(司馬彪의 설). '文'은 무예와 관계 깊은 '武'에 상대되는 말이다. 따라서 文王이라고 하면 武와는 어울리지 않는 이름이다. 무예도 잘 모르는 왕이 검술을 좋아한다고 비아냥거리기 위해 '文王'이란 인물을 설정했는지도 모른다. 惠文王은 武文王의 아들로 이름은 何. '喜'는 여기서는 좋아한다는 뜻. '劍'은 '검술·무예자'의 뜻.

太子悝(태자회):≪사기≫ 조세가에 의하면 惠文王의 태자는 丹(후에 孝成王이 됨)이다. 즉위하지 않은 태자로 悝라는 자가 있었던 것일까?

莊子當能(장자당능):'當'은 '틀림없이, 꼭'의 뜻.

何以教周(하이교주):'教'는 '이야기하다, 고하다'의 뜻을 나타내는 경어이다. 秦의 규칙에는 諸公과 왕의 말에 대해서는 教라는 말을 써야 한다는 것이 있었다(≪문선≫ 李善 주).

以幣從者(이폐종자):'幣'는 '선물한다'는 뜻.

蓬頭突鬢垂冠(봉두돌빈수관):'蓬頭'는 '덥수룩한 머리, 쑥이 우거진 것처럼 어지럽게 헝클어진 머리'. '突鬢'은 보기 흉하게 삐드러진 살쩍. '垂冠'은 얼굴만 나올 수 있도록 관을 깊이 눌러 쓴 것.

曼胡之纓(만호지영):빛깔도 없고 장식도 없는 허술한 끈. '曼'은 '縵(무늬 없는 천)'의 차자. '胡'는 필시 '鞲(획:칼집에 매달린 끈)'의 차자이리라.

短後之衣(단후지의):활동하기 편하도록 옷의 뒷부분을 짧게 한 상의.

瞋目而語難(진목이어난):'瞋目'은 눈을 부릅뜨는 것. '語難'은 말을 제대로 하지 못하고 더듬거리는 것. 나아가 거친 말을 함부로 하는 것을 가리킨다.

---

治劍服三日, 乃見太子. 太子乃與見王. 王脫白刃待之. 莊子
入殿門不趨, 見王不拜.
王曰, "子欲何以教寡人, 使太子先."
曰, "臣聞大王喜劍, 故以劍見王."
王曰, "子之劍何能禁制."
曰, "臣之劍, 十步一人, 千里不留行."

王大悅之曰, "天下無敵矣."
莊子曰, "夫爲劍者, 示之以虛, 開之以利, 後之以發, 先之以
至. 願得試之."
王曰, "夫子休. 就舍待命. 今設戲請夫子."
王乃校劍士七日, 死傷者六十餘人. 得五六人, 使奉劍於殿下.


장자는 사흘 걸려 검사의 복장을 갖추자 태자를 만나러 갔다. 태자는 장
자와 함께 왕을 알현하러 갔다. 문왕은 검을 빼어 들고 그들을 기다리고 있
었다. 장자는 궁전에 들어가서도 예의대로 종종걸음을 치지도 않고 인사도
하지 않고 유유히 문왕 앞으로 다가갔다.

문왕이 물었다.

"그대는 내게 무엇을 가르치고자 태자를 앞세워 왔는가?"

장자가 대답했다.

"대왕께서 검술을 몹시 좋아하신다고 들었습니다. 저의 검술을 보여 드
리고자 합니다."

문왕이 다시 물었다.

"그대의 검은 무엇을 벨 수 있는가?"

장자가 대답했다.

"저의 검은 열 발짝을 가는 동안 적 한 사람씩 쓰러뜨리며 그렇게 천 리
를 그 어느 것에도 방해받지 않고 나아갑니다."

문왕은 크게 기뻐하여 말했다.

"천하에 맞설 자가 없겠군."

장자가 거드름을 피우며 말했다.

"무릇 검을 쓰는 방법이란 아무런 방비도 없는 것처럼 상대방에게 틈을

보여 유인한 다음, 유유히 공격을 받아넘기다 재빨리 기선을 제압해야 하는 것입니다. 저에게 시켜 보아 주십시오."

문왕이 말했다.

"선생은 일단 쉬시오. 숙사에 가서 쉬면서 다음 지시를 기다리기 바라오. 시합 준비가 끝난 다음 오기 바라오."

문왕이 장자와 겨룰 자를 뽑기 위해 검사들을 시합시키기 이레, 그 동안 60여 명의 사상자가 생겼다. 겨우 대여섯 명을 골라내어 그들에게 검을 가지고 궁전 뜰에서 대기하도록 했다.

【語義】千里不留行(천리불류행):방해받는 일 없이 천리를 단숨에 감. 무적(無敵)임을 가리킨다.

示之以虛開之以利(시지이허개지이리):虛心. 여기서는 일부러 빈틈을 보여 적을 유인하는 것을 가리킨다.

令設戲(영설희):'戲'는 본디 힘을 겨룬다는 뜻이다. 여기서는 경기(競技)를 뜻한다.

校劍士(교검사):'校(질곡, 나무울타리)'는 '挍(비교하다)'의 차자. '教'로 되어 있는 판본도 있다 하는데(≪석문≫의 설) 잘못 베낀 듯하다.

乃召莊子.
王曰, "今日試使士敦劍."
莊子曰, "望之久矣."
王曰, "夫子所御杖長短何如."
曰, "臣之所奉皆可. 然臣有三劍. 唯王所用. 請先言而後試."
王曰, "願聞三劍."

曰, "有天子劍, 有諸侯劍, 有庶人劍."

王曰, "天子之劍何如."

曰, "天子之劍, 以燕谿·石城爲鋒, 齊岱爲鍔, 晉·魏(衛)爲
脊, 周·宋爲鐔, 韓·魏爲鋏, 包以四夷, 裹以四時, 繞以渤
海, 帶以常山, 制以五行, 論以刑德, 開以陰陽, 持以春·夏,
行以秋·冬. 此劍, 直之無前, 擧之無上, 案之無下, 運之無
旁. 上決浮雲, 下絶地紀. 此劍一用, 匡諸侯, 天下服矣. 此天
子之劍也." 文王芒然自失. 曰, "諸侯之劍何如."

曰, "諸侯之劍, 以知勇士爲鋒, 以淸廉士爲鍔, 以賢良士爲
脊. 以忠聖士爲鐔, 以豪桀士爲鋏. 此劍, 直之亦無前, 擧之
亦無上, 案之亦無下, 運之亦無旁. 上法圓天, 以順三光, 下
法方地, 以順四時, 中知(和)民意, 以安四鄕. 此劍一用, 如
雷霆之震也. 四封之內, 無不賓服而聽從君命者矣. 此諸侯之
劍也."

王曰, "庶人之劍何如."

曰, "庶人之劍, 蓬頭突鬢, 垂冠曼胡之纓, 短後之衣, 瞋目而
語難, 相擊於前, 上斬頸領, 下決肝肺. 此庶人之劍, 無異於
鬪雞一旦命已絶矣. 無所用於國事.

今大王有天子之位, 而好庶人之劍. 臣竊爲大王薄之."

王乃牽而上殿. 宰人上食. 王三環之.

莊子曰, "大王, 安坐定氣. 劍事已畢奏矣."

於是, 文王不出宮三月. 劍士皆服斃其處也.

준비가 되자 장자를 불러 궁전에 들게 했다.

왕이 말했다.

"오늘 검사들에게 선생과 시합을 하도록 명하겠소.'

장자가 대답했다.

"오랫동안 기다렸습니다."

왕이 물었다.

"선생이 사용할 검의 길이는 어느 정도면 되겠소?"

장자가 대답했다.

"아무래도 좋습니다. 그런데 저는 세 종류의 검을 가지고 있습니다. 그 중 어느 것을 쓸 것이냐는 오직 왕께서 명령하시는 데 따르도록 하겠습니다. 이 세 가지 검에 관해 설명한 다음에 시합하도록 해 주시기 바랍니다."

왕이 말했다.

"그 세 가지 검이 어떤 것인지 듣고 싶소."

장자가 대답했다.

"천자의 검, 제후의 검, 서인의 검입니다."

"천자의 검이란 어떤 것이요?"

장자가 대답했다.

"천자의 검은 북쪽 끝인 연계와 석성을 칼끝으로 삼고, 제나라의 태산을 칼날로 삼으며, 진나라와 위나라를 칼등으로 삼고, 주나라와 송나라를 날 밑(칼날과 자루와의 사이에 끼우는 테)으로 삼으며, 한나라와 위나라를 손잡이로 삼고, 이것을 사방 오랑캐들로 둘러싼 다음 사시(四時)의 자연스러움으로 덮고, 다시 그것을 발해로 감아서 상산을 칼자루 끝에 달린 고리로 하여 차게 되어 있는 것으로 천하를 덮고 있습니다. 이 검을 사용하는 데는 오행의 자연스런 순서로 절도를 유지하고, 형벌과 덕화로 뭇사의 시비를 명확하게 하며, 음양의 필연적인 변화로 검을 뽑고, 봄·여름의 강건함으로 자세를 잡으며, 가을·겨울의 엄숙함으로 벱니다. 이 검을 앞으로 곧

바로 찔러 나아가면 그 앞길을 방해할 자가 없고, 치켜들면 위에 나서려는 자가 없으며, 아래쪽으로 누르면 밑에서 배반하는 자가 없고, 휘두르면 주위에서 소란을 떠는 자가 있을 수 없습니다. 위로는 허공에 떠다니는 구름도 베며, 아래로는 땅밑의 근본도 베어 버립니다. 그래서 일단 이 검이 사용되면 제후의 불의가 바로잡히고 천하의 만민이 모두 복종합니다. 이것이 바로 천자의 검입니다."

문왕은 이 말을 듣고 망연자실했다. 잠시 후 정신을 차리고 다시 물었다.

"제후의 검이란 어떤 것이오?"

장자가 대답했다.

"제후의 검은 계략과 용기가 뛰어난 인물을 칼끝으로 삼고, 행위에 절도가 있어 결백한 인물을 칼날로 삼으며, 현명하고 행위가 바른 인물을 칼등으로 삼고, 충성스런 인물을 날밑으로 삼으며, 더없이 뛰어난 인물을 칼자루로 삼습니다. 이 검을 똑바로 찌르면 아무도 그 앞을 막을 수 없고, 치켜들면 그 위로 나서려는 자가 없으며, 아래쪽으로 누르면 밑에서 배반하는 자가 없고, 휘두르면 그 주위에서 소란을 떠는 자가 없습니다. 이 검은 위로는 하늘의 원만함을 본떠 자유롭고, 나아가 해·달·별의 빛을 좇아 영구히 공적을 나타내며, 아래로는 대지의 모남을 본떠 법을 지키고, 나아가 사계의 순환을 좇아 그것을 그르치는 법이 없으며, 가운데로는 인민의 마음을 화합시켜 사방의 도시와 고을을 두루 안심시킵니다. 그래서 일단 이 검이 사용되면 그 위력은 천둥이 사방을 뒤흔들듯 불순한 자들을 떨게 합니다. 그리하여, 사경(四境) 안에서는 내조(來朝)하여 공물을 바치고, 군주의 명령에 좇지 않는 자가 없게 됩니다. 이것이 제후의 검입니다."

문왕이 또 물었다.

"서인의 검이란 어떤 것이오?"

장자가 대답했다.

"서인의 검은 머리를 풀어 헤치고 양쪽 살쩍을 버뜨리며, 얼굴밖에 보이지 않는 관을 쓰고 그것을 허름한 끈으로 턱에 매며, 뒷부분이 깡똥한 윗도리를 입고 두 눈을 부릅뜨고 거친 말을 함부로 내뱉으면서 어전에서 치고받는 자들이 사용합니다. 그 검은 위로는 한 사람의 목을 베고, 아래로는 한 사람의 내장을 긁어낼 뿐입니다. 이것이 서인의 검으로 이런 싸움은 싸움닭이 단 한 번의 시합으로 목숨을 잃어버리는 것과 조금도 다름이 없습니다. 국가의 큰일에는 쓸모가 없습니다.

그런데 왕께서는 천자의 자리에 계시면서 서인의 검을 좋아하고 계십니다. 저는 은근히 이 점을 유감스럽게 생각하고 있습니다."

장자의 말을 다 듣자 문왕은 감사의 뜻을 표하려고 장자의 손을 잡고 전장(殿上)에 오르게 했다. 요리사가 그곳에다 식사를 준비했다. 그러나 문왕은 정신을 놓고 꿈을 꾸듯 그 주위를 뱅뱅 돌았다. 장자가 말했다.

"대왕이시여, 편안히 앉아 기분을 가라앉히십시오. 검술에 관한 이야기는 다 끝났습니다."

그 후 문왕은 석 달 동안이나 궁전 밖으로 나가지 않았고 문왕 밑에 모였던 검사들은 모두 자살하고 말았다.

【語義】敦劍(퇴검):'敦'는 '던지다'의 뜻. 나아가 '두드리다, 때리다'의 뜻.

所御杖(소어장):'御'는 사용한다는 뜻. '杖'은 여기서는 병기를 가리킨다. '伏'과 통용된다.

有天子劍……:'劍' 자 앞에 '之' 자가 있는 판본도 있다. 다음의 '諸侯劍', '庶人劍'의 경우도 같다. 다음 글에는 모두 '之' 자가 들어 있다.

以燕谿石城爲鋒(이연계석성위봉):'燕谿'는 燕나라의 지명이라 하다 (≪석문≫의 설). 하북성 계현(薊縣) 동남쪽에 있는 연산(燕山)의 계곡이란 뜻이 아닐까? 이곳은 고대에는 중국의 국경이었다. '石城'은 국경

밖에 있었다 한다(≪석문≫의 설). 요녕성 요양시(遼陽市) 동북에 있는 석성을 상정한 것이 아닐까? 어쩌면 산동성 황현(黃縣)에 있는 석성산(石城山)을 가리키는 것인지도 모른다. '鋒'은 칼끝.

齊岱爲鍔(제대위악):'齊岱'는 齊나라(산동성)에 있는 태산(泰山). '鍔'은 칼날.

晉魏爲脊(진위위척):일본 교토의 高山寺에 소장되어 있는 책에는 '魏'가 '衞'로 되어 있다. '魏'를 '衞'로 고친다. '晉'은 산서성에 있던 나라, 衞는 하남성 북부에 있던 나라. '脊'은 칼등.

周宋爲鐔(주송위심):'周'는 하남성 서부에 있던 나라, '宋'은 하남성 동부에 있던 나라. '鐔'은 날밑. 칼날과 자루 사이에 끼우는 테.

韓魏爲鋏(한위위협):'韓'은 하남성 서북부에 있던 나라, '魏'는 산서성 서남부에 있던 나라. '鋏'은 칼의 손잡이.

帶以常山(대이상산):'常山'은 恒山이라고도 한다. 이른바 오악(五岳) 가운데 북악(北岳)에 해당한다. 일설에 漢 문제의 휘(諱)를 피하여 恒山을 常山으로 쓴 것이라고 한다(王叔岷의 설).

制以五行論以刑德(제이오행논이형덕):'五行'은 木·火·土·金·水를 가리키는 것으로 자연스런 순서를 말하는 것이리라. '刑德'은 형벌과 덕화.

下絕地紀(하절지기):'紀'는 '基'의 차자(馬敍倫의 설).

賢良士(현량사):현명하고 좋은 재주를 갖춘 인물.

忠聖士(충성사):'聖'은 '誠'의 차자.

豪桀士(호걸사):'桀'은 '傑(뛰어나다)'의 차자. '豪'와 '傑' 모두 재주·지혜·힘이 보통 사람보다 뛰어나게 훌륭한 사람을 가리킨다.

知民意以安四鄉(지민의이안사향):'知'가 古逸叢書本·成玄英疏本 등에는 '和'로 되어 있다. 전후 문맥을 근거로 추찰하여 '知'를 '和'로 고친다. '四鄉'을 成玄英은 '四方'의 뜻으로 해석했다. '鄉'을 '嚮'의 차자로 본 것이다. 그러나 여기서는 글자 뜻 그대로 '四方의 鄕', 즉 '都·邑'의 뜻으로 보아야 한다.

四封(사봉):四方의 경계 내. 四境과 같다. 제후의 '四封'은 그가 다스리는 영토 내를 가리키는 것이지만 여기서는 四海의 뜻으로 쓰였는지도 모른다. 단 전국시대에는 제후의 영내에도 그 제후를 따르지 않고 반독립적인 여러 군주가 있었다.

賓服(빈복):제후가 정기적으로 천자를 찾아뵙고 공물을 바치는 것을 가리키는데, 여기서는 패자(覇者)가 된 제후에게 다른 제후들이 입공(入貢)하는 것을 가리킨다.

下決肝肺(하결간폐):'決'은 '抉(긁어내다, 후벼내다)'의 차자.

爲大王薄之(위대왕박지):'薄'은 '멸시하다, 경멸하다'의 뜻.

劍士皆服斃其處也(검사개복폐기처야):검사들이 왕에게 예우를 받지 못하게 되자 분개하여 자살한 것을 가리킨다(司馬彪의 설). '服'은 '伏'의 차자. '斃'는 죽는 것.


【補說】 이상의 〈장자설천자지검〉은 장자를 유세자로 설정하고, 조나라 문왕의 태자인 회(悝)가 부왕의 망국적 도락(道樂)을 걱정하여 장자를 그 간지역(諫止役)으로 청하자 장자가 이를 받아들여 검객으로 가장하고 문왕을 알현한 다음, 천하를 일체로 하여 자연을 좇아 행해지는 천자의 검과, 인재를 등용하여 자연을 준칙으로 삼는 제후의 검, 그리고 한 사람을 적으로 하는 싸움닭의 용기와 같은 서인의 검이 있음을 설명하여 마침내 문왕의 마음을 돌리고 검객들을 자살하게 하였다고 서술하고 있다.

# 제31편
# 어부(漁父)

  편 가운데 등장하는 주요 인물을 편명으로 삼았다. 한 개의 우화로
되어 있는데 공자와 어부의 문답을 주로 하고 이에 공자와 제자의 문
답을 덧붙였다. 여러 가지 취향을 집중시킨 작품으로 문학적으로도
감상할 만한 가치가 있다. 사상사에도 흥미 있는 문제를 던져 준다.
  전국시대 말기 양주파(楊朱派)의 작품이라는 설(關鋒의 설), 秦나
라 말기나 漢나라 초기의 은일파(隱逸派)의 작품이라는 설(羅根澤의
설) 등이 있는데 필시 漢代 초기에 성립되었으리라. 그리고 그 작자
는 어느 일파를 표방하기보다는 도가적 인물이면서 유가설에도 정통
한 인물이었으리라 생각된다.

# 공자·어부문답:법천귀진우화(孔子·漁父問答:法天貴眞寓話)

孔子遊乎緇惟(帷)之林, 休坐乎杏壇之上. 弟子讀書, 孔子弦
歌鼓琴. 奏曲未半, 有漁父者, 下船而來. 鬚眉交白, 被髮揄
袂. 行原以上, 距陸而止. 左手據膝, 右手持頤以聽.
曲終而招子貢·子路. 二人俱對. 客指孔子曰, "彼何爲者也."
子路對曰, "魯之君子也."
客問其族.
子路對曰, "族孔氏."
客曰, "孔氏者何治也."
子路未應. 子貢對曰, "孔氏者, 性服忠信, 身行仁義, 飾禮樂.
選人倫. 上以忠於世主, 下以化於齊民, 將以利天下. 此孔氏
之所治也."
又問曰, "有土之君與."
子貢曰, "非也."
"侯王之佐與."
子貢曰, "非也."
客乃笑而還, 行言曰, "仁則仁矣. 恐不免其身. 苦心勞形, 以
危其眞. 嗚呼, 遠哉, 其分於道也."

공자 일행이 여행 도중, 검은 장막을 친 듯한 숲을 지나다가 숲속 못 가
운데 있는 행단이라는 높은 곳에서 쉬게 되었다. 제자들은 책을 읽고 공자
는 노래를 부르면서 금을 뜯었다. 공자의 연주가 곡의 절반에 채 이르지도

않았는데 한 늙은 어부가 그 소리를 들었는지 배에서 내려 다가왔다. 살쩍 도 눈썹도 모두 새하얀 백발이었으며 긴 머리를 풀어헤치고 소맷자락을 걷 어붙인 채였다. 그는 물가에서 서서히 행단까지 걸어 올라오더니 왼손을 무릎에 얹고 오른손으로 턱을 괸 채 공자의 연주를 들었다.

공자가 금을 타기를 끝내자 누군지 알 수 없는 이 어부는 자공과 자로를 손짓으로 불렀다. 두 사람은 함께 어부에게 다가갔다. 어부가 공자를 손가 락으로 가리키면서 물었다.

"저 사람은 어떤 분이요?"

자로가 대답했다.

"노나라의 덕이 높은 분이십니다."

어부는 그 대답에는 아무 흥미도 나타내지 않고 공자의 집안에 관하여 물었다.

자로가 마지못하여 대답했다.

"씨(氏)는 공가(孔家)입니다."

어부가 거듭 물었다.

"공가는 무엇을 다스리고 있소?"

자로가 대답하지 못하자, 자공이 재빨리 나서서 대답했다.

"공가는 본성으로부터 충신을 신조로 하며 솔선하여 인의를 실행하고 예 (禮)·악(樂)을 바로잡으며 사람의 道를 가르치십니다. 위로는 금세의 군 주들에게 충성을 다하고 아래로는 일반 백성들을 교화하여 천하에 크게 유 용한 일을 하고 계십니다. 이것이 공가의 다스림입니다.'

어부가 다시 물었다.

"그렇다면 영토와 백성을 가지고 있는 군주가 아닌가?"

자공이 대답했다.

"그렇지 않습니다."

어부가 또 물었다.

"그렇다면 큰 제후를 보좌하는가?"

자공이 대답했다.

"그렇지도 않습니다."

이 말을 듣자 어부는 웃음을 머금고 발길을 돌리면서 말했다.

"그렇지, 다른 사람을 위해 애를 쓴다는 점에서 보면 분명 仁이다. 그러나 그래서는 자신의 몸을 지탱하지 못하리라. 마음도 몸도 고달프게 하여 자신의 참[眞]을 위태롭게 하고 있다. 아아, 그는 참으로 멀리 떨어져 있도다, 참된 道로부터!"


【語義】 緇帷之林(치유지림):≪석문≫ 계출본에는 '惟'가 '帷'로 되어 있으며 '惟'로 되어 있는 판본도 있다고 했다. 古逸叢書本 외에는 모두 '帷'로 되어 있다. 이에 따라 '帷'로 고친다. '緇'는 검다는 뜻.

杏壇(행단):成玄英은 '壇은 못 가운데 높은 곳이다. 그곳에는 杏이 많다. 이를 杏壇이라 한다'라고 했다.

漁父(어부):'漁父者'로 되어 있는 판본도 있다(≪석문≫의 설). ≪석문≫에 '漁父는 범려(范蠡)라고 한다'고 했고, 成玄英도 '魚父는 越의 재상인 범려이다. 월왕 구천을 보좌하여 吳를 정벌한 다음, 물러나 편주(扁舟)에 몸을 싣고 三江 · 五湖에서 놀며 이름을 바꿔 漁父라 했다'고 했다. 어부를 범려로 해석하는 것은 六朝間에 행해진 설인데 매우 재미있는 해석이다. ≪초사≫에 굴원과 어부의 문답 형식으로 되어 있는 〈어부사(漁父辭)〉가 실려 있음은 잘 알려진 사실이다. 물결 치는 대로 오락가락하는 어부는 해방과 자유를 연상시키는 좋은 제재였으리라.

鬢眉交白(빈미교백):≪석문≫ 계출본에는 '鬢'이 '須'로 되어 있으며, '鬚'로 되어 있는 판본도 있다고 했다. '須'로 되어 있는 판본이 많고, 또

須(턱수염) 쪽이 순당한 표현으로 생각되나 鬚(살쩍)으로 해도 통하므로 원본대로 해석한다. '交'가 '皎'로 되어 있는 판본도 있다.

被髮揄袂(피발유메):'被髮'은 긴 머리를 풀어헤친 것. '揄袂'는 통상 '손을 옷 속에 넣고 가는 것을 말한다'(《석문》의 설)라고 해석되고 있는데, '揄'는 본디 '끌다, 퍼내다'의 뜻을 지닌 글자라 이 해석은 우선 '揄'의 글자뜻에 부합되지 않으며, 또 다음 글 '左手據膝……'과의 연관도 자연스럽지 못하다. 일설에 '投'의 차자로 보아(李頤의 설), '손으로 소맷자락을 턴다는 뜻(成玄英의 설)'으로 해석하고 있는데 이것도 적당한 해석이 아니다. 음이 비슷한 '摳(구: 걷어올리다)'의 차자가 아닐까 생각된다. 배를 젓기 편하게 소매를 걷어올렸다가 그 모습 그대로 오는 것이리라.

行原以上距陸而止(행원이상거륙이지):'原'은 높고 평평한 땅. '距'는 여기서는 '이르다, 다다르다'의 뜻. '陸'은 높은 구릉을 이루고 있는 땅.

客(객):어부란 종종 다른 곳에서 물결 따라 흘러오기도 하며 또 알 수 없는 사람이기 때문에 그 알 수 없는 존재라는 뜻을 표현하기 위해 '客'이라 한 것이리라.

彼何爲者也(피하위자야):이 '何爲'는 '何如'와 같다.

客問其族(객문기족):객이 씨족에 관해 물은 것은 공자의 신분을 명확하게 알아보려는 뜻에서일 것이다. 다음 글에서 군주인가 보좌인가를 묻고 있다는 점에 주의. 또 다음 글에서 자로가 신속하게 답변하지 않은 것은 공자의 인품을 간단하게 말할 수 없다는 것도 이유가 되겠지만 공자 집안 일에 대해서는 확실하게 말할 수 없었기 때문이리라.

子路未應(자로미응):《논어》 술이편에 '섭공이 자로에게 공자의 사람됨을 물었으나 자로는 대답하지 않았다(葉公問孔子於子路, 子路不對)'라고 한 것을 참조.

子貢對曰(자공대왈):≪논어≫ 자장편에 실린, 공자의 인격에 관한 자
공의 말을 참조할 것.

性服忠信(성복충신):≪논어≫ 공야장편에 '집 열 채 정도의 작은 마
을에도 충성과 신의로는 나와 같은 사람이 있겠지만 나만큼 배우기를
좋아하는 사람은 어디에도 없을 것이다(十室之邑, 必有忠信如丘者焉,
不如丘之好學也)'라 했고, 또 위영공편에는 '말이 忠信하며 행위가 篤
敬하면 오랑캐 나라에서도 받아들여진다(言忠信, 行篤敬, 雖蠻貊之邦
行矣)'라고 했다.

飾禮樂選人倫(식예악선인륜):'飾'이 飭(칙:바로잡다, 밝히다)으로 되
어 있는 판본도 있다(≪석문≫의 설). 자공의 입에서 나온 말임을 생
각하면 '飭'을 정자, '飾'을 차자로 보아야 할 것이다. ≪논어≫ 자한편
에 '내가 衛나라에서 魯나라로 돌아온 후에 음악이 바로잡혔고, 雅와
頌이 제자리를 찾게 되었다(吾自衛反魯, 然後樂正, 雅頌各得其所)'라고
한 공자의 말이 실려 있다. 그런데 이런 종류의 말이 뒤에 어부의 입에
서 나오고 있으므로 '飾(꾸미다, 장식하다)'의 뜻으로 해석하는 게 좋을
지도 모른다. '選'은 '譔(가르치다)'의 차자(馬敍倫의 설). 또 '僎(바로잡
다)'의 차자로 해석해도 좋다. 글자 뜻 그대로 '선택하다'의 뜻(成玄英의
설)으로 해석하는 것은 적당하지 않다.

苦心勞形以危其眞(고심노형이위기진):어부가 주장하고자 하는 핵심
내용으로 다음 글에 자세히 설명되어 있다. 대종사편〈진인론〉에 '亡身
不眞, 非役人也'라고 한 것과 흡사한 사상이다.

其分於道也(기분어도야):'分'이 '介'로 되어 있는 판본도 있다(≪석문
≫의 설). '介'로 해야 한다는 설(郭慶藩의 설)과 '介'는 '北(배)'를 잘못
베낀 것(따라서 '分'도 잘못 베낀 것)이며 '北'는 '倍(등지다, 어긋나다)'
의 뜻(馬敍倫의 설)이라는 설이 있지만 원본대로 '分(분기, 분리)'의 뜻

으로 해석한다.

【補說】 이상은 〈법천귀진우화〉의 도입 부분이다. 공자 일행의 유력(遊歷)
　장면을 설정하고 어부를 등장시켜, 공자는 인간 본연의 참[眞]을 위태
　롭게 하는 사람이라는 암시적인 평을 남기고 있다.

子貢還報孔子. 孔子推琴而起曰, "其聖人與." 乃下求之, 至
於澤畔. 方將杖拏而引其船. 顧見孔子, 還鄕而立. 孔子反走,
再拜而進.
客曰, "子將何求."
孔子曰, "曩者, 先生有緖言而去. 丘不肖, 未知所謂. 竊待於
下風. 幸聞咳唾之音, 以卒相丘也."
客曰, "嘻, 甚矣, 子之好學也."
孔子再拜而起曰, "丘少而脩學, 以至於今, 六十九歲矣, 無所
得聞至敎. 敢不虛心."
客曰, "同類相從, 同聲相應, 固天之理也. 吾請, 釋吾之所有,
而經子之所以. 子之所以者, 人事也. 天子·諸侯·大夫·庶
人, 此四者自正, 治之美也. 四者離位, 而亂莫大焉. 官治其
職, 人憂其事, 乃無所陵. 故田荒室露, 衣食不足, 徵賦不屬,
妻妾不和, 長少無序, 庶人之憂也. 能不勝任, 官事不治, 行
不淸白, 羣下荒怠, 功美不有, 爵祿不持, 大夫之憂也. 廷無
忠臣, 國家昏亂, 工技不巧, 貢職不美, 春秋後倫, 不順天子,
諸侯之憂也. 陰陽不和, 寒暑不時, 以傷庶物, 諸侯暴亂, 擅
相攘伐, 以殘民人, 禮樂不節, 財用窮匱, 人倫不飭, 百姓淫

亂, 天子有司之憂也. 今子旣上無君侯 · 有司之勢, 而下無大
臣 · 職事之官. 而擅飾禮樂, 選人倫, 以化齊民. 不泰多事乎.
且人有八疵, 事有四患, 不可不察也. 非其事而事之, 謂之摠.
莫之顧而進之, 謂之佞. 希意導言, 謂之諂. 不擇是非而言,
謂之諛. 好言人之惡, 謂之讒. 析交離親, 謂之賊. 稱譽許僞,
以敗惡人, 謂之慝. 不擇善否, 兩容顏(頰)適, 偸拔其所欲, 謂
之險. 此八疵者, 外以亂人, 內以傷身. 君子不友, 明君不臣.
所謂四患者, 好經大事, 變更易常, 以挂公明, 謂之叨. 專知
擅事, 侵人自用, 謂之貪. 見過不更, 聞諫愈甚, 謂之很. 人同
於己則可, 不同於己, 雖善不善, 謂之矜. 此四患也. 能去八
疵, 無行四患, 而始可敎已."

자공이 공자가 있는 곳으로 돌아와 자초지종을 보고했다.

공자는 연주하던 금을 밀어내고 벌떡 일어서더니

"그는 성인이리라!"

라고 말했다. 그리고 행단에서 내려와 어부를 찾아 물가로 갔다. 바로 그
때 어부는 삿대를 물속에 찌르고 힘껏 힘을 주어 배를 물 가운데로 띄우려
하다가 뒤쪽에서 공자가 오고 있다는 것을 알고 몸을 돌려 공자를 향해 섰
다. 공자는 빠른 걸음으로 뒤로 물러나 몸을 굽혀 두 번 정중하게 존경의
뜻을 표하고 어부 쪽으로 다가갔다.

어부가 물었다.

"내게 무슨 볼 일이 있소?"

공자가 대답했다.

"조금 전 선생께서는 잠시 말을 꺼내려 하셨을 뿐인데 벌써 떠나려 하십

니다. 구(丘)는 어리석기 때문에 선생의 말씀을 이해할 수 없습니다. 죄송합니다만, 선생의 발 아래에서 기다릴 수 있도록 허락해 주십시오. 부디 기침이나 침을 뱉는 만큼의 작은 한마디라도 좋으니 꼭 들려주시어 구(丘)를 끝까지 이끌어 주시기 바랍니다."

이 말을 듣자 어부는 (어처구니없다는 표정으로) 말했다.

"아아, 정말 어찌할 수 없군, 자네의 그 학문을 좋아하는 불치의 병은!"

공자는 다시 몸을 굽혀 두 번 절을 하고 일어나 말했다.

"예, 저는 어려서부터 학문을 닦으며 오늘에 이르러 예순아홉 살이 되었으나 가장 근본적인 것에 대해서는 아직 들어 보지 못했습니다. 그러니 어찌 마음을 비우고 가르침을 듣기를 간원하지 않겠습니까?"

어부는 다음과 같이 말했다.

"비슷한 物끼리 서로 좇고 같은 소리끼리 공명한다는 것은 말할 것도 없이 자연의 이치이다. 자네가 이렇게 따라온 것도 그런 까닭에서 이루어진 일이리라. 그래서 나는 닦고 있는 일을 일단 제쳐놓고, 자네가 행하는 일에 관해 잠시 조리를 세워 보도록 하겠네.

자네가 행하는 것은 이 인간 세상의 일이다. 결국 천자 · 제후 · 대부 · 서민과 관계되는 일이며, 이들 네 부류의 사람들을 모두 올바르게 하려는 것이 그 목표로 하는 바다. 이들 네 부류의 사람들이 각기 지켜야 할 위치를 떠나 제멋대로 구는 것이 가장 혹독한 어지러움이다. 각각의 관위에 있는 자가 저마다 직분을 지키고, 각자 위치에서 그 정해진 일에 마음을 기울이면 좋은 것이다. 그렇게 되면 사람들이 다른 사람의 영역을 함부로 침범하는 일이 없다.

그래서 논밭이 황폐해지고 집이 무너지는 것, 입을 것 먹을 것이 부족한 것, 관청에 세금을 낼 수 없는 것, 처와 첩의 사이가 나쁜 것, 나이 먹은 자식과 어린 자식이 철없이 다투는 것 등은 서민이 마음을 써서 개선할 수 있도록 힘써야 할 일이다. 자신이 부리는 관리의 능력이 그 맡고 있는 일을 완수할 수 없는 것, 직분을 다하지 못하는 것, 채용한 관리의 행위가 결백하지 않은 것, 채용한 부하들이 게으른 것, 이러한 이유 때문에 자신이 좋은 치적을 올리지 못하는 것, 작위와 녹봉을 지킬 수 없는 것 등은 대부가 마음을 기울여 개선할 수 있도록 힘써야 할 일이다. 조정에 충신이 없고 국가가 어지러운 것, 공인(工人)들의 기술이 숙련되어 있지 않고 따라서 좋은 헌상품이 없는 것, 봄과 가을의 조근(朝覲) 때에 동료들보다 나중에 참가하게 되어 자신의 충성을 제대로 보일 수 없는 것 등은 제후가 마음을 기울여 개선할 수 있도록 힘써야 할 일이다. 음양의 기가 조화되지 않고 한서의 추이가 계절에 어긋나 곡물의 생장이 순조롭지 못한 것, 제후들이 폭력을 휘두르며 멋대로 전쟁을 일으켜 인민들을 죽게 하는 것, 갖가지 의식과 연회 등에서 절도를 잃어 가고 국가의 재정이 바닥나는 것, 윤리가 무너져 인민의 풍속이 문란해지는 것 등은 천자가 마음을 기울여 개선할 수 있도록 힘써야 할 일이다.

그런데 지금 자네는 위로는 군주나 관리로서 인민을 지배하는 권력도 없고, 아래로는 대신이나 임무를 맡고 있는 자로서의 관직도 없다. 그럼에도 멋대로 예악을 꾸며 내고 윤리를 부르짖어 일반 백성을 교화하고 있다. 허황된 일에 날뛰고 있는 게 아니겠는가?

사람에게는 여덟 가지 결점이 있고 네 가지 나쁜 버릇이 있는데 이를 분명히 하지 않으면 안 된다. 자신이 해야 할 일이 아닌데도 멋대로 나서는 것, 이를 총(摠:주제넘다, 중뿔나다)이라 한다. 일의 사정이나 상대방의 의향도 생각하지 않고 교묘히 자신의 생각을 강요하는 것, 이를 녕(佞:말재주가 있는 것)이라 한다. 상대방의 의향을 살펴 그에 영합하는 말을 하는 것, 이를 첨(諂: 아첨하다, 알랑거리다)이라 한다. 일의 시비를 문제 삼지 않고 오직 상대방의 기분을 맞추기 위해 말을 하는 것, 이를 유(諛:아첨하다)라 한다. 즐거운 마음으로 다른 사람의 결점만을 들추어내는 것, 이를 참(讒:헐뜯다, 비방하다)이라 한다. 남들의 친밀한 교제를 갈라놓기 위해 이리 저리 날뛰는 것, 이를 적(賊:손상하다, 파괴하다)이라 한다. 남을 칭찬하는 척하면서 나쁜 꾀로 속여 결국 남을 망하게 하는 것, 이를 특(慝:간교하다)이라 한다. 좋은지 그른지를 판정하지 않고 양쪽 다 좋다고 하면서 자신에게 이로운 것만을 취하는 것, 이를 험(險:간악하다)이라 한다. 이상의 여덟 가지 결점은 남을 어지럽힐 뿐 아니라 자신의 몸도 손상시킨다. 유덕한 군자는 이런 결점을 지닌 사람을 친구로 사귀지 않고, 명지(明知)를 갖춘 군주는 이런 사람을 신하로 부리려 하지 않는다.

좀 전에 말한 네 가지 나쁜 버릇이란 다음과 같은 것들이다. 엄청나게 큰 사업을 시작하고 싶어하며, 게다가 관례를 깨뜨리고 상법(常法)으로 되어 있는 것마저 바꾸어 자신의 공명을 나타내려 하는 것, 이것을 도(叨:주제를 모르는 것)라고 한다. 자기만 알고 있는 것처럼 제멋대로 행동하고 다른 사람의 영역까지도 침범하기를 마다하지 않는 것, 이를 탐(貪:욕심이 심함)이라고 한다. 자신의 잘못을 알면서도 고치려 하지 않을 뿐 아니라 남에게 충고를 들으면 오히려 그 잘못된 행위가 심해지는 것, 이것을 흔(很:비뚤다, 어그러지다)이라고 한다. 다른 사람이 자신과 같은 생각이면 그저 좋아하고, 자신과 다른 생각을 하면 그 사람의 행위가 선하더라도 그것을 선하다고 인정하지 않는 것, 이것을 긍(矜:교만함)이라고 한다. 이상이 네 가지 나쁜 버릇이다.

지금 말한 여덟 가지 결점을 제거할 수 있고 네 가지 버릇을 없앨 수 있어야 비로소 가르침을 받을 수 있다."

【語義】 方將杖拏而引其船(방장장나이인기선):'方將'은 '마침 ~하다'의 뜻. '將'은 여기서는 '方'을 강조한다. '拏'는 '挐'의 차자. '橈(뇨:노, 특히 짧

은 노)'의 뜻(司馬彪의 설). 여기서는 삿대를 가리키는 말이리라. 지팡이로 땅을 찌르듯 삿대로 밀어 배를 물가에서 물 가운데로 띄우려는 것이다. '船'은 여기서는 매우 작은 배를 뜻한다.

還鄕而立(환향이립):방향을 바꾸어 다시 이쪽을 보고 마주서는 것. '鄕'은 '嚮(방향, 돌리다)'의 차자.

反走再拜而進(반주재배이진):도척편 참조.

先生有緒言而去(선생유서언이거):'緒言'이라고 하는 말의 출전이다. '緒言'은 冒頭(모두:머리말), 論의 실마리(≪석문≫의 설).

竊待於下風(절대어하풍):'竊'은 자신의 행동을 조심스럽게 말할 때 쓰는 말. '待'가 '侍'로 되어 있는 판본도 있다(≪석문≫의 설). '侍'가 더 합당하다고 생각되나 저본대로 해석한다. '下風'은 재유편 〈정기독존우화〉에 언급되어 있다.

幸聞咳唾之音以卒相丘也(행문해타지음이졸상구야):'幸'은 강한 원망(願望)의 뜻을 나타내고 있다. '咳唾之音'은 헛기침과 침을 토해 내는 소리. 여기서는 상대방의 약간의 말도 매우 존중한다는 뜻을 나타낸다.

甚矣子之好學也(심의자지호학야):≪논어≫ 공야장편의 '나만큼 배우기를 좋아하는 사람은 없을 것이다(不如丘之好學也)'라는 기록에 근거한 말이리라.

丘少而脩學……無所得聞至敎:≪논어≫ 위정편의 '나는 열다섯 살 때부터 학문에 뜻을 두고, 서른이 되어 자신의 입장을 세우고, 마흔이 되자 확신을 갖게 되고, 쉰이 되자 천명을 알았다. 예순이 되자 사람들의 말이 모두 순수하게 들렸으며, 일흔이 되자 마음 내키는 대로 해도 道에 어긋나는 일이 없게 되었다(吾十有五而志于學. 三十而立. 四十而不惑. 五十而知天命. 六十而耳順. 七十而從心所欲, 不踰矩)'를 이용한 표현이리라. '六十九歲'라 한 것은 ≪논어≫ 위정편의 '七十而從心所欲,

不踰矩'의 '七十'을 피하고 그 전년을 말함으로써 공자가 69세에 어부에 게서 가르침을 받아 70세에 '從心所欲, 不踰矩'의 경지에 이르게 되었음을 주장하려는 것이다.

同類相從……:양생주편〈위신설〉및 서무귀편〈혼우화〉의 '鼓宮宮動, 鼓角角動. 音律同矣夫' 참조. 또 이것은 어부와 공자가 상호 관계에 있음을 가리킨다(成玄英의 설).

釋吾之所有而經子之所以(석오지소유이경자지소이):'釋'은 '捨'의 차자. '吾之所有'는 다음 글의 '眞'이다. '經'은 바르게 조리를 세우는 것. '子之所以'는 다음 글의 '人事'이다. '以'는 시행하는 것.

天子諸侯大夫庶人(천자제후대부서인):당시의 사회가 이 4계급으로 구성되어 있었다고 생각된다. '大夫'는 관직의 長.

此四者自正治之美也……:≪논어≫ 안연편에서 제나라 경공이 정치에 관해 묻자 공자가 '군주는 군주다워야 하고, 신하는 신하다워야 하며, 아버지는 아버지다워야 하고, 자식은 자식다워야 한다(君君, 臣臣, 父父, 子子)'라고 한 말을 이용한 것이리라.

官治其職……乃無所陵:'陵'은 침범하는 것. 다른 사람의 직책을 멋대로 침범하는 것을 가리킨다.

田荒室露(전황실로):'露'를 '폭로하다, 드러내다'의 뜻으로 해석해도 통하지 않는 것은 아니지만 여기서는 '부수어져 엉망이 되다'의 뜻으로 해석한다.

徵賦不屬(징부불촉):조세·공납 등이 순조롭게 걷히지 않음.

功美不有(공미불유):'功美'는 '美功'과 같다. '有'는 '보유하다, 풍부하다'의 뜻.

廷無忠臣國家昏亂(연무충신국가혼란):≪노자≫에 '나라가 어지러워져야 충신이 나온다(國家昏亂有忠臣)'(제18장)라고 했다. 그 겉뜻을 이용한 말이다.

貢職不美(공직불미):'貢職'은 '職貢'과 같다. 헌상품을 가리킨다.

春秋後倫(춘추후륜):'春秋'는 봄가을의 조근(朝覲:신하가 천자를 알현하는 것). '倫'은 '같은 동료'. 동료들보다 나중에 천자를 알현하는 것을 가리킨다.

不順天子(불순천자):'順'은 마음으로부터 복종하는 것.

陰陽不和……:고대에는 천후(天候)가 순조롭지 못한 것은 천자의 부덕함 때문이라고 생각했다.

天子有司之憂也(천자유사지우야):'有司' 두 자는 군글이다(馬敍倫의 설).

今子旣上無君侯……:'旣'는 '～함에도 불구하고'의 뜻. '職事'는 어떤 일을 맡아 보는 사람.

不泰多事乎(불태다사호):'泰'는 '太'의 차자. 정도에 지나치는 것을 가리킨다.

謂之摠(위지총):'摠'은 갖가지 物을 모아 장악하는 것, 여기서는 '주제넘게 나서다, 중뿔나다'의 뜻.

莫之顧而進之謂之佞(막지고이진지위지녕):앞의 '之'는 상대방의 의향을 가리키며, 뒤의 '之'는 자신의 의도를 가리킨다. '顧'를 成玄英은 그 주체가 화자의 상대방이라고 보았으나, 화자가 그렇게 생각한다는 뜻으로 해석해야 할 것이다. '佞'은 말주변이 좋은 사람.

希意導言謂之諂(희의도언위지첨):'希'는 '覬(기:여쭙다, 바라다)'의 차자. '希意'는 상대방의 의향을 살피는 것. '導言'은 그 의향에 맞추어 말을 옮기는 것. '諂'은 '아첨하다, 알랑거리다'의 뜻.

諛(유):다른 사람의 마음에 들려고 말하는 것으로 諂과 거의 같은 뜻인데 여기서는 말이 어긋나지 않도록 사전에 담합하는 것을 주된 뜻으로 하고 있다. 아부·아첨.

稱譽詐僞以敗惡人謂之慝(칭예사위이패오인위지특):'稱譽詐僞'는 노리는 바가 있어 사실은 그렇지 않은데 상대방을 극구 칭찬하여 결국 그 사람을 파멸시키는 것을 가리킨다. '慝'은 깊은 책략이 담긴 사악함.

兩容顏適(양용안적):≪석문≫ 계출본에는 '顏'이 '頰'으로 되어 있다. '顏'은 '頰'을 잘못 베낀 것이며 '頰'은 '夾'의 차자이다. '夾'은 양쪽을 함께 지닌다는 뜻이며 '兩容夾適'은 양쪽 다 좋다고 하면서 형세를 관망하는 것.

偸拔其所欲(투발기소욕):자신에게 유익한 것만 골라 취하는 것. '偸(탐내다, 훔치다)'는 '揄(유:끌어당기다)'의 차자(馬敍倫의 설).

險(험):음험. 교활함.

以挂功名(이계공명):'挂'는 '기획하다, 꾀하다'의 뜻.

叨(도):탐내다. 나아가 '야심, 야망'을 뜻한다. 자신의 분수를 모르는 것.

很(흔):어그러지다, 비뚤어지다.

矜(긍):여기서는 '교만하다, 잘난 체하다'의 뜻.


【補說】 이상은 〈법천귀진우화〉의 주요 부분 전반이다. 어부가 공자의 물음에 답하여 사람에게는 각기 그 신분이나 관직에 따라 하지 않으면 안 될 일이 있다고 하며 공자의 예악 존중·인륜 교화가 참월(僭越)임을 훈계하고, 사람에게는 다른 사람과 연관되는 여덟 가지 결함과 네 가지 나쁜 버릇이 있기 때문에 이것들을 제거하지 않으면 안 된다고 말하고 있다. 어부는 달변일 뿐 아니라 박식하고 더욱이 '而綽子之所以'라고 말한 것처럼 유가적이어서 공자의 본령을 빼앗은 감이 있다.

孔子愀然而歎. 再拜而起曰, "丘再逐於魯, 削迹於衞, 伐樹於宋, 圍於陳・蔡. 丘不知所失, 而離此四謗者, 何也."

客悽然變容曰, "甚矣, 子之難悟也. 人有畏影惡迹而去之走者. 擧足愈數而迹愈多, 走愈疾而影不離身. 自以爲尙遲, 疾走不休, 絕力而死. 不知處陰以休影, 處靜以息迹. 愚亦甚矣. 子審仁義之閒, 察同異之際, 觀動靜之變, 適受與之度, 理好惡之情, 和喜怒之節. 而幾於不免矣. 謹脩而身, 愼守其眞, 還以物與人, 則無所累矣. 今不脩之身而求之人. 不亦外乎."

孔子愀然曰, "請問, 何謂眞."

客曰, "眞者, 精誠之至也. 不精不誠, 不能動人. 故強哭者, 雖悲不哀. 強怒者, 雖嚴不威. 強親者, 雖笑不和. 眞悲無聲而哀, 眞怒未發而威, 眞親未笑而和. 眞在內者, 神動於外. 是所以貴眞也.

其用於人理也, 事親則慈孝, 事君則忠貞, 飮酒則歡樂, 處喪則悲哀. 忠貞以功爲主, 飮酒以樂胃主, 處喪以哀爲主, 事親以適爲主. 功成之美, 無一其迹矣. 事親以適, 不論所以矣. 飮酒以樂, 不選其具矣. 處喪以哀, 無問其禮矣. 禮者, 世俗之所爲也. 眞者, 所以受於天也. 自然不可易也.

故聖人法天貴眞, 不拘於俗. 愚者反此, 不能法天, 而恤於人, 不知貴眞, 祿祿而受變於俗. 故不足. 惜哉, 子之早湛於人僞, 而晚聞大道也."

孔子又再拜而起曰, "今者丘得遇也, 若天幸然. 先生不羞而比之服役, 而身敎之. 敢問舍所在. 請因受業, 而卒學大道."

客曰, "吾聞之, '可與往者, 與之至於妙道, 不可與往者, 不知其道. 愼勿與之, 身乃無咎.' 子勉之. 吾去子矣. 吾去子矣."

乃刺船而去, 延緣葦閒.

어부의 말을 듣고 공자는 가슴에 사무치게 느껴지는 바가 있어 잠시 감
개에 젖었다. 잠시 후 공자는 몸을 굽혀 두 번 공손하게 절을 한 다음 몸을
세워 다시 물었다.

"저는 두 번이나 조국인 노(魯)로부터 추방당했고, 위(衛)나라에서는
발자취를 깎였으며, 송(宋)나라에서는 쓰러지는 나무로 협박당했고, 진(
陳)·채(蔡) 사이에서는 군대에 둘러싸여 꼼짝할 수가 없었습니다. 저는
무슨 잘못으로 그런 일을 당해야만 했는지 알 수 없습니다. 이렇듯 네 번씩
이나 큰 어려움에 걸려든 것은 무슨 까닭일까요?"

어부는 매우 걱정스러운 표정을 지으면서 말했다.

"정말 지독하군, 자네는 정말 내 말뜻을 이해하지 못하는가!

자신의 그림자를 두려워하고, 따라오는 발자취를 몹시 미워하는 사람이
있었다. 빨리 달리면 발자취와 그림자가 쫓아오지 않으리라 생각하여 발
을 높이 들고 발걸음을 빨리했지만 그럴수록 발자취가 많아지고 그림자는
더욱 자신에게 붙어 왔다. 그래서 그 사람은 자신의 걸음이 아직도 느려서
그런 줄 알고 그대로 내달렸는데 결국 기진맥진하여 죽고 말았다. 그늘에
있으면 그림자가 없어지고, 멈추어 있으면 발자취가 사라진다는 것을 몰
랐던 것이다. 어리석기 짝이 없는 짓이지. (자네가 하는 짓이 이와 비슷하
지 않을까?) 자네는 인(仁)과 의(義)의 구별을 정밀하게 하고 같은 物이냐
다른 物이냐의 어긋남을 명백하게 하며 세상 정세의 변화를 살피고 타인과
의 교제를 적절하게 하며 자신의 호오(好惡)의 감정을 적당하게 주절하고
기쁨과 노여움의 정도를 잘 계산하여 드러내는데 이래서는 다른 사람들에
게 비난받지 않을 수 없을 것이다. 마음을 기울여 자신을 수양하고 그 참[

眞]을 지키도록 하며 세상 일은 모두 각자에게 돌려보내면 세상 사람들에게 시달리는 일이 없을 것이다. 그런데 자네는 자신의 몸은 닦지 않고 남들에게 몸을 닦으라고 외치고 있다. 이는 자신 밖의 일에 사로잡혀 있는 게 아니고 무엇인가?'

공자는 다시 가슴 속 깊이 느껴지는 바가 있어 공손히 물었다.

"감히 청합니다. 선생님께서 말씀하신 참[眞]이란 어떤 것입니까?"

어부가 대답했다.

"참이란 내성(內省)으로 자신의 마음을 규명한 경지이다.

내성하여 자기 마음의 정묘함과 거짓 없음을 얻지 못하면 다른 사람을 움직일 수가 없다. 따라서 억지로 우는 자는 겉으로는 매우 슬퍼하는 것 같지만 슬픔의 정이 깃들어 있지 않다. 억지로 노하는 자는 겉으로는 엄한 듯하나 사람들을 두렵게 하지 못한다. 억지로 친밀한 척하는 자는 웃는 낯을 하더라도 결코 남과 친화하지 못한다. 이에 반하여 참으로 슬퍼하면 소리로 나타내지 않더라도 슬픔의 정이 사람들의 마음을 움직이게 하고, 참으로 노하면 나타내지 않아도 사람들을 충분히 두렵게 하며, 참으로 친밀하면 웃음 띤 얼굴을 보이지 않더라도 화합을 이룬다. 그 참이 마음속에 있으면 정묘한 작용이 밖으로 저절로 나타나는 것이다. 그렇기 때문에 참을 귀하게 여기는 것이다.

참이 인간 세상의 도리로 작용하게 되면 어버이를 섬길 때에는 애정 깊은 효(孝)가 되고, 군주를 받들 때에는 외곬의 충성이 되며, 벗과 술잔을 기울일 때에는 마음속에서 우러나오는 즐거움이 되고, 상(喪)을 당하여 복(服)을 할 때에는 애달픈 슬픔이 되어 사람들을 감동시킨다. 충성은 공적을 올리는 것을 주로 삼으며, 술잔을 기울이는 것은 즐거움을 느끼는 것을 주로 하고, 복상은 슬픔을 애도하는 것을 주로 하며, 어버이를 섬기는 것은 어버이의 마음을 기쁘게 하는 것을 주로 한다. 그런데 군주를 받들어 공적을 올리는 데에는 일정하게 정해진 틀이 없다. 어버이를 섬겨 마음을 편안하게 해 드리는 데에도 그 방법을 논할 것이 없다. 술잔을 기울여 즐거움을 나누는 데에도 주연 기구를 따질 필요가 없다. 복상하여 애통해하는 데에는 그 예의가 문제되는 게 아니다. 왜냐하면 예의는 세속의 사람들이 행하도록 되어 있는 것이지만 참은 사람마다 하늘로부터 받은 것이기 때문이다. 참은 처음부터 저절로 그러한 것(자연)이기 때문에 고칠 수 없다.

그래서 성인은 하늘의 자연스러움에 좇아 참을 귀중하게 지켜 세속에 얽매이지 않는다. 그런데 어리석은 자는 이와 반대로 하늘의 자연스러움에 좇을 수가 없어 세속의 일에 마음을 괴롭게 하며, 참을 귀중하게 지켜야 함을 몰라 자신도 모르는 사이에 세속에 이끌려 그 참을 변화시켜 버리고 만다. 그래서 그 틀에게는 참이 거의 없는 것이다. 애석한 일이로다, 어릴 때부터 세속의 그릇된 일에 깊이 물들어 있다가 이제서야 자네가 참의 道에 관해 듣게 되다니."

공자는 다시 몸을 굽혀 두 번 공손히 절을 한 다음 몸을 일으켜 말했다.

"지금 제가 선생님을 만나 뵐 수 있게 된 것은 참으로 하늘이 내리신 행운인 듯합니다. 선생님께서는 마다하지 않으시고 저를 제자처럼 생각하시어 몸소 가르침을 주셨습니다. 부디 살고 계신 곳을 가르쳐 주십시오. 선생님을 찾아뵙고 가르침을 받아 참 道를 남김없이 배우고 싶습니다."

어부가 이에 대답했다.

"나는 '함께 갈 수 있는 자라면 그와 함께 묘도(妙道)에 이르는 것이 좋지만 함께 갈 수 없는 자에게는 道를 알리지 말라. 각별히 조심하여 그런 자와 함께하지 않도록 하라. 그러면 자신에게 허물이 내려지는 일이 없을 것이다'라고 들었다. 자네 스스로 노력하게! 이제 헤어져야겠네. 자, 떠나네."

어부는 그렇게 말하면서 배를 저어 무성한 갈대 사이로 사라졌다.

【語義】 愀然(초연):긴장하여 두려워하는 모양. 부끄러워하는 모양(成玄英의 설)이라는 설도 있다.

再逐於魯……圍於陳蔡:천운편 〈추구우화〉, 산목편 〈지인불문우화〉, 양왕편 〈궁통상악우화〉 참조.

悽然變容(처연변용):자신의 말뜻을 깨닫지 못하는 공자의 아둔함을 슬퍼하여 어부의 낯빛이 슬픈 빛을 띤 것을 가리킨다. '悽然'은 슬퍼하는 모양.

甚矣, 子之難悟也(심의자지난오야):자신의 말뜻을 깨닫지 못하는 공자를 어부가 힐난하는 말인데 이는 다음 글에서 공자가 자로를 힐난하는 복선이 되고 있다.

而去之走者擧足愈數(이거지주자거족유삭):'之'는 여기서는 '而'와 같은 뜻. '去而走'는 '走而去'의 도치이다. '數'은 '자주, 빈번히'의 뜻.

眞者精誠之至也(진자정성지지야):'眞'은 제물론편 〈천뢰우화〉의 '其有眞君存焉. 如求得其情與不得, 無益損乎其眞'의 뒤를 잇는 것으로, 유일한 주체가 되는 것을 가리킨다. 단 천도편 〈수본론〉에 '審乎無假, 而不與利遷. 極物之眞, 能守其本'이라고 한 것처럼 그것은 각각의 物이 지닌 眞이며, 또 대종사편 〈진인론〉의 '且有眞人而後有眞知', 응제왕편 〈진덕우화〉에 '其知情信, 其德甚眞'처럼 知·情·意를 일체로 한 것이리라. '精誠'은 부정적 사변인 도가적 내성(內省)에 의한 정신과, 유가적 도덕 실천의 반성인 誠을 합일한 것이리라. 단 유가는 誠을 주로 하고 이에 眞을 포함시키는 데 반해 여기서는 眞을 주로 하고 그에 誠을 포함시키고 있다.

不精不誠不能動人(부정불성불능동인):≪맹자≫ 이루 상편에 '지극히 성실하면서 남을 감동시키지 못한 자는 아직까지 없었고, 성실하지 않으면서 남을 감동시킨 자도 아직까지 없었다(至誠而不動者, 未之有也.

不誠, 未有能動者也)'라고 했고, ≪대학≫에 '이것을 안이 정성되면 밖으로 드러난다고 하는 것이다(此謂誠於中形於外)'라고 했다.

其用於人理也……: 이 이하는 ≪중용≫의 '수시로 씀이 마땅하다(時措之宜也)'와 같은 사상이다.

眞者所以受於天也……: 추수편 〈반기진우화〉의 '本乎天, 位乎得'과 거의 같은 사상이다. '자연'은 '天'의 본질이다.

祿祿而受變於俗故不足(녹록이수변어속고부족): '祿祿'은 '碌碌, 錄錄' 등으로도 쓰며, 자주적으로 행동하지 못하는 모양을 가리킨다. 줏대 없이 남을 붙좇거나 남에게 끌려다니는 것. '不足'을 成玄英은 '마음이 늘 만족해하지 않는다'는 뜻으로 해석했는데 '眞이 부족하다'의 뜻으로 해석해야 한다.

子之早湛於人僞(자지조침어인위): '湛'은 '깊이 잠기다, 담그다'의 뜻. 이것은 공자가 15세부터 학문에 뜻을 두었던 것(≪논어≫ 위정편을 가리키든지, 또는 어려서 놀 적에도 제기를 늘어놓고 禮를 학습했던 것(≪사기≫ 공자세가 참조)을 가리키는 것이리라. '人僞'의 '人' 자가 없는 판본도 있다 한다(馬敍倫의 설).

今者丘得遇也(금자구득우야): '今者'는 今을 강조하기 위한 표현.

可與往者……身乃無咎: 근본적으로는 대종사편 〈진인론〉의 '可傳而不可受, 可得而不可見'이라 한 사상에 근거하고 있는데, 덕충부편 〈천형우화〉에서 공자를 천형(天刑)을 받은 자로 규정하고, 천지편 〈기심우화〉에서 공자 자신이 全德의 인간에 대하여 자신을 풍파(風波)의 民으로 규정하고 있는 것처럼 도가와 유가의 차이를 분명히 하기 위한 의도가 더해져 있다.

刺船而去(자선이거): '刺'는 '支(지:지탱하다, 떠받치다)'의 차자. 여기서는 삿대질하는 것을 가리킨다.

延緣葦閒(연연위간):'延'은 '沿(물을 따라 내려가다, 좇다)'의 차자(馬 敍倫의 설). '緣'은 '循(순:좇다)'의 차자.

【補說】 이상은 〈법천귀진우화〉의 주요 부분 후반이다. 어부는 공자가 남 의 일에 관여하며 그 眞을 닦지 않는다고 비난하고, 참[眞]이란 정성의 지극함이며 저절로 밖으로 나타나는 미선(美善)임을 설한 다음, 계속 가르침을 받고자 하는 공자의 청을 거절하고 스스로 노력해야 한다는 말을 남기고 떠난다.

---

顔淵還車, 子路授綏, 孔子不顧. 待水波定, 不聞拏音而後敢 乘.
子路旁車而問曰, "由得爲役久矣. 未嘗見夫子遇人如此其威 也. 萬乘之主, 千乘之君, 見夫子, 未嘗不分庭伉禮. 夫子猶 有倨傲之容. 今漁父杖拏逆立, 而夫子曲要磬折, 言(再)拜而 應. 得無太甚乎. 門人皆怪夫子矣. 漁父何以得此乎."
孔子伏軾而歎曰, "甚矣, 由之難化也. 湛於禮義有閒矣, 而樸 鄙之心至今未去. 進, 吾語汝.
夫遇長不敬. 失禮也. 見賢不尊, 不仁也. 彼非至人, 不能下人. 下人不精, 不得其眞, 故長傷身. 惜哉, 不仁之於人也. 禍莫 大焉, 而由獨擅之. 且道者, 萬物之所由也. 庶物失之者死, 得之者生. 爲事逆之則敗, 順之則成. 故道之所在, 聖人尊之. 今漁父之於道, 可謂有矣. 吾敢不敬乎."

---

안연이 수레의 방향을 바꾸고 돌아갈 채비를 마치자 자로가 수레에 오를 때에 쥐는 줄을 공자에게 건네려 했는데 공자는 꼼짝도 않고 멀리 사라져 가는 어부만을 지켜보고 있었다. 어부의 배가 남긴 물결도 가라앉고 노젓는 소리도 아스라하게 사라지자 그제서야 공자는 수레에 올랐다.

자로가 수레 옆에 붙어 걸으면서 물었다.

"저는 오랫동안 선생님을 가까이에서 모셔 왔습니다. 그동안 선생님께서 이번처럼 상대방을 경외하시는 것을 본 적이 없습니다. 지금까지는 만승의 대제후이건 천승의 제후이건 선생님과 만날 때에는 똑같이 뜰의 동쪽과 서쪽으로 자리를 잡고 대등하게 예를 갖추지 않은 적이 없었습니다. 그럴 때에는 늘 선생님께서는 그들을 내려다보시는 듯한 기품이 어리어 있었습니다. 그런데 이번에는 어부 주제인 노인이 삿대를 지팡이 삼아 짚고서 선생님 눈앞에 버젓이 서 있는데도 선생님께서는 허리를 경쇠[磬]처럼 굽히시고 이야기가 끝날 때마다 두 번씩이나 절을 하시며 경의를 표하셨습니다. 이는 좀 지나치신 게 아닐까요? 선생님의 문인들은 모두 선생님이 보여 주신 일을 이상하게 여기고 있습니다. 저 늙은 어부에게 어찌하여 그렇게 하셨습니까?"

이 말을 듣자 공자는 수레 앞부분의 횡목에 머리를 대고 크게 탄식하고는 이렇게 말했다.

"정말 어렵구나, 네놈을 교화시키기란! 예의에 몰두하여 꽤 오랫동안 학습했음에도 아직 그 조야한 성품이 고쳐지질 않았구나. 앞으로 나오너라, 내 네게 가르쳐 주리라.

무릇 연장자를 만나 그분을 공경하지 않는 것은 예를 잃는 짓이 된다. 현명을 사람을 만나고서도 그 사람을 존경하지 않는 것은 인(仁)에 바하는 짓이다. 저 어부가 나이 많은 체도자가 아니라면 결코 다른 사람을 겸손케 할 수가 없었을 것이다. 저런 분에게 성의를 다하여 자신의 겸양함을

보이지 않으면 결코 참을 들을 수 없고 언제까지고 자신을 손상하게 된다
는 것은 말할 것도 없다. 애석한 일이다, 네가 저분에 대해 인(仁)에 반하
는 생각을 하다니! 이렇게 큰 재난은 없을 터인데, 바로 네가 그 재난을 독
차지하고 있다니.

　道는 모든 物이 근본으로 삼는 것이다. 모든 物은 이를 잃으면 사멸하고,
이를 얻으면 생육한다. 일을 함에 이를 거스르면 실패하고, 이에 따르면
성공한다. 그래서 道가 있는 곳이라면 성인도 존중하는 것이다. 저 어부는
道를 터득했다고 할 수 있는 분이다. 그러니 내 어찌 道를 지닌 저분을 존
경하지 않을 수 있겠느냐?"

【語義】 旁車(방거):수레에 접근하는 것. 수레 옆에서 수레와 나란히 가는
　것.

　　分庭伉禮(분정항례):庭의 동서로 나뉘어 마주 보면서 대등한 예를 행
　하는 것. '伉'은 나란히 하다, 나아가 대등하다는 뜻.

　　曲要磬折(곡요경절):허리를 기역자 모양으로 굽힘. 고대에는 이것이
　공손한 태도였다. '要'는 '腰(허리)'의 원자. '磬'은 돌 또는 금속으로 만
　든, '〈' 자 모양의 타악기. '磬折'은 그 磬의 모양처럼 허리를 굽히는 것.

　　而樸鄙之心……:'樸鄙'는 조야(粗野), 교양이 없고 천박한 것. 자로가
　본디 무뢰한이었음을 가리키는 말이다.

　　且道者萬物之所由……:《노자》에 '道가 만들어 내고 德이 기른 결
　과, 만물이 각기 그 형태를 나타내고 자연의 기운으로 그 특질이 이루
　어진다. 그래서 만물은 모두 道를 존중하고 德을 귀하게 여긴다(道生
　之, 德畜之, 物形之, 勢成之. 是以萬物, 莫不尊道而貴德)'(제51장)라고
　했다.

【補說】이상은 〈법천귀진우화〉의 끝부분이다. 자로가 어부에 대한 공자의 극진한 존경을 이상히 여기자 공자가 자로의 실례를 꾸짖고 자신은 어부보다 그가 지닌 道를 존중한다는 뜻을 명확히 하고 있다.

공자의 자로에 대한 꾸짖음과 道를 존중하는 구도(求道)에는 유가로서 예악주의(禮樂主義)와 호학(好學)이 배어 있다. 여전히 유가의 틀을 벗지 못하는 공자에 대한 야유는 다른 우화에서보다는 미온적이다.

【餘說】〈법천귀진우화〉의 흥미

이 우화는 그 구성이나 장면의 설정 등에 나름대로 독특한 취향을 갖고 있으며 대화도 비교적 세련된 맛을 보여 주고 있다. ≪초사≫ 가운데 〈어부사(漁父辭)〉가 문학성을 주로 하는 작품이라고 한다면 이것은 철학성을 주로 한 작품이라고 해야 할까? 굴원(屈原)의 〈어부사〉와 이것을 비교하면 재미있다. 필시 이 작품은 〈어부사〉에서 힌트를 얻어 지어진 것이리라. 단 이 우화에 등장하는 어부는 달변이긴 하나 여정(餘情)을 남길 줄 모르는, 약간 멋을 모르는 사람이 아닐까?

이 우화의 작자는 필시 ≪논어≫뿐 아니라 유가설에 정통한 듯하다. 그런데 이 작자가 공자를 비판하는 주요한 근거를 '今子旣上無君侯·有司之勢, 而下無大臣·職事之官'이라 했듯이 신분제에 두고 있는 것은 무슨 까닭일까? ≪논어≫ 헌문편에 "공자가 말했다. '그 지위에 있지 않으면 그 지위에 따르는 정사에 관해 논하지 말아야 한다.' 증자가 말했다. '군자는 자신의 신분이나 지위에 벗어나는 생각을 하지 않는다'(子曰, 不在其位, 不謀其政, 曾子曰, 君子思不出其位)"라고 한 것처럼 신분제 국가에서는 그 신분의 계율을 뛰어넘어 정치·문화에 관해 도모하는 것은 중대한 문제였다. ≪중용≫이 지어진 시기(漢代로 보는 설도 있고 秦代로 보는 설도 있는데 이 경우에는 秦代로 보는 게 더 타당하다)에는 한층 심각한 문제였으리라 생각되며, 그래서 ≪중용≫에는 '천자가 아니면 예를 논하지 못하고 법을 정하지 못하며 문자를 고정(考定)하지 못한다(非天子, 不議禮, 不制度, 不考文)'라는 기록이 있다. 또 이런 사회 신분 제도의 문제 때문에 漢代 초기에는 공자가 '位가 없는 王者(素王)'로서 문물·이륜(彝倫:사람으로서 늘 지켜야 할 도리)을 평설했다고 하는 설이 나오게 되었다. 이 우화가 신분 제도 문제에 구애되어 있으며, 더욱이 신분에 따른 직무를 말하고 있는 것은 전국시대의 자유 평론의 사회적 분위기와는 거리가 먼 秦漢代의 사회 분위기가 반영되어 있기 때문이 아닐까?

≪중용≫은 신분 제도의 계율을 초월하는 것으로서 지성(至誠)의 德을 부르짖고 있다. 그래서 '진실로 그러한 德이 없다면 결코 예악을 만들지 못할 것이다(苟無其德, 不敢作禮樂焉)'라고 한 것이다. 이 우화의 '眞'이란 말할 것도 없이 도가의 개념이지만 이 우화에서 '眞者, 精誠之至也'라고 한 것은 ≪중용≫의 '誠'과 흡사하다.

특히 ≪중용≫의 '誠'은 발전하여 五達道(君과 臣, 父와 子, 夫와 婦, 兄과 弟, 친구 사이 인간관계에서의 道)·三達德(知, 仁, 勇)·九經(修身, 尊賢, 親親, 敬大臣, 體羣臣, 子庶民, 來百工, 柔遠人, 懷諸侯)이 되는데 이 우화의 '眞'도 신분 제도만큼은 타파하지 못하나 '事親則慈孝, 事君則忠貞, 飮酒則歡樂, 處喪則悲哀'가 된다고 하는 유가적 이륜(彝倫)이 됨을 보여 주고 있다. 따라서 ≪중용≫의 '誠'과 이 우화의 '眞'은 거의 같은 개념이다.

이러한 사실들은 이 우화와 ≪중용≫이 거의 같은 시기에 지어졌으며 이 우화의 작자가 ≪중용≫의 내용을 소상히 이해하여 도가설의 '眞'을 설명하려 했거나 아니면 도가의 입장에서 ≪중용≫의 설을 이용한 것이 아닐까 하는 생각을 갖게 한다. 이 우화와 ≪중용≫을 비교해 보면 사상사의 흥미 있는 문제로까지 발전하지 않을까?

# 제32편
# 열어구(列御寇)

편 머리의 인명을 취하여 편명으로 삼고 있다. 6개의 우화 또는 일화와 몇 개의 논설, 잠언풍의 문장 등으로 이루어졌다. 모종의 상호 연계 관계가 있다고 생각하여 한곳에 편집한 듯하나 각 우화나 논설이 긴밀한 관계를 갖고 있다고는 할 수 없어 잡찬(雜纂)의 형태를 보여 주고 있다. 이것들의 장절 구분에는 정설이 없다. 내용이나 논리 전개의 연관 관계를 무리하게 도출하여 장절을 구분하려 하지 않고 알기 쉽게 대강의 단락을 나누어 관계있는 것을 한 장으로 묶었다.

이 편이 끝에 장자의 임종의 말을 싣고 있어 천하편을 제외한 ≪장자≫ 전서의 마지막 편으로 편집되어 있음은 거의 의심의 여지가 없다. 그러나 ≪장자≫ 전서를 장주의 자필로 간주하던 시대의 소식(蘇軾)의 설을 좇아 양왕편 이하 4편을 제거하고, 우언편에서 열어구편으로 이어지는 것이 ≪장자≫의 본디 체재라는 주장은 별 의미가 없다. 본편이 양왕편 이하의 모든 편보다 뛰어나디 히디리도 역시 장주보나 후세 사람의 손으로 이루어졌으리라 생각된다.

列御寇之齊, 中道而反. 遇伯昏瞀人. 伯昏瞀人曰, "奚方而使(反)."

曰, "吾驚焉."

曰, "惡乎驚."

曰, "吾嘗食於十漿, 而五漿先饋."

伯昏瞀人曰, "若是, 則汝何爲驚己."

曰, "夫內誠不解, 形諜成光. 以外鎭人心, 使人輕乎貴老, 而聲其所患. 夫漿人特爲食羹之貨, 多餘之贏. 其爲利也薄, 其爲權也輕, 而猶若是. 而況於萬乘之主乎. 身勞於國, 而知盡於事. 彼將任我以事, 而效我以功. 吾是以驚."

伯昏瞀人曰, "善哉, 觀乎. 汝處己, 人將保汝矣."

無幾何而往, 則戶外之屨滿矣. 伯昏瞀人北面而立, 敦杖蹙之乎頤. 立有閒, 不言而出. 賓者以告列子. 列子提屨, 跣而走, 暨乎門. 曰, "先生旣來, 曾不發藥乎."

曰, "已矣. 吾固告汝曰, '人將保汝.' 果保汝矣. 非汝能使人保汝, 而汝不能使人無保汝也. 而焉用之, 感豫出異也. 必且有感, 搖而本性, 又無謂也. 與汝遊者, 又莫汝告也. 彼所小言, 盡人毒也. 莫覺莫悟, 何相孰也. 巧者勞而知者憂. 無能者無所求, 飽食而遨遊, 汎若不繫之舟, 虛而遨遊者也."

열자는 제(齊)나라 수도를 향해 가다가 도중에 되돌아섰다. 돌아오는 길에 백혼무인을 만났다. 백혼무인이 물었다.

"어째서 돌아오는가?"

"저는 놀라고 말았습니다."

"어째서 놀랐는가?"

"저는 그동안 열 곳의 음식점에서 식사를 했는데 그 중 다섯 곳에서는 다른 사람을 제쳐두고 제게 먼저 음식을 내온 것입니다."

"그런 일로 자네가 왜 놀라야 한단 말인가?"

"무릇 아무 생각도 없는 것처럼 마음속이 완전히 풀어져 있지 않으면 태도가 몹시 유별나게 된다고 말하는데 저는 그런 태도로써 다른 사람의 마음을 눌렀던 것입니다. 그들로 하여금 노인을 귀히 여기는 것을 소홀히 하게 하고 제게 먼저 음식을 내오게 했으니 그로 인해 지금 이런 고민을 갖게 되었습니다.

저 음식점의 주인들은 밥이나 국 따위를 만들어 약간의 이득을 취하려할 뿐입니다. 그들이 얻고자 하는 이득은 매우 적으며, 또 그들의 신분은 보잘 것 없습니다. 그럼에도 그와 같이 하여 내게서 자신들이 바라는 것을 최대한 구하려 합니다. 그러니 만승의 대군주쯤 되면 제게 무엇을 구하려 하겠습니까? 저는 제 몸을 국가를 위해 지치게 하고, 지력(知力)을 정사를 위해 사용하게 될 것입니다. 대군주들은 제게 국가의 일을 맡기고 큰 공적을 세우라고 할 것입니다. 그래서 제가 놀란 것입니다."

열자의 말을 듣고 백혼무인은 다음과 같이 예언했다.

"훌륭하네, 자네의 생각은! 그러나 자네는 자신의 일을 훌륭하게 처리했지만 필시 사람들이 자네를 흠모하여 모여들 걸세."

그로부터 얼마 후 백혼무인이 열자의 집에 가 보니 출입구 앞에다 더 이상 신발을 벗어 놓을 수 없을 정도로 많은 사람들이 모여와 있었다. 백혼무인은 집 안쪽을 바라보며 북쪽을 향해 선 다음, 지팡이를 반듯이 세워 턱 밑 쪽으로 당겨 몸을 지탱했다. 그렇게 잠시 서 있다가 아무 말도 하지 않고 열자의 집에서 나왔다. 안내인이 이 사실을 열자에게 말렸다. 열자는 황급히 신발을 두 손에 쥐고 맨발로 달려 나와 간신히 문 옆 부근에서 백혼무인을 따라잡을 수 있었다.

"이렇게 찾아오셨다가 어찌하여 이런 상태를 진정시킬 약이 될 만한 말씀 한 마디 남기지 않고 돌아가시려 합니까?"

백혼무인이 대답했다.

"부질없는 일이네. 내가 전에 필시 사람들이 자네를 흠모하여 모여들 것이라고 말했네. 그 말 그대로 자네 곁에 사람들이 모여든 것일세. 자네가 저들을 모이게 한 것은 아니지만 자네는 저들이 모여들지 않도록 할 수가 없네. 바로 자네가 저들로 하여금 자네를 만나는 기쁨을 느끼게 하는 기이한 짓을 저지르고 있는 셈이지. 상대방이 느끼면 자네 본심을 흔들게 될 텐데 자네가 아무것도 생각하지 않을 수 있을까? 자네 곁에서 유유자적하는 자들이 자네와 함께 있으면서 단 한 마디 말이라도 자네에게 고하지 않을 수가 있을까? 그들 입에서 나온 대수롭지 않은 말이라 할지라도 모두 거짓된 인간 세상의 해독뿐이네. 자네가 사람들을 깨우쳐 주지 않는데 어찌하여 사람들이 모여들어 자네의 상대가 되려 하겠는가?

그런데 재능이 있는 자는 노고하고 지혜가 있는 자는 마음을 괴롭히게 되지만 무능한 자는 아무것도 구하려 하지 않는데도 배불리 먹고 만족하면서 기분 내키는 대로 놀 수 있고 매여 있지 않은 배가 물결 따라 떠다니는 것처럼 허심(虛心)하게 이 세상에서 논다네."

【語義】列御寇(열어구):成玄英疏本에는 '列禦寇'로 되어 있다. '列御寇'는 열자의 성명. 이 우화는 응제왕편 〈허기우화〉에서 열자가 '雕琢復朴,

'塊然獨以其形立'의, 이른바 虛心을 체득했다고 하는 사실에 근거하여 지어진 듯하다. 이 우화의 내용 대부분이 ≪열자≫ 황제편에 수록되어 있다.

伯昏瞀人(백혼무인):'瞀'는 '無'와 동음으로 여기서는 無를 우의한다. 앞서 나온 '伯昏瞀人'과 같다.

奚方而使(해방이사):古逸叢書本·成玄英疏本 등에는 '使' 대신 '反'으로 되어 있다. '使'를 '反'으로 고친다. '方'은 통상 道(길)의 뜻으로 해석되며 이 구는 '어찌하여 길을 가다 돌아왔느냐?'의 뜻으로 해석되는데 이 '方'은 方命(명령을 어기다)의 方과 같으며 '벗어나다, 어긋나다'의 뜻이리라.

吾嘗食於十漿而五漿先饋(오상식어십장이오장선궤):'漿'은 음식이나 음료를 파는 곳. '饋'는 음식을 보내 주는 것. '先饋'는 열자의 풍격을 보고 다른 사람보다 먼저 음식을 내다 주는 것을 가리킨다. 일설에 10가지 음식 중에서 5가지는 무료로 제공하는 것을 가리킨다(陸長庚의 설)고 한 것이 있는데 적당하지 않다.

汝何爲驚己(여하위경기):'己', 저본에는 '巳'로 되어 있다. 저본에는 '己·已·巳'를 혼동한 곳이 많아, 본디 '己'로 되어 있었는지 아니면 '已'로 되어 있었는지 명확하지 않은데 郭象의 注나 成玄英의 疏를 참작하여 추론하면 郭·成이 보았던 本에는 '己'로 되어 있었던 듯하다. 단 어세를 생각할 때엔 '已(여기서는 矣와 같은 뜻)' 쪽이 순당하다.

夫內誠不解形諜成光(부내성불해형첩성광):'內誠'을 郭象은 '內實'의 뜻으로 해석했으나 '內'는 마음속을 가리키며 '誠'은 부사로서 '諜'과 대응한다고 보아야 할 것이다. '解'를 해산하다의 뜻으로 해석하는 설(成玄英의 설)과 '懈(소홀하게 하다)'의 차자로 해석하는 설(司馬彪의 설)이 있는데 전자를 따라야 할 것이다. '內解'란 이른바 '解心釋神, 莫然無

魂'과 같은 사상이다. '諜'(찾다, 탐색하다)은 '媟(설:버릇없이, 멋대로)'의 차자로 보아야 한다.

使人輕乎貴老而韲其所患(사인경호귀로이제기소환):'輕乎貴老'는 다른 노인에 대한 존경은 무시해 버리고 열자를 우선적으로 존경하는 것을 가리킨다. '韲'는 '齏'의 속자. 잘게 부순다는 뜻인데, 여기서는 그런 뜻으로 해석하면 통하지 않는다. 郭象의 주나 ≪석문≫에 의하면 '亂(어지러움, 혼란함)'의 뜻이라고 한다. '所患'은 다음 글의 '任我以事而効我以功'을 가리킨다.

夫漿人特爲食羹之貨多餘之贏(부장인특위사갱지화다여지영):'食'는 '飯(밥)'의 뜻(≪석문≫의 설). '羹'은 국. '貨'는 여기서는 상품을 가리킨다. '多餘' 앞에 '無' 자가 있는 판본도 있고, 현행 ≪열자≫에도 '無' 자가 있다. 이에 따라 '無' 자를 보충하여 해석하는 학자가 많은데 그렇게 해석할 경우 다음 글의 '其爲利也薄'과 중복된다. 또 北宋刊 ≪열자≫에는 '無' 자가 없다. '無' 자는 뒷사람이 보충한 것으로 전혀 넣을 필요가 없다(王叔岷의 설). '多餘'는 많이 남기고 있다는 뜻이 아니라 남기려 한다는 뜻. '贏'은 '이익'.

效我以功(효아이공):'效'가 '校'로 되어 있는 판본도 있다 한다(≪석문≫의 설). '效'도 '校'도 '핵(覈)'의 차자로(馬敍倫의 설), 공적을 평가한다는 뜻.

善哉觀乎(선재관호):'觀'은 자신을 관찰하는 것. 人情을 관찰한다는 해석(王先謙의 설)은 적당하지 않다.

汝處己人將保汝矣(여처기인장보여의):이 우화의 주제가 담겨 있는 부분이다. ≪열자≫에는 '己'가 '已'로 되어 있고, 張湛은 '已'를 조사로 보아 '네가 그렇게 처신하니'의 뜻으로 해석했고, 또 이 설에 좇아야 한다고 주장하는 학자(馬敍倫)도 있으나 이 주장은 적당하지 않다. '己(자기 자신)'

는 다음의 '人(다른 사람)'과 짝하는 말이다. 요컨대 열자는 자기 자신은 바르게 처신하나 그것은 아직 지북유편 〈득도우화〉의 광굴(狂屈)의 단계에 머물러 있는 것으로 人益을 받지 않는 無의 경지에는 이르지 못했음을 지적하고 있는 것이다. '將'은 '틀림없이, 꼭'의 뜻. '保'는 '裒(부:모이다)'의 차자. '의지하다, 의뢰하다'의 뜻으로 해석하는 설도 있다.

無幾何(무기하):이윽고, 멀지 않아.

北面而立敦杖蹙之乎頤(북면이립돈장축지호이):'北面'은 가르침을 받는 자의 위치이다. '敦'은 꼿꼿하게 세우는 것. '蹙'은 '가까이 당기다'의 뜻으로 사용된 듯하다. 턱 부근으로 지팡이를 당긴 다음 그에 손바닥을 얹고 몸을 지탱하는 것을 가리킨다.

賓者(빈자):'儐者'로도 쓴다. 안내역을 맡은 사람.

曾不發藥乎(증불발약호):'曾'은 여기서는 '何'의 뜻. '發'은 '던지다, 보내다'의 뜻. '藥'은 '충고의 말'을 비유적으로 표현한 것이다.

非汝能使人保汝……:천운편 〈지인무친우화〉의 '兼忘天下易, 使天下兼忘我難'과 같은 사상이다.

而焉用之感豫出異也(이언용지감예출이야):≪열자≫에는 '而焉用之感也, 感豫出異'로 되어 있다. 이를 근거로 원문에 오탈(誤脫)이 있다고 보거나(王先謙의 설), 오탈이 없다 하면서도 은연중에 ≪열자≫의 문장처럼 해석(林希逸의 설)하려는 자가 적지 않고, 또 '而焉用之'를 '不用'을 말하기 위한 반어적 표현으로 해석하는데(成玄英, 林雲銘의 설), 모두 적당하지 않다. '豫'를 郭象·成玄英은 '미리'의 뜻으로 해석했는데 옳지 않다. '기쁨'을 뜻한다(林希逸의 설). '어찌하여 즐거워하는 마음을 이용하여 심상치 않은 일을 일으키는가?'라고 해석하는 설(宣穎의 설)도 있으나 이도 옳지 않다. 열자는 자신이 왜 다른 사람을 감동시키는지 이유를 알지 못한다. '焉'은 여기서는 '乃'와 같으며 앞의 '而'를 강하게 제시하고 있다. '用之'는 열자 자신은 모르지만 그 작용이 있다는 것을 가리킨다. 그 작용은 이하에 서술되어 있다. '感豫出異'는 열자 밑에 모여 있는 사람에 관해 말한 것.

必且有感搖而本性(필차유감요이본성):'必且'가 ≪열자≫에는 '且必'로 되어 있다. '必且'로 하는 것이 옳다. 이 '且'는 '必'을 강조하기 위한 조사이다. '性'은 ≪석문≫ 게출본에는 '才'로 되어 있으며, '性으로 되어 있는 판본도 있다'고 했다. ≪열자≫에는 '身'으로 되어 있다. 郭象의 주에 '본성과 함께 움직이게 된다(則與本性動也)'라고 한 것에 근거하여 본디 '本性'으로 되어 있었다고 보지 않으면 안 된다. '有感'은 열자 자신이 느끼는 것을 가리키는 게 아니라 열자 주변에 모여든 사람이 느끼는 것을 가리킨다. 앞의 '感豫'를 가리킨다. '搖而本性'은 다른 사람의 감정이 열자의 본성에 영향을 미치게 되는 것을 가리킨다.

又無謂也(우무위야):다음 글의 '又莫汝告也', '何相孰也'와 대응하는 표현이다. 반어적인 표현으로 보아야 한다. 어떤 생각을 품게 되어 결코 無心해질 수 없다는 것을 가리킨다. 즉 인간세편〈심재우화〉에 '若唯無詔, 王公必將乘人而鬪其捷. 而目將熒之, 而色將平之, 口將營之, 容將形之, 心且成之'라고 한 것과 비슷한 심리를 가리킨다. '又'는 '有'의 뜻. 뒤의 '又莫汝告也'의 '又'도 같다. '謂'는 마음속으로 생각하는 것.

與汝遊者……:이 문장 이하는 운문으로 되어 있다. '告·毒·孰·憂·求·遊·舟'(모두 幽部韻)로 압운하고 있다.

何相孰也(하상숙야):'孰'을 음이 비슷한 '讎(수:상대방)'의 차자로 보아야 할 것이다. 자신도 모르는 사이에 상대방을 각성시키기 때문에 사람들이 모여들게 되었다, 즉 열자가 결코 無心하게 독립한 인물이 아님을 나타낸다.

巧者勞而知者憂(교자로이지자우):격언이든가 아니면 격언화하려는 것이리라.

飽食而遨遊(포식이오유):≪석문≫ 게출본에는 '飽' 자가 없다. 또 '遨' 가 '敖'로 되어 있다. '敖'가 본자, '遨'는 속자이나 저본대로 두도록 하 겠다. '敖(遨)'는 기분 내키는 대로 돌아다니는 것. 마제편〈민성론〉의 '含哺而熙, 鼓腹而遊'와 같은 경지이리라.

汎若不繫之舟虛而遨遊者也(범약불계지주허이오유자야):'汎'은 배가 물결 따라 떠돌아다니는 모양. 즉 無心한 상태로 외물로부터 아무런 제 약도 받지 않는 것에 비유된다. 다음의 '虛'를 가리킨다. 마제편〈민성 론〉에 '民居不知所爲, 行不知所之'라는 말이 있다. '舟'에 관해서는 산목 편〈허기유세우화〉의 '虛船'의 비유를 참조. 이 '虛'는 응제왕편〈허기우 화〉의 '吾與之虛而委蛇'의 계통을 잇고 있는 것이리라.

【補說】이상의〈무능자우화〉는 열자와 백혼무인의 대화, 특히 백혼무인의 가르침에 의탁하여, 다른 사람과 다르지 않도록 자신을 억제하는 것으 로는 불충분하며 다른 사람에게 어떠한 영향도 주지 않도록 하지 않으 면 안 되는데 그러기 위해서는 虛心에 철저해야 하며 구체적으로는 역 설적이지만 無能者가 되어야 한다고 말하고 있다.

응제왕편〈허기우화〉의 계함의 명찰에 심취한 열자가 호자의 虛氣를 보고 대오각성하여 '雕琢復朴, 塊然獨以其形立'에 이른 것에서 암시를 얻 어 그것을 번안하고 천운편〈지인무친우화〉의 논리를 받아들여 虛氣에 이르는 道를 말한 것이리라. 열자에게는 아직도 체도자로서는 미숙한 점 (物에 구애되는 것)이 있다고 한 것은 전자방편〈불사지사우화〉와 공통 되는 점이다.

## 제2장 부지지설(不知之說)

鄭人緩也, 呻吟裘氏之地. 祇三年而緩爲儒. 河潤九里, 澤及
三族. 使其弟墨. 儒·墨相與辯. 其父助翟. 十年而緩自殺.
其父夢之. 曰, "使而子爲墨者, 子也. 闔胡嘗視其良." 旣爲
秋·栢之實矣.
夫造物者之報人也, 不報其人, 而報其人之天. 彼故使彼. 夫
人之以己爲有以異於人, 以賤其親. 齊人之井飮者相捽也. 故
曰, "今之世皆緩也." 自是有德者以不知也. 而況有道者乎.
古者謂之遁天之刑.
聖人安其所安, 不安其所不安. 衆人安其所不安, 不安其所安.

정나라 사람 완(緩)은 구씨(裘氏)라고 하는 곳에서 책읽기에 몰두했는데
꼭 3년 만에 유자(儒者)가 되었다. 관리에 채용되어 그의 덕은 강물처럼 구
리사방(九里四方)의 땅에 널리 행해지고, 그의 은혜는 삼족에까지 미쳤다.
완은 아우를 묵자(墨者)가 되게 했다. 그런데 유자인 형과 묵자인 아우는
논쟁을 벌이게 되었다. 아버지는 아우인 적(翟)의 편을 들었다. 논쟁은 10
년 동안이나 계속되었고 완은 견디다 못해 자살하고 말았다. 어느 날 그의
아버지는 꿈속에서 완을 보았다. 꿈속에서 완의 영은
"당신의 아들을 묵자로 만든 것은 바로 접니다. 그런 공을 생각해서라도
가끔 제 무덤을 찾아 주시지 않겠습니까?"
라고 말했다. 완의 아버지가 그의 묘에 가 보니 노나무와 잣나무에 열매
가 맺혀 있을 뿐이었다.

무릇 조물주는 인간의 세상일에 작용하는 게 아니라 그 인간의 천생(天生)에 작용한다. 요컨대 조물주가 적을 묵자로 만들었다는 것은 두말할 것도 없다. 그런데 저 완이라고 하는 작자는 자신이 남보다 훨씬 뛰어나기 때문에 아우인 적을 묵자로 만들었다고 생각하여 자신의 어버이까지도 가볍게 여겼다. 이것은 우물의 물은 조물주의 은혜로 솟아나는 것인데도 제(齊)나라 사람의 우물에서 물을 마시려던 자가 그 우물은 자기 것이라고 하는 우물지기와 다투었던 것과 같은 어리석은 짓이다. 그런데 요즘 세상 사람들의 생각은 모두 이와 같다. 그래서

"요즘 세상 사람들은 모두 정나라의 멍청이 완이다."

라는 말이 있는 것이다. 이러한 까닭에 유덕자는 부지(不知)를 표방한다. 하물며 유도자임에랴!(無知無心을 지킬 뿐이다.) 이에 반하는 것을 옛날에는

"하늘이 정한 것에서 달아나 숨으려고 하는 가장 나쁜 죄."

라고 했던 것이다.

요컨대 성인은 하늘의 정함으로 머물 곳에 머물고, 머물 수 없는 곳에는 머물지 않는다. 그런데 범속한 사람들은 이에 반하여 머물 수 없는 곳에 머물고, 머물 곳에는 머물려 하지 않는다.

【語義】 鄭人緩也呻吟裘氏之地(정인완야신음구씨지지):'緩'은 鄭나라 사람의 이름이다. 뭔가 야유적인 우의를 감추고 있는지도 모른다. '呻吟'은 '吟'의 완언. 작은 소리를 내어 읽는 것을 가리킨다. '裘氏'는 지명(≪석문≫의 설). '裘'는 유자(儒者)의 복장이라는 설(崔譔의 설)이 있는데 유복(儒服)이 裘(가죽옷)라는 증거는 없다. 공자의 이름이 '丘'와 음이 같아 '裘'라는 지명을 설정한 게 아닐까?

祇三年而緩爲儒(지삼년이완위유):'祇'는 '祗 · 適 · 啻' 등과 같다. 여

기서는 '마침'의 뜻. '三年'이라 한 것은 ≪논어≫ 태백편의 '3년이나 학문을 하고 벼슬에 뜻을 두지 않기란 쉽지 않다(三年學, 不至於穀, 不易得也)'에 근거한 말일까? '緩'은 군글자인 듯하나 원문대로 두겠다.

河潤九里(하윤구리):그 德이 강물처럼 九里四方을 적시는 것을 가리킨다. '河'는 아래의 '澤'과 연관되는 말.

澤及三族(택급삼족):'澤'은 '은혜·이득'. 명예 외에 실질적인 이익도 수반되리라. '三族'은 父系·母系·妻系.

使其弟墨(사기제묵):필시 형인 완(緩)이 동생과 명예를 다투게 될 것을 피하기 위해 아우를 묵자(墨者)로 만든 것이리라. 묵자는 묵적(墨翟)의 兼愛·非攻·節用·非樂 등의 주의를 받드는 자. 묵가.

其父助翟(기부조적):'翟'은 완(緩)의 아우의 이름(郭象의 설). 일설에 '墨'으로 써야 할 것을 잘못하여 묵적(墨翟)의 이름인 '翟'을 쓴 것이라고 했다(奚侗의 설).

其父夢之曰……:'之'는 완(緩)을 가리킨다. '曰' 이하는 완의 말이다. 완의 말이 '旣爲秋栢之實矣'까지 이어지는 것으로 보아, '어찌하여 무덤 위의 나를 돌보지 않는가? 이미 化하여 추백(秋栢)의 열매가 되었다'(≪석문≫의 설), 또는 '네 자식을 묵자로 만든 것은 나다. 어찌하여 나의 현명함을 알면서도 내 무덤을 돌보게 하지 않는가? 나는 원한이 뼈에 사무쳐 추백의 열매가 되어 무덤 위에 생겨났다'(成玄英의 설) 등으로 해석하는 경우가 많은데 적당하지 않다. 또 완의 말은 '使而子爲墨者予也'까지라고 하는 설(馬其昶의 설)도 적당하지 않다. '闔胡嘗視其良'까지가 완의 말이다. '而'는 '汝'와 같다. '闔胡'의 '胡'는 방주(傍注)가 잘못 들어간 것이리라(馬敍倫의 설). '闔'은 '盍(합:어찌하여 ~하지 않는가? 여기서는 권유의 뜻을 나타낸다)'과 같다. '視'는 여기서는 시중드는 것, 나아가 묘를 깨끗이 하고 제를 지내는 것. 아들이 아버지에게 자신의 무덤을 돌보아 달라고 부탁하는 것으로 이는 父子의 義에 반하는 짓이다. 그래서 다음 글에 '以賤其父'라는 말이 나온다. '其良'은 완의 묘. '良'은 '塯(무덤)'의 차자. '塯'로 되어 있는 판본도 있다 한다(《석문》의 설).

既爲秋栢之實矣(기위추백지실의):지락편 〈열자설만물지기〉 같은 사고방식으로 완도 열매로 변하였음을 말하고 있다. 완의 시체가 나무 열매가 되었음을 가리키는 것으로 해석하지 않고 무덤 위의 모습을 서술한 것으로 보더라도 시사하는 의미는 같다. '秋'는 '楸(노나무)'의 차자. '栢'은 잣나무.

夫造物者之報人也(부조물자지보인야):'報'는 보답한다는 뜻. 준다는 뜻으로도 쓰이는데 이는 속용(俗用)이다.

齊人之井飮者……:어떤 고사가 있었는지는 명확하지 않다. 《석문》에 '우물을 판 자가 그곳에서 물을 마시려는 자와 다투는 것으로 샘이 본디 그렇게 솟아나오는 것임을 모르는 것이다'라고 했다. 이에 근거하여 해석한다. '捽'은 머리카락을 움켜쥐는 것.

自是(자시):'自'는 '以' 또는 '由'와 같은 뜻.

有德者以不知也(유덕자이부지야):재유편 〈물자화우화〉에서, 홍몽(鴻蒙)이 '吾弗知. 吾弗知'라고 대답한 것을 참조. '有德者'를 완의 아버지를 가리키는 것으로 보는 설(郭象의 설)이 있는데 적당하지 않다. 일반론이다.

古者謂之遁天之刑(고자위지둔천지형):양생주편 〈안시처순우화〉 참조. 이 문장은 논설 마지막 부분인 '不安其所安' 다음에 있어야 하는데 불완전하더라도 그런 대로 뜻이 통하므로 원문대로 해석하겠다.

【補說】 이상의 〈부지지설〉은 유자가 되어 나름대로 성공한 완이 아우를 묵자로 만들어 논쟁만 계속하다 결국 자살하고 말았으면서도 아우를 묵자

로 만든 공이 자신에게 있다고 아버지에게 호소할 만큼 자신의 작위에 집착하는 인물임을 예로 들어, 인간의 일은 모두 조화(造化)의 一化이므로 작위에 집착하는 어리석음을 떨어버리고 不知를 주로 하여 一化에 안주할 것을 말하고 있다. 운명론적 경향이 강하고 깊은 뜻이 담긴 설이라고 할 수 없다.

## 제3장  불언지잠(不言之箴)

> 莊子曰, "知道易, 勿言難. 知而不言, 所以之天也. 知而言之, 所以之人也. 古之人天而不人."

장자가 말했다.

"道를 아는 것은 쉽다. 그것을 말로 나타내지 않는 것이 어려운 것이다. 알면서도 말하지 않는 것은 天에 복귀하는 체험이며, 알기가 무섭게 말로 나타내는 것은 세속의 인간들과 어울리는 방법이다. 옛적의 유도자(有道者)는 어디까지나 하늘 그대로였을 뿐, 세속적이지 않았다."

【語義】  知而不言(지이불언):≪노자≫ 제56장과 천도편 〈서부족귀지론〉 등에 '아는 자는 말하지 않고, 말하는 자는 모르는 것이다(知者不言, 言者不知)'라는 말이 있는데 이것은 그것과는 약간 의미하는 바가 다르며 알고 있으면서도 이야기하지 않는 것을 가리킨다. 지북유편 〈유대허우화〉에 '道不可言, 言而非也'라고 한 것과 비슷한 사상이다. '不言'은 지북유편 〈지언지위지설〉의 '至言去言'이라 할 수 있다. 추수편 〈반기진우화〉에는 '可以言論者, 物之粗也'라는 말이 있다.

　　所以之天也(소이지천야):천지편 〈망기우화〉에서 '忘乎物, 忘乎天, 其名爲忘己. 忘己之人, 是之謂入於天'이라고 한 것과 흡사한 사상이다. '所以'는 방법. 여기서는 天을 추구하는 체험이다. '之'는 '가다, 들어가다'의 뜻. 天에 복귀하는 것을 가리킨다.

　　古之人天而不人(고지인천이불인):달생편 〈순기우화〉의 '不開人之天, 而

開天之天. 開天者德生, 開人者賊生'이나 서무귀편 〈대불혹론〉의 '古之眞
人, 以天待之(人), 不以人入天' 등과 흡사한 사상이다.

【補說】 이상의 〈불언지잠〉은 알면서도 말하지 않는 것이야말로 天眞을 얻
는 방법이라고 말하고 있다. 단 알면서도 말하지 않는다는 것이 말하지
않고 숨긴다는 뜻은 아니다. 道를 안다는 것은 부단한 체험이며 그것
을 중지하고 道를 객관적으로 표현할 수는 없다. 이른바 '天之天', 즉 天
眞이 그대로 이루어진 것이기 때문이다.

  이 편을 앞의 〈부지지설〉에 부속시켜 해석하는 설과 다음의 〈대녕지
설〉의 서론으로 보는 설이 있다. 필시 〈부지지설〉의 '遁天'을 받아 여
기서도 그와 비슷한 설을 제시한 듯하나 〈부지지설〉에서의 '不知'와 이
편의 '不言'이 긴밀하게 연관되어 있다고는 볼 수 없다. 또 이 편을 다
음의 〈대녕지설〉의 머리로 삼는 것도 무리다. 독립된 한 장으로 취급
하기로 한다.

  ≪논어≫ 양화편에 "공자가 말했다. '나는 말이 없고자 하노라.' 자공
이 말했다. '선생님께서 말씀을 하지 않으시면 저희들은 무엇에 기대어
道를 말하고 또 전하겠습니까?' 공자가 말했다. '하늘이 무슨 말을 하더
냐! 사시가 갈마들고 만물이 철에 따라 바뀌어 갈 뿐, 하늘이 무슨 말을
하더냐!'(子曰, 予欲無言. 子貢曰, 子如不言, 則小子何述焉. 子曰, 天何
言哉. 四時行焉, 百物生焉, 天何言哉)"라는 기록이 있다. 공자도 '知而
不言'을 표방했던 것일까?

## 제4장 대녕지설(大寧之說)

朱泙漫學屠龍於支離益. 單千金之家. 三年技成, 而無所用其巧.
聖人以必不必. 故無兵. 衆人以不必必之. 故多兵. 順於兵. 故行有求. 兵恃之, 則亡.
小夫之知, 不離苞苴 · 竿牘. 敝精神乎蹇淺, 而欲兼濟導 · 物, 太一形 · 虛. 若是者, 迷惑于宇宙, 形累不知太初. 彼至人者, 歸精神乎無始, 而甘瞑乎無何有之鄉.
水流乎無形, 發泄乎太淸. 悲哉乎, 汝爲知在豪毛, 而不知大寧.

주팽만은 세상에 흔치 않은 용을 기르는 기술로 명성을 얻고자 지리익(支離益)을 따르며 배웠다. 천금이나 되는 가산을 그 일로 인해 날렸다. 3년 걸려 그 기술을 능숙하게 부릴 수 있게 되었는데 실제로 쓸 기회는 없었다.

성인은 일이 반드시 그렇게 될 것임을 알더라도 무조건 그런 쪽으로 밀고 나아가지 않는다. 그래서 무력에 호소하는 법이 없다. 이에 반하여 일반 사람들은 반드시 그렇게 되리라고 할 수도 없는데 주팽만처럼 반드시 그렇게 되게 하려고 모든 것을 건다. 그래서 목표를 달성하기 위해 무리하게 무력에 호소하는 일이 많다. 무력을 사용하려고 하기 때문에 무리하게 날뛰며 목적을 달성하려 한다. 그러나 무력에 의지하게 되면 멸망을 초래할 뿐이다.

식견이 없는 사람들의 지혜는 이런 수준을 결코 넘지 못하기 때문에 힘 있는 자에게 선물을 주거나 그럴듯하게 편지를 써 올리면 일이 잘 되리라는 망상을 없애지 못한다. 이러한 천박한 일에 정신을 고갈시키면서 道나 세상의 일을 널리 다스리고, 유형·무형의 것을 그 근원인 하나로부터 깨달으려 한다. 이런 사람은 광대한 우주의 일에 미혹되어 그 근원을 결코 알 수가 없다. 저 지인(至人)은 모든 잡념을 떨어버리고 그 정신을 어떠한 조짐도 없는 무시(無始)의 상태로 복귀시켜 어떠한 일에도 구애받거나 번민하지 않는 '무하유(無何有)'의 경지에서 마음 편히 지낸다.

물은 고정된 형태가 없기 때문에 끊임없이 흘러 널리 적시며, 더욱이 그것은 더없이 맑은 샘에서 솟아나온다. 사람도 무심무위(無心無爲)로부터 출발하여 자연(自然:스스로 그러함)에 좇아야만 한다. 그럼에도 식견이 없는 사람들은 털끝만한 일에 그 지혜를 작용시켜 참된 평안함을 이해하지 못하고 있으니, 슬픈 일이라 아니할 수 없다.

【語義】 朱泙漫(주팽만):성은 朱, 이름은 泙漫(成玄英의 설). 일설에 의하면 '朱泙'이 성이고 '漫'은 이름(俞樾의 설)이라 한다. '朱'는 '侏'와 음이 가까운 '儒'와 관련되고 '泙'은 낮음[卑]을, '漫'은 산만함을 우의한다. 요컨대 비루하고 볼품없는 유자(儒者)임을 뜻하는 이름이다. 뒤의 '小夫之知'와 대응한다.

學屠龍(학도룡):≪좌씨전≫ 昭公 29년 항에 '그 후 유루(劉累)가 나와 용을 길들이는 법을 환룡씨(豢龍氏)에게 배워 그 術로써 공갑(孔甲)을 섬겨 용들을 먹여 기를 수가 있었다. 하후(夏后)는 그것을 매우 기뻐하여 그에게 어룡(御龍)이란 氏를 내리고 시위(豕韋)의 뒤를 잇게 하였다. 그런데 암룡 한 마리가 죽자 유루는 몰래 소금에 절였다가 하후에게 먹였다. 하후는 그것을 먹고 매우 맛이 좋다 하며 더 먹고자 하였으므로 유루는 겁이 나 노현(魯縣)으로 옮겨가 살았다(其後有劉累, 學擾龍于豢龍氏. 以事孔甲, 能飲食之. 夏后嘉之賜氏曰御龍, 以更豕韋之

後. 龍一雌死, 潛醢以食夏后. 夏后饗之, 旣而使求之. 懼而遷于魯縣)'라는 기록이 있다. 이런 류의 전설에 착안한 것이리라. 용은 좀처럼 얻을 수 없고, 더욱이 산 채로는 잡을 수 없다. '屠'는 요리하기 위해 잡아서 토막을 내는 것.

支離益(지리익):인간세편 〈망덕우화〉에 '지리소(支離疏)'라는 인물이 등장하며 그는 자기 부정을 상징하는 자였다. 여기서 '支離'는 글자 뜻 그대로 '뿔뿔이, 시시하다, 매우 작음' 등을 우의하며 '益'은 이익을 뜻한다. 다음의 '苞苴竿牘'과 대응하며, 하잘것없는 설을 떠드는 자라는 뜻의 이름이다.

單千金之家(단천금지가):'單'은 '殫(탄:다하다, 다 없어지다)'의 차자. '家'는 家財의 뜻. 《석문》 계출본에는 '家' 다음에 '三' 자만 있고 '年' 자가 없으며, '三年'으로 된 판본도 있다고 했다.

三年技成而無所用其巧(삼년기성이무소용기교):용을 요리하는 기술로써 일확천금을 꿈꾸었으나 그 꿈이 실현되지 않은 것이다. 결코 해서는 안 될 일을 기어이 한 예이다. 《한비자》 외저설좌(外儲說左) 상편에 묵자가 3년 걸려 나무 연을 만들었으나 날린 지 하루밖에 안 되어 부서지자 자신이 나무 연을 만든 것은 실용과는 너무나 거리가 먼 짓이었음을 통감했다는 이야기가 실려 있다. 이야기의 줄거리는 다르지만 묵자가 나무 연을 만든 것도 해서는 안 될 일을 한 예이리라.

聖人以必不必(성인이필불필):외물편 〈외물불가필지설〉 참조. 《논어》 자한편에도 '공자께서는 4가지 일을 결코 하지 않으셨다. 억측하지 않으셨다. 어떻게 하겠다고 작정하고 무조건 그런 쪽으로 밀고나가지 않으셨다. 구애되지 않으셨다. 자랑하지 않으셨다(子絶四. 毋意, 毋必, 毋固, 毋我)'라는 기록이 있다. 여기의 '不必'은 《논어》의 '毋必'과 거의 같은 뜻. '以'는 여기서는 '雖'의 뜻. 뒤의 '以不必'의 '以'도 같다.

苞苴竿牘(포저간독):‘苞’는 선물. 짚 또는 새[茅]로 물고기나 고기 따위를 싸서 운반할 수 있게 되어 있는 것. ‘苴’는 갈대나 새로 만든 방석·깔개 따위. ‘苞苴’는 본디 苴 위에 있는 苞로서, 神에게 바치는 物. 나아가 다른 사람의 호의를 기대하고 보내는 선물을 가리킨다. ‘竿’은 ‘簡(대나무에 쓴 편지)’의 차자. ‘牘’은 나무에 쓴 편지. ‘簡牘’은 문서를 뜻한다. 여기서는 앞의 ‘苞苴’와의 관계로 생각하면 다른 사람에게 어떤 일을 부탁하기 위해 보내는 편지를 뜻하리라(郭象의 설).

蹇淺(건천):‘蹇(절뚝발이)’은 ‘涓(연:細流)’의 차자. ‘蹇淺’은 하찮은 것, 보잘것없는 것.

兼濟導物(겸제도물):‘兼’은 ‘널리, 골고루’의 뜻. ‘濟’는 ‘가지런히 하다, 조화하다’의 뜻. ‘導’는 ‘道’의 차자. ≪석문≫ 게출본에는 ‘道’로 되어 있다. ‘物’은 세상의 온갖 事象.

太一形虛(태일형허):‘太一’은 ‘兼濟’와 대응하는 말, ‘形虛’는 ‘道物’과 대응하는 말. 형체가 있는 物이건 없는 物이건 道의 유일한 一元으로 관통한다는 뜻이다. ‘太一’은 다음의 ‘太初’에 해당한다.

若是者迷惑于宇宙形累不知太初(약시자미혹우우주형루부지태초):지북유편 〈유대허우화〉의 ‘若是者, 外不觀乎宇宙, 內不知乎太初’에 근거한 말이리라. ‘形累’ 두 자는 ‘迷惑’에 대한 주석 개요가 본문 중에 잘못 들어간 것이라 한다(馬敍倫의 설). 이를 삭제한다.

甘暝乎無何有之鄕(감명호무하유지향):≪석문≫ 게출본에는 ‘暝’ 대신 ‘冥’으로 되어 있으며 ‘瞑’으로 되어 있는 판본도 있다고 했다. ‘暝’은 눈을 감는 것, 여기서는 잠을 자는 것을 가리킨다. ‘甘暝’은 기분 좋게 푹 자는 것. 안주하는 것을 가리킨다. ‘無何有之鄕’에 관해서는 소요유편 〈무하유향우화〉 참조.

水流乎無形(수류호무형):물의 흐름은 본디 일정한 형태를 갖추고 있는 게 아니라 지세에 의해 결정됨을 가리킨다. 이른바 '虛而遨遊'에 대한 비유이다.

發泄乎太淸(발설호태청): '發泄'은 솟아오르는 것. '太淸'의 '太'가 저본에는 '大'로 되어 있는데 '太一', '太初'의 예를 근거로 생각하면 大는 太를 잘못 적은 것이다. 따라서 太로 고친다. '太淸'은 샘물의 맑음으로써 虛心無爲의 경지를 비유적으로 표현한 것.

汝爲知在豪毛而不知大寧(여위지재호모이부지대녕): '汝'는 小夫를 가리킨다. '爲知'는 지혜를 작용하게 하는 것. '豪'는 '毫(털)'의 차자. '大寧'은 '절대적 안녕, 안정'의 뜻. 이른바 無何有之鄕의 경지를 가리킨다.

【補說】 이상의 〈대녕지설〉의 각 단락은 서로 연계가 긴밀하지 못하고 단락 사이에 비약이 심한 감이 있지만 첫 번째 단락에서 용을 도살하는 특이한 재주로 명성을 얻으려 하는 것과, 세 번째 단락에서 포저·간독의 하찮은 식견으로 道와 物, 즉 학문과 정치를 규명하려 하는 것은 모두 두 번째 단락의 '以必不必'의 공통점을 지니고 있기 때문에 이들을 한 장으로 취급한다.

## 제5장 조상·장자대화(曹商·莊子對話)

宋人有曹商者. 爲宋王使秦. 其往也, 得車數乘. 王悅之, 益
車百乘. 反於宋, 見莊子曰, "夫處窮閭阨巷, 困窘織屨, 槁
項. 黃馘者, 商之所短也. 一悟萬乘之主, 而從者百乘者, 商
之所長也."
莊子曰, "秦王有病召醫. 破癰潰痤者, 得車一乘, 舐痔者, 得
車五乘. 所治愈下, 得車愈多. 子豈治其痔邪. 何得車之多也.
子, 行矣."

송(宋)나라 사람 조상(曹商)이란 자가 있었다. 그는 송왕(宋王)을 위해 진
(秦)나라에 사자로 갔다. 그가 떠날 때에는 서너 량(輛)의 수레밖에 없었는
데 진나라에서는 진왕(秦王)에게 곱게 보여 무려 백 량의 수레를 받았다.
그는 송나라로 돌아오는 길에 장자를 찾아와,

"답답한 촌구석에 박혀 궁색을 면치 못하여 겨우 짚신이나 삼아 입에 풀
칠하며 야윌 대로 야위어 목뼈가 불거져 나오고 영양실조로 얼굴이 누렇게
뜨는 데에는 저는 정말 서투릅니다. 그렇지만 단번에 만승(萬乘)의 대군주
를 깨우쳐 주고 수레 백 량을 거느리는 신분으로 출세하는 일에는 참으로
저를 따를 만한 사람이 없습니다."

라고 장자를 조롱하듯 자랑을 늘어놓았다.

장자가 조용히 대답했다.

"진나라 왕이 병이 나서 의원을 불렀네. 그리고 등에 난 종기를 터뜨려
고름을 짜내는 자에겐 수레 한 량을, 똥구멍에 치질이 난 곳을 핥아 아픔

을 덜어 주는 자에겐 수레 다섯 량을, 요컨대 치료받는 부위가 아래쪽으로 내려갈수록 수레를 많이 주었다네. 혹시 자네가 진왕의 똥구멍 주위의 피고름 어린 치질을 핥은 것은 아니겠지? 거참, 수레가 많기도 하네그려! 그만 가보도록 하게."

【語義】 爲宋王使秦(위송왕사진):'宋王'은 宋의 언왕(偃王:B.C. 337~B.C. 286 재위)이라고 한다(司馬彪의 설).

　　窮閭阨巷(궁려애항):옹색한 마을에 갇혀 사는 것.

　　困窘(곤군):'窘'도 '곤궁하다, 궁색하다'의 뜻.

　　槁項黃馘(고항황혁):'槁項'은 여위어 목뼈가 튀어나온 모양. '黃馘'은 영양 부족으로 얼굴이 누렇게 뜬 모양. '馘'은 머리 또는 얼굴.

　　秦王(진왕):秦의 惠文王(B.C. 337~B.C. 311 재위)을 가리킨다고 한다(司馬彪의 설).

　　破癰潰痤(파옹궤좌):'癰'은 '癰'의 속자이며 목덜미나 등에 나는 악성 종기. '痤'는 '癰'의 일종으로 작은 종기.

　　痔(치):치질. 항문 근처에 구멍이 생기고 고름 또는 피가 나오는 병.

　　子豈治其痔邪(자기치기치야):이 '豈'는 '其'와 같다. 가벼운 의문. '혹시 ~한 게 아니냐?'는 뜻을 나타낸다.

【補說】 이상의 〈조상·장자대화〉는 앞장의 '포저·간독'과 관계가 있는 '知效一官, 行比一鄕, 德合一君, 而徵一國者'를 장자가 비웃어 주었음을 보여 주는 것으로 여기에 둔 듯하다.

　　추수편 〈치혁우화〉의 수법과 흡사하다. 실전(實傳)인지 아닌지는 알 수 없다.

## 제6장 애공·안합문답:이실학위우화(哀公 · 顔闔問答:離實學 僞寓話)

魯哀公問乎顔闔曰, "吾以仲尼爲貞幹. 國其有瘳乎."
曰, "殆哉, 圾乎. 仲尼方且飾羽而畫, 從事華辭, 以支爲旨,
忍性以視民, 而不知不信. 受乎心, 宰乎神. 夫何足以上民.
彼宜汝與, 予頤與, 誤而可矣. 今使民離實學僞, 非所以視民
也. 爲後世慮, 不若休之. 難治也."

노나라 애공이 유도자인 안합에게 물었다.

"나는 중니를 나라의 가장 중요한 자리에 앉히고자 하는데 그러면 나라
의 쇠약함이 시정되겠소?"

안합이 대답했다.

"위험한 일로서 나라가 무너지고 말 것입니다. 중니는 천연의 아름다운
깃털에 색을 칠하는 것과 같은 기교에 매달려 실속도 없는 것을 그럴 듯한
말로써 꾸미는 데 열중하며 지극히 지엽적인 것을 본줄기인 듯 생각합니
다. 또 타고난 인간의 본성을 구부리고 인민에게 인의(仁義) 따위를 제시
하며, 더욱이 그것을 인민이 믿지 않고 있음을 모릅니다. 독선의 마음으로
생각하고 정신을 혹사시킵니다. 그렇게 하여 그가 인민의 위에 서서 그들
을 다스릴 수 있겠습니까? 이래도 그가 공의 마음에 드는가요? 그렇지 않
으면 제가 인민을 기를까요? 그를 기용하지 않는 것이 잘못이더라도 그를
기용하여 해가 생기는 것보다는 좋을 것입니다. 지금 인민에게 전연 실속
이 없는 거짓을 가르치는 것은 인민을 지도하는 방법이라고는 결코 할 수

없습니다. 앞을 걱정하신다면 그를 등용할 생각을 버리시는 게 좋습니다. 그는 결코 다스릴 수 없습니다."

【語義】 魯哀公(노애공):춘추시대 말기의 魯나라 군주.

顔闔(안합):魯나라의 현인. 그런데 양왕편 〈도진이치신지설〉에 의하면 재야의 유도자이다.

貞幹(정간):'貞'은 '楨(나무의 곧게 뻗은 부분)'의 차자. '幹'은 '榦(나무의 줄기, 또는 담을 칠 때 좌우 양쪽에 세우는 기둥)'의 차자. '貞幹'은 근본 · 대본 · 중추의 뜻으로 쓰인다.

殆哉圾乎(태재급호):천지편 〈물해우화〉에 '殆哉, 圾乎天下'라고 했다.

仲尼方且飾羽而畫(중니방차식우이화):'飾羽而畫'는 천연의 색채를 갖춘 깃털에다 채색하여 덧꾸미는 것. 즉 인위의 기교에 줄달음치는 것을 가리킨다.

從事華辭(종사화사):사실이 아닌 말로써 장난하는 것. 제물론편 〈천뢰우화〉의 '言隱於榮華' 참조.

以支爲旨(이지위지):'支'는 '枝'의 차자. 지엽적인 것을 본지(本旨)로 생각함.

忍性(인성):'忍'은 여기서는 고친다는 뜻. 본성을 무리하게 변화시키는 것.

受乎心宰乎神(수호심재호신):인간세편 〈심재우화〉의 '無聽之以耳, 而聽之以心'과 상반되는 말이리라. '宰乎神'은 정신을 마음으로 다스리다, 즉 잘못된 마음으로 정신을 누르려 하는 것을 가리키는 것이리라

彼宜汝與予頤與誤而可矣(피의여여여이여오이가의):여러 설이 있다. 郭象, 林希逸, 林雲銘 등의 해석 외에도 두세 가지 다른 해석이 있지만

모두 적당하지 않다고 생각된다. '彼'는 두말할 것 없이 중니를 가리키며 '汝'는 애공을 가리킨다. '彼宜汝與'란 중니가 애공의 마음에 들어 기어코 쓰려고 하느냐는 뜻. '與'는 뒤의 '與'에 대응하며, 가정적 의문의 뜻을 나타낸다. '子頤與'의 '子'는 안합 자신을 가리킨다. '頤'는 여기서는 인민을 기른다는 뜻. 즉 그렇다면 자신이 인민을 길러야 되겠냐는 뜻. 중니를 등용하는 것을 저지하기 위한 말이다. '誤而可矣'는 등용하려는 것을 그만둘 것을 완곡하게 표현한 것. '誤'는 '등용을 보류한 일이 잘못되더라도'의 뜻. '可'는 '등용하여 해가 있는 것보다는 좋다'는 뜻. 이상은 呂惠卿의 설과 王先謙 설을 참고한 해석이다.

【補說】 이상의 〈이실학위우화〉는 애공과 안합의 문답을 빌려, 안합이 중니(공자)는 위선자이며 인민을 다스리는 데 적합한 인물이 아니라고 평했음을 서술하고 있다.

앞의 〈조상·장자대화〉와 어느 정도 공통되는 점이 있어 편자가 여기에 둔 듯하다.

# 제7장 천포지잠(天布之箴)

施於人而不忘, 非天布也. 商賈不齒. 雖以事齒之, 神者弗齒.

다른 사람에게 은혜를 베푼 것을 언제까지고 잊지 않으면서 보은을 바라는 것은 하늘의 은혜가 아니다. 장사치조차도 그런 사람은 같은 인간으로서 취급하지 않으려 한다. 설사 장사치들이 어쩔 수 없이 그들을 사람으로 취급한다 할지라도 정신으로는 결코 사람 취급을 하지 않는다.

【語義】 天布(천포):'布'는 '賦(부:주다, 베풀다)'의 차자. '天布'는 노자의 '道는 천지 만물을 낳으면서도 한 마디도 말을 하지 않는다. 또 그것들을 자신의 소유로 하지 않는다. 이와 마찬가지로 성인도 큰 작용을 하면서도 그 공을 뽐내지 않는다(萬物作焉而不辭. 生而不有. 爲而不恃)'(제2장)에 근거한 말이리라. 요컨대 자연스런 은총을 가리킨다.

商賈不齒(상고불치):장사치는 어떤 사람들과도 흥정하는 것이 일인데 그 장사치조차도 '施於人而不忘'하는 인간은 인간으로서 여기지 않으려 함. '齒'는 동등한 인간으로서 교제한다는 뜻.

【補說】 이상의 〈천포지잠〉을 앞의 〈이실학위우화〉 속의 한 문장으로 취급하는 자가 적지 않으나 그것과의 관계는 매우 희박하다. 필시 앞 우화에 '神'이 있기 때문에 이 잠언을 여기에 이어 놓은 것이리라.

다른 사람에게 베풀고 도와주는 것이 자연스런 베풂이 아니면 안 된다는 것은 명언이다. 도덕적 행위는 어디까지나 도덕을 위한 것, 즉 자신의 자연스런 행동이 아니면 안 된다.

# 제8장 외내형지잠(外內刑之箴)

> 爲外刑者, 金與木也. 爲內刑者, 動與過也. 宥人之離外刑者,
> 金·木訊之. 離內刑者, 陰陽食之. 夫免乎外內之刑者, 唯眞
> 人能之.

누구의 눈에도 명백한 외형(外刑)을 범하는 것은 죽음이나 치욕에 해당하는 명백한 죄이지만 사람이 알 수 없는 내형(內刑)을 범하는 것은 그 사람의 행동과 분한(分限)을 초월하는 것이다. 사려가 얕은 자들은 외형의 죄를 범했을 때에는 금속제 형구나 목제 형구로 응징을 받지만 내형의 죄를 범했을 때에는 음(陰)과 양(陽)의 부조화에 의한 병마를 피할 수 없다. 무릇 내형에도 외형에도 걸려들지 않는 것은 오직 무위의 진인만이 할 수 있다.

【語義】 爲外刑者……:'外刑'은 겉으로 드러나는 형벌. 즉 누구라도 알 수 있는 사법자(司法者)가 내리는 五刑(墨, 劓, 刖, 宮, 大辟)과 같은 것. '金與木'의 '金'은 금속제의 형구(刑具), 즉 刀·鋸·斧·鉞 등이며 '木'은 목제 또는 죽제(竹製) 형구로 桎·杖 등을 가리킨다. '內刑'은 '外刑'에 비해 사람들이 알 수 없지만 범하고 있는 죄의 벌. '動'은 인간의 인위적인 행동. '過'는 도를 지나친다는 뜻으로 해석해도 통하지만 여기서는 각각의 분한(分限)을 넘는 야심을 가리키는 것이리라. 이 문장은 주로 대구 형식으로 되어 있으나 '金與木'과 '動與過'는 대구가 아니다. '動與過'를 '陰與陽'으로 하든지 '金與木'을 '暴與詐' 등으로 해야 한다. 여기서는 '金'에 의한 형에 해당하는 대죄, '木'에 의한 형에 해당하는 파렴치

죄의 뜻으로 '金與木'을 사용한 것이리라.

　宵人(소인):郭象·陸德明·成玄英 등은 '宵(夜)'의 글자 뜻으로 미루어 道에 밝지 못한 암혹(闇惑)한 인물이라는 뜻으로 해석했으나 적당하지 않다. '宵'는 '小'의 차자. 요컨대 '小人'을 뜻한다(俞樾의 설).

　陰陽食之(음양식지):'陰陽'은 '陰陽之患', 요컨대 음양의 기의 부조화로 일어나는 병을 가리킨다. '食'은 '飭(바르게 하다, 정비하다)'의 차자. 즉 '타일러 훈계하다, 응징하다'의 뜻으로 해석해야 할 것이다.

【補說】 이상의 〈외내형지잠〉은 내외의 형, 특히 내형은 진인의 無爲의 道에 의하지 않고서는 피할 수 없음을 말하고 있다.

　이 箴을 〈이실학위우화〉에 부속시키는 자도 있으나 서로 긴밀한 관계가 있다고 할 수 없으므로 독립된 한 장으로 취급하도록 한다.

## 제9장 구징지설(九徵之說)

> 孔子曰, "凡人心險於山川, 難於知天. 天猶有春秋·冬夏·
> 旦暮之期, 人者厚貌深情. 故有貌愿而益, 有長若不肖, 有順
> 懁(愃)而達(懁), 有堅而縵, 有緩而釬. 故其就義若渴者, 其
> 去義若熱.
> 故君子遠使之而觀其忠, 近使之而觀其敬, 煩使之而觀其能,
> 卒然問焉而觀其知, 急與之期而觀其信, 委之以財而觀其仁,
> 告之以危而觀其節, 醉之以酒而觀其則, 雜之以處而觀其色,
> 九徵至, 不肖人得矣."

공자가 다음과 같이 말했다.

"모든 사람의 마음은 산천보다도 위험하며 하늘을 알기보다도 예측하기
어렵다. 하늘은 춘추의 온랭, 동하의 한서, 조석의 명암 등 일정함을 보여
주지만 인간은 두터운 용모로 감추고 깊이 마음의 움직임을 숨기고 있다.
그래서 용모는 단정한 듯하나 마음이 게으른 자가 있고, 무슨 일에건 뛰어
난 듯하나 실은 어리석은 자가 있으며, 신중한 듯하나 조급한 자가 있고,
확고한 듯하나 야무지지 못한 자가 있으며, 마음이 제법 넓은 듯하나 실은
옹졸한 자가 있다. 그러므로 바른 도리를 좇을 때에는 마치 타는 목마름으
로 물을 찾듯 맹렬한 자도 자신의 뜻대로 되지 않으면 그 바른 도리를 버리
는 것이 마치 불에 델까 겁나 도망치듯 잽싼 법이다.

그래서 군자는 사람을 먼 곳에 심부름 보내어 그 사람이 변치 않고 충성
을 바칠 것인가를 관찰하고, 가까이에 불러들여 써 보고는 언제까지고 경

신(敬愼)함을 잃지 않을지를 관찰하고, 번잡한 일을 시켜 보아 그 능력을 관찰하고, 갑자기 질문을 던져 즉시 답변할 수 있을 만큼 박식한지를 관찰하고, 급한 약속을 하고는 그것을 지킬 수 있는지를 관찰하고, 재산 관리를 맡겨 보아 이익 때문에 사람의 도리를 어기는 일이 없는지를 관찰하고, 자신이 위기에 처했다고 알리고는 끝까지 절의를 지킬 수 있는지를 관찰하고, 술에 취하게 하고는 술 때문에 절도를 잃는 일이 없나를 관찰하고, 여자들과 함께 있게 하고는 색정에 빠지지 않나를 관찰한다. 이 아홉 가지를 시험하여 결과가 나오면 못난 인간은 저절로 가려진다.”

【語義】難於知天(난어지천):하늘을 아는 것보다 어려움.

有貌愿而益(유모원이익):'愿'은 고지식하고 올곧은 모양. 소박하게 법도를 지키는 모양. 근후(謹厚). '益'은 '溢(일:넘치다)'의 원자. 여기서는 '安逸'의 '逸'의 차자. 게으름을 피우는 것. 야무진 데가 없는 것.

有長若不肖(유장약불초):'長'은 일에 대해 유능한 것. '若'은 '而'와 같은 뜻.

有順懁而達(유순환이달):'順'이 '愼'으로 되어 있는 판본도 있다 한다(≪석문≫의 설). 王叔之·成玄英·林希逸 등이 이 문장에 대해 갖가지로 해석을 내렸으나 의미가 통하지 않을 뿐 아니라 전후의 문례와 맞지 않는다. '順'이 '愼'으로 된 판본도 있다는 ≪석문≫의 설을 근거로 이 문장은 본디 '有愼而懁'으로 되어 있었다고 추정한 馬敍倫의 설에 좇는다. 요컨대 '懁'은 본디 '達'의 자리에 있었고 '懁'에 그 음이 '還'임을 표시하는 방주가 있었는데 그것을 '達'로 잘못 베끼고, 동시에 그 '達' 자가 본문 중에 끼어들어 '懁'이 현재의 자리로 올라오게 된 것이다. '愼'은 신중하다는 뜻. '懁'은 성급한 것.

有堅而縵(유견이만):'縵'은 '慢'의 차자(俞樾의 설). 야무지지 못한 것.

有緩而釬(유완이한):'緩'은 寬(관:마음이 넓음)의 뜻. '釬(시위를 메는 활의 두 끝)'은 '悍(거칠다, 도량이 좁음)'의 차자(兪樾의 설).

醉之以酒而觀其則(취지이주이관기칙):《석문》 계출본에는 '則'이 '側' 으로 되어 있으며 '혹은 則으로 쓰기도 한다'라고 되어 있다. '則'이 바르 다. '則'은 절도가 있는 것. 태도·동작을 바르게 하고 있는 것.

雜之以處(잡지이처):남자와 여자가 뒤섞여 함께 있는 것.

九徵至(구징지):'九徵'은 이상의 9가지 시험. '至'는 결과가 나오는 것.


【補說】이상의 〈구징지설〉은 인간의 마음은 예측하기 어려우며 인물 평가 방법으로 구징(九徵)이 있다는 것을 공자가 말하는 내용으로 되어 있다.

《논어》 위정편에 '행동을 보고서 그 까닭을 살피고 어떠한 일에 만 족하는지를 살피면 그 인간을 충분히 평가할 수 있다. 어찌 자신을 감 출 수 있겠는가!(視其所以. 觀其所由, 察其所安, 人焉廋哉. 人焉廋哉)' 라고 한 공자의 말이 실려 있다. 이처럼 공자도 인물 평가에는 매우 고 심한 듯하다. 이 〈구징지설〉은 이 《논어》의 문장을 근거로 연역한 것 이리라. 그런데 '사람의 삶은 곧게 마련이다(人之生也直)'(《논어》 옹 야편)라고 확신했던 공자가 어째서 '凡人心險於山川'이라고 했을까? 더 욱이 사람을 시험하는 방법인 '九徵'을 썼을까? 이 〈구징지설〉은 뒷사 람의 덧글이며 그 시대의 사상이 여실히 반영된 작품인 듯하다.

## 제10장 정고보지잠(正考父之箴)

> 正考父一命而傴, 再命而傴, 三命而俯, 循牆而走, 孰敢不軌.
> 如而夫者, 一命而呂鉅, 再命而於車上儛, 三命而名諸父. 孰
> 協唐‧許.

정고보는 한 번 명을 받아 사(士)에 임명되자 몸을 숙이고 걸었고, 다시 명을 받아 대부(大夫)가 되자 허리를 굽히고 걸었으며, 세 번째 명을 받아 경(卿)이 되자 몸을 완전히 땅에 닿을 정도로 구부리고 걸었다. 또 길을 갈 때에는 수레를 담 옆에 바짝 대어 몰았다. 이러한 공건(恭虔)함을 지니고 있음에 어느 누가 본받고 따르려 하지 않겠는가? 요즘 세상 사람들은 한 번 명을 받아 사에 임명되면 온갖 거만을 떨고, 다시 명을 받아 대부가 되면 수레 위에 올라가 뛸 듯이 기뻐하며, 세 번째 명을 받아 경이 되는 날엔 동족의 아저씨에게까지도 존댓말을 쓰지 않는다. 이렇게 온갖 교만방자함을 떨면서 어찌 요임금의 성덕이나 허유의 청절함에 합치하려 하는가!

【語義】 正考父一命而傴……:'正考父'는 宋의 공족(公族)으로 공자의 10대 선조라 한다. '一命……' 이하가 ≪좌씨전≫ 昭公 7년 항 및 ≪사기≫ 공자세가에는 '솥을 만들어 경계하는 말을 새겼다. 첫 번째 명을 받고는 고개를 숙이고, 두 번째 명을 받고는 등을 구부리고, 세 번째 명을 받고는 몸을 낮게 구부리고 길을 갈 때에는 담 옆에 바짝 붙어 빠른 걸음으로 걸어 아무도 욕을 하지 않았다. 이 솥으로 죽을 끓여 간신히 입에 풀칠하는 것으로 만족하며 결코 그 이상의 것을 바라지 않았다(故其鼎銘

云, 一命而僂, 再命而傴, 三命而俯, 循牆而走, 亦莫余敢侮. 饘於是, 鬻
於是, 以糊余口'라고 되어 있다. 이 문장은 이런 류의 전승에 근거했으
리라. '一命'은 천자로부터 한 번 명을 받아 사(士)의 신분에 임명되는
것. 여기서는 필시 宋의 군주가 임명한 것이리라. '再命'은 대부(大夫)
가 된 것. '三命'은 경(卿)이 된 것. '傴', '僂' 모두 신체를 구부리는 것을
뜻하는데 여기서는 '傴'보다 '僂'가 그 정도가 더 심한 것을 나타낸다.

　執敢不軌(숙감불궤):통상 이 말을 정명(鼎銘)의 '亦莫余敢侮'에 해당
하는 것으로 보아 해석하는데 이는 잘못이다. 이 잠언을 지은 작자의
말이다. '軌'는 여기에서는 '본받다, 따르다'의 뜻.

　如而夫者(여이부자):'而'는 '若(이, 이것)'과 같다. 특별히 지시하는 뜻
을 나타낼 때 쓰인다. 郭象은 '而夫'는 '凡夫'의 뜻이라고 했다.

　呂鉅(여거):倨(거:거만하다, 교만하다)의 완언이다(馬敍倫의 설).

　於車上儛(어거상무):'儛'는 '舞'의 이체자.

　執協唐許(숙협당허):'協'은 '일치하다, 합쳐지다'의 뜻. '唐'은 당도씨(
唐陶氏)인 요임금을 가리킨다. '許'는 당시의 은자인 허유를 가리킨다.


【補說】 이상의 〈정고보지잠〉은 정고보의 공건(恭虔)과 천박한 사내의 교
　만을 대조시켜, '벼는 익을수록 머리를 숙인다'는 교훈을 보여 주고 있
　다.

　　공자와 관계 있는 이 잠언과 앞의 공자의 말을 이곳에 삽입한 것은 〈이
　실학위우화〉와 중화(中和)시키기 위한 것인지도 모른다.

## 제11장 자호지설(自好之說)

賊莫大乎德有心, 而心有眼. 及其有眼也, 而內視. 內視而敗矣.
凶德有五, 中德爲首. 何謂中德. 中德也者, 有以自好也. 而吡其所不爲者也.

자신의 몸을 손상시키는 것으로 치면 타고난 德에 후천적인 마음의 사려를 더하고 눈에 비친 외물에 따라 마음이 움직이는 것만큼 큰 것은 없다. 눈에 비친 외물에 따라 마음이 움직이면 모든 것을 제멋대로 보게 된다. 제멋대로 보게 되면 항상 실패한다.

타고난 德이 화가 되는 경우가 다섯 가지 있는데 그 중에서도 사람의 가장 내부에 있는 德이 가장 심한 화가 된다. 무엇을 가장 내부에 있는 德이라 하는가?

자신만이 옳다고 생각하는 것을 가리킨다. 그래서 바른 道에 근거하여 보면 행해서는 안 될 일을 치우쳐 행하게 된다.

【語義】 賊莫大乎德有心而心有眼(적막대호덕유심이심유안):‘賊’은 자기 자신을 손상시키는 것을 가리킨다. ‘德’은 인간에게 천부의 視·聽·言·動이 작용하는 것을 가리킨다. ‘德有心’이란, 德은 ‘內保之而外不蕩也. 德者成和之脩也’라고 했듯이 無爲無心인데 그것을 인위적인 의식으로 움직이는 것을 가리킨다. ‘心有眼’이란, 心은 ‘一心定而萬物服’이라고 했듯이 여러 의식을 통일한 것인데 외계의 유혹에 빠져 치우친 판단을 하

는 것을 가리킨다.

內視(내시):‘內’는 여기서는 ‘外’가 공적·객관적인 것을 가리키는 데
반해 개인적·독단적인 것을 가리킨다. 요컨대 ‘內視’는 자기 멋대로 판
단하는 것을 가리킨다.

凶德有五中德爲首(흉덕유오중덕위수):‘凶德’은 앞의 ‘心有眼’을 받아,
감각이 나쁜 작용을 하는 것을 가리키는 것이리라. ≪상서≫ 홍범편에
는 貌(體)·言(口)·視(目)·聽(耳)·思(心)의 五事에는 각각 肅·乂·
晢·謀·聖의 德이 있어야 한다고 하면서 그 흉한 德으로는 狂·僭·
豫·急·蒙이 있다고 했다. 이 문장은 이런 것을 말하는 것이리라.

中德(중덕):이 ‘中’은 ‘中央·中正’의 뜻이 아니라 ‘衷’, 요컨대 五事·
五根 가운데서도 가장 안에 있는 것이라는 뜻으로 앞의 ‘內視’의 ‘內’와
대응한다.

自好(자호):자신만을 옳다고 하며 다른 것을 비난하는 것(郭象의 설).

而毗其所不爲者也(이필기소불위자야):郭象이 ‘毗은 訾(헐뜯는 것)이
다’라고 해석한 이래 통상 ‘자기가 하는 것과 다른 짓을 하면 이를 헐
뜯어 非라 한다’라고 해석하고 있는데 ‘毗’이 거의 다른 용례를 찾을 수
없는 글자라고는 하지만 ‘訾’의 뜻이란 명증은 없다. 郭象은 ‘毗’을 ‘呰
(訾의 이체자)’로 해석했거나(王念孫의 설) ‘批’의 차자로 본 듯하다. 그
렇다 하더라도 이 문장은 앞의 ‘內視而敗矣’에 대응해야 하기 때문에 그
런 해석은 적당하지 않다. ‘毗’은 재유편 〈재유론〉의 ‘人大喜邪, 毗於
陽. 大怒邪, 毗於陰’의 ‘毗’와 같은 뜻이며 한쪽으로 치우치는 것을 가
리킨다고 보아야 한다. ‘其所不爲’는 ‘해서는 안 되는 일’의 뜻으로 해
석한다.

【補說】 이상의 〈자호지설〉은 인간의 타고난 德이 감각과 후천적인 의식

에 가리어 오로지 자신만이 옳다고 생각하는 凶德으로 변하게 됨을 말하고 있다.

　이것을 앞의 〈정고보지잠〉 및 다음의 〈팔극 · 삼필 · 육부지잠〉과 합쳐 하나의 장으로 보는 설이 있으나 상호 연관성이 없으므로 독립된 한 장으로 취급한다.

# 제12장 팔극·삼필·육부지잠(八極·三必·六府之箴)

窮有八極, 達有三必, 形有六府. 美·髯·長·大·壯·麗·勇·敢, 八者俱過人也. 因以是窮. 緣循·偃佒·困畏, 不若人, 三者俱通達. 知·慧外(多)通(適), 勇·動多怨, 仁·義多責. [六者所以相刑也.] 達生之情者傀, 達於知者肖, 達大命者隨, 達小命者遭.

사람이 곤궁하게 되는 데는 여덟 가지 허물이 있고, 반대로 세상을 편안하게 건너기 위해서는 꼭 해야 할 세 가지 일이 있으며, 또 이를 판가름하는 여섯 개의 역소(役所)가 있다.

태어나면서부터 용자(容姿)가 아름다운 것, 멋진 구레나룻을 지니고 있는 것, 키가 큰 것, 신체가 우람한 것, 힘이 센 것, 얼굴이 아름다운 것, 용감한 것, 결단력이 있고 실행력이 뛰어난 것, 이 여덟 가지는 그 어느 것이나 다른 사람보다 뛰어남을 보여 주는 것이지만 이로써 살아가려 하면 곤궁을 피할 수 없다.

자기 마음대로 판단하는 일 없이 자연스러움에 좇는 것, 스스로 나아가는 일 없이 어디까지나 物의 변화에 맡기는 것, 머뭇거리며 마지못해 다른 사람의 뒤를 따라가는 것, 이 세 가지는 모두 다른 사람보다 열등하기 때문에 일어나는 일 같으나 이것이야말로 세상을 마음 편안하게 건너게 해 주는 것들이다.

그런데 박식하거나 명민하면 사람들로부터 많은 비난을 받는다. 용기가 있거나 적극적으로 활동하거나 하면 많은 원한을 산다. 인(仁)을 부르짖거나 의(義)를 억지로 지키게 하면 책망을 듣는 일이 많다. [요컨대 이들 여섯 가지는 곤궁하게 되느냐 안락하게 되느냐를 판가름하는 역소(役所)이다.]

그래서 타고난 인간의 진정을 잘 깨달아 반드시 해야 할 세 가지 방법을 취하는 자는 위대하고 안락하지만 지(知)에 통달하여 여섯 개 역소에 끌려 나오는 자는 하천한 소인으로 곤궁하다. 요컨대 조화(造化)의 대명(大命)을 깨달은 자는 언제나 자연에 좇아 안락하지만 인간 세상의 소명(小命)에 밝은 자는 거의 그러한 일을 만나지 못하고 곤궁한 것이다.

【語義】 窮有八極(궁유팔극): '極'은 '亟(재촉하다, 누르다)', 또는 '殛(책망하다, 죄를 주다)'의 차자. '八極'은 다음의 '美·髥……'을 가리키는데 그것이 오히려 심한 괴로움이 되어 곤궁함을 가져다준다는 역설을 전개하고 있다. '궁함·법칙'의 뜻으로 해석하는 것은 적당하지 않다.

達有三必(달유삼필): '達'은 여기서는 세상을 편안하게 건너는 것을 가리킨다. 《논어》 안연편에 '제후에게 출사하더라도 반드시 통하고, 경대부에게 출사하더라도 반드시 통한다(在邦必逢, 在家必達)'라고 한 것 참조. 다음에 나오는 '達通'도 같은 의미이다.

形有六府(형유육부): '形'은 '刑'의 차자(奚侗의 설). '刑'은 여기서는 '판가름하다'의 뜻. '府'는 문서·재화 따위를 저장하는 곳이 아니라 刑과의 관계로 추측하면 역소(役所)의 뜻이리라. '六府'는 知·慧·勇·動·仁·義를 가리킨다.

美髥長大壯麗勇敢(미염장대장려용감): 저본에는 '髥'이 속자인 '髯'으로 되어 있는데 정자로 바꾸었다. 구레나룻이 훌륭한 것은 長者의 풍모로서 늘 입에 오르내리는 것이다. '壯'은 힘이 넘치는 것. '麗'는 얼굴이 고운 것. '勇'은 적극적이고 용감한 것. '敢'은 실행력이 있고 과감한 것.

緣循偃佒困畏(연순언앙곤외): '緣循'은 '因循'과 같다. 無心으로 자연스럽게 이루어져 나아가는 데 좇는 것. '偃佒'은 '偃仰 · 伏仰'과 같다. 여기서는 산목편 〈지인불문우화〉에서 의태(意怠)에 대해 '引援而飛, 迫脅而棲'라고 한 것처럼 자기 스스로 하는 일이 없고 언제나 남을 좇는 것을 가리킨다. '困畏'는 남에게 겸양하는 것. '困', '畏' 모두 두려워 꺼린다는 뜻. 의태의 '食不敢先嘗, 必取其緒'에 해당한다.

不若人(불약인):困畏의 방주가 본문 속에 들어간 것인 듯하다(馬紋倫의 설 참조). 이 세 자를 앞 문장에 속하는 것으로 보거나 다음 문장에 속하는 것으로 보아 여러 가지 해석이 내려지고 있으나 이 문장은 '……困畏, 三者不若人, [因以是]通達'로 되어야 한다. 어쨌든 '不若人'을 한 구로 하여 문의가 통하도록 하겠다.

知慧外通(지혜외통):'外'는 '多'를, '通'은 '適'을 잘못 베낀 것이다(馬紋倫의 설). '適'은 '謫 · 讁'의 차자. 다른 사람으로부터 비난받는 것.

勇動多怨(용동다원):'動'은 '勁(경:굳세다)'을 잘못 베낀 것이 아닐까?

仁義多責(인의다책):이것 다음에 '六者所以相刑也'라는 문장이 딸린 판본도 있다고 한다(《궐오》의 설). 전후 문맥으로 유추하여 보충한 듯한데 이를 삽입시키면 문의가 쉽게 통한다. 奚侗의 설에 좇아 이를 보충한다.

達生之情者傀(달생지정자귀):달생편 〈달생론〉에 '達生之情者, 不務生之所無以爲'라고 했다. '傀'는 위대한 것. 응제왕편 〈허기우화〉의 '雕琢復朴, 塊然獨以其形立' 참조. '塊'는 '傀'와 같은 뜻.

達於知者肖(달어지자소):'肖'는 '小人'의 뜻. 대종사편 〈기인우화〉의 '人之君子, 天之小人也'와 흡사한 표현이다.

達大命者隨達小命者遭(달대명자수달소명자조):'大命'은 '天命 · 造化'의 자연스러움을 가리킨다(林希逸의 설). '小命'은 '人命(林希逸의 설)', 단 '부귀 · 영예' 등을 가리킨다. '隨'는 언제나 좇는 것. '安時而處順'을

가리킨다. '遭'는 뜻밖에 만나다. 나아가 극히 드물게밖에 만날 수 없
는 것을 가리킨다.

【補說】 이상의 〈팔극·삼필·육부지잠〉은 타고난 아름다움이나 후천적
행위 등에 의존하지 말고 자연에 따라야 함을 말하고 있다.
   각 단락 사이의 맥락이 긴밀하지 않고 수사도 세련되어 있지 않다.
필시 잠언을 지으려 했으나 불완전하게 마무리되었기 때문이리라. 약
간 의미를 더하고 전체 맥락을 통하게 하면 위의 번역문처럼 될 것으
로 생각된다.

## 제13장 천금지주우화(千金之珠寓話)

人有見宋王者. 錫車十乘, 以其十乘驕稺莊子.
莊子曰, "河上有家貧恃緯蕭而食者. 其子沒於淵, 得千金之
珠. 其父謂其子曰, '取石來. 鍛之.' 夫千金之珠, 必在九重之
淵, 而驪龍頷下. 子能得珠者, 必遭其睡也. 使驪龍而寤, 子
尙奚微之有哉. 今宋國之深, 非直九重之淵也. 宋王之猛, 非
直驪龍也. 子能得車者, 必遭其睡也. 使宋王而寤, 子爲螫粉
夫."

송나라 왕을 만난 사람이 있었다. 그는 수레 열 량을 하사받았는데 그것
을 장자에게 보이며 거드름을 피웠다.

장자는 이에 이렇게 말했다.

"황하 물가에 쑥 줄기로 삼태기를 만들어 간신히 연명하는 집안이 있었
네. 그 집 아들이 황하의 깊은 바닥에까지 들어가 천금이나 나가는 진주를
얻었네. 그런데 그 아버지는 자식에게 '돌을 주워 오너라, 부수어 버려야
한다'고 말했네.(가난한 집의 가장조차도 우연히 굴러들어온 보물은 불길
하다는 것을 알고 있던 셈이지.)

그런데 천금이나 나가는 진주라면 필시 깊고 깊은 못 속, 그것도 검은 용
의 턱 밑이 아니면 있을 수 없네. 그 아이가 진주를 손에 넣을 수 있었던
것은 운 좋게도 용이 깊이 잠든 때를 만났기 때문일 것이야. 만일 ㄱ 용이
두 눈을 번쩍 뜨고 깨어 있었다면 그 아이는 진주 한 조각은커녕 곁에 얼
씬거리지도 못했을 게 아닌가? 그런데 지금 송(宋)의 나라 형편이 위태로

운 것은 구중(九重) 깊이의 못 속에 비할 바가 아니네. 게다가 송나라 왕의 난폭함은 검은 용에 비할 바가 아니지. 그렇다면 자네가 수레를 열 량씩이나 얻을 수 있었던 것은 필시 송나라 왕이 잠들어 있을 때 그를 보았기 때문이 아닐까? 송나라 왕이 두 눈을 뜨고 있었다면 자네는 틀림없이 산산조각이 났을 거야."

【語義】 錫車十乘(석거십승):'錫'은 '賜(사:하사하다)'의 차자.

　　驕穉(교치):'驕', '穉' 모두 거만하다는 뜻(郭慶藩의 설).

　　恃緯蕭而食者(시위소이식자):'緯'가 '葦'로 되어 있는 판본도 있다(≪석문≫의 설). 단 '葦'는 잘못 베낀 것이다. '緯'는 여기서는 '織(옷감 따위를 짜는 것)'의 뜻(≪석문≫의 설). '蕭'는 '쑥[蓬]'. 쑥의 줄기로는 삼태기 따위를 만든다.

　　鍛之(단지):'鍛'이 저본에는 '鍜(하:투구 뒤에 늘어져 목을 가리게 된 부분)'로 되어 있으나 이는 오자이므로 고쳤다. '두드리다', 여기서는 '부수어 버린다'는 뜻.

　　九重之淵(구중지연):매우 깊은 못. '九重'은 깊이나 높이 등의 한 층이 아홉 번 겹쳐 있다는 뜻으로 그 양이나 정도를 알 수가 없음을 나타낸다.

　　驪龍頷下(여룡함하):검은 빛 용의 턱 밑.

　　子尙奚微之有哉(자상해미지유재):'微'는 '徼(요:훔치다)'로 고쳐야 한다(馬敍倫의 설)는 설도 있으나 다음의 '韲粉'과의 호응을 생각하면 원문대로가 좋다(王叔岷의 설).

　　韲粉(제분):'韲(韲의 약자. 생선회, 또는 무우·당근 따위를 잘게 썬 생채)'는 '碎(쇄:부수다)'의 차자.

【補說】 이상의 〈천금지주우화〉는 앞의 〈조상 · 장자대화〉보다 격조가 높
　　다. 우연히 얻은 행운을 몹시 기뻐하는 어떤 사람에게, 그런 행동은 빈
　　가의 가장에도 미치지 못하는 짓이라는 지적이 매우 야유적이며 재미있
　　다. 〈조상 · 장자대화〉보다 후기에 고쳐 지은 작품인 듯하다.

　　　흑룡의 턱 아래에 있는 진주라는 취향은 《한비자》 설난편(說難篇)
　　에 실린 이야기로 널리 알려진 '逆鱗之說'을 은연중에 사용한 것이리라.

## 제14장  희우우화(犧牛寓話)

> 或聘於莊子. 莊子應其使曰, "子, 見夫犧牛乎. 衣以文繡, 食
> 以芻菽. 及其牽而入於太廟, 雖欲爲孤犢, 其可得乎."

　　어떤 군주가 장자를 초빙하여 나랏일에 쓰고자 했다. 장자는 자신을 찾
아온 사자에게 이렇게 말했다.
　　"그대여, 저 제사 때 희생으로 쓰이는 소를 보게나. 아름답게 수를 놓은
비단옷을 입고, 늘 맛있는 콩과 여물을 먹으며 소중하게 다루어지네. 그러
나 조상의 사당 앞에 끌려가 희생으로 쓰일 때가 되어서는 그저 평범한 여
느 송아지처럼 되고 싶어도 그렇게 될 수가 없다네."

【語義】　芻菽(추숙):'芻'는 꼴 · 여울. ≪석문≫ 게출본에는 '菽'이 '叔'으로
　　되어 있다. '叔'은 '菽'의 원자. 콩 종류. '芻'도 '菽'도 상등의 사료이다.

【補說】　사마천이 장주 전기의 한 대목에 이 문장의 대부분을 인용했다. 내
　　편 권두 해설 부분의 '장주의 전기와 도가의 계보'를 참조하기 바란다.
　　추수편 〈예미도중우화〉와 같은 취향을 보여 주는 작품이다.

## 제15장 장자임종지언(莊子臨終之言)

莊子將死. 弟子欲厚葬之.
莊子曰, "吾以天地爲棺槨, 以日月爲連璧, 星辰爲珠璣, 萬物
爲齎送. 吾葬具豈不備邪. 何以加此."
弟子曰, "吾恐烏·鳶之食夫子也."
莊子曰, "在上爲烏·鳶食, 在下爲螻·蟻食. 奪彼與此, 何其
偏也."
以不平平, 其平也不平. 以不徵徵, 其徵也不徵. 明者唯爲之
使, 神者徵之.
夫明之不勝神也久矣. 而愚者恃其所見入於人. 其功外也. 不
亦悲乎.

장자가 위독해졌다. 제자들은 그의 장례를 성대하게 하고자 했다. 이 사
실을 안 장자가 말했다.

"나는 천지를 나의 관곽으로, 해와 달을 연벽으로, 허공에 흩어져 있는
별들을 함옥으로, 이 세상의 만물을 저승길의 선물로 삼으련다. 이쯤이면
장례 도구는 완전히 갖추어진 게 아니겠느냐? 그런데 더 무엇을 더하려 하
느냐?"

한 제자가 대답했다.

"저희들은 까마귀와 솔개에게 선생님의 유해가 먹히게 될까 걱정입니
다."

장자가 말했다.

"위에 있으면 까마귀와 솔개에게 먹히고 아래에 있으면 개미와 땅강아지에게 먹힐 것이다. 그렇다면 저쪽에서 빼앗아다 이쪽에만 주는 것과 같다. 어찌 불공평하지 않겠느냐?"

평탄하지도 않은데 그것을 무리하게 평탄하게 하면 참된 평탄함이 아니다. 명백하지도 않은데 그것을 무리하게 명백하게 하려고 하면 참된 명백함이 아니다.

인지(人知)로써 공평명백함을 얻으려는 자는 物의 하인이 될 뿐이며 정신이야말로 物을 공평명백하게 할 수 있다.

무릇 인지의 밝음이 정신의 영묘함에 미치지 못하는 것은 본디 잘 알려진 사실이다. 그럼에도 세상의 어리석은 자들은 독단적으로 생각한 것을 믿고 더욱더 인위의 거짓을 더한다. 그 하는 짓은 자기 본디의 것이 아니라 외물을 위해 부림을 당하는 것이다. 어찌 슬프지 아니한가?

【語義】厚葬之(후장지):'厚葬'은 棺·槨[덧널]을 만들고 부장품을 많이 준비하며 장례의 행렬을 성대하게 하고 시체를 깊은 묘실에 묻는 등 성대한 장례식을 행하는 것.

以天地爲棺槨(이천지위관곽):이하 만물일체의 대자연 속에 귀입(歸入)하는 것을 말한다. '棺槨'은 관. '棺'은 내측의 관이고 '槨'은 그 주위를 둘러싸는 관.

連璧(연벽):한 쌍의 둥글고 큰 옥(玉). 장렬(葬列)의 선두에 사용되는 장식이다.

珠璣(주기):진주. 죽은 자에 입에 물리는 이른바 함옥(含玉)으로 쓰인다. '璣'는 작은 알갱이의 진주.

齎送(재송):'送齎'의 도치로 사자의 영혼이 사후에 생활하는 데 편리하라고 주는 부장품. 명도(冥途)의 선물. 중국에서는 부귀 정도에 따라

다르지만 부장품이 엄청나게 많았다.

在上爲烏鳶食……:지락편 〈열자설만물지기〉의 '萬物皆出於機, 皆入於機', 지북유편 〈득도우화〉의 '……神奇復化爲臭腐. 故曰, 通天下一氣耳' 등과 같은 사상에 근거한 말이리라.

奪彼與此何其偏也(탈피여차하기편야):가장 공평무사한 태도를 나타내 보인 것이다. ≪여씨춘추≫ 귀공편(貴公篇)에 '荊 땅의 사람 가운데 활을 잃어버린 자가 있었다. 그는 활을 찾아보려고 하지 않았다. 그리고 荊人이 잃은 것을 荊人이 주울 테니 굳이 찾으려 할 필요가 있겠는가 하고 말했다. 이를 전해들은 공자는 荊人이라 하지 말고 그냥 사람이라 하는 게 더 좋다고 했다. 다시 이를 전해들은 노담은 사람이란 말도 빼는 게 좋겠다고 했다. 노담이 가장 공평하다(荊人有遺弓者, 而不肎索. 曰, 荊人遺之, 荊人得之, 又何索焉. 孔子聞之曰, 去其荊而可矣. 老耼聞之曰, 去其人而可矣. 故老耼則至公矣)'라는 기록이 있는데 이와 같은 사상이리라.

以不平平其平……:이 이하는 장자의 임종의 말에 근거하여 연역한 듯하다. '平'은 앞 글의 '偏'에 대응하며 공평의 뜻을 기조로 삼고 있음은 확실하나 다음의 '徵'과 짝을 이루는 점에서 추측하면 직접적으로 공평을 말하는 것이 아니라 공평을 상징하는 평탄(平坦)을 의미한다. 또 이 표현 방식은 앞의 '衆人以不必必之'와 같으며, 또 '衆人安其所不安'의 어순을 바꾼 것으로 그 논리의 근본은 천도편 〈성인지정론〉의 '聖人之靜也, 非曰靜也善, 故靜也'라고 한 것에 있다.

以不徵徵其徵也不徵(이부징징기징야부징):郭象이 '徵'을 글자 뜻에서 연역하여 '감응하다'의 뜻으로 해석하고 이 문장을 '만물의 자연스러운 감응에 의하지 않고 그 소견으로써 감응하려 하면 결코 감응할 수 없다'로 해석한 이래 이 설을 따르거나 '徵'을 사소한 징험의 뜻(林希逸의 설)

으로 보고 郭象의 해석을 준용하는 해석이 많은데 그럴 경우 앞의 '平'과의 관계가 희박해지고 만다. 부적당한 해석이다. '徵'은 '朋'의 뜻. 요컨대 '澂(맑고 깨끗함, 나아가 명백하다는 뜻)'의 차자이다. 公平과 公明은 긴밀하게 연관되는 개념이다. '明' 자를 피하고 '徵' 자를 사용한 것은 다음의 '明者'와 중복되는 것을 피하기 위해서이리라. 천도편 〈성인지정론〉의 '水靜, 則明燭鬚眉, 平中準, 大匠取法焉'을 참조.

明者唯爲之使神者徵之(명자유위지사신자징지):'明'은 여기서는 人知의 밝음을 가리킨다. '之'는 不徵의 것, 즉 일반적인 物을 가리키는 것(成玄英의 설)으로 보아도 통하나 '神'을 가리키는 것이리라. '神'은 정신. 각의 편에 '精神四達, 竝流無所不極'이라 했고, 또 '純素之道, 唯神是守. 守而勿失, 與神爲一. 一之精通, 合于天倫'이라고 했다. '徵之'는 앞의 '徵'을 받으면서 '平'까지도 총괄하고 있다. 앞에서 인용한 천도편 〈성인지정론〉에는 '水靜猶明, 而況精神聖人之心靜乎'라 했다. 나는 그 '精神' 두 자를 방주의 글이 잘못하여 본문에 끼어 들어간 것으로 보아 삭제했는데 어쩌면 이 문장을 지은 작자 또는 그와 같은 생각을 가진 자가 더한 것인지도 모른다. 이 문장의 '神'은 이 '精神'에 해당한다.

夫明之不勝神也久矣(부명지불승신야구의):대종사편 〈조화우화〉의 '且夫物不勝天久矣'의 표현 형식을 본뜬 것이리라.

愚者恃其所見(우자시기소견):'徵', '明'을 받고 있기 때문에 '所見'이라 한 것이다. 유추하여 해석하면, 아는 것.

入於人(입어인):앞의 '知而言之, 所以之人也'와 비슷한 생각이다.


【補說】 이상의 〈장자임종지언〉은 장자가 자신의 죽음에 이르러 만물일체의 대자연에 귀입하고 無私公明하게 생을 마감하려는 심정을 피력했음을 기록하고 있다.

장대하고 광채가 나며 기경(奇警)함마저 지니고 있어 더없이 흥미롭지만 과연 장자 일생의 진수를 생생하게 묘사했다고 할 수 있을까?

'以不平平, 其平也不平……' 이하의 문장은 본편의 편자가 장자의 태도를 더없이 공명정대한 것으로 보아 그 소감을 기록한 것이리라. 요컨대 순일한 정신에 근거하지 않으면 안 된다는 뜻일 것이다. 장자의 임종의 말이라기보다 후세에 가필된 것이리라.

# 제33편

# 천하(天下)

　편 머리의 두 자를 취하여 편명으로 삼았다. 전편이 일련의 논문으로 '古之道術'의 붕괴를 개탄하는 것으로부터 시작하여 묵적·금골리, 송견·윤문, 팽몽·전병·신도, 관윤·노담, 장주, 그리고 혜시 등 여섯 파의 사상에 관하여 평론하고 있다. 사상 연구에 관한 가장 오래된 문헌 중 하나로서, 또 송견의 사상과 명가(名家)의 여러 명제 중 다른 문헌에는 보이지 않는 사상에 관한 자료를 전해 주는 기록으로서 매우 귀중하다. 예로부터 이를 의심한 자가 없었던 것은 아니지만(林雲銘의 설 참조) 장주 자신이 지은 ≪장자≫의 후서(後序)로서 진중시(珍重視)되어 왔다. 근대에 이르러 전국시대 말기에 도가설을 신봉하던 자가 지은 것이라는 설(胡適의 설 참조)이 일반적인 지지를 얻었으나 최근에는 장주의 논설까지는 漢의 회남왕 유안이 지은 〈장자약요(莊子略要)〉의 문장이며 끝의 혜시에 관한 논설은 〈혜시편(惠施篇)〉의 문장이라고 하는 설(譚戒甫의 설)이 제창되고 있다. 전편을 7장으로 나누고 각각 〈서론〉·〈묵적·금골리론〉…… 등의 가제(假題)를 달았으며 중요한 문제를 지닌 논설들이므로 약간 상세히게 주석과 해설을 더했다.

# 제1장 서론(序論)

天下之治方術者多矣. 皆以其有爲不可加矣.
古之所謂道術者, 果惡乎在. 曰, '無乎不在.' 曰, '神何由降.
明何由出.' 聖有所生, 王有所成. 皆原於一.
不離於宗, 謂之天人. 不離於精, 謂之神人. 不離於眞, 謂之
至人. 以天爲宗, 以德爲本, 以道爲門, 兆於變化, 謂之聖人.
以仁爲恩, 以義爲理, 以禮爲行, 以樂爲和, 薰然慈仁, 謂之
君子. 以法爲分, 以名爲表, 以操爲驗, 以稽爲決, 其數一二
三四是也. 百官以此相齒, 以事爲常, 以衣食爲主, 蕃息畜藏,
老弱孤寡爲意, 皆有以養民之理也.

천하에는 어떤 주의(主義)를 주장하는 道를 닦는 자가 많다. 그들은 제각기 자신들이 닦고 있는 것이 최상의 것이라고 생각한다.

그런데 (그것들은 참된 道와는 다르다.) 옛날 사람이 道라고 한 것은 과연 어디에 있을까? 道란 어디에나 있다고 하지 않으면 안 된다. 또 인간에게 깃들인 영묘한 정신은 어찌하여 내려오는가? 그 명지(明知)는 어떻게 하여 발휘되는가? (그것들은 틀림없이 내려오고, 틀림없이 발휘되어야 할 것이다.) 그래서 이 세상에 성인(聖人)이 출현하고 명왕(明王)이 군림해야 하는 것이다. 단 그것들은 모두 유일의 道를 근본으로 하고 있다.

옛날 道가 잘 행해지던 때에는 하늘의 道와 불리일체(不離一體)인 인간을 천인(天人)이라 했다. 정기(精氣)와 일체인 인간을 신인(神人)이라 했다. 그리고 道나 정기의 진실을 늘 지키는 사람을 지인(至人)이라 했다. 이들의 아래에는 하늘을 큰 근본으로 하고 德을 기본으로 삼으며 道를 사물의 시작으로 보고 그 변화의 먼 장래를 꿰뚫어보는 성인이 있고, 또 사람들에 대하여 인(仁)으로써 사랑하고 의(義)로써 질서를 잡으며 예(禮)를 행위로 삼고 악(樂)으로써 화합시키며 마음이 온화하고 애정이 두터운 군자(君子)가 있었다. 성인이나 군자는 사람을 다스리는 데 법에 따라 사람들의 분한(分限)을 규정하고 그 정해진 직분을 하나의 표준으로 삼으면서 그 실행하는 바를 증거로 삼아 해야 할 일과 실행한 바를 비교 고찰함으로써 업적의 선악을 판정했는데 그 판정은 '1, 2, 3, 4'라고 수를 세듯 명백했다. 여러 관리는 이 판정에 따라 능력에 합당한 자리에 나아가고, 각각 맡겨진 일을 일상의 목표로 삼아 힘썼다. 나아가 인민의 의식(衣食)에 부자유함이 없도록 하는 데 주안점을 두어 곡물과 가축의 생산을 늘려 국가의 재정을 풍족하게 하고 인민 가운데 노인·약자·고아·과부들을 구제하는 데 힘을 기울여 모두 인민을 기르는 치적을 올렸다.

【語義】 方術(방술):'方'은 어떤 방향을 향한다는 뜻에서 나아가 道·법칙·방법·수단 등을 뜻한다. '術'은 본디 마을 안의 작은 통로를 가리키는데 그에서 나아가 주로 '수단·방법'의 뜻으로 많이 쓰인다. 법가에서는 신하에 대한 군주의 통어수단(統御手段)이란 뜻으로 쓰인다. '方'과 '術'이 합쳐진 이 말은 어떤 사람이 가지고 있는 주의·학설·정책 등을 뜻한다. 그런데 후대에 이르러서는 方技(복서·별점·의료 등의 기술)·기예의 뜻으로 사용되는 예가 많았다.

　　皆以其有爲不可加矣(개이기유위불가가의):'其有'는 각자가 닦고 있는 방술(方術)을 가리킨다.

　　道術(도술):대종사편 〈기인우화〉에서는 '人相忘乎道術'이라고 하여 '無爲의 道'의 뜻으로 쓰였다. 《회남자》 인간훈에 '見本而知末, 觀指而睹

歸, 執一而應萬, 握要而治詳, 謂之術. 居智所爲, 行智所之, 事智所秉, 動智所由, 謂之道'라고 했다. 이것은 道와 術을 분리하여 실천의 주체적 원칙이 되는 것을 術이라 하고, 보편적으로 존재하는 객관적 원리를 道라 한 것인데 이 道와 術을 합친 것이 여기에서 말하는 '道術'의 의미이리라. 요컨대 道와 거의 같은 뜻이다. 그런데 ≪관자≫ 제분편(制分篇)이나 ≪묵자≫ 상현(尙賢) 상편 등에서는 道術이 거의 방술·술책의 뜻으로 쓰였다. 이 천하편에서 '옛날의 道'라 하지 않고 '옛날의 道術'이라 한 것은 道의 뜻을 주로 하면서도 ≪관자≫ 등에서 말한 방술의 의미도 포함시켜 道의 실제적 효용을 중시하고 있기 때문이리라. 다음 글에서는 묵적·송견 등의 방술도 '옛날의 道術'의 하나로 보고 있다.

日無乎不在(왈무호부재):지북유편 〈주편함우화〉의 '東郭子問於莊子曰, 所謂道惡乎在. 莊子曰, 無所不在'에 근거한 말이리라.

日神何由降明何由出(왈신하유강명하유출):인간의 영묘한 정신(즉 神)은 천부의 氣에 구비되어 있으며 그것이 明知의 작용을 이룬다고 하는 것은 노·장의 핵심적인 주장이다. 그런데 여기서 神이 인간에게 갖추어져 있다는 것보다도 '神降'을 거듭 말하고 있는 것은 ≪주역≫ 계사전의 '이리하여 비로소 팔괘를 짓고 신명에 통했다(於是, 始作八卦, 以通神明之德)'라든가, 설괘전의 '神을 남몰래 돕는 일로서 蓍를 사용하여 사람의 길흉을 점치는 점서법(占筮法)을 만들었다(幽贊於神明而生蓍)'라고 한 것과 같은 신비주의 경향인 듯하다.

聖有所生王有所成(성유소생왕유소성):천도편 〈허정·염담·적막·무위론〉에서 '帝王'과 '聖人'을 병칭한 것을 본뜬 표현이다.

皆原於一(개원어일):제물론편 〈천뢰우화〉에 '道通爲一. 其分也成也. 其成也毁也. 凡物無成與毁, 復通爲一. 唯達者知通爲一'이라 한 것에 근거한 말이리라. 단 이것은 一元으로부터 전개되는 방향에 관해 말하려고 하는 것이다.

不離於宗謂之天人(불리어종위지천인):'宗'은 덕충부편 〈화덕유심우화〉에 '命物之化, 而守其宗也'라고 한 것에 의하면 道여야만 하는데 여기서는 '天人'이나 다음 글의 '以天爲宗'이라 한 것을 근거로 추론하면 천도편 〈제왕무위론〉의 '夫帝王之德, 以天地爲宗, 以道德爲主'와 같으며 천지의 必然律을 가리킨다. '天人'에 관해서는 경상초편 참조.

不離於精謂之神人(불리어정위지신인):'精'은 精氣를 가리킨다. 精氣의 영묘함이 '神'이다. 본편에서는 정기가 하늘로부터 시작된다고 생각하고 있는 듯하다. 여기서 말하는 바는 각의편에서 '純素之道, 唯神是守. 守而勿失, 與神爲一. 一之精通. 合于天倫'이라고 한 것과 거의 같은 사상이다.

不離於眞謂之至人(불리어진위지지인):'眞'은 道의 唯一不二함을 가리키는 것인데 여기서는 어부편에 '眞者, 精誠之至也'라고 한 것처럼 정기의 더없는 영묘함을 가리키는 것이리라. 같은 편에 '眞者, 所以受於天也. 自然不可易也. 故聖人法天貴眞'이라고도 했다.

以天爲宗以德爲本以道爲門兆於變化謂之聖人(이천위종이덕위본이도위문조어변화위지성인):대종사편 〈진인론〉에 '夫道有情有信, 無爲無形. 可傳而不可受, 可得而不可見. 自本自根, 未有天地, 自古以固存. 神鬼神帝, 生天生地'라고 한 것에 근거하면 이 문장은 '以道爲宗, 以天爲本……'으로 해야 한다. 그것을 '以天爲宗'이라 한 것은 천지편 〈군주천덕설〉의 '技兼於德, 事兼於義, 義兼於德, 德兼於道, 道兼於天'이나 천도편 〈대도유서론〉의 '是故古之明大道者, 先明天而道德次之. 道德已明而仁義次之'라는 주장과 같으며 군주 절대화의 시대적 요청에 의한 것이리라. 그렇다 하더라도 양편에서는 道가 德보다 앞에 있었는데 여기서는 道가 뒤에 있다. 이는 道를 한층 실제적 원칙으로 나타내는 것이며 양편보다 본편이 후기의 것임을 시사하고 있는 것이리라. '門'은 출구의 뜻. '兆'는 어떤 징후를 안다는 뜻. '兆於變化'는 《주역》 계사전에 '변화의 道를 아는 자는 神의 조화를 알고 있었던 것일까? 易에는 聖人이 사용하는 道가 넷 포함되어 있다. 易을 길흉의 이치를 말해 사람을 가르쳐 인도하는 자는 易의 괘효사(卦爻辭)를 존숭하며, 易을 행동의 준칙으로 삼는 자는 易의 爻의 변동을 존숭하고, 易으로써 기구를 제작하는 자는 易의 괘상(卦象)을 존숭하며, 易으로써 점치는 자는 易의 점사(占辭)를 존숭한다(知變化之道者, 其知神之所爲乎. 易有聖人之道四焉. 以言者尚其辭, 以動者尚其變, 以制器者尚其象, 以卜筮者尚其占)'라고 한 것과 공통점이 있는 주장이다. 확실히 '至人神矣', '聖人貴精' 등으로도 말할 수 있으며 《장자》 전편을 근거로 생각하면 天人·神人·至人·聖人에는 여기 규정되어 있는 것과 같은 구별은 없지만 天人에서 단계적으로 내려가 君子·百官에 이르는 구별이 있음을 나타내려는 것이 틀림없다.

以仁爲恩……薰然慈仁謂之君子:'仁·義·禮·樂'은 유가가 주장하는 주요한 사항들인데 이것을 유가설의 핵심적이자 대표적인 것으로 총괄한 것은 묵가의 '예악 배격(《묵자》 비유편 참조)' 시기가 지나간 다음이 아닐까? 또 《사기》에 예서(禮書)·악서(樂書)가 있다는 점에 근거로 추론하면 漢代에는 예악을 중시하고 그에 따라 유가설을 仁·義·禮·樂 네 가지 덕목으로 대표시킨 듯하다. '以義爲理'는 물사의 적절함에 따라 질서 있게 다스리는 것. '薰然'의 '薰'은 '惲(운:중후함)'의 차자(馬敍倫의 설). 애정이 가득한 것을 가리킨다. 전자방편 〈불망자우화〉의 '薰然其成形'의 '薰然'과는 뜻을 달리한다.

以法爲分以名爲表以操爲驗以稽爲決(이법위분이명위표이조위험이계위결):법가의 주요한 주장이다. '爲分'은 관직·직분 등의 분한을 명확하게 하는 것. 천도편 〈대도유서론〉의 '分守' 참조. '名'은 천도편의 '刑名' 또는 '形名'의 '名'과 같다. 요컨대 어떤 관직에 정한 직분 또는 그 관직에 임하는 사람이 해야 할 일을 가리킨다. 일반적인 사물을 가리키는 것이 아니다. '表'는 '표준'의 뜻(林希逸, 宣穎, 馬敍倫의 설). 표현한다는 뜻(成玄英의 설)이 아니다. '名'을 보통의 표준으로 삼는 것이다. '操'는 여기서는 '실행하다'의 뜻. '刑名(形名)'의 刑(形)에 해당한다. '驗'은 '譣(증명하다, 점검하다)'의 차자. '名'과 '操'로써 그것이 완전하게 실행되었는지 증거를 얻는 것이다. '稽'는 고찰하는 것. '決'은 시비·상벌을 결정하는 것.

其數一二三四是也(기삭일이삼사시야):'數'은 '策'의 차자. 군자의 방책, 여기서는 '決'을 가리킨다. '一二三四'는 그 수를 열거하는 것처럼 명백하다는 뜻(宣穎의 설).

相齒(상치):그 능력에 합당한 관위에 나아가게 하는 것을 가리킨다.

以事爲常(이사위상):'事'는 '직무'의 뜻. 일설에 '경작'의 뜻(宣穎의 설)이라 한 것도 있다.

以衣食爲主蕃息畜藏老弱孤寡爲意(이의식위주번식축장노약고과위의):'衣食'은 인민의 의식을 족하게 하는 것. '蕃息'의 앞에 '以' 자가 생략되어 있다. '蕃息'은 가축을 늘리는 것. '畜藏'은 식량과 재물을 저장하여 부를 늘리는 것. '老弱孤寡'는 노인·약자·고아·과부를 딱하게 여겨 구제하는 것.

皆有以養民之理也(개유이양민지리야):'이 '理'는 다스린다는 뜻.

【補說】 이상은 〈서론〉의 제1절이다. '천하에 道를 제창하는 자는 많으나 그 道가 과연 참된 道일까?'라는 문제를 제기하고, 옛사람의 道만이 一元에서 전개되는 것임을 제창한다. 이어서 옛사람의 道가 행해졌던 때

에는 天道·神明과 일체인 天人·神人·至人이 있고, 어떤 사물의 변
화에도 통달한 聖人이 있으며, 仁·義·禮·樂으로 인민을 화합시키는
君子가 있어 刑·名·比·詳이 공명하게 행해지고 백관이 제각기 적재
적소에서 각각의 직분을 다한 결과, 인민을 훌륭히 기른 치적을 올렸다
고 서술하고 있다.

古之人其備乎. 配神明, 醇天地, 育萬物, 和天下, 澤及百姓.
明於本數, 係於末度, 六通四闢, 小大精粗, 其運無乎不在.
其明而在數度者, 舊法世傳之史, 尚多有之. 其在於詩·書·
禮·樂者, 鄒·魯之士, 搢紳先生, 多能明之. 詩以導志, 書
以導事, 禮以導行, 樂以導和, 易以導陰陽, 春秋以導名分.
其數散於天下而設於中國者, 百家之學, 時或稱而道之.

옛사람은 이처럼 완비돼 있었던 것이다. 그들은 신명과 일체가 되고 천
지의 광대함을 법칙으로 삼아 모든 物로 하여금 그 본디의 성장을 완수케
하고 천하를 화합시켜 그 은택이 모든 인민에게 널리 미쳤다. 또 군주의 근
본 정책을 명백히 하고 이에 근거하여 신하들이 지켜야 할 법칙을 통일하
여 정무를 모든 방향으로 개통했으니 크고 작고 정밀하고 거친 그 어떤 업
무도 잘 운용되지 않는 일이 없었다.
   그 가운데 명백하게 정책과 규정으로 남아 있는 것은 고래의 법률을 대
대로 전하고 있는 문관이 여전히 이를 계승하고 있는 경우가 많다. 또 그
≪詩≫·≪書≫·≪禮≫·≪樂≫ 등에 전해지고 있는 것은 추(鄒)·노(魯)
지방의 선비, 요컨대 유복 유관(儒服儒官)의 선생들이 이를 명확하게 해

주는 경우가 많다. 즉 ≪시≫는 사람들의 마음의 움직임을 명확하게 하고, ≪서≫는 좋은 정사(政事)에 관해 서술하고 있으며, ≪예≫는 인간의 행동 법칙을 말하며, ≪악≫은 인간이 실현해야만 할 화합을 말하고, ≪역≫은 음양의 변화에 비추어 생각할 것을 가르치고, ≪춘추≫는 군신·상하 등의 명분을 바르게 해야 함을 말하고 있는 것이다. 그 외에 그 정책이 천하에 흩어져 그 중에서 중국에서 행해지고 있는 것은 백가(百家)의 학문으로 때때로 이를 초들어 제창하고 있다.

【語義】 配神明醇天地(배신명순천지):'神明'은 천지간에 두루 있는 精氣. 그 妙用을 받는 것을 가리킨다. '醇'은 '準(준:본뜨다, 법도로 삼다)'의 차자(章炳麟의 설). 천지가 덮고 싣는 작용을 기준으로 삼고 따르는 것을 가리킨다. ≪주역≫ 계사전에 '易의 내용은 광대무변하여 우주 천지와 똑같다. 그러한 까닭에 易道의 본질은 천지를 포섭하여 천지 자연의 道와 완전히 일치하고 있다. 옛날 易을 만든 성인은 하늘을 우러러 일월성신을 관찰하여 음양의 象을 보고, 아래를 굽어 산천 구릉을 관찰하여 강유(剛柔)의 모양을 보아 그것을 괘효상에 나타냈다. 이렇게 易은 천지자연의 상태를 망라하는 까닭에 천지간의 유명(幽明) 일체의 사항을 미루어 알 수 있어 易을 배우면 미미하여 알기 어려운 귀신의 상태나 명백하여 알기 쉬운 人事의 득실을 알 수 있게 된다. 易은 卦의 시작에 있어서 그것이 어떻게 일어났는지를 그 시원으로 거슬러 올라가 미루어 연구하고, 또 卦의 끝에 있어서는 그것이 어떻게 끝나는가를 그 시초로 되돌아가 구할 수 있다. 그러한 까닭에 易을 배우면 역괘(易卦)에서 시작과 끝의 상대순환관계를 살펴 알게 되어 인생에서 生과 死의 문제도 해결할 수 있게 된다. 또 易에서는 순수한 정기가 응집하여 형체를 이루어 物이 된다. 卦에서도 魂과 魄이 합하여 物이 되는데 魂은 物에 모양을 주는

것으로 魂이 魄으로부터 유리(遊離)되면 그 物은 변화한다. 여기서 한 爻·두 爻·세 爻·네 爻·다섯 爻·여섯 爻의 변화가 생기는 것이다. 음양의 굴신(屈伸)은 귀신의 작용으로서 정기가 모여 物을 이루는 것은 神이 신장(伸長)하는 것이고, 유혼(遊魂)이 흩어져서 변화를 이루는 것은 鬼가 돌아가는 것이다. 그러한 까닭에 易을 배우면 음양의 굴신 상태를 알게 되고, 그로써 천지간의 영묘하고 불가사의한 귀신의 모습을 미루어 알 수 있는 것이다(易與天地準. 故能彌綸天地之道. 仰以觀於天文, 俯以察於地理. 是故, 知幽明之故. 原始反終. 故知死生之說. 精氣爲物, 遊魂爲變. 是故, 知鬼神之情狀)'라고 했다. 이와 흡사한 사고방식이다.

育萬物和天下澤及百姓(육만물화천하택급백성):≪중용≫에 '中과 和에 이르게 하면 천지가 자리잡히며 만물이 化育된다(致中和, 天地位焉, 萬物育焉)'라고 했다. 완전하게 자연의 조화를 실현한 것을 가리킨다. 이에 가까운 사고이다. '만물' 중에는 당연히 '백성'이 포함되어 있는데 여기서는 '백성'에 중점을 두어 일부러 표출시킨 것이리라.

明於本數係於末度(명어본수계어말도):'數'는 '策'의 뜻. '係'는 '매듭짓다'의 뜻. 천도편〈대도유서론〉에 '本在於上, 末在於下. 要在於主, 詳在於臣'이라 한 것을 근거로 추론하면 '本數'는 군주가 지닌 無爲의 도덕이며 '末度'는 신하가 행하는 용병·상벌·예법 등이다.

六通四闢(육통사벽):모든 방향으로 넓은 것. '六'은 上下四方의 六方. '四'는 前後左右의 四面. ≪석문≫ 게출본에는 '闢'대신 '辟'으로 되어 있으며 '闢'으로 되어 있는 판본도 있다고 했는데 '闢'이 정자이다.

小大精粗其運無乎不在(소대정조기운무호부재):成玄英은 '大는 兩儀, 小는 群物, 精은 神智, 粗는 形象이다'라고 해석했는데 '小大' 이하는 '明於本數, 係於末度'를 받으면서 '其運(운용의 뜻)'에 이어지고 있으므로 백관의 모든 업무를 가리키는 것으로 보아야 한다.

其明而在數度者(기명이재수도자):이 '數度'는 천도편 〈대도유서론〉의 '禮法數度'의 數度가 예법에 대한 여러 규정을 말하는 것과는 달리 앞글 '本數, 末度'의 요약이며 군주의 정책과 그에 응하여 신하가 준수하는 여러 규정·시책을 말한다. 成玄英은 '數는 仁義, 度는 法名이다'라고 해석했다.

舊法世傳之史尙多有之(구법세전지사상다유지):'傳之'까지를 한 구로 보는 설(馬敍倫의 설)이 있으나 '舊法世傳之史'를 한 구로 보아야 한다. 아래의 '鄒魯之士搢紳先生'과 짝이 된다. '舊法世傳'은 '世傳舊法'의 도치이다. '史'는 문서를 관장하는 관리. 일설에 고사서(古史書)의 뜻으로 ≪춘추≫·≪상서≫ 따위를 가리킨다(成玄英의 설)고 했다. 또 일설에 '尙'은 '掌'의 차자이며 '史掌'이란 '사관이 담당하는 바'의 뜻이라 했다. 생각건대 백가(百家)에 포함되어야 할 '鄒魯之士'를 백가와 따로 취급한 사실로 추측하면 '舊法'과 같이 백가에 포함되어야 할 법가 중의 ≪태공모서(太公謀書)≫·≪관자≫·≪상군서(商君書)≫ 등을 별도로 취급하여 이를 가리키는 것이리라.

鄒魯之士搢紳先生(추로지사진신선생):'鄒'는 공자의 출생지. 지금의 산동성 추현(鄒縣) 서북부의 땅. 일설에는 맹자의 출생지로서 鄒縣 동남쪽 땅이라 한다. '魯'는 공자가 활약한 본거지인 魯나라의 수도. 지금의 산동성 곡부현(曲阜縣). '搢紳'은 '搢笏紳脩'의 약어. 예장(禮裝)을 가리킨다. 단 여기서는 유자가 그러한 복장을 한 것을 가리킨다.

詩以導志……春秋以導名分:'詩·書·禮·樂·易·春秋'는 이른바 六經, 六藝이다. '導'가 古逸叢書本·成玄英疏本, ≪석문≫ 계출본 이외의 것에는 '道'로 되어 있다. '言(말하다)'의 뜻이다,

百家(백가):제각기 독자적인 설을 제창하는 자를 가리킨다. 이른바 '제자(諸子)'와 거의 같으며 제자와 합쳐 '제자백가(諸子百家)'라 하기도 한다.

【補說】이상은 〈서론〉의 제2절이다. 앞 절을 받아 옛사람은 그 德이 완비
되고 은택을 널리 미쳤으며 정치의 시책이 이상적으로 행해졌음을 칭송
하고 이어서 그것이 '舊法世傳之史'와 '搢紳先生'의 육경으로 전해지며
일부는 '百家之學' 중에 있음을 말하고 있다.

---

天下大亂, 賢聖不明, 道德不一. 天下多得一察, 焉以自好. 譬
如耳·目·鼻·口, 皆有所明, 不能相通. 猶百家衆技也. 皆
有所長, 時有所用. 雖然不該不徧, 一曲之士也. 判天地之美,
析萬物之理, 察古人之全, 寡能備於天地之美, 稱神明之容.
是故內聖外王之道, 闇而不明, 鬱而不發. 天下之人各爲其所
欲, 焉以自爲方. 悲夫, 百家往而不反, 必不合矣. 後世之學
者, 不幸不見天地之純, 古人之大體. 道術將爲天下裂.

---

그런데 천하가 크게 혼란하여 현자나 성인이 세상에 나타나 활약하는 일
이 없고, 사람들의 도덕은 잡박(雜駁)하여 통일이 없게 되었다. 천하에 깔
려 있는 백가(百家)들 대부분은 저마다 하나씩 견해를 터득하고 제멋대로
그것만이 가장 좋은 것인 양 생각하고 있다. 이것은 마치 귀·눈·코·입
따위가 제각기 외물을 파악할 수 있는 감각의 한 분야만 구비하면서 서로
다른 기관과 통용되지 못하는 것과 같다. 백가들이 지닌 기능은 바로 이와
같다. 요컨대 그것들은 모두 특장을 지니고 있어 때로는 매우 유용하게 쓰
이기도 한다. 그러나 모든 것이 두루 완비되어 있지 않아 단지 좁은 한 부
분밖에 알지 못하는 선비에 지나지 않는다. 그들은 천지의 광대하고 보편
적인 아름다움을 분해하며 만물의 자연스런 도리를 갈가리 쪼개고 옛사람

의 완전함을 바수어 버려, 결코 천지의 아름다움을 마음속에 갖추고 그 몸을 신명(神明)의 영묘한 모습과 하나 될 수 없는 것이다.

그래서 안으로는 성덕을 갖추고 밖으로는 명왕(明王)으로서 군림하는 道는 은밀히 숨어 세상에 드러나지 않고 혼탁한 기(氣)가 깃들일 뿐으로 밖으로 정기가 나타나지 않는 것이다. 그런데도 천하의 백가들은 저마다 하고 싶은 대로 행하고 게다가 그것이 道인 양 생각하고 있다.

백가들이 각자의 道를 추구할 뿐 그 근본으로 되돌아가려 하지 않는 것은 실로 슬픈 일이다. 그들이 참된 道에 합치하지 못할 것은 필연적이다. 그뿐 아니라 그로 인해 후세의 학자들은 불행하게도 천지의 순미(純美)나 옛사람의 대도(大道)를 알 수 없게 된다. 道는 천하의 백가들 때문에 분열되려 하고 있다.

【語義】天下大亂(천하대란):秦末 漢初의 전란을 가리키는 게 아닐까?

天下多得一察焉以自好(천하다득일찰언이자호):≪석문≫은 '得一'에서 구를 끊었으나 '一察'에서 끊어야 한다(羅勉道의 설). '察'은 미세한 것까지 궁구한 明知를 가리키는 경우가 많은데 여기서는 지극히 작은 것에 구애되는 견식을 가리킨다. '焉'은 여기서는 '乃'와 거의 같은 뜻.

猶百家……:'百家'가 '百官'으로 되어 있는 판본도 있다(王叔岷의 설). 저본대로 해석하겠다. 또 이 한 구는 방주가 잘못 들어간 듯하다는 설도 있다.

一曲之士(일곡지사):천도편〈대도유서론〉의 '一曲之人' 참조.

判天地之美析萬物之理察古人之全(판천지지미석만물지리찰고인지전):지북유편〈관어천지설〉에 '天地有大美而不言, 四時有明法而不議, 萬物有成理而不說. 聖人者, 原天地之美而達萬物之理'라고 한 것 참조. '古人之全'은 앞의 '古之人其備乎'를 받고 있다.

內聖外王之道(내성외왕지도):《순자》해폐편(解蔽篇)에 '聖이란 내면적인 사물의 도리를 궁구한 자이고, 王이란 외면적인 법제를 궁구한 자이다. 이 양자를 모두 갖춘 聖王이야말로 천하의 최고 표준이 되기에 충분하다(聖也者, 盡倫者也. 王也者, 盡制者也. 兩盡者, 足以爲天下極矣)'라고 했다. '內聖外王'이란 이에서 비롯된 말이리라. 안으로는 聖德을 갖추고 밖으로는 明王으로 군림하는 자로서 완전한 군주이다. 帝王은 完全者라고 하는 주장은 특히 漢代에 강조되었다. 천도편〈허정·염담·적막·무위론〉에는 '夫虛靜·恬淡·寂漠·無爲者, 萬物之本也. 明此以南鄕, 堯之爲君也. 明此以北面, 舜之爲臣也. 以此處上, 帝王·天子之德也. 以此處下, 玄聖·素王之道也'라고 했는데, 이것은 玄聖·素王과는 다르며 현실의 聖王·帝王·天子여야 한다.

往而不反(왕이불반):경상초편〈천문지설〉에 '故出而不反, 見其鬼'라고 한 것과 흡사한 생각이리라.

天地之純(천지지순):'天地之美'와 같다. '純'은 완비된 일체임을 가리킨다.

古人之大體(고인지대체):윗글의 '古之所謂道術' 또는 '古之人其備乎'를 가리킨다. '大體'는 《맹자》고자 상편에 '大體, 즉 양심에 좇으면 대인이 되고 小體, 즉 이목(耳目)의 욕망에 좇으면 소인이 된다(從其大體爲大人, 從其小體爲小人)', '하늘이 나에게 준 것 중에서 우선 가장 큰 것, 즉 마음을 확립시켜 놓으면 그 작은 것, 즉 이목의 욕망이 큰 마음을 빼앗을 수 없다(天之所與我者, 先立乎其大者, 則其小者不能奪也)'라고 한 것처럼 큰 가치를 지닌 物(주자는 大體를 心, 小體를 耳·目 등으로 해석했다)을 가리키는 것인데, 《한비자》대체편에서는 '옛날 치국의 대요를 완벽하게 체득했던 자는 천지를 바라보아 그 광대함을 배우고, 강과 바다를 살펴 그 만물을 받아들이는 것을 배우고, 산과 골짜기의 본디 모습에 좇아 그 높고 낮음을 배웠다. 일월이 비추듯, 사계가 갈마들듯, 구름이 떼를 짓고 바람이 움직이듯, 자연에 좇아 조화가 이루어진다. 小知로써 마음이 어지러워지는 일이 없고, 私利로써 자기 자신이 고통 받는 일이 없다. 나라의 법술은 法術의 수단에 맡기고, 시비의 가치는 상벌의 법에 의탁하고, 일의 경중은 저울의 규준에 위임한다. 자연의 도리에 거스르는 일을 하지 않고, 인간의 타고난 성품을 손상시키는 짓을 하지 않는다. 솜털까지 불어 헤쳐 작은 흠을 찾아내려는 짓을 하지 않고, 때를 말끔히 닦아 내어 여간해서 알기 어려운 것까지 알려는 일을 하지 않는다. 규준을 이루는 범주 밖으로 나가는 처리는 하지 않고, 법 이상으로 엄하게 처리하는 일도 없고 법 이하로 가볍게 처리하는 일도 하지 않는다. 결단코 이법을 지키고 자연의 道에 좇는다. 재앙을 받느냐 행운을 받느냐는 도리와 법도를 좇는가에 따라 결정되어야 하며 군주의 애증으로 결정되는 일이 있어서는 안 된다(古之全大體者, 望天地, 觀江海, 因山谷. 日月所照, 四時所行, 雲布風動. 不以智累心, 不以私累己. 寄治亂於法術, 託是非於賞罰, 屬輕重於權衡. 不逆天理, 不傷情性. 不吹毛而求小疵, 不洗垢而察難知. 不引繩之外, 不推繩之內, 不急法之外, 不緩法之內, 守成理, 因自然. 禍福生乎道法而不出乎愛惡)'라고 하여 無爲의 道法을 가리키는 것으로 보고 있다. 여기서는 道의 뜻으로 쓴 것이 아닐까?

　道術將爲天下裂(도술장위천하열):'천하'는 주로 百家를 가리키고 있다. 본 〈서론〉에는 '天下', '天下之人' 등 그 표현을 달리한 말이 나오는데 이는 백가를 반복하여 말하는 것을 피하기 위한 방법이리라.

【補說】 이상은 〈서론〉의 제3절이다. 천하가 크게 어지러워지자 百家의 道가 일어났다. 때로는 유용한 주장이 없는 것은 아니나 一曲의 견해일

뿐 천지신명의 아름다움을 갖추고 있지 않다. 더욱이 그 一曲을 추구하여 멈추려 하지 않기 때문에 聖王의 道가 갈수록 흐릿해지고 후세의 학자들은 道의 大全을 알 수 없게 되며 道가 분열 직전까지 오게 되었다고 말하면서 이 논설 처음의 문제 제기와 서로 호응하여 백가에 대한 비판을 전개하려는 구상을 나타내 보이고 있다.

【餘說】〈서론〉에 나타난 천하편 작자의 입장

　천하편의 작자는 뒤의 논술을 근거로 추측하면 노 · 장의 사상, 특히 ≪노자≫의 사상을 받드는 자임에 틀림없으나 ≪장자≫의 내편 외의 곳에 자주 보이는 것처럼 구심적으로 道나 德을 추구하는 것은 아니다. 一元의 道를 근본으로 삼지만 그 현실적 전개를 중시하고 총합적 입장을 견지하고 있다.

　≪순자≫ 천론편에 '만물은 최고 최대의 존재인 道의 한쪽 부분에 지나지 않는다(萬物爲道一偏)'라고 한 것처럼 만물의 차별을 사상(捨象: 현상의 특성 · 공통성 이외의 요소를 버림)하고 萬物一齊의 一元을 말하기보다도 온갖 차별이 있는 만물이 道에 포화되어 존재한다는 것, 즉 道는 여러 현상에 보편적으로 타당하다는 것을 말하는, 이른바 총합적 입장은 순자 이후 漢代에 걸쳐 현저했다.

　秦의 시황제 8년에 성립된 ≪여씨춘추≫ 서의편(序意篇)에는 '凡十二紀者, 所以紀治亂存亡也. 所以知壽天吉凶也. 上揆之天. 下驗之地. 中審之人. 若此則是非可不可無所遁矣'라고 했다. 漢나라 무제의 초기에 회남왕 유안이 편집한 ≪회남자≫는 ≪여씨춘추≫가 有爲의 天子의 道를 주로 하는 것과 달리 無爲의 帝王의 道를 주로 하고 있다. 그러나 道와 모든 물사를 겸하는 것을 목표로 삼는 점은 같다. 이보다 약간

후에 성립된 사마담의 〈육가요지(六家要旨)〉에서도 道의 총합성을 찬양하고 있다. 이 〈서론〉의 총합적 입장은 이러한 경향과 관계가 있다.

특히 이 〈서론〉의 특징은 우선 옛사람의 도술의 일면으로 법제·형명에 의한 백관의 다스림을 들고, 또 그의 本數·末度가 후세에 전승되었다고 하는 데 있다. 이것은 소요유편 〈유무궁우화〉의 '知效一官, 行比一鄉' 류를 냉소하는 입장과 다르다. 천지편 〈군주천덕설〉에서 '天下之官治'를 설하고 천도편 〈대도유서론〉에서 '禮法·度數·形名' 따위를 설한 입장과 서로 비슷한데 그것들은 '古人有之, 而非所以先也'라고 했듯이 이를 강하게 억눌렀다. 이에 비해 이 〈서론〉은 법가의 설에 대해 한층 타협적이다.

법가 사상과 도가 사상의 친근한 관계는 예부터 지적되어 온 바인데 이 〈서론〉에는 시대 풍조의 영향이 있는 듯하다. 처음으로 군현제의 중앙집권국가를 건설한 秦은 법치책을 고집했는데 그 뒤를 이은 漢帝國도 문제·경제 때에는 법가의 설을 좋아했다고 한다(≪사기≫ 유림전 참조). 그 후에도 음으로는 법술이 장려되었다. ≪회남자≫ 요략훈에서도 역대의 중요한 사상으로 유·묵 외에는 ≪관자≫·≪신자(申子)≫·≪상자(商子)≫·≪한비자≫ 등 법가의 저술을 많이 들고 있다. 그 시대의 사상으로서 무시할 수 없는 중요함을 지니고 있었기 때문이리라.

이 〈서론〉의 두 번째 특징은 '兆於變化, 謂之聖人'은 별개의 것으로 치더라도 仁義禮樂의 군자를 칭양하고 옛사람의 도술이 詩·書·禮·樂으로 전해지며 '鄒魯之士, 搢紳先生'에 의해 그것이 명확하게 되었음을 말하는 등 유가설에 대한 적지 않은 추중(推重)을 보여 주고 있다는 점이다. 이는 '道隱於小成, 言隱於榮華, 故有儒墨之是非'라고 한 제물론편 〈천뢰우화〉의 주장과 다르다. 오히려 ≪장자≫에 있어서 仁義는 거의 인간의 자연스러움에 대한 질곡으로서 배격되며 유가의 조사(祖

師)인 공자는 도가의 괴뢰로서 취급되고 있다고 말할 수 있다. 겨우 대종사편 〈진인론〉에서 眞人은 禮를 날개로 삼았다 하고, 천도편 〈대도유서론〉에서 仁義를 도덕의 다음 자리에 두었을 뿐이다.

이 〈서론〉의 '搢紳先生'이라는 용어에는 유가의 상고주의·형식주의에 대한 야유의 느낌이 담겨 있기는 하지만 적극적인 비난의 소리는 담겨 있지 않다.

漢代에는 전술한 법가설 외에 황로설(黃老說)이 널리 행해졌다. 무제가 즉위하고 두태후(竇太后)가 죽자 형명·황로·백가의 설을 물리치고 유술(儒術)만을 존숭하게 되었다. 앞서 기술한 것처럼 《회남자》는 황로의 설, 즉 無爲淸淨의 설을 주로 하고 있는데, 오직 한 편 진족훈(秦族訓)에서는 유가설을 전개하고 있다. 요략훈(要略訓)에서도 유가의 흥기를 移風易俗의 術로 보고, 그 뒤를 '공자의 術은 그 禮가 번잡하여 간단하지 않다. 장례를 후하게 하여 재물을 소진하고 백성을 빈곤하게 하는 오랜 기간의 服을 강요하여 生을 손상시키고 일을 어렵게 한다(以爲其禮煩擾而不說. 厚葬靡財而貧民服傷生而害事)'라고 비판하는 묵가의 설로 받고 있다. 이 유가에 대한 고려는 무제가 유술을 각별히 추존한 데 대한 배려가 아닐까? 어찌 되었든 이 〈서론〉은 유가설에 적잖이 경도되어 있다고 아니할 수 없다.

순자는 물론 유가이지만 그보다는 총합적인 사상가라 할 만하다. 그는 해폐편에서 '무릇 사람이 지닌 병폐는 어느 한쪽에 치우친 그릇된 말에 가리어 공정한 큰 도리를 알아보지 못하는 것이다(凡人之患, 蔽於一曲, 而闇於大理)'라고 한 것처럼 백가가 一曲에 편향됨을 비판의 기준으로 삼아, 예로써 '신자(愼子)는 법률주의에 가리어 현자의 덕치적 효용을 이해하지 못했고, 신자(申子)는 권세주의에 가리어 개인적 지능의 효용을 이해하지 못했으며, 혜자는 명사주의(名辭主義)에 가리어 사물의 실상을 이해하지 못했고, 장자는 하늘, 즉 天然無爲의 자연주의에 가리어 인위의 효용을 이해하지 못했다. 그래서 실용주의에 근거하여 그에 따르는 것을 정도로 삼은 묵자의 입장은 실리만을 추구하게 되고, 과욕주의에 근거하여 그에 좇는 것을 정도로 삼은 송자(宋子)의 입장은 오로지 만족만을 추구하게 되고, 법률주의에 근거하여 그에 따르는 것을 정도로 삼은 신자(慎子)의 입장은 권모술수만을 추구하게 되며, 권세주의에 근거하여 그에 좇는 것을 정도로 삼은 신자(申子)의 입장은 형식적 논리만을 궁구하게 되었다(慎子蔽於法而不知賢, 申子蔽於執而不知知, 惠子蔽於辭而不知實, 莊子蔽於天而不知人. 故由用謂之道, 盡利矣, 由欲謂之道, 盡嗛矣, 由法謂之道, 盡數矣, 由執謂之道, 盡便矣)'라고 했듯이 백가의 장단을 인식하는 태도를 취했다. 백가를 '一曲之士'라고 한 〈서론〉의 태도는 이와 비슷하다.

전국시대의 백가는 논리적 정합성(整合性)이나 객관적으로 타당한 체계를 구축하는 것보다 一家로서의 독창적인 설을 확립하기에 급급했다. 시폐(時弊)를 바로잡을 절실한 策이 필요했기 때문이다. 이것들을 비판하는 단계가 되면 一元의 道를 구하여 그 전개를 생각하며 총합적·체계적으로 되는데 이는 필연적인 경향이다. 이런 점에서 본다면 이 〈서론〉이 총합적이면서 법가설·유가설에 대해서도 타협적·절충적인 것은 오로지 이 필연성에 기인하기 때문인지도 모른다. 그런데 이 〈서론〉이 뒤에 묵가, 송·윤, 도가, 명가까지 언급하고는 있지만 유독 법가·유가만을 별개의 것으로 취급하는 까닭은 무엇일까? 그것은 백가에 대한 비판과는 다른 조건에 의한 것이라고 생각하지 않으면 안 된다.

> 不侈於後世, 不靡於萬物, 不暉於數度, 以繩墨自矯, 而備世
> 之急. 古之道術, 有在於是者. 墨翟·禽滑釐, 聞其風而悅之.
> 爲之太過, 已之大循. 作爲非樂, 命之日節用. 生不歌, 死無
> 服.
> 墨子汎愛兼利而非鬪. 其道不怒. 又好學而博, 不異, 不與先
> 王同, 毀古之禮樂. 黃帝有咸池, 堯有大章, 舜有大韶, 禹有大
> 夏, 湯有大護, 文王有辟雍之樂, 武王·周公作武.
> 古之喪禮, 貴賤有儀, 上下有等. 天子棺槨七重, 諸侯五重,
> 大夫三重, 士再重. 今墨子獨生不歌, 死不服, 桐棺三寸而無
> 槨, 以爲法式. 以此敎人, 恐不愛人, 以此自行, 固不愛己. 未
> 敗墨子道, 雖然, 歌而非歌, 哭而非哭, 樂而非樂. 是果類乎.
> 其生也勤, 其死也薄. 其道大觳, 使人憂, 其行難爲也. 恐其
> 不可以爲聖人之道. 反天下之心, 天下不堪. 墨子雖獨能任,
> 奈天下何. 離於天下, 其去王也遠矣.

후세 사람들을 사치로 내닫지 않게 하고 갖가지 物을 낭비하지 않으며
정책·제도를 마음대로 하지 않고 오직 엄숙한 규율을 세워 자신의 행동
을 바로잡음으로써 당세의 급무에 대비한다. 옛적 성대(聖代)의 도술에 이
런 가르침이 있었다. 묵적과 금골리는 이 취지를 듣고 기뻐했다. 그러나
그 가르침을 행함이 매우 지나치고 그 금하는 바가 너무 엄격했다. 즉 비
악(非樂:가무나 음악을 즐기는 것을 배격함)이라는 설을 제창하고 그 이유

를 명백하게 하여 절용(節用:물자를 절약하여 사용함)을 주장했다. 한 마디로 사람이 살아 있는 동안에는 노래 부르는 일도 없이 괴로워하고, 죽어서는 그 누구도 服을 입지 않는다는 것이다.

묵자는 사람들이 널리 사랑하고 서로의 이익을 도모해야 함을 주장하고 서로 싸우는 것을 배격했다. 그의 道는 다른 사람에 대해 노여움을 갖지 않는다는 것이 핵심적인 주장이었다. 또 학문을 좋아하고 박식했으나 대단히 유별난 데가 있고 선왕의 道와는 같지 않아 옛적의 예악(禮樂)을 비난했던 것이다.

선왕들에게는, 즉 가장 오래된 성왕인 黃帝에게는 함지악(咸池樂)이, 堯임금에게는 대장(大章)이, 舜임금에게는 대소(大韶)가, 禹임금에게는 대하(大夏)가, 은(殷)의 湯王에게는 대호(大護)가, 주(周)의 文王에게는 벽옹(辟雍)의 樂이 있었으며, 또 武王이나 周公은 무(武)라고 하는 樂을 제정하여 고대로부터 음악이 없던 적은 없다.

옛적 상(喪)의 예제(禮制)에는 신분의 귀천과 상하에 따라 정해진 등급이 있었다. 즉 천자는 내관과 외곽을 일곱 겹으로 하고, 제후는 다섯 겹으로, 대부는 세 겹으로, 선비는 두 겹으로 했던 것이다. 그런데 유독 묵자만은 살아 있는 동안에는 노래도 부르지 못하고, 죽어서는 누구도 상복을 입어서는 안 되며, 썩기 쉬운 오동나무로 만든 세 치 두께의 관에 겉널도 없이 시체를 담아 장사지내는 것을 법식으로 삼고 있다. 이러한 상례(喪禮)를 사람들에게 가르치는 것은 필시 널리 사람들을 사랑해야 한다는 그의 주장에 어긋날 뿐 아니라 오히려 사람들을 사랑하지 말라고 가르치는 것이 되며, 또 그러한 행위를 스스로 하게 되면 자기 자신을 사랑하지 않는 것과 같다.

그렇다고 묵자의 道가 아무런 의의도 없는 것은 아니다. 그러나 묵자의 道는 저절로 나오는 노래를 나오지 못하게 작위적으로 금지하고, 죽은 사람을 애도하여 터져나오는 곡(哭)을 작위적으로 제지하며, 저절로 즐거워지는 것을 작위적으로 억누른다. 이것이 과연 참된 道에 합치하는 것일까? 묵자의 道에 따르면 사람은 살아서는 고통 받으며 애를 써야 하고 죽어서는 변변치 않게 취급되어야 한다. 그의 道는 너무나도 인간미가 메마르고 고달프게 할 뿐이어서 차마 사람으로서는 행하기 어려운 것이다. 필시 聖人의 道라고는 할 수 없으리라. 그의 道는 천하 사람들의 참된 情에 어긋나는 것이기에 도저히 따를 수 없는 일이리라. 혹 묵자만은 그렇게 할 수 있을지는 몰라도 그의 道가 어찌 사람들을 움직이게 할 수 있겠는가? 사람들의 참된 情과 멀리 떨어져 있으면 王道와도 멀리 떨어지게 된다는 것은 정해진 이치이다.

【語義】 不侈於後世(불치어후세):이하 5조목은 '古之道術'의 일단을 말하고 미리 묵가의 특색을 지적한 것이다. 다른 학파의 경우도 같다. '後世'는 '古'에 대하여 뒷세상의 사람들. '不侈'는 사치로 내닫지 않게 하는 것. 스스로 절검(節儉)을 보이는 것을 뜻한다(宣穎의 설)는 해석은 적당하지 않다. 이 구는 '절용(節用)'을 주장한 것에 해당한다.

　不靡於萬物(불미어만물):'靡'는 낭비하는 것(宣穎의 설). 본디 '費'의 차자이다. '만물'은 여기에서는 물자를 가리킨다. 이 구는 '桐棺三寸'의 주장에 해당한다.

　不暉於數度(불휘어수도):'毀古之禮樂'에 해당한다. 그런 의미에서는 '暉(빛, 빛냄)'의 글자 뜻대로 해석해도 통하지 않는 것은 아니나 정책·제도를 마음대로 하지 않는다는 일반론을 말하는 것이므로 '暉'는 '揮' 또는 '運'의 차자로 해석해야 할 것이다.

　以繩墨自矯(이승묵자교):'繩墨'은 엄격한 규율, 계율을 말한다. '自矯'는 자신의 행위를 스스로 바로잡는 것.

　備世之急(비세지급):'備'는 대책을 강구하는 것. '急'은 급한 일. 전란을 종식시키고 인민을 궁핍으로부터 구하는 것을 가리킨다.

古之道術有在於是者(고지도술유재어시자):'是'는 위의 5조목을 가리킨다. 요컨대 절검(節儉)과 극기적 구세(救世)로 요약할 수 있을 것이다. 최초의 3조목은 ≪장자≫의 소박주의(마제편·재유편 등 참조)나 ≪노자≫의 '소국과민주의(小國寡民主義)'와 서로 공통된 사상이라 할 수 있으나 마지막 2조목은 노장에는 없는 사상일 뿐 아니라 오히려 그와 상반되는 점이 있다. 요컨대 천하편의 작자는 '古之道術'을 전연 '노장적(老莊的)'인 것으로 생각하지 않았던 것이다.

墨翟(묵적):이른바 묵자. 묵가의 개조(開祖). 그의 전기는 유감스럽게도 상세하지 않다. ≪사기≫ 맹순열전(孟荀列傳)에 겨우 '생각건대 묵적은 宋나라의 대부로서 城을 잘 지키고 근검절약했다. 어떤 사람이 말하기를 공자와 같은 시대의 사람이라 하며, 또 어떤 사람은 공자 이후의 사람이라 한다'라고 되어 있는 정도다. 최근 학자들의 설에 의하면 성은 墨(≪여씨춘추≫ 당염편(當染篇) 高誘 注. 일설에 墨은 학파의 특색에 근거한 이름이라 한다), 이름은 翟, 宋나라에서 태어났다 한다. 일설에 의하면 魯나라 사람이라고도 하며, 또 魯陽(하남성 魯山縣) 사람이라고도 한다. 공장(工匠) 출신이며 史角이라는 자로부터 郊廟의 禮를 배웠다 한다. 그의 생몰 연도에 관해서는 B.C. 468년경~B.C. 376년경(孫詒讓의 설), B.C. 500년 또는 B.C. 490년~B.C. 425년 또는 B.C. 416년(胡適 ≪中國哲學史大綱≫의 설), B.C. 478년~B.C. 392년(錢穆 ≪先秦諸子繫年≫의 설) 등의 추정설이 있는데 B.C. 5세기 후반에 활약하고 그 말년까지 생존했다는 것은 거의 확실하다. 그의 활약상을 전하는 것으로 ≪묵자≫의 貴義·魯問·公輸 등의 편이 있어 兼愛·非攻 등의 주장을 싣고 있으며, 魯·齊·衛·宋·魏·楚 사이를 동분서주했다 한다. 그의 학파는 巨子(아래의 語義 참조)를 우두머리로 강고한 단결을 유지하고 유가와 나란히 顯學(≪한비자≫ 현학편)이었으나 漢代에는 쇠멸했다. 그의 학설을 전하는 것으로 ≪묵자≫가 있다. 본디 71편이었는데 18편이 없어지고 다음의 53편이 전한다. 親士·脩身·所染·法儀·七患·辭過·三辯(이상 雜論), 尙賢上·中·下, 尙同上·中·下, 兼愛上·中·下, 非攻上·中·下, 節用上·中, 節葬下, 天志上·中·下, 明鬼下, 非樂上, 非命上·中·下, 非儒下(이상은 그 제목이 나타내는 문제에 관한 論), 經上·下, 經說上·下, 大取·小取(이상은 논리적 사고를 주로 하는 論), 耕柱·貴義·公孟·魯問·公輸(이상은 묵적 및 그의 학파의 활동에 관한 雜說), 備城門·備高臨·備梯·備水·備突·備穴·備蛾傳·迎敵祠·旗幟·號令·襍守(이상은 城市의 방어 전술에 관한 論). ≪묵자≫는 묵가의 총집(總集)으로 일시에 만들어진 것이 아니다. 묵가의 사상에 관해서는 餘說 참조.

　禽滑釐(금골리):'釐' 대신 '釐·黎·氂'라고도 쓰며, '滑'대신 '骨·屈'로도 쓴다. 묵적의 제자. 성은 禽, 이름은 滑釐. 일설에 '滑釐'는 자(字)라고 한다(成玄英의 설). 공자의 제자인 자하에게서 배웠는데(≪사기≫ 儒林傳의 설), 후에 묵적에게서 배우고 각고면려(刻苦勉勵)했으며 마침내 수성(守城)의 법을 모두 전수(傳授)했다고 한다. ≪묵자≫의 비성문(備城門) 이하의 모든 편은 禽子와 묵적의 문답 형식으로 되어 있다.

　其風(기풍):'風'은 '취지'의 뜻.

　爲之太過(위지태과):≪석문≫ 게출본, 成玄英 疏本 등에는 '太' 대신 '大'로 되어 있다. 의미는 같다. 이 구는 다음 글의 '非樂', '節用' 따위를 가리키는 것이리라.

　已之大循(이지대순):'已'는 '그만두다, 멈추다'의 뜻. '爲'와 짝이 된다. '循'은 '遁' 또는 '巡'의 차자. '물러서다', 나아가 '스스로 억압하는 것'을 뜻한다. 이 구는 다음 글의 '以自苦爲極' 따위를 가리키는 것이리라.

作爲非樂命之曰節用(작위비악명지왈절용):≪묵자≫ 非樂 상편에서는 천하의 士君子의 목적이 천하 만민의 이익을 일으키는 데 있는데도 음악의 즐거움을 추구하는 것은 인민에게 가렴주구(苛斂誅求)하고 국가의 산업을 방해하며 선왕의 가르침에 어긋나는 짓이라고 논하고 있다. 節用 상편과 중편은 국가의 이익을 극대화하고 인민을 이롭게 하며 인구를 늘리는 데에는 음식 · 의장 · 궁실 · 갑병(무기) · 장의 등을 실용의 범위 내로 줄이고 無用의 낭비를 없애며 무거운 세금을 걷는 것을 중지하고 인민을 적령에 결혼시켜야 한다고 논하고 있다. 또 節葬 하편에서는 厚葬 · 久喪 · 殉死 등이 인민을 궁핍케 하고 인구를 감소시키며 쟁란의 원인이 됨을 지적하고 棺三寸 · 衣三領의 節葬을 주장하고 있다. 많은 학자들이 이 글의 '非樂 · 節用'을 ≪묵자≫의 非樂 · 節用 양편에 배당하는데 이 글의 표현이 그것을 가리킨다고는 볼 수 없다. 두 주장을 합쳐 그 특색을 나타내려는 것이리라(馬敍倫의 설). 두 주장 모두 無用의 費를 없애고 천하 만민의 利를 일으키려는 것은 서로 공통된다. 그래서 '命'을 '明'의 차자로 본다.

生不歌死無服(생불가사무복):成玄英은 묵가의 주장을 설명하는 진술로 보고, 또 '服'을 服裝의 뜻으로 보아 '살아 있을 때에는 노래를 부르지 않는다. 따라서 樂을 행하지 않는다. 죽어서는 服을 쓰지 않고 비용을 절감한다. 의식과 장례에 근검절약하는 것을 말한다'라고 해석했는데 이 문장은 묵가의 주장에 대한 비평의 말이 삽입된 것이리라. '服'은 상복(喪服)의 뜻으로 해석해야 한다. 상복은 生者가 死者에게 보답하는 길로서 유가에서 매우 중요시하는 일이다 ≪슌자≫ 예론편(禮論篇)에는 '부모나 임금이 죽었을 때 3년 동안 服하는 것은 무슨 까닭인가? 그것은 인정의 기미를 헤아려 예라는 형식을 만들고 그로써 사회를 수식하고 사자에 대하여 친근한 자와 소원한 자, 신분이 귀한 자와 낮은 자의 상태를 나타내는 것이므로 결코 그 기간을 증감할 수 없다. 따라서 다른 것과 비교할 수 없고 변경할 수 없는 예의 규정이라 한다(三年之喪何也. 曰, 稱情而立大, 因以飾羣, 別親疏貴賤之節, 而不可益損也. 故曰無適不易之術也)'라고 되어 있다. 덧붙여 말하면 ≪묵자≫ 절장편(節葬篇)에는 '옛 성왕은 장례를 간소하게 하는 법을 만들었으니 그 내용은 다음과 같다. 관은 세 치 두께면 시체가 썩을 때까지 견딜 것이며, 죽은 사람에게 입히는 의금(衣衾)은 세 벌이면 시체를 덮기에 충분할 것이다. 무덤을 파는 데 지하수까지 이르러서도 안 되고 시체 썩는 냄새가 새어 나올 정도가 되어서도 안 되며 무덤의 높이는 석 자 정도면 충분하다. 장사를 끝내고 나면 산 사람들은 3년상을 버리고 즉시 자기의 일자리로 되돌아가야 한다(故古聖王, 制爲葬埋之法. 曰, 棺三寸, 足以朽體, 衣衾三領, 足以覆惡. 以及其葬也, 下毋及泉, 上毋通臭. 壟若參耕之畝, 則止矣. 死則旣以葬矣, 生者必無久哭, 而疾而從事)'라고 되어 있어 장례에 쓰이는 服이 없었던 것은 아니다. 단 喪에 服하는 것은 간단했다. 이 두 구는 다음 글에 다시 나온다. 이 이하 '不與先王同'까지가 나중에 삽입된 부분이 아닐까? 최소한 이 두 구는 나중에 더해진 것이 틀림없다.

墨子氾愛兼利而非鬪(묵자범애겸리이비투):'묵자'는 묵적을 가리킨다. 묵적의 가장 중요한 주장은 겸애(兼愛)와 비공(非攻)이다. ≪묵자≫의 兼愛 上·中·下 3편은 요컨대 천하의 쟁란은 사람들을 서로 사랑하게 하지 않는 데 기인한다고 하며 사랑[愛]의 실행을 말하고, 이 愛를 중편에서는 '서로 차별 없이 사랑하고 똑같이 이익 되게 하는 것(以兼相愛交相利)'이라 하고, 하편에서는 이기적 차별과 다른 兼임을 강조했다. 묵자의 '兼'이란 '博'의 뜻이다. 묵자는 유가의 仁이 시세에 즉응하는 사람들의 차등애(差等愛)인 것에 반해 무차별적 · 전인적 박애를 주장했다. '氾愛兼利'란 '兼相愛交相利'를 바꿔 말한 것이다. 非攻 상 · 중 · 하 3편 도 攻戰을 天 · 鬼 · 人에게 백 가지 손해를 주는 최대의 불의로 보고, 攻戰을 시인하는 王 · 公 · 士 · 君子의 설을 격렬하게 비난하는 내용의 것이다. '非鬪'는 '非攻'을 바꿔 말한 것. 郭象은 '묵자는 백성들을 모두 근검하고 여유 있게 만들었다. 때문에 싸움을 非라 한다'라고 해석했으 나, 이 '而'는 '氾愛兼利'와 '非鬪'를 함께 제시하는 조사이다. 즉 유복하 기 때문에 攻戰을 물리친다는 뜻이 아니라 묵자는 '氾愛兼利'와 '非鬪' 를 주장했다는 뜻이다.

其道不怒(기도불노):'氾愛兼利而非鬪'를 결론지어 한 말이다. 郭象 · 成 玄英이 '克己勤儉, 故로 物을 원망하지 않는다'라고 해석한 것은 적당하 지 않다. ≪묵자≫ 경주편(耕柱篇)에 '군자는 결코 다투는 법이 없다(君 子無鬪)'라고 했는데 천하편의 작자는 겸애 · 비공은 다른 사람에게 노여 움을 품지 않는 심정에서 비롯된다고 생각한 것이리라. ≪묵자≫에 의하 면 그것들은 천하의 만민을 愛利하는 것, 정의를 지키는 것으로부터 출 발한다.

又好學而博不異不與先王同……: ≪논어≫ 자한편에 '위대하도다, 공 자는! 박학하면서도 이름을 드러내지 않는다(大哉, 孔子. 博學而無所 成名)'라고 한 말이 실려 있다. 또 박학은 유가가 매우 중시하는 덕목 이다. 이 문장은 그러한 사실을 전제로 한 것이리라. 묵가의 '博'은 구 체적으로는 ≪묵자≫ 중에 ≪書≫ · ≪詩≫ 외에 여러 나라의 ≪春秋≫ 를 인용한 것을 가리키는 것이리라. '不異'는 '好學而博'에 대한 비평을 섞은 술어이다, 이 '不'은 王引之가 지적한 것처럼 고문헌에 왕왕 보이 는 '乃'의 뜻으로 해석해도 통하나 '丕(크다)'의 차자로 해석해야 한다. '異'는 기이함, 즉 '詩 · 書 · 禮 · 樂', '搢紳先生'의 學과는 매우 다른 것

을 뜻한다. 구체적으로는 ≪묵자≫ 명귀편(明鬼篇)에 보이는 '鬼神之
詳' 따위를 가리키는 것이리라. 그래서 '不與先生同'이라 한 것이다. 이
구는 '毁古之禮樂'에 걸린다. ≪순자≫ 악론편(樂論篇)에 "묵자가 '樂이
라 하면 성왕이 이미 부정한 것인데도 유자들이 높이고 귀히 여기는 것
은 잘못된 일이다'라고 말했다. 군자는 아무도 묵자의 말을 옳다고 여
기지 않는다. 樂은 본디 성인이 즐기던 것이며 이것으로 민심을 선도
할 수 있을 뿐 아니라 사람의 마음을 감동시키는 데 음악만큼 깊은 것
이 없고, 또 음악만큼 백성의 풍속을 쉽게 바꾸어 주는 것도 없다. 때
문에 옛 성왕은 예와 악으로써 백성을 이끄셨고, 또 이것으로 백성들은
모두 화목하게 지낼 수 있었다(墨子曰, 樂者聖王之所非也, 而儒者爲之
過矣. 君子以爲不然. 樂者聖人之所樂也, 而可以善民心, 其感人深, 其
移風俗易. 故先王導之以禮樂, 而民和睦)"라는 기록이 있는데 이 문장
은 이에 근거한 듯하다.

　黃帝有咸池……武王周公作武:≪여씨춘추≫ 고악편(古樂篇)에는 갈
천씨(葛天氏)의 가팔결(歌八闋), 음강씨(陰康氏)의 무(舞), 황제(黃帝)
의 영소·함지(英韶·咸池), 전욱(顓頊)의 승운(承雲), 제곡(帝嚳)의 육
초·육렬·육영(六招·六列·六英), 제요(帝堯)의 대장(大章), 제순(帝
舜)의 구초·육렬·육영(九招·六列·六英), 우(禹)의 하약(夏籥), 탕
(湯)의 대호(大護), 주공(周公)의 대무(大武) 등의 음악이 기록되어 있
다. ≪백호통의(白虎通義)≫ 예악편(禮樂篇)에는 ≪예기≫의 문장을 인
용하여 '황제의 樂을 함지(咸池)라 하고, 전욱의 樂을 육경(六莖)이라
하고, 제곡의 樂을 오영(五英)이라 하고, 요의 樂을 대장(大章)이라 하
고, 제순의 樂을 소소(簫韶)라 하고, 우의 樂을 대하(大夏)라 하고, 탕
의 樂을 대호(大護)라 하고, 周의 樂을 대무상(大武象)이라 하고, 주공
(周公)의 樂을 작(酌)이라 하고, 周와 周公의 樂을 합쳐서 대무(大武)라

한다'고 했으며, 또 그 의미가 해설되어 있다. 현존하는 大·小戴記에는 이 문장이 보이지 않으며, 단지 ≪예기≫ 악기편(樂記篇)에 大章·咸池·韶·夏·武의 이름이 보일 뿐이다. 이 절의 악(樂) 이름은 ≪여씨춘추≫ 고악편과 漢代에는 있었던 ≪예지기(禮之記)≫에 근거하여 정리한 것이리라. 단 '辟雍之樂'은 보이지 않지만 ≪시경≫ 대아 〈영대(靈臺)〉에 '아아, 차례로 종을 치네, 벽옹의 풍류로다(於論鼓鐘, 於樂辟廱)'라고 했고, 모서(毛序)에 '영대는 백성이 따르게 된 것을 말한 시이다. 문왕이 명을 받자 백성이 그 영묘한 德을 즐거워했으며 그 즐거움이 금수와 벌레에까지 미쳤다(靈臺, 民始附也. 文王受命, 而民樂其有靈德, 以及鳥獸昆蟲焉)'라고 한 것에 근거하여 이 벽옹궁(辟雍宮)의 즐거움을 문왕의 악(樂)으로 삼은 것이리라.

貴賤有儀上下有等(귀천유의상하유등):'儀'는 표준. '等'은 등급.

天子棺槨七重……士再重:≪순자≫ 예론편(禮論篇)에 '군자는 조야(粗野)한 것을 낮추어 보고 조략(粗略)한 것을 부끄럽게 여긴다. 따라서 천자의 관과 곽은 7겹, 제후의 것은 5겹, 대부의 것은 3겹, 사(士)의 것은 2겹으로 하고 그 위에 사자의 신분 고하에 따라 옷이나 음식에 이르기까지 다소후박(多小厚薄)의 정해진 바가 있으며 관의 외측 장식이나 갖가지 장식에도 모두 신분에 의한 차등이 있어 그렇게 정해진 바에 따라 엄숙하게 사자를 장식한다(君子賤野而羞瘠. 故天子棺槨七重, 諸侯五重, 大夫三重, 士再重, 然後皆有衣食多小厚薄之數, 皆有蔓翣文章之等, 以敬飾之)'라고 기록되어 있다. 이에 근거한 것이리라. 그런데 ≪예기≫ 단궁 상편의 '천자의 관은 네 겹(天子之棺四重)'이라는 기록을 근거로 생각하면 '棺槨七重' 따위가 고제(古制)라고만은 할 수 없다 '棺'은 사체를 넣는 내관. '槨'은 관을 둘러싼 외관.

桐棺三寸……以爲法式:앞의 '生不歌死不服'의 語義 참조.

以此教人恐不愛人以此自行固不愛己(이차교인공불애인이차자행고불애기):≪묵자≫ 겸애 상편에 '세상 사람들로 하여금 모두 서로 사랑하게 하며 남 사랑하기를 제 몸 사랑하듯 하게 한다면 어찌 불효자가 있겠는가?(若使天下兼相愛, 愛人若愛其身, 猶有不孝者乎)'라고 되어 있다. 이러한 종류의 주장을 역용(逆用)하여 그 결과의 모순됨을 비난하고 있는 것이다.

未敗墨子道雖然……:'敗'가 '毀'로 되어 있는 판본도 있다(≪석문≫의 설). ≪순자≫ 부국편(富國篇)에 '나는 묵자의 非樂, 즉 음악 부정론이야말로 천하를 혼란시키는 것이며 그의 節用, 즉 절검주의(節儉主義)야말로 천하를 빈곤하게 하는 것이라고 생각한다. 내가 이처럼 말하는 것은 묵자의 설을 비방하여 깨뜨리려 하기 때문이 아니라 이론상 그와 같이 말하지 않을 수 없기 때문이다(我以, 墨子之非樂也則使天下亂, 墨子之節用也則使天下貧. 非將墮之也, 說不免焉)'라고 되어 있다. 이에 근거하여 '未敗墨子道'를 '아직 그 가르침을 모두 없애기에는 부족함'(宣穎의 설) 또는 '아직 묵자의 道를 비난하기는 어렵지만'(馬敍倫의 설) 등으로 해석하고 있다. 그러나 ≪순자≫의 논법을 흉내 낸 것이긴 하나 여기서는 '그것만으로 묵자의 道가 무너질 까닭은 없지만'(王先謙의 설)의 뜻으로 해석해야 한다. '雖然'은 이러한 사실을 받고 있다.

歌而非歌……樂而非樂:≪순자≫ 부국편에 '만일 묵자가 크게는 천하를 보유하는 천자가 되고, 작게는 한 나라를 보유하는 제후가 된다면 필시 근심스러운 낯빛을 하고 조의조식(粗衣粗食)을 달게 여기고 걱정하여 음악을 없애려 할 것이다. 이렇게 되면 경제적으로 침체하고, 경제적으로 침체하면 욕망을 만족시킬 수 없게 되고, 욕망을 만족시킬 수 없으면 상을 주는 따위의 백성을 권면하는 일도 할 수 없게 될 것이다(墨子大有天下小有一國, 將蹙然衣麤食惡, 憂戚而非樂. 若是則瘠, 瘠則

不足欲, 不足欲則賞不行'라고 했으며, 또 악론편에 '이 예와 악의 작
용이 하나로 합쳐져 마음을 지배하는 것이다. 마음의 근본을 남김없이
헤아려 그것이 어떻게 변화하는가를 궁구하는 것이 음악의 본디 정신
이며 마음의 성실함을 밝히고 허위를 떨어버리는 것이 예의 본디 요건
이다. 그럼에도 묵자가 이를 부정하고 있는데 이는 거의 범죄적 과오
라 아니할 수 없다(禮樂之統, 管乎人心矣. 窮本極變, 樂之情也. 著誠去
僞, 禮之經也. 墨子非之, 幾遇刑也)'라고 했다. 이 문장은 이러한 논에
근거한 것이리라.

　　是果類乎(시과류호):인정의 자연스러움에 합치하지 않음을 가리킨
다. '類'는 '비슷하다'의 뜻.

　　大觳(대각):'大'는 '太(매우, 심하게)'와 같은 뜻. '觳'은 '埆'의 차자. 토
지가 척박한 것, 나아가 인정이 메마른 것.


【補說】 이상은 천하편의 작자가 서술하는 묵가론의 전반이다. 묵가(묵적・
　　금골리)의 설을 '古之道術'의 일면인 검약주의와 극기주의에 근거한 것
　　으로 규정한 다음, 이를 과도한 것으로 보고, 나아가 그 兼愛・非攻, 특
　　히 非樂・節用(節葬을 포함)의 주장을 문제 삼아 선왕의 예제(禮制)와
　　상반하는 사실을 지적하고 있다. 또 주장하는 바는 인정의 자연스러움
　　에 어긋나는 각박한 것으로 천하의 인심으로부터 이반하여 결코 왕도를
　　성취시킬 수 없다고 단정하고 있다.


墨子稱道曰, "昔者, 禹之湮洪水, 決江河, 而通四夷・九州
也, 名川三百, 支川三千, 小者無數. 禹親自操槖・耜, 而九
雜天下之川. 腓無胈, 脛無毛, 沐甚雨, 櫛疾風, 置萬國. 禹大

聖也. 而形勞天下也如此."使後世之墨者, 多以裘褐爲衣, 以
跂蹻爲服, 日夜不休, 以自苦爲極, 曰, "不能如此, 非禹之道
也. 不足爲墨."

相里勤之弟子・五侯之徒, 南方之墨者, 苦獲・己齒・鄧陵子
之屬, 俱誦墨經, 而倍譎不同. 相謂別墨, 以堅白同異之辯相
訾, 以觭偶不仵之辭相應. 以巨子爲聖人, 皆願爲之尸, 冀得
爲其後世, 至今不決.

墨翟・禽滑釐之意則是, 其行則非也. 將使後世之墨者, 必自
苦, 以腓無胈, 脛無毛相進而已矣. 亂之上也. 治之下也. 雖
然, 墨子眞天下之好也. 將求之不得也. 雖枯槁不舍也. 才士
也夫.

묵자는 우(禹)를 찬양하여,

"옛날 禹가 홍수를 막고, 강과 하천의 흐름을 뚫어 통하게 하고, 사방의
이민족과 중국 구주 땅의 교통을 편리하게 하려 할 때에 큰 하천은 삼백 개,
그 지류는 삼천 개, 그 외 작은 물줄기는 헤아릴 수 없을 정도였다. 그러나
禹는 손수 삼태기와 보습을 들고 천하의 하천이란 하천은 죄다 찾아다니며
다스렸다. 장딴지에 털이 나지 않고 정강이의 털이 닳아 없어질 때까지 고
되게 일했으며, 몹시 쏟아지는 비에 온몸이 흠뻑 젖고 불어닥치는 바람에
머리털을 맡긴 채 모든 지방을 돌아다녀 만국을 안정시켰다. 禹는 대성인
이다. 그럼에도 천하의 인민을 위해 수고함이 그와 같았다."

라고 부르짖었다. 이리하여 그 후의 묵가들이 많은 사람들에게 가죽옷
이나 마포(麻布) 따위를 걸치게 하고, 나막신이나 짚신을 신게 하며, 밤낮
으로 쉬지 않고 노력하게 하여 자신의 몸을 괴롭히는 것을 최상의 규율로

삼게 하고는

"이렇게 하지 않으면 禹의 道를 지키는 것이 아니다. 禹의 道를 지키지 않으면 묵자라고 할 수 없다."

라고 외치고 있다.

이리하여 묵자의 道를 배운 상리근의 제자들, 오후의 문하생들과 남방의 묵가인 고획·기치·등릉자 등의 무리는 모두 묵자의 경을 읽지만 그들의 설은 어긋나며 합치되지 않고, 서로 상대방을 다른 파의 묵가라 하며 번거롭게 견백동이(堅白同異)의 변론으로 비난하며, 뻐드렁니와 덧니처럼 맞물리지 않는 의론으로 다투고 있다. 묵가는 거자(巨子)라고 하는 것을 세워 그 집단체를 통솔하는 성인으로 삼고 있는데 누구나 거자가 되려 하고 묵자의 학통을 계승하는 자가 되고자 하여 지금까지도 그들 가운데 누가 학통의 계승자인지 결정을 보지 못하고 있다.

요컨대 묵적이나 금골리나 목적은 바르나 그 행위가 잘못되어 있는 것이다. 즉 금후의 묵자들에게 반드시 자신의 몸을 고달프게 하고 장딴지에 털이 나지 않고 정강이의 털이 닳아 없어지는 것만이 좋은 일이라 하여 그런 일에 돌진하도록 강요할 것이 틀림없다. 그들의 행위는 세상을 어지럽히는 데는 최상의 것이며 세상을 다스리는 데는 최하의 것이다. 그러나 묵자는 참으로 천하에서도 훌륭한 인물이다. 이런 인물은 어디서도 좀처럼 얻을 수 없다. 묵자는 천하를 위해 수고하여 그 몸이 야윌 대로 야위어도 그 수고를 멈추려 하지 않았다. 자신의 재능을 남김없이 쓰려고 한 훌륭한 인물이도다!

【語義】 稱道(칭도):'稱說'과 같다. 칭찬하여 말하는 것. '道를 칭송하다'의 뜻이 아니다.

昔者禹之堙洪水……:≪묵자≫ 겸애 중편에 '古者禹治天下, 西爲西河

渭濱, 以泄蒲弦澤之水. 北爲防原泒, 注后之邸虖沱濆, 酒爲底柱, 鑿爲
龍門, 以利燕代胡貉, 與西河之民. 東方漏之陸, 防孟諸之澤, 灑爲九澮,
以楗東土之水, 以利冀州之民. 南爲江漢淮汝, 東流之注五湖之處, 以利
荊楚干越, 與南夷之民'이라고 한 것과 같은 禹의 치수를 가리키는 것
이리라. 태고의 帝堯 때에 대홍수가 빈번했고 禹가 그 치수사업을 담
당했다는 것은 ≪상서≫ 堯典·舜典·禹貢 등의 여러 편에 보인다. '
湮'은 막는 것. '決'은 '개간하다, 뚫고 나갈 길을 열다, 개척하다'의 뜻.

四夷(사이)·九州(구주):'四夷'는 사방의 이민족이 사는 땅. ≪상서≫
우공편의 五服의 制(甸·侯·綏·要·荒服)에 의하면 王城으로부터 천
오백 리 떨어진 지역의 바깥쪽이다. '九州'는 漢민족이 사는 지역으로
冀·兗·靑·徐·揚·荊·豫·梁·雍의 아홉 주(州)로 나뉜다.

名川三百支川三千(명천삼백지천삼천):'名川'의 '川'이 成玄英 疏本에
는 '山'으로 되어 있는데 이는 잘못 베낀 것이리라. '名'은 '大'의 뜻(馬
敍倫의 설).

禹親自操橐耜(우친자조탁사):'橐'이 ≪석문≫ 게출본에는 '槖'로 되
어 있으며 '당연히 橐으로 해야 한다'라고 되어 있다. '槖'는 오자이다.
'橐'은 전대[袋]. 흙을 담는 삼태기를 가리킨다. ≪한비자≫ 오두편(五
蠹篇)에 '禹가 천하의 왕이 되었을 때 그는 몸소 쟁기를 잡고 인민의 앞
에 섰다(禹之王天下也, 身執耒臿, 以爲民先)'라는 기록이 있다.

而九雜天下之川(이구잡천하지천):'九'는 '무수히, 널리'의 뜻. '雜'은
'집(輯)'의 차자이며 '부드럽게 하다, 다스리다'의 뜻.

腓無胈脛無毛(비무발경무모): '腓'는 장딴지. '胈'은 부드러운 털. '脛'
은 정강이. 재유편 〈인의질곡론〉에는 '堯·舜於是乎股無胈, 脛無毛'라
는 기록이 있다.

沐甚雨櫛疾風(목심우즐질풍):심한 비에 몸이 흠뻑 젖고 거센 바람에

머리가 헝클어지는 것을 표현한 말이다. '櫛'은 여기서는 빗으로 머리털을 가르듯이 머리털이 바람에 불려 흩어지는 것을 가리킨다.

　以跂蹻爲服(이기교위복): '跂(육손이)'는 '屐(극:나막신)'의 차자. '蹻(발을 높이 듦)'는 '屩(갹:짚신, 미투리)'의 차자. '服'은 몸에 지니고 다니는 物. 여기서는 신발 종류를 가리킨다.

　以自苦爲極(이자고위극): 자신의 몸을 괴롭히는 것을 최상의 법칙으로 삼음. 야유에 찬 평어(評語)이다. '極'은 최상의 법칙이라는 뜻.

　相里勤之弟子五侯之徒南方之墨者苦獲己齒鄧陵子之屬(상리근지제자오후지도남방지묵자고획기치등릉자지속): '五侯之徒'도 '南方之墨者'로 보는 설(成玄英의 설), '相里勤之弟子', '五侯之徒', '鄧陵子之屬'을 각각 분파로 해석하는 설(渡邊卓의 설)이 있는데 '五侯之徒'와 '鄧陵子之屬'은 서로 대립하는 분파로 해석해야 할 것이다(胡適의 설). ≪한비자≫ 현학편에는 '묵자가 죽은 다음, 상리씨(相里氏)의 묵자가 생겼고 상부씨(相夫氏)의 묵자가 생겼으며 등릉씨(鄧陵氏)의 묵자가 생겼다. 그래서 ……묵자는 나뉘어 3파가 되었다. 그들은 학설의 취사가 상반되어 같지 않으면서도 서로 자신들이야말로 묵자의 정통이라고 자칭했다(自墨子之死也, 有相里氏之墨, 有相夫氏之墨, 有鄧陵氏之墨. 故……墨之後, 墨離爲三. 取舍相反不同, 而皆自謂眞墨)'라는 기록이 있다. 각 묵자의 전기는 명확하지 않으며 이 편에 등장하는 묵자 중에 어느 것이 상부씨의 묵자에 해당하는지도 명확하지 않다.

　俱誦墨經而倍譎不同(구송묵경이배휼부동): '墨經(묵경)'은 ≪묵자≫ 속에서 논리적 사고를 보여 주고 있는 경(經) 상·하 양편이리라. 경상·하편에 대한 해설인 경설(經說) 상·하편과 함께 논리적 사고를 보여 주는 대취편(大取篇) 및 소취편(小取篇)이 '倍譎不同'이라 할 정도는 아니라 하더라도 그 입장과 논법에 어긋남이 있다. 이 외에 兼愛·非

攻 등의 종교적 경전을 말하는 것으로 보아 이러한 종류의 사상과 이른바 묵변(墨辯)이라는 과학적 사고의 어긋남을 지적하는 사람(胡適의 설), 경 상·하 및 경설 상·하의 4편을 가리키는 것으로 보는 사람(馬敍倫의 설), 경·경설 및 대취·소취의 이른바 묵변을 가리키는 것으로 보는 사람(孫詒讓의 설) 등이 있는데 경과 경설을 서로 다른 성격이나 경향을 지닌 것으로 보기는 어렵다. '倍'는 어긋나는 것. '譎(속이다)'은 '決(나뉘다)'의 차자.

堅白同異之辯相訾(견백동이지변상자):物에 관한 인식의 진부(眞否)를 놓고 논쟁하는 것. 변무편의 '竄句遊心於堅白同異之閒' 참조.

觭偶不仵之辭(기우불오지사):'觭(하나는 위로. 하나는 아래로 향한 뿔)'는 '奇(기수)'의 차자(林希逸의 설)로 해석해도 통하지만 '齮(의:한쪽으로 치우쳐 난 이빨)'의 차자로 보아야 할 것이다. 홀로 주장한다는 뜻(成玄英의 설)으로 해석하는 것은 적당하지 않다. '偶'는 '偶數'의 뜻(林希逸의 설)으로 해석해도 통하지만 '齲(우:어지럽게 난 이빨)'의 차자로 해석해야 할 것이다. '仵'는 '迕'와 같으며, 서로 만나는 것. 林希逸本·林雲銘本 등에 '忤'로 되어 있는데 이는 잘못 베낀 것이리라. 이빨이 맞지 않는 것처럼 공통점 없는 논쟁의 말.

以巨子爲聖人……至今不決:묵가는 단결력이 강한 결사(結社)를 이루고, 《여씨춘추》 거사편(去私篇)에 '묵자의 법, 사람을 죽인 자는 죽게 하고 사람을 상하게 한 자는 형을 받게 한다(墨者之法曰, 殺人者死, 傷人者刑)'라고 되어 있듯이 여러 종류의 규약을 만들어 지켰던 듯하다. 필시 묵자 사후의 일일 것이며 그 결사를 통재(統裁)하고 규약을 여행(勵行)시키는 자로서 거자(巨子:鉅子로도 쓴다)라는 이름의 지도자를 세웠다. '巨子'라는 이름은 귀족 청년 단체의 우두머리인 太子, 교육 집단체의 지도자인 夫(大의 뜻)子를 본뜬 것이리라. '巨子'는 《여씨춘추》 상덕편에, 荊에 있던 巨子 맹승(孟勝)이 전사를 각오하고 宋의 전양자(田襄子)에게 巨子를 전했다는 기록이 있는 것을 보면 묵자들의 추거(推擧)에 의하는 것이 아니라 선임 巨子의 선양으로 정해진 듯하다. '聖人'은 교조인 묵적의 발자취를 잇는 묵자 집단체의 통재자. '尸'는 '司'의 차자. '主'의 뜻(郭象의 설). 시축(尸祝)한다는 뜻(宣穎의 설)으로 해석하는 것은 적당하지 않다. 묵가가 여러 파로 갈린 다음에는 巨子가 한 사람이 아니었던 듯하다. ≪여씨춘추≫ 거사편에는 앞에 든 宋의 巨子 외에 秦의 묵자인 巨子 腹䵍의 이름이 나온다. 그러나 여기서 巨子는 한 사람인 것으로 설명되고 있다. '冀得爲其後世'는 이른바 별개의 巨子들이 묵자의 유일한 후계자가 되려고 하는 것을 가리키는 것이리라. '至今不決'은 앞서 인용한 ≪한비자≫ 현학편의 말처럼 참된 巨子가 결정되어 있지 않은 것을 가리킨다.

將使後世之墨子……相進而已矣:신랄한 비평이다. 각고면려(刻苦勉勵) 그 자체가 목적이 되어 버리는 것을 가리킨다. '相進'은 노력한다는 뜻. '而已矣'는 매우 강한 단정을 나타낸다.

亂之上也治之下也(난지상야치지하야):'上', '下'는 ≪논어≫ 양화편의 '상지·하우(上知·下愚)'처럼 그 정도를 분별한 말인데 이 표현은 ≪한서≫ 고금인표(古今人表)에서 인물을 上의 上부터 下의 下까지 9등급을 한 것의 전구(前驅)가 되었으리라 생각된다.

墨子眞天下之好也將求之不得也(묵자진천하지호야장구지부득야):'天下之好'는 천하에서도 가장 훌륭한 호인이란 뜻. '好人'은 ≪시경≫〈갈구(葛屨)〉의 '好人(좋아하는 사람)'에서 바꾸어 '호감이 가는 좋은 인물'의 뜻, ≪북제서(北齊書)≫ 위수전(魏收傳)에서는 품행이 순정(純正)한 사람을 호인이라 칭하고 있다.

枯槁(고고):마르고 쇠약해지는 것. '枯, 槁' 모두 나무가 마른다는 뜻.

나아가 '생기가 없는 모양'을 가리킨다. 뼈와 가죽만 남은 모양.

　才士(재사):재능이 뛰어난 인물.


【補說】 이상은 천하편 묵가론의 후반이다. 묵적이 禹의 道를 표방하여 제자들에게 검약·극기·면려를 가르치고 있음을 말하고, 다음으로 그 제자들은 모두 묵적의 후계자가 되려고 하나 실은 분열하여 부질없이 논쟁에 골몰할 뿐임을 지적하고, 마지막으로 전후를 마무리 지어 '古之道術'의 일단을 계승한 묵가의 의도는 좋으나 그 실제 행위는 그릇된 것이라고 말하고 있다. 즉 묵가는 각고면려만을 목적으로 삼게 할 뿐, 그것은 오히려 천하를 어지럽게 하는 것이라고 극론(極論)하였다. 단 묵적 개인에 대해서는 누구와도 비교할 수 없는 극기역행(克己力行)의 실천적 인물이라고 상찬(賞讚)한다.


【餘說】 천하편에 보이는 묵가 비판에 관하여


　묵적의 설을 받드는 학파를 《한서》 예문지에는 묵가라 칭한다고 되어 있다. 묵가는 많은 독창적인 설을 부르짖고 강고(强固)한 단결을 보이며 전국시대에 과감하게 활약했다. 그들의 구체적인 주장은 현존하는 《묵자》를 보면 알 수 있다.

　《묵자》 노문편(魯問篇)에 '먼저 남의 나라에 발을 들여 놓으면 그 나라에 가장 시급한 일이 무엇인가를 살펴 그것을 이야기하도록 한다. 나라가 혼란한 경우라면 어진 사람을 존중하여 등용할 것[尙賢]과 윗사람의 의견에 동조할 것[尙同]을 이야기하고, 나라가 가난한 경우라면 비용을 절약할 것[節用]과 장례를 간소하게 할 것[節葬]을 이야기하며, 나라가 음악에만 취해 있을 경우에는 음악을 배척하고[非樂] 운명론을 배척할 것[非命]을 이야기하고, 그 나라의 풍속이 음란하여 예의가 무너진 경우라면 하늘을 존중하고[尊天] 귀신을 섬길 것[事鬼]을 이야기하며, 또 이웃 나라를 침공하는 데만 열을 올리고 있으면 서로 사랑할 것[兼愛]과 전쟁을 해서는 아니 됨[非攻]을 이야기해야 한다(凡入國, 必擇務而從事焉. 國家昏亂, 則語之尙賢尙同. 國家貧, 則語之節葬. 國家憙音湛湎, 則語之非樂非命. 國家淫僻無禮, 則語之尊天事鬼. 國家務奪侵凌, 卽語之愛非攻)'라는 묵자의 말이 실려 있다.

노문편은 묵적의 제자가 기술한 것으로 그 전하는 과정에서 약간의 윤색이 있었던 듯하다. 또 ≪묵자≫에는 이 외에 논리적 사고에 관한 여러 편과 성의 방어 전술에 관해 논한 편들이 있다. 그러나 위의 기술에 묵가의 주요한 사상은 거의 드러나 있다 해도 지나친 말이 아니다. 이것과 천하편의 묵가에 대한 비판을 비교해 보면 묵가 학파의 분파에 관해 언급하고 있는 것 외에는 새로 더해 전하는 바는 거의 없고, 더욱이 '兼愛'와 '非攻'은 거의 언급이 없고 겨우 '節用'과 '非樂'만을 문제 삼은 채 다른 묵가의 주요 주장에 대해서는 그냥 보아 넘기고 있어 비판 자체가 너무 국부적인 데 치우쳐 있다고 생각된다. 왜 그럴까?

맨 처음 묵가에 대하여 과감한 도전을 시도한 맹자는 '천하의 언론은 양주의 설 아니면 묵적의 설로 돌아간다. 양주의 설은 자신만을 위하자는 것이어서 임금도 없다는 것이며, 묵적의 설은 차별 없이 두루 사랑하자는 것이어서 자기 아버지도 남과 다를 바 없다는 것이다. 아버지도 몰라보고 임금도 없다면 이는 짐승과 같다(天下之言, 不歸楊則歸墨. 楊氏爲我, 是無君也. 墨氏兼愛, 是無父也. 無父無君, 是禽獸也)'(≪맹자≫ 등문공 하편)라고 주장하며 묵자의 겸애주의와 양주의 개인주의를 두 극단의 나쁜 사상이라고 했다.

맹자는 묵가의 철저한 공익주의(진심 상편)와 그 박장(薄葬)의 부자연합에 관해서도 언급하고 있지만 무엇보다 묵가의 겸애주의를 격렬하게 배격했다. 겸애주의가 가지고 있는 인간평등관이 신분적 봉건제를 기조로 하는 인륜을 붕괴시킬 위험성을 지니고 있기 때문이었다. 순자가 묵자의 설을 논하여 '사회 질서를 위한 신분 차별을 소홀히 함(僈差等)'(≪순자≫ 비십이자편 참조), '묵자는 평등만을 알고 차별의 방면을 몰랐다(墨子有見於齊無見於畸.)'(≪순자≫ 천론편)라고 한 것도 맹자와 같은 이유로 겸애주의를 배격한 것이다. ≪여씨춘추≫ 불이편(不二篇)에도 '묵자는 廉(兼의 차자)을 귀히 여긴다(墨翟貴廉)'라는 기록이 있는데, 이러한 사실들을 근거로 생각해 볼 때 전국시대에는 겸애주의가 묵가의 가장 현저한 주장으로 인정받았던 것임에 틀림없다. ≪묵자≫에서 보아도 노문편의 기술과 관계없이 兼愛와 非攻이 가장 특징적인 주장이다. 그럼에도 천하편은 겸애와 비공에 관해 너무 그 언급한 바가 적다.

순자는 사실 묵가의 '尙同'에 영향을 받은 자인데 묵가의 여러 주장에 대해 다면적인 비판을 하였다. 묵가의 비악론(非樂論)을 처음 문제삼아 인정의 조화에 상반함을 지적하여(≪순자≫ 악론편 참조), ≪장자≫ 천하편의 非樂에 대한 비판의 선구가 되었다. 순자가 묵가 비판에서 가장 역점을 둔 것은 실리주의·절용주의에 대해서이며, 묵가가 국가의 유한한 물적 실리의 공공적·균분적 입장에서 절용을 주장한 것에 반대하여 자유스런 의욕에 의한 무한한 생산 증강을 주장하고 그러한 입장에서 '묵자는 실용주의에 눈이 멀어 예의 장식성을 이해하지 못했다(墨子蔽於用而不知文)'(부국편·해폐편 참조)고 평했다. 또 한비가 전하는 묵가의 특색도 '桐棺三寸, 服喪三月'(≪한비자≫ 현학편 참조)의 절용에 있다.

漢代의 묵가 평가는 순자·한비의 틀을 고스란히 계승한 것이었다. ≪회남자≫는 요략훈에서 '묵자는 유자의 業을 배우고 공자의 術을 받아들였으나 유가의 禮가 번잡하다 하여 그것을 좋지 않게 생각했다. 후장(厚葬)을 재물을 고갈시켜 백성을 피폐케 하는 것으로 보았고, 오랫동안 服을 입는 것은 생명을 해치고 일을 방해하는 것이라 했다. 그래서 묵가의 설은 주나라 때의 道와 어긋나며 하나라 때의 다스림을 따르자는 것이다(墨子學儒者之業. 受孔子之術. 以爲其禮煩擾而不說. 厚葬靡財而貧民服傷生而害事. 故背周道而用夏政)'라고 하여 묵가가 유가의 예악을 배격하고 박장(薄葬)을 주장한 것을 초들고 있다. 무제 때 사람인 사마담(司馬談)은 〈육가요지(六家要旨)〉에서 묵자가 요 · 순 · 우의 道를 존숭하고 그 덕행을 좇는 일로 節用 · 薄葬 · 非樂의 예를 들고 그 결과 존비의 구별이 어지러워지고 시대에 적응하는 법을 잃게 된다고 평했다. 또 ≪한서≫ 예문지의 묵가에 관한 해설은 묵가의 兼愛 · 尙賢 · 明鬼 · 非命 등 여러 주장이 언급되어 있는데 검약을 중히 여긴 점을 묵가의 첫 번째 주장으로 보았다.

시대가 내려오자 묵가 자체의 설에도 다소 변용이 있었다. 또 尙賢에 대한 주장은 제자(諸子) 일반의 공통적인 구호가 되고 兼愛는 유가의 仁에 대한 주장과 중화되었으며 尙同의 주장은 순자에게 섭취되었듯이 묵가의 특색이 적잖이 희박해진 점도 있었다. 그런데 천하편이 특별히 非樂 · 節用(節葬)을 문제 삼고 있는 것을 ≪회남자≫ 요략훈이나 〈육가요지〉와 비교해 보면 서로 공통되는 점이 있다. ≪묵자≫에 의하면 묵가는 〈육가요지〉에도 언급되어 있는 것처럼 요 · 순 · 우 · 탕 · 문 · 무 등의 선왕을 칭양(稱揚)하고 있다. 그럼에도 천하편은 '禹의 道'에 한정하여 극찬을 아끼지 않고 있다. 이는 ≪회남자≫ 요략훈에서 '用夏政'이라 한 것과 일치하는 것이다. 또 이러한 일치는 천하편의 묵자 비판이 漢代의 영향을 받았다는 증참(證參)이 아닐까?

천하편에는 漢代의 묵가 비판에서는 볼 수 없는 점이 있다. 그것은 묵

가의 검약주의·극기주의를 '古之道術'에 근거한 것이라고 한 것 말고
는 묵가가 극기주의 그 자체를 목적으로 삼고 있다고 극언하고 또 그러
한 행위를 '亂之上'이라고 단정한다는 점이다. '거친 옷을 입고 새끼를
허리에 맴(衣褐帶索)'(≪순자≫ 부국편 참조)과 같은 각고(刻苦)는 묵가
의 실제였으리라. 천하편이 지어진 시기에는 뭔가 이러한 식으로 묵적
을 논하지 않으면 안 될 특수한 사정이 있었는지도 모른다.

그러나 극기주의에 대한 천하편의 지적은 묵가의 節用·非樂을 비판
하여 '其道大觳'이라 한 것으로부터 시작하여 '禹의 道'를 칭찬하는 것
에 이르러 극에 달하고 있어 일관된다. 바꿔 말하면 漢代의 節用 비판
을 극단화한 것이다. 요컨대 천하편의 묵가 비판은 공평한 논이 아니
며 기존의 비판에 의존하면서 이를 강화·강조하고 있다고 말하지 않
을 수 없다.

## 제3장  송견·윤문론(宋銒·尹文論)

不累於俗, 不飾於物, 不苟於人, 不忮於衆, 願天下之安寧,
以活民命, 人我之養, 畢足而止, 以此白心. 古之道術, 有在
於是者. 宋銒·尹文聞其風而悅之.

作爲華山之冠以自表, 接萬物以別宥爲始, 語心之容, 命之曰
心之行, 以聏合驩, 以調海內. 請欲置之以爲主, 見侮不辱,
救民之鬪, 禁攻寢兵, 救世之戰, 以此周行天下, 上說下敎.
雖天下不取, 强聒而不舍者也.

故曰, "上下見厭而强見也." 雖然, 其爲人太多, 其自爲太少.
曰, "請, 欲固置五升之飯足矣. 先生恐不得飽. 弟子雖飢, 不
忘天下." 日夜不休, 曰, "我必得活哉." 圖傲乎, 救世之士哉.
曰, "君子不爲苛察, 不以身假物. 以爲無益於天下者明之, 不
如已也." 以禁攻寢兵爲外, 以情欲寡淺爲內. 其小大精粗, 其
行適至是而止.

세상의 관습 때문에 번뇌하는 일도 없고 물사의 복잡함에 얽매이는 일도
없다. 다른 사람을 업신여기는 일도 없으며 세상 사람들에게 거스르는 일
도 없다. 자연스럽게 사람들과 조화한다. 천하가 평온무사하고 민중이 그
삶을 꾸려 나아가며 다른 사람도 나도 충분한 의식(衣食) 속에 살기를 바
라고 이렇게 함으로써 마음을 편안히 한다. 옛적 성대(聖代)의 도술에 이
와 같은 것이 있었다. 송견과 윤문은 그러한 취지를 듣고 매우 기뻐했다.

그래서 그들은 화산(華山)의 모양을 본뜬 모자를 만들어 쓰고 그 설(說)

의 상징으로 삼았다. 또 갖가지 물사에 대응할 때는 物을 차별시하는 선입
관의 불식을 첫번째 목표로 삼았으며, 다음으로 인간의 마음인 내면에 관
해 명확하게 하고 그것을 마음의 참[眞]의 작용이라 했으며, 그 유화(柔和)
함으로 사람들의 즐거운 마음을 하나로 모으고 그렇게 함으로써 세상을 조
화시키려 했다. 즉 사람들이 이것을 지주로 삼아 남에게 경멸당하더라도
그것을 치욕으로 여기지 않게 함으로써 다툼을 그치게 하고, 또 군대를 일
으켜 다른 나라를 침략하는 것을 금지시켜 세상의 전쟁을 막으려 했다. 또
이러한 주장을 내세워 천하를 두루 돌아다니며 군주와 민중에게 설교했다.
천하 사람들이 그 설을 채용하지 않더라도 결코 포기하지 않고 끈질기게
자신들의 주장을 떠들어 댔던 자들이다.

그래서 그들은

"군주와 민중 모두에게 배척을 당하더라도 기필코 만나 이야기한다."

라고 말하고 있다. 이러한 끈덕진 면이 있지만 그들은 남을 위해 진력하
는 경우가 매우 많고 자신을 위해 애쓰는 경우는 거의 없다. 사람들이 그들
을 위해 음식을 제공하려 하면 그들은

"그저 닷 되의 밥만 얻을 수 있으면 그것으로 충분합니다. 선생님들께서
도 배불리 드시지 않습니다. 저희 제자들은 비록 굶더라도 천하의 일을 잊
은 적이 없습니다."

라고 말한다. 또 그들은 밤낮 쉬지 않고 설교에 힘쓰며

"이리하여 우리는 반드시 만족한 생활을 얻을 수 있게 된다."

라고 말한다. 그 의도의 장대함이여, 이 세상을 구제하는 인물이도다!

그들은

"군자는 세세하게 물사를 전의(詮議)하지 않고, 자신을 위해 다른 物의
힘을 빌리지 않는다. 천하에 아무 쓸모 없는 일을 밝히려고 하는 따위는 일
찍 그만두는 것이 좋다."

라고 말한다. 그들은 외적으로는 군사를 일으켜 다른 나라를 침공하는 것을 금지해야 함을 그 가르침으로 삼고, 내적으로는 각각의 정욕을 줄이고 자족해야 함을 그 주장으로 삼고 있다. 그들의 교설과 행하는 바는 모두 이 두 가지에 집중되어 있는 것이다.

【語義】 不累於俗……不忮於衆:통상 '飾'을 글자 뜻대로 '장식하다'의 뜻으로 해석하는데 옛음이 서로 비슷한 '敕(칙:삼가다, 나아가 구속하다의 뜻)'의 차자로 보아야 할 것이다. '不累於俗'과 '不飾於物'은 흡사한 표현이다. '苟'는 '苟且(경솔, 소홀히 하다)'의 뜻. '不累於俗'은 소요유편 〈유무궁우화〉의 '宋榮子猶然笑之. 且擧世而譽之, 而不加勸, 擧世而非之, 而不加沮'에 해당하고, '不飾於物'은 '定乎內外之分, 辯乎榮辱之竟斯已矣'에 해당하리라. 또 '不苟於人'은 다음 글의 '敎民之鬪'에 해당하고, '不忮於衆'은 '禁攻寢兵'에 해당하리라.

以此白心(이차백심):통상 '白'은 결백하다는 뜻으로 해석되는데 淡泊의 '泊', 즉 욕심이 없고 마음이 안정된 모양을 뜻하는 것으로 해석해야 한다.

宋鈃(송견):'鈃'을 牼·榮 등으로도 쓴다. 옛음은 같다. 앞에 나온 朱榮子를 참조. 《맹자》 고자 하편에 유세에 나서는 맹자가 宋牼을 만난 이야기가 실려 있다. 《순자》 정론편에서는 子宋子(송견의 존칭)의 '사람들에게 업신여김을 받더라도 치욕으로 여길 만한 일이 아님을 명백히 하면 사람들을 다투지 않게 할 수 있을 것이다(明見侮之不辱, 使人不鬪)'라는 주장과 '인정은 본디 작은 것을 욕심내는 것임에도 사람들은 모두 자신의 情은 큰 것을 탐내고 있다고 생각하는데 이는 잘못이다(人之情欲寡, 而皆以己之情爲欲多, 是過也)'라는 주장을 인용한 다음 그에 대한 논박을 가하고 있다. 《한비자》 현학편에도 '宋榮子의 주의는 이렇다. 싸우지 않을 것을 말하고, 적에게 보복하지 않을 것을 주장하며, 감옥에 들어가더라도 기분 나쁘게 여기지 않으며, 사람들에게 업신여김을 당해도 치욕이 아니라고 하는 것이다(宋榮子之議, 設不鬪爭, 取不隨仇, 不羞囹圄, 見侮不辱)'라는 기록이 있다. 또 ≪순자≫ 비십이자편에서는 묵적과 송견을 하나로 묶어 '천하를 통일하고 국가를 세우는 기준인 예를 알지 못하고, 공리실용을 존숭하며 검약을 중히 여기고, 질서를 위한 차별을 업신여기니 도저히 사회 계급의 차별을 용인할 수 없고 군신 간에 질서가 서지 않게 된다. 그러나 그러한 설을 주장함에는 나름 이유가 있고 변설은 조리가 정연하여 우매한 민중을 미혹시키기에 족하다. 이와 같은 부류에 묵적과 송견이 있다(不知一天下建國家之權稱, 上功用, 大儉約, 而優差等, 曾不足以容辨異縣君臣, 然而其持之有故, 其言之成理, 足以欺惑愚衆. 是墨翟宋鈃也)'라고 비판하고, ≪한비자≫ 현학편에서도 유가와 묵가의 설이 상반하는 예로서 유가인 칠조(漆雕)에 맞세워 송영자(宋榮子)를 들고 있다. 송견의 주장에 묵가의 설과 공통되는 점이 있어 송견을 묵가의 일파로 간주한 적이 있었던 듯하다. 그런데 ≪순자≫ 천론편·해폐편에 묵자와는 별도로 송견에 대한 비판을 가한 점을 근거로 생각하면 송견은 독립된 학파를 이루고 있었다고 생각된다(餘說 참조). ≪한서≫ 예문지 제자략에는 ≪송자≫ 18편이 있다고 기록되어 있다. 이 책은 위진(魏晋) 시대에 없어져 전해지지 않는다.

尹文(윤문):B.C. 350년경~B.C. 285년경. 전기는 명확하지 않다. ≪여씨춘추≫ 정명편에는 윤문과 齊나라 혼왕(湣王)의 문답이 있다. 혼왕이 士를 좋아하나 '업신여김을 받아도 부끄럽게 생각하지 않는 士는 쓰지 않는다고 하자 윤문이 그 잘못을 간정(諫正)하였다. 이러한 사실을 보면 윤문도 송견과 같은 주장을 했으리라 생각되는데 그 간정의 수

법이 변자(辯者)의 부류에게서 볼 수 있는 것이다. ≪설원≫ 군도편(君道篇)에는 윤문이 齊나라의 선왕(宣王)에게 '人君의 道는 無爲로써 능히 아랫사람들을 포용하고 일을 적게 하며 법을 없앤다'라고 말한 것이 기록되어 있다. 이를 보면 윤문은 도가설을 근거로 삼았던 듯하다. ≪한서≫ 예문지 제자략에는 ≪윤문자(尹文子)≫ 1편이 명가(名家)의 책으로 기록되어 있다. 이 책도 흩어져 없어졌고 현존의 ≪윤문자≫ 2편은 魏 이후 세상에 나타난 위서(僞書)라고 한다.

作爲華山之冠以自表(작위화산지관이자표):화산(華山)은 깎아 세운 듯 높으나 그 정상과 산기슭의 선은 평행의 직선을 이루고 있다. 그러한 모습을 본떠 관을 만들어 마음의 균평함을 주의로 삼음을 상징한 것(陸德明, 成玄英의 설)이라 한다.

接萬物以別宥爲始(접만물이별유위시):'接'은 物을 지각하는 것. ≪묵자≫ 경 상편에 '知는 物에 접하는 것이다(知接也)'라고 한 것 참조. '別'은 분해하다, 나아가 해방하다의 뜻. '宥(돕다, 용서하다)'는 '囿'의 차자로서 '울타리 안', 나아가 '감정·충동·주관적인 목적·가치관, 선입견 등에 의해 객관적인 인식이 이루어지지 않는 것'을 가리킨다. ≪여씨춘추≫에 去尤篇(尤는 囿의 차자)·去宥篇이 있는데 그러한 종류의 선의식(先意識)을 버려야만 한다고 되어 있다.

語心之容命之曰心之行(어심지용명지왈심지행):'容'을 '만물을 수용하는 것'(成玄英의 설), '본체'의 뜻(宣穎의 설), '欲'의 오자(章炳麟의 설), '현상'의 뜻(馬敍倫의 설) 등으로 해석하는데 모두 적절하지 않다. '容'은 '內'를 잘못 베낀 듯하다. '行'은 '眞의 작용'을 뜻하는 것이리라. '道'의 뜻으로 보아도 통한다.

以聏合驩(이이합환):'聏'가 '聏'(≪석문≫의 설) 또는 '胹'(≪궐오≫의 설). '聏'(馬敍倫의 설)로 되어 있는 판본도 있다 한다. '聏·聏·聏'는 다른 곳에 용례가 없는 글자이다. '聏'의 글자 뜻을 근거로 하여 '색이 짙다'는 뜻(司馬彪의 설), '和'의 뜻(崔譔의 설), '고르다, 가지런히 하다'의 뜻(陸德明의 설), 㼤의 차자이므로 '원숙하다'는 뜻(馬敍倫의 설) 등으로 해석하며, 또 '胹(푹 삶다)'의 글자 뜻에 근거하여 '쪄서 따뜻하게 하다'(宣穎의 설), '暱(닐:친근함)'의 차자로서 '친하여 가까워지다'(章炳麟의 설), '부드럽다'(郭嵩燾의 설) 등으로 해석하고 있다. 그런데 郭象은 '聏'의 음은 '餌'(≪석문≫ 참조), 요컨대 '耳'를 음부(音符)로 보았으나 '而'를 음부로 보아야 할 것이다. '而'의 해성자(諧聲字:六書의 하나. 두 글자가 결합하여 새롭게 만들어진 문자로서 일부는 음을, 나머지 일부는 뜻을 나타낸다)는 '耎'(연약함), '懦'(약함), '孺'(젖먹이), '嬬'(약함), '繻'(薄絹) 등 모두 유연·유약의 뜻을 주로 하고 있다. 따라서 '聏'는 부드러운 태도를 의미하는 것으로 보아야 한다. 송자 등의 무저항주의를 가리키는 것이리라. '驩'은 '懽(기쁨)'의 차자.

請欲置之以爲主(청욕치지이위주):'之'가 없는 판본도 있고, 또 그것이 바른 문장이라고 하는 설(王叔岷의 설)도 있으나 저본대로 해석한다. 이 구는 아래의 '救民之鬪'와 '救世之戰'의 두 문장과 관계가 있다. '請欲' 두 자는 군글인 듯하나 저본대로 해석한다. '請'에도 '欲'에도 '바라다, 구하다'의 뜻이 있다. 그것을 중복시켜 하나로 한 것이리라. '之'는 넓게 말하면 앞글 전체를 가리키는데 그 중에서도 '以聏合驩'을 가리키는 데 목적이 있다. '以聏合驩'은 이른바 '情欲寡淺'을 바꿔 말한 것.

强聒而不舍者也(강괄이불사자야):'聒'은 시끄럽게 떠드는 것. '舍'는 '멈추다, 그만두다'의 뜻.

故曰上下見厭而强見也(고왈상하견염이강견야):宋·尹의 말이다. 사람들에게 미움을 받더라도 창피하게 생각하지 않는 것이다(郭象의 설).

曰請欲固置……不忘天下:어떤 사람에게서 음식을 제공받을 때 송견이나 윤문이 하는 말이다. '請'은 그 음식 제공자에게 하는 말이다. '欲'은 자신의 의지를 나타내는 말. '請'은 '情'의 차자로, '置'는 '寡'를 잘못 베낀 것으로 보는 것(梁啓超의 설)은 적당하지 않다. '固'는 '姑(잠깐, 하여간, 어쨌든)'의 차자(馬敍倫의 설). '置'는 '致'의 차자. '1升'은 0.194 리터. '5升'은 적지 않은 양인데 宋·尹의 제자들 몫까지 계산한 양이리라. '先生'은 음식을 제공하는 사람을 가리키며 '弟子'는 宋 또는 尹 자신을 가리킨다.

圖傲乎救世之士哉(도오호구세지사재):郭象·成玄英은 '圖傲乎'를 '救世之士'를 수식하는 말로 보아 '세차게 떨쳐 일어나 高大한 모양'으로 해석했는데 '圖'의 글자 뜻을 어떻게 해석한 것인지 명확하지 않다. 일설에 '圖'는 '啚(鄙)'를 잘못 베낀 것이며 '鄙傲'는 '鄙夷(천하다)'의 뜻(章炳麟의 설)이라 하며, 또 '啚'는 '喬'를 잘못 베낀 것이라 한다(馬敍倫의 설). 여기서는 '圖傲乎'를 독립된 한 구로 취급하고 '圖'는 글자 뜻대로 '의도'의 뜻으로 해석한다. '傲'는 여기서는 '壯大'의 뜻.

日君子不爲苛察不以身假物(왈군자불위가찰불이신가물):'苛'가 '苟'로 되어 있는 판본도 있다고 하는데(≪석문≫의 설) '苟'는 '苛'를 잘못 베낀 것이리라. '不爲苛察'은 '別囿'를 가리키며 이 절의 첫 부분인 '不累於俗, 不節於物'과 호응한다. '苛察'은 상세하고 명백하게 하는 것. 따져 물어 모르는 것을 밝히는 것. '不以身假物'은 '不苟於人, 不忮於衆' 및 앞 구와 일치하며 다음의 '以情欲寡淺爲內'와 호응한다. '以'는 '위하여'의 뜻. '假'는 다른 것의 힘을 빌리는 것.

以情欲寡淺爲內(이정욕과천위내):≪순자≫ 정론편에, '人情은 본디 작은 것을 욕심내는 것임에도 사람들은 모두 자신의 情은 큰 것을 탐내고 있다고 생각하는데 이는 잘못이다(人之情欲寡, 而皆以己之情爲欲多, 是過也)'라고 한 송자의 말이 실려 있다. 단 천하편에서는 '情欲'

을 하나의 숙어로 보고 있다. '淺'은 여기서는 '尠(선:매우 적음)'의 뜻.

其小大精粗其行適至是而止(기소대정조기행적지시이지):'小大精粗'는 작은 것 · 큰 것 · 상세한 것 · 조략한 것을 뭉뚱그려 통합하여 말한 것. 요컨대 '上說下敎', '日夜不休'등을 가리킨다. '適'은 '啻(시:다만, 뿐)'와 같다. '是'는 '禁攻寢兵'과 '情欲寡淺'을 가리킨다. '而止'는 '而已'와 같다. 강하게 한정하여 단정하는 뜻을 나타낸다. 그것만이란 뜻이 아니라 오직 거기에 집중되어 있다는 것을 강조하고 있는 것이다. 앞의 '畢足而止'의 '而止'도 같다.

【補說】 이상은 천하편 작자의 〈송견 · 윤문론〉이다. 우선 송견과 윤문의 사상과 활동은 외물에 구속되지 않고 화합을 중히 여기며 천하의 화평한 생활을 실현시킴으로써 마음의 안정을 얻고자 하는 '古之道術'의 일면에 근거한 것이라고 했다. 다음으로 그들 학파의 특색을 보여 주는 '華山之冠'을 초들고 '別囿'로부터 시작하여 마음속의 德을 명확하게 하고 그 유화(柔和)함에 의해 세상을 조화시키려 하는 그들 학설의 특색을 서술하고 이러한 것에 근거하여 '見侮不辱', '禁攻寢兵' 등의 주장을 높이 들어 그들이 천하 평화 실현에 왕성한 활동을 전개했다고 기술하였다. 그리고 그들은 자신을 위해 도모하는 바는 거의 없고 오로지 다른 사람을 위해 진력했음을 첨언하고 그들이 위대한 구세(救世)의 인물이었음을 칭송하였다. 마지막으로 송견 · 윤문의 말을 싣고 그들의 가장 큰 특색은 非戰의 평화주의와 과욕자족주의(寡欲自足主義)에 있었다고 논하였다.

앞의 〈묵적 · 금골리론〉이 비판을 주로 하고 있는 데 비해 이것은 송견 · 윤문의 사상과 활동 소개를 주로 하고 있으며 더욱이 잘 정리된 논을 이루고 있다.

【餘說】천하편에서의 송견 · 윤문 비판

　《맹자》 고자 하편에 秦 · 楚가 교전하고 있다는 소리를 들은 맹자
가 싸움을 중지시키기 위해 楚로 급히 가던 중 송견을 만난 이야기가
실려 있다. 송견은 맹자가 활약하던 당시에 열렬한 비전평화론자(非戰
平和論者)로서 활약했던 것이다. 그 후 순자 때까지 생존했는지 어떤지
는 확실하지 않지만 《순자》 정론편에 '지금 송선생은 엄숙한 모습으
로 자신의 설을 주장하며 문인들을 모으고 교사와 학교를 세우며 문장
을 짓고 있다(今, 子宋子(宋子)嚴然而好說, 聚人徒, 立師學, 成文典)'라
는 기록이 있는데 이를 근거로 추측하면 순자가 활약하던 때에 유력한
학파를 이루고 있었던 듯하다.

　송견이 열렬한 평화론자였다는 사실 외에 '見侮不辱', '情欲寡淺' 등
그 주요한 주장은 《순자》 · 《한비자》 등에서도 볼 수 있으며, 특히
'心之容'을 중요한 논거로 삼았음은 순자가 '송자(宋子)는 少欲의 입장
만을 알아 多欲의 쪽에 눈을 돌리지 않았다(宋子有見於少無見於多)'(천
론편), '송자는 과욕주의(寡欲主義)에 마음을 빼앗겨 욕구하는 것을 획
득하는 방법을 생각하지 못했다(宋子蔽於欲而不知得)'(해폐편)라고 한
것을 근거로 하여 역추(逆推)할 수 있다. 그러나 '華山之冠'의 상징, '別
囿'의 주장, 왕성한 구세활동의 상황 등은 오직 본편에서만 볼 수 있는
것으로 매우 귀중한 기술이다. 또 이러한 사실로 《여씨춘추》 거유 ·
거우(去宥 · 去尤) 두 편은 송견의 설에서 주요한 주제를 취했음을 추
정할 수 있다.

　윤문은 《여씨춘추》 정명편, 《설원》 군도편 등에 약간 나오고 있
는데 송견과 동일한 학파에 속하는지, 송견과 동일한 주장을 했는지는
확실하지 않다. 천하편에서는 송견을 주로 하여 그의 주장과 공통되는

주장이 윤문에게도 있어 두 사람을 동일한 계통으로 취급한 것이리라.

≪한서≫ 예문지 소설가(小說家)에 ≪송자≫ 18편이 실려 있다. 천하편의 작자는 송견의 학파에 접촉하거나 하는 방법에 의해서가 아니라 ≪송자≫ 18편으로 그 사상과 활동을 알았는지도 모른다. 본편에 그들의 이야기를 인용한 흔적이 보인다는 것은 본편의 작자가 ≪송자≫를 알고 있었기 때문이리라. 또 ≪한서≫에는 명가(名家)에 ≪윤문자(尹文子)≫ 1편이 실려 있다. 송견이 인식 문제와 관계 깊은 '別囿'를 설하고 '語心之容'이라고 한 것을 근거로 추측하면 송견과 윤문의 공통점에는 명변(名辯)과 관계된 점이 있었는지도 모른다. ≪순자≫ 정론편에 송견에 관해 '따라서 많은 문인을 거느리고 자설의 주장을 밝히고 적당한 비유를 명확하게 하여 사람들로 하여금 본디 情은 지극히 작은 것을 바랄 뿐임을 알게 하려 했다(故率其羣徒, 辨其談說, 明其譬稱, 將使人知情之欲寡也)'라고 되어 있는 것도 이러한 사실을 입증하는 것이리라. 윤문이 송견으로부터 분기(分岐)하는 것은 윤문이 명변을 위주로 삼았던 때문인지도 모른다. 그렇다 하더라도 ≪송자≫가 과연 소설가로 분류되어야 할까? 소설가란 이른바 가담항어(街談巷語:길거리나 항간에 떠도는 소문. 풍설)의 부류이며, 또 이런 부류에 실린 것에는 가탁(假託)의 글도 적지 않다.

순자는 비십이자편에서 묵가와 송견을 동류의 것으로 묶어 함께 비판했다. 양자 사이에는 비전론 · 검약주의 · 서민주의 · 각고역행 등 공통점이 있기 때문이리라. 천론편과 해폐편에서는 각각에게 별개의 비판을 가하고 있는데 이러한 사실을 근거로 생각하면 묵적과 송견을 각각의 독립된 학파로 보지 않을 수 없다. ≪한서≫ 예문지는 송견이 독립된 학파로서 이른바 '强聒而不舍'할 뿐 아니라 그 설이 비속한 것에까지 미치고 있어 송견을 소설가에 넣은 듯하다.

≪송자≫·≪윤문자≫ 등도 일찌감치 흩어져 없어졌기 때문에 어떠한 내용이었는지 알 수 없다. 後漢의 반고(班固)는 ≪송자≫에 관하여 '그의 주장은 황노(黃老)의 설과 같다'라고 했다. 과연 ≪송자≫·≪윤문자≫는 어떤 내용을 담고 있었을까? 우선 천하편에 언급되어 있는 내용을 근거로 추측해 본다면 송견은 본질적으로는 노·장과 다르다고 하지 않으면 안 된다. 그의 '上說下敎'라는 주장은 노·장의 '不言之敎'와 상반하며 '日夜不休'의 각고(刻苦)는 소요자적(逍遙自適)의 경지와 상반하기 때문이다.

그러나 예를 들면 '情欲寡淺'이 ≪노자≫의 '常無欲'(제1장) 또는 '知足不辱'(제44장)과, '見侮不辱'이 ≪노자≫의 '寵辱若驚'(제13장) 또는 '夫唯不爭, 故天下莫能與之爭'(제22장)과, '以聏合驩'이 ≪노자≫의 '柔弱者生之徒'(제76장)와 서로 통하는 것처럼 송견의 사상에는 ≪노자≫와 흡사한 점이 있다. 또 ≪장자≫ 소요유편의 〈유무궁우화〉에는 송견이 아직 道에는 미치지 못했지만 그래도 초속적이며 내외의 분별을 터득한 인물로 칭송되어 있다. 이러한 사실을 근거로 추측하면 반고의 말은 허언이 아니며, 또 천하편의 작자도 ≪송자≫를 반고와 같이 인식한 듯하다.

천하편의 작자는 의식적으로 송견을 노·장과 결부시켜 이해하려 한 듯하다. 왜냐하면 송견·윤문의 사상과 활동의 근거라 할 수 있는 '古之道術'의 '不累於俗, 不飾於物'이란 결국 노·장이 표방하는 '孰肯以物爲事' 및 '能物物'임에 틀림없으며, '不苟於人, 不忮於衆', 특히 '以此白心'은 '德之和'와 서로 일치하는 것이며, 또 '人我之養, 畢足而止'는 ≪노자≫의 '小國寡民之治'나 ≪장자≫의 '至德之世'와 같고 '同德', '天放'을 이상으로 삼고 있기 때문이다, 이처럼 ≪송자≫와 노·장의 접근이 사실이라면 소요유편의 〈유무궁우화〉가 장주가 지은 것인 한, 거기에서 상양(賞揚)되고 있는 송견은 도가는 아니라 하더라도 장자적 사상의 선창자 중 한 사람이었으리라. 말하자면 사변적이었던 장자 이전에 열렬한 활동가로서 도가적 사상을 선창한 것이 된다. 적어도 천하편의 작자는 그렇게 이해한 듯하다. 그래서 송견·윤문에 대한 비판이 오히려 적극적으로 호의적인 성격을 띠게 된 것이리라.

그런데 劉節, 郭洙若 등은 이 천하편의 문장을 근거로 ≪관자≫ 중에서 心術 上·下, 白心, 內業, 樞言 등의 편을 가려내고 처음으로 이것들이 송견·윤문의 유저(遺著)라고 주장했다. 그 후 이 주장은 중국에서는 거의 정설화했다. ≪관자≫에는 法·儒·道·陰陽 등 갖가지 취향의 저술이 수록되어 있으며 그 중에서 위의 5편은 도가색(道家色)이 가장 농후한 것들이다. 劉氏 등의 주장은 이들 편에 계통을 세워 도가설 전개에 많은 문제를 제공하고 있어 흥미 있다. 그러나 이들 편은 '白心'이라고 하는 편명이 천하편의 '白心'에 합치하고, 心에 관하여 말하는 바가 '心之容'에 해당하는 것처럼 보이는 등 간접접인 관련밖에 없다. '情欲寡淺'을 말하지 않고 '虛', '靜'의 내성(內省)을 말하고, 송견의 가장 특색 있는 주장인 '見侮不辱'에 대해서도 언급이 없으며, 또 그의 과감한 '禁攻寢兵'의 활동을 거론조차 하지 않고 있다. 따라서 이것들이 송견·윤문의 유저라는 주장은 명증적 타당성을 갖추고 있지 않다. 이것들은 송견·윤문과는 관계 없는 별개의 것으로 취급하여 고찰해야 할 것이다.

## 제4장 팽몽·전병·신도론(彭蒙·田駢·愼到論)

公而不黨, 易而無私, 決然無主, 趣物而不兩. 不顧於慮, 不謀於知, 於物無擇, 與之俱往. 古之道術, 有在於是者. 彭蒙·田駢·愼到, 聞其風而悅之.

齊萬物以爲首. 曰, "天能覆之, 而不能載之. 地能載之, 而不能覆之. 大道能包之. 而不能辯之, 知萬物皆有所可, 有所不可."

故曰, "選則不徧, 敎則不至. 道則無遺者矣."

是故愼到棄知去己, 而緣不得已, 泠汰於物, 以爲道理. 曰, "知不知. 將薄知而後(復)鄰傷之者也." 謑髁無任, 而笑天下之尙賢也. 縱脫無行, 而非天下之大聖, 椎拍輐斷, 與物宛轉. 舍是與非, 苟可以免, 不師知慮, 不知前後, 魏然而已矣.

推而後行, 曳而後往. 若飄風之還, 若羽之旋, 若磨石之隧, 全而無非. 動靜無過, 未嘗有罪. 是何故. 夫無知之物, 無建己之患, 無用知之累, 動靜不離於理. 是以終身無譽. 故曰, "至於若無知之物而已. 無用賢聖. 夫塊不失道." 豪傑相與笑之曰, "愼到之道, 非生人之行, 至死人之理. 適得怪焉."

田駢亦然. 學於彭蒙, 得不敎焉. 彭蒙之師曰, "古之道人, 至莫之是, 莫之非而已矣." 其風窢然, 惡可而言. 常反人, 不聚觀. 而不免於魭斷. 其所謂道非道, 而所言之韙, 不免於非. 彭蒙·田駢·愼到, 不知道. 雖然, 槪乎皆嘗有聞者也.

공평하여 한쪽으로 치우치는 일 없고, 평등하게 다루어 사심을 품는 일 없으며, 구애됨 없어 자신의 주의 주장을 고집하는 일 없고, 物에 대해 무용한 의문을 갖는 법이 없다. 세속적인 사려를 하지 않고, 자신을 위해 지모(知謀)를 짜내는 일도 없으며, 物에 대해 선택을 더하는 일도 없고 그저 物의 자연스러움에 좇을 뿐이다. 옛적 성왕의 도술에는 이상과 같은 가르침이 있었다. 팽몽·전병·신도 등은 이러한 취지를 듣고 기뻐했다.

그래서 그들은 모든 物에 대해 공평하고 평등하게 대응하는 것을 근본 입장으로 삼았다. 그들은

"모든 物을 덮고 있는 하늘이지만 物을 실을 수는 없으며, 모든 物을 싣고 있는 대지이지만 物을 덮을 수는 없다. 모든 物에 生을 주고 널리 이들을 포용하는 大道이지만 그것들을 각각의 物로 분별할 수는 없다. 이러한 사실로 모든 物에는 각각 개별적인 성격이 있으며 事에는 가능한 것과 불가능한 것이 있음을 안다."

라고 말한다. 그래서

"사람이 物에 대해 善·惡, 可·不可의 선택을 한다면 널리 物을 포용할 수가 없다. 가르쳐서 잘 되게 하려면 다스려지지 않는다. 그래서 物 각각의 자연스러움에 맡기는 道에 좇으면 남김없이 모든 物을 포용할 수가 있는 것이다."

라고 부르짖고 있다.

이에 근거하여 신도는 사람이 그 지혜를 버리고 주아(主我)의 관념을 멀리하며 움직일 수 없는 필연으로 物 각각의 실정에 통하는 것, 그것을 도리로 삼았다. 그리고

"인간의 지(知)로는 物 모두를 알 수가 없다. 그런데도 널리 남김없이 알려고 하면 오히려 物을 짓밟아 손상시키게 된다."

라고 말한다. 그래서 스스로 물사의 책임을 지는 일 없이 우물쭈물하며

천하 사람들이 입을 모아 물사를 명민하게 처리한다고 칭송하며 현자를 높이 받드는 것을 조소하는 것이다. 신도는 기분 내키는 대로 하며 스스로 적극적으로 행동하는 일이 없고 천하의 대성(大聖)들을 비웃으며 그의 모든 행위는 物의 자연스러움에 대응하여 변화한다. 그는 物에 대하여 是非의 평가를 가하지 않기 때문에 그럭저럭 세상의 포폄(褒貶:칭찬과 헐뜯음)을 면할 수 있다. 그는 자신의 지려(知慮)에 의지하는 것을 귀하게 생각하지 않고 물사의 전후 본말에도 구애받지 않으며 그저 조용히 움직이지 않고 홀로 서 있을 뿐이다.

신도의 설은 物에 밀려야만 비로소 나아가고 끌려야만 어쩔 수 없이 앞으로 나아간다는 것으로, 마치 기세에 의해 선풍(旋風)이 일어나는 것 같고 바람에 날리는 깃털이 허공에서 춤을 추는 것 같으며 가루가 맷돌이 도는 대로 떨어지듯 안전하여 비난할 수가 없다. 그의 동정(動靜)에는 과오가 없고 죄를 받는 일도 없다. 왜냐하면 본디 無知한 物에는 자아를 관철시키려는 번뇌도 없고 재지(才知)를 사용함으로써 생기는 세속의 번잡함도 없으며 그 동정은 자연스런 이(理)를 떠나지 않기 때문이다. 따라서 자신의 일생 동안 타인으로부터 명성을 얻는 일도 없는 것이다. 그래서 그 자신도

"사람은 오직 無知한 物처럼 되어야만 한다. 현명함은 필요가 없다. 저 흙덩어리는 道를 잃지 않는다."

라고 말하고 있다. 그런데 호걸 선비는 이를 비웃어

"신도가 부르짖는 道는 이 세상에 살고 있는 사람들의 행위를 부정하고 죽은 사람의 도리를 말하기에 이르렀다. 참으로 이 세상에서는 실현될 수 없는 괴이하기 짝이 없는 것이다."

라고 평하고 있다.

전병의 설도 신도의 그것과 거의 같다. 그는 팽몽에게서 배워 사람에게 物을 교도(敎導)해서는 안 된다는 것을 깨달았다. 팽몽의 스승도,

"옛적의 도인은 物을 옳다고도 그르다고도 하지 않는 경지에 이르러 있었다."

라고 말하였다. 그의 학풍은 명확하지 않아 무어라 말할 수가 없다. 늘 사람들의 생각과 반하며 명백하게 그 생각을 보여 주지 않는다. 그러나 작위적이라는 것을 면할 수 없다. 요컨대 그가 부르짖는 道는 참된 道가 아니며 그가 옳다고 하는 것은 사실 그릇된 것임을 면할 수가 없다. 요컨대 팽몽·전병·신도 등은 참된 道를 알고 있지 않다. 그러나 道의 대체적인 골격은 들어 아는 자들이다.

【語義】 公而不黨……與之俱往:구가 두 개씩 한 조를 이루어 하나의 사항을 서술하고 있다. 공평무사, 物에 대한 위임, 지려(知慮)를 사용하지 않음, 物 고유의 자연스러움에 좇는 것 등인데 굳이 요약하자면 순수한 객관주의를 주장하며 物에 위임하는 것을 암시한다. '黨'은 '儻'의 차자. 호오·이해 따위로 동료를 모으는 것, 한쪽만 편드는 것. '易'은 '徥(평평한, 평탄한)'의 차자(馬敍倫의 설). 여기서는 평등하게 취급하는 것을 가리킨다. '決'은 '抉(들추어내다, 폭로하다)'의 차자. '決然'은 선뜻 떠나가는 모양. '無主'는 기대거나 의거하는 바가 없는 것. '趣物'은 '物에 대하여'의 뜻. '不兩'은 다른 뜻을 갖지 않는 것, 배신하거나 의심하지 않는 것. 이 절의 '物'은 주로 타인·신하 등의 사람을 가리킨다. '於物無擇'은 주관적인 목적의식에 따라 物에 대해 然·不然, 可·否, 是·非 등 가치의 차별을 설정하지 않는 것. '與之俱往'은 物의 자연스러움에 좇는 것.

彭蒙(팽몽):전기가 확실하지 않다. 다음 글에 의하면 전병(田騈)의 스승이다.

田騈(전병):B.C. 350년경~B.C. 275년경. 齊나라 桓公(B.C. 375년~B.C. 358년 재위) 때 직문(稷門) 옆에 커다란 저택을 세우고 거기에

천하의 현인들을 불러 모아 大夫의 예우를 해 주면서 정무에 종사시키지 않고 자유롭게 토론 담설토록 했다. 이에 참가했던 현인을 직하 선생(稷下先生)이라 하며 여기서 행해진 학풍을 직하학(稷下學)이라 한다. 직하학은 다음의 威王(B.C. 357년~B.C. 320년 재위)·宣王(B.C. 319년~B.C. 301년 재위) 시대에 성했고 湣王(B.C. 300년~B.C. 284년 재위) 말기까지 계속됐다. 전병은 직하 선생의 한 사람(≪회남자≫ 인간훈에 의하면 威王 때 인물이고, ≪염철론(鹽鐵論)≫ 논유편(論儒篇)에 의하면 湣王 때 인물이다)이었다. ≪사기≫ 맹자·순경열전에 '추연(騶衍)을 비롯한 齊나라의 직하 선생들, 예를 들면 순우곤(淳于髠)·신도(愼到)·환연(環淵)·접자(接子)·전병(田騈)·추석(騶奭)의 무리에 이르기까지 너도나도 책을 지어 치란(治亂)을 논하고 군주에게 출사하고자 했다'라고 되어 있고, '신도는 趙나라 사람, 전병·접자는 齊나라 사람, 환연은 楚나라 사람이다. 모두 황로의 術, 즉 도가의 學을 배워 거기서 자설을 수립하고 각자의 주장을 폈다. 그래서 신도는 12개의 논문을 지었고, 환연은 상·하편을 지었으며, 전병·접자도 모두 논한 바가 있었다'라고 되어 있다. ≪한서≫ 예문지에는 도가서로 ≪전자(田子)≫ 25편이 있다고 하였으나 전하지는 않는다. ≪여씨춘추≫ 불이편·집일편·토용론, ≪회남자≫ 도응훈·인간훈 등에 그의 일화가 실려 있다.

慎到(신도):B.C. 350년경~B.C. 275년경. ≪사기≫의 기록으로는 신도도 직하 선생의 한 사람으로 12편으로 된 저서를 지었다고 한다. ≪한서≫ 예문지에는 법가서에 ≪신자(愼子)≫ 42편이 있다고 기록되어 있다. 반고의 注에 '申(신불해)·韓(한비)에 앞선다. 申·韓이 모두 그를 칭송했다'고 하였는데 두 '申' 자는 삭제해야 한다. 申不害(B.C. 400년경~B.C. 337년)보다는 분명 후세의 인물이다. 齊나라 혼왕 때

직하를 떠났다는 설(≪염철론≫ 논유편), 楚나라 양공(襄公)의 부(傅)
가 되었다는 설(≪전국책≫ 楚策), 韓나라의 大夫였다는 설(≪풍속통
≫ 성씨편) 등이 있는데 진위는 확실하지 않다. ≪순자≫ 비십이자편에
는 '법령을 존중하면서도 옛 성왕이 정한 법을 무시하고, 교육 수양을
경시하면서 자신은 법을 만드는 것을 좋아하고, 위로는 군주의 마음에
들고 아래로는 세속에 좇기를 원하여 종일 설을 펴며 문장과 전칙을 짓
고자 하는데 그들의 소행을 잘 살펴보면 실제와 동떨어져 논지에 통일
성이 없고 도저히 국가를 다스리는 근본 규법을 그 주장에서 찾을 수
가 없다. 그런데 그런 주장을 하는 데는 그럴 만한 이유가 있고 변론에
는 그럴 듯한 조리가 서 있어 우매한 민중을 기만하기에 족하다. 이런
부류의 인물이 신도와 전병이다(尚法而無法, 下脩而好作, 上則取聽於
上, 下則取從於俗, 終日言成文典, 反紃察之, 則偶然無所歸宿, 不可以
經國定分, 然而其持之有故, 其言之成理, 足以欺惑愚衆, 是愼田駢也)'라
는 비판이 실려 있고, 또 천론편에는 '신자는 소극적 입장만을 알아 적
극적인 방면을 알지 못했다(愼子有見於後無見於先)'는 평이, 해폐편에
는 '신자는 법에 눈이 멀어 현자의 덕치적 효용을 이해하지 못했다(愼
子蔽於法而不知賢)'는 평이 실려 있다. ≪한비자≫ 난세편에는 신자의
세위(勢位)의 논에 대한 비판이 실려 있다. 순자가 '신도와 묵적으로 하
여금 그 사악한 담설을 진언할 수 없도록 해야 한다(愼墨不得進其談)'(
유효편), '신도 · 묵적 · 계자 · 혜시 등 무수히 많은 학자들의 논법은 진
실로 옳지 않다(愼 · 墨 · 季 · 惠, 百家之說, 成不詳)'(성상편)는 등으로
신도와 묵자를 함께 초들어 비판한 사실로 보면 신도는 매우 우수한 사
상가였으며 필시 유력한 학파를 이루었던 것 같다. 漢代에 42편이었던
≪신자≫는 그 후 흩어져 없어지고 唐代에 편집된 ≪군서치요(群書治
要)≫ 중에 威德 · 因循 · 民雜 · 德立 · 君人 · 知忠 · 君臣 등 편의 일부

가 남아 있으며 宋代의 여러 책에 단편적인 일문(逸文)이 인용되어 있다. 이와는 별도로 明의 愼懋賞이 일문을 보철(補綴)하여 2권으로 편집한 것이 있는데 후자를 신도설을 알기 위한 전거로는 사용할 수 없다.

齊萬物以爲首(제만울이위수):추수편 〈반기진우화〉의 '萬物一齊'라는 표현을 이용한 것이리라. 그러나 '萬物一齊'에는 만물을 무차별 평등하게 포용한다는 뜻, 만물의 근원인 하나를 체득한다는 뜻, 物을 각각의 物로서 공평하게 취급한다는 뜻 등이 있다. 이 구는 앞글의 '趣物而不兩'에 응하면서 동시에 아래의 '天能覆之……有所不可'의 총제(總題)가 되기 때문에 物 각각의 존재와 物에는 可·不可의 구별이 있음을 인식하면서 그것을 절대적으로 공평하게 취급하는 것을 가리킨다고 해석하지 않으면 안 된다. 無爲의 道를 말한다(林希逸의 설), 包和를 말한다(宣穎의 설) 등으로 해석하는 것은 적당하지 않다. 덧붙여 말하면 ≪여씨춘추≫ 불이편에 의하면 이것은 신자의 주장이다.

日天能覆之……知萬物皆有所可有所不可:'辯'은 '辨(구분하다)'의 차자. '변설'의 뜻(成玄英의 설)으로 해석하는 것은 적당하지 않다. '大道能包之而不能辯之'란 제물론편 〈천뢰우화〉의 '道通爲一'처럼 道가 형이상의 근원임을, 대종사편 〈진인론〉의 '夫道有情有信, 無爲無形. 可傳而不可受, 可得而不可見. 自本自根, 未有天地, 自古以固存. 神鬼神帝, 生天生地'처럼 道가 절대 유일의 근원임을, 천도편 〈성인지정론〉의 '天道運而無所積. 故萬物成'이나 추수편 〈반기진우화〉의 '以道觀之, 物無貴賤'처럼 道가 절대 보편적 포화임을 말하는 것이 아니라 道는 포화적, 요컨대 보편적이며 타당하지만 또 하늘이 만물을 덮는 것을 특질로 하고 땅이 만물을 싣는 것을 특질로 하는 것처럼 만물 각각이 본진(요컨대 분한)이 존재함을 전제로 해야만 성립된다는 것을 말하는 것으로 해석하지 않으면 안 된다. 그래서 만물에는 '所可', '所不可'가 있다고 한 것이다. 이것은 제물론편 〈천뢰우화〉에서 '物固有所然, 物固有所可, 無物不然, 無物不可. 故爲是擧莛與楹, 厲與西施. 恢恑憰怪, 道通爲一'이라고 하여 物에 대한 구별이 상대적이고 잘못된 견해임을 논하고 있는 것과는 분명히 다르다. '曰' 이하는 필시 《신자(愼子)》나 《신자(申子)》중의 문장이리라. 서술은 추상적이다. 《군서치요》에 인용된 《신자(愼子)》 위덕편·민잡편 등의 문장과 《여씨춘추》 신세편에 기록된 것을 근거로 이 문장의 구체적 의미를 추정하면 신도가 주장하는 주요한 내용인 법의 공평한 시행에는 物 각각의 분한의 정립이 필요함을 말한 것이리라.

故曰選則不徧敎則不至道則無遺者矣(고왈선즉불편교즉부지도즉무유자의):'選則不徧'은 앞글 '於物無擇'에 응한다. '敎則不至'의 '敎'는 사람들을 가르쳐 선량하게 하는 것을 가리킨다. '至'는 治道에 합치하지 않는 것. 《군서치요》에 인용된 《신자》 위덕편이나 군인편의 문장을 보면 신도는 객관적인 법에 의한 재정(裁定)을 주장한 자였다. 그렇기 때문에 그는 현지(賢知)는 법을 해치는 것이라 규정하고 현지를 가르치고 기르는 것을 배척한 듯하다. '道則無遺者矣'는 필시 천지편 〈군자십사설〉의 '夫道覆載萬物者也', 천도편 〈수본론〉의 '夫道於大不終, 於小不遺'와 같은 표현을 이용한 것이리라. 요컨대 《신자(愼子)》의 내용을 근거로 하여 신도의 주장을 규정해 본다면 그는 만물·만인의 자위(自爲)를 전제로 그에 인순(因循)하는 것이 보편적으로 타당한 道라고 말한 것이다.

棄知去己而緣不得已(기지거기이연부득이):'棄知去己'는 거협편의 '故絕聖棄知, 大盜乃止'나 《노자》 제19장의 '세간에서 높게 평가받는 성인이라든가 지자(智者)를 멀리하고 쓰지 않으면 인민의 이익은 백배로 는다(絕聖棄智, 民利百倍)', 또는 소요유편 〈유무궁우화〉의 '至人無己'와 같은 글투를 이용한 것이리라. 단 신도는 무조건적인 無知·無心을 부르짖은 것은 아닐 것이다. 《태평어람(太平御覽)》 638권에 인용된 《신자》의 문장이라든가 《군서치요》에 인용된 《신자》 군신편의 문장을 근거로 추측하면 신도는 주관을 버리고 법에 따를 것을 말한 듯하다. 이 편의 작자는 일부러 신도를 노·장 쪽으로 끌어들인 것 같다. '緣不得已'는 인간세편 〈심재우화〉의 '寓於不得已'와 같은 글투를 이용하여 《신자》의 '사람이 저절로 하는 것을 쓴다'라고 하는 인순(因循) 또는 《한비자》 난세편에 언급된 '현재나 지혜는 중인조차도 복종시킬 수가 없지만 권세나 지위는 현인도 능히 굴복시킬 수 있는 것이다(賢智未足以服衆, 而勢位足以詘賢者也)'라는 세위(勢位)의 주장을 가리키는 것이리라.

冷汰於物以爲道理(영태어물이위도리):'冷汰'를 郭象은 '聽放(제멋대로 시킴, 듣고 흘려버림)'의 뜻으로 해석했다. '冷'을 '聆(령:듣다)'의 차자로 보고 '汰'를 '太·泰(거만하다, 교만하다)'의 차자로 본 것이리라. 이 밖에 여러 해석이 있으나 어느 것도 적당하지 않다. 글자 뜻에 근거하여 추측하면 '冷'은 명확하게 한다는 뜻이리라. '汰(씻다)'는 옛음이 비슷한 '忕(익숙해지다)'의 차자이리라. 요컨대 物 각각의 실정에 통하고 있는 것이다.

知不知將薄知而後鄰傷之者也(지부지장박지이후린상지자야):郭象, 成玄英, 林希逸, 羅勉道, 宣穎, 王先謙, 馬敍倫 등의 여러 해석이 있으나 어느 것도 적당한 해석이라고는 생각되지 않는다. '知不知'는 한 사람의 사려가 만물에까지 미칠 수 없음을 가리키는 것이리라. '將薄知'의 '將'은 '원하다, 바라다'의 뜻. '薄'은 '溥(부:두루 미치다)', 즉 '박(博)'의 차자이리라. '後'는 '復'을 잘못 베낀 듯하다(孫詒讓의 설). '鄰'은 '躪(짓밟다, 유린하다)'의 차자(奚侗의 설). '之'는 物을 가리킨다.

謑髁無任(혜과무임):'謑髁'를 成玄英은 '不正한 모양'으로 해석했는데 어떠한 근거로 그런 해석을 내렸는지 명확하지 않다. 이 외에도 여러 해석이 있으나 모두 적당한 해석이 아니다. 쌍성 연사라는 점에서 추측하면 골계(滑稽)와 거의 같은 뜻이 아닐까? '謑'는 동음인 '稽'와 같고 뜻은 '停留하다', '髁'는 동음인 '過'의 차자이며 뜻은 '통과하다'이다. 결국 가는 것도 머무는 것도 일정하지 않다는 뜻을 나타내는 말이리라. '無任'은 몸소 책임을 맡는 일을 하지 않는 것을 가리킨다.

而笑天下之尙賢也(이소천하지상현야):≪한비자≫ 난세편에 인용된 신자의 설에 '따라서 현인이면서도 우매한 자에게 복종하는 것은 권세가 가볍고 지위가 낮기 때문이다. 우매한 자라도 현인을 능히 굴복시킬 수 있는 것은 권세가 중하고 지위가 높기 때문이다. 성왕인 堯가 만일 서민이었더라면 결코 세 사람조차 제대로 다스릴 수 없었을 것이며, 폭왕인 夏의 桀도 천자였기에 그처럼 천하를 난장판으로 만들 수 있었다. 나는 이상과 같은 사실에 근거하여 권세나 지위는 믿을 만한 것이 될 수 있지만 현재나 지혜 따위는 결코 부러워할 만한 것이 아님을 알았던 것이다(故賢人而詘於不肖者, 則權輕位卑也. 不肖而能服於賢者, 則權重位尊也. 堯爲匹夫, 不能治三人, 而桀爲天子, 能亂天下. 吾以此知勢位之足恃, 而賢智之不足慕也)'라는 것이 있다. 이 구는 신도의 이런 류의 주장을 가리키는 것이리라.

縱脫無行而非天下之大聖(종탈무행이비천하지대성):'縱脫'은 일에서 벗어나 마음 내키는 대로 하는 것. 즉 縱恣逸脫. '無行'은 앞글 '無任'에 대응하는 말이므로 '스스로 행하는 일이 없다'는 뜻으로 해석해야 할 것이다.

椎拍輐斷與物宛轉(추박완단여물완전):'椎'는 망치로 치는 것. '拍'은 손으로 두드리는 것. '輐'은 '刓(모난 데를 깎아 둥글게 함)'의 차자(王念孫의 설). '斷'은 잘라서 떼어내는 것. 王敊之와 成玄英이 이것들을 형벌과 관계 있는 것으로 해석했는데 그것은 바른 해석이 아니다. 규각(圭角:모남. 언어나 행동이 모남)을 없애는 것(林希逸·宣穎의 설)으로 해석하는 것도 적당하지 않다. '宛'은 '夗(잠자면서 뒹구는 것)'의 차자. '宛轉'은 '구르다', 나아가 '변화에 순응하다'의 뜻. 이 문장은 기물을 제작하는 기교를 비유로 들어, 달생편 〈이천합천우화〉에서 말하는 것처럼 기교가 物의 천성에 좇아야 함을 말하고 있다. 기교의 비유를 사용한 것은 다음 글에 '舷斷'을 말하기 위한 복선이다.

舍是與非苟可以免(사시여비구가이면):위의 두 구를 표현을 바꿔 설명한 것인데 약간 야유 섞인 비평이 더해져 있는 듯하다. 物에 대해 是非의 평가를 내리지 않기 때문에 누구에게서도 비난받지 않는 것이다.

不師知慮不知前後魏然而已矣(불사지려부지전후위연이이의):천하편의 작자가 이른바 '與物宛轉'을 해설한 것이리라. '不師知慮'는 앞글의 '不顧於慮, 不謀於知'와 상응하며, 또 제물론편 〈천뢰우화〉의 '隨其成心而師之'의 부정을 기조로 하고 있으리라. '不知前後'는 '於物無擇'과 상응하며, 또 응제왕편 〈진덕우화〉의 '一以己爲馬, 一以己爲牛. 其知情信, 其德甚眞. 而未始入於非人'을 기조로 하고 있으리라. '魏'는 본디 '巍'로 썼으며 높고 큰 모양을 뜻한다. 홀로 우뚝 선 모양(郭象의 설), 不動의 모양(成玄英의 설) 등으로 해석하기도 하는데, 요컨대 굳세게 자신의 주장을 유지하는 신도를 평한 말이다.

推而後行曳而後往……全而無非:≪신자≫에 이런 문장이 있었는지는 모르지만 신도의 '因循' 주장에 대한 천하편 작자의 해설적 서술이 주를 이루고 있는 듯하다. '推而後行, 曳而後往'은 산목편 〈지인불문우화〉의 '引援而飛, 迫脅而棲. 進不敢爲前, 退不敢爲後, 食不敢先嘗, 必取其緖. 是故其行列不斥, 而外人卒不得害. 是以免於患'을 근저로 한 것이리라. '磨'는 '磑'와 같으며 맷돌을 가리킨다. '隧(길)'는 '墜(추:떨어지다, 떨어뜨리다)'의 차자. '磨石之隧'는 돌 맷돌이 회전함에 따라 곡물이 가루가 되어 떨어지는 것을 가리킨다. 일설에 의하면 '隧'는 회전한다는 뜻(成玄英의 설)이라 한다.

是何故……是以終身無譽:천하편의 작자가 지적하는 신도의 특장이리라. '建己之患'은 재유편 〈독유인설〉의 '世俗之人, 皆喜人之同乎己, 而惡人之異於己也'와 같은 류를 가리킨다. '用知之累'는 양생주편 〈연독이위경지설〉의 '已而爲知者, 殆而已矣'와 같은 류를 근본으로 삼은 것이리라. '動靜不離於理'는 재유편 〈물자화우화〉의 '渾渾沌沌, 終身不離. 若彼知之, 乃是離之'를 기조로 삼은 것이리라. '是以終身無譽'는 지락편 〈지락론〉의 '至樂無樂, 至譽無譽'를 기조로 삼은 것이리라. 그런데 이것은 다음 글 '豪傑相與笑之'의 복선이기도 하다.

故日至於若無知之物而已無用賢聖夫塊不失道(고왈지어약무지지물이이무용현성부괴부실도):≪문선≫의 注에 인용된 ≪신자≫의 문장을 근거로 추측하면 이 문장은 ≪신자≫에 있던 것인지도 모르는데 천하편 작자의 문식이 어느 정도 가해진 것이 아닌가 여겨진다. '塊'는 흙덩어리. 일설에 '塊'는 '慧'의 차자이며 '下'는 '而'를 잘못 쓴 글자라고 한다(馬敍倫의 설). '塊'를 초든 것은 다음에 '死人'을 말하기 위한 복선이다.

豪傑相與笑之日愼到之道非生人之行至死人之理(호걸상여소지왈신도지도비생인지행지사인지리):≪순자≫ 천론편에 '신자는 소극적 입장만을 알아 적극적인 방면을 알지 못했다(愼子有見於後無見於先)'라고 한 것이나 해폐편의 '신자는 법에 눈이 멀어 현자의 덕치적 효용을 이해하지 못했다(愼子蔽於法而不知賢)'라는 것보다 훨씬 격렬한 비판이다. ≪순자≫의 이러한 비판에 근거한 과장된 표현이 아닐까? 그렇다면 호걸(재덕이 매우 뛰어난 인물이라는 뜻) 중 한 사람은 순자이다.

得不敎焉(득불교언):앞글의 '敎則不至'에 대응하는 말이다. '敎'는 군주가 몸소 선도하는 것. ≪논어≫ 요왈편에 '백성들을 가르치지 않고 죽이는 것을 잔학이라 한다(不敎而殺, 謂之虐)'라고 했고, ≪맹자≫ 고 자 하편에 '백성들을 가르치지 않고 싸움에 동원해 쓰는 것을 일러 백 성들을 재앙에 빠뜨리는 것이라 한다(不敎民而用之, 謂之殃民)'라고 했 으며, 또 ≪순자≫ 부국편에 '무릇 민중을 교도하지 않은 채 죄를 범했 다고 해서 마구 처벌하면 형벌이 아무리 엄하고 많더라도 악행이 만연 하는 것을 막을 수 없다(故不敎而誅, 則刑繁而邪不勝)'라고 되어 있는 것처럼 유가에서는 군주의 백성 교화를 매우 중시한다. 이 표현은 이것 을 전제로 한 역설이리라.

　其風窢然惡可而言(기풍획연오가이언):'窢'이 㘩, 또는 '䦱'으로 되어 있는 판본도 있다(≪석문≫의 설). '窢然'에 관해 逆風의 소리(向秀, 郭 象의 설. '欯'의 차자로 본 듯하다), 신속한 모양(成玄英의 설. '㓾'의 차 자로 본 듯하다), '闃(격:고요한 모양)'의 차자(林雲銘의 설), '洫(혁:고 요함, 적막함)'의 차자(馬敍倫의 설)로 해석하는 등 여러 해석이 있는 데 어느 것도 적당한 해석이라고는 생각되지 않는다. '窢'이 '穴'을 의 부(意符)로 하고 '或'을 음부(音符)로 하는 글자라는 점을 근거로 추찰 하면 '구멍[穴] 속에 무엇이 있는지 의심스럽다', 나아가 '확실하지 않 다'는 뜻을 나타내는 글자이리라. 덧붙여 말하면 ≪초사≫ 〈어부〉편에 '그 더럽고 욕된 것을 받아들일 수 있겠는가(受物之汶汶者乎)'라고 한 것이 있는데 ≪순자≫ 불구편에는 이에 해당하는 말로 '다른 사람의 암 우(暗愚)함을 받아들이는 따위의 일이 있겠는가(受人之惐惐者哉)'라는 표현이 있다. 이것은 '惐(역)', 나아가 '或'에는 '더럽다, 어둡다'라는 뜻 이 있다는 증거가 되리라. '其風窢然'은 '無是無非'를 받는 말이므로 '窢 然'은 확실하지 않다는 뜻에 가장 합치한다. '可而言'의 '而'는 '以'와 같 다(王念孫의 설).

常反人不聚觀(상반인불취관):'不聚觀'이 ≪석문≫ 계출본에는 '不見觀'으로 되어 있다. 成玄英 疏本도 마찬가지. '聚'가 '取'로 되어 있는 판본도 있다(王叔岷의 설). 馬敍倫은 본디 '聚' 자가 없고 '不觀'으로 되어 있었는데 '觀' 자가 흐트러져 '見'이 되고 방주에 있던 '觀'이 더해져 '不見觀'이 된 것이라고 했는데 '不聚觀', '不見觀' 중 어느 것이 원문인지 정하기가 어렵다. 저본대로 해석하겠다. '聚'는 '驟(신속, 빠름)'의 차자. '聚'를 '見'으로 하더라도 전체의 뜻은 비슷하며 '見'은 '顯(명백하게)'의 뜻이다. '觀'은 '가리키다, 보이다'의 뜻. 요컨대 앞글 '謑髁無任', '縱脫無行'을 받고 있으며, 군주가 백성과 상반하며 자신의 의도를 민속하게 명시하지 않음을 가리킨다.

而不免於魭斷(이불면어완단):'斷' 자가 없는 판본도 있다는데(≪석문≫의 설) 오탈(誤脫)된 것이리라. 郭象은 '법을 세웠으나 모지지 않아 규각(圭角)이 없음'이라고 해석했으나 이 구는 다음 글 '其所謂道非道', '所言之韙不免於非'와 서로 대응하는 표현을 이루기 때문에 앞의 '不聚觀'과 서로 모순되지 않으면 안 된다. '魭斷'은 첩운 연사(馬敍倫의 설)이므로 '頑'의 연음(延音)으로 해석할 수도 있고, 완미 고루(頑迷固陋)의 뜻으로 해석해도 통한다. 그런데 '魭'은 앞의 '輐'의 경우와 마찬가지로 '刓'의 차자로 보아야 할 것이다. '刓斷'이란 '깎거나 끊는 것', 나아가 '크게 기교를 요하는 것(呂惠卿, 林雲銘의 설)'. 요컨대 '不免於魭斷'이란 '자연스러움에 합치하지 않는 것(宣穎의 설)'을 가리킨다.

韙(위):是・善의 뜻.

槩乎(개호):'僾(애:희미함, 어렴풋함)'의 차자(馬敍倫의 설). 대강, 대개.


【補說】이상은 천하편 작자의 〈팽몽・전병・신도론〉이다. 우선 팽몽의 설

을 '古之道術'의 일면을 밝힌 것으로 인정하여, 자아의 견해를 버리고 지려(知慮)를 사용하지 않으며 공평무사하게 物에 순응하는 것에 입각하고 있다고 한 다음, 그 설을 소개하여 物은 각각 다른 본질을 갖추고 있기 때문에 선택하거나 교도하거나 하지 않고 널리 평등 공평하게 다루어야 함을 주지로 삼고 있다고 논한다. 나아가 신도는 이에 근거하여 주관이나 사려를 버리고 物에 인순(因循:마지못해 어쩔 수 없이 좇는 것)할 것을 부르짖고, 현자를 존경하는 천하 사람들의 일을 비웃고 있다고 지적하고 이에 약간의 비평을 가하여 신도의 행위는 적극적으로 행해지는 일이 없고 천하의 성인들을 비웃으며 物에 순응하고 세상으로부터 비난도 받지 않으면서 홀로 자신의 설을 지키고 있다고 논하고 있다. 다음엔 신도의 설에 대한 비판으로 옮겨 신도의 설은 전적으로 인순을 일삼는 것으로 그것은 자아를 주장하지 않고 지모를 짜내지 않으며 物의 理에 좇는 특색을 지니고 있지만 호걸의 말에 의하면 死人의 理로서 기괴한 것이라고, 간접적이긴 하나 혹평을 가하고 있다.

마지막으로 전병과 팽몽 등의 설도 백성에게 가르칠 수 없는 것, 인정에 반하여 사람들에게 보여 줄 수 없는 것으로서 작위에 충만할 뿐이라고 논하였다. 요컨대 그들은 참된 道를 터득하지는 못했지만 어느 정도는 알고 있다고 단정하는 것이다. 첫머리에서 '古之道術'에 입각한 일면을 지니고 있다고 한 것과 비교하면 이러한 평가는 지나치게 혹독한 감이 없지 않다.

【餘說】 천하편에 나오는 〈팽몽·전병·신도론〉에 대한 의문

《순자》 비십이자편에 신도·전병을 비판하여 '법령은 존중하면서 옛 성왕의 법을 무시하고, 교육 수양은 경시하면서 자신이 법을 만드는

것을 좋아하고, 위로는 군주의 마음에 들고 아래로는 세속에 좇기를 원하여 종일 설을 펴며 문장과 전칙(典則)을 짓고자 하는데 그들의 소행을 잘 살펴보면 실제와 동떨어져 논지에 통일성이 없고 국가를 다스리는 근본 규범을 도저히 찾을 수가 없다. 그래도 그런 주장을 하는 데에는 그럴 만한 이유가 있고 변론에는 그럴 듯한 조리가 서 있어 우매한 민중을 기만하기에 족하다. 이런 부류의 인물이 신도와 전병이다(尚法而無法, 下儉而好作, 上則取聽於上, 下則取從於俗, 終日言成文典, 反紃察之, 則倜然無所歸宿, 不可以經國定分, 然而其持之有故, 其言之成理, 足以欺惑愚衆, 是愼到田駢也)'라 했고, 또 해폐편에는 '신자는 법치의 효용에 눈이 멀어 현인의 덕치의 효용을 이해하지 못했다(愼子蔽於法而不知賢)'라고 되어 있다. 또 ≪한서≫ 예문지에는 ≪신자≫ 42편이 법가서로 실려 있다. 이러한 사실들을 근거로 생각하면 신도는 법가였다고 보지 않을 수 없다.

　현전하는 ≪신자≫는 흩어져버린 다음의 잔간 단편(殘簡斷篇)에 지나지 않지만 이것들을 얽어매어 그 설의 대강을 복원해 본다면 다음과 같다. 신도는 우선 국가에는 치밀한 分職과 分業이 있고 그것을 엄정하게 유지시키는 법이 있어야만 한다고 생각했다. 그리고 사람에게는 저마다 다른 재능이 있는 것이 사실이며 인민은 모든 법의 분한 규정에 적응해야만 하고, 또 적응시켜야만 한다고 생각했다. 또 법에 '권형(權衡: 저울추와 저울대, 즉 저울. 척도)'과 같은 객관적 정확함과 필연적 강제력을 기대하고 문자 그대로의 평등은 힘들다 하더라도 君·臣·民의 구별 없이 그것을 일률적으로 적용해야 할 것을 주장했다. 군주의 자의로 사람을 선임하거나 교화하는 것을 배척하는 것, 私心·知故를 사용하는 것을 금지하는 것, 현자에 대한 존중을 비웃는 것, 또 오로지 인순을 말하는 것도 이에 이유가 있다. 이렇게 신도의 설을 복원해도 틀림이 없다면 신도를 온전한 법가로 보지 않으면 안 된다.

그런데 천하편에는 일언반구도 신도의 법에 관해서는 언급되어 있지 않으며 노·장 중에서 볼 수 있는 것과 유사한 표현이 왕왕 사용되고 있어 천하편의 작자는 신도를 도가로 취급한 듯하다. ≪사기≫에는 '신도는 趙나라 사람, 전병·접자는 齊나라 사람, 환연은 楚나라 사람이다. 모두 황로의 術, 즉 도가의 學을 배워 거기에서 자설을 수립하고 각자의 논지를 폈다'라고 되어 있으며, 또 ≪한서≫ 예문지는 신도와 병칭되는 전병의 저서라고 하는 ≪전자(田子)≫ 25편을 도가서로 싣고 있다. 이러한 사실들을 근거로 생각하면 신도는 도가였음에 틀림없다고 생각하지 않을 수 없다.

과연 신도는 어떤 계열의 사상가였을까? 법가였을까, 도가였을까? 아니면 법가와 도가를 겸한 인물이었을까? 馮友蘭은 천하편과 ≪신자≫를 검토하고 '두 사료에는 신도의 서로 모순된 양면의 사상이 있어 그것을 통일적으로 받아들이기는 곤란하다. 양자는 겸해질 수 없다'(≪중국철학사신편≫ 제6장 제3절 참조)라고 지적하고 있다. 신도가 법가인가 도가인가 하는 것은 단순히 그가 어느 학파에 속하느냐 하는 문제가 아니며 도가와 법가의 사상이 어떻게 발전해 갔느냐 하는 것을 생각하게 해 주는 중요한 문제인 것이다.

≪사기≫에서는 법가인 신불해에 대해서도 '황로의 學에 입각하여 刑名을 주장했다'라고 했고, 한비에 대해서도 '刑名法術의 學을 좋아했으며 그의 설은 황로의 學에 근거한 것이다'라고 했다. 이러한 사실을 근거로 생각하면 법가설과 도가설은 서로 밀접한 관계가 있었던 셈이다. 현재 ≪한비자≫ 중에는 해로편(解老篇)과 유로편(喻老篇)이 있다. ≪장자≫ 중에도 천지편·천도편처럼 법가설이 혼입되어 있는 것이 있다. 또 도가 계열의 전병도 ≪여씨춘추≫ 집일편에 기록된 그의 설을

근거로 판단할 때 법가설이 혼입되어 있다고 보지 않을 수 없다. 도가설과 법가설은 밀접하게 관련되어 있으며 신도의 경우 그 양면성을 전해 주는 확실한 사료가 있는 점에서 도가와 법가의 양면을 갖추고 있던 것이 사실이리라. 그렇다 하더라도 천하편이 신도의 법에 관한 설을 명확히는 언급하고 있지 않는데 이는 어떤 이유에서일까? 어째서 천하편은 굳이 그의 도가설만을 문제 삼고 있는 것일까?

천하편은 신도의 설이 일반적으로 자기와 物의 관계 속에 전개되고 있는 것처럼 서술하고 있다. 이것은 ≪장자≫ 제물론편 〈천뢰우화〉의 논설 부분이나 추수편 〈반기진우화〉의 논설 부분 등과 그 구성이 흡사하다. 또 '道則無遺者矣', '棄知去己, 而緣不得已', '與物宛轉' 등 노·장 속에서 자주 볼 수 있는 진술과 유사한 표현이 사용되고 있다. 이것이 천하편은 신도를 도가로 취급하고 있다고 해석하는 이유다. 또 이것은 천하편 작자의 의식적인 수사이기도 할 것이다. 특히 '齊萬物以爲首'라고 한 것이 ≪장자≫ 제물론편 〈천뢰우화〉의 '萬物與我爲一', 추수편 〈반기진우화〉의 '萬物一齊'를 연상시켜 신도가 장주 '제물론'의 선구가 아닐까 하는 해석마저 등장한 것이다.

그런데 천하편에 소개되어 있는 신도의 설을 그가 말하는 自己를 군주 한 사람의 마음으로, 또 物을 신하와 인민으로 치환하여 해석하면 신도의 설에 국가 통치의 법가설이 짙게 배어 있다는 것을 어렵지 않게 간파할 수 있으리라. 현존의 ≪신자≫는 흩어져버리고 일부가 남은 것이지만 ≪신자≫ 중의 법가설과 천하편의 도가적 표현을 사용한 진술은 서로 부합하는 점이 많다. 그래서 천하편에서 말하는 신도의 '齊萬物'은 〈천뢰우화〉의 '萬物與我爲一'이나 〈반기진우화〉의 '萬物一齊'와 본질적으로 다르다. 〈천뢰우화〉는 '未始有物者'를 사람의 인식의 지극함으로 보고, 〈반기진우화〉에서도 '以道觀之, 物無貴賤. 以物觀之, 自

貴而相賤. 以俗觀之, 貴賤不在己. 以差觀之, 因其所大而大之, 則萬物莫不大, 因其所小而小之, 則萬物莫不小'라 한 것처럼 근본의 大道에서 본다면 物에는 고유의 차별이 있을 수 없다고 본다.

이에 반해 천하편에 소개되어 있는 신도는 '天能覆, 地能載, 大道能包'라 한 것처럼 物에는 제각기 일정한 본질과 본성이 있다고 한다. 그래서 '萬物皆有所可, 有所不可'라 말하고 있다. 이것은 ≪신자≫에 '民은 섞여 살고 저마다 잘 하는 바가 있으며 그 잘 하는 바가 서로 같지 않은 것은 民의 본디 情이다'라고 되어 있는 것과 같은 말이다. 결국 '齊萬物'이란 '인순', 요컨대 객체에의 즉응(則應)과 신하·인민에 대해서만이 아닌 군주 자신에게도 해당하는 법의 일률적인 적용을 의미한다고 해석하지 않으면 안 된다.

국가의 법 기구에서는 법이 규정한 대로 움직이는 사람이 필요하지 그로부터 일탈하는 현자는 필요 없다. 인민은 이른바 '無知之物'이어야 바람직하다. 법은 이처럼 인민을 억제하는 반면 인민의 재능에 즉응하여 분직(分職)에 쓰일 수 있도록 해 주기 때문에 어느 정도 인민·신하에 대한 배려와 존경도 갖추고 있다. ≪전국책≫ 제책(齊策)에 의하면 전병은 官에 나아가는 일 없이 고담방론(高談放論)했다. ≪순자≫에는 '아래로는 세속에 좇기를 원했다(下則取從於俗)'(비십이자편)라고 되어 있다. 신도·전병 등의 인민 존중 경향은 사실 좀 더 강했는지도 모른다. 또 ≪신자≫는 군주가 법을 버리고 자신의 마음으로써 경중을 정하는 것을 금해야 한다고 했다(君人篇). 군주가 자신의 의지로 신하를 선임해서도 안 되고 군주가 몸소 民에게 교화 지도를 베풀어서도 안 된다고 했다. 이것은 당시의 군주로서는 참기 어려운 억제였으리라. 이와 같은 인민에 대한 존중과 군주에 대한 억제가 합쳐져 군주와 인민을 평등하게 취급하는 것, 즉 '齊萬物'이란 평어가 생긴 것이리라.

이처럼 천하편에 소개된 신도설의 도가적 표현 속에는 신도의 법가설이 도사리고 있는데, 그렇다면 신도가 법가임을 충분히 인정한 천하편의 작자가 오히려 그것을 일부러 도가적으로 표현한 것이라고 해석하지 않으면 안 된다. 천하편이 신도의 '無建己之患, 無用知之累, 動靜不離於理'를 칭양하면서 이를 '死人之理'라 평하고 있는데 이는 도가의 표현을 이용하면서 도가로 취급하지 않았다는 증거가 된다. 자아주의(自我主義)나 지려(知慮)에 의지하는 것을 부정하는 것이 노·장의 중요한 교의라는 것은 새삼스레 말할 것까지도 없다. '마음은 죽은 재와 같고, 모습은 마른 나무와 같다(心如死灰, 形如槁木)', 이른바 '無知의 物'이 되는 것도 도가의 중요한 공부이다. 그럼에도 불구하고 천하편은 신도를 일컬어 道를 명확하게 한 자라고도 道를 체득한 자라고도 하지 않았다.

이상과 같이 천하편을 검토해 보면 천하편의 작자는 신도를 법가로 인정하면서도 그를 도가적 표현을 빌려 서술했다고 보지 않을 수 없다. 이는 천하편이 신도의 설 중 도가설 부분만을 취한 논도 아니고 그렇다고 신도를 도가의 계보에 올려놓으려는 의도로 지어진 논도 아님을 말해 주는 것이리라. 더더욱 본론의 문면만을 보고 신도나 전병을 도가설의 선구자쯤으로 해석하는 것은 대단히 위험하다는 것을 시사하는 것이리라. 물론 이것이 신도나 전병에게 도가설적 경향이 없다는 것을 이야기하는 것은 아니다. ≪전자≫나 ≪신자≫의 사라진 부분에는 도가설적 경향이 농후한 문장이 많았는지도 모른다. 도가설과 법가설에는 서로 관계 있는 부분도 있다. 그런데 ≪신자≫를 근거로 하여 복원해 본 법가설과 천하편에서 보이는 법가설이 거의 일치한다는 점을 근거로 생각하면 신도의 본령은 법가설에 있다. 단 그는 자신의 설을 보조하기 위해 '군주가 知를 버리고 자신을 떠나 虛靜하게 되어야 한다'는 心

術이나 '타율의 필연법에 위임한다'는 因循 등 도가설을 채택한 듯하다.

천하편은 어찌하여 신도를 설명하는 데 도가적 표현을 사용한 것일까? 어째서 신도의 법을 명확하게 이야기하지 않았을까? 이 점에 관해 암시적인 것은 ≪회남자≫ 주술훈(主術訓)이다. 주술훈은 법가설에 근거하여 군주의 因任督責 · 形名參驗 등을 설하고 있는데, 한비가 군주는 자신의 의도를 조금이라도 신하에게 나타내 보여 역이용당하는 일이 있어서는 안 된다고 주장한 것과는 달리 공자의 '그 몸이 바르면 명령하지 않더라도 따르게 할 수 있다(其身正, 不令而行)'라는 말을 인용하고 '군주가 법을 세운 경우, 우선 자신이 모범을 보이면 명령은 천하에 행해진다(人主之立法, 先以身爲檢式儀表)'는 것을 이상으로 여겨야 한다고 했다.

西漢 전기에는 정치상으로 법술이 장려되고 사상상으로 황로의 도덕설이 환영받았는데 무제가 유술(儒術)을 존중한 이후 법술 · 황로의 도덕설은 점차 퇴색했다. 천하편의 신도론에는 이러한 유술 존중으로 전환된 漢代 사상계의 정세가 반영되어 있는 것은 아닐까? 천하편은 앞의 〈서론〉에 '舊法世傳之史, 尙多有之'라고 서술했듯이 법이 세상에 행해지고 있다는 사실을 납득하고 있다. 그러나 그보다도 詩書禮樂의 유자를 다른 학파보다 중시하고 있다. 그 중시가 신도론에서는 신도를 비판하는 것으로 나타나기도 하고 법가를 비판하는 것으로 나타나기도 한다.

신도의 道를 '死人之理'라고 비판한 호걸은 다름 아닌 유가다. 유가는 '사람이 道를 넓히는 것이지 道가 사람을 넓히는 것이 아니다(人能弘道, 非道弘人)'(≪논어≫ 위영공편), '훌륭한 법률이 있더라도 나라가 어지러운 경우는 있겠지만 군자가 있는데도 나라가 어지러워졌다는 말은 지금까지 들어 본 적이 없다(有良法而亂者有之矣, 有君子而亂者, 自古及今未嘗

聞也)'(≪순자≫ 치사편), '그러한 사람이 있으면 그러한 정치가 이루어지고, 그러한 사람이 없으면 그러한 정치는 없어진다(其人存則其政擧, 其人亡則其政息)'(≪중용≫)라고 한 것처럼 '生人之行'을 적극적으로 주장한다. 전병에 대해 '得不敎焉'이라고 야유하고, 또 '常反人, 不聚觀'이라고 비판하는 것도 군주의 솔선 교화를 주장하는 유가의 설이다. 천하편에 보이는 법가설에 대한 배척은 한편으로는 신도의 법을 무시하고 도가적 표현으로 말하는 양상을 띠게 되었다. 이것은 ≪회남자≫ · 〈육가요지〉 등이 도가설을 주된 의거(依據)로 삼았던 것과 상통하는 점이다.

# 제5장 관윤·노담론(關尹·老聃論)

以本爲精, 以物爲粗, 以有積爲不足, 澹然獨與神明居, 古之
道術, 有在於是者. 關尹·老聃聞其風而悅之.

建之以常無有, 主之以太一, 以濡弱謙下爲表, 以空虛不毀萬
物爲實.

關尹曰, "在己無居, 形物自著. 其動若水, 其靜若鏡, 其應若
響. 芴乎若亡, 寂乎若淸, 同焉者和, 得焉者失," 未嘗先人,
而常隨人.

老聃曰, "知其雄, 守其雌, 爲天下谿. 知其白, 守其辱, 爲天
下谷." 人皆取先, 己獨取後. 曰, "受天下之垢."

人皆取實, 己獨取虛. 無藏也, 故有餘. 巋然而有餘. 其行身
也, 徐而不費, 無爲也而笑巧.

人皆求福, 己獨曲全. 曰, "苟免於咎." 以深爲根, 而約爲紀.

曰, "堅則毀矣, 銳則挫矣." 常寬容於物, 不削於人. 可謂至極.

關尹·老聃乎, 古之博大眞人哉.

모든 物의 근본은 정묘하나 세상의 物과 事는 조잡하며, 세상 사람들이
입을 모아 칭찬하는 공명을 거듭 쌓는 것은 취할 것이 못된다 생각하고 물
사의 말단에 구애되지 않으며 고요히 그 근본인 신명과 하나가 된다. 옛적
성대(聖代)의 도술에는 이러한 가르침이 있었다  관윤과 노담은 이러한 취
지를 듣고 매우 기뻐했다.

그래서 그들은 언제나 無를 불변의 근거로 삼고 그로부터 오직 한 줄기

로 나아가는 것을 기본 신조로 삼아 외부, 즉 사람에게는 유화하고 겸손한
것을 가장 소중히 여겼으며 내부, 즉 자신의 마음으로는 참으로 無心하여
어떤 物도 손상시키는 일이 없도록 했다.

즉 관윤은

"사람이 자아의 의식에 사로잡히지 않으면 형태 있는 物은 저절로 그 참
된 모습을 명백히 나타낸다. 그래서 사람의 움직임이 고요한 물처럼 미미
하고 그 조용함이 거울처럼 분명하다면 物에 대응하는 일은 마치 음성에
따르는 울림처럼 저절로 이루어진다. 요컨대 사람은 거기에 없는 듯 명한
채 無心하고 맑은 물처럼 고요하여 物에 동조하면 화합이 이루어지지만 의
식적으로 物을 포착하려 하면 도리어 그것을 잃게 된다."

라고 말한다. 결국 관윤은 결코 사람들 앞에 나서서 그들을 이끌려고 하
지 않고 언제나 사람들 뒤에서 따라가며 화합하려 하는 것이다.

노담은

"자신이 강건하다는 것을 알면서 이를 누르고 유약함을 지키면 깊이 물
을 담은 계곡처럼 천하 사람들의 마음을 모으게 된다. 자신이 결백하다는
것을 알면서 이를 주장하지 않고 죄와 욕됨을 지키면 많은 시냇물이 골짜
기로 흘러드는 것처럼 천하 사람들이 그에게 귀복하게 된다."

라고 말한다. 결국 노담은 세상 사람들이 너도나도 남보다 앞서려고 애
쓰지만 그만은 남보다 자신을 낮추려 하는 것이다. 그래서

"천하의 온갖 경멸을 달게 받는다."

라고까지 한다.

또 노담은 세상 사람들이 모두 실리를 얻고자 애쓰는데도 자신은 無欲·
虛心을 지키고자 했다. 虛心하여 마음속에 어떤 기도(企圖)도 사혹(思惑)
도 사악(邪惡)도 품지 않는다. 그래서 여유가 있다. 어떠한 物에도 침해받
지 않는 독립을 유지하고 게다가 여유가 있다. 몸을 움직이는 것은 평온하

고 외면의 화려함은 없으나 일부러 그렇게 하려는 것이 아닌데도 어느 사이에 교묘하게 일을 이루어 낸다.

더욱이 세상들은 모두 일념으로 행운을 희구하는데 노담만은 불완전하나마 세상의 정세에 순응하면서 그 道를 완전하게 지켜나간다. 그는

"그저 세상의 재난으로부터 피하려고 할 뿐이다."

라고 말한다. 그러나 노담은 깊은 깨달음을 근본으로 하여 간단하고 알기 쉬운 것을 행동의 법칙으로 삼고 있는 것이다.

노담은

"단단하면 오히려 부수어지고, 뾰족하게 솟아 있으면 꺾이고 만다."

라고 말한다. 요컨대 자신의 뜻을 넓혀 세상 사람과 다른 유별난 짓을 하려 하지 않고 늘 마음 넓게 두루 物을 받아들이며 다른 사람을 책망하지 않는다. 마땅히 최상의 德이라 칭해야 한다.

관윤과 노담이야말로 성대(聖代)의 도술을 체득하고 덕이 하늘처럼 넓고 땅처럼 큰 진인(眞人)인 것이다.


【語義】 以本爲精以物爲粗(이본위정이물위조):精을 근본으로 하고 物을 조잡한 것으로 생각하는 것을 가리킨다. 이 '精'은 추수편 〈반기진우화〉에 '夫精粗者, 期於有形者也'라고 되어 있는 '精組'와는 다르다. 필시 ≪노자≫의 '큰 德을 갖춘 사람의 모습은 道의 모습 그대로이다. 그런데 道의 모습은 황홀하여 정할 수 없다. [단 가만히 마음을 虛靜하게 가지고 道를 주시하면] 그 가운데 어떤 像, 어떤 物이 있음을 알 수 있다. 요정(窈靜), 즉 심오하고 작은 속에 精, 즉 순일무잡(純一無雜)한 것이 있다. 그것은 참으로 진실하고 거짓이 없는 것으로 그 이름은 옛날부터 지금에 이르기까지 결코 사라진 적이 없다. 그리고 만물 생성의 시초를 다스리고 있다(孔德之容, 唯道是從. 道之爲物, 唯恍唯忽. 忽兮恍兮, 其中有像. 恍

兮忽兮, 其中有物. 窈兮冥兮, 其中有精. 其粗甚眞, 其中有信. 自古及今,
其名不去. 以閱衆甫)'(제21장)에 근거한 것이리라. 단 ≪노자≫의 情은
物에 깃들어 있는 정신에 관하여 말한 것인데 여기서 말하는 '精'은 재
유편 〈정기독존우화〉에 '至道之精, 窈窈冥冥'이라고 한 것처럼 道와 일
체이며 物을 만들어 내는 정기를 말한다. 지북유편 〈지도우화〉에 '精神
生於道, 形本生於精'라고 되어 있는 것은 여기서 말하는 것과 비슷하다.

以有積爲不足(이유적위부족):'積'은 앞 구의 '物'과 관계 있는 말이나
여기서는 물자 · 재산만을 쌓아 올리는 것을 말하는 것은 아닐 것이다.
善 · 利 · 名聲 · 功績을 계속 쌓는 것을 가리키는 것이리라. ≪노자≫에
'큰 德을 갖춘 자는 마치 德이 부족한 것처럼 보인다(廣德若不足)'(제41
장)라고 했는데, 이 문장의 '不足'은 부족하다는 뜻이 아니라 행하기에
마땅치 않다는 뜻이다. '信言不美, 美言不信. 善者不辯, 辯者不善. 知
者不博, 博者不知. 聖人不積. 旣以爲人, 己愈有'(≪노자≫ 제81장)의 美
言 · 辯知 · 博習 따위는 '유적(有積)'의 예이리라.

澹然獨與神明居(담연독여신명거):'澹然'은 조용하고 무사한 모양. '與神
明居'는 〈서론〉 부분의 '配神明'과 거의 같다.

關尹(관윤):달생편 〈순기우화〉에 나옴. 열자에게 '순기(純氣)를 지킬
것'을 가르친다. ≪여씨춘추≫ 심기편에는 열자에게 활쏘는 법을 가르
치는 이야기가 실려 있다. ≪한서≫ 예문지에는 도가서로 ≪관윤자(關
尹子)≫ 9편이 실려 있는데, 魏晉 사이에 없어져 전해지지 않는다. ≪관
윤자≫ 1편으로 된 것이 있는데 위서(僞書)이다. ≪사기≫ 등의 기록에
의하면 관윤은 노자의 제자인데 천하편에서는 노담보다 앞서 관윤을 들
고 있다. 단순히 편의에 의한 것인지 아니면 이유가 있어서인지 명확하
지 않다. 일설에 의하면 관윤은 ≪사기≫에 '環淵은 楚나라 사람이다.
황로의 術, 즉 도가의 學을 배워 거기서 자설을 수립하고 각자의 논지

를 폈다. ……環淵은 상·하편을 지었다'라고 되어 있는 환연과 동일인이라고 하는데 ≪한서≫ 예문지에는 ≪관윤자≫와 함께 ≪蜎(環과 동음)子≫ 13편이 실려 있다. 관윤에 관한 ≪사기≫의 기술은 당시의 전설 중 하나를 채용한 것인지도 모른다. 전국시대 말기부터 漢 초기에 걸쳐서는 그리 이름이 나지 않은 사람의 도가서가 세상이 나타난 듯한데 ≪관윤자≫도 그 가운데 하나가 아니었을까?

老耼(노담):본서 중에는 공자와 노자의 문답을 빌린 우화가 많이 수록되어 있는데 노자가 공자의 선배이며 춘추시대 후기의 인물이라는 설은 신빙성이 희박하다. 학자들 사이에는 노자의 생몰 연대에 관해서 이론이 많으며 그의 실재를 부인하는 학자도 있다. 다케우치 요시오(武內義雄)의 ≪노자연구≫에 의하면 노자는 공자보다 100년 후의 인물로 묵자의 후배이며 맹자의 선배라고 한다. ≪노자≫라는 책의 성립에 관해서도 이론이 많으며 현존 체재는 漢初에 갖추어졌다는 설도 있으나 전국시대 말기에는 거의 현존의 모습을 갖추었으리라 생각된다. 근년 漢 무제 무렵의 고사본(古寫本)이 장사(長沙)에서 출토되었는데 이는 현존본과 상하편의 순서가 바뀌어 있으며 사용 문자, 구의 표현 등에 약간의 상위가 있으나 그 대략은 흡사하다. ≪순자≫에는 '노자는 굴종적 입장만을 알아 신장(伸長)하는 것을 몰랐다(老子有見於詘無見於信)'(천론편)라고 평되어 있고 ≪여씨춘추≫ 불이편에는 '노담은 부드러움을 귀히 여겼다(老耼貴柔)'라고 되어 있으며 귀공편에는 '荊 땅의 사람 중에 활을 잃어버린 자가 있었다. 그는 활을 찾아보려 하지 않았다. 荊人이 잃은 것을 荊人이 주울 테니 굳이 찾을 필요가 없다는 것이었다. 이를 전해들은 공자는 荊人이라 하지 말고 그냥 사람이라 하는 것이 더 좋을 것이라고 했다. 다시 이를 전해들은 노담은 사람이란 말도 빼는 것이 좋을 것이라고 했다. 노담이 가장 공평하다(荊人有遺

弓者, 而不肎索. 曰, 荊人遺之, 荊人得之, 又何索焉. 孔子聞之曰, 去其
荊而可矣. 老耼聞之曰, 去其人而可矣. 故老耼則至公矣'라고 한 孔·
老 비교론이 실려 있다.

建之以常無有主之以太一(건지이상무유주지이태일):《노자》 제40장의
'천하의 物은 有에서 생기며, 有는 無에서 생긴다(天下萬物生於有. 有生於
無)', 제42장의 '道는 일체의 근원인 하나, 즉 태극이 된다. 태극은 분열하
여 음양이 된다. 음양의 두 기는 충기(冲氣)를 낳는다. 이 충기로 일체
의 만물이 생겨난다(道生一, 一生二, 二生三, 三生萬物)'에 근거한 말이
리라. 천지편 〈물성생리론〉에 '泰初有無. 無有無名, 一之所起. 有一而
未形, 物得以生, 謂之德……'이라고 했다. '建'은 근거로 삼는 것. '常無
有'는 《노자》의 '常無欲'(제1장)에서 바뀐 표현이리라. 어떠한 경우에
도 無에 철저한 것. '主之'의 '主'는 '常無有'의 전개에 즈음하여 근본으
로 삼는 것. '太一'은 절대 유일. 태극과 같다. '常無有'에서 '太一'로의
전개는 宋代 학자들이 제창한 '無極으로서 太極'의 先聲이다.

以濡弱謙下爲表以空虛不毁萬物爲實(이유약겸하위표이공허불훼만물
위실):'濡弱'은 쌍성 연사로서 '弱(柔軟)'의 뜻. '濡'를 '孺(젖먹이, 나아
가 유약하다의 뜻)'의 차자로 해석해도 좋다. '謙下'는 겸양하는 것. '以
濡弱謙下爲表'는 《關》·《老》의 가르침을 개괄하고 있는 말인데 《노
자》의 '사람이 태어날 때에는 부드럽고 약하다(人之生也柔弱)'(제76장),
'천하에서 가장 유연한 것이 천하에서 가장 견고한 것과 다툰다(天下之
至柔, 馳騁於天下之致(至)堅)'(제43장) 등에 근거한 말이리라. '以空虛不
毁萬物爲實'은 주로 《노자》의 '마음을 비우고 고요함을 두텁게 하면 만
물이 함께 생겨나더라도 머지않아 그 근원인 道로 복귀하여 가는 자연의
이법을 볼 수가 있다(致虛極, 守靜篤, 萬物竝作, 吾以觀其復)'(제16장)
에 근거한 말이리라. '空虛'는 여기에서는 철저한 無心을 가리킨다. '不

毁萬物'은 소극적으로 말하면 ≪노자≫의 '최상의 善은 물과 같은 것이다. 물은 만물에 이익을 주면서도 다투는 법이 없다(上善如水. 水善利萬物, 而不爭)'(제8장)이고, 적극적으로 말하면 '상주불변(常住不變)의 것을 알면 일체의 것에 대해 관용을 갖게 된다. 관용을 갖게 되면 공평하게 된다(知常容, 容乃公)'(제16장)이다. '表', '實'은 상대되는 말로서 표면과 내실을 가리킨다.

關尹曰……:≪관윤자≫에 근거한 말이리라. '居'·'著'는 魚部韻, '水'·'鏡'은 耕部韻, '響'·'亡'은 陽部韻으로 압운되어 있다.

在己無居形物自著(재기무거형물자저):재유편 〈물자화우화〉의 '汝徒處無爲, 而物自化'와 거의 같은 사상이다. '在己無居'는 '無居於己'와 같다. '形物'은 유형의 物.

其動若水其靜若鏡其應若響(기동약수기정약경기응약향):'其動……若鏡'은 덕충부편 〈화덕유심우화〉의 '人莫鑑於流水, 而鑑於止水'와 거의 같은 사상이다. 또 응제왕편 〈유무진설〉에 '至人之用心若鏡'이라 했다. 일설에 '若水'는 자연스럽게 물이 흘러가듯 행동하는 것을 뜻한다(成玄英의 설)고 한다. '其應若響'은 재유편 〈대인지교지설〉에서 '大人之敎, 若形之於影, 聲之於嚮, 有問而應之, 盡其所懷, 爲天下配. 處乎無嚮, 行乎無方'이라고 한 것과 거의 같은 사상에 근거한 말이리라. 요컨대 '無爲인지라 하지 못하는 것이 없음(無爲而無不爲)'(≪노자≫ 제37장)을 가리킨다.

芴乎若亡寂乎若淸(홀호약망적호약청):이 구를 成玄英은 道의 모습을 말하는 것으로 해석하고, 林希逸은 物의 모습을 말하는 것으로 해석했으나 앞의 '在己無居'를 받는 말이므로 無心無爲를 가리키는 것이라고 해석해야 한다. ≪노자≫의 '마음을 비우고 고요함을 두텁게 한다(致虛極, 守靜篤)'(제16장), ≪장자≫ 천지편 〈왕덕설〉의 '冥冥之中, 獨

見曉焉, 無聲之中, 獨聞和焉'에 해당한다. '芴'은 '勿' 또는 '忽'의 차자. 어두워 분명하지 아니한 모양. '淸'은 밝고 맑은 물.

同焉者和得焉者失(동언자화득언자실):'同'은 無心한 속에 일체가 되는 것. 동조하는 것. 대종사편 〈좌망우화〉에 '墮枝體, 黜聰明, 離形去知, 同於大通'이라고 한 것 참조. '焉'은 物을 가리킨다(林希逸의 설 참조). '和'는 物과 화합하는 것. 덕충부편 〈재전덕불형우화〉에 '使之和豫, 通而不失於兌. 使日夜無郤, 而與物爲春'이라고 한 것 참조. '得焉者失'은 의식적으로 物을 얻으려고 하면 오히려 잃게 됨을 가리킨다(郭象, 成玄英의 설). 재유편에 '萬物云云, 各復其根. 各復其根而不知. 渾渾沌沌, 終身不離. 若彼知之, 乃是離之'라고 한 것 참조. 郭沫若의 설에 의하면 '失'은 '生'을 잘못 베낀 것이며, '生'은 '寂乎若淸'의 '淸'과 압운한다고 한다.

未嘗先人而常隨人(미상선인이상수인):이것은 천하편 작자의 평이다. 덕충부편 〈재전덕불형우화〉의 '常和人而已矣' 참조.

知其雄守其雌爲天下谿知其白守其辱爲天下谷(지기웅수기자위천하계지기백수기욕위천하곡):현존 王弼의 注가 붙은 ≪노자≫에는 '雄[의 德이 강건하나 경박하고, 다른 것에 앞서지만 결국은 미움을 받아 물러나게 되는]을 알아 [유순하나 굳세고 항상 뒤로 처지려 하나 결국은 사랑 받아 다른 것에 앞장서게 되는] 雌[의 德]를 지키면 [자연스럽게] 천하의 사람들이 歸趣하게 되며, 또 몸에는 불변의 덕이 깃들어 떠나지 않고, [언젠가는] 갓난아이와 같은 [자연의] 상태[즉 道를 얻은 상태]로 되돌아간다. 결백한 것[이 아름답고 사람의 눈을 끄나 쉽게 더러워지고 자신을 위태롭게 한다는 理]를 알아 화광동진(和光同塵)하고 혼탁한 속, 즉 辱[에 처하여 몸]을 지키면[그 생활 방식은] 천하 사람들의 표준이 된다. 그렇게 되면 불변의 德이 바뀌지 않고 [그 사람은] 無極[

인 道]에 복귀한다. 榮[華가 결국은 심신을 고달프게 하거나 타인의 원한이나 선망을 사게 된다는 理]를 알아, 卑辱[에 처하는 태도]를 지키면 [그 겸손한 德에 말미암아] 천하 사람들의 신망이 [그에게] 모인다. 그렇게 되면 [그 사람에게는] 불변의 德이 충만하고 [그 사람은] 樸[즉 道]에 되돌아간다. 산에서 막 나온 통나무에 사람 손이 가해져 잘리고 새겨져 세속에 쓸모 있는 그릇이 만들어지는데 世人은 말하자면 이 그릇과 같으며 어떤 삶에게도 뭔가 쓸모 있는 기능이 갖추어져 있는 것이다. [사람을 잘 구하여 쓰는] 聖人, 즉 道를 체득한 군주는 사람을 각각 잘 하는 바대로 써서 [자신은 무위자연의 태도로써] 그들이 맡고 있는 역할을 통괄한다. [이 성인이 세인과 마찬가지로 하나의 그릇처럼 한 가지 기능밖에 갖지 못한 존재라면 그러한 일을 할 수 없다. 성인은 그릇의 본디 상태인 통나무처럼 존재하지 않으면 안 된다.] 따라서 참으로 위대한 제작은 분할하지 않는 것이라고 하는 것이다(知其雄, 守其雌, 爲天下谿. 爲天下谿, 常德不離, 復歸於嬰兒. 知其白, 守其黑, 爲天下式. 爲天下式, 常德不式, 復歸於無極. 知其榮, 守其辱, 爲天下谷. 爲天下谷, 常德乃足, 復歸於朴. 朴散則爲器. 聖人用之, 則爲官長. 故大制不割)'(제28장)라고 되어 있어 여기에 인용된 노자의 말과는 다르다. 여기에 인용된 것이 ≪노자≫의 원형에 가깝다고 추정하는 설(易順鼎, 郭沫若의 설)이 있다. 그런데 장사에서 출토된 漢代의 사본(甲本과 乙本이 있음)에는 '知其榮'이 '知其白'으로 되어 있으며 그 이하의 문장이 '知其白, 守其黑' 앞에 있고 '常德'이 '恒德'으로, '谷'이 '浴'으로 되어 있으며 乙本에는 '谿'가 '鷄'로 되어 있는 등 사용된 문자가 약간 다를 뿐 현행본 ≪노자≫와 큰 차이가 없다. 천하편의 작자는 ≪노자≫ 제28장을 줄여 놓은 것이리라.

人皆取先己獨取後(인개취선기독취후):천하편의 작자가 해설하고 있는 말로서 앞의 '以濡弱謙下爲表'와 상응한다. ≪노자≫에 '내게는 세 가지 보물이 있다. 나는 그것을 보배스러운 것으로서 받든다. 그 하나는 자비심이 깊은 것, 또 하나는 검약하는 것, 나머지 하나는 결코 천하의 사람들 앞에 앞장서지 않는 것이다(夫我有三寶. 持而寶之. 一曰慈, 二曰儉, 三曰不敢爲天下先)'(제67장)라는 말이 있다. '己獨……'이란 표현은 '사람들은 모두 의욕이 넘치는데 나만은 모든 욕망을 떨쳐버린 듯 멍하다(衆人皆有餘, 而我獨若遺)'(≪노자≫ 제20장)를 가리키는 것이리라.

受天下之垢(수천하지구):≪노자≫에 '그래서 [유약의 道를 체득한] 성인이 말했다. [겸손하게 국가의 골짜기가 되어] 나라의 때를 받아들이는 사람을 사직의 主라 하며 [겸손하게 국가의 골짜기가 되어 모든] 나라의 不祥을 받아들이는 사람을 천하의 왕이라 한다(故聖人云, 受國之垢, 是謂社稷主, 受國之不祥, 是謂天下王)'(제78장)라고 한 것을 요약한 것이리라. '垢(때, 더러움)'는 '詬(치욕, 수치)'의 차자이다. 굴욕을 감수하는 것을 가리킨다.

無藏也故有餘(무장야고유여):≪노자≫의 '道는 공허한 그릇처럼 비어 있지만 아무리 써도 차는 법이 없어 만물의 조상처럼 생각된다(道沖而用之, 或不盈. 淵乎似萬物之宗)'(제4장), '천지 사이는 마치 풀무처럼 비어 있다. 그렇지만 그 작용은 다하는 일이 없고 움직이면 움직이는 만큼, 마치 풀무가 바람을 불어내는 것처럼 만물이 그 사이에서 생겨난다(天地之閒, 其猶橐籥乎. 虛而不屈, 動而愈出)'(제5장) 같은 내용을 요약한 것이리라.

歸然而有餘其行身也徐而不費(귀연이유여기행신야서이불비):'歸然'이 '魏然'으로 되어 있는 판본도 있다 한다(≪석문≫의 설). '높게 솟아 있는 모양', 나아가 '獨立의 모양'. '徐'는 '舒'와 같으며 '고요하고 평안한 모양'. '費'는 '賁'의 차자이며 '글치레, 외면의 화려함'을 가리킨다.
≪노자≫ 제38장 '대저 예(禮) 따위의 외면적이고 형식적인 것은 인간
의 진심이 엷어진 결과 생겨나며 쟁란의 시초가 되는 것이다. 다른 사
람보다 먼저 아는 지혜는 이른바 道의 열매 맺지 않는 꽃으로 사위(邪
僞)의 시초가 되는 것이다. 따라서 훌륭한 인물은 돈후한 忠信에 몸을
두지 겉치레의 禮에 몸을 두지 않으며, 성실한 道에 몸을 두지 열매 맺
지 못하는 꽃인 지혜에 몸을 두지 않는다(夫禮者, 忠信之薄而亂之首.
前識者, 道之華而愚之始. 是以大丈夫, 處其厚, 不屈其薄. 處其實, 不居
其華)'에 근거한 말이리라.

無爲也而笑巧(무위야이소교):'笑'는 '媖(요:妖와 동자)'의 차자(奚侗의
설). ≪설문해자≫는 '妖'를 '巧'의 뜻으로 풀었다. 확대 해석한다면 '妙'
와 거의 같은 뜻이다. 모르는 사이에 그 妙用을 발휘하는 것을 가리킨다.
≪노자≫에 '道는 늘 無爲이나 하지 못하는 것이 없다(道常無爲, 而無不
爲)'(제37장)라든가, '학문을 닦으면 틀림없이 날마다 지식이 늘어난다.
반대로 道를 닦으면 날마다 지식이 줄어든다. 그렇지만 지식을 줄이고
줄인 결과, 사람은 無爲의 경지에 이르게 된다. 無爲의 경지에 이르면 하
지 못하는 것이 아무것도 없게 된다(爲學日益, 爲道日損. 損之又損, 以
至於無學. 無爲而無不爲)'(제48장)라고 한 '無爲而無不爲'를 가리킨다.

人皆求福己獨曲全(인개구복기독곡전):≪노자≫의 '모든 사람이 즐거워
하며 큰 잔칫상을 받은 것 같고, 따뜻한 봄날에 누대에 오른 것 같은데
나만 홀로 고요히 움직일 기색도 없이, 웃을 줄 모르는 갓난아이 같다(
衆人熙熙, 如享太牢, 如春登臺. 我獨怕兮, 其未兆, 如嬰兒之未孩)'(제20
장)와 '굽은 나무는 쓸모가 없기 때문에 베어지는 일이 없이 천수를 누릴
수가 있다. 자벌레가 몸을 꼬부리는 것은 앞으로 나아가기 위해서이다.
패인 곳에 물이 괴고 묵은 잎이 떨어져야 새잎이 돋는다. 욕심이 적으면

만족을 얻고 아는 것이 많으면 미혹에 빠진다(曲則全, 枉則直. 窪則盈, 弊則新. 少則得, 多則惑)'(제22장)에 근거한 말이리라. '曲은 자신의 뜻을 펴지 않고 물사가 자연스럽게 이루어져 가는 데 좇는 것을 가리킨다.

日苟免於咎(왈구면어구):주로 ≪노자≫의 '그릇에 물을 가득 부어 놓고 물이 넘칠 것을 걱정하는 일보다 어리석은 짓은 없다. 가득 차기 전에 물을 붓는 것을 멈추는 것이 좋다. 날카롭게 갈린 칼은 그 날카로움을 오래 지킬 수 없다. 금과 옥이 집에 가득하면 지키기 어렵고, 부귀하고서 교만을 부리면 재앙을 불러들이게 된다. 공을 이루면 물러나는 것이 하늘의 도다(持而盈之不如其已. 揣而銳之不可長保. 金玉滿堂莫之能守. 富貴而驕自遺其咎. 功成名遂身退天之道)'(제9장)에 근거한 말이리라.

以深爲根以約爲紀(이심위근이약위기):≪노자≫의 '덕을 거듭 쌓으면 극복하지 못할 것이 없다. 극복하지 못할 것이 없게 되면 그 힘은 도저히 헤아릴 수 없이 크다고 할 수 있다. 힘이 그처럼 크면 국가를 편안하게 보유할 수가 있다. 국가를 안태하게 보유하는 근본, 그것으로 오랫동안 살 수가 있다. 이것이야말로 뿌리를 깊게 하고 튼튼하게 하는 불로장생의 도다(重積德則無不克. 無不克則莫知其極. 莫知其極, 可以有國. 有國之母, 可以長久. 是謂探根固柢. 長生久視之道)'(제59장), 및 '나의 말은 매우 알기 쉽고 행하기 쉽다. 그런데도 천하의 사람들 가운데 나의 말을 이해하고 행하는 자는 없다(吾言甚易知, 甚易行. 天下莫能知, 莫能行)'(제70장)에 근거한 말이리라. ≪노자≫ 제53장에 '大道는 매우 평탄하다. 사람들은 좁은 길을 좋아한다(大道甚夷, 而民好徑)'라고 했다.

日堅則毀矣銳則挫矣(왈견즉훼의예즉좌의):≪노자≫의 '굳세고 강한 것은 죽음의 무리요, 부드럽고 약한 것은 삶의 무리다(堅强者死之徒, 柔弱者生之徒)'(제76장), '칼날을 너무 예리하게 갈면 쉬이 상하여 오래 갈 수 없다(揣而銳之不可長保)'(제9장), 또 '자신의 이목구비(耳目口鼻)를 막아 그 문을 닫으며, 자신의 예기(銳氣)를 꺾어 분쟁을 풀어 버리며, 자신의 지혜의 빛을 부드럽게 하여 티끌과 함께 섞인다. 이상과 같은 태도를 취하는 것을 현묘한 道에 동화한다고 한다(塞其兌, 閉其門, 挫其銳, 解其紛, 和其光, 同其塵, 是謂玄同)'(제56장) 등을 근거로 요약해 낸 것이리라.

常寬容於物不削於人(상관용어물불삭어인):≪노자≫의 '常住不變의 것을 알면 모든 것에 대해 관용을 갖게 된다. 관용을 갖게 되면 공평하게 된다(知常容. 容乃公)'(제16장), '道가 만물을 낳고 德이 만물을 기르는데 만물을 만들어 내면서도 자신의 것으로 여기지 않고, 일을 하면서도 그 공을 자랑하지 않으며, 만물을 기르면서도 지배하려 하지 않는다. 이를 玄德이라 한다(生之畜之, 生而不有, 爲而不恃, 長而不宰. 是謂玄德)'(제10장), '聖人이 말하기를, 내가 無爲를 지키면 백성들은 자연스럽게 감화되고, 내가 고요함을 좋아하면 인민은 저절로 바르게 다스려지며, 내가 가만히 있으면 인민은 저절로 부유해지고, 내가 無欲하면 인민은 저절로 소박해진다'(聖人云, 我無爲而民自化, 我好靜而民自正, 我無事而民自富, 我無欲而民自朴)'(제57장) 등의 내용을 요약한 것이리라. 여기서 '削'은 '엄하게 하다, 무자비하게 다루다'의 뜻으로 해석해야 한다.

博大眞人哉(박대진인재):최대의 찬사이다. '眞人'에 관해서는 대종사편 〈진인론〉 참조.

【補說】 이상은 천하편 작자의 〈관윤·노담론〉이다. 우선 관윤·노담의 설을 '古之道術'의 일면을 지닌 것으로 규정했다. 즉 物의 말단에 구애받지 않고 근본인 道의 묘용을 발휘한다는 것이다. 다음으로 그들 설의 강령

은 無를 근본으로 하여 통일적 태도를 취하며, 외면은 겸손하고 내면은 무심하여 만물과 잘 조화하는 데 있다고 밝힌다. 그리고 관윤·노담의 말을 적절히 인용하면서 그들 설의 특색을 해설하고, 관윤은 무심하게 사람들에게 순응하는 사람이며, 노담은 겸손하게 타인의 뒤를 좇는데 그 겸손한 虛心 속에 넉넉한 여유가 있고 타인에의 순응에는 깊은 깨달음과 平明함이 있음을 이야기한다. 요컨대 노담은 자신을 부각시키려는 사심을 갖지 않았으며 널리 사람들과 화합하는 인물이라는 것이다. 마지막으로 관윤·노담은 '古之道術'을 터득한 眞人이라고 최대의 찬사를 아끼지 않고 있다. 천하편의 여러 논 가운데서는 가장 짧은 문장이지만 문맥이 잘 정리되어 있을 뿐 아니라 논리 전개가 적절하고 글의 요지가 명확하여 빼어난 논을 이루고 있다.

【餘說】 천하편에 나오는 〈관윤·노담론〉의 특색

漢의 고조를 좇아 전공을 세운 많은 신하치고 곱게 숨을 거둔 자는 적다. 그 적은 자 가운데 한 사람인 조참(曹參)은 고조의 천하 평정 후 齊나라의 승상이 되어 처음에는 행정의 방책을 여러 유자들에게 물었으나 그 헌책(獻策)에 만족하지 않고 따로 '황로지술(黃老之術)'을 익힌 개공(蓋公)이란 인물을 정중하게 맞아들여 그의 가르침에 좇아 청정(淸靜)을 지침으로 삼고 크게 인민을 안정시킬 수가 있었다. 곧 이어 그는 漢 제국의 재상이 되었는데 애써 국무에 힘쓰려 하지 않고 그저 음주가호(飮酒歌呼)로 세월을 보냈으나 인민은 그의 '안녕지치(安寧之治)'를 구가했다고 한다. 진·한의 전란에 피폐되고, 또 漢 제국의 성립 등 사회적 변동이 많았던 시대에는 일반 민중의 생활 안정을 위해서도, 요직에 있는 자의 일신 보전을 위해서도 '황로지술'이 환영받았으며 ≪노자≫가 존중되었던 것이리라.

齊나라 사람 한고생(韓固生)은 기골 있는 유자였는데 어느 날 두태후의 물음에 '≪노자≫는 가인(家人)의 말에 지나지 않는다'라고 대답했다가 두태후의 역린(逆鱗)을 건드린 꼴이 되어 목숨마저 위태롭게 되었는데 경제(景帝)의 비호로 간신히 살아났다고 한다.

漢代 초기에 ≪노자≫가 존숭되었다는 사실은 최근 장사(長沙)의 마왕퇴(馬王堆)의 발굴에서도 실증되고 있다. 그 제3호 무덤, 즉 장사왕(長沙王)의 승상인 연후(軑侯) 이창(利倉)의 아들(文帝 12년, B.C. 168년 몰)의 묘에서는 많은 고문헌이 출토되었는데 유서(儒書)는 거의 없고 도가설을 다룬 것으로는 ≪노자≫ 두 권, 이른바 갑본과 을본, 그리고 ≪십대경(十大經)≫·≪원도(原道)≫ 등이 있었다.

≪노자≫ 갑본은 고조 이전의 사본으로 생각되며 을본은 혜제·문제경의 사본이다. 두 본 모두 이른바 덕경(德經:제38장 이하)을 앞에 놓고 도경(道經)을 뒤에 놓았으며, 또 현행본과는 장의 순서가 약간 다르고 사용 문자에도 다른 것이 많으며 문구에도 차이가 있다. 따라서 현행본에는 수정해야 할 부분도 없지 않지만 그대로 두더라도 그 체재와 내용의 대강은 큰 차이가 없다. ≪십대경≫·≪원도≫는 도가설의 계몽서이고 ≪십대경≫에는 黃帝의 일을 빌린 말이 많다. 이것은 '黃老'라는 이름이 성립하는 이유를 시사하는 것이다.

≪사기≫ 유림전에 의하면 漢 제국의 학술은 무제 즉위 후 유학으로 치닫게 되었는데, 특히 두태후의 사후(B.C. 127년) 황로·형명·백가의 설을 물리치고 유학 일존(一尊)이 되었으며 천하의 학사도 모두 이에 쏠리게 되었다 한다. 그러나 무제 전기에는 아직 ≪노자≫ 존숭이 쇠퇴하지 않았다. 회남왕 유안(B.C. 121년 몰)이 거느리던 학자들에게 편집시킨 ≪회남자≫는 도가설에 입각하고 있으며, 특히 ≪회남자≫의

제1편 도응훈은 각 사항마다 ≪노자≫의 문장을 인용하고 있다. 무제의
建元·元封 간(B.C. 140년~B.C. 105년)에 관직에 있던 사마담의 〈육
가요지〉는 도가설을 가장 완전한 것으로 묘사했다.

그런데 천하편 〈관윤·노담론〉의 첫번째 특색은 '關尹·老耼乎, 古
之博大眞人哉'라고 절찬하여 묵적 이하 열거되어 있는 여러 인물 중에
서 가장 걸출한 인물로 관윤·노담을 들고 있다는 사실이다. 이는 단
순히 앞서 열거한 인물들과의 비교에 그치는 것이 아니다. '澹然獨與
神明居'라고 한 표현은 관윤·노담을 신성화한 어조임에 틀림없다. 이
와 같은 노담 존숭은 漢代 초기의 경향과 성격을 같이 하는 것이리라.

두 번째 특색은 개인의 처세법을 중심으로 관윤·노담의 설을 겸양과
관용에 집약하고 있다는 점이리라. 천하편이 관윤·노담의 설은 '常無
有', 즉 실천적으로는 無私虛心을 근본으로 하고 있다고 규정한 것은 당
연 자명한 일이므로 지금은 논외이지만 그 '古之道術'의 일면이 되는 '以
有積爲不足'도, 관윤의 설인 '未嘗先人, 而隨人'도, 노담의 설인 '己獨取
虛'도 요컨대 '濡弱謙下', 즉 겸양에 귀착한다. 또 '不毁萬物'도, '無爲也
而笑巧'도 근본은 '常寬容於物'임에 틀림없다. 겸양과 관용은 개개 인간
의 처세훈이다. ≪노자≫는 도가설의 처세적 교훈집이지만 〈육가요지〉
에는 陰陽·儒·墨·名·法의 정수가 채록되어 있다고까지는 평가하지
못한다 하더라도 개인의 처세법 말고도 여러 방면을 언급하고 있으며,
특히 정치·군주술·병전 등은 가벼이 볼 수 없는 요소인데도 천하편이
노자설을 겸양과 관용으로 요약하고 있다는 것은 천하편의 특색이라고
말하지 않을 수 없다. ≪순자≫ 천론편에 '노자는 굴종적 입장만을 알
아 진취적인 것을 이해하지 못했다(老子有見於詘無見於信)'라고 했다.

사실 '굴(詘)'이 어떠한 것을 의미하는지 명확하지 않지만 겸양을 의
미한다고 일단 생각하면 〈관윤·노담론〉은 전국시대 말기에 성립된 것

이 된다. ≪여씨춘추≫ 불이편에는 '노담은 柔를 귀히 여긴다(老耽貴柔)'라고 되어 있으며, 귀공편에는 '그래서 노담이 가장 공평하다(故老耽則至公矣)'라고 되어 있다. 그러나 일신의 보전을 위해서나 생활의 안정을 위해서나 ≪노자≫가 정신적 지주였던 漢代 초기의 정세를 생각하면 노자설을 개인의 처세 중심으로 이해하려 했던 것은 시대적 사조이자 두드러진 특징이라 할 수 있을 것이다.

세 번째 특색이라기보다는 문제 제시라고 해야 할 것은 이 〈관윤 · 노담론〉에는 관윤 · 노담의 전기는 말할 것도 없고 묵적 · 송견에 관한 논에서는 그 흔적이나마 찾아볼 수 있던 출처 진퇴에 관한 기술이 전연 없다는 것이다. 그러한 종류의 언급은 ≪장자≫ 중에 보이기 때문에 생략한 것일까? 그렇다 하더라도 이 논에는 ≪장자≫의 어느 논으로부터도 내용을 계승한 형적(形跡)이 없다.

≪사기≫ 노자전(老子傳)은 많은 소재를 ≪장자≫의 내용에서 취하여 노담이 공자의 스승임을 역설하고 있다. 이 논도 그러한 견해를 가지고 있었던 것일까? 그런데 천하편은 〈서론〉에서 '古之人'을 설명하는 데 유가설을 채용하고 여기에 〈관윤 · 노담론〉을 싣고 있다. 이는 유가와 도가를 별개의 것으로 취급하고 노담과 공자의 사제 관계를 무시한 듯하나 그보다는 노담을 공자와 동격으로 취급하지 않고 제자(諸子)의 한 사람으로 취급한 것으로 생각된다. 원래 언제 어떻게 ≪노자≫가 성립되었는지, ≪노자≫와 ≪장자≫는 과연 어떤 관계에 있는지도 알기 어려운 문제인데 노담이 어느 때의 어떠한 인물이었느냐 하는 것은 한층 더 어려운 문제이며(津田左右吉 ≪도가사상과 그 전개≫, 武內義雄 ≪노자원시≫ · ≪노자연구≫, 木村英日 ≪노자신연구≫, 馮友蘭 ≪중국철학사신편≫ 등 참조), 이미 ≪사기≫ 노자전은 은군자(隱君子)인 노담 외에 이와 흡사한 사람으로 楚나라의 노래자가 있으며, 또 周나라

의 大史인 儋을 노자로 보는 설이 있었음을 기록하고 있다. 이 논은 묵적·송견·신도 등을 연대순으로 게재하고 있다. 이러한 예가 노자·장주 등에게도 적용된다면 이 논은 노담을 신도보다도 후세의 인물로 보았던 것일까? 또 《사기》 노자전에 의하면 관윤은 당연히 노담의 제자여야 하는데 무슨 근거로 관윤을 노담보다 앞서 이야기하고 있는 것일까? 즉 이러한 문제들에는 일절 언급하지 않고 오로지 《노자》에 근거하여 노담을 평론하고 있는 것이다. 관윤에 관한 평도 마찬가지로 《관윤자》에 근거하고 있으리라.

천하편은 그 당시 노담·관윤에 관한 전설이 있었던 듯 오로지 《관윤자》·《노자》에 근거하여 평론한 것이리라. 그것은 〈육가요지〉·《사기》 노자전 등과의 선후 관계는 확언할 수 없지만 儒·道 항쟁의 번거로움을 당하지 않게 된 시기든가 아니면 그러한 환경에서 《노자》를 애독할 수 있었기 때문이 아닐까?

# 제6장  장주론(莊周論)

寂(芴)漠無形, 變化無常. 死與生與, 天地竝與, 神明往與. 芒乎何之, 忽乎何適. 萬物畢羅, 莫足以歸. 古之道術, 有在於是者. 莊周聞其風而悅之.

以謬悠之說, 荒唐之言, 無端崖之辭, 時恣縱而不儻. 不以觭見之也. 以天下爲沈濁不可與莊語, 以卮言爲曼衍, 以重言爲眞, 以寓言爲廣, 獨與天地精神往來. 而不敖倪於萬物, 不譴是非, 以與世俗處.

其書雖瓌瑋而連犿, 無傷也. 其辭雖參差而諔詭, 可觀. 彼其充實, 不可以已, 上與造物者遊, 而下與外死生無終始者爲友, 其於本也, 弘大而闢, 深閎而肆. 其於宗也, 可謂調適而上遂矣. 雖然, 其應於化而解於物也, 其理不竭, 其來不蛻, 芒乎昧乎, 未之盡者.

物은 왜 그런지 알 수 없으나 형체 없는 것에서 형체를 취하고, 그 형체는 끊임없이 변화하여 단 한시도 일정한 법이 없다. 物의 죽음이나 삶은 천지와 함께 영원히 순환하는 것일까? 그렇지 않으면 物의 정기마저 떠나버리고 마는 것일까? 物은 정해진 곳도 없이 어디로 가는 것일까, 정해진 목적도 없이 어디로 가려는 것일까? 이처럼 이 세상에는 온갖 物, 온갖 事가 빠짐없이 갖추어져 있지만 그 가운데 단 하나도 의지할 만한 것은 없다. 옛날 성대(聖代)의 도술에는 이러한 가르침이 있었다. 장주는 이러한 취지를 듣고 매우 기뻐했다.

그래서 장주는 아득한 옛적 이야기, 넓고 넓은 상상의 세계에 대한 이야기, 가도 가도 끝이 없는 서술 등을 수시로 아무에게나 거리낌 없이 마음 내키는 대로 전개했다. 그러한 것으로 사람들에게 기묘한 것을 보여 주려고 한 것은 아니다. 그는 천하가 혼탁해졌기 때문에 道에 관해 왕성하게 이야기할 수가 없다고 생각하였으므로 '치언(巵言)'으로써 모든 물사를 아우르고, '중언(重言)'으로써 그 진실을 충실하게 하며, 또 '우언(寓言)'으로써 그것을 넓히고 자신은 초연하게 천지의 영묘한 정신과 행동을 같이했던 것이다. 더욱이 그는 거만하게 모든 物을 내려다보려 하지도 않고, 物의 是非를 따지려는 일도 없이 세상의 보통 사람들과 함께 살아가고 있다.

　사람들이 볼 때 장주의 저서에는 상상할 수 없는 광대한 것들이 갖가지로 연이어져 있지만 그것이 道의 진실을 손상시키고 있지는 않다. 그의 서술은 고르지 않고 상식 밖의 것이나 그 속에서 진실을 알아볼 수 있다. 정신의 충실함은 그지없고 위로는 조물주와 사귀어 物의 근원을 규명하고 아래로는 인간 세상의 삶과 죽음, 물사의 시작과 끝을 도외시하고 자유자적을 향수하는 사람들과 벗이 되고 있다. 요컨대 그는 근원인 道를 널리 명백하게 하고 이에 깊고 두터이 통달하고 있는 것이다. 이러한 사실에 근거하여 그는 道와 일체가 되어 높은 경지에 이르고 있다고 평할 만하다. 단 그의 物의 변화에 대응하여 이를 해명하는 것에 관해 평하자면 物의 理는 남김없이 규명할 수 없고, 物의 변화는 끊임없이 꼬리를 물고 이어져 응접할 짬이 없기 때문에 그 설은 막연하여 분명하지 않다. 따라서 그도 그 점에 대해서 남김없이 밝히고 있다고는 할 수 없다.

【語義】 寂漠無形變化無常(적막무형변화무상):物이 끊임없이 변화하는 것을 가리킨다. 제물론편 〈물화우화〉 참조. ≪석문≫에는 '寂'이 '芴'로 되어 있으며 어떤 판본에는 '寂'으로 되어 있다고 하였다. '變化'에 대응하

는 말임을 근거로 생각하면 芴로 하는 것이 옳다. '芴'은 어둡다는 뜻. '漠'은 '莫'의 차자이며 마찬가지로 어둡다는 뜻.

死與生與天地竝與神明往與(사여생여천지병여신명왕여):인간도 끊임없이 변화함을 가리킨다. '死與生與'의 '與'는 강조의 뜻을 나타낸다. 그 밖의 '與'는 감탄이 섞인 가벼운 의문을 나타낸다. '天地竝與'는 '神明往與'를 강조하기 위해 삽입된 말. 천운편 〈무함지조〉에 '天其運乎, 地其處乎'라고 되어 있는 것과 흡사한 수사이다. 단 지북유편 〈관어천지설〉에 '天地有大美而不言, 四時有明法而不議, 萬物有成理而不說'이라고 한 것처럼 결국 천지도 생사도 자연의 이법에 근거함을 기조로 삼고 있다. '神明往與'는 지북유편 〈관어천지설〉의 '今彼神明至精, 與彼百化. 物已死生方圓'과 같은 사상이다. '神明'은 物(人)의 영묘한 정기를 가리킨다.

芒乎何之忽乎何適(망호하지홀호하적):'何之芒乎, 何適忽乎'의 도치이다. 어떻게 되는지 알 수 없는 것을 가리킨다. 제물론편 〈천뢰우화〉의 '人之生也, 固若是芒乎. 其我獨芒, 而人亦有不芒者乎'와 비슷한 사상이다.

萬物畢羅莫足以歸(만물필라막족이귀):제물론편 〈천뢰우화〉에 '若是而不可謂成乎. 物與我無成也'라고 한 것처럼 세상의 물사는 어떠한 것도 의지할 수 없음을 가리킨다. '畢'은 '전부, 모두'의 뜻. '羅(그물)'는 갖추어져 있다는 뜻.

謬悠之說荒唐之言無端崖之辭(유유지설황당지언무단애지사):成玄英은 '謬'를 '虛'의 뜻, '悠'를 '遠'의 뜻으로 해석했다. 그러나 '謬悠'는 첩운(幽部韻) 연사이다. '謬'의 해성자(諧聲字)인 '翏(높이 날다)·飂(높이 부는 바람)·漻(깊고 맑은 물)' 등이 모두 '멀리 떨어져 있다'는 뜻을 지니고 있음을 근거로 생각하면 '悠'와 함께 '멀다, 까마득하다'의 뜻(王闓運의 설 참조)을 나타내는 듯하다. '謬悠之說'은 소요유편 〈무위우화〉,

재유편 〈정기독존우화〉, 천지편 〈난시우화(亂始寓話)〉 따위를 가리키는 게 아닐까? '荒唐'은 첩운 연사로, '廣'의 완언이다. 더없이 광대한 것. '荒唐한 說'은 소요유편 〈유무궁우화〉, 제물론편 〈천뢰우화〉, 천운편 〈함지악우화〉 따위를 가리키는 게 아닐까? '端崖'는 제한. 끝. '無端崖之辭'는 소요유편 〈무하유향우화〉, 대종사편 〈영녕우화〉, 응제왕편 〈허기우화〉 따위를 가리키는 게 아닐까? '說', '言', '辭'는 수사기교상 표현을 달리한 것일 뿐 의미에 큰 차이는 없다. 모두 '진술'의 뜻이다. 이 천하편이 맨 먼저 ≪장자≫의 표현을 문제 삼은 것은 ≪사기≫ 장주전에 '그의 설은 바다처럼 넓고 자유분방했다(其言洸洋自恣, 以適己)'라고 한 것과 공통되는 바가 있다.

時恣縱而不儻(시자종이부당):≪석문≫ 계출본에는 '不' 자가 없다. ≪석문≫ 본에 좇을 경우에는 '儻'을 '蕩(구애되는 일이 없다는 뜻)'의 차자로 해석해야 할 것이다. 저본 외에 현존본 모두 '不' 자가 있다. '時'는 '늘, 수시로'의 뜻. '恣縱'은 마음 내키는 대로 한다는 뜻. '不儻'은 통상 한쪽으로 치우치는 일이 없다는 뜻(成玄英의 설)으로 해석하는데 여기서는 패거리를 만드는 짓을 하지 않는다, 요컨대 自主獨往의 뜻으로 해석해야 한다.

不以觭見之也(불이기현지야):앞글과의 접속이 순당하지 않아 방주의 문장이 삽입된 것이 아닌가 생각된다. '不'은 '非'와 같은 뜻, '觭'는 '奇'의 차자로 기이하다는 뜻, '見'은 나타내 보인다는 뜻.

以天下爲沈濁不可與莊語(이천하위침탁불가여장어):'沈濁'은 다음의 '天地精神'과 상대되는 표현. 제물론편 〈천뢰우화〉의 '道隱於小成, 言隱於榮華' 따위를 가리킨다. 천지편 〈난속설지론〉에는 '今也以天下惑'이라고 되어 있다. '莊(풀이 무성한 것)'은 '壯(크다, 왕성하다)'의 차자이다. '莊言'은 천지편 〈난속설지론〉에 '是故高言不上(止)於衆人之心. 至言不出, 俗言勝也'라고 한 '高言·至言'과 같다. 도리에 관해 정대(正

大)하게 논하는 것.

以卮言爲曼衍(이치언위만연):우언편 〈치언론〉의 '卮言日出, 和以天倪. 因以曼衍, 所以窮年'에 근거한 말이리라. '曼衍'을 成玄英은 無心을 가리키는 것으로 해석했는데 적당하지 않다. '曼'은 '漫(넓다, 확대되다)'의 차자, '衍'도 '늘여 넓히다'의 뜻이므로 여기서는 시간적으로 영원히 걸쳐 있음을 가리킨다.

以重言爲眞以寓言爲廣(이중언위진이우언위광):'重言', '寓言' 모두 우언편에 이미 나옴. 요컨대 이들의 말을 사용하여 모든 물사의 변화를 밝혀내고 있는 것을 가리킨다. '眞'을 통상 글자 뜻 그대로 '진실'의 뜻(成玄英의 설)으로 해석하고 있는데 '曼衍', '廣'이 시간·공간과 관계 있다는 사실로 추측하면 '眞'은 '寘'의 차자이며 '내면을 충실하게 하는 것'을 가리킨다고 해석해야 한다. 다음 글의 '彼其充實可以已'와 대응한다.

獨與天地精神往來(독여천지정신왕래):소요유편 〈유무궁우화〉의 '夫乘天地之正, 而御六氣之辯, 以遊無窮者, 彼且惡乎待哉'와 흡사한 표현이며, 또 다음 글 '上與造物者遊'와 같은 뜻이다. 物의 근원을 끝까지 밝힌 것을 가리킨다. '精神'은 앞의 '神明'과 같다. 가장 영묘한 氣를 가리킨다.

敖倪(오예):거만하게 내려다보는 것. '敖'는 '傲'의 차자. '倪'는 '睨'의 차자.

不譴是非以與世俗處(불견시비이여세속처):'不譴是非'는 제물론편 〈천뢰우화〉의 '是非之彰也, 道之所以虧也'나 달생편 〈망적지적잠〉의 '知忘是非, 心之適也' 등에 근거하여 덕충부편 〈무인정지설〉에서 장자가 '사람에게 情이 없다'고 하여 결국 '故是非不得於身'이라고 한 것을 가리키며 '以與世俗處'는 천지편 〈기심우화〉의 '夫明白入素, 無爲復朴, 體性抱神, 以遊世俗之間者'에 근거하여 추수편 〈예미도중우화〉에서 장자가 '吾

將曳尾於塗中'이라고 한 것을 가리키는 것이리라.

其書……上逐矣:앞에 기술된 것과 중복되는 감이 있는데 앞글이 개 개 장절의 표현을 주로 하고 있는 데 비해 이 이하는 그것들 전체에 관 해 비평하고 있다.

其書雖瓌瑋而連犿無傷也(기서수괴위이련변무상야):'瓌瑋'는 일반적 으로 '瑰瑋(진기한 것)'와 동음동의. 그러나 이 경우에는 다음 글의 '諔 詭'와 중복되므로 적절하지 못하다. '連犿'과의 관계 때문에 '玉' 변의 문 자를 사용한 것일 뿐이리라. '瓌瑋'는 '傀偉'와 같으며 모두 첩운 연사로 '傀'의 완언이다. 요컨대 뛰어나게 크다는 뜻. 앞글의 '謬悠之說, 荒唐 之言, 無端崖之辭' 등의 '莊語'를 가리킨다. '連犿'은 '聯翩'과 같다. 첩운 연사로 '連' 또는 '聯'의 완언이다. '쇠사슬처럼 고리를 이루어 이어짐', 나아가 '기복고저(起伏高低)의 변화가 계속된다'는 뜻. '無傷'은 다음 글 의 '本', '宗'을 상해하지 않는 것을 가리킨다. 呂惠卿이 '雖瓌瑋'를 한 구 로 보아 해석한 이래 이에 좇는 학자가 비교적 많은데 이것은 잘못이다.

其辭雖參差而諔詭可觀(기사수참차이숙궤가관):'參差'는 쌍성 연사로 '參'의 완언. 장단 고저가 가지런하지 않은 것. 치언·중언·우언 등이 마구 섞여 있는 것을 가리킨다. '諔詭'는 상식과 멀리 떨어져 있는 것.

彼其充實不可以已(피기충실불가이이):'彼'는 장주를 가리킨다. 장주 의 글을 가리키는 것이라는 설(成玄英의 설)이 있는데 적당하지 않다. '其'는 여기서는 '之'와 같다. '充實'은 앞글의 '眞(實)', '精神' 등과 응하 는 표현이며 物의 근원인 정신이 충실한 것. 다음의 '上與造物者遊……' 이다.

上與造物者遊而下與外死生無終始者爲友(상여조물자유이하여외사생 무종시자위우):物의 근원을 남김없이 밝혀 이 세상에서 절대적 자유를 향수하는 것을 가리킨다. '與造物者遊'는 대종사편 〈기인우화〉의 '彼方

且與造物者爲人, 而遊乎天地之一氣'에 근거한 말이리라. '與外死生無
終始者爲友'는 같은 우화의 '相忘以生, 無所終窮' 및 〈조화우화〉의 '孰
知死生存亡之一體者. 吾與之友矣'에 근거한 말이리라.

其於本也弘大而闢深閎而肆(기어본야홍대이벽심굉이사):여기의 '本'
과 다음의 '宗'은 '本宗'을 나누어 표현한 것. 천도편 〈천락론〉에 '夫明
白於天地之德者, 此之謂大本大宗. 與天和者也'라고 되어 있다. 이를 근
거로 생각하면 이 '本宗'은 앞글의 造物者를 가리키는 것이나 이 절 처
음에 '道術'이 언급된 것을 근거로 道를 가리키는 것으로 해석한다. '弘'
이 成玄英 疏本에는 '宏'으로 되어 있는데 의미는 같다. '闢'이 《석문》
게출본에는 '辟'으로 되어 있다. '辟'은 '闢'의 차자. '肆'는 여기서는 깊
이 통하고 있는 것을 가리킨다.

其於宗也可謂調適而上遂矣(기어종야가위조적이상수의):'可謂'는 명
백한 사실은 아니나 그 다음 정도의 일로 인정할 만할 때 쓰인다. '調'
가 《석문》 게출본에는 '稠'로 되어 있다. '調'를 정자로 보아야 한다.
'調適'은 調和適合, 호흡이 일치하여 일체가 되는 것. 재유편 〈정기독
존우화〉의 '我守其一, 以處其和'와 흡사한 경지이다. '上遂'는 올라가
도달하는 것. 造物者의 경지에 도달한 것을 가리킨다.

雖然(수연):이 이하는 미묘한 표현인데 장주설에도 부족한 점이 있
음을 지적하고 있다.

其理不竭其來不蛻(기리불갈기래불세):두 '其'는 '物'을 가리킨다. '竭'
은 '渴(물이 마르다, 다하다)'의 차자. 物의 理는 物과 함께 천차만별하
다. '來'는 物의 변화가 계속하여 일어나는 것을 가리킨다. '蛻'는 전후
의 문맥으로 추측하면 '멈춘다'는 뜻인데 '蛻'에도 그 해성자(諧聲字)에
도 '멈춘다'는 뜻은 없다. 《석문》에 '蛻의 음은 悅이다'라 한 것을 근
거로 해성자를 구하면 '閱(조사하다, 응접하다)'의 차자로 쓰인 듯하다.

未之盡者(미지진자):장주는 알고 있는 것이지만 그것을 언어로써 표현할 수가 없다는 뜻으로 해석하는 설(成玄英, 林希逸의 설)과, 일반 사람에게는 따르게 할 수 없다는 뜻으로 해석하는 설(呂惠卿, 宣穎의 설)과 장주 자신이 해명하여 밝히고 있지 않다고 해석하는 설(王夫之의 설)이 있는데 物의 일반적인 성질 때문에 곤란하여 완곡하나 장주 자신도 남김없이 밝히고 있지 못한 점이 있다고 논하고 있는 것이다.

【補說】이상은 천하편 작자의 〈장주론〉이다. 우선 장주의 설이 '古之道術'의 일면을 지니고 있다고 규정한다. 즉 장주의 설은 세상의 物이 변화무상하다는 관념에 근거하고 있으며 다음으로 그의 자유분방한 의론 속에 진실의 개명(開明)과 초속성(超俗性), 세속적 태도가 있다는 특색을 들고, 마지막으로 그의 상식과는 다른 서술 속에 진실이 들어 있음을 거듭 강조하면서 장주는 物의 근원을 규명하고 物에 초월하는 자유를 얻어 그 근원을 거의 다 밝혔다고 칭찬한 다음, 현실의 物에 대응함에는 남김없이 규명하지 못한 점이 있다고 평하였다.

장주의 서술에 합치시키려는 듯 추상적 표현이 많은 문장이나 장주설의 특색을 잘 파악하여 요령 있게 정리한 문장이다.

【餘說】천하편에 실린 〈장주론〉의 특색

장주의 사상이 전국시대 말기의 사상가인 순황(荀況)에게 영향을 준 것은 확실하다. 그 후 장주의 사상은 급격히 전파되었으리라. 그러한 사실은 《장자》 속에는 다른 저서에서 즐겨 모방한 논설과 우화가 대단히 많다는 사실에서도 쉬이 추찰할 수 있다. 《여씨춘추》·《회남자》 등에도 《장자》에서 채록한 것으로 생각되는 문장이 많다. 그런데도 ≪여씨춘추≫ 불이편에는 노담·공자·관윤·자열자 그 밖에 이른바 열 호걸 선비가 거론되면서도 유독 장주에 대해서는 언급이 없다. ≪회남자≫에서도 장주의 이름을 이야기하는 일은 노자의 경우보다 지나치게 적다. 이것은 노자가 도가의 비조(鼻祖)로서 널리 존신(尊信)되었으며 그의 설이 알기 쉬울 뿐 아니라 인용하기 쉬웠기 때문이리라. '博大眞人'이라 한 노담의 다음에 장주에 관한 논이 실려 있는 사실만 보아도 노자와 장주의 사승(師承) 관계와는 별도로 장주는 노담의 여풍(餘風)을 받은 것으로 천하편 작자는 생각한 듯하다 .

이 〈장주론〉은 秦漢 사이 ≪사기≫의 장주전(莊周傳)과 함께 본격적으로 장주의 사상을 논한 것인데 그 방면으로는 장주전보다도 요령을 얻고 있다. 천하편의 작자가 장주의 어떠한 책을 보았는지 상세하게는 알 수 없다. 그러나 '其書'라 되어 있으며, 또 잡편의 우언편의 말을 사용하고 있다는 사실을 근거로 생각하면 거의 현존본에 가까운 형태의 책을 보았을 것이라고 짐작할 수 있다. ≪사기≫가 어부편·거협편 등을 자의적으로 선택하여 장주설의 성격을 규정한 것과 비교하면 이 〈장주론〉은 장주설을 매우 잘 파악했을 뿐 아니라 그것을 요약 정리하고 있다.

고대 저서에 대한 일반적인 견해가 그러하듯이 이 〈장주론〉도 ≪장자≫ 대부분을 장주 자신이 쓴 것으로 보고 있는 듯하다. 그렇다 해도 필시 이 논의 작자는 제물론편 〈천뢰우화〉를 장주의 주요 주장으로 생각했던 듯한데 먼저 인간의 진실과 세속적인 物의 관계 위에 장주의 사상이 구성되어 있음을 지적한 것은 장주 사상의 본질을 정확하게 파악한 것이다. 〈장주론〉에 사용된 말은 장자류의 추상적인 것이긴 하지만 '獨與天地精神往來', '上與造物者遊'라고 한 초속성이나 '下與外死生無終始者爲友'라고 한 자유자적함도 ≪장자≫ 사상의 주요한 특색이다.

그러나 단문으로는 ≪장자≫ 전반을 언급하기가 어렵다 하더라도 이
〈장주론〉에는 장주설 중 대표적인 것이 빠져 있기도 하고 한쪽 설로 편
향되어 있는 점도 있다. 예를 들면 천지편 · 천도편 등에 현저하게 보
이는 無爲의 제왕도(帝王道)에 관해서는 전혀 언급되어 있지 않다. 또
이 논은 ≪장자≫의 '與世俗處'라고 하는 세속주의를 강조하고 있다. 확
실히 그것도 특색의 하나이지만 과연 그것을 '不譴是非'라 말할 수 있
을까? 사실은 ≪사기≫에 '유 · 묵의 허위를 파헤쳤다(用剽剝儒墨)'라고
되어 있는 것처럼 ≪장자≫에는 구구절절 유 · 묵을 비판하고 야유한 곳
이 많은데, 특히 변무 · 마제 · 거협 · 재유 등의 편에는 그러한 경향이
현저하다. 이 편이 세속주의를 강조하고 있다는 것은 ≪장자≫의 사상
을 개인적 처세술로 국한하여 해석하려는 편향을 보여 주는 것이리라.

이 편향은 천하편 작자의 견식 때문만은 아니라고 생각된다. 이 논
이 '其應於化而解於物也'에 있어서 장자는 '未之盡者'라고 평한 것도 이
것과 관계가 있는 듯하다. 이 논에 이야기되어 있는 바로도 ≪장자≫
의 특색은 '萬物畢羅, 莫足以歸'로부터 출발하여 이를 초월하여 자유를
향수함에 있음을 말하는 데 있기 때문에 物에 대한 해명이 문제가 되지
않는다는 것은 당연한 일이다. 그럼에도 그것을 굳이 문제 삼은 것은
≪易≫의 변화, ≪春秋≫의 명분, ≪禮≫의 행위 등처럼 현실의 物, 요
컨대 세속적인 여러 제약에 대처하는 것이 중요한 관심사였던 시대에
이 논이 성립되었기 때문일 것이다.

가끔 이 논은 ≪사기≫ 장주전과 마찬가지로 ≪장자≫의 문장 표현
법을 중요하게 초들고 있다. 그런데 ≪사기≫는 그것을 유 · 묵을 논박
하고 왕공 · 대인에 대하여 자신의 안존을 지키는 무기로 본 데 반해 이
논은 그 기이한 표현이 '無傷', '可觀'의 것이라 하여 상당히 변호적 입
장을 취하고 있다. ≪사기≫는 당시 이미 있던 논을 채용했는지도 모른

다. 따라서 이 하나의 사실을 근거로 이 논이 ≪사기≫보다 나중에 만들어져 ≪장자≫의 문장 표현에 대한 ≪사기≫의 비판에 맞서 이렇게 변호적 태도를 취하고 있다고는 단정할 수 없지만 양자는 상당히 가까운 시기에 성립되었음을 추측할 수 있지 않을까? 요컨대 漢代 전기의 처세적 요구가 ≪장자≫에 대한 비판을 희박하게 하고, 또 세속주의를 강조하게 한 듯하다.

## 제7장 변자혜시론(辯者惠施論)

> 惠施多方, 其書五車, 其道舛駁, 其言也不中. 歷物之意曰,
> "至大無外, 謂之大一, 至小無內, 謂之小一.
> 無厚不可積也, 其大千里.
> 天與地卑, 山與澤平.
> 日方中方睨, 物方生方死.
> 大同而與小同異, 此之謂小同異, 萬物畢同, 畢異, 此之謂大
> 同異.
> 南方無窮而有窮.
> 今日適越, 而昔來.
> 連環可解也.
> 我知天下之中央, '燕之北', '越之南', 是也.
> 氾愛萬物, 天地一體也."
> 惠施以此爲大, 觀於天下, 而曉辯者. 天下之辯者相與樂之.

혜시는 다방면에 걸쳐 지식을 쌓았고 저서는 수레 다섯 량에 실어야 할 정도지만 부르짖는 道는 뒤죽박죽이어서 도리에 어긋나고, 말하는 내용은 물사의 진실과는 거리가 멀었다. 그는 物에 관한 자신의 생각을 다음과 같이 열기(列記)하고 있다.

"더없이 커서 그 이상은 생각할 수 없는 것을 유일한 絕大라 하며, 그지 없이 작아서 그보다 작은 것은 생각할 수 없는 것을 유일한 絕小라 한다(둘 다 어떤 것인지 규정할 수가 없다).

두께가 없는 것은 쌓아 올려 크게 할 수가 없으나 오히려 천리나 되는 광대함을 지니고 있다(유무는 상반하기 때문이다).

[보는 방법에 따라] 하늘은 지면보다 낮고, 산은 못보다 평평하다(物에 대한 지각·인식은 사람마다 다르다).

태양은 떠오름과 동시에 기울고 있으며, 생물은 태어남과 동시에 죽어가고 있다(지상에서의 모든 영위는 상대적이다).

대부분이 같고 약간만 다른 것을 소동이(小同異)라 하고, 모든 物이 어느 것이나 같든지 아니면 다른 것을 대동이(大同異)라 한다(物의 차이는 극히 적다).

남방은 무한하며, 또 유한하다(사람의 사고는 모순된다).

[사람은] 오늘 남쪽에 있는 월(越)나라를 향해 떠났을 뿐인데도 이미 어제 와 있었다[라고 말한다](사람의 思惑은 倒錯한다).

지혜의 고리는 [풀 수 없도록 만들어져 있는 것이 아니라] 풀 수 있도록 만들어져 있다[그렇기 때문에 재미있는 것이다](인간의 목적과 행위는 모순된다).

자기야말로 천하의 중앙이 어디인지 알고 있다고들 하는데 어떤 자는 '북쪽에 있는 연(燕)나라보다 훨씬 북쪽이다'라고 말하며, 또 어떤 자는 '남쪽에 있는 월(越)나라보다 훨씬 남쪽이다'라고 말한다(사람들의 주장은 일치하는 적이 없다).

모든 物을 널리 사랑한다고 부르짖으면 까마득히 떨어져 있는 하늘과 땅마저도 한 물체가 되는 것이다(學理는 物의 실제에 근거하고 있지 않다)."

혜시는 이것을 대단히 뛰어난 것으로 생각하여 천하에 공표하고 변자(辯者)들에게 이것을 가르쳤다. 천하의 변자들도 혜시와 더불어 이러한 변설을 즐기고 있다.

【語義】惠施(혜시):명가(名家)의 대표적 인물이다. ≪순자≫ 비십이자편에는 '옛 성왕을 모범 삼지 않고 예의, 즉 사회 규범을 좋게 생각하지 않으며 즐겨 기괴한 언설을 꾸며대고 치우친 언사를 놀려대며 더없이 날카로우나 이해할 수가 없고 무척 달변이지만 아무데도 쓸 곳이 없어 많은 일에 손을 대면서도 실효를 거두지 못해 도저히 정치의 큰 근본으로 삼을 수 없다. 그런데 그런 설을 주장하는 데는 그럴 만한 이유가 있고 변설에는 그럴 듯한 논리가 서 있어 우매한 민중을 현혹시키기 족하다. 이러한 무리들에 혜시와 등석이 있다(不法先王, 不是禮義, 而好治怪說, 玩琦辭, 甚察而不急, 辯而無用, 多事而寡功, 不可以爲治綱紀, 然而其持之有故, 其言之成理, 足以欺惑愚衆, 是惠施鄧析也)'라고 되어 있으며, 또 해폐편에는 '혜자는 명사주의(名辭主義)에 눈이 멀어 사물의 실상을 이해하지 못했다(惠子蔽於辭而不知實)'라고 되어 있다. ≪한서≫ 예문지에는 ≪혜자(惠子)≫ 1편이 있다고 기록되었는데 전하지 않는다.

多方(다방):'方'은 수단 · 기술.

其書五車其道舛駁(기서오거기도천박):'舛'은 '어그러지다, 등지다'의 뜻. '駁'은 섞여 있는 것.

歷物之意(역물지의):≪석문≫에는 '歷'이 '麻'으로 되어 있으며 '歷의 고자이다'라고 되어 있으나 '麻'은 '厂' 部에 속하는 자이므로 본디 '厲'의 이체자인 것으로 보지 않으면 안 된다. 여기서는 '歷'의 차자이다. '歷'은 금문(金文)에서는 '歷'으로도 쓰며 벼[禾]를 수확하기 위해 차례차례 옆으로 옮겨간다는 뜻의 글자다. 나아가 歷事 · 歷遊 등처럼 두루 관계한다는 뜻을 나타낸다. 여기서는 하나하나 빠짐없이 서술하는 것을 가리킨다. '意'는 생각, 의미를 뜻한다.

至大無外謂之大一至小無內謂之小一(지대무외위지대일지소무내위지소일):이하 10개의 명제는 구체적 진술 형식을 갖추고 있으나 추상적 범주를 지향하고 있다는 데 주목해야 한다. 인간이 가지고 있는 物의 가치에 관한 인식은 절대불변의 가치기준을 세우고 그와 비교하여 각 物의 가치를 정하는데 그러한 가치기준은 상대적인 가설에 지나지 않음을 絶大 · 絶小의 예로써 나타내고 있다. '至大無外'는 더 이상 확대될 수 없는 극한에 도달한 것, '至小無內'는 그 반대이다. '大一', '小一'은 각각 絶大가 되는 유일한 것과 絶小가 되는 유일한 것을 가리키는 것이 아니라 똑같이 규정할 수 없는 유일한 것임을 가리킨다. 추수편 〈반기진우화〉의 '至精無形, 至大不可圍'는 이것과 흡사한 명제이며 '夫自細視大者不盡, 自大視細者不明'은 이 명제의 성립 이유가 된다. 또 '因其所大而大之, 則萬物莫不大, 因其所小而小之, 則萬物莫不小'는 그 반면(反面)이다. 또 제물론편 〈천뢰우화〉에 '故爲是擧莛與楹, 厲與西施'라고 되어 있는 것은 이 논법의 응용이다. 〈반기진우화〉에는 '夫精粗者, 期於有形者也. 無形者, 數之所不能分也. 不可圍者, 數之所不能窮也. 可以言論者, 物之粗也. 可以意致者, 物之精也. 言之所不能論, 意之所不能察致者, 不期精粗焉'이라고 되어 있는데 이것은 이 명제보다 진보한 해석이다. 따라서 이 명제는 至形은 無形이며 至名은 無名임을 가리킨다(司馬彪의 설), 大 · 小의 이름은 다르나 그 理는 하나임을 가리킨다(成玄英의 설), 至大 · 至小는 인간의 경험 밖의 일임을 가리킨다(高亨의 설) 등으로 해석하는 것은 적당하지 않다. 덧붙여 말하면 이 명제를 첫 번째 문제로 삼은 것은 絶大 · 絶小는 우주적 구조와 관계되며 가장 포괄적이기 때문이리라.

無厚不可積也其大千里(무후불가적야기대천리):'無'에 대해 '大'라고 하는 有를 생각할 수 있다는 것을 지적하고, 《노자》에 '有라고 하는 개념이 있기 때문에 無라고 하는 개념이 생기며, 無라고 하는 개념이 있기 때문에 有라고 하는 개념도 생기는 것이다. 難과 易, 長과 短,

高와 下, 音과 聲, 前과 後, 이것들은 상대적·상호의존적 개념일 뿐이다(有無相生, 難易相成, 長短相形, 高下相傾, 音聲相和, 前後相隨)'(제2장)라고 했듯이 유무, 나아가서는 인간의 가치 규정이 상대적인 것임을 시사하고 있다(司馬彪의 설 참조). 일설에 정미(精微)한 理는 형색이 없고 겹쳐 쌓을 수가 없지만 오히려 그러한 無로부터 有도 無도 전개되기 때문에 '大千里'라 할 수 있는 것이다(成玄英의 설)라고 해석한 것이 있는데 이는 이 명제로부터 전개되는 사상을 선취(先取)하는 것이어서 적당한 해석이라 할 수 없다. 또 근대에 들어서 이 명제는 면적과 체적에 대한 분석을 보여 주고 있다는 해석(馮友蘭, 高亨의 설)이 나왔는데 이것도 적당한 해석이라 할 수 없다. '無厚不可積也'는 확실히 면적과 관계되는 말이나 '其博', '其廣'이라 하지 않고 '其大'라 한 것에 주목해야 한다. ≪순자≫ 수신편에 '堅白·同異·有厚無厚 등의 궤변은 분명 예리하기 그지없다(夫堅白同異有厚無厚之察, 非不察也)'라고 한 有厚無厚의 예리함은 이러한 명제 등을 가리키는 것이리라. 그렇다면 이것은 유무의 문제이다. 일반적으로 현대인의 지식으로는 면(面)에는 체적[厚]이 없고 면적의 크기를 생각하는 것이 당연한 일이다. 그런데 고대인에게는 면과 입체에 대한 명확한 분석이 되지 않았던 것일까, 아니면 그러한 분석은 경험적 사실로서 늘 타당했던 것일까? 맹자는 白羽의 白과 白雪의 白과 白玉의 白은 같지 않다(≪맹자≫ 고자 상편)고 했다. 이것은 白이라고 하는 색채와 각각의 물체를 말로 분석할 수 있다 하더라도 경험적 사실로는 각각의 질과 관계없는 순수한 白이라는 개념을 거부하는 예이다. 과연 냄새도 온도도 모습도 없는 白이라고 하는 물질이 있을까? 물론 우리들의 사고는 白·面·立體 그 밖의 범주를 설정함으로써 발달하지만 경험의 장에서는, 예를 들면 토지를 매매할 때 지세·환경 등을 고려하지 않고 면적만으로는 계산을 성립시키지 못하는 것처럼 그 추상적 범주를 구체적 조건으로 보충하고 있으며 그 보충 방법에 따라 때로는 분쟁도 일어난다. 이 명제는 이러한 분석의 당부(當否)에 주의를 환기하여 그러한 분석이 어디까지나 상대적인 것임을 반성케 하고 있다. 이 명제는 천공(天空)의 광대함에서 착안한 것이리라. 그래서 우주의 뒤를 이어 두 번째 명제가 된 것이리라.

天與地卑山與澤平(천여지비산여택평):다음 글의 '龜長於蛇'와 같은 명제의 것을 둘 합친 형태이다. 사물에 대한 인간의 인식은 時·處·位에 따라 변동하며 상대적인 판단임을 지적하고 있다. 소요유편 〈무궁우화〉의 '小知不及大知, 小年不及大年'은 이 명제의 한 가지 理를 말하고 있는 것이며 제물론편 〈대각우화〉의 '여지희(麗之姬)', 추수편 〈반기진우화〉의 '하백(河伯)' 등은 그 구체적인 예이고 제물론편 〈천뢰우화〉의 '天下莫大於秋豪之末, 而大山爲小. 莫壽乎殤子, 而彭祖爲夭'는 이것을 전제로 하여 그 상대관보다 두드러지게 뛰어남을 말하고 있는 것이다. 이 명제는 첫 번째 명제가 객관적 기준에 대한 문제인 데 반해 그것을 인식하는 주관에 대한 문제이다. 그래서 첫 번째 명제의 반면인 '因其所大而大之, 則萬物莫不大, 因其所小而小之, 則萬物莫不小'는 이 명제의 해설이 된다. 《순자》 불구편에 명가의 명제로 '산과 못은 요철 없이 평평하고 하늘과 땅은 고저 없이 같으며 齊와 秦은 떨어져 있지 않고 같은 곳에 있다(山淵平, 天地比, 齊秦襲)'는 말이 소개되어 있는 것에 대해 '하늘과 땅은 나란히 있고 산과 못은 평평하다'로 해석하는 학자가 많고, 또 '卑'를 '比(가깝다)'의 차자(孫詒讓의 설)로 해석하는 경우가 많다. 명제가 뜻하는 바에는 큰 차이가 없다. 그러나 이 명제에 '與' 자가 쓰인 것은 단순히 天(山)과 地(澤)를 나열하기 위해서가 아니라 보다 극명하게 비교하기 위해서라고 생각된다. '與'는 '於'와 통용되며 비교의 뜻을 나타내는 데 쓰이는 경우가 있다. 높은 곳에 올라까마득히 먼 곳을 바라보면 천공의 끝이 지면보다 낮게 느껴지며, 산지를 걷다 보면 산기슭에 있을 때 예상했던 산의 험난함은 느껴지지 않고 오히려 기복이 심한 소택지보다 평탄함을 깨닫게 되는 경우가 있다. 이 명제는 이러한 경험에서 소재를 얻은 것 같다. 이 명제를 땅은 하늘보다 낮지만 우주에서 보면 하늘과 땅이 모두 낮다(李頤의 설)는 식으로 비교의 문제로 해석하는 것은 적당하지 않다. 道에서 보면 天地는 일치하며 山澤은 平均이다(成玄英의 설)라고 해석하는 것도 제물론편 〈천뢰우화〉의 결론을 먼저 취하여 해석한 것이므로 적당하지 않다. 高低 · 上下 등의 가치가 상대적인 것임을 가리킨다(馮友蘭의 설)라는 해석도 첫 번째 명제와 중복되는 경향이 있으므로 적당하지 않으리라. 이 명제도 天地에서 소재를 채택하고 있다.

日方中方睨物方生方死(일방중방예물방생방사):앞의 세 번째 명제를 받아, 사람의 인식이 상대적이기 때문에 동일한 사물에 대해 상반하는 판단이 성립됨을 지적하고 그러한 대립과 모순은 그 인식의 영역 안에서는 해결할 수 없음을 시사하고 있다. '中'은 '沖天'의 '沖(迪의 차자이리라)'과 같은 뜻으로, 떠오르는 것을 가리킨다. '睨(노려보다)'는 '傾(경:기울다)'의 차자. 제물론편 〈천뢰우화〉의 '方生方死, 方死方生. 方可方不可, 方不可方可. 因是因非, 因非因是. 是以聖人不由而照之于天'은 이 명제의 논리를 전제로 한 것으로 동시에 그 악순환을 단절하고 절대적 근거를 天에서 구하고 있는 것이다. 또 같은 편 〈우무경지론〉의 논쟁은 이 명제의 성립 과정을 보여주고 있다. 이 명제를 시간에는 시종생사(終始生死)의 구별이 없음을 말한다(李頤의 설), 시간의 구별은 실재하지 않음을 말한다(胡適의 설) 등으로 해석하는 것은 적당하지 않다. 이 명제는 시간에서 소재를 취하고 있기 때문에 天地의 뒤를 이어 네 번째 명제가 된 것이리라.

大同而與小同異此之謂小同異萬物畢同畢異此之謂大同異(대동이여소동이차지위소동이만물필동필이차지위대동이):인간의 인식은 사물의 말단적인 차이를 다투든가 동어반복적으로 같은 것을 같다 하고 다른 것을 다르다고 하고 있을 뿐임을 지적하고, 좀처럼 사물의 진실에 육박하지 못함을 가리킨다. 인간이 경험적으로 사물을 인식한다는 것은 다른 사물과 비교하여 특질을 알고 그러한 몇몇 개의 특질을 근거로 귀납적으로 본질을 규정하는 것이다. 그런데 그럴 경우 어떤 관계에 있는 어떤 사물을 문제 삼았느냐 하는 것이 중요한 전제 조건이 된다. '同異'란 이런 의미의 비교이며 이미 변무편의 '堅白同異之間', 거협편의 '同異之變', 추수편 〈고업우화〉의 '合同異' 등에서 보듯이 하나의 술어인 것이다. 이 명제에서도 술어로 사용하고 있다. 그런데 同異는 그 비교할 수 있는 조건을 구비하지 않으면 타당성이 적은, 더없이 자의적인 것이 되고 만다. 예를 들면 人情의 따뜻함과 熱의 따뜻함을 비교하는 것은 합리적인 비교가 되지 못한다. 그래서 이 명제는 우선 인간의 同異(비교)는 극히 사소한 부분, 이른바 와우각상(蝸牛角上)에서의 다툼과 같은 것을 다루고 있다고 말하는 것이다. 이 명제는 인간의 사물 인식에 관한 총론이라고도 할 수 있으며 이하 사물 인식에 대한 세부적인 문제로 들어가는 도입이 되고 있다.

南方無窮而有窮(남방무궁이유궁):유명론적(唯名論的) 입장에서 남방이라고 하면 무궁한 방향을 가리키는 것인데 사람은 그 말에서 남방의 어떤 지점을 생각하게 된다. 이 명제는 이러한 인간 사념의 모순을 지적하고 인간의 지적 활동이 망상으로 치닫고 있음을 풍자하고 있다. 사방은 무궁한데 남방이라고 하는 일방을 초들면 유궁하게 됨을 가리킨다(李頤, 宣穎의 설), 사람은 남방을 무궁한 것처럼 생각하지만 실은 유궁하다는 것을 가리켜 인간 지식의 상대성을 지적하고 있다(馮友

蘭의 설)는 등으로 해석하는 것은 적당하지 않다.

今日適越而昔來(금일적월이석래):앞의 여섯 번째 명제와 상대되는 것인데 경험론(實念論)적 입장에서 오늘 남쪽의 월나라로 출발했는데 이미 어제 도착해 있었다는 것과 같은 모순을 범하는 것을 지적하고 인간에게는 도착된 의식이 많음을 풍자하고 있다(≪석문≫의 설, 宣穎의 설 참조). 제물론편 〈천뢰우화〉의 '未成乎心, 而有是非, 是今日適越而昔至也. 是以無有爲有'는 이 명제에 대한 해설이라고 해도 좋다. 다음의 '卵有毛'도 이런 도착 속에 성립하는 궤변이다.

連環可解(연환가해):본디 '連環不可解而可解'로 되어 있었던 듯한데 그렇게 되어 있는 이본(異本)이 없다. ≪여씨춘추≫ 군수편에 宋의 원왕(元王)에게 閔(連環과 같은 종류의 물건이다)를 바친 자가 있어 원왕은 나라에 명해 그것을 풀게 했는데 아무도 풀어내는 자가 없었고 오직 아설(兒說)의 제자만이 그 하나를 풀고 다른 것은 풀 수 없도록 만들어져 있음을 발견했다는 이야기가 실려 있다. 또 ≪전국책≫ 제책(齊策)에는 秦의 소왕(昭王)이 제나라 사람의 지혜를 시험하고자 옥으로 만든 고리를 주었으나 아무도 그것을 풀어 내지 못했는데 제나라 왕 建의 后가 이것을 두들겨 부수어 버린 다음 '삼가 제가 풀어냈습니다'라고 대답했다는 이야기가 실려 있다. 이러한 기록들을 근거로 추측하면 '連環'은 지혜를 시험하는 環으로 여간해서는 풀어낼 수 없도록 만들어져 있음을 전제로 하고 있다. 단 결코 풀어낼 수 없어서는 유희가 될 수 없다. 그렇다고 간단하게 풀어내게 되면 흥미가 없다. 여간해선 풀 수 없는 것을 풀어내는 데 흥미가 있다. 이것을 인간 행위의 상징으로 본 것이다. 인간의 목적의식에는 '不可解而可解'와 같은 서로 모순되는 성격이 있다고 본 것이다. 재유편 〈독유인설〉에 '世俗之人, 皆喜人之同乎己, 而惡人之異於己也. 同於己而欲之, 異於己而不欲者, 以出乎衆爲心

也'라고 한 것은 그 한 예이다. 고통이 있어야만 즐거움도 있다고 하는 것도 그 한 예이다.

我知天下之中央燕之北越之南是也(아지천하지중앙연지북월지남시야):천하의 중앙이 어디인가를 문제로 삼아 인간의 아집투성이인 견해는 서로 배치하여 융합될 수 없다는 것을 풍자하고 있다. 통설에는 넓게 보면 천하는 무한히 크므로 사람이 생각하는 어느 곳도 천하의 중앙이 되며 언제라도 처음이 된다(司馬彪의 설)고 하는 설이 많이 채택되고 있는데 이는 바른 해석이 아니다. '我'라는 표현을 사용한 데 주목해야 한다. '我'는 주장자를 제시하고 있다. '燕之北越之南'은 燕(하북성에 있던 나라)의 북방에 사는 사람과 越(절강성에 있던 나라)의 남방에 사는 사람의 주장을 집약한 것이다. 제물론편 〈천뢰우화〉에 '道隱於小成, 言隱於榮華. 故有儒墨之是非'라고 되어 있듯이 유·묵의 주장에는 道와 융합되는 바가 없기 때문에 ≪장자≫는 大道를 제시하려 했던 것이며, 또 소요유편 〈무궁우화〉에 '至人無己'라고 하여 아집을 떨어버릴 것을 강조했던 것이다.

氾愛萬物天地一體也(범애만물천지일체야):묵가의 겸애설을 예로 들어 제자(諸子)의 설은 만물을 제일화(齊一化)해 버려 각각의 본질을 명확하게 할 수 없음을 비판한 것이다. 成玄英은 '만물은 나와 하나이다. 그러므로 만물을 널리 사랑한다. 천지는 나와 함께 생겨났다. 따라서 同體다'라고 해석하였고 그 후 이 해석이 통설이 되었다. 그러나 이 해석으로는 이 명제의 통일적 의미를, 범애(氾愛)와 일체와의 관계를 어떻게 해석하고 있는지 명확하지 않다. 또 이 해석은 제물론편 〈천뢰우화〉의 '天地與我竝生, 而萬物與我爲一'에 근거한 것인데, 과연 양자는 같은 사상에 뿌리박고 있을까? 〈천뢰우화〉의 '만물일체'는 物我를 사상(捨象)하고 유일한 것을 구하는 것이기 때문에 거기에는 '氾愛'가 포함되지 않는다. ≪장자≫에서는 변무편에 '自虞氏招仁義以撓天下也, 天下莫不奔命於仁義. 是非以仁義易其性與'라고 한 것처럼 仁義나 이와 흡사한 氾愛로써 만물을 제일화하는 것을 거부한다. 그래서 재유편 〈물자화우화〉에 '汝徒處無爲, 而物自化'라고 한 것처럼 만물이 저절로 이루는 대조화는 無爲의 상태에서 이루어지는 게 아니면 안 된다고 말하고 있는 것이다. 成玄英의 해석은 타당하지 않다. 뿐만 아니라 제물론편 〈천뢰우화〉의 '天地與我竝生, 而萬物與我爲一'을 그러한 해석의 근거로 삼은 듯한데 이것도 잘못이다. 근대에 이르러 胡適이 '이 명제는 앞의 아홉 명제에 대한 결론으로 혜시가 주장하는 바를 명백히 한 것이다. 혜시는 일체의 공간과 시간의 분할은 실재할 수 없으며 일체의 同異는 절대적인 것이 아니라고 생각했다. 그래서 장자가 먼저 주장한 바를 듣고서 天地는 일체라는 단안을 내리고 그러므로 만물을 널리 사랑하라고 부르짖었다. 혜시는 철학적 근거를 지닌 극단적인 박애주의를 주장했다'고 하자 이것이 많은 학자들로부터 호응을 얻었다. 그러나 이 해석은 '氾愛萬物'이라는 이유와 '天地一體'라는 결론을 바꾸어 해석하고 있으며, 또 ≪장자≫의 '천지일체관'을 먼저 취하고 있어 그것만으로도 이 해석이 적절하지 못하다는 것을 보여 주고 있다. 혜시가 겸애주의자였다는 것도 달리 명증이 없다. ≪여씨춘추≫ 애류편에, 광장(匡章)이 혜시에게 '공의 학문은 존귀한 자리를 구하기 위한 것이 아닙니다. 그런데 지금 齊王을 받들어 높은 자리에 계십니다. 공의 학문과 어찌 그리 어긋날 수 있습니까?(公之學去尊. 今又王齊王, 何其到也)'라고 한 말이 실려 있다. 이 '去尊'을 혜시의 박애주의의 증좌로도 볼 수가 있다. 그러나 이 '去尊'은 맹주를 받들지 않는다는 정치주의이며, 그에서 연역하여 해석하더라도 아무런 권위를 세우지 않는 것이지 평등한 박애주의를 뜻하는 것은 아니다. 氾愛가 묵가가 주장하는 兼愛라는 것은 말할 것까지도 없다. 어떤 주의를 세우면 그것의 보편타당함을 강조하게 되는데 이는 묵가에 국한되지 않고 일반적으로 거의 모든 사상과 학설의 필연적 경향이라고 해도 좋을 것이다. 이러한 경향은 중국 고대의 사상 중에서도 묵가에 특히 현저하다. 묵가의 兼愛는 차별 없이 모든 것을 사랑하는 것이다. 따라서 그 사랑[愛]의 이념은 절대보편을 표방하고 있음에 틀림없다. 그러나 실천에서는 사랑을 널리 펴지 못한다는 사실을 생각하지 않을 수 없었다. 각 개인은 독립적 존재이며 차별이 있기 때문이다. 이 독립적인 개개의 차이를 인정하면 사랑은 맹자가 주장하는 차등애(差等愛), 즉 仁이 되든지 ≪장자≫처럼 愛를 말하지 않고 만물의 自化에 위임하지 않으면 안 된다. 이 명제는 이러한 점을 문제 삼고 있다. 그리고 묵가에만 국한되는 것은 아니지만 만물이 모두 차이가 있음에도 애써 그 주의·이념을 고집하고 '氾愛萬物' 따위를 부르짖게 되면 만물을 획일화하게 된다고 이 명제는 규정하고 있는 것이다. 그 결과 상식적인 경험의 세계에서는 더없이 큰 간격이 있는 하늘과 땅까지도 한 물체로 보아 버린다. 이 '일체'는 '만물일체'의 일체와는 다르며 첫 번째 명제의 '大一'에 가까운 개념이다. 고대에는 주의·도리·덕행 등의 완전무결함을 천지의 德에 즐겨 비겼는데 이 명제는 그것은 단지 무의미하게 그 주의·도리 등을 꾸민 데 지나지 않는다는 것이다. 요컨대 이 명제는 명론탁설(名論卓說)도 만물의 진리를 밝히고 있지 못함을 보여 주는 궤변이다. 그래서 제물론편 〈천뢰우화〉에서는 이 명제를 이용하여 '天地一指也. 萬物一馬也'라고 한 것이다.

惠施以此爲大觀於下……:'스스로 최고라 생각하여 천하를 관조하고 변자들을 깨우쳐 가르쳤다'(成玄英의 설)라고 해석하는 것이 통설인데 적당한 해석이라 할 수 없다. '以此爲大', '觀於天下', '而曉辯者'를 각각 한 구로 보아야 한다(陸長庚, 錢穆의 설). '大'는 '위대'. 매우 걸출하다는 뜻.

【補說】 이상은 〈변자혜시론〉의 제1절이다. 혜시는 才知가 뛰어나며 저서
가 많으나 그의 학설에는 통일성이 없고 타당성이 결여되어 있다고 개
평(槪評)한 다음, 혜시의 物에 관한 설 10조를 들고 혜시가 이를 근거로
삼아 '辯者의 風'을 일으켰음을 기술하고 있다.

이른바 '歷物之意' 10조에 대해서는 종래 정확한 해석을 내리지 못했
다고 보는 것이 옳다. 예전에는 노·장의 설이나 불설(佛說)에 근거하
고, 근래에는 서구의 논리 학설에 근거하여 해석을 서둘렀을 뿐 각 명
제의 표현을 검토하고 당시 사고의 상태를 생각하지 않았기 때문이다.
이와 같이 단순한 진술에서는 수사(修辭)가 그 의미를 표현하는 매우
중요한 수단이 된다.

이 10명제는 동류의 것을 무질서하게 나열했다는 것이 종래 많은 사
람들의 견해였다. 그러나 형식적으로도 배열의 순서가 엄연히 있다는
사실을 간과해서는 안 된다. 세밀히 고찰하면 내용상으로도 서로 관계
가 있으며 계통적인 사변 체계를 이루고 있다. 즉 우리들은 시각(時刻)
이나 도량형 등과 같은 절대적 기준을 정하고 이를 사회적 협동 생활의
공통 법칙으로 삼는데 이 열 가지 명제는 ①맨 먼저 絶大·絶小의 절
대적 기준에 관해 묻고 그것은 명확하게 파악할 수 없다고 한다. 따라
서 사람들의 생활은 근거 없는 부동적(浮動的)인 것이든지 많은 대립
이 있는 것이 될 것이다. ②그래서 다음에는 존재에 관해 물어 유무가
서로 관계있는 것임을 지적하고, ③또 인간의 인식이 역설적이고 상대
적임을 들고, ④나아가 사물은 상대적으로밖에 규정할 수 없음을 말한
다. 이리하여 ⑤사물의 가치를 좇아 전개되는 인간의 사변은 말초적인
것이 되며, ⑥무한한 것을 유한화하는 모순을 범하고, ⑦오늘을 어제

라 하는 도착을 행하며, ⑧오히려 모순된 일을 영위하고 있다. 더욱이 ⑨사람은 자신만이 가장 정확한 것을 알고 있는 것처럼 주장하여 대립을 거듭하고, ⑩아무리 뛰어난 학설·학리도 物의 실상을 명확하게 밝힐 수가 없다고 하는 것이다. 명제에는 구체적인 진술도 있으나 그것이 상징적 사례임을 생각하면 여기 요약한 것을 결코 자의적 해석이라 할 수는 없을 것이다.

요컨대 이 명제는 인간의 사변이 갖는 적극적인 가치에 회의를 갖고 인간의 사변은 어디까지나 상대적인 것임을 말하고 있는 것이다. 그리고 이 10명제는 다음에 이어지는 21조 궤변의 결론으로 보아야 한다.

"卵有毛."
"雞三足."
"郢有天下."
"犬可以爲羊."
"馬有卵."
"丁子有尾."
"火不熱."
"山出口."
"輪不蹍地."
"目不見."
"指不至, 至不絕."
"龜長於蛇."
"矩不方, 規不可以爲圓."
"鑿不圍枘."

"飛鳥之景, 未嘗動也."
"鏃矢之疾, 而有不行不止之時."
"狗非犬."
"黃馬驪牛三."
"白狗黑."
"孤駒未嘗有母."
"一尺之捶, 日取其半, 萬世不竭."
辯者以此與惠施相應, 終身無窮.

① 알에는 깃털이 갖추어져 있다(알은 깃털이 있는 새가 되기 때문이다).

② 닭은 발이 셋이다(서 있는 외에 앞으로 나아가기도 하고 뒤로 물러서기도 하기 때문이다).

③ 楚나라 수도인 영(郢) 안에 온 천하가 있다(천하의 안위는 郢의 형세에 달려 있기 때문이다).

④ 개는 양이라 불러도 좋다(똑같이 네 발 달린 가축이기 때문이다).

⑤ 말은 알을 지니고 있다(새끼는 알에서 나오는 것이라고 한다면 말도 알을 지니고 있다고 하지 않으면 안 된다).

⑥ 두꺼비에게는 꼬리가 있다(두꺼비는 꼬리가 있는 올챙이의 실체가 변한 것이기 때문이다).

⑦ 불은 뜨겁지 않다(먼 곳에 있는 불에서는 뜨거움을 느낄 수 없기 때문이다).

⑧ 메아리는 산이 말을 하는 것이다(말이란 입에서 나와 사람의 귀에 들어가는 것이라면 이렇게 말하지 않으면 안 된다).

⑨ 수레바퀴가 앞으로 나아가는 것은 수레바퀴가 지상을 구름으로써 일

어나는 일이 아니다(지면은 움직이지 않으며 수레바퀴는 지면이 없더라도 회전하기 때문이다).

⑩ 눈은 物을 보는 게 아니다(빛이 없으면 物을 볼 수 없기 때문이다).

⑪ 어떤 사람이 말로써 나타낸 것은 그가 생각한 物과 정확하게 일치하는 것은 아니다. 일치한다면 그 말과 物은 떨어질 수 없어 다른 사람을 이해시킬 수 없게 된다(사람이 일정한 時·所·位의 조건 속에서 생각한 物은 한정되어 있기 때문이다).

⑫ 거북이가 뱀보다 길다(物에 대한 인식은 사람마다 다르기 때문이다).

⑬ 곱자[矩]는 방형(方形)을 만들지 못하며 그림쇠[規]는 원형(圓形)을 그리지 못한다(기준이나 법칙만으로는 일이 진척되지 않기 때문이다).

⑭ 끌로 판 구멍은 그곳에 꽂히는 장부를 바르게 둘러싸는 것이 아니다(장부를 제아무리 정교하게 만들더라도 끌로 판 구멍이 이에 딱 맞지 않으면 두 物은 잘 맞을 수가 없기 때문이다).

⑮ 하늘을 나는 새가 지상에 떨군 그림자는 조금도 움직일 수가 없다(그림자는 전적으로 새에 부속되는 것으로, 이동하는 것은 새이지 그림자가 아니기 때문이다).

⑯ 날카로운 화살이 허공을 가르며 날고 있더라도, 날지도 않고 멈추어 있지도 않은 순간이 있다(정지해 있는 물체 옆을 화살이 통과하는 것을 보는 한순간이 있기 때문이다).

⑰ 강아지는 개가 아니다(강아지란 일반적인 개 모두를 가리키는 것이 아니기 때문이다).

⑱ 누런 말과 검은 소는 [두 실체가 아니라] 세 개[의 이름]이다(단순히 누런 말, 검은 소라고 숫자를 헤아리는 것이 아니기 때문이다).

⑲ 하얀 강아지는 검은 셈이다(그 특징을 포착하여 '검다'고 부르기 때문이다.).

⑳ 외톨이 망아지는 태어날 때부터 어미 말이 없다(어미 말이 있다면 외톨이라고 말할 수 없기 때문이다).

㉑ 겨우 한 척 길이밖에 안 되는 채찍이지만 매일 그 반씩만 잘라 나가기를 계속한다면 만대(萬代)에 걸쳐 자르더라도 채찍이 없어질 수가 없다(物을 반으로 가르는 행위는 그것이 실제로는 가능한지 어떤지는 별개의 문제로 하고 무한히 행해질 수 있다고 생각할 수 있기 때문이다).

천하의 변자들은 이상과 같은 설로써 혜시와 응답하고 평생 동안 논쟁을 그치려 하지 않았다.

【語義】卵有毛(난유모):이하 21조는 이른바 명가의 대표객인 명제를 선정한 것이리라. 모두 반상식적인 역설로 되어 있다. 종래의 주해자는 이들 명제가 어떻게 합리적인 설로 성립되는지를 해명하는 데 힘을 기울여 그 때문에 문면에 포함되지 않은 관념을 많이 삽입해 왔다. 역설에도 물론 일면 진리가 있으나 그것은 전면적인 것이 아니다. 오히려 상식을 비판하고 그 반성을 재촉하는 데 역설의 의미가 있으므로 그러한 역설을 내세운 이유를 명백하게 하지 않으면 안 된다. 이 이하 21조에 대해 문면에 입각하여 가능한 한 증거를 구하면서 해석을 하도록 하겠다. '卵有毛'는 《순자》 불구편에 혜시·등석의 궤변으로 소개되어 있다. 成玄英은 '有·無 두 이름은 허적(虛寂)으로 귀일한다. 俗情에 집착한 나머지 알에는 털이 없다고 하는 것이다. 이미 空寂이니 名도 空이다. 그래서 털이 있다고 말하더라도 지장이 없다'라고 해석했다. 또는 이에 근거하여 시간은 무한하므로 그 변화되는 시간을 사상(捨象)하고 알에 털이 있다고 해야 한다는 등으로 해석하고 있는데 이러한 해석들은 문면으로는 추정할 수 없는 중요한 관념을 삽입시키고 있어 적절한 해석이라 할 수 없다. 또 이 명제가 꼭 공간과 시간의 무한을 시사하고 있다고

는 할 수 없다. 알에서 깃털이 있는 새가 부화한다는 것은 필연적 사실이다. 그렇다고 하여 이 명제가 그러한 생물학적 사실을 설하고 있는(胡適의 설) 것도 아니다. 새가 되는 인자가 있다고 하는 것이 아니라 현재 털이 있다고 판단하고 있는 것이다. 가능성이 있다는 의미에서는 일면의 진리를 담고 있으나 전면적으로 성립하는 명제는 될 수 없다. 卵은 현재 감각으로써 인식할 수 있는 실체, 이른바 實이다. 깃털이 있는 새가 된다는 것은 미래에 대한 추정이며 이른바 名이다. 중국 고대의 名實이라고 하는 범주에서 보면 이것은 과연 새가 될지 어떨지 알 수 없다는 것을 사상(捨象)한 名實의 부적당한 결합이리라. 卵을 원인, 鳥를 결과로 본다면 원인으로부터 결과로의 경과를 무시한 조급한 판단, 원인과 결과의 혼동, 오히려 결과의 선취(先取)이다. 즉 제물론편 〈대각우화〉의 '見卵而求時夜, 見彈而求鴞炙'과 같은 억단(臆斷)이다. 이로부터 연역하면 앞의 '今日適越, 而昔來'와 같은 유형의 궤변이 된다. 인간의 지식에는 일부 원인과 이유만으로 그 귀결을 조급하고 과대하게 주장하고 평가하는 폐단이 적지 않게 있다. 그래서 ≪노자≫에는 '다른 사람보다 먼저 아는 지혜는 道의 열매 맺지 못할 꽃으로 사위(邪僞)의 시초가 되는 것이다(前識者道之華而愚之始)'(제38장)라고 되어 있다. 이 억단을 피하려면 묵가처럼 인식을 감각적 경험의 영역 안에 한정시키든가, ≪순자≫처럼 名을 정당하게 적용하여 다루든가, ≪장자≫처럼 알과 새의 구별을 초월하고 이들을 근본으로부터 인식하는 道를 구하는 방법을 취하지 않으면 안 된다.

雞三足(계삼족):추정에 의한 가정을 실재화하는 오류를 지적하는 궤변이다. ≪공손룡자(公孫龍子)≫ 통변편(通變篇)에 '닭의 발이라고 하는 말은 하나이다. 닭의 발을 세어 보면 둘이다. 그래서 닭의 발은 셋인 셈이다'라고 했다. 이 설이 이 명제를 해석하는 근거가 되고 있다. 그런데 《공손룡자》가 과연 고설(古說)을 간직한 문헌인지 의심스러우며, 동시에 이 해석은 제물론편 〈천뢰우화〉의 '一與言爲二. 二與一爲三'을 이용한 것으로 적절한 해석이라고는 생각할 수 없다. 이 명제는 '卵有 毛'와는 반대로 두 발로 서 있는 닭이 여러 가지 행동을 하는데 그 행동을 하게 하는 것은 감각으로는 직접적으로 포착할 수 없는 것, 즉 '名'임에 착안하고 그 행동을 하게 하는 것을 추정하여 이를 제3의 '足'인 '實'로 규정한 것을 말하며 그 오류를 시사하고 있다. 요컨대 발의 작용이 닭의 신체를 지탱하는 데 있다면 닭이 달리거나 걷거나 하는 것은 그것과는 다른 작용에 의한 것이라고 하지 않으면 안 된다. 또 발의 작용이 걷거나 달리거나 하는 데 있다면 멈추거나 횃대에 앉거나 하는 것은 그것과는 다른 작용에 의한 것이라고 하지 않으면 안 된다. 이렇게 하여 귀납되는 것을 추정한다. 이 추정은 틀림없이 진리를 함축한다. 우리들이라면 이것을 닭의 통각(統覺), 또는 의지라고 말할 것이다. 그것도 추정이고 가정이며 누구도 그것을 감각으로 포착할 수는 없다. 그런데 이 명제는 닭에 있어서 날개는 아무런 역할도 하지 못하고 그 행동은 오로지 발에 의한 것이므로 그러한 행동을 하게 하는 것은 제3의 '足'이 아니면 안 된다고 말한다. 물론 이것은 '名', '實'의 적용을 잘못하여 없는 것을 있는 것으로 이야기한 것인데 사실은 여기에 신랄한 야유가 들어 있는 것이다. 귀납적인 가정은 그 귀납의 조건 속에서 유효한 것인데 우리도 그 가정을 실체화하고 왕왕 그 조건을 뛰어넘어 만능화하는 일이 있다. 이 명제는 그것을 문제 삼고 있는 것이다. 더욱이 귀납에 관해 충분한 고려가 부족했던 고대에 있어서는 이 억단이 많았다. 예를 들면 도덕 행위의 자각적 주체인 性을 인간의 선천성 전부가 善인 듯이 주장한다면 그것은 실로 지나친 억단이리라. 제물론편 〈천뢰우화〉에 '百骸九竅六藏, 賅而存焉. 吾誰與爲親. 汝皆說之乎. 其有私

焉. 如是, 皆有爲臣妾乎. 其臣妾不足以相治乎. 其遞相爲君臣乎. 其有
眞君存焉'이라고 한 것은 이 명제와 비슷한 사태(事態)를 채택하여 그
냥 百骸 등을 주재하는 구체적인 物을 가정하지 않고 어디까지나 추상
적인 眞宰를 구한 것이다.

郢有天下(영유천하):천하와 郢의 종속관계를 뒤집어 大·小·輕·
重 등의 가치를 전도한 설이 많음을 풍자한 궤변이다. '郢'은 호북성 강
릉(江陵)에 있던 楚나라의 수도이다. 천하는 郢을 그 일부로 삼고 있으
며 郢의 성쇠는 천하의 형세에 관계가 있다. 그런 의미에서는 '郢에 천
하가 있다'고 하는 말에도 나름대로 이유가 없는 것은 아니다. 그러나
郢이 천하의 모든 형세를 결정한다고만은 말할 수 없다. 그런데 합종연
횡의 책사들은 郢이야말로 합종·연횡 그 어느 쪽에 있어서도 천하의
형세를 결정할 요충지라고 생각하고 郢을 차지하기 위해 필사의 획책
을 만들기에 고심했으리라. 이러한 생각에 근거하여 一邑一城의 쟁탈
에 온 나라의 운명을 걸었던 것이 전국시대의 실상이었으리라. 이 명제
는 이러한 어리석음을 비웃고 있는 것이다. 이상의 세 명제는 주로 인
간의 명실(名實) 적용의 잘못, 사물 규정의 억단을 지적하는 궤변이다.

犬可以爲羊(견가이위양):어떤 공통되는 조건을 초들어 명칭의 불확
실성을 지적하고 있는 궤변이다. 개와 양을 분명히 구별하는 것은 상식
인데 이 명제는 양자에 많은 공통되는 '實'이 있음에도 양자를 구별한 '
名'으로 부르는 이유가 무엇인지를 반문하고 있는 것이다. 개와 코끼리
를 구별하는 것은 그 모습만으로도 얼마든지 가능하다. 그런데 개와 양
의 경우에는 둘 다 가축으로 그 모습도 비슷하다. 만일 개가 육식을 주
로 하는 동물이라면 개와 이리를 어떻게 구별할 것이며 개를 이리라 하
더라도 하등 잘못이 없지 않을까? 양은 뿔이 있고 풀을 먹는 짐승이라
고 말한다면 같은 공통성을 지닌 소라고 말하더라도 옳지 않을까? 이

런 반문을 거듭하고 있는 것이다. 요컨대 개라 하고 양이라 하는 名에
는 각각 일정한 실질이 있느냐고 묻고 있는 것이다. 이것은 우리에게는
별문제가 아닌 듯하지만 우리들도 어떤 명사를 정확하게 정의하거나 어
떤 名을 다른 것으로부터 정밀하게 구별하는 일이 곤란한 경우가 많다.
≪순자≫ 정명편에 '명칭에는 본디부터 고정된 의미가 없고 약속에 의
해 그렇게 부르는 것일 뿐이다. 약속이 정해져 그것이 습속으로 정착되
면 이것을 명칭이 지닌 의미라고 하며 그 약속에 위반되는 경우에는 의
미로부터 벗어났다고 말할 수 있다. 명칭에는 본디부터 고정된 진실성
따위가 없이 약속에 의해 그렇게 부르는 것일 뿐이다. 약속이 정해져
그것이 습속으로 정착되면 그것을 진실된 명칭이라고 한다(名無固宜,
約之以命, 約定俗成, 謂之宜, 異於約則謂之不宜. 名無固實, 約之以命,
約定俗成, 謂之實名)'고 했다. 사물의 '名'만으로는 그 실체나 의의를 확
정할 수 없고 사람들 공통의 승인이 필요함을 이야기한 것이다. 名이
꼭 實과 다르다는 것이 아니라 개를 양이라 하고 말을 사슴이라고 교묘
하게 속이는 것과 같은 일이 일어나는 것은 고대에 국한된 일이 아닌지
도 모른다. '名'의 의미를 정확하게 하려면 보편적인 사물의 관계에 따
라 그 의미 영역을 명확하게 할 필요가 있다. ≪묵자≫ 經上에 '名에는
達(보편적인 名), 類(분류된 名), 私(특수한 名)가 있다'라고 했다. '名'
을 확정하려면 분류가 없으면 안 된다는 것을 말하고 있는 것이다. 즉
분류의 필요를 통감한 것이다. 우리들도 개와 양의 차이는 둘 다 젖먹
이 동물이지만 개가 食肉目의 犬科 동물이고 양이 偶蹄目의 牛科 동물
이라는 것을 근거로 알게 된다. 그러나 중국에서는 분류학이 발달하지
않았다. 단 이 명제는 분류의 필요성을 통감시키고 있다.

馬有卵(마유란):다른 종류의 物 상호간의 한 가지 공통성을 '實'로 정
하고 그것을 정당화하는 오류를 지적하는 궤변이다. 앞 명제가 공통의

사실만을 받아들여 名을 규정한 데 비해 이것은 말과 새가 다른 종류라는 것은 상식임을 전제로 하고, 그 위에 새가 알에서 나온다는 감각으로 알고 있는 '實'을 근본으로 하여 새끼를 낳는 말도 알을 가지고 있다고 규정하더라도 옳지 않느냐고 말하고 있는 것이다. 이 명제의 작자는 말의 새끼가 모태 안에서 태의(胎衣)에 싸여 그 모습이 마치 알 속에 들어 있는 것과 비슷하다는 것을 알고 있었는지도 모른다. 그렇다면 태내의 새끼의 생리활동이 알과는 다르다는 것도 알고 있었으리라. 출산시의 차이는 누구의 눈에도 명백하다. 그런데도 이 명제는 단지 새끼를 갖는다는 추상적인 공통성에 근거하여 억지로 '卵'이라고 하는 '實'을 가정한 것이다. 이 명제의 작자는 상식으로는 잘못이지만 어째서 새의 경우에는 卵生이라 하면서 말의 경우에는 卵生이라 하면 틀리는지 그것을 반문하는 것이리라. 이 반문은 말에 관해서는 기이하지만 세상에서는 그런 종류의 의론이 널리 행해졌다. 맹자가 사람의 性과 소의 性을 같이 性의 문제로 비교한 것(≪맹자≫ 고자 상편)도 유효한 변론술이긴 하지만 과학적이진 못하며 이 명제의 반문과 같은 성격의 것이라 할 수 있다. 제물론편 〈부지이해우화〉에 '毛嬙·麗姬, 人之所美也. 魚見之深入. 鳥見之高飛, 麋鹿見之決驟. 四者孰知天下之正色哉'라고 한 것은 人·魚·鳥·麋鹿이 正色을 구하려는 공통성을 갖고 있다는 전제에 입각한 의론이다. 이들이 이런 공통성을 지니고 있는지 어떤지는 결코 확언할 수 없다. 단 이 의론은 그 공통성을 전제로 하면서 그 실재를 부정하고 있는 것이다. ≪묵자≫ 經下에는 '다른 종류와는 비교할 수 없다'라고 했으며, 經說下에는 '나무의 긺과 밤의 긺, 지혜의 많음과 밤을 수확한 것이 많은 것, ……등은 비교할 수 없는 것이다'라고 했다 분류가 정밀·정확하게 행해지면 유비·비유(類比·比喩)는 당연히 피할 수 있다. 실제로는 그 분류가 어렵다. 특히 인간계의 여러 현상에서는.

丁子有尾(정자유미):기존 관념을 고집하면 변화에 즉응할 수가 없으며 없는 것을 있다고 하는 망상에 사로잡히게 됨을 지적하는 궤변이다. '卵有毛'와 흡사한 유형의 명제인데 이것은 그것과는 달리 丁子의 변화에 관해서 말하고 있다. '丁子'는 두꺼비로 다양한 모습을 지닌 동물이다. 띠 모양의 알주머니에 들어 있던 많은 알들이 구형의 개체가 되고 그로부터 생겨난 유충은 처음에는 아가미와 꼬리를 갖추고 물속에서 노니는 올챙이다. 이 올챙이에게 서서히 뒷다리가 생기고 곧 앞다리가 생기며 마침내 꼬리가 퇴화한 성체가 된다. 이 명제는 이러한 변화에 착안하여 그러한 변화가 두꺼비라고 하는 한 개체 안에서 일어나는 변화인 이상, 다 큰 두꺼비에게는 꼬리가 없으나 본디는 꼬리를 갖추고 있었다고 해도 옳지 않겠느냐고 함으로써 물사의 변화 뒤에도 기왕의 사실에 얽매여 있는 사람들의 사고의 고루함을 조소하고 있는 것이다. 유가뿐 아니라 과거의 聖代·聖人을 설정하고 이를 당세에 실현하려 한 諸子의 대부분은 이 궤변의 공격 범위 내에 있게 된다. ≪묵자≫ 經上에는 '化란 외모가 변하는 것이다'라고 정의되어 있고, 經說上에는 묵가로서는 드문 일인데 실험에 근거하지 않고 꿩이 겨울에는 대합이 된다(≪예기≫ 월령편)고 한 것에 필적할 만한 속신을 근거로 개구리가 메추라기가 된다는 예를 들고 있다. 그러나 변화한 흔적을 안다는 것은 비교적 용이하지만 어떻게 그처럼 변화하는가를 알기는 용이하지 않고, 또 변화했다고 해서 그 전후를 완전히 별개의 物로 취급해도 좋다는 것은 아닐 것이다. ≪순자≫ 정명편에 '형상은 변했으나 실제의 物은 같으며 그 명칭을 달리할 경우 이것이 化의 현상이다. 化가 이루어졌어도 실제의 구별이 없는 것, 이것이 하나의 物이다(狀變而實無別而爲異者, 謂之化. 有化而無別, 謂之一實)'라고 했다. 순자는 변하는 것과 변하지 않는 것이 일체 속에 있다고 생각했던 것이다. 인격이나 역사의 문제가 있었기 때문이리라. 변화하지 않는 진실이 있다면 변화하지 않는 것은 없다는 것이리라. 변화를 명확하게 규정한다는 것은 여간 곤란한 문제가 아니다. 이 명제는 바로 이런 문제를 지적하고 있다. 도가에서는 사람을 필두로 모든 物은 끊임없이 변화하고 있다고 생각한다. 그러나 시시각각으로 변화한 모습을 추구하는 것을 그만두고 근원으로부터 일체로서 그 변화에 순응해야 함을 말하고 있다는 것은 새삼스레 말할 것도 없다. '犬可以爲羊' 이하의 세 명제는 공통되는 형태에 근거하든 공통성에 근거하든, 물체의 계속성에 근거하든, 인간의 사실 규정은 자의적이며 착오가 많음을 지적하고 있는 것이다. 그 규정이 어떤 비교를 매개로 삼고 있다는 점에서 이것은 '同異'의 문제이다. 고래의 주석가들은 '名實은 不定하므로 犬을 羊이라 불러도 좋다'(成玄英의 설), '道에서 보면 人情에 의한 분별은 없으므로 말을 알에서 태어난 것이라 해도 된다'(李頤의 설), '만물에는 定形이 없으므로 道에서 보아 丁子에게 꼬리가 있다고 해도 좋다'(成玄英의 설)라고 한 것처럼 일률적인 해석을 내렸다. 이것들이 앞의 '大同而與小同異, 此之謂小同異, 萬物異同, 畢異, 此之謂之同異'라는 명제 안의 '小同異'에 포함되는 것은 확실하다. 그러나 그렇다고 직접적으로 '萬物畢同'의 귀결을 끌어내고 있는 것도 아니며 그것을 전제로 하고 있지도 않다. 각 명제는 제각기 진술하고 있는 주요한 영역 내에서 해석되어야 하며 또 그래야만 의의가 있는 것이다.

火不熱(화불열):상식과 다른 판단을 성립시켜 사물에 대한 사람들의 인식이 불확실하다는 것을 지적하고 있다. '불은 뜨겁고 물은 차다고 하는 것은 일면만을 이야기한 것이다. 불은 뜨겁다고도 차다고도 말할 수 있다'(司馬彪의 설)라고 하는 해석, 또는 '불에는 熱寒이 없고 단지 사람이 뜨겁게 느낄 뿐이다'(成玄英의 설)라는 해석이 많이 쓰이고 있는데 적당한 해석이 아니다. 불이 뜨겁다는 것은 상식인데 불로부터 조금씩 멀어지면 멀어질수록 열기를 적게 느끼게 되며 멀리 있는 불은 간신히 불빛만을 볼 수 있을 뿐이다. 그런 경우에는 열기를 전연 느낄 수 없다. 그래서 불이 뜨겁다고 하는 상식적인 판단은 잘못된 것이라고 한 것이다. ≪묵자≫ 經下에 '火는 뜨겁다. 熱이 火에 머물러 있기 때문이다'라고 했고, 經說下에 '火가 내 몸을 뜨겁게 하는 것이 아니다. 해를 보면 알 수 있다'라고 했다. 이것은 글자풀이가 명확하지 못하여 확실한 해석을 내리긴 어렵지만 이 논제에 대한 반박론인 듯하다. 요컨대 ≪묵자≫의 설은 불이 뜨거운 것은 熱이 불 자체에 있기 때문이고 불이 사람의 몸에 뜨겁게 느껴지느냐 느껴지지 않느냐에 의해 판단되는 것이 아니라 더 없이 먼 곳에 있는 태양이 熱을 지니고 있다는 사실로 증명된다는 것이다. ≪순자≫ 정명편에는 '아프다, 가렵다, 차다, 뜨겁다, 매끄러움·껄끄러움, 가벼움·무거움 등은 몸의 감각으로 구별한다(疾養滄熱滑鈹輕重以形體異)'고 했으며, 또 心에는 '징지(徵知)'라고 하는 총합 판단이 있다고 했다. ≪순자≫의 설에 의하면 '火의 熱'은 경험의 총합 판단으로 ≪묵자≫의 설과는 의견을 달리한다. 요컨대 火의 열기는 火 그 자체에 있다고 해야 할 것인지, 사람이 단지 火는 뜨겁다고 판단하는 것인지 하는 서로 대립된 견해를 보여 주고 있는 것이다. 이 명제는 이러한 인식론상의 중요 문제를 제기하고 있다고 해도 좋을 것이다. 제물론편 〈천뢰우화〉에 '物無非彼, 物無非是. 自彼則不見, 自知則知之. 故曰, 彼出於是, 是亦因彼. 彼是方生之說也'라고 한 것은 이 명제에 근거한 말이다.

山出口(산출구):메아리를 예로 들어 언어의 의미를 결정하는 것이 무엇인가를 반성시키는 궤변이다. 일설에 '出'은 '有'를 잘못 베낀 듯하다(馬敍倫의 설)고 하는데 '出' 자로 해도 충분히 해석할 수 있다. 언어에는 보편적 의미의 표상이 있으며 인간은 이것을 조작함으로써 그 의

지를 타인에게 전하고, 또 상호 이해가 성립되는데 과연 언어는 그 의지를 충분히 전달할 수가 있을까? 자신의 주장에 치우치면 타인을 이해할 수 없다. 전달하고자 하는 의미가 제대로 실리지 않은 언어는 귀로 들어가고 입에서 나오는 소리일 뿐이어서 산울림과 다를 바가 없지 않겠느냐는 주장이다. 물론 우리는 언어가 보편적 의미 표상을 가지고 있으며 어구 선택·조직·문맥 통일 등으로 의지를 충분히 전할 수 있다고 믿는다. 그러나 ≪여씨춘추≫ 이위편이나 ≪주역≫ 계사전 등의 기록에서 알 수 있듯이 언어는 꼭 화자의 의지와 일치하는 것만은 아니라고 하는 것이 일반적인 사고였다. 언어는 화자의 의지와 동떨어지는 일이 적지 않았던 것이다. 맹자는 '편파적인 말을 들으면 그 사람이 무엇에 가리워 있는지를 알고, 장황하게 늘어놓는 말을 들으면 그 사람이 무엇에 빠져 있나를 알고, 사악한 말을 들으면 그 사람이 누구를 이간하려는지를 알고, 발뺌하는 말을 들으면 그가 궁지에 몰려 있음을 안다(詖辭, 知其所蔽. 淫辭, 知其所陷. 邪辭, 知其所離. 遁辭, 知其所窮)'(≪맹자≫ 공손추 상편)고 했다. 언어에 구애되지 않고 화자의 의지를 문제 삼는다고 한 것이다. 이 명제는 이러한 언화(言話)에 대한 불신을 지적하고 있다. ≪장자≫ 제물론편 〈천뢰우화〉에서 '言隱於榮華' 또 '夫言非吹也. 言者有言. 其所言者, 特未定也, 果有言邪, 其未嘗有言邪'라고 한 것처럼 언어를 불신하고 있다.

輪不蹍地(윤부전지):사물에는 감각으로는 파악할 수 없는 영역이 있음을 지적하는 궤변이라고 생각된다. '蹍'은 '輾(구르다)'의 차자이리라. 成玄英은 수레가 이동한 지점은 알 수 있어도 수레의 이동은 땅을 밟지 않았기 때문에 알 수 없다고 해석했다. 도저히 납득하기 어려운 해석이다. 수레바퀴와 땅이 맞닿는 부분은 매우 적으므로 그것은 땅이라 할 수 없다(馬敍倫의 설)고 해석하는 설이 있는데 적당하지 않다. 수레바퀴가 지상을 굴러 전진한다는 것이 상식인데 사람의 감각으로 인식할 수 있는 것은 수레바퀴는 지상의 유무에 관계없이 회전한다는 것, 땅은 길고 넓게 펼쳐져 있을 뿐 不動이라는 것, 수레바퀴와 땅의 접촉이란 땅이 수레바퀴를 떠받치고 있는 것으로 그 자체에 수레의 전진은 없다는 것이다. 또 접촉 부분이 적을수록 수레의 전진이 빠르다. 그러므로 땅과 수레바퀴의 접촉에 의해 수레가 전진한다는 것은 감각으로는 포착할 수 없으므로 오히려 접촉에 의해 생기고 있는 공간 부분이 이 운동을 야기하는지도 모른다. 요컨대 '수레바퀴의 전진은 지상을 회전함으로써 일어나는 것이 아니라고 말해도 괜찮을 것이다'라고 말하고 있는 것이다. 천운편 〈무함지조〉에 '天其運乎, 地其處乎. 日月其爭於所乎……'라고 한 것은 이 명제와 거의 같은 착안이리라. 단 〈무함지조〉에서는 운동이 '無爲', '無'에 의한 것이라고 했으나 이 명제에서는 그것까지는 말하고 있지 않다. ≪맹자≫ 고자 상편에 '귀와 눈이라는 기관은 생각할 수 없으므로 밖의 物에 가려진다. 그리고 외물이 끊임없이 다가오면 귀와 눈은 그대로 邪道에 빠져들게 된다(耳目之官, 不思而蔽於物. 物交物, 則引之而已矣)'라고 한 것처럼 사물의 상호 관계에는 감각으로 파악할 수 없는 영역이 있다는 것을 지적하는 데 머물고 있다.

目不見(목불견):눈의 예를 들어 사람에게는 착각이 많음을 지적하고 있는 궤변이다. 인간의 눈은 한낮에는 物을 볼 수 있으나 어두운 곳에서는 잘 못 보고 캄캄한 경우에는 物을 볼 수 없다. 즉 인간의 눈은 빛을 볼 뿐이라는 것이다. 그래서 반상식적으로 눈은 物을 보지 못한다고 하지 않으면 안 된다고 하는 것이다.

指不至至不絶(지부지지부절):대상에 대한 인간의 사념은 편협하고 특수하므로 공통성을 결하고 있음을 지적하는 궤변이다. ≪열자≫ 중니편에 공손룡이 내세운 한 명제로서 '有指不至, 有物不盡'이 언급되어

있다. '指'를 '가리키다'의 뜻으로 해석하여 원문을 개조한 것으로 생각
된다. '가리키는 것은 감각할 수 있는 個物과 일치하지 않지만 가리키
는 것과 物은 끊임없이 존재한다'라고 해석하는 학자(예를 들면 成玄
英·胡適·馮友蘭 등)가 비교적 많다. 시간의 흐름 속에서는 '至'도 '絕'
도 일시적인 名에 지나지 않음(劉孝標의 설)을 가리킨다. '指'는 고대에
이미 술어로 쓰였으며 가리킨다는 뜻에서 나아가 어떤 대상을 사념한
다는 뜻을 지녔다고 보지 않으면 안 된다. 이 명제는 사람들의 언어 표
현이나 의식의 대상이 반드시 일치하는 것만은 아니라는 데 착안한 것
으로 '指는 대상의 실체에 도달하지 못한다'라고 규정하고, 또 반면에 '
指가 대상의 실체를 포착하고 있다면 그것은 특수한 경우이며, 그로부
터 벗어나 다른 사람의 사념의 대상이 되는 경우는 없다'라고 말하고 있
는 것이다. 이 결과 제물론편 〈부지이해우화〉에 '齧缺問乎王倪曰, 子
知物之所同是乎'라고 되어 있는 것처럼 物에는 同是가 없게 되는 것이
다. 사람들의 주관에 대한 고집은 좀처럼 객관적 협조에 이를 수 없다.
堅白石의 궤변, 白馬非馬의 궤변 등도 이 명제의 논리를 그 근거로 하
고 있다고 생각된다. 그래서 제물론편 〈천뢰우화〉에 '天地一指也. 萬物
一馬也'라 한 것이다.

　龜長於蛇(귀장어사):편협한 판단은 가치를 전도하게 됨을 지적하는
궤변이다. 成玄英은 장단을 말하는 것은 物에 구애된 속정(俗情)을 가
지고 있기 때문이며 이를 불식하면 '거북은 뱀보다 길다'고 할 수 있다
고 해석하고 있는데 이 명제가 그런 것을 의미하지 않는다는 것은 굳이
초들 것까지도 없다. 이 명제는 앞 명제에 근거하여 성립된 판단이 얼
마나 편협한가, 또 얼마나 가치를 전도하고 있는가를 지적하고 있는 것
이다. 거북을 큰 것으로밖에 인식할 수 없는 좁은 경험을 지닌 사람으
로서는 뱀이 거북보다 크다는 것은 이해할 수 없는 일이다. 이 명제가

앞의 '天與地卑, 山與澤平'과 같은 유형의 것임은 재론의 여지가 없다. '火不熱' 이하 6개의 명제는 모두 상식에 역행하는 역설이 성립됨을 보여 주고 인간의 인식이 주체에 의한 것인지 객체에 의한 것인지를 물어, 감각에는 착오가 있으며 주관적인 사념은 편협하고 공통성을 결하여 마침내 가치가 전도된 판단에 이르게 됨을 지적하고 그 능력에 대한 강한 회의를 보여 주고 있다.

矩不方規不可以爲圓(구불방규불가이위원):그것을 사용하는 주체인 사람과 준칙의 관계에서 준칙이 늘 준칙이 된다고만은 할 수 없음을 지적하는 궤변이다. '矩', '規'는 각각 方·圓을 그릴 때 쓰이나 그 자체는 方形·圓形이 아님을 말한다(司馬彪의 설), 이름은 不定하며 方·圓에는 實이 없음을 말한다(成玄英의 설), 천하에는 자연 그대로의 方·圓이 있으며 그것들은 規·矩에 의해 만들어지지 않았음을 말한다(宣穎의 설) 등의 해석이 있으나 어느 것도 적합한 해석이라 할 수 없다. 또 矩나 規로써 그린 方形·圓形은 보편적 의미의 方形·圓形이 아니다(胡適, 馮友蘭의 설)라고 하는 해석도 충분한 설명이 되지 못한다. 이 명제는 다음 명제와 짝을 이루고 있다. 矩·規는 方形·圓形을 그리는 준칙이며, 나아가 모든 법칙의 상징이다. 법칙에 근거하면 사물이 완수될 수 있다는 것이 사람들의 상식[的期待]인데 실제로는 그것을 이용하는 사람의 솜씨에 따라 완수 여부가 결정되며 법칙대로 된다고만은 할 수 없다. 그래서 이 역설이 성립된다고 이야기하고 있는 것이다. 천도편 〈고인지조박우화〉에서 聖人의 書를 '古人之糟魄已夫'라고 한 것은 이 명제와 논리적 맥락을 같이한 것이라 할 수 있다. 주체와 법칙의 관계에 관하여 유가는 '사람이 道를 넓히는 것이지 道가 사람을 넓히는 것이 아니다(人能弘道, 非道弘人)'(≪논어≫ 위영공편)라고 한 것처럼 인간의 주체적 실천을 중시하며, 특히 '마음이 하고자 하는 대로 행동

해도 법도에 어긋남이 없다(從心所欲, 不踰矩)'(≪논어≫ 위정편)라고
한 것처럼 주체적 실천과 법칙의 고도한 일치를 주장한다. 이에 대해
≪장자≫는 '官知止, 而神欲行. 依乎天理, 批大郤, 導大窾, 因其固然',
'至道之精, 窈窈冥冥. 至道之極, 昏昏默默'이라고 한 것처럼 고도의 직
관적인 자연스러움을 말한다. 법가는 오직 법만을 지킬 것을 강조한다
는 것은 말할 것도 없다.

鑿不圍枘(착불위예):주관적으로는 정당하더라도 객관적인 타당성이
없음을 지적하는 궤변이다. 枘(예:장부. 이쪽 끝을 저쪽 구멍에 맞추기
위해 얼마쯤 가늘게 만든 부분)는 鑿(착)과 꼭 맞아 두 개의 부분이 긴
밀하게 조합된다는 것이 상식[的期待]인데 어느 하나만을 아무리 바르
게 만들었어도 다른 것과 맞지 않으면 협조가 이루어지지 않는다. 이
명제는 앞 문제와 짝을 이루는 것으로 맹자의 '善하기만 해서는 정치에
부적당하다(徒善不足以爲政)'(≪맹자≫ 이루 상편)는 말과 상통한다.

飛鳥之景未嘗動也(비조지경미상동야):인간이 감각적으로 경험하는 것
과 사물 그 자체는 다르다는 것을 지적하는 궤변이리라. 이 명제는 인간
의 물리적 지식을 문제로 삼고 있는 게 아닐까? 실제로 보는 것과 추상
적 판단 사이에는 배반적(背反的)인 이격(離隔)이 존재한다는 것을 지적
하고 있다. 제물론편 〈유대우화〉에서는 그림자의 그림자인 망량(罔兩)이
그림자에게 '曩子坐, 今子止. 曩子坐, 今子起. 何其無特操與'라고 따져
묻고 있다. 이것은 한편으로 그림자는 物을 좇아 움직인다는 상식을 전
제로 하면서 한편으로는 그 동작을 초월한 절대자가 있음을 시사하는 것
으로 이 명제에서 발전된 논리를 근거로 한 것이다. 경험과 추상적 사변
의 괴리는 도가의 기본적인 사고방식이다.

鏃矢之疾而有不行不止之時(촉시지질이유불행부지지시):추상적인 추량
(抽量)은 경험적 실견(實見)과 다름을 지적하는 궤변인 듯하다. '鏃'은 화

살 끝에 붙어 있는 화살촉. 그리스의 제논(Zenon)의 '날고 있는 화살은 움직이지 않는다'라는 궤변에 비교될 수 있는데 '有不止之時'라 한 점에서 다르다는 것을 주목해야 한다. 形이 있는 것은 순간순간 멈추어 있고 날아가는 움직임은 순간순간 질주하는 것이며 그 순간순간은 不行不止之時이다(司馬彪의 설), 시간을 무한하게 분할하면 그 한 순간은 영화 필름의 한 화면처럼 '不行不止之時'이다(胡適의 설), 운동에는 서로 모순되는 작용이 있다(馮友蘭의 설)는 등으로 해석하고, 또 앞의 '輪不蹍地', '飛鳥之景未嘗動也'와 같은 범주의 명제(成玄英의 설)라고 해석하고 있다. 이것들은 이 명제가 어떻게 하여 성립되었는가를 해명하고 그 고유의 궤변적 의의를 밝히기 위해 고심한 해석이라고는 할 수 없다. 이 명제의 의미는 다음과 같다. 화살이 날아간다는 것은 상식적 사실이다. 그런데 시위를 떠난 화살이 빠르게 날고 있다는 것은 발사되는 상태·비행음·목적지에 도달하기까지의 시간 등을 근거로 하여 추정한 것이지 사람이 화살의 비행을 볼 수는 없다. 즉 화살이 빠르게 날고 있다는 것은 추상적 판단, 《순자》에서 말하는 이른바 '名'이다. 그런데 그 화살이 기둥 옆을 지나는 순간에는 기둥과 허공을 나는 화살을 볼 수가 있다. 기둥은 정지하고 있기 때문에 기둥과 함께 보이는 화살은 그 순간에는 '不行'이라고 하지 않을 수 없다. 게다가 지나가고 있는 것이기 때문에 '不止'이기도 하다. 이것들은 實見의 판단, 《순자》에서 이야기하는 이른바 '實'이다. 이상이 이 명제가 의미하는 바이다. 이로써 이 명제는 앞 명제와는 달리, 화살이 난다고 하는 추상적 판단은 구체적 사실과 다름을 지적하는 상식적인 궤변이라고 해석한다. '矩不方, 規不可以爲圓' 이하의 네 명제는 주관과 객관의 관계에서나 추상과 구체의 관계에서나 사람의 사고가 어느 한쪽만으로는 성립될 수 없음을 지적하고 있다.

狗非犬(구비견):'白馬非馬'(《한비자》 외저설좌 상편, 《열자》 중

니편), '殺盜非殺人'(≪묵자≫ 소취편, ≪장자≫ 천도편, ≪순자≫ 정
명편) 등과 같은 유형의 궤변이다. 형식논리학적으로 말하면 '狗(강아
지)'는 犬의 종류에 포함되므로 이 명제는 잘못된 것이다. ≪한비자≫
외저설좌 상편에 '아설(兒說)은 宋나라 사람으로 변론에 뛰어났다. '白
馬는 말이 아니다'라는 논리를 펴 齊나라 직하(稷下)의 변론가들을 설
복시켰다. 그런데 실제로 白馬를 타고 국경을 넘게 되었을 때에는 白
馬에게만 부과되는 세금을 물지 않을 수 없었다. 이처럼 공리공론으로
는 한 나라의 학자들을 누를 수 있었으나 실제의 일을 논할 때에는 하
찮은 문지기 하나 속일 수가 없었다(兒說, 宋人, 善辯者也. 持白馬非馬
也, 服齊稷下之辯者. 乘白馬而過關, 則顧白馬之賦. 故籍之虛辭, 則能
勝一國, 考實按形, 不能謾於一人)'라는 우스운 이야기가 실려 있다. 이
처럼 명가의 '狗非犬', '白馬非馬' 등의 명제는 그 반상식적인 우열함을 대
표하는 것으로서 전해져 왔던 것이다. 그러나 명가도 狗가 犬의 일종임
을 알았다. 알고 있었기에 이런 명제를 제출한 것이다. 이리나 들개는 모
습이 일반 개와 흡사하며 현실적으로도 견과(犬科)에 속한다. 그런데 '이
리는 개가 아니다'라고 하면 사람들은 승복할 것이다. 이리와 개, 개와
들개를 구별하는 기준은 어디에 있을까? 들개와 개, 이리와 개의 차이
가 인식될 수 있다면 강아지와 개의 차이도 인식될 수 있을 것이다. 이
명제는 이것을 구별하는 기준에 관해 묻고, 실제로는 이것을 구별하지
않으면 안 되는 일이 많음을 지적하고 있는 것이다. 요컨대 ≪순자≫처
럼 狗와 犬을 같은 種·類의 名으로 해석해도 좋고, ≪열자≫처럼 狗를
名, 犬을 實로 해석해도 좋으며, ≪공손룡자≫처럼 狗를 實, 犬을 名으
로 해석해도 좋지만 상식적으로는 異名同實, 또는 異實同類인 것을 사
람들이 이른바 小同異를 내세워 名實을 이석(離析)하고 있다고 하는 것
이 이 명제가 예리하게 파헤치고 있는 문제이다. 그래서 제물론편〈천

뢰우화〉에 '名實未虧, 而喜怒爲用'이라 하고, 인간세편 〈심재우화〉에 '名實者, 聖人之所不能勝也'라 한 것이다.

黃馬驪牛三(황마려우삼):黃馬와 驪(검은색)牛의 두 실체가 세 名으로 열거된다는 사실에 근거하여 사람들의 사변이 실체가 아닌 것을 헛되이 더하고 있음을 지적하는 궤변이다. 앞의 '雞三足'과 같은 유형의 명제로 보는 사람(예를 들면 馮友蘭)도 있으나 그것과는 다르다. 특히 색상이 선명하게 대조를 이루는 黃·驪를 들고 있다는 데 주목해야 한다. 이 명제는 黃馬·驪牛는 각각 牛馬의 실체와는 다른 존재하지 않는 名이라는 것을 논하고 있다. 요컨대 앞 명제가 名實의 분리를 지적하는 데 비해 이 명제는 두 實에 대해 세 名이라는 것, 實에서 늘려 名을 더하는 허망을 지적하고 있는 것이다.

白狗黑(백구흑):부분적인 편견이 대국을 그르침을 지적하는 궤변이다. 앞의 '犬可以爲羊'이란 명제와 흡사한 귀결을 보여 주는데 이 명제가 이곳에 위치한 것은 같은 논법의 명제를 다시 수록하기 위함은 아닐 것이다. 《묵자》 소취편에 '말의 눈이 멀었다면 이를 눈먼 말이라 하지만 말의 눈이 크다고 하여 말이 크다고는 할 수 없다. 소의 털이 누런 경우, 이 소는 누렇다고 하지만 소의 털이 많다 하여 소가 크다고는 말할 수 없다(之馬之目盼, 則爲之馬盼, 之馬之目大, 而不謂之馬大. 之牛之毛黃, 則謂之牛黃, 之牛之毛眾, 而不謂之牛眾)'라고 했다. 이것은 어떤 일이 일률적으로 처리될 수 없음을 논하고 있는 것인데 牛馬의 특징을 포착하여 그 호칭으로 삼는 일이 있었음을 보여 주는 것이다. 이 예를 근거로 추측하면 똑같은 白狗더라도 여러 마리 가운데 한 놈이 다른 놈과 달리 검은 반점이 몇 개 있을 경우에는 그 놈을 검다고 부르는 일이 있을 것이다. 이 호칭은 이따금 흑백을 전도한 것이 되기도 한다. 이 명제는 이 통속적 전도를 포착하여 一局의 편견이 大局을 그르치는 것을 상징적인 예로써 이야기하고 있는 것이다.

孤駒未嘗有母(고구미상유모):名에 구애되어 사실을 보지 못하는 것을 지적하는 궤변이다. ≪석문≫에 의하면 이 명제가 기재되어 있지 않은 판본도 있는 듯한데, 앞 명제가 일부의 사실을 전면적인 것으로 확대하는 잘못을 말하고 있는 데 비해 이 명제는 名을 모든 사실에 확대하는 잘못을 말하고 있어 앞 명제와 짝을 이루고 있다. 이러한 사실로 미루어 볼 때 이 명제는 처음부터 있었던 것인데 그 판본에만 기재되지 않았던 것이리라. '孤'라고 말하면 의존하는 것이 없다는 뜻이기 때문에 이 명제가 성립된다. 그런데 '駒'라고 한 이상 어미 말이 있든지, 아니면 있었던 게 된다. '未嘗'이라 하여 과거와 현재에 걸친 경험을 표현하고 있다는 데 주목할 필요가 있다. '駒'라는 사실에는 조금도 변화가 없다. 이것은 이 명제의 주장자도 잘 알고 있는 사실이리라. 그런데 현시점의 '孤'라는 사실만을 강조하고 그 사실을 과거에까지 소급하여 적용하고 있는 것이다. 세상의 의론에는 이처럼 눈앞의 일에 집착하여 전모를 보지 못하는 경우가 적지 않다. 추수편 〈반기진우화〉의 '井黿不可以語於海者'이다.

一尺之捶日取其半萬世不竭(일척지추일취기반만세불갈):충분히 추측할 수는 있지만 실제로는 불가능한 일임을 시사하고, 知가 무한을 추구한다는 것을 풍자하는 궤변이다. '一尺'은 얼마 안 되는 길이를 상징한다. 본디는 22.5센티미터. '捶(두드리다)'는 '箠(채찍)'의 차자. '世'는 30년. '竭(쉬다)'은 '渴(마르다, 다하다)'의 차자. 한 척 길이의 채찍을 매일 그 반씩으로 잘라 가는 일은 어느 정도 경험상 가능한 일이며 실제로는 만대(萬代)에 걸쳐 해도 끝날 수 없다. 이 명제는 제논(Zenon)의 궤변 '아킬레스는 앞서간 거북이를 앞지를 수 없다'와 비슷한데 그것보다 한층 알기 쉽다. 이러한 사실에 근거하여 제논의 궤변과 이 명제를 비교하여 해석하려는 시도가 있다. 그러나 추수편 〈반기진우화〉에 '夫精粗者, 期於有形者也. 無形者, 數之所不能分也', '言之所不能論, 意之所不能察致者, 不期精粗焉'이라고 한 것처럼 정미(精微)를 다하는 것보다 그것을 초월하는 것이 고대적인 사고방식이었으리라. 이 논제는 고원정미(高遠精微)한 논이라기보다는 범속한 논이라 해야 할 것이다. '萬世不竭'이란 표현에는 다분히 야유 섞인 여운이 담겨 있다. 누가 그런 일을 만대에 걸쳐 하려 하겠는가? 그것은 탁상공론일 뿐이다. 요컨대 이 명제는 '而知也無涯'를 묘사하고 있다. ≪순자≫ 수신편에는 '堅白·同異·有厚無厚' 등의 궤변은 분명 예리하기 그지없지만 군자가 그것을 입에 담지 않는 것은 자신이 머물러야 할 곳을 알고 있기 때문이다(夫堅白同異有厚無厚之察, 非不察也, 然而君子不辯, 止之也)'라고 했는데, 오히려 인간의 지식이나 학문은 무한을 추구하거나 혹은 ≪순자≫가 말하는 것처럼 목적이 있는 한계를 생각하게 하는 것이 아닌지를 돌아보게 하는 것이 이 명제가 지닌 의의이리라. 그래서 이것을 마지막 명제로 삼은 것이리라. '狗非犬' 이하 다섯 명제는 인간의 사변이 名實을 그르치고, 物의 가치를 전도하여 一局에 가리어지며, 또 허현(虛現)을 무한히 추구하는 것임을 지적하고 인간의 사변에 대해 그 가치를 회의하고 있다.

【補說】 이상은 〈변자혜시론〉의 제2절이다. 천하의 변자들이 부르짖는 궤변적 명제의 거의 모든 유형이 정리 소개되어 있다.

　　이들 명제에 대해서도 몇 개의 다른 해석이 있다. 이들 명제가 더없이 간결한 표현을 취하고 있는 데다 그러한 명제가 성립되는 이유를 전혀 밝히고 있지 않기 때문이다. 그러나 이들 명제를 해석하면서 주의해야 할 첫 번째 사실은 모든 명제가 다음 글에 '以反人爲實'이라고 한 것처럼 반상식적이라는 점이다. 이들 명제를 부르짖은 변자 자신이 의도적으로 그렇게 한 것이다. 이들 명제가 반상식적이긴 하나 저마다 일면의 진실이 담겨 있으며 더욱이 상식이 안고 있는 결함을 날카롭게 지적하고 있다. 예를 들면 ①에서 알이 깃털 달린 새가 된다는 것은 일면의 진실이며, 새를 기를 경우 사람은 알과 새의 관계를 생각하지만 알을 식용할 때에는 그런 생각을 하지 않는다. 요컨대 후자의 경우에는 알의 모든 성질을 고찰하여 생각하면 알과 새와의 관계를 생각하지 않는다는 사상(捨象)·결함이 있다. 이들 명제는 이러한 일면의 진실을 포착하여 그것이 마치 전면적인 진실인 양 단정하고 반상식적인 명제를 성립시켜 일반 상식에 대한 충격을 극대화하고 있는 것이다. 그런 의미에서 이들 명제는 하나같이 역설이며 궤변인 셈이다.

이들 명제를 해석하면서 주의해야 할 두 번째 점은 어느 명제나 구체적인 진술이긴 하지만 그로부터 연역하여 확대 해석해야 한다는 사실이다. 구체적이라는 것은 소극적으로 표현하자면 이론적이 아니라는 것이며, 적극적으로 말하자면 이론적이 아닌 만큼 일상적인 상식에서 소재를 취해 희화적이기도 하며 신랄하기도 하다는 것이다. 그리고 이들은 예를 들어 ⑫의 '龜長於蛇'를 보고 '작은 집은 궁전보다 편안하다', '백성은 왕보다 귀하다'라는 명제를 만들어 낼 수 있는 것처럼 그와 비슷한 유형의 명제를 몇 개 더 만들어 낼 수가 있다. 이들은 이와 같이 연역적 이론을 내포하고 있다. 이것이 이들 명제가 역설이라는 사실과 함께 한층 충격적이었던 것이다. 그래서 도가는 말할 것도 없고 묵가도 순자도 이에 정면으로 맞서 비판을 가하지 않을 수가 없었다. 다음 글에 '飾人之心, 易人之意'라고 했는데 이는 이들 명제가 적극적으로 주목한 점이었다. 그것이 궤변의 효용이다.

고대의 궤변적 명제는 이들 외에도 많았을 것이다. 이른바 '白馬非馬', '堅白石' 등의 명제가 이곳에 보이지 않고 있다. 그러나 그와 같은 유형의 명제는 이곳에 남김없이 소개되어 있는 것이 아닐까? 이들 명제는 누가 만들었을까? 다음 글에 나오는 환단·공손룡으로 국한시킬 수 있을까? 이들 명제를 物의 공통성에 근거한 '合同異'의 혜시파 명제(①, ③ ~ ⑧, ⑫, ⑲)와 개체를 분석하는 '離堅白'의 공손룡파 명제(그 외)로 분류하는 설(馮友蘭 ≪중국철학사≫, 侯外盧等 편 ≪중국사상통사≫ 제1권)도 있다. 또 중국고대의 논리학적 범주인 '名', '實'을 이용하여 유명론(唯名論)의 입장에 근거한 것과 실념론(實念論)의 입장에 근거한 것으로 구별하는 것도 어느 정도 가능하리라. 그런데 여기에 배열된 이들 명제의 순서를 생각하면 이미 語義 속에서 지적한 것처럼 이들 명제는 누구의 것이라기보다 그 자체가 지닌 성격에 의해 정리되어 있는 것이다.

桓團·公孫龍, 辯者之徒, 飾人之心, 易人之意, 能勝人之口, 不能服人之心, 辯者之囿也. 惠施日以其知, 與人之辯, 特與天下之辯者爲怪, 此其柢也. 然惠施之口談, 自以爲最賢日, "天地其壯乎. 施存." 雄而無術.
南方有倚人焉. 日黃繚, 問天地所以不墜不陷, 風雨雷霆之故. 惠施不辭而應, 不慮而對, 徧爲萬物說, 說而不休, 多而無已. 猶以爲寡, 益之以怪, 以反人爲實, 而欲以勝人爲名. 是以與衆不適也. 弱於德, 强於物, 其塗隩矣.
由天地之道, 觀惠施之能, 其猶一蚉一蝱之勞者也. 其於物也, 何庸. 夫充一尙可. 日愈貴道, 幾矣. 惠施不能以此自寧, 散於萬物而不厭, 卒以善辯爲名. 惜乎. 惠施之才, 駘蕩而不得(碍), 逐萬物而不反. 是窮響以聲, 形與影競走也. 悲夫.

이와 같이 하여 환단·공손룡 등 변자 일파는 사람들의 사상을 손상하고 사고를 바꾸게 하여 입으로는 이길 수 있었지만 마음을 복종시킬 수는 없었는데 이는 변자로서의 한계를 보여 주는 것이다. 또 혜시는 날마다 그 재지(才智)를 휘둘러 사람들과 논쟁하고, 특히 천하의 변자들과 함께 이 세상에 있지도 않은 기괴한 짓을 행하고 있는데 그것이 그의 극한이다. 그럼에도 혜시의 입은 변함없이 지껄여대고 자신이 천하에서 가장 뛰어난 인물이라고 자부하여

"어찌 천지만이 성대하다 할 수 있겠는가, 여기에 시(施)가 있노라!"

라고 떠들고 있다. 그 의기는 왕성하나 수반되는 도술(道術)이 없는 것이다.

남쪽 나라에 세상 사람들과는 다른 사람이 있었다. 황료라고 하는 사람이다. 그가

"천지는 어찌하여 떨어지거나 함몰하지 않는가? 바람·비·우레 등은 왜 일어나는가?"

하고 혜시에게 물었다. 혜시는 예법대로 일단 사양하는 격식도 차리지 않고 즉시 이 물음에 응하여, 별로 생각하지도 않고 대답하기 시작하여 두루 만물에 대해 설명하고 끊임없이 이야기를 늘어놓으며 큰 소리를 쳐 댔다. 그러고서도 말이 충분치 않다고 생각하여 있지도 않은 일을 더하고 오로지 사람들의 생각에 반하는 것이 진실이라 하며 그로써 남보다 훌륭함을 드러내어 명예를 높이려 했다. 이러한 방법으로는 많은 사람들과 협조할 수가 없는 것이다. 요컨대 인간으로서의 德에는 약하고 오직 物에 관해서만 강하기 때문에 그가 가는 길은 막혀 버리고 마는 것이다.

천지의 박대(博大)한 道의 경지에서 혜시의 재능을 평가하면 그것은 마치 한 마리의 모기나 등에가 애쓰는 것만큼 미미한 것이다. 그가 비록 物에 대해서는 강하다 하더라도 그것이 物에 무슨 소용이 있겠는가? 그가 자신

의 재능을 충실히 지켰더라면 그래도 좋았을 것이다. 그러나 자신이 하고 있는 일이 道를 귀히 여기는 것보다 옳은 일이라고 말하는 데 이르러서는 참으로 아슬아슬하다. 혜시는 이 때문에 스스로 안심할 수가 없고 만족함이 없이 만물에 정신을 무질러 버려 마침내 오직 교묘한 변자라는 이름을 얻었을 뿐이다. 애석한 일이다. 혜시는 뛰어난 재능을 지니고 있으면서 그것을 두루 만물 속에 펼쳐 나아가되 멈추는 법이 없고, 또 그러한 일을 돌이키는 법이 없었다. 이는 근본인 음성을 젖혀 놓고 말단에 지나지 않는 울림[響]을 명확하게 하려 하고, 더욱이 그 음성을 수단으로 울림의 좋음만을 꾀하고, 또 그림자를 붙잡으려고 그 근본인 모습[形]을 그림자와 경주시키는 것처럼 본말을 전도하고 있는 것이다. 참으로 슬픈 일이다.

【語義】 桓團(환단):전기 불명. 成玄英은 다음에 나오는 공손룡과 함께 趙나라 사람이라고 했는데 무엇을 근거로 그런 해석을 내렸는지 명확하지 않다.

公孫龍(공손룡):추수편 〈고업우화〉 참조. 이 논에서는 혜시(B.C. 370~B.C. 310년경)와 공손룡(B.C. 320~B.C. 250년경)이 논쟁한 것처럼 쓰고 있는데 그런 일은 있을 수 없다(胡適, 錢穆의 설). 이 논은 개략을 말한 것이리라.

辯者(변자):이른바 명가(≪사기≫ 태사공 자서)이다.

飾人之心易人之意(식인지심역인지의):'飾'은 '蝕'의 차자로 해석해야 할 것이다.

辯者之囿也(변자지유야):'囿'는 나누어진 범위. 한계를 말한다.

與人之辯(여인지변):俞樾은 '之' 자를 군글자로 보고 있다. 그러나 '辯之'로 써야 할 것을 '之辯'으로 썼다고 보는 게 옳다. 단 원문대로 해석한다.

特與天下之辯者爲怪此其柢也(특여천하지변자위괴차기저야):'怪'는 기괴한 짓. '此'는 '是'와 같다. '柢(나무의 뿌리)'는 '氐(이르다, 극한)'의 차자. 앞글의 '圍'와 상응한다.

曰天地其壯乎施存雄而無術(왈천지기장호시존웅이무술):통상 '曰'을 '天地其壯乎'까지 걸리는 것으로 보아 '혜시는 오직 천지만이 자기보다 장대하다고 했다'(司馬彪의 설), 또는 '천지는 나와 함께 생겨났으니 크다고 하기에 부족하다'(成玄英의 설)는 등으로 해석하는데 '施存'까지 걸리는 것으로 보아야 한다(馬敍倫의 설). 과연 혜시가 이런 말을 했는지는 의문스럽지만 천지간에 오직 자기 한 사람만이 있을 뿐이라는 극도의 호언이다. 필시 재유편 〈독유인설〉의 '獨有之人, 是之謂至貴'를 근거로 한 표현이리라. '雄'은 의기가 왕성한 것을 가리킨다. '術'은 도술.

倚人(기인):'畸人'과 같다. 대종사편 〈기인우화〉에 '畸人者, 畸於人, 而侔於天'이라고 했다. 모습·행동이 보통 사람과 다른 사람.

黃繚(황료):전기가 명확하지 않다.

說而不休多而無已(설이불휴다이무이):'多'는 '詑(타:자랑하다, 크게 말하다)'의 차자일 것이다. '多'의 글자 뜻대로 해석하면 '說'과 짝이 될 수 없다.

弱於德強於物其塗隩矣(약어덕강어물기도오의):'弱於德強於物'은 마음속 일에 힘쓰지 않고 物을 추구하는 것. '塗(진흙)'는 '途'의 차자. 방법을 뜻한다. '隩(구석)'는 '奧'의 차자로 '집의 서남쪽 모서리'라는 뜻에서 변하여 '좁고 어둡다'는 뜻.

其猶一蚉一蝱之勞者也(기유일문일맹지로자야):너무나 작고 보잘 것 없는 노력임을 뜻한다.

夫充一尙可(부충일상가):'充'은 충실함을 가리킨다. '一'은 '一物'(成玄英의 설), '사견(私見)'(林希逸의 설), '道'(宣穎의 설) 등등 여러 가지로 해석되고 있는데 〈서론〉 부분 '天下多得一察, 焉以自好'의 '一察'을 가리킨다고 해석해야 한다(林雲銘의 설). '尙可'는 다음 구의 '幾矣'에 대응하는 표현이다. 이 문장은 서무귀편에 나오는 혜시는 장주의 둘도 없는 논쟁 상대였다는 말을 기조로 삼고 있는 듯하다.

日愈貴道幾矣(왈유귀도기의):'日'은 '道'까지 걸리며 '日愈貴道'는 앞의 '曰天地其壯乎, 施存'에 대응하는 표현이다(林希逸, 林雲銘의 설). 필시 제물론편 〈천뢰우화〉의 '彼非所明而明之. 故以堅白之昧終'을 과장하여 말하고 있는 것이리라. '愈'는 '낫다, 우수하다'의 뜻. '幾'는 위태로운 것.

散於萬物(산어만물):정신이 만물을 뒤따른 나머지 흩어지는 것을 가리킨다.

駘蕩而不得(태탕이부득):'駘蕩'은 쌍성 연사로 '湯(물이 퍼지다)'의 완언. 끝없이 넓게 퍼져 있다는 뜻. '得'은 '碍(애:礙와 같으며 막다, 방해하다의 뜻)'를 잘못 베낀 것이다. '碍'는 다음의 '反'과 짝이 된다.

是窮響以聲形與影競走也(시궁향이성형여영경주야):본말을 전도하고 있는 것에 대한 비유다. '形與影競走'는 앞의 '飛鳥之景, 未嘗動也'에 대한 야유의 뜻을 담고 있는 듯하다. 단 울림[響]을 연구하려 하면 그 근본인 소리[聲]를 문제 삼는 것이 당연한데 여기서는 그 근본인 소리는 무시하고 말단인 울림을 문제 삼고 있는 것이다. 形 · 影의 경우도 마찬가지다.

【補說】 이상은 〈변자혜시론〉의 제3절로 본론의 결론 부분이다. 일반적으로 변자는 보통 사람들과는 다른 주장을 세워 사람들을 말로써 꼼짝 못하게 할 수는 있어도 심복시킬 수는 없다고 평한 다음, 특히 혜시가 기괴한 짓을 하고 스스로 천하에서 가장 현명하다고 뽐내고 있음을 지적

하고, 혜시가 기인인 황료의 물음에 답한 불손하기 그지없는 만물에 대한 장광설을 삽입하여 그의 재지를 아깝게 여기면서도 도덕에 안주할 것을 잊고 자신의 변설을 자부하며 명예만을 탐하여 끊임없이 物을 추구해 나가는 것을 본말 전도의 행위로 규정하여 비난하고 있다.

【餘說】 천하편에 실린 〈변자혜시론〉과 명가의 중국 고대 사상사에서의 위치

〈묵적 · 금골리론〉 · 〈송견 · 윤문론〉 · 〈팽몽 · 전병 · 신도론〉 등 어떤 논에서나 諸子의 설은 '古之道術'에 근거하여 道의 일면을 지니고 있다고 하면서 왜 유독 이 〈변자혜시론〉에만 그런 말이 없는 것일까? 근래 ≪북제서(北齊書)≫ 杜弼傳에 '[杜弼은] 玄理를 耽好하고 늙어서는 유유자적했다. 또 장자 혜시편 · 역(易) 상하계(上下繫)에 注하고 신주의원(新注義苑)이라 이름 했다'라고 되어 있는 것을 근거로 ≪장자≫ 어느 본에 혜시편이 있었는데 그것을 이곳에 접속시켰다고 하는 설(武內義雄, 馬敍倫의 설)을 주장하며 진 · 육조(晉 · 六朝) 사이 여러 주석가의 이본(異本)와 음의(音義)를 인용하고 있는 ≪경전석문≫이 〈변자혜시론〉 부분에서는 崔譔本 · 向秀本을 언급하고 있지 않다는 점을 그 주요한 증거로 삼고 있다. 이에 근거하여 생각한다면 천하편은 〈장주론〉에서 끝나며 전적으로 ≪장자≫의 후서(後序:본문 뒤에 적는 서문)인 것이다. 그런데 杜弼은 郭象보다 200여 년 후의 인물이며, 晉의 노승(魯勝)이 ≪묵자≫ 중에서 이른바 墨辯(經 · 經說)을 골라내어 주해했던 것처럼 杜弼도 郭象本 천하편에서 〈변자혜시론〉 부분을 골라내어 혜시편이라 이름했던 게 아닌지 의심스럽고 ≪경전석문≫은 晉의 司馬彪 · 李頤의 설을 인용하고 있기 때문에 그 안의 천하편은 郭象本과 같

았던 것으로 생각된다. 譚戒甫는 ≪한서≫ 예문지에 실린 혜시의 자저 ≪혜시(惠施)≫ 1편이 ≪장자≫ 중에 채록되어 司馬彪本의 혜시편이 되었는데 崔譔本·向秀本에서는 이것이 삭제되고 李頤本에서 다시 채록되어 郭象本이 성립될 때에는 이미 〈묵적·금골리론〉·〈장주론〉 등의 천하편과 혜시편이 합쳐져 한 편이 된 것으로 추정하고 있다. 확실히 〈변자혜시론〉은 그 소재를 ≪혜자≫에 의존하고 있는 듯하다. ≪공손룡자≫ 14편에서도 채용하고 있는지 모른다. 그러나 ≪혜자≫ 1편이 어떠한 것이었는지는 알 수 없으므로 이 〈변자혜시론〉이 그것과 어떠한 관계에 있는지 확인할 수 없다.

'古之道術'에 근거하고 있다는 말을 하지 않은 것 외에는 혜시를 비롯한 그 밖의 변자의 명제를 계통적으로 소개하고 있다는 것이 다른 논과는 다른 점이다. 정리하기 쉬웠는지도 모르지만 그러한 명제에 흥미를 가졌기 때문이리라. 덕분에 귀중한 고대의 사상사료가 전하여 남게 되었다. 이러한 차이가 있지만 다른 논과 관계가 있다는 것도 인정하지 않으면 안 된다. 천하편의 〈장주론〉은 '其應於化而解於物也, 其理不竭, 其來不蛻, 芒乎昧乎, 未之盡者'로 끝맺고 있으며 이를 받아 〈변자혜시론〉의 '歷物之意' 이하가 있는데 이 物의 뒤를 物로써 받고 있다는 것은 우연한 접속이 아니라 의식적인 계속이라고 생각된다. '古之道術'과는 용어가 다르지만 '由天地之道, 觀惠施之能, 其猶一蚉一蝱之勞者也'라고 평한 것은 혜시의 설이 '古之道術'에 근거하고 있지 않음을 나타내는 말이리라. '夫充一尙可'는 〈서론〉의 '天下多得一察, 焉以自好'와 '弱於德, 强於物'은 〈서론〉의 '道德不一'과 조응한다. 이 〈변자혜시론〉에 황료와 혜시의 문답이 삽입되어 있는 것은 〈묵적·금골리론〉에 '禹之道'가 삽입되어 있고 〈송견·윤문론〉에 '五升之飯'의 이야기가 삽입되어 있는 것과 흡사한 구성이며, 또 '自以爲最賢日, 天地其壯乎. 施存'과 같은 과장적 표현은 〈묵적 · 금골리론〉의 '雖枯槁不舍也', 〈팽몽 · 전병 · 신도론〉의 '至死人之理'와 공통되는 표현이고 '辯者之囿', 혜시의 '柢' 등과 그 설의 극한을 구한 것도 〈묵적 · 금골리론〉의 '亂之上也. 治之下 也', 〈송견 · 윤문론〉의 '其小大精粗, 其行適至是而止', 〈팽몽 · 전병 · 신도론〉의 '其所謂道非道, 而所言之韪, 不免於非' 등과 흡사하다. 이러 한 사실들은 〈변자혜시론〉이 천하편 작자의 손으로 같은 시기에 지어 졌음을 증명하는 것이리라.

천하편 작자의 손으로 완성되었다면 〈변자혜시론〉을 어째서 여기에 둔 것일까? 고대의 전 사상계를 생각하면 음양 · 종횡 등 얼마든지 문제 삼을 만한 것이 있을 것이다. 도가계의 사람을 초든다면 ≪장자≫ 중에 보이는 양주 · 열어구 등도 있을 것이다. 이들을 남겨놓고 혜시 및 그를 추종한 변자를 내세우고 있는 것은 역시 혜시가 장주의 둘도 없는 논 적이었기 때문(宣穎의 설)이라고 생각하지 않으면 안 된다. 논적에 대 한 소개이기 때문에 비교적 상세하게 혜시 등의 설을 언급한 것이리라.

천하편의 혜시 등에 대한 평가는 과연 타당한 것일까? 혜시는 정략 가로 제국(諸國) 항쟁의 와중에 있는 魏나라의 재상이었던 사람이다. 그런 사람에게 여기에 보이는 것과 같은 계통적 저작이 있었을까? 천 하편 작자거나 아니면 다른 사람의 손으로 그처럼 된 것이 아닐까 하 는 약간의 의심을 갖지 않을 수 없다. 그러나 당시는 이들 명제를 산출 하는 지적 환경에 있었다. 사상학설에 관계되는 논쟁, 외교 절충에 있 어서의 항변과 기지 등에 곁들여 권모에 의한 불신 관계는 필연적으로 사람의 인식 · 지식 · 언어 등의 진부를 묻게 된다. 이러한 상황에서 등 장하는 것이 혜시를 필두로 한 그 밖의 변자(名家)들로 대표되는 이들 명제이다. 그들은 굳이 상식에 대해 역설을 내세워 간명 · 기경 · 신랄 하게 상식의 正否를 반문하는 궤변을 전개했다. 이들 궤변은 지극히 당연한 일이지만 당시의 사상학설에 지대한 영향을 미쳤다. 그러한 영향의 흔적이 뚜렷한 것으로는 ≪장자≫ 제물론편 〈천뢰우화〉, ≪묵자≫ 경·경설, ≪순자≫ 정명편을 들 수 있다. 당시의 주요한 학파인 道·墨·儒가 그 반문에 답하고 각각 추상 사변의 영역, 경험사실의 분석, 사회적 효용 등의 설을 토대로 하여 발전시켰던 것이다. 이런 사실을 근거로 생각할 때 천하편이 〈장주론〉 뒤에 〈변자혜시론〉을 둔 것은 혜시가 장주에게 논적 이상의 뜻을 가졌기 때문이라고 보지 않으면 안 된다. ≪장자≫를 이해하려면 혜시의 명제에 대한 이해가 선행되지 않으면 안 되는 것이다.

그러나 궤변은 과도적이다. 그것은 결국 진위의 가치가 양립·병존하는 상대관을 보여 주는 것으로 인간의 지적 활동에 대해서 회의적일 수밖에 없으며 그 자체의 발전성은 결핍되어 있다. 궤변이 성립되는 지반인 상식의 사고상에 변화가 있으면 그 효용이 소실된다. 그 잔존은 흥미 본위가 되며 희화적이 된다.

≪순자≫ 불구편에서는 변자의 명제를 '논파되지 않게 유지하기 어려운 변설(是說之難持者也)'이라고 했는데 이는 명가의 궤변을 희화화한 것이 아닐까? 비십이자편에서 혜시를 '옛 성왕을 모범 삼지 않고 예의, 즉 사회 규범을 좋게 생각하지 않으며 즐겨 기괴한 언설을 꾸며대고 치우친 언사를 놀려대며 더없이 날카로우나 이해할 수가 없고 퍽 달변임에도 아무데도 쓸 곳이 없어 많은 일에 손을 대고 있으나 실효를 거두지 못해 도저히 정치의 큰 근본으로 삼을 수 없다(不法先王, 不是禮儀, 而好治怪說, 玩琦辭, 甚察而不急, 辯而無用, 多事而寡功, 不可以爲治網紀)'라고 평한 것은 국가 사회의 실용을 본위로 한 비판이자 혜시의 설을 정면으로 문제 삼고 있는 것이기도 하다. ≪여씨춘추≫는 혜시가 秦에 적대하는 위치에 있었던 점도 감안한 듯한데 그렇다 하더라도 지

독한 악평을 퍼붓고 있다. 양가(兩可)의 설을 내세우며(애류편), 형식적이고 실용성이 없는 지혜를 휘두르고(음사편), 성의 없는 말을 방약무인하게 구사하는 자(불굴편)라고 평하고 있는 것이다. 이것은 혜시의 설을 지적 문제로부터 유리시켜 실용면을 중시한 비판을 강화한 것이리라. ≪한비자≫ 외저설좌 상편에는 '白馬非馬論'을 주장한 아설(兒說)이 白馬를 타고 가다 통관세를 물었다는 이야기가 실려 있는데 이는 변자의 설을 지적 문제로부터 철저히 유리시켜 희화화한 것이다. 필시 제자(諸子)의 논쟁이 쇠미해짐에 따라 혜시 등의 설은 실용면에서 비난받고 희화화되어 갔던 것이 일반적인 경향이었으리라.

이러한 경향을 감안한다면 천하편의 〈변자혜시론〉은 혜시 등의 논을 어디까지나 '物'에 관한 지적 문제로 보고 있는 것이다. 물론 이것은 ≪장자≫의 영향을 받고 있으며, 특히 혜시의 설을 '逐萬物' 하며 도덕의 근본을 보지 못하고 있다고 평한 것은 제물론편 〈천뢰우화〉의 '彼非所明而明之. 故以堅白之昧終'을 부연한 것이며, 앞에서 말한 것처럼 혜시의 설에 대해 도가·묵가·유가 모두가 언급했다는 사실을 근거로 생각하면 이는 도가에서의 비판을 먼저 취한 것으로 혜시설 자체의 본질을 문제 삼은 정당한 비판이라 할 수 없다. 그렇다 하더라도 혜시의 설을 物에 관한 이론으로서 일관하고 있다는 것은 소극적이긴 하지만 그 본질을 벗어나지 않은 것이다. 그러나 천하편이 혜시를 '怪'를 지어내는 자라 하고 '不能服人之心'이라 평한 데는 ≪순자≫에서 본 것과 같은 실용주의에 입각한 비판이 더해져 있는 듯하다. 특히 혜시 자신이 자신을 가장 훌륭한 사람이라고 뽐냈으며 '怪'를 늘려 더하고 사람에 반하며 이기는 것으로써 이름을 드러내려 했다고 평한 것은 설령 그런 사실이 있었다 하더라도 혜시의 폐단을 극언한 것으로 ≪여씨춘추≫에서 볼 수 있는 악매(惡罵:모질게 꾸짖음)의 영향을 받은 게 아닌지 의심스럽다.

## 천하편(天下篇)의 성격

책의 서문(序文)을 그 책의 마지막 부분에 두는 것이 옛날 중국의 관례였
다. 이를 근거로 천하편은 ≪장자≫의 서문이며 또 장주 자신이 지은 것이
라고 간주되어 왔다. 그래서 '천하편에서는 처음으로 유가의 道를 서술하
고, 장주 자신의 설을 묵적·송견 등 일곡지사(一曲之士) 속에 나란히 놓고
있는데 이는 자기의 주장을 더 완전한 것으로 내세우지 않고 공자를 받들
어 존경하는 뜻을 나타내고 있는 것이다'(王安石의 설), '不言의 玄理를 언
설로 삼자면 묵적·송견 등 제자(諸子)의 대열에 끼지 않으면 안 된다. 단
장주가 자신을 마지막에 둔 것은 자신의 獨見·獨聞의 眞이 제자의 설이
귀착하는 바임을 나타내려는 것이다. 혜시의 설을 더한 것은 장주의 설이
혜시의 설에서 자극을 받았기 때문이다'(王夫之의 설) 등의 해석도 나왔다.

오늘날의 학자 중에는 천하편이 장주의 자작이라는 설을 고집하는 사람
이 거의 없다. 그러나 천하편이 ≪장자≫ 後序의 위치에 있음은 엄연한 사
실이며 그 논술의 중점이 관윤·노담·장주에 있다는 것도 확실하다. 그건
그렇다 하더라도 이런 점을 근거로 본편이 노·장 도가의 계보를 명확하게
하고 그 본질을 논하고 있다고 해석한다면 묵적·금골리가 더해져 있는 것
은 어째서일까? 또 도가의 계보에 속해야 할 양주·열어구에 관한 논이 없
음은 무슨 까닭에서일까?

그래서 ≪장자≫와는 일절 관계가 없이 천하편은 전국시대의 사상에 대
한 평론이라고 하는 견해가 나왔다. 그런데 이것을 평범한 사상 평론의 범
주에서 생각하면 당시의 현학(독자적 주장)인 유가·법가·음양가 등을 빠
뜨리고 있다는 데 당혹하게 될 것이다.

천하편은 각론들 사이 번간(繁簡)·아순(雅馴)·무잡(蕪雜)의 차이가 있
지만 그 구성·수사 등을 근거로 생각할 때 어떤 한 사람의 손으로 이루어

졌음은 의심할 여지가 없다. 이 편이 개인이 지은 것이라면 그 논술 사이에 이러한 논을 쓰게 된 입장, 논의 구성, 목적 등을 말하고 있을 터이므로 이를 검토하지 않으면 안 된다.

천하편의 '古之道術'이란 이미 지적한 것처럼 도가설을 주로 하고 있는데 간혹 법가·유가의 설도 섞여 있다. 요컨대 천하편의 작자는 道·儒·法 절충의 입장을 취한 자이며 이 절충주의는 諸子의 설에 대한 태도이기도 하다. '百家之學, 時或稱而道之'라 하고, '皆有所長, 時有所用'이라 하여 그 장점은 채택해야 한다고 하였다. 그래서 諸子의 설을 '古之道術'에 근거한 것이라고도 했다. 단 그것은 百家之學 각각의 어느 일면이 지닌 성질일 뿐 그것을 극단화하면 결국 '古之道術'을 파괴하는 것이 되고 만다. '百家之學'의 장단을 논하고 '後世之學者'를 위해 '天地之純, 古人之大體'를 보여 주려 한다. 이에 본편이 사상 평론을 그 목적으로 했음이 명백해진다.

이러한 독자적 입장·태도·목적이 있는 자에게는 평론해야 할 諸子에 대해서도 어떤 선택의 기준이 있었는지도 모른다. 諸子의 설을 취함에 편향이 있음을 지적했다. 이는 시대적 영향과 함께 작자의 독자적인 이해 때문이라고 생각해야 한다. 각론이 주요한 문제로 삼고 있는 것을 굳이 요약한다면 묵적·금골리는 節用과 克己를 내세우고 있는데 節用은 말할 것도 없고 克己도 몸을 검약하는 것이므로 그들의 주장은 '儉' 한 자로 요약할 수 있다. 〈송견·윤문론〉은 극기적 구세활동에도 언급하고 있는데 주로 문제 삼고 있는 것은 '禁攻寢兵'과 '情欲寡淺'이다. '禁攻寢兵'은 '以活民命, 人我之養'이라고 하는 인민에 대한 자애(慈愛)로부터 출발한다. '情欲寡淺'도 투쟁을 멈추고 세상을 구하는 것으로 귀착한다. 〈팽몽·전병·신도론〉은 公平無私와 物에 선택을 더하지 않아야 함을 내세우고 있는데, 物에 선택을 더하지 않는다는 것은 '推而後行, 曳而後往'이라는 인순(因循)이며 公平無私는 그 정신을 말하는 것이리라. 이러한 인순주의(因循主義), 곧 결코 천하에 앞장서지 않는다는 것은 〈관윤·노담론〉에 '己獨取後'라고 되어 있는 겸양 그리고 '不毀萬物'의 관용과 관련되는 것이다. 오히려 겸양과 관용은 公平無私한 因循의 '至極'이리라. 〈장주론〉의 '초속성'과 '세속성'도 이 계통에 이어지는 것이리라. 그것은 自由自主한 '物에의 대응'이기 때문이리라.

이렇게 살펴보면 천하편은 諸子를 나열하고 품평하는 것이 아니라 일관된 주 문제가 있고, 諸子를 선택함에도 각별히 신경을 썼다고 해석하지 않으면 안 된다. 그리고 여기서 다루고 있는 주 문제는 순서는 다르지만 ≪노자≫에 '내게 세 가지 보물이 있다. 나는 그것을 보물로서 소중히 지켜나가고 있다. 그 하나는 자비로움, 또 하나는 검약, 마지막 하나는 결코 천하 사람들의 앞장에 서지 않는 것이다(夫我有三寶. 持而寶之. 一曰慈, 二曰儉, 三曰不敢爲天下先)'(제67장)라고 한 '三寶'와 일치한다. 이 일치는 우연한 것이 아니고 천하편 작자가 본편을 지으면서 은연중 사용한 논의 기조이리라. 그렇기 때문에 노담을 최고점에 두고 '古之博大眞人哉'라고 찬미하고 이에 장주를 연계시키고 있는 것이리라. 宋의 呂惠卿은 〈묵적·금골리론〉이하가 도가설을 낮은 차원에서 높은 차원의 순서로 단계적으로 설명해 가고 있다고 지적했다. 그의 논 그대로는 아니지만, 묵적·금골리론이 외형적인 세속의 급무를 추구하는 데 반해 송견·윤문은 마음속의 寡欲을 말하고, 팽몽·전병·신도 등은 진일보하여 無私를 말하고, 관윤·노담은 근본이 되는 정신을 체득하고, 장주는 그 정신으로써 物에 대응한다는 전개를 보여 주고 있다고 생각할 수 있다. 요컨대 천하편은 작자의 견식이 유감없이 발휘된 도술론(道術論)이자 諸子 평론이다. 이 편에 결론이 없다고 생각하는 자가 많은데 실은 결론을 갖춘 완비된 논문이다. 유가·법가 등에 대해 언급하지 않은 것은 작자의 이러한 견식에 기인하는 것이다. 또 마지막에 혜시론을 더한 것은 장주와의 관계 때문임은 기술한 바와 같지만 혜시가 道를 손상시키는 대표적인 자이기 때문이기도 하다.

천하편은 언제 누구의 손으로 만들어졌을까? 장주가 지은 것이 아니라고 생각하는 많은 사람들은 막연하게 전국시대 말기에 지어졌을 것이라고 상정할 뿐인데 근년 譚戒甫는 漢의 회남왕 유안(劉安)의 저작이라고 논하고 있다(〈현존장자천하편연구〉, ≪중국철학사논문집≫ 수록). ≪문선≫에 대한 李善의 주에 의하면 〈회남자장자약요〉·〈회남자후해〉 등이 있었음을 알 수 있고, 그것을 수록한 것이 司馬彪가 주한 장자52편본의 〈해설〉일 것이라고 하는 설(俞正燮, 武內義雄의 설)이 있었는데 譚氏는 그에서 진일보하여 〈회남자장자약요〉는 회남왕 유안이 자작한 장자의 요략으로 그것이 개명 수정된 것이 천하편 〈장주론〉에 이르기까지의 논임에 틀림없다고 주장하고 있다(혜시론에 관한 譚氏의 견해는 이미 기술했다). 그 증거로서 ≪문선≫ 李善 注에(예를 들면 謝靈運 〈入華子問詩〉 注) 인용된 〈장자약요〉의 문장 '江海를 벗하는 선비, 山谷에서 노니는 사람, 천하를 가벼이 여기고 만물을 잘게 보며 홀로 사는 자이다'라고 한 것에서 미루어 생각하여 그것이 諸子의 설을 평론하는 체재라는 점, 유안이 편집시킨 ≪회남자≫에는 유안 자신이 지은 것으로 생각되는 편집 목적·논술 방침·구성·의의 등을 논한 요략훈이 있는데, 요략·약요라고 한 착상이 같을 뿐 아니라 요략훈의 '道'와 '事'의 양면에서 논술하는 방침이 천하편의 '道術'이라는 개념과 유사하다는 점, 요략훈에는 태공(여상) 이하 공자·묵자·관자·안자·신자(申子)·상앙 등 ≪회남자≫에 이르기까지의 학술사가 서술되어 있는데 묵자가 중복된 것 외에는 요략훈에 있는 諸子는 천하편에 없고 천하편에 있는 諸子는 요략훈에 없으며 양자는 서로 보완하는 관계에 있다는 점, 천하편의 〈서론〉은 유가설을 혼입시키고 있는데 이는 유안 아래 막하에는 많은 유사(儒士)가 있어 필연적으로 유가의 영향을 받을 수밖에 없었다는 점, 그 밖에도 몇몇 개의 사실을 들고 있다. 譚氏의 설에 찬동하는 학자가 적지 않다.

諸子의 설을 통람(通覽)하고 비판하는 풍조는 전국시대 말기의 순황 (荀況)의 비십이자편에서 시작되었다. ≪여씨춘추≫에는 간단하게 諸子의 설이 평되어 있긴 하나 평론 체재를 갖추고 있지 않다. 그 후 ≪회남자≫ 의 요략훈, 〈육가요지(六家要旨)〉, ≪사기≫의 諸子에 관한 傳을 거쳐, 後 漢의 반고(班固)가 지은 ≪한서≫ 예문지로써 고대학술사가 완성된다. 그 런데 예문지는 신(新:王莽이 세운 나라로, 전한과 후한 사이에 있었음)의 유흠(劉歆:22년 몰)의 ≪칠략(七略)≫에 근거한 것이며, ≪칠략≫은 또 그의 부친인 유향(劉向:B.C. 6년 몰)의 ≪별록(別錄)≫에 근거했을 것이 다. 본서는 각론에 관한 語義·餘說에서 이들 여러 문헌의 기술과 천하편 을 비교하는 데 힘썼다. 그 결과 천하편의 성립이 비십이자편의 성립 시 대까지 소급되지는 않는다. 천하편에는 〈묵적·금골리론〉이나 〈변자혜시 론〉에 보이는 것처럼 ≪순자≫의 설을 채택하여 극단화하고 과장한 흔적 이 있다. ≪여씨춘추≫의 시대도 아니다. ≪여씨춘추≫의 기술보다는 한 층 정리되어 있다. 그 이후인 秦代가 천하편의 성립에 어울리지 않는다는 것은 굳이 초들 것도 없다. 또 천하편의 성립이 예문지의 시대까지 내려오 지도 않는다. 양자의 송견·윤문을 다룬 바가 너무도 다르다. 이렇게 보 면 천하편의 성립은 ≪회남자≫·〈육가요지〉 등이 이루어진 시대를 중심 으로 하게 된다.

천하편과 ≪회남자≫·〈육가요지〉 등에 공통성이 적지 않다는 것은 이 미 지적했다. 그런데 그것은 漢代 초기의 일반적인 경향으로 보아야 한다. ≪회남자≫와 천하편은 특히 ≪노자≫를 처세의 성훈(聖訓)으로 삼은 점 이 두드러진 특색이다. 그러나 본서는 천하편을 〈회남왕장자약요〉에 한정 하는 데는 의문이 든다. 본서는 위에 기술한 것처럼 천하편은 현존의 형태 로 완결된 한 논문이라고 해석한다. 〈회남왕장자약요〉는 겨우 위의 한 유 문 (遺文)이 있을 뿐으로 비교할 수가 없으므로 ≪회남자≫에 관해 약간 비교를 시도해 본다면 ≪회남자≫는 諸子의 설을 채용하고 있으나 허무영묘(虛無靈妙)한 道의 보편화를 말하는 것으로 일관되어 있고 명확하게 유가설을 사용하고 있는 것은 태족훈(泰族訓) 한 편뿐이며 유가설을 억손(抑損)하고 있는 점이 적지 않다. 천하편이 도유(道儒) 절충의 입장을 표방하고 있는 것과는 사뭇 다르다. 또 ≪회남자≫는 주술훈에 刑名의 설을 이용하고 있는 데다 요략훈에 신자(申子)·상앙의 법을 들고 있듯이 법가설을 중시하고 있는데 이에 비하여 천하편의 법가설에 대한 태도는 미온적이며 완곡하다. 특히 ≪회남자≫는 일가 독자(一家獨自)의 설을 세우는 것을 목적으로 하고 있다. 천하편도 일가 독자의 견해이며, 또 '內聖外王之道'에 언급하고 있지만 노·장에 집중되어 있고 개인의 실천을 주로 하고 있다. 동시에 〈신도론〉·〈관윤·노담론〉·〈장주론〉 등에서 추찰(推察)하면 각각의 저술을 근거로 하고 있으며 학구적이기까지 하다. 저술을 근거로 하고 있기 때문에 송견의 활약, 혜시의 명제 등 귀중한 자료가 오늘날까지 남게 된 것이다. 학구적으로 침잠하고 있다는 것은 천하편이 ≪회남자≫보다 나중에 성립되었음을 암시하는 것인지도 모른다. 천하편이 노·장을 논의 중점으로 삼으면서 道·儒·法 절충의 입장을 표방한 것도 유가설이 漢의 학술계에서 우위를 점했던 사실을 반영하는 것이 아닐까? 유가설이 학술계에서 우위를 점했더라도 여전히 노·장은 사람들의 마음을 매료시켰음에 틀림없다. 〈육가요지〉와의 선후는 잘라 말하기 어렵다.

요컨대 천하편은 漢의 무제의 때 성립되었으며 누구인지는 알 수 없지만 노·장을 애호하는 자의 손에 의해 성립되었다고 해석해도 큰 과오는 없을 것이다.

# 이 시대를 구성하고 있는 우리 모두에게 사회 전반을 이해하는데 커다란 영향을 미칠 수 있는 역사 인식의 길잡이!!

'역사란, 역사가와 사실들 사이의 상호작용의 부단한 과정이며, 현재와 과거와의 끊임없는 대화이다.'

이 책은 역사라는 근본 문제를 하나하나 빠짐없이 논한 역사철학서이다. 〈역사란 무엇인가〉는 아마도 현대에서 가장 새롭고 가장 뛰어난 철학서일 것이다. 이 책의 뛰어난 내용은 E. H. Carr가 직업적인 철학자가 아니라 현대의 가장 탁월한 역사가라는 점과, 따라서 이 책이 그의 오랜 동안의 역사적 연구 및 서술의 경험을 통해 얻은 지혜의 결정(結晶)이라는 점이다.

"역사란 현재와 과거의 대화이다." E. H. Carr는 이 말을 이 책 속에서 여러 차례 반복하고 있다. 이것은 그의 역사철학의 정신이다. 한편으로는, 과거는 과거 때문에 문제가 되는 것이 아니라 우리들이 살고 있는 현재에서의 의미 때문에 문제가 되는 것이며, 다른 한편으로는, 현재라는 것의 의미는 고립(孤立)한 현재에서가 아니라 과거와의 관계를 통해 분명해지는 것이다.

E. H. 카 (Edward Hallet Carr) 지음 | 박종국 옮김 | 신국판 양장 | 240쪽 | 값 10,000원

# 세상을 보는 눈과
# 마음을 키우는 책 !

## 세상을 움직이는 책 시리즈

❶ 에밀(장 자크 루소 / 민희식 옮김)
❷ 역사란 무엇인가(E. H. 카 / 박종국 옮김)
❸ 소크라테스의 변명, 크리톤, 향연, 파이돈(플라톤 / 박병덕 옮김)
❹ 생활의 발견(임어당 / 박병진 옮김)
❺ 철학의 위안(보에티우스 / 박병덕 옮김)
❻ 유토피아(토머스 모어 / 박병진 옮김)
❼ 채근담(박일봉 편저)
❽ 맹자(박일봉 편저)
❾ 명심보감(박일봉 편저)
❿ 논어(박일봉 편저)
⓫ 손자병법(박일봉 편저)
⓬ 노자 도덕경(박일봉 편저)
⓭ 사기 본기(박일봉 편저)
⓮ 사기 열전 1(박일봉 역저)
⓯ 사기 열전 2(박일봉 역저)
⓰ 대학 · 중용(박일봉 편저)
⓱ 목민심서(박일봉 편저)
⓲ 고사성어(박일봉 편저)
⓳ 장자 내편(박일봉 편저)
⓴ 장자 외편(박일봉 편저)
㉑ 장자 잡편(박일봉 편저)
㉛ 정신분석 입문(지그문트 프로이트 / 이규환 옮김)
㉜ 톨스토이 인생론·참회록(톨스토이 / 박병덕 옮김)
㉝ 쇼펜하우어 인생론(쇼펜하우어 / 김재혁 옮김)
㉞ 몽테뉴 수상록(몽테뉴 / 민희식 옮김)
㉟ 죽음에 이르는 병(키에르 케고르 / 박병덕 옮김)

※세상을 움직이는 책 시리즈는 계속 출간됩니다.

서울 마포구 월드컵로 11길 35, 101동 502호 | T · 02-336-9948 | F · 02-337-4315    육문사
Yukmoonsa

미래를 위한 과거로의 산책

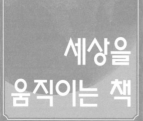

세상을
움직이는 책